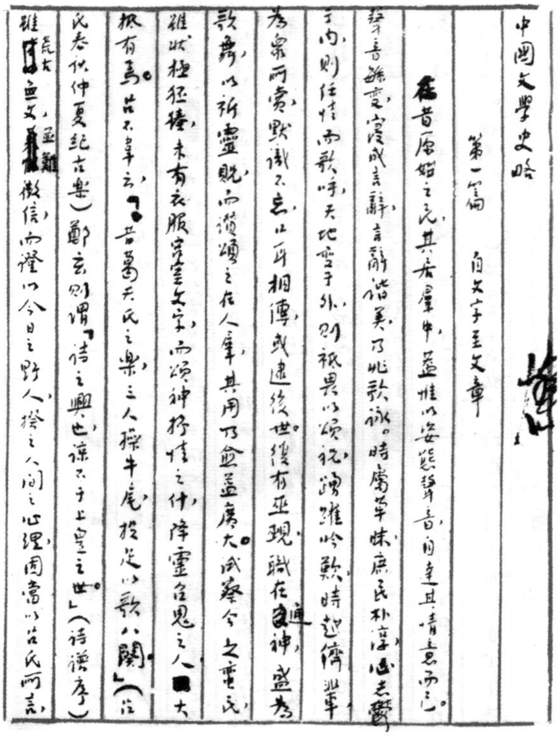

中国文学史略

第一篇　自文字至文章

在昔原始之民，其居群中，盖惟以姿态声音，自达其情意而已。声音繁变，寖成言辞，言辞谐美，乃兆歌咏。时属草昧，庶民朴淳，心志郁于内，则任情而歌呼，天地变于外，则祇畏以颂祝，踊跃吟叹，时越侪辈，为众所赏，默识不忘，口耳相传，或逮后世。复有巫觋，职在通神，盛为歌舞，以祈灵贶，而赞颂之在人群，其用乃愈益广大。试察今之蛮民，虽状极狉獉，未有衣服宫室文字，而颂神抒情之什，降灵召鬼之人，大抵有焉。吕不韦云：「昔葛天氏之乐，三人操牛尾，投足以歌八阕。」（吕氏春秋仲夏纪古乐）郑玄则谓「诗之兴也，谅不于上皇之世。」（诗谱序）虽荒古无文，并难征信，而证以今日之野人，揆之人间之心理，固当以吕氏所言。

封面集字
张迁碑、鲁峻碑

封面图版
鲁迅（1881—1936）《汉文学史纲要》手稿
1920—1926年，鲁迅曾在北京大学中国文学系
讲授“中国小说史”课程

北大中文學刊

2009

北京大学中文系 编

北京大學出版社
PEKING UNIVERSITY PRESS

图书在版编目(CIP)数据

北大中文学刊.2009/北京大学中文系编.—北京:北京大学出版社,2009.11

ISBN 978-7-301-05384-3

Ⅰ.北… Ⅱ.北… Ⅲ.①文学理论-文集②语言学-文集③文献学-文集 Ⅳ.I0-53 H0-53 G256-53

中国版本图书馆CIP数据核字(2009)第187622号

书　　名:北大中文学刊(2009)
著作责任者:北京大学中文系 编
责 任 编 辑:白 雪 吴 敏 徐丹丽 张弘泓
封 面 设 计:奇文云海
标 准 书 号:ISBN 978-7-301-05384-3/I·0593
出 版 发 行:北京大学出版社
地　　址:北京市海淀区成府路205号 100871
网　　址:http://www.pup.cn　电子邮箱:pkuwsz@yahoo.com.cn
电　　话:邮购部62752015 发行部62750672 出版部62754962
编辑部62752022
印 刷 者:北京宏伟双华印刷有限公司
经 销 者:新华书店
787mm×1092mm 16开本 43.5印张 923千字
2009年11月第1版 2009年11月第1次印刷
定　　价:65.00元

《北大中文学刊》发刊词

陈平原

“春华”未必“秋实”，作为现代学人，我等不能不既讲耕耘，也问收获。不仅收获，还得学会“广而告之”。为了向中外学界汇报业绩，也为了自我鼓励，北京大学中文系决意创办《北大中文学刊》。

学刊年出一卷，选录同仁过去一年间公开发表的学术论文。不定名额，无论长幼，更遑论原刊何处，凡北大中文系在岗教师，每人均可提交一文送审。能通过校内外专家匿名评审者，即予以收录。

学刊所收文章，一律注明出处，原则上不做修改（错别字除外）。各文的编排，注重专题性，而不是所属单位。书后附列同仁在过去一年出版的著作目录（或新刊，或增订再版）。

之所以人限一篇，主要还不是篇幅限制，而是提倡“精雕细刻”。每年有一篇自家满意的“好文章”发表，在我看来，已属难得。

尊重同仁的个性、趣味及自我期许，不强求一律。再说，学刊并非高下立判的“擂台”，而是自我展示的“橱窗”。我们的愿望是，有更多同仁所撰“宏文”，因此而长上翅膀，飞向更加辽阔的世界。

现代学术讲究“专业性”，同在中文系教书，却也面临“隔行如隔山”的尴尬。平日里各自忙碌，难得关注同事的工作。这册学刊，将迫使同仁进入“跨学科”对话状态。若能因此而增进同事之相互了解，乃至如切如磋，如琢如磨，则幸甚。

2009 年 8 月 13 日

目　录

先唐杂言诗的节奏特征和发展趋向

——论六言和杂言的关系

葛晓音

中国古典诗歌以齐言诗为主,杂言作为自由体诗,一直处于非主流的地位。因此诗学界对杂言诗的节奏特征、表现感觉和演变趋向的专门研究极为罕见。中国古代的诗论本来是很重视诗体特征的,尤其明清诗话,最常见的评论角度是时代、作家、作品及诗体类型。有关四言、五古五律、七古七律以及绝句等齐言诗的艺术规范的论述汗牛充栋,而对杂言诗的论述却寥寥无几。当代海内外的诗学研究中,也很难见到有关杂言诗的体式研究。笔者近几年在对先秦汉魏晋南北朝的诗歌体式进行系统研究的过程中,注意到杂言不但与各种齐言体的生成途径有关,而且经过不同历史时期的发展演变逐渐形成了与齐言相对的诗歌体式,尽管杂言形式多样,没有齐言诗在字数、句数、格律等方面的定则,但也有相对独立的节奏特征以及表现感觉,而且被李白杜甫这两位大诗人发展到巅峰。因此探讨先唐杂言的发展过程,还有利于更深透地理解李杜诗歌的伟大成就。

一

关于杂言的先行研究虽然很少,但还是可以找到一些涉及杂言基本特征的论述,而且从中可以发现今人应当解决的若干问题。

笔者在所能见到的历代诗话等古代诗论著作中尽可能摘录了所有关于杂言诗的论述。这些极少的资料,关系到以下几个问题:一是杂言诗的称谓和归类:古人提及杂言,有的称之为"参差语",如谢榛《四溟诗话》;较多的称之为"乐府长短句",如李东阳《麓堂诗话》,胡应麟《诗薮》,叶矫然《龙性堂诗话初集》等;有的称"长短句",如叶矫然《龙性堂诗话初集》,沈德潜《说诗晬语》,朱庭珍《筱园诗话》,刘熙载《诗概》等;还有的将"长短句"和"七言"、"七古"和"歌行"联系在一起,把长短句看成是七言古诗中的一类,或把七言和长短句不用古题者,都称为歌行,如钱木庵《唐音审体》,沈德潜《说诗晬语》,冒春荣《葚原说诗》,朱庭珍《筱园诗话》,王渔洋《带经堂诗话》等;也有称"杂言"者,如乔亿《剑溪说诗》,陈余山《竹林答问》,冒春荣《葚原说诗》等。称谓的不固定是与"杂言"的归类有关的。一般而言,多数论者都把杂言归于七古,同时又常在乐府类里论及长短句,那么杂言是否只是乐府或者七言中的一个分类？造成称谓和归属不确定的原因是什么？

二是如何把握杂言诗的节奏？论者大都认为长短句没有固定节奏，出自自然之声。如李东阳说："乐府长短句，初无定数，最难调叠。然亦有自然之声，古所谓声依永者，谓有长短之节，非徒永也。故随其长短，皆可播之律吕，而其太长太短之无节者，则不足以为乐。"①乔亿说："杂言无定数，而往复讽咏，自成音节，所谓'气盛则言之长短与声之高下皆宜'。"②朱庭珍说："七古以长短句为最难，其伸缩长短，参差错综，本无一定之法，及其成篇，一归自然，不啻天造地设，又若有定法焉。"③张历友说："案长短句本无定法，唯以浩落感慨之致，卷舒其间，行乎不得不行，止乎不得不止，因自然之波澜以为波澜。……然而起伏顿挫，亦有自然节奏在。"④还有一些论者认为杂言的长短句是由音乐的节奏规定的。如胡震亨引胡元瑞说："凡诗诸体皆有绳墨，唯歌行出自离骚乐府，故极散漫纵横。"⑤叶矫然答客问长短句是否可以任意为之的问题时说："六代依仿(后夔典乐)，皆有乐府，文词不刊，而节拍高下，律吕短长，自非专家，鲜合划度。"⑥李调元说："乐歌必要短长相接，长取其声之婉转，短取其声之促节。律诗则与管弦无涉。"⑦刘熙载说："杂言歌行，音节似乎无定，而实有不可易者存。盖歌行皆乐府支流，乐不离乎本宫，本宫中又有自然先后也。"⑧以上两种不同的理解也关系到杂言如何产生的问题。

三是杂言的表现感觉和艺术极则是什么？有关意见大体一致，而且有不少精彩的描述。由于多数论者把杂言归于长篇七古或歌行中，所以一般都是就杂言可促使长篇节奏多变及其在气势方面所造成的艺术效果这一点立论。如李东阳说："长篇中须有节奏，有操有纵，有正有变。若平铺稳布，虽多无益。"⑨沈德潜说："七言古或杂以二言、三言、四言、五六言，皆七言短句也。或杂以八九言，十余言，皆伸以长句，而故欲振荡其势，回旋其姿也。其间或疾或徐，忽翕或张，忽停潆，忽转掣，乍阴乍阳，屡迁光景，莫不有浩气鼓荡其机，如吹万之不穷，如江河之滔漭而奔放，斯长篇之能事极矣。"⑩朱庭珍说："凡三言、四言、五六言皆短句也，九言、十言、十余言皆长句也。短以取劲，如短兵相接，径欲其险，势欲其紧……以收束筋骨，拍合节奏。……长以取妍，局欲其宽，势欲其壮……以舒展筋络，振荡局势。作姿态而鼓气机，

---

① 《麓堂诗话》,《历代诗话续编》,中华书局1983年版,第1370—1371页。

② 《剑溪说诗》卷下,《清诗话续编》,上海古籍出版社1983年版,第1091页。

③ 《筱园诗话》,《清诗话续编》,第2386—2387页。

④ 《带经堂诗话》卷二九,人民文学出版社1982年版,第830页。

⑤ 《唐音癸签》,上海古籍出版社1981年版,第19页。

⑥ 《龙性堂诗话初集》,《清诗话续编》,第951页。

⑦ 《雨村诗话》卷上,《清诗话续编》,第1517页。

⑧ 《艺概》,巴蜀书社1990年版,第75页。

⑨ 《麓堂诗话》,《历代诗话续编》,第1373页。

⑩ 《说诗晬语》,《清诗话续编》,第850页。

掀波澜以生变化。而后音节气势，如风驰雨骤，急管繁弦，涌洪涛叠浪于长江，出五花八门于方阵，神力以放而见奇肆，气味由雄而人生辣。龙腾虎跃，莫可端倪也。”①也就是说，七言长篇本来以波澜层叠、格局宽宏、气势充沛为上乘境界，杂言节奏的轻重疾徐可使之更加开合变化，卷舒多姿。因此，写作杂言的极则在于“得于心而发之乎声”②，“得其天然合拍之音节”，“气足意足，笔到兴到，以全力举之”，“至长短相间处，音节既贵自然，又贵清脆铿锵，可歌可诵”，其最高境界是“盖以人声合天地之音，几于化工矣”③。而这种境界唯有李杜可以达到，所以李东阳极力称赞李杜的杂言歌行“皆极其操纵”④，朱庭珍认为“此七古长短句之极则神功，李杜二大家后，鲜有造诣及者”，“作七古者，未具绝人之才力学识，勿轻作长短句大篇也”⑤。可见古人认为杂言大篇是一种极难把握的诗体，最能体现心声合一的天然美。也正因为如此，前人认为汉乐府杂言的艺术美也是不可言说的。如贺贻孙说“乐府古诗佳境，每在转接无端，闪烁光怪，忽断忽续，不伦不次”，并举《孤儿行》与《饮马长城窟》为例，认为：“通篇零零碎碎，无首无尾，断为数层，连如一绪，变化混沦，无迹可寻，其神化所至耶！”⑥应该说，对于诗歌美的直觉感受和感性表达是历代诗论中的精华部分，以上关于杂言艺术表现效果的描述也同样是今人所难以超越的。但是前人的立论一般是从定型的诗体和名作名篇出发的，对于文学史研究而言，探索这种表现感觉和艺术极则形成的过程和原因则是更值得关注的课题。

在当代海内外学者中，日本学者松浦友久教授是少有的能够深入到原理层面去系统研究中国诗型的专家，他在《中国诗歌原理》一书中单辟一节“杂言古诗论”，根据中国古代诗论对于杂言的认识，提出了两个很有意义的问题。一是杂言古诗和齐言古诗“有意图地对应是何时形成的”，他认为这种有意识的对立关系的确立要有两个条件：“1. 三言、四言、五言、六言、七言这样的齐言诗型大体已独立形成；2. 其各自的节奏效果，特别是作为诗歌本身的活的‘朗读上的，（不是“歌唱上的”）拍节节奏’的效果，从实感上（未必“从逻辑上”）已被理解。”他的回答是汉乐府杂言和曹操、曹植的一些杂言乐府诗已经符合第二个条件。二是“在传统的按诗体编集的诗歌选集中，一般都把‘杂言古诗’并入‘七言古诗’类的做法当否”，他指出所谓“杂言古诗”的“杂言”的状态大致上有两种倾向：“1. 大部分为七言句，仅掺入极少多出字的八言句等形式；2. 与之相反，三言、四言、五言、六言、七言以至八言以上等各种句

---

① 《筱园诗话》，《清诗话续编》，第 2386—2387 页。

② 同上。

③ 同上书，第 2387—2388 页。

④ 《麓堂诗话》，《历代诗话续编》，中华书局 1983 年版，第 1370—1371 页。

⑤ 《筱园诗话》，《清诗话续编》，第 2388 页。

⑥ 《诗筏》，《清诗话续编》，第 151 页。

子自由地混杂于一首诗中的形式。"[1]第一种倾向确实多具有高度的与七言古诗"节奏上的近似"这一事实,第二种则在七言以外的节奏占有更大的比重。这两个问题实际上都指出了中国古代诗论对于杂言诗的认识缺乏清晰思辨的弊病,并且作了初步的纠偏和解答。由于松浦先生的研究基本上也是就定型以后的诗体做出原理性分析,笔者以为从他的见解中还可以引发出值得进一步思考的问题:杂言诗是如何产生并形成独立诗型的?杂言古诗与乐府的关系如何?又是何时被归入七言古诗类的?他所说的两种杂言状态的历史关系如何?联系上述历代诗论中涉及的一些问题,还需要考虑杂言诗虽是出于自然心声的自由体,但是否长短随意,没有节奏规律的探索?要回答这些问题,还是要从研究杂言的产生过程和发展趋向做起。

从中国诗史来看,早期杂言诗的产生与齐言不同,基本上是自发的无节奏的自由体。自发产生的杂言主要集中在两个历史时期,即周代和西汉。笔者在论述诗经四言体的形成时,曾指出早期的大雅和周颂中不能被四言所主导的无节奏五言较多[2];而西汉五言七言产生之前,除了骚体和四言以外,七言句和五言句多见于杂言之中,也就是说,这类杂言都产生在某种齐言诗萌生之初。而这两个时期又都是语言处于变革状态的重要时期:诗经四言体产生于语言从以单音节词为主向以双音节词为主的过渡时期;而西汉正是上古语言开始向中古语言过渡的时期。西汉是三言、五言、六言、七言等各种新诗体的萌芽期,这说明人们为了寻找适应新语言的诗歌节奏,还处在摸索的阶段,而齐言诗的产生是已经在新的诗歌语言中找到节奏规律的结果。在摸索到规律之前,新的诗歌语言往往是从散文中提炼的,因而早期诗歌必然留下原来处于散文形态的痕迹,四言和骚体是如此,五言体也同样是如此,散文形态的语言自然是以长短不齐的句式出现的。由此可以说,早期杂言产生的基本原因是:在语言变化的过程中,新的诗歌语言往往先以没有节奏规律的散句出现,新的齐言诗节奏虽然正在酝酿,但还不能使散文化的语言全部节奏化。因此早期杂言的产生是新的齐言诗形成之前的必然现象。

基于上述原因,杂言必然形成两种类型,一种是无主导节奏的自由体,一种是有主导节奏的杂言体。无主导节奏的自由体一般是新的散文语言无法节奏化的结果;而有主导节奏的杂言体,则是在该种主导节奏的句式形成的过程中产生,并随着该种主导节奏发展为齐言体之后,逐渐形成相对稳定的体式的。从汉魏到隋代,两种类型的关系及其发展呈现出复杂的态势,但最终趋向于齐言化,形成了以三七组合和五七组合为主的基本特征。下面本文将分别论述这两种类型的节奏特征和发展趋势。

---

① [日]松浦友久:《中国诗歌原理》,辽宁教育出版社1990年版,第259、261页。

② 见《四言体的形成及其与辞赋的关系》,《中国社会科学》2002年第6期。

二

从先秦到晋宋时期,无主导节奏的杂言诗一直存在。虽然其最早产生的原因是长短散句的无法节奏化,但在发展过程中,却逐渐形成一种相对独立的诗型,历代诗人们在这类诗型中探索节奏规律的用心也不难窥见。

《诗经》时代大部分篇章都是以四言节奏为主导的,但是也有部分无主导节奏的杂言。主要见于感叹语气强烈的诗歌。这些诗歌在《诗经》中一般都有两章以上的复叠,因而节奏感很强。但除了章节的复叠以外,单独看每一章,虽然句式不定,仍然有节奏感。如《齐风·著》:"俟我于著乎而,充耳以素乎而,尚之以琼华乎而。"三句都用"乎而"的感叹结尾,句中都用虚字句腰("于"和"以"),形成排比语调。《齐风·还》与此类似。又如著名的《魏风·伐檀》,虽然"坎坎伐檀兮,寘之河之干兮,河水清且涟漪"三句句式无一相同,但是后面两句"不稼不穑,胡取禾三百廛兮?不狩不猎,胡瞻而庭有县貆兮"则是用近似的问句排比,尤其是以两句相同句式的四言作规则间隔,与最后"彼君子兮,不素餐兮"两个《诗经》中常见的三言加"兮"的句式呼应,就自成节奏。又如《秦风·权舆》:"于我乎!夏屋渠渠,今也每食无余。于嗟乎!不承权舆!"[①]中间一句六言,前后夹两个"乎"字感叹句加四言句,形成对称,后两句好像是前两句的重复感叹。那么这种长短句是不是由配乐的音节造成的呢?笔者以为《诗经》中的章节重叠肯定与配乐歌唱有关,但是每一章里句式的长短则是随抒情的需要,出于自然的心声,这一点在不入《诗经》的先秦歌谣中可以看得很清楚。如《南风歌》"南风之熏兮,可以解吾民之愠兮;南风之时兮,可以阜吾民之财兮"[②],相同句式的排比和间隔与《伐檀》近似。又如《原壤歌》"狸首之斑然,执女之手卷然"[③],节奏与《齐风·著》近似。《左传·昭公十二年》乡人歌:"我有圃,生之杞乎!从我者子乎?去我者鄙乎?倍其邻者耻乎?"[④]再看先秦的其他杂言歌如《宋城者讴》(《左传·宣公二年》)、《岁莫歌》(《晏子春秋·外篇》)、《莱人歌》(《左传·哀公五年》)、《暇豫歌》(《国语·晋语二》)、《申叔仪乞粮歌》(《左传·哀公十三年》)等等,可以归纳出这些杂言歌和《诗经》中的无主导杂言寻求节奏的一些共同特点:1. 多数句句押韵,有时倒数第二句不押,或在两句三句连押后转韵。四言体句式整齐,一般是隔句押韵,而杂言则加强了押韵的密度。2. 加强各种感叹词"乎"、"兮"、"而"等等的密度。3. 相同或相似句式的排比。相似句式往往长短不齐,但句法结构相同。此外,还有一些诗的感叹句首尾呼应。这说明早期无主导节奏的长短句主要不是出自配乐

---

① 以上诗例均见朱熹《诗集传》,上海古籍出版社1980年版。

② 《先秦汉魏晋南北朝诗》,中华书局1964年版,第2页。

③ 同上书,第8页。

④ 杨伯峻:《春秋左传注》,中华书局1990年版,第1338页。

的节奏,而是来自歌的"声依永",正如李东阳所说,"永"并非仅仅指声调拉长,而是随其长短,自成音调。

先秦典籍中所见杂言几乎都是短歌,但即使是较长的杂言歌,也不外乎是依靠上述方法获得节奏感。《史记·滑稽列传》载有一首《优孟歌》,这首歌既无节律也不押韵,确如《诗纪》引《风雅遗篇》所说:"按此无音韵章句,而史以为歌者,不可晓,岂当时隐括转换借歌声以成之欤?"[①]幸而另有一首孙叔敖碑上的《忼慨歌》内容与此相同,据逯钦立先生考,"隶释所载孙叔敖碑立于后汉延熹三年五月二十八日"。此歌仍是散文句组成的杂言,但以两歌比较,可以看出后者较前者有节奏感。其方法是将内容分成三层,第一层:"贪吏而可为而不可为,廉吏而可为而不可为。"第二层:"贪吏而不可为者,当时有污名,而可为者,子孙以家成。廉吏而可为者,当时有清名,而不可为者,子孙困穷被褐而负薪。"第三层:"贪吏常苦富,廉吏常苦贫。"最后感叹点题:"独不见楚相孙叔敖,廉洁不受钱。"[②]每一层都以贪吏和廉吏作为对比,辅以相似句式的排比,三层隔句交错用韵,并形成三层复沓重叠。由此可见无音韵的长篇杂言企图节律化,采用的方法与上述短歌的原理是一样的。以上所论都是"歌",其节奏虽然还是歌唱的,但是已经具有朗读的意识。不妨看荀子的四言《佹诗》中所夹的一段杂言:"螭龙为蝘蜓,鸱枭为凤凰。比干见刳,孔子拘匡。昭昭乎其知之明也,郁郁乎其遇时之不祥也。拂乎其欲礼义之大行也,暗乎天下之晦盲也。"[③]这段杂言由两两相同甚至对偶的四种句式组成,这诗显然不是为歌唱而作,但形成杂言节奏的方法与以上的"歌"相同。这也说明杂言的歌唱节奏在心声相应这方面与诵读节奏有相通之处,或者可以说,早期杂言的歌唱节奏和诵读节奏之间的关系比齐言诗更为密切,这就奠定了此后杂言诗与乐府连类的节奏基调。

两汉时期的杂言全部都见于乐府诗,这就关系到杂言是否从音乐中产生的问题,因为前代一部分诗论家认为长短句是由音乐节奏规定的。由于上古音乐资料的缺失,今人无法了解上古音乐的节奏结构。但是据笔者与户仓英美教授对唐宋音乐节奏结构的研究,可知唐宋音乐的节奏都是四拍、六拍和八拍的均拍,另有急三慢二交替的节拍,也是规则的节奏。词的长短句,并非不均等节拍所造成,而是在均等节拍中可以适当增减谱字,也就是增减每个小拍的时值,每个均拍中与谱字对应的文字也就有多少之别,这就形成了长短句[④]。上古音乐的节奏结构或许与唐宋不同,但是其均等节拍的基本性格应当是相同的,乐府文词与音乐配合的原理也不会有太大差异。据此笔者尝试解读《晋书·乐志》中的两段话:"又以魏氏歌诗或二言,或三言或四言,或五言,与古诗不类。以问司律中郎将陈颀,颀曰:'被之金石,未必皆当。'故(荀)勖造晋歌,皆为四言。唯王公上寿酒一篇为三言五言焉。"这里所说

① 均见:《先秦汉魏晋南北朝诗》,第 20 页。

② 同上。

③ 王先谦:《荀子集解》卷一八,台北艺文印书馆 1977 年版,第 766 页。

④ 参见《从姜谱和唐乐谱的关系看词的音乐结构》,《文史》2004 年第 2 辑。

“古诗”当指四言，所以荀勖造晋歌皆为四言。而相配的“金石”主要指钟磬这样的金石乐器，要把歌辞改成四言才能被之金石，可见是以文字均等地和均拍相配的方法，杂言自然就“未必皆当”了。又：“张华以为‘魏上寿、食举诗及汉氏所施用，其文句长短不齐，未皆合古。盖以依咏弦节，本有因循，而识乐知音，足以制声度曲，法用率非凡近之所能改。二代三京，袭而不变，虽诗章辞异，兴废随时，至其韵逗留曲折，皆系于旧，有由然也。是以一皆因就，不敢有所改易’。”①晋代乐歌以四言为主，但张华所写的《晋四厢乐歌十六首》多数是三、四、五言相杂，他认为“长短不齐，未皆合古”，那么“合古”的自然是齐言而不是杂言，也就是荀勖所说的四言古诗，这也可证明前朝配古诗的音乐结构是均等节拍。但是既然汉魏沿用下来，也不敢改动，所以张华的歌“逗留曲折”、“依咏弦节”，仍依旧调。由此可见用弦乐的旧调节拍是可以容纳长短句的，其原理当与词和乐的相配一样，在每个均拍中容许文字的增减，使句逗曲折不一定像四言那么整齐，就成为长短句了。这样看来，在庙堂音乐中，也不能排除有“制声度曲”所产生的杂言。不过张华虽然说“皆系于旧”，实际上魏、吴、晋的郊庙歌辞中的同题之作，长短句式配合的差别很大，并未形成像词谱那样固定的格式，只是大致遵循前代而已。虽然如此，这两段资料还是说明长短句在弦乐曲中有相对的节奏自由。

在郊庙歌辞之外，汉乐府古辞大多数是采诗入乐，或者乐人作辞配乐，先有词后有乐的情况也很多。这些杂言就未必是依弦节而“逗留曲折”，而是在民间自然产生的。从两汉民间歌谣的形态也可以看出这一点。西汉时期有主名的杂言极少，基本上延续了先秦歌类的特点。东汉时就基本上见不到有主名的杂言诗。但民间歌谣的杂言则显示出与先秦歌谣不同的语言特点，不但文字较先秦直白，而且基本上看不到“兮”、“乎”、“而”这类感叹词，押韵也不一定有规则。这些特点与汉乐府杂言诗相同，只不过都是短章而已。再以《东门行》的古辞和配乐后修改的文辞相比较，修改的也只是文意而不是杂言句式，可见被采入乐府的许多杂言不是“依咏弦节”的结果，而是来自民间歌谣中自然的散文化口语。再从两汉乐府杂言数量的变化来看，西汉郊庙歌辞存在大量杂言，鼓吹曲辞几乎都是杂言。而东汉时期随着五言的逐渐成熟，汉乐府古辞中出现了不少五言诗，杂言虽然仍然占有相当大的比例，但是有主导节奏的、较为规则的杂言也增多了。这说明杂言的节奏正随着新型齐言体的出现趋向于规则化。将两汉杂言诗的上述变化与当时三言的独立、四言的实字化②、杂言中五言和七言句的增多等现象综合起来看，可以认为，由于语言的变化，西汉正处于全面探索新的韵语节奏的时期，也是各种新型诗体正在酝酿而尚未成熟的时期。而西汉末期到东汉五言诗的趋于成熟，七言韵语体的大量出现，说明韵语体正在逐渐脱离节奏的无序状态，找到了新的齐言节奏。所以两汉杂言诗是在五言诗和七言诗的节奏成熟之前探索新型韵语节奏的产

---

① 以上两段引文均见《晋书·乐志》，中华书局1974年版，第685页。

② 参见拙文《论汉魏三言体的发展及其与七言的关系》，《上海大学学报》2006年第3期；《两汉魏晋四言的新变和体式的重构》，《北京大学学报》2006年第5期。

物,与早期《诗经》和先秦歌谣中的杂言一样,是齐言诗形成的前期阶段所特有的现象,也是诗歌史上不可能再重复出现的一个历史阶段。只有从这一点出发,我们才能理解这一时期杂言中不合韵律规则的各种问题及其所带来的特殊艺术感觉。

两汉杂言的组合,大部分是三四五七言的不同组合,最值得注意的是六言句乃至八言句的加入,与三四五七言的组合更加复杂。其中一部分诗有主导节奏,留待下节再论。本节主要研究没有主导节奏的这一部分诗。大体来说,这一时期的无主导节奏的杂言诗可以分成叙事和抒情两类。本来杂言由于句式长短自由,比较适宜叙事,但是先秦四言体没有提供叙事的经验,而骚体虽然句式和篇幅较长,能够在抒情中兼带叙事,到两汉时却已经变成纯粹的抒情体。而且处于散文状态的杂言不用骚体的三种基本节奏,就要另外寻找各种长短句之间的天然节奏,这对初期的杂言来说,是极为困难的。即使是努力寻求部分诵读节奏的一致,也仍然难以形成通篇有序的节奏感。例如《董逃行》是一首描写求仙问药的叙事诗,因用于乐府,分五解歌唱。第一、二解写上山所见景物,第三、四解是求药人和“圣道”的对答,第五解是将药献给“陛下”的祝颂之词。五解的杂言组合各不相同,第一解为七七五六八(八言的诵读节奏为四四);第二解是六(读四二)、九(读四五)、四、九(读四五),可形成四言主导的诵读节奏;第三解是四七五七四五;第四解是六七九七七;第五解是四四六(读四二)六(读二四)六(读四二)八。可见作词者有意用不同的杂言组合来区分内容的层次。同时,前四解基本上押同一韵。第一二解句句韵中间有转韵,第三解隔句韵,第四解句句韵。总的看来押韵较密,延续了先秦杂言歌类的押韵特点。五解之中,第二和第五解较有规则,基本上可形成四言主导节奏。因为二解写景,五解是颂词。第三解最无规则,因为纯是叙事。全诗所用四五六七八九言,共六种句式,但组合中注意到四言与六言、八言、九言在诵读上的相通感,所以虽为歌章,还是尽可能照顾了诵读节奏。但是各解之间缺乏有序的联系和呼应,所以读起来仍然不觉流畅。又如《妇病行》分为前后两部。第一部是六七六八七六六四四。其中七言有三四节奏,六言有三三节奏和二四节奏两种。虽然按诵读节奏拆分,四言词组比较多,但为简朴的叙述方式所限,仍然无法形成四言主导的流畅节奏感。从“乱曰”开始的后部仍然是叙事,句式为四四四五四五七四四八七五五五四五。虽然也以四言为最多,但是由于单句成行,一句一意,在顺序叙事之外已经顾不上节奏的流畅和一致了。由以上两个典型诗例可以看出:虽然纯叙事类的无主导杂言尽可能照顾诵读节奏,但是在单句一意的连缀之间依然找不到诗行节奏。而乐府的分解却可以利用音乐节拍在一定程度上消解每一解之间不同句式组合的不连贯感,所以这类杂言只能存在于乐府的歌唱节奏中,还不能形成独立的诵读节奏。

抒情类(包括祝颂类)的无主导节奏的杂言,比叙事类杂言容易找到诵读的节奏感,关键在于诗行的建构和组织有序。如《郊祀歌》中的《日出入》和《天门》两首。前者押韵没有规则,句式是五六五四四四六六四四四四七。其中六言和七言还都是散文句,但此诗读来却很顺畅,原因在开头两句后面所接“故春非我春,夏非我夏,秋非我秋,冬非我冬”,虽不押韵,却因连续排比,一气贯注。在间隔两个六言散文句以后,又接“吾知所乐,独乐六龙,六龙之调,使我心若”①,利用连续顶针,将四句连成一气。有这样两组语气连贯的诗行前后呼应,首尾和中间的散文句就可以看做变奏,而不觉得不谐调了。《天门》的句式最复杂,计有三四五六七言五种,似乎要尝试把当时新出现的句式都集中在一起。六言有三三节奏也有骚体式的三X二节奏。押韵变化也多,但是由于全诗基本上是两句连押再转韵,或隔句相押四句转韵,押韵之句意思多重复对称,从而形成两句一行的结构,而且前半以急促的三言为主,后半以相对舒缓的五六七言为主,形成了由快渐慢的节奏顺序。鼓吹曲辞中的《战城南》是带有叙事性的抒情诗,句式也有三四五七言四种,没有主导节奏,但是全诗根据内容的自然段落分成三个层次,构成三段意义连贯的杂言,并且以隔句押韵明确标示两句一行,以每段转韵的方式标示内容转换。开头“战城南,死郭北,野死不葬乌可食”是节奏最整齐的三三七句。接着“为我谓乌,且为客豪。野死谅不葬,腐肉安能去子逃”,隔句押韵,两个四言句一行,五言和七言句一行,由于五言和七言在诵读时都以三言音节结尾,所以谐调。下面再接一个句段“水深激激,蒲苇冥冥,枭骑战斗死,驽马徘徊鸣”,这四句在节奏上对前四句是一个重叠,同时本身又是两组对偶句构成的诗行。在间以“梁,筑室何以南,何以北”的散句后,再接“禾黍不获君何食,愿为忠臣安可得”两个排比反问句。最后“思子良臣,良臣诚可思。朝行出攻,暮不夜归”②,一行顶针加一行排偶。每个诗行之间的语意和句法联系紧密,所以虽然各诗行杂言的构成都不同,但节奏非常流畅。当然,汉乐府无主导节奏的杂言中也有个别诗例不靠诗行而能形成强烈的节奏感,《上邪》最为典型。从句式来看,全诗二、六、五、三、四、七、三、五都是单句组合,并没有偶句诗行。但这首诗以“上邪”的呼叫领起,喊出“我欲与君相知,长命无绝衰”的心声,六五组合完全是顺感情气势自然吐露的语言。后面连用五个不可能出现的自然界的反常现象来发誓,“山无陵,江水为竭,冬雷震震夏雨雪”三句层递推进到高潮,“天地合”在意义上更进一层,但短句却形成一个急顿,引出最后一句“乃敢与君绝”③,达到最高潮。最后四句句句押韵,又更强化了全诗一泻直下的气势。这是真正“以人声合天地元音”的化工之境,但这样的诗在汉乐府中太少见,唯有《有所思》与之相近。虽可作为杂言抒情诗的最高标准,却难以产生普及性的影响。

三

由汉乐府可见,杂言要脱离乐府的音乐节奏形成独立的诵读节奏,关键在节奏的有序。而由于每首杂言的组合方式不同,相比齐言更难找到节奏的规律,所以魏晋以后诗人尝试杂

① 郭茂倩:《乐府诗集》,中华书局1979年版,第5页。

② 同上书,第228页。

③ 同上。

言的非常少。即使偶有所作,一般也都用乐府体,因为其拟作虽然不一定入乐,但是汉乐府既已提供了无节奏规则的先例,就无妨视为一种"皆系于旧"的体式。如曹操的《气出唱》共三曲,都是高度散文化的杂言。但也能看出节奏整理的痕迹,如第一曲的第一节四言较多;四节的结尾都用三言。中间三节都以"东到……"领起,以求复沓。但第二曲则既不押韵,也毫无节奏感。《对酒》也是一首无主导节奏的长篇杂言,细看结构可分两层,上层是三三四五七三五七四五四四八,下层是六四五七三五六四五七八,大部分上下句式对应。但即使如此也无法形成流畅的诵读节奏,这样的杂言只能系于乐府。他的《秋胡行》虽然只是四言五言的不规则间隔,偶杂六言,也是没有主导节奏的。这说明曹操已经把这类杂言看做一种可以像散文一样自由表现的乐府体式,尚未能找到诵读节奏的规律。曹丕是一个爱好尝试各种新体的诗人。他在杂言节奏方面的探索值得注意,虽然仍有《临高台》这样没有规律的杂言,但是在其他诗里,都力求某种规则性。例如《秋胡行》在四言句式中规则地间隔两句五言句式,《陌上桑》在三五七、三三七、三三五、三四四、三五五的几种组合中寻找韵律。他的《大墙上蒿行》可称建安时期最长的杂言,结构犹如一篇大赋,可分六节来看:第一节为人生感叹,句式为六八六七六七六七七。其中六言均为二四节奏,八言为四四节奏,七言为四三节奏,这就构成六七的规则相间,但多不押韵。第二节写口腹之欲和游乐之欢,句式为六八六七四五七三四六七六七六四。前后仍以六七交替为主,中间的四五七三四,由于七言读如三四节奏,所以可构成两个三四句的重复。第三节和第四节铺陈四方宝剑,第五节写冠缨之美,均以四言为主,首尾杂五六七八言,好像是乐曲首尾的变奏。第六节写华屋歌舞之乐,以三三四四为主,中间穿插五六七言。由此可见曹丕采用的方法是尽可能把无主导节奏变成有主导节奏,整个长篇虽然没有主导节奏,但是每一层内容的转换都用不同的杂言句式组合,每一层组合都有一种主导的节奏,作为主导节奏的可以是一种句式,也可以是几种句式的交替组合。曹植的杂言虽少,但也有《桂之树行》这样的无主导节奏。他的方法是把几组相同的句式整齐地连缀在一起,这首诗分两节,第一节是三三六六五四四,第二节开头重复上一节开头的三言,后面接五五六六六六七七七。《当事君行》则是全篇六五六五的规则间隔,可说是最省事的处理办法。后来嵇康的《代秋胡歌诗》七章,前半首都是四五四五相间,也是如此。左延年《秦女休行》前半首为整齐的五言,从"女休西上山"之后,为杂言,自述杀人报仇过程用六五和五五为主导,被捕审问遇赦以六七为主。可见曹魏文人所作无主导节奏的杂言虽然不多,但是已将它看成一种独立的体式,并且摸索出一些使之节奏化的方法,这些方法的共同原理都是设法使无主导节奏变成有主导节奏,使无规则的杂言组合规则化。

晋宋的无主导节奏杂言还是主要见于乐府。节奏化的方法也大体沿袭曹魏。例如傅玄是创作乐府较多的诗人,他的《鸿雁生塞北行》全篇用六五句式交替组合。《白杨行》在五五、六六以及多组七七的排列中穿插三四五言;《云中白子高行》也像《大墙上蒿行》那样根据内容分层,每层杂言的组合方式不同。陆机的《日重光行》是一首毫无句式规律的杂言,但是中间每隔一两句就有一句"日重光",便使全诗有了节奏感。《月重轮行》前半首与《日重光》相同,以“月重轮”间隔重复,后半首主要以四五组合间隔。像这样的探索到刘宋时期还可以见到,如何承天的《鼓吹铙歌》十五首中的《巫山高》,全诗中有三组节奏基本相同,前两组是七四五四六三,七四五四四六,后一组是四四五四四四七,再从隔句用韵的情况来看韵脚多数落在四言上,这也使顿逗起到了规律性间隔的作用,读来就有节奏感。以上所举曹魏晋宋文人的杂言诗例虽然基本上没有脱离乐府,但是其趋于规则化的倾向说明作者越来越多地考虑诵读节奏的效果。特别值得注意的是:从傅玄开始,出现了极少数没有乐府题的杂言。如傅玄的《杂言诗》,题目虽然有可能不是本人所起,但显然不是乐府,又如《诗》,也是两句七言加两句八言。事实上晋宋时期的民间歌谣颇多与文人诗相似的杂言组合方式,如《凉州为张氏谣》是五六五七相加,《安帝元兴中童谣》和《安帝义熙初童谣》都是三三五五的组合,《西州为曲氏游氏语》是三五四四,《桓温府为郗超王殉语》是三三四四,这些杂言组合的基本类型也见于歌谣,可见魏晋民谣依然延续了两汉时期的杂言体式,是在民间口语中自发产生的,并不一定是配乐所致。晋宋时期出现的一些长篇杂言体诗,可说是文人们对乐府杂言和民间杂言体式及节奏规律探索的一个总结。谢庄的《怀园引》前半首为五五五五,三三七,五五三三七,五五七七七……;《山夜忧》中六六五五和五五七的重复与多句三言、六言、七言错综地组合在一起,其中的六言还有骚体句;《瑞雪咏》将三三四四六六七七无规则地混杂在一起,而以六言和七言句数为多,其中五六七言都夹杂骚赋句式。沈约的《八咏诗》也是三五七言和骚体句的成段组合。这些诗中虽也有带歌辞性的题目,但都完全脱离了乐府。在这样的长篇杂言中夹杂骚体句,更说明文人们企图将前代所出现的各类诗体的句式全部组合在一起,构建一种包容度最大的杂言诗体。这类杂言中虽然七言句数量增多,但还没有形成以七言为主导的节奏,是独立于七古之外的真正的“杂言古诗”。

这类无主导节奏的杂言古诗与有主导节奏的杂言相比,最明显的区别是六言句的较多使用。有节奏主导的杂言虽然也偶有少量六言句,但主要以三四五七言为主,其趋向是发展成七言杂古。而六言则在无主导节奏的杂言中起了重要的作用。六言的节奏非常不稳定,大致有三种:一是三三节奏,二是三 X 二节奏,三是二二二节奏(或二四、四二),而以第三种为多,这就是后来六言诗的标准节奏,前两种主要由骚体节奏形成。标准的四言和六言都是偶数音节构成,但与三五七言组合的感觉不同。三五七言都是奇偶相间的音节,五言和七言又都以三言音节收尾,所以容易合拍。由于七言体形成早期就与三言和四言节奏的组合有密切关系①,而且在五言体早期四言和五言曾有较固定的组合关系②,因此四言也可以和三五七言谐调。而标准六言句有三个双音节词,一旦掺入奇偶相间的三五七言中,就非常不容易找到一致的节奏感,但整齐的六言诗又正是从这类无主导节奏的杂言中产生的。

早在《诗经》的无主导节奏杂言中,就出现了偶数音节构成的六言句。如《魏风·伐檀》

---

① 见拙文《早期七言的体式特征及其生成原理》,《中国社会科学》2007 年第 3 期。

② 见拙文《早期五言的生成途径及其对汉诗艺术的影响》,《文学遗产》2006 年第 6 期。

中的“河水清且涟漪”,《秦风·权舆》中的“今也每食无余”,不过其间还夹着虚字。汉乐府中六言开始增多,但不少还是散文状态,如《郊祀歌》“日出入”中的“泊如四海之池,遍观是耶谓何”,《临高台》中的“令我主寿万年”,《上陵》中的“山林乍开乍合,曾不知日月明”,《远如期》中的“累世未尝闻之”,《乌生》中的“阿母生乌子时”等等,基本上都是单句与其他句式连缀,所以有了这类六言句的杂言更不容易找到节奏感,但这也反过来正说明两汉杂言诗是语言变革时期各种新型诗体节奏形成之前的产物。只不过六言的节奏化比三四五七言更晚。而对偶的六言往往是骚体句式,如《天门》中的“饰玉梢以舞歌,体招摇若永望”。《猛虎行》中的“饥不从猛虎食,暮不从野雀栖”则是两个一五节奏的排偶句。但是与其他新型诗体的句式节奏一样,六言也有一个寻找诗行节奏感的过程。其原理与早期七言体十分相似,主要是寻找单句的顺序连贯。如《上留田行》前面四句六言:“出是上独西门,三荆同一根生。一荆断绝不长,兄弟有两三人。”[①]《董逃行》中的最后一解“陛下长生老寿,四面肃肃稽首。天神拥护左右,陛下长与天相保守”[②],末句虽是八言,但“陛下”二字可看做衬字。四句意思连贯,且都是标准节奏。《满歌行》“为乐未几时”末解与此相同,六句连缀。《东门行》中多处以六言七言相配,形成诗行:“盎中无斗米储,还视架上无悬衣”,“他家但愿富贵,贱妾与君共餔糜。上用仓浪天故,下当用此黄口儿。”[③]也可以看出六言和七言在单句成行方面的共同点。这种六言节奏除了乐府民歌以外,还多见于民间谣谚。如《史记·佞幸列传》引谚:“力田不如逢年,善仕不如遇合。”《三国志·张既传》注引“关中为游殷谚”:“生有知人之明,死有贵神之灵。”《三国志·诸葛亮传》引襄阳乡里为诸葛亮谚:“莫作孔明择妇,止得阿承丑女。”《三国志·孙奋传》诸葛恪引里语:“明镜所以照形,古事所以知今。”[④]可见由三个偶数音节构成的六言主要是在民间歌谣中产生的。

汉魏诗人敏锐地发现了汉乐府杂言中的六言节奏与汉赋中常见的三 X 二不同,开始尝试六言体的写作。《文选》卷二〇《新亭渚别范零陵诗》注引蔡邕的《初平诗》两句“暮宿河南怅望,天阴雨湿滂滂”,逯钦立先生认为是诗序残文,非诗[⑤]。但是汉末有六言诗非此一例。孔融有六言诗三首,全部是二四节奏,而且像早期七言体一样,基本上句句押韵,没有对偶。曹丕的《上留田行》以六言为主,与汉乐府一样,六言均为二四节奏。《大墙上蒿行》第一、二解也多以六言和七言相间组合成诗行。《董逃行》则五句全为六言,且句句押韵,末二句还形成对偶:“戈矛若林成山,旌旗拂日蔽天。”[⑥]曹丕的六言诗更越出拟乐府的范围,扩大到古诗

① 《文选》卷二〇《豫章行》注引“古上留田行”,中华书局 1977 年版,第 395 页。

② 《乐府诗集》,第 504 页。

③ 同上。

④ 参见《先秦汉魏晋南北朝诗》卷一二《魏诗》,尚有一些其他例子。

⑤ 同上书,第 194 页。

⑥ 《太平御览》卷三三九,中华书局(影印)1960 年版,第 1556 页。

中去,如《黎阳作》八句六言,基本为散句,句句韵;《令诗》六言五句,也是单句散行,句句韵。此后嵇康的《六言诗》十章,也是如此,唯首句为五言。后来傅玄《历九秋篇》也用《董逃行》古题,全为六言,共十二首,每首开头都用一句骚体(第一首开头两句骚体),与张衡的《四愁诗》类似,也是句句押韵,单句成行。陆机的《董逃行》同样是全篇六言,五句一转韵,句句押韵,这与曹丕的《董逃行》为五句可能有关。《上留田行》在陆机手里已经变成九句六言的齐言诗,唯押韵无规则,末三句为句句韵。由曹丕和傅玄、陆机这些乐府诗与汉乐府同题乐府的关系,可以清晰地看出六言诗来自汉乐府中无主导节奏的杂言,而且其体式形成的方式与早期七言体相同。后来庾信为北周创作的燕射歌辞中有《羽调曲》五首,全为六言,以二四节奏为主,但是也夹杂着不少无节奏的散文句和三 X 二的骚体句式,庾信这样做或许是为了追求古意,所以将六言早期那些不合标准节奏的句式也纳入其中,但也恰好可以见出六言体形成的过程。与汉魏六言不同的只是这五组诗全部是对偶句。可见六言诗到齐梁也随着五七言一起走向了骈俪化。

那么六言在无主导节奏杂言中所起的作用是什么?在汉乐府和民间歌谣的杂言中,六言句多数呈现出散文化状态,首先是服从表现内容的需要,其次才是设法节奏化的问题。因此有相当一部分杂言的形成是没有自觉地处理节奏的意识的。六言开始形成节奏感,一般是两种方式,一是让单行的句句韵的六言多句连缀,使之在一个句段内自成节奏,如果不再掺入其他句式,就成为六言诗;文人早期的六言诗正是用这种方式整理而成的。也正因如此,六言较少成功的长诗。在魏晋六言长篇中,除了曹植的《妾薄命行》以外,最长的是傅玄的《历九秋篇》,张溥称"其言文声永,诚诗家六言之祖也"[①],胡应麟也称其"为六言绝唱"[②]。可能因为曹植诗只是对兰室洞房的华丽极尽铺陈之能事,辞意繁杂;而傅玄诗比较完整而曲折地叙述了女主人公在夫妻欢宴的热闹场面中,联想到红颜易衰、恐为夫君所抛弃的心理变化过程,就表情的委婉、文辞的雅丽和声调的绵长而言,颇似曹丕的《燕歌行》在早期七言中的地位,确实比当时其他的六言诗更符合抒情诗的要求。但此诗其实也是分为十二章(据《玉台新咏》,若按《诗纪》则为十二首),主要是在五句之内形成句意之间的连贯(实际是一句骚体加四句六言),与曹丕、陆机的《董逃行》以五句为一个节奏段是一样的。

二是使六言和其他句式整齐间隔,在文人创作的拟乐府里可以看得较清楚,除了上文提及的六七相间外,还有像曹植的《当事君行》和傅玄的《鸿雁生塞北行》全篇都以六五六五相间。不过比较常见的还是句段的规则间隔,如曹植的《桂之树行》中三三六六以及六六六和七七七的间隔;孙楚的《出歌》前半首以及孔欣的《猛虎行》以六六五五间隔等。这种规则性间隔说明部分文人掌握了六言以偶数音节为主的特点,有意使之与奇偶相间的五七言形成一种节奏规则交替的表现感觉。但是总的说来,六言在无主导节奏的杂言中虽然可以促使

---

① 张溥:《汉魏六朝百三名家集题辞注》,殷孟伦注,香港商务印书馆 1961 年版,第 105 页。

② 《诗薮·内编》卷一,上海古籍出版社 1979 年版,第 16 页。

节奏的最大自由化,但在不规则出现的情况下,极难与其他句式取得谐调以形成全篇流畅的感觉,所以在晋宋以后,当有主导节奏的杂言逐渐形成以七言杂古为主的趋向以后,这种无主导节奏的杂言就基本上退出了诗坛,后世只有极少数有大才力的诗人如李白才能自由驾驭。

四

有主导节奏的杂言的形成过程比较复杂。这类杂言往往是在某种齐言诗体的标准节奏形成过程中产生的。当该种齐言诗形成之后,保留一部分杂言,又可以使这种齐言诗的节奏感富有变化,更利于感情和语气的表达。早在《诗经》里,就可以看到诗人们对于这种杂言节奏感的自觉利用。《诗经》的主导节奏主要是四言,但也有少量以三言(如《召南·江有汜》、《郑风·遵大路》)或五言(如《卫风·木瓜》)为主导的。风诗中的杂言节奏变化较多,有两种形式较为常见:一种是以主导节奏四言规则间隔,如《郑风·缁衣》是四五四六,每句后有“兮”字。《齐风·鸡鸣》以四五四五间隔,《豳风·七月》第一章是四四五五四四五五四四四,《小雅·鱼丽》前三章都是四二四三等等;一种是首尾用杂言,中间用齐言,这种形式犹如中国古代乐曲的均拍谱开头和尾声的节拍变化①,避免了节奏的平板,如《魏风·汾沮洳》每章以四言为主,然后以两句三言重复,再以五言结尾,又如《唐风·椒聊》,四句四言,末二句是“椒聊且,远条且”两句感叹,这种重复和句式的变化对加强句末语气起了重要作用。全篇四言,结尾为一句五言或六言的形式也较多见,如《魏风·园有桃》、《郑风·狡童》、《桧风·隰有长楚》、《秦风·蒹葭》、《小雅·南有嘉鱼》等等。《小雅》不少篇章将这种每章末句用杂言的形式用到章法上,往往在末章突出杂言,如《天保》、《斯干》、《正月》、《十月之交》、《雨无正》、《大东》等等。这说明有主导节奏的杂言是在四言诗形成过程中,人们有意使之保留下来的体式,可以使相对整齐板正的四言变得活泼灵动。

以四言为主导的杂言也多见于汉代。但两汉时期四言的节奏结构发生了重要的变化,笔者曾在《汉魏两晋四言的新变及体式的重构》中指出,由于战国后期到秦汉初期四言词组趋向实字化,每句四言可以在语法上独立成句,不像《诗经》四言体那样要靠上下句相连才能形成一个完整的语法句子。在朴素的民间歌谣中,四言单句独立的变化就造成了单句连缀的篇制,有些内容无法完全用四言表达,需用其他句式,就形成了以四言为主导的杂言。较典型者如《孤儿行》全篇以叙事为主,内容较为琐碎,篇幅较长,在四言中夹杂了三言、五言和六言。《雁门太守行》叙述和称颂太守的德政,也都是单句连缀。但这类体式的杂言仅见于乐府,后来,曹丕的《临高台》、《大墙上蒿行》、《艳歌何尝行》中的若干解也是以四言为主的

---

① 如敦煌谱中除了无节拍的曲子以外,均拍谱开头和尾声都有谱字加减变化。

杂言。随着文人诗对实字化的四言体式的不断改造,这类杂言很快消失。直到梁代周舍的《上云乐》再次使用以四言为主导的杂言,描写西方老胡前来祝寿的情景,该诗具有明显的表演歌辞的性质①,也可见以四言为主导的杂言随着语言的变化和表演的需要,仍能显示出它的实用性。

两汉时期是五言体和七言体逐渐成型的时代,三言诗也在这时兴起,四言诗继续延续。因而有主导节奏的杂言主要由三、四、五、七这四种句型组成。较常见的组合有三三七、五七、三四七、三四或三五这几种。前三种都是以七言节奏为主导的。其中三三七和三四七两种都是在七言形成过程中产生,并且在七言体形成之后的相当长时期内仍然是相对固定的体式,尤其三三七式,直到唐代依然见于民谣。笔者曾经在《早期七言的体式特征和生成原理》和《论汉魏三言诗的兴衰》两篇论文中探讨过七言和三言的关系,以及七言句四三节奏形成的途径,认为标准的四三节奏的七言句是在韵文的四言词组和三言词组逐渐实字化之后形成的,三言诗在西汉的大量出现,四言诗虚字和兮字的消失,是七言节奏形成的前提,因此最早的七言句段大都是和三言四言一起出现的。早期七言句曾经历过一个在三言和四言节奏之间徘徊不定的过程,所以汉代的杂言中多见三与七、四与七或三四七的组合。纯七言和骚体七言的相杂也基于这一基本原理。早在荀子《成相篇》里就出现了由三三七四七的规则组合连缀成长篇的形式,睡虎地秦简中的《为吏之道》有八首形式与之相同的韵文,说明在战国末年到秦汉之交这种杂言已经形成相对稳定的体式。汉郊庙歌辞的《安世房中歌》多见七言句段和三言句段的组合,《郊祀歌》中《天地》为四与七、三与七的组合,《景星》则是前半四言,后半七言。鼓吹曲辞中的《思悲翁》、《艾如张》、《上之回》、《圣人出》都是三与七或三四七相杂,但还没有形成固定的组合规则。四言与七言的组合,在两汉时期的歌谣乐府中也不少见。但这种节奏配合无论押韵与否,读起来都不太自然,后来逐渐被三与七及五与七的组合所取代,晋宋以后迅速减少。

七言和三言四言的组合后来逐渐倾向于和三言节奏取得一致。《薤露》为三三七七,《平陵东》全篇为三三七七七三三七三三七,《陌上桑》"今之人"为三三七的规则组合,舞曲歌辞中的《淮南王》以两组三三七七带起全篇七言,是汉乐府中比较规则的三七组合的杂言形式,但还不多见。汉乐府中以七言为主导的杂言不规则的较多,在三言四言之外,夹杂五言乃至十言九言的也有,如《乌生》,这说明汉乐府中以七言主导的杂言是七言诗的形成过程中的产物,尚处于摸索节奏规律的阶段。这种形态与当时的民谣是完全同步的。

三三七的固定组合主要是在魏晋文人手里形成的。曹操和曹植的《陌上桑》模仿汉乐府《陌上桑》"今之人",全篇以三三七规则间隔,曹植的《平陵东行》以七言为主,开头是两组三三七,此后陆机的《陌上桑》、《鞠歌行》、《顺东西门行》,谢灵运的《顺东西门行》,鲍照的《代

---

① 参看笔者与户仓英美合作之《日本吴乐与南朝乐府》,《唐研究》第10辑。

雉朝飞》,谢惠连的《鞠歌行》、《顺东西门行》,徐勉的《迎客曲》、《送客曲》,高允的《王子乔》等均为三三七的规则交替。由此可见三三七已经在文人拟乐府中形成了一种固定的体式。而此体在民谣和乐府歌辞中也颇多见。如无名氏的《拂舞歌辞》"济济篇"、(晋)《杯盘舞歌诗》,何承天的《鼓吹铙歌》十五首中《思悲公》、《战城南》、《上陵》、《有所思》、《临高台》等,北齐崔氏有一首《面贵面辞》虽不见于古题,但也列在杂歌谣辞中。至于梁代和北魏民谣中三三七体更是常见,不能一一列举。以上所有诗例基本上没有越出古题乐府和民谣的范围。可见此体一直被魏晋以后的文人们视为从乐府延续下来的特定形式。而民谣中的三三七则由于其顺口和节奏感强而一直延续到唐代。除了三三七的规则交替组合以外,三言和七言的不规则组合也很多,这说明三七言体虽然是七言形成过程中的产物,但是人们在发现三言与七言最容易取得鲜明的节奏感以后,就自觉地加以利用,最终使其成为后世最常用的杂言体式。

三言和五言的组合由于节奏的落脚点在三言,曾延续了相当长的一段时期。三言和五言的配合是在三言兴起、五言诗形成之初的特定时期产生的。与三言和七言的组合有类似之处,是两种新型句式的自然混合。因为五言体和七言体的产生也几乎是同步的。像《成帝时童谣》"燕燕尾涎涎"就是两组五三三的连缀加两句三言。汉乐府《西门行》除了最后两句七言以外,基本上是三三五五(这句《文选》作"当复待何时")、三三三五五、三三五五,也是多句三言和五言的交替组合。但是汉魏乐府中单纯的三五组合比较少见,往往与四言和七言杂糅在一起,或者作为一个节奏段落和三七体混用,如曹丕的《陌上桑》是三三七、三三五、三四四四、三五七、三三七、三五五三,可以看出摸索三五七节奏组合的意图。左延年的《秦女休行》、曹植的《桂之树行》里也有三五五的节奏段落。后世文人尝试三五体也极少见,如王筠的《楚妃吟》试过六句三言一句五言、两句三言加多句五言的写法。顾野王的《艳歌行》其三除了开头以三三七起以外,全篇以三三五五规则交替。相比之下,晋宋齐梁民谣乐府中三三五五的组合却较文人诗稍多,如《安帝元兴中童谣》、《安帝义熙初谣》,沈麟士引童谣[1],荀伯玉闻青衣小儿语[2],宋《明堂歌》九首中的"王公上寿歌",梁乐府《方诸曲》,梁武帝时谣[3],江陵童谣等等,但都是短篇。

三五组合不如三七组合常用,其原因可能是谣和乐府的三五杂言都非常短小,而且句式组合主要取决于内容,缺乏明确的节奏意识。如果组成长篇,节奏感就不如三三七体。因为长篇需要诗节的层次感,三三七不仅突显了七言中三言和七言节奏感的一致性,而且一组三三七就是一个诗节。如鲍照的《代雉朝飞》由四组三三七组成,前两组押同一韵,后两组转两次韵,加上顶针,更为流畅,这就容易勾连成层次分明的长篇。而三五组合中的五言二三节

① 《先秦汉魏晋南北朝诗》,第1484页。

② 同上。

③ 同上书,第2140页。

奏切分的感觉不如七言的四三节奏感明显，因此三三五五的组合在诵读时实际上不能形成以三言为主的铿锵韵律。这就导致三五组合往往要借助七言来强化三言和五言在三言节奏上的内在一致性。对于这一点，也是魏晋文人在创作实践中逐渐摸索出来的。汉乐府几乎没有三五七言的组合，较早将三五和三七组合在一起的是陆机的《日重光行》，首尾都用三五三七，中间多用三言，只是还夹杂有少数四言和六言，但可以明显看出其借七言以强调三五七言之间在三言上节奏相通的感觉。此后三五七言的组合就越来越多见。后来谢庄的长篇《怀园引》前半首在两句五言或四句五言中有规则地穿插三三七或七七七，这就使每个诗节的组成更加分明。刘孝威的《乌生八九子》前半首以两句三言和四句五言组合，再加两句三分三体，显然是为了突出五言中的三言节奏。转韵以后以两组三句七言加三句五言规则交替。前后相映，可以看出其节奏点还是以三言为引导。

五言虽然可以和三言谐调，但三言节奏不太鲜明，所以可在七言和三言的急促节奏中起一种缓冲作用。如晋杂曲歌辞中的《休洗红》两首都是三五五五七七，刘妙容的《宛转歌》两首都是三五七七、三五五五，声情较为婉转。至齐梁时便出现了被后世称为"三五七言"的一种抒情体式。张率的《长相思》其一为三三七三三五五五五，其二为三三七七五五五五；后来陈后主、徐陵、陆琼、江总的《长相思》都是模仿其一的句式构成，形成一种定式，类似于唐宋的词。陶弘景的《寒夜怨》与张率词的格式也很近似，由三三七七七、三三三五五构成。值得注意的是：由于五言的加入并作为结尾，这样的组合消减了三三七体过于铿锵快速的节奏感，而形成了一种悠扬舒缓的节律，特别适合表现柔婉的相思之情，张率原写遥夜对美人的思念，陶弘景原写长夜凄切的相思，三言不但不觉得短促，反而有助于加强感叹语气。后来李白的三五七言《秋风清》以及著名的《长相思》即由此而来，但后诗以两句三言"长相思，摧心肝"结尾，与人的长吁短叹的神情语气更为切合。唐宋词多写男女相思，也好用三五七言，显然与五言在三言和七言中的节奏调剂作用有关。

五言和七言的组合是宋齐之后杂言诗的主流，由于牵涉问题较多，笔者另有《中古七言体式的转型》一文展开论述，此处不赘。

综上所论，先唐杂言可以分为无主导节奏和有主导节奏这两大类。无主导节奏的杂言一般是在诗歌语言发生重大变化之时，人们在摸索各种新型句式和诗体的过程中产生的，是长短不齐的散文句没有找到节奏的自然状态。要使这种自然状态趋向固定，其主要出路还是寻找节奏的规则变化，因此先秦和西汉初期这种无主导节奏的杂言形态不可能长久持续，必然走向整齐化和节律化。有主导节奏的杂言一般是伴随着某种新型诗体的形成而产生的，四言体式的变化，三言诗、五言诗和七言诗的形成初期，都带来了以这四种句式为主导的杂言。其中一部分如三三七、三五七、五七体由于能够找到节奏之间的谐调感，遂在文人创作中固定下来，形成后世常用的杂言形式。

中国诗学讲究不同的诗体有不同的表现感觉和艺术规范，这在相当大程度上是与这种诗体的节奏感联系在一起的。但是杂言诗的节奏形态比较复杂，表现感觉也不能一概而论。

总的说来,杂言主要存在于乐府之中,由于原初的杂言以歌唱节奏为主,其长短句式不由诵读节奏决定,后世的乐府诗尤其是拟乐府虽然不一定配乐,而且努力追求节奏的规则感,但也基本上延续了原初体式节奏相对自由的传统。所以在中国诗学中,“杂古”往往与乐府混为一谈,其表现感觉是服从于乐府的。

在无主导节奏的杂言诗中,四言和六言与三言、五言、七言的杂糅,尤其是六言的加入往往不容易找到节奏感和表现感觉,直到词的出现,这个问题才解决。其原因应该与杂言诗与词的表现感觉不同有关。杂言诗无论如何复杂,只要是采用诵读节奏,首先要求的是节奏的流畅和句意的连贯。六言虽有三种节奏,但以二二二为主,三个双音节词的组合使之无法用单音节虚字、副词、介词等调节节奏,只适合排比、罗列。与七言相比,七言是一个四言和一个三言的短句构成的,六言则好像是一句半,因而在句意的表达上带有一种截断性,需要其他句式的呼应来足成其意,或者也可以说对其他句式具有一种依附性和期待感,如果全篇六言,就自有一种含蓄的感觉,尤其八句之内的短篇,能留有韵味,王维的《田园乐》七首六言,就充分利用了六言诗的这种表现感觉。但在杂言诗中,与六言相配合的句子往往缺乏这种满足六言期待的自觉。而词对诵读节奏的要求让位于对词的韵味的要求,这种韵味除了与词意配合非常密切的句读节奏感以外,还与词的句意的跳跃性所带来的暗示性有关,因而六言句的这种截断性特别适合词的表现,却不容易在杂言诗中找到谐调感。此外,先唐杂言诗里的六言的诗行构成方式不稳定,既可单句,也可双句;加上人们对六言的认识始终没有放弃三三节奏和赋体的三X二节奏,这就使六言的诗行组合更加不稳定。也正因如此,无主导节奏的杂言在晋宋之后基本上从主流诗坛消失,杂言诗的发展趋向必然是以七言与三言、五言的组合为主,这就是“杂古”最终发展成七古附庸的原因。

杂言诗因为句式长短不一,节奏的变化较多,从理论上说较之齐言诗更为自由,能更好地表现感情语气的变化,因此杂言诗的最高艺术境界是表现合乎天地元音的自然心声。但从以上分析可以看出,要使长短句做到心口相应,自然具备流畅和谐的节奏感,绝非易事。汉乐府中,只有《上邪》、《有所思》、《战城南》等少数精品才能达到。文人中则只有鲍照和李白、杜甫等少数诗人才能做到,而鲍照和杜甫的杂言主要是以五七言为主导节奏的杂言,真正能在无主导节奏的杂言中,做到自由运用各种句式甚至包括赋体句、散文句而又能形成天然节奏感的只有李白。因此,研究先唐杂言诗的节奏特征和发展趋势,不但有助于了解中国古典诗歌以齐言为主的原因、杂言诗各种体式的成因及其与词的节奏和表现感觉的差异,而且对于更深刻地理解大诗人的创作成就也颇有助益。

(原刊《文学遗产》2008年3期,人大报刊复印资料《中国古代近代文学研究》2009年第1期转载)

“鸿都门学”事件考论

——从文学与儒学关系、选举及汉末政治等方面着眼

钱志熙

汉灵帝设立“鸿都门学”并招集众多文士从事辞赋及书法等文艺创作活动，是汉末文学史上的一个重要的史实。但是，它在当时还引起了政治上的矛盾并遭致朝臣们的非议，所以也成了一个政治事件。因为鸿都门学士们的创作都没有保存下来，我们没法对它做具体的研究①，所以从一般的文学史叙述的角度来看，似乎也没有特别关注的必要。但是，无论是作为一个文学史实还是作为一个历史事件，“鸿都门学”都有深层的政治与文学史的背景，其中蕴涵着若干历来未曾解明的文学史及历史的事实真相。本文主要从汉代儒学与文学的复杂关系、选举制度与文人群体的阶层构成等方面考察鸿都门学事件的发生原因，为历史学家与文学史家在叙述鸿都门学及鸿都门学事件时提供比较可靠的结论。

一

关于鸿都门学的设立，诸家的后汉史书多有记载，范晔《后汉书·灵帝纪》光和元年(176)条下记：

> 已未，地震。始置鸿都门学生。

李贤《后汉书》注曰：

> 鸿都，门名也，于内置学。时其中诸生，皆敕州、郡三公举召能为尺牍辞赋及工书鸟篆者相课试，至千人焉②。

王先谦《后汉书集解》曰：

---

① 刘勰：《文心雕龙·时序》“降及灵帝，时好辞制，造羲皇之书，开鸿都之赋，而乐松之徒，招集浅陋，故杨赐号为欢兜，蔡邕比之俳优，其余风遗文，盖蔑如也。”(《文心雕龙》，范文澜注，人民文学出版社 1958 年版)可见鸿都学士的作品，南朝文人已不能见。

② 范晔撰，李贤注：《后汉书》，二十四史校点本，中华书局 1965 年版。

汪文台曰:御览二百一引华峤《书》,置学下有"画孔子及七十二弟子像"十字。《文选》任昉《让吏部封侯表》注引华《书》,其诸生皆敕州郡三公举用群召。或出为刺史太守,入为尚书侍中,乃有封侯赐爵者,士君子皆耻与为列焉。

又司马彪《续汉书》曰:

光和元年,初置鸿都门生。本颇以经学相引,后诏能为尺牍辞赋及工书鸟篆相课试,至千人。皆尺一敕州郡三公等举用辟召,或典州郡,入为尚书侍中,封侯赐爵。①

又范晔《后汉书·蔡邕传》:

初,(灵)帝好学,自造《皇羲篇》五十章,因引诸生能为文赋者。本颇以经学相招,后诸为尺牍及工书鸟篆者,皆加引召,遂至数十人。侍中祭酒乐松、贾护,多引无行趣势之徒,并待制鸿都门下,憙陈方俗闾里小事,帝甚悦之,待以不次之位。

《后汉书·阳球传》载《奏罢鸿都文学》:

伏承有诏敕中尚方为鸿都文学乐松、江览等三十二人图象立赞,以劝学者。臣闻传曰:"君举必书。书而不法,后嗣何观。"案松、览等皆出于微蔑,斗筲小人,依凭世戚,附托权豪,俛眉承睫,徼进明时。或献赋一篇,或鸟篆盈简,而位升郎中,形图丹青。亦有笔不点牍,辞不辩心,假手请字,妖伪百品,莫不被蒙殊恩,蝉蜕滓浊。是以有识掩口,天下嗟叹。臣闻图象之设,以昭劝戒,欲令人君动鉴得失。

《后汉书·蔡邕传》载《上封事陈政要七事》:

五事:臣闻古者取士,必使诸侯岁贡。孝武之世,郡举孝廉,又有贤良、文学之选,于是名臣辈出,文武并兴。汉之得人,数路而已。夫书画辞赋,才之小者,匡国理政,未有其能。陛下即位之初,先涉经术,听政余日,观省篇章,聊以游意,当代博奕,非以教化取士之本。而诸生竞利,作者鼎沸。其高者颇引经训风喻之言,下则连偶俗语,有类俳优;或窃成文,虚冒名氏。臣每受诏于盛化门,差次录第。其未及者,亦复随辈皆见拜擢。既加之恩,难复收改,但守奉禄,于义已弘,不可复使理人及仕州郡。昔孝宣会诸儒于石渠,章帝集学士于白虎,通经释义,其事优大,文武之道,所宜从之。若乃小能小善,虽有可观,孔子以为"致远则泥",君子故当志其大者。

《蔡邕传》载《对诏问灾异八事》云:

上方巧技之作,鸿都篇赋之文,宜且息心,以示忧惧。

---

① 《太平御览》卷七四九、九二〇,中华书局1960年影印本。又参见周天游《八家后汉书辑注》,上海古籍出版社1986年版,第307页。

《后汉书·杨赐》载《虹蜺对》:

> 又鸿都门下,招会群小,造作赋说,以虫篆小技,见宠于时,如驩兜、共工,更相荐说,旬月之间,并各拔擢,乐松处常伯,任芝居纳言。郄俭、梁鹄,俱以便辟之性,佞辩之心,各受丰爵不次之宠,而令搢绅之徒,委伏畎亩,口诵尧、舜之言,身蹈绝谷之行,弃捐沟壑,不见逮及。冠履倒易,陵谷代处,从小人之邪意,顺无知之私欲,不念《板》《荡》之作,虺蜴之诫。殆哉之危,莫过于今。幸赖皇天垂象谴告。《周书》曰:"天子见怪则修德,诸侯见怪则修政,卿大夫见怪则修职,士庶人见怪则修身。"唯陛下慎经典之诫,图变复之道,斥远佞巧之臣,速征鹤鸣之士,内亲张仲,外任山甫,断绝尺一,抑止槃游,留思庶政,无敢怠遑。冀上天还威,众变可弭。

以上是史篇所记载的有关鸿都门学的原始文献,相互参看,可得其史实之全貌:汉灵帝好辞赋,曾著《皇羲篇》,因于鸿都门内设学,招集学士。[①] 鸿都门学最初虽以儒术经义为名义,但很快就成了专门创作辞赋及尺牍、书法以供奉君主的机构。其员数多达千人,其中许多人被拔擢为官,待以不次之宠,引起了朝野的纷议。鸿都门设立不久,就遭到朝臣们的谏议,后来灵帝是否接受朝臣的意见,立即罢停鸿都门学,史书没有记载。但从史书没有再提鸿都门的事情来判断,应该是遭致谏议后很快就罢停了,并且罢停也应该是光和元年当年的事。但灵帝宠用辞赋书法之士,应该早在设立鸿都门学之前。

灵帝设鸿都门学,被视为汉末乱政之一,当时之非议不待说。后世叙及,亦多以其专重文艺而轻经术,淆乱人才选举之正途而不加以姑息。如《文选》卷三八载任昉《为范尚书让吏部封侯第一表》中有这样的话:"齐季凌迟,官方淆乱。鸿都不纲,西园成市",[②]将灵帝拔擢鸿都门学士与其西园鬻官相提并论。范云本以文学见长,南齐永明间与沈约、萧衍等同属竟陵八友。萧衍篡位后,旧日之文学交游多被授以不次之位,以范云为"散骑常侍吏部尚书,封霄城县侯"。任昉的这封让官表,就是为范云写的。任、范等都以文学侍从而得高位,其实际的情况与鸿都门学士很接近。可是他们仍然以拔擢鸿都门学士为汉末之失政,并认为齐末之用人也有与此类似的情况。王安石《和王乐道读进士试卷》:

> 文章始隋唐,进取归一律。安知鸿都事,竟用程人物。变今嗟未能,于己空自咄。流波亦已漫,高论常见屈。故令俶傥士,往往弃堙郁。皋陶叙九德,固有知人术。圣世欲尔为,徐观异人出。[③]

屠寄(字敬山)《杂诗》:

---

① 按唐张彦远《历代名画记·叙画之废兴》:"汉明雅好丹青,别开画室,又创立鸿都学以集奇艺,天下之艺云集。"(《从书集成初编》本)据此,则鸿都门学为汉明帝初创。这一点有待考证。

② 《文选》卷三八,中华书局1977年影印胡刻本。

③ 《全史诗》卷五四七。

隆汉盛公卿,郁郁登天衢。致身本经术,应务良不疏。《春秋》可折狱,《三百》当谏书。如何中道衰,渐用章句儒。章句亦不足,篆刻徒区区。河间工数钱,乃更开鸿都。居官且食雁,不恤城上乌。①

王安石批评鸿都门学,以文章来"程人物",与其反对科举以试诗赋的政治观点是一致的。屠寄是近代史家名家,其论鸿都门学,正是着眼于其对汉代以经术选举人物的制度的败坏,将之与汉末诸乱政并论,实具史家之深识。当然,后世文人学士,有时也艳羡以鸿都门学士以文章书艺为帝王所重为。欧阳修《上胥学士〈偃〉启》云:"禅衣曲裾,暮召大台之对;尚方给札,霈洒鸿都之毫。"②苏辙《栾城三集》中《画学董生画山水屏风》云:"承平百事足,鸿都无不有。策牍试篆隶,丹青写飞走。"③清人章甫《半崧堂集简编》中《送崇文书院山长熙台梁广文归榕城序》文中亦云:"应礼闱而选鸿都,眷仕版而登风沼。"④隋唐以降,科举以文章取士,其渊源正可追溯到灵帝设鸿都门学以辞赋取士创举。所以后世文人以鸿都门学士比喻以文章书艺受知帝王的文人,也是十分恰当的。从这里正可以看到"鸿都门学事件"的发生,实与当时历史背景有直接的关系。

鸿都门学因君主的爱好文艺而设立。汉自武帝独尊儒术,经学崇重,辞赋被视为致远必泥的小道。但汉代君主之好辞赋诸艺,却又其来有自,这是因为辞赋原近于俳优,与小说家邻,在汉代是一种具有较高的娱乐功能的文学样式。其铺张扬厉,设为大言眇词,或连类相喻,都颇能满足帝王的侈心与好奇心。其情况与汉代帝王之爱好俗乐,实为相近。汉武时期,梁孝王好辞赋,曾招集枚乘、吾丘寿王、淮南小山等辞赋之士从事创作,汉武帝也爱好辞赋,朝廷聚集司马相如、王褒等人,这两人都对汉赋的兴盛直接地起了推动的作用。但帝王之爱好辞赋,也常被视为不正当的爱好,如武帝即曾因爱好辞赋而遭谏诤,他只得以好女工绡縠自嘲,以解臣下质难之辞。灵帝的爱好辞赋文艺,应是继承汉室帝王爱好文艺的传统,谢承《后汉书》还记载"灵帝善鼓琴,吹洞箫"⑤。所以,诸臣的谏罢鸿都门学似乎也仍然可以纳入臣子谏劝君主重儒道、斥远末技的传统模式中来理解。其之所以酿成政治上的严重争端,似乎只是因为灵帝好之过甚的缘故。宋人马端临论云:

按灵帝之鸿都门学,即西都孝武时待诏金马门之比也。然武帝时虽文学如司马迁、相如、枚皋、东方朔辈,亦俱以俳优蓄之。固未尝任之要职,而灵帝鸿都门学之士,至有封侯赐爵者,士君子皆耻与为列,则其人品可知。然当时太学诸生三万余人,其持危言核论以激浊扬清自负者,诛戮禁锢,殆靡孑遗。而其在学授业者,至争第相更告讼,无复

① 《晚晴簃诗汇》卷一七八。

② 《欧阳修集》卷九五,商务印书馆《国学基本丛书》本。

③ 《栾城集·栾城三集》卷三,曾枣庄校点,上海古籍出版社1987年版。

④ 《晚晴移诗汇》卷一七八。

⑤ 王先谦《后汉书集解》(中华书局1984年影印本)卷八:"汪文台曰:《太平御览》卷五八一引谢承《后汉书》。"

> 廉耻。且当时在仕路者,上自公卿、下至孝廉茂才,皆西园谐价,献修宫钱之人矣!于鸿都学士乎何诛![1]

马氏拿鸿都门学与待诏金马门相比,试图以好之过甚来解释群臣极谏的理由。但他联系当时士林及朝廷选官更加腐败的情况,觉得在这种情形下时人对灵帝重用辞赋之士的反映如此激烈,颇有不可理解之处。马氏的疑问正是问题的所在。看来仅用传统的帝王好辞赋来解释鸿都门学的设立,以及仅用儒臣以直道谏劝君主崇道德、斥末艺小道来解释诸儒的直谏,都是不够的。事实上,鸿都门事件牵涉更复杂的学术与政治背景,蕴藏着丰富的意义。

二

从思想文化的层面来看,造成灵帝及鸿都门学士与朝野舆论者之间的矛盾的最直接的原因,当然是汉代的儒学与文艺之间复杂的关系。应该说汉代文学的发展,是以儒学的繁荣为基础的,汉代流行使用的"文学"一词,虽然主要是指经艺之学,但也包括一般的文献与文学在内。汉代州郡设文学掾,其职掌正是经艺及文献、文翰,张衡《南阳文学儒林书赞》云:"南阳太守上党鲍君,愍文学之弛废,怀儒林之陵迟,乃命匠修而新之。崇肃肃之仪,扬济济之化。"[2]王粲《荆州文学记官志》云:"夫文学也者,人伦之守,大教之本也。"[3]蔡邕《杨复碑》:"文学之徒,拥书抱籍,自远而至,禀采丰华基酌洪流者,雍雍焉,訚訚焉。"[4]从上述用例可窥汉代"文学"一词的内涵是比较丰富的。汉儒以经艺为本业,文章为末技,但文章的制作有时也被视为儒者的分内之事,如《后汉书·文苑传》载光武时杜笃因结怨于美阳县令而被送京师,陷狱,"会大司马吴汉薨,光武诏诸儒诔之,笃于狱中为诔辞最高,帝美之,赐帛免刑"。由此例可知,汉代立于朝庙的儒者,同时兼有制作文艺的义务,而汉代的庙堂文艺,诸如郊庙歌诗之类,也都是由儒者制作的。王充《论衡·超奇篇》亦曰:"杼其义旨,损益其文句,而以上书奏记,或兴论立说,连结篇章者,文人、鸿儒也。"[5]但汉代的儒者,不是都能擅长文章与著述的,长于辞赋者更只是其中的少数。汉代人称写作文章为属文,《后汉书》卷四五《周兴传》载尚书陈忠上疏荐兴曰:"属文著辞,有可观采。"同疏中并云:"臣等既愚暗,而诸郎多文俗吏,鲜有雅才,每为诏文,宣示内外,转相求请,或以不能而专己自由,辞多鄙固。""雅才"即能属文之谓,在儒者中只有少数人具有雅才,所以班固《汉书》、范晔《后汉书》在记叙擅文之士时,多予以特别指出,如《汉书》卷四八《贾谊传》:"年十八,以能诵诗书属文称于

---

① 《文献通考》卷四〇"学校一",商务印书馆《万有文库》本。

② 严可均辑:《全后汉文》卷五九。

③ 同上书,卷九一。

④ 同上书,卷七九。

⑤ 黄晖:《论衡校释》本,台北商务印书馆1964年版。

郡中。”卷五八《兒宽传》:“善属文。”卷六四《终军传》:“少好学,以辩博能属文闻于郡中。”卷七二《薛方传》:“方居家以经教授,喜属文,著诗赋数十篇。”卷八八《董仲舒传》:“仲舒通五经,能持论,善属文。”又《后汉书》卷一四《刘睦传》:“睦能属文,作《春秋旨义终始论》及赋颂数十篇。”卷二八《周邑传》章怀注引《东观记》曰:“邑有大节,涉学艺能,善属文。”卷三一《苏章传》:“章少博学,能属文。”卷四〇《班固传》:“年九岁,能属文诵诗赋。”卷五二《崔骃传》:“年十三能通《诗》、《易》、《春秋》,博学有伟才,尽通古今训诂百家之言,善属文。少游太学,与班固、傅毅同时齐名。”卷五九《张衡传》:“衡少善属文,游于三辅,因入京师,观太学,遂通《五经》,贯六艺。”卷六〇《马融传》“京兆挚恂以儒术教授”,章怀注引《三辅决录注》:“恂字季直,好学善属文,隐于南山之阴。”卷八〇《边让传》:“少辩博,能属文。作《章华赋》,虽多淫丽之辞,而终之以正,亦如相如之讽也。”从上述例举,我们可以看到,一方面,汉代的辞章之士本身都是儒学者,并没有脱离儒学的专门的辞章之士存在;但另一方面,在汉代儒者中,擅长辞章者只是少数的一部分人。汉儒并非都能文章,文章并非汉儒必具的修养;而且一直被认为是可有可无,有时甚至被视为无益于身心与治道的末艺。这一点是汉代文人群体与后世文人群体区别最大的地方。正因为这样,汉代儒林对于文学一直有一种强固的保守观念。这是汉代纯文学遭遇尴尬境地的根本原因。从这一点来讲,汉代的儒学与文学又是矛盾的,儒学是压抑着文学的。鸿都门学事件的发生,当然是与这个基本的文化背景直接相关。

但是,文人文学的发展是一种必然的趋势,文学本身在内容与功能上脱开儒教国家的教化、礼乐而求独立的表现,也是一种必然趋势。后汉时期,文学之士开始受到了较高的待遇,部分儒者甚至以辞章扬名取仕。从史书所载可知,文章之士在州郡、朝廷都有一定的名声。尤其是东汉的幕府多招集文章之士,开魏晋以下文学之士依附权要的先声。如《后汉书·傅毅传》载:

> 车骑将军马防,外戚尊重,请毅为军司马,待以师友之礼。及马氏败,免官归。永元元年末,车骑将军窦宪复请毅为主记室,崔骃为主簿。宪大将军,复以毅为司马,班固为中护军。宪府文章之盛,冠于当世。

所谓“宪府文章之盛,冠于当世”这一句话,也能反映出当时的幕府蓄文章之士的一般情形。这种情况,开了魏晋时期幕府、藩府集中文章之士的先声,很值得注意。由于辞章之术的确是儒术之外另一种不可缺少的术艺,不仅具审美之价值,而且有应世的功能;所以我们看到东汉以降,儒林开始逐渐重视辞章之术,儒学宗师如挚恂及其门生马融,都以文章见长。又如《后汉书·文苑传》所载如边韶“以文章知名,教授数百人”;“夏恭字敬公,梁国蒙人也。习《韩诗》、《孟氏易》,讲授门徒常千余人”;“恭善为文,著赋、颂、诗、《励学》凡二十篇。年四十九卒官。诸儒共谥曰宣明君”。可见辞赋也是渐成儒者重视的一种学问,并且隐然形成辞章之学的传承,如夏恭“子牙,少习家业,著赋、颂、赞、诔凡四十篇。举孝廉,早卒,乡人号曰文德先生"。夏牙所谓家业,不仅是指儒学,更主要是指辞赋篇章之学。与这种风气相关的是,东汉后期,士林开始重视才华术艺之士,王充《论衡》就颇为推重才性,崇尚博通能文章论义的儒者,如赞扬扬雄能"作奇论,造新文"(《论衡·齐世》);又赞其并世之够兴文造论的才士云:"案东番邹伯奇,临淮袁文伯、袁文术,会稽吴君高、周长生之辈,位虽不至公卿,诚能知之囊橐,文雅之项雄也。观伯奇之《元思》、太伯之《易章句》、文术之《咸铭》、君高之《越纽录》、长生之《洞历》,刘子政、扬子云不能过也。盖才有深浅,无有古今;文有伪真,无有故新。广陵陈子回、颜方,今尚书郎班固,兰台令杨终、傅毅之徒,虽无篇章,赋颂记奏,文辞斐炳,赋像屈原、贾生,奏像唐林、谷永,并比以观好,其美一也。当今未显,使在后世,则子政之党也。"(《论衡·案书》)王充首先推重的当然是子书及专著,但对于赋颂记奏之辞的单纯的辞章艺术,也给以很高的评价。由此可见,东汉时期,习辞赋文章已为士人的重要出路之一。以文章而显扬声名的,历代有人,这种情况至汉末更为突出。上面提到的上奏朝廷建议罢斥鸿都门学的蔡邕,其本人就是以辞赋碑颂扬名朝野的一位,其文学成就正足以反映后汉文学风气的高涨及儒者善文之士在朝野中地位的提高。

应该说,灵帝设立鸿都门学,与汉末儒林渐重文艺的整体风气是直接联系的。鸿都门学最初设立时,仍以儒学为名义,但很快成为聚集文艺之士的地方,成为一种文艺创作的机构,正是上述风气的反映。设立这样的文艺创作的机构,本来应该说是一种适时之举,《三国志·明帝纪》也记载明帝时"置崇文观,征善属文者以充之"。时代虽稍后,但大致也可证明,朝廷或君主设立机构容纳文章之士,并非过分之举。但是,灵帝设置鸿都门学,却遭到群臣这样严厉的谏阻,甚至视为招致天谴的失政行为,而谏阻者中还包括当时公认为文章大家、并曾奉灵帝命品第鸿都门学生的辞赋的蔡邕。这种情况,无论如何,单从汉代儒学与文学的矛盾的普遍情况来解释,还是有真相难明的地方。

三

鸿都门学士招致非议的主要原因,不是招集辞赋之士这件事本身,而是汉灵帝因鸿都学士善为辞赋及书画而给予高官厚禄。灵帝不仅宠用辞赋之士,而且亲用尺一诏敕州郡公卿举荐鸿都诸生,其高者外为州郡刺史,内为侍中尚书,及至封为列侯,甚至"诏敕中尚方为鸿都文学乐松、江览等三十二人图象立赞,以劝学者"。以前汉武帝好辞赋之士,司马相如等人也被授予官职,但并没有这样重用。所以从深层来讲,引起非议的原因,就是因为召集拔擢鸿都门学士打破了汉代传统的选举及任官的制度,在当时已经矛盾重重的选举任官问题上引起了愈益激化矛盾的消极后果。

汉代的选士制度,主要是征辟察举。西汉已有举贤良方正、茂才异等、博士弟子、射策明经、举廉、孝弟力田等各种各样的选举名目。① 东汉继承西汉的选举方法,更加以完善化,有贤良方正直言能谏、博士弟子、孝廉、至孝、有道、敦厚质直、仁贤、茂才四行、明经、计偕等选举名目。② 马端临云:"按汉制郡国举士,大概有三,曰贤良方正也,孝廉也,博士弟子也。"③各种选举的类型虽然复杂,但选拔的主要依据是道德行义与儒学两方面的出色表现,即上引屠寄诗句所云"致身本经术"。同时我们看到,虽然汉多辞赋之士,但选举荐士的科目中,并没有设立辞赋文章之类察举名目。我们上面论述到,汉代人所说的"文学",也包括了文章学的内容,而汉儒也多兼擅文辞,某些具体的人物得到选举荐拔与其辞章修养有很大的关系,甚至也有像周兴那样完全是因为"属文著辞,有可观采"而被选为尚书郎的。这说明文学与汉代的选举并非完全没有关系,但是它从来没有成为正式的选举科目。即使前面提到那些以辞章艺术显身扬名的人物,在名义上仍是以道德与儒学进身的。所以,汉灵帝以辞赋选拔人材,甚至给以高官名爵,事实上打破了传统的选举方式,尤其是放弃了行义与经学这两个汉代选举士人的基本依据,改由以文艺才能为选举的依据,这是它招致严重非议的主要原因。

但是上面所说的,其实还只是表面的现象。更深层的原因是鸿都门学士的选拔方式,在程序上也违反了汉代的乡举里选制度的正常程序,而乡举里选制度正是形成并维护汉代统治阶层根本的一种制度。所以,反对者感到灵帝此举是对此一制度的根本的触动。乡举里选的制度可以追溯到周代,《周礼·地官·司徒》:"三年则大比,考其德行道艺而兴贤者能者。乡老及乡大夫帅其吏,与其众寡,以礼礼宾之。厥明。乡老及乡大夫群吏献贤能之书于王,王再拜受之,登于天府,内史贰之。退而以乡射之礼五物询众庶:一曰和,二曰容,三曰主皮,四曰和容,五曰兴舞。此谓使民兴贤,出使长之;使民兴能,入使治之。"④又《礼记·王制》曰:"命乡论秀士,升之司徒,曰选士。"郑玄注:"秀士,乡大夫所考有德行道义者。"⑤有关文献也记载这种乡论、乡举里选的选举制度。⑥ 由于文献缺乏,不能具体考知,但汉代的乡举里选制度与先秦的选士制度肯定是有渊源关系的。汉儒也将汉代的选士与上述乡举里选制度相提并论,如郑司农在注上述关于乡大夫三年大比的文字时即云:"兴贤若今举孝廉,兴能若今举茂才。"⑦从我们今天能够考察到的史实来看,选士制度的真正的实行,应该是在汉代。从历史上的情况来看,选士制度实际并非构成统治集团的唯一方式,甚至不能算是主要

---

① 参见徐天麟《西汉会要·选举》,中华书局1955年版。

② 参见徐天麟《东汉会要·选举》,中华书局1955年版。

③ 《文献通考》卷二八《选举》,"万有文库"本,商务印书馆1935年版。

④ 郑玄注,贾公彦疏:《周礼注疏》卷一二,阮元校刻《十三经注疏》本,中华书局1980年影印本。

⑤ 郑玄注,孔颖达疏:《礼记正义》卷一三,《十三经注疏》本。

⑥ 参考马端临《文献通考》卷二八《选举考一》。

⑦ 孙诒让:《周礼正义》卷二一,中华书局1987年版"清人十三经注疏"本。

的方式。先秦时代,构成统治集团的主要方式是世卿世禄制度,选士制度只能算是一种补充,而且选士所担任的主要是统治集团中下层的职务。汉代的统治集团形成的主要方式仍是封建世袭制,公卿大臣中也有所谓"金张籍旧业,七叶珥汉貂"①的准世袭的现象。但选士制度对于构成统治集团的作用,在汉代显然越来越显得重要了。尤其是汉武帝独尊儒术之后,儒士成了选举的主要对象,造成儒学与选举的紧密结合。这在人才选举制度上,可以说是一种进步,所以它越来越成为维持汉代治化的根本。

两汉士人,正是通过上述各种察举制度进入到统治阶层的。我们看汉代的察举征辟,都是君主诏令,而由公卿及刺史郡守等推荐。无名氏"汉许氏竟"铭文:"圣人周公鲁孔子,作吏高迁车生耳。郡举孝廉州博士,少不努力老乃悔。"②铜镜铭文记载了当时人们最熟悉的现实情形,有特殊的史料价值,可见"郡举孝廉州博士",正是汉代士子进入仕途的必由之路。又沈约在梁天监中上疏论选举时也谈到汉代的情况:"黉校棋布,传经授受,皆学优而仕。始自乡邑,本于小吏干佐,方至文学功曹,积以岁月,乃得察举。人才秀异,始为公府所辟,迁为牧守,入作台司。"③上述都是关于汉代选举的原始性的材料,可知汉代儒士进仕的正常途径,是由乡邑州郡小吏、文学功曹累资而得察察的资格,再由公府辟举,迁为牧守,入作台司。灵帝直接拔擢鸿都门学士,"皆尺一敕州郡三公等举用辟召,或典州郡,入为尚书侍中,封侯赐爵",并且时间为"旬月之内"(见上),不论其以辞赋虫篆为程才标准的内容,即以形式而言,也完全打破了正常的选举途径。

其次,汉代朝廷的选举征辟之权虽在当局,但考核推荐之权则在地方。先秦时代,地方就有"三老"这一类的人物。汉代的地方,仍有掌握着乡里舆论与评衡之权的一些人物,他们掌握着乡举里选之权,是地方的政治、经济及文化的核心人物。所以察举征辟,虽然名义上考察的权力与责任掌握在上至君主、下至公卿、刺史郡守的手中,但他们不可能完全直接地考察、确定荐举的对象。《后汉书·章帝纪》云:"夫乡举里选,必累功劳。今刺史守相,不明真伪,茂才孝廉,岁以百数,既非能显,而当授之政事,甚无谓也。每观前世举人贡士,或起畎亩,不系阀阅。敷奏以言,则文章可采,明试以功,则政有异迹。文质彬彬,朕甚嘉焉。其令太傅、三公、中二千石、二千石郡国守相举贤良方正、能言极谏之士各一人。"所谓"刺史守相,不明真伪",正说明真正的选举之权,是掌握在地方的推荐者们的手里,刺史守相也不可能真正了解他们所推荐的茂才孝廉之类人物的具体情况。又《后汉书·安帝纪》:"九月庚子,诏王(主)官属墨绶下至郎、谒者,其经明任博士,居乡里有廉清孝顺之称,才任理人者,国相岁移名,与计偕上尚书,公府通调,令得外补。"所谓"经明任博士、居乡里有廉孝弟之称者",所根据的仍是地方的舆论与考察。从

① 左思:《咏史》,逯钦立《先秦汉魏晋南北朝诗·晋诗》卷七。

② 刘体智:《小校金阁金文拓本》卷一五,民国二十四(1935)年手拓影印本。

③ 杜佑:《通典》卷一六,严可均辑《全梁文》卷二七。

这里可知,汉代选举必与乡里舆论相结合,故称乡举里选。而掌握着乡举里选之权的地方势力,正是构成汉代统治基础的一个阶层。汉代的士人,主要是产生于这个阶层之中。汉代州郡冠族、大姓的形成,与这种乡举里选制度有直接的关系。① 从汉章帝强调前世举人贡士"不系阀阅",可证东汉时期的贡人举士,阀阅已经是一个重要的依据。所谓"阀阅",就是大姓冠族与当世的权贵门第,魏晋时期逐渐形成,南北朝而延续发展的门阀制度,正渊源于此。

从上述汉代传统的选士制度可知,灵帝的鸿都门学士的选士,不仅考察的内容由儒术、道德改变为向来被视为末技的辞赋书画,而且完全改变了传统的乡举里选的选士方式。鸿都门学生直接以文艺得到君主的赏识,并且灵帝以尺一诏书,将这些鸿都门学生推荐给负有传统的察举推荐之责任的公卿及州郡,诏命他们来推荐。这也可以说将他自己这种新的选士方式用传统察举方式来包装,是一种典型的走过场的做法。皇帝以个人意志取代了掌握乡举里选的选举传统,这自然会引起选举上的紊乱,触犯了由地方冠族士人及其在朝廷的代表者构成的这一原本掌握着选举之权的政治阶层的利益。问题还不止于此,其实鸿都门学虽然是基于灵帝本人的文艺爱好而设立,而且在具体的人员选拔与奖掖、甄拔、封赠上,有灵帝个人意志的直接参与;但是这其中不可能只有灵帝与鸿都门学士两个方面发生关系。事实上还有一个重要的方面,就是皇帝左右的亲近有权势的人物,阳球的《罢免鸿都学士》奏章中就指出了这一点:"案松、览等皆出于微蔑,斗筲小人,依凭世戚,附托权豪,俛眉承睫,徼进明时。"根据东汉末年的政治情况,我们知道,所谓世戚即是外戚,权豪即是掌握朝政大权的外戚或宦官。所以综合来看,鸿都门选士是灵帝与世戚权豪集团,取代了传统乡举里选制度中士族的权力,触动了这个业已形成的士族阶层在选举上的根本利益。

东汉后期,士人阶层与世戚权豪之间的矛盾愈来愈激烈。灵帝即位之初,即发生宦官与清流党人的严重的斗争,建宁元年八月,"中常侍曹节矫诏诛太傅陈蕃、大将军窦武及尚书令尹勋、侍中刘瑜、屯骑校尉冯述,皆夷其族",建宁二年"冬十月丁亥,中常侍侯览讽有司奏前司空虞放、太仆杜密、长乐少府李膺、司隶校尉朱瑀、颍川太守巴肃、沛相荀翌、河内太守魏朗、山阳太守翟超皆为钩党,下狱,死者百余人,妻子徙边,诸附从者皆锢及五属。制诏州郡大举钩党,于是天下豪杰及儒学行义者,一切结为党人"②。鸿都门学建于光和元年,虽离钩党事件已有五六年,但仍与这一事件背景相关。钩党事件是宦官与儒林的斗争,也是其与地方豪族的斗争,所谓"天下豪杰及儒学行义",即是指这一阶层。灵帝在钩党事件之后有熹平二年二月壬午、三年二月己巳、五年夏四月癸亥等数次大赦天下,熹平四年春三月,"诏诸儒

① 关于东汉时期的地方冠族的形成问题,参看唐长孺《东汉末期的大姓名士》,载唐氏《魏晋南北朝史论拾遗》,中华书局1983年版。

② 范晔:《后汉书·灵帝纪》,王先谦《后汉书集解》本。

正五经文字，刻石立于太学门外”。但是，党禁却并未解除，熹平五年四月“大雩，使侍御史行诏狱亭部，理冤枉、原轻系、休囚徒。五月太尉陈耽罢司空，许训为太尉。闰月，许昌太守曹鸾坐讼党人弃市也。诏党人门生故吏父兄子弟在位者皆免官禁锢”。同年十二月，又有“试太学生年六十以上百余人，除郎中、太子舍人、至王家郎、郡国文学吏”。上述的情况标明，灵帝或掌握政权的中常侍们，一方面采取安抚儒林士人的一些措施，缓解朝廷与士林的矛盾；但另一方面仍严厉阻止士林为党锢事件翻案的努力，严厉惩罚“讼党人”的曹鸾就是一个突出的例子。还有，他们在维持党禁的同时，又企图分化儒林、士阶层，所以有诏诸儒正五经及试太学生年六十以上百余人的举措。这些诸儒及六十以上的太学生，当然不是在党籍之内。

鸿都门学的设立，与上述背景有直接的关系。第一，它是党锢事件发生后，上层儒林集团处于低迷状态、乡举里选制度受到打击时期的产物。此时儒林及地方掌握选举之权的冠族名士集团的势力，因党锢而遭受很大的打击，乡举里选的制度连带着受到冲击。第二，灵帝或宦官集团，都希望趁此空档改革传统由士林掌握的乡举里选制，并将选举的权力纳入君主与权宦的手里。而此时的士林，当然也不可能不分化，一部分的士人，尤其是寒素单门之士，在乡举里选之外另寻进仕之途，直接巴结权势（具体分析见下）。鸿都门学士的设立，正是这种情况的结果。通过鸿都门这一直接附属君主的学术机构，来分化原为士林阵地的太学，造成一个与太学并立甚至地位比太学还要高的新的皇家学术团体，并且从中选拔朝廷官员与地方大员。这就是鸿都门学在政治方面的实质，实是君主和戚宦集团与传统的士林争选举之权的一个重要的政治措施。所以，传统的士大夫对此作出十分激烈的反应。

四

诸家谏章，多集矢于鸿都门学士的资格与品行。如蔡邕称乐松等“多引无行趣势之徒，并待制鸿都门下，憙陈方俗闾里小事，帝甚悦之，待以不次之位”；杨赐称其“招会群小”，还将其与经学的缙绅之士相对称为“小人”；阳球之奏也说“案松、览等皆出于微蔑，斗筲小人，依凭世戚，附托权豪，俛眉承睫，徼进明时”；华歆《后汉书》也记载说诸人虽得高官爵，然“士君子皆耻与为列焉”。初一看，招致上述严重贬辞的，完全是因为鸿都门下学士们本身的行为的缺失。但这些人除了趋附戚宦、以辞赋邀宠君主外，实无更多的劣迹；而且人数多至千余，岂能其中皆为无赖筲小？实际这仍然与传统的征辟察举公认的选举对象的资格有关系，也涉及东汉后期士人社会的阶层结构及朝野清议等方面的问题。

在传统的察举征辟中，公认的对象当然是“士人”。士人即习儒学、明道德、达行义之人，从人格方面说则为君子，所以士人又称士君子。士君子的称谓与内涵来自春秋战国以儒家为主的学派。在春秋时期，士君子即为一种身份。但那时的士人，是个体的存在，一个人被称为士人,完全是因为个人的修为及造诣,与他的出身门第没有什么关系。所以春秋战国时期的士,来自于各个阶层。[①] 士进入中古社会后最大的变化,就是士的身份性质更为突出。这个时期,士被公认为社会的中坚与精英,是统治者选拔官吏的对象,士的地位无疑比春秋时期大为提高。但另一方面,所谓士人、士君子及与之相近的士大夫,这些称谓,越来越多地指向一种社会身份,并且这种身份日渐与一些特定的氏族阶层相联系着。所谓士君子、士大夫,俨然成为一个社会的氏族阶层。这个阶层,即后来两晋南北朝时期的具有世代相承性质的士族门第;它在汉代虽然还没有完全形成,尤其是不像两晋南北朝时期那样板结,但显然已经出现了。当时一些具有一定的政治与经济资源的仕宦或习儒的门第人物,被称为士大夫、士君子,如《后汉书·光武纪》中耿纯进言刘秀:"天下士大夫捐亲戚、土壤从大王于矢石之间者,其计固望攀龙鳞、附凤翼,以成其所志耳!"这些人被耿纯称为士大夫,并非进入光武集团之后取得的身份,而是追从光武起事之前的他们原有的社会身份。可见在两汉之际,已经形成一个社会公认的士大夫的阶层,由一些世代仕宦、习儒传经的士人家族组成。历史学家有称为大姓、冠族[②]、儒教豪族[③]的,都与此相关。汉代公认选举对象的士人,主要就是来自于这个称为士大夫、士君子的社会阶层。这个阶层之外的人物,包括其中的习儒有学问之士,则被称为小人、庶人、群小。

鸿都门学士不被认为是士君子一族,其原因可能是综合性的,这涉及汉代士人内涵及认定的复杂性。我们知道,汉代的士人内涵与认定,其实是介于春秋战国与两晋两北朝之间的,即既重实际的个体的素质,同时也渐已身份化、士族化。鸿都门学士不被认为士人,也主要来自这两方面的原因:一是他们因为放弃儒学、不由传统的察举征辟士人的正途出身,而是以辞赋为勋绩、以攀援势要为途径,所以他们在行为人格上就失去了作为一个以道自重的士人资格。但这是他们被斥为小人的一方面的原因。另一方面,跟他们中的许多人尤其是领袖人物出身门第低微有关系。阳球称乐松等人"出身微蔑",即指他们并非出身衣冠君子之族,而是单门寒庶的出身。据唐长孺研究,东汉时期的名士,虽然也有出身单门而因个人修为获得名士之声名的,但大多数是出身于被视为衣冠君子的大姓冠族。鸿都门下学士,多出诸生,其中不乏寒微单家出身的,其被视为群小,这也是一个重要原因。当然,我们现在无法知道其中到底有多少人属于"出身微蔑"[④]。但遭遇党锢之后,衣冠名族多受打击,所以出

① 参见余英时《古代知识阶层的兴起与发展》一文中有关春秋战国时期士人阶层的论述,载其《士与中国文化》,上海人民出版社 1987 年版。

② 参看上举唐长孺的有关研究。又日本宫崎市定《九品官人法研究(科举前史)》第一编中"汉代的贵族与豪族"也论述到这个问题,日本昭和三十一年(1956)京都大学"东洋史研究丛刊"之一。

③ 参看陈寅恪《魏晋南北朝史讲演录》(万绳楠整理)第一篇《魏晋统治者的社会阶级》的有关"儒教豪族"的论述,黄山书社 1987 年版。

④ 王永平:《汉灵帝之置"鸿都门学"及其原因考论》(《扬州大学学报》1995 年第 5 期)。陈君:《鸿都门学之兴衰及其历史启示》(《典籍与中国文化》2007 年第 2 期)对鸿都门学士做了一些考证,可参考。

身低微的士人有所崛起,这也是自然之理。汉代重儒崇学,地方私学极其发达,庶民子弟受儒学并习文史者,不在鲜少。这些人并非完全没有取得士人资格、跻身士大夫阶层的可能,如陈寔、郭泰、黄宪等都是单家出身的名士①。但出身单家的人,也必须严格地按照乡论上进,所以他们要特别地靠拢地方的衣冠士族,以求乡里的名声,获得士君子的身份认定,然后才有被察举的资格。总之,是要首先得到士大夫阶层的认定,被其接纳。不然的话,纵使夤缘势要做了官,也不被士林的舆论所认可。《三国志·王粲传》注引《魏略》:

始质为单家,少游遨贵戚间,盖不与乡里相沉浮。故虽已出官,本国犹不与之士名。

所谓吴质少无乡里之名,为后世诗文常用的典故。但在当时乡论与乡举里选制度中,实有特殊的含义。② 这是因为党锢之后,士林分化,部分单家出身的士人,不由乡论而转求遨游贵戚以求出路。鸿都诸生在衣冠消沉的党锢时期,靠趋附戚宦权势而进仕,这种情况与吴质的情况正好相同。他们的被斥为群小,虽得高官而士君子耻与为列,与吴质的"本国犹不与士名",情况也完全相同。

在汉魏时代,结交贵戚,不遵士人的品格,在当时又被称为浮华交游,向为正统舆论所斥。阮籍《咏怀诗》多斥此类浮华交游之士,如"平生少年日,轻薄好弦歌。西游咸阳中,赵李相经过"(其五),"北里多奇舞,濮上有微音。轻薄闲游子,俯仰乍浮沉。捷径从狭路,黾俛趋荒淫"(其十一)③。以上述情况揆之,阮诗正是刺咏汉末以来的交结戚宦的像鸿都门学士、吴质这样的浮华交游之士。汉代朝野之论,多有非议浮华交游之论。浮华交游之士,多擅文艺。鸿都门下士,正是属于这一群体。与他们相对的,则是恪守儒家经学的士人,杨赐奏章中说灵帝重用乐松等群小,"而令搢绅之徒,委伏畎亩,口诵尧、舜之言,身蹈绝谷之行,弃捐沟壑,不见逮及。冠履倒易,陵谷代处"。所谓"搢绅之徒"正是指当时称为衣冠望族的地方的儒学门第出身的士人。阳球拿他们与鸿都门学士相对,正说明鸿都门学士多是一些非衣冠望族出身的士人。

联系汉末文坛的一般情况,上面论述过,东汉后期儒林重视文章渐成风气,但以传统的观念来看,写作辞赋、修习艺事,仍是有碍儒道的行为。此类人物,较纯粹从事经学、砥砺德行以获清名者,更难取得士君子的名声。后汉擅文之士,多出寒素门族。我们看《后汉书·文苑传》,可知其出于寒素者多人:"赵壹字元叔,汉阳西县人也。体貌魁梧,身长九尺,美须豪眉,望之甚伟。而恃才倨傲,为乡党所摈,乃作《解摈》。"所谓乡党,即当地士人社会,主要由冠族构成;赵壹之所以为乡党所排,一是因为他的恃才,二是因为其出于单寒之门,其作赋云:"故法禁屈挠于势族,恩泽不逮于单门。"正是对当时冠族名士控制选举之权的社会现象

---

① 参看唐长孺《魏晋南北朝史拾遗》,第 29 页。

② 参看前引唐长孺《魏晋南北朝史论拾遗》,第 29、45 页。

③ 逯钦立编:《先秦汉魏晋南北朝诗·魏诗》卷一〇。

的批判。赵壹本人,可以说是汉魏以来第一位以鲜明表现寒素性格的作家,汉末寒素文学之代表。此外如"刘梁字曼山,一名岑,东平宁阳人也。梁宗室子孙,而少孤贫,卖书于市以自资","高彪字义方,吴郡无锡人也。家本单寒,至彪为诸生,游太学。有雅才而讷于言","侯瑾字子瑜,敦煌人也。少孤贫,依宗人居。性笃学,恒佣作为资,暮还辄燃柴以读书",这些擅长文章辞赋的人,都是出身于单寒。鸿都门学士、诸生中,应该有不少是属于这类单寒之家出身的士人,他们际会东汉文章之学兴起的情况,多习文艺之事以求出路、资世用。上面已论,汉士的出路,除了举贤良方正、博士弟子、孝廉等正途之外,还有大量的士人,或习为文吏,或担任幕僚,后者显然对文章修辞有更多的要求。所以缺乏门第与儒林声望的人士,为便宜起见,修习文士以求出路,也是必然的现象。诚然,东汉也不乏出身衣冠望族的文学家,但单寒之习文,应该是更为多数的。灵帝之开设鸿都门学,虽为空前之举,但与这背景也有直接的关系。此举文章之士提供了空前未有的发展机遇,虽然短暂并遭痛斥,但其对汉魏之际的文学风气的刺激,未可忽视。

总之,鸿都门学的设置及其所遭受的非议,与东汉时期儒学与文学的复杂关系、汉末政治及选举各方面的因素紧密相联。此事件的解明,也必须放在这样广阔的文学史与政治史的背景上进行。本文提出的这些解释,就是朝着这个方向的。

2007 年 7 月 7 日初稿,9 月 21 日定稿。

(原刊《北京大学学报》2008 年第 1 期)

北齐文学传统与初唐诗歌革新之关系

杜晓勤

在南北朝时期的北方诗坛上，山东旧族的文学传统比关陇豪族要悠久得多。北魏时期，山东地域就产生了不少词义可观的文士。但是，从北魏、东魏直到北齐中前期，山东诗人的创作也还停留在对汉晋、齐梁诗歌简单模仿的水平上，即使著名的诗人温子升、邢劭、魏收等"北地三才"，也未形成独特的诗风。但周隋之际，一下子涌现出卢思道、李德林、孙万寿、辛德源、薛道衡等一批独具地域特色、成就卓著的山东诗人。就现存作品看，由北齐、北周入隋的山东诗人的人数虽然少于江左诗人，但诗歌创作成就在隋代诗坛最为突出。他们之所以能在周隋之际形成独特的风格，除了与他们善于向梁陈诗人和庾信、王褒、徐陵等入北之南人学习，开始用诗歌表现北地士人固有的文化精神有关，还在于他们能够自觉踵武建安诗人，用诗歌表现他们在朝代更迭过程中的功名意识和仕途浮沉的慨叹。

一　北齐末年山东诗人群体的崛起

永嘉之乱以后，由于南北政权长期对峙，导致两地士子的文化心态出现了差异。江左士子唯务玄虚、贵为放诞、讳言功名、罕关世务[①]，山东士子则多崇尚质实，具有经世致用、建功立业的志向和抱负。从文化渊源上看，山东士子基本上承继了汉儒以经术致用的文化精神。《魏书·儒林传序》说北地所传之经义多为汉儒郑玄、服虔、何休等人所说，与南方学风迥异。南方士子学习儒家经术时，多重其礼仪、典章，持之以修身，故南方多"礼"学专家，而北方士子习经则重其治国平天下之功用。如常爽《六经略注序》论儒家经术功用时就颇重仁义之道、礼乐教化之功[②]，孙惠尉谓"六经"乃"承天之正术，治人之贞范"，为君主不可缺少的治国之谋、御人之术[③]。而且，与南方士子多藉先祖荫资、弹冠入仕不同，北方士子则多勤学取富

---

① 参见拙作《齐梁诗风与士风之关系考论》，《原学》第六辑，中国广播电视出版社 1998 年版。

② 《魏书》卷八四《常爽传》所载常爽《六经略注序》云："仁义者人之性也，经典者身之文也，皆以陶铸神情，启悟耳目，未有不由学而能成其器，不由习而能利其业。是故季路勇士也，服道以成忠烈之概；甯越庸夫也，讲艺以全高尚之节。"

③ 《魏书》卷八四《孙惠尉传》。

贵,以经术致通显。另外,南方士子多是家传一经,多专门之学者,而北方士子则并不专治一经,而是以经世致用为宗旨,博涉经史,遍受诸家之学。如崔浩,史称"博涉经史,玄象阴阳,子家之言,无不关综",有纵横家风度,屡献奇策,遂得以参谋军事。他在评价近世人物时,尤推许王猛、慕容玄恭、刘裕三人,说他们是管仲、霍光、曹操一流人物,而他则自比张良。[①] 高允,亦博通经史、天文、术数,其于经术,不特为修身之资,更重其治国教化之功,以至于被后人誉为"守业之良宰",有魏之第一直臣。[②] 北齐杜弼,深知"鲜卑车马客,会须用中国人",幼时勤学,被州牧任城王澄许以"王佐之才"。后来,他虽然性好名理,儒玄兼修,然他对老子之说的评价是"论行也,清净柔弱;语迹也,成功致治",并非一味重其玄远之理,亦重其治国之功,与南朝门阀士族惟务玄虚自是不同。[③] 可以说,北朝汉族士子一直保持着经世致用、建功立业的进取精神和功名意识,在文化心态上与南朝门阀士族大异其趣。但是,我在通检北魏、东魏、北齐诗作后发现,自北朝前期直到"北地三才"崛起于诗坛之时,很少有人在诗中表露北地士子一直具有的这种功名意识和进取精神,真正将之大量写入诗中恰恰是从卢思道、薛道衡等人开始的。

我认为,这种文化心态与诗歌精神不相吻合现象的形成,可能有如下历史原因:

首先,北魏和东魏时期,历代君主虽然陆续擢用了一些汉族士子,激发了他们的进取之心和功名意识,但是,他们重用的多是饱学经史的儒生,着眼点在其"王佐之才"、"治世之术",而绝少留意文章之士。在这种用人政策的影响下,北地士子普遍趋于经术,却很少措意诗赋。[④]《魏书·文苑传》中只有温子升一人是因其"文章清婉"而受重用的。而且,据史传记载,温子升虽然"自云太原人",实际上"世居江左",历仕东晋、刘宋,宋末才避难入北,家于济阳冤句的。[⑤] 所以温子升的文学创作才华也可以说是南方文学精神北移的结果,并非北地之固有。因此,在北朝中前期,北地士子虽然一直具有经世致用、建功立业的人生精神,却因不擅诗赋而很少能将之充分表现于诗中。

其次,北朝后期尤其是高齐开国以后,邺下君主才开始重视文学之士。

《魏书·文学传序》云:

> 逮高祖驭天,锐情文学,盖以颉颃汉彻,掩踔曹丕,气韵高艳,才藻独构。衣冠仰止,咸慕新风。

虽然史臣对北魏孝文帝元宏的文学成就有溢美之辞,但是他"锐情文学"的举措,对山东士子

① 同上书,卷三五《崔浩传》。

② 同上书,卷四八《高允传》。

③ 《北齐书》卷二四《杜弼传》。

④ 《魏书》卷八五《邢昕传》云:"自孝昌(北魏孝明帝元诩年号,525—527)之后,天下多务,世人竞以吏工取达,文学大衰。"

⑤ 《魏书》卷八五《温子升传》。

由重经术向重诗赋的转变确实起到了一定的作用。当然,士风也非一朝一夕所能改变,文学精神和诗文创作才能之培养更非一日之功,所以,尽管后来"肃宗历位,文雅大盛",也依然是"学者如牛毛,成者如麟角",真正擅于诗赋的文章之士寥若晨星。[①]

北朝真正大规模重用文章之士,提倡诗赋吟咏,是从高齐立国后才开始的,且收效显著。《北齐书·文苑传序》云:

> 有齐自霸图云启,广延髦俊,开四门以纳之,举八纮以掩之,邺京之下,烟霏雾集,河间邢子才、巨鹿魏伯起、范阳卢元明、巨鹿魏季景、清河崔长儒、河间邢子明、范阳祖孝徵、乐安孙彦举、中山杜辅玄、北平阳子烈并其流也。复有范阳祖鸿勋亦参文士之列。

至此,邺下真可谓人物辐辏、文雅大盛了。然而,就其诗文创作水平来看,正如葛晓音所说:"北齐文人只能掇拾梁诗的余沥入诗,拙劣生硬自不必言,就连北方的本色也一并丢失。"[②]因此,就更谈不上跳出齐梁诗的创作模式和审美标准,在诗中表现北地士子固有的人生精神和文化心态了。

卢思道、薛道衡等一些新起的诗人则不然。他们既受到了齐主广延文士、盛弘文雅的社会风气的熏陶,又得到魏收、邢劭等北地一流文士的栽培和赏拔,文学素养本来就很高,而且,更重要的是,还直接从庾信、王褒、颜之推、萧悫等由南入北诗人的诗风之变中得到了启示,找到了一条足以标举北地诗风的创作新路。

南北朝后期,庾信等入北诗人已经不再停留于昔日在梁时的低吟浅唱、艳情浮靡的创作老路,而是开始在诗中表露自己对梁亡历史教训、南方士族文化弊端的反思,诗中充满了复杂而深沉的身世之慨、乡关之思。[③] 南人入北诗风的这一变化,使北地诗坛新秀卢思道、薛道衡等人获益匪浅。据《北齐书·文苑传序》,武平三年(572),祖珽奏立文林馆,李德林、卢思道、薛道衡等与由南入北之诗人萧悫、萧放、颜之推等俱待诏文林馆。撰述之余,相互之间常常诗文唱和,切磋诗艺。颜之推《颜氏家训》云:

> 兰陵萧悫,梁室上黄侯之子,工于篇什。尝有《秋诗》云:"芙蓉露下落,杨柳月中疏。"时人未之赏也。吾爱其萧散,宛然在目。颍川荀仲举、琅邪诸葛汉,亦以为尔。而卢思道之徒,雅所不惬。[④]

萧悫此诗"一反以衰草秋风等应时景物烘托秋思的常套,却取夏天盛开的芙蓉在白露下来时

---

① 《魏书》卷八五《文苑传》。

② 葛晓音:《八代诗史》,陕西人民出版社1989年版,第288页。

③ 参拙作《齐梁诗歌向盛唐诗歌的嬗变》下编第二章"周隋时期北方诗风的连锁性变化与士人心态之新特征",第115—122页,台北商鼎文化出版社1996年版。

④ 王利器:《颜氏家训集解》卷四《文章第九》,中华书局1993年版,第296页。

凋落,春天繁密的杨柳在秋月中看来已经稀疏的角度"[①],流露出他入北后对昔日江南繁华景色的追忆和如今繁华落尽的感伤,别具萧散之气。对于萧诗中这些具有文化背景的细腻、复杂的情思,与之一同由南入北的荀仲举[②]、诸葛汉[③]、颜之推等人,因同病相怜,自然暗合于心、称赏不已了。但初在文坛崭露头角的卢思道等北齐本土诗人,一因无类似经历、心境,二因尚停留于对轻艳、浮靡的梁诗的模仿阶段,所以对由南入北诗人的诗风之变就不能理解,更谈不上欣赏了。

然而,随着与颜之推、萧悫、荀仲举等入北南人相处时间的日渐增加[④],卢思道等北齐本土诗人逐渐摆脱了对齐梁诗歌形式的简单模仿,逐渐创作出一些可以和入北南人相颉颃的杰作。如《隋书》卷五七《卢思道传》载,北周平齐时,卢思道被授仪同三司。"追赴长安,与同辈阳休之等数人作《听鸣蝉篇》。思道所为,词意清切,为时人所重。新野庾信遍览诸同作者,而深叹美之。"众人所作之诗,今存两篇。其中,颜之推《和阳纳言听鸣蝉篇》云:

听鸣蝉,秋蝉非一处。细柳高飞夕,长杨明月曙。历乱起秋声,参差搅人虑。单吟如转箫,群噪学调笙。乍飘流曼响,多含断绝声。垂阴自有乐,饮露独为清。短緌何足贵,薄羽不羞轻。螗螂翳下偏难见,翡翠竿头绝易惊。容止由来桂林苑,无事淹留南斗城。城中帝皇里,金张及许史。权势热如汤,意气喧城市。剑影奔星落,马色浮云起。鼎俎陈龙凤,金石谐宫徵。关中满季心,关西饶孔子。讵用虞公立国臣,谁爱韩王游说士?红颜宿昔同春花,素鬓俄倾变秋草。中肠自有极,那堪教作转轮车![⑤]

此诗由秋蝉之悲鸣,联想到都市兴废、富贵难久,以及自己韶华易逝、功名难成,表达了他对天地人生盛衰之理的思考,韵清调苦,与颜之推在南时之作固然异趣,就是在他入北后所写作品中亦属上乘。而卢思道同时所赋《听鸣蝉篇》在诗思、意境上更胜一筹:

听鸣蝉,此听悲无极。群嘶玉树里,回噪金门侧。长风送晚声,清露供朝食。晚风朝露实多宜,秋日高鸣独见知。轻身蔽数叶,哀鸣抱一枝。流乱罢还续,酸伤合更离。暂听别人心即断,才闻客子泪先垂。故乡已迢忽,空庭正芜没。一夕复一朝,坐见凉秋月。河流带地从来险,峭路干天不可越。红尘早弊陆生衣,明镜空悲潘椽发。长安城里帝王州,鸣钟列鼎自相求。西望渐台临太液,东瞻甲观距龙楼。说客恒持小冠出,越使常怀宝剑游。学仙未成便尚主,寻源不见已封侯。富贵功名本多豫,繁华轻薄尽无忧。讵念漂姚嗟木梗,谁忆阑单倦土牛。归去来,青山下。秋菊离离日堪把,独焚枯鱼宴林

① 葛晓音:《八代诗史》,第289页。

② 荀仲举,梁末战乱,被俘入北,曾待诏北齐文林馆据。参《北齐书·文苑传》。

③ 诸葛汉,即诸葛颍,字汉。侯景之乱中奔齐,亦待诏文林馆。参《隋书·文学传》。

④ 自武平三年(572)设立文林馆,到北齐为北周所灭的承光元年(577),五年间,他们经常切磋诗文,互相酬赠。

⑤ 逯钦立:《先秦汉魏晋南北朝诗·北齐诗卷二》,中华书局1983年版,第2284页。

野。终成独校子云书,何如还驱少游马。[①]

卢诗由秋蝉之悲鸣,联想到自己远离故国,只身来游长安,遍干权贵,功业未就的人生遭际,结以壮志空老、欲归不甘的慨叹。全诗情真意切,凄怆中寓慷慨之情,清切中有健举之气,而不像颜诗全被清怨、凄苦的气氛所笼罩,故甚得庾信叹美。

可以说,由齐入周之时,由于诗艺之精进,心境与由南入北之人一定程度上的近似,卢思道等山东诗人的诗风已发生了质的变化,达到了较高的艺术水平。

二 齐周隋山东诗人对建安风骨的踵武

与庾信、王褒、徐陵等由南入北诗人相比,卢思道、薛道衡等山东诗人的作品在表现内容和情感基调上,都具有较为鲜明的地域特征和艺术个性。而这又和他们对建安诗人的普遍推崇、对建安风骨的自觉踵武分不开。他们在对建安诗歌的学习和模仿中,逐渐把山东士子固有的经世致用、崇尚功名的进取精神写进诗中。

东晋以来,无论是南朝的宋齐梁陈,还是北朝的北魏、东西魏、北周,不仅直接称赏、推崇建安诗风者寥寥,而且很少有人在诗歌创作中有意识地学习、模仿建安诗歌,恢复汉魏风骨。所以初唐诗人陈子昂在《修竹篇序》中说"汉魏风骨,晋宋莫传","齐梁间诗,彩丽竞繁,而兴寄都绝"。[②] 卢思道等山东诗人由于创作地点的相同,文化精神上的传承,以及文学氛围的近似,遂在创作中大量模仿、学习建安诗歌。

邺下是曹魏旧都,亦是曹操父子与王粲等建安七子互相游从、诗文酬和的地方。钟嵘《诗品序》云:

> 降及建安,曹公父子笃好斯文;平原兄弟郁为文栋;刘桢、王粲为其羽翼。次有攀龙托凤,自致于属车者,盖将百计。彬彬之盛,大备于时。[③]

曹丕的《与吴质书》亦云:

> 昔日游处,行则连舆,止则接席,何曾须臾相失。每至觞酌流行,丝竹并奏,酒酣耳热,仰而赋诗。[④]

自东魏以来,历代好文之主多有自觉追尊建安君臣、大弘文雅之意识。如前引《魏书·文苑传序》云:"逮高祖驭天,锐情文学,盖以颉颃汉彻,掩踔曹丕,气韵高艳,才藻独构。"尤其是

---

① 祝尚书:《卢思道集校注》,巴蜀书社 2001 年版,第 39—40 页。

② 《陈子昂集》,中华书局上海编辑所 1960 年版,第 15 页。

③ 吕德申:《钟嵘〈诗品〉校释》,北京大学出版社 1986 年版,第 37 页。

④ 夏传才、唐绍忠:《曹丕集校注》,中州古籍出版社 1992 年版,第 108 页。

齐后主时,众学士待诏文林馆,君臣游宴,诗酒频繁,每以效建安君臣为时尚。杨训,齐后主时为通直散骑侍郎,待诏文林馆,曾作《群公高宴诗》云:

中郎敷奏罢,司隶坐朝归。开筵引贵客,馔玉对春晖。尘起金吾骑,香逐令君衣。绿酒犀为椀,鸣琴宝作徽。寸阴良可惜,千金本易挥。①

杨训此诗无论作诗情境还是心态,皆与曹丕《与吴质书》中所云相彷佛。再如魏收《月下秋宴诗》亦云:

此夕甘言宴,月照露方途。使星疑向蜀,剑气不关吴。良交契金水,上客慰萱苏。何必应刘辈,还来游邺都。②

则明确说出他们此次宴游有步武建安诗人游从宴饮的意思。

卢思道则不但仿效建安诗人宴饮游乐、诗酒文会,而且还直接用建安诗人的诗句为题,吟咏其事。如卢思道曾写过一首《河曲游》:

邺下盛风流,河曲有名游。应徐托后乘,车马践芳洲。丰茸鸡树密,遥裔鹤烟稠。日上疑高盖,云起类重楼。金羁自沃若,兰棹成夷犹。悬匏动清吹,《采菱》转艳讴。还珂响金埒,归袂拂铜沟。惟畏三春晚,勿言千载忧。③

此诗诗题则是撷取曹丕《与吴质书》中"时驾而游,北遵河曲"两句而成,诗中"应刘托后乘"句,亦化自曹丕文中"文学托乘于后车"一语。其《城南隅讌》诗亦如此:

城南气初新,才王邀故人。轻盈云映月,流乱鸟啼春。花飞北寺道,弦散南漳滨。舞动淮南袖,歌扬齐后尘。骈镳歇夜马,接轸限归轮。公孙饮弥月,平原讌浃旬。即是消声地,何须远避秦。④

诗题采用曹植《赠丁翼》诗中"吾与二三子,曲宴此城隅"两句,诗中所谓"才王"即指陈思王曹植。⑤

遍检逯钦立辑东晋直至南北朝后期所存诗作,宋齐梁陈等南朝诗人虽也常于公私宴饮时吟诗作赋,却很少以建安诗人自况,南北朝时期只有卢思道等人在宴饮游赏时,如此津津乐道于建安君臣风流文雅之事。这不仅因为北齐邺都系曹魏邺京,地域相同,容易使北齐诗人发思古之幽情,恐怕还因为他们的文化精神,他们的人生志趣,甚至他们求仕、入仕时的种种感慨,与建安诗人有相通之处。

---

① 逯钦立:《先秦汉魏晋南北朝诗·北齐诗卷一》,第2266—2267页。

② 同上书,第2270页。

③ 祝尚书:《卢思道集校注》,第35页。

④ 同上书,第33页。

⑤ 卢思道集中现存仿曹植之诗,还有《美女篇》、《神仙篇》、《升天行》等。

只要全面分析一下卢思道、薛道衡等山东诗人的现存诗作，就可以发现，他们不只是模仿建安君臣写了一些宴饮、游乐诗，还在一些咏怀诗、言志诗中普遍表现出与建安诗人相近的进取精神和功名意识，以及他们对动乱社会、不平现实的忧思和愁怨。

北齐武平五年(574)，卢思道曾写过一首著名的《仰赠特进阳休之诗》，此诗七章，尚有一长序，序中云：

> 夫士之在俗，所以腾声迈实、郁为时宗者，厥途有三焉：才也，位也，年也。才则弘道立言，师范雅俗；位则乘轩服冕，燮代天工；年则贰膳杖朝，致养胶序。①

表明了他希望以经术见赏，以文才擢用，建功立业，功成身退的人生理想。再如薛道衡，自幼专精好学，"年十三，讲《左氏传》，见子产相郑之功，作《国侨赞》"②，初步流露出他意欲经邦定国、建功立业的人生抱负。后来，他也待诏文林馆，与卢思道、李德林齐名友善，又一起由齐入周，由周入隋。他早年在北齐时所作之诗似皆不存，由齐入周及由周入隋之作，则抒发了他积极的进取意识。其《渡北河诗》当作于入周之后③，诗中写他春季行军渡北河时，见河边桃花盛开、新浪奔腾，胸中顿时涌起立功边陲、效身疆场的壮志豪情：

> 连旌映溆浦，叠鼓拂沙洲。桃花长新浪，竹箭下奔流。塞云临远舰，胡风入阵楼。剑拔蛟将出，骖惊鼋欲浮。雁书终立效，燕相果封侯。勿恨关河远，且宽边地愁。④

其《出塞二首》作于隋时，虽写北地征战之苦，亦见意气之豪，诗风劲健、挺拔：

其一

> 高秋白露团，上将出长安。尘沙塞下暗，风月陇头寒。转蓬随马足，飞霜落剑端。凝云迷代郡，流水冻桑乾。烽微桔槔远，桥峻辘轳难。从军多恶少，召募尽材官。伏堤时卧鼓，疑兵乍解鞍。柳城擒冒顿，长坂纳呼韩。受降今更筑，燕然已重刊。还嗤傅介子，辛苦刺楼兰。

其二

> 边庭烽火惊，插羽夜征兵。少昊腾金气，文昌动将星。长驱鞮汗北，直指夫人城。绝漠三秋暮，穷阴万里生。寒夜哀笛曲，霜天断雁声，连旗下鹿塞，叠鼓向龙庭。妖氛坠虏阵，晕月绕胡营。左贤皆顿颡，单于已系缨。绁马登玄阙，钩鲲临北溟。当知霍骠骑，

---

① 祝尚书：《卢思道集校注》，第21页。

② 《隋书》卷五七《薛道衡传》。

③ 《资治通鉴》卷一六九"陈文帝天嘉五年(564，即北周武帝太宁四年)"载："(秋八月)周遣柱国杨忠会突厥伐齐，至北河而还。"胡三省注："《水经》：'河水东经沃野故城南，又北屈而为南河出焉。河水又北，迤西溢于窳浑县故城东，又屈而东流为北河，东经高阙南。'"则知北河在窳浑县故城东，高阙南。而这些地方在周齐对峙时皆为北周朔方郡辖地，故在周平齐之前，薛道衡无缘渡北河，《渡北河诗》只能作于薛道衡入周之后。

④ 逯钦立：《先秦汉魏晋南北朝诗·隋诗卷四》，第2684页。

高第起西京。

辛德源,沉静好学,少有重名。中书侍郎刘狄上表荐之曰:

> 枕籍六经,渔猎百氏。文章绮艳,体调清华……实后进之辞人,当今之雅器。必能效节一官,骋足千里。①

而他自己也是怀抱大开、期盼立功。其《白马篇》效曹子建,歌颂任侠尚武的少年游侠,流露出自己志效疆场、军中立功的奋发精神:

> 任侠重芳辰,相从竞逐春。金羁络赭汗,紫缕应红尘。宝剑提三尺,雕弓韬六钧。鸣珂蹀细柳,飞盖出宜春。遥见浮光发,悬知上头人。②

当时在诗中表现这种功名意识、进取态度的山东诗人还有不少,如裴让之《从北征诗》云:

> 沙漠胡尘起,关山烽燧惊。皇威奋武略,上将总神兵。高台朔风驶,绝野寒云生。匈奴定远近,壮士欲横行。③

祖珽的《从北征诗》亦云:

> 翠旗临塞道,灵鼓出桑乾。祁山敛雰雾,瀚海息波澜。戍亭秋雨急,关门朔气寒。方系单于颈,歌舞入长安。④

诗中都充满了豪迈之情、乐观态度。

和建安诗人一样,卢思道、薛道衡等山东诗人也在诗中流露出仕途困顿、理想遭挫的抑郁和愤懑。北齐时,卢思道曾因仕途多舛,免归于家,"尝于蓟北怅然感慨,为五言诗以见意,人以为工"。这是卢思道在诗中慨叹遭际、发抒不平的开端。后来,由于他恃才傲物,不持操行,"每居官,多被谴辱",虽历仕三朝,却一直郁郁不得志。⑤ 所以他除了在前引《听鸣蝉篇》诗中有"红尘早弊陆生衣,明镜空悲潘椽发"的人生慨叹,还在《从军行》、《孤鸿赋》、《劳生论》等诗文中发抒自己的抑郁不平之气⑥。

入隋以后,由于以隋文帝为首的关陇豪族对山东旧族进行集体性的压制、打击⑦,薛道衡、孙万寿等人普遍在诗中流露出怀才不遇、仕途遭挫的苦闷。《隋书》卷五七《薛道衡

---

① 《隋书》卷五八《辛德源传》。

② 逯钦立:《先秦汉魏晋南北朝诗·隋诗卷二》,第2649页。

③ 同上书,《北齐诗卷一》,第2262页。

④ 同上书,《北齐诗卷二》,第2273页。

⑤ 《隋书》卷五七《卢思道传》。

⑥ 《隋书》卷五七《卢思道传》载:"高祖(隋高祖杨坚)为丞相,迁武阳太守,非其好也,为《孤鸿赋》以寄其情。……思道自恃才地,多所陵轹,由是官途沦滞。既而又著《劳生论》,指切当时。"

⑦ 参拙作《初盛唐诗歌的文化阐释》,东方出版社1997年版,第101—104页。

传》云：

> 高祖受禅，坐事除名。……后坐抽擢人物，有言其党苏威，任人有意故者，除名，配防岭表。

所以薛道衡在入隋之后作了不少宣泄郁闷的诗歌。如他在《昭君怨》中即以昭君失宠喻己之不遇，情思宛曲、哀怨。其《昔昔盐》、《豫章行》写闺怨、宫怨，亦皆折射出仕途失意的落寞和愁苦，哀婉动人。其《敬酬杨仆射山斋独坐诗》和《重酬杨仆射山亭》则以诗代书，表达自己对仕途知己、诗坛挚友（杨素此时亦失意）的思念，倾诉了自己仕途困顿的愁苦。再如孙万寿，信都武强人，"年十四就阜城熊安生受五经，略通大义，兼博涉子史"。后以文学之才仕齐为奉朝请。隋高祖代周后，滕穆王杨瓒引为文学，坐衣冠不整，配防江表。史传云"万寿本自书生，从容文雅，一旦从军，郁郁不得志，为五言诗赠京邑知友"。此诗《隋诗》卷一作《远戍江南寄京邑亲友》，诗中先是以贾谊贬长沙、屈原逐湘水自况，抒写自己空有报国之壮志，不遇爱才之明主，乃至被逐出京、远贬边地的愤懑；接着又以王粲从军、郗超入幕自比，发泄内心的抑郁不平。史称"此诗至京，盛为当时之所吟诵，天下好事者多书壁以玩之"①。其《和张丞奉诏于江都望京口诗》和《早发扬州还望京邑诗》，也都写他遭贬江南、壮志蹉跎的悲哀和感伤。其《东归在路率尔成咏诗》云：

> 学宦两无成，归心自不平。故乡尚千里，山秋猿夜鸣。人愁惨云色，客意惯风声。羁恨虽多绪，俱是一伤情。②

则充分表达了诗人一生苦苦追求而又终无所成的愤慨与不平，诗意苍凉、悲怆。又如尹式，河间人，博学解属文。③ 其《别宋常侍诗》写宦游疲倦、前程黯淡的心情：

> 游人杜陵北，送客汉川东。无论去与住，俱是一飘蓬。秋鬓含霜白，衰颜倚酒红。别有相思处，啼乌杂夜风。④

其《送晋熙公别诗》当作于入隋以后，仕途失意之时，诗中对其历仕三朝（齐、周、隋），饱经沧桑的一生，进行了较为深刻的反思：

> 太行君失路，扶摇我退飞。无复红颜在，空持白首归。色移三代服，尘化两京衣。道穷方识命，事云乃知非。西候追孙楚，南津送陆机。云薄鳞逾细，山高翠转微。气随流水咽，泪逐断弦挥。但令寸心密，随意尺书稀。⑤

---

① 《隋书》卷七六《孙万寿传》。

② 逯钦立：《先秦汉魏晋南北朝诗·隋诗卷一》，第 2642 页。

③ 《隋书》卷七六《尹式传》。

④ 逯钦立：《先秦汉魏晋南北朝诗·隋诗卷二》，第 2659 页。

⑤ 同上。

建安诗歌之所以风力矫健、悲哀苍凉,具有感奋人心的力量,除了因为建安诗人们大多纵情任性、志高意广,还因为他们不只是把目光局限于个人得失的小天地,深刻地反映了东汉末年"世积乱离,风衰俗怨"[①]的时代特征。与此相似,齐周隋易代之际山东诗人的不少作品也将个人的哀怨与国家的命运和社会的动荡、人民的苦难紧密结合在一起,充分体现了他们对建安风骨诗学本质的准确把握和忠实继承。

建安诗人王粲的《从军诗》五首,不仅抒发了诗人随曹操征东吴时志在立功的伟壮之情,描写了将士征行之苦,以及沿途所见之凋敝景象、动乱现实,还用对比手法展现了太平康乐的谯郡和所经其他地方的天壤之别,表示了他对人民安居乐业生活的由衷赞美。[②] 全诗苍凉悲壮,慷慨激昂。卢思道的《从军行》则以滥觞于曹丕的歌行体的形式,来表达与王粲《从军诗》相近的意旨:

> 朔方烽火照甘泉,长安飞将出祁连。犀渠玉剑良家子,白马金羁侠少年。平明偃月屯右地,薄暮鱼丽逐左贤。谷中石虎经衔箭,山上金人曾祭天。天涯一去无穷已,蓟门迢递三千里。朝见马岭黄沙合,夕望龙城阵云起。庭中奇树已堪攀,塞外征人殊未还。白雪初下天山外,浮云直上五原关。关山万里不可越,谁能坐对芳菲月?流水本自断人肠,坚冰旧来伤马骨。边庭节物与华异,冬霰秋霜春不歇。长风萧萧渡水来,归雁连连映天没。从军行,从军万里出龙庭。单于渭桥今已拜,将军何处觅功名![③]

诗中既表现了主人公从军游侠的英武,也渲染了塞外生活的艰辛,结尾还深刻地表达了人民的厌战心理和对和平生活的渴望,慷慨悲壮,境界超迈。

同样,孙万寿、元行恭等由齐入周、由周入隋的山东诗人,也把故国之沦丧与自己之困顿紧密联系在一起,这就使得他们诗中的哀怨具有强烈的社会现实性。如孙万寿仕齐为奉朝请,亦曾参加齐后主与文林馆诸学士的诗文酒会,颇为得意,但入隋后屡受压制、贬逐,所以当他重游邺京时,就禁不住百感交集,多次在诗中诉说家国破亡的感伤。其《和周记室游旧京诗》云:

> 大夫悫周庙,王子泣殷墟。自然心断绝,何关系惨舒。仆本漳滨士,旧国亦沦胥。紫陌风尘起,青坛冠盖疏。台留子建赋,宫落仲将书。谯周自题柱,商容谁表闾。闻君怀古曲,同病亦涟如。方知周处叹,前后信非虚。[④]

昔时煌煌之帝京,今日已沦胥;昔时风流之雅集,今日成追忆;昔时倜傥之国士,今日变亡国之臣:世道沦替、仕宦浮沉的种种感慨交织在一起,而又糅进曹植为铜雀台作《登台赋》等建

---

① 刘勰著,范文澜注:《文心雕龙注》卷九《时序第四十五》,人民文学出版社1958年版,第674页。

② 吴云、唐绍忠:《建安七子集校注》,天津古籍出版社2005年版,第240页。

③ 祝尚书:《卢思道集校注》,第56—57页。

④ 逯钦立:《先秦汉魏晋南北朝诗·隋诗卷一》,第2641页。

安故事，故显得格外哀婉、悲怨。隋文帝开皇九年(589)，孙万寿以衣冠不整，配防江南。开皇十二年(592)前后，他自江南归乡里，[①]作《行经旧国诗》写景述怀：

萧条金阙远，怅望羁心愁。旧邸成三径，故园余一丘。庭引田家客，池泛野人舟。日斜山气冷，风近树声秋。弱年陪宴喜，方兹更献酬。修竹惭词赋，丛桂且淹留。自忝无员职，空贻不调羞。武骑非吾好，还思江汉游。[②]

此诗题旨、写法皆与前诗相同，惟诗境更凄清、感伤，且结尾用王粲从军、远游江汉[③]典，说明其心境与王粲的相似之处。同时人元行恭《过故宅诗》亦云：

颓城百战后，荒宅四邻通。将军树已折，步兵途转穷。吹台有山鸟，歌庭聒野虫。草深斜径没，水尽曲池空。林中满明月，是处来春风。唯余一废井，尚夹两株桐。[④]

悯时伤乱，怀旧感伤，融成一片，依稀可见曹操的《蒿里行》、《薤露行》，王粲、阮瑀的《七哀诗》等建安诗歌的影子。

另外，卢思道、薛道衡、孙万寿等山东诗人还继承了建安诗人注重"兴寄"、托物言志的艺术手法。曹植的《美女篇》以美女盛年不嫁，比喻志士怀才不遇。卢思道的仿作《美女篇》也不无深意。诗中所云"俱临邓渠水，共采邺园花"，即化用曹植诗意，谓自己所咏，犹曹植在邓渠所见之美女[⑤]；篇末所云"莫言人未解，随君独问家"，也暗含希望得到重用之意。曹植的《五游咏》、《远游篇》、《游仙》、《仙人篇》、《升天行》等游仙诗，都是"忧患之辞"，而非"列仙之趣"[⑥]。卢思道的《神仙篇》、《升天行》等诗，也是有意步武曹植，藉升天凌云的幻想来批判世俗的险恶，发泄人生的苦闷。刘桢的《赠从弟三首》，运用比兴之法，分咏萍藻、松柏、凤凰三物，以其高洁、坚贞的品格，远大的怀抱，激励堂弟，亦以自勉。周隋之际的山东诗人也喜咏物以见志。李德林的《咏松树诗》以"岁寒无改色"的松树，表达自己身处乱世"贞心自不移"的坚贞品格；魏澹的《咏阶前萱草诗》言其常怀忧思，《咏石榴诗》中"路远无由寄，徒念春闺空"句，和《咏桐诗》中的"愿寄华庭里，枝横待凤栖"句，都流露出诗人空有济时之志，怀才不遇，无由仕达的隐痛。孙万寿的《庭前枯树诗》则以枯树为比，慨叹自己今昔之变：

当时金谷里，昔日平陵东。布叶俱承露，开花共待风。摇落一如此，容华遂不同。

---

① 参曹道衡、刘跃进著《南北朝文学编年史》，人民文学出版社 2000 年版，第 636、643 页。

② 逯钦立：《先秦汉魏晋南北朝诗·隋诗卷一》，第 2641 页。

③ 王粲建安中在荆州依刘表时，"刘表不能综观大局，欠韬略，心胸狭窄，王粲不能施展大志；此时他忧多、愁多、愤懑多，常有怀归之心"（吴云、唐绍忠：《建安七子集校注》，第 241 页）。

④ 逯钦立：《先秦汉魏晋南北朝诗·隋诗卷二》，第 2654 页。

⑤ 祝尚书：《卢思道集校注》，第 30 页。

⑥ 余冠英：《三曹诗选·前言》，人民文学出版社 1979 年版，第 18 页。

庭前生意尽,井上蠹心空。匠者无劳顾,拥肿难为功。[1]

昔日春风得意,今日无由展志,而这又和旧国覆没紧紧联系在一起,深沉、蕴藉。

总之,由于山东诗人独特的文化精神以及他们在周、隋两朝受到的政治打击,使得他们自觉踵武心灵遥通的建安诗人,在诗中表现出强烈的功名意识和进取精神,流露出仕途困顿、理想受挫的抑郁和愤懑,内容丰富深刻,感情真实动人,他们的作品成为继建安诗歌之后少有的慷慨多气、风骨凛然之作。

三 卢、薛等山东诗人对初唐诗歌革新之影响

齐、周、隋易代之际山东诗人创作上的这种变化和成就,后来受到了初唐革新派诗人不同程度的重视和推崇。魏徵、王绩、卢照邻、王勃、陈子昂等人,或在创作实践中或在革新理论上,与卢思道、薛道衡等山东诗人创作传统之间存在着千丝万缕的联系。

在绮靡诗风弥漫的唐初宫廷诗坛,魏徵等山东出身的重臣多以山东诗歌固有的质朴、刚健之风来纠轻艳、丽靡的南朝旧习。

首先值得注意的是,魏徵在《隋书》中对卢思道、李孝贞、薛道衡等周隋之际山东诗人的文学成就给予了极高的评价:

> 二三子有齐之季皆以辞藻著闻,爰历周、隋,咸见推重。李称一代俊伟,薛则时之令望,握灵蛇以俱照,骋逸足以并驱,文雅纵横,金声玉振。静言扬榷,卢居二子之右。[2]

正是基于这样的认识,在《隋书·文学传序》中,魏徵等史臣更进一步提出,要将河朔贞刚之词义与江左清绮之文华结合起来,建立一种"文质彬彬、尽善尽美"的唐诗美学理想。

另外,在唐初宫廷诗坛竞相以学南为时尚的大背景中[3],山东出身的重臣仍能继承卢思道、薛道衡、孙万寿等人言志述怀的创作传统,如魏徵的《述怀》,李百药的《途中述怀》、《郢城怀古》、《谒汉高帝庙》、《春眺》,杜淹的《诏拜御史大夫赠袁天纲》、《寄赠齐公》等诗,都能得卢、薛质朴贞刚之气。

王绩是唐初诗坛别具风格的诗人,他的诗境界高古,而又风骨凛然,对初盛四杰、陈子昂、张九龄等初盛唐诗人的诗文革新产生了深远的影响。学界在探讨其诗歌艺术渊源时,多直接追溯到魏晋之际的阮籍、嵇康和晋宋之际的陶渊明,而忽略了王绩诗歌的一个十分重要的艺术近源,就是卢思道、薛道衡等历仕齐、周、隋的山东诗人。

薛氏、王氏不仅是当时河汾地区较重儒素、仕宦的两大家族,而且他们两家过从甚密。

---

① 逯钦立:《先秦汉魏晋南北朝诗·隋诗卷一》,第2641页。

② 《隋书》卷五七,"史臣曰"。

③ 参拙作《唐初宫廷诗风与士风之关系》,《唐代文学研究》第七辑,广西师范大学出版社1998年版。

隋末乱世之中,薛道衡之子薛收从王绩之兄当时有"王孔子"之称的——王通受学[①],与王绩私交甚深,经常诗文唱和。据今人考证,王绩的第二次出仕,与薛收可能有直接关系。[②] 而且从其成长过程和作品风貌看,王绩受卢思道、薛道衡、孙万寿等山东诗人影响也比较大。吕才《王无功文集序》云:

> 年十五,游于长安……河东薛道衡曾见其《登龙门忆禹赋》,曰:"今之庾信也。"因以其所制《平陈颂》示之,一遍便暗诵。道衡大惊曰:"此王仲宣也。"由是,弱冠藉甚群公之间。[③]

可见,王绩在诗坛之得名,薛道衡之奖掖、提携功不可没,而且薛道衡赞之聪颖如王粲,亦说明建安诗人在当时诗坛具有相当的典范意义。后来,王绩有不少诗表现了其建立功名的进取意识和理想受挫的苦闷,诗情慷慨,笔力健举,与卢思道、薛道衡、孙万寿等人在诗学精神上有相近之处。[④] 如果说王绩诗中有建安风骨之遗韵在,那么卢、薛等人就是王绩学习建安诗人的重要津梁。

活跃在高宗朝中后期的四杰,不仅具有"以道自任"、建功立业的进取意识,追求矫厉不群、高标独立的人格精神,还提倡在作品中表现浓郁真挚的情志和壮大宏博的气势,在初盛唐诗歌革新进程中功绩卓著。但是学界在探讨初唐四杰诗歌革新的理论渊源和现实举措时,也多忽视了经世致用的山东文化传统,和周隋之际卢思道、薛道衡等诗人质朴刚健的创作风尚对他们的影响。

初唐四杰继承了北方儒学以恢复王道、推行仁政、经世致用为鹄的的人生精神[⑤],这无疑是王勃等人在诗文创作中所提倡的刚健骨气的重要文化内质,是在背面支撑着他们进行诗文革新的厚积的力量。而在王勃发起的诗文革新运动中,主要参加者和支持者又都是卢思道、薛道衡等著名山东诗人的后裔。

杨炯《王勃集序》在记述龙朔初年王勃自觉反对上官体等绮靡文风过程时说:

> 尝以龙朔初载,文场变体,争构纤微,竞为雕刻。糅之金玉龙凤,乱之朱紫青黄。影带以徇其功,假对以称其美。骨气都尽,刚健不闻。思革其弊,用光志业。薛令公,朝右文宗,托末契而推一变;卢照邻,人间才杰,览清规而辍九攻。知音与之矣,知己从之矣。鼓舞其心,发泄其用。……长风一振,众萌自偃。遂使繁综浅术,无藩篱之固,纷绩小

① 韩理洲:《王无功文集五卷本会校》卷一,王绩《游北山赋》自注,上海古籍出版社 1987 年版,第 5 页。

② 张大新、张百昂:《王绩三仕三隐补辨》,《唐代文学研究》第二辑,广西师范大学出版社 1990 年版。

③ 韩理洲:《王无功文集五卷本会校》,第 1—2 页。

④ 参拙著《初盛唐诗歌的文化阐释》第六章《王绩诗歌与河汾文化精神》,第 186—188 页。

⑤ 参拙作《初唐四杰与儒道思想》,《文学评论》1995 年第 5 期。

才,失金汤之险。积年绮碎,一朝清廓。反诸宏博,君之力焉。①

学界在分析这段话时,很少关注薛令公、卢照邻的家族文化背景以及他们与王氏家族之关系。

此文所说“朝右文宗”、王勃的“知音”——薛令公,就是薛元超,亦即前文所述王通门生、王绩之友薛收之子,隋初著名诗人薛道衡之孙。据《旧唐书·薛收传》附《薛元超传》,薛元超好学善属文,太宗朝即被重用,累授太子舍人,预撰《晋书》。高宗朝,又转中书舍人,加弘文馆学士,兼修国史。龙朔初年,正在中书侍郎任上,后在永隆二年(681),拜中书令。史传又云:“元超既擅文辞,兼好引寒俊,由是时论称美。”薛元超诗现仅存一首《奉和同太子监守违恋》:

储禁铜扉启,宸行玉轪遥。空怀寿街吏,尚隔寝门朝。北首瞻龙戟,尘外想鸾镳。飞文映仙榜,沥思叶神飙。帝念纡苍璧,乾文焕紫霄。归塘横笔海,平圃振词条。欲应重轮曲,锵洋韵九韶。②

虽然诗中带有初唐宫廷诗常见的错彩镂金的风格特征,但并不婉媚,而且从“飞文映仙榜,沥思叶神飙”、“归塘横笔海,平圃振词条”等语看,薛元超颇为推崇诗思雄壮、笔势飞动的艺术风格,与王勃所提倡“气陵云汉,字挟风霜”③的文学观念正相同。而这应该与他们都曾受到薛道衡等山东诗人刚健慷慨的诗歌创作传统的影响分不开。所以,当王勃进行诗文革新时,薛元超这位王家的世交旧友、当今的文坛宗伯,不遗余力地加以支持和推广,就在情理之中了。

另外,王勃诗文革新运动的主要支持者和参加者卢照邻,则是卢思道之同族后人。对于这一点,学界同样甚少措意。卢照邻在《五悲·悲穷通》中曾说自己乃“燕地之高门”,即出自山东著姓高门之一的范阳卢氏。他在《释疾文·粤若》中更为详细地缕述了其家世:

粤若稽古,帝列仙兮,远矣大矣;臣太岳矣,钦哉良哉。有太公兮卷舒龙豹,奄经营乎四履。有先生兮乘骑日月,期汗漫乎九垓。尚书抗节兮,属炎灵之道丧;中郎含章兮,遇金行之纲颓。彼圣贤之相续,信古往而今来。人何代而不贵,代何人而不才!郁律崛岉兮,似昆陵之玉石;泮涣粲烂兮,象星汉之昭回。尔其为广也,碧海云蒸而地合;尔其为峻也,赤城霞起而天开。暨中朝之颠覆,家不坠乎良箕。绍金柯而玉秀,穆兰馨而菊滋。弥九叶而逮余兮,代增丽以光熙。清风振乎终古,妙誉薰乎当时。④

---

① 蒋清翊:《王子安集注》卷首,上海古籍出版社 1995 年版,第 69—70 页。

② 《全唐诗》卷三九。

③ 蒋清翊:《王子安集注》卷一五,《平台秘略赞十首·艺文第三》,第 428 页。

④ 祝尚书:《卢照邻集笺注》卷五,第 262 页。

据此可知，卢照邻当为范阳卢氏“北祖”卢偃的九代孙。[①] 又据《魏书 · 卢玄传》、《北史 · 卢玄传》和《隋书 · 卢思道传》，卢思道系卢偃的五世孙。[②] 则卢照邻当为周隋之际大诗人卢思道的同族后人。虽然卢照邻未言其父、祖之名及仕历，可能是远房别支，但卢照邻对卢思道这位同族文学之祖相当敬仰。他在《南阳公集序》中曾对南北朝时期诗坛作如下评述：

北方重浊，独卢黄门往往高飞；南国轻清，惟庾中丞时时不坠。[③]

他认为卢思道乃是北朝后期文坛最杰出的代表，足以和由南入北的庾信相提并论。因为这是给他人文集作序，而且是纵论上古以来的文学史，所以这个评价不能完全看成是卢照邻对自己家族中人的偏爱和溢美，应该是卢照邻对北齐、北周和隋初文坛全面考察后的公允之论。而且，他对卢思道诗文特点——于“重浊”的北方文坛独自“高飞”（即质实而不芜杂，呈贞刚健举之态）的认识，既符合卢思道的文学创作实际，又与他和王勃等人追求思飞情逸、骨刚气健的诗文革新理论相合。所以，当王勃振臂一呼进行诗文革新时，卢照邻就马上响应，引之为“知己”，挺身而出，共襄壮举。

可见，在初唐四杰诗文革新运动中，除了倡导者王勃本人继承了深厚的山东文学创作传统，受到了卢思道、薛道衡等在周隋之际诗风之变的启发和影响，而且其主要支持者薛元超、卢照邻也都与卢思道、薛道衡有着家族文化和文学创作上的双重渊源关系。

初唐另一位革新派诗人陈子昂出身于蜀地豪族，与山东文化并无地缘关系。但是陈子昂“风骨”、“兴寄”诗歌革新理论的提出、实践和推广，却也与卢思道、薛道衡等隋初山东诗人的后人有着密不可分的关系。

陈子昂在永淳元年(682)登进士第之后，也曾以文章干谒过薛道衡之孙、当朝文宗中书令薛元超。[④] 他在《上薛令文章启》中除了对薛元超“垂索拙文”之举受宠若惊、感激不已外，还直率地表白心迹，说自己不愿像一些宫廷文人那样“迹荒淫丽，名限俳优”，而是以“劳人之歌”和“阮籍之思”自励自比，这其中应该有投薛元超之所好或者与薛元超志趣相投的因素在。虽然薛元超次年即去世，陈子昂未获大用，但能被“朝右文宗”薛元超赏识，青年陈子昂无疑深受鼓舞。

更值得注意的是，陈子昂诗文革新理论最坚定的支持者和最积极的宣传者卢藏用，正是卢思道的玄孙[⑤]。

卢藏用对先祖卢思道的文学成就极为敬仰和推崇，他曾经请当世文宗、好友张说为卢思

① 祝尚书：《卢照道集笺注》附录四《卢照邻年谱》，第 554 页。

② 附录二《卢思道年谱》，第 224 页。

③ 祝尚书：《卢照邻集笺注》卷六，第 322 页。

④ 彭庆生：《陈子昂诗注》附录《陈子昂年谱》，巴蜀书社 1981 年版，第 284 页。

⑤ 《隋书 · 卢思道传》云，唐高宗时宰相卢承庆，为卢思道孙；又《旧唐书》卷九四《卢藏用传》载，卢藏用为卢承庆之侄孙。则卢葬用为卢思道玄孙。

道写过一篇碑铭。张说在《卢黄门侍郎卢思道碑》中谓卢思道之诗文创作：

思若泉涌，文若春华，精微入虚无，变化合飞动，斯固非学徒竭才仰钻之所逮也。

又赞卢思道在当时文坛之影响：

吟咏情性，纪述事业，润色王道，发挥圣门，天下之人，谓之文伯。①

都可看做是卢藏用和张说对卢思道文学创作成就的共同认识。

据《陈氏别传》，知陈子昂"与藏用游最久"，"饱于其论"。② 当陈子昂在诗歌创作中步武建安诗人，慷慨陈辞，发抒怀抱时，卢藏用是其最亲密的知己。陈子昂在幽州武攸宜军中怀才不遇，愤懑不堪时，曾情不自禁地写诗寄与卢藏用，希望得到他的理解和鼓励。而卢藏用后来在《陈氏别传》中，也不负挚友之信任，结合陈子昂的人生追求和高洁品格，对陈子昂《蓟丘览古赠卢居士藏用》诗和《登幽州台歌》的"感激忠义"之旨进行了深入、准确的阐释。当陈子昂大力提倡"汉魏风骨"时，卢藏用更是全力支持，为之推广。陈子昂在《修竹篇序》中说：

文章道弊五百年矣。汉、魏风骨，晋宋莫传。③

卢藏用在《陈伯玉文集序》中则云：

道丧五百年而得陈君。……崛起江汉，虎视函夏。卓立千古，横制颓波。天下翕然，质文一变。④

最先对陈子昂文学成就和贡献作出高度评价。难怪后来大历人赵儋要认为，卢藏用此举对扩大陈子昂诗文革新理论的影响具有举足轻重的作用：

友人黄门侍郎卢藏用为之序。以为文章道丧五百年，得陈君焉。由是太冲之词，纸贵天下矣。⑤

陈子昂诗文中不但有建安风骨，而且映着卢藏用先祖卢思道诗风的影子，卢藏用如此推崇和支持陈子昂的诗歌革新理论和创作成就，良有以矣。

综上所论，出身于北齐的卢思道、薛道衡等山东诗人自觉踵武建安诗人，在诗中发抒怀

---

① 祝尚书:《卢思道集校注》附录一，第 216 页。

② 《陈子昂文集》附录，卢藏用《陈氏别传》，中华书局上海编辑所 1960 年版，第 255 页。

③ 同上书，卷一，第 15 页。

④ 同上书，附录，第 260 页。

⑤ 《陈子昂文集》附录，赵儋《大唐剑南东川节度观察处置等使户部尚书兼御史大夫梓州刺史鲜于公为故右拾遗陈公建旌德之碑》，第 257 页。

抱，反映现实，慷慨豪雄，风骨凛然，他们的作品不但成为初唐革新派诗人学习建安诗歌，恢复汉魏风骨的重要桥梁，而且还直接或间接地影响了魏徵、王勃和陈子昂等人诗文革新理论的提出和推广。因此，我们应该突破学界现有的认识，对卢思道、薛道衡等山东诗人在齐、周、隋易代之际诗歌创作活动的文学史意义，给予全新的理解，尽可能恢复其在中国中近古文学史上的真面貌。

（原载《文学评论》2008年第4期）

论中国古代小说文体研究的四个层面

刘勇强

中国古代小说的文体是一个很复杂的概念,这既与古代小说体多性殊的特点有关,也与古今中外小说观念的不同有关。从根本上说,小说文体研究的目的是要回答小说是什么,或什么是小说。而这却是一个很难回答的问题,佛斯特的《小说面面观》引述了这样一个定义:"小说是用一定篇幅的散文写成的一部虚构作品。"[①]他认为这个定义对解释小说已经足够了。但对中国古代小说来说,问题却不是这么简单的。比如中国古代小说与诗歌关系甚密,特别是通俗小说与说唱文学关系有不解之缘。因此,中国古代小说逐渐形成了韵散结合的叙述传统,一些作品如离开了韵文,几不能成篇。所谓"用散文写成",并不完全符合中国古代小说的实际。另外,"一定篇幅"也很含糊,佛斯特说它的长度不应少于五万字,而任何一部超过五万字的虚构的散文作品,都被他视作小说。这是就西方小说(novel)而言的。中国古代小说因体式不同,从百十字到百万言,篇幅长短千差万别,无法由此对小说加以限定。至于"虚构作品",更为复杂。虽然这被普遍看做小说的一个基本特点,但什么是虚构,在中国小说史上却也不可一概而论。如果以虚构作为小说的基本特点,有些小说并没有虚构,或者说虚构不是其情节叙述的主导面,如魏晋的志人小说、明清之际的时事小说等,就难免被排除在小说之外。相反,在中国古代的叙事文中,又不只小说才有虚构,一些史传也有虚构的成分。虽然它们可能符合上述小说定义,但并不能算作小说。

那么,我们该如何界定中国古代小说并把握其文体特点呢?鉴于中国古代小说文体的特殊性、丰富性及其所经历的漫长发展演变,认真清理一下我们可以或者说应该在多大范围内讨论小说的文体问题,是一个有关方法论的重要课题。因为,我们可能永远无法、甚至也没有必要得出一个具有普遍意义的小说定义,但是我们却能够通过对影响小说文体特点形成的诸层面因素的考察,全方位地确立小说文体研究的内涵与指向。由于文体学研究本身就有不同派别[②],西方文体学中"文体"(style)的概念,更多的是指与特定体裁联系在一起的

---

① 《小说面面观》,上海外语教学出版社 2000 年版,第 9 页。

② 从大的方面说,文体学可以分为"普通文体学"(即语体学)与"文学文体学"两大分支,而在"文学文体学"中,也有不同的取向或路径。参看申丹《叙述学与小说文体学研究》第四章《文体学的不同派别》,北京大学出版社 2000 年版。

语言特征或风格[1],而中国古代的文体学研究往往是以"辨体"为中心,主要趋向于"体裁"或"文类"(genre)。核心意识的差异,有时也造成了讨论与交流的困难。因此,从中国古代小说的实际出发,明确其文体研究的内涵与指向,对于相关研究的顺利和深入进行,也是很有必要的。在我看来,有关古代小说文体的研究,涉及小说的功能、发展、背景乃至本体等问题,因而至少可以从小说的创作与接受、小说史、文化、文学理论四个层面展开,以下试申论之。

一 创作与接受层面的文体研究

古代小说的文体研究首先是个创作问题,这是由文学作品的本质特性决定的。因为如果没有创作在先、没有一定数量的作品积累,就无所谓文体。换言之,文体是在一定数量的创作基础上概括出来的。

按照一般的认识,唐传奇与魏晋时期的志怪小说在文体上是有所区别的。而事实上,在唐传奇中,并不乏志怪的成分;同样,在魏晋志怪中,也出现了一些接近唐传奇的作品。刘义庆《幽明录》中的《卖胡粉女子》、干宝《搜神记》中的《紫玉》等,确实与唐传奇有相似之处,甚至置于更晚的《聊斋志异》中也可以乱真,但人们却并没有把它们看成传奇。那么,究竟是什么使这两类小说在小说史上被区分开来?鲁迅在谈到六朝小说(志人小说)与唐传奇的区别时,强调唐人"始有意为小说"以及比六朝小说"施之藻绘,扩其波澜"等[2],都是就创作意识与创作特点而言的。对文体描述来说,这无疑是最直观、简括的区分方法,唯一的不足是难以解释上述个案特例。而这对小说史来说,实在是一个无法回避的问题。

有一个简单的现象往往被忽视,那就是创作的数量。从总体上看,在魏晋志怪中的一些接近唐传奇的作品在当时还是偶发的、散见的,还不足以形成具有普遍性的文体特点。只有当类似的创作多了起来,量变才引起了质变。所以,胡应麟曾说:

> 至于专怪、传奇,尤易出入,或一书之中二事并载,一事之内两端具存,姑举其重而已。[3]

这里所谓的"重",即是就创作的总体特点而言的。不言而喻,创作数量本身并不能说明什么问题,它的文体意义与小说史意义在于它所昭示的普遍性、自觉性上。

---

① 如郭鸿在《象似性与文体》一文中指出:"文体的最通俗、最广泛的定义是一个语篇或任何一个语言片段的语言特征。但从传统意义上讲,文体学与文学语言有特殊关系,通常我们研究文体是为了对语言,特别是文学语言,作出某种解释:例如某种语言特征与它的艺术效果或语言功能有什么关系。"见王守元、郭鸿、苗兴伟主编《文体学研究在中国的进展》,上海外语教育出版社 2004 年版,第 111 页。

② 参见鲁迅《六朝小说与唐代传奇文的区别》及《中国小说史略》第八篇。

③ 《少室山房笔丛》,上海书店出版社 2001 年版,第 282—283 页。

关键在于,没有哪一位小说家会一开始就按某种特定的小说文体来进行创作。当一种小说文体初起时,文体特征还不明显,文体要求也不统一,小说家的创作是这一尚待成形的文体的推动力,而不是它的简单的依循者。如唐代小说家段成式的《酉阳杂俎》是一部值得特别关注的小说集,《四库全书总目》称“自唐以来,推为小说之翘楚”。从作品的内容看,“其博物殆张茂先之流”[①],与前代的志怪小说有很密切的关系。不过,从这部小说集的实际描写来看,作品的意趣与传统的志怪小说还是有很大差异的,其中有一些作品如《玉格》、《长须国》、《崔玄微》等篇,都大有传奇的风致。也就是说,段成式虽然自称其写的是“志怪小说”(他也是首用此词的小说家),但实际上已迈向了传奇的领域。

即使在一种文体成熟后,小说家也会在创作中不断为文体增添新的要素。如话本小说的体制至迟在明中叶已定型,但清代小说家对这种小说文体还是作了大量的创新。[②] 这种文体创新与小说家的思想观念与艺术追求有很大的关系。以李渔为例,为了使作品新奇好看并张扬自己的个性,他在话本小说入话、头回的运用上就力求“文法一新”,或将头回与正话既分别叙述,又打成一片(如《无声戏》之《谭楚玉戏里传情》);或在入话自述生平,纳入大量自己的诗歌作品(如《十二楼》之《闻过楼》),这些写法,对话本小说文体而言,都是大破常格的。而《娱目醒心编》为了突出劝惩的效果,有时将头回拉长,与正话形成正反对比的结构。如卷九《赔遗金暗中获隽 拒美色眼下登科》的头回正话,各叙一事,分占一回。头回即篇中第一回具有了与正话即第二回同等的地位;而第二回又自有回前诗,相当于入话,换言之,只此一回,亦符合话本惯例,而整篇作品实际上可以看做两篇话本小说的捏合。

实际上,创作对于小说文体可能产生的影响是全方位的,有时,某种题材的引入,就会引起小说文体发生或大或小的改变。如《水浒传》和《金瓶梅》都是章回小说,后者是从前者发挥起来的。但世情题材的引入,绝不只是为章回小说开创了一种新的题材类型,这种被鲁迅称之为“世情小说”的题材类型,在文体上也使肇始于讲史、又融会了宋元说话“小说”的章回小说体制,在发展中具有了新的特点,并获得了新的动力。金圣叹在《读“第五才子书”法》中曾指出:“《水浒传》一个人出来,分明便是一篇列传。至于中间事迹,又逐段逐段自成文字,亦有两三卷成一篇者,亦有五六句成一篇者。”《水浒传》结构上、也是文体上的这一特点,原是从早期说话艺术分段讲述故事的方式演化而来的,书中叙述鲁智深、林冲、武松等人的情节,大致各占若干回,这一清晰可辨的结构比较有利于集中描写一个个有着独特经历与性格的英雄。但《金瓶梅》是围绕一个商人家庭而旁及整个社会,这一既有明确中心,又辐射全局的题材,使得作者尝试打破了《水浒传》线性发展、单元组合的叙述结构,在布局上更突出人物错综复杂的关系。所以,张竹坡在《批评第一奇书金瓶梅读法》中,从与金圣叹同样的思路出发,强调了小说作者对《史记》的继承和改造,但他认为“《史记》有独传,有合传,却是

---

① 毛晋:《酉阳杂俎》前集跋,转引自侯忠义《中国文言小说参考资料》,北京大学出版社 1985 年版,第 265 页。

② 参看拙作《文人精神的世俗载体——清代短篇白话小说的新发展》,《文学遗产》2000 年第 6 期。

分开做的。《金瓶梅》却是一百回共成一传,而千百人总合一传,内却又断断续续,各人自有一传。”①

与此相关,小说的叙述角度也决定了小说的题材性质,进而也决定了小说文体的性质。从理论上说,一个内涵丰富的题材具有多种可能性,可以成为不同文体的表现对象。以三国故事为例,目前的角度也许是最适合历史演义的,但这不一定是三国故事叙述的唯一角度。如果作者进一步聚焦于诸葛亮,那么这部小说可能成为《诸葛亮传》,在文体上会更接近传记性小说;如果作者聚焦于刘、关、张的经历,特别是对他们早年的经历大加发挥,它又可能写成《史弘肇龙虎君臣会》、《临安里钱婆留发迹》之类“发迹变泰”之作,在文体上采用话本小说的形式;如果作者突出左慈——从《神仙传》的有关他的传记看,其事迹涉及众多人物,也是可以统帅全局的人物——那么三国演义的故事又有可能写成神仙妖术类的作品;而如果渲染貂婵的故事,说不定还可能写成艳情小说。这些虽属假设之词,在小说史上却是有迹可寻的。比如隋唐系列的小说就演化出历史演义和英雄传奇两个系统十余部作品,或如《隋唐两朝志传》、《唐书志传通俗演义》等,恪守历史格局,敷陈朝代更替,叙述简单,行文局促;或如《隋史遗文》、《说唐全传》,源自“说话”,专注于秦琼、单雄信、程咬金、罗成等英雄传奇,颇有说书风味;或如《隋炀帝艳史》,标榜“悉遵正史”而兼采传奇,又因突出“艳史”,虽叙帝王家事而迹近“人情小说”②;至于《隋唐演义》,作者褚人获在自序中,把作为“总记之大帐簿”的史书与作为“杂记之小帐簿”的小说并举,在对《隋史遗文》、《隋炀帝艳史》诸书有所取舍的同时,将隋唐题材重新整饬为雅俗共赏的历史演义。又如明清之际的“刺魏小说”,《魏忠贤小说斥奸书》、《皇明中兴圣烈传》等注重历史真实,属于所谓“时事小说”,而《梼杌闲评》融入了更多的世情描写,则明显偏离了时事小说的路数。

即使是篇幅这一文体的外在表征,也与小说家的创作有直接的关系。李剑国在《唐五代志怪传奇叙录》的“代前言”《唐稗思考录》中为“传奇”在“篇幅”上划了一个界线,称“四五百字以内的作品大概就不好叫做传奇了”,这基本符合实际。但他补充说“自然也不尽如此”,又为从篇幅认定“传奇”开了一个口子。这个口子也是不得不开的,因为从创作的角度来看,字数对于小说文体并不构成一个绝对的限定。而对篇幅的长短有主导权的恰恰是小说家,更准确地说,是小说家创作的需要。忽视了这一变量,对小说文体的解释就难免作茧自缚。

如果我们把接受的因素考虑在内,创作对于文体的影响更大。小说的创作与接受都是

---

① 浦安迪的《明代小说四大奇书》指出《金瓶梅》也存在以 10 回为一单元的结构,并将其作为“文人小说”的一个标志。见此书中译本第 51 页,中国和平出版社 1994 年版。不过,在《金瓶梅》中,这种单元即使存在,也是远不如《水浒传》清晰的,所以张竹坡在《读法》中才有“一百回是一回”的评论。

② 李悔吾在校点《隋炀帝艳史》(群益堂,1985 年)的“前言”中称此书是《金瓶梅》之后,《红楼梦》之前所谓“人情小说”中成就最高的一部作品。

在一定的文学惯例(conventions)中展开的,所谓文学惯例包括人物类型、惯用的情节叙述方式、修辞手法与风格等,文体其实也可以说是一种文学惯例。而任何一种文学惯例的形成,都与创作者持续不断的艺术实践有关。同时,它也是作家与读者的一种默契。换言之,如果没有读者的参与,文体也是无法真正形成的。对小说文体而言,它与读者关系的密切,还是与小说作为大众文学的品格联系在一起的。因此,韦恩·布斯说:"不论我们怎样给艺术和艺术性下定义,写小说这个概念本身说意味着找到表达技巧,使作品最大可能地为读者接受。"[①]而 I. P. 瓦特也认为:"小说的常规比之绝大多数文学常规对读者的要求要小得多。这确实说明了近两百年来大多数读者为什么在小说那里找到了最充分的满足他的要求生活与艺术之间具有严格的一致性的愿望的文学样式。"[②]

从中国古代小说的实际来看,创作与接受的互动关系,直接影响到了小说的文体。至少在通俗小说家那里,我们可以经常看到小说家对"看官"的重视,如《初刻拍案惊奇》中《转运汉遇巧洞庭红》开篇时的一段虚拟对话:

> 说话的,依你说来,不须能文善武,懒惰的也只消天掉下前程;不须经商立业,败坏的也只消天挣与家缘。却不把人间向上的心都冷了?看官有所不知,假如人家出了懒惰的人,也就是命中该贱;出了败坏的人,也就是命中该穷,此是常理。却又自有转眼贫富出人意外,把眼前事分毫算不得准的哩。

后面叙及文若虚上荒岛拾得宝物前,作者又写道:

> 若是说话的同年生,并时长,有个未卜先知的法儿,便双脚走不动,也拄个拐儿随他同去一番,也不妨的。

这种对话和议论目的就是要拉近小说与接受者的关系,强化叙述效果。

为了吸引读者,通俗小说还十分重视悬念的设置,这同样在文体上有所体现。就章回小说而言,在什么时候切割情节单元即分出章回,其实是有很大的随机性的。一般来说,章回小说作者往往通过暂时阻断情节的流程,设置悬念,强化冲突的紧张性,以引起读者"欲知后事如何"的审美期待。这种事例,所在多有,不待举证。后来的一些章回小说,叙述悬念的作用有所淡化,但小说家的因素并没有因此减弱。如《红楼梦》第六十五回和第六十六回之间,叙述的情节是连贯的,上回结束处:

> 尤二姐笑道:"你们大家规矩,虽然你们小孩子进的去,然遇见小姐们,原该远远藏开。"兴儿摇手道:"不是,不是。那正经大礼,自然远远的藏开,自不必说。就藏开了,自己不敢出气,是生怕这气大了,吹倒了姓林的;气暖了,吹化了姓薛的。"说的满屋里都笑

① 韦恩·布斯:《小说修辞学》,广西人民出版社 1987 年版,中译本,第 112 页。

② 《小说的兴起》,三联书店 1992 年版,第 28 页。

起来了。不知端详,且听下回分解。

下回开篇处:

话说鲍二家的打他一下子,笑道:"原有些真的,叫你又编了这混话,越发没了捆儿。你倒不象跟二爷的人,这些混话倒象是宝玉那边的了。"

这两处上下都是兴儿"演说大观园",评论宝、黛、钗等人,没有任何悬念,也不构成情节单元段落,但作者却没有像"冷子兴演说荣国府"那样,在一回中一气写来。实际上,在兴儿说完后,紧接着就有这样的叙述:

……大家正说话,只见隆儿又来了,说:"老爷有事,是件机密大事,要遣二爷往平安州去。不过三五日就起身,来回也得半月工夫。今日不能来了。请老奶奶早和二姨定了那事,明日爷来,好作定夺。"说着,带了兴儿回去了。

这里尤二姐命掩了门早睡,盘问他妹子一夜。至次日午后,贾琏方来了。

如果作者为了追求悬念,他可以在隆儿提到"机密大事"时分回;为了情节段落的完整,也可以在"带了兴儿回去了"分回。然而,曹雪芹却没有那样做,我们无法确定作者一定要像现在这样写的理由,但以其"披阅十载,分出章回"的用心,自然也非草率为之。可以肯定的是,章回小说的分回体制也是作者艺术构思与水平的体现。

总之,从小说文体的实际呈现,我们可以看出小说家不拘一格的创作个性,而这正是我们讨论文体时不能忽视的一个变量。[①] 这一变量通过接受表现出来得更为复杂,以致有一位小说理论家贝尔纳·瓦莱特为了摆脱小说定义的困扰,强调"小说是什么"这个问题也许更应该被理解成"小说在读者的眼中是什么",而不是"小说家是如何构思自己的作品的"[②],他的意思是,决定小说作品的是阅读和效果,而非创作手法。这样也许有些绝对,但小说文体与创作和接受密切相关的事实却是不容忽视的。

二 小说史层面的文体研究

长期以来,小说史被简化为小说作品的层叠累积,但如果我们把小说看成是人类艺术的把握世界的一种方式,小说史的核心应当是这一方式的产生、运用与发展过程。这并不是要一种抽象的命题替换具体的现象。恰恰相反,将小说看成是一种艺术方式而不仅仅是一些

---

① 这种随机性在《红楼梦》的第十七、十八两回表现得更明显,己卯本、庚辰本这两回未分开,庚辰本回前有一条脂批:"此回宜分作二回方妥"。如果不是传抄之误,原本即未分回,而蒙古王府本和程高本都分开了,但分开的具体位置并不相同。有一点是相同的,就是分开后,原来十七回回目《大观园试才题对额,荣国府归省庆元宵》后半截在分开后的第十七回并未写及,有失照应。这个例子说明,章回厘定,在创作中是有一个过程的,可能也并没有绝对的优劣。

② 《小说》,天津人民出版社 2003 年版,第 27 页。

创作,会使我们从更多的角度去审视小说史。比如在论及小说史的源头时,石昌渝曾提出了一个重要观点,他认为唐前小说"非小说"。[①] 不可否认,唐前小说与此后的小说还有一定的距离。无论是将唐前小说看成是中国小说的孕育形态,还是径直认定为"非小说",都有道理。但即使是志怪、志人小说还不是"小说",我们在小说史的范围内还是必须顾及这些作品的,因为认识它们对认识中国古代小说文体的形成与特点还是有着重要作用的。因此,从某种意义上说,小说史也是小说文体的生成、发展史,文体研究不但可以,也应该在小说史的层面展开。

从大的方面说,中国古代小说可以分为文言小说、白话小说两个系统,而这两个系统下又有许多小说的类别,这些小说门类都有发生、发展的过程。仍以唐代传奇为例,对这一标志着中国古代小说成熟的文体,在小说史研究中就存在许多争议。大体上,鲁迅以来的小说史论著都指出了传奇对魏晋志怪小说的继承与突破。近年来,学术界也有不同看法,孙逊、潘建国《唐代传奇文考辩》[②]就特别强调了野史杂传对传奇文的直接影响。很显然,从这两种不同的小说史观出发,会导致对唐传奇的文体特点不尽相同的认识与评价。比如从前一种观点出发,会强调小说由"发明神道之不诬"到虚构的自觉、从"粗陈梗概"到铺陈藻绘。而从后一种观点出发,则可能更多关注传奇与野史杂传个人立传、单篇行世,多叙一人始末、结构完整等特点的联系。关于这一问题,我的看法是可以更通融些。我比较赞成李剑国的一个看法,即志怪和传奇都是文体概念,而不仅是简单的题材概念。[③] 这样,我们或不至于仅从题材的角度否定传奇与志怪的联系。也就是说,传奇文体的形成可能同时受到了志怪和杂传的影响。也许,志怪和杂传各自都不可能独立发展出后来的传奇,所以,这一"双重影响说"并不是简单的折衷。重要的是,脱离了小说史的分析与判断,我们无法准确把握传奇的文体特点。

这里,我还想强调的是与文体相关的细节上的发展变化,它们具有小说史的意义,有时可能有更高的小说史意义。如时间、地点、环境、人物设置、对话、叙述角度、讽刺手法等等的运用,从小说的描写来说,都是逐步发展的,这些因素进入小说文本,对小说文体自然也会产生影响。如沈约的《俗说》中有一篇《李势女》:

> 桓温平蜀,以李势女为妾。南郡主甚妒,不即知之。后知,乃拔刃往李所,因欲斫之。见李在窗梳头,姿貌端丽,徐徐结发,敛手向主,神色闲正,辞甚凄惋。主于是掷刀,前抱之曰:"阿子!我见汝亦怜,何况老奴?"遂善之。

丈夫在外移情别恋,另构金屋藏娇,被妻子发现,导致尖锐的矛盾冲突,这是小说经常描写的

① 石昌渝:《唐前"小说"非小说论》,《中国古代小说研究》第一辑,人民文学出版社 2005 年版。

② 《文学遗产》1999 年第 6 期。

③ 李剑国:《文言小说的理论研究与基础研究》,《文学遗产》1998 年第 2 期,第 35 页。

故事,本篇应是同一题材较早的。鲁迅曾说魏晋小说“粗陈梗概”,但就本篇的描写来看,在细节上还是很具体的。不过,这里仍有三点可以发挥之处,一是背景,一是人物,一是对话。

从背景上说,桓温征讨李势事。李势女的不幸不只是妻妾矛盾,而是与当时的社会动乱联系在一起的。据《晋书》卷八三有记载,桓温谋伐蜀,众以为不可。温从乔策,战胜了李势。李势女实为“战利品”,这一背景与人物命运和性格有很大关系,《俗说》中没有交代。

从人物设置上说,其中有一句“南郡主甚妒,不即知之。后知,乃拔刃往李所”,这个“后知”是如何得知的,除了桓温露出马脚外,更大的可能应是有人告密,而南郡主也可能派人去侦察。总之,这里至少是可以增加另一个角色的。南朝虞通之《妒记》中,有对这一故事稍详细的记载,其中就写到南郡主“率数十婢往李所”。

从对话上说,本篇强调李势女的神态,所以没有写她的语言,而在《妒记》中,李势面对南郡主,说:“国破家亡,无心以至今日;若能见杀,实犹生之年。”呼应了上面所说的亡国背景,也使“辞甚凄惋”落到了实处,而《俗说》未取此对话。

如果增加了上述内容,这篇小说的格局必然不同,而文体也会相应地变化。例如在《红楼梦》中就有王熙凤在贾琏偷娶尤二姐后,借刀杀人,逼死尤二姐,在情节类型上与《李势女》有相似之处,但《红楼梦》的描写较后者丰富多了。单说王熙凤得知原委,之前写了贾琏的隐秘其事;随后又写了兴儿等仆人对王熙凤的不满,为其事得以保密作了交代;最后自然引出“闻秘事凤姐讯家童”,情节发展跌宕起伏,扣人心弦。而整个故事则从第六十四回至第六十九回,逐步展开,并穿插了诸多细节,其间描写又与作者对全书的布局密切相关。如此复杂的纠葛及其表现,正是小说史演变的结果,小说文体也在这种演变中完全改观。这当然不是说《李势女》一定比《红楼梦》的描写低级,从它的主旨来说,主要是突出人物性格,如果有过多的铺垫与穿插,那种巨大转变反而可能无法获得令人震惊的效果。也就是说,那种简约的文体更适合表现南郡主的性格。但反过来,《红楼梦》中的曲折情节,也只有通过章回小说的体制才能表现得张弛有度、充满悬念。

如上所述,小说史不只是小说作品的层叠累积,甚至也不只是随着社会生活发展而变化的小说创作态势,它还可以细化或解构为小说叙述与文体诸要素的产生、运用及融合的渐进过程。以话本小说的叙述角度为例,早期话本的作者虽然有“书会才人”一说,但基本上被重叠在叙述者即“说话人”中,因此叙述层次基本只包括“叙述者——人物”两方面,至多有时在引用诗词评论时,加上完全外在的“前人”、“当时有人”之类,形成不确定的另一种声音。而清初白话短篇小说却不这么简单。一方面,在有的小说中,“隐含作家”从叙述者中凸现出来。[①] 如李渔小说中李渔本人就经常以第一人称“我”出现在作品中。另一方面,则是叙述者有时又从“隐含作家”分离出去。如《豆棚闲话》的叙述层次就更为复杂。以其中第一则

① 关于“隐含作家”,参见前揭《小说修辞学》第六章的论述。

《介子推火封妒妇》为例,一开始有一个“主叙述者”(“我”即艾衲)介绍叙述背景,接下来就是“次叙述者”(“老成人”)与“听众”(“后生”)的对谈;在对谈中,“次叙述者”又引出了“第三层叙述者”即作品中山东蒙师和山西驴夫。故事由此得以逐步展开。叙述者的多层次及虚拟听众的进入作品叙述层面,瓦解了“主叙述者”体现的权力话语,丰富了作品的叙述语调。如同书第七则开篇就对第六则正面叙述的故事提出了委婉的批评;而第十二则陈斋长的长篇大论被不少学者认为是作者思想的表露,其实,就在篇尾,作者又通过“听众”将其斥为“迂腐”,令读者莫衷一是。这种复杂内涵是以前话本单一叙述所不可能具备的,它也昭示着一种颇富生机的文体创新。

在讨论小说史时,我们还会发现一个耐人寻味的现象,那就是小说作品的艺术地位与小说文体的创新有时并不完全一致,换句话说,在一些所谓的二、三流小说中,我们经常可以看到甚至比一流小说更高明的叙述方式。比如有的艳情小说品味不高,总体水平有限,在描写上却时有别出一格之处。如《痴婆子传》不登大雅之堂,但这篇小说的叙事与文体均有不同寻常处。作品以作者与郑卫故墟之老妇对话开始,并使这一对话贯穿始终,引导出老妇回忆一生与十三个男子的性爱体验,又将其分作两大段落,构成全篇开阖自如的叙事主干。小说既以“传”名篇,又出于传主本人讲述,体式上接近自传体小说,这在中国古代小说中是少有的。与此相关,全篇的情节都因作者的回忆呈现为一种倒叙。这种倒叙与魏晋志怪小说就常见的人物在垂死复苏后回述经历有所不同,后者多为心灵感受,时间一般也比较短暂。而《痴婆子传》涉及人物一生,倒叙意味更强。同时,倒叙者为女性,这一性别角度的第一人称叙事,在古代小说中更为罕见。

清初烟水散人的《女才子书》在文体上也很别致,书前凡例云:“稗史至今日,滥觞已极。唯先生以唐人笔墨,另施面目。”表明它与传奇小说一脉相承,但又有所不同。首先,这部小说集共有十二篇小说,各以一“美人”为中心(一本题名即为《美人书》),这种系列小说的创作与编辑方法,与同时的话本小说如《十二楼》等有相似之处;其次,这部小说集的每篇作品前,都有一个小引,以“烟水散人曰”等形式开篇,评论人物,介绍写作缘起。按传奇小说文体旧例,这种论赞式评论,承袭史传而来,通常是置至篇末的。此书提到篇首,鲜明地突出了小说家的观点。烟水散人作为一个多产的小说家,还有一些通俗小说的创作,同样显示了文体的融会与改造。如《桃花影》是一部十二回的中篇章回小说,这种体制的章回小说在明清之际颇盛行,而在第一回,作者称“这段风流话本”如何如何;第二回篇首,又说将一首绝句“引入本传”如何如何,书后作者自跋还提到了唐代至明代的传奇小说的影响。可见,这部小说在文体上实有兼容中国古代小说各种体式的特点。尽管这一努力本身算不得成功,但仍反映了中国古代小说文体演进的过程。

在细部结构方面,也有一些小说颇具特色。如《清风闸》第二回《强氏由南雄归家 孙大理央媒复娶》有这样一段:

话说孙大理见旁边邻居成双作对,他看见巷内有两位奶奶谈心。叫了一声:"妹子呀!我倒有好些时不看见你了。"叫了一声:"姐姐!我是去年有了喜。"

"我就不晓得,少礼,少礼!你瞒着我们是何道理?"

"我是去年腊月初八日生产的,怪道叫个腊狗子呢!"

"妹妹,妹夫待你可好么?"

"好得很呢!……"

……

请注意上面的对话,如果不加标点与分段,它们是一气呵成的,而这种省略了主语的大段对话,在现当代小说中屡见不鲜,古代小说中却并不多见。

假如我们承认二、三流小说中存在着一流的叙事,那么,值得我们思考的问题就是,为什么这种看上去与众不同的叙事没有在小说史上产生可以证实的影响?而我们又该如何从小说文体的发展过程中,辨析文体变化的细枝末节?由于以往小说史研究较多地局限于名著,这方面问题尚未引起足够的重视。而如果我们使小说史的研究深入到细节——全生态的作品创作构成及其文体内部诸要素的演进,我们就有充足的理由认为,要想阐明小说文体变革的前因后果,是不能脱离了小说史的考察的。

三　文化层面的文体研究

小说史不是单纯的小说层叠累积过程,也是历史对小说塑造的过程。一种文体的产生与不断发展,与它的文化地位有关;甚至一部作品采用怎样的文体形式,也可能与作者的文化意识有关。关于后一点我们可以举一个简单的例子,许多章回小说在文体上都有一个"楔子"型的结构,而这一结构的产生在有一些作品中还历经较长时间的演变。如《封神演义》第一回《纣王女娲宫进香》,殷纣王吟诗亵渎女娲娘娘,招致报应,为全书的描写定下了一个因果报应的框架。而这一框架早在《武王伐纣平话》中就有了。与此相似,《三国志平话》原来在开头也有一个司马仲相断狱的故事作为全篇的"楔子",但"罗贯中抛弃了平话的因果报应观念,把司马仲相断狱的'三国因'删掉,让《三国志演义》成为一个历史的悲剧"①。显然,正是观念的不同,在小说文体的依循、改造上起了决定性的作用。如果从整个小说史的角度来审视文化对文体的影响,其表现更为突出,也更为复杂。

从大的方面说,中国古代小说文体的形成与外部的文化环境始终有着密切的关系。众所周知,在《庄子·杂篇·外物》、《汉书·艺文志》等早期文献中,"小说"的文化地位总体上还是被定位为"小道"。这一小说观念成为中国古代小说挥之不去的阴影。而为了摆脱小说

① 石昌渝:《中国小说源流论》,北京三联出版社 1994 年版,第 303 页。

在总体上受歧视的地位,小说从一开始就自觉地依傍主流文化,这有两个突出的表现,一是向史书靠拢,刘知幾对小说有肯定,就是基于它"自成一家,而能与正史参行"①。而"羽翼信史"则成为小说家不懈的追求目标之一。因而不仅史书的品格与笔法影响了小说,史书的文体特点也影响着小说。即以历史演义小说而论,在叙述上约有两类,一类是平铺直叙,基本上按照编年的顺序将采择的事件逐一写去,类似于史书中的"编年体"和"纪事本末体";另一类则是以一个或数个英雄人物为中心,展开事件和场景的描绘,类似于史书中"纪传体"。②

小说依傍主流文化的另一个表现是强化劝惩功能。而且随着小说的成熟,在社会舆论与政府法令方面受到的压制加大,对此的强化也更突出。③ 这同样对小说的文体产生了重大的影响。比如在许多话本小说的篇首、篇尾,都有对本篇作品道德劝惩意义的揭示或概括,它们构成了话本小说文体的一部分。一些章回小说,也在叙述层面为劝惩留有专门的篇幅,甚至《金瓶梅》这种小说,也在小说开篇与结尾作了"劝百讽一"式的道德说教。

当然,小说对主流文化的依傍也不宜简单化,它在文体上的影响也同样是复杂的。虽然早期的"小说"观念有对"小说"的歧视,但从中我们也可以看到另一种文化权力的存在与影响,"街谈巷语,道听涂说者之所造"的"造"字往往被忽视,它实际上是对主流文化的一种有意识的补充与挑战。这不只是一个理论观念问题,也是一个创作问题。同时,小说在依傍主流文化而追求历史化、道德化的过程中,也有助于在纠缠中逐步理清自己的文体特点,这在小说发展成熟后尤为可能。金圣叹的一个最重要的理论贡献就在于分辨了历史与小说的不同。他指出"《史记》是以文运事,《水浒》是因文生事",就是从创作特点上对两种文体作的区分。而这种分辨正是基于小说受历史文化影响的事实。

另外,从小说史的角度看,小说发展的具体的文化背景也是变化的、复杂的,对小说文体的影响也是多方面的。比如在中国小说文体的形成过程中,宗教文化就起过重要影响。佛道二教对魏晋南北朝兴起的志怪小说的推动,是小说史上众所周知的事实。而佛教俗讲、转变伎艺与宋元说话艺术之间的关系,也受到越来越多的学者关注。

小说在语体上的文白之别,背后也有各自的文化传统。小说家对文学语言的抉择,面对的不仅是片言只语,而语言的整体意义与效应,也就是一种语境。韩南在《中国白话小说史》中就强调了这一点。他指出文言、白话、口语的区别在于价值观的不同,而白话小说家使用

---

① 刘知幾:《史通》卷一〇《杂述》。

② 参见刘世德《夜话三国》,书目文献出版社 1995 年版,第 32 页。另外,纪德君还细致地考察过《资治通鉴》、《资治通鉴纲目》为演义小说提供了可资效仿的结构体制和叙述方式,参见纪氏《中国历史小说的艺术流变》,中国社会科学出版社 2002 年版,第 100—107 页。

③ 参看拙作《明末清初小说理论中的道德观》,《明清小说论丛》第四辑,春风文艺出版社 1985 年版。

文言、白话及“中间性语言”，在文体风格上也各有不同。① 虽然他的观点未尽全面、准确，但从文化角度审视小说语言及其在文体上的意义，这一思路还是很有启发性的。

除了思想意识的影响，文体研究在文化层面的展开还涉及许多具体的问题。比如在谈到唐代传奇“文备众体”的文体特点时，经常被提到的一个影响因素是当时的“行卷”、“温卷”风气，尽管有的学者对此有异议，但唐代诗文的发展对传奇有所影响还是不争的事实。而宋元以后通俗小说的发展则与商业文化的繁荣有很大的关系，可以说，正是商业文化赋予了通俗小说文体的大众文化品格，使之成为大众娱乐的方式。这在文体上也有着具体体现，如话本的体制主从结构、章回小说的分回形式等都与商业化的演出有关。实际上，说话艺术的一些具体的表现方法与审美习惯，在通俗小说的文体也有积淀。据罗烨《醉翁谈录》记载，一个优秀的说话艺人至少需具备四项本领：“曰得词，念得诗，说得话，使得砌。”这有两重意思，一是要有“曰”、“念”、“说”、“使”的技巧，二是包括精彩的“词”、“诗”、“话”、“砌”。

而这两个方面，都是为了适应商业化演出的要求。以“使得砌”为例，就是在讲说故事的时候，适当穿插一些噱头，以活跃气氛。这与戏曲中的“插科打诨”有相似之处，好的“砌”还应该与作品的内容融为一体。这种插入文本在《金瓶梅》等小说中仍可以看到。至于明清小说的商业化刊刻传播，在小说的文体上也会留有印迹，正如陈大康在论及所谓“熊大木模式”时所指出的那样，书坊主的创作动机、文化水准与艺术品位，都使得他们的编撰方式幼稚而粗糙，作品也有着易于辨认的形态。②

这里，我还想强调一点，那就是中国古代小说的文体还有一个很重要的特点，就是它往往不是纯粹的文学体，尤其是后来的通俗小说，经常会在小说文本中插入一些非文学的文体或叙述，在叙述风格上也不完全统一。关于后一点，有西方学者提出过中国小说文体“非均一性”的概念。③ 而非文学文体的插入可能更常见。在前面，我们曾提到小说中大量的议论问题。这种议论有些固然与小说的叙事有关，但也有些游离于作品之外了。文言小说的议论经常采用史传的论赞形式，附于篇尾，成为小说文体的一个相对独立的部分，如《聊斋志异》的“异史氏曰”。而通俗小说中的议论则多与叙事相伴而行。特别是在晚明以后，文人独创小说日益普遍，其中自说自话、高谈阔论乃至居高临下的宣讲不时流露出来。《肉蒲团》第五回回末评云：“从来小说家，止有叙事，并无议论。即有议论，旁在本事未叙之先，敷衍一段做个冒头。一到入题之后，即忙忙说去，犹恐散乱难收，岂能于交锋对垒之时，作挥麈谈玄之事。”而这些小说家则不然，在他们的作品中，议论之多，随处可见。对议论在文体中的作用也相当自负，如《野叟曝言》第一百三十一回有一大段关于忠孝伦理的议论，回末总评说：

---

① ［美］P. 韩南：《中国白话小说史》，浙江古籍出版社 1989 年版，第 12—14 页。

② 陈大康：《明代小说史》，上海文艺出版社 2000 年版，第 275 页。

③ 参见周发祥《西方的中国小说文体研究》，中国社会科学院文学研究所中国文学网 http://www.cass.net.cn/chinese/s15_wxs/Article.asp? ID =484。

“稗官野史无论,《史记》、《汉书》中有如此大议论乎?”显见其有意为之的文体意识。

议论之外,其他非文学文体的插入更不一而足。比如在《二刻拍案惊奇》之《小道人一着饶天下》中,就插入了一段“围棋三十二法”;在许多涉及政治斗争的小说如时事小说中,会完整地引用奏章谕旨之类等等。这种非文学文体的插入在清代才学小说中达到了高潮。如《镜花缘》中,诸子百家、人物花鸟、书画琴棋、医卜星相、音韵算法,等等,无一不备,所以鲁迅在《中国小说史略》评之为“盖以为学术之汇流,文艺之列肆,然亦与《万宝全书》为邻比矣”。而《野叟曝言》的凡例也声称:“是书之叙事、说理、谈经、论史、教孝、劝忠、运筹、决策,艺之兵、诗、医、算,情之喜、怒、哀、惧,讲道学、辟邪说、描春态、纵谐谑,无一不臻顶壁一层。”如此驳杂的小说文体,旁及方方面面,是无法脱离文化背景加以讨论的。

从本质上说,文体研究在文化层面的展开,与小说的内涵有很大关系。有学者指出:“文体学总的来说有重形式、轻内容的倾向。”[①]而这一点对小说的文体研究尤其不利。因为“小说和别的文学体裁(例如戏剧或者诗歌)不同,它与其说是从形式上被定义,还不如说是从(一般是与虚构联系在一起的)内涵上来定义和限制的”[②]。

四　文学理论层面的文体研究

无论是创作与接受以及小说史层面的文体研究,还是文化层面的文体研究,涉及的都是具体的小说作品与现象,而为了将零散的各种小说体式研究整合成具有普遍意义的中国小说的本体研究,小说文体研究还应该在文学理论层面展开。

有关小说的本体的一些基本问题,是文学理论层面的文体研究面临的首要问题。在本文的开头,我曾提到作为小说基本特点的“虚构”问题在中国小说史上是一个很复杂的问题。当我们讨论志怪小说、传奇、话本小说或者历史演义、世情小说、神魔小说时,都会触及小说创作最基本的“虚构”问题,但“虚构”在不同体式的小说中有着不同的特点,只有对这些不同特点必须加以综合比较与理论分析,才能得出中国古代小说的准确认识。比如虚构是指故事情节的“真伪”性质,还是指小说家创作活动中想象的运用?这在理论上是应加以区别的。如果指的是就“真伪”而言,那么,何为真实?何为虚幻?中国古代小说家自有一套理论观念。一般来说,他们谈论得更多的是“虚实”问题,在他们看来,虚不尽伪,实不全真,关键在于是否合乎“理”。“小说野俚诸书,稗官所不载者,虽极幻妄无当,然亦有至理存焉”[③],只要“事真而理不赝,即事赝而理亦真”[④],甚至“文不幻不文,幻不极不幻。是知天下极幻之

① 申丹:《叙述学与小说文体学研究》,北京大学出版社1998年版,第181页。

② 前揭《小说》,第1页。

③ 谢肇淛:《五杂俎》卷一五。

④ 无碍居士:《警世通言叙》。

事，乃极真之事；极幻之理，乃极真之理。"[①]这些有关真幻的说法，与古代小说家的创作理念相呼应，远比对人物、事件真伪的认定要复杂。即使早期的志怪小说家，也是将真实放在第一位的，不过，他们所谓的真实，不一定是"事实"的确凿无疑，而是对"事实"、特别是"事实"所包含的"真理"的认可的态度与信念。而如果虚构是就小说家创作活动中的想象而言，那么，从今天的角度看，古代小说一些即使是明显的虚构，作者照样可以言之凿凿，认为自己只是在"志"即"记录"。实际上，虚构不单是一个性质问题，也是一个技巧问题，如何虚构？虚构的程度如何？虚构的目的何在？虚实之间的关系又怎样？这些都是小说家在创作中必须面对的问题，他对这些问题的处理自然也会影响文体。比如在文言小说的创作中，出于重道崇实的文化传统，许多小说家都会摆出"幻设必有所本"[②]的架势，在作品中强调故事的来源，这成为了此类小说文体中固定的"帽子"或"尾巴"。

类似的问题还有一些。董乃斌在《中国古典小说的文体独立》一书中论述唐传奇所体现的中国古代小说文体独立时，指出了六个方面的特征，这是目前对古代小说文体独立最为全面、细致的概括。[③] 他认为"引进了戏剧性冲突机制"是一个很重要的表现。在此书的第六章，董先生还专用一节讨论"戏剧因素的介入"。在这一节里，他更具体地说明什么是戏剧因素，进一步阐述了戏剧因素的介入是唐传奇的一大特色。据我所知，此前还没有人将戏剧性作为小说文体独立的表现，因此，无论在理论上，还是在实践上，这一观点都是值得我们认真关注的。而其中至少有两点有申论辩证的必要。首先当然是所谓"戏剧性"本身。董先生在说明"戏剧因素"时，认为包括了"戏剧性的矛盾冲突"和"人物的动作性"两个方面。但何为"戏剧性"，没有更明确的解释。在一本《文学批评术语词典》中，戏剧性（dramatic）被释为新批评派用以说明、描述文学作品内在结构的术语。在他们看来，戏剧性就是某种通过冲突而达到结局的东西，某种将冲突变成存在的东西。[④] 而关于"戏剧冲突"（conflict），另一部《西方文学批评术语辞典》的解释是：戏剧情节中两种对抗力量相互作用的结果。[⑤] 而正如董先生指出的那样，古往今来的小说，不一定都有戏剧性。那么，戏剧性在多大程度上能成为小说文体的一个标志呢？这是需要我们进一步思考的。按照亚里士多德在《诗学》中有关"戏剧情节"（dramatic plot）的论述，戏剧情节并不是剧本描述的故事，而是剧作家讲述故事的方法。如果联系中国古代小说的创作，这当中可能也有阐发的余地。比如《古镜记》之所以成为唐传奇的先声之一，也许与它的情节安排也有关。宝镜的灵异和妖怪的作祟以及由此引起的冲突，在更早一些的志怪小说中就可以看到，《古镜记》的不同之处在于它将一连串的怪

---

① 幔亭过客（袁于令）：《西游记题辞》。

② 胡应麟：《少室山房笔丛》，第 315 页。

③ 董乃斌：《中国古典小说的文体独立》，中国社会科学出版社 1994 年版，第 5 页。

④ 王先霈、王又平主编：《文学批评术语词典》，上海文艺出版社 1999 年版，第 291—292 页。

⑤ 林骧华主编：《西方文学批评术语辞典》，上海社会科学出版社 1989 年版，第 383 页。

异故事置于王度的视角之下,并与世事变幻的情绪相呼应,使情节具有了世俗的精神旨向。也就是说,戏剧性之于小说的意义,与小说叙述方式的转变是分不开的。因此,与此相关的另一个需要进一步探讨的地方是,戏剧性的认定与小说史发展的关系。董先生说:“说到唐传奇所含的戏剧性,最好的论证方法无过于举出有多少传奇作品被改编成了戏剧作品。”① 这种逆推法,确实可以证明唐传奇“饱含着戏剧因素”。不过,从文学史的角度来说,一方面,在早期志怪小说中就存在类似的“戏剧因素”(如汤显祖就明确说过他写《牡丹亭》受到了魏晋志怪的影响);另一方面,唐传奇毕竟早于后世的戏剧,戏剧对唐传奇的改编,更可证明的是传奇——包括传奇情节设计及其叙述方式对戏剧的影响,即所谓“戏剧性”可能也是一种“小说性”,或是小说、戏剧的共性。所以,我在总体上接受董先生把戏剧性作为小说文体特征之一的观点,固然有他对此所作的精辟论述的原因,更有这一命题包含了丰富的、有待于挖掘的理论内涵的原因。

与此相关的另一个问题是,小说与其他文体的区别与关系,也有赖于理论的界定。从历史上看,小说与中国古代文学的发展是相伴而行的,尤其是与戏曲如影随行。而小说“文备众体”的文体特点,也注定了小说文体的研究不能孤立地进行。小说与戏曲、叙事文学与抒情文学、“俗文学”与“雅文学”,等等,这些问题都需要有更透彻的理论分析。

文学理论层面的文体研究还有一个比较突出的问题是西方文学理论对中国小说诠释的问题。20世纪初以来,随着西方文学理论传入中国,逐渐形成了一种“以西例律我国小说”的小说观及小说史观,由此既引起了对中国古代小说文体的偏见,也带来了一些文体认识上的正面效应。② 不过,现在的问题不应该只是停留在讨论西方文学理论是否符合中国古代小说的实际了,因为答案绝非是与否这么简单。关键在于,我们不能总是被动地回应西方文学理论提出的问题。比如有人从西方小说的特点出发,认为中国古代小说缺乏心理描写。于是,我们就从小说中找出一些心理描写来加以反驳。其实,中国古代小说在许多方面,都有独特的艺术传统,这种传统足以总结出一套具有现代学理性质的中国小说文体理论来。例如中国古代小说的“场景”安排就极富特点。这种“场景”不是一个单纯的空间地点,而是有多种文化意义的,它可能作为真实的场景,成为特定的地域性集中体现,也可能与其他艺术形式相沟通,赋予叙事更丰满的审美意蕴,如与诗歌的意境安排和戏曲的场面布置相呼应。因此,在小说的文体中,场景描写往往相当突出。以《警世通言》中的《乐小舍拚生觅偶》为例,这篇作品在开篇即用了占全篇四分之一的篇幅描写钱塘江潮的景象。没有这种场景的渲染,小说平淡无奇的情节是无法获得象征意味极强地表现的。而类似的情形在中国古代小说中相当普遍,正是这种创作上的特点,使得中国古代小说文体有着不同于西方小说的面貌。

---

① 《中国古典小说的文体独立》,第237页。

② 参见拙作《一种小说观及小说史观的形成与发展》,《文学遗产》2001年第6期。

而为了探讨具有现代学理性质的中国小说文体理论，除了从中国小说的实际出发外，还应该清理传统的中国古代小说文体理论。在古代小说漫长的发展过程中，有关文体的理论虽无专论，但在目录学与评点的范围内，也自成体系。其中文言小说方面，围绕小说本体与分类的论述较为深细，如刘知幾、胡应麟、纪昀等，都对文言小说的文体与类型提出了全面、系统的看法。而在通俗小说方面，更不乏评议研讨。比如在《平山冷燕》这部才子佳人小说中，有一些署名天花藏主人的总评和回评就颇有新意。在论及小说的基本特点时，总评说："小说者，小言也。同一言，何谓小？曰：不文而质也，不深而浅也，故小之。……盖欲使举世而知风化之美，尽人而识世情上耳。因知为此小言者，所以佐大言之不逮也。"这一番对"小说"的评论，上承《庄子》以来"小说"、"大达"区分观念，而又包含了明清以来通俗小说发展的经验，兼及语体、内涵，体现了当时小说家对"小说"的基本观念。在涉及小说文体的具体问题上，此书的评语也有值得注意的地方。如前文曾论及长篇章回小说多有以"楔子"开篇的结构，天花藏主人在此书第一回的回评中即说："凡善立言者，立言之始，必有一大根蒂而总统之，则枝叶四出，方不散乱。"在谈到章回小说的分回时，天花藏主人又说："前回百忙中说不完与后回未及发将欲发的来踪去迹，必于回前回后补出透出，方见分明，方有头绪。但补透亦自不易，若必用'原来'，代为详解，添出赘形，终属夯手。"[①]如此等等，虽未必尽属高明之见，但也可以看出，即使是一些并不特别重要的小说家，也可能会有自己对小说的独到认识。因此，从古代小说理论中挖掘传统的文体理论，还是大有可为的。

文学理论层面的文体研究实际上最重要的还是强化文体研究中的理论思维。应当说，以往小说的文体研究在现象方面已经相当深入，但也有些研究满足于就事论事，缺乏更高层次的理论概括，造成小说体式的认识难以融会贯通。比如很多人都注意到了话本小说创作中习惯以文言小说为本事出处的规律，但不少论著只是停留在两类作品改编中的高下之分上，如果我们更多考虑两种小说所体现的不同的文化语境、审美观念、接受传统等诸多理论问题，那么，这种文体转换过程中所蕴含的文学意义就可能得到全方位的揭示。所以，理论层面的问题本质上是一个研究方法的问题。

结语：两点说明

上面分别讨论了文体研究的四个层面，需要说明的是，这四个层面并不是孤立的，每一个层面的问题都可能相互关联；而构成其关联的核心在于，无论从那一个层面展开的文体研究，都应重视文体构成方式形成的动态过程与运用的实践特性。因为，文体如果不经作家的创作，不与特定的文本相结合，就只是一种抽象的、无意义的存在。我们只有从小说文体的

---

① 此处三条天花藏主人评语，引自人民文学出版社1983年校点本《平山冷燕》第1、3、127页。天花藏主人极可能也是此书作者。

动态特征出发,才有可能更加贴近小说创作与传播的实际,使文体研究真正成为把握古代小说精神内涵的桥梁。

另一个需要说明的问题是,我虽然从上述四个层面讨论了古代小说文体研究的内涵,但这也并不意味着文体研究是没有边界的。如果文体研究等同于作品研究、小说史研究、文化研究、文学理论研究,那实际上就是取消了文体研究存在的意义。我的意思只是说,文体问题绝非简单的形式问题,它可能与创作与接受等各方面的问题都有关,只有从不同角度全面审视古代小说的文体,才有可能使文体研究真正成为统领古代小说研究的一个新平台。

2005 年 8 月 16 日于奇子轩

(原刊《中国古代小说研究》第三辑,人民文学出版社 2008 年版)

中国古代小说“变形”母题的源流及其文学意义

李鹏飞

在中国古典小说中，有一种十分常见的情节类型即“变形”——由动植物或物品变成人类，或由人类变成动植物及物品，或不同的事物之间相互转变。比如众所周知的长篇小说《西游记》、《封神演义》及短篇小说集《聊斋志异》即包含着大量此类故事情节。但这类故事情节实际上在魏晋隋唐时期的文言小说之中已大量出现，那么为什么这一阶段会突然出现这么多这类奇特的作品呢？我们能否从更早的文学或文化传统中找到这一现象的渊源？这一现象背后隐藏着什么样的观念或信仰？这类变形情节又代表着一种什么样的艺术思维方式？其演变历程如何？是否有规律可循？这类情节对中国古典小说的意义何在？从学术史的角度来看，以往对这一系列问题的研究虽然已经有所积累，但有一些问题还有进一步深究的必要。

一 “变化”问题研究的学术史

明代的胡应麟在《少室山房笔丛》（卷三六）即提到“变异之谈，盛于六朝，然多是传录舛讹，未必尽幻设语”，其中所谓“变异之谈”自然应该包括“变化”类故事，但他认为这类故事“多是传录舛讹”，则未必确切。到20世纪20年代，鲁迅先生在《中国小说史略》中论及《搜神记》和《搜神后记》时，提到此二书颇记“灵异变化”之事，并指出其原因在于：秦汉以来，神仙之说与巫风盛行，又加上小乘佛教进入中土，渐见流传。“凡此，皆张皇鬼神，称道灵异，故自晋讫隋，特多鬼神志怪之书。”所论过于简略和浮泛。到1980年代，李剑国的《唐前志怪小说史》始对上古神话中的变化问题予以具体论述：首先，他认为神话变化观念的形成乃由于自然中各种变化现象的启示，其具体变化则采取“违反常理的、超自然的虚幻形式”。其次，他概括了上古神话变化的几种主要类型：神体自身的变化、神体转化为他物的变化及此物变彼物的变化，这些变化大抵属单向变化，即只是从一物变成另一物，不能再返回原形。他认为这种神话的变化具有原型意义，为后世志怪小说的变化奠定了基础，提供了启示。[①] 此书

---

① 李剑国：《唐前志怪小说史》（修订本），天津教育出版社2005年版，第37、38、39页。此书原版由南开大学出版社1984年出版，其中关于变化的内容在修订本中无变动。

又论及春秋战国时期变化方式的演进，指出当时鬼故事流行，鬼可以变为人或他物，而且万物都可变化，但还没有形成人变成他物的观念（这一说法值得商榷，因为我们至少可以举出"牛哀变为虎"这一例证）。[①]

到1990年代，日本学者户仓英美撰写《变身故事的变迁》一文[②]，首次比较深入地探讨了从六朝到清代（主要以《聊斋志异》为代表）的两类主要"变身故事"：从人类到异类的变化和从异类到人类的变化。该文指出：六朝时期，两类变身故事都不去追问变化的深层原因，而表现人类对不可理解的世界的恐惧。到了唐代，唐人已经明确认为变身在现实中不可能发生（这一点值得商榷，后文将论及），变身只是为了创作而容许虚构的故事。在唐代众多的人类化为异类的故事中，有一些是以人类心理的探究为主题的，表现出坚固的人类中心主义和毫不动摇的做人的信念（这一说法有些绝对，实际上《薛伟》、《申屠澄》、《孙恪》等作品已经流露出人类不如异类自由的观念）。到《聊斋志异》，在表现异类化为人类时，没有丢弃各种异类独特的美和趣味（作者似乎认为这是《聊斋志异》的一个新的特征，但这一特征唐传奇同样具备，而且直接影响到《聊斋志异》），而在表现人类化为异类时，则让人类忘记自己的本性，尽情享受异类的自由和快乐。这篇论文还将中国的变身故事跟欧洲的同类故事加以比较，指出了两者的重要差异：中国的变身故事有时只是灵魂和意识的变身（类似于灵魂附体），欧洲的变身则几乎总是灵魂和肉体一起变化；在中国，异类化为人类的故事在数量上要远过于人类化为异类的故事，但在欧洲，异类化为人类的故事则较少出现。至于造成这些差异的原因，户仓教授认为很难回答。

关于变化问题的最新研究可以举出韦凤娟女士的《精怪"人形化"的文化解读》一文[③]，此文试图对精怪"人形化"发生于魏晋时代的原因（根据该文的论述，实际上这种变化在东汉就出现了）以及这种变化发生的内在逻辑加以阐说，认为精怪化为人形与鬼魂化为人形是同时同步出现的，是在"鬼魂可以化为人形"这一变化观念框架内进行的。二者在"化为人形"这一关键点上表现出的同一性是与汉人的鬼魂观念直接相关的：在东汉，"鬼"的范畴扩大，人鬼、精怪（即老物精也，可以变化为人）、妖怪等都包括在内。既然"鬼魂"能化为人形，那么包括在"鬼"之内的动植物精怪自然也能化为人形。然而，韦女士所指明的这一"逻辑关系"本身却并不合乎逻辑：首先，鬼魂（实际上就是人鬼）"化为"人形这一说法本身就很难成立，因为古代的鬼魂乃是人死后灵魂离体后的那个存在，这个灵魂跟人在外观上是基本一样的，只不过存在形式不同（对此，泰勒在《原始文化》一书的"万物有灵观"部分有详尽的论述）。所谓的鬼魂"化为"人实际上就是灵魂显形，很难说是一种"变化"，跟精怪故事中的动植物"化为"人完全是两码事，不能混为一谈；其次，在汉代，"鬼魂"和精怪都属于"鬼"的范

---

① 李剑国：《唐前志怪小说史》（修订本），天津教育出版社2005年版，第55页。

② 该文收入《国际聊斋论文集》，北京师范学院出版社1992年版，第161—197页。

③ 该文载于《中国古代小说研究》第一辑，人民文学出版社2005年版，第16—27页。

畴,二者是并列关系,而非包含关系,因此即使鬼魂(不是"鬼")可以"变成"人形,也不能由此推理出精怪也能变成人形;再次,韦女士认为精怪化为人形与鬼魂化为人形是同时同步出现的,既然二者是同时同步出现的,而且二者又没有包含关系(精怪是包含于"鬼",而非包含于"鬼魂"),那么就不能认为一方影响了另一方。事实上,汉人观念中的各种"鬼"都可以"象人之形"(包括病中幻象、老物之精、人所化之鬼、甲乙之神、物、百怪,皆出于王充《论衡·订鬼篇》),既然如此,那么我们需要追问的应该是:为什么这些"鬼"都可以变成人呢?总之,精怪能变成人形的原因看来并不那么简单和直接,其中一定另有奥妙。

根据另一位对精怪现象进行过深入研究的学者刘仲宇的看法①,精怪观念的形成应该追溯到原始社会,与万物有灵论的产生基本同步。他认为,精怪观念的出现要先于鬼神,鬼神后来才从精怪中分化出来。早期的精怪和鬼神都具有动物的形象(或者是单个动物的形象,或者是多种动物形象的复合,或者是动物与人的形象的复合),他援引了大量原始宗教方面的资料对此观点加以论证。他又进一步运用图腾崇拜的理论来对早期的鬼、神都表现为动物形象这一现象加以解释。② 笔者注意到,刘先生虽然在最初给精怪下定义的时候强调了其"老而成精"、"通灵变化"的能力,但在后来的论述中则主要关注精怪意象的特征及其成因,他指出:成熟的精怪意象具有动物般的外观(而且绝大多数是复合的),都具有如人一般行动的能力。这一特征的形成则取决于原始思维所具备的"神秘的互渗"规律和"部分与整体等价的原则"③。另外,一些无生命之物的精怪之所以也采取动物的形象,是因为精怪那种灵动的、飘忽不定的特征在原始人的头脑中只能通过动物来加以把握。在笔者看来,刘先生在其论述中有将精怪范畴无限扩张的嫌疑,比如他把《山海经》中那些复合的神灵形象都归入精怪一类,认为精怪的意象绝大多数都是复合的,并进而用"神秘的互渗"来解释这些复合形象形成的原因。窃以为这一解释大概是难以成立的:对于这类复合神灵形象的成因,研究图腾文化的人类学家早已提供过更为合理的解释——大量人类学方面的材料都已经证实:在那些具备图腾信仰的部族或社会中,存在着一种复合的图腾标志,这种标

---

① 参见刘仲宇《中国精怪文化》(上海人民出版社 1997 年版)一书的第一章"神秘世界的元老"。

② 所谓图腾制度乃是原始部族将某种动植物视为自己的祖先加以崇拜,并由此发展出一些相关的禁忌及制度。既然祖先的形象是以动植物或自然物的形象出现,那么鬼神当然也会采取同样的形象出现。请参看《中国精怪文化》,第 31—42 页。

③ "神秘的互渗"由法国的列维-布留尔在其《原始思维》(商务印书馆 1981 年版,第 69—70 页)中提出,他认为这是原始思维的一个基本特征,其核心思想是:原始人的意识认为在存在物与客体的神秘关系之中包含着作为集体表象之一部分的人与物的"互渗",客体、存在物、现象能以我们不可思议的方式同时是它们自身,又是其他什么东西。它们也以同样不可思议的方式发出和接受那些在它们之外被感觉的、继续留在它们里面的神秘的力量、能力、性质、作用。"部分与整体等价的原则"由德国的恩斯特·卡西尔在《神话思维》(中国社会科学出版社 1992 年版,第 72 页)中提出,神话和巫术思维认为整体就是部分、部分与整体等价。刘仲宇认为复合形象的精怪虽然只包含着各种动物的局部特征,但代表着那些动物共有的形体、性状和功能等。

志同时带有多种图腾物(即动物)的特征,《山海经》所记载的"鸟首龙身"、"龙身鸟首"、"马身龙首"之类神祇与中国一些其他少数民族部族的图腾都应归入此类。这类复合图腾标志形成的原因主要有二:一是子图腾为了表示与母图腾的关系而在其图腾标志上附加上母图腾的一些因素;一是某部族图腾受到邻近部族图腾的影响而吸收了后者的一些特征。[①] 这种解释显然更为合理,也更为透彻,并提供了复合图腾标志形成的心理动因。[②] 这一解释也说明刘先生所论及的很多所谓具备"复合意象"的精怪实际上并非精怪,而是图腾(或图腾神)。也就是说,像《山海经》里边那些具备复合外形的神灵与"老而成精"、能"变化"的精怪不能混为一谈。虽然在刘先生的具体论述中有一些值得商榷之处,但他对于精怪文化的全部研究仍然包含着很多富于启示性的创见,比如,他提供了大量魏晋以前的关于精怪及其变化的材料,让我们意识到这一现象的形成经历了一个长期的历史过程;他还注意到古人对于精怪变化衍生原因的思考,为进一步研究这一问题提供了可能的方向;他从多学科交叉的角度来探讨中国精怪文化的特征,并跟其他国家、民族的类似现象进行广泛比较,这也是一个很有价值的思路[③]。

以上这些学者的研究成果乃是本文的研究得以展开的基础和前提。为了尽量避免跟已有的研究论著重复,本文首先将主要着眼于探讨各类"变化"方式背后的动因以及观念,其次将讨论这些"变化"方式如何逐渐进入小说这种文学形式及其所具备的文学意义,最后再把中国古代的"变化"观念跟其他一些国家的类似观念加以比较,看它们之间存在一种什么样的关系。

二 "变化"之一:从人类到异类的变形

见诸载籍的最早的"变化"故事大概是神话中从人类到异类的变形,比如炎帝的女儿女娃淹死后化为精卫(一种白喙赤足的鸟,见于《山海经·北次三经》),炎帝另一女瑶姬死后化为蘨草(《山海经·中次七经》),鲧死后化为黄熊(一说即黄龙)或玄鱼(分别见于《左传》、《国语》、《拾遗记》),涂山氏化为石头(《淮南子》佚文),盘古垂死身体各部位化为诸自

---

① 闻一多:《伏羲考》曾论及"混合式图腾"与"化合式图腾",该文的一部分曾以《从人首蛇身像谈到龙与图腾》为题发表于《人文科学学报》第一卷第二期(1942年版,昆明),请参看。另请参看何星亮《中国图腾文化》,中国社会科学出版社1992年版,第141、142页。

② 当然我们并不完全否认在复合图腾标志形成的过程中有可能体现了列维-布留尔和恩斯特·卡西尔所揭示的那种原始思维和神话思维的规律,但这不应成为复合图腾标志形成的主要原因。

③ 这种文化比较研究的方法是19世纪以来人类学家所开创并被加以广泛运用的,比如爱德华·泰勒的《原始文化》和弗雷泽的《金枝》都是运用这一方法从事研究的经典之作。

然物(清马骕《绎史》引《五运历年纪》),雷公采药使化为鸟等[①]。这类"变化"故事在其他国家和民族的神话中也不乏其例,比如古罗马神话中的朱庇特曾变成天鹅、公牛等动物,又曾使他所爱恋的人间女子伊俄变成白牛,阿波罗所爱恋的女子达芙涅在其追逐中变成了月桂树,潘所爱恋的女子绪任克斯被变成芦苇,法厄同的姊妹们被变成杨树,仙女卡利斯托被朱诺变成大熊,刻戎的女儿被天神变成雌马等[②];古代印度神话中的摩哩遮变成金鹿(《罗摩衍那》第四十章)、杜尔伽(湿婆的妻子)变成水牛[③]、大神毗湿奴化为野猪和巨龟[④]、死神化为猫头鹰[⑤];埃及神话中的太阳神拉变成猫等[⑥]。这些神话变形故事在形式上十分接近,不过我们仍然可以感觉到它们之间的一些明显差异:中国的神话变形故事都是人物在死后变形(至少此处引用的几个例证都如此),而且因为记载得过于简略和缺乏上下文,其变化的原因难以推测;而国外的神话变形往往出现于长篇史诗中,可以确知其中人物的变化乃是依凭了其本人或他人所具备的某种神奇的能力。但不管这些变化故事之间存在着多大的差异,它们之间那一相同的核心要素才更值得加以注意:这些故事都表现了人类向异类的转变。这一变化背后所包含的观念原因才是需要进一步去追问的。

要对这一问题作出比较合理的解释,可能还是必须追溯到远古的图腾崇拜。虽然长期以来学界对于图腾崇拜存在着不同的意见,但这一现象的存在本身应该是无可置疑的,而且其中所包含的一些基本观念也得到了确证和认可。根据苏联学者海通的概括,图腾崇拜的诸成分中包含着这样一些内容(此处只引用跟本文的讨论有关者):某一人类群体相信自己起源于图腾或与图腾结合的祖先;图腾群体成员相信自己与图腾之间存在着血缘亲属关系,因而崇敬图腾,完全或部分禁止给图腾带来灾害;图腾群体成员相信自己能化身为图腾或图腾能化身为人。[⑦] 有的学者将最后这一条称为"图腾化身信仰"——相信人死后会化身为图腾,也是这一信仰的组成部分。[⑧] 图腾化身信仰在中国古代以及近、现代的一些民族中都有迹可寻。比如《搜神记》(卷一二)和《博物志》(卷二)即记载了古代巴人化虎的故事,而巴人正是以虎为图腾的。[⑨] 另外,有日本学者曾经指出,在中国古代,"人类化身为异类"的故事

---

① 参见李剑国《唐前志怪小说史》,第 38 页。雷公采药使一例见于《古异传》,收入《古小说钩沉》,鲁迅全集出版社 1941 年版,第 151 页。

② 参看奥维德《变形记》,作家出版社 1958 年版,杨周翰译。欧洲后起传说中的吸血鬼和狼人也可以变成他物,因资料阙如,故暂置不论。

③ 参见黄心川主编《世界十大宗教》,东方出版社 1988 年版,第 87 页。

④ 参见张玉安、陈岗龙主编《东方民间文学概论》,昆仑出版社 2006 年版,第 407、408 页。

⑤ 参见季羡林翻译《五卷书》(人民文学出版社,2001 年版)第一卷第十二个故事,第 99 页。

⑥ 转引自刘仲宇《中国精怪文化》,第 392 页。

⑦ [苏联]海通:《图腾崇拜》,广西师范大学出版社 2004 年版。

⑧ 参见何星亮《中国图腾文化》,第 222 页。

⑨ 同上书,第 245 页。该书还提供了一些其他民族中存在的图腾化身信仰的实例。

中“特别多的是变成老虎”,比如《述异记》中的“封邵”(426/3466)[①],《齐谐记》中的“黄苗”(296/2354)、“师道宣”(426/3468),《续搜神记》中的“虎符”(《广记》卷二八四引作“周眕奴”,注出《冥祥记》),《异苑》中的“郑袭”“易拔”(426/3469)。在日本学者对“人化虎”故事的分类中,“边疆少数民族化虎的故事”被作为一个独立的类别划分出来。[②] 这些化虎故事中的一部分应该也是图腾化身信仰的体现。上述中国古代神话中的那些神人死后化为异类的故事则被学者归入“死后化身为图腾”的信仰范畴。[③] 这一意见也应该是可以被接受的。[④] 在魏晋隋唐的志怪故事中,人类除了能化为虎以外,还有各种其他化身的情形:有的化为蛇(《广记》卷四五九诸条),有的化为白鹦鹉(《广记》卷四六〇“刘潜女”),有的化为雉(《广记》卷四六一“卫女”,言齐太子夫妇死后化为双雉),有的化为鱼或者鼋(《广记》卷四六五“嬾妇鱼”,卷四六八“长水县”,卷四七一“黄氏母”、“宋士宗母”、“宣骞母”、“江州人”、“独角”),有的化为大象、狮子、龙、蛇、犬、马(《广记》卷四八二“武宁蛮”条云盘瓠死后化为象,“扶楼”条云扶楼人能化为各类动物)。关于这些变化的记载都极简略,没有关于变化原因的任何说明,大致都是将其作为一个事实或传闻加以记录。这些似乎也都可以归入图腾化身信仰的范畴。此外,根据民俗学方面所提供的资料,有些原始部族相信具备巫师身份者独具化身为图腾的能力,比如中国东北地区的赫哲族的图腾是鹰或鸠,在他们的传说中,巫师(萨满)就能够变成这两种图腾物。[⑤] 这种变化跟神话中的变形十分类似,即都是一个具备特殊身份或能力的人能变成他物。

从人类到异类的变形这一现象在中国古代曾经受到高度关注,比如中唐的顾况在《戴氏广异记序》中先云其“欲观天人之际,察变化之兆”,然后便列举了众多此类“变形”故事:“大钧播气,不滞一方。梼杌为黄熊,彭生为大豕;苌弘为碧,舒女为泉;牛哀为虎,黄母为鳖;君子为猿鹤,小人为虫沙”;“蜀帝之魂曰杜鹃,炎帝之女曰精卫;洪荒窈窕,不可纪极”。[⑥] 在与此序写作时间相差不远的贞元十九年(803),一道进士考试策问题中也涉及此类“变形”事件:“牛哀为兽,杜宇为鸟,赵王为苍犬,夏鲧为黄熊,傅岩之相为星,圯桥之老为石,变化纠

---

① “426/3466”表示该材料引自《太平广记》卷四二六,第3466页。本文凡引《太平广记》,皆依据中华书局1961年版汪绍楹校本,随文注释中凡引《太平广记》材料,其卷数和页码一律采用缩写形式,前为卷数,后为页码,《太平广记》则省称《广记》,均不再另外出注。

② 参见户仓英美《变身故事的变迁》一文,该文收入《国际聊斋论文集》,第164—165页。

③ 参见何星亮《中国图腾文化》,第248页。

④ 关于死后化身的信仰或许还可以有另外一种解释的途径:爱德华·泰勒在《原始文化》(广西师范大学出版社2005年版)的“万物有灵观”部分曾讨论过灵魂迁移的理论。这一理论指出:原始人相信人死后灵魂可以迁入动植物体内。这其实跟死后化身信仰非常接近。像精卫填海、鲧化为黄熊以及一些与轮回报应有关的变身故事都可以用这一理论来解释。参见此书第414—415页。

⑤ 参见何星亮《中国图腾文化》,第250页。

⑥ 参见《全唐文》(中华书局1983年影印本)卷五二八。

纷,其故何也?”“众君子通性命之理,究古今之学,幽探造化,伫所未闻。”①其中虽云“变化纠纷”,但总的说来,诸例都属于同一类变化,这些变化在唐人看来都是体现着“造化”奥秘的真实事件,否则不可能成为进士考试中的题目。由于此次考试的对策文都已无存,我们无法得知考生的回答内容。但从中唐李肇的《唐国史补》所记载的一则材料还是可以了解当时人对这一现象的大致看法:元和初,洪崖冶有役者将化为虎,众人呼叫,以水沃之,乃不得化。有人问苕溪子:“是何谓也?”答曰:“仁而为暴,圣而为狂,雌鸡为雄,男子为女人、为蛇、为虎,耗乱之变化也。是必生化而后气化,气化而后形化。俗言四指者,天虎也;五指者,人虎也。唯道德者穷焉。”②可见,这些从人类向异物的变化在当时大体上还是被视为一种可以被理解、被把握的转化过程。这也充分说明:即使在已经远离图腾信仰的时代,人们对这种变化形式也仍然持一种虔信的态度。不过这种虔信态度跟图腾信仰并不一样:后者是人们先获得一种信仰,这一信仰使人相信自己具备变化能力;但前者则是人们相信世间存在这类变化形式,然后再去探究其原因。对于二者之间的关系,似乎可以作这样一个比较大胆的推测:随着时间的推移,图腾信仰最终在一些思维能力发展较快的社会中失落了,但其中关于变化的记忆却通过文献记载得以保留。而且,在一个比较发达的社会的周围边远地域也仍然存在着一些图腾信仰继续被保留的民族。通过交流接触,这些部族的化身传说被此发达社会所获知。但其背后的原因却要被重新加以“合理”的思考。此一较发达社会的各种文化思潮为这种“合理”的思考提供了各种可能的角度。笔者认为,魏晋隋唐时代,人们对于人类化身现象的记录和探究大致就属于这种状况。上述唐人对这一现象的思考所反映的乃是当时的主流文化思潮(儒家文化)在其关于事物变化的理论框架内对这一现象所作的“合理化”解释。但除此之外,当时社会上也还有各种其他的解释与之并存不悖,但这些解释所蕴涵的观念跟那种原始的信仰之间已经有了十分遥远的距离。

在一些化虎类故事中都出现过这样一个奇特的细节:某人披上一张虎皮就变成了老虎,脱下虎皮就恢复原形。唐代裴铏《传奇》中的《王居贞》(430/3495)就是这样一个实例:王居贞跟一个道士同行,发现该道士常在夜间披上虎皮外出。遂取皮自披,即化为虎,误食其子。出自《高僧传》的《僧虎》亦云一僧人戏披虎皮劫掠路人,结果竟化为虎。③ 此外,《黄乾》(426/3470)、《费忠》(427/3474)、《峡口道士》(426/3472)、《柳并》(433/3511)诸文都包含同一情节。虎皮在这些故事中成为人化虎的一个必要条件,一旦虎皮被人夺走,其人即丧失化身能力。这让笔者迅速联想到世界民间故事中著名的“天鹅处女”故事类型④:在这类故

---

① 参见《全唐文》卷四八三《贞元十九年礼部策问进士五道》。这道策问是这一年的主考官权德舆所出。但是针对此策问的对策文今已不存。

② 参见《唐五代笔记小说大观》,上海古籍出版社 2000 年版,第 180 页。

③ 《太平广记》卷四三〇引,云出《高僧传》,但今本《高僧传》、《续高僧传》、均无此事。

④ 参见[德]艾伯华《中国民间故事类型》之“天鹅处女”,商务印书馆 1999 年版,第 59 页。

事中一般都会出现一个经典的细节即女主人公的外衣或毛衣被人间男子藏匿,于是无法离去,成为该男子的妻子。在中国,从魏晋以后,这类故事就已经开始流行并被载录,如《搜神记》所载的“新喻男子”(463/3806)、《建安记》中的“乌君山”(462/3795)、《酉阳杂俎》中的“夜行游女”(462/3799)等都属其类。有学者称这类故事为“女鸟故事”,认为“女鸟”这一形象乃是从中国古代的女巫演变而来(在求雨等巫术仪式中有“羽舞”,女巫行事时要饰以鸟羽)。[①] 但从事“羽舞”的女巫如何最终会演变成具备变化能力的“女鸟”?这在观念的层面上很可能还是要追溯到图腾化身信仰。据载国外有原始部族认为巫师披上兽皮就可以变成他们的图腾物。[②] 那么,一种比较合乎逻辑的推测乃是中国远古时期也有过类似的观念(尤其是在那些鸟图腾部落):女巫饰以鸟羽就能获得化身为鸟的能力。这种观念的形成我们完全可以运用列维·布留尔的“神秘的互渗”原理来加以解释,即鸟的性状和能力通过羽毛传递、渗透到人身上,从而使人获得化身为鸟的能力。魏晋时期的女鸟故事就是这种观念的遗存。而与女鸟故事类似的(披虎皮)化虎故事或许是同一观念的产物:既可能是受到女鸟故事影响而产生(间接影响),也可能与远古的图腾化身信仰存在隐微的联系,还可能直接与当时还保留着这一信仰的边远地域部族的传说有关系。在魏晋隋唐的披虎皮化虎故事中,有一定数量的例子来自蜀地、巴东及当时所谓的蛮族聚居地,这暗示着后一种情形的可能性会比较大。

相对于没有任何依据的其他化身故事而言,女鸟故事和披虎皮化虎的故事中出现的毛衣或虎皮是变化过程的一个必要“中介物”,这个“中介物”对于人类的思维或想象力而言乃是十分重要的。[③] 在古代的各种巫术仪式中都出现过这种起桥梁作用的“中介物”,它或者是事物的相似性(比如人类的性事与农作物繁殖之间的相似性),或者是事物的相关性(比如通过人的名字、头发、指甲、血液、影子等对人造成影响)。而对于人类的想象力而言,那种没有任何原因或凭借的从此物到彼物的变化也多少有些令人难以接受。比如:一个人突然凭空变成老虎,这未免让人觉得很突兀,有些不可思议。而有了毛衣或虎皮这一“中介物”之后,那种从人到异类的变化就获得了一个理由,从而变得更加自然了。

在人化异物类故事中有相当一部分乃是借助于咒术、巫术或仙术来实现转变。比如北魏时沙门昙摩罗“秘咒神验,阎浮所无。咒枯树能生枝叶,咒人变为驴马,见之莫不惊怖”[④]。这种来自天竺或者西域的神秘咒术在魏晋隋唐小说中出现次数很有限,但在据考证成书于

① 有学者把中国的这类故事命名为“女鸟故事”,认为其跟“天鹅处女”类型故事只有部分的重合,参看李道和《女鸟故事的民俗文化渊源》(《文学遗产》2001 年第 4 期)。

② 何星亮:《中国图腾文化》,第 249 页。

③ 这一观点得到吴晓东《从卡夫卡到昆德拉》(三联书店 2003 年版)一书的启发,第 273 页。

④ 参见范祥雍《洛阳伽蓝记校注》卷四,上海古籍出版社 1978 年版,第 201 页。

晚唐、五代时期的《大唐三藏取经诗话》中还可以检到两例。[①] 一例为“过狮子林及树人国第五”一节提到的小行者被人用妖法变成一头驴，猴行者为了报复，便将那家的“新妇”变成了一把青草。[②] 关于变形的方式，文中只云“作法”，但未作具体描写（恢复原形时被喷了一口水），大概兼有咒术和巫术的性质（咒术大致也可归入巫术范畴）。这一情节在后来的《西游记》中也曾被运用，比如唐僧就曾被黄袍怪用法术变作了斑斓猛虎，后经孙悟空噀水作法才还复本形。[③] 借助巫术变形的事例在魏晋隋唐时也不多见，较典型者如《列异传》中云有人以道家七星符变化为鹿[④]；《冥祥记》中的“周眕奴”云“寻阳县北山中蛮人，有术，能使人化作虎”，其术可以传人，乃是画一虎符置于发髻[⑤]；还有一例为出自《河东记》的“板桥三娘子”（286/2279）：三娘子似为一开店之女巫，以特殊巫术制成烧饼，以飨行旅，食者皆化为驴，供其驱使。但后来有客人以诈术令三娘子自食其饼，其竟亦化为驴。后此驴道遇一叟，以手掰开其口鼻，三娘子从皮中跳出，恢复人形。此文情节十分奇特，富于异域色彩，颇疑其乃是从外国传入并演变而成。[⑥] 因仙术而化身的情形在魏晋隋唐文献中较为多见，根据当时道徒方士的鼓吹，其仙方秘笈中自有关于变形的一整套“法术”，如“含影藏形，及守形无生，九变、十二化、二十四生等”，“不可胜计，亦各有效”[⑦]；“其法用药用符，乃能令人飞行上下，隐沦无方，含笑即为妇人，蹙面即为老翁，踞地即为小儿”，“亦化形为飞禽走兽，及金木玉石”[⑧]。在后来的神仙故事中更出现了一套玄妙的变化理论，如《集仙录》中提到云华夫人瑶姬“顾盼

---

① 参见李时人、蔡镜浩《大唐三藏取经诗话校注》附录《大唐三藏取经诗话成书时代考辨》，中华书局 1997 年版。

② 同上书，第 13、14 页。

③ 参见《西游记》第三十回“邪魔侵正法，意马忆心猿”。

④ 参见鲁迅辑《古小说钩沉》，第 142 页。

⑤ 《太平广记》卷二八四，见于今本《搜神后记》卷四“虎符”。

⑥ 印度史诗《摩诃婆罗多》“初篇”第 208 章讲述四个林中仙女引诱一个钻研经典的婆罗门，结果被其诅咒，变成鳄鱼，要在水中生活一百年，后来被阿周那解救，又恢复人形。参见金克木等人翻译《摩诃婆罗多》（中国社会科学出版社 2005 年版）。印度民间故事《公主变猫》讲述一位公主打死了出家人的猫，被出家人施法装进猫皮，变成一只猫，后来一位王子烧掉猫皮，她才恢复人形。《奇怪的鸟》讲述一个会巫术的后妈在前妻的女儿头上钉进钉子，使她变成一只鸟，后来钉子被国王拔掉，她又变成人。参见《印度民间故事集》（第一辑，中国民间文艺出版社 1984 年版），刘安武选编，第 198、385 页。另外，《印度民间故事》（北京大学出版社 1984 年版）中的《蛇丈夫》也有跟《公主变猫》类似的情节，该故事又见于《五卷书》（季羡林译，人民文学出版社 2001 年版）第一卷“第二十四个故事”。（古罗马）阿普列乌斯《金驴记》中的主人公鲁巧则被女巫以巫术变成了驴。此外，欧洲传说中多有巫师变人为动物者，如青蛙王子之类。日本学者冈田充博认为板桥三娘子这一故事起源于印度，然后传到阿拉伯，发生了一些变化，其中一个故事来到了中国，其他一部分还传到了欧洲。参见《〈板桥三娘子〉考（1）——从〈板桥三娘子〉的故事原型说起》，《东洋古典学研究》（1999 年第 8 号，东京），第 23—55 页（冈田充博的研究承户仓英美教授提供线索，特致谢忱）。

⑦ 王明：《抱朴子内篇校释》卷一八“地真”，中华书局 1985 年版，第 324 页。同书卷一九“遐览”罗列的道经中亦有《九变经》、《十二化经》、《二十四生经》等，其内容应该都与变化的法术有关。

⑧ 同上书，卷一九“遐览”，第 337 页。

之际,化而为石;或倏然飞腾,散为轻云;油然而止,聚为夕雨;或化游龙,或为翔鹤”,其变化的根由则在于“凝气成真,与道合体,非寓胎禀化之形,是西华少阴之气也。且气之弥纶天地,经营动植,大包造化,细入毫发,在人为人,在物为物。岂止于云雨龙鹤、飞鸿腾凤哉”(56/347)。因此,在道教传说中,我们看到众多神仙都能自由变化,或者化为鹤(化鹤者最多,大概因其形态优美且能高翔远翥)①,或者化为鸟、虎、羊、驴、鹿、鼠诸物②。值得关注的是,在这些变化故事中,出现了一些反复变形或化身斗法的细节,比如《列仙传》中的“赵廓”(76/476):言廓学道于永石公,三年而归,途中为吏所捕,乃化为鹿,吏逐之,复化为虎,终化为鼠,而仍为吏所获,将弃市。永石公闻讯往救,化为老鸱,攫鼠而去。唐代茅安道的两弟子被韩滉所执,安道往救,化两弟子为黑鼠,己化为巨鸢,攫之而去(78/496)。初唐《十二真君传》载许真君为追杀蜃精,化身为牛(蜃精化为黄牛,许真君化为黑牛)(14/98),中晚唐的《成都记》载李冰跟江神斗法,俱化为牛(291/2316)。这类化身故事(尤其是反复变化者)显然跟图腾化身信仰已经无关,而是跟一种奇异的变化能力有关系。获得这种能力意味着克服人类自身的局限性,获得其他任何异类的特殊禀赋,或者具备某种超常能力。这种能力在一些神仙故事中往往表现为跟社会统治力量的对抗,除前述两例之外,还有如“王次仲”(《广记》卷五,秦王欲杀次仲,次仲化为大鸟逃走)、“左慈”(《广记》卷一一,左慈为逃避曹操追杀,化为羊)、“黑叟”(《广记》卷四一,为逃避吏卒追捕,夫妻化鹤飞去)等。有一个情况应该在此提及:当这种神仙自由随意变化的观念或传说广泛出现时,在一些汉译佛典中就有很多这类故事,比如《六度集经》中的天帝释连续变成狮子、白狼、虎以阻拦太子妃,《贤愚经》中的舍利弗连续化为白象、金刚力士、金翅鸟王、狮子王、毗沙门王,跟变成龙、牛、夜叉等物的劳度差斗法③。一般说来,中土的神仙变化故事(尤其是反复变化者)或多或少都会受

---

① 在西汉墓壁画中即出现过人首鸟身的仙人王子乔形象,有学者认为这个鸟身大概就是鹤身,参见孙作云《洛阳西汉卜千秋墓壁画考释》(《文物》1977 年第 6 期)。另外如《搜神后记》卷一“丁令威”;《太平广记》卷三六“徐佐卿”、卷四〇“石巨”、卷四一“黑叟”、卷四五“王卿”、卷二三“益州老父”、卷六九“慈恩塔院女仙”等文皆讲述仙人化鹤故事。

② 《太平广记》卷五“王次仲”、卷一〇“李仲甫”、卷一一“栾巴”“左慈”、卷三〇“张果”、卷七六“赵廓”、卷七八“茅安道”、卷四二六“谢允”等。

③ 《六度集经》由三国时吴国康僧会译,《贤愚经》由北魏慧觉等人译。敦煌变文中的《降魔变文》(收入《敦煌变文集》,人民文学出版社 1957 年版)应该就是由舍利弗跟劳度差斗法的故事改编而成。后来《西游记》中孙悟空跟二郎神比变化的情节以及跟鹿力大仙、虎力大仙斗法的情节大概都跟这类佛经故事有渊源关系。天帝释连续变化的情节出自《六度集经》卷二“布施度无极中”。这类连续变化的情节也颇见于印度民间故事,如《杜鹃》讲述一位女子被后妈的女儿推入水中淹死,灵魂变成荷花,荷花变成蝴蝶,蝴蝶又变成杜鹃,参见《印度民间故事》第 234 页。又如《黛吉莫拉的故事》讲述黛吉莫拉被后妈害死后,灵魂变成南瓜,接着变成香橼,又变成小树,再变为鸟,最后恢复原形,参见《印度民间故事集》第 429 页。

到这类佛典故事的影响。[1]

无论在西方还是在东方，某些从人类到异类的变化都被视为一种降格或惩罚，即变形是作为对人的过错或罪行的惩罚而发生的。[2] 这一观念在魏晋隋唐的人类化为异类的故事中也有所反映。比如有人因为残忍杀生而被罚化虎（《广记》卷一三一“伍寺之”），有人因为不敬神而化虎（《广记》卷二九一“观亭江神”），有人因食用不该食用的东西而化虎（《广记》卷四二六“牧牛儿”、卷四二九“王用”言有人吃鱼或牛肉化虎），有人因盗窃而化虎（《广记》卷四三一“蔺庭雍”），有人因某种语焉不详的罪行受谴或遭贬谪而化为虎（《广记》卷四二六“吴道宗”，吴母因宿罪化为虎；“峡口道士”因获罪于上帝而谪为虎；卷四二七“费忠”言北村费老被神罚为虎；卷四二六“郑袭”云社公令郑作虎）。还有一些惩罚性变形乃是通过让人轮回转生为动物来实现，比如耿伏生之母窃绢赠女，死后投生为母猪（《广记》卷四三九“耿伏生”）；卢从事亲表甥以他人钱财偿赌债，死后投生为马（《广记》卷四三六“卢从事”）；戴文生前性贪，转生为牛（《广记》卷四三四“戴文”）。人类学家爱德华·泰勒将这种轮回转生视为灵魂迁移的一种形式，认为这是对一个人过去罪行的报应。[3] 在“耿伏生”和“卢从事”两例中，变为猪或马的事主都还能“人言”，追忆前生罪孽；“峡口道士”和“费忠”则都能随时恢复人形，保留着人的意识；确乎是灵魂不灭，只不过从一个“皮囊”迁入另一个“皮囊”。轮回转生这一变形方式在中国古代的出现自然与佛教的传播有关，而且很快跟世俗的道德伦理观念紧密结合在一起，《冥祥记》曾对此作出概括云：“杀生者当作蜉蝣，朝生暮死；劫盗者当作猪羊，受人屠割；淫逸者作鹤鹜鹰麋；两舌作鸱枭鸺鹠；捍债者为骡驴牛马。”（《广记》卷三七七“赵泰”）[4]

关于人类化身为异类这一母题的文学意义，户仓教授已经有过比较深入的探讨，她将唐代比较杰出的此类故事分为两个小类：一类是以“峡口道士”、“费忠”、“柳并”为代表的作品，表现人类运用智谋和勇气跟要吃人的虎（乃人所变）较量；另一类是以“范端”、“李徵”、“张逢”、“南阳士人”、“薛伟”等为代表的作品，以化虎者为主角，表现其心理。人类化身之初的冲动和恐惧、化身之后性情的逐渐变化、兽性的萌生滋长、人性的羞惭疑惧、化身后的解脱感和自由感——这些都在这类作品中被予以表现。[5] 由于户仓教授所论已经比较全面而

---

① 《述异记》中有一则讲述山灵“黄父鬼”也具有反复随意变化的能力：“常隐其身，时或露形，形变无常，乍大乍小，或似烟气，或为石，或作小儿，或妇人，或如鸟如兽，足迹如人，长二尺许，或似鹅迹，掌大如盘。”这类内容可能也是受到佛经变化故事影响而出现的，已非常类似后来孙悟空的变化能力。参见《太平广记》卷三二五“郭庆之”条，第2579页。

② 朱光潜译黑格尔《美学》（商务印书馆1979年版）第二卷第一章论“变形”时认为：一般说来，从人到自然物的变形是为着惩罚他的某种或轻或重的过错或罪行；这种变形被看做一种剥夺神性的灾难的痛苦的生存，在这生存中人就不能再保持人形。第182—190页。在印度人的轮回观念中也体现着类似的思想。

③ 爱德华·泰勒：《原始文化》，第416页。

④ 这种观念在西方文化中也有所表现，参见钱锺书《管锥编》第二册，中华书局1986年版，第795—796页。

⑤ 参见户仓英美《变身故事的变迁》，《国际聊斋论文集》，第167—173页。

惬当,故笔者在此只对若干小问题加以补充论述。

首先,从六朝对变身故事的简略记录转化为文学作品,一个重要的变化乃是化虎者或虎的视点的引入。六朝和唐代那些不具备小说意义的化身记载,一般遵循人类跟异类无法沟通的原则,一个人一旦化为某类动物,故事就结束了,不会再有更深入的发展。或许是后来佛教的轮回观念给中土文学以启示,化身故事中出现了化身后又恢复本形者的回溯视角,或者径直采用化身后的异类的视角。在印度故事中(尤其是佛教本生故事),一个人(比如佛祖)会对前生经历过的很多次转生为异类的经验记忆犹新,并能够对他人进行完整的追述。[①] 在唐代的轮回转生故事中(比如前述"耿伏生母"和"卢从事亲表甥"的例子)出现了转生后的猪或马能口吐人言、追忆前生罪孽的细节,化虎类作品中的"李徵"即采用了这一手法,这一手法对于多数读者而言都会显得比较牵强和突兀,毕竟一只动物口吐人言往往只能是童话所运用的手法,而这类表现轮回或化身的故事还远不具备童话的氛围与性质。因此,比较自然的叙事视角还是化身者复形后的亲口追述。而这一手法在六朝时就已经出现了,比如出自《高僧传》的"僧虎"(433/3512)描写僧人身披虎皮劫掠路人,结果变为虎,变虎后的各种内心感受及心理活动都被予以详细描述,但这些显然都是其后来恢复人形后跟一位圆超上人忏悔时所透露出来的,这就比较自然可信。后来的"张逢"、"薛伟"、"张宠奴"[②]等文便都采用了这一叙事视角,而且后二者在具体情节上作了更为高明的处理,让人物的变身发生在梦中,梦醒后讲述变身经历,这样就不必再设置人物肉身变化及复原的内容了,从而使原本荒诞不经的变身情节在叙事上显得更为真实可信。

其次,在这类作品中,不管其运用何种视角,都是从人类的立场去体察异类的心理状态,并通过两种不同生存状态之间的类比以达到审视复杂人性的目的。从人类到异类的变身作为一种极其反常的现象,令我们最感兴趣的乃是这种变化如何会发生以及变化发生后当事人有何种体验。从各篇作品的描写来看,这一变化的动机或者来源于对生肉的强烈嗜欲(《广记》卷四三二"范端"),或者来源于一种原始的、莫名的内心冲动[③],或者来源于一种冥冥中的神秘力量(《广记》卷四三二"南阳士人"),或者是因为疾病(《广记》卷四二七"李徵",卷四二六"郴州佐史")。跟前文所述那些由于道德上的污点而发生的变身相比,这些对变化原因的设想更加具体直接,有的还触及人类内心十分深刻的体验,比如"张逢"、"薛伟"两例就揭示出人性中那种蠢蠢欲动的异己的力量,如果借用户仓教授的观点,这种力量或许正是人类对自身所无法享受到的自由的渴望。尤其是"薛伟"一文,对人类脱离世俗和

---

① 可参看郭良鋆、黄宝生译《佛本生故事选》,人民文学出版社 2001 年版。

② "张宠奴"一文请参见程毅中点校《玄怪录·续玄怪录》,中华书局 2006 年版,第 106 页。

③ 如《太平广记》卷四二九的"张逢",描写张逢于"山色鲜媚"、"烟岚蔼然"的林中,遇一段细草,碧藹可爱,遂脱衣投身草上,左右翻转,意足而起,其身已成虎。似乎是大自然的美景勾起他内心深处回归山林的强烈冲动,这种体验不可谓不深刻;卷四七一的"薛伟"与"张逢"同出于《续玄怪录》,在表现这种变化的冲动上颇为近似。

肉体羁绊、化身为鱼后的那种极度的自由感描摹极其出色。[①] 不过，这种对于不同物类生存状态的思索还应该作更为具体细致的分析。比如在“张逢”变为虎以后，他首先感受到的是那种人类所不具备的巨大的力量和行动的自由迅捷——“自视其爪牙之利，胸膊之力，天下无敌，遂腾跃而起，越山超壑，其疾如电”——但最终他还是感到作为虎的“孑然无侣”，自思“我本人也，何乐为虎，自囚于深山”（429/3490、3491）？于是重新变为人。而“薛伟”最初也是感到脱离人身束缚、变成鱼之后的快乐和自由，但很快他就感受到作为鱼类的痛苦：那就是任人摧残宰割而无法逃脱。因此他最后才会对自己只是梦中变身、还能重返人类行列感到庆幸。但《潇湘录》中的“李审言”则是一个较为少见的特例：当李审言变为一头羊之后，对他的家人说：“将我归，慎勿杀我，我为羊快乐，人何以比。”（439/3574）但人们却难以感到一头被人“将归饲养，以终天年”的羊会比一只林中猛虎或江中游鱼更自由、更快乐，更何况人。因此，从唐代变身故事对不同物类自由的对比思考，我们更感到人类的自由。当然，这种通过艺术想象去体验其他物类生存状态的方式永远无法摆脱人类本位立场的局限，或许变身类小说所表现的那些“变形”仍然只是人类自身某些侧面的一个写照。在我们所谓的“人性”中难道没有混杂着“动物性”的成分吗？变身类故事往往会对变形后动物性与人性的滋长或消减进行细致描写，比如“李徵”一文，李徵化虎后食人成性，然自云“非不念妻孥，思朋友”，人性尚未泯灭，但又云若为虎日久，最终连老友亦将不恤矣。又比如“僧虎”一文，也对动物性和人性的消长、较量加以了描绘：当该僧戏披虎皮进行抢劫时，其人性消减，兽性滋长，于是变成虎；成虎后藏身草莽，捕食狐兔，但其人性并未彻底泯灭，当他某日即将食用一僧时，突然良心复萌，自责罪孽，于是复形为人。这则变身故事具有十分鲜明的象征性，其内涵正如文中所云“恶念为虎，善念为人”、“生死罪福，皆由念作。刹那之间，即分天堂地狱”（433/3513）。善于利用譬喻类故事宣扬佛理的佛教徒非常灵敏地把握了变身类故事中所潜藏的意义。在六朝时期另有一则化虎故事“封邵”[②]：记叙汉宣城郡守封邵化虎食郡民，时人语云：无作封使君，生不治民死食民。故事虽然简略，但也发掘了其中的象征义。从这些作品我们又可以领悟到人和动物、人性与动物性之间的动态相对关系：二者乃是互相包含渗透、互有消长进退的，如“薛伟”、“僧虎”中的这类变化更像一种灵魂的迁移，让我们感受到人类与异类之间的共通性。

人类化为异类的题材在蒲松龄的《聊斋志异》中仍被沿用，而且蒲氏是直接上承魏晋隋唐此类小说的传统，并使之进一步文学化。轮回变形的作品在《聊斋》中一共只有两篇，篇名

---

① 拙著《唐代非写实小说之类型研究》（北京大学出版社 2004 年版）对“薛伟”一文中人类追求自由的主题也进行了集中分析，见第 310—311 页。

② 《太平广记》卷四二六，第 3466 页，注出《述异记》，该书乃南朝志怪故事集。

都叫《三生》(卷一、卷一〇)[①]:一篇讲一位刘孝廉前身为缙绅,行为多玷,死后先后被冥王罚作马、犬、蛇,最后心生善念,才化为人。蒲公之用意盖仍在于讽世与劝善,其云"毛角之俦,乃有王公大人在其中"、"王公大人之内,原未必无毛角者在其中",则将人性与动物性交糅错杂之义予以明确化了。另一篇则讲一考官与一被其黜落之举子历经轮回均成对头,最后都投生为犬,邂逅于街头,互啮而亡。蒲公之新创乃在于将人轮回变成动物的过程加以悉心体会描摹,此隋唐同类作品之所未有,但其渊源仍隐伏于"薛伟"、"张宠奴"等文。前代变形类故事对人类动物性的批判大概仅"僧虎"与"封邵"两文,而且意图并不十分自觉和明确,《聊斋》的"杜翁"(卷六)、"梦狼"(卷八)、"金陵乙"(卷九)、"杜小雷"(卷一二)四文则均对人性中的丑恶面加以针砭,如杜翁梦中误入冥府尚色心不死,化为猪;白翁之子为官贪虐,化为虎;金陵乙觊觎闺中女子,化狐而死;杜小雷之妻虐待婆婆,化为豕。如果将这类作品的主题与《聊斋》中另外一类异类化为人的作品对比,则深具意味:当人化为异类时,那是因为人表现得太不像人,而像禽兽;当异类化为人时,则表现出人类所不具备的美德(如聪明、善良、纯真、专一)。由此可以看出蒲公对人类丑恶禀性的深刻绝望。灵魂变身故事在叙事视角上的优势在前文已经阐明,《聊斋》中那些最杰出的化身类作品都采用了这一视角,比如"阿宝"(卷二)、"促织"(卷四)、"向杲"(卷六)、"竹青"(卷一一)等文皆如此。但这些作品与唐代同类作品的一个重要差别在于:唐代变身故事往往缺乏情节逻辑,变身的发生虽然也有原因(由于宿命、罪错、疾病、冲动等),但多显简单突兀。《聊斋》的这类变形均发生于特定情境,故十分巧妙自然,如孙子楚对阿宝魂牵梦萦时,看到死去的鹦鹉,便化为鹦鹉,飞到阿宝身边;成名之子失手弄死促织,魂魄俱丧,为挽救家庭厄运,遂化为促织;向杲为报兄仇,处心积虑,得道士之助化为虎,乃遂其愿;鱼客饥饿中梦化为乌,接食舟人所抛之肉[②]:此皆情境使然,毫不牵强,反觉新巧。蒲松龄的一个重要独创在于运用这一题材来抒发强烈的情感,比如爱恋、仇恨、恐惧、渴望。向杲对兄仇之恨沦肌浃髓,成名一家之绝境亦惨绝人寰,非借助变形不足以发抒人物、作者、读者心中之郁愤,此乃蒲公之极高明处。变身这一母题在魏晋隋唐之运用显得缺乏变化,但蒲松龄赋予了其在不同情境中的丰富的文学含义。

三 "变化"之二:从异类到人类的变形

与人类变成异类的故事相比,异类变成人类的故事在数量上占绝对优势,魏晋隋唐以

---

① 本文凡引《聊斋志异》中作品,均据张友鹤辑校《聊斋志异会校会注会评本》(上海古籍出版社1986年版)。为区别于《太平广记》,所引篇目卷次均用大写表示。

② 乌鸦在中国人的观念中本乃不祥之鸟,但蒲松龄在《竹青》这篇作品中偏偏让其中人物变身为乌,且与乌女结成姻好,还十分美满,这也表明蒲松龄不同于流俗的理念。

来的大量志怪、传奇为这一说法提供了充足的文献依据。但有学者据此认为精怪的"人形化"发生于魏晋,则难称允当。在魏晋时期的文献中,确实开始出现较多从异类变成人类的记载(为什么魏晋人对这一类现象以及其他志怪故事发生记载的兴趣,这本身也值得探讨),但这并不说明这一类传说或观念在魏晋以前就不存在。前文已经提到的图腾信仰即包含着异类可以转化为人类这一观念,一些人类学家对早期人类意识形态的拟测中也包含着"人与动物之间互相转形"的观念①,我们有充分的理由相信这一观念具备较大的普遍性。但这种观念在中国文化中可以追溯到何时?曾经经历过怎样的演变?具备什么样的特征?跟其他民族或地区的类似观念相比又有何不同?这些问题都有必要作进一步的讨论。

首先必须对一些重要概念加以说明和界定。在魏晋隋唐文献中经常出现"精怪"一词,对这一概念刘仲宇先生认为是指各种自然物老而成精,便能通灵变化②;又认为精怪不仅有自然物做它的原形,而且本身具有灵性,能变幻莫测,可以说是自然物中的精灵③。这里"精怪"、"原形"、"本身"及"精灵"四者之间究竟是一种什么关系?刘先生似乎是说:在自然物中具有一种"精灵",这个"精灵""本身"具备灵性,能变化莫测。这一说法虽然包含合理因素,但因为缺乏历史感,恐怕不能符合各个时段的情况。而所谓"通灵变化"或"变化莫测"这一说法本身也比较含混:究竟这类"变化"是以哪些形式体现出来?在不同时期变化的方式是否有所不同?所谓"精怪"是否一定具备变化的能力?实际上,这一过于笼统的解释所指明的"精怪"观念应该比较晚出,大概要到战国时代(比较确凿的文献记载最早见于此一时期,其观念是否出现较早还难以确定)。因此在讨论战国以前的情形时,对这一术语的使用应该特别谨慎。其次,关于"变化"的复杂情形也应该加以特别注意:在各种变化形式中,我们最应关注人与动物之间的互相转化。但在早期人类意识形态或图腾信仰中所包含的人与动物互相转化的观念,跟后来的精怪变化观念也许并不完全一致,二者之间的关系还值得深入思考。由此看来,诸多问题的澄清都取决于我们能否对精怪观念及其特征(尤其是变化能力)的形成过程有一个清楚的认识。

在刘仲宇先生看来,精怪观念的最初源头乃是自然物的拟人化,被拟人化的自然物以直接形态呈现于人的意识,还不具备变化莫测的特点,而成熟的精怪观念则是随着万物有灵观的出现而出现的。④ 当人类开始觉察自身的灵性,并将这种灵性推广到其他自然物时,便产

---

① 参见张光直《连续与破裂:一个文明起源新说的草稿》中对 Peter T. Furst 所拟测的"亚美式萨满教的意识形态内容"之引述,见《中国青铜时代》,三联书店 1999 年版,第 489 页。

② 参见《中国精怪文化》"引言",第 1 页。

③ 同上书,第 11 页。

④ 同上。

生了万物有灵的观念。刘先生引用了人类学家提供的中国傈僳族的“尼”的观念对之加以佐证[①],并跟汉民族的魍魉和精怪观念进行对比,认为魍魉和“尼”都是某种有原形却可脱离原形变幻不定的“灵性”,两者几无二致;又认为“尼”跟“精怪”在内涵上基本相同。[②] 这一论述虽然并非全然错误,但概念的运用和表述却比较混乱:首先,成熟的精怪观念如果是随着万物有灵观而出现(或在其后出现)的,那么我们没有任何证据可以说明那时已经出现了能够“变化莫测”的精怪观念;其次,所谓的“灵性”和爱德华·泰勒的万物有灵论的“灵”(指灵魂)并非同一概念,而更接近于列维·布留尔所说的自然界到处都有的“灵性”[③];傈僳族观念中的“尼”就其特征而言,显然并不是一种“灵魂”,而更接近“灵性”,跟作为“山川之精物”且具备“夔龙之形”的魍魉并不是同一事物[④],而跟可以变化的精怪更不可同日而语了(也没有证据可以说明魍魉是一种能够变化的精怪)。基于以上理由,为了避免概念运用的淆乱,笔者倾向于以精灵或灵魂来指称万物所具备的“灵”,而在论述较晚历史时期的类似现象时再采用精怪的概念(即到我们可以有比较明确的证据来说明这个精怪确实可以变化时再运用这一概念)。傈僳族观念中的“尼”作为可以脱离原形但还不具备明确形象的“生机力”,似乎是比精灵或灵魂更为原始的一种观念。对于万物灵魂的具体形式,爱德华·泰勒在《原始文化》中曾经作过详尽的讨论,他提出植物灵魂、动物灵魂、物品灵魂等概念,并通过明确的论证指出衣服、武器、锅、斧头以及各种祭品都有灵魂,而且多保持其本然的形式(如衣服的灵魂仍然是衣服的模样,正如人的灵魂仍然保持人的形象一样)。[⑤] 这一观念在中国唐代比较晚出的材料中也可以获得类似的证据,比如《卢佩》(306/2425)和《辛察》(385/3073)两文都写到人世的纸钱焚烧后在鬼魂眼中变成铜钱(虽然钱的材质发生了变化,但可以说明物品也有灵魂)。在近代原始部落的巫术仪式上作为巫师助手的动物精灵也保持其本然面貌,这从人类学家所收集的巫师咒语以及祭仪图像中也可以得到证明。[⑥] 敦煌本《白泽精怪图》中所绘动物精怪基本上也是保持动物面目(如雄鸡精怪被画成雄鸡,鱼精怪被画成鱼)。[⑦]

---

① 傈僳族认为:人死后之鬼,颇像汉人的鬼、精、妖等的有恶化的人形,而山、石、树、泉之灵,则并不具有任何形象,它们是看不见,但是觉得着的。它们同时必需有一个实物在那儿作为介物,才能发生。这种“灵”不是那个实物(如石、树、水)自己,好像是它的生机力。此生机力可以脱离其物体而存在,但必有其物,始能发生作用做出事故。无论人死之后,或山石之灵,均称之为“尼”。参见和志武主编《中国原始宗教资料丛编》(上海人民出版社 1993 年版)傈僳族等卷引陶云逵《碧罗雪山之傈僳族》,第 729 页。

② 参见《中国精怪文化》,第 14、15、16 页。

③ 参见列维—布留尔《原始思维》(同上),第 96 页。刘仲宇先生对列维—布留尔的这一说法予以反驳,但其反驳本身未必能成立,参见《中国精怪文化》,第 17 页。

④ 对于魍魉的讨论请参看《中国精怪文化》,第 15 页。

⑤ 参见爱德华·泰勒《原始文化》第十一章“万物有灵观”,第 384、388、389、391、392、393 页。

⑥ 参见张光直《商周青铜器上的动物纹样》,《中国青铜时代》,第 439—442 页。

⑦ 参见黄永武《敦煌古籍叙录新编》(台湾新文丰出版公司 1986 年版)“子部一”伯 2682 号《白泽精怪图》,第 343—360 页。

由此我们可以推测：动植物或其他物品的精灵或灵魂最初应该都是以其原形面目出现，而且并不具备任何变化能力。后来经过长期演变，并受到一些其他观念的影响，它们才获得变化（尤其是变成人）的能力。对此，后文将作进一步阐述。

刘仲宇先生还提出另外一个基本观点即精怪是神秘世界中的元老，并认为：从历史上看，人们头脑中的鬼神，其前身都是精怪（此处的精怪概念其实同样应该被理解成精灵）。[①] 刘先生首先根据章太炎对“鬼”之初义的推测（“鬼，疑亦是怪兽”）认定“鬼”最初是指某种猛兽变成的精怪，后来才演变成专指人的灵魂所变的鬼物。接着又引用人类学的一些资料诸如独龙族、彝族、纳西族的鬼的观念来印证这一观点，因为他认为汉族（周代）典籍中的鬼神观念离原始时代已经很远，只有《山海经》和《左传》中的个别实例可以说明古代人们曾以精怪来想象人鬼（如《海内西经》《海内北经》中“人面蛇身”的贰负神和《左传》中以豕形出现的“公子彭生”即被认为是“以精怪设想人鬼”的实例[②]）。而《山海经》中的大量其他动物形的神则都被刘先生当做具备“精怪遗形”的神来看待了。至于夏、商、周青铜器上所刻的各种或狰狞、或古怪的动物纹样（如螭、夔、饕餮）则同样都被他视为精怪或精怪的变形。[③] 这些观点也都值得商榷。首先，即使“鬼”的初义是指怪兽，但这怪兽并不一定就是精怪，更不能由此认为人们曾用精怪的形象来想象人鬼：不管原始时期（在未使用“鬼”这一名称以前）人们曾以什么名目来指称人鬼，人死后游离出去的那个灵魂一般仍然保持着人的形貌，爱德华·泰勒在《原始文化》中提供的大量证据可以说明这一点[④]。其次，刘先生所引用的那些人类学资料提到的所谓“鬼”其实基本上相当于各种精灵：如独龙族的资料明确提到人的亡魂“阿细”并不是“鬼”（独龙语称鬼为“卜郎”和“南木”），“鬼”（即“卜郎”和“南木”）是自然界中凶恶的精灵（被描绘成猴子形），亦即亡魂“阿细”跟精灵并无关系。而且资料采集者用“鬼”这一汉语术语去对应独龙族语言中的“卜郎”和“南木”是否恰切，也很值得怀疑。[⑤] 纳西族资料中罗列的各种“鬼”（纳西语叫“ceeq 祠”）其实大部分也是动物形精灵，只有吊死鬼、殉情鬼、绝后鬼、饿鬼是人鬼，因此具备人形，可见纳西族的“ceeq 祠”是一个比较宽泛的概念，本身就包含着精灵与人鬼。[⑥] 因此，这些资料恰恰都说明：在这些民族的观念中，人鬼跟精灵（或精怪）其实还是有本质的区别的。刘仲宇先生反复申说的独龙族和纳西族的

---

① 参见《中国精怪文化》，第 21 页。

② 公子彭生一事见于《左传·庄公八年》：云齐侯田于贝丘，见大豕，从者曰：“公子彭生也。”杜预《集解》认为齐侯见到的是大豕，而从者见到的却是彭生，皆妖鬼，乃是认为彭生鬼魂变成大豕，并不是说彭生鬼魂就是大豕。

③ 参见《中国精怪文化》，第 22—47 页。

④ 参见爱德华·泰勒《原始文化》第十一章“万物有灵观”，第 367、368 页。但关于灵魂的形状，在中国古代有一些很特殊的说法，比如《述异记》“马道猷”条认为“魂正似虾蟆”，《太平广记》卷三二七，第 2592 页。但这类看法比较罕见。

⑤ 参见和志武主编《中国原始宗教资料丛编》，第 621 页。

⑥ 参见和志武主编《中国原始宗教资料丛编》，第 376—379 页。那些资料采集者用汉族的术语去对应其他部族的某个语词，这本身就已形成一种概念的强加和不当类比，造成了对其原义的歪曲。

“鬼”乃是精怪的观点其实应该这样来表述:独龙族的“卜郎”、“南木”和纳西族的“ceeq 祠”之部分乃是自然界中的精灵。这就完全不能再用以佐证汉族的“鬼”是“从猛兽之怪演变而来”这一观点了。汉语中的“鬼”即使最初曾指猛兽或精怪,后来引申或借用为人鬼,也不等于此前就没有相当于人鬼的观念,更不能认为后来的人鬼一定包含“鬼”的初义。至于《山海经》中的贰负神以及其他神所具备的复合动物形状乃是图腾信仰的产物(图腾神),而无涉于精怪,对此前文已经论及,在此不再赘述。另外,在前文笔者曾提到图腾化身信仰:信仰图腾的部族认为人(或祖先)死后会化身为图腾(或灵魂移入图腾物)。[①] 但这一信仰也并不能证明人们曾以精怪来想象人鬼(如刘仲宇先生所认为的那样[②]),因为图腾跟精怪完全是两码事,前者植根于信仰,后者植根于知识。最后,关于夏、商、周三代青铜器上的动物纹样究竟是否为精怪更值得探讨:根据考古学家的意见,这些动物纹样乃是协助当时的巫师完成通天地工作的各种动物的形象[③];还有学者则认为“此类动物,若螭龙、饕餮之类,均是畏兽、天狩”,而“古人图画畏兽,正所以祓除邪魅”[④]。这类畏兽在后世的墓室壁画(如西汉、北魏墓室壁画)与驱傩仪式中曾频频出现[⑤],它们本身就是动物(或动物精灵),谈不上是精怪。不过,一个值得注意的现象则是:这些畏兽似乎经历了从动物(或其精灵)向神灵演变的过程,而且其形象也从单一形的动物向复合形的怪兽转化,最后在某个时期完成向人形的演变。比如西汉墓壁画中的“神兽”有虎、龙、凤、熊、鹿、狼、天马、猿等[⑥],在北魏石棺、石窟雕刻以及敦煌莫高窟壁画中则出现了大量“有翼兽头人身之畏兽型天神”或“人首兽身有翼神”,有学者认为这些神兽乃是象征雷、电、山、川之神[⑦]。这些复合状的神兽自然会让人们联想到《山海经》中的众多神灵,二者之间或许也有某种联系。[⑧] 至于众多神兽转为人形完成于何时,似乎难以一概而论。至少在魏晋隋唐时雷神还保留着动物形貌:比如《搜神记》中描述雷公被人锄伤“落地不得去”,但见其“毛角长三尺余,状如六畜,头似猕猴”[⑨],而《录异

---

① 参见何星亮《中国图腾文化》,第 248、249 页。

② 参见《中国精怪文化》,第 31、32 页。

③ 参见张光直《商周青铜器上的动物纹样》及《中国古代艺术与政治》,收入《中国青铜时代》,第 431—440、466—467 页。

④ 参见饶宗颐《〈畏兽画〉说》,收入《固庵文录》,辽宁教育出版社 2000 年版,第 68 页。畏兽即威兽、猛兽,古人认为这些猛兽可以祛除邪魅。

⑤ 《中国精怪文化》一书对驱傩仪式有所论述,请参看,第 51—55 页。孙作云《洛阳西汉卜千秋墓壁画考释》(《文物》1977 年第 6 期)一文论及汉代驱鬼仪式。姜伯勤《敦煌艺术宗教与礼乐文明》(中国社会科学出版社 1996 年版)论及北朝畏兽天神与唐代沙洲傩礼,第 60—66 页、467—471 页。

⑥ 参见河南省文化局文物工作队《洛阳西汉壁画墓发掘报告》(《考古学报》1964 年第 2 期),第 116、117 页。

⑦ 姜伯勤:《敦煌艺术宗教与礼乐文明》“有翼天神图像与北朝畏兽天神图像的比较”,第 60—66 页。

⑧ 众多学者已经指出《山海经》对那些形态怪异的神的描述很可能都是依据图形,则其存在形态及功能大概也跟墓室雕刻或壁画中的畏兽近似。可参见王重民原编、黄永武新编《敦煌古籍叙录新编》“子部一”《白泽精怪图》之叙录,第 341 页。

⑨ 《太平广记》卷三九三“杨道和”,第 3136 页。

记》则云雷神"面如猪首,角五六尺,肉翅丈余,豹尾","手足两爪皆金色,执赤蛇,足踏之,瞪目欲食"[①],以往只是见诸传说或图画的怪异神兽竟然成了活生生的存在物。因此,刘仲宇先生认为神灵曾经表现为精怪形象,若就神灵皆取动物形状一端而言,这一观点还是有其可取之处。爱德华·泰勒所提供的原始民族将动物当做神显现于其中的物神而加以崇拜的大量事实也为这一说法提供了证据。[②]

那么万物的精灵(或灵魂)具备变化的能力或特征究竟始于何时?如何变化?要对这两个问题的各个方面作出精确的研究和回答可能相当困难,因此本文将主要只对万物精灵转变为人这一方面加以讨论。前文已经提到,在一定的时期和范围内,人们头脑中的精灵形象基本保持其各自的原形面貌,但从早期人类学所提供的材料已经可以看到精灵以人类形象出现的例子[③],比如尼加拉瓜人看到火山的精灵是一个丑陋的裸体老太婆,北欧爱沙尼亚人则认为溪流的精灵是一个穿着蓝色和黄色长袜的青年,还有广泛存在的认为树木中藏着女树精的故事[④]。另外有一些精灵虽然没有被明确地描述成人的形象,但从人们祭祀它们的方式可以推测其也被想象成了人的模样。[⑤] 类似的而且可能更为古朴的观念在中国文献中也有反映,如:《管子·水地篇》云"涸泽之精"庆忌"其状若人,其长四寸,衣黄衣,冠黄冠,戴黄盖,乘小马,好疾驰",而"涸川之精"蚼则"一头而两身,其形如蛇,其长八尺"[⑥];《庄子·达生》提到居室内外的各种精灵[⑦],其中的"鲑蠪",司马彪疏云其"状如小儿,长一尺四寸,黑衣赤帻,带剑持戟","罔象"则"状如小儿,黑色赤衣,大耳长臂","泆阳"则"豹头马尾","彷

① 《太平广记》卷三九三"徐诩",第3144页。同卷"宣州"条有类似记载,第3142页。卷三九四《陈鸾凤》条则将雷公描述成"状类熊猪,毛角,肉翼青色"的模样。卷三六五"许敬张闲"云贞元中二人在山中遇到一物"虎牙狼目,毛如猿玃,爪如鹰鹯,服豹皮裈",乃山神,第2898页。

② 参见爱德华·泰勒《原始文化》第十五章"万物有灵观(续)",第586—591页。

③ 在精灵以人的形象出现这一阶段之前(或同时)应该还出现过精灵变成动物的情况:英国人类学家弗雷泽在《金枝》中提到大量这类例子,请参看刘魁立编《金枝精要》(上海文艺出版社2001年版)第四十八章"谷精变化为动物"以及四十九章"古代植物之神的动物形象"。中国秦朝也有梓树直接化为牛的传说,参见鲁迅辑《古小说钩沉》所辑《列异传》,但这类例子在中国并不多见。

④ 中国古代也有类似故事,如东汉应劭《风俗通义》卷九"怪神"之"世间多有伐木血出以为怪者"云:张叔高伐田中大树,树中钻出白头公四头,非人非兽,被叔高格杀。应劭认为这就是《春秋》、《国语》中所云"木石之怪夔魍魉",参见《风俗通义校注》,中华书局1981年版,第434页。汪绍楹校注《搜神记》(中华书局1979年版)卷一八载三国吴陆敬叔伐大樟树,有物人面狗身,从树中出,据《白泽图》云此乃木之精"彭侯",第218页。

⑤ 参见爱德华·泰勒《原始文化》第十五章"万物有灵观(续)",第568、571、576—578页。

⑥ 《诸子集成》第五册《管子校正》,上海书店出版社1986年版,第237页。

⑦ 陈鼓应《庄子今注今译》把这些精灵都转译成"神",则颇为不妥。从这一段文字的前后文来看,乃是皇子告敖跟齐桓公在谈论泽中精物委蛇,鲑蠪等物应是跟委蛇类似的精灵(或精怪)。

徨”则“其状如蛇,两头五采”,“峷”则“其状如狗,有角,身有文彩”[①]。这里出现的“涸泽之精”、“涸川之精”、“蛙蠢”和“罔象”(以及桓公出猎时遇到的“委蛇”)应该是比较早期的精怪形象:它们有的还残留着动物的特征,有的虽已变成人,却是数寸小儿,活动于荒野,显得很原始。其中“罔象”本来是具备“夔龙之形”的“山川之精物”[②],但在这里也已经变成“小儿状”。从各种变化的情形来推测,其中大概蕴含着这样的观念:某一事物的精灵(或灵魂)获得变化能力,能变成其他动物或人类。虽然魏晋隋唐的众多精怪故事都描写某种动植物直接变成人类或他物,但在此之前应该存在过由物体精灵(而不是物体本身)变成他物的观念。爱德华·泰勒认为,按照中国人的哲学,精灵是所有成千上万物体中精微的部分。[③] 正是这一“精微的部分”能获得变化能力。从弗雷泽所提供的谷精变成各种动物的材料来看[④],欧洲人也曾一度认为是物体的精灵在变化,而不是物体本身在变化(即是谷物中的精灵在变化,而不是某一束具体的谷物在变化)。在中国文化中,这一观念曾被更明确地加以表述:东汉人认为“物之老者,其精为人;亦有未老,性能变化,象人之形”[⑤];东晋的葛洪也表达了类似看法,“万物之老者,其精悉能假托人形,以眩惑人目而常试人”[⑥];郭璞《玄中记》则记载了大量表现这一观念的具体例子,如“千岁树精为青羊,万岁树精为青牛”、“玉精为白虎,金精为车马,铜精为僮奴”等[⑦]。但中国文献在表达精灵变化观念的同时,也在表达物体本身年久而能变化的观念,如葛洪所提到的大量精怪变化的实例[⑧],《玄中记》提到的“狐五十岁能变化为妇人,百岁为美女、为神巫,或为丈夫”等说法[⑨],《搜神记》中提到的“物老则为怪”的理论[⑩],包含的观念便都是年久的动植物能直接变化。魏晋隋唐以及后来的精怪故事中也同样并存着这两种观念:表现精灵变化的,往往最后精灵会突然消失得无影无踪;表现物体直接变化的,精怪最后都恢复原形,仓皇逃窜。在西方文化中,表现精灵变化的精怪故事很少见,其中仅有《拉弥亚》的故事比较典型[⑪];表现物体直接变化的例子则主要见于民间

---

① 《诸子集成》第三册《庄子集释》,第 287 页。司马彪虽然是西晋人,但他对这些神灵形象的描述应该有更早的依据,可以认为体现了更早时期的观念。

② 段玉裁:《说文解字注》,“十三篇上·虫部”引贾逵注《国语》,上海古籍出版社 1981 年影印经韵楼原刻本,第 672 页。

③ 爱德华·泰勒:《原始文化》,第十五章“万物有灵观(续)”,第 567 页。

④ 参看刘魁立编《金枝精要》第四十八章“谷精变化为动物”以及第四十九章“古代植物之神的动物形象”。

⑤ 王充:《论衡·订鬼篇》,《诸子集成》第七册,第 220 页。

⑥ 王明:《抱朴子内篇校释》卷一七“登涉”,第 300 页。

⑦ 参见鲁迅辑《古小说钩沉》之《玄中记》,第 380 页。

⑧ 王明:《抱朴子内篇校释》卷一七“登涉”,第 300、304 页。

⑨ 参见鲁迅辑《古小说钩沉》之《玄中记》,第 378 页。

⑩ 汪绍楹校注:《搜神记》卷一九,第 234 页。

⑪ 参见朱维基译《济慈诗选》,上海译文出版社 1983 年版,第 208 页。济慈在《拉弥亚》一诗的注中提到古希腊的费洛斯特拉图(约 170—250)记载的蛇精故事:蛇精变化成美女诱惑男子,在被人窥破真相的一瞬间,一切都化为乌有。有人认为这个故事和中国的《白蛇传》都源自印度,但笔者尚未找到印度方面的相关资料。

故事,数量也很少[①]。刘仲宇先生和户仓教授都注意到西方文化中精怪现象较中国要远为缺乏[②],其原因究竟何在?也还值得深入探讨[③]。应该说:正是这样一种不同直接导致了后来中国和西方文学面貌的重要差异,比如西方(也包括各类传说的一大渊薮印度)就没有出现类似唐传奇、《西游记》和《聊斋志异》这样的文学形态。而中国古代之所以能发展出这一文学形态,其根底大概仍在于从战国到魏晋时期精怪观念牢固形成并从民间草野进入文人视线。

如前所述,精怪现象早已在战国时期的文献中零星出现了。其被文人关注应该经过了一个较长的过程:《汉书·艺文志》著录的《人鬼精物六畜变怪》、《变怪诰咎》、《执不祥劾鬼物》等书透露了学者对这类现象的早期关注[④];到魏晋时期,葛洪、郭璞等兼具道士或方士身份的学者对精怪故事表现出强烈兴趣。尤其是葛洪,出于非常实用的目的(帮助道士入山修炼时躲避各种精怪的侵扰),对众多精怪种类及其应付方法进行了系统论述[⑤],他所提到的《九鼎记》和《白泽图》两种资料透露出精怪信仰在民间的普遍流行。其中的《白泽图》在敦煌唐代文献中留下了较为完备的内容(敦煌抄本名曰《白泽精怪图》)[⑥],关于这一资料的出现时间学界有不同看法,有的学者认为其反映了三代甚至传说中黄帝时代的精怪观念[⑦],这一意见笔者以为并不可取,另有人认为其在两汉时代即已成书并流传,这一说法可能比较稳妥一些[⑧]。从魏晋以后,《白泽图》受到了更多关注,这从历代史志著录也可以得

---

① 参见[美]斯蒂·汤普森《世界民间故事分类学》,第三部分第六章“动物夫妻”,其中提到美洲一些部落的传说中鹿、野牛、狗变成人类的故事,上海文艺出版社 1991 年版,第 425—426 页。

② 参见《中国精怪文化》,第 400—402 页;《国际聊斋论文集》,第 193 页。

③ 刘仲宇先生认为这是由于西方基督教和伊斯兰教等一神教传统对精怪信仰的抑制所造成的,参见《中国精怪文化》,第 400 页。这一说法也许有一定的解释力,但是何以解释印度以及其他民族和地区的类似情形呢?尤其是印度,宗教信仰比较复杂,并未形成过某种宗教独尊的局面,但是根据笔者大略的调查,印度传说中仍然以人类变成异类的情况为多,异类变成人类的故事则比较少见。

④ 《汉书》卷三〇“艺文志第十”,中华书局 1962 年版,第 1772 页。

⑤ 王明:《抱朴子内篇校释》卷一七“登涉”,第 300、304、308 页。

⑥ 关于《白泽精怪图》的相关研究可参看以下论著:饶宗颐《跋敦煌本白泽精怪图两残卷》,载台湾“中研院”史语所集刊第 41 卷第 2 册;林聪明《巴黎藏敦煌本白泽精怪图及敦煌二十咏考述》,载《东吴文史学报》二期;高国藩《敦煌民俗学》(上海文艺出版社 1989 年版)第二十章“敦煌民间信仰的《白泽精怪图》”;刘仲宇《中国精怪文化》,第 42—44、72—78 页。

⑦ 《中国精怪文化》,第 42—44、72 页。

⑧ 参见高国藩《敦煌民俗学》第二十章“敦煌民间信仰的《白泽精怪图》”,第 343、346 页。但高先生认为《白泽精怪图》表现的神话时代是在黄帝之时,远在《河图洛书》、《黄龙负图》之前,故可认为其是灵怪献图神话系统之首出。对这一说法笔者不敢苟同,这是因为:首先,《白泽精怪图》表现的乃是精怪信仰,与神话无关;其次,中国古代很多传说都托之上古三代,《白泽精怪图》显然也是如此。因此不管其传说还是其反映的观念,都应该是很晚才出现的,大概也要到战国以后了。

到证明。[①] 这应该标志着精怪现象从最初引起道士或方士的兴趣向受到一般学者关注的转变。这一转变乃是导致魏晋隋唐志怪传奇兴起的重要原因之一。

志怪故事在魏晋六朝集中载录于《列异传》、《述异记》、《搜神记》、《搜神后记》、《异苑》、《幽明录》诸书,其中精怪故事就其内容性质而言,基本上可以分为两类:一类表现精怪变成人形以惊扰、危害世人;另一类表现精怪变成女子(以这一类居多)或男子魅惑世人。其中所包含的核心意识不外乎把精怪视为人类的敌人而加以提防,这是从远古时代一脉相承的对万物精灵的恐惧与防范[②]:从《左传·宣公三年》提到的夏人"铸鼎象物"[③],一直到后来出现的《白泽精怪图》都表现着人类对自然精灵或精怪的畏惧与提防,魏晋文人记录这类故事的基本心态亦复与之相似,但一些变化的迹象也已经开始出现。如果说远古时代人类对精灵的畏惧导致了自然崇拜与原始宗教的出现[④],那么到魏晋六朝时期,人们对能变化的精怪已具备了更多应付能力:一些精怪就被巫师咒死或被有勇力者杀死。上述第二类故事(即精怪魅惑世人与之欢好)数量巨大,表现精怪以变幻手段跟人类男子或女子发生性爱关系,败露后仓皇逃窜或被杀死,这也表现了人类对这类事件的疑惧与厌恶。研究民俗人类学的学者对其中一些故事亚型发生过兴趣,比如在东方各个文化圈中普遍存在的蛇郎或蛇女婿传说就包含着蛇精变成人跟人成婚的内容,有学者认为这一内容乃是早期始祖传说或图腾婚习俗的演变,经过这一演变,原本受人尊崇的动物始祖变成了遭人厌憎的精怪,这反映着信仰的与时变迁。早期人类跟动物直接成婚的观念曾经广泛存在过[⑤],在中国文献中也不乏其例[⑥],在中国各民族中更是普遍流传着祖先跟动植物(天鹅、狐狸、狼、熊、虎、蛇、鼠、猫、犬、毛毛虫、树、竹等)或动植物变成的人成婚的传说,这是带有图腾祖先观念色彩的原始信仰[⑦],表达的乃是对动植物(或动植物精灵)始祖的崇敬。但随着信仰的逐渐失落,这种崇拜的情感也消失了。那些传说的内容也发生了变化,变成精怪故事。要对这一变化的过程予

---

① 参见《隋书》卷三四"经籍三",《南史》卷八"简文帝纪",《旧唐书》卷四七"经籍下",《新唐书》卷五九"艺文三",《宋史》卷二〇六"艺文五"。另请参看高国藩《敦煌民俗学》第二十章"敦煌民间信仰的《白泽精怪图》"对《白泽图》流传情况的介绍,第343—345页。

② 参见爱德华·泰勒《原始文化》第十五章"万物有灵观(续)"。

③ 夏人"铸鼎象物"的目的乃是使"民入川泽山林,不逢不若,螭魅魍魉,莫能逢之"。张光直《商周青铜器上的动物纹样》对此有比较详细的论述,参见《中国青铜时代》,第433—435页。

④ 可参看袁珂《神话的起源及其与宗教的关系》,收入《神话论文集》,上海古籍出版社1982年版,第65—68页。

⑤ 国外的情形可以参看列维-斯特劳斯《野性的思维》第二章,商务印书馆1987年版,第45、46页,以及斯蒂·汤普森《世界民间故事分类学》第三部分第六章"动物夫妻",其中提到许多人跟动物成亲的传说,第423—429页。

⑥ 郭璞:《玄中记》中的槃护(一作槃瓠)传说(《后汉书·南蛮西南夷传》亦载,作盘弧)以及《魏书·高车传》中匈奴单于之女与狼为妻的故事,即为显例。

⑦ 参见何星亮《中国图腾文化》第三章"图腾观念",第64—70页。

以详细描述虽然比较困难，但也还是有一些蛛丝马迹可寻①。

精怪故事所反映的虽然已不是带有崇敬色彩的原始信仰，但并不意味着当时的人不再相信精怪现象的存在。正如许多学者所指出的，魏晋六朝人对精怪故事的记载基本采取一种实录态度，只对精怪变化的过程作简单记叙，因此显得很简略，只是一个梗概②，但这一时期的志怪故事所具备的浑朴、凝重质地以及淳厚的草野泥土气息却是后代作品所无法比拟的，堪称中国叙事文学中的一块璞玉。进入隋唐以后，这块璞玉被稍加雕琢，更显得文质炳焕。对这一变化的原因及其过程加以探讨是颇具意味的，但在此只能先对精怪类型作一个初步的讨论。魏晋六朝文人作为这类故事的第一批记录者，他们所面对的乃是来自民间田野的活生生的叙述以及这种叙述所带有的原初的神秘、恐惧体验，这决定着他们的文字会是直接的、客观的、原始的和简略的。比如《甄异志》中的杨丑奴与《搜神记》中的丁初都是讲述乡野男子在陂塘或湖面遇到獭精变成的女子，女子又变成水獭入水③，内容很简洁，所写人物、环境、行事都很质朴，但又鲜活自然，包含着原汁原味。其中精怪的变化以及跟人类的相处都很仓促、慌乱，基本关系是包含着敌意的。进入唐代以后，这些前代精怪故事一定会成为一部分文人的案头读本，并进而成为其驰骋想象、进行创作的凭借（这么说并不是否认当时也有很多志怪传奇直接取用民间的素材）；同时，经过几百年的变迁，唐代人对自然环境的感受跟六朝人相比也会有所变化（这当然并不是说民间的精怪信仰就不存在了，而是说人们在自然中的安全感应该会有所增强）。这些因素都会促进精怪小说文学性、趣味性以及游戏性的增强。大体而言，其演进主要表现在以下几个方面（这里只谈与变形有关者）：一、从精怪到人的变形可以反复发生、随心所欲，有时精怪还可以以人的身份与人类长期交往，甚至共同生活。比如《传奇》中的“马拯”（430/3492）讲述一虎化为僧人与人交往，要吃人时则变成虎，吃完后又变成人；《集异记》中的“王瑶”（433/3513）则云一虎化为人出入人间十数年，跟人交往密切；《大唐奇事》中的“虢国夫人”（368/2932）讲述一僧从西蜀携一猿卖与虢国夫人，后来此猿变成小儿，自云当年本是人，因啖药苗而化为猿，不久小儿又与虢国夫人一使女俱化为猿，夫人命人射杀之，结果发现其原形竟然是一个木人。而像《申屠澄》（429/3486）、《孙恪》（445/3638）、《陈岩》（444/3631）、《计真》（454/3707）、《任氏（传）》（452/3692）等文

① 刘守华：《比较故事学》（上海文艺出版社 1995 年版）引述罗香林《古代百越分布考》以说明：远古图腾祖先信仰导致奉献貌美女子给图腾祖先（由巫师装扮）的巫术仪式。而在现实中，每有真以女子奉献给凶猛动物的野蛮习俗。刘先生列举了《搜神记》中著名的李寄斩蛇故事，认为正是远古图腾婚姻习俗的遗留。（第 434—435 页）此外，笔者以为，《史记・滑稽列传》中所载西门豹阻止邺巫为河伯娶妇的事迹也可为这类习俗提供旁证，而且同时也证明着这类习俗的日趋衰落，李寄斩蛇的故事也说明着这同一趋势。《列异传》中的楚王少女为大蛇所魅（《太平广记》卷四五六“楚王英女”），被术士劾死；《搜神后记》卷一〇“女嫁蛇”条云晋太元中某人嫁女，为蛇精所迎娶，情景极其恐怖。这跟表现着图腾祖先信仰的传说已经有了很大差距。

② 可参看鲁迅《中国小说史略》第五篇、第八篇，上海古籍出版社 1998 年版，第 24、44 页。

③ 参看《太平广记》卷四六八“杨丑奴”、“丁初”，第 3861、3857 页。

则都是写精怪变成女子后跟世间男子长期共处，有的还很恩爱，彼此之间的敌意基本消失。这就跟魏晋六朝的观念已经相差很远，而只是文人的文学幻想了。二、精怪变化这一现象本身受到极大关注而成为重要情节因素。在六朝精怪故事中有一类很有意思的亚型即精怪变成某人的亲朋来进行欺诈[①]，唐代人就把这一亚型变成复杂的连环结构，极富戏剧性，比如：《灵怪录》中的"王生"(453/3699)讲述狐精连续变化以骗取天书，十分巧妙；《朝野佥载》中的"张简"(447/3658)则说野狐先变成张简模样为弟子讲书，随后又两次到张家变成张的妹妹以戏耍张，致使张错杀其妹。这一类狐精变化以戏耍人类尤其是道士、巫师、佛教徒的故事在唐代尤其多见，也有的则是表现精怪跟术士斗法而互有胜负[②]，这乃是后来《西游记》中众多充满变化因素的降妖伏怪情节的雏形。从能够变化的精怪的种类来看，唐代的数量远过于六朝，虽然从理论上来说万物都能变化，不会存在孰多孰少的问题，但唐人显然是在人为地挖空心思杜撰出一些奇异的精怪变化故事，比如《宣室志》中的"吕生"(401/3228)描述水银精怪的不断分身变化，杀之不绝，就是一种文人的奇妙意想；《集异记》中的"僧晏通"(451/3691)描写狐狸变化魅人的过程很详细，跟魏晋六朝精怪的径直变化也很不一样。这充分说明魏晋六朝人是从整体上来关注精怪这一现象，而唐人则对精怪的"变化"能力更感兴趣；六朝人以实录心态去记录听到的故事，故保持其本然形态，显得简略；唐人抱着猎奇心态去关注其中最奇异的成分——变化，对其反复把玩、挖掘，穷奇极异，故描摹详尽，更显智巧。唐代精怪小说中的"谐隐精怪"亚型之所以大量引进谐隐技巧，也正是因为文人看到其跟变化因素可以巧妙而完美地结合，从而发展出一种全新的小说形式[③]。三、六朝精怪多单枪匹马出来活动[④]，唐代小说中精怪变化的规模扩大，一些精怪都以家族或群体的形式出现。比如《广异记》中的张铤(445/3635)在巴西山洞遇到猿、熊、虎、狼、鹿、狐、龟众精怪，它们相互之间似乎交往已久；《东阳夜怪录》(490/4023)中的成自虚雪夜在破庙遇到骆驼、驴、牛、马、鸡、猫、狗、刺猬等一大群精怪，众精怪彼此之间也很熟悉，仿佛是老朋友；一些狐精则以家族形式跟人打交道，如《计真》(454/3707)、《张直方》(455/3713)中狐精变出宅第，聚众而居，还跟人联姻。四、有的精怪变成人后不再讳言其原形，坦然地跟人交往。比如《潇湘录》中的"张珽"(401/3223)、"贾秘"(415/3382)以及著名的《任氏传》。这一苗头在唐代传奇中没有充分发展，但被《聊斋志异》所继承。总的说来，变化母题的文学意义在唐代可以说获得了充分开掘，后来的《西游记》和《聊斋志异》基本上只能在其畛域内奋其智巧了。《西游

① 比如《幽明录》中的"吴兴戴眇"、"徐密"(《太平广记》卷440/3588)、"朱综"(《太平广记》卷461/3784)。

② 比如《太平广记》卷四四八"何让之"、"杨伯成"、"叶法善"，卷四四九"汧阳令"、"焦练师"、"韦明府"，卷四五〇"唐参军"，卷四五一"长孙甲"，卷四五三"裴少尹"等。

③ 拙著《唐代非写实小说之类型研究》第一章对谐隐精怪小说的形成过程、艺术手法及文学特质作了详尽讨论，请参看。

④ 当然也有个别以群体形式出现的，比如《列异传》中的"楚王英女"(456/3726)条写蛇精乃是以大队人马形式出现，《搜神后记》中的"太元士人"(456/3729)条写士人女嫁入一户人家，结果发现是蛇窝。

记》中的大量神魔妖怪的变化莫测其实都与精怪相去不远，其基本叙事模式都已经在唐代奠定了。但《西游记》增添了神魔因素和宏大主题，将众多变化以及对抗情节融为一体，这是其重要独创。《聊斋志异》中的精怪作品在唐传奇的基础上更加矜其巧慧，并在主题和艺术形象上有更自觉的追求。精怪的变化主题经过唐传奇和《西游记》的反复运用，进一步开拓的余地已经不大，但蒲松龄还是有所作为，一些变化情节着实设想得极其巧妙。比如《郭秀才》（卷七/914）一文[①]，讲述郭秀才山中迷路，遇到十余人月下聚饮，被邀入坐，当夜已深，郭学杜鹃、鹦鹉叫，表达思归之志。众人欲效其技而不能，便为之表演“踏肩之戏”，十余人搭成人梯，望之可接霄汉，正惊顾之间，“挺然倒地，化为修道一线，郭骇立良久，遵道而归”。虽然古人认为道路也有精灵（泰勒在《原始文化》中就曾提及[②]），但从未有人以这种方式来表现道路精怪的变化（尤其是恢复原形的方式），在魏晋隋唐众多精怪中也从未出现过这一精怪形象，而蒲松龄想到了，并且表现得如此绝妙，令人叹为观止。又比如《阿英》（卷七/917）一文表现甘璧人家中养的鹦鹉飞走了，多年后成精，变成女子，上门求聘。这一构思也很绝妙，在众多物类中，笔者以为有两种动物最适合变成精怪：一种是猿猴，因其像人；一种是鹦鹉，因其能言。前者在清以前小说中已经屡见不鲜，但鹦鹉成精竟从未出现过，而终被慧心的蒲公所捕捉并加以运用，足见其过人之处。此外，如《荷花三娘子》（卷五/682）表现荷花精怪变化多端（变成怪石、纱巾），戏弄情人，这在前代也没有先例，大概受到《西游记》的启示。在变化主题方面要再有更多的创新，应该说已经相当艰难。所以蒲松龄明智地将自己的艺术才能转向唐人还没有充分发掘的领域：着力塑造精怪女子的美好形象，表现她们跟人类的执著的爱恋（准确地说，应是世间男子对她们的迷恋），并进而表达自己的生活态度及人生理想。[③] 由《任氏传》开启的门径在《婴宁》（卷二/147）、《小翠》（卷七/1000）及《花姑子》（卷五/634）等作品中被充分地拓展了。从六朝到清代，精怪这一题材获得文人关注的方面乃是各有侧重的：六朝人把它当做一个生活中的奇异现象来严肃地面对和思考；唐代人则以游戏猎奇心态去把玩其中的变化因素，构想出一个个诙谐的故事，显示出一种纯粹的艺术智巧，而同时，运用精怪这一特殊群体为参照来反观人类的视点也自发地出现了；《西游记》在一定程度上主要是将唐人把玩精怪变化的游戏心态更自觉地予以强化[④]；《聊斋志异》则自觉地利用精怪题材来作为批判人类这一群体的有力手段，蒲松龄十分真诚地表现着狐鬼花妖的善良、纯真、聪慧和仁义，痛切地针砭这些素质在人类中的缺失，他即使在秉承传统遗绪表现

---

① 本文凡引《聊斋志异》中作品，均据张友鹤辑校《聊斋志异会校会注会评本》（上海古籍出版社 1986 年版）。作品卷次及页码也采用缩写形式，但卷次采用大写形式，以区别于所引《太平广记》材料的卷次。

② 参见爱德华·泰勒《原始文化》第十五章，第 553 页。

③ 户仓教授对蒲松龄通过精怪女子所寄托的理想作了精辟分析，请参看《变身故事的变迁》，第 189、191、192 页。

④ 所以林庚先生认为《西游记》具有童话性质，参看《西游记漫话》（人民文学出版社 1990 年版）“童话的天真世界”一节。

游戏与诙谐时,也不忘记对精怪加以热烈赞美(如《狐谐》,卷四/500)。人类从对精怪充满畏惧和敌意演变为对它们充满爱恋和崇敬,这一变化的过程真是非常耐人寻味:在远古时期,万物以其神秘的灵性让人类畏惧和崇拜,甚至成为人类心目中的神灵;但随着人类智慧的开启和控制万物的力量逐渐增强,这种对万物神灵的信仰失落了,神灵沦落为精怪,成为一心想混进人类中的异端力量。但最终这种异端的力量又以其独特的魅力(如自由、聪明、仁爱、正义)赢得了人类的尊敬,似乎要将人类同化。人类在获得主宰万物力量的同时,却又发现自己在道德上低其一等,又要将那曾经有过但一度失落的崇拜之情还给万物了。在唐代,有一些精怪作品(如《焦封》、《孙恪》、《申屠澄》)表现动物变成女子跟人类成婚,最终又因为向往山林的自由生活而离去[①],其中就已经微露这一端倪。《聊斋志异》中的狐女小翠憎厌人世的丑恶而坚决重回狐的世界,婴宁为爱欲所牵不能复变为狐,只能被俗世所污染和扭曲。从精怪通过变形欲跻身人类行列到害怕人类的束缚、玷污,这反映出古人对人类自身缺陷的认识日趋清醒和深刻。

四　比较与思考:关于变化母题的哲学及文学意义

作为一种世界性的文化与文学现象,变化母题在世界各国、各民族的宗教、神话、传说、民间故事以及文人文学中都留下了深刻的痕迹。就笔者所掌握的资料而言,由人到动物的变化这一类型在东西方有关文献中都可以找到大量例证,而从动物(或精怪)到人的变化类型则主要见于东方(尤其是中国)文献。西方早期的变形故事比较集中地见于《荷马史诗》和奥维德的《变形记》[②],尤其以后者为其集大成者。奥维德描述了众多凡人和神灵从人形变成各种异类的故事和场面[③],正如译者杨周翰先生所言:奥维德特别喜欢描写"变形"的过程,比如描写被日神阿波罗所爱慕追逐的达佛涅变成月桂树、库阿涅女神变成湖水、一个嘲笑刻瑞斯的孩子变成蜥蜴、阿斯卡拉福斯变成猫头鹰的过程都极其详细[④],这些奇异的变化过程似乎已完全被想象力丰富的诗人当做客观现象来加以描写,这在其他国家的类似故事中是不多见的,比如中国的传奇表现人变成老虎(见前引诸文)、蛟龙、猿猴或鱼都往往比较简捷直接[⑤],但有一些作品会对变形者的内心感受进行比较详细的描写,这从《聊斋志异》中也可以找到一些例证。从主题方面而言,在西方的变形故事中,有时从人到异类的变化乃是

① 参看拙著《唐代非写实小说之类型研究》,第59页。

② 本文所论主要以杨周翰翻译的奥维德《变形记》(作家出版社1958年版)为依据。奥维德生活于罗马帝国渥大维统治时期,大致相当于中国西汉元帝、成帝统治时期。

③ 参看《变形记》第五章、第六章,其中变形故事尤多,但其他各章也有很多同类故事。

④ 同上书,第11、12、61、62、64页。

⑤ 《太平广记》卷一四《许真君》中为蜃精所娶的女子化为蛟龙,同书卷三六八《虢国夫人》中的婢女变成猿。

对变形者行为的错误或性格的弱点进行惩罚的结果，对此黑格尔在《美学》中援引《变形记》中的许多例子进行了充分阐述①，这种思想在印度的轮回转生学说以及中国的变化故事中也有所体现，在一些地区的民间故事中也表现了同样的观念②。笔者注意到，在这类故事中（包括《变形记》中的一些故事，比如孩子变成蜥蜴、庇耶里德九姊妹变成喜鹊），有一些同时也是用以解释某一事物起源的神话或传说，在这些传说中表现出如此强烈的伦理价值判断应该是较晚时候的文化现象，而早期的动植物起源传说（比如女娃变成精卫、夸父的手杖化为桃林、瑶姬变成蘨草等）一般都比较单纯质朴。此外，就变形的直接动因而言，在东西方都有通过巫术或神力而造成人类变形的故事（前文已举例），也有人类因被其他物类同化而变形的故事③，对此本文都不再详论。

对于变形母题的哲学和文学意义，东西方文人学者都有各自的思考。奥维德在《变形记》中通过一个素食主义者之口阐发了他对于变形问题的意见，他认为一切事物只有变化，没有死灭。灵魂是流动的，时而到东，时而到西，可以从牲畜的躯体移到人的躯体，又从人的躯体移到牲畜的躯体。不管形状如何变化，灵魂永远是同一个灵魂。人类的变化乃是宇宙万物变化的一部分。④ 从这一理论中，我们看到泰勒著名的灵魂迁移说的又一佐证。奥维德大量地引证生活中那些显而易见的变化事例，似乎意在为全书中众多人类变形的奇异事件提供例证。奥维德的这种关于事物变化的观念让我们联想到《庄子·至乐》篇中对事物演变过程的描述：从微小的“几”（一种微生物）起始，几经变迁，最后生成人，“人又反入于机，万物皆出于机，皆入于机”⑤，郭象“注”认为这一段话乃是表达“一气而万形，有变化而无死生”的主张⑥，这跟奥维德的意见是基本一致的，但奥维德所谓的“灵魂”在这里变成了“气”。中国古人对于上述两类变形方式的解释都具有一种朴实的特点：他们首先认定“万物之变，皆有由也”，即认为万物的变化都可以找到原因，那些年久事物的变化（如千岁之雉，入海为蜃；千岁之狐，起为美女等）乃是由于“数之至也”，腐草为萤、朽苇为蛬之类变化则是由于“气易也”，均属于“陶蒸之变化”；“人生兽、兽生人”乃“气之乱者也”，“男化为

---

① 黑格尔《美学》第二卷第一部分第三章“变形记”以及第二部分第一章“变形”，第116、183页。

② 请参看［德］艾伯华《中国民间故事类型》，王燕生、周祖生译，商务印书馆1999年版，第85、111、112、133、135、137、144页；史阳、吴杰伟《菲律宾民间文学概论》第三章“动物起源神话”、“植物起源神话”，菲律宾华裔青年联合会2003年版。

③ 除中国的《许真君》、《虢国夫人》等例外，国外的民间故事中也有其例，如前揭《世界民间故事分类学》中也提到这类故事（一个人跟鹿或熊成亲或交往，结果能变成该动物），第425、428页。

④ 参看奥维德《变形记》第十五章。奥维德利用灵魂迁移与变形理论来阐发其素食主义主张，在中国魏晋隋唐时代的一些变形故事中也有类似情形，如鄱阳郡有人变成白鹿，其子孙遂不复畋猎（见《列异传》），唐代薛伟给同僚讲述自己变鱼的经历以后，众人便终身不复食鲙（见《薛伟》）。

⑤ 参见陈鼓应《庄子今注今译》，中华书局1983年版，第463页。有学者认为“机”当作“几”。

⑥ 参见《诸子集成·庄子集释》，第277页。

女、女化为男”乃“气之贸者也”,它们与人类化为异类的情形同属于“耗乱之变化”[①]。唐代科举考试策论题之所以会问及变化之理,也正是因为当时人们认为可以从“气”的变化角度对各类变化现象作出合理解释。当然,以上这些理论都没有涉及精怪变化这类情况,关于精怪变化的原因,除了王充和葛洪都提及的“物之老者,其精悉能假托人形”之外,也没有任何其他的解释了,如果要追究这一说法的根底,大概也仍然在于“精”或者“气”之变化。

对于变形母题的象征性内涵的哲学思考,前文已经提到过黑格尔的著名论断,即认为变形为一种自然现象,代表着精神界事物的堕落,这一意见虽然有其正确性,但仍然是偏颇的,因为它对前述中国文学中的一些变化类型就并不完全适用(甚至完全不适用):一类是神仙的变形(变为鸟类或兽类等),其中所暗含的乃是超越人类局限、获得更大自由的梦想,如果说西方的一些变形乃是因为过错而导致的,中国的这种理想的变形则恰恰因为人类的各种缺陷而难以实现。另一类则是作家文学中的的变形(比如《薛伟》、《竹青》、《香玉》),其中人类并不以变成异类为耻,正如户仓教授所指出的:从人类到异类与从异类变为人类的作品构成了《聊斋志异》的特殊世界,人类与异类混杂在一起,互相变身,形成像圆形舞似的状态,也因此,读者觉得人往往化为狐、化为花,感到乐趣无穷。[②] 在黑格尔所论及的变形中,自然现象比人类的存在状态要低一等,而在中国的这些变形中,万物与人是平等的,甚至比人更优越。正因为如此,人类才会努力通过变形去设身处地地体会异类的情感和处境(如《薛伟》)。当中国古代的文人试图去表现变形题材时(不管是哪一类情况),他们往往都会努力去揣摩异类的特征和心态,在这一过程中,人类难免把自己“当作衡量世间一切事物的标准”,从而“把自己变成整个世界”[③],但这本身也是平等对待万物的一种方式。相对于最初将万物拟人化的原始思维,这种将人化为异类的自觉的思路正好是反其道而行之,表现出一种从平等、尊重的立场去认识万物的姿态。因此,当人类化为异类的故事脱离神话和信仰以后,仍然能焕发出全新的意义。

动物精怪化为人类的故事在其他文化圈中没有获得充分发展,在中国古代却大量存在,不过在理论上却一直受到忽视。精怪变化的故事最初(魏晋六朝)基本上被视为一种“真实的叙述”[④],到后来逐步演变成一类纯粹文学化的题材,其内涵与意义也在发生变化。跟动物精怪故事十分接近的一类文学形式是动物寓言,动物寓言乃是让动物本身扮演人类的言谈行止,并从中表现出一种道德教训。黑格尔认为:“寓言的巧妙在于把寻常现成的东西表

---

① 参见汪绍楹校注《搜神记》,第146、147页,以及李肇《唐国史补》卷中“洪崖冶有役者将化为虎”条。此外,葛洪《抱朴子内篇·黄白》也对变化之理有所讨论,参见王明《抱朴子内篇校释》,第284页。

② 参见户仓英美《变身故事的变迁》,第190页。

③ [意]维柯:《新科学》,朱光潜译,商务印书馆1997年版,第201页。

④ 借用维柯《新科学》中对寓言的定义,第199页。

现得具有不能立即觉察的普遍意义”,真正的寓言所描述的情况或事件并不是凭空虚构的,而是从实际生活中观察得来的,比较符合动物的本性,同时又能使人从其对人类生活的关联中获得道德或智慧方面的教训,也只是凭这种关联,它对人才有意义。① 这一论述对我们理解精怪故事的艺术特征颇具启示性。跟寓言中的动物不同的是:精怪能够直接变成人形,并能完全以人类的方式去活动。但在六朝志怪中,这一变形除了表现为对人类的威胁之外,还没有显示出更重要的意义。精怪跟人发生更深刻的联系(这种联系的深刻程度是动物寓言无法相比的,因为动物凭着纯粹的动物外观是无法真正进入人类生活的)乃是进入唐代传奇以后(一直到清代),一方面通过跟人类的稳定的恋爱或联姻表现关于婚恋的现实或者幻想,另一方面则通过跟谐隐等艺术因素的融合而成为表现文人情感与心智的新的文学形式。在前一方面,变成人以后的动物的潜在本性往往难以被适当地通过行动和情节来加以表现(顶多表现一下狐狸精怕狗、鱼精渴水、花精有香气、蜂精的声音尖细之类),所以变形内容经常成为一个可有可无的因素。但在后一方面,则有许多十分精彩的作品出现,因为这一类作品主要借助于言谈而不借助于行动与情节来展开。通过在言谈中设置大量各类隐语,可以极其巧妙地双关着动物与人类双方所共有的特性(中唐时的《东阳夜怪录》就是这方面的一篇经典之作)。② 黑格尔在说明动物寓言之所以采用动物作为行为主体的原因时指出:在寓言这种喜剧中,唯一的兴趣除去打扮得巧妙之外,就在于动物的本性和外貌与人类行为之间的对比。动物的打扮可以使严肃的主题跟戏谑和玩笑结合在一起,也可以把一般人性纳到动物界的框子里突出地加以表现,同时也表现出动物界本身许多最有趣的特征和故事。③ 这一论述基本可以移用于谐隐精怪类作品。但谐隐精怪类作品还有一些自身所独具的特点是动物寓言所没有的。首先,谐隐精怪类作品中的滑稽对比完全是通过隐语这一技巧来实现的,因为动物既然已经变成人,就只能用含蓄的方式去表现其本来面貌,因此动物跟人类的对比是隐含的,而且隐藏得越巧妙,其喜剧性就越强。而动物寓言则无须隐藏,也就没有这一含蓄的诙谐意味。其次,虽然动物寓言的形式在远古时期曾被认为是“真实的叙述”,并不会让人感到惊讶④,但到了文化比较发达的时期则会让人觉得不太自然(面向儿童的动画片是一个例外)。而精怪故事中让精怪变成人这一点本身虽然不太自然,但变成人之后的故事发展则让一般人都能够接受。再次,在动物寓言中,最初包含的动机主要是一种隐喻思维(即认为自然物跟人一样)⑤,在精怪故事中则似乎隐含着一种进化论的思维:自然物经过长期的发展或修炼终于可以变成人。但即使如此,动物精怪

① [德]黑格尔:《美学》第二卷第一部分第三章“寓言”,第105、109页。

② 详细的讨论请参看拙著《唐代非写实小说之类型研究》第一章第三节。

③ [德]黑格尔:《美学》第二卷第一部分第三章“寓言”,第109、111、112页。

④ 同上书,第109、110页。

⑤ 可参看维柯《新科学》,第200、201页。

也常会因其不光彩的原形而感到羞惭(如《任氏传》、《计真》等),人类也为此而厌弃它们,显出顽固的人类中心主义立场,但这一立场逐渐被克服了:人类先是觉得自身跟动物有很多相通之处或动物跟人类有相通之处(如《东阳夜怪录》中表现动物精怪跟人类都具备的种种类似的处境和情感,其他作品中则表现它们跟人类相同的嗜好和弱点等),甚至进而认为动植物有超越人类之处,相对而言,即人类对自身的评价降低了。人类获得了一个衡量自身的外在尺度,而不再总是以自身作为万物的尺度。遥想远古时代,人类曾经那么弱小,匍匐在自己所臆造的精灵或神怪脚下,震慑于自然界的每一丝风吹草动,后来才终于从敌意和对抗中发展出一种比较平等、美好的关系,中国古代的精怪作品就曾为世人描绘了这种美好的关系,这应该是中国文化为人类所作出的一个独特而又重要的贡献。在今天我们来重温这些作品,或许可以为在大自然面前越来越狂妄自大的现代人提供一些启示。

(原刊《中国古代小说研究》第三辑,人民文学出版社 2008 年版)

海内孤本明刊《新刻全像五鼠闹东京》小说考

——兼论明代以降“五鼠闹东京”故事的历史流变

潘建国

20世纪五六十年代，柳存仁在伦敦发现英国博物院所藏清代“书林”刻本《五鼠闹东京包公收妖传》二卷（以下简称“清刻本”），这是一部孙楷第《中国通俗小说书目》失收的稀见小说，根据用纸、字体及版式特征等因素，可以判定它刻印于清代中后期的广东地区，英国博物院入藏该书的时间为同治七年（1868）七月二十三日①，则其刊刻或在之前的道光咸丰年间。不过，由于“五鼠闹东京”故事曾在明代流传甚广，诸如《包龙图判百家公案》、《轮回醒世》、《三宝太监西洋记通俗演义》等小说均有载录，故也有学者推测《五鼠闹东京包公收妖传》的成书时间或在明代②，其说虽不无道理，却缺乏可靠的文献依据。丁亥岁暮，寒斋偶得一部明代“书林文萃堂”刊本《新刻全像五鼠闹东京》（以下简称“明文萃堂本”），乃海内孤本，未见任何著录，虽非完帙，实弥足珍贵。今就其版本、作者、刊印书坊、成书时间、题材来源及其与清刻本的学术关系诸问题，略加考辨；并勾稽相关小说、鼓词、唱本、戏曲剧本以及民间传说等文献资料，对明代以降“五鼠闹东京”故事的历史流变稍作梳理，求教于海内博雅诸君。③

一　明刊本《新刻全像五鼠闹东京》的版本及作者

明刊本《新刻全像五鼠闹东京》，金镶玉重装，二册。版框高19.8厘米，半叶宽12.2厘

---

① 详参柳存仁编著《伦敦所见中国小说书目提要》之《五鼠闹东京包公收妖传》，书目文献出版社1982年版，第66—69页。

② 李梦生为《古本小说集成》影印本《五鼠闹东京包公收妖传》所撰《前言》：“明代万历前后，闽中书坊多称书林，如潭邑书林、书林聚奎堂、书林清白堂、书林萃庆堂等，曾刊刻《天妃娘妈传》、《二十四尊得道罗汉传》、《达摩出身传灯传》、《飞剑记》、《咒枣记》等一大批神魔小说。本书的内容、语言风格、分则体制等都与上述小说相仿，疑此‘书林’也是明中叶后闽中书坊之一，书或作于明代。”上海古籍出版社1990年版。另《中国古代小说总目·白话卷》之韦凤娟所撰《五鼠闹东京包公收妖传》条目亦云：“从五鼠闹东京的故事流传历史来判断，本书当作于明代末期”，该条目径标为“明佚名撰”，山西教育出版社2004年版，第406页。

③ 笔者戊子（2008）初春撰成此稿，念及新岁恰为鼠年，颇为自喜，亦为读此文者一祝也。

米。内封分作左右两栏,右栏较窄,右上竖题“包龙图判案”;左栏较宽,手写体大字竖题“五鼠闹东”、另行题“京传”;书名下方刻一“卷”字,但未刻卷数(见图一)。

寒斋藏本存卷一、卷二两卷,情节相当于清刻本《五鼠闹东京包公收妖传》之卷一,则其原本似分四卷,惜卷三、卷四已佚,殊为恨恨。各卷不分回,偶有以“O”标识的则目,单独占正文一行,如卷一有“真宗继位仁宗”、“施俊笃学攻书”,卷二有“五鼠精下界作怪”、“施俊投店遇精”。

无序跋,无目录。正文上图下文,图文风格均属明万历时期闽建小说刻本的典型面貌。图像刻绘古朴,人物线条流畅,冠帽及门窗桌椅,多用阴刻法,墨气浓重;鼠精作鼠首人身,形象颇为奇特;图像两侧刻有楹联式的题图文字,为整齐的四言,如“真宗治世”、“君臣论事”、“焚香求嗣”、“宸妃生子”等,与正文内容基本相合,其中卷一有图像四十一幅,卷二有四十幅,共存八十一幅。正文半叶十行,行十七字,四边单栏,白口,无鱼尾,版心下刻叶数,上题书名,绝大部分题作“五鼠闹东京传”,然亦有例外,如卷一第三、第四叶无题,第廿叶题“五鼠传”,卷二第十七、十九、二十叶则题“五鼠闹东京”,这种情况表明:寒斋所藏明文萃堂本已非初印,若干书叶乃经补刻或配版印成。

明文萃堂本卷一首页题“新刻全像五鼠闹东京一卷”、“豫章还初吴迁编”、“昌江崙樵徐万里校”、“书林文萃堂梓”(见图二)。此数行题署,包含了颇为丰富的学术信息,今逐一探考如下:

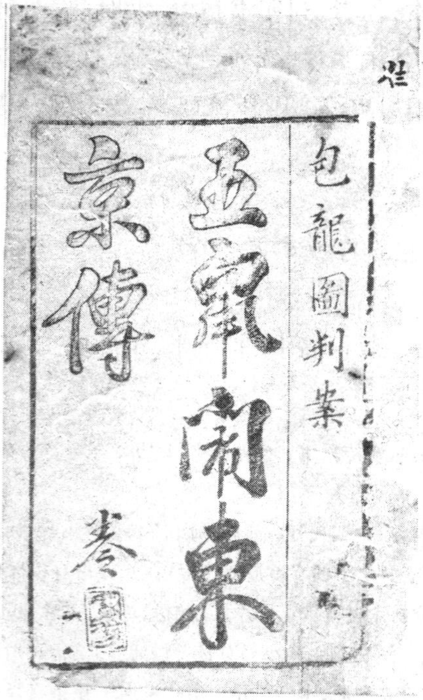

图一

图二

1. 关于作者“豫章还初吴迁”

由于清刻本《五鼠闹东京包公收妖传》未署作者姓名,故明文萃堂本的此一题署十分珍贵。在此之前,已知吴还初编撰有小说《新刊出像天妃济世出身传》三十二回,明万历熊龙峰忠正堂刊本,署“南州散人吴还初编”;另曾为《郭青螺六省听讼录新民公案》撰写序文《新民录引》,尾署“大明万历乙巳孟秋中浣之吉南州延陵还初吴迁拜题”,此书存世有日本抄本,抄本乃以明书林余成章刊本为底本。今则又多一种《新刻全像五鼠闹东京》小说,其题材类型及语言风貌,皆与《天妃济世出身传》相近。关于吴还初的籍贯,学术界原多歧说,程国赋《明代小说作家吴还初生平与籍贯新考》①一文,将“南州”考定为江西南昌,并据邓志谟《锲注释得愚集》卷二所录《与吴君还初》等书札,指出吴还初与邓氏关系甚密。今验诸明文萃堂本之题署,程文甚是。

2. 关于校者“昌江崙樵徐万里”

万历忠正堂刊本《新刊出像天妃济世出身传》卷首,题有“昌江逸士涂德孚校”②,此“涂德孚”与“徐崙樵”,其籍贯均为“昌江”,又同是吴还初的合作者,颇疑为一人;明文萃堂本的“徐”字或形近误刻,原名可能作“涂崙樵”、“涂万里”。“昌江”流经江西景德镇、鄱阳地区,明时属饶州府境内,而饶州府的安仁县,乃小说家邓志谟的家乡,在邓氏诗文集中,亦载及一位“涂崙樵”,《得愚集》卷三收录《与涂君崙樵》札:“文旌前抵敝馆,鲁酒一卮,不克淳于髡一石之量,瓶之罄矣,罍则耻也。弟恨江南二月天尚寒,愧无春衫之典耳。便面一握,托画草虫数种,倘不靳名笔,此扇价当不减蕺山篷也。乞留意焉。荷荷!”卷四收录《与晏君景静》札:“弟无复雄飞心,竟为索瘢者所苦,以孔方使鬼,邑无于公,遂窘迫于不佞,弟此何异诬张仪盗璧时?然幸有舌在,可对人谈冤。尔驾之书坊,尅于何日?行则附一缄于涂崙樵。”不妨推测:此“昌江崙樵徐(涂)万里”、“昌江逸士涂德孚”与《得愚集》中的“涂崙樵”,实即同一人;他与邓志谟、吴还初一样,乃旅闽谋生的江西文人,为“糊口计”,曾协助同乡吴还初编撰了《天妃济世出身传》及《五鼠闹东京》等通俗小说。

3. 关于刊者“书林文萃堂”

“书林文萃堂”之名,载于杜信孚编《明代版刻综录》(广陵古籍刻印社 1983 年版)。笔

---

① 程文载《文学遗产》2007 年第 4 期。文中引《新民录引》文字,并认为:“这里交代了作者编撰小说的方法、目的以及小说出版情况,由此可以看出,吴还初正是《新民公案》的编撰者。”似稍嫌武断。在找到确切证据之前,不妨暂且仍将吴迁视为《新民公案》的作序者,而不是编撰者。

② 此“涂德孚”,诸书均误识为“余德孚”,实际上细看《新刊出像天妃济世出身传》卷首题署,“余”字左上角明显尚有笔划,乃两点之连笔,故应是“涂”字而非“余”字。

者查阅国家图书馆所藏明孙丕显汇纂《文苑汇隽》二十四卷,内封页题“文萃堂发行”,首有“文苑汇隽序”,尾署“万历戊申季春友弟瓠落生刘朝箴识”,钤刻“刘朝箴印”(阴文)、“瓠落生”(阴文)印;卷一首页题“南闽孙丕显汇纂、刘朝箴校阅”,第五、九、十八等卷首页,则题“西瓯孙丕显汇纂”、“潭阳刘朝箴参校”;书前“凡例”第一则,有“余不自惴,勉从刘君之命,繁就简,欲便初学者”云云,则是书乃应“文萃堂”主人刘朝箴之请而编。刘序所署“万历戊申”,为万历三十六年(1608),与《新刻全像五鼠闹东京》的成书时间相近(详见下文),因此,出版《新刻全像五鼠闹东京》小说的“书林文萃堂”,应该就是此家“潭阳”刘朝箴“文萃堂”。事实上,刘氏文萃堂的刻书活动,延续至明末仍在进行,江苏省徐州市图书馆藏有明郑大郁编《篆林肆考》十五卷,乃崇祯十四年(1641)刘肇麟文萃堂刊本,“刘肇麟”或是刘朝箴的子孙辈,与其同属“肇”字辈者,尚有刘肇庆(1608—1674),字开侯,号刚堂,曾以“发祥堂”为坊号刊印《新刊京本性理大全》七十卷。① 另据《明代版刻综录》著录,书林文萃堂崇祯时尚刻有明钟惺辑《四六云涛》卷一〇。

二 《新刻全像五鼠闹东京》的成书时间与题材来源

明文萃堂本未署刊刻时间,小说正文之中也没有载及具有明确时间标志的内容,因此,关于《新刻全像五鼠闹东京》的成书时间,只能从作者吴迁身上寻找探考的线索。邓志谟《锲注释得愚集》卷二《答余君养谦》札云:“吴还初不幸于闽旅榇,亦莫之归,哀哉!此君零落可惜。”旁训云:“客死而归丧者曰旅榇。”则邓志谟撰写此札时,吴还初已去世。可惜《答余君养谦》一札的撰写时间,也无法确定。不过,它既然收录在《锲注释得愚集》中,该书前有“钟陵邬事宁”所撰《得愚集跋》,尾署时间为“戊申”,即万历三十六年,故吴还初去世时间的下限为万历三十六年,《新刻全像五鼠闹东京》小说应编撰于万历三十六年之前。

从情节内容角度来看,《新刻全像五鼠闹东京》与《百家公案》第五十八回《决戮五鼠闹东京》,似存在某种亲缘关系,若干文字颇为相近。为便于比较,特勒为表一:

	《决戮五鼠闹东京》	《新刻全像五鼠闹东京》
一	一日,闻东京开科取士,要辞妻前往赴试。何氏劝之云:“荣枯由命,富贵在天,室下更无亲人,君身去后,妾靠于谁?若使前程有在,尚待来科不迟。”施俊云:“尔父之家知我赴京,必遣婢妾来相伴,十年灯窗,岂宜挫过!多则一年半载便回矣。”何氏见其意坚要行,再不阻谏。次日,整备行李,起程之际,岳丈遣家人送得盘缠银十两来相赠,施俊受了,不胜之喜,辞别妻室而行。	县中有告示张挂,晓谕士子,东京开科取士。施俊得知这个消息,回到家中与妻何氏商议,欲往东京赴试。何氏曰:“富贵功名,皆是分定。我与你夫妻年少,家事颇过,只可在家读书,待来科再去,未为迟也。”……何氏见夫坚执要去,亦不阻当……次早,何员外遣人送白银十两为资费,施俊不胜之喜,整顿行李,辞别妻子启程……施俊道:“妻子,你且放心,我去后,岳翁自着婢妾来相伴……”

① 参见方彦寿《建阳刻书史》第五章第四节之“书林刘氏刻书”,中国社会出版社2003年版,第326页。

续　表

	《决戮五鼠闹东京》	《新刻全像五鼠闹东京》
二	是夜,备酒礼相待,与施俊对席而饮,论及古今,那怪答应如流,明见万里。施俊大惊,忖道:"此只是一店家,恁的博闻,我读十年经史,尚不能记忆许多经典。"因问:"足下亦知学否?"其怪笑道:"不瞒秀士说,三四年前亦赴两遭试,时运不齐,科场没分,故此弃了诗书,开一小店,于本处随时度日。"	施俊与主人论及古今,那怪答应如流,明见万里。施俊大惊,忖道:"此只是一个店家,恁得博古通今,我在十年寒窗坐卧经史,尚不能记忆许多经典,他是个店家,到有许多蕴藉。"因问店主道:"主人曾知学否?"其怪笑道:"不瞒秀士说,三四年前曾赴两次试,只因时运不齐,科场少分,故此弃了诗书,在此开个小店,随时度日。"
三	小二恳告主人饮酒昏迷之故,望有汤求得些。老妪问其来由,小二将前事一一具知,老妪惊云:"汝主人又遇怪中毒矣。"小二问其故,老妪道:"此处出异怪,不时出来迷惑客商,昨日店主人即其怪之变化,汝主人酒中被放毒气,若救之迟,则命必丧矣。"小二听罢,即拜恳老妪救治之方,老妪云:"我不能勾救治,除往茅山求董真人丸丹来饮下,便可吐出其毒,方能救理。"小二云:"此去茅山几多路程?"老妪云:"趁早行一日赶到。"小二入房中对主人说知其事,施俊惊忧,即用银五两作见礼,着小二往茅山投董真人去了。	小二告以昨饮酒昏迷之故,望有汤求些救命。老妪问其来历,小二将前事一一告知,老妪惊云:"汝主又被怪中毒矣。"小二问其故,老妪道:"此处出异怪,不时出来迷惑客商,摄去货物;或变美貌妇人,迷惑男子,皆有毒气入人肚中,医迟则死。汝家主人酒中饮其毒矣,若救之迟,则命必丧。"小二听罢,即拜恳老妪救治之方,老妪云:"我不能救,除非往茅山求董真人药丹丸来饮下,便吐出其毒,方能救理,可以无事。"小二□问:"此去茅山有几多路程?"老妪云:"若去得早时,一日可到。"小二入房中对主人道知其事,施俊惊忧,将银五两作进见之礼,着小二急投茅山来求董真人药丸。

此处所引《百家公案》,乃万历二十二年(1594)朱氏与耕堂刊本,其第五十八回《决戮五鼠闹东京》末云:"此段公案名《五鼠闹东京》,又名《断出假仁宗》,世有二说不同。此得之京本所刊,未知孰是,随人所传。"也就是说,在与耕堂本《百家公案》之前,尚有所谓"京本"包公判案小说集的存在①,至于"京本"中的"五鼠闹东京"又据何而来?尚难确考。综上,《新刻全像五鼠闹东京》的题材来源,可能有三种情况:其一,直接根据民间所传《五鼠闹东京》或《断出假仁宗》故事演绎而成;其二,据"京本"包公判案小说集所录"五鼠闹东京"演绎而成;其三,据万历二十二年与耕堂本《百家公案》所录《决戮五鼠闹东京》演绎而成。考虑到《新刻全像五鼠闹东京》内封题"包龙图判案",则其应产生于明代包公判案小说盛行之后,故三种来源之中,笔者倾向于认为是第三种。若此说能成立,则《新刻全像五鼠闹东京》的成书时间,乃在万历二十二年至三十六年之间,其刊刻亦当在万历时期。

① 关于万历二十二年与耕堂《百家公案》之前尚存一个祖本的说法,参见[美]韩南"Judge Bao's Hundrend Cases Reconstructed",*Harverd Journal of Asiatic Studies* 40, No. 2, (Dec. 1980), Footnote Fifteenth, p. 306;程毅中《〈包龙图判百家公案〉与明代公案小说》,《文学遗产》2001年第1期;杨绪容《〈百家公案〉研究》第一章第一节,上海古籍出版社2005年版,第12页。

三 《新刻全像五鼠闹东京》与《五鼠闹东京包公收妖传》

明文萃堂本卷三、卷四已佚,无从窥其情节内容。笔者将尚存之卷一、卷二与英国博物院藏清刻本《五鼠闹东京包公收妖传》卷一,进行了逐字逐句的文本比勘,结果发现两者同中有异,互有详略,其间关系颇为复杂。今择其文字差异较为显著的七个段落,列为表二:

	《新刻全像五鼠闹东京》	《五鼠闹东京包公收妖传》
一	(王)旦曰:"太子乃国家根本,陛下何不当万几之下,每夜宫中焚香[①],默祷上帝,则帝心简在,或诞熊罴,未可知也。他如封禅建醮,又其次之。"帝曰:"封禅建醮,未免劳民伤财,朕今无子,想已获罪于天,若更劳民伤财,其罪不亦重乎?卿说默祷一事,庶几近理,朕其为之。"君臣议罢退朝。真宗自是日则励精图治,减膳撤乐,夜则宫中焚香祝天,愿天早生圣人,以主中夏,使时和年丰,人人歌尧颂舜。自正月拜起,直到七月十五,齐明盛服,全无懈志。	王且曰:"太子乃国家根本,陛下何不当万几之下,每夜宫中焚香。"至七月十五,全无懈志。
二	忽然惊动云头太白金星,回天奏曰:"自从陛下差赤脚大仙下凡御世,因无左辅右弼,今生三日,是以悲啼不止。愿我主拨下辅弼,以成就一世纯仁。"玉帝准奏。	忽然惊动云头太白金星,向大仙下凡御世,因无左辅右弼以成一世慈仁。玉帝准奏。
三	时在癸亥,改元天圣元年,一遵先朝旧臣旧政,但见海晏河清,民皆乐利,边境肃清,夏人纳款,边人请盟,中国无所事事。却说一日,吕□□当朝清理,在朝文武大小官职,举直错枉,进贤退不肖。有开封府推官包文拯,年幼出仕,刚厉严肃,耿介不阿,不避权贵,时人号为"阎罗包老",即权为参知政事,共秉大权。有佳山寨都巡检杨文广,韬吟武略,年虽弱冠,敬承能继祖父,加升为天下总兵都元帅,仍驻扎佳山,以威夷夏。惟包文拯乃文曲降世,以匡皇上。	时在癸亥,改元天圣元年。文拯乃文曲降世,以匡皇上。
四	年近四旬未得子息。朱院君一日谓施长者曰:"自娶我过你家二十余年矣,并未生养,莫非我命带孤辰,以致如此。且古云:不孝有三,无后为大,急早娶一偏房,若得一男接继宗枝,此人生之急务也。"施长者闻院君之言,如醉方醒,意欲行之,终是夫妇情投而不忍为。又不觉过了半年,朱院君见丈夫不肯娶妾,再三苦劝继后大事,施长者曰:"我与你夫妻和顺,岂可一旦分情割爱乎?纵无子息,乃天之命也。□不背义强求,苟娶妾来而又不生,亦将如之何也?"夫妻存心良善,因感天神,上奏玉帝,玉帝敕令	年近四旬未有子息。今日妻幸有孕,倘得一孕,乃是赐我夫妇善心之报。

① 本文引文中的下划线,均为笔者所加,特予说明。

续 表

	《新刻全像五鼠闹东京》	《五鼠闹东京包公收妖传》
四	南斗注生簿，查施恩果系无子，玉帝降旨：照得施恩夫妇，二人同心，乐善和气，可以致祥，当赐一俊伟佳儿，允他继嗣，旨到即行，不得违逆。于是南斗星君得了玉皇敕旨，即注一子与他继后，荣贵褒封，以彰善报。一日，施长者与院君同座夜饮，不觉微醉就寝，夫妇情兴俱动，解衣交股，欲火齐燃，夫妻交合，云雨颠狂，极恣其乐。霎时云收雨罢，院君谓施长者曰："今夜情欲太过，自觉昏倦。"是夜热睡，天已明矣，尚不知醒。从此身怀有孕，十月将满，夫妇因坐闲叙，言及有孕，将欲分娩，施长者曰："你昔日劝我娶妾，我再三不肯，今日天幸有孕，倘得男子，是天赐我与你善心之报也。"	
五	谁知如来莲座之下，有五个老鼠，每遇讲经之时，五鼠同来盗听，各伸出入之首，同张窃食之形，耳听心通，鼠张猫势，日积月累，法力渐大，变幻无穷。一日，五鼠谋道："我与你五个兄弟分派大小。"第一个大的称为一鼠，第二大的称为二鼠，依次而派称为五鼠。	有一弹子和尚不遵佛法，谤道重愆之徒，玷辱清规，激怒世尊慈颜，将弹子贬作一只无聊老鼠。那弹子和尚变成一只老鼠，每遇朔望，世尊登于莲座讲经说法，那鼠伸出头来盗听经法，耳听心聪，鼠张猫势，日积月累，鼠假虎威，法力渐大，变幻无穷，一只老鼠变化五只老鼠。一鼠道："我与你五个兄弟分派大小。"第一个大的称为一鼠，第二大的称为二鼠，依次而派称为五鼠。
六	那女子款步金莲当先，众人相随，行不里余，见有粉墙华屋，清趣异常，同人里面各各施礼，分宾主而坐。女子道："妾不幸，旧年亡夫，老年公姑相继而亡。今居于此，下无子息，意欲适人，舍不得许多田地；欲招赘一人上门，同理家事，未得如意者。今□客官垂顾，真千载奇遇，倘蒙不弃，愿陪枕席。"这些客各有相争之意，女子安排酒席出来相待众人，不觉天晚，一人一所房，床被帐幔各各齐备，各各就寝。	那女子款步金莲当先，众人相随，行数十步路，只见楼台高耸，屋宇巍峨，门前宽阔，尽是华壁粉墙。左转一曲，只见路道清奇，都是白石栏杆，希罕景色般般有，无名异果喷人香。又转一曲，乃系绿阴深处，过了绿阴深处，两廊屋宇明瓦疏窗，见了许多景色。再转就是客堂，又只见明明亮亮，堂上清幽，炉灶名香，转盼又见金镶学士蓝筍象床。转入里面，分宾主坐下，各上施礼，两边小子侍立，丫环侍女玉手递茶汤。那六个客人，被妖引入迷魂路，凶而不知，以从风逸乐。话不多时，只见几个小厮，摆上一席酒来，六个客商共同一席，那女子坐在一旁，开言带羞而谓曰："妾告君家，得听奴诉说因依。"六位客官答道："有话但说无妨。"那女子一一道说其详："妾身去年不幸，夫君早丧，翁姑双亡，奴若出事他人，又舍不得许多楼房屋宇、田地家宝物业；妾身欲招一郎入门相陪，枕席之乐，愿与绸缪，共乐百年鸳帐，正合妾身终日思怀之念也。"这众客人各有相争之意，那女子说道："我家非比寻常，欲爱其亲，必须量玩光景。"各客闻言，皆现珍宝，或有黄金白银，或有珍珠玛瑙，或有珊瑚琥珀，或

续 表

	《新刻全像五鼠闹东京》	《五鼠闹东京包公收妖传》
六		有美玉车渠,或有水晶琉璃,各现珍以为引动女子心情,人人皆有私谋之意。殊不知三鼠原是苟谋套其珠宝出现,要夺回山之意。那女子说道:“奴欲某君,今晚自然相陪枕席。”不觉天晚,一人一所房,床帐幔锦被皆已齐备,各人就寝。
七	二人对席,饮至更深,五鼠生一计,呵一口毒气于酒中,双手递与施俊道:“劝秀士满饮此杯,这回进京一举高登。”施俊接在手,不饮便罢,才一饮下喉去,不觉昏迷倒于座下。小二忙来扶起,抱入房去。五鼠便把行李来打开,道:“将此金宝撇归洞去,明日请诸位兄长来看,献吾所有。”将搭连皮箱都开了来看,都只是些文房四宝,虽有些使用盘缠,能有几何?五鼠恼闷道:“三兄摄得金宝上千不止,我今也要摄些,遇着个这等好买卖,都是书,要他何用。”心中思想,顿起念头,先闻施俊说他有娇妻在家,不如变做施秀才,回去与他妻子同乐几时,却不快活,要他金宝何用?于是变作施俊,驾起黑云,望清河县去了。此时,小二抱施俊入房,昏迷不醒人事,夜深又无处寻医人,只得挨到天明方好寻人医治。□及天明,店房、屋宇、店主都不见了,乃是一块荒草地上。小二慌张□道:“原来昨夜被鬼所迷。”将施俊负在背上,驼过山嘴,乃有一间酒店,小二驼将入去,有一老妪出来,小二告以昨饮酒昏迷之故,望有汤求些救命。老妪问其来历,小二将前事一一告知,老妪惊云:“汝主又被怪中毒矣。”小二问其故,老妪道:“此处出异怪,不时出来迷惑客商,摄去货物;或变美貌妇人,迷惑男子,皆有毒气入人肚中,医迟则死。汝家主人酒中饮其毒矣,若救之迟,则命必丧。”小二听罢,即拜恳老妪救治之方,老妪云:“我不能救,除非往茅山求董真人药丹丸来饮下,便吐出其毒,方能救理,可以无事。”小二□问:“此去茅山有几多路程?”老妪云:“若去得早时,一日可到。”小二入房中对主人道知其事,施俊惊忧,将银五两作进见之礼,着小二急投茅山来求董真人药丸。	饮罢不觉夜深,五鼠送施俊卧房安寝。睡到天晓起来,正在草坡之中,并无房屋遮盖,此事为何这等不明,又见腹中疼痛,头昏脚软,步履艰难。快叫小二快去再投别店,到得王家店去坐下,言及昨夜情由。店家闻说大惊,说的:“不好了,有董真人遥望四山皆有妖气,大发慈悲之心。先日亲临嘱咐,迩来妖气倡狂,下药毒人,倘于客旅有人被毒者,教他早到茅山,我把灵丹相送,急救活命,如迟自误。”施俊闻言,即唤小二快去董真人求取灵丹,忙付白金五两,嘱云速去速回。小二领命,快步如飞,去求灵丹不题。却说五鼠听施俊所言,家中有年少妻子何氏,我也摇身一变,变作假施俊,回家与何氏恩爱相交,却不美哉。

表中例一至例四,清刻本文字前后文气断裂,内容亦有脱节之感,显示出十分鲜明的删削痕迹,取明文萃堂本相应文字对读,则豁然如释。若仅以此四例而言,那么,清刻本应据明文萃堂本为底本删削翻刻而成;但问题在于,例五至例七却并不支持这一推论。

例五之中,明文萃堂本直接交代五鼠在“如来莲座之下”,窃听说法,久而成精;清刻本却多出一段“弹子和尚”受罚变鼠、一鼠再化五鼠的情节。此“弹子和尚”大有来历。明代小说《三遂平妖传》(二十回本)第十一回“弹子和尚摄善王钱,杜七圣法术剁孩儿”载:

> （善王太尉）正饮酒之间，只听得那四望亭子的亭柱上一声响，上至太尉，下至手下的人，都吃一惊。看时，不知是甚人打这一个弹子来花园里来。太尉道："叵耐这厮，早是打在亭柱上。若打着我时，却不厉害。"叫众人看是谁人打入来的。众人四下里看时，老大一个花园，周围墙垣又高，如何打得入来。正说之间，只见那弹子滚在亭子地上，托托地跳了几跳，一似碾线儿也似团团地转，转了千百遭。太尉道："却不作怪！"只见一声响，爆出一个小的人儿来。初时小，被凡风只一吹，渐渐长大，变做一个六尺来长的和尚，身披烈火袈裟，耳坠金环。太尉并众人见了，都吃一惊。

小说自第十一回至第十三回前半部分，叙弹子和尚骗走善王太尉三千贯钱财，施妖术惩罚告发他的"李二哥"，并数次逃脱官差追捕，一时间"鼎沸了东京城，大闹了开封府"，连包公也对他无可奈何，后来又与张鸾、卜吉等人共助王则起义。万历二十二年与耕堂本《百家公案》第四十一回《妖僧感摄善王钱》亦载此故事，情节与《三遂平妖传》（二十回本）相同，惟结尾处云："后来那和尚又去帮王则谋反，被官军所捉，戮于东京市，其妖氛方息矣。"作品对"弹子和尚"持贬斥态度，清刻本将"弹子和尚"设计为鼠精之原型，其情感立场与《百家公案》较为接近。① 那么，此细节究属清人翻刻时插增，还是别有文本来源？就例一至例四而言，清刻本对底本多有删削，导致不少语段文意断裂，如此粗疏的民间书坊，似乎不会去做插增情节的麻烦事。因此，清刻本中的"弹子和尚"细节，应是其底本原有。

再来看例六，清刻本对"女子"家中庭院的描写，颇为详尽，六客各出珍宝相炫的细节，也增强了"鼠精夺宝"的生动性，对阅两个文本，清刻本似略胜于明文萃堂本，而其多出的三百七十余字，也应是其底本所原有。例七显示的文本差异就更大了：前半段，明文萃堂本较清刻本多出几个细节，包括鼠精呵毒入酒、迷倒施俊、翻看行李、未见金银等内容；后半段的主干情节虽然相同，即主仆得人指点、前往茅山求取董真人丹丸，但两个文本的具体描述文字却完全不同。凡此均清晰地表明：清刻本翻刻时所据底本，并非寒斋所藏明文萃堂本，而是另一个目前未知的明刊本。

不妨再将明文萃堂本八十一幅图像的题图文字，与清刻本卷首的"新刻五鼠闹东京一卷目录"稍作比较，列作表三：

---

① 值得注意的是，至明泰昌元年（1620）天许斋批点、冯梦龙增补《平妖传》四十回本中，弹子和尚化身为诸葛遂智，帮助官府镇压王则起义，其真身后供奉于甘泉寺中，时称"弹子菩萨，或称蛋头菩萨，香火不绝"，仁宗皇帝下旨："蛋子和尚弃邪归正，平妖有功，追赠护国禅师之号"云云，小说对弹子和尚的情感立场，已由贬转褒，与二十回本以及《百家公案》所录，皆迥然不同。

	明文萃堂本题图文字	清刻本卷一目录
完全相同(共47幅)	焚香求嗣、宸妃生子、文武褒封、夫妻相乐、书馆考对、先生议亲、师徒笃学、托媒取亲、施家议亲、洞房花烛、家宴宾客、男读女绩、守制读书、辞妻赴选、投店安宿、如来说法、五鼠演法、商议思凡、三鼠言志、各鼠逞能、得山相喜、二鼠逃生、众鼠商议、三鼠问猿、访问情由、归报消息、探看鳖穴、一鼠调遣、二鼠搦战、鼠鳖对阵、二鼠诈败、鳖精败回、鼠精得穴、盗果归穴、众客失货、群客歇凉、美女联诗、女子相延、真人炼丹、拜谢真人、三鼠排金、五鼠下山、□(假)俊见妻、访问牧童、拜恳真人、真人礼接、相款小二	
略有不同(共22幅)	真宗治世、神医治啼、师友试对、拜谒施家、主宾畅饮、相辞归馆、夫妇商议、施俊丧父、途中跋涉、各论所长、二鼠争尊、四鼠求兄、五鼠择穴、怪店道客、同食梨枣、陪欢枕席、开店招客、施俊投店、主宾问答、亲邻拜访、□见求□、付□救主	宋帝治世、神医治病、师友言谈、拜谒托媒、主宾饮酒、拜辞归馆、夫妇相议、施家丧父、途中遇景、各论短长、一鼠争尊、四鼠醒悟、五鼠探穴、怪店迷客、同饮梨枣、同欢枕席、开店搭客、施家投店、宾主问答、亲邻拜诲、献礼求丹、丹丸救俊
完全不同(明刊本12幅、清刻本17则)	君臣论事、仁宗即位、万民乐业、劝夫娶妾、玉帝降旨、施恩得子、从师读书、二鼠言志、对饮谈论、掇金见书、驼主投妪、妪教求丹	教子读书、郑达吟诗、施家丧母、五鼠言志、众鼠遵令、一鼠言志、驾云寻地、各鼠分居、三鼠自封、木客行吟、诉告因依、众客回音、真人致嘱、施家被毒、投店备言、五鼠驾云、施俊回乡

由上表可知:一、清刻本卷首“新刻五鼠闹东京目录”所录四言则目,实即所据底本各叶插图的题图文字,就其插图的数量以及题图文字的特征来看,该底本也应是一个上图下文的明刊本。二、据上图下文本一叶两图的惯例推算,清刻本目录共一百五十七则,其底本正文应有七十九叶,其中卷一有四十三叶、卷二有三十六叶,当然,这一推算的前提是清刻本悉数迻录了底本的题图文字。三、明文萃堂本卷一、卷二之中,有十二幅插图的题图未载于清刻本目录,而清刻本卷一目录中也有十七则,未见于明文萃堂本,换言之,明文萃堂本与清刻本所据底本的插图存在不小的差异。这再次印证了笔者的推论,即清刻本《五鼠闹东京包公收妖传》所据底本,绝非寒斋所藏明文萃堂刊四卷本,而是另外一个目前未知的明刊二卷本,姑且称为“明刊别本”。

那么,这个“明刊别本”与明文萃堂本又是什么关系?由于明文萃堂本与清刻本的大部分文字,均十分接近,故两者之间必定存在亲缘关系。笔者的初步看法是:明文萃堂本刊印在先,“明刊别本”乃据明文萃堂本增删而成。理由为:上文表三例七,施俊中毒之后,明文萃堂本有拜问“老妪”救治之方的描写,与万历二十二年与耕堂本《百家公案》第五十八回《决戮五鼠闹东京》相同,参见表一例三;而清刻本则作“快叫小二快去再投别店,到得王家店去坐下,言及昨夜情由。店家闻说大惊”云云,根本没有提及“老妪”。然破绽恰在此处显露,小说下文叙及小二至茅山董真人处求取丹药等情节:

小二起身,将身上带五两银子献上,道:“主人施俊东京赴试,来到途中,被妖怪将毒酒饮之,被迷倒地,至今腹中疼痛不止,命在悬丝,询问别店老妪,闻仙翁丹丸可救……。"（董真人道）"我付灵丹十粒，寄你带去付与店中老妪，倘有中毒之人，叫他即将与人救命……。"（施俊）只得同小二收拾回家，辞谢老妪，作别而行。

此段文字，明文萃堂本与清刻本完全相同。明文萃堂本前文有"老妪"的描写，而且还专设"驼主投妪"、"妪教求丹"两幅插图，前呼后应，文笔细密，丝丝入扣；而清刻本及其所据"明刊别本"，正文已将"老妪"改为"王家店"、"店家"，插图也删改为"投店备言"一幅，却漏将后文中的"老妪"改为"店家"，露出明显的后出删改痕迹。令人遗憾的是，目前尚未发现"明刊别本"《五鼠闹东京》存世的线索，且俟来日验证。

四　明代以降"五鼠闹东京"故事的历史流变

提及"五鼠闹东京"，一般读者都会首先想起清代小说《三侠五义》，书中叙陷空岛五位义士，曰"钻天鼠"卢方、"彻地鼠"韩彰、"穿山鼠"徐庆、"翻江鼠"蒋平、"锦毛鼠"白玉堂，合称"五鼠"，因白玉堂不服南侠展昭被封"御猫"称号，呕气生事，"鼠""猫"斗智斗勇，大闹东京。此处，"五鼠"形象已从明代的精怪，蜕变为清代的侠客。对于"五鼠闹东京"故事的这一转变，早在20世纪20年代，胡适就已有所关注，他在《〈三侠五义〉序》中指出：《包公案》（即《龙图公案》）中的《玉面猫》，乃"记五鼠闹东京的神话"，"五鼠闹东京的故事，又见于《西洋记》（即《三宝太监下西洋》），比《包公案》详细的多"，"五鼠后来成为五个义士，玉猫后来成为御猫展昭，这又可见传说的变迁与神话的人化了"①；此后，经柳存仁②、胡从经③等学者搜考，该故事又陆续发现了若干新文本，包括清刻本《五鼠闹东京包公收妖传》、明代小说集《轮回醒世》卷十七"妖魔部"之《五鼠闹东京》及万历二十二年与耕堂本《百家公案》第五十八回《决戮五鼠闹东京》等。关于上述诸文本之间的学术关系，小说学者也多有论及④，其中以胡从经《〈轮回醒世〉——从未见诸著录的明代小说总集》（1988，以下简称"胡文"）所述较为集中：

本集第十七部《五鼠闹东京》篇，则十分可贵地保存了它的原始型态……此故事中诸情节原与包公无涉，而后来朱氏与耕堂梓行的《百家公案》始将其改写为包公系列公

① 参见胡适为亚东图书馆1925年版《三侠五义》小说所作序文，收入《胡适文集》第六册，人民文学出版社1998年版，第197—224页。

② 参柳存仁编著《伦敦所见中国小说书目提要》之《五鼠闹东京包公收妖传》，书目文献出版社1982年版，第66—69页。

③ 参见胡从经《〈轮回醒世〉——从未见诸著录的明代小说总集》，此文所署撰写时间为1988年10月9日，后收入《胡从经书话》，北京出版社1998年版，第286页。

④ 参见刘辉、薛亮《明清稀见小说经眼录之三》，《明清小说研究》1994年第1期；萧相恺《宋元市人小说辑佚》，《文教资料》1997年第5期；程毅中《〈轮回醒世〉小说考述》，《国学研究》2003年总第12辑，收入其《明代小说丛稿》，人民文学出版社2006年版，第192页。

案之一……稍后明末刊本《龙图公案》第六卷《玉面猫》,则脱胎自《百家公案》。再后来有清刊本《五鼠闹东京包公收妖传》,似据《龙图公案》中《玉面猫》篇铺排而成。

胡文不乏精辟之见,然囿于资料,所论亦有讹误。更为重要的是,或许是因为缺乏一个明刊单行本的缘故,关于"五鼠闹东京"故事的历史流变,迄今未见专文予以系统而细致的梳理。

"五鼠闹东京"故事,究竟起源于何时,今难确考。宋洪迈《夷坚甲志》卷一三《了达活鼠》篇云:"吉州隆庆长老了达,言尝寓袁州仰山寺,与同参数人约往他郡行脚。取笠欲治装,见笠内有鼠窠,实以碎绢纸,新生鼠未开目者五枚,啾啾然。达欲去之,恐其死。乃谢同行者,托以他故不往。又数日,五鼠能行,达以粥食饲之。每夕宿笠中,旬余始不见,其中洁然无滓秽,得净笠衣及茶一角。达意其窃以来,悬之僧堂,三日无取者。于是白主者告于众,以其茶为供而行。自是所至不蓄猫,鼠亦不为害。"文中的"五鼠"知恩图报,与后来大闹东京的鼠怪并无关联。目前所知"五鼠闹东京"故事文本,集中产生于明代万历时期,按照《百家公案》第五十八回《决戮五鼠闹东京》文末所云:"此段公案名《五鼠闹东京》,又名《断出假仁宗》,世有二说,不同。此得之京本所刊,未知孰是,随人所传。"则截止于明代万历时期,民间尚流传着两种不同的"五鼠闹东京"故事。令人庆幸的是,明代文献恰好保存有两种不同的文本,其核心差异乃在于有无包公判案情节:

1. 无包公判案情节的"五鼠闹东京"

即《轮回醒世》卷十七所收《五鼠闹东京》,主干情节为:宋代符州穆玙及妻彭氏,因"淫逸之行"被阴府勾去,仍判作来生夫妇,但须受"群妖魔障"。两人转世为绿萍县柳舒及妻梅氏,归宁途中遭遇五鼠精,两鼠化作假柳舒、假梅氏,为辨真假,先后由绿萍县令、张天师、天子审断,而三鼠、四鼠、五鼠次第变为假县令、假天师、假天子,大闹东京,最后大慈从西天佛祖处借来"金睛火眼白猫",才降伏五鼠。此篇题下标"宋时",但尚难判断是否产生于宋代。①

2. 有包公判案情节的"五鼠闹东京"

即万历二十二年与耕堂本《百家公案》第五十八回《决戮五鼠闹东京》,其核心情节为:宋代清河县秀士施俊赴东京应试,途中被鼠精毒酒迷倒,鼠五变作假施俊,返家与其妻何氏取乐,之后次第由王丞相、仁宗天子、国母、包公审断真假,而鼠四、鼠三、鼠二、鼠一依次变作假丞相、假仁宗、假国母、假包公,大闹东京,最后包公阴魂直上天庭,从西天借来"玉面猫",

① 据称已故天津藏书家周绍良先生藏有一部明万历刊本唱本,题曰《新刊宋朝故事五鼠大闹东京记》,亦谓其是"宋朝故事",惜无缘寓目。参见李经国《真爱才显藏家精彩——记文物收藏鉴定家周绍良先生》,《人民日报》2005 年 6 月 23 日海外版。

始降伏四个鼠精，但第四鼠逃脱。借助明代公案小说、尤其是包公判案小说的流行之势，此系统故事传播甚广，衍生出如下数个文本：

①《三宝太监西洋记通俗演义》第九十五回“五鼠精光前迎接，五个字度化五精”，小说借助国师之口转述“五鼠闹东京”故事，基本情节与《百家公案》所载相近，惟施俊中毒后向人求助一段，差异颇大：

> 却说施秀才吃了褚五的毒酒，睡到五更头，肚腹疼痛，滚上滚下，叫声：“小二！”小二也是肚腹疼痛，叫爹叫娘。一个滚到天亮，一个叫到天明，那里有个店房？那里有个店主人？施秀才说道：“那里眼见鬼，就到这个田地。”小二说道：“山脚下人原来不忠厚，把个毒药耍人。”一主一仆正在急难之处，幸喜得天无绝人之路，有个樵夫荷担而来。施秀才没奈何，扯着告诉他夜来这一段情由。樵夫道：“此处妖怪极多，夜半受了妖魔的毒气，以致如此。”施秀才就求他一个解救之方，樵夫说道：“离此百步之外，就有一所店房，可以栖身。离此六十里之外，有个茅山董真君，施舍仙丹，专一驱治鬼魅阴毒，可以救解。”施秀才说道：“我主仆二人俱已受毒，怎得个人儿前去？”樵夫又看一看，说道：“你的毒气太重，三五日间就要丧命。你管家的毒气尚浅，在十日之后才重。”施秀才说道：“小价虽然毒浅，目今也不能动止，将如之何？”樵夫道：“管家只消把地上的土块儿吃他三五口，权且解得一二日之危。有了一二日，却不请到茅山董真人的仙丹么？”道犹未了，樵夫已不在面前。小二道：“怪哉！怪哉！夜来见鬼也罢，日上怎么又见鬼哩！”施秀才说道：“蠢才！夜来是鬼，日上是神仙，这决是神仙来搭救我们也！”果真的小二吃了三五口土，疼痛顿止，人事复旧。即时走向前去，找着店房，安了主人，上着行李，觅却茅山，拜求董真人。各得一粒仙丹，一主一仆一口吞之。吞了下喉不至紧，一人吐了几大盆，却才消得毒气。

将此段文字与前文表一例三、表二例七对读，可知《三宝太监西洋记通俗演义》的描述，与《百家公案》、明文萃堂本《新刻全像五鼠闹东京》及清刻本《五鼠闹东京包公收妖传》均不同。这段文字究竟是出于作者罗懋登的增饰，还是别有所本，今难确考。《三宝太监西洋记通俗演义》前有万历二十五年(1597)作者自序，其成书时间与《百家公案》相近，也就是说，它未必据《百家公案》所载转述，故后一种可能性还是存在的。

② 明文萃堂本《新刻全像五鼠闹东京》四卷，主干情节相同，但插增了仁宗诞生、施家得子、施俊结婚、五鼠探穴、鼠鳖大战、众鼠言志等众多情节，篇幅亦大为扩增，成为一部独立的小说单行本。

③ 明刊别本《新刻五鼠闹东京包公收妖传》二卷，乃据明文萃堂本增删而成，原本未见存世，参阅前文。

④ 明末《龙图公案》第五十二则《玉面猫》，实即《百家公案》第五十八回之《决戮五鼠闹东京》，文字略有删改。

耐人寻味的是,民间传说中的"五鼠闹人间"故事,恰好也可按照有无包公情节,划分为两种不同的系统。第一种无包公情节者,见于四川德昌县傈僳族所传《老虎、水獭、家猫的来历》[①]故事,叙天神"天管师"把五只耗子放到人间,耗子精变成五个会说话又会变化的男子,有一天,路遇一个漂亮女子,耗子精起了坏心,就变成她的丈夫模样,女人分不出真假,去请米寺扒(傈僳族语,即地方管事的头目)审断,一只耗子精又变成假米寺扒,真米寺扒无奈之下,请求"天管师"帮助,"天管师"派遣老虎、水獭、家猫三兄弟下凡,终于降伏五只耗子精。第二种有包公情节者,见于四川木里藏族所传《五鼠闹东京》故事,叙张老实与妻子杨翠花,居住在大山边,年遭大旱,张老实外出做生意,五只鼠精来到杨家觅食,变成丈夫模样与杨氏取乐,张老实归家后无法分辨,诉至官府,鼠精变为假县令,再告至包公处,鼠精变为假包公,最后告至皇帝处,鼠精又变为假皇帝,众人无可奈何,幸有一位老者经商路过,他通过模仿动物叫声,探知妖怪乃鼠精幻化,老者从波斯借来三只猫,第一只猫半路见到鱼跑脱,变成水猫,第二只猫去追赶松鼠,变成野猫,第三只猫终于大展神威,咬死五只鼠精。[②] 由于民间传说、尤其是边远地区少数民族口耳相传的故事,往往有着较为久远的渊源,故上述口头文学中的"五鼠闹人间"故事,可与明代"五鼠闹东京"小说文本建立起某种超越时空的呼应关系。依常理判断,无包公情节、纯为精怪传说的"五鼠闹东京"故事,其产生时间应该更早,胡从经文认为《轮回醒世》保存了"五鼠闹东京"的"原始型态"[③],甚是。

至清代中前期,随着《龙图公案》小说的多次刻印[④],有包公情节的"五鼠闹东京"故事,继续流传不绝[⑤]。令人注目的是,它开始融入北方地区的民间说唱表演,清乾隆六十年(1795)刊本《霓裳续谱》卷七"莲花落"[⑥]载:

---

① 参见《中国民间故事集成·四川卷》下册,中国 ISBN 中心 1998 年版,第 1439 页。

② 原载《中国民间故事集成·木里藏族自治县卷》,1988 年内部资料本,第 199—203 页,转引自刘锡诚《中国民间故事中的鼠观》,文载《民俗研究》1996 年第 3 期。

③ 程毅中《〈轮回醒世〉考述》一文认为:《轮回醒世》卷一七所录《五鼠闹东京》,"可能根据另一说,但从全书多有改写的惯例看,更可能是重新加工的"。笔者认为:该故事起首关于穆玙夫妻转世的情节,可能是《轮回醒世》编撰者所增,但五鼠闹东京的基本情节,似另有所本。笔者赞同胡从经文的说法。

④ 《龙图公案》之清代前期刊本有:清初种书堂本、清初益智堂写刻本、乾隆四美堂本、乾隆二十七年(1762)文益斋藏板本、乾隆四十一年(1776)书业堂本等。

⑤ 清初江西宜黄诗人周礼,其《月岩集》卷三收录《读〈五鼠传〉记言》一文,文中有云:"五月十八日,偶检敝箧,得《五鼠传》、《杨家将传》,其他皆朽腐不可读","《五鼠传》者,其表表者欤!呜呼!何其正也。余故为之抹截钩勒,圈点评跋,使作者精神,如日月行天,毫无蔽翳。世有知者,如眉公、竟陵辈其可矣。"此《五鼠传》,未知是否即为妖怪版的《五鼠闹东京》,周氏认为此书乃"表表者"也,并对其圈点评跋,殊难理解。参见郑志良《明清小说文献资料探释七则》,《明清小说研究》2008 年第 1 期。

⑥ 《霓裳续谱》原刻本为乾隆六十年(1795)文茂斋本,内封题"乾隆六十年新镌"、"秣陵王楷堂点订"、"板存前门外杨梅竹斜街中间路南文茂斋刻字铺",此本十分稀见。笔者所见为乾隆六十年(1795)序集贤堂梓行本,北京大学图书馆藏。

替天行道的宋公明，把你的替天行道是且靠后，听我表宋朝一大臣。宋朝有个包丞相，昼断阳来夜断阴，黑驴儿告状救主难，定远县里断乌盆，草桥也曾断过后，一根丁断出两根丁，因为错断了颜察散，才惹的五鼠闹东京。成了精的耗子，你就算不了事，听我说上一部反《西厢》。

《霓裳续谱》的编者是津门曲师颜自德，点订者为直隶大兴人（今北京）王楷堂，两人均生活于清初雍、乾时期，全书所收为当时流行于河北、山东等地区的俗曲曲词，堪称是“一部清代前半期北方俗曲总集”①。文中划线的三句，大可玩味。从“成了精的耗子”一句来看，此处的“五鼠闹东京”，所指仍为明代以来的精怪故事；而“因为错断了颜察散，才惹的五鼠闹东京”一句，则牵扯到了一个重要人物“颜察散”，又写作“颜查散”，原本只知他是道光、同治时期说唱“三侠五义”故事中的人物，但《霓裳续谱》的记载表明：至晚在乾隆年间的包公案故事中，颜查散就已经出现，而且还与精怪“五鼠闹东京”的发生存在因果关系。那么，包公“错断了颜查散”具体又指何事？目前所知首都图书馆藏车王府唱本《包公案》、《三侠五义》、故宫博物院图书馆藏升平署抄本《包公案》、日本东京大学东洋文化研究所藏石韵书抄本六种、王茂斋抄本《龙图公案》②、谢蓝斋抄本《龙图耳录》以及光绪刊本《三侠五义》小说诸文本，均未见“包公错断颜查散”，换言之，至清代后期，该情节已遭删改而失载于通行的包公案故事。令人惊喜的是，流行于东北地区的二人转传统曲目《五鼠闹东京》③（又名《包公错断颜查闪》），却依旧保留着这一珍贵的故事：民女柳金蝉被贼人李宝杀害，柳父诬陷外甥颜查闪所为，包公错斩颜查闪④，颜氏尸体不倒，包公魂游阴府，又错杀五鬼，遂引出五鼠闹东京，宋主命十二岁宰相干罗处治，最后从西天王母处借来狸猫降伏五鼠。民间曲艺及其相关剧本，对于古代小说戏曲文学研究的文献价值与学术意义，由此可见一斑。

---

① 参见张继光《霓裳续谱研究》第一章第一节，台湾文津出版社 1989 年版，第 1 页。

② 关于此两种文献的介绍，参见鲁德才《四种〈三侠五义〉说唱本与〈龙图耳录〉的异同辩证》，《文学遗产》2007 年第 2 期。

③ 转引自《二人转曲目简介》，发布于“二人转”网站。令人遗憾的是，笔者尚未找到二人转《五鼠闹东京》的完整剧本。另据吉林大学王汝梅教授调查后电告笔者：年过八十的东北二人转研究专家于永江先生，曾听二人转老艺人说起过《包公错斩颜查闪》剧目，但他本人亦未曾看过剧本或演出。

④ 京剧传统剧目《探阴山》（又名《铡判官》），叙颜查散至表妹柳金蝉家求婚，遭柳父拒绝；柳金蝉观看花灯时，与父母走散，屠户李保见色图奸，失手将柳金蝉杀死。祥符县令江万里草菅人命，错将颜查散判为凶手，并将其绞死，颜氏尸体含冤不倒。颜母至开封府申冤，包公下阴间查探。阴司第五殿判官张洪，为偏袒外甥李保，私改生死簿，又将柳氏冤魂囚禁于阴山背后。最后包公查明真相，颜、柳两人还阳复生，判官张洪则被铡于铜铡之下。此剧虽有错判颜查散情节，但错判者为祥符县令而非包公，错判也未导致“五鼠闹东京”，与二人转所演存在较大差异。《探阴山》，存世有清致文堂刻本，题《京调全本探阴山》，今藏国家图书馆；《铡判官》，今有袁韵宜据裘盛戎表演而整理的文本，北京出版社 1958 年版。

清谢蓝斋抄本《龙图耳录》①,乃据石玉昆说唱本《龙图公案》删改而成,其第三十四至三十九回,叙书生颜查散赴京赶考,借住于未婚妻柳金蝉家,后被柳父冤指谋杀丫环绣红,幸得锦毛鼠白玉堂暗中相助,仆人雨墨至包公府替主告状,白玉堂则潜入包府,飞刀留谏,上书"颜查散冤",包公接状后提审诸人,明辨是非,颜查散冤情得以昭雪,无罪释放。小说虽然保留了"颜查散"、"柳金蝉"等人物,也有包公审断颜查散案的情节,但"错断"已被改作了"明断",精怪"五鼠闹东京",亦被改编为侠客"五鼠闹东京"。至于此删改究竟发生于何时?石玉昆说唱的包公故事中到底有无"错断颜查散"及精怪"五鼠闹东京"情节?由于目前所知之包公案说唱抄本,均无法确考为石玉昆说唱的嫡传本,故上述问题只能存疑待考。至光绪五年(1879),"问竹主人"等京都坊贾将《龙图耳录》加以删削②,改题《忠烈侠义传》(《三侠五义》)刊刻行世;光绪十六年(1890),著名文人俞樾又将《三侠五义》小说改编、更名为《七侠五义》,交付上海广百宋斋铅印出版。这一以侠客"五鼠"、"御猫"展昭、包公、颜查散等人为主角的侠义公案故事,遂得广泛流传,渐至家喻户晓。

需要特别指出的是,侠客版"五鼠闹东京"的盛传,并未导致精怪版"五鼠闹东京"故事的湮灭,它在晚清民国时期仍颇见流传,据目前所知,就有通俗小说《五鼠闹东京包公收妖传》二卷,存世有两个版本,一为清"书林"刊本,今藏伦敦英国博物院,一为广州以文堂刊本,今藏香港大学冯平山图书馆③;有唱本《五鼠闹东京》④,清末汉镇同华堂刻巾箱本,今藏国家图书馆;有京剧剧本《闹东京》⑤,旧抄本,今藏国家图书馆;有鼓词《绘图新编宋朝历史小说五鼠闹东京》二十回,民国十一年(1922)上海大成书局石印本,今藏国家图书馆。凡此种种,均显示了此历史悠久的精怪故事的顽强生命力。或许是受侠客版"五鼠闹东京"的影响,晚清民国时期的精怪版"五鼠闹东京"故事,出现了若干细节变化,譬如在京剧《闹东京》

---

① 参阅《龙图耳录》第三十四至三十九回,上海古籍出版社 1981 年版,第 363—422 页。

② 参见李家瑞《从石玉昆的〈龙图公案〉说到〈三侠五义〉》,原载《文学季刊》1934 年第 2 期,收入王秋桂编《李家瑞先生通俗文学论文集》,台湾学生书局 1982 年版,第 17—23 页;林薇《〈三侠五义〉版本源流考略》,原载《燕京学报》1999 年第 6 期,收入其《清代小说论稿》,北京广播学院出版社 2000 年版,第 23—46 页。惟林薇将车王府所藏《包公案》、《三侠五义》抄本,径视为石玉昆说唱本,尚可商榷。

③ 此本内封页已佚,各卷首页亦无题署,惟卷二之前插有广告一叶,上题"广州市以文堂第七甫"、"老鼠闹东京"等,知其乃"以文堂"所刊,既称广州为"市",则其应刊印于民国时期。以文堂本首即"新刻五鼠闹东京包公收妖全传目录",均为四言则目,与伦敦藏本相同;正文卷一首页题作"新刻五鼠闹东京包公收妖全传卷之一",白口,单鱼尾,四边单栏,半叶十三行,行二十八字,与伦敦藏本不同。[日]大塚秀高《增补中国通俗小说书目》(1987),曾据日本学者波多野太郎之文著录,香港大学冯平山图书馆藏有清广州五桂堂刊本《五鼠闹东京》,"五桂堂"坊号未知所据,或即"以文堂"之误记。本文撰写时,承香港大学龚敏博士提供以文堂本书影资料,谨致谢忱。

④ 国家图书馆藏本仅存"上部","下部"已佚。该书内封页题有"前本"、"太行山遇妖"、"国母辨真假"、"一百册"等文字,则此说唱本"五鼠闹东京"的篇幅亦相当可观。

⑤ 此抄本《闹东京》剧本,已收入北京市戏曲编导委员会编辑《京剧汇编》第五十三集,北京出版社 1959 年版,第 115—137 页。

中，五个鼠精首次有了各自的绰号，分别为“白鼠仙”、“地里仙”、“过梁仙”、“长尾仙”及“腾云仙”；而在鼓词《新编宋朝历史小说五鼠闹东京》中，鼠精变成店主与施俊攀谈时自称：“为小生也不是开店的，说起来真真心中惹人愁，家住在西京长安城一座，咱姓白名字叫个白玉楼”，此“白玉楼”与《三侠五义》中的“锦毛鼠”白玉堂，亦仅一字之差。

如上所述，自明代万历以降，“五鼠闹东京”故事始终流传有绪。从故事题材来看，它经历过两次重大的改变，第一次是受到明代公案小说的影响，增入了包公判案情节；第二次是在清代中后期，受到侠义公案说唱及小说的影响，“五鼠”形象由精怪蜕变为侠客。正是因为与不同时期流行小说的不断结合，“五鼠闹东京”故事才拥有如此绵长的生命力。从传播途径来看，“五鼠闹东京”则经历了两个重要的轮回，即从早期的民间口头传说，转写为明万历时期的多个小说文本；又由清代中前期的案头文本，重新融入民间的说唱表演，而正是由于下层文人与民间艺人的双重创造，“五鼠闹东京”故事才能保持新鲜的文学活力。因此，梳理“五鼠闹东京”故事的历史流变，庶可为探究古代小说、古代俗文学的演进规律，提供一个独特的学术个案。

（原刊《文学遗产》2008 年第 5 期）

元明曲学家杂剧分类解读

李　简

戏曲研究是伴随着戏曲演出活动的发展而发展的。结合古代曲学家对于某个论题的研究历程来考察戏曲演出活动某个方面的发展，可能是一条有益的研究路径。最近，结合教学需要重新翻阅元明曲学家关于杂剧分类的有关论述，发现相关论述对我们认识杂剧剧目分类的变化、元杂剧演出状况、脚色行当的形成等问题颇有助益。

一

关于杂剧剧目的分类，现知最早的记载见于元末明初夏庭芝（1316？——1379？）的《青楼集》，其《青楼集志》云：

> 杂剧则有旦、末。旦本女人为之，名妆旦色；末本男子为之，名末泥。其余供观者，悉为之外脚。有驾头、闺怨、鸨儿、花旦、披秉、破衫儿、绿林、公吏、神仙道化、家长里短之类。①

将元杂剧列出十类。又据《青楼集》“珠帘秀”条：“杂剧为当今独步，驾头、花旦、软末泥等，悉造其妙。”②则“软末泥”似可单列为一类。这样，实际是十一类，即：

驾头	花旦	绿林	家长里短
闺怨	披秉	公吏	软末泥
鸨儿	破衫儿	神仙道化	

其中类型的划分主要依据的是人物类型，但也包含了对内容的关注：

> 驾头（即帝王）
>
> 披秉（即披袍秉笏，也即上层官员）

---

① 《中国古典戏曲论著集成》二，中国戏剧出版社1959年版，第7页。

② 另《青楼集》“米里哈”条云：“专工贴旦杂剧。”因版本差异，米里哈的专工或写作“花旦”，为稳妥起见，这里暂不考虑“贴旦”类。

破衫儿（或作“薄蓝”，即穷苦人物）
绿林（即绿林人物）
公吏（即吏员）
神仙道化（即神仙佛道）
家长里短（即家庭故事）
软末泥（即柔情风流的男子）
闺怨（即闺中端庄之女子）
鸨儿（即妓女）
花旦（风情故事中温柔、风流的女子）

《青楼集》成书于元末，后又有增补修订。[①] 全书记录歌舞、小说、南戏、杂剧等艺人（主要是女艺人）的活动。其中对元杂剧的分类，应该说只是作者对当时社会上流行看法的客观记载，主要反映的是元代中后期杂剧演出的面貌，其对杂剧的分类方式与记载中“金元院本”的分类表现出某种联系。

关于宋杂剧和金元院本的名目，宋人周密《武林旧事》卷十的“官本杂剧段数”、元人陶宗仪《辍耕录》卷二十五的“院本名目”是目前所知的、最早的记录。《武林旧事》所载“官本杂剧段数”未有明确的分类，但在排列上仍有一定的规律性，如以“六幺”称名的排在一起，其后是“瀛府”，其后是“梁州”。比如“爨”后是“孤”等等。而《辍耕录》记载的六百九十目院本则被分为了十一类，即：

和曲院本	霸王院本	诸杂院爨	打略拴搐
上皇院本	诸杂大小院本	冲撞引首	诸杂砌
题目院本	院幺	拴搐艳段	

尽管研究者对每一分类题名的理解可能存在差异，但一般均认为这些分类应该是金元两代习用的院本分类名称，而非文人的杜撰。这十一类的划分，可以说基本是以演出形式和人物类型来区分的。胡忌先生在他的《宋金杂剧考》中曾这样总结：冲撞引首、拴搐艳段、打略拴搐、诸杂砌等类是引起开场，或插演的段落，以武技、念白、舞蹈、滑稽戏谑、搬演砌末等方式演出；诸杂院爨，是以歌舞为主的踏爨形式；院幺，是向北曲杂剧过渡的表演形式。其间，以“院本”命名的五种，由体裁而分者，为“和曲院本”，是以演奏来叙述故事，是庆颂的段子；其余四种则以人物和故事内容来分类：

---

① 《青楼集志》说集本署“至正己未春三月望日”，清赵魏抄校本署“至正庚子四月既望”。至正庚子为至正二十年（1360），至正无己未年，研究者或以为是“乙未”之误，其实从至正十六年（丙申），张士诚据松江，至至正二十六年，朱元璋灭周取松江，元朝始终没有在松江地区行使行政权力，然而元末文人至明初仍署至正年号者还是不乏其人。所以，在没有确证的情况下，还是从原著为宜。己未或应为明洪武十二年（1379）。

上皇院本(敷演皇上故事)

题目院本(敷演公卿、名士、名妓故事)

霸王院本(敷演将军、武士故事)

诸杂大小院本(敷演社会上各种人物故事)①

《辍耕录》对院本的分类与《青楼集》杂剧的分类,既相联系,又有所变化。前者以演出形式、人物类型或故事内容分类,后者则延续了按内容、人物类型分类的方式。

关于元杂剧的分类,在《青楼集》、《青楼集志》所记载的十二类外,元末明初无名氏《蓝采和》杂剧第一折还提到脱剥杂剧:

(正末唱)我做一段《于祐之金水题红怨》《张忠泽玉女琵琶怨》。(钟云)你做几段脱剥杂剧。(正末云)我试数几段脱剥杂剧。(唱)做一段《老令公刀对刀》《小尉迟鞭对鞭》,或是《三王定政临虎殿》。(钟云)不要,别做一段。(正末唱)都不如《诗酒丽春园》。②

《诗酒丽春园》,青木正儿先生认为"象是指元高文秀所作的《黑旋风诗酒丽春园》"③。朱权《太和正音谱》"杂剧十二科""钹刀赶棒"下注"即脱膊杂剧"。"脱膊"当即"脱剥"。据《老令公刀对刀》、《小尉迟鞭对鞭》④、《三王定政临虎殿》诸题目,此类为武打戏。《黑旋风诗酒丽春园》,按《青楼集》的划分,似可归入绿林杂剧,但《老令公刀对刀》等三剧则不能归入绿林杂剧。而朱权《太和正音谱》的分类,则有"脱膊",无"绿林",与《蓝采和》杂剧的叙述一致。可见,在杂剧的分类方面,至元末明初,还没有形成统一的说法,但社会上存在较为人们接受的看法。

在明代,从朱权到祁彪佳,他们有关杂剧分类的文字,基本围绕内容展开,反映出杂剧创作内容的大致面貌和部分变化。

关于杂剧的分类,至明代朱权作《太和正音谱》始明确提出,书中专列"杂剧十二科"一目,十二科为:

一曰"神仙道化"

二曰"隐居乐道"(又曰"林泉丘壑")

三曰"披袍秉笏"(即"君臣"杂剧)

四曰"忠臣烈士"

---

① 胡忌:《宋金杂剧考》,古典文学出版社 1957 年版,第 211 页。

② 王季思主编:《全元戏曲》第七卷,人民文学出版社 1999 年版,第 118 页。

③ 《元人杂剧概说》,中国戏剧出版社 1957 年版,第 29 页。

④ 《小尉迟鞭对鞭》,学界多认为即《小尉迟将斗将将鞭认父》(一作《小尉迟将斗将认父归朝》),有脉望馆抄内府本、《元曲选》本;一说此剧已佚。

五曰“孝义廉节”

六曰“叱奸骂谗”

七曰“逐臣孤子”

八曰“钹刀赶棒”(即“脱膊”杂剧)

九曰“风花雪月”

十曰“悲欢离合”

十一曰“烟花粉黛”(即“花旦”杂剧)

十二曰“神头鬼面”(即“神佛”杂剧)

和《青楼集》对比,朱权《太和正音谱》的分类虽有人物类型的痕迹,比如“忠臣烈士”,但基本是从内容着眼,并带有写作者鲜明的个人色彩,显示出作者对思想内容的关注,比如“隐居乐道”、“忠臣烈士”、“孝义廉节”、“叱奸骂谗”等,突出体现了论者的思想倾向。

至晚明,祁彪佳作《远山堂剧品》,虽没有专门谈论杂剧剧本的内容分类,但在品评剧作时,也有所涉及:

元人于青楼诸曲,无不极摹拟之妙。(《夜半朝元引》雅品)

元人多喜制《水浒传》词,然皆非罗贯中所作。(《豹子和尚》雅品)

庆贺之曲,以工整为佳。(《灵芝庆寿》雅品)

周藩做妓曲,无不极才情之变,此犹少逊之,而浑朴典雅,自非今人可及。(《甄月娥春风庆朔》雅品)

故传仙宗者凡四剧,词源不竭,神色愈旺,盖繇其妙理具足,故能阐发无余。(《常椿寿》雅品)

忠臣义士之曲,不难于激烈,难于婉转,盖有心人决不作卤莽语。(《豫让吞炭》雅品)

予常谱韵事以吊柳七为第一,得此数语,婉转令人魂消欲死。(《春风吊柳七》雅品)

娈童之曲,《男后》奇矣。(《嫱童公案》能品)①

即提出青楼、水浒、庆贺、妓曲、仙宗、忠臣义士、韵事、娈童等类,着眼点仍在内容,并反映出明代杂剧创作的变化。祁彪佳提到的诸类中,“青楼”、“妓曲”与夏庭芝所列“鸨儿”应为一类。“水浒”则与“绿林”一类。“传仙宗者”与“神仙道化”一类。“忠臣义士”与《青楼集》的分类没有直接的对应,与朱权“杂剧十二科”之“忠臣烈士”一致,显示出明代杂剧创作中某一类内容的被关注。“庆贺”、“韵事”、“娈童”三类在《青楼集》中找不到对应的类别。“庆

① 祁彪佳:《远山堂剧品》,黄裳校录《远山堂明曲品剧品校录》,上海出版公司1955年版,第158、160、161、162、163、166、186、202页。

贺”,可能与“院本名目”之“和曲院本”有所关联。“和曲院本”,胡忌先生认为其作用是“庆颂”。元人谈及杂剧门类的文字中未见有“庆贺”的分类,包括朱权的“杂剧十二科”也未列及。但朱有燉的剧作中,庆贺类的剧作已有不少。这一类型的杂剧入明后盛行,为适应庆贺仪礼而演出,是明代杂剧生存状态的一种体现。“韵事”在《青楼集》、《太和正音谱》中虽没有对应的一类,但元杂剧《玉镜台》、朱权的杂剧《卓文君私奔相如》也可视为“韵事”,祁彪佳在他的品评中明确提出“韵事”一类,说明这一题材在明杂剧创作中的增长、发展。“娈童”类的被标出,同样反映明代杂剧创作因创作者生活的变化而变化,与“韵事”类一样,是明杂剧文人化在杂剧分类上的具体体现。祁彪佳《剧品》所反映的杂剧分类,既表现出明代杂剧的分类习惯以内容为划分标准,也透露出明代杂剧创作日益走入庙堂,日益文人化的痕迹。

二

《青楼集》中有关杂剧分类的文字真实反映了当时元杂剧的演出情况。首先,借助《青楼集》的记载,我们看到,当时演出最多、最受欢迎的杂剧是驾头、闺怨、花旦、软末泥、绿林五类。在书中记录的近一百二十人中,此五类被提到的次数最多。

其次,也是最重要的,是在剧目分类中我们看到作者对脚色类型的关注,看到元杂剧脚色的日益完备、演出的日益完善。随着新剧本的创作、上演,随着杂剧对生活表现的多样化,随着演出的发展,元杂剧的脚色分工趋向细致。

《青楼集志》在谈到杂剧分类时,首先是从脚色入手,将杂剧分为旦本、末本:“杂剧则有旦、末。旦本女人为之,名妆旦色;末本男子为之,名末泥。”书中称赞某位艺人,也会使用诸如“旦末双全”,“诸旦本亦得体”,或善于某种末色、旦色,善于外脚等表述方式,表现出对脚色类型的关注和鲜明的脚色分类意识,彰显出脚色在剧本分类里的突出地位,说明了戏曲表演由人物类型向脚色行当的演化,显示了戏曲表演的发展,展示了中国戏曲的成长过程。元杂剧剧本的演出,全剧唱者只一人,正旦唱或正末唱。外旦、小旦,属于外脚,所谓“其余供观者,悉为之外脚”①,外脚在演出中没有什么戏份。以关汉卿的剧作为例,《诈妮子调风月》(元刊本),正旦扮侍妾燕燕,唱全本,外旦扮贵族小姐。《拜月亭》(元刊本),正旦扮王瑞兰唱全本,小旦扮蒋瑞莲,其中无论外旦、小旦,在剧中都只是一个陪衬。在剧本中,惟有正旦得到充分的发挥,唱念俱足。然而,从《青楼集》的记载来看,到《青楼集》成书时,小旦已成为很受爱重的角色:

孙秀秀　都下小旦色,名公巨卿,多爱重之。②

---

① 《青楼集志》,《中国古典戏曲论著集成》二,中国戏剧出版社 1959 年版,第 7 页。

② 同上书,第 39 页。

小旦的被爱重，体现出杂剧演出中“外脚”的成长与日益活跃，舞台上不光正旦，其他旦色也得到了很多表现的空间。孙秀秀的为名公巨卿所喜，说明了元杂剧演出的进步以及脚色体系的发展。

“花旦”在《青楼集》中引人瞩目。由于《青楼集》“李定奴”条下云：“凡妓，以墨点破其面者为花旦。”故历来对“花旦”的认识不一：王国维认为花旦“盖即元曲之色旦、搽旦也”①，青木正儿认为花旦“大半是扮演妓女、妖妇等轻佻女人的”②。近年来关于“花旦”的探讨，再度引起研究者的重视，解玉峰认为花旦不是一种杂剧脚色，而是用花子作面饰的年轻女子。③杨秋红认为花旦是元杂剧中扮演女性鬼魂的脚色。④ 从《青楼集》的记载看，花旦确实不是一种杂剧脚色，它是旦本中的一类，故在《青楼集》中，我们看到作者在介绍女伶时，花旦与闺怨等并称，为不少演员所擅长，比如：“天然秀……闺怨杂剧为当时第一手，花旦、驾头亦臻其妙。”“珠帘秀……杂剧为当今独步，驾头、花旦、软末泥等，悉造其妙。”元杂剧最核心的表演是歌唱套曲，《青楼集》作者在记录演员时也一再提到演员的善于歌唱，比如：荆坚坚的“善唱”；朱锦绣的“歌声坠梁尘”；赵真真“善杂剧，有绕梁之声”；李定奴“歌喉宛转，善杂剧”等等。名噪一时的旦色所擅长的花旦，应该是剧中的主唱者，即正旦。这一点也恰与朱有燉《香囊怨》杂剧第一折所表现的相符：

> （末）都不要，只索大姐做个花旦杂剧。（旦）［寄生草］有一个寄恨向《银筝怨》，有一个智赏在《金线池》，有一个《崔莺莺待月西厢记》，有一个《董秀英花月东墙记》，有一个《王月英元夜留鞋记》，有一个《苏小卿月夜贩茶船》，有一个《吕云英风月玉盒记》。⑤

［寄生草］曲中七个剧本被列入花旦类。七个剧本有的已佚，有的今天仍可读到，或可了解剧情。⑥《金线池》（元曲选本）主角是妓女杜蕊娘。杜蕊娘与书生韩辅臣一见钟情，杜母嫌贫爱富，将韩气走，又从中挑拨，使杜蕊娘对韩辅臣不满。在韩辅臣的请求下，石府尹出钱在金线池设宴，劝和二人，不果。不得已以误官身的罪名，迫使杜蕊娘求助韩辅臣，二人和好如初。剧中杜蕊娘为正旦。《西厢记》主角是尚书的女儿崔莺莺。莺莺与张生相恋，在侍女红娘的帮助下，有情人终成眷属。剧中的莺莺为正旦。或以为这里是指红娘主演的第三本⑦，红娘为旦俫。《东墙记》今存本写定有婚约的董秀英、马文辅一见钟情，经过听琴、吟诗、讨

---

① 王国维：《古剧脚色考》，《王国维遗书》第十册，上海书店出版社1983年版，第129页。

② 《元人杂剧概说》，中国戏剧出版社1957年版，第29页。

③ 《〈青楼集〉“花旦”辨》，《中国典籍与文化》2000年第1期。

④ 《〈青楼集〉“花旦”新解——兼与解玉峰先生商榷》，《戏曲艺术》2006年第2期。

⑤ 杨家骆主编：《全明杂剧》第三册，台北鼎文书局1979年版，第1190页。

⑥ 《银筝怨》，白仁甫著，《录鬼簿》、《太和正音谱》著录，已佚。《吕云英风月玉盒记》，杨文奎著，《太和正音谱》著录，已佚。

⑦ 参见青木正儿《元人杂剧概说》，中国戏剧出版社1957年版，第29页。

花、传书递简,最终在海棠亭成亲。事情被老夫人撞见,遂要求马生第二天就上朝取应。马文辅状元及第,夫妻团圆。剧中以正旦扮董秀英(此剧马生和梅香亦有唱词)。《留鞋记》(元曲选本)中的王月英是胭脂铺的女儿,与书生郭华相恋,托梅香送简贴与郭,约元宵之夜在相国寺观音殿相会。郭华酒后赴约睡去,王月英无奈用香罗帕包一只绣鞋留下为表记。郭华醒来,为耽误约会,吞帕自尽。郭华的琴童告到包公处。包公因绣鞋找到王月英。王月英从郭华口中扯出手帕,郭华醒来,包公断二人为夫妇。剧中王月英亦为正旦。《贩茶船》写书生双渐和妓女苏小卿的爱情故事,在元代颇为流行。据《录鬼簿》记载,王实甫有《苏小卿月夜贩茶船》、纪君祥有《信安王断复贩茶船》。纪君祥的剧本已佚,王实甫的《苏小卿月夜贩茶船》今存[中吕粉蝶儿]套曲,搬演苏小卿对双渐的思念、接到负心信函时的伤心与怨恨,以及对茶商的拒绝。主唱者是苏小卿,按照惯例,也应当是正旦。

然而,花旦虽然不是一种脚色,但花旦杂剧的女性形象却自成特色。《青楼集》在"李娇儿"条下云:"花旦杂剧特妙。"在"张奔儿"条下云:"善花旦杂剧。时人目奔儿为温柔旦,李娇儿为风流旦。"如此,温柔、风流为花旦杂剧中女性的特点,且二者都不含贬意。《青楼集》在"顾山山"条下又云:"花旦杂剧犹少年时体态。"故体态可人,当是花旦的又一特点。所以,花旦应是扮演体态可人、温柔、风流的女子。这与周宪王《香囊怨》杂剧第一折[寄生草]曲所列花旦剧本的面貌正相吻合。《金线池》(元曲选本)剧中杜蕊娘对待爱情坚贞、痴情。与韩辅臣赌气时,表现娇憨。《西厢记》中的莺莺端庄、温柔、矜持,红娘活泼、可爱、正直。《东墙记》的董秀英坦率、热烈、果敢。《留鞋记》(元曲选本)的王月英大胆、主动追求爱情,执著中并不见轻薄之意。王实甫《苏小卿月夜贩茶船》[中吕粉蝶儿]套曲中的苏小卿也是一个感情深挚的女子,明人梅禹金《青泥莲花记》卷七叙小卿故事云:

> 苏小卿,庐州娼也。与书生双渐交昵,情好甚笃。渐出外,久之不还,小卿守志待之,不与他狎。其母私与江右茶商冯魁定计,卖与之。小卿在茶船,月夜弹琵琶甚怨。过金山寺,题诗于壁,以示渐云:"忆昔当年拆凤凰,至今消息两茫茫。盖棺不作横金妇,入地当寻折桂郎。彭泽晓烟迷宿梦,潇湘夜雨断愁肠。新诗写记金山寺,高挂云帆上豫章。"渐后成名,经官论之,复还为夫妇。①

从现存元刊本杂剧和《元曲选》本杂剧的比较来看,二者虽有较大的差异,但故事的框架基本稳定,故《元曲选》本中女主角的状况当没有太大变化,如此,则[寄生草]曲中提到的几位女子既非鬼魂,也不是轻佻女子。她们最大的特点是爱情故事中美丽、活泼的年轻女子。李舜华称"花旦"以风流灵动胜,甚是。②

由此看来,花旦随着杂剧的发展而成为旦本中、或言正旦中非常重要的一类,体现了当

① 梅鼎祚纂辑,田璞、查洪德校注:《青泥莲花记》,中州古籍出版社 1988 年版,第 141—142 页。

② 李舜华:《论元杂剧旦色的发展》,《学术研究》2004 年第 3 期。

时杂剧演出中表演技艺的丰富、不同脚色风格的形成以及脚色分工的加强。而花旦杂剧中作为主角的、风流灵动、风情万种的年轻女子，又为日后成长为一类脚色提供了基础，是正旦在演出发展中日益细分的很好例证。

关于花旦的由一类人物成长为一种脚色，关于花旦脚色从正旦中的分离，可以在《脉望馆抄校本古今杂剧》中得到佐证。参照《脉望馆抄校本古今杂剧》所附穿关，透过女性脚色的装扮，我们可以看到行当的成长。归纳剧中女性的穿关，我们看到，梅香（伴姑、侍女、禾旦）的装扮一致：髽髻箍儿、比甲襖儿、裙儿、布襪、鞋（《智勇定齐》中侍女为花箍），梅香在剧中多以净扮。茶（搽）旦的装扮一致：鬏髻手帕、比甲襖儿、裙儿、布襪、鞋。卜儿的装扮也比较一致：塌头手帕、襖儿、裙儿、布襪、鞋，有的有眉额、拄杖。“夫人”与卜儿的装扮相似，比如《捉彭宠》中的何太夫人多“补子袍儿”，《庆赏端阳》中的夫人比卜儿多“膝襴袍儿”。可见在内府本演出的时代，梅香、搽旦、卜儿的装扮基本确定，行当正日渐成熟。正旦的装扮则差别很大，可以塌头手帕，可以花箍，也可以鬏髻头面。比如《哭存孝》头折正旦邓夫人塌头手帕、襖儿、裙儿、布襪、鞋；《陈母教子》楔子正旦冯氏塌头手帕、眉额、襖儿、裙儿、布襪、鞋、拄杖；《破窑记》头折正旦刘月娥花箍、补子襖儿、裙儿、布襪、鞋，第四折正旦刘月娥鬏髻头面、补子襖儿、膝襴裙、布襪、鞋；《智勇定齐》杂剧的正旦钟离春于全剧四折一楔子中装扮也几度变换：头折是花箍、襖儿、裙儿、布襪、鞋（未嫁时），楔子是鬏髻头面、膝襴曳撒、膝襴裙、布襪、鞋（为齐公子夫人），第三折是碗子盔、金钉甲、襖儿、裙儿、布襪、鞋、带剑、躧马儿（战场上），第四折是鬏髻头面、襖儿、补子袍儿、裙儿、布襪、鞋（诸国庆贺、父母团聚）。正旦的这种妆扮特点，正体现了正旦的主唱性质，同时也说明正旦涵盖了不同年龄、身份的女性。但正旦扮演的人物似乎已经趋于端庄，《破窑记》中抛彩球招婿的刘月娥，坚贞守志，虽贫困而不悔；《哭存孝》中李存孝的夫人邓夫人，面对谗佞小人与存孝共患难，为存孝的冤死痛哭；《龙门隐秀》中贤达的柳迎春，识薛仁贵于贫贱之时，甘贫守分，侍奉公婆，促仁贵从军，更与敕赐薛仁贵为妻的李元帅之女结为姊妹。他如《五侯宴》中的李氏、刘夫人，《陈母教子》中的冯氏，《智勇定齐》中的钟离春，《孟母三移》中的孟母，《鱼蓝记》中的观音菩萨，《洞玄升仙》中的边洞玄，《长生会》中的许飞琼、梅花仙子、荷花仙子、金母等，均与风情万种的杜蕊娘、苏小卿、王月英等表现不同，显示出此时正旦这一脚色已日益单纯，端庄贤惠正成为正旦的特质。[①]

① 脉望馆内府本正旦中较为特殊的是《女姑姑》中的郑琼梅。与内府本中的正旦们相比，郑琼梅少了些稳重。《女姑姑》剧写开封府尹郑廉的女儿郑琼梅与书生张端甫相恋，相携逃遁。郑廉派王怀追赶、勒杀琼梅，老夫人命王怀纵之。琼梅私奔路上女扮男装，被村女调情，复因被诬而被吊，后无奈之下舍俗出家，深通经典，佛法精严，于幽州报国寺为长老。郑府尹为幽州节度使，欲追荐亡女，与琼梅相遇，张端甫状元及第，授幽州州尹，郑廉与夫人、张端甫同往报国寺问禅，琼梅还俗，父母夫妻团圆。与剧本热闹的情节一致，剧中郑琼梅的装扮随剧情而变化，从在家时的花箍、补子襖儿、裙儿、布襪、鞋，到儒扮：一字巾、圆领、绦儿，到道扮：全真冠、脑搭儿、边襴道袍、绦儿，到僧扮：僧帽、僧衣、数珠。剧中郑琼梅的形象也与杜蕊娘们更为接近，带着更多的活泼气息。

综上所述,透过元明曲学家有关剧作门类的记载与论述,我们可以看到杂剧分类标准的变化,剧作内容的变化;看到杂剧演出的发展、脚色行当的日渐丰富、成型,同时也可看到曲学理论从记录到研究与分析的发展路径。

(原刊《北京大学学报》2008 年第 1 期)

略论纪昀的《玉台新咏》研究

傅　刚

纪昀一生几次批点《玉台新咏》，又代其父纪容舒作《玉台新咏考异》，都显示纪昀对《玉台新咏》这部诗歌总集的重视。《玉台新咏》是南朝梁时徐陵所编的一部艳体诗集，历来受到批评，为什么纪昀如此重视《玉台新咏》呢？他的《玉台新咏校正》是在什么样的背景中完成的？从其批语中，反映他怎样的诗歌观呢？以下我们就此略作探讨。

一　关于纪昀《玉台新咏》的几种批本

纪昀批点《玉台新咏》，在清初流传颇广，但没有刻印行世，现在我们见到的批本，主要是纪昀于乾隆三十八年(1773)正月应其学生曹受之之请，于其《玉台新咏校正》稿本上的批语，此本今藏于北京图书馆。除此之外，北京图书馆还藏有撷英书屋抄本，所抄为纪昀《玉台新咏校正》定本，故纪氏稿本中据《永乐大典》补校的内容，此本亦并抄入。纪昀在乾嘉年间官声通显，学术地位崇高，就其关于《玉台新咏》的批校看，当时在其门人中广被传抄。除上述北京图书馆二藏本外，明标过录纪昀批本的，尚有上海图书馆藏清王文涛过录本、天津图书馆藏佚名过录本，以及台湾"中央"图书馆藏纪昀朱墨批校本残卷。还有一些过录本，因过录者未署纪昀之名，因此后人或以佚名著录，或径称过录之人撰述。据我所见有两本：一为台湾"中央"图书馆藏本，过录于乾隆三十九年(1774)长洲程氏原刊本上，著录为清人批本；一为湖北省图书馆藏梁章钜过录本，由于卷端署"玉台新咏定本　古闵长乐梁章钜述"，故图书馆著录为"梁章钜玉台新咏定本"。而《中南西南地区省市图书馆藏古籍稿本提要》①，对此书的解题更称："是书系梁章钜参校徐氏宋刻本，并《艺文类聚》、《文苑英华》、《文选》诸书，详加考订，均从其善。"这是不了解纪昀批本而犯的错误。梁章钜是纪昀学生，此本当系梁氏据老师稿本所过录。

值得讨论的是，这几种过录本，内容并不完全一致，显示出是抄自纪昀不同时期的批校。如北京图书馆藏《玉台新咏校正》稿本的批语，多属批评，校笺很少，而台湾藏本及梁章钜过

---

① 阳海清主编，华中理工大学出版社 1998 年版，童世华撰"玉台新咏定本十卷"条提要，第 47 页。

录本,批语外还多杂校笺[①]。《玉台新咏校正》是纪昀稿本,应该最为可信,为什么过录本会与之不同呢?这就为我们提出了问题:纪昀一生共几次批校《玉台新咏》?都有什么异同?

纪昀前后几次批校,可以从其序跋中看出。载有纪昀序跋的有北京图书馆藏《玉台新咏校正》的《序》,台湾"中央"图书馆藏纪昀朱墨批本及上海图书馆藏清王文涛过录本。《玉台新咏校正序》说:

> 六朝总集之存于今者,《文选》及《玉台新咏》耳。《文选》盛行,而《玉台新咏》则在若隐若显间,其不亡者幸也!自明以来无善本,赵灵均之所刻,冯默庵之所校,悉以嘉定宋刻为鼻祖,然观所载陈玉父跋,则传写踳驳,自宋已然。跋又称得石氏录本,补亡校脱,然则窜乱旧本,未必不始于斯时。陈氏兹刻,盖亦功过参半矣。崇祯癸酉,距今百有余载,意其书已不存,乾隆壬午,忽于常熟门人家得之,纸墨完好,岿然法物,摩挲远想,如见古人,然亦时时有讹字。冯钝吟云:"宋刻是麻沙本,故不佳。"信矣。辛卯六月,余自西域从军归,检点藏书,多所散佚,惟幸是本之仅存。是岁十月,再入东观,稍理旧业,偶取阅之。喜其去古未远,尚有典型,终胜于明人臆改之本。用参校诸书,仿《韩文考异》之例,各笺其弃取之由,附之句下。两可者并存之,不可通者阙之,虽可通而于古无征者,则别附注之。丹黄矻矻,盖四阅月乃粗定。耗日力于绮罗脂粉之词,殊为可惜。然郑卫之风,圣人不废,苟心知其意温柔敦厚之旨,亦未尝不见于斯焉。壬辰二月廿一日河间纪昀书。

从上序看出,纪昀于乾隆壬午(二十七年,1762)从常熟门人家得到赵均原藏宋刻本,至辛卯(三十六年,1771)六月从新疆从军归,十月入东观,开始考校《玉台新咏》,至壬辰(三十七年,1772)二月粗定其稿,前后共四个月。不过,此序所谈的是《玉台新咏校正》,而非批点的时间。其批点是否也开始于此时呢?查台湾藏纪昀手批稿本卷末载有跋语数则:

> 乾隆辛卯(三十六年,1771)七月二十八日阅毕,晓岚记。
>
> 八月初二日又复阅毕。钞本讹脱甚多,暇当检诸书详校之。晓岚又记。
>
> 壬辰(三十七年,1772)正月十一日重阅毕,晓岚又记。
>
> 《玉台新咏》,旧乏佳刻,此本出吴江吴氏,钞胥潦草,讹不胜乙。暇日□□□论□以家藏宋刻互校之□。宋刻之讹更甚。冯□□跋谓宋刻乃麻沙本,故不佳,诚笃论也。而冯默庵□校稿执宋本以为据,宜其踈矣。然孝穆可录诸诗,□非隐僻,他集□在,可以互勘□因旁□诸书,定为此本,虽疑误之处尚可不免,较诸□之抵牾,似为清整矣。其注文踳驳,则尚未暇举正也。乾隆壬辰上元前三日,河间纪昀记。

此本所记时间与《玉台新咏校正序》正相吻合。此本为吴兆宜原注本,纪昀批语即写于注本

① 参见拙稿《〈玉台新咏〉补录》,《文史》2004年第3期。

之上。从以上跋文看，纪昀乾隆三十六年六月从新疆回来即开始批点《玉台》，至七月二十八日批完。十月入东观，开始从事校正工作，是批点先于校正。因此，我们就了解了何以纪昀前后几次批语不同的原因了。纪昀未作《校正》之前，批语兼及校笺，后来作《校正》，遂将批语中校笺内容加入《校正》。北京图书馆藏《校正》稿本上的批语，是纪昀完成《校正》后，应门生曹受之之请而为，故批语不需涉及校笺。世传过录本，则多录自纪昀作《校正》之前批语，如上海图书馆藏清王文涛过录本，所录当是纪昀第一次批于吴兆宜注本上语，故批评、校笺并存。

就我们所见到的几种批本看，往往各不相同。如王文涛过录本与台湾藏本（著录为清人批本）相校，大致相同，应当都是从纪昀批吴兆宜注本过录而来①。但二本亦有详略不同，如王文涛过录本，《玉台新咏序》亦有批校，但台湾藏本阙略。又，王文涛过录本的校笺内容，台湾藏本亦往往不录。以上的事实起码表明纪昀前后有两次批校，但我们发现王文涛过录本与梁章钜本又不同。梁章钜本更为详尽，许多考校的内容亦与《校正》基本相合，却是王文涛过录本所无者。似乎表明纪昀在第一次于吴兆宜注本上批点后，在《校正》成书之前还作过一次批校。真实情况如何，容待以后详考。

纪昀第一次批语，是批于吴兆宜原注本上，今仅存卷九、卷一〇两卷，藏台湾"中央"图书馆。据王文涛过录本所录跋语说：

> 注本为余门人吴子惠叔所传钞，即显令之曾孙也。盖未成之稿，故踳驳特甚，欲为删补而未暇也。晓岚又记。

说明这个注本乃吴兆宜曾孙吴惠叔所抄，纪昀因是其老师而得之。吴兆宜注本未及刊刻，后因程琰删补，始刊刻行世。但程琰删补，已经破坏了吴兆宜注本的原貌，吴注的体例亦并湮没不见。如吴兆宜据李善《文选》注例，凡前已解释之词，仅称见前某卷某诗，程琰悉数删除。今据纪昀的这个批本，始能窥见吴兆宜注原貌，是此本在研究吴兆宜注本上的价值，弥足珍贵。

二 《玉台新咏校正》与《玉台新咏考异》

《玉台新咏考异》署名纪容舒，列入《四库全书》，其作者问题，早有人注意到是纪昀代其父所作。清人邵章在《四库简明目录标注》"玉台新咏考异十卷"条下注说："容舒乃纪文达

---

① 王文涛过录本卷末有王文涛记曰："河间纪文达公手校《玉台新咏》原本，今不知所在。江夏徐君行可富收藏，有此移录本。大人段得命文涛移录，又于友人处得文达原书，惟只九、十两卷，卷末有文达校记，卷九首叶有文达收藏及校定两章，均一一景橅，是为宣统庚申夏季。九、十两卷为表兄晏达如（绍璋）景橅，今岁命工重装，并志原始于后。宣统癸亥夏五端午后三日，华阳王文涛记。"是王文涛过录本乃据徐行可过录纪昀批校吴兆宜注本而来。王文涛所说的"宣统癸亥"，即民国十二年（1923），其时纪氏原本已仅存卷九、卷一〇两卷了。

之父,此书实文达自撰,归之父也。"[①]今人隽雪艳亦曾撰专文讨论这个问题[②]。今北京图书馆藏纪昀《玉台新咏校正》稿本,内容与《考异》一致,所载序文亦与纪容舒《考异序》相同。稿本后附观奕道人跋,观奕道人即纪昀,其跋称:"余粗为校正,勒为《考异》十卷,会汾阳曹子受之问学于余,属为评点,以便省览,因杂书简端以应之,与《考异》各自为书,不相杂也。"纪昀这里明谓其书是他自己所作。纪昀不仅署名改易其父,而且相应地将《序》文中涉及的时间,也都一一改与其父履历相合。如《校正序》中的"乾隆壬午"、"辛卯六月余自西域从军归"、"壬辰二月"等,在《考异序》中分别改为"乾隆壬申"、"乙亥六月余自云南乞养归"、"丁丑二月"。壬午是乾隆二十七年(1762),纪昀是年三十九岁,辛卯是乾隆三十六年(1771),纪昀是年四十八岁,壬辰是乾隆三十七年(1772),纪昀是年四十九岁。至于改动后的壬申,则是乾隆十七年(1752),乙亥是乾隆二十年(1755),丁丑是乾隆二十二年(1757)。时间大大提前,迎合了纪容舒的仕履。批校《玉台》的时间,别人不好置辞,纪昀说是什么时候就是什么时候,但他从常熟门人家中得到赵均藏《玉台新咏》宋刻本的时间,他的学生是很清楚的,怎么可以随便改动呢?这里面除了代其父作书外,是否还有别的什么原因呢?但既署名,不惟后世认为是纪容舒所作,即其家传本亦称纪容舒作。据道光十二年纪容舒曾孙纪树馨手抄《考异》稿本题记,即称其书为其曾祖姚安公所撰。纪昀以此书署其父亲名,又入《四库全书》,《提要》评价甚高。他说此书"考辩亦颇详悉,虽未必一一复徐陵之旧,而较明人任臆窜乱之本,则为有据之文矣。惟汉魏六朝诸作,散见《永乐大典》者,所据皆宋刻精本,足资考证。以书藏中秘,非外间之所能窥,其间文句之殊,尚未能一一参订,今并详为校,正各加按语于简端,以补其所遗焉"。不过客观地说,此书的确代表了《玉台新咏》考校的最高成就。《玉台新咏》研究中所涉及的诸问题,此书都能有根据地详加考校,为后人的学习和研究提供了样本。纪昀前后数次批评、考校《玉台》,在清初如此下力于集部,在学术史上的价值应该是值得研究的。纪昀署其父纪容舒名,其实原因并不一定很复杂,北京大学中文系古典文献专业研究生孙显斌同学在笔者《玉台新咏研究》选修课上所作《〈玉台新咏〉读书札记》作业,很好地解决了这个问题。他说:"应该就是《四库全书》编撰体例所限:所收私人著作,一般不收当时在世作者和参与编撰的馆臣著作。虽然这在四库全书凡例中没有写明,但还是可以从四库全书收书中看出端倪。今人已经指出这个体例,如《续修四库全书编纂缘起》指出:'《四库全书》是乾隆中期纂修的,那时参与纂修的一大批学问家,如纪昀、戴震……而他们的著作一种也没收入到《四库全书》中去。这当然是当时纂修体制所决定的。'[③]宋木文《论〈续修四库全书〉》中也称:'清中期的乾嘉之学是清代学术中最具特色的,其代表人物如

---

① 《仁和邵氏半岩庐所著书》之四,宣统三年(1911)刻本。

② 见《文史》第26辑,中华书局1986年版。

③ 见《古籍出版的宏伟工程:〈续修四库全书〉》,上海古籍出版社2002年版。

纪晓岚、戴震等均参与编纂《四库全书》,受编纂体制的限制,他们的著作不可能收入《全书》。'①实际上,隽文指出纪昀主编的《钦定历代职官表》是一部奉敕撰作,《四库全书》题为'乾隆四十五年奉敕撰',同时参加主编的还有馆臣陆锡熊、孙士毅、陆费墀,所以不能认为是纪昀的著作。"我以为孙显斌同学所说是较为合理的。

三 关于《四库全书》中的《玉台新咏》

《四库全书》②中共收两种《玉台新咏》,一是署名纪容舒的《玉台新咏考异》,一是标明纪昀家藏的宋本《玉台新咏》。关于赵均所得宋陈玉父本,据有关记载,大概先归钱谦益,其后分别归黄子羽和钱曾,最终归纪昀,而由纪昀入献内府。钱谦益《牧斋有学集》卷四六《跋玉台新咏》说:

> 《玉台新咏》,宋刻本,出自寒山赵氏。本孝穆在梁时所撰,卷中简文尚称皇太子,元帝称湘东王,可以考见。今流俗本为俗子矫乱,又妄增诗二百首,赖此本少存孝穆旧观,良可宝也。凡古书一经庸人手,纰缪百出,便应付蜡车覆瓿,不独此集也。

钱曾《读书敏求记》卷四记:

> 是集缘本东朝,事先天监,流俗本妄增诗几二百首,遂至子山窜入北之篇,孝穆滥擘笺之曲,良可笑也。此本出自赵氏,余得之于黄子羽。卷中简文尚称皇太子,元帝称湘东王,未改选录旧观。牧翁云,凡古书一经庸妄之手,缪百出,便应付蜡车覆瓿,不独此集也。披览之余,复视牧翁跋语,为之掩卷怃然。

纪昀《四库全书总目提要》卷一八六说:

> 此本为赵宧光家所传宋刻,末有嘉定乙亥永嘉陈玉父重刻跋,最为完善。

据《天禄琳琅书目》卷三,内府共藏两部宋本《玉台新咏》,其一有钱谦益藏印,《提要》说:"钱谦益藏本,海翁印未详其人。"如果所记不错的话,这部《玉台新咏》应该是纪昀进献的赵均家藏本。但奇怪的是,据《天禄琳琅书目》,此书藏印仅有钱谦益及连清人都不详的海翁印,为什么赵均及上述各家均未有藏印?亦是一谜。纪昀主修《四库全书》,遂命依赵本缮写录入,因此,《四库全书》中这部《玉台新咏》应该最能代表陈玉父宋本原貌。值得一提的是,陈玉父原本一入内府,外人难得一见,其本又在嘉庆年间毁于宫火,世人从此更无法知道陈玉父本原貌了,自赵均覆刻陈玉父本后,赵氏刻本便被奉为陈玉父本原貌。事实上,据赵均自己说,他"合同志中详加对证",表明已经改变原貌了。又据冯班跋说:"宋刻参差不一,赵氏

---

① 见《中华读书报》2002年5月16日。

② 本文所据为文渊阁本。

已整齐一番矣。"因此赵氏刻本行格整齐,与陈玉父原本当已不相同。那么《四库全书》本是否全部保留了陈玉父宋本原貌呢?我们看到,《四库》本其实已经作了整齐的工作。如各卷目录,据冯班抄本,陈玉父原本题目和作者的格式并不统一,首先,陈玉父本目录并不像《四库》本那样,每行仅录一位作家,而是视文字长短而定,有的是一位作家,有的是两位或三位作家。如卷一,陈本第一行的目录是:"古诗八首 古乐府诗六首 杂诗九首 枚乘",《四库》本则分为三行。其次,陈本或以作者置于题目之前,或以作者置于题目之后,体例不一。卷四以前大多将作者置于题目之后,如上引的枚乘,就置于"杂诗九首"题目之后,但卷五以后,往往将作者署于题目之前,如卷五目录中江淹的诗就署为"江淹四首"。据此可以确定《四库》本对陈玉父原本作了改动。

《四库》本不仅行格已易为齐整,书中的字句也作了一些改动。如徐陵《序》中"天情开朗"句的"情"字,《考异》说宋刻作"时",然稽考古籍,应当作"情",《四库》本此字正作"情",已经改正。同篇中"灵飞六甲高擅玉函"句的"六"字,《考异》说宋刻作"太",误,应作"六"。《四库》本作"六",亦已经改正。这样的例子还很多,说明《四库》本是经过了纪氏的改动的。最为明显的,要数卷七中萧纲和萧绎的诗,明代通行本一般都将萧纲题为"梁简文帝",萧绎题为"梁元帝",但陈玉父本却分别作"皇太子"和"湘东王"。赵均跋说:"此本(指陈玉父本)则简文尚称皇太子,元帝亦称湘东王。"这是宋本与明本的最大区别,但在《四库》本中,我们发现涉及二人的地方,都被改为"梁简文帝"和"梁元帝"了。纪昀专门论述过这个问题,认为作"皇太子"和"湘东王"者,是徐陵原貌①,但他这里为什么会作改动呢?是否纯为抄手所误?不管怎样,《四库》本《玉台新咏》并没有按照陈玉父宋本原貌抄写,而是作了一些改动,应该是事实。日本学者斎藤希史先生认为《四库》本《玉台新咏》最为可靠,更合于宋本原貌的说法,有一定道理,但还应了解到该本其实也作过了改动。

从现在了解的情况看,明清时期据宋本刊刻的《玉台新咏》,其实都有改动,除了上述《四库》本外,即使赵均的覆本,也作过整齐行格和字句校正的工作。冯舒的校刊本,更是根据他自己的判断,对宋本字句作了许多订正。其他如吴兆宜、程琰《笺注》本、纪容舒《考异》本,也都根据各本考校参订,所以都没有保留宋本的原貌。现在唯一能够作为陈玉父宋本原貌参考的,大概只有冯班的抄本了。冯班抄本今藏北京图书馆,行格与赵氏复宋本不同,当是保留了陈玉父本的原貌。关于此本情况,可参阅拙文《玉台新咏版本补录》。

四 纪昀《玉台新咏校正》的成就

《玉台新咏》一书在明代开始引起文人的重视,当时刊本已达十多种,可见时人对此书的

① 《四库全书总目提要》"玉台新咏一〇卷"条说:"是书作于梁时,故简文称皇太子,元帝称湘东王。"

看重。明人重视《玉台新咏》,一是整理古籍的需要,一是与明代文学复古运动有关。明人代整理的古籍如薛应旂作序本《六朝诗集》、梅鼎祚的《历代文纪》、冯惟讷的《古诗纪》、汪士贤的《汉魏名家集》、张燮的《七十二家集》、张溥的《汉魏六朝百三家集》等,南朝留传下来的两部总集《文选》和《玉台新咏》,都是他们参考的材料。此外,明人复古运动倡"文必秦汉,诗必盛唐"①,汉魏六朝古诗作为唐诗的渊源,也是主张重源流的明代复古派诗人所重视的,我们从郑玄抚《玉台新咏跋》中可以看出。郑玄抚说:"若陵所录者,开踪汉魏,断锦梁尘,虽美韵未备夫《九歌》,清响尚遗乎'三百'。然汉去古未远,文献犹存,而齐梁文人,陈隋才子,大都争崇屈、贾,竞法曹、王,云笺积案,不缀朝妍。彩笔盈箱,尽图晚翠。宣之彤管,尚闻汉水余声;奏之朱弦,犹见湘江雅调。诵而绎之,可以颓绘归玄,涤瑕清滤。故《新咏》之于风骚,其太羹之遗味乎?太素之余质乎?古人谓沿波讨源,因歧而迪色,不在兹欤?"其后袁宏道诗倡言情,对《玉台新咏》更是给予极高的评价。他为沈逢春刊《玉台新咏》的《跋》说:"抽架上书读之,得《玉台新咏》,清新俊逸,妩媚艳冶,锦绮交错,色色逼真,使胜游携此,当不愧山灵矣。"沈逢春更说:"孝穆以情汇,中郎以情赏,且品题之,序之,世有能解是集之不离乎情者,可以读是集矣。不宁是也,下而唐,上而《选》,上而《三百篇》,一以贯之,无不可读也。"②然而明代通行的版本,大都是郑玄抚刻本系统,其间错谬,不可理解处颇多,因而,明末崇祯年间赵均得到宋陈玉父本,立刻引起士林的轰动,并从而引发了《玉台新咏》研究的热潮。先是虞山冯舒、冯班兄弟,赴赵均处手抄陈玉父本,嗣后二冯又校刻《玉台新咏》传世。其后又有吴兆宜,开始为《玉台新咏》作注,这是《玉台新咏》自编成后首次有人作注。吴兆宜的注仿李善注《文选》例,博引古籍,阐发典故;又广引类书、总集,核校文字异同。吴兆宜注本未及刊刻,乾隆年间程琰以吴书为底本,加以删补笺校。程氏补充了吴兆宜的校和注,但也破坏了吴注的原貌。纪昀对《玉台新咏》的关注,大概就起于这个背景之下。

纪昀的《玉台新咏校正》,始于乾隆三十六年十月入东观时,至三十七年二月校毕,从《校正》看,纪昀参考了吴注和冯校,而没有提到程琰,程琰删补本刊刻于乾隆三十九年,较纪昀为晚,所以不为纪昀所知。纪昀的《玉台新咏校正》与吴兆宜注释不同,主要是考校异同,兼辨《玉台新咏》原貌。其考证博赡精详,反映了纪昀广博的学问,是乾嘉学术传统的具体体现。

纪昀为什么作《玉台新咏校正》呢?据他的《序》所说,自六朝以来,《玉台新咏》都在若隐若显之间,世无善本。明人通行本,每多臆改,自不可作为依据。而赵均覆宋本及冯舒校刻本,都以宋本为鼻祖,然据陈玉父跋,当时就传写踳驳,是陈玉父本已经窜乱旧本原貌了。因此,纪昀表示都不满意,所以他要仿《韩文考异》之例,"各笺其弃取之由,附之句下。两可者并存之,不可通者阙之;虽可通而于古无征者,则别附之"。这是纪昀《校正》的体例,其目的当是要恢复徐陵本原貌。纪昀《校正》以宋本为底本,他认为较明人臆改之本,宋本去古未

① 《明史》卷八二六《李东阳传》。

② 均见明天启年间沈逢春刻,袁宏道批本跋。

远,尚有典型。事实上,宋本除了行格参差,体例略有不纯,以及个别篇目窜乱外,整体上还是可信的,这也是纪昀采用宋本为底本的理由。

恢复徐陵原貌,当然要了解徐陵编书的体例,但徐陵并未明确说明其体例,因此发明徐陵体例,并进而按照徐陵体例恢复原貌,是纪昀的一大贡献。《校正》中涉及辨明体例的地方,大概有这样几点:一、关于徐陵署名;二、关于梁武帝父子署名及介于梁代诗人之间的问题;三、关于作品窜乱等。关于徐陵署名的问题,宋本题署徐陵衔名为:“陈尚书左仆射太子少傅东海徐陵字孝穆撰”,如此衔名,似乎说明《玉台新咏》是徐陵在时所编。纪昀引冯舒校语说:“冯氏曰:《大唐新语》云:‘梁简文为太子,好作艳诗,境内化之。晚年欲改作,追之不及,乃令徐陵撰《玉台集》以大其体。’检此,则是书之撰,实在梁朝。署名如是,明是后人所加也。”这一段是冯舒的校语,纪昀全引,表明他完全同意这个看法。关于梁武帝父子署名及介于梁代诗人之间的问题,纪昀在全书总目卷七末考校说:“最为可疑者,莫过此卷,最为可信者,亦莫过此卷。简文署‘皇太子’,元帝署‘湘东王’,而武帝署谥、署国号,事所必无。三王直斥其名,似亦非体,此可疑之甚者也。至五卷、六卷、八卷皆属梁代之诗,而当日帝王介乎其中,于理似亦不伦。然考《汉书·艺文志》,惟高帝传十三篇、歌诗二篇,以时代最先冠于汉人之首。其儒家,孝文传十一篇,列于刘敬、贾山之间;诗赋家,武帝赋二篇,列于蔡甲、倪宽之间,知帝王制作,与臣下合编,乃自汉以来之旧法。至徐坚编《初学记》,始升太宗所作于历代诗文之上。则此例实改于唐,而此书编次,犹有古法,信非后人所能伪托也。其称梁武及诸王名,盖后人之所增。故与首署陈官同一例耳。”纪昀看出梁武帝署谥、署国号,又其父子之诗均介于梁代诗人之间,于理不合,他解释说,署谥、署国号,当是后人所为,正如徐陵署官衔一样。至于以当代帝王作品列于臣下之间,纪昀引《汉书·艺文志》解释为古有先例。其实并非如此,宋本以梁代君臣杂处,根本原因是卷六之前录当时已去世作家,卷七、卷八录当时存世作家[①],体例所然,于《汉书·艺文志》体例没有关系。此外,纪昀这里涉及萧纲、萧绎的署名问题,按他这里的解释,似乎也认为是“事所必无”,也是后人所改,这是纪昀的疏忽之处。萧纲署“皇太子”和萧绎署“湘东王”,说明此书编成于梁代,而纪昀也认可这一观点的,如果说是后人所改,就是说原本应该署“简文帝”和“梁元帝”了,那就等于认为《玉台新咏》编成于陈时,这就与纪昀的观点不合了。所以纪昀此处以萧纲、萧绎的署名和梁武帝署名连在一起讨论,行文上疏略了。他在《四库全书总目提要》中明确说署“皇太子”和“湘东王”是正确的。《四库全书总目》“玉台新咏十卷”条说:“此所选梁以前诗也。按刘肃《大唐新语》曰:‘梁简文为太子,好作艳诗,境内化之,晚年欲改作,追之不及,乃令徐陵撰《玉台集》,以大其体。’据此,则是书作于梁时,故简文称‘皇太子’,元帝称‘湘东王’。今本题:‘陈尚书左仆射太子少傅东海徐陵撰’,殆后人之所追改,如刘勰《文心雕龙》本作于齐,而题:

---

① 参见拙作《论〈玉台新咏〉的编辑体例》,《国学研究》第十一卷,北京大学出版社2004年版。

‘梁通事舍人’耳。其梁武帝书谥、书国号，邵陵王等并书名，亦出于追改也。”在这里，纪昀比在《校正》中说得更为清楚。

关于作品窜乱问题，纪昀讨论得比较多，如卷一中的枚乘《杂诗》“行行重行行”、苏武诗、《李延年歌诗》、陈琳《饮马长城窟行》、徐幹《室思》，卷二甄皇后《乐府塘上行》、刘勋妻王氏《杂诗》，卷三杨方《合欢诗》，卷五江淹《古体》、《班婕妤》，卷六徐悱《答唐娘七夕所穿针》，卷八徐陵《走笔戏书应令》、徐悱妻刘氏《和班婕妤怨》、沈约《古诗题六首》（卷八附），卷九《歌词》二首，卷十徐悱妇诗三首等。纪昀认为《李延年歌诗》应入第九卷，他说：“此书体例，前八卷皆收五言，而长短歌词则皆入第九卷，此歌疑后人所窜入。《文选》一书，家弦户诵，五臣注本尚妄增《君子行》一篇，此书自唐迄宋，皆不甚行，并无善本是正，好事者辗转传写，各以已意附益，盖所不免。陈玉父跋称以石氏传本补亡校脱，则变乱旧本，必自石氏，玉父不及辨别，转据以增入耳。观七卷武陵王诗、九卷沈约诗，宋刻皆注附入，而六卷徐悱妻诗、十卷刘孝威诗，皆显为附入而不注，则失注者谅不止是，□不可尽考矣。”他的理由是《李延年歌诗》是杂言，据《玉台》体例，杂言歌诗均入第九卷，此诗现置第一卷，当是后人附益。纪昀按照体例辨析，是有道理的，不过，据《玉台》所收的《李延年歌诗》看，并非杂言，而是整齐的五言。据《汉书·外戚传》所载，此诗的“倾城复倾国”句上有“宁不知”三字，这样，原诗当是杂言，而非五言，因此纪昀据《汉书》补入，并称“宋刻原脱‘宁不知’三字”，但宋刻是脱掉三字，还是徐陵原本就作五言而选的，并无证据证明。所以纪昀发明体例是对的，但对此诗的辨析，却还没有坚实的证据。与此体例相关的还有陈琳的《饮马长城窟行》，亦是杂诗。纪昀说：“此亦当入第九卷，疑此附入之人，未究孝穆之体例，以与中郎时代相接，题目又同，遂窜置于此耳。”

徐幹的《室思》，涉及到六章是否一首诗的问题。《乐府诗集》卷六十九“自君之出矣”解题说：“徐幹有《室思诗》五章”，对徐幹《室思》仅称五章，冯舒据此说第六章则不知何题，于是据明本《玉台新咏》，将前五章题为《杂诗五首》，后一章题为《室思》。冯舒的处理是有问题的，因为虽然《乐府诗集》称《室思》有五章，但题仍称《室思》，并未称《杂诗》，冯舒据明本而改题，没有根据。对此，他的弟弟冯班也不同意。冯班在《诗纪匡谬》中说：“按《乐府诗集》云：徐幹《室思诗》其第三章曰：‘自君之出矣’，宋孝武‘自君之出矣，金翠闇无精’诗，《艺文》亦题《拟室思》，则此诗之为《室思》无疑也。今遽以前五篇为《杂诗》，而独以‘人靡不有初’当《室思》，误也。”其后吴兆宜《笺注》亦认为当以宋本为正，纪昀于此接受了冯班和吴兆宜的意见，说：“伟长本集不传，其诗昭明亦不录，见于选本者，惟《玉台新咏》为最古，所题较为可信。《艺文类聚》载‘浮云何洋洋’一首，正作《室思》。又载宋孝武《自君之出矣》一首，亦作《拟室思》。唐人旧本可以互证。郭茂倩所记，特以六为五耳。然第四首与第五首，文既相属，韵亦相同，或茂倩所见之本，偶合为一，孝穆所见之本，则分为二；又或原书本为一首，宋人传刻，以篇幅独长而误分之，均未可定，不得以旁证一字之异，遂疑末首之无题，而轻改古书也。今仍从宋刻，以此书之例，凡一题数首者，皆题为一首，联属其文，而以其一、其二等字夹注于中,今亦皆从宋刻,不复变乱其例。”根据唐宋人的有关著录,又参以《玉台》体例,尽力恢复徐陵原貌,是令人信服的。

值得称道的是,纪昀在考校中持慎重的治学态度,虽有疑窦却材料不足时,即以宋刻旧貌为准,决不故立新说,英雄欺世。如卷三杨方《合欢诗》五首是否为一题的问题,宋本《玉台新咏》载杨方《合欢诗》五首,明通行本分为《合欢》二首,《杂诗》三首,冯惟讷《诗纪》据以录入,冯舒校本亦从之。纪昀考校说:“冯氏《诗纪》别后三首为《杂诗》,注其下曰:‘《乐府》通前为《合欢诗》,今从《玉台》。’案:冯氏所据,乃是明刻,其宋刻正作《合欢诗五首》,与《乐府诗集》相同。《艺文类聚》‘合欢’部收此第五首,题曰:‘晋杨方合欢诗’,虽误以为咏合欢花,然可见当时此诗本题‘合欢’,乃有此误也。盖此五首皆属寓言,前二首极写笃挚之忱,第三首乃入暌违之感,第四首言见而不亲,第五首言求之不得。词虽不属,意实相承。明人以前二首语相酬答,遂误以比为赋,而析后三首题曰‘杂诗’,轻改旧文,殊失古人之意。今仍从宋刻。”

考校《玉台新咏》,纪昀之前有冯舒、吴兆宜两家,纪昀有许多地方吸收了两家的观点,也使用了两家提供的材料,但更显示出其广博的知识和精审的考证。在广泛占有材料基础上,纪昀以其过人识见,淋漓尽致地表现其考证的才能。书中许多难以裁断的地方,纪昀都能运用史料合情合理地加以解释,故所得结论超过了冯、吴二家。比如卷二《塘上行》,其作者历来聚讼纷纭,宋本《玉台新咏》作魏文帝作,但冯本据明杨玄钥本改题魏武帝作,吴兆宜注本则据《歌录》题为甄皇后作,那么如何判断呢?纪昀考稽史料,认为此诗历来众说纷纷,大要有四说,即古词、魏武帝、魏文帝、甄皇后,各书取舍不同而已,徐陵《玉台新咏》乃取魏文帝一说,因此,不必据别书判徐陵是非。宋本在魏文帝名下题此诗“又甄皇后乐府塘上行一首”,“又”字乃其本文,其“甄皇后”三字,则后来传刻所窜入。杨玄钥本和吴兆宜本所改,已失传疑之义,不足可取。这样的考订是实事求是,能够服人的。纪昀认为宋本的“又”字是本文,并举下一首刘勋妻王氏《杂诗》为例,描述《玉台新咏》在流传过程中的变乱之迹,符合古书改易面貌的规律。纪昀说:“题首‘又’字,盖其本文。其‘甄皇后’三字,则后来传刻所窜入。观下《代拟刘勋妻诗》,本文帝作,而刻本改题为王宋,其变乱之迹,固灼然可见矣。”按,刘勋妻诗,《玉台》并作“刘勋妻王氏杂诗二首”,纪昀所说的“代”字,见于《艺文类聚》。纪昀说:“《艺文类聚》载前一首作魏文帝《代刘勋出妻王氏作》,邢凯《坦斋通编》载后一首,引《玉台新咏》作曹植《为刘勋出妻王氏作》,均与此异。凯为宋宁宗时人,则旧本必作曹植,陈玉父重刊,乃更题王宋,并删改序文尔。然旧本今不可见,而《艺文类聚》又作文帝,未敢轻改古书,姑附识异同于此。”《艺文类聚》引此诗的前一首,题为魏文帝作,宋邢凯《坦斋通编》引此诗的后一首,却题为曹植作,这两种说法哪一种更正确呢?纪昀认为古本不见,不可轻改古书,所以仍依宋本题刘勋妻,但注明异同。如果依据《艺文类聚》,则刘勋妻诗应该是魏文帝所作,这样,在《玉台新咏》卷二中,魏文帝诗共有五首,从第二首起,均书“又”字代举作者。但是邢凯《坦斋通编》却著录为曹植的诗,这样,前面的推论就有问题了。其实,邢凯所见,亦是古书传抄错失作者的问题。应该说《艺文类聚》和《坦斋通编》都是根据的《玉台新咏》,因为刘勋妻诗就在魏文帝曹丕的诗和曹植诗之间,传抄者漏去"又"字,就会发生或变为刘勋妻诗,或变为曹植诗的情况。邢凯所记为曹植诗,正是这种情况之一,而明通行本所记为刘勋妻诗,则是另外一种情况。《艺文类聚》编在唐初,去六朝未远,徐坚所见题为魏文帝的本子,当然是真貌。按:邢凯《坦斋通编》所记为曹植,并不是最早的,据宋祝穆《古今事文类聚续集》卷十引《苏氏演义》,已经称曹植作品了,可见这个错误在晚唐已经发生了。这样的情况在《玉台新咏》中还有很多,也是引起后人误解的地方。比如五云溪馆本就将张协的《杂诗》署名杨方,这也是因为原作者佚漏,抄者误归于后一首诗的作者的原因。

(原刊《人文中国学报》第十四期,上海古籍出版社 2008 年版)

论晚清古文理论中的声音现象

柳春蕊

一

解析问题的线索，我们从贺涛《答宗端甫书》开始，贺氏云：

古之论文者，以气为主。桐城姚氏创为因声求气之说，曾文正论为文声调为本，吾师张、吴两先生亦主其说以教人。而张先生与吴先生论文书乃益发明之。声者，文之精神，而气载之以出者也。气载声以出，声亦导气以行。声不中其窾，则无以理吾气。气不理则吾之意与义不适，而情之侈敛、词之张缩，皆违所宜，而不能犁然有当于人之心。①

贺涛讲了三个问题：(1)古文理论中的声音现象经过姚鼐、曾国藩、张裕钊、吴汝纶的努力，逐步完善起来。(2)声气关系问题。贺涛说"文以气为主"，其实谈的还是一"声"字。(3)诵读的意义。通过诵读，能"契乎其微"、"神解妙会"。这三个问题涵盖了古文声音理论的基本问题，也是我们讨论此一现象的三个维度。

较早系统论述此一现象的是刘大櫆，其《论文偶记》分析了音节、字句、神韵之间的关系。尔后有姚鼐，他认为："诗古文各要从声音证之，不知声音，总为门外汉耳。"②"大抵学古文者，要放声疾读，又缓读，只久之自悟。若但能默看，即终身作外行也。""急读以求其体势，缓读以求其神味。"③"深读久为，自有悟入。文章之精妙，不出字句声色之间，舍此便无可窥寻矣。"④姚门弟子方东树和姚莹都各有发挥。方东树说："夫学者欲学古人之文，必先在精诵。沉潜反复，讽玩之深且久，暗通其气于运思置词、迎距措置之会。……然古人之所以名当世而垂为后世法，其毕生得力，深苦微妙而不能以语人者，实在于此。"⑤姚莹认为：

古人文章妙处，全在"沉郁顿挫"四字。"沉"者如物落水，必须到底，方着痛痒，此

---

① 贺涛：《贺先生文集》卷一，民国三年(1914)刻本。

② 姚鼐：《与陈硕士》，《惜抱轩尺牍》卷七，上海商务印书馆铅印本，1928。

③ 同上。

④ 姚鼐：《与石甫侄孙》，《惜抱轩尺牍》卷八。

⑤ 方东树：《书惜抱先生墓志铭后》，《考槃集文录》卷五，《续修四库全书》本。

"沉"之妙也,否则仍是一"浮"字。"郁"者如物幡结胸中,展转萦遏,不能宣畅。又如忧深念切,而进退维艰,左右窒碍,塞厄不通,已是无可如何,又不能自已。于是一言数转,一意数回,此"郁"之妙也,否则仍是一"率"字。"顿"者如物流行无滞,极其爽快,忽然停住不行,使人心神驰向,如望如疑,如有丧失,如有怨慕,此"顿"之妙也,否则仍一"直"字。"挫"者如锯解木,虽是一来一往,而齿凿巉巉,数百森列,每一往来,其数百齿必一一历过,是一来凡数百来,一往凡数百往也。又如歌者一字,故曼其声,高下低徊,抑抑百转,此"挫"之妙也,否则仍是一"平"字。文章能祛其"浮"、"率"、"平"、"直"之病,而有"沉郁顿挫"之妙,然后可以不朽。①

姚莹此论非常精到。诵读,精读,涵咏玩味文中一段往复流连之气,揣摩古人为文的神形情态,这是桐城诸家一贯的主张。

姚鼐对古文声音理论的发明,除了受刘大櫆影响,还吸收了明代七子派诗歌理论的成果。七子派诗歌理论最重要的贡献之一是集中阐发了诗学中的声音现象。姚鼐将古文与诗歌的声音理论相互印证,相互补充。或者说,姚氏关于古文的讨论建立在他对文学的整体认识基础之上。这一讨论的最终成果,是使得桐城派古文和诗歌有了独到的艺术效果,即诗文相通——古文诗意化,成为诗性的散体语言形式;而诗歌则借鉴古文笔法,有古文的意味。

曾国藩对古文声音的认识直接受惠于姚鼐,至少可以找到两例。一例是曾国藩读到吴敏树寄来的诗,回复云:"尊兄诗骨劲拔,迥越时贤。姚惜抱氏谓诗文宜从声音证入,尝有取于大历及明七子之风。尊兄睥睨姚氏,亦颇欲参用其说否?"②表明曾氏认同姚氏"因声求气"说。另一例是,据戴均衡所说,曾国藩曾经向他问及桐城文法,戴以《姚姬传尺牍》示之。③ 曾国藩说自己"粗解文章,由姚先生启之"④。究竟曾国藩受到姚鼐哪些启示,弄清此一问题,可以说明曾氏在此问题上的论述哪些是他的独得。《谕纪泽》有一段话,颇值得重视:

凡作诗,最宜讲究声调。余所选抄五古九家、七古六家,声调皆极铿锵,耐人百读不厌。余所未抄者,如左太冲、江文通、陈子昂、柳子厚之五古,鲍明远、高达夫、王摩诘、陆放翁之七古,声调亦清越异常。尔欲作五古、七古,须熟读五古、七古各数十篇。先之以高声朗诵,以昌其气;继之以密咏恬吟,以玩其味。二者并进,使古人之声调,拂拂然若与我之喉舌相习,则下笔为诗时,必有句调凑赴腕下。诗成自读之,亦自觉琅琅可诵,引

---

① 姚莹:《康辅纪行》卷八,《四库未收书辑刊》第5辑第14册,北京出版社2001年版。

② 曾国藩:《复吴敏树》,《曾国藩全集》第22册《书信》,第1155页,岳麓书社1995年版。

③ 戴钧衡:《味经山馆文钞自序》,《味经山馆文钞》卷首,咸丰三年(1853)刻本。

④ 曾国藩:《圣哲画像记》,《曾国藩全集》第14册《诗文》,第250页。

出一种兴会来。[①]

“先之以高声朗诵,以昌其气;继之以密咏恬吟,以玩其味”,是这段话的中心句。它脱胎于姚鼐“急读以求其体势,缓读以求其神韵”。《姚姬传尺牍》不少内容是与学生讨论如何学诗作文的。将这些内容与曾氏这段话对读,易知曾氏受姚鼐“启之”的具体内容当是诗文“声音”问题。[②]

关于曾国藩对古文声音的认识,还应补充两点。(1)曾国藩自小爱好古乐,观看过浏阳古乐,具见《日记》“咸丰十一年十一月廿七日”条。他的感悟是:“古昔圣王修己治人之术,其精者全存乎乐。”“余思古人治兵之道,作诗之法,皆与音乐相通。”[③]人们常认为曾氏哲学思想囊括在其“礼”学之中,事实上,“乐治”才是清明有效的方式,故而曾氏文章中再三致意,这一点为论者所忽视。这里将曾氏乐治思想置于其古文声音理论中加以讨论,是因为“乐治”与声音的“周边”紧密相联,二者连接点则是“文”。大声诵读,可使“文”唤醒、复苏并呈现出“文”的“声音世界”来。唤醒和复苏由“文”的声音层面而建筑的“历史世界”——对于曾国藩而言,这样的“历史世界”无论是想象的力量,还是事实的依据,都可视为其事业向前推进的美好昭示和内在驱动力,而孟子发明的诵声养气在曾氏这里得到较为完整的印证——和由声音而来的“意义世界”(指的是他阅读经验中所获得的知性和慧性上的喜悦)是曾国藩赖以实现立德、立功、立言的重要方式。(2)在古文声音方面,曾国藩的独得是将这一声音现象延伸到铭、赞、汉赋及其他文体中。《谕纪泽》云:

> 惟四言诗最难有声响、有光芒,虽《文选》韦孟以后诸作,亦复尔雅有余,精光不足。扬子云之《州箴》、《百官箴》诸四言,刻意摹古,亦乏作作之光,渊渊之声。余生平于古人四言,最好韩公之作,如《祭柳子厚之文》、《祭张署文》、《进学解》、《送穷文》诸四言,固皆光如皎日,响如春霆。即其他凡墓志之铭词及集中如《淮西碑》、《元和圣德》各四言诗,亦皆于奇崛之中迸出声光。其要不外意义层出、笔仗雄拔而已。自韩公而外,则班孟坚《汉书·叙传》一篇,亦四言中之最隽雅者。尔将此数篇熟读成诵,则于四言之道自有悟境。[④]

曾国藩由四言诗的声响说到铭词的声响。后来,林纾从声音的角度讨论了如何作铭文问题。[⑤] 曾国藩发现汉魏人作赋“一贵训诂精确,二贵声调铿锵”[⑥],这也是他的独创。

---

① 曾国藩:《谕纪泽》,《曾国藩全集》第19册《家书》,第418页。

② 曾国藩说:“夜思君子有三乐:读书声出金石,飘飘意远,一乐也。”(《曾国藩全集》第16册《日记》,第384页)

③ 曾国藩:《曾国藩全集》第16册《日记》,第689页。

④ 同上书,第900页。

⑤ 参阅钱基博《现代中国文学史》第131页所引林纾语,上海书店出版社2004年版。

⑥ 曾国藩:《曾国藩全集》第16册《日记》,第481页。

继曾国藩之后，张裕钊对这一理论有所发展。其《答吴至甫书》云：

> 古之论文者曰：文以意为主。而辞欲能副其意，气欲能举其辞。譬之车然，意为之御，辞为之载，而气则所以行也。欲学古人之文，其始在因声以求气，得其气，则意与辞往往因之而并显，而法不外是矣。是故契其一而其余可以绪引也。盖曰意、曰辞、曰气、曰法之数者，非判然自为一事，常乘乎其机而绲同以凝于一，惟其妙之一出于自然而已。自然者，无意于是，而莫不备至，动皆中乎其节，而莫或知其然。日星之布列，山川之流峙是也。宁惟日星山川？凡天地之间之物之生而成文者，皆未尝有见其营度而位置之者也，莫不蔚然以炳，而秩然以从。夫文之至者，亦若是焉而已。……故姚氏暨诸家"因声求气"之说，为不可易也。吾所求于古人者，由气而通其意以及其辞与法，而喻乎其深。及吾所自为文，则一以意为主，而辞、气与法胥从之矣。①

将张裕钊与贺涛的文字对读，可知贺涛的观点是本于其师张裕钊。张氏谈了两个问题：一是论证姚鼐"因声求气"的合理性和阅读接受中的必要性；二是提出古文由"意"到"气"、"法"、"辞"的创作原则，这是他的独得。此外，张裕钊认为声音的最高处是"自然"，由此推至"日星之布列，山川之流峙"、"天地之间之物之生而成文者"，这就谈得相当高了。讲古文，进而由人文讲到天地自然之文，在姚鼐之后的晚清古文家中，谈得最为通脱的当属张裕钊。

二

声音问题何以一直为古文家所关注并不断地被加以阐发，讨论之前，有必要介绍梅曾亮对于古文声音的看法。他认为：

> 夫观文者，用目之一官而已，诵之而入于耳，益一官矣。且出于口，成于声，而畅于气。夫气者，吾身之至精。以吾身之至精，御古人之至精，是故浑合而无有间也。……罗台山氏与人论文，而自述其读文之勤与读文之法，此世俗以为迂且漏者也。然世俗之文，扬之而其气不昌，诵之而其声不文，循之而词之丰杀、厚薄、缓急与情事不相称。若是者，皆不能善读文者也。文言之，即昌黎所谓养气；质言之，则端坐而诵之七八年。明允之言，即昌黎之言也。文人矜夸，或自讳其所得，而示人以微妙难知之词，明允可谓不自讳者矣，而知而信之者或鲜。②

这段文字前部分是梅氏独得，是从"观文"方面说。大体上说，就是刘勰讲的"观文者披文以入情"，唯如此才能做到"觇文辄见其心"，只是梅氏的论述较为集中而具体。后一部分是用

---

① 张裕钊：《濂亭文集》卷四，光绪八年(1882)查氏木渐斋精刻本。

② 梅曾亮：《与孙芝房书》，《柏枧山房文集》卷二，咸丰六年(1856)杨氏海源阁刻本。

清初古文家罗有高(1732—1779,字台山)的话来回答孙芝房的疑问,讲的也是“观文”问题。显然,梅曾亮是认同罗有高这一观点的。罗有高将“养气”与“端坐诵读”合为“知言”的两面,并用韩愈和苏洵佐证,将问题说足了。

韩、苏合证,在梅曾亮之前,较早注意到的是朱熹。朱熹在《沧州精舍论学者》①一文中所强调的熟读从学习方法着眼,而苏洵的古文创作经验只是他的一个论据。朱熹并未谈及古文,却给我们提供了一个线索。作为一个思想家,能将韩愈、柳宗元、苏洵放在一起,说得这样通融,这是朱子的高妙。② 从“只是要作好文章,令人称赏而已”这句话来看,朱子似乎没明白韩、柳、苏三人那样做的全部意义,这为我们的解读留下了很大空间。

朱熹所征引的文字见于韩愈《答李翊书》、柳宗元《答韦中立论师道书》、苏洵《上欧阳内翰书》。将韩愈的为文态度与苏洵文字对读,十分相似。尽管柳宗元谈的是“羽翼夫道”,换个角度看,他也是在谈古文的“声”、“气”,使其“气充”而“言宜”,这一切是在熟读百家之编基础上取得的。可以说,大凡在古文上有所创获的人,大都可在此三篇文章中找到类似的写作经验。梅曾亮说“出于口”、“畅于气”、“成于声”。罗有高讲“世俗之文”、“扬之而其气不昌,诵之而其声不文,循之而词之丰杀、厚薄、缓急与情事不相称”。张裕钊认为“欲学古人之文,其始在因声以求气”。贺涛讲“声不中其窾,则无以理吾气,气不理则吾之意与义不适”。吴汝纶认为“以意求之,才无论刚柔,苟其气之既昌,则所为抗坠、诎折、断续、敛侈、缓急、长短、申缩、抑扬、顿挫之节,一皆循乎机势之自然,非必有意于其间,而故无之而不合”③。曾国藩通过诵读“使古人之声调,拂拂然若与我之喉舌相习”,引出“兴味”来。通过诵读,“披文入情”,这属于文学审美和接受问题。

与此相关的是张裕钊文中说的姚鼐“因声以求气”。姚氏的“声”是指诵读文章的声响,“气”指的是文章潜伏的气脉。在传统“知人论世”接受原则下,这个气脉的“意义世界”指涉的是文中所表现的创作主体的精神风貌。姚鼐此一理论的提出是基于学习诗文的途径,而未泛化成一种读书方法。换言之,他所讲的“声”和“气”是有规定的,指向儒家圣贤的仁义道德,或狷介不俗的人品。

为何要“因声以求气”?刘大櫆的解释是:“音节者,神气之迹也。字句者,音节之矩也。神气不可见,于音节见之。音节无可准,以字句准之。”④张裕钊认为:“作者之亡也久矣,而吾欲求至乎其域,则务通乎其微,以其无意为之而莫不至也。”贺涛认为:“以其神解妙会无法之可传,不能据成迹以求之也。”就是通过诵读古文,把握文字间的微妙,顺着已有的“迹”去

① 朱熹:《朱文公全集》第24册,第3593页,上海古籍出版社2002年版。

② 姚范云:“朱子谓:‘韩昌黎、苏明允作文,敝一生之精力,皆从古人声响处学。’此真知文之深者。”(《援鹑堂笔记》卷四三,《续修四库全书》本)

③ 吴汝纶:《答张廉卿》,《吴汝纶全集》第3册《尺牍》卷一,黄山书社2002年版。

④ 刘大櫆:《论文偶记》,第6页。

接近作者的意志丰神，去理解孟子“知人论世”的“世”中“人”。其实，这一问题庄子早就思考过。庄周以“轮扁斲轮”为喻，说明后世在理解前人的思想时，企图通过语言文字的方式来实现是难以奏效的。而圣贤的精微处不可能用语言记载下来，所以他的办法是“得意忘言”。张裕钊、贺涛等人的解释则是通过诵读，把握字与字之间、词与词之间、句与句之间、段落与段落之间的“气脉”流走，将从字、词、句、段、篇中呈现出“精微”的“气脉”连接起来，唤起和建构一个文本的“意义世界”。

有了语言文字之后，该如何来表述我们的思想和认识，这是庄周关注的理论问题。而有了文学之后，该如何还原文学的意义，这为桐城派诸家所关注。后一问题的解释，姚鼐的回答是熟读自然妙悟，认为文事如禅事，一如严羽之论诗。张裕钊的回答是“颛取古人之书，反复而熟读之，以意逆志，达于幽眇”，这样“其所得盖有远出寻常解说之上者”。[①] 在创作中，“因声以求气”的妙用常被说得很玄。韩愈说“当其取于心而注于手也，汩汩然来矣”。苏洵说“其胸中豁然以明”，“浑浑乎觉其来之易矣”。刘大櫆、梅曾亮、曾国藩、吴汝纶、贺涛都认为熟诵之后，古人神气与我之神气能相吻合。姚鼐说“其于人也，漻乎其如叹，邈乎其如有思，暖乎其如喜，愀乎其如悲。观其文，讽其音，则为文之性情形状举以殊焉”[②]。张裕钊将此推向山水自然，更是玄之又玄。

张裕钊在《答吴至甫书》一文中高度肯定姚氏“因声以求气”说之后，提出“因意以摄气”的理论。他说：“吾所求于古人者，由气而通其意以及其辞与法，而喻乎其深。及吾所自为文，则一以意为主，而辞气与法胥从之矣。”[③]“因声以求气”是由“声”到“文气”、“意”、“辞”、“法”，此就接受者而言。“因意以摄气”，由“意”而统摄“辞”、“法”、“气”，此就创作者而言。揣摩古人文里的神气，继而探寻古人作文的内在依据，在他看来，这个内在依据就是“意”。这个“意”——指的是为何“那样”立意而不“这样”立意的“意”，即符合对象事物的恰当秩序，做到“当于情而合乎理”——构成创作的主要内容。张裕钊所说的“声”、“气”、“意”，是一个层面上的表述，有些像理学家讲的“月印万川”、“理一分殊”，古文中的声音理论到了他这里可谓博大精深。

三

无论是“因声以求气”，还是“因意以摄气”，都必须要回答这两个问题：一是声音与声音间的组接，它们的“意义场”是如何生成的，即声音的意义如何成为可能？二是作为散体语言形式的古文，声音是否必然成为古文的内在问题？

---

① 张裕钊：《归震川评点史记后序》，《濂亭文集》卷一。

② 姚鼐：《复鲁絜非书》，《惜抱轩全集·文集》卷六，中国书店 1991 年版。

③ 张裕钊：《濂亭文集》卷四。

(1)因声以得义。

曾国藩《日记》"同治四年一月条"载:"因阅钱莘楣先生《声类》一书。此书分《释诂》、《释言》、《释训》、《释语》、《释天》、《释地》、《名号之异》等目,皆因声得义者,足见古人先有声音,后有文字。余前有意为是书而未果。"①"有意为是书而未果",曾国藩的自信很大程度上是缘于他从诵读古文中获取的直接经验——声音的意义经验。曾国藩所说的"因声得义者"既可理解为汉字的特点,也可作为一种训诂的方法。

段玉裁《王怀祖广雅注序》云:"圣人之制字,有义而后有音,有音而后有形。学者之考字,因形以得其音,因音以得其义。治经莫重于得义,得义莫切于得音。"②阮元《论尔雅书》云:"言由音联,音在字前。联音以为言,造字以赴音。音简而字繁,得其简者以通之,此声韵文字训诂之要也。……以简通繁,古今天下之言皆有部居而不越乎喉舌之地。"③此一现象,近人刘师培和黄侃有深入的论述。刘氏《字义起于字音说》云:"字义起于字音,杨泉《物理论》述臤字,已著其端。……近儒钱溉亭氏欲析《说文》系以声。嗣焦氏说《易》,陈氏、姚氏、朱氏治《说文》,均师其例。……古无文字,先有语言,造字之次,独体先而合体后,即《说文·序》所谓其后形声相益也。"④黄侃认为"(形、音、义)三者之中,又以声为最先,义次之,形为最后。凡声之起,非以表情感,即以写物音,由是而义傅焉。声、义具而造形以表之,然后文字萌生"⑤。上古时,有语言而无文字,未造字形,却先有字音。后来,字形与字音相辅,逐渐分化。这一现象对于我们要解释的声音的"意义世界"是否有效?从理论上说,"耳治之音有限,目治之字无穷,以有限御无穷,所谓易简之理即在其中矣"⑥。所谓"简易"说的是一种有效地把握事物的认识方式。人的认识是一个由约到博、从博返约的过程,声音不出于喉舌之间,从声音证万物,则易于把握。⑦ 此就"声音"于汉字特点上说,具有普遍性,自然为古文所有。

(2)声音问题内在于古文的必然性。

骈文是"文字型"的文学,其产生和发展是基于汉字的特点(单音和孤立),并充分发挥这一特点的。因而它基本不考虑语言,这样使得它和当下的口语距离越来越远。但骈文能独立存在于不同历史时期的主要原因是它讲声律,使其文之不"吃",利用文字的特点来完成人工的声律。⑧ 所以,声音自然而然地内在于骈文之中了。古文则不同,它是"语言型"的文

① 《曾国藩全集》第17册《日记》,第849页。

② 段玉裁:《经韵楼集》卷八,《续修四库全书》本。

③ 阮元:《揅经室三集》卷三,中华书局1985年版。

④ 刘师培:《左盦集》卷四,《刘申叔先生遗书》本。

⑤ 黄侃:《黄侃论学杂著》,上海古籍出版社1980年版,第93页。

⑥ 齐佩瑢:《训诂学概论》,中华书局1984年版,第39页。

⑦ 参阅拙作《形容词的缺场与动作意谓》,《北京大学研究生学志》2004年第3期。

⑧ 范文澜:《文心雕龙注》(下),人民文学出版社1978年版,第553页。

学，古文家讲得最多的却是文气，因为“气”能使文“贯”穿起来。古文家所讲的“文气”近于自然的音调，而骈文家所谓的声病，则属人工的声律。①

虽然古文家用的是文言，模仿先秦两汉时期的语言，但与当时的口语不完全相同。因之，它使用的是文字化的语言型，是模仿古代的语言型的文学语言。这种准语体的文学，与人们实际生活当中的口头的声音语还是不合，怎么办呢？另一方面，古文写作必须做到自然流畅，要做到语势的自然，要“贯”而不“吃”，那只好讲开阖、脉络、起伏、长短、高下、擒纵、疾舒之法，只好讲音节。

清代古文家探讨声音与情韵、声音与神气之关系，强调音节字句是情韵神气的外在表现，而情韵神气则内在音节字句之中。刘大櫆的表述相当精彩，他说：

> 音节高则神气必高，音节下则神气必下，故音节为神气之迹。一句之中，或多一字，或少一字；一字之中，或用平声，或用仄声；同一平仄字，或用阴平、阳平、上声、去声、入声，则音节迥异，故字句为音节之矩。积字成句，积句成章，积章成篇，合而读之，音节见矣；歌而咏之，神气出矣。②

这表明文气具有声律的性质。刘大櫆之前，唐顺之认为：

> 喉中以转气，管中以转声，气有湮而复畅，声有歇而复宣，阖之以助开，尾之以引首。此皆发于天机之自然，而凡为乐者莫不能为然。最善为乐者则不然。其妙常在于喉管之交，而其用常潜乎声气之表。气转于气之未湮，是以湮畅百变，而常若一气。声转于声之未歇，是以歇宣万殊，而常若一声。使喉管声气融而为一，而莫可以窥，盖其机微矣。然而其声与气之必有所转，而所谓开阖首尾之节，凡为乐者莫不皆然者，则不容异也。使不转其气与声，则何以为乐？使其转气与声而可以窥也，则乐何以为神？③

此论古文音节之意义。

古文家好论文气，不外乎利用语势之浩瀚、文气之流畅，以自然的音调见长而已。然而自然的声音，虽不易把握，但有一定的音节，或宜于高声朗诵，或宜于低声密吟，或偏于阳刚，或毗于阴柔，体会玩索，本是学习古文的重要途径，为创作之主要方法。而且还可以“因声以求气”，能看到作者的精神意气，“虽百世而后，如立其人而与言于此”④，“观其文，讽其音，则为文者之性情形状举以殊焉”⑤。

将韩愈的“气盛言宜”和姚鼐的“因声以求气”对看，会发现一个很有意思的现象：韩愈

---

① 参阅郭绍虞《文气的辨析》，《照隅室古典文学论集》（上），上海古籍出版社1983年版。

② 刘大櫆：《论文偶记》，第6页。

③ 唐顺之：《董中峰侍郎文集序》，《荆川先生文集》卷十，《四部丛刊》本。

④ 姚鼐：《答翁学士书》，《惜抱轩全集·文集》卷六。

⑤ 姚鼐：《复鲁絜非书》，《惜抱轩全集·文集》卷六。

主“文气”,但到了姚鼐这里则是主“声色”。姚鼐认为“神理气味”是“为文之精”,它们又是内蓄于“文之粗”,即“格律声色”之中。而“格律声色”,总体上说,为骈文所固有,这大约是姚鼐所没有想到的吧。如果认识到骈文在变化多样、新鲜活泼的语体面前,如何开创新的发展道路的话,那么易于明白桐城派古文家在坚守古文壁垒、日益保守的情形下所做的一切努力,采用的仍是当年在古文强大的语境之下骈文为了生存而所采用的策略,即通过其自身的变化,而不依照外在的语言形态;注重总结古文传统的创作方法,而不去寻求古文在不断发展变化的社会实践中(包括具体的“物”与“序”)的生长点,尽管桐城派在理论上将“有所法而后能,有所变而后大”视为回应时势、要求通变的圭臬。晚清古文的保守性日益强化,在这里得到证实。

(3)古文声音“意义场”的形成。

古文是一种准语体的语言型文学,由于自身的规定性,创作古文必须是先模仿,而模仿最直接而有效的方式便是诵读。在诵读过程中,声音的内在性(由内向外涟漪式的语义流向)使得古文中那些稍为固定的文意与声音一起被流走。通过诵读,我们能更好地寻找到古文的“意义出口”——由声音的义项(逻辑、结构、符号、字、韵、法等)而组成的“意义场”。声之闳暗与气之短长则成为这一意义生成中的重要一环。在这一点上,“气盛言宜”和“因声求气”可统一起来。韩退之《上襄阳于相公书》说:“手披目视,口咏其言、心惟其义。”①曾国藩认为韩愈《柳州罗池庙碑》“情韵不匮,声调铿锵”,是“文章中第一妙境”。“情以生文,文亦足以生情。文以引声,声亦足以引文。循环互发,油然不能自已,庶渐渐可入佳境。”②

古文家喜欢讨论具体文法,重视开阖顺逆、起承转合、抑扬顿挫,从语言观点来看,唐宋文人善于动用助词,所以能丰神摇曳,曲折表达语言的神态;又善于动用连词,所以开阖顺逆等变化容易在文中得到体现,这是唐顺之所说的“有法可窥”。“唐宋派”从唐宋文入手,谙于开阖顺逆之法,所以在秦汉之文中也能体会“湮畅歇宣”的自然之法,遗貌而取神,后来桐城派乃至林纾大谈古文中的虚词、助词、语气词等等,从语言上说,是因为古文语言不同于口头语,不能较好地表达一时一地的神态情状,表达各种事物的形态和特征,所以必须借助汉字虚词或者音节上的特点;从神气上说,通过文法和词语上的活用,使自己的神态更为形象鲜明(创作上),使古人的神态更为清晰(接受上)。通过诵读,语言的音响与古文所蕴蓄的“意义场”能达到同一约定。

四

人们通常把桐城派古文看做美文,为文艺散文,那是因为桐城派古文在艺术上合乎现代

① 韩愈:《上襄阳于相公书》,见马其昶校注,马茂元整理《韩昌黎文集校注》,第147页。

② 曾国藩:《曾国藩全集》第16册《日记》,第420页。

散文的艺术特征。这里我们从声音的角度，认为一旦声音被人们单独用于审美，那么古文和骈文一样，将成为一种美的文学。而古文原本参与社会实践的功能和性质日益减弱，逐渐成为古文家陶冶性情之物。前所举梅曾亮、吴德旋、吴敏树、曾国藩、张裕钊诵之不厌，陶醉在古文的情景中，"益于口，成于声，而畅于气"，这着实为晚清古文家提供了莫大的精神补偿。①

桐城派古文对于词汇的吸纳不大，排斥俗语、口头语和新生的语汇。他们将更多的精力放在研究古文的声音上面，从文法、虚词、段落、篇章、字句等方面加强对古文经典的诵读和研究，以求得古文在新历史情境下的生存空间。宗骈文者则用力在文字上面，使之更大限度地挖掘文字的声音美。到了桐城派这里，虽然用力方向不同于骈文，但他们并没有开掘出一片新天地来，而是在既有的语言上进行反复锤炼和吟咏，这让我们看到桐城派古文家在追求古文的声音美，追求古文自身美的同时，他们所走的道路，又何曾不是与韩愈同时的那些力主骈文的文家所坚守的道路！

晚清古文艺术化的发展趋向与当初韩愈所创立的"因事以陈辞"②的古文写作原则绝不一样，与韩愈的"文章语言"要"与事相侔"③、"辞事相称"④的古文思想背离。我们不能因为桐城派在"义法"、"声色"上的贡献而回避这一弱点。相对晚清社会重大历史变迁，这时期的古文家在表现与时俱进的"事"方面无能为力，相反在他们既有的"古文世界"（指的是已有的古文义法、古文的意味形式和情感世界）里饱参不厌。相比韩、柳、欧、曾，晚清桐城派和受其影响的古文家表现了空前的保守性和封闭性。由于与"事"脱离，与以"事"为中心的世界日益疏远，从而使古文成为一门语言艺术，成为一门语言的声音艺术。本来，近代两楚人士，尤其是湖南人，按其"事即理"、"理在事中"的内在路向，是可以开出晚清古文的新局面的。可惜的是，即使是像曾国藩这样的气魄雄奇之士，对于古文的贡献仍然是在古文与骈文二维向度内展开，终未向前迈进一大步，这不能不让后人为之遗憾。

在西潮激荡下，晚清古文在面对自身发展困境时，它与骈文所走的路向基本一致。钱基博讲到近代骈文家孙德谦时说：

> "六朝文之可贵，盖以气韵胜，不必主才气立说也。《齐书·文学传论》曰：'放言落纸，气韵天成。'若取才气横溢，则非六朝诀也。昌黎谓：'惟其气盛，故言之高下皆宜。'斯古文家应尔，骈文则不如此也。六朝文中，往往气极遒练，欲言不言，而其意则若即若离。上抗下坠，潜气内转，故骈文蹊径与散文之'气盛言宜'，所异在此。"（柳按：引文为

---

① 张裕钊说："往在江宁，闻方存之云，长老所传刘海峰绝丰伟，日取古人之文，纵声读之。姚惜抱则患气羸，然亦一不废哦诵。"（《答吴至甫书》，《濂亭文集》卷四）

② 韩愈：《答胡生书》，《韩昌黎文集校注》，第184页。

③ 韩愈：《上襄阳于相公书》，同上书，第178页。

④ 韩愈：《进撰平淮西碑文表》，同上书，第607页。

孙德谦语)此主气韵,勿尚才气之说。主气韵,勿尚才气,则安雅不流于驰骋,与散体殊科。崇散朗,勿矜才藻,则疏逸而无伤于板滞,与四六分疆。[1]

孙德谦所说颇得骈文精义。如果将韩愈"气盛言宜"解释为"才气"之"驰骋"还稍成立的话,那么这一观点置于晚清古文的语境中,其说服力就大可怀疑。孙德谦强调骈文比韩愈创立的古文优越,他所讨论的古文是韩愈那个时代的古文。唐宋古文家论文,多从气势上说,因气以品文。清代古文家论文则是将"气"与"韵"联系起来。桐城派古文同样是"主气韵,勿尚才气,则安雅不流于驰骋",桐城派强调渊池停蓄、树茂幽美之气,雅洁懦缓之辞,表明古文与骈文不相抵牾,反而相通相融。钱氏擅长骈偶行文,不过"主气韵"、"崇散朗"之论却相当泛化。

骈文"其气转于潜,骨植于秀,振采则清绮,凌节则纡徐"[2],孙德谦日取《骈体文钞》"苦不得其奥窔,第领其音节气息而已。既读朱一新《无邪堂答问》论六朝文云'上抗下坠,潜气内转',大悟,创血脉之说。以为'颜黄门谓文有心肾筋骨皮肤,而不知有血脉。血脉者,以虚字使之流通,亦有不假虚字而气仍流通,乃在内转。刘成国训脉为幕,谓幕落一体,则其贵尤在于通体之气韵'"[3]。这使我们看到,骈文在清代后期,并不尚涂泽,而唯务气韵。孙德谦所谓"血脉"何尝不是古文家所讲的"文气"?晚清骈文重遒逸、研炼、疏宕、逋峭、岸异之气,相当程度上是借鉴古文的结果。尽管他们未必如是想,但骈文到后来,必将与古文有某种一致性。晚清古文注重渊懿、安雅、致韵的审美特点,同样可看成是骈文效用的延续。因为古文要成为一门艺术,必然与骈文有着内在一致性。在晚清的文论当中,古文家也讲声色,骈文家也讲义法。这一点,郭绍虞归之为"骈文与古文相济"[4]。补充这一段是为了印证曾国藩在《送周荇农南归序》中所阐发的骈散相合的观点正是基于古文与骈文的融通,这正是古文逐渐成为艺术美文的重要前提。

古文理论中的声音现象对于古文发展的影响自然不止于此,吴汝纶将古文理论中的声音现象引申到解经、注经的领域,使其成为晚清古文家治经的重要方法。古文声音理论中的"耳治"和文学近代化过程中的"目治",在近现代文学的发展变革中,二者力量势位的消长,对于文学的走向有着深远影响。

(原刊《文艺理论研究》2008 年第 3 期,人大报刊复印资料《中国古代近代文学研究》2009 年第 1 期转载)

---

① 钱基博:《现代中国文学史》,第 120 页。

② 孙德谦:《六朝丽指》,四益宧民国 12 年(1923)刻本,第 8—9 页。

③ 刘梦溪主编:《中国现代学术经典·钱基博卷》,河北教育出版社 1997 年版,第 152 页。

④ 郭绍虞:《文气的辨析》,《照隅室古典文学论集》(上)。

视日、日书和叶书

——三种简帛文献的区别和定名

李　零

简帛文献,有三种很重要:视日、日书和叶书。它们都和历法有关,但各自独立。这三种简,除"日书"一名早被学界采用,其他两类的定名,一直有问题。现在,由于新材料不断发现,我们已经可以把这三类分清,也终于知道古人怎么称呼它们,现在是可以做一点总结的时候了。

一　视日(或质日)

"视日",也叫"质日",这是我主张的定名。这种简,发现最早,最初叫"历谱",提出者是著名学者罗振玉。

我们都知道,19世纪末和20世纪初,中国有很多大发现,王国维叫"五大发现",其中之一是西域汉简。这一发现,今天仍然值得回顾。

1912—1914年,罗振玉、王国维编《流沙坠简》,是汉简研究的开山之作。他们把敦煌汉简分为三大类,第一类叫"小学、术数、方技书",考证出于罗振玉。"术数"是第一大类中的第二小类。①

这一类收什么,大体是根据班固《汉书·艺文志·数术略》的分类原则。《数术略》所谓的"数术",也叫"术数",清代的叫法是"术数"(《四库全书》是叫"术数")。罗振玉的术数简,包括六类残简:

(1)《力牧》。罗氏以为"兵阴阳"。"兵阴阳",《汉书·艺文志》放在《兵书略》,是兵书四种的第三种。它是数术在兵学上的推广和应用,罗氏把它列于"术数"之首。

(2)七种"历谱":《元康三年历谱》、《神爵三年历谱》、《五凤元年八月历谱》、《永光五年历谱》、《永元六年历谱》、《永兴元年历谱》、《干支谱》。定名根据,是《汉志》的"历谱"。

(3)《九九术》。是算术书,也属于"历谱"。

---

① 罗振玉、王国维:《流沙坠简》,中华书局1993年版,第75—99页。

(4)《吉凶宜忌残简》。罗氏称为"阴阳书",属于《汉志》的"五行"。

(5)《占书》。开头第一字是"旅",罗氏以为旅卦,定为"筮书",即算卦的书。筮书属于《汉志》的"蓍龟"。

(6)《相马法》。属于《汉志》的"形法"。

这六类中,"历谱"简最多,是它的主体。它的七种谱都是某年某月(或某些月)的干支表,格式大同小异,除注月朔、大小、节气,还注建除、血祭、反支、八魁。标题的年是沙畹推定。原简没有标题,标题是罗氏定的。

罗氏指出,这类残简使用的术语,和汉代历家的说法、唐以来传统历书的说法,往往相合。但这类竹简叫什么?他没有用后世的名称,叫"历书"或"历本",而是选择了班固的叫法,称为"历谱"。"历谱"是《数术略》六种古书中的第二种。

这类竹简,后来不断发现,据统计,已有40多种。学者沿用罗、王的定名,一向把这类简叫"历谱"。

罗氏的定名对不对,近年有争论。起因是,法国学者马克(Marc Kalinowski)教授组织过一个中古数术文献的研究组,中国学者邓文宽先生和刘乐贤先生参加过他们的研究。他们比较过敦煌文献,觉得罗氏的定名有问题。

这一怀疑是由马克教授提出,邓文宽先生论证。①

邓先生认为,这类竹简并不属于《汉志》定义的"历谱",而是某种类似后世历本的东西。《数术略》"历谱"类的18种书,"可以划分为两类,一类属于'历术',即编制'历日'的方法和计算数据,相当于后世的'历经';另一类属于帝王世谱、世系之类,相当于后世所说的'谱系'、'家谱'、'族谱'"。前一类是"历术",不是"历本"。《汉志》"并未将实用历本单列为一个门类,也未涵盖在'历谱'之中"。

上述竹简,不叫"历谱"叫什么?邓先生说,最好叫"历日"。他认为,"历日"是古人一贯使用的名称。比如《周礼》郑注、王充《论衡》就都提到"历日"一词,东汉以后,也有这种说法。唐宋时期的"具注历日"就是合"历日"和"日书"为一体。他甚至认为,银雀山汉墓M2出土的《元光元年历谱》,其自题"七年视日","视日"不通,"应据历学校改为'七年历日'"。

刘乐贤先生赞同邓说,但略有不同。②

他说,《汉志》的"历谱"分三类,第一类同邓说,主要是"历"(还包括日月五星行度和日晷),第二类也同邓说,主要是"谱"。但他补充了第三类,还有算术书。他认为,"历"是"历","谱"是"谱","历谱"是"历"、"谱"的合称,"古书罕见'历谱'一词"。

关于《元光元年历谱》,他的意见是,原文还是"七年视日",不是"七年历日","视日"可能与选择时日有关。

---

① 邓文宽:《出土秦汉简牍"历日"正名》,《文物》2003年第4期,第44—47转51页。

② 刘乐贤:《简帛数术文献探论》,湖北教育出版社2003年版,第22—26、255—272页。

这一讨论很重要，不仅涉及这类竹简的定名，还涉及整个数术文献的分类。它已经影响到考古报告的定名。比如2000年孔家坡汉墓M8出土的《历日》，这个书题就是受了上述讨论的影响，已经换了叫法。①

受各位学者启发，我也对这个问题做过讨论。②

我的看法是：

一、《汉志》所谓"历谱"，主要属于历算类。它可以分得更细，包括历法、行度、谱牒、日晷、算数五类。这五类，除日晷类，都有出土实例。上述"历谱"简是年历类的甲子表。这些历表都是以历法为基础，并与谱牒有密切关系。"谱牒"的"谱"，本来就是指这类表。

二、"历谱"的"历"是历法或历术，"谱"是谱表，包括世表、年表、月表等不同形式的表。这些表是以历法、历术为基础。我们不能把"历"、"谱"视为截然不同的两类。"历谱"作为合称词，不光见于《汉志》，还有一些例子。上述"历谱"简，还是和这类有密切关系。

三、这类竹简有自题，应名从其主，叫"视日"或"质日"。"视日"一词，是查看时日的意思。它也见于包山楚简，是当值官员的代称。秦汉墓葬随葬这类竹简，可能是供当值官员填写政事记录，类似值班日志。

历表类的竹简，自题"视日"、"质日"，我举过两个例子：

(1)1972年银雀山汉墓M2出土的《元光元年历谱》。这是汉武帝元光元年七月至次年后九月的干支表，注节气、反支，简文自题是《七年视日》。③

(2)1988年张家山汉墓M136(M336)出土的《汉文帝前元七年历谱》。材料尚未发表，据简报介绍，简文自题是《七年质日》。④

这样的例子，其实还有，只不过尚未发表。但这两个例子，已经足够说明问题。我的看法是，不管大家对"历谱"的理解有多大分歧，我们还是应该尊重竹简本身的叫法，最好把这类简叫做"视日"或"质日"，而不必改称"历日"。

关于上述讨论，我已经讲过很多话，这里不再重复，我只补充几句：

第一，"视"和"质"古音相近("视"是禅母脂部字，"质"是端母质部字)，可能是通假字，前者有察视之义，后者有比对之义，含义也比较接近。"视日"的含义，大概并不复杂，只是查看日子的意思。这类历表固然列有建除、反支等吉凶日，与选择有交叉，但更主要的功能，还是给执事、视事的值班官员用，用来记录政事，用以考核政绩。

第二，上述历表，都是精确到日的年历。历术推步，排甲子，在我国很有传统，罗振玉讲"历谱"已经提到这一点。这是视日简的基本要素。古人排历，有排历的工具，如历年出土的

---

① 湖北省文物考古研究所等《孔家坡汉墓简牍》，文物出版社2006年版，第191—194页。

② 李零：《简帛古书与学术源流》，北京三联书店(修订本)2008年版，第303—310页。

③ 吴九龙：《银雀山汉简释文》，文物出版社1985年版，第233—236页。

④ 荆州地区博物馆《江陵张家山两座汉墓出土大批竹简》，《文物》1992年第9期，第1—11页。

干支筹,就是这种工具。[①] 过去,中国历史博物馆的通史陈列,有一件战国时代的"干支仪",它有两层小轮,好像密码锁对号,可以用来对干支。排日,当然属于"历",列表当然属于"谱"。

第三,上述历表,可以加注。加吉凶宜忌,固然类似日书,但它的用途,主要不是选择时日,而是记录政事,和管理有很大关系。

关于最后这一点,有两个例子值得注意:

(1)1983 年张家山汉墓 M247 出土的《历谱》(汉高祖五年四月至吕后二年后九月的年表),其中有"(五年)后九月……新降为汉"、"(十二年)六月病免"等辞,显然属于记事之辞。[②]

(2)1993 年尹湾汉墓 M6 出土的《元延二年日记》(汉成帝元延二年的日记),是"在预先编制成册的元延二年历谱上记事",墓主把他的出差记录,填在预先排定的元延二年历表上。这个日记,详细记载墓主从哪里出发,到哪里去,沿途住在哪里,有很多传舍、驿站和官署的名称。[③]

世考中国日记之始,多溯源于刘向《新序·杂事一》,以为"日记"之初义,即"日有记也"。宋以来,更盛举黄山谷《宜州家乘》(见陆游《老学庵笔记》),以为私人所记,为行状、年谱所取资。我想,早期日记,主要是值班日记。值班日记,属于档案,和后来的私人日记还有所不同。

这是以"历"为主的简。

二 日书

上面,我们谈《流沙坠简》,有一件事值得注意。当年,罗振玉定术数简,其中有《吉凶宜忌残简》和《占书》。这两种残简,前者,罗氏叫"阴阳书"。"阴阳书"是后世对选择书的笼统叫法。日书就是一种选择书。后者,"旅"字并不是旅卦,和筮书无关,从内容上看,也是日书。实际上,他已经接触到汉代的日书。只不过,罗氏还不知道,古人有"日书"这个叫法。

日书被人们认识,是 20 世纪 70 年代。

1975 年,睡虎地秦墓 M11 出土过两种《日书》,分甲、乙两种。其中的乙种,最后一简(简 260)自题"日书",为我们提供了线索。从此,大家把这类文献叫"日书"。[④]

---

① 如河北柏乡县东小京战国墓所出,参看柏乡县文物保管所《河北柏乡县东小京战国墓》,《文物》1990 年第 6 期,第 67—71 页。

② 张家山二四七号汉墓竹简整理小组《张家山汉墓竹简〔二四七号〕》,文物出版社 2001 年版,第 129—130 页。

③ 连云港市博物馆等《尹湾汉墓简牍》,中华书局 1997 年版,第 138—144 页。

④ 睡虎地秦墓竹简整理小组《睡虎地秦墓竹简》,文物出版社 1990 年版,第 255 页。

最近，孔家坡汉简《日书》，经红外线处理，也发现了自题，同样叫"日书"。[①]

"日书"这个名称是没有问题的。

现已发现的日书，战国有两种，秦代约有七八种，汉代约有十种，粗略统计，大概在20种上下。这些日书，长短不一，形式各异，有些只是摘抄，基本特点是什么？应该总结一下。

我认为，日书的特点是：

（1）它的构成要素有两个，一个是"历"，一个是"忌"。"历"是历表，即以甲子表体现的各种历表（有年表、月表或积年的大表）；"忌"是吉凶宜忌，即从事各种活动的吉凶宜忌。

（2）常见日书，一般分两部分。前面是历忌总表，后面是分类选择。历忌总表，详列十二月的吉凶日，供人选择。这种总表，现在寓目，主要是两种，一种是建除表，一种是丛辰表。建除又分楚除、秦除，丛辰也有秦楚之别。它们都是按历表选日子。分类选择，不一样，是按项目选，各讲各的吉凶宜忌。

（3）前者是以"历"为经，以"忌"为纬，把吉凶宜忌注在历表上，按时间检索，类似后世的具注历。后者相反，是以"忌"为经，以"历"为纬，把时间注在选择事项下，按选择事项检索。

（4）《协纪辨方书》，"协纪"的"纪"是时间，"辨方"的"方"是方位。这是晚近的选择书。现存日书，也是这样，不光讲时间，也讲空间，有各种方向之忌，特别是与出行和军事行动有关的吉凶宜忌。它是一种把时间和空间整合在一起，天地万物都装在里面的大体系。

（5）现存日书，除选择时日，还旁及星占、式法、风角、五音、纳甲、十二声、六吕六律、卜筮、占梦、相宅，以及厌劾祠禳，它还试图打通各类数术。

（6）日书的选择事项，简直无所不包，凡是日常生活可能涉及的方面，比如裁衣、起盖、出行、嫁娶，几乎一切，都可以装进这个体系。它还是一种"日常生活的百科全书"。

（7）选择术，春秋就有，和晚期日书比较，更具原始性。早期选择，往往跟某种神话传说有关，要依托某个传说人物。这种选择，一般是单项，更像战国秦汉日书的杂忌，没有时间总表。历忌总表，肯定是后起。[②]

日书简和视日简有一个共同点，就是它们都与"日"有关，名称都有"日"字。但这两类简很不一样。

日书是选择时日的书。这种书，属于数术中的选择类。选择时日离不开"历"。但它关心，主要不是"历"，而是"忌"，即所谓"历忌"。

"历"有年月日，"春生夏长，秋收冬藏"（《千字文》），年是时间轮回的基本单位。中国早期的年历，一般分两种，一种是"四时令"，一种是"五行令"。前者是按四时二十四节气分配十二月，后者是按五行三十时分配十二月。例如赛克勒美术馆收藏的子弹库帛书就有这两

---

① 日本学者森和在"出土数术文献国际学术研讨会"上披露。他的文章是《从离日和反支日看〈日书〉的继承关系》，见http // www. bsm. org. cn/show article. php ? id = 862。

② 参看李零《中国方术续考》，中华书局2006年版，第370页注②的例子。

种。过去所谓的“楚帛书”,其实是“四时令”。另外那种没发表。但银雀山汉简有《三十时》,《三十时》属于“五行令”。

古代的时令书,不光讲节气,还讲吉凶宜忌。后世历书,继承了这一传统。

时令书,有些细化到日,有些只讲月。日有日禁,月有月讳,不光日书一种。专门讲月的书,古有“月令”,月是基本单位。专门讲日,才叫“日书”。日书讲吉凶宜忌,一定要具体到日。

王充说,“岁月之传既用,日禁之书亦行”(《论衡·讥日》),是两者并举。子弹库帛书的两种令属于前者,出土日书属于后者。日书就是“日禁之书”。

阴阳五行说,是中国的宇宙论和自然哲学。选择时日的书,和阴阳五行说关系最大。讲日也好,讲月也好,不管时间怎么分,总是为了趋吉避凶。这类书,古人最笼统的叫法是“阴阳书”,后世仍用这个名称。《汉志·数术略》把这类书收在“五行类”。中国后来的数术书,分类有很多变化,但选择一直是“阴阳五行”书的主体。

读《汉志·数术略》,我们不难发现,“历谱”类的古书,和史书关系最密切,不光其中的“历”,也包括其中的“谱”。它们都和史书有很大关系。中国古代的档案、中国古代的史书,时间、地点、人物、事件四要素,一样不能少。特别是时间,更是框架性的东西。历史历史,没有“历”就没有“史”,特别是编年史。

司马迁作《史记》,是以世系为主,年代是靠他的十表。他作《十二诸侯年表》,曾说作表之难,在于取材多源,“儒者断其义,驰说者骋其辞,不务综其终始,历人取其年月,数家隆于神运,谱谍独记世谥,其辞略,欲一观诸要难”。他所谓“表”,包括世表、年表、月表,这种东西,其实就是“谱”。《史记》的“世表”、“年表”,就是《汉志·数术略》的“世谱”、“年谱”。

日书和“历谱”是什么关系,司马迁的话很有启发。“历人”重“年月”,“谱牒”(编谱牒的人)重“世谥”,“数家”重“神运”。这是基本区别。

我理解,历表与谱牒相配,就是“历谱”,“历”和“谱”关系最密切。日书和它们的关系要远一点。它虽用“历”,却完全是另一类。日书是数家的书,它更看重“神运”,即上面说的吉凶宜忌。

总之,“历”、“谱”属于“历谱”类,日书属于“五行”类。完全是两种书。

日书以算命推运为主,和占卜关系大,和历史关系小。

三 叶书(牒书)

叶书就是牒书。这一类,大家最陌生。其实,这种简早就发现过,只不过我们一直都不知道它自己管自己叫什么。学者题名,叫法很随意。如:

(1)1975 年,睡虎地秦墓 M11 出土的《编年记》。是墓主喜的简历。他出生于秦昭襄王四十五年。编年不始于这一年,而是从秦昭襄王元年记起,止于秦始皇三十年,即他 46 岁时，估计包括了他的一生。这篇简文，有如自传和年谱，因为是编年记载，因此题名《编年记》。①

（2）1977年，双古堆汉墓M1出土的《年表》。简文残缺严重，分甲、乙两种，据介绍，主要是记春秋战国时期各国君主的在位年数，下限止于秦始皇。这种竹简，也编年，也记事，整理者最初叫《大事记》，后来改叫《年表》。②

最近几年，我曾两次去荆州。我是从荆州博物馆的发现，才知道这类竹简叫“叶书”。

我第一次听说“叶书”是2005年12月底。我从武汉去荆州，荆州博物馆的王明钦馆长陪我到处参观。他说，他们挖出过一种叫“叶书”的竹简。我问他怎么写，他说，“叶”就是“树叶”的“叶”。当时，我很兴奋。因为我一直认为，年表类的古书，就是司马迁说的谱牒。③我跟他说，我理解，“叶书”应读“牒书”，其实就是世表、年表和月表一类东西。

从荆州回来，武汉大学的历史学院邀我演讲，让我讲讲研究竹简的心得。我说，我已经好久不摸竹简了。这些年，只有一个新知识，就是王明钦馆长告诉我的“叶书”。“叶书”是什么？就是我很关心的“谱牒”，现在总算有线索了。

可惜的是，当时我还没有看过原物，只是听王馆长说有这么一类东西。

今年，我参加过武汉大学简帛中心举办的“出土数术文献国际学术研讨会”（4月7—9日），会议最后一天，轮我发言，是谈简帛文献的分类，我专门讲过“视日”、“日书”和“叶书”的关系，也就是这篇文章的想法。会后，彭浩先生安排大家到荆州博物馆看竹简，我才第一次看到他们发掘出土的叶书简。

荆州出土的叶书简有两种，一种是印台汉墓M60出土，一种是松柏汉墓M1出土。参观时，我只看到前一种，简书自题很清楚，确实是“叶书”二字。回到北京，彭浩先生把后一种的释文寄给我，让我大开眼界。

最近，松柏汉墓M1有简报发表。简报说，松柏汉墓M1共出土木牍63块，内容分五类，其中第三类是“叶（牒）书”，内容是“记载秦昭襄王至汉武帝七年历代帝王在位的年数”。④

离开武汉前，我还参观过湖北省博物馆。展品中有一件木牍，引起我的注意。

这件木牍是1986年荆州江陵毛家园汉墓M1出土。⑤ 木牍释文是：

---

① 睡虎地秦墓竹简整理小组《睡虎地秦墓竹简》，文物出版社1990年版，第3—10页。1986年，放马滩秦墓M1出土的《墓主记》，似乎也是类似的东西。因为简文尚未发表，无法做出判断。据介绍，简文是讲墓主“因伤人而弃市，后又死而复活，同时追述了丹过去的简历和不死的原因”。参看何双全《天水放马滩秦简综述》，《文物》1989年第2期，第23—31页。

② 文物局文献室等：《阜阳汉简简介》，《文物》1983年第2期，第21—23页；胡平生：《阜阳汉简〈年表〉整理札记》，《文物研究》第七期，黄山书社1991年版，第392—402页。

③ 李零：《简帛古书与学术源流》，第281—286页。

④ 荆州博物馆：《湖北荆州纪南松柏汉墓发掘简报》，《文物》2008年第4期，第24—32页。

⑤ 湖北省博物馆：《书写历史——战国秦汉简牍》，文物出版社2007年版，第77页。

十二年八月壬寅朔。己未,□乡畴敢告地下主:1

泗阳(?)关内侯寡大女精死,自言以家属马牛徒,今牒书所具(?)2

徒者,□牒移此,家复不事,可令史□路(?)以从事,它如律令。3

敢告主。4

这件木牍也提到了"牒书"。牍文模糊不清。这里除断句、标点有一点改动,基本上是抄录展览图录的释文,第三行"牒"字上面的字似是"奉"字。

这里需要探讨的是,"牒书"的"牒"到底是什么意思。

我理解,古书所谓的"牒",是简册的基本单位。未经编联的简册,竹简一枚,木牍一枚,都叫"牒"。王国维说:"竹木通谓之牒,亦谓之札。"①

简册,有先编后写和先写后编两种。如果事先有底本,只是过录副本,往往都是先编后写。如果临时记事,有一事记一事,则往往都是先写后编。竹简,先编后写比较多,往往是抄成卷的东西。木牍,则往往单独书写,可以编起来,也可以不编,很像现在文具商店出售的拍纸本(pad notes),一张一张撕下来,单独使用。比如走马楼三国简,就是由临时记事的木牍,积累到一定时候,经过汇总和分类,再编联成册,最后裁切简册,让简头简尾整齐一点(古人叫"等")。

叶德辉曾经讨论过"叶"和"牒"的关系。今天,重读《书林清话》卷一"书之称叶"条,仍然很有启发。

叶氏指出:

(1)"今俗称书一纸为一页","页"本作"叶"。

(2)"古者简籍之式,或用竹,或用木。竹以一简为一篥,木以一版为一枼"。

(3)"牒"与"札"互训,都指木简。

他说纸本的"叶"是源于简牍的"枼"、"篥"或"牒",很对,但毛病是,他太拘泥许慎《说文》的分部。许慎编《说文》,往往以部首划界,专字专用,抹杀通假,好像每个字只许有他说的用法。叶氏说,"篥"字从竹,专指竹简;"枼"字从木,专指木简;"牒"、"札"互训,也专指木简;"叶"字从艸,只是"艸木之叶"。这样划分,并不能反映古人的实际用法篥。

现存古书,每页都有页码,这种页,本来叫"叶"。

简帛文献,也有叶号。如:

(1)1959年磨咀子汉墓M6出土的《仪礼》。这部古书,每简的简尾都有古人书写的简序编号,其中的"七"都写成"桼"。这种编号就是叶号。②

① 见王国维《简牍检署考》的开头。参看李零《简帛古书与学术源流》第144—165页附印的王国维《简牍检署考》的标点本。

② 甘肃省博物馆等:《武威汉简》,中华书局2005年版,第87—135页。

(2)1993年尹湾汉墓M6出土的《元延二年日记》。这批简文分六组,每一组自为起讫,在简端标序,从“第一”至“第某”。这种编号也可视为分组的叶号。①

另外,上博楚简有一种讲龟卜的小书,尚未发表,也有叶号,是写在简尾。

这种叶号,对理解“牒书”很有用。

我们都知道,楚国竹简有“以事记年”的习俗。我说,“这种记年之事不会正好发生在岁首,而是该年的一种代表性事件。也就是说,其岁名都是后来清抄时补加”。② 现在,道理也一样,“十大新闻”都是年终评出来的,评出来,才能代表这一年。可见,很多历史记录都有二次整理。记录之前,简牍可能是散置。

1993年,我在弗利尔/赛克勒美术馆访问,对档案有一点体会。这两个博物馆都属于美国国立博物馆的总管部门史密森学院(Smithonian Institution)。史密森学院是美国联邦政府的下属部门。他们的办公室,经常互送memo,打电话,也有记录。这种memo,照例有四项:date(日期),to(写给谁),from(谁写),re(谈什么事)。其实,这种东西,中国古代也有。

古代史书的基础是档案,档案的基础是日常记录。所谓编年,所谓大事记,都是从零散的记录汇编而成。只有经过事后的整理,才有系统的世次,系统的编年。

牒书是用零散的简牍编成的书,主要属于文书类。

2008年7月25日写于蓝旗营寓所

补记:睡虎地秦墓《编年记》是以王年记生平(并且是从墓主出生时的那个王的头一年记起)。这种记事法应是谱牒的传统记事法。西周铜器史墙盘,就是以史墙祖考的世次对应于周王的世次。

附:叶德辉《书林清话》卷一有“书之称叶”(叶原作葉)条:

今俗称书一纸为一页。

按《说文解字》页部首云:“头也。从百从儿,古文䭫首如此。”是页为稽首之稽本字,于书无与也。

其字又作叶。自有书本,即有此名。《墨庄漫录》称吴彩鸾所书《唐韵》为旋风叶是也。但《说文解字·艸部》:“叶,草木之叶也,从艸枼声。”于书叶之叶亦不相类,盖其本字当作枼。

《说文解字·木部》:“枼,楄也。枼,薄也。从木世声”,而楄下云:“楄部,方木也。从木扁声。《春秋传》曰‘楄部荐榦’。”按今左昭二十五年传作“楄柎藉榦”,杜注:“楄柎,棺中笭

① 《尹湾汉墓简牍》,第138—144页。

② 李零:《中国方术正考》,中华书局2006年版,第221页。

床也。榦,骸骨也。"自是枼之本义。其云"枼,薄也",则为书叶之枼。

古者简籍之式,或用竹,或用木。竹以一简为一篥,木以一版为一枼。《说文解字·竹部》:"篥,籥也。从竹枼声。""籥,书僮竹笘也。从竹龠声。"此竹简从篥之证也。又《片部》:"牒,札也。从片枼声。"《木部》"札,牒也。从木乙声",此札牒从木之证也。

牒之木多用柹,《颜氏家训·书证篇》云:"《后汉书·杨由传》云:'风吹削肺。'"此是削札牍之柹耳。古者书误则削之,故《左传》云"削而投之"是也。

或即谓札为削。王褒《童约》"书削代牍",苏竟书云"昔以磨研编削之才",皆其证也。《诗》"伐木浒浒",毛传云:"浒浒,柹貌也。"史家假借为肝肺字,俗本悉作脯腊之脯,或为反哺之哺。学士因解云:"削脯是屏障之名",既无证据,亦为妄矣。此是风角占候耳。《风角书》曰:"庶人风者,拂地扬尘转削。"若是屏障,何由可转也。观黄门所辨,知札牒之木为柹木。又知木牒之牒,其制甚薄,故风可吹亦可转。

六书,枼一训薄,薄则便于翻检,故一翻为一枼。

段玉裁注篥字云:"小儿所书写,每一笘谓之一篥,今书一纸谓之一页,或作叶,其实当作此篥。按段氏知其一不知其二。篥之于牒,皆从枼声。是枼字在篥、牒之前明矣。竹简之书,仅能成行,不能成牒,书僮之笘,又其小者,何能谓之叶?不知篥字专为竹笘一篥之称。牒谓木牍一版之称。一叶之叶当作枼。亦取其薄而借用之,非其本义如此也。

吾尝疑叶名之缘起,当本于佛经之梵贝书。释氏书言西域无纸,以贝多树叶写经,亦称经文为梵夹书。此则以一翻为一叶,其名实颇符。不然,艸木之叶,于典册之式何涉哉?

(原刊《文物》2008 年 12 期)

礼制的隐含与《论语》的诠释

徐　刚

《论语》是礼乐制度下的产物，礼乐又是孔子本人所特别强调的内容，所以其中大量涉及了当时的礼制。有些言论很明显，直接就指明了是在谈礼制，这种情况相对比较容易处理，我们只要直接去找相关的礼制材料，就不难理解文本的意义。例如《八佾》篇：

子贡欲去告朔之饩羊。子曰："赐也，尔爱其羊，我爱其礼。"

在文献中不难找到有关告朔之礼的记载。每年季秋，周天子把第二年的历书颁给诸侯，[①]诸侯把历书藏在祖庙，每月初一，杀一只羊以祭祖庙，就叫"告朔"，然后回朝听政，叫做"听朔"或"视朔"。孔子非常看重告朔之礼，因为授时在古代是非常重大的事情，从天子的角度讲，它象征着王权；从诸侯的角度讲，奉正朔表示他仍然臣属于周天子。周衰落以后，天子实际无法班朔，诸侯也根本不再重视此礼。春秋时期，鲁国国君经常不亲自告朔。例如《春秋》载文公十六年，公四不视朔，大概此后就更加荒废了。子贡觉得此礼已名存实亡，因此想把告朔杀羊的仪式也免了。孔子认为有羊还是可以说明有告朔之礼存在，如果连这一仪式也免去了，那就真的是把整个礼仪都废弃了。

但是，《论语》中还有很多内容，表面上好像没有谈到礼，可是其中隐含着礼制。如果不结合这种礼制的背景去读《论语》，可能就会觉得孔子的很多行为难以理解，甚至不知所云。这种情况相对比较难，因为开始的时候，我们常常意识不到其中隐含的礼制，因此往往会产生理解的偏差。下面我们就对《论语》中的这种隐含性的礼制作一些探讨。

一

孔子见阳货的故事，就很有代表性，也非常有意思，《阳货》篇：

阳货欲见孔子，孔子不见。归孔子豚，孔子时其亡也而往拜之，遇诸途。谓孔子曰："来！予与尔言。"

---

① 《礼记·月令》：季秋，"合诸侯制，百县为来岁受朔日"。则班朔在季秋。但《周礼·大史》郑众注云在十二月朔日。

曰:“怀其宝而迷其邦,可谓仁乎?”

曰:“不可。”

“好从事而亟失时,可谓知乎?”

曰:“不可。”

“日月逝矣,岁不我与。”

孔子曰:“诺,吾将仕矣。”

阳货即阳虎,货与虎古音相近,可以通假。刘宝楠《正义》怀疑货是名,虎是字。阳虎是季氏家臣,曾经操纵季氏,把持了鲁国朝政。阳虎有心除掉三桓而自代,后来失败,逃往齐国,又逃到晋国。他拉拢孔子,可能是因为知道孔子也反对三桓,但是孔子虽然反对“政在大夫”,更反对“陪臣执国命”,所以不可能跟阳虎合作。阳虎有一句“名言”,说:“为富,不仁矣;为仁,不富矣。”(见于《孟子·滕文公上》)《左传·定公九年》也说他“亲富不亲仁”,可见他跟孔子真是属于“道不同,不相为谋”的一类。

这样说来,孔子不愿意见阳虎,是很容易理解的。但是,既然不愿意见,为什么还要回拜他呢?回拜他,偏偏还要等他不在的时候去,结果又在路上遇到了。也许很多人会觉得孔子是不是太矫情了?好在《孟子》帮我们回答了这个问题,《孟子·滕文公下》云:

古者不为臣不见。段干木逾垣而辟之,泄柳闭门而不纳,是皆已甚。迫,斯可以见矣。阳货欲见孔子而恶无礼。[①] 大夫有赐于士,不得受于其家,则往拜其门。阳货瞰孔子之亡也而馈孔子蒸豚,孔子亦瞰其亡也而往拜之。当是时,阳货先,岂得不见?

段干木不见魏文侯,泄柳不见鲁缪公,这都是做得比较过分的。如果在上位者一定要求见他们,也是可以见的。阳货想见孔子,又怕人们说他强迫孔子,背上无礼的骂名,所以趁孔子不在家的时候馈孔子豚。按照当时的礼制,大夫有赐于士,如果没有在家亲自接受,就要去上门回拜。所以这是阳虎很高明的办法。孔子并不愿意见阳货,但也不愿意违背礼制,所以也故意趁他不在的时候去答拜。没想到正好在路上撞见了。故事就这样发生了。

《孟子》讲得很具体,其实我们还可以从更大一点的原则来理解,《礼记·曲礼上》说得很明白:“礼尚往来。往而不来非礼也,来而不往亦非礼也。”阳货有来,孔子就应有往。

这一章的句读,前人有一些不同意见。明代的郝敬、清代的毛奇龄、阎若璩、王引之、俞樾等学者都认为,文中的两个“曰:‘不可’”,都是阳虎在说话,并不是孔子的回答,而是阳虎自问自答;因此,从“来!予与尔言”一直到“日月逝矣,岁不我与”,都是阳虎在说话,孔子只是最后敷衍了一下,说“诺,吾将仕矣。”今天也有很多学者赞成这么读。[②]

---

① 朱子:《四书章句集注》:“畏人以己为无礼也。”中华书局 1983 年版,第 270 页。

② 刘宝楠:《论语正义》,中华书局 1998 年版,第 674—675 页;俞樾:《古书疑义举例》,中华书局 2005 年版,第 28—29 页;杨伯峻:《论语译注》,中华书局 2000 年版,第 181 页。

如果我们认真地比较一下，不难承认传统的读法其实文从字顺，并没有什么问题；而这种新的读法并不比传统的读法通顺，阳虎一个人在那里自问自答，反而显得很别扭。之所以会有这种新的读法，推测起来，可能是因为大家觉得阳虎说话很没有礼貌，孔子每问必答，显得太老实恭顺了。但是阳虎与孔子之间的对答，是符合古代传统的礼貌原则的。阳虎是孔子的长辈。《史记·孔子世家》说，孔子母亲去世不久，有一次季氏宴飨士，孔子也去了，正碰到阳虎，阳虎斥责他说："季氏飨士，非敢飨子也。"阳虎阻拦孔子，有人认为是因为孔子的母亲刚去世，孔子"要绖"，腰上的麻带还没有去掉，不应出现在这种场合；也有人说是因为孔子那时太年轻。不管怎样，阳虎在年纪上和官位上都比孔子高；因此，他跟孔子说话，一开口就说："来！予与尔言"，有明显的居高临下的口气，这是可以理解的；孔子处在晚辈和下级的地位，对他有问必答，双方都不违礼。

论证这种新读法的那些证据，其实也大有问题。例如《史记·留侯世家》张良劝阻刘邦立六国之后，毛奇龄、俞樾等学者认为其句读应为：

> 张良对曰："臣请藉前箸为大王筹之。"曰："昔者汤伐桀而封其后于杞者，度能制桀之死命也。今陛下能制项籍之死命乎？"曰："未能也。其不可一也。""武王伐纣，封其后于宋者，度能得纣之头也。今陛下能得项籍之头乎？"曰："未能也。其不可二也。武王入殷，表商容之闾，释箕子之拘，封比干之墓。今陛下能封圣人之墓，表贤者之闾，式智者之门乎？"曰："未能也。其不可三也。……"汉王辍食吐哺，骂曰："竖儒几败而公事！"

张良一共说了八个"不可"，毛氏等认为都是张良一个人在那里自问自答。但这并不见得合理，正确的句读应如下：

> 张良对曰："臣请藉前箸为大王筹之。"曰："昔者汤伐桀而封其后于杞者，度能制桀之死命也。今陛下能制项籍之死命乎？"曰："未能也。""其不可一也。武王伐纣封其后于宋者，度能得纣之头也。今陛下能得项籍之头乎？"曰："未能也。""其不可二也。武王入殷，表商容之闾，释箕子之拘，封比干之墓。今陛下能封圣人之墓，表贤者之闾，式智者之门乎？"曰："未能也。""其不可三也。……"汉王辍食吐哺，骂曰："竖儒几败而公事！"①

毛氏等可能拘泥于刘邦最后"辍食吐哺"四字，认为之前他不可能说话，这与一般的吃饭经验也是不符合的。我们经常一边吃饭一边说话，何况刘邦说的话就几个字而已。上文讲张良从外来，"汉王方食，曰：'子房前！客有为我计桡楚权者。'具以郦生语告，曰：'于子房何如？'"则汉王本来就是一边在吃饭，一边在说话。所以，我认为新说并不可取。

---

① 《史记》，中华书局 1982 年版，第 2040—2041 页。

二

孔子不见孺悲的故事,也跟当时的礼制有关。《阳货》篇说:

> 孺悲欲见孔子,孔子辞以疾。将命者出户,取瑟而歌,使之闻之。

乍读此章,人们很可能会想,孺悲可能是跟阳虎类似的人物,所以孔子不愿意见他。其实孺悲不但不是什么坏人,他对于儒家还是很有贡献的人。《礼记·杂记下》:"恤由之丧,哀公使孺悲之孔子学士丧礼,士丧礼于是乎书。"可见士丧礼能够流传下来,孺悲功不可没。

孺悲欲见孔子,孔子为什么不想见?不想见也就算了,为什么还要弹琴唱歌,故意让对方知道自己不想见他?这里面一定有原因。

原来孺悲当时也属于"士",古代士相见之礼,必须由中介介绍。《仪礼·士相见礼》:"相见之礼,贽冬用雉,夏用腒,左头奉之,曰:'某也愿见,无由达,某子以命命某见。'"郑注:"无由达,言久无因缘以自达也。某子,今所因缘之姓名也。以命者,称述主人之意。""某子以命命某见"的"某子",就是某个中间介绍人。贾公彦《仪礼》疏云:"孺悲欲见孔子,不由绍介,故孔子辞以疾。"

《韩诗外传》卷二有这方面的一个具体的例子:

> 传曰:孔子遭齐程本子于剡之间,倾盖而语终日。有间,顾子路曰:"由!束帛十匹以赠先生。"子路不对。有间,又顾曰:"束帛十匹以赠先生。"子路率尔而对曰:"昔者由也闻之于夫子:士不中道相见,女无媒而嫁者,君子不行也。"孔子曰:"夫《诗》不云乎:'野有蔓草,零露漙兮,有美一人,清扬婉兮,邂逅相遇,适我愿兮。'[①]且夫齐程本子,天下之贤士也,吾于是而不赠,终身不之见也。大德不踰闲,小德出入可也。"

孔子故意弹琴唱歌,让孺悲知道不是真的有病,而是不想见他,《集解》说孔子这么做,是为了让孺悲自己去思考自己的过失。《孟子·告子下》:"教亦多术矣,予不屑之教诲也者,是亦教诲之而已矣。"程颐认为:"此孟子所谓不屑之教诲,所以深教之也。"[②]这倒是很符合孔子"不愤不启,不悱不发"的教学方法。

所谓"将命",是指在宾主之间传递话语的行为,它其实也是一种礼仪。《宪问》篇:

> 阙党童子将命。或问之曰:"益者与?"子曰:"吾见其居于位也,见其与先生并行也。非求益者也,欲速成者也。"

孔子对于阙党童子的评价,就是基于有关童子的礼仪要求。当时的童子是不能以独立的身

---

① 此诗见《诗·郑风·野有蔓草》。

② 朱熹:《四书章句集注》,第180页。

份参与礼仪活动的，只能依附于成人。例如《仪礼·既夕记》："朔月，童子执帚，却之，左手奉之，从彻者而入。"郑玄注："童子不专礼事。"胡培翚《仪礼正义》云："谓童子不得以礼事自专，故从彻者而入也。方氏苞云：'《玉藻》：见先生，从人而入。平时且然，丧事纵纵，故进退皆从职事之人。'"[①]只有在行"冠礼"之后，才有成人行礼的资格。这就是古代冠礼的意义。

因为"童子不专礼事"，所以童子没有专位，侍于长者，或坐在一旁角落里，或立而不坐。孔注："童子隅坐无位。"古人席地而坐，所谓隅坐，当是指坐在成人所坐的席子的一角，没有专门的席位。《礼记·檀弓上》："童子隅坐而执烛。"郑玄注："隅坐，不与成人并。"《礼记·玉藻》："无事则立主人之北，南面。"平时走路都不能与成人并行。《礼记·曲礼上》："五年以长，则肩随之。"郑注："肩随者，与之并行差退。"《王制》："父之齿随行，兄之齿雁行。"随行即跟在后面，雁行即并行而稍靠后。

阙党童子把自己看作成人，以成人之礼与成人交往，所以孔子说他是欲速成者。

三

《论语》的《乡党》一篇，所记的多为孔子的日常生活，涉及的礼仪方面的问题就更多了。其中所记孔子的一些行为方式，其实并不是孔子故意要与众不同，而是他严格遵循流传下来的礼书行事。例如"君命召，不俟驾行矣。"根据《孟子·公孙丑下》有个叫景子的人说："《礼》曰：'父召无诺，君命召，不俟驾。'"可见这是有礼的根据的。如果不明白这是礼制的要求，可能会觉得孔子很谄媚。这是因为当时礼制正在崩坏，严格按照礼制来办事的人，反而让人觉得奇怪，也就是孔子曾经说过的："事君尽礼，人以为谄也。"(《八佾》)因此，《乡党》一篇，是记孔子之行合乎礼，不是孔子在制礼作乐。

又如《乡党》篇讲到孔子的饮食，有很多讲究，其中有一条叫做"割不正不食"。一般人可能会觉得孔子是不是太挑剔了。以前的学者把这解释为祭祀时对于切割牲体的要求，可是上下文说："失饪不食，不时不食，割不正不食，不得其酱不食，唯酒无量，不及乱。"显然说的是日常生活的事情，过去的解释很牵强。其实古代有一条礼制，既适用于祭祀所馔，也适用于日常饮食。《仪礼·特牲馈食礼》："主人升，入，复位，俎入，设于豆东，鱼次，腊特于俎北。"郑玄注："腊特，馔要方也。凡馔必方者，明食味，人之性所以正。"张尔岐云："俎入，设于豆东，豕俎当菹豆之东也。鱼次，鱼又次豕东也。腊特俎北，则与醢相直而正方。"这是说，古人吃饭时摆放食物，一定要尽量摆放成方形，这是因为饮食之正，直接影响到人性之正。郑玄"食味，人之性所以正"，就可以解释孔子为什么这么"挑剔"了。胡培翚《仪礼正义》指出："郑云明食味人之性所以正者，是解馔要方之义也。《乡党》割不正不食，义亦由此。"[②]又

---

① 胡培翚：《仪礼正义》，江苏古籍出版社 1993 年版，第 1944—1945 页。

② 同上书，第 2119 页。

《士昏礼》:“赞设黍于酱东,稷在其东,设湆于酱南。”郑玄注:“馔要方也。”又《少牢馈食礼》:“佐食上利升牢心舌,载于肵俎,心皆安下切上。”郑玄注:“安,平也,平割其下,于载便也。凡割本末,食必正也。”可见“割不正不食”,不是孔子对饮食吹毛求疵。

郑玄已经注意到,《仪礼·聘礼》的一段记文,可以跟《论语·乡党》篇对于孔子的记载对照起来。《乡党》云:

> 执圭,鞠躬如也,如不胜;上如揖,下如授。勃如战色,足蹜蹜如有循。
>
> 摄齐升堂,鞠躬如也,屏气似不息者。出,降一等,逞颜色,怡怡如也。没阶,趋进,翼如也。

《聘礼记》云:

> 上介执圭如重,授宾。宾入门,皇;升堂,让;将授,志趋。授如争承,下如送,君还而后退。下阶,发气,怡焉,再三举足,又趋,及门正焉。

我们可以把相关的部分对比起来看:

《聘礼记》	《乡党》
上介执圭如重	执圭,鞠躬如也,如不胜
升堂,让,将授,志趋	摄齐升堂,鞠躬如也,屏气似不息者
授如争承,下如送	上如揖,下如授。勃如战色,足蹜蹜如有循
下阶,发气,怡焉	出,降一等,逞颜色,怡怡如也
再三举足,又趋	没阶,趋进,翼如也

这种一致,也许可以证明《仪礼》记文的作者跟《论语》的编者之间存在着某种传承关系。

孔子的官做得最大的时候,也只是大夫的级别,但是孔子以知礼著称,所以常常受命担当只有卿才有资格担当的相礼之事,叫做“摄”。《乡党》也有一些记载:

> 君召使摈,色勃如也,足躩如也。揖所与立,左右手,衣前后襜如也。趋进,翼如也。宾退,必复命曰:“宾不顾矣。”

这里记载的就是孔子摄摈之事,所记为聘礼一类。某些记载与《仪礼·聘礼》也能对照,例如《聘礼》云:“宾出,公再拜送,宾不顾。”

根据《聘礼》,送宾出门,复命于公,这是上摈之事。所以郑注《聘礼》云:“公既拜,客趋辟,君命上摈送宾出,反告宾不顾。于此君可以反路寝矣。《论语》说孔子之行曰:‘君召使摈,色勃如也,足躩如也。宾退,必复命曰,宾不顾矣。’”贾疏:“此送宾是上摈,则卿为上摈。孔子为下大夫,得为上摈者,以孔子有德,君命使摄上摈。若定十年夹谷之会,令孔子为相,同也。”①

① 《十三经注疏》,浙江古籍出版社 1998 年版,第 1059 页。

《乡党》云："趋进，翼如也。"江永云："趋进，庙中相礼时也。庙中相礼，上摈之事，卿为之。孔子，大夫也，而相礼，摄相也。夹谷之会，孔子摄相，此亦重其知礼而使摄，故《论语》特记'君召使摈'。此趋进宾退复命，皆上摈相礼之事。""孔子摄上摈之说，不可不知。知是摄上摈，则召是特召，君命尤重矣。"①

了解了孔子摄相，在礼制上属于破格采用，对于《论语》的记载就会有更加深刻的体会。原来《乡党》记此事，是荣君之召，一如孔子给儿子取名为鲤，是荣君之赐。

上摈是卿为之，其他的相礼之人就不一定了。所以子路、曾皙、冉有、公西华侍坐，孔子让学生们各言其志，公西华对曰："非曰能之，愿学焉。宗庙之事，如会同，端章甫，愿为小相焉。"(《先进》)会同是诸侯朝见天子之礼，会同之礼，在天子的宗庙举行，所以孔子评价公西华说："宗庙会同，非诸侯而何？"其上摈也得是卿的级别，公西华不是卿大夫一级，所以他说"愿为小相焉"。小相大夫、士都可以充当。但是孔子认为，公西华的才能，做个大相也是绰绰有余，所以他说："赤也为之小，孰能为之大？"

四

《论语》中有一章很独特，记的是如何称呼诸侯国君的夫人：

> 邦君之妻，君称之曰夫人，夫人自称曰小童，邦人称之曰君夫人，称诸异邦曰寡小君，异邦人称之亦曰君夫人。(《季氏》)

这一章在整部《论语》中都显得很特殊，不但所记的事情很琐碎，而且是女子之事。《论语》的编者记载这一条，是因为这一条体现了孔子"正名"的思想，其中包含着礼制的背景。这一条针对的是当时诸侯以妾为夫人的现象。《礼记·曲礼》："天子之妃曰后，诸侯曰夫人。"所以按照礼制，只有嫡妻才能称夫人，妾属于娣媵之属，地位较卑，不能称夫人。

《集解》引孔注："当此之时，诸侯嫡妾不正，称号不审，故孔子正言其礼也。"刘宝楠《正义》："春秋时，嫡妾之礼不正，多以妾为夫人。故《左传》言鲁文公有二妃，齐桓公有三夫人，郑文公有夫人芈氏、江氏，宋平公纳其御，步马者称君夫人，及左师受馈，亦改命曰君夫人，是当时妾称夫人也。"②

孔子对于"夫人"的名分这么看重，是因为在古代宗法制度下，嫡庶之别是非常严格的。嫡妻所生的儿子才有资格当嫡长子，这关系到继承权的问题。《左传》所载国家内部的动乱，往往因为继承权产生问题而引起。由此我们也可以对孔子"必也，正名乎"(《子路》)的思想有更深入的理解。

---

① 江说见胡培翚《仪礼正义》引，第 1015，1050—1051 页。

② 刘宝楠：《论语正义》，第 670 页。

五

《论语》语言简洁,但是背后的信息量很丰富,要准确地理解也并不容易,常常会产生一些有争议的读法。有时候,根据礼制所描述的情况,可以帮助我们解决一些这方面的问题。例如《八佾》篇:

子曰:“君子无所争,必也射乎!揖让而升下,而饮,其争也君子。”

此章“揖让而升下而饮”一句,自古相传有两种读法,这里采用的是《论语集解》的句读。《集解》引王肃曰:“射于堂,升及下皆揖让而相饮。”

《礼记·射义》引此章,郑玄注云:“下,降也。饮射爵者,亦揖让而升降,胜者袒,决,遂,执张弓;不胜者袭,说决、拾,却左手,右加弛弓于其上,而升饮。君子耻之,是以射则争中。”从“亦揖让而升降”一句来看,郑玄也是采取这种读法。

不过,郑玄还有另外一种读法,他的《毛诗》笺与他的《礼记》注不同,《小雅·宾之初筵》笺云:“射之礼,胜者饮不胜,所以养病也。故《论语》曰:‘下而饮,其争也君子。’”据此,则应读为“揖让而升,下而饮”。朱熹《论语集注》也是这么读的。

第二种读法虽然在音节上比较顺一些,但是在意义上还是很难讲通。如果按照射礼的全过程来考虑,这个问题其实不难理解。升,是升堂,下,是下堂。古代射礼的双方,互相揖让而升堂,而射,然后揖让而下堂;分出胜负之后,要饮罚爵,二者又相揖上堂,负者饮罚爵,然后又相揖下堂。这一过程在《仪礼》中有详细的记述,例如《大射》篇饮罚酒的礼仪:

胜者皆袒,决,遂,执张弓;不胜者皆袭,说决、拾,却左手,右加弛弓于其上,遂以执弣。司射先反位。三耦及众射者皆升,饮射爵于西阶上。小射正作升饮射爵者,如作射。一耦出,揖如升射,及阶,胜者先升堂,少右。不胜者进,北面坐,取丰上之觯,兴,少退,立,卒觯,进坐,奠于丰下,兴,揖。不胜者先降,与升饮者相左,交于阶前,相揖。适次释弓,袭,反位。仆人师继酌射爵,取觯实之,反奠于丰上,退,次于序端。升饮者如初,三耦卒饮。

按照这一过程,《论语》要表达的意思是:揖让而升下,揖让而饮,其所争是君子之争。因此,“揖让而升下,而饮”,才是比较合理的读法。

除了这些句读方面的问题,还有一些训诂上的争议,也需要从礼制上去考虑,才有可能得以解决。例如《乡党》云:

见齐衰者,虽狎必变。见冕者与瞽者,虽亵必以貌。凶服者式之。式负版者。

凶服就是丧服,负版是什么?《集解》引孔注:“持邦国之图籍。”即国家的版图户籍等文书。这一解释有一点问题。孔子在车上,怎么能知道谁的身上背的是国家的版图户籍?而且把“负”解释成“持”,也并不合适。

古代丧服中有一种叫做“负”的。《仪礼·丧服记》:“负,广出于適一寸。”郑玄注:“负,在背上者也。適,辟领也。负出于辟领外旁一寸。”贾公彦疏:“以一方布,置于背上,上畔缝着领,下畔垂放之,以在背上,故得负名。”负也叫做负版。《仪礼·丧服记》:“衰长六寸,博四寸。”郑玄注:“前有衰,后有负版,左右有辟领。”这种负版的丧服,只有齐衰以上才有。“式负版者”的“负版”,应该就是这种丧服。

其实宋代的翟巽已经有这种说法了,[①]可是,前人都不相信。这可能是因为前面已经讲了“凶服者式之”,再说“负版”为丧服,有点重复。不过,“凶服者”是泛言,“负版”是子为父母服丧才有,而且背在背上,比较明显,所以二者所言可看成是递进关系,而不是重复。另外,“凶服”是从人的前面经过时所见,“负版”则是从人的后面经过时所见,二者相辅相成,互为补充,较之旧说,确实为优。

值得注意的是,定州竹简本“凶服者式之”作“六者式之”,整理者认为“六”可能读为“戮”。[②] 此读很有道理。戮是受过刑的人。古代很多受刑的人都可以从外表上看出来,例如墨刑刺字,劓刑割鼻,刵刑割耳,髡刑剃发等。孔子“轼之”,也是“哀矜而勿喜”之意。从竹简本来看,“凶服”与负版重复的问题,就完全不存在了。

六

《论语》所记的孔子的话,有很多并不是孔子第一个这么说,而是古代的谚语、成语等,例如他对颜渊说的“克己复礼为仁”,见于《左传·昭公十二年》:“仲尼曰:‘古也有志:克己复礼,仁也。’”可见是古书上的成说。还有些话也不是孔子的发明,只是孔子表达了古礼的要求而已。例如《卫灵公》篇:

> 子曰:“辞,达而已矣。”

孔子是非常重视语言修辞的,他曾经说:“《志》有之:‘言以足志,文以足言。’不言,谁知其志?言之无文,行而不远。”(《左传·襄公二十五年》)《季氏》篇:“不学诗,无以言。”《宪问》篇也说:“为命,裨谌草创之,世叔讨论之,行人子羽修饰之,东里子产润色之。”又如《周易·乾卦·文言》:“修辞立其诚,所以居业也。”《礼记·儒行》:“言谈者,仁之文也,歌乐者,仁之和也。”为什么孔子又要强调“辞达而已矣”呢?其实孔子的这话是有条件的。《仪礼·聘礼》:“辞多则史,少则不达。辞苟足以达,义之至也。”可见所谓“辞达”,是话不要说得太多的意思,并不是说言辞不要文饰的意思。其中“辞多则史”一句,又很容易让人想到孔子说

---

① 见程树德《论语集释》,中华书局 1990 年版,第 726 页。

② 《定州汉墓竹简论语》,文物出版社 1997 年版,第 47—48 页。

过:"质胜文则野,文胜质则史。文质彬彬,然后君子。"(《雍也》)如果把"辞达而已矣"作为孔子文学思想的代表,并将之与"文以载道","言之有物","文章合为时而著,歌诗合为事而作"联系起来,乃是曲解。

有些言辞,表面上可能看不出与礼有什么关系,但确实是古礼的一种要求。例如孔子要求读《诗》要做到能"专对",《子路》篇:

子曰:"诵诗三百,授之以政,不达;使于四方,不能专对。虽多,亦奚以为?"

在春秋时代的外交场合中,常常用诗来婉转地表达各方的意思,显得风雅有教养,这在《左传》中很常见。所以熟读诗,是作为外交官的前提条件。① 一个外交官,当然要在不同的场合说不同的话,这种话,有些是程序化的客套话,背下来就行了,例如《仪礼·聘礼》:"至于朝,主人曰:'不腆先君之祧,既拚以俟矣。'宾曰:'俟间。'"但是具体论事的时候,需要根据事态的变化做出敏捷的反应。

专对,就是要求外交官根据当时的情势,自己独立地应对外交辞令,不受任何人的干扰。《集解》:"专犹独也。"所谓独,就是独立作主的意思。所以《仪礼·聘礼记》:"辞无常,孙而说。"郑注:"大夫使,受命不受辞。"《公羊传》云:"出竟有可以安社稷利国家者,则专之可也。"胡培翚以为此《论语》言专对之证。② 能否专对,是一个国家是否有人材的标志,可以显示国家的实力,《左传·襄公二十七年》:

壬午,宋公兼飨晋楚之大夫,赵孟为客,子木与之语,弗能对,使叔向侍言焉,子木亦不能对也。乙酉,宋公及诸侯之大夫盟于蒙门之外。子木问于赵孟曰:"范武子之德何如?"对曰:"夫子之家事治,言于晋国无隐情,其祝史陈信于鬼神无愧辞。"子木归以语王。王曰:"尚矣哉!能歆神人,宜其光辅五君以为盟主也。"子木又语王曰:"宜晋之伯也,有叔向以佐其卿,楚无以当之,不可与争。"晋荀盈遂如楚莅盟。

孔子的弟子们所说的话,也有类似的情况。例如《里仁》篇:

子游曰:"事君数,斯辱矣;朋友数,斯疏矣。"

这也不见得是子游的发明,而是古代礼制的要求。所谓"数",是频繁,过于亲密的意思。

《仪礼·乡射礼》云,乡射礼之"明日,宾朝服以拜赐于门外。主人不见,如宾服,遂从之,拜辱于门外,乃退。"宾拜主人,为什么主人不见?郑玄注:"不见,不亵礼也。"贾公彦疏:

---

① 例如《僖公二十三年》:"他日,公享之。子犯曰:'吾不如衰之文也,请使衰从。'公子赋《河水》,公赋《六月》。赵衰曰:'重耳拜赐。'公子降拜,稽首。公降一级而辞焉。衰曰:'君称所以佐天子者命重耳,重耳敢不拜?'"杜预注云:"《河水》,逸诗,义取河水朝宗于海。海喻秦。""《六月》,《诗·小雅》道尹吉甫佐宣王征伐,喻公子还晋,必能匡王国。诗首章言匡王国,次章言佐天子,故赵衰因通言之。"

② 胡培翚:《仪礼正义》,第1143页。

“礼不欲数，数则渎，主人不见，恐相亵也。”[①]

可见，子游的话，是很符合古代礼的精神的，孔子的态度也是一样，他说：“所谓大臣者，以道事君，不可则止。”（《先进》）子贡问友，子曰：“忠告而善道之，不可则止，毋自辱焉。”（《颜渊》）君臣、朋友之间要保持一定的距离，不能靠得太近。臣事君太近，则不易保持君臣之分，容易自取其辱。朋友之间太近，则易狎，狎则反疏。

叔本华的《副业与补遗》有一个比喻：有一群豪猪，在冬天想凑在一起，用体温来御寒。但他们紧靠在一起时，马上又觉得各自身上的刺，扎得彼此都很疼，于是赶紧又离开。一离开又觉得冷，于是又靠近，又被扎得很疼。但慢慢地他们找到了彼此之间比较合适的距离，相互能够过得很平安，又能取暖。人是社会性的动物，必须相互交往，但是又因为各有可厌的缺陷，必须要保持一定的距离，才能够和平共处，英语中也有“Keep your distance！”这样的话。[②] 可见古今中外，对于人性的观察结果还是非常相似的，只是具体的处理方式不同而已。

七

《论语》中记载孔子的一些言行，表面上看来，好像孔子不知礼或者违背了礼制，但实际上孔子遵循的是另一条更重要的礼。例如《八佾》篇云：

> 子入太庙，每事问。或曰：“孰谓鄹人之子知礼乎！入太庙，每事问。”子闻之曰：“是礼也。”

《论语集解》引孔安国注，认为太庙祭礼复杂，孔子虽知而复问，是谨慎之至。[③] 这本身就是礼。也许是孔子的名声太大了，他常常受到别人的一些试探，例如：

> 陈司败问昭公知礼乎？孔子曰：“知礼。”孔子退，揖巫马期而进之，曰：“吾闻君子不党，君子亦党乎？君取于吴，为同姓，谓之吴孟子。君而知礼，孰不知礼？”巫马期以告。子曰：“丘也幸，苟有过，人必知之。”（《述而》）

这位陈司败（郑玄说是齐国大夫，名御寇，孔安国注认为是陈国大夫）明知道鲁昭公违礼，还要问这么个问题，显然是想试探一下孔子的态度。周代的婚姻制度是“同姓不婚”，鲁国始祖周公，是文王之子，姬姓。吴国始祖泰伯，是文王的伯父，也是姬姓。按照礼制，昭公是不能娶吴女的，所以陈司败说昭公不知礼。

按照当时的惯例，夫人的称呼是国名加姓，所以昭公娶吴女，本来应该叫“吴姬”。讳娶

① 《十三经注疏》，第616页。

② 鲁迅：《一点比喻》，《华盖集续编》，《鲁迅全集》第三卷，人民文学出版社2005年新版，第233—234页。

③ 庄述祖：《论语别记》认为，当时鲁国多僭礼，孔子每事问，是要鲁君臣知其非礼而改正之。见程树德《论语集释》，第186页。庄说亦可参。

同姓,所以称吴孟子。

孔子说昭公知礼,其实并不是党不党的问题,这也是符合当时的礼制的。《左传·僖公元年》:"讳国恶,礼也。"昭公娶吴女,这是国恶,孔子礼应讳之。陈司败的批评其实并不合适,但是孔子却说"丘也幸,苟有过,人必知之",这是一种很高的姿态,不为自己辩解,承认自己有错。不过,孔子以后删改《春秋》,照样为君讳,《春秋·哀公十二年》:"夏五月甲辰,孟子卒。"《公羊传》云:"其称孟子何?讳娶同姓。"还是仍旧贯。

这大概也可以算孔子礼的精神——"无可无不可"——的表现吧?

余　论

我们也许还应该注意,即使那些原文指明了是在谈礼制的内容,也还可能包含着一些"言外之意"。例如《子罕》篇:

> 子曰:"麻冕,礼也,今也纯,俭,吾从众。拜下,礼也,今拜乎上,泰也,虽违众,吾从下。"

麻冕,是麻布做的冕。郑玄注:"纯当为缁,古之缁字以才为声。此缁谓黑缯也。俭,约也。绩麻卅升以为冕,其功难成,今人用缯,其功约,故从众。"麻冕比丝冕难做,孔子从俭。拜下与拜上,是指臣见君之礼。臣见君,先在堂下拜,然后升堂,成礼。孔子时,臣子骄泰,先升堂,而后拜。孔子认为这是原则问题,虽然违背众人,但还是遵从拜下。

这里值得注意的是,孔子讲"俭,吾从众",倒并不是因为他真的觉得"俭"好,而是不得已才从众的,《八佾》篇云:

> 林放问礼之本。子曰:"大哉问!礼,与其奢也,宁俭;丧,与其易也,宁戚。"

奢,是奢侈,礼数过头;俭,是礼数不到。易,是简单,礼数不到;戚,是悲痛,礼数过头。准确理解此章的意思,关键在"与其A宁B"这个关联词组上。它蕴含的前提是,A和B都不是理想的选择,只是比较起来,B要好一点。因此,奢、俭,易、戚在这里都是不理想的。孔子认为,礼的最根本的要求就是得中,不能过,也不能不及,过犹不及。这就是礼之本。《礼记·檀弓上》有一句话可以参考:

> 子路曰:"吾闻诸夫子:丧礼,与其哀不足而礼有余也,不若礼不足而哀有余也。祭礼,与其敬不足而礼有余也,不若礼不足而敬有余也。"

所以,孔子对于丝冕的俭,也并不满意,只不过他觉得比较起来,还能接受而已。如果拿这个来证明孔子在礼的问题上善于"与时俱进",就更是差之毫厘,失之千里了。

(原刊《北京大学中国古文献研究中心集刊》第七辑,北京大学出版社2008年版)

《孝经》开元始注与天宝重注比较研究

顾永新

一　唐玄宗御注《孝经》始末

一般认为，《孝经》是孔子门人或曾子门人记录、整理孔子对曾子讲述孝道言论的著作，成书当不晚于战国时期，其间又经过这一学派学者的不断加工。汉初，河间人颜芝之子颜贞献之，凡十八章，长孙氏、江翁、后仓、翼奉、张禹等皆名其学，是为今文。同时，又有所谓《古文孝经》，出于孔氏壁中，二十二章，相传有孔安国传。至刘向典校经籍，“以颜本比古文，除其繁惑，以十八章为定”。东汉郑众（郑司农）、马融并为之注；又有郑氏注，“相传或云郑玄。其立义与玄所注余书不同，故疑之”。南朝梁“（孔）安国及郑氏二家并立国学，而安国之本亡于梁乱，陈及周、齐唯传郑氏”①。至北魏、北齐郑氏注虽立学官，而世儒每加非议。隋开皇中，又有所谓“孔（安国）传”行世，朝廷著令与郑氏注并立②。

唐初，《孝经》“虽备存秘府，而简编多有残缺。传行者唯孔安国、郑康成两家之注，并有梁博士皇侃《义疏》，播于国序”③。开元七年（719）三月一日，鉴于《孝经》、《尚书》有今、古文和孔、郑注的问题，“其中旨趋，颇多踳驳；精义妙理，若无所归。作业用心，复何所适”，玄宗敕令“诸儒并访后进达解者，质定奏闻”④。六日又下诏，指出“《孝经》者，德教所先。自顷已来，独宗郑氏；孔氏遗旨，今则无闻”的情况，“其令儒官详定所长，令明经者习读。若得理解，亦可并行”⑤。玄宗朝整理、考订《孝经》文本和注释的工作当始于此时。四月七日，左庶子刘知幾上《孝经注议》，列举十二条证据，说明所谓“郑注”非郑玄所作，“言语鄙陋，固不可示彼后来，传诸不朽”。而《古文孝经孔传》“语其详正，无俟商榷”，主张“行孔废郑”。国子

---

① 以上《隋书》卷三二《经籍志一》。

② 以上据《汉书·艺文志》、《经典释文·序录》、《隋书·经籍志》及刘知幾《孝经注议》（《唐会要》卷七七《论经义》）。

③ 成都府学主乡贡傅注奉右撰《孝经注疏序》（阮校本《宋本十三经注疏·孝经注疏》卷首，中华书局影印世界书局缩印本，1980年）。傅注字奉右，生平不可考。《经义考》卷二二四迻录此序，署孙奭撰，按曰：“孙奭序或作成都府学主乡贡傅注奉右撰。”除了注疏本，明唐顺之《稗编》卷二二、四库本《御定孝经衍义》卷首下均以为傅注所作，不知《经义考》署名孙奭有何出处，暂付阙如。

④ 诏见：《唐大诏令集》卷八一《令诸儒质定古文孝经尚书诏》。

⑤ 《唐会要》卷七七《论经义》。又见于《册府元龟》卷五〇《帝王部·崇儒术第二》，文字略有异同。

祭酒司马贞则持相反的意见,认为:"今之《孝经》……其注相承云是郑玄所著,而《郑志》及《目录》等不载,故往贤共疑焉。唯荀昶、范晔以为郑注,故昶集解《孝经》,具载此注,而其序云'以郑为主'。是先达博选,以此注为优。且其注纵非郑氏所作,而义旨敷畅,将为得所。其数处小有非稳,实亦非爽经传。"虽然充分肯定了郑氏注的价值,但也没有凿实作者一定是郑玄。对于二十二章古文,他认为,"元出孔壁。先是(孔)安国作传,缘遭巫蛊,世未之行。荀昶集注之时,尚有《孔传》,中朝遂亡其本。近儒欲崇古学,妄作此传,假称孔氏,辄穿凿改更,又伪作《闺门》一章。刘炫诡随,妄称其善"①。这就是《孝经注疏序》所谓"刘子玄(知几)辨《郑注》十谬七惑,司马坚②斥孔注多鄙俚不经"。唐玄宗还是比较清醒的,令二书并行不悖。五月五日下诏:"其河(上公)、郑(玄)二家可令依旧行用,王(弼)、孔(安国)所注传习者稀,亦存继绝之典。"③

开元十年(722)六月二日,唐玄宗"取王肃、刘劭、虞翻、韦昭、刘炫、陆澄六家之说,参仿孔、郑旧义"④,自注《孝经》⑤,"颁于天下及国子学⑥。至天宝二年(743)五月二十二日,上重注,亦颁于天下"⑦。是谓"开元始注"和"天宝重注"。此后,又于天宝三载十二月下诏,"自

---

① 以上《唐会要》卷七七《论经义》。参见《玉海》卷四一《艺文》和《孝经注疏·御制序疏》。

② 即司马贞,避宋仁宗赵桢嫌名,故作坚。

③ 《唐会要》卷七七《论经义》。敕见《唐大诏令集》卷八一《行何郑所注书敕》,"河"作"何;"亦存"作"宜布","继绝之典"后尚有"颇加奖饰"四字。《册府元龟》卷六三九《贡举部·条制》文字略同。《孝经注疏·御制序疏》曾对当时复杂的政治、学术背景有较为深刻的分析,其文有曰:"诏郑注仍旧行用,孔传亦存,是时苏、宋文吏,拘于流俗,不能发明古义,奏议排子玄,令诸儒对定;司马贞与学生郗常等十人,尽非子玄。卒从诸儒之说。至十年,上自注孝经,颁于天下,卒以十八章为定。"可与《新唐书·刘知幾传》"宰相宋璟等不然其论,奏与诸儒质辩。博士司马贞等阿意,共黜其言,请二家兼行"相印证。可以推想,已经上升为上层建筑并作为政治哲学的儒学,相关的论争与其说是学术之争,不如视为政治斗争或党争更加准确。

④ 四库本《崇文总目》卷二。

⑤ 关于唐玄宗《御注孝经》的书名、卷数,《四库提要》考证曰:"《旧唐书·经籍志》:《孝经》一卷,玄宗注。《(新)唐书·艺文志》:今上《孝经制旨》一卷,注曰:玄宗。其称'制旨'者,犹梁武帝《中庸义》之称'制旨',实一书也。赵明诚《金石录》载《明皇注孝经》四卷。陈振孙《书录解题》亦称家有此刻,为四大轴。今尚存西安府学中,为碑凡四,故拓本称四卷耳。"《御注孝经》仅一卷,赵、陈二氏所录当即《石台孝经》拓本,故称四卷。清王昶《金石萃编》卷八七《石台孝经跋》及清马国翰《玉函山房辑佚书·(唐元行冲)御注孝经疏序》均以为《注》与《制旨》各自为书。关于这个问题,陈萍萍《唐玄宗御注〈孝经〉始末》(《台州师专学报》1996 年第五期)一文有论辨,可以参看。后来,我们在日本看到了毛塚荣五郎先生的论文《孝经元疏考》(东洋大学《思想与文学》第一卷第一、二册和第二卷第一册连载,1935、1936年),文章具体分析了邢昺《疏》中引述的《制旨》的内容,由此推想所谓《制旨》应当是天宝中集议群儒重修《御注》之际,玄宗称制临决的纶旨的记录,内容主要是敷演《御注》。我们认为这种推论不无道理。

⑥ 《旧唐书·玄宗本纪》曰:"开元十年六月辛丑,上训注《孝经》,颁于天下。"

⑦ 《唐会要》卷三六《修撰》。诏见《册府元龟》卷四〇《帝王部·文学》。

今已后，宜令天下家藏《孝经》一本，精勤教习。学校之中，倍加传授。州县官长，明申劝课焉”①。天宝四载，以“天宝重注”刻石于太学，由玄宗亲自以八分书丹，太子李亨篆额，九月一日完工，是谓《石台孝经》②。国子祭酒李齐古上表有曰：

伏惟开元、天宝，圣文神武皇帝陛下，敦穆孝理，躬亲笔削，以无方之圣，讨正旧经；以不测之神，改作新注。……分命璧沼，特建石台，义展睿词，书题御翰，以垂百代之则，故得万国之欢。……谨打《石台孝经》本，分为上下两卷，谨于光顺门奉献两本以闻。

玄宗表示满意，敕曰：“孝者，德之本，教之所由生也。故亲自训注，垂范将来。今石台毕功，亦卿之善职。览所进本，深嘉用心。”③《石台孝经》现存西安碑林，保存完好。

玄宗开元十年自注《孝经》的同时，“诏行冲为《疏》，立于学官”④。玄宗《御注》和元行冲《疏》在内容上是有分工的：“一章之中凡有数句，一句之内意有兼明，具载则文繁，略之又义阙。今存于《疏》，用广发挥。”⑤天宝五载（746）五月二十四日，为配合玄宗“重注”，再次颁行《疏》，诏曰：“《孝经书疏》虽粗发明，幽赜无遗，未能该备，今更敷畅，以广阙文，仍令集贤院具写，送付所司，颁示中外。”⑥可知玄宗《孝经注》和元行冲《疏》皆经重修，注重修于天宝二年，疏重修于五载⑦。《疏》，《旧唐书·经籍志》著录为三卷，《新唐书·艺文志》著录为二卷，《宋史·艺文志》亦作三卷，四库馆臣推测“殆续增一卷欤”⑧？《开元始注》卷首署元行冲奉敕撰《御注孝经序》，其文有曰：

皇帝……听政之余……以为孝者德之本，教之所由生。夫子谈经，文该旨颐；诸家所说，理蔼词繁。爰命近臣，畴咨儒学。搜章摘句，究本寻源。练（郑）康成、（孔）安国之言，铨王肃、韦昭之训。近贤新注，咸入讨论。分别异同，比量疏密。惣编呈进，取正

---

① 《唐会要》卷三五《经籍》。《旧唐书》卷九《玄宗本纪下》以为九月诏。《唐大诏令集》卷七四收录孙逖撰《亲祭九宫坛大赦天下制》，事在十二月，即有此敕，文字略有异同。那么，这则诏令的发布时间当在十二月。

② 《石台孝经》高620厘米，共4面，每面宽120厘米，由四块高590厘米的黑色细石合成。碑上加方额，额上刻浮雕瑞兽、涌云；额上盖石，盖石边缘刻卷云，顶上作山岳状；碑下底座有三层石台阶，故称“石台孝经”。

③ 在李齐古上表之后，玄宗御批大字草书38字。以上《金石萃编》卷八七唐四十七《石台孝经》引。

④ 《新唐书》卷二〇〇《儒学下·元行冲传》。《旧唐书》卷一〇二《元行冲传》亦曰“又特令行冲撰御所注孝经疏义，列于学官”。行冲（653—729）名澹，以字行，河南人。开元中为国子祭酒，官终太子宾客、弘文馆学士，封常山郡公。行冲博学多才，尤通训故。行冲所撰《疏》的最初颁行时间不见于记载，惟其奉敕撰《御注孝经序》述及注、疏，有“大唐受命百有四年，皇帝君临之十载也”句，可以推知《疏》亦在开元十年颁行。

⑤ 日本宫内厅书陵部藏北宋小字本《天宝重注》卷首玄宗御制《孝经序》。

⑥ 《唐会要》卷七七《论经义》。

⑦ 不过，重修《疏》必非元行冲主持，因为他早在开元十七年（729）既已去世。

⑧ 《四库提要》卷三二。《日本国见在书目录》著录元《疏》即三卷。逍遥院内府卷子本《开元始注》三才章第七栏外注“疏中”、广要道章第十二栏外注“疏下”字样，据此也可推断元《疏》当为三卷（参看杨守敬《日本访书志》卷二唐玄宗开元注《孝经》一卷）。黎庶昌《古逸丛书·叙目》亦以为“犹可见元氏分卷之遗”。

天心。每伺休闲,必亲披校。涤除氛荟,搴摭菁华。……则独运神襟,躬垂笔削,发明幽远,剖析毫厘。……乃敕宰臣曰:"朕以《孝经》德教之本也。自昔铨解,其徒寔繁,竟不能覈其宗、明其奥。观斯芜漫,诚亦病诸。顷与侍臣,参详厥理,为之训注,冀阐微言。宜集学士儒官佥议可否。"……其《序》及《疏》,并委行冲循撰。制曰可。

由元行冲序可知,《御注孝经》编纂成书的过程大致是这样的:先由儒学之臣参酌汉魏以来旧注,也包括像刘炫这样的"近贤"所作的新注,①"分别异同,比量疏密",汇总成编,进呈给玄宗,由他亲自披校,裁定疑义;然后再集诸儒(刘知幾、李元瓘、胡晧(当作皓)、司马贞、潘元祚、魏处凤、郗享、徐英哲、郭谦光、范行恭及诸学官等)共同商议,决定去取。诸儒"恭寻圣义,捧对吟咀,探紬反覆,至于再三",甫告完成。《序》和《疏》则委派元行冲撰写。可见,《御注孝经》题名玄宗,实为集体智慧的结晶,反映了当时《孝经》学的总体研究水平。

玄宗《御注》颁行天下,虽兼取孔、郑,其经文则用今文,《古文孝经》(含《孔传》)遂废不行;五代以后,郑注亦亡②。至北宋咸平中,邢昺等以元行冲《疏》为蓝本,再为《御注》作新《疏》。此后,玄宗《注》、邢昺《疏》成为《孝经》的标准文本而行于世,元行冲《疏》及天宝重修的《疏》渐次失传。北宋以后,《开元始注》不存,独《天宝重注》传世,所有《御注》均为《重注》本;又有《石台孝经》保存完好,一直为《御注孝经》提供着稳定的文本资源。

关于唐玄宗御注《孝经》的缘由,综合前人的观点约有以下数端:一是出于维护与巩固封建专制统治需要,而提倡"孝道"。二是唐玄宗喜文治,崇儒术。三是朝廷对孝行的推广还没达到更深更广的程度③。四是本着初唐以来统一经义的精神,唐玄宗对前代所有的旧注说均不甚满意④。我们认为,概括起来讲,玄宗御注《孝经》不外乎政治和学术两种考量,政治上大力提倡"以孝治天下",向全国臣民灌输"君臣父子之礼",巩固统治秩序,抑制统治阶层内部的纷争;学术上如前所述,《孝经》今、古文和郑注、孔传之争长期困扰着士人,莫衷一是⑤。在这种学术背景之下,推出一种集成式的权威注解也是汉唐章句注疏之学发展的必然结果。

---

① 关于《开元始注》和《天宝重注》所依据的基本材料的构成,《始注》元行冲序"练康成安国之言,铨王肃韦昭之训,近贤新注";《重注》玄宗序则曰"今故特举六家之异同,会五经之旨趣",据邢昺疏,"六家即韦昭、王肃、虞翻、刘邵、刘炫、陆澄"。这就说明《始注》和《重注》基本材料的构成是不同的。开元始注时以孔、郑二家为主,而天宝重注时加入了除此以外的虞翻等四家的材料。详见《孝经学论考·有关御注孝经序的疑惑》,第107至125页,冈山市国富第六高等学校中国文化研究室,1949年。后收入氏著《孝经学论集》第二编,明治书院,1976年。

② 据《宋三朝艺文志》,五代以来,孔、郑注皆亡(《文献通考》卷一八五《经籍考十二》引,又见《直斋书录解题》卷三,文字略同)。

③ 详见陈萍萍《唐玄宗御注〈孝经〉始末》,《台州师专学报》1996年第5期。

④ 详见陈一风《论唐玄宗注〈孝经〉的原因》,《长春师范学院学报》(人文社会科学版)2005年第6期。

⑤ 《孝经注疏序》云:"……注解之者,迨及百家。至有唐之初,虽备存秘府,而简编多有残缺。传行者唯孔安国、郑康成两家之注,并有梁博士皇侃《义疏》播于国序,然辞多纰谬,理昧精研。"

且看最原始的文献——《天宝重注》卷首玄宗御制《孝经序》,[①]从中似乎可以解读出玄宗一注再注《孝经》的初衷,其文有曰:

朕闻上古,其风朴略。虽因心之孝已萌,而资敬之礼犹简。及乎仁义既有,亲誉益著,圣人知孝之可以教人也,故因严以教敬,因亲以教爱,于是以顺移忠之道昭矣,立身扬名之义彰矣。子曰:"吾志在《春秋》,行在《孝经》。"是知孝者德之本欤!经曰:"昔者明王之以孝理天下也,不敢遗小国之臣,而况于公侯伯子男乎?"朕尝三复斯言,景行先哲,虽无德教加于百姓,庶几广爱形于四海。

嗟乎!夫子没而微言绝,异端起而大义乖。况泯绝于秦,得之者皆煨烬之末;滥觞于汉,传之者皆糟粕之余。故鲁史《春秋》,学开五传;《国风》、《雅》、《颂》,分为四诗。去圣逾远,源流益别。

近观《孝经》旧注,踳驳尤甚。至于迹相祖述,殆且百家;业擅专门,犹将十室。希升堂者,必自开户牖;攀逸驾者,必骋殊轨辙。是以道隐小成,言隐浮伪。且传以通经为义,义以必当为主。至当归一,精义无二,安得不翦其繁芜而撮其枢要也?韦昭、王肃,先儒之领袖;虞翻、刘邵,抑又次焉。刘炫明(孔)安国之本,陆澄讥(郑)康成之注,在理或当,何必求人?今故特举六家之异同,会五经之旨趣,约文敷畅,义则昭然;分注错经,理亦条贯。写之琬琰,庶有补于将来。

且夫子谈经,志取垂训,虽五孝之用则别,而百行之源不殊。是以一章之中,凡有数句,一句之内,意有兼明,具载则文繁,略之又义阙。今存于疏,用广发挥。[②]

由玄宗序可以推知御注《孝经》的原因所在:首先,孝对于修身立德具有重要意义,教人敬爱,以顺移忠,立身扬名;其次,表明以孝治天下的意向,推广孝道教化;再次,孔子之后,异端并起,源流益别;最后,《孝经》旧注繁芜驳杂,陈陈相因。所以,"举六家之异同,会五经之旨趣",对旧注进行全面梳理,[③]力求言简意赅,义理一贯。

---

① 林秀一先生据玄宗《孝经序》所谓"写之琬琰,庶有补于将来",以及邢昺《疏》"或曰谓刊石也,而言写之琬琰者,取其美名耳",认为作于天宝四载石台孝经刊石之际。详见林秀一先生《孝经学论考·有关御注孝经序的疑惑》。

② 北宋小字本《天宝重注》卷首。

③ 《崇文总目》曰:"《孝经》一卷,唐明皇注。取王肃、刘邵、虞翻、韦昭、刘炫、陆澄六家之说,参仿孔、郑旧义。今行于大学。"(《文献通考》卷一八五《经籍考十二》引)林秀一先生统计邢《疏》中明确标出注释来源的情况,发现虞翻、刘邵、刘炫、陆澄四家皆不见于记录,而以孔安国、郑康成为主(详见《孝经学论考·有关御注孝经序的疑惑》)。又,陈铁凡先生也做过类似的研究,他证实《御注》征引诸家以孔、郑为主,其他诸家称引不多,并无及刘炫、陆澄片语。详见《孝经学源流》第三篇第三章《隋唐五代孝经学》,第193—194页,台湾编译馆,1986年。

二 《开元始注》本

《开元始注》中国久佚,北宋人已不见其书。现存最早的《开元始注》本是日本室町战国时代公卿、学者、歌人三条西实隆(1455—1537)①享禄四年(1531,明嘉靖五年)手抄本(所谓逍遥院内府卷子本)。长泽规矩也先生根据卷后跋文,②对其书传承情况做了比较全面的研究③。简言之,后小松天皇(1393—1412 年在位)读《孝经》时,由皇妃的父亲后押小路公忠(后三条公敦的高祖父)④书写并进呈。后来这个本子就在三条家族世代相传。公忠以下,三传至后三条实量(后三条公敦的父亲),⑤实量传给公敦,公敦于文明十八年(1486)又转送给大内义兴,⑥“以令知孝者德之本也”。到了享禄四年(1531),三条家另一支的后裔三条西实隆又据公敦跋本过录、手抄了一本,原本返还给了大内氏,所谓“于本者返送彼国者也”⑦。天文三年(1534),实隆之子公条又在实隆手抄本上面加了朱墨两种圈点。江户时代后期,源弘贤(1758—1841)⑧在江户城(今日本东京)牛込门外书肆偶然发现了逍遥院内府卷子本

---

① 三条西实隆,初名公世,后名公延,号听雪、逃隐子,法号逍遥院,法名尧空。历仕后花园、后土御门、后柏原三代天皇,历任内大臣,正二位。其人博学多才,善作和歌,攻书法,精通汉学,有歌集《雪玉集》、日记《实隆公记》。本文中日本人物传记资料均出自《日本人名大辞典》(平凡社 1979 年版)。

② 文明十八年(1486)桑门祥空(桑门,即沙门,梵文音译。祥空当即三条公敦(1439—1507),实量子,室町时代公卿。文明十一年为右大臣,从一位。据明治二十四年三条实美(1837—1891,幕府末期至明治时代政治家)覆刻源弘贤宽政十二年摹刻本《御注孝经》卷末识语及参考(作于明治甲申(十七年,1884)七月。其书乃实美之子公美在其死后于明治二十四年三月刊行的),祥空为其法名,法号龙翔院,故实隆跋称其为“龙翔院右府”跋、享禄辛卯(四年,1531)苾刍尧空(苾刍即比丘,梵文音译。据三条实美覆刻本卷末识语及参考,尧空即三条西实隆)跋、天文三年(1534)三条西公条(1487—1563,战国时代公卿和学者,实隆子,天文十一年为右大臣,十三年出家。法号称名院,法名仍觉)识语。

③ 《关于逍遥院本御注孝经》,《长泽规矩也著作集》第七卷,汲古书院 1987 年版,第 265—271 页。前此有近藤守重《正斋书籍考》和山崎美成《海录》的相关研究。

④ 后押小路公忠即三条公忠(1324—1384),南北朝时代公卿。正平十五年内大臣,从一位。有日记《后愚昧记》。即公敦跋中提到的“吾高祖父后押小路内府公忠”。

⑤ 三条实量(1415—1484),公冬子,室町时代公卿。长禄三年左大臣,应仁元年出家,从一位。法名禅空,亦即三条公敦跋中提到的“先考后三条入道左府禅空”。

⑥ 大内义兴(1477—1529),日本战国时代山口的大名。幼名龟童丸,亦即三条公敦跋中提到的“龟童公”。

⑦ 长泽先生所引三条西实隆的日记《实隆公记》享禄四年后五月廿一日甲戌条、廿三日丙子条,可以印证这件事情。详《关于逍遥院本御注孝经》,第 266 页。

⑧ 屋代弘贤即源弘贤,名诠虎,号轮池,是日本江户时代德川幕府幕臣、著名的日本学学者,长于日本古典书志学的研究,著有《古今要览稿》、《轮池丛书》等多种。森铣三所撰《屋代弘贤》(《森铣三著作集》7,中央公论社 1971 年版)资料详赡,可以参看。

(所谓实隆公真迹),于宽政十二年(1800)据之摹刻,[①]剔除朱点,"今兹模刻以传世"。实隆原本于文化十一年(1814)奉献给德川幕府[②]。六行十五字,小字双行十六字,四周单边。卷首有《御注孝经序》,署"左散骑常侍军丽正殿循国史柱国武强县开国公臣元行冲奉敕撰",序后紧题"孝经"二字,空一格题"御注",次行题"开宗明义章第一"。卷末宽政十二识语又有曰:

> 试取石台之本校雠之,《正义》谓旧注者咸合,而石台之改窜,昭然明矣。《(孝经)注疏序》"天宝二年,注成,颁行天下"者,盖似不知有旧注也。而此卷阙元行冲《疏》为恨。虽然,今之《正义》多存元《疏》之旧,何以知之?(邢昺)《(孝经)正义序》曰"剪截元《疏》",若《感应章》[③]"长幼顺,故上下治"下《疏》与《注》不合,及见此本,乃知字句用元《疏》而不改作也。[④]

杨守敬肯定了他的说法,并指出:

> ……今略校之,亦不特此条。《五刑章》"此大乱之道也",此本注云:"言人有上三恶,皆为不孝。"《正义》云云,亦与此本应,[⑤]而与石台不合。窃怪邢氏(昺)"翦截元《疏》",而不知元(行冲)《疏》本为《初注》本而作,可谓至疏。岂邢氏作《疏》时第见元氏单《疏》,而未见元(玄)宗《初注》本,故其序文只知天宝二年之注,不言开元二(当作十)年;而《疏》中与石台本违异之处,遂失之不觉然。

所以他推定"此本真唐人之遗,为北宋人所不见。若非有元(行冲)《(御注孝经)[疏]序》可凭,谁信有此事哉"[⑥]?杨氏此说当不误。《诸侯章第三》"盖诸侯之孝也"句注"义取为君恒须戒慎",《始注》本须作慎,误;慎作惧,是也。邢昺《疏》标注文起讫正作"注战战至戒惧",也可以说明邢《疏》径用元《疏》,而元《疏》本为玄宗《始注》本而作。不过,如上所述,天宝中,注、疏皆经重修,邢昺《疏》既然依据《重注》本,那么它"翦截元《疏》"应是与《重注》相对应的元《疏》重修本,为什么还保留着《始注》的痕迹呢?我们分析,这有两种可能性:一是天

---

① 据《孝经善本集影》,明治二十四年(1891)又有据屋代摹刻本覆刻的三条家(三条实美之子公美)影刻本。长泽先生将屋代本与三条本对校,发现两本还是存在细微的差异的。详《关于逍遥院本御注孝经》,第268—269页。

② 静嘉堂文库藏屋代本狩谷棭斋手跋记述此事。详《关于逍遥院本御注孝经》,第267页。

③ 始注本和日本宫内厅藏北宋本、石台本、唐石经均作《应感章》。阮元《校勘记》云:"今本作感应,依郑注本改,非《正义》本也。"(阮校本《宋本十三经注疏·孝经注疏》,第2560页)

④ 《始注》云:"君能顺于长幼,则下皆效上,无不理也。"《重注》云:"君能尊诸父,先诸兄,则长幼之道顺,君人之化理。"邢昺《疏》云:"此言明王能顺长幼之道,则臣下化之而自理也。谓放效于君。"可以明显看出,邢《疏》所解释的注文是《始注》而非《重注》。

⑤ 《始注》"皆为"二字《重注》作"岂唯"。邢《疏》云:"言人不忠于君,不法于圣,不爱于亲,此皆为不孝,乃是罪恶之极,故经以大乱结之也。"也可以说明邢《疏》所释为《始注》而非《重注》。

⑥ 《日本访书志》卷二《开元始注》解题。以下引杨守敬说出处同此。

宝重修元《疏》时不够彻底，虽据《重注》，但未能完全涤除《始注》有而《重注》没有的内容；[①]一是邢昺编纂新《疏》时所据之本为未经天宝重修的原始元《疏》本[②]。

清光绪十年(1884)，杨守敬(1839—1915)协助驻日公使黎庶昌(1837—1897)据源弘贤宽政摹刻本覆刻《开元始注》，书题《覆卷子本唐开元御注孝经》，收入《古逸丛书》，于是国人始见玄宗御注的《开元始注》本。《古逸丛书》覆刻本版式、行款与宽政摹刻本大体相同，只是宽政本有训读标注，此本则无。而且，经过两次覆刻，古写本的风格已失。

除了逍遥院内府卷子本系统的《始注》，日本尚有京都清冈家旧藏(现藏京都大学)承久三年(1221)清原宣景手书《御注孝经》残卷。藤贞幹《好古日录》(宽政八年藤原资同序、九年平安书肆林伊兵卫刊行)见于著录。《经籍访古志》卷二著录逍遥院内府卷子本系统的《始注》，同时也提到清冈家藏本，曰："按京师清冈氏所藏，有承久三年清原宣景本，元行冲序前半、第九章末至第十六章末、及卷尾并缺。开元初注本西土无传，天下特存此二本而已，不亦奇乎？"天保十二年(1841)，涩江全善以狩谷望之模本校屋代弘贤摹刻三条本，将文字异同注记栏外，音训异同注记字傍。题记曰："天保十二年三月廿六日以承久三年清原宣景本比校了。李隆基开元初注本天下特存此二本而已。平全善[③]花押"。此本现存静嘉堂文库[④]。

敦煌本有《御注孝经·圣治章》残帙一卷(S.6019)，起"夫圣人之德"，至"不敬其亲而敬他人亲者"注"其亲然"，共十行，末三行上截残缺。幸运的是，这一章恰好是《始注》本和《重注》本异文最多的，很能说明问题。此残片与《始注》本文字基本相同，而与通行之《重注》本不同，亦可证日本抄本之绝对可靠[⑤]。

---

① 毛塚荣五郎先生《孝经元疏考》从旧注、序疏、避讳等多个角度论证元行冲《疏》先后历经天宝重修和北宋校定(并非重撰，只是校定，据清人孙志祖和阮福说)，就成为所谓邢昺《疏》，其中大体还保存了元《疏》之旧。

② 后来，我们在日本看到了林秀一先生的相关研究成果，他对邢疏中明确标出注释来源的情况做了统计，结果显示，虞翻、刘邵、刘炫、陆澄四家皆不见于记录，而以孔安国、郑康成为主，而这种情况如上文所述恰恰反映的是《始注》基本材料的构成(详见《孝经学论考·有关御注孝经序的疑惑》)。所以，这种统计的结果似乎也可以作为我们推想的佐证，邢昺《疏》有可能直接依据的是元《疏》而非天宝中重修的本子。

③ 涩江全善姓平名全善，字道纯，号抽斋，受业于狩谷望之。

④ 有关涩江全善校本的详细情况及异文，可参看林秀一先生《涩江全善手校三条本御注孝经研究》，收入氏著《孝经学论集》第二编，明治书院1976年版。

⑤ 翟理斯:《英国博物馆藏敦煌汉文写本注记目录》第232页著录为"唐明皇御注《孝经》的初注本"。陈铁凡先生尚有疑惑，曰："两者(敦煌本与通行本)颇有相异，而此帙与《古佚丛书·御注孝经》略同，殆皆《御注》初本欤？"(《孝经学源流》第三篇第三章《隋唐五代孝经学》，第189页)许建平先生则肯定了翟理斯的说法，详见《敦煌经籍叙录》卷八，中华书局2006年版，第419页。我们做了比勘，认为这一残片是初注本(《开元始注》)是没有问题的，它不仅证实了日本传抄本的可靠性，而且揭示了《始注》的颁行和传播情况，具有非常重要的意义。

三 《天宝重注》本

《开元始注》颁行之后，玄宗感到“至啧难明，群疑未尽”，注释中仍然存在一些问题；而且，由于现实政治情势的变化，使得玄宗对《孝经》和孝道又有了新的思考，于是“近更探讨，因而笔削，兼为叙述，以究源流，将发明于大顺，庶开悟于来学，宜付所司，颁示中外”①。是为《天宝重注》。《唐六典》记载唐代教授诸生之经，《孝经》用开元御注，旧令用孔、郑两家。《天宝重注》颁行、立石国学之后，诸生由此尊奉《重注》，以后历代通行本均为《重注》本。据王国维《五代两宋监本考》卷中、卷下，北宋、南宋分别有监本《孝经》一卷，含御制序并注，亦即《重注》本，今皆不传。现存最早的《天宝重注》刻本《御注孝经》一卷，乃日本江户时代末期著名书法家、汉学家狩谷棭斋（1775—1835 年，字望之，号卿云）旧藏本，转归木村正辞，②明治初年入藏日本宫内厅图书寮。棭斋认为此本是在宋仁宗朝初期的天圣、明道间（1022—1033 年）明肃皇太后之父刘通执政时刊行的。其后，《经籍访古志》卷二、《日本访书志》卷二及日本宫内厅《图书寮汉籍善本书目》卷一、长泽规矩也《宫内省图书寮尊藏北宋刊本御注孝经解说》③皆从之。尾崎康先生认为其版式、字体与北京图书馆（今中国国家图书馆，以下简称国图）藏北宋本《范文正公文集》相似，“通”字末画缺笔，而且避讳止于“通”字。这是一部“根据特殊缺笔确定的北宋版”④。

宫内厅藏本一般称作北宋小字本，版框高六寸九分，宽五寸。半叶十五行，行二十三至五字不等，注双行三十二至三字，白口，左右双边，中缝记“孝经”二字。卷首题“孝经序”，次行上空四字，题“御制序并注”，序后上空四字题“开宗明义章第一”，以下正文十八章。卷末间一行题“御注孝经一卷”，又间一行附“孝经音略”三行。卷首御制序后紧接着就是正文，并无空行，这是此本的一大特色。纸墨古雅，镂刻精巧，确为北宋版的代表作。卷首有“修竹荫”、卷首副叶有“棭斋”、“狩谷望之”、卷末副叶有“狩谷望之审定宋本”、“汤岛狩谷氏求古楼图书记”等印章⑤。文政九年（1826）狩谷望之翻雕以行于世，即所谓求古楼覆刊宋本。卷末有《校讹》一卷并狩谷望之当年十一月长至日识语，其文有曰：

> 是本敬、匡、胤、恒、竟、炫、通七字阙笔。按：敬，宋翼祖讳；匡、胤，太祖讳；恒，真宗讳。竟，翼祖嫌名；炫，太祖嫌名（原注：太祖旧名玄朗）；通係章献明肃皇太后家讳（原注：太后刘氏天圣元年临朝称制，令天下皆避父讳。明道二年太后崩，复旧。）

---

① 《册府元龟》卷四〇《帝王部·文学》。

② 木村正辞（1827—1913），日本著名的《万叶集》研究专家，东京大学教授，曾致力于收藏中国散逸的古籍。

③ 《长泽规矩也著作集》第九卷《汉籍解题》，汲古书院 1985 年版，第 403 页。

④ 《以正史为中心的宋元版本研究》第一章《北宋版研究》。

⑤ 参照日本宫内厅《图书寮典籍解题·汉籍篇》第一哲学是书解题。

狩谷氏又指出,日本奈良时代天平宝字元年(757)诏,宜令天下家藏《孝经》一本,精勤诵习;平安时代贞观二年(860)将玄宗《御注》立为学官,可见其国重视《孝经》由来已久。而长期以来,除了晚近源弘贤摹刻逍遥院内府卷子本《开元始注》,日本只有“依开元本增益、改窜、以天宝本刻于京师者,不知校书之法亦甚矣”,没有好的《天宝重注》刻本,所以他摹刻这一北宋本①。

国图藏元相台岳氏荆溪家塾刻本,八行十七字,小字双行同,细黑口,四周双边。附陆德明音释于玄宗注中。此本与北宋小字本为同一系统,只是经文、注文俱有句读,注文后间有直音或反切。后世这一系统的翻刻本、抄本甚多,在中国传刻的御注本多以之为祖本。其注有与《石台孝经》(石台本)不合者,详见《铁琴铜剑楼藏书目录》卷五影钞宋本《孝经》一卷解题。

《四部丛刊》影印本,据称上海涵芬楼借建德周氏藏宋刊本影印。这个所谓的宋刊本《天禄琳琅书目续编》卷三著录,定为南宋岳珂荆溪家塾刻本。雷梦水认为实即元岳氏荆溪家塾刻本②。我们将其与国图藏本比勘,可以证实《四部丛刊》确系据国图藏本(原建德周氏旧藏)影印。昭和七年(1932),日本书志学会影印宫内厅藏北宋小字本,所附《北宋刊本御注孝经解说》将北宋小字本与石台本、《四部丛刊》影印本(称作岳本)对校,有《校勘记》,现列表如下:

章目	北宋小字本	岳本、石台本异文
孝经序	朕尝三复斯言	岳本同石台本尝作常
	形于四海	石台本同岳本形作刑
	近观孝经旧注	石台本同岳本注作註
	庶有补将来	石台本同岳本将下有於字
开宗明义章第一	开宗明义章第一	岳本前有孝经一卷一行石台本有孝经二字
	汝知之乎	石台本同岳本汝作女下吾语汝之汝亦同
三才章第七	治天明以为常	石台本岳本治作法是也
孝治章第八	主尚接之以礼	石台本同岳本主作王
	举其多也	石台本同岳本多作大数
	小大之欢心	石台本岳本上有得字

① 长泽氏认为,狩谷氏摹刻本虽保存了宋本面貌,但与原本对校,还是有些小的差异。详《宫内省图书寮尊藏北宋刊本御注孝经解说》,第404页。

② 《近代学人室名琐记》,《人民日报》1982年9月24日。

续 表

章目	北宋小字本	岳本、石台本异文
圣治章第九	参闻	石台本同岳本作曾子问
	更有大于孝不	石台本同岳本不作否
	县衾箧枕	岳本同石台本县作悬
	圣人顺群心	石台本同岳本群作民
	临抚其人	石台本同岳本抚作於
五刑章第十一	臣之稟命也	岳本同石台本之作所
谏争章第十五	不失其天下	岳本同石台本无其字
应感章第十六	王孝父事天	石台本岳本孝作者是也
事君章第十七	思补过	石台本岳本过作益
	恒藏心中	石台本同岳本恒作常
	无日蹔忘也	石台本同岳本蹔作暂
丧亲章第十八	服縗麻	石台本同岳本縗作衰
	举屍	石台本同岳本屍作尸
	哀慼之	石台本同岳本慼作戚下并注亦同
	茔域也	石台本同岳本茔误作营

也有个别异文未能校出，如《卿大夫章第四》“盖卿大夫之孝也”句注：“懈，惰也。”《始注》本、岳本同，石台本惰作憧。《庶人章第六》“谨身节用，以养父母”句注：“……公赋既充，则私养不阙。”石台本同，岳本充作足。“用天之道”句注“秋收冬藏”，石台本同，岳本收作斂。[①]《圣治章第九》“虽得之君子，不贵也”句注：“……君子之不贵也。”石台本同，岳本之下有所字。《纪孝行章第十》“丧则致其哀”句注“擗踊哭泣”，《始注》本、岳本同，石台本踊作踴。杨守敬认为北宋小字本“远胜相台岳本”。根据我们对以上三本的校勘，确实可以印证杨氏所言不虚。与相台岳氏本比，北宋小字本与石台本更加接近，讹误更少；同时，也有可校正石台本之处，如前揭石台本惰作憧、踊作踴等。

四 《始注》本与《重注》本比较研究

日本宫内厅藏北宋小字本《天宝重注》与黎氏影刻本《开元始注》对校，确实可以看出修订的痕迹，“始注”和“重注”的差异还是相当明显的。现将有价值的异文列表如下：

---

① 据《经典释文》，收如字，又手又反；斂，力俭反，是定本作收。详见《金石萃编（二编）》唐四十七《石台孝经》。

章目	序号	《天宝重注》本	《开元始注》本
开宗明义章第一	1.	“何足以知之”句注:何足知此至要之义。	注文何下有以字
	2.	“立身行道,扬名于后世,以显父母,孝之终也”注:言能立身行此孝道,自然名扬后世,光荣其亲……	注文无“名扬后世”四字
	3.	《大雅》云:“无念尔祖,聿脩厥德。”	脩作循
天子章第二	4.	“爱敬尽于事亲”句注:君行博爱广敬之道,使人皆不慢恶其亲……	君作若
	5.	“盖天子之孝也”句注:盖犹略也。孝道广大,此略言之。	“盖犹略也”无也字 “此略言之”之作也
诸侯章第三	6.	“盖诸侯之孝也”句注:……义取为君恒须戒慎。	须作慎 慎作惧
卿大夫章第四	7.	“非先王之法言不敢道”句注:……故不敢也。	敢下有为字
	8.	“是故非法不言,非道不行”句注:言必守法,行必遵道。	守作合 遵作顺
	9.	“口无择言,身无择行”句注:言行皆遵法道,所以无可择也。	遵作合于
	10.	“三者备矣,然后能守其宗庙”句注:……此三者则能长守宗庙之祀。	祀作祭
士章第五	11.	士章第五	士下有人字
	12.	“故母取其爱,而君取其敬”句注:言事父兼爱与敬也。	注作:兼谓有母之爱,有君之敬。
	13.	“故以孝事君则忠”句注:移事父孝以事于君,则为忠矣。	“以事”下无于字
庶人章第六	14.	“谨身节用,以养父母”句注:……公赋既充,则私养不阙。	充作免
	15.	故自天子至于庶人,孝无终始而患不及者,未之有也。	未下无之字。注并亦同。
三才章第七	16.	“陈之以德义,而民兴行”句注:陈说德义之美,为众所慕,则人起心而行之。	注文而作之
孝治章第八	17.	“治国者不敢侮于鳏寡,而况于士民乎”句注:……鳏寡,国之微者,君尚不敢轻侮,况知礼义之士乎?	况作无
	18.	故得百姓之欢心,以事其先君。	君作王
	19.	“故明王之以孝治天下也如此”句注:言明王以孝为理,则诸侯以下化而行之……	侯作臣

续　表

章目	序号	《天宝重注》本	《开元始注》本
圣治章第九	20.	"曾子曰：敢问圣人之德无以加于孝乎"句注：参闻明王孝理以致和平；又问圣人德教更有大于孝不？	闻下无明王二字 问下无圣人二字 不作否
	21.	"宗祀文王于明堂，以配上帝"句注：……周公因祀五方上帝于明堂，乃尊文王以配之也。	王下有祖字
	22.	"是以四海之内各以其职来祭"句注：……则德教刑于四海，海内诸侯各脩其职来助祭也。	注文两海字之间有四字
	23.	"故亲生之膝下，以养父母日严"注：亲犹爱也。膝下谓孩幼之时也。言亲爱之心生于孩幼，比及年长，渐识义方，则日加尊严，能致敬于父母也。	注作：言子孩幼养于父母膝下，即须教之，使为则为，止则止，视无诳，听不倾，提则捧手，对则掩口，故日渐加严敬也。
	24.	"圣人因严以教敬，因亲以教爱"句注：圣人因其亲严之心，敦以爱敬之教，故出以就傅，趋而过庭，以教敬也。抑搔痒痛、县衾箧枕，以教爱也。	"圣人因其亲严之心，敦以爱敬之教"作"父子之道简则慈孝不接，狎则怠慢生焉" 县作思
	25.	"父子之道，天性也"句注：父子之道，天性之常，加以尊严，又有君臣之义。	"天性之常"作"自然孝慈本于天性，生爱敬之心"
	26.	"虽得之君子，不贵也"句注：言悖其德礼，虽得志于人上，君子之不贵也。	经文得下有志字 注文君子下无之字
	27.	"以临其民"句注：君行六事，临抚其人则下畏其威……	抚作莅
纪孝行章第十	28.	"事亲者居上不骄"句注：当庄敬以临下也。	此句无注
	29.	"为下不乱"句注：当恭谨以奉上也。	此句无注
	30.	"在丑不争"句注：丑，众也。争，競也。当和顺以从众也。	无"当和顺以从众也"数字
	31.	"在丑而争则兵"句注：谓以兵刃相加。	经文无而字 注作：将为兵刃所及也。
	32.	"三者不除"句注：……而不除之，虽日致太牢之养，固非孝也。	注文除下无之字 虽下有之字

续 表

章目	序号	《天宝重注》本	《开元始注》本
五刑章第十一	33.	“要君者无上”句注:君者,臣之稟命也。而敢要之,是无上也。	稟上有所字 命上有教字①要之之作君
	34.	“非圣人者无法”句注:圣人制作礼法,而敢非之,是无法也。	脱此句及注
	35.	“此大乱之道也”句注:言人有上三恶,岂唯不孝,乃是大乱之道。	岂唯作皆为
广要道章第十二	36.	“移风易俗,莫善于乐”句注:风俗移易……	风俗移易作移风易俗
	37.	“故敬其父则子悦,敬其兄则弟悦,敬其君则臣悦”注:居上敬下,尽得欢心,故曰悦也。	“曰悦也”作“皆悦之”
	38.	“敬一人而千万人悦”句注:所敬者寡,而悦者众,此之谓要道也。	注作:一人谓父兄君也。千万人谓子弟臣也。
广至德章第十三	39.	“子曰:君子之教以孝也,非家至而日见之也”注:言教不必家到户至,日见而语之……	经文“日见之也”无也字 注文家作门② 语作谈
	40.	“教以孝,所以敬天下之为人父者也”句注:举孝悌以为教,则天下之为人子弟者无不敬其父兄也。	注文敬作致
	41.	“教以臣,所以敬天下之为人君者也”注:举臣道以为教……	经文无者字 注文以下有敬字
谏争章第十五	42.	“曾子曰:若夫慈爱……”句注:事父有隐无犯,又敬不违,故疑而问之。	隐作阴 之作也
	43.	“昔者天子有争臣七人,虽无道,不失其天下”句注:……言虽无道,为有争臣,则终不至失天下亡家国也。	经文失下无其字③ 注文言下有上字 家国作国家
	44.	“士有争友”句注:……言受忠告……	受作爱
	45.	“父有争子”句注:父失则谏,故免陷于不义。	无于字

① 《始注》本稟上有所字,命上有教字,杨守敬以为教字衍,《重注》本脱所字。

② 《孝经注疏》这一句经文的疏云:“此依郑注(也)。”阮校:《文选注》引郑注家作门,《始注》本亦作门,所以杨守敬推断“则知作‘家’者石台所改,恐非明皇原本”。

③ 据《经典释文》卷二三,“不失天下”,本或作“不失其天下”,杨守敬以为“其”字衍。《始注》本正作“不失天下”。

续 表

章目	序号	《天宝重注》本	《开元始注》本
应感章第十六	46.	“长幼顺,故上下治”句注:君能尊诸父,先诸兄,则长幼之道顺,君人之化理。	注作:君能顺于长幼,则下皆效上,无不理也。
	47.	“脩身慎行,恐辱先也”注:天子虽无上于天下,犹脩持其身,谨慎其行……	注文谨下无慎字
	48.	“孝悌之至……光于四海……”句注:……光於四海……	光作充①
	49.	“《诗》云自西自东……”句注:义取德教流行,莫不服义从化也。	“莫不服义”义下又有一义字
事君章第十七	50.	“子曰:君子之事上也”注:上谓君也。	此句无注
	51.	“退思补过”句注:君有过失,则思补过。	注作:退归私室,则思补身过也。
	52.	“将顺其美”句注:君有美善,则顺而行之。	注文美下无善字
	53.	“匡救其恶”句注:君有过恶,则正而止之。	注文过下无恶字
	54.	“故上下能相亲也”句注:君臣同德,故能相亲。	注文“君臣同德”作“下以忠事上,上以义接下”。
	55.	“诗云心乎爱矣……”句注:……无日蹔忘也。	蹔(暂)作慙(惭) 慙下无忘字
丧亲章第十八	56.	子曰:孝子之丧亲也	无也字
	57.	“闻乐不乐”句注:悲哀在心,故不乐也。	“悲哀在心”作“志在悲哀”
	58.	“食旨不甘”句注:……故疏食水饮。	“疏食水饮”作“去酸咸也”
	59.	“此哀感之情也”注:谓上六句	此句无注
	60.	“三日而食”句注:不食三日,哀毁过情,灭性而死……不令至于殒灭。	“灭性而死”作“有致危獘(毙)” 殒作陨
	61.	“丧不过三年”句注:……夫孝子有终身之忧,圣人以三年为制者,使人知有终竟之限也。	注作:虽以三年为父,其实廿五月。
	62.	“为之棺椁衣衾而举之”注:……衣谓敛衣……	经文并无二之字 敛作殿
	63.	为之宗庙,以鬼享之。注:立庙祔祖之后……	祔下有宗字
	64.	“春秋祭祀,以时思之”句注:寒暑变移,益用增感,以时祭祀,展其孝思也。	无“益用增感”四字

① 经文作“于”,注文作“於”,石台本、岳本同。《始注》本光作充。杨守敬以为“乃知以‘充’释‘光’,故改‘于’作‘於’,石台等本注中之‘光’当为‘充’误”。

除了表中所列异文,《始注》本与《重注》本差异最大的是句末语尾助词。根据我们的统计,十八章注释中多出“也”字的约有四十处。杨守敬考论阮元和森立之的说法,对此有客观、准确的分析,曰:

> 日本古钞本经书注中每多“之”、“也”等字,阮(元)校谓是彼国人所加;森立夫(立之字)谓是隋唐之遗。余通观其古钞本,唐本最多虚字,至北宋始多删削而未尽,至南宋乃翦截八九,遂各本为一律,颇与立夫之说相应。但此本注脚较石台每多“也”字,两本虽有初注、重注之分,不应违异若此。余后见钞本至多,乃知古钞者因注文双行,难于均齐字数,故往往于对行字悬空数字者增添虚字以足之,故所增之字总在注末,而各钞不同;其在注中者,则原本皆如是,故各钞皆同。至于经文,则毫无增损,其有异同,故是隋唐之遗。阮说、森说各据一边,为发其凡于此。①

杨氏说是谓得之。一般而言,经文及注文中间并无有意增损虚词的现象,而注文句末往往为了均齐字数而增添虚词。杨氏未曾提到的,那就是考虑到双行字数均齐而减省句末虚词的现象,如“也”字,这种情况在《始注》本中约有四处。

分析以上二本的异文资料,我们可以发现异文的产生大体出于两种情况,一是《始注》抄本自身的原因(形近而讹、信笔偶讹、衍文、脱文等等),一是确系由于重修而造成的异文(注文不同或义可两通)。当然,这种划分并非十分严格,而且有些异文大概介于二者之间。因为我们并没有足够的证据说明某些异文一定是抄本主观臆改或信笔偶讹,一定不是《始注》原本本身即有的讹误,也没有足够的证据说明其他的异文一定是《重注》所造成的版本异同。我们只是为了说明问题的方便而作如此划分。

形近而讹,如 3 脩—循、14 充—免、24 县—思、40 敬—致、44 受—爱、55 蹔(暂)—慙(惭)、62 敛—殿等。其中,有些字形近易讹是有渊源的,如循、脩二字。《晋书·职官志》所记州、县吏有循行,裘锡圭老师利用《居延汉简》的材料,认为“循行”乃“脩行”之误,②甚是。衍文如 1 以、21 祖、22 四、26 志、32 之、49 义等字,有涉经文而衍、涉注文而衍等情况。脱文如 32 之、41 者、45 于、47 慎等字,也有如 34 误脱经文文句及注释的情况。信笔偶讹,未及校勘,如 5 之作也、6 须作慎、16 而作之、17 况作无、42 隐作阴、之作也等等。实际上,衍文、脱文、乙文(如 43 家国作国家)等的大多数情况也是信笔偶讹、无意造成的,当然也不能排除有意妄改的情况。

排除有意增删妄改和无意信笔偶讹这两种由于主观原因造成的版本异同的情况,余下的就是我们所说的第二种情况,也就是“重注”和“始注”的差异,即《重注》本对《始注》

---

① 《日本访书志》卷二。

② 裘锡圭:《考古发现的秦汉文字资料对于校读古籍的重要性》,《裘锡圭自选集》,河南教育出版社 1994 年版,第 159 页。

本的修订或增删。这种情况下所产生的异文又可分为两种类型：一是个别字词不同，义可两通，如 7、8、9、13、20、27、36、37、39、52、53、63 等，或是出于修辞上的需要，或是行文用字精准度的考量，往往不大影响意义。二是文句不同，如 2、12、23、24、25、30、31、46、54、57、58、60、61、64 等。其中既有文意相近、表达方式稍有不同的，也有意义不同乃至迥异的。此外，其他的版本异同还有，《始注》本 28、29、50、59 无注，而《重注》本有注。

下面举例来具体说明《重注》本对《始注》本的修订情况，由此可见“重注”的着眼点和立足点所在。No. 31“在丑而争则兵”句《始注》云：“将为兵刃所及也。”《重注》云：“谓以兵刃相加。”No. 57“闻乐不乐”句《始注》云：“志在悲哀，故不乐也。”“志在悲哀”《重注》作“悲哀在心”。No. 58“食旨不甘”句《始注》云：“……故去酸咸也。”“去酸咸也”《重注》作“疏食水饮”。No. 60“三日而食”句《始注》云：“不食三日，哀毁过情，有致危獘（斃）。”“有致危獘”《重注》作“灭性而死”。以上三例均为《重注》以意义相近但更加契合经文本意的分句替换《始注》例。

No. 65“退思补过”句《始注》云：“退归私室，则思补身过也。”《重注》云：“君有过失，则思补过。”邢昺《疏》云：“按旧注，韦昭云：‘退居私室，则思补其身过。’……按《左传》……林父之事君也，进思尽忠，退思补过……文意正与此同，故注依此传文而释之。今云‘君有过则思补益’，出《制旨》也，义取《诗·大雅·烝民》云‘衮职有阙，惟仲山甫补之’，《毛传》云：‘有衮冕者，君之上服也。仲山甫补之，善补过也。’《郑笺》云：‘衮职者，不敢斥王言也。王之职有阙，辄能补之者，仲山甫也。’此理为胜，故易旧也。”是为《重注》出玄宗《制旨》，因而替换《始注》例。

No. 2“立身行道，扬名于后世，以显父母，孝之终也”《始注》云：“言能立身行此孝道，自然光荣其亲……。”《重注》于“自然”后多出“名扬后世”四字。《始注》未及经文“扬名于后世”之义，故《重注》予以补充，是为补阙例。

No. 30“在丑不争”句《始注》云：“丑，众也。争，竞也。”《重注》于“竞也”后多出“当和顺以从众也”。《始注》仅为单个字训诂，《重注》则有对整个句子的解释，是为串解句义例。

No. 24“圣人因严以教敬，因亲以教爱”句《始注》云：“父子之道，简则慈孝不接，狎则怠慢生焉。故出以就傅，趋而过庭，以教敬也；抑搔痒痛、县衾箧枕，以教爱也。”“父子之道，简则慈孝不接，狎则怠慢生焉”句《重注》作“圣人因其亲严之心，敦以爱敬之教”。邢昺《疏》云：“父子之道，简易则慈孝不接，狎则怠慢生焉。故圣人因其亲严之心，敦以爱敬之教也。”《始注》为因，《重注》为果，自然推导出来的。《始注》首句于经文颇感游离，且与下文联属不紧密，《重注》解释经义更加贴切、精准，是为解经准确例。

No. 25“父子之道，天性也”句《始注》云：“父子之道自然，孝慈本于天性，生爱敬之心，加以尊严，又有君臣之义。”“自然孝慈本于天性，生爱敬之心”《重注》作“天性之常”。邢昺《疏》云：“云‘父子之道，天性之常’者，父子之道自然，慈孝本乎天性，则生爱敬之心，是常道也。”以《始注》来具体解释、说明《重注》。《始注》统领上下文义,揭示出所谓“天性”的具体内涵,而《重注》则比较抽象,是为《始注》具体、《重注》抽象例。

No. 37、38“故敬其父,则子悦;敬其兄,则弟悦;敬其君,则臣悦。敬一人而千万人悦”,《始注》云:“居上敬下,尽得欢心,皆悦之。一人谓父兄君也,千万人谓子弟臣也。”“皆悦之”《重注》作“曰悦也”,“一人谓父兄君也,千万人谓子弟臣也”《重注》作“所敬者寡,而悦者众,此之谓要道也”。邢昺《疏》云:“其要正以为天子敬人之父,则其子皆悦;敬人之兄,则其弟皆悦;敬人之君,则其臣皆悦,此皆敬父兄及君一人则其子弟及臣千万人皆悦,故其所敬者寡而悦者众。……旧注云‘一人谓父兄君,千万人谓子弟臣也’者,此依《孔传》也。一人指受敬之人,则知谓父兄君也;千万人指其喜悦者,则知谓子弟臣也。夫子弟及臣名何啻千万,言千万人者,举其大数也。”《始注》据经文逐句敷衍、解析,《重注》在此基础上加以概括、归纳,是为《始注》分析、《重注》概括例。

No. 46“长幼顺,故上下治”句《始注》云:“君能顺于长幼,则下皆效上,无不理也。”《重注》云:“君能尊诸父,先诸兄,则长幼之道顺,君人之化理。”《始注》比较直白,近乎直译,而《重注》则将“顺于长幼”具体化了,纠正了《始注》易造成的理解上的误差,是为《重注》具体化例。

No. 54“故上下能相亲也”句《始注》云:“下以忠事上,上以义接下,故能相亲也”。“下以忠事上,上以义接下”《重注》作“君臣同德”。《始注》是具体的解说,《重注》则是高度的概括和引申,由“君子”上下相亲引申到君臣同德。或许这是出于适应当时政治局势变化的需要,而做的有针对性的修订①。是为《重注》牵涉时势例。

No. 61“丧不过三年”句《始注》云:“虽以三年为父,其实廿五月。”《重注》云:“……夫孝子有终身之忧,圣人以三年为制者,使人知有终竟之限也。”《始注》说明礼制本身的具体细节,《重注》则揭示礼制所反映出来的制礼的旨意。是为《始注》讲其仪节、《重注》讲其深意例。

No. 23“故亲生之膝下,以养父母日严”句《始注》云:“言子孩幼养于父母膝下,即须教之,使为则为,止则止,视无诳,听不倾,提则捧手,对则掩口,故日渐加严敬也。”《重注》云:“亲犹爱也。膝下谓孩幼之时也。言亲爱之心生于孩幼,比及年长,渐识义方,则日加尊严,能致敬于父母也。”《始注》、《重注》意义迥别,主要原因在于对“膝下”的不同理解。《始注》以为父母膝下,主体是父母,父母教育孩子,使知礼仪,日渐严敬;《重注》则谓孩幼之时,主体是孩子,孩子幼小就有亲爱之心,长大后才能懂得行事的规矩和道理,致敬于父母。是为《始注》、《重注》意义差别明显例。

总之,《重注》在保持《始注》总体注释风格的前提之下,在文字、训诂和修辞上都做了修

---

① 有学者结合对唐朝王室内部的具体情况及现实政治形势的分析,认为御注《孝经》还有其他深层次的原因。参见陈一风《论唐玄宗注〈孝经〉的原因》的相关内容。

订。通过比较研究,可以清楚地显现出二者撰作背景、动因及文本、义疏等方面的异同。需要说明的是,《始注》本和《重注》本的比较研究是中国经学史的一个个案研究,但由于关涉日本《孝经》学史,所以也宣讲了中日学术交流史上的一段佳话。

(原刊《北京大学中国古文献研究中心集刊》第七辑,北京大学出版社2008年版)

略论北宋经学与儒家诸子学之互动

——以经学新变与理学形成为中心

吴国武

我们知道,从古代目录的分类体系来看,经学之书与儒家诸子之书早期是不分的。春秋战国时期,诸子百家的争论焦点在“礼”,而儒家基本上是维护宗周礼制的。其中,“六艺”之书保存了大量远古三代礼制。自然,当时所说的儒家诸子都是以后世所谓经学为根基的。故汉初司马谈在《论六家要旨》中指出:“夫儒者以六艺为法。六艺经传以千万数,累世不能通其学,当年不能究其礼,故曰‘博而寡要,劳而少功’。”[①]这正是后世经学子学化的内在因素。

至汉武帝“罢黜百家,独尊儒术”,经书的地位得到大大提升。两汉之际,刘向、刘歆父子就把“六艺”之书划入《六艺略》,相当于后世的经部;把儒家诸子之书划入《诸子略》中的儒家,相当于后世的子部儒家。稍后,班固在《汉书·艺文志》中也说:“儒家者流……游文于六经之中,留意于仁义之际。”此处标明“游文”,正是儒家诸子学与经学的不同。自那以后,儒学一直存在两种重要的学术形态:一为经学,二为子学。二者有着难以割舍的关系,经学往往是子学产生的源泉,而子学反过来又促进经学的发展。

北宋儒学的学术转型历来是学界关注的焦点问题。从传统学术史的角度来看,这一时期的儒学转型主要表现为经学新变与理学形成,笔者拟以此为中心考察北宋经学与儒家诸子学的互动。

一

东汉王充说过:“著作者为文儒,说经者为世儒。”[②]这是将儒家学者分类的开始:前者指儒家诸子,后者则指经学家。所谓“文儒”一词,与班固的“游文”之儒相似。近人梁启超由此也说:“汉儒流派繁多,综其大别,可分为两种:(一)说经之儒;(二)著书之儒。”[③]所谓说经

---

① 《史记》卷一三〇《太史公自序》,点校本,中华书局2006年版。

② 《论衡·书解篇》,《四部丛刊》初编本。

③ 《论中国学术思想变迁之大势》,转引自冯天瑜等编著《中国学术流变》,华东师范大学出版社2003年版,第6页。

之儒,即世儒;所谓著书之儒,即文儒。反过来,世儒致力于经学,文儒致力于儒家诸子学。

然而,真正从目录类例上来讲经学与儒家诸子学之区别的是章太炎。他解释道:

> 有商订历史之孔子,则删定《六经》是也。有从事教育之孔子,则《论语》、《孝经》是也。由前之道,其流为经师;由后之道,其流为儒家。《汉书》以周、秦、汉初诸经学家,录入《儒林传》中;以《论语》、《孝经》诸书,录入《六艺略》中。此由汉世专重经术,而儒家之荀卿又为《左氏》、《穀梁》、《毛诗》之祖。此所以不别经、儒也。若在周秦,则固有别。且如儒家巨子如李克、宁越、孟子、荀卿、鲁仲连辈,皆为当世显人。而《儒林传》所述传经之士,大都载籍无闻,莫详其事。盖儒生以致用为功,经师以求是为职。①

章氏将"世儒"易为"经师","文儒"易为"儒家",其贡献在于初步区分了经师与儒生,勾勒出两种学术形态各自的基本特征。但是,还没有提到经学、子学的高度,也没能讨论二者的相互关系。

说经之儒(即"世儒"),多从事于经书的考订和传授。汉代之所以经学著称,大体与世儒传经有关。章太炎说:"说经之学,所谓疏证,惟是考其典章制度与其事迹而已,其是非且勿论也。欲考索者,则不得不博览传记。而汉世太常诸生,惟守一家之说,不知今之经典,古之官书,其用在考迹异同,而不在寻求义理。故孔子删定六经,与太史公、班孟坚辈初无高下。其书既为记事之书,其学惟是客观之学。"②基于古文家立场,章氏强调的是经学的文献学、考据学性质,基本上排除了其思想史意义。然而,即使在汉代,今文学家寻求义理的倾向很明显,古文家也并非完全不讲义理。此外,世儒传经的内容、形式往往为当时的选举规定所影响。至于汉以后,经学义理、经济之学从未中断。北宋之时,经学的新变、理学的形成无疑与义理之学、经济之学的开掘有关。

著书之儒(即"文儒"),不汲汲于经书的考订和传授,更注重经义发挥和通经致用。章太炎说:"若诸子则不然。彼所学者,主观之学,要在寻求义理,不在考迹异同。既立一宗,则必自坚其说,一切载籍,可以供我之用,非束书不观也。虽异己者,亦必睹其籍,知其义趣,惟往复辨论,不稍假借而已。是故言诸子,必以周秦为主。"③此处,章氏重在论述儒家以外的诸子,并没能集中阐述儒家诸子学的特性。事实上,先秦的《论语》、《孟子》、《荀子》等书,正是儒家诸子学的重要代表。汉唐间,子部儒家之书也有一定的影响,比如东汉扬雄的《太玄》、《法言》、隋代王通的《文中子》等。他们的共同特点,便是班固所言"游文于六经"、"留意于仁义"。至北宋,儒家诸子学蓬勃发展起来,理学就是在这个背景下形成的。

我们认为,儒家经学和子学有区别更有联系。区别是从形态上来讲的,联系则是从内容

---

① 《论诸子学》,见朱维铮等编《章太炎选集》,上海人民出版社 1981 年版,第 361—362 页。

② 同上书,第 357 页。

③ 同上书,第 358 页。

上来讲的。如果以经学为基点,子学可以视作群经之通论。近人马一浮曾借佛藏术语把经部之书分为“宗经论”和“释经论”两个部分。他特别强调:“宗经、释经区分,本义学家判佛书名目,然此土与彼土著述大体实相通,此亦门庭施设,自然成此二例,非是强为差排,诸生勿疑为创见。”同时举例说:“孔子晚而系《易》,《十翼》之文,便开此二例,《彖》、《象》、《文言》、《说卦》是释经,《系传》、《序卦》、《杂卦》是宗经。”所谓释经,大体相当于儒家经解之书;所谓宗经,大体相当于儒家诸子之书。他又说:“六艺之旨,散在《论语》而总在《孝经》,是为宗经论。《孟子》及《二戴》所采《曾子》、《子思》、《公孙尼子》诸篇,同为宗经论。《仪礼·丧服传》子夏所作,是为释经论。《三传》及《尔雅》亦同为释经论。《礼记》不尽是传,有宗有释。《说文》附于《尔雅》,本保氏教国子以六书之遗。如是则经学小学之名可不立也。”①传记之书有释经、有宗经,恰好反映了其出入经解、诸子的特性。

自汉以来,经学成为儒学的主要形态,说经之儒也就成了儒家的主体。但是,经学的子学化又是儒学发展的重要动力。比如,扬雄的《太玄》,根植于《周易》,却不同于孟喜、京房、郑玄、荀爽等人的章句训诂,而是杂之以子学形式来发挥经义。不仅拓展了传统易学的解释空间,而且本身也成为后世诸子争相注释的文本。又比如,王通的《文中子》,乃拟《论语》之作,不拘六朝以来的集解义疏,致力于通经致用。至北宋,当时经学与儒家诸子学的互动最为明显。钱穆曾说:

> 宋儒之意,多贵于独寻遗经,戛戛自造一家之言,则于汉儒经说自不重视,故可谓宋之经学,实亦是一种子学之变相。②

这是从儒家诸子学来讲的。他又说:

> 宋儒之学不专在经,文史百家之业与经学并盛,故可谓至宋儒,乃成为一种新儒学,经学仅占其一部分。……宋儒经学……重要在创新义,发新论,亦可谓宋儒经学乃是一种新经学。③

这是从经学发展来讲的。钱先生的说法,恰好反映了宋代经学与儒家诸子学的关系。

后来,韦政通总结钱先生的意见时说:“(依钱穆氏)汉儒乃经学之儒,而宋儒则转回到子学之儒……这是以子学的心态讲经学。”④他又说:“针对汉人之传经为儒,新儒家(即理学)之所以为新,钱先生撇开宋儒个人之间的差别,直就共同的心态上而言,由经学之儒转回到子学之儒,这个看法是比较近理的。”⑤

---

① 《泰和宜山会语》,《新世纪万有文库》本,辽宁教育出版社 1998 年版,第 11 页。

② 《朱子学提纲》,北京三联书店 2002 年版,第 12 页。

③ 同上书,第 25—26 页。

④ 《中国思想史》,上海书店出版社 2002 年版,第 641 页。

⑤ 同上书,第 643 页。

二

本来，经学以经部群经之书为主，与子部儒家之书有差别。但是，北宋经学的义理化倾向以及北宋儒家诸子的崛起，经学与儒家诸子学之间的差异性不断缩小，经学的子学化也日益凸显。于是，汉唐以来的传统经学开始发生大的变化，乃至衍生出新的理学形态。

关于北宋前期经学的新变，章太炎指出：

> 问者曰："宋世儒者之说经，其皆以己意变乱邪？"章炳麟曰："始自邢昺、杜镐、孙奭之流，所习不出《五经正义》，上不足以理群经，下犹不入（孔）颖达、（贾）公彦之室，学愈媕陋，以滋后生口实，变固其分也。如刘敞之徒，然否参半，不失博通裁量之士。其后诬罔渐多。"①

章氏虽未明言经学子学化，但所谓"己意变乱"即各逞其说，可视为子学化之开始。其实，邢昺之前诸儒已逐渐不循注疏。比如，太祖时，王昭素"尝召令讲《易》，其书（即《易论》）以注疏异同互相诘难，蔽以己意。"②太宗时，柳开"凡诵经籍，不从讲学，不由疏义，悉晓其大旨，注解之流，多为其指摘。"③至于邢昺等人，也多据当时时事说经。比如，"邢昺在东宫及内庭侍上讲论《孝经》、《礼记》者二、《论语》十、《书》十三、《易》三、《诗》《左传》各一。据传敷引之外，多引时事为喻，深被嘉奖。"④尽管如此，传统经解形式如注疏、音义在当时仍为主流。像孙奭《经典徽言》、种放《蒙书》这样的释经之作，还是少数。检《宋史·艺文志》子部儒家，徐铉《质论》、刁衎《本说》属杂家之类，许洞《演玄》属《太玄》之注，真宗《正说》、贾同《山东野录》则偏于政事。此时，经解与儒家诸子学还没有达到自觉的结合。

至仁宗庆历之际，"异先儒之说"成为一时风气。刘敞的《春秋》五书、《七经小传》（《遂初堂书目》列于子部儒家）自有新说，其体亦不似注疏，多议论之气。又有《公是先生弟子记》，乃以子学形式解经之典型，可与稍后理学家的语录相媲美。其实，刘敞之前的宋初三先生已有意于经学的新变。比如，孙复在经筵讲经，"其讲说多异先儒"⑤，所著《春秋尊王发微》"大约本于陆淳而增新意"⑥，其体式已不同于注疏。胡瑗在太学讲经，所著《五经口义》

---

① 《检论》卷四《通程》，见刘凌等编校《章太炎学术论著》，浙江人民出版社 1998 年版，第 101—102 页。

② 《郡斋读书志校注》卷一，孙猛校注，上海古籍出版社 1990 年版。

③ 《柳公行状》，《河东先生集》附，《四部丛刊》本。

④ 《玉海》卷二六，上海书店、江苏古籍出版社 1990 年版。

⑤ 《宋史》卷一九一《儒林传》，中华书局 1974 年版。

⑥ 《续资治通鉴长编》卷一三八，上海古籍出版社 1986 年版。

虽“不出章句诵说”[①],然其“明体达用之学”[②]已有理学之气象。当时,李觏有句话说:“岂徒解经而已哉!惟圣人君子知其有为言之也。”[③]足见,解经已不在于注疏,而在于各抒己见。各派学者正是在这样的背景下开始热衷著书立说,儒家诸子学起而复苏。此时的子部儒家之书,大致可以分为二类:第一类,有关唐以前诸儒之书的注解,比如章詧的《太玄经解》、阮逸的《注中说》、宋咸的《过文中子》等。第二类,发挥己说的子书,比如黄晞的《聱隅子歔欷琐微论》、王开祖的《儒志编》等。但是,儒家学术形态的主体仍然是经学。

神宗熙丰间,颁行《三经新义》,经注又重新定于一尊。熙宁元年(1068),程颢上《请修学校尊师儒取士札子》吁经训统一。他说:“古者一道德以同俗,苟师学不正,则道德何从而一?方今人执私见,家为异说,支离经训,无复统一,道之不明不行,乃在于此。”[④]此说为当时诸儒共同的心声。所以,王安石也指出:“古者一道德以同俗,故士有揆古人之所为以自守,则人无异论。今家异道,人殊德。”[⑤]熙宁五年,宋神宗对王安石说:“经术今人人乖异,何以一道德?卿有所著,可以颁行,令学者定于一。……举人对策,多欲朝廷早修经义,使义理归一。”[⑥]次年,置经义局始修《三经义》并立于官学。至此,北宋前期“家为异说”的风气在经注上渐趋单一。此后,旧党诸儒多以子学形态表达经学,疏离于经学形态,逐渐形成了新的理学形态。对此,陈登原指出:“性理学者,以论理治经学也。”[⑦]所谓“以论理治经学”,就是经学子学化。章太炎曾论及程颐治经的情况,他说:

> 九流之儒,与儒林诸生本异官,诚不必训说六艺。儒家之学,虽多本六经,然主大义而已。前世惟有荀卿传经,而无传记故训之书。孟子、鲁连,且不传经矣。汉初陆贾、郦生,末有扬雄,最后徐幹、荀悦,大端相似。且其意多同异,合之或与本经违害,二程之更《大学》则是矣。然于他经,犹守古文大义,未若后进之好诬也。观其榷论《诗》、《书》,上尊仲尼、卜商之序;说《易》乃崇信《十翼》,徵之人事,大义皆举,不以图书变怪之言纷挐,同时不取永叔、尧夫,而下与元晦绝远。程叔子《经说》盖本安定。安定笃诚,故叔子亦无专己可怪之论。……叔子虽未治小学,其徇齐可以达神旨。……弟子或考古文铜器,扬诩张有,以明王氏《字说》之诬,则其支流游波。故曰:程氏之学,所包络者广也。[⑧]

章氏认为,“九流之儒”不必注经,而程颐之学虽不以“训说六艺”见长却能明大义,以至

---

① 《朱熹集》卷三八《答薛士龙》,四川教育出版社1996年版,第1723页。

② 《宋名臣言行录》前集卷一〇引刘彝之语。

③ 《李觏集》卷五《周礼致太平论序》(作于庆历三年即1043),中华书局1981年版,第67页。

④ 《二程文集》卷一,见《二程集》,中华书局2004年版,第448页。

⑤ 《临川文集》卷七五《与丁元珍书》,《文渊阁四库全书》本。

⑥ 《续资治通鉴长编》卷二二九“熙宁五年正月戊戌”条。

⑦ 《中国文化史(二)》,《新世纪万有文库》本,辽宁教育出版社1998年版,第489页。

⑧ 《检论》卷四《通程》,见刘凌等编校《章太炎学术论著》,浙江人民出版社1998年版,第101—102页。

于广大精微。这些,正是儒家诸子学的特点。于是乎,继庆历诸儒之后,又有“道学六先生”。他们“窥仁义之原,探礼乐之绪”,作为子学形态的理学应运而生。此时,儒家诸子学有了新的发展。

首先,发挥己说之书与经学的结合更为突出。比如,司马光“不治章句,必求其理”①,其《致知在格物论》、《中和论》便释《大学》、《中庸》之理。邵雍“以六经为本……平生不为训解之学”②,其《皇极经世书》即以《周易》、《春秋》为本。周敦颐有“文所以载道”之论,其《通书》、《太极图说》乃借《周易》发明“道体”。张载主张“正经然后一以贯天下之道。”③其《正蒙》、《经学理窟》诸书借六经来讲“义理”。其次,更有语录、遗书之书出现。比如,与邵雍有关的有张岷所记《观物外篇》,与张载、二程有关的有《洛阳论议》、《元丰己未吕与叔东见二先生语》、《戌冬见伯淳先生洛中所闻》(收入二程《二程遗书》),与徐积有关的《节孝语录》等另外,有关唐以前诸儒之书的注解和仿作也不少,比如司马光的《潜虚》、《法言集注》、《家范》,范祖禹的《帝学》等。

至哲宗即位,尤其在元祐更化期间,旧党各派对经学形态有短暂回归。比如,司马光有《孝经指解》,孙觉有《尚书解义》、《易解义》,范祖禹等有《尚书讲义》,吕大临有《礼记解》。绍圣以后,旧党各派又转入民间,不满《三经义》,疏离经学形态,理学成了合乎逻辑的结果。比如,杨时自《中庸》、《大学》出,有《龟山语录》。谢良佐虽精《论语》,却重在讲“仁”,有《上蔡语录》。又比如,刘安世虽精《中庸》却无经学著作,有《元城语录》、《刘先生谈录》、《道护录》。晁说之虽留意六经,亦有《儒言》。

此外,先秦诸子在北宋经学的子学化过程中作用也很大。所以,钱穆先生说:“尤可注意者,乃北宋诸儒之多泛滥及于先秦子部。”④第一,《孟子》的影响。钱先生说:“即就儒家言,唐韩愈始提倡孟子,至宋代王安石特尊孟,奉之入孔子庙。而同时如李觏之《常语》,司马光之《疑孟》,皆犹于孟子肆意反对。然自宋以下,始以孔孟并称,与汉唐儒之并称周公孔子者,大异其趣。此乃中国儒学传统及整个学术思想史上一绝大转变,此风虽始于韩愈,而实成于宋儒。”⑤至于张载、邵雍、二程等人的提倡更是不遗余力,其后学莫不如此。至南宋,《孟子》的“超子入经”⑥正是经学子学化的反向回归。第二,儒老百家的影响。钱先生又说:“其他如徐积有《荀子辨》,范仲淹以《中庸》授张载,苏洵闭户读书,当时号为通六经百家之说。及

---

① 《温国文正司马公文集》卷六四《颜太初杂文序》,《四部丛刊》本。

② 《邵氏闻见录》卷一九,中华书局 1997 年版,第 215 页。

③ 《正蒙·中正》,见《张载集》,中华书局 1978 年版,第 29 页。

④ 《朱子学提纲》,第 11 页。

⑤ 同上书,第 11—12 页。

⑥ 邱汉生:《四书集注简论》,中国社会科学出版社 1980 年版,第 4 页。

其子轼,父子为文,皆法孟子,兼参之《战国策》,有纵横家气息。轼尤喜庄子,其弟辙则喜老子。"[①]其中,老庄之学常为北宋诸儒所采撷。此外,汉魏以来的佛教对经学子学化也有相当大的影响。

三

历来,子学之儒就是经学之儒的补充,有时候甚至与经学之儒相辅相成。然而,直到北宋,子学之儒才有掩经学之儒之势,汇合成新的儒学形态——理学。从学术形态来讲,北宋理学基本上属于子学形态,但是与经学的天然联系仍旧存在。本来,经学以经部书为主,理学以子部儒家为主。而北宋主要理学家的著作成为理学经典,类似于群经之传记,可谓子学中的"经学"。

南宋胡安国曾说:"本朝自嘉祐以来,西都有邵雍、程颢及弟颐,关中有张载。此四人者,皆道学德行,名于当世。……今雍所著有《皇极经世》书,载有《正蒙》书,颐有《易》、《春秋传》;颢虽未及著述,而门弟子质疑请益答问之语,存于世者甚多,又有书疏铭诗,并行于世,而传者多失其真。臣愚伏望陛下……乃诏馆阁裒集四人之遗书,委官校正,取旨施行,便于学者传习。羽翼《六经》,以推尊仲尼、孟子之道,使邪说者不得乘间而作,而天下之道术定,岂曰小补之哉!"[②]

北宋时期,经学最为重要的特点就是子学化倾向。而这种子学化在当时形成共同思潮,北宋理学就是其代表。从这个意义上讲,理学无疑属于子学形态的儒学。子学之儒有两个特点:第一,子学之儒往往有学派林立、思想各异。经学之儒,虽有不同的治经进路,但多有家法、师法之类。子学之儒,更强调自己的思想,而不是解经上的传承。北宋理学就是如此,思想家很多、学派也不少。比如,有二程兄弟所代表的洛学,张载所代表的关学,司马光所代表的朔学。第二,子学之儒与官学若即若离,民间色彩浓。经学之儒,往往从属于官学,即使有异端思想也没有超出经学形态。子学之儒,则多能摆脱官学的束缚,寻求经学以外的表达方式。北宋理学就是如此,半官方或民间色彩鲜明。比如,程颐本为布衣,经解仅有《易传》、《春秋传》,程颢更是无经解问世,却以《二程语录》为其传;张载虽有《易说》、《论语说》等,却以《正蒙》为其传。

当然,子学之儒无论如何自异于经学都离不开经学这个基础,否则失去儒学的性质。北宋理学更是如此。赵宗正说:"宋代兴起的理学,其最首要的特点,就是将经学与子学有机的结合在一起,通过经学阐发自己的哲学观点,通过子学解释儒家的原典。"[③]这里所谓经学与

① 《朱子学提纲》,第12页。

② 《伊洛渊源录》卷四《胡安国奏状》,《文渊阁四库全书》本。

③ 刘蔚华、赵宗正主编:《中国儒家学术思想史》,山东教育出版社1996年版,第803页。

子学结合，主要针对作为新儒学的理学。这种结合，第一，经部之书实为子书。比如，程颐的《伊川易传》。钱穆先生称："其书乃若欲与《五经正义》争席，确然仍是经学传统，而在伊川本意，则其书非为传经，乃为传道。"[①]第二，子书的经学色彩明显。比如周敦颐的《通书》、张载的《正蒙》所具有的易学性质。钱穆先生称："要之厝此两家书于先秦子籍中，亦见杰出，决无逊色。窥此两家著书意向，竟可谓其欲各成一经，或说是各成一子，回视汉唐诸经儒，犹如大鹏翔寥廓，鷦鷯处薮泽。"[②]

我们认为，北宋理学其所以是子学形态的儒学，因为经学的理学化还只是刚刚开始，直到朱熹才最终完成。也只有经学理学化，作为子学形态的理学才会与理学化经学结合成新的儒学。

（原刊《孔子研究》2008 年第 4 期）

---

① 《朱子学提纲》，第 13 页。

② 同上。

诗材、诗风及诗人品格

——朱熹咏梅诗词诠释

顾歆艺

诗歌创作需要一定的素材、原料、题咏对象，今人称之为诗歌题材，古人称之为“诗材”或“诗料”[①]。诗材可以是有形的，也可以是无形的。咏物诗词的题咏对象一般为植物、动物、器物之类的有形之物，诗人或托物言志，或寄物抒怀，或与所咏之物合而为一不分彼此，读者可从诗人所咏之物看出作者本人乃至一个时代的精神风貌来。以咏物诗中的咏花诗而言，在宋代文学中即为一值得关注的研究课题。宋代与前代相比，题咏花卉的作品数量急剧增加，意境充分开拓，审美情趣趋于丰富。从咏花诗入手探讨宋代文学之特征，进而对以宋代文化为肇始的中国近世历史文化加以探寻和把握，不失为一种可行的途径。迄今为止，学界已对此做过一些有益尝试。台湾成功大学张高评先生《从咏花诗看宋诗之开拓与新变——以唐宋题咏海棠为例》一文[②]，从海棠诗比较唐宋诗之异同及宋诗新特征，给人以启迪；南京师范大学程杰先生《宋代咏梅文学研究》一书[③]，对宋代咏梅文学及梅花审美意识作了全面细致的研究，有开拓之功。此外有关宋代咏花诗词的研究论文也不在少数。今笔者试对世人不太关注的朱熹咏梅诗词作些诠释，以求教于方家。

一

朱熹题咏梅花的诗词在其全部作品中的数量和比例引人注目。以收宋诗最全的《全宋诗》统计，朱熹现存诗作一千四百余首，咏梅诗四十四首（偶尔提及梅花的不在此列），大大超过他所题咏的桂花、兰花、水仙、海棠、茉莉、菊花、荷花、木犀等花卉数量。可以说朱熹对

---

① 关于诗材，如陆游《冬夜吟》诗：“造物有意娱诗人，供与诗材次第新。”清厉鹗《〈绿杉野屋集〉序》：“诗材富，而意以为匠，神以为斤，则大篇短章，均擅其胜。”关于诗料，如范成大《中秋卧病呈同社》诗：“卧病窘诗料，坐贫羞酒钱。”明李开先《暮春游城东水村》诗之二：“触目具诗料，置身在画图。”等。这里我们不妨将诗歌范围扩大一些，可以理解为包括词在内的所有韵文体裁。

② 王水照主编：《新宋学》第二辑，上海辞书出版社2003年版，第343—356页。

③ 程杰著：《宋代咏梅文学研究》，安徽文艺出版社2002年版。

梅花情有独钟,梅花成为朱熹诗作的重要诗材。这一现象并非偶然,深究起来,值得玩味。

朱熹首先是以一位思想家特别是理学家的身份在历史上著称的,此外,自古以来人们也承认他是一位教育家、文献学家、文学评论家和文学家。人们虽然不能轻易否认朱熹在文学史上的地位,但更为关注的是他的文学批评和文艺理论思想,称道他在文学文献整理研究上的贡献,即便研究他的文学创作,也往往重在欣赏他作品中的理趣,而大大忽视其作品的形象性、艺术性及情感因素[①]。朱熹咏梅诗词恰恰是最能体现其真性情的文学创作类型之一,从中我们可以看到一个诗人朱熹。

朱熹《诗集传序》曰:"或有问于余曰:'诗何谓而作也?'余应之曰:'人生而静,天之性也;感于物而动,性之欲也。夫既有欲矣,则不能无思;既有思矣,则不能无言;既有言矣,则言之所不能尽,而发于咨嗟咏叹之余者,必有自然之音响节奏而不能已焉,此诗之所以作也。'"[②]这段话同样可以用来说明朱熹本人的诗歌创作。当他专注于文学创作之时,是被创作对象所感动的,情发之于心,不由自主地咏叹抒情,笔之于书,形成诗作。虽然朱熹也有一些纯粹谈理说性的诗,但与其他理学家相比,朱熹的诗作似乎更像纯粹的文学创作,很少所谓"理障",而且其文学水准不在单纯以文学著称的同时代人之下,可以说,诗人朱熹文学成就卓著[③]。

探寻朱熹理学家的诗人情怀是颇为有趣的,那些咏梅诗词似乎可以成为了解朱熹的一扇窗户。其《水调歌头·次袁机仲韵》词有:"寻梅去,疏竹外,一枝横。与君吟风弄月,端不负平生"的句子[④],可想而知,起码在朱熹生命的某个阶段,他是十分向往那种"吟风弄月"的骚人生活的,也许还希望以此种情怀度过一生。

在《晦庵先生朱文公文集》中,卷一至卷一〇是韵文,包括诗、词、赋、琴操等。文集中的词,称作"乐府",与一部分诗合编在一起,放在韵文的最末一卷第十卷,而此前九卷多为诗。这种情形是符合南宋人所编文集中诗与词的编排习惯的,即诗与词同编入别集中,而词放在诗之后[⑤]。然而,奇怪的是,在《文集》第五卷前后都是诗的情况下,忽然出现了两首词,即

---

① 莫砺锋著《朱熹文学研究》一书是研究朱熹文学成就的代表性著作,提醒了人们对朱熹文学成就的关注。南京大学出版社 2000 年版。

② 朱杰人、严佐之、刘永翔主编:《朱子全书》第 24 册,《晦庵先生朱文公文集》卷七六,上海古籍出版社,安徽教育出版社 2002 年版,第 3650 页。以下所引朱熹著作除特殊情况外均依《朱子全书》本。

③ 据张文利著《理禅融会与宋诗研究》一书统计,朱熹所作意味明显的理学诗有二百余首,占其全部诗作的七分之一左右。北京社会科学出版社 2004 年版,第 218 页。郭齐《论朱熹诗》一文则认为:"从总体上看,朱熹诗歌根本就是地道的文人诗。"见《四川大学学报》2000 年第 2 期。

④ 《晦庵先生朱文公文集》卷一〇,第 560 页。

⑤ 参见王兆鹏《宋代诗文别集的编辑与出版——宋代文学的书册传播研究之一》,载于《第三届宋代文学国际研讨会论文集》,宁夏人民出版社 2005 年版,第 298—307 页。

《雪梅二阕奉怀敬夫》①,《朱子全书》的整理者在此题下注曰:"淳熙本作'忆秦娥咏梅长沙道中作'。"《忆秦娥》词之一:

云垂幕,阴风惨淡天花落。天花落。千林琼玖,一空鸾鹤。

征车渺渺穿华薄,路迷迷路增离索。增离索。剡溪山水,碧湘楼阁。

之二:

梅花发,寒梢挂著瑶台月。瑶台月。和羹心事,履霜时节。

野桥流水声呜咽,行人立马空愁绝。空愁绝。为谁凝伫,为谁攀折?

对于此处诗中夹词的编排方式,诗题下小注有所解释:"二阕合次乐府,以有后诗,仍旧编附于此。"所谓"后诗"是接下来的《题二阕后自是不复作矣》:

久恶繁哇混太和,云何今日自吟哦?世间万事皆如此,两叶行将用斧柯。

词后的这首诗表明朱熹对写作《雪梅二阕奉怀敬夫》的悔恨之意。这两首词和一首诗,共同向我们展示了朱熹内心情感与理性的激烈矛盾冲突。一方面是触景生情,物我合一,不由自主地向好友张敬夫(栻)袒露真性情;另一方面则又对自身诗人气质感到内疚,加以否定,希望回归到探求宇宙真理的正路上来。我们分明感受到了朱熹内心痛苦的挣扎。此外,一个旁证也可以证明朱熹此时的矛盾与彷徨。此二词一诗原收于朱熹本人编定的《东归乱稿》之中②,其《东归乱稿序》曰:"自与敬夫别,遂偕伯崇、择之东来,道途次舍、舆马杖屦之间,专以讲论问辨为事,盖已不暇于为诗。而间隙之时,感事触物,又有不能无言者,则亦未免以诗发之。"③诗稿共二百余篇,是为《东归乱稿》。序于"乾道丁亥冬十二月有一日",即孝宗乾道三年(1167)。这一年朱熹三十八岁,正是其理学思想趋于成熟之时,与以往年轻时醉心于写诗作文不同,这时的朱熹热衷于整理儒家经典文献,探索思想义理,于是时时陷入一种矛盾心态之中。这也从另一方面证明朱熹咏梅的《忆秦娥》词是其真情的自然流露。细读词句,不难感受到其哀婉迷离、低回惆怅的切切深情。

一般来说,由于诗与词在意境上、表达方式上有所差异④,同一作者的诗词创作有可能呈现出不同的风貌。欧阳修即为一典型例子。就朱熹而言,他似乎更擅长于写诗,而不太擅长于写词,朱熹诗作的成就远远大于词作。也许是作家个性使然,对词的那种婉转、幽隐、细

---

① 《晦庵先生朱文公文集》卷五,第390页。

② 《晦庵先生朱文公文集》卷五,《读林择之二诗有感》诗题下小注:"自此后系《东归乱稿》",《次韵别范伯崇二首》诗题下小注:"《东归乱稿》止此。"第388—408页。

③ 《晦庵先生朱文公文集》卷七五,第3627页。

④ 王国维:《人间词话》谓词"能言诗之所不能言,而不能尽言诗之所能言,诗之境阔,词之言长。"缪钺《诗词散论》曰:"诗显而词隐,诗直而词婉,诗有时质言而词更多比兴。"

密、抒情的特性,一般来说朱熹并不太善于把握。纵观朱熹全部词作①,似乎写得出色的并不多。在朱熹不多的词作中,专门题咏梅花的词占二首(另有二首涉及梅花),却都显得情真意切,颇为感人。除以上《忆秦娥》词之二外,尚有《用傅安道和朱希真梅词韵》②。《朱子全书》整理者题下注曰:"'安道',淳熙本作'守'。按此词调即《念奴娇》。"

临风一笑,问群芳谁是,真香纯白?独立无朋,算只有、姑射山头仙客。绝艳谁怜?贞心自保,邈与尘缘隔。天然殊胜,不关风露冰雪。

应笑俗李粗桃,无言翻引得,狂蜂轻蝶。争似黄昏闲弄影,清浅一溪霜月?画角吹残,瑶台梦断,直下成休歇。绿阴青子,莫教容易披折。

朱熹这首词是和朱敦儒(希真)《念奴娇》咏梅词的。朱希真原词如下③:

见梅惊笑,问经年何处,收香藏白。似语如愁,却问我何苦红尘久客。观里栽桃,仙家种杏,到处成疏隔。千林无伴,淡然独傲霜雪。

且与管领春回,孤标争肯接,雄蜂雌蝶。岂是无情,知受了多少凄凉风月。寄驿人遥,和羹心在,忍使芳尘歇。东风寂寞,可怜谁为攀折。

朱熹词回答了朱敦儒词提出的问题,并说出自己的不同看法。比较而言,朱词的境界似乎更为高远一些。可以说,朱熹的咏梅词是他词作中艺术水平较高的一类,即便与同时代人的作品相比,也是出类拔萃的。至于朱熹咏梅诗,较其咏梅词数量更多,意境更开阔,主题更多样。可以说朱熹丝毫没有浪费这一诗材,从各个方面题吟了梅花。从题咏梅花的品种看,涉及江梅、早梅、红梅、古梅、腊梅,以及只存于画中的墨梅。从题咏的角度看,揭示并赞美了梅花的清丽、素朴、孤傲、脱俗、幽怨、生机等诸多美学特征。如以下一组咏梅诗,颇引人注目。《和元范示及十梅诗》(全题《元范尊兄示及十梅诗,风格清新,意寄深远,吟玩累日,欲和不能。昨夕自白鹿玉涧归,偶得数语》)④:

江梅

大雪天地闭,穷阴渺寒滨。谁知江南信,已作明年春。

岭梅

梅花破萼时,瘴雨吹成雪。驿使忽相逢,无言似愁绝。

野梅

野风吹孤芳,迥立正愁绝。皂盖莫徘徊,堪看不堪折。

---

① 朱熹词:《全宋词》收录20首,《晦庵先生朱文公文集》收录18首。

② 《晦庵先生朱文公文集》卷一〇,第562页。

③ 宋朱敦儒著,邓子勉校注:《樵歌》卷上,上海古籍出版社1998年版,第36页。

④ 《晦庵先生朱文公文集》卷七,第470—472页。

早梅

霜风殊未高,杖策荒园里。仙子别经年,相看共惊喜。

寒梅

白玉堂前树,风清月影残。无情三弄笛,遥夜不胜寒。

小梅

且喜梅花开,莫嗟梅花小。花小风味深,此意君已了。

疏梅

玉笛未黄昏,冰滩已清浅。疏影不胜妍,愁心为谁远?

枯梅

樛枝卧龙蛇,冷蕊缀冰雪。千里故人心,今年为谁折?

落梅

花开已凄凉,花落更愁寂。来岁烟雨时,为君和鼎实。

赋梅

君欲赋梅花,梅花若为赋?绕树百千回,句在无言处。

这是朱熹对他的学生杨元范(杨大年)十首咏梅诗所作的一组和诗。朱熹对梅花的题咏,无论从诗题上看,还是从诗的内容上看,皆充满深情,体现其拳拳惜梅爱梅之心。特别是最后一首《赋梅》:"君欲赋梅花,梅花若为赋?绕树百千回,句在无言处。"行动上的流连徘徊,加之语言上的沉默失语,正是对梅花最高形式的礼赞。朱熹的咏梅之作大多颇为伤感,不是明处言愁,就是愁绪弥漫诗中。除以上所举诗词外,又如《梅》诗:"姑射仙人冰雪容,尘心已共彩云空。年年一笑相逢处,长在愁烟苦雾中。"[①]《念奴娇》"用傅安道和朱希真梅词韵":"临风一笑,问群芳谁是,真香纯白?独立无朋,算只有、姑射山头仙客。"这种忧愁是一种曲高和寡的忧愁,是"前不见古人,后不见来者。念天地之悠悠,独怆然而涕下"的千古之愁,而不仅仅是小愁小怨、小情小调。正因为朱熹常常用孤傲的梅花来自我比喻,因而很能见出其真性情。

朱熹的文学创作主要集中在青壮年时期,中年之后则将精力主要用于探索儒学义理以及整理文献典籍。但我们发现他题咏梅花的兴趣却自始至终没有发生改变,也未曾减弱。早在朱熹青年时代,中进士后不久北归故里婺源[②],即作有一首《梅》诗:"幽香淡淡影疏疏,雪虐风威亦自如。正是花中巢许辈,人间富贵不关渠。"虽略显稚嫩,但已显现朱熹刚正威严之个性。而在庆元党禁之时,朱熹有感于赵汝愚远贬京外,忠臣不用,作《梅花赋》以寄托情

① 《晦庵先生朱文公文集》卷九,第540页。

② 朱熹于绍兴十八年(1148)19岁中进士,旋即返乡归宗。据束景南编著《朱熹佚文辑考》考证,此诗作于绍兴二十年(1150)朱熹21岁时。江苏古籍出版社1991年版,第12页。

怀[①]。“夫何嘉卉而信奇兮,历岁寒而方华。洁清姱而不淫兮,专精皎而无瑕。既笑兰蕙之易诛兮,复异乎松柏之不华。屏山谷亦自娱兮,命冰雪而为家……”。借梅喻人,亦以自喻。《梅花赋》作于庆元元年(1195),时朱熹六十六岁,已届晚年,不久即着手编撰《楚辞集注》,因此《梅花赋》被认为是朱熹编撰《楚辞集注》的前奏[②]。

二

作为诗人的朱熹,诗作自有其显著而独特的风格,大多畅达自然,清丽蕴藉。即诗句明白晓畅,诗意则清雅悠长。这与他深邃的思想、刚正的性格、幽雅的情怀以及高超的语言表达能力息息相关。如果我们要概括朱熹诗歌创作风格的话,也许“无意求工的清远诗风”可以说是比较准确的把握了,我们赞同莫砺锋先生对朱熹诗风这种中肯评价。他还认为,“朱熹在风格论上实有很强的倾向性,他非常推崇‘选诗’即魏晋古诗,尤其推崇陶诗,并下及与陶诗风格相近的韦应物诗。如果说朱熹诗在整体风格上有所仿效的话,那么最明显的就是仿效陶、韦诗那种萧散淡远之风。”[③]

关于朱熹诗歌总体特征的研究,可参看郭齐《论朱熹诗》[④],莫砺锋《理学家的诗情——论朱熹的诗歌创作》等文章[⑤]。兹不赘述。

朱熹作为一位杰出的文学评论家,为世人所公认。他对古今诗文寥寥数语的评价,往往入木三分,为后世所看重。此外我们也可从他所推崇的古代和当代诗人身上,看出他所欣赏的诗风和审美倾向。

朱熹最欣赏的古代诗人是陶渊明。

朱熹从陶渊明的为人到诗作,多有钦佩赞美之词。如称赞陶渊明身为晋世宰辅子孙忠于晋室而不肯仕刘宋的节气,“虽其功名事业不少概见,而其高情逸想,播于声诗者,后世能言之,士皆自以为莫能及也。”[⑥]朱熹丝毫也不掩饰自己对陶渊明的仰慕,《奉同尤延之提举庐山杂咏十四篇》诗之十《陶公醉石归去来馆》:“余生千载后,尚友千载前。每寻《高士传》,独叹渊明贤。……”[⑦]由人及诗,朱熹对陶渊明诗之特征认识准确,认为“渊明诗平淡,出于

---

① 《朱熹佚文辑考》,第268—270页。

② 《朱熹佚文辑考》认为:“是赋作于庆元二年赵汝愚卒前,以赋中所述观之,似在冬间见梅开有感而发。其后遂有《楚辞集注》之作,实与《梅花赋》意一脉相承也。”第270页。

③ 《朱熹文学研究》,第66页。

④ 《四川大学学报》2000年第2期,第83—86页。

⑤ 《新国学》第2卷,巴蜀书社2000年版,第155—178页。

⑥ 《晦庵先生朱文公文集》卷七六《向芗林文集后序》,第3662页。

⑦ 同上书,卷七,第487页。

自然。后人学他平淡,便相去远矣。”[①]如果说陶诗平淡质朴的诗风还比较容易为人们所感受到的话,那么认为这平淡是出于自然不是有意而为,其背后饱含深厚的内涵,则是独具慧眼的朱熹所能看到的陶诗本质。因而朱熹以下评论就愈显精辟:“陶渊明诗人皆说是平淡,据某看,他自豪放,但豪放得来不觉耳。其露出本相者,是《咏荆轲》一篇,平淡底人如何说得这样言语出来?”[②]这段陶诗的评语在文学批评史上被认为是对陶诗一语中的的确评,因为它使人们对陶诗有了一个从表面形式到内在精神的全面把握。

可以说,朱熹所欣赏的陶诗风格,就是他自己所追求和形成的诗风。简而言之,是于平淡自然之中饱含意蕴并具内在激情的诗风。如果我们希望找到一种外在的物化的东西象征这种诗风的话,那么似乎非梅花莫属了,而且这梅花还应是具备有宋一代大量文人墨客不断提炼和纯化了的审美特征的梅花。

梅花是一类花的总称,有诸多品种。在重视梅花的宋代,爱梅,艺梅、赏梅、咏梅、画梅之风大盛,培育出许多新品种。范成大《梅谱》将梅花分为江梅、早梅、官城梅、消梅、古梅、重叶梅、绿萼梅、百叶缃梅、红梅、鸳鸯梅、杏梅、腊梅等。在宋人眼里,清雅脱俗、坚贞不屈、品德高尚是梅花的基本审美特征。梅花具有区别于其他花卉的香和色,以及香色之外的情趣。在梅花众多品种中,最能代表梅花审美形象“类本质”的是江梅[③]。江梅是梅花一个专门品种,范成大《梅谱》首列江梅。“江梅。遗核野生,不经栽接者。又名直脚梅,或谓之野梅。凡山间水滨,荒寒清绝之趣,皆此本也。花稍小而疏瘦有韵,香最清,实小而硬。”[④]可见,江梅生长于水边山野,花小、香清、枝疏、实小,无论其本身还是其所生长的环境,都极为普通,自然而平淡,但是却不能小看它,因为它清新脱俗,傲霜斗雪,生机盎然,具备梅花一切内在美德,并最大限度地简化了外在的烦琐,就像朱熹所推崇的那种诗风。

综观朱熹咏梅诗,江梅是出现频率颇高的一个题咏对象。如前举《和元范示及十梅诗》,十首咏梅诗中第一首即《江梅》。又如“江梅欲破江南村,无人解与招芳魂”[⑤]、“隆冬凋百卉,江梅厉孤方”[⑥]、“莫遣扁舟兴尽回,正需冲雪看江梅”[⑦]、“惆怅江头几树梅,杖黎行绕去还

---

① 《朱子语类》卷一四〇,第4322页。

② 同上书,第4323页。

③ 《宋代咏梅文学研究》认为江梅“奠定了形象审美的‘类本质’,后世关于梅花神韵、品格的认识也都建立在这一物种的客观形象基础之上”,第326页。

④ 宋范成大撰、孔凡礼点校:《范成大笔记六种》之《梅谱》,中华书局2002年版,第254页。

⑤ 《晦庵先生朱文公文集》卷二《再和东坡惠州梅花诗》,第299页。

⑥ 同上书,卷五《赋水仙花》,第397页。

⑦ 北京大学古文献研究所编:《全宋诗》第44册,卷二三九三,“朱熹十一”《梅二首》之一,北京大学出版社1998年版,第27658页。

来"[①]、"意行欲遍江村路,恰到诗人断魂处。梅花未肯笑春风,蔓草何须怨零露?"[②]等等。朱熹这种喜爱题咏江梅的偏好,与其说是象征着他本人诗风的自然平淡、意蕴深远,不如说是与整个宋代文化审美特征相吻合,说到底,是一个时代审美情趣的反映。如南宋宗室赵希鹄在其谈论文房清供、反映宋代文人生活的著作《洞天清禄集》中,列举了一些弹琴的雅趣,其中有"弹琴对花,惟岩桂、江梅、茉莉、荼蘼、蒼蔔等香清而色不艳者方妙,若妖红艳紫非所宜也。"[③]的妙论。这里弹琴所对之梅花单单提到江梅而不及其他品种,就说明江梅是一种特别清雅之物。再如,范成大《梅谱》列举十几种梅花而江梅列于首位,也说明江梅的不凡和它在梅花中的代表性。江梅与其他梅花品种比较,论颜色比不过红梅,论香气比不过腊梅,但香和色并非梅花区别于其他花卉的主要特征,极而言之,人们甚至完全可以不论或淡化梅花的色与香。也许北宋中期以来绘画史上出现的"墨梅"画种,足以与现实中存在的江梅相媲美,最为凝炼地展现了梅花的风姿和品格吧。

朱熹最欣赏的同时代诗人是陆游。

对于陆游的诗作和文才,朱熹毫不吝啬他的好评。在与巩仲至的一组书信中朱熹屡屡提到陆游并盛赞之,如说:"放翁老笔尤健,在今当推为第一流。"[④]又说:"放翁之诗,读之爽然。近代唯见此人为有诗人风致。如此篇者,初不见其着意用力处,而语意超然,自是不凡,令人三叹不能自已。盖爱之者无罪而害之者自为病耳。近报又已去国,不知所坐何事?恐只是不合做此好诗,罚令不得做好官也。"[⑤]朱熹认为陆游太有诗歌创作才华,而使其政治才能相形见绌。其实,与陆游同时代的著名诗人还有杨万里、范成大等人,他们也都与朱熹有所交往,但朱熹唯独称赞陆游"有诗人风致"、"第一流",说明了朱熹的眼光和偏好。朱熹不仅欣赏陆游的诗作诗风,对陆游其人也引以为知己,这对为人刚直苛严的朱熹来说不是易见之事。如朱熹于绍熙五年(1194)八月二十七日所作《跋曾裘父艇斋师友尺牍》中慨叹:"呜呼,艇斋既不幸即世,而卷中人亦往往逝去,独陆务观与予在耳,此又重可悲也!"[⑥]时朱熹六十五岁,可见朱熹晚年是将陆游视作为数不多的好友而特别看重和欣赏的。

同样,陆游虽然年长朱熹五岁,但对朱熹也是相当敬重的。他曾多次赠诗与朱熹,如《寄朱元晦提举》、《寄题朱元晦武夷精舍五首》[⑦]、《次朱元晦韵题严居厚溪庄图》、《谢朱元晦寄纸被二首》[⑧]等。朱熹去世后,陆游的悲痛之情极其强烈,其《祭朱元晦侍讲文》曰:"某有捐

---

① 《晦庵先生朱文公文集》卷三《次韵雪后书事二首》之一,第 339 页。

② 同上书,卷六《次刘圭甫和人梅花诗》,第 427 页。

③ 见黄宾虹、邓实编《美术丛书》初集第九辑《洞天清禄集·古琴辨》,江苏古籍出版社 1997 年版,第 556 页。

④ 《晦庵先生朱文公文集》卷六四《答巩仲至》书十七,第 3108 页。

⑤ 同上书,卷五六《答徐载叔》书一,第 2649 页。

⑥ 同上书,卷八三,第 3922 页。

⑦ 分别见《全宋诗》卷二一六七、卷二一六八 。

⑧ 均见《全宋诗》卷二一八七。

百身起九原之心,有倾长河注东海之泪。路修齿耄,神往形留。公殁不亡,尚其来飨!"[①]此时庆元党禁尚未解除,许多人对朱熹唯恐避之不及,而陆游却流露真情全然不顾政治的险恶。

朱熹、陆游两人之所以交好,朱熹之所以欣赏陆游的诗歌,除二人有共同的政治立场外,也因为他们有类似的品格和审美情趣。陆游被认为是继林逋之后最擅长题咏梅花的人,他的咏梅诗词不仅数量多,而且质量高,其爱梅之情众人皆知。《卜算子·咏梅》可谓千古绝唱:

驿外断桥边,寂寞开无主。已是黄昏独自愁,更著风和雨。
无意苦争春,一任群芳妒。零落成泥碾作尘,只有香如故。

陆游写梅花不仅形象饱满,而且多着重于梅花的气节精神。如以下一组咏梅诗,无不透露出君子高标坚韧的人格美。

《梅花绝句六首》之三[②]:

闻道梅花圻晓风,雪堆遍满四山中。
何方可化身千亿,一树梅花一放翁。

《梅花绝句二首》之一[③]:

幽谷那堪更北枝,年年自分着花迟。
高标逸韵君知否,正是层冰积雪时。

《落梅二首》之一[④]:

雪虐风饕愈凛然,花中气节最高坚。
过时自合飘零去,耻向东君更乞怜。

元代方回所编《瀛奎律髓》分类汇集唐宋五七言律诗,其中卷二〇是梅花类,收诗209首(五言律诗61首,七言律诗148首)。从数量上看,最多的是陆游,15首;其次是朱熹、尤袤,各10首;再其次是梅尧臣、曾几,各8首;王安石、杨万里,各7首。起码在元人方回眼中,唐宋诗人里陆游和朱熹的咏梅诗是比较突出的。

一般来说,陆游的诗歌创作前期多为爱国诗,诗风宏丽,豪迈奔放;后期多为田园诗,风格清丽,平淡自然。文献记载,朱熹与陆游的初次交往是在淳熙八年(1181)朱熹去陆游家乡浙东地区赈灾之时,此时朱熹五十二岁,陆游五十七岁。他们的深入交往更是在彼此的晚

---

① 《渭南文集》卷四一,《文渊阁四库全书》本。

② 《全宋诗》卷二二〇三,第25185页。

③ 同上书,卷二一七七,第24768页。

④ 同上书,卷二一七九,第24808页。

年。大概朱熹看到的大多为陆游后期那些自然清新风格的诗作。

三

文如其人,言为心声。文学作品是作家心灵和人格的写照,有时即使刻意掩饰,终究难以不露底细。朱熹本人是深谙此理的,他说:"诗见得人。如曹操虽作酒令,亦说从周公上去,可见是贼。若曹丕诗,但说饮酒。"①虽依于正统史观,但颇有意味。读者根据作者的写作题材(诗材),以及如何题咏某物,可以比较清楚地看到诗人的品格。甚至可以说,花品即人品。梅花的确与作为理学家的朱熹的性格品质相当契合。

绍兴十七年(1147),朱熹十八岁。十一月自建州秋试归来,其师刘子翚作《病中赏梅赠元晦老友》诗以勉之②。诗曰:"梅边无与谈,赖有之子至。荒寒一点香,足以酬天地。天地亦无心,受之自人意。謟白任新和,风味要如此。"刘子翚是朱熹青年时代中第之前对他影响最大的一位老师,朱熹"元晦"之字即刘子翚所起③。他在朱熹初次走向社会时写给朱熹的这首诗,以梅之高尚品格相期待相激励,想必对朱熹的人生有着非同一般的影响。庆元五年己未(1199),朱熹七十岁暮年之时,还深情地回忆起这件事④。终其一生,大概朱熹都是以梅花的品格来要求自己的。

说起以梅喻人,有一个历史发展的过程。一开始梅花并未从百花之中脱颖而出,因为有一些花同样具备梅花的美好特征。比如以幽香特征而言,有兰花、桂花、茉莉等。桂花特别是岩桂在宋代常被题咏,成为清雅之物。李清照将桂花置于梅花之上,以梅花衬托桂花之美。其《鹧鸪天》词曰:"暗淡轻黄体性柔,情疏迹远只香留。何须浅碧轻红色,自是花中第一流。梅定妒,菊应羞,画栏开处冠中秋。骚人可煞无情思,何事当年不见收。"⑤李清照认为桂花是花中第一流的,定会遭到梅花的嫉妒。这种认识与南宋之后梅花"一任群芳妒"的普遍看法有所差异。

再如梅花与海棠花,同样具有清丽姿色,同样为宋人热衷题咏,但二者在审美感以及在以花喻人上是有所区别的。对绝大多数作家而言,海棠一般用来比喻他人,尤其是美丽女性。而梅花既可用来他喻,也可用来自喻,既可指女性,也可指男性,而且随着梅花意象的丰

---

① 《朱子语类》卷一四〇,第4321页。

② 宋刘子翚《屏山集》卷一四,《文渊阁四库全书》本。

③ 《屏山集》卷六有《字朱熹祝词》,《文渊阁四库全书》本。

④ 《晦庵先生朱文公文集》卷八五《跋家藏刘病翁遗帖》云:"先生属疾,熹适行役在外,亟归省问,先生甚喜,顾而语曰:'病中无与语,幸吾子之来归也。'……一日,从容因出诗一篇见授。先生性不喜书,当时诗文率多口占,使诸生执笔,独此与刘致明丈长句皆手书之,其意可见也。"于是,朱熹将这首先生手书咏梅赠诗和其他手迹珍藏一生,在感到自己衰病不可复之时,将此诗对照一生,并传与子孙。第3966—3967页。

⑤ 宋李清照著,王仲闻校注:《李清照集校注》卷一,人民文学出版社1979年版,第47页。

满和成熟,越来越倾向于男性的自我比喻了。海棠给人的感觉是娇美风韵,其幽艳阴柔的特征十分明显,对多为男性的古代作家来说,似乎难以用来自我比喻。即便是女作家,如果我们理解为她以海棠自喻,也感觉很是特别。如李清照《如梦令》词:“昨夜雨疏风骤,浓睡不消残酒。试问卷帘人,却道海棠依旧。知否,知否?应是绿肥红瘦。”①吴小如先生的解释颇为独特,他认为“卷帘人”是赵明诚而不是婢女,“海棠”是李清照自比。“此词乃作者以清新淡雅之笔写秾丽艳冶之情,词中所写悉为闺房昵语,所谓有甚于画眉者是也。”②此外,张高评先生在考察唐宋诗题咏海棠的不同特色后总结说:“宋人咏海棠,于海棠的本质特征,传承晚唐诗勾勒半开、著雨、红艳、馨香、占春诸形象,广加开拓深化,而成就宋人之海棠题咏。……至于以美人、仙人、富贵比拟海棠,以海棠春睡、贵妃醉酒形容海棠,以有香无香辨正海棠,以名花、国艳、国色、烧烛照、富贵花推崇海棠,则是宋人之创意开拓。”③以上无论唐人宋人关于海棠的何种意象,都指示着海棠的阴柔性质,故而不大容易让男性作家自我比喻。虽然苏轼、陆游的一些咏海棠诗有睹物生情、借题发挥、体现襟怀之处,但与其说是以海棠自喻,还不如说是与此花惺惺相惜。这其中有着非常微妙的区别。苏轼《寓居定惠院之东,杂花满山,有海棠一株,土人不知贵也》诗,清人王文诰引纪昀批语:“纯以海棠自寓,风姿高秀,兴象微深,后半尤烟波跌荡。”④此论大致不错,但其实“天涯沦落俱可念,为饮一樽歌此曲”的诗句似乎提醒我们,海棠之于苏轼,不是自喻,而是如白居易对琵琶女感叹“同是天涯沦落人,相逢何必曾相识”一样,是以客体来映衬自身。所以在宋人看来,海棠是阴柔的,梅花则是阳刚的,故而才有“梅聘海棠”之说⑤。甚至到了南宋后期,刘克庄认为梅花与海棠不是夫妻关系,而是王与妃的关系⑥,这就更加突出了海棠的娇媚之态和梅花的王者之气。事实上,梅花自南宋开始,在历代文人墨客的题咏描绘之中,更多体现的正是一种阳刚之气。

花品即人品,梅格即人格。是苏轼首次提出了“梅格”的概念。石延年(曼卿)《红梅》诗:“梅好唯伤白,今红是绝奇。认桃无绿叶,辨杏有青枝。烘笑从人赠,酡颜任笛吹。未应娇意急,发赤怒春迟。”旨在题咏当时一种新品种红梅的姿色。但苏轼认为,梅花的好处不在于外在形式,而在其内在意韵,并写有《红梅》诗纠正石曼卿的梅花审美立场⑦。其一:

> 怕愁贪睡独开迟,自恐冰容不入时。故作小红桃杏色,尚余孤瘦雪霜姿。
> 寒心未肯随春态,酒晕无端上玉肌。诗老不知梅格在,更看绿叶与青枝。

---

① 《李清照集校注》卷一,第8页。

② 吴小如:《诗词札记》,北京出版社1988年版,第258页。

③ 张高评:《从咏花诗看宋诗之开拓与新变——以唐宋题咏海棠为例》,载于王水照主编《新宋学》第二辑,第355页。

④ 清王文诰辑注,孔凡礼点校:《苏轼诗集》卷二〇,中华书局1982年版,第1037页。

⑤ 后唐冯贽编《云仙散录》载《金城记》曰:“黎举常云:‘欲令梅聘海棠,枨子臣樱桃,及以芥嫁笋,但恨时不同耳。’”

⑥ 宋刘克庄《梅花》诗:“真可婿芍药,未妨妃海棠。”见元方回编《瀛奎律髓》卷二〇《梅花类》,《文渊阁四库全书》本。

⑦ 《苏轼诗集》卷二一,《红梅三首》其一,第1107页。

此外,苏轼《定风波·咏红梅》词也有类似的词句和同样的观点,特别是"诗老不知梅格"的说法常被人称道和引用。苏轼在梅花审美发展历史上的意义在于深入挖掘了梅花的内在审美特质,纠正并避免了梅花等同于其他姿色香艳的花卉品种的错误倾向,向着梅花品格神韵美的认识推进了一步。苏轼重视梅格的做法,深为朱熹所赞赏并加以继承。朱熹的咏梅诗词,也大多着眼于歌颂梅花的品格,并以梅品对照或比喻人品。

朱熹本人严于律己,为人刚正,他一生致力于以儒家圣贤标准要求自己,努力完善自己的人格。同时,他臧否人物十分苛严,特别是对他人品格的议论,往往毫不留情,甚至有以人品断定作品优劣的倾向。如上引对曹操的评价。又如评价白居易:"乐天,人多说其清高,其实爱官职。诗中凡及富贵处,皆说得口津津地涎出。"[①]然而,朱熹对苏轼的评价却值得我们关注。

朱熹对苏轼的评价问题是一个重要问题,也是一个涉及面很广的复杂问题,在此无法展开论述[②]。大致说来,由于程朱理学与苏氏之学在学理上的不同,朱熹对苏轼的思想、学术、政治才能、气质作派等贬多褒少。然而,苏轼的多才多艺和高尚品格则是同样以兴趣广泛、见识高远著称的朱熹所无法回避而实际上是大加赞赏的。如朱熹称赞苏轼的人品,"东坡善议论,有气节。"[③]夸奖苏轼卓越的见识和看问题的通透,"或言:'东坡虽说佛家语,亦说得好。'先生曰:'他甚次第见识!甚次第才智!它见得那一道明,亦曾下功夫,是以说得那一边透。'"[④]欣赏苏轼的多才多艺,"东坡笔力雄健,不能居人后,故其临帖物色牝牡,不复可以形似校量。而其英风逸韵,高视古人,未知其孰为先后也。"[⑤]等等。一个可以肯定的事实是,朱熹十分赞赏苏轼对梅花审美意境的揭示与开拓,苏轼提出"梅格"概念,以梅品喻人品,深得朱熹之心。

朱熹屡屡以苏轼梅花诗韵赋梅花。《晦庵先生朱文公文集》卷二收有三首朱熹用东坡韵赋梅花诗,分别是《和李伯玉用东坡韵赋梅花》、《赋梅花有怀元履》(全题《与诸人用东坡韵共赋梅花,适得元履书,有怀其人,因复赋此以寄意焉》)、《再和东坡惠州梅花诗》(全题《丁丑冬在温陵陪敦宗李丈与一二道人同和东坡惠州梅花诗,皆一再往反,昨日见梅花,追省前事,忽忽五年,旧诗不复可记忆,再和一篇呈诸友兄一笑同赋》)[⑥]。朱熹用东坡韵赋梅花一和再和,意犹未尽,用心之深,用情之专,令人瞩目。一则说明苏轼其人其诗的魅力,二则说

---

① 《朱子语类》卷一四〇,第 4326 页。

② 拙文《论朱熹吕祖谦在散文史上的作用》有所涉及,载于《中国中世文学研究论集》,上海古籍出版社 2006 年版,第 1536—1563 页。

③ 《朱子语类》卷一三〇,第 4054 页。

④ 同上书,第 4058 页。

⑤ 《晦庵先生朱文公文集》卷八四《跋东坡帖》,第 3964 页。

⑥ 分别见《晦庵先生朱文公文集》卷二,第 277、278、299 页。

明梅花所体现的清雅姿态及高尚品格使朱熹极其向往,欲罢不能。

苏轼原诗是绍圣元年(1094)被贬惠州时所作的三首咏梅七言古体诗,分别是《十一月二十六日松风亭下梅花盛开》、《再用前韵》、《花落复次前韵》①。三首诗均以"村、魂、昏、园、温、暾、门、言、樽"为韵,朱熹正是用这些诗韵至少作了三首咏梅诗。清人王文诰辑注《苏轼诗集》在苏轼《十一月二十六日松风亭下梅花盛开》诗后引纪昀评语:"朱晦庵极恶东坡,独此诗屡和不已,晋人所谓我见犹怜也。"这大概是以己之心度他人之腹了。且不说朱熹谈不上"极恶"苏轼,宋代士人之间的相互交往和品评状况也不是依后代人的胸襟和眼光可以完全理解得了的,倒是"我见犹怜"的评论颇为有趣。朱熹正是以咏梅诗为桥梁,对苏轼的创作才能、审美情趣以及人格人品作了充分的肯定。相比之下,朱熹的和诗并不输于苏轼原诗,似乎还更加凝炼。如《赋梅花有怀元履》诗:

罗浮山下黄茅村,苏仙仙去余诗魂。梅花自入三叠曲,至今不受蛮烟昏。
佳名一旦异凡木,绝艳千古高名园。却怜冰质不自暖,虽有步障难为温。
羞同桃李媚春色,敢与葵藿争朝暾。归来只有修竹伴,寂历自掩疏篱门。
亦知真意还有在,未觉浩气终难言。一杯劝汝吾不浅,要汝共保山林罇。

正如朱熹这首诗所展示的,梅花的审美意识在南宋时已有所深化。南宋咏梅诗人诗作较之前代也大大增加。但是,在对梅花审美基本认识的基础上,每位诗人的赏梅情趣又有些微差异。比如,南宋中兴名家之中,陆游咏梅重在其"格",着意梅花的气节精神;杨万里咏梅重在其"趣",着意观物玩物的愉悦和情调;范成大则推重"老枝怪奇"之美②。纵观南宋诗人,与朱熹在审美情趣和人格境界上相媲美的,似乎是陆游、辛弃疾二人,他们三人的题咏梅花之作大概可以作为我们产生此种认识的一个着眼点。陆游题咏梅花及与朱熹在人格境界上的互相欣赏,已如前所述。至于朱熹与辛弃疾的关系,则是一个较为有趣而值得关注的话题。

从朱熹与辛弃疾的气质及一生主要成就来看,二人似乎离得很远,但实际上他们趣味相投,互相欣赏。辛弃疾比朱熹年少十一岁,从文献记载看,朱熹与辛弃疾除政治立场相同以及为政方略上相互借鉴之外,他们对彼此的人格和才干均大加赞赏。朱熹评价辛弃疾:"伏惟某官卓荦其材,疏通远识。经纶事业,有股肱王室之心;游戏文章,亦脍炙士林之口。"③虽然辛弃疾本人并不一定承认他那些数量庞大的词作是"游戏文章"。朱熹在他人面前盛赞辛弃疾:"辛丈相会,想极款曲。今日如此人物,岂易可得?向使早向里来有用心处,则其事业

① 分别见《苏轼诗集》卷三八,第2075、2076、2078页。

② 参见《宋代咏梅文学研究》第150—161页。

③ 《晦庵先生朱文公文集》卷八五《答辛幼安启》,第4025页。

俊伟光明,岂但如今所就而已耶!”[①]虽然辛弃疾最终也没像朱熹所希望的那样致力于向里面用功夫。而辛弃疾对朱熹则更为尊敬和钦佩,辛弃疾有两首《寿朱文公》诗,其一曰:“先心坐使鬼神服,一笑能回宇宙春。历数唐虞千载下,如公仅有二三人。”[②]此诗写于淳熙五年(1178)九月,时朱熹四十九岁诞辰[③]。当时朱熹只是有名的道学家之一,理学也未像后代那样占据绝对统治地位,而辛弃疾就已经给与朱熹以如此高的评价,似乎准确地预测了朱熹的历史地位,可谓独具慧眼。再如,绍熙四年(1193),辛弃疾与朱熹同游武夷山,作有一组《游五夷作棹歌呈晦翁》诗,其中一首曰:“山中有客帝王师,日日吟诗坐钓矶。费尽烟霞供不足,几时西伯载将归。”[④]也对朱熹评价极高。又《宋史·辛弃疾传》记载,“熹殁,伪学禁方严,门生故旧至无送葬者,弃疾为文往哭之,曰:‘所不朽者,垂万世名。孰谓公死,凛凛犹生!’”与陆游表现相似。辛弃疾对朱熹评价如此之高,在朱熹门人弟子中都很少见。

在辛弃疾[⑤]余首咏物词中,咏梅词约有16首,是他咏花词中最多的一类。可见辛弃疾也对梅花情有独钟。仅举辛弃疾梅词一首(《念奴娇·题梅》):

> 疏疏淡淡,问阿谁堪比,天真颜色?笑杀东君虚占断,多少朱朱白白。雪里温柔,水边明秀,不借春工力。骨清香嫩,迥然天与奇绝。尝记宝籞寒轻,琐窗人睡起,玉纤轻摘。漂泊天涯空瘦损,犹有当年标格。万里风烟,一溪霜月,未怕欺他得。不如归去,阆苑有个人惜。

这首词写梅花奇绝风姿,赞梅花不屈“标格”,豪迈卓越,是辛弃疾个人品格的写照。这似乎也可以说明,他何以得到朱熹的欣赏。

其实,朱熹、陆游、辛弃疾三人的性格气质不尽相同,朱熹刚健而高远,陆游疏放而天真,辛弃疾豪迈而多情。但他们的思想都有着同样的以天下为己任的儒家理想主义色彩,政治立场相同,人生追求相近,在他们身上都能使人体会到一种浩然之气的存在。加之三人都具备高超的文字表达能力,留下大量作品可供人们体察他们共同的审美追求和人格力量。也许朱熹、陆游、辛弃疾的咏梅诗词就是后人理解他们相通之处的最好载体。

四

与朱熹集理学之大成相似,朱熹对梅花意象的揭示也带有一种集成性、总结性的意味,这与他精于感悟、善于概括、长于表述的思维方式和治学特色有相当关系。总的来看,朱熹

---

① 《晦庵先生朱文公文集》卷六〇《答杜叔高》书二,第2878—2879页。

② 《诗渊》,书目文献出版社,1993年据北京图书馆藏明稿本影印,第4549页。

③ 束景南:《朱熹年谱长编》卷上,华东师范大学出版社2001年版,第607页。

④ 《朱熹年谱长编》卷下引《武夷山志》之《稼轩诗文抄存》,第1095页。

⑤ 宋辛弃疾撰,邓广铭笺注:《稼轩词编年笺注》(增订本),上海古籍出版社1993年版,第336页。

的咏梅是对北宋以来文人赏梅咏梅之风的继承,同时他也与南宋其他诗人画家一道,将梅花美学意象加以深层次地揭示和拓展。

梅以花闻始于魏晋六朝。此前《诗经》中的“梅”或指梅果,或指与梅树毫无关系的另一种植物[①]。而《楚辞》虽然吟咏了诸多品格高尚的树木花卉,却未见梅的踪影,以至于后人有梅花“不入楚骚”的遗憾。魏晋南北朝至隋唐五代,诗人开始题咏梅花,但题咏数量、关注程度都无法与宋代相比,梅花自宋代开始真正具备突出而深刻的文化含义。

在北宋咏梅文学及梅文化发展过程中,林逋是具有里程碑作用的一个人物。

他开始大量而细致地题咏品评梅花,将梅花审美融入自己的生活方式之中。其《山园小梅》诗句“疏影横斜水清浅,暗香浮动月黄昏”,将梅花的审美认识提到一个前所未有的高度,成为千古绝唱,并影响到后来大批诗人的咏梅创作。林逋将梅与水、梅与月的意象结合起来,以“疏影横斜”简洁淡雅的风姿,以及“暗香浮动”幽馥远馨的神韵,展现出梅花作为隐士的象征意蕴。其主要美学特征是清雅幽独,淡泊闲静,超然物外。一直到南宋,梅花的这种象征意义一直为广大士人所继承且津津乐道,并进而发扬光大。如南宋词人姜夔以林逋诗句为灵感自创了《疏影》《暗香》的词牌,以题咏梅花。其本人词风亦有清雅之特征,正如他所沿袭的林逋的梅花审美情趣[②]。

林逋所发掘的梅花审美意象是清高、清雅,是与“俗”相对立的,这也可以说是整个宋代文化的审美取向。宋代出现专门擅长画某一题材的画家,如文同(与可)画竹,杨无咎(补之)画梅等。无论是对竹还是梅的欣赏,都是宋代崇雅避俗之风的体现[③]。在此过程中,苏轼、黄庭坚、米芾等人起到很大作用。如苏轼诗曰:“可使食无肉,不可居无竹。无肉使人瘦,无竹令人俗。人瘦尚可肥,俗士不可医。……”[④]而米芾《画史》通篇都以“俗”与“不俗”的简洁措辞来评价他所看到的绘画作品。

朱熹也继承了自林逋以来清雅脱俗的梅花审美情趣。在他的咏梅诗词中,常出现以艳俗的桃李与高洁的梅花相对立的描述。如《赋梅花有怀元履》:“羞同桃李媚春色,敢与葵藿争朝暾。”[⑤]《用傅安道和朱希真梅词韵》:“应笑俗李粗桃,无言翻引得,狂蜂轻蝶。争似黄

---

① 《诗经·召南·摽有梅》:“摽有梅,其实七兮。求我吉士,迨其吉兮。”梅指梅子。《秦风·终南》“有条有梅”,梅指楠树。

② 清刘熙载《艺概·词曲概》:“姜白石词幽韵冷香,令人挹之无尽,拟诸形容,在乐则琴,在花则梅。”见唐圭璋《词话丛编》,中华书局1986年版,第3694页。

③ 参见日本村上哲见著,顾歆艺译《雅俗考》一文,载于《中国典籍与文化论丛》第4辑,中华书局1997年版,第423—441页。

④ 《苏轼诗集》卷九《于潜僧绿筠轩》,第448页。

⑤ 《晦庵先生朱文公文集》卷二,第278页。

昏闲弄影，清浅一溪霜月。”①《见梅用攀字韵》：“年来休把玉梅攀，万树争春我独顽。”②等等。然而，朱熹与林逋咏梅诗所体现的审美情趣又有所不同，朱熹在继承梅花清雅脱俗审美意象的基础上，充分重视和采纳了苏轼“梅格”的认识，并在此基础上有所提高和发展。朱熹与陆游的梅花审美情趣相近，发展并强调了梅花的气节精神，在梅花的“清气”之上，又强调了“骨气”。这可以说是朱熹作品中梅花的美学特征及其意义。同样是欣赏梅花的超凡脱俗，林逋是脱离社会的隐士情怀，而朱熹表达的则是思想家曲高和寡的惆怅之意，所以他的咏梅诗词中才出现许多的“愁”。朱熹的愁绪是与梅花物我合一、站在梅花角度上无法令世人充分理解的愁。而一旦他跳出所题咏之物，面对精神知己的梅花，则更多是一种相知的欣慰，是会心的一笑。因此，朱熹诗词中时常出现这类对梅一笑的描述，如“姑射仙人冰雪容，尘心已共彩云空。年年一笑相逢处，长在愁烟苦雾中。”③“临风一笑，问群芳谁是，真香纯白？”④“美人邂逅一笑粲，倒影的皪疏枝横。”⑤“心期已误梅花笑，急雪无端更满襟。”⑥等，这是因为朱熹之于梅花或梅花之于朱熹是难得的“赏心人”⑦。可以说，朱熹将梅花的审美特征充分发掘，并将梅花人格化的高尚品质发展到了极致。比如一般诗人常用严寒冰霜的恶劣环境衬托梅花的傲骨和坚强，而朱熹则认为梅花就是梅花自己，不必与任何其他物品相比较而突显其特点，“天然殊胜，不关风露冰雪。”可谓清高之至。大概只有陆游的爱梅之心可与朱熹相媲美了。陆游说：“何方可化身千亿，一树梅花一放翁。”朱熹则说：“君欲赋梅花，梅花若为赋？绕树百千回，句在无言处！”

朱熹是公认的理学家代表，但他的咏梅诗词却没有所谓理学家的咏梅特色，即并未借题咏梅花来“格物致知”。理学家对梅花审美认识的贡献在于强调了梅花开放的时序性，即梅花最早报春，由梅花而想到万物复苏，四时更替，阴阳交错，天理运行等等。在朱熹之前，二程说过：“早梅冬至已前发，方一阳未生，然则发生者何也？其荣其枯，此万物一个阴阳升降大节也。”⑧在朱熹之后，魏了翁发明了一个“傍梅读《易》”的咏梅意象，为后代理学家所津津乐道。《鹤林玉露》记述：“魏鹤山诗云：‘远钟入枕报新晴，衾铁衣棱梦不成。起傍梅花读《周易》，一窗明月四檐声。’后贬渠阳，于古梅下立读易亭，作诗云：‘向来未识梅生时，绕谿问讯巡檐索。绝怜玉雪倚横参，又爱清黄弄烟日。中年《易》里逢梅生，便向根心见华实。候虫奋地桃李妍，野火烧原葭菼出。方从阳壮争出门，直入阴穷排闼入。随时作计何太痴，争

---

① 《晦庵先生朱文公文集》卷一〇，第562页。

② 同上书，卷八，第510页。

③ 同上书，卷九《梅》，第540页。

④ 同上书，卷一〇《念奴娇》“用傅安道和朱希真梅词韵”，第562页。

⑤ 同上书，卷一六，第427页。

⑥ 同上书，卷五，第375页。

⑦ 同上书，卷九《次韵丘子服刘叔通江文卿古梅三诗》之一：“江路犹应有幽伴，只愁难得赏心人”，第537页。

⑧ 宋程颢、程颐著，王孝鱼点校：《二程集》之《河南程氏遗书》卷二上，中华书局1981年版，第39页。

似此君藏用密。'推究精微,前此咏梅者未之及也。'"[①]这种"傍梅读《易》"的意象在朱熹众多咏梅诗词中丝毫不曾出现,甚至我们也很难从中找出"等闲识得东风面,万紫千红总是春"之类的理趣。相反,有一条资料倒是形象地反映了朱熹咏梅与一般理学家的不同。同样是梅下读书,朱熹不是"傍梅读《易》",而是"傍梅读二南"。朱熹《隆冈书院四景诗》第四首末有"闭门不管荣枯事,坐傍梅花读二南"的诗句[②]。众所周知,《诗经》的《周南》《召南》二南历来被看作是文学或诗的代称,南朝梁刘勰《文心雕龙·明诗》:"兴发皇世,风流二南。"宋欧阳修《王国风解》:"《周》《召》二南,至正之诗也。"朱熹傍梅读二南,由此可见他题咏梅花时区别于理学家身份的诗人气质,颇为发人深省。

(原刊《北京大学古文献研究中心集刊》第七辑,北京大学出版社 2008 年版)

① 罗大经撰,王瑞来点校:《鹤林玉露》甲编卷六《读易亭》,中华书局 1983 年版,第 109 页。

② 《朱熹佚文辑考》,第 143 页。

《类编增广黄先生大全文集》所收黄庭坚诗作考

陈晓兰

南宋乾道麻沙镇水南刘仲吉宅刻本《类编增广黄先生大全文集》(以下简称类编本)五十卷,藏于北京大学图书馆,为海内外所仅见。此本不同于黄庭坚的各种通行文集,原刻五十卷,缺卷一三至一八,由后人抄补。刘尚荣先生撰有《〈类编增广黄先生大全文集〉初探》,从版刻特点、收藏源流、门类辨析和使用价值等方面进行了探讨①;祝尚书先生和王岚先生在他们的著作中也均有介绍。② 虽然学者们一般认为麻沙坊刻的类编本的质量不如通行的《内集》、《外集》和《别集》,但作为存世的宋刻孤本,类编本在黄庭坚诗文校勘、辑佚和考据方面自有其重要价值。因囿于条件,对于类编本中黄庭坚诗文的具体篇目、内容以及文字,目前尚无全面深入的整理和研究。今将类编本中的诗、颂、赞、偈部分,与黄庭坚的通行文集《内集》三〇卷③、《外集》一四卷④和《别集》二〇卷⑤,从篇目、内容和文字等方面加以比较、分析,进而探究其间关系;并对其中《全宋诗》失收的佚作加以辑考。

一

类编本五十卷,卷一为古赋,分居室、画品、花木和离别四门;卷二至卷二三收录古律诗,分纪行、有感等一〇四门;卷二四以下为杂文,其中,卷二五、二六为赞,卷二七为颂、偈。

卷首附有"类编增广黄先生大全文集目录",分上、下二卷,列出每卷文体、门类和细目。目录中的诗题,与正文相校,往往作了缺省。如卷二《发舒州向皖口道中作寄李德叟》、《次

---

① 江西省文学艺术研究院编《黄庭坚研究论文集》,江西人民出版社 1989 年版,第 214—224 页。

② 祝尚书:《宋人别集叙录》,中华书局 1999 年版,第 510—513 页;王岚:《宋人别集编刻流传丛考》,江苏古籍出版社 2003 年版,第 204—206 页。

③ 据《四部丛刊初编》影印南宋乾道本《豫章黄先生文集》、影印清文渊阁《四库全书》本(简称四库本)《山谷集》,以下简称《文集》、《山谷集》。

④ 据四库本《山谷外集》,以下简称《外集》。

⑤ 据四库本《山谷别集》,以下简称《别集》。

韵七兄青阳驿西阻水见寄》,目录中分别作《发舒州道中寄李德叟》、《次韵七兄阻水见寄》。且间有错字,如卷一一《题刘将军鹅》,目录中"鹅"误作"雁"。一些在正文题下注明为他人的诗作,在目录中并没有加以区别,如卷二《上南陵坡》、《次浮塘驿见张施州小诗》,正文题下注"知命",即黄庭坚之弟黄叔达(字知命)所作,而目录中诗题下无注。《文集》目录中的他人诗作题下亦不出注,与此本相同。

类编本中黄庭坚的诗作,正如刘先生所指出的,分类烦琐,标准杂乱不一,因而在编纂体例上与《内集》、《外集》、《别集》和《山谷诗注》[①]相比显得体例不纯、杂乱无章。细察其中诗作,还存在着误收、重出、拆分和合并的情况,从而改变了诗作原貌。

(一)误收

类编本所收录的与黄庭坚相关的他人诗作,有的在正文诗题下注明作者。卷二《上南陵坡》、《次浮塘驿见张施州小诗》,卷五《外姪李光祖往见尚垂髫今观寄嗣直小诗已可爱因次韵书其后》、卷一二《行次巫山宋楙宗遣骑送折花厨酝》,卷一九《戏答刘文学》,卷二〇《题小猿叫驿》、《题瘦驴岭马铺》,卷二一《马上口号呈建始李令》,诗题下皆注明作者"知命",即黄庭坚之弟黄叔达所作;卷八《双井敝庐之东得胜地一区长林巨麓危峰四环泉甘土肥可以结茅庵居是在寅山之颏命曰寅庵喜成四诗远寄鲁直可同魏都士人共和之》诗题下注"大临",即黄庭坚之兄黄大临所作。

但个别他人诗作并没有注明作者,与黄诗相淆,即为误收。卷二《江西泊舟后作》,题下注:"太和小舫板上尘土中得此诗。"又见于《外集》卷三,皆未另注作者,《山谷年谱》[②]卷一七此诗亦未作区别。而《山谷外集诗注》卷一三《追忆余泊舟西江事次韵》中,附录此诗,作者为莆田李才甫。卷九《题东寺》题下无注,此诗见于《内集》卷一一,题作《题东寺柱》,注:"康州诗",为黄庭坚之父黄庶所作;卷一九《元明留别》、卷二三《元明题哥罗驿竹枝词》,二诗又见于《外集》卷七,诗题相同,均未别题作者,略有异文,如《元明题哥罗驿竹枝词》一诗中"尺飞五攀",《外集》作"尺五攀天","跪"作"嘶"。其实,二诗作者即为诗题中的"元明",即黄大临(字元明)。

至于《内集》卷一〇中署作"知命"黄叔达的诗作《和仲谋送别二首》、《次韵楙宗送别二首》,亦见于类编本目录中卷一八之下,因此卷正文原缺,为后人据别本钞补,故不得见其原貌。

(二)重出

有的诗作以不同的诗题重出。如卷一〇"古律诗·图画·画人物"中的《题王子厚所藏

---

① 据《武英殿聚珍版丛书》所收《山谷诗注》。

② 宋黄䓨:《山谷年谱》,四库本。

节女图》，诗题与《声画集》卷二[①]所录相同，《豫章先生遗文》卷一[②]作《题王子元所藏节女图》，"王子元"当作"王子厚"。王朴字子厚，隐居嘉州至乐山，与黄庭坚有交往，《山谷别集》卷一三收有《答王子厚书》四篇。而在卷二七"颂·图画"中此诗重出，题作《彭女礼北斗图颂》，与《内集》所录相同。显然，类编本根据了两种不同的本子，不仅诗题有异，诗、颂的文体归类也不同。又，卷五"妓女"中有《赠太平妓》："千古人心指下传，杨姝闲处更婵娟。不知心向谁边切，弹作南风欲断弦。"此即卷二〇"杂题"中《太平州作二首》之二，"闲处更婵娟"作"烟月过年年"，"作南"作"尽松"。《太平州作二首》见于《外集》卷七。可见，《赠太平妓》一诗另有来源。

（三）拆分

有的组诗因为要服从"类编"的需要，大题下的诗作被打散后，按小题分类加以收录，诗作的原貌被改变。如《外集》卷一二《和李文伯暑时五首》下五首小题为《扇》、《麈尾》、《石枕》、《蕲簟》和《葛幮》，类编本卷一〇"扇"收录第一首，题作《和李文伯扇》；卷一一"器用"收录其馀四首，题作《和李文伯暑时四首》。《内集》卷一一《次韵雨丝云鹤二首》，类编本卷七作《次韵雨丝》、《次韵云鹤》分别收录。《内集》卷八《鄂州节推陈荣绪惠示沿檄崇阳道中六诗老懒不能追韵辄自取韵奉和》六首，类编本分别收在不同卷次不同门类之下：《头陀寺》见于卷九"寺观"，《道中闻松声》见于卷一四"竹木"，《中秋山行怀子兴节推》、《再登莲落岭怀君泽知录》见于卷三"有感"，《崇阳道中》见于卷三"怀旧"，《晚发咸宁行松径至芦子》见于卷二"纪行"。

（四）合并

将相同诗题的诗作合并。卷一一有《从时中乞蒲团二首》（扑屋阴风雪作团；织蒲投我最宜寒），分别见于《外集》卷七和卷一四。《山谷外集诗注》卷一二收录其一"扑屋阴风雪作团"，原注："《纂异》：蜀本作《谢时中送蒲团》，云'织蒲投我最宜寒……'，与今本句多不同。"《山谷诗外集补》卷四收录其二"织蒲投我最宜寒"，原校以为"本是一首，而句法改换不同"。类编本则合并为一题二首。卷二二有《杂诗二首》，即《外集》卷一三和卷六的两首《杂诗》合并而成。

二

黄庭坚的通行文集，《内集》三十卷，由黄庭坚的外甥洪炎在高宗建炎二年（1128）编集，

---

① 宋孙绍远：《声画集》，四库本。

② 宋黄庭坚：《豫章先生遗文》，《宋集珍本丛刊》影印清影宋钞本。

胡直孺刊行,《四部丛刊初编》据以影印的是南宋孝宗乾道年间刊刻的《豫章黄先生文集》;其后李彤编集《外集》十四卷,祝先生认为应在高宗建炎或绍兴间,《四库提要》提到其中"慎"字空格,注云"今上御名",可见所据亦为孝宗时的刻本;[①]《别集》则编于孝宗淳熙九年(1182)。从收录情况来看,《内集》、《外集》中的内容,基本见收于类编本,但也有个别失收;而《别集》在类编本之后刊行,故其中绝大多数内容不见收录。类编本中,三集所无的诗、赞、颂、偈共二十四首:诗二十首,其中三首因在缺卷有题无诗;赞一首;颂一首;偈二首。试析如下。

一、类编本收录赞七十九首。按类编本篇目原作七十八首,其中卷二五《写真自赞五首》,是将《文集》卷一四《写真自赞六首》中第三首"或问鲁直"与第四首"吏能不如赵张"合为一首。《文集》卷一四首标"赞八十首",《山谷集》内容与《文集》相同,亦标"赞八十首",校诸正文,《文集》中的《写真自赞六首》,《山谷集》作《写真自赞五首》,与类编本相同,据此则《山谷集》中的赞的数量实为七十九首,不符"赞八十首"之数,显然有误。核诸《文集》,此赞第三首结束于行末,故第四首"吏能不如赵张"起于顶格。也许因此类编本和《山谷集》中就误合为一首。而从内容上来看,亦当分作两首,《文集》为是。故将类编本的赞计作七十九首,其中七十七首见于《内集》卷一四。其馀二首:一是《东坡画竹赞》,见于《外集》卷九,《外集》仅收此赞;一是《戎州三鬟字赞》,为佚作。而《内集》卷一四收录的八十首赞中,有《筇竹杖赞》、《义松赞》、《画墨竹赞》三首不见于类编本。

二、收录颂九十一首。其中八十九首见于《内集》卷一五,《外集》无颂。其馀二首:一是《因六祖举大和山主语韵而成颂贵此话大行》:"峨眉中白老,千颂自成集。持问大和尚,雅臭当风立。"见于《别集》卷二,题作《因六祖举太和山语而成颂贵此话大行》,"中白"作"山中","大和尚"作"太和山","雅"作"鹊";一是《颂胎息》,为佚作,元李冶《敬斋古今黈》[②]卷六加以引录,内容可信。而《内集》卷一五收颂九十首,除了类编本所收的八十九首之外,另有一首《戏答宝胜甫长老颂》:"易拔苍龙角,难参宝胜禅。林泉饱枯涩,烟月唱清绵。笑出黄龙手,慵扶阿卯肩。持刀欺寡妇,盗佛铸私钱。月黑踰城夜,风高放火天。解嗤昭《山谷集》作招觉老,担屎汙心田。"类编本中此颂在卷五"道释",题作《戏答宝胜甫老》,"屎汙"作"尿粪"。诗、颂归类不同,文字不同,显然类编本所依据的文集与《内集》有所不同。

三、收录偈四首。《内集》、《外集》无偈。《因观五祖演上堂戏之作偈》和《荆州士大夫说一种无碍禅酒色自恣因作决定偈》为佚作;另外二首,一是《柱杖偈》:"袁州西门失却柱杖,木平万载县里拾得。恰似郑州却出曹门,何处得此左科禅客。"见于《别集》卷二,题作《失紫竹柱杖颂》,有序:"某三月二十九日发袁州,见追送之客于西关门外。从者遗老夫紫竹杖于使者庙门,遂失之。宜春尉徐思齐路见不平,徧下诸山求索,乃得之于木平观,云:'人

---

① 参看《宋人别集叙录》第505—506页。

② 元李冶:《敬斋古今黈》,四库本。

力于万载广惠得之。'山谷拊掌云草贼大败。因戏作颂,奉呈思齐尉公。""袁州西门"作"袁门西关","得"作"待"。一是《禅偈》:"前身范买,后身陈迟。荒林乱石,雪失东西。有涪翁之隐处,世人殊不知其藩篱。"见于《别集》卷一〇,归入"题跋"类,题作《题陈迟雪扇》,"范买"作"范宽",末两句作"中有涪翁之隐处,世殊不能窥其藩篱",有原注云:"右真迹今藏九江王氏。"当以《别集》本为是。

四、收录古律诗二十二卷。因原本有缺无法核校全部内容,但从目录上的篇目来看,基本收录了《内集》、《外集》的全部诗作篇目,卷七《和德循鹿苑滩夜泊》见于《别集》卷一,题作《次韵钱德循鹿苑滩舣舟有作》,"对江清"作"爱江清"。有三集所无诗作二十首,其中三首因缺卷有题无诗。

1. 三集所无的诗作中,有六首因见于《山谷内集诗注》、他人笔记、文集而已见收于《全宋诗》。

一是卷四《黔南四绝》,不见于各种文集,为《山谷内集诗注》卷一二中《谪居黔南十首》之七、九、十、六。《谪居黔南十首》注云:前五篇今《豫章集》有之,后五篇得之《脩水集》。前五篇题作《谪居黔南》,见收于《内集》卷五和类编本卷四,类编本又收录后五篇中的四篇,但其中第八首"苦雨初入梅"失收,可见所依据的本子亦不同于《脩水集》。

二是卷七《戏题东丁洞》:"古人题作东丁洞,自古东丁直到今。我为改名方响洞,欲知山水有清音。"不见于各种文集和《山谷诗注》,《全宋诗》(册一七页一一七三七)根据《老学庵笔记》卷六收录,题作《题东丁水》,"洞"作"水","欲"作"要";范成大在《吴船录》卷上亦载录山谷题诗:"古人名此东丁水,自古丁东直到今。我为更名方响洞,要知山水有清音。"① 可见此诗在南宋时期流传甚广。

三是卷二一《和虚飘飘》,《全宋诗》(册一七页一一七三六)根据秦观《淮海集》卷三《和虚飘飘》附诗收录,题作《虚飘飘》,"绦"作"丝"。

2. 其中三首佚诗因缺卷有题无诗。

类编本缺卷一三至一八,目录中卷一六《次昔寄贺方回韵二首》和卷一八《宜春送陈生北归》共三首诗作,不见于正文钞补部分,亦为通行各集所未收,故三首佚诗有题无诗。

类编本的缺卷,黄丕烈在题跋中称"旧时钞补,未知出自何本"。钞补部分,有缺字、错字,如卷一三《送张子列茶》一诗,钞补诗题作"送张列茶",脱"子"字。至于钞补的诗作篇目及其编次,与类编本原来的目录相校,亦有所差异。以卷一三为例,卷中的《和答梅子明点密云龙》、《寄新茶与南禅师》、《公益尝茶》、《送张子列茶》、《谢陈正字送荔枝三首》、《食瓜有感》、《景珍见示葡萄诗》诸诗,不符原目录的编次,而是集中抄录在卷末,并在有的诗题下注明原来篇次,如《和答梅子明王扬休点密云龙》(目录中诗题缺省"王扬休")题下注:"此诗当

① 宋范成大:《吴船录》,《范成大笔记六种》,中华书局 2002 年版,第 197 页。

在《谢送碾赐壑源拣芽》前。"按目录上的篇次抄录的诗作,一部分同时见于《内集》和《内集诗注》,但从异文来看,所据当为《内集》。如《答黄冕仲索煎双井并简扬休》题下注"裳",与《内集》同,而《内集诗注》作"冕仲名裳"。《以小团龙及半挺赠无咎并诗用前韻为戏》诗中"担囊",与《内集》同,《内集诗注》作"探囊"。这些诗作,凡《文集》与《山谷集》有异文处,则多同于《文集》,如《戏答欧阳诚发奉议谢余送茶歌》中的"不啻",与《文集》同,而《山谷集》作"奚啻"。因此,钞补所据的本子面貌更接近《文集》。另一部分诗作,则同时见于《外集》和《外集诗注》,而从异文来看,所据当为《外集诗注》。如诗题《公择用前韵嘲戏双井》"戏"字,《诗注》同,《外集》作"笑"。《奉同六舅尚书咏茶碾煎烹三首》之一中的"碎身粉骨",《诗注》同,《外集》作"碎骨粉身"。而那些集中补抄在卷末的诗作,则仅见于《外集》而不见于《诗注》。其中《和答梅子明王扬休点密云龙》,见于《外集》卷二,为《全宋诗》所失收。

据此可以大致推测,后人钞补时未能见到类编本系统的本子,而可能先依据《内集》、《山谷外集诗注》抄录,所无篇目,再据《山谷外集》补录。通行各文集所未收的三首佚作,因此阙如,有题无诗。

综上所述,类编本收录了黄庭坚《内集》和《外集》中的绝大多数的诗、赞和颂。因此,类编本很有可能是根据与《内集》和《外集》相近或相关系统的集子,又参考辑录了其他著作中的作品,分类编集而成。但从上述内容来看,类编本与《内集》又存在着一些明显差异。一是篇目差异:《内集》卷一四的《筇竹杖赞》、《义松赞》、《画墨竹赞》,为类编本失收。二是文体划分不同:类编本卷五"古律诗·道释"类《戏答宝胜甫老》,《内集》卷一五归入"颂",题作《戏答宝胜甫长老颂》;类编本卷二二"古律诗·效古"类《劝学赠孟甥》,《内集》卷二〇归入"杂著"。三是作品分合不同:类编本卷二五《写真自赞五首》,《文集》卷一四作《写真自赞六首》。四是诗题文字不同:类编本卷二五《简公画像赞》,《内集》卷一四作《仰山简和尚真赞》;类编本卷四《送顾子敦赴河东漕三首》,《文集》卷九作《送顾子敦赴河东《山谷集》误作南三首》。

类编本所据究竟为哪些文集、何种版本,与《内集》、《外集》等通行文集的关系又是如何,这些问题都还有待于日后进一步全面深入的研究。

三

类编本中的诗、赞、颂、偈,有二十八首不见于《内集》和《外集》。其中,四首见于《别集》,六首见于《山谷内集诗注》和其他宋人著作,已为《全宋诗》收录。其馀十八首中,三首有题无诗,故今辑录《全宋诗》失收的黄庭坚佚作十五首并略加考析。

宿道吾庄贻鉴长老

灵宫知在白云中，未遂跻攀十里松。山下宿尸如海水，堂中钻针家风。　《类编增广黄先生大全文集》卷五

按：此当为黄庭坚在潭州道吾山（今湖南浏阳北）贻赠之作。

蚕

奕奕春晴爽气干，红蚕迎晓浴波澜。方看嫩叶垂青箔，忽觉柔丝满白盘。作茧岂尝徒己利，杀身终只为人寒。莫将簷外蜘蛛比，贪腹徒然似弹丸。　同上

按：黄庭坚诗作中，多讥蚕作茧自缚，与蜘蛛并提，如《豫章黄先生文集》卷一《演雅》"桑蚕作茧自缠裹，珠蝥结网工遮逻"，《山谷外集》卷五《古意赠郑彦能》"丝成蚕自缚，智成龟自囚"。此诗描摹春蚕吐丝之状，颂其作茧供人取用御寒，非蜘蛛可比。

闻善遣侍儿来促诗戏成小诗

日遣侍儿来报嘉，草鞋十里踏堤沙。鸠盘茶样施丹粉，只欠一枝萬苣花。　同上

按：《内集诗注》卷一五有《戏呈闻善二兄》、《次韵闻善》、《谢答闻善二兄九绝句》、《戏呈闻善》，系于建中靖国元年（1101）留居荆南之时。据《诗注》以及《山谷年谱》卷二八（《戏呈闻善二兄》、《谢答闻善二兄九绝句》），闻善，为黄友闻之字，居荆南，为黄庭坚族伯父侍御史昭（字晦甫）之第二子。黄庭坚"视闻善为兄。闻善酗酒，山谷诗篇中多形劝戒"。别集卷一〇有《书赠闻善饮酒诗后》。黄庭坚与闻善多有戏作，此诗即戏嘲所遣侍儿貌如鸠盘茶鬼而傅施丹粉。《苕溪渔隐丛话》后集卷四〇载录此诗："山谷戏闻善遣侍儿来促诗云云，其丑陋可想，山谷亦善戏也。"[①]

慈湖表彬质夫乞学书

质夫裂素要作学，老夫落笔龙蛇走。为置蔷薇露一斗，为公洒墨三千首。　同上书卷九

按：《豫章黄先生文集》卷二五《书药说遗族弟友谅》："予老在戎州，有江南袁彬质夫过我，道乡里事以为笑，因自言欲作药肆以济人为功、以娱老为业。欣然会予宿心，故为道所以尽心于和药而刻意于救人之说。"诗题"表彬"疑为"袁彬"之误，则此诗为元符年间黄庭坚在戎州所作。

---

① 宋胡仔：《苕溪渔隐丛话》后集，人民文学出版社点校本1993年版，第352页。

同山甫谒新市赵家

闻君足谷多水牛,故来奉干三五头。若得牛时谢牛去,不得牛时不谢牛。 同上书卷一九

按:此诗题中"山甫"及"新市赵家"未详何人。

借题大云寺锺韵

东坡蝉蜕去,醉墨犹新湿。涪翁吐玉唾,旧观神明集。 同上书卷二〇

按:黄庭坚文中曾提及泸州大云寺,如《豫章黄先生文集》卷一八《泸州大云寺滴乳泉记》,卷二九《跋常山公书》则作于"绍圣五年(1099)五月晦,避暑泸州大云寺"之时。

昔韶阳大士来往翠岩前作云岩转轮莲花经藏艰勤累岁乃成余窜逐万里白头来归旋绕叹息崇宁壬午岁三月初六日有北山社火来转轮藏予与弟侄偶到藏下适见村民盗经堂僧铜铙被擒令负铙反缚于柱下感之戏作咏

海藏金莲转,宝香薝卜薰。不见翠岩老,唯见梁上君。 同上

按:《豫章黄先生文集》卷一八《洪州分寧县云岩禅院经藏记》,记载韶阳老人(大长老悟新)于云岩禅院作转轮莲花经藏始末,黄庭坚自署"责授涪州别驾、戎州安置",则经藏成于元符年间。此诗当作于崇宁元年(1102)黄庭坚前往萍乡探视其兄黄大临而归至家乡分宁之时。

遣心寄何十二兄弟三首

晚饭芹羹当食牛,杖藜徐步胜骅骝。悬鹑破帽颜居士,何似烂羊关内侯。

山谷老人来斗南,棒原作捧,迳改头有眼许人参。须原作项,迳改根只许同无著,不会前三与后三。儋耳归成地下郎,门人时炷帐前香。张侯皃古如夫子,杖拂应来坐雪堂。

同上书卷二一

按:《豫章黄先生文集》卷八有《谢何十三送蝤蛑》。《年谱》卷二九《谢何十三送蟹》:"按蜀本诗集注云:何十三,当是何颉之斯举,或其弟兄,颉之,盖黄州人。"系年于崇宁元年(1102)。《山谷别集》卷一六收录《答何斯举书》四则,黄庭坚为他取字"斯举"。据宋《道山清话》[①]、明《万姓统谱》卷三四[②],何颉之,字斯举,初名颃,字颉之,黄州人。少时曾从苏轼学,为黄庭坚所推重。诗题中的"何十二兄弟"可能即何颉之、何颢兄弟。

---

① 宋《道山清话》,四库本。

② 明凌迪知:《万姓统谱》,四库本。

蜀中示人

猪食死人肉，人食死猪肠。猪不嫌人臭，人反道猪香。猪死抛水里，人死土中藏。彼此莫相食，莲花生沸汤。　同上

按：黄庭坚笃信佛，此为蜀中所作戒杀诗。

戎州三鬟字赞原注：兰、萱、英

贺兰清真，幽间疑当作闲自芳。尘埃外物，字曰国香。季萱玉润，元发素肌。能忘人忧，字曰百宜。任英机警，照映同时。人中千一，字曰千之。　同上书卷二六

按：此为黄庭坚为戎州三鬟贺兰、季萱、任英所作字赞。

颂胎息原注：一云记舒秀才行气将

莲华合里烛一寸，牝马海中烧百川。粪扫堆头亲拾得，道人云是玄中玄。　同上书卷二七

按：此颂亦见于元李冶《敬斋古今黈》卷六。李冶以为胎息之说，“惟晁承旨明远（迥）、张太保安道（方平）、苏端明子瞻（轼）、黄太史鲁直（庭坚）此四君子，遂能曲尽要妙，明著其说”。晁迥曰：“心息相依，息调心静。静调久久，可成胜定。神气相合，气和神清。清和久久，可致长生。”见于晁迥《道院集要》卷三“禅道同功修养诀”。张方平曰：“身如莲华及虚空，中有习习清微风。绵绵若存道乃通，一来一往终无穷。来无辙迹去无踪，散入八万四千毛窍中。”此条未见于其文集《乐全集》。苏轼曰：“数息数百，此心寂然，此身兀然，与虚空等。又有一法，其名曰随。与息俱出，复与俱入，随之不已，一息自往。或觉此息，从毛窍中，云蒸雾散，病除瘴灭，自然明悟。”此为《东坡志林》“修养”中的部分内容。黄庭坚此颂为李冶引录，可见流传颇广。

因观五祖演上堂戏之作偈

铜簸箕，铁簸箕，赤土画簸箕，总有第一义。若无第一义，将甚打歔子。歔子眼搭抄，疑当作眵也有第一义。若无第一义，将甚放二四。若问何等语，汝可听吾偈。　同上

按：《山谷别集》卷一四《五祖演禅师真赞》亦谓“赤土昼当作画簸箕，也有第一义”，可见演禅师反覆阐述“圣谛第一义”，山谷因戏作偈。

荆州士大夫说一种无碍禅酒色自恣因作决定偈

不能止酒，不能断肉。不断贪欲，又不知足。齐佛知见，亦入地狱。　同上

按:此偈对荊州士大夫所说的一种酒色自恣的无碍禅加以否定。据《诗话总龟》后集卷二七:“山谷信佛甚笃,而晚年酷好食蟹,所谓‘寒蒲束缚十六辈,已觉酒兴生江山’,又云:‘虽为天上三辰次,未免人间五鼎烹。’乃果于杀如此,何哉?东坡在海南,为杀雞而作疏;张乖崖之在成都,为刲羊而转经。是岂爱物之仁,不能胜口腹之欲耶?山谷谈无碍禅,苏、张行有为法,亦各其所见尔。”①山谷虽笃信佛,然不胜口腹之欲,此亦无碍禅之一种也。

宋代有多种黄庭坚的诗文集流传,但其间内容不无真伪,如北宋的《南昌集》,根据李彤《山谷外集》的跋语,黄庭坚遍阅之后,发现有五十馀篇为他人诗作。类编本在目录后的牌记云:“麻沙镇水南刘仲吉宅近求到《类编增广黄先生大全文集》计五十卷,比之先印行者增三分之一,不欲私藏,庸镵木以广其传,幸学士详鉴焉。乾道端午识。”此本标榜所收篇目增多于旧本,但由于坊刻本往往因为求多、求全而有滥收误收的倾向,这些增多的篇目也就被怀疑可能真伪混杂。而通过对类编本中诗、颂、赞、偈部分的考察,以及对《全宋诗》失收佚作的辑考,则可以大致断定,尽管作为坊刻本的类编本在编纂体例和文字方面不无疏失之处,但所收作品内容基本可信,在辑佚、校勘、考据方面自有不容忽视的重大价值。

(原刊《中国典籍与文化论丛》第十辑,北京大学出版社 2008 年版)

① 宋阮阅:《诗话总龟》后集,人民文学出版社点校本 1998 年版,第 169—170 页。

《全宋诗·欧阳修诗》补正

王　岚

欧阳修(1007—1072)是北宋中叶文坛领袖,他领导了第二次古文运动,并以其卓越的文学成就位列唐宋散文八大家,诗歌则与梅尧臣齐名。

欧阳修著作宏富,其诗文在两宋有各种各样的编集以及众多的刻本。最著名的《居士集》,乃其身前手订,后于哲宗元祐年间,由苏轼"次而论之"并命名[①]。今天中国国家图书馆所藏宋绍兴衢州刻本《居士集》五十卷(残存二十九卷),被认为是传世《居士集》中时代最早的海内孤本。又有徽宗政和四年(1114)之前成书的《别集》二十卷,为王乐道、王性之父子所编,皆"公家集所不载者"[②],惜今不传。

南宋光宗绍熙、宁宗庆元间,周必大解相印归庐陵,召集孙谦益、丁朝佐、曾三异、胡柯、罗泌等人,遍搜旧本,互加编校,定为《欧阳文忠公集》一百五十三卷,内含《居士集》五十卷、《外集》二十五卷、《易童子问》三卷、《外制集》三卷、《内制集》八卷、《表奏书启四六集》七卷、《奏议集》十八卷、《杂著述》十九卷、《集古录跋尾》十卷、《书简》十卷共十集。另外还有《附录》五卷,以及胡柯修订的《庐陵欧阳文忠公年谱》一卷。此本一出,流传甚广,遂成为后世诸刻之祖本。今天尚存数部残卷,分藏于国家图书馆、北京文物局、江西图书馆、南京图书馆等处,仅一部全帙藏于日本天理图书馆。

1992 年 8 月《全宋诗》第六册出版,所收《欧阳修诗》以《四部丛刊》影元本《欧阳文忠公集》(一百五十三卷、附录五卷)为底本。参校宋庆元二年(1196)周必大刻本(卷三至卷六缺,简称周本,藏国家图书馆)、宋刻本(存《居士集》五十卷,有校,简称宋刻、宋刻校,藏国家图书馆)及明正统刻《居士集》(有明曾鲁考异,简称曾本、曾本校)。由于欧阳修文集代有重刻,流传有绪,故其诗歌作品保存比较完善,散佚不多。此次点校整理系笔者与他人合作完成,另从《锦绣万花谷》等书中辑得集外诗五首,残句十三则,附于卷末。限于当时的水平条件,虽然我们已经竭尽所能,但在所编的二十二卷欧诗中仍遗留了相当多的问题。

---

① 欧阳修《欧阳文忠公集》卷首苏轼《居士集序》,《四部丛刊》本。

② 宋李之仪:《姑溪居士后集》卷一五《欧阳文忠公别集后序》,影印文渊阁《四库全书》本。

如今经过了十四年,再观旧稿,所收欧阳修诗九百四十一首(句)①中有三十二首(句)重出,一种是《居士集》与《外集》之诗重出,如《送谢学士归阙》、《送学士三丈》;一种是与唐人诗重,如《晚过水北》、《和人三桥》(其二)又见唐人张旭名下;较多的一种是与其他宋人重出,如与范纯仁、陈舜俞、林昉、欧阳澈、富弼、刘敞、司马光、王安石、梅尧臣、苏舜钦诸人诗重,有的是此正彼误,有的是此误彼正,有的是难以确考而两存互见,还有的是数人联句,等等;包括补遗诗句部分也存在张冠李戴、误收词作之失,并仍有遗漏。总之情况各不相同,故有必要重新作一番辨析与梳理。

一　欧阳修重出诗考订

以下所订欧阳修重出诗句,见于《全宋诗》册六卷二八二至三〇三:

1

页三六七〇

送谢学士归阙明道二年

供帐拂朝烟,征鞍去莫攀。人醒风外酒,马度雪中关。旧府谁同在,新年独未还。遥应行路者,偏识彩衣斑。

按:又见《全宋诗》同册卷三〇〇页三七七八欧阳修,题作《送学士三丈》,有原校:"一作送谢学士归阙","拂朝烟"作"洛城边","鞍"作"辕","旧"作"故",有续校:"已上八篇《居士集》止载后一篇,其不同者五字,而题云《送谢希深》。今诸本皆作送王学士,疑希深第三,讹为王耳。"出《欧阳文忠公集·外集》卷五。此为宋人旧编本集内重收,庆元年间周必大刊刻《欧阳文忠公集》时,覆校者已发现此诗见载《居士集》,且有异文,但并未将其从《外集》中删除,今姑仍其旧。

2

页三六七二

晚过水北

寒川消积雪,冻浦渐通流。日暮人归尽,沙禽上钓舟。

按:又见陈尚君《全唐诗续拾》卷一一张旭,题同,无异文,出清卞永誉《式古堂书画汇考》卷七引《张长史四诗帖》,且云:"此帖末有柯九思、高仁卿、陶宗仪等跋。陶跋云此帖'《宣和画谱》所载,初为蔡忠惠公(襄)家藏,后入御府'。"查《式古堂书画汇考》,"高仁卿"当作"吴全节"。《全唐诗续拾》张旭名下所补仅四首诗,其中《杂咏》、《见远亭》实见王安石

---

① 据北京大学古文献研究所编《全宋诗》册六卷二八二至三〇三欧阳修诗统计,北京大学出版社1992年8月版。

《临川先生文集》卷二六《杂咏四首》其一、卷一六《见远亭上王郎中》(《全宋诗》册一〇卷五六三页六六七九、卷五五三页六六〇二),《三桥》实见欧阳修《欧阳文忠公集·外集》卷四《和人三桥》三首其二(《全宋诗》册六卷二九九页三七五八),故四首皆非唐张旭诗,《式古堂书画汇考》所引《张长史四诗帖》恐系伪托,《全唐诗续拾》误辑。

3

寄西京张法曹景祐元年

幕府三年客,群居几日亲。初分阙原校:一作关口路,犹见洛阳人。垄麦晴将秀,田花晚自春。向家行渐近,岂复倦征轮。 以上《欧阳文忠公集·居士集》卷一〇

按:又见《全宋诗》册一一卷六二五页七四六五范纯仁,题同,无异文,出影印《诗渊》册一页七三七。当为欧阳修诗,彼处应删。

4

页三六九四

借观五老诗次韵为谢原校:一本注云即丞相杜公、太子宾客王涣、光禄卿毕世长、兵部郎中朱贯、尚书郎冯平 皇祐三年

脱遗轩冕就安闲,笑傲丘园纵倒冠。白发忧民虽种种,丹心许国尚桓桓。鸿冥得路高难慕,松老无风韵自寒。闻说优游多唱和,新篇何惜尽原校:一作为传原校:一作画图看。

按:又见《全宋诗》册九卷五一二页六二二五司马光,题作《次韵谢杜祁公借观五老图》,"尽传"作"画图",出清厉鹗《宋诗纪事》卷一四引《铁网珊瑚》。查明赵琦美《赵氏铁网珊瑚》卷一三所录《次韵谢借观五老图》诗,末尾正署"欧阳修次韵",故《宋诗纪事》误引,当为欧阳修诗,彼处应删。

5

和陆子履再游城西李园至和二年

京师花木类多奇,常恨春归人不归。车马喧喧走尘土,园林处处锁芳菲。残红已落香犹在,羁客多伤涕自挥。我亦悠然无事者,约君联骑访郊圻。

按:又见《全宋诗》册一〇卷五六〇页六六五一王安石,题作《次韵再游城西李园》,"不"作"未",出《临川先生文集》卷二三。考陆经,字子履,越州人,官至集贤修撰,善真行书。与欧阳修周旋馆阁,诗文往复,相与至厚。坐责流落,欧阳修怜其贫,每与人作碑志,必先约令陆经书,欲以濡润助之也,由是陆经书名亦自此而盛。事见明陶宗仪《书史会要》卷六、宋周必大《文忠集》卷五三《陆子履嵩山集序》、宋董更《书录》卷中。《欧阳文忠公集》尚有《长句送陆子履学士通判宿州》(《居士集》卷七)、《答陆学士经字子履,至和二年》(《书简》卷八)诸诗文。故似为欧阳修诗,暂重收互注。

6

页三七〇四

奉酬长文舍人出城见示之句嘉祐四年

春分腊雪未全销,凛冽春寒气尚骄。摄事初欣迎社燕,寻芳因得过溪桥。清浮酒蚁醅初拨,暖入莺篁续校:一作簧舌渐调。兴味爱君年尚少,莫嫌续校:一作怀斋禁原校:一作斋馆暂无憀。续校:一作寥　　以上《欧阳文忠公集·居士集》卷一二

按:又见《全宋诗》册八卷四〇三页四九六三陈舜俞,题同,“酒蚁”作“蚁酒”,出《都官集》卷一三。核《欧阳文忠公集·居士集》实在卷一三,原作“卷一二”,误。又陈舜俞《都官集》久佚,今本十四卷乃清乾隆四库馆臣据《永乐大典》辑出。故当为欧阳修诗,彼处应删归存目。

7、8

页三七一八

七言二首答黎教授治平四年

拨瓮浮醅新酿熟,得霜寒菊始开齐。养丹道士颜如玉,爱酒山公醉似泥。不惜蕊从蜂采去,尚余香有蝶来栖。莫嫌学舍官闲冷,犹得芳樽此共携。

共坐栏边日欲斜,更将金蕊泛流霞。欲知却老延龄药,百草枯时始见花。　《欧阳文忠公集·居士集》卷一四

按:二诗又见《全宋诗》册七〇卷三六七一页四四〇六五林昉,题作《答黎教授》(二首),其一“公”作“翁”,“官”作“宫”,出影印《诗渊》册一页九〇六。当为欧阳修诗,彼处应删。

9

页三七四九

送吴照邻还江南

霜前江水磨碧铜,岸背菱叶翘青虫。吴郎鬓丝生几缕,不羞月上扶桑东。羞见清波照人景,去时黑发吹春风。五年归来妇应喜,从此不问西飞鸿。　《欧阳文忠公集·外集》卷三 自乾德至滁州作,起宝元元年,尽庆历八年

按:又见《全宋诗》册五卷二五三页三〇四六梅尧臣,题作《送吴照邻都官还江南》,“青”作“赤”,出《梅尧臣集编年校注》卷二二。又见梅尧臣《宛陵集》卷一五,同书卷一八尚有《送吴照邻都官通判成都》诗。疑为梅尧臣诗,暂重收互注。

10

页三七五八

和人三桥(其二)

北临白云涧,南望清风阁。出树见人行,隔溪闻鱼跃。

按:又见陈尚君《全唐诗续拾》卷一一张旭,题作《三桥》,无异文,出清卞永誉《式古堂书画汇考》卷七引《张长史四诗帖》。《全唐诗续拾》张旭名下所补仅四首诗,其中《杂咏》、《见远亭》实为王安石诗,《晚过水北》实为欧阳修诗,故此诗亦非唐张旭诗,《全唐诗续拾》误辑。参前《晚过水北》条按语。

11

页三七六一

日本刀歌

昆夷道远不复通,世传切玉谁能穷。宝刀近出日本国,越贾得之沧海东。鱼皮装贴香木鞘,黄白闲杂鍮与铜。自注:真鍮似金,真铜似银。百金传入好事手,佩服可以禳妖凶。传闻其国居大岛,土壤沃饶风俗好。其先徐福诈秦民,采药淹留丱童老。百工五种与之居,至今器玩皆精巧。前朝贡献屡往来,士人往往工词藻。徐福行时书未焚,逸书百篇今尚存。令严不许传中国,举世无人识古文。先王大典藏夷貊,苍波浩荡无通津。令人感激坐流涕,锈涩短刀何足云。

按:又见《全宋诗》册九卷四九九页六〇三六司马光,题作《和钱君倚日本刀歌》,"夷"作"吾",自注"真鍮似金"前有"贾人云"三字;"禳妖"作"攘袄","丱童"作"童丱","居"作"俱","玩"作"用","先王大典藏夷貊"作"嗟予乘桴欲往学","苍"作"沧","激"作"叹",出《温国文正司马公文集》卷三。又见司马光《传家集》卷五。钱公辅,字君倚,武进(今江苏常州)人,神宗时天章阁待制,忤王安石出知江宁府,《宋史》卷三二一有传。查司马光与钱公辅素有交,其《传家集》尚有《晚归书室呈钱君倚》、《同钱君倚过梅圣俞》、《和钱君倚藤床十二韵》、《二月中旬虑问过景灵宫门始见花卉呈钱君倚》(以上卷二)、《钱君倚示诗有归吴之兴为诗三十二韵以赠》(卷七)诸作,卷八〇《祭钱君倚文》更谓"我与君倚,南北殊乡,哲愚异品;中年相值,情厚故交"。梅尧臣《宛陵集》卷五五亦有《钱君倚学士日本刀》,则钱公辅拥有日本刀,曾作《日本刀歌》,应是实情,而欧阳修《欧阳文忠公集》中却找不到与钱公辅相关的诗文。再者,司马光文集乃其手自编次,版本的可信程度远胜于旁人补辑的欧阳修《外集》(参王水照《〈日本刀歌〉与汉籍回流》[①])。故此诗当为司马光作,欧阳修名下应删归存目。

12

页三七六三

奉使道中寄坦师

道人少贾海上游,海舶破散身沉浮。黄金满箧人所寄,吹簸偶得还中州。赢身归金不受报,衹取斗酒相献酬。欢娱慈母终一世,脱弃妻子藏岩幽。苍烟寥寥池水漫,白玉菡萏吹高秋。夜燃栢子煮山药,忆此东望无时休。塞垣春枯积雪溜,沙砾威怒黄云愁。

---

① 王水照:《半肖居笔记》之《〈日本刀歌〉与汉籍回流》,东方出版中心 1998 年版,第 47 页。

五更匹马随雁起,想见鄮郭花今稠。百年夸夺终一丘,世上满眼真悠悠。寄声万里心绸缪,莫道异趣无相求。

按:又见《全宋诗》册一〇卷五四三页六五一一王安石,题作《奉使道中寄育王山长老常坦》,"黄金"作"抱金",出《临川先生文集》卷六。亦见宋李壁《王荆公诗注》卷七,题作《寄育王山长老常坦》,末注云"右诗公自注云'奉使道中寄'"。重收互注。

13

页三七六五

剑联句范仲淹、滕宗谅 庆历三年

圣人作神兵,以定天下厄。范蚩尤发灵机,干将构雄绩。欧橐籥天地开,炉冶阴阳辟。滕南帝输火精,西皇降金液。欧炎炎昆冈焚,汹汹洪河擘。范雷霆助意气,日月沦精魄。滕神气不在大,错落就三尺。直淬灵溪泉,横磨太行石。欧雄雌威并立,昼夜光相射。范提携风云生,指顾烟霞寂。滕坚刚正人心,耿介志士迹。欧初疑成夏鼎,魑魅世所适。滕又若引吴刀,犀象谓原校:疑无隔。范截波虬尾滑,脱浪鲸牙直。顽冰挂阴溜,皎月乘孤隙。欧河角起彗气,云蟫露秋碧。晓镡星斗烂,夜匣飞龙宅。范舞酣霰雪回,弹俊球琳击。鲜摇霅水光,腻刮湘山色。滕青蛟渴雨瘦,素虺蟠霜瘠。欧清音锵以鸣,寒姿坚且泽。范鬼类丧影响,佞党摧肝膈。欧一旦会神武,四海屠凶逆。范周王奉天讨,商郊千里赤。欧楚子扬军声,秦师万首白。祥辉冠吴楚,杀气横燕易。范与君斩鳌足,八极停震虩。欧与君剸鹏翼,三辰增焕赫。莫使化猿翁,辱我为幻惑。范莫使暴虎人,屈我执仇敌。滕尊严俟冠冕,左右舞干戚。欧功成不可留,延平空霹雳。范

按:又见《全宋诗》册三卷一六九页一九一六范仲淹、册三卷一七四页一九七三滕宗谅,题同,"炉冶"作"炉治",俱出宋欧阳修《欧阳文忠公集》卷五四,即《欧阳文忠公集·外集》卷四,故三处出处实同,异文乃所据版本不同而致。联句诗按例于每位作者名下互见。

14

页三七六六

鹤联句范仲淹、滕宗谅 庆历四年

上霄降灵气,钟此千年禽。范幽闲靖节性,孤高伯夷心。欧颉颃紫霄垠,飘飖沧浪浔。欧岳湛有仙姿,钧韶无俗音。范毛滋月华淡,顶粹霞光深。欧目流泉客泪,翅垂羽人襟。滕腾汉雪千丈,点溪霜半寻。范纤喙砺青铁,修胫雕碧琳。欧岩栖千溪树,泽饮卑朱泠。滕鸾皇自埙篪,燕雀徒商参。范独翅耸琼枝,群舞倾瑶林。欧病余霞云段,梦回松吹吟。滕静嫌鹦鹉言,高笑鸳鸯淫。范金清冷澄澈,玉格寒萧森。欧洁白不我恃,腥膻非所任。滕稻粱不得已,虮虱胡为侵。范天池忆鹏游,云罗伤凤沈。滕风流超缟原校:一作起绩素,雅淡绝规箴。欧相亲长道情,偶见锁烦襟。续校:羽人襟、烦襟,此诗重押襟字,其上字疑作衿范

西汉惜冯唐，华皓欲投簪。欧南朝仰卫玠，清羸疑不禁。滕端如方直臣，处群良足钦。范介如廉退士，惊秋犹在阴。范几诮鹰隼鸷，羁鞲俄见临。欧还嗤凫鹥贪，弋缴终就擒。欧乘轩乃一芥，空笼仍万金。滕片云伴遥影，冥冥越烟岑。范长飙送逸响，亭亭原校：疑出原校：一作幽霜砧。欧蓬瀛忽往来，桑田成古今。欧愿下八佾庭，鼓舞熏风琴。滕

按：又见《全宋诗》册三卷一六九页一九一七范仲淹、册三卷一七四页一九七三滕宗谅，题皆同，"朱泠"作"蹄涔"，"金清"作"金精"，俱出宋欧阳修《欧阳文忠公集》卷五四，即《欧阳文忠公集·外集》卷四，故三处出处实同，异文乃所据版本不同而致。联句诗按例于每位作者名下互见。

15

来燕堂与赵叔平王禹玉王原叔韩子华联句原校：见《华阳集》　嘉祐三年

贤侯谢郡归，从游乐吾党。林泉富余地，卜筑疏陈莽。是时春正中，来燕音下上。若贺大厦成，喜留众宾赏。概得名因谈笑，挥墨粲题榜。所夸贤豪盛，岂止池榭广。人心乐且闲，鸟意颉而颃。吟罇敞花轩，醉枕酣风幌。修轻云薄藻栋，初日丽珠网。红袂生暗香，清弦泛余响。林深隐飞盖，岸曲迟去桨。波光栏槛明，竹飞衣巾爽。珪虚容凉樾入，影与文涟荡。晨飙转绿蕙，夕雨滋膏壤。嘉辰喜盍朋，命驾期屡往。觞咏陶淑真，世俗岂吾仿。洙得以为胜游，萧然散烦想。公子固好士，世德复可象。今此大基构，不图专奉养。美哉风流存，来叶足师仰。绛原注：贤侯谓镇东军节度观察留后李端愿。　以上《欧阳文忠公集·外集》卷四 自知颍州至归颍州作，起皇祐元年，尽熙宁五年

按：又见《全宋诗》册三卷一七七页二〇一六谢绛、册四卷一八七页二一四四赵概、册七卷三九四页四八四三韩绛、册九卷四九一页五九四九王珪，皆题作《来燕堂联句》，"竹飞"作"竹气"，前二处俱出欧阳修《居士外集》卷四；第三处出欧阳修《欧阳文忠公集》卷五四，即《外集》卷四；第四处出王珪《华阳集》卷一。联句诗按例于每位作者名下互见。

16

页三七七八

送学士三丈原校：一作送谢学士归阙

供帐洛城边，原校：一作拂云烟征辕原校：一作鞍去莫攀。人醒风外酒，马度雪中关。故原校：一作旧府谁同在，新年独未还。遥应行路者，偏识彩衣斑。续校：已上八篇《居士集》止载后一篇，其不同者五字，而题云《送谢希深》。今诸本皆作送王学士，疑希深第三，讹为王耳《欧阳文忠公集·外集》卷五 未第时及西京作，天圣、明道间。

按：又见《全宋诗》册六卷二九一页三六七〇欧阳修，题作《送谢学士归阙》，"洛城边"作"拂朝烟"，"辕"作"鞍"，"故"作"旧"，出《欧阳文忠公集·居士集》卷一〇。此为宋人旧编本集内重收，参前页三六七〇《送谢学士归阙》诗后按语。

17

页三七八三

和晏尚书夏日偶至郊亭

关关啼鸟树交阴，雨过西城野色侵。避暑谁能陪剧饮，清歌自可涤烦襟。稻花欲秀蝉初嘒，菱蔓初长水正深。知有江湖杳然意，扁舟应许共追寻。

按：又见《全宋诗》册三二卷一八五一页二〇六八〇欧阳澈，题作《是日二字两宋本作夏日出郊亭和晏尚书韵》，"许"作"与"，出《欧阳修撰集》卷五《飘然集》中。晏殊（991—1055）曾为礼部、刑部、户部、兵部尚书（《宋史》卷三一一晏殊本传），晏尚书即晏殊，欧阳修（1007—1072）曾为其撰《侍中晏公神道碑》（《欧阳文忠公集》卷二二），而欧阳澈（1097—1127）与晏殊时代不相及；且欧阳澈《欧阳修撰集》，原本已佚，明永乐十世孙欧阳齐重新编为八卷刊行。故当为欧阳修诗，彼处应删归存目。

18

页三七八四

寄题嵩巫亭景祐二年

平地烟霄向此分，绣楣丹槛照清芬。原校：一作汾风帘暮卷秋空碧，剩见西山数岭云。

按：又见《全宋诗》册五卷二六五页三三七〇富弼，题作《嵩巫亭》，"向此"作"此半"，"芬"作"汾"，出明方立诚万历《绛州志》卷三。当为欧阳修诗，彼处应删。

19

页三七八五

送致政朱郎中

平生不省问田园，白首忘怀道更尊。已上印书辞北阙，稍留冠盖饯东门。冯唐老有为郎恋，疏广终无任子恩。今日荣归人所羡，两儿腰绶拥高轩。　以上《欧阳文忠公集·外集》卷六 自西京至京师作，起明道元年，尽至和二年

按：又见《全宋诗》册一〇卷五七五页六七六七王安石，题作《送致政朱郎中东归》，"辞"作"通"，出张元济影印季振宜旧本《王荆文公诗李雁湖笺注》卷三七。查影印文渊阁《四库全书》本宋李壁《王荆公诗注》卷四五有《送河中通判朱郎中迎母东归》，此因熙宁初朱寿昌寻母迎母而作，司马光《传家集》卷九《赠河中通判朱郎中》所赠为同一人；而《传家集》卷一四另有《送致仕朱郎中令孙》，此朱郎中乃朱令孙，疑王安石《送致政朱郎中东归》，亦为同时之作。又见元富大用《古今事文类聚》新集卷一〇，亦作王安石诗。故似为王安石诗，暂重收互注。

20

页三七九五

鹘

依倚秋风气象豪,似欺黄雀在蓬蒿。不知羽翼青冥上,腐鼠相随势亦高。

按:又见《全宋诗》册一〇卷五七一页六七四三王安石,题作《鸱》,无异文,出《临川先生文集》卷三四。又见宋李壁《王荆公诗注》卷四八、宋祝穆《古今事文类聚》后集卷四七、宋潘自牧《记纂渊海》卷九七,皆作王安石诗。故似为王安石诗,暂重收互注。

21、22

页三八〇三

戏刘原甫(二首) 原注:见蔡絛《西清诗话》。已下续添。

按:《两宋名贤小集·公是集》卷四署刘敞作。检刘敞《公是集》,未见此诗。

平生志业有谁先,落笔文章海内传。昨日都城应纸贵,开帘却扇见新篇。

仙家千载一何长,浮世空惊日月忙。洞里新花莫相笑,刘郎今是老刘郎。

按:二诗又见《全宋诗》册九卷四九〇页五九四〇刘敞,题作《戏作二首》(其二、其一),且有整理者按:"蔡絛《西清诗话》云此二绝句乃欧阳修作,周必大刻《欧阳文忠公集》,录此二绝入《居士外集》卷七,文字稍异。"(其一)"平生志业"作"文章落笔","落笔文章海内"作"坐上诗成海外","昨日都城"作"明日帝京","见新篇"作"有新编";(其二)"一"作"亦","浮"作"人","新"作"桃",出《两宋名贤小集·公是集》。刘敞《公是集》原本七十五卷已佚,清乾隆四库馆臣据《永乐大典》辑为五十四卷,未见此诗,《全宋诗》已重收互注。查宋胡仔《苕溪渔隐丛话》前集卷二九引《西清诗话》云"刘原甫敞再婚,永叔以二絶戏之云云。原甫不悦"。但宋赵令畤《侯鲭录》卷七却谓"刘原父再娶欧公女,戏作诗云云"。今从诗意看,当非刘敞自作,故应以欧阳修作为是,彼处当删归存目。

23

和子履游泗上雍家园

长桥南走群山间,中有雍子之名园。苍云蔽天竹色净,暖日扑地花气繁。飞泉来从远岭背,林下曲折寒波翻。珍禽不可见毛羽,数声清绝如哀弹。我来据石弄瑟瑟,续校:众本并作琴瑟,惟蜀本作瑟瑟惟恐日暮登归轩。尘纷解剥耳目异,祗疑梦入神仙村。知君襟尚我同好,作诗闳放莫可攀。高篇绝景两不及,久之想象空冥烦。原注:右雍家园诗,吉、绵、闽本皆入公外集,而王荆公《四家诗选》亦有之,今乃载苏子美《沧浪集》,后人安得不疑。或谓公亲作《沧浪集》序,不应误杂己诗,可以无疑,姑附见于此。按王荆公取公诗凡一百二十五首,内一百三首载《居士集》,二十一首载外集,又一篇即此诗。其他或全改一联,或增减一联,甚者至增四联,或移两联之类,已注一作于逐篇,岂当时传本不同,抑荆公自加润色也。按:此诗亦见本书卷三一一苏舜钦三。 以上《欧阳文忠公集·外集》卷七 自京师至归颍作,起嘉祐元年,尽熙宁五年。

按:又见《全宋诗》册六卷三一一页三九一一苏舜钦,题作《和子履雍家园》,且有整理者按:"此诗亦见《欧阳文忠公集》外集卷七,题和子履游泗上雍家园。欧阳修辑录苏集,并为作序,不应杂入己作,此必苏诗无疑。""日扑地花气繁"作"香扑地花气緐","羽"作"质","弹"作"禅","据石弄瑟"作"踞石弄琴","解剥"作"剥落","神仙"作"仙家","知君"作"君之","烦"作"冥",诗末无原注,出《苏舜钦集》卷三。又见《全宋诗》册六三卷三三〇一页三九三四一释斯植,题作《和子履雍家园诗》,"羽"作"质","解剥"作"剥落","神仙"作"仙家",出宋陈起《江湖后集》卷二三。当为苏舜钦诗,《全宋诗》欧阳修名下已保留原注并加互见按语,是;释斯植名下当删归存目。

24、25

页三八一〇

芙蓉花二首

溪边野芙蓉,花水相媚好。半看池莲尽,独伴霜菊槁。

红芳晓露浓,绿树秋风冷。共喜巧回春,不妨闲弄影。 宋陈景沂《全芳备祖》前集卷二四

按:第一首又见《全宋诗》册一四卷八〇八页九三六〇苏轼,题作《王伯扬所藏赵昌花四首》其三《芙蓉》,"半看"作"坐看",为五言古诗,全诗十二句,此乃第三至六句,出《苏文忠公诗编注集成》卷二五。第二首又见《全宋诗》册四四卷二三九一页二七六三八朱熹,题作《秋华四首》其一《木芙蓉》,无异文,出《晦庵先生朱文公文集》卷九。"红芳"句又重见《全宋诗》册四四卷二三九四页二七六八二朱熹《句》(一一),出明陈霖正德《南康府志》卷三。当为苏轼、朱熹诗,此处应删;页二七六八二朱熹《句》(一一),重复误辑,亦当删。

26

页三八一一

诗一首

人言清禁紫薇郎,草诏紫薇花影傍。山木不知官况味,也随红日上东廊。 《永乐大典》卷九〇四

按:又见《全宋诗》册八卷四〇六页四九八四陶弼,题作《紫薇花》,"傍"作"旁","味"作"别",出《陶邕州小集》。陶弼,着有文集十八卷,已佚,但《陶邕州小集》传本甚众,皆收此作。故当为陶弼诗,此处应删。

27、28

页三八一二

句(其四、其五)

万枝黄落风如射,犹自传声欲噬人。咏蚊

蚤虱蚊虻罪一伦，未知蚊子重堪嗔。又　以上宋袁文《瓮牖闲评》卷七

按：此二断句又见《全宋诗》册一八卷一〇六七页一二一四七秦观，题作《冬蚊》，为七言古诗一首，仅四句，此处所录为其第三、四、一、二句，“声”作“呼”，“虱蚊”作“蚤蜂”，“知”作“如”，出《淮海后集》卷四。当为秦观诗，此处应删。

29、30

句（其八、其九）

尚记梨花村，依依闻暗香。梨花　《全芳备祖》前集卷九

湖上野芙容，含思秋脉脉。娟娟如静女，不肯傍阡陌。诗人杳未来，幽艳冷难宅。芙蓉花　同上书卷二四

按：前一断句又见《全宋诗》册一四卷七九二页九一七四苏轼，题作《湖上夜归》，无异文，出《苏文忠公诗编注集成》卷九。原为五言古诗，共二十句，此处所录为其第九、十句。后一断句又见《全宋诗》册一四卷七九三页九一八七苏轼，题作《九日湖上寻周李二君不见君亦见寻于湖上以诗见寄明日乃次其韵》，“秋”作“愁”，“娟娟”作“娟然”，“幽艳”作“霜艳”。出《苏文忠公诗编注集成》卷一〇。原为五言古诗，全诗共二十句，此处所录为其第一至六句。皆为苏轼诗，此处当删。

31

句（其一〇）

来时擘茧正探官。造面茧　宋陈元靓《岁时广记》卷九

按：核清光绪归安陆氏《十万卷楼丛书》本《岁时广记》，“宫”作“官”，且在“造面茧”条下引《岁时杂记》曰：“人日京都贵家造面茧，以肉或素馅，其实厚皮馒头馂馅也，名曰探官茧……馅中置纸签或削木书官品，人自探取，以卜异时官品高下……欧公诗云云。”则作“宫”字显误。此句又见《全宋诗》册五卷二五八页三二一七梅尧臣，题作《和永叔内翰》，“宫”正作“官”，出《梅尧臣集编年校注》卷二七。原诗为七律，此处所录乃其首句。当为梅尧臣诗，此处应删。

32

句（其一一）

奕奕天河光不断，有人正在长生殿。乞富贵　同上书卷二七

按：又见《全宋词》册一页一三一欧阳修《渔家傲》，乃词作而非诗作，此处当删。

二　欧阳修诗补逸十四首、句六则

山中之乐原校:一本题下云三章送慧勤上人并序

佛者慧勤,余杭人也。少去父母,长无妻子,以衣食于佛之徒,往来京师二十年。其人聪明材智,亦尝学问于贤士大夫。今其南归,遂将穷极吴越瓯闽江湖海上之诸山,以肆其所适。予嘉其尝有闻于吾人也,于其行也,原校:一本无四字为作山中之乐三章,原校:一本有以送之既极道山林间事,以动荡其心意,而卒反之于正。其辞曰:

其一

江上山兮海上峰,蔼青苍兮杳巑丛。霞飞雾散兮邈乎青空,天镵鬼削兮壁立于鸿蒙。崖悬磴绝兮险且穷,穿云渡水兮原校:一无兮字忽得路,而不知其深之几重。中有平田广谷兮与世隔绝,犹有太古之遗风。泉甘土肥兮鸟兽雍雍,其人麋鹿兮既寿而丰。不知人间之几时兮,但见草木华落为春冬。嗟世之人兮,曷不归来乎山中。山中之乐不可见,今子其往兮谁逢。

其二

丹茎翠蔓兮岩壑玲珑,水声聒聒兮花气蒙蒙。石巉巉兮横原校:一作当路,风飒飒兮吹松。云冥冥兮雨霏霏,白猿夜啸兮青枫。朝日出兮林间,涧谷纷以青红。千林静兮秋月,百草香兮春风。嗟世之人兮,曷不归来乎山中。山中之乐不可得,今子其往兮谁从。

其三

梯崖构险兮佛庙仙宫,耀空山兮郁穹隆。彼之人兮,固原校:一无固字亦目明而耳聪。宠辱不干其虑兮,仁义不被其躬。荫长原校:一作乔松之蓊蔚兮,藉纤草之丰茸。苟其中以自足兮,忘其服胡而颠童。自古智能魁杰之士兮,固亦绝世而逃踪。惜天材之甚良兮,而原校:一无而字自弃于无庸。嗟彼之人兮,胡为老乎山中。山中之乐不可久迟,子之返兮谁同。　以上《欧阳文忠公集·居士集》卷一五《杂文》　按:又见宋吕祖谦《宋文鉴》卷三〇“骚”。

东方老人颂

东海蓬莱第一仙,遥瞻西北祝尧天。愿皇长似东君寿,与物为春亿万年。

西方老人颂

华岳峰头万叶莲,开花今古世相传。愿皇长似莲峰久,结实盘根不记年。

中央老人颂

嵩高维岳镇中天，王气盘基降寿仙。惟愿吾皇等嵩岳，三灵齐祝原校：一作寿万斯年。

南方老人颂

南极星中一老人，南山为寿祝吾君。愿君永奏南薰曲，当使淳音万国闻。

北方老人颂

北岳神仙九转丹，特来北阙献君前。愿将北极齐君寿，万国陶陶共戴天。

会老堂致语口号原注：熙宁壬子赵康靖公自南京访公于颍，时吕正献公为守。

欲知盛集继荀陈，请看当筵主与宾。金马玉堂三学士，清风明月两闲人。红芳已尽莺犹啭，青杏初尝酒正醇。美景难并良会少，乘欢举白莫辞频。　以上《欧阳文忠公集·近体乐府》卷一《乐语》

宋吴处厚《青箱杂记》卷八：少师赵公概，字叔平……治平中退老睢阳，素与欧阳文忠公友善。时文忠退居东颍，公即自睢阳乘兴挐舟访之。文忠喜公之来，特为展宴，而颍守翰林吕公亦预会。文忠乃自为口号一联云云。“两闲人”谓公与文忠也。

漫　成

官居盛有田园兴，举趾西畴叹几曾。书却旗常钟鼎了，早牵黄犊趁春耕。　旧题宋刘克庄《后村千家诗》后集卷一

赠别文莹

飞锡扣书斋，言谈得再陪。孤闲干竺客，平淡少陵才。究道情何笃，争名念已灰。山林著诗就，应寄日边来。

宋释文莹《湘山野录》卷上：欧阳公尤不喜浮图，文莹顷持苏子美书荐谒之。迨还吴，蒙诗见送，有“孤闲竺干格，平淡少陵才”，及有“林间著书就，应寄日边来”之句，人皆怪之。

续韵吴僧慧勤

告老归来羡一丘，舜裳无补愧伊周。君今索理归吴棹，无复同乘泛汴舟。　以上元熙仲《释氏资鉴》卷九引《丹阳集》　按：宋葛胜仲，徽宗崇宁间尽阅释氏大藏经，故其文多阐明佛理，著《丹阳集》八十卷、外集二十卷，但明以后传本几绝。今本二十四卷系清乾隆四库馆臣据《永乐大典》所辑，已查无此诗。

萃贤亭

君家富山水，占胜作高亭。坐听溪流响，能令醉客醒。阳生群木秀，寒入乱峰青。吾子东南美，人贤盖地灵。　明沈杰弘治《衢州府志》卷一三

酴 醾

清明时节散天香,轻染鹅儿一抹黄。最是风流堪赏处,美人取作浥罗裳。　　清康熙《御定佩文斋广群芳谱》卷四二

句

明年食菊知谁在,自向栏边种数丛。　　宋欧阳修《欧阳文忠公集》卷一二九《笔说·辨甘菊说》

《欧阳文忠公集》:余近来求得家菊植于西斋之前,遂作诗云云。余有思去之心久矣,不觉发于斯。

旧女婿为新女婿,大姨夫作小姨夫。　　宋邵伯温《邵氏闻见录》卷八

《邵氏闻见录》:王懿恪公拱辰与欧阳文忠公同年进士……后懿恪、文忠同为薛简肃公子婿,文忠先娶懿恪夫人之姊,再娶其妹,故文忠有云云之戏。

滁人皆喜醉翁醉,至今人人能道之。　　宋王象之《舆地纪胜》卷四二《淮南东路·滁州》

可笑人生不饮酒,惟知白首恋黄金。　　宋祝穆《古今事文类聚》续集卷二五《金门》

按:以上"滁人"、"可笑"断句不见于《欧阳文忠公集》正文,但《居士集》卷六《赠沈遵》"花间百鸟唤不觉,日落山风吹自醒。"下有宋人原校曰:"一本有'沈夫子,君过滁阳今几时。滁人皆喜醉翁醉,至今人人能道之。长记山间逢太守,篮舉酩酊插花归。'六句";"自非曾是醉翁客,莫向俗耳求知音。"下宋人原校曰:"一本末两句作'高怀所得贵自适,俗耳何用求知音。可笑人生不饮酒,惟知白首恋黄金。'"(《全宋诗》收在册六卷二八七页三六三四)则此乃他本异文所产生的佚句,易被忽略,故录之。

稻田水浸立白鹭。　　宋曾季狸《艇斋诗话》

春色已蒙茸。　　元严毅《诗学集成押韵渊海》卷二

按:查《欧阳文忠公集·居士集》卷一三《早朝》有"柳梢春意已丰茸"之句(《全宋诗》收在册六卷二九四页三七〇九),宋《锦绣万花谷》前集卷一二则引作"柳梢春意已蒙茸"。疑为此句所本。

三　欧阳修诗存目五首

月 砚

老蚌吸月月降胎,水犀散星星入角。彤云礫石变灵砂,白虹贯日生美璞。　　宋刘斧《青琐高议》前集卷九

《青琐高议》:永叔有《月砚》诗云云。

按:此为苏舜钦《永叔石月屏图》诗中句,"吸"作"向","水"作"海","云礫"作"霞烂","日"作"岩",见《苏学士集》卷五(《全宋诗》收在册六卷三一三页三九二六,出《苏舜钦集》

卷五)。《青琐高议》不可据。

夜　雪

石泉冻合竹无风,夜色沉沉万籁空。试向静中闲侧耳,隔窗撩乱扑春虫。

瑞　雪

天工呈瑞足人心,平地今闻一尺深。此为丰年报消息,满田何止万黄金。　以上旧题宋刘克庄《后村千家诗》卷一三

按:二诗又见《全宋诗》册一四卷八三二页九六五五苏轼《存目》(六八),题作《雪诗八首》其一、其五,出《锦绣万花谷》后(当作前)集卷二,且附注曰:“《诗话总龟》前集卷二一(当作卷二〇)引《玉局文》有此八诗,序中所云与苏轼经历不合,今人无名氏。”核《诗话总龟》引《玉局遗文》云:“西南地温少雪,余及壮年,止一二年见之。自退居天国溪堂,山深气严,阴岭丛薄,无冬而不雪。每一赏玩,必命诸子赋诗为乐,既而蹈袭剽掠,不免涉前人余意。因戏取‘声、色、气、味、富、贵、势、力’数字,离为八章止四句,以代一日之谑。且知余之好不在于世俗所争,而在于雪也。仍仿欧阳公体,不以‘盐、玉、鹤、鹭’为比,不使‘皓、白、洁、素’等字。《声》石泉冻合竹无风,夜色沉沉万境空。试向静中闲侧耳,隔窗撩乱扑春虫。《色》闲来披氅学王恭,姑射群仙邂逅逢。只为肌肤酷相似,绕庭无处觅行踪。《气》半夜欺凌范叔袍,更兼风力助威豪。地炉火暖犹无柰,怪得山村酒价高。《味》儿童龟手握轻明,渐碾枪旗入鼎烹。拟欲为之修水记,惠山泉冷酿泉清。《富》天工呈瑞足人心,平地仙闻一尺深。此为丰年报消息,满田何止万黄金。《贵》海风吹浪去无边,倏忽凝为万顷田。五月京尘渴人肺,不知价值几多钱。《势》高下斜横薄又浓,破窗疏户苦相攻。莫言造物浑无意,好丑都来失旧容。《力》万石千钧积累成,未应忽此一毫轻。寒松瘦竹本清劲,昨夜分明闻折声。”宋魏庆之《诗人玉屑》卷九引同。此非苏轼事迹,诗当为北宋人作,但《全宋诗》“无名氏”并未收此八诗,应补。欧阳修名下亦当入存目。

送欧阳南赴庐陵幕职(二首)

弱冠笈缃素,芳年缀裾簪。皋比便章府,蟫蠹良史林。深期售荆璞,倏去怀南琛。回翔学吏隐,踧踖守官箴。十载重沿牒,交游辰与参。思亲恨悠缅,遇旧老侵寻。翙彼诸凤曹,轮飞贻好音。翳翳白鹭翻,萧萧青江浔。雁鹜蔽洲渚,秔稌卧秋霖。修翎愿俛啄,擭鬴有遐心。

我思陆义斋,堂堂伟男子。绣衣所经行,网涝不专美。及兹谅非耄,胡乃久不起。伤哉不可识,吾道良已矣。我思王东岩,为政终宰邑。刚肠触强御,是使儒者立。百里淹士元,公论非所惬。惜哉不可识,寒雨短景急。　以上《永乐大典》卷二〇四七九引《欧阳公集》

按:二诗亦见钱钟书《宋诗纪事补正》卷一二,第二首题作《失题》,出同。考诗中所涉人

物,均不见《欧阳文忠公集》,经查唯有元仁宗延祐五年(1318)进士欧阳南,元世祖至元十六年(1279)徽州路同知陆垕(1258 - 1307)号义斋,至元间镇江路行大司农司令史王勉号东岩,为同时代之人,然皆非宋人。故疑《永乐大典》引书有误,当非欧阳修诗。

大型断代诗歌总集《全宋诗》72 册自 1998 年 12 月全部面世,广为社会各界收藏与使用。其间,赞誉者有之,批评者亦有之。此书受到关注,被研究者广泛利用,是令我们整理者欣慰的;而其存在的诸多问题被陆续发现和指出,则使我们深感不安。2003 年,旨在对《全宋诗》的错漏之失进行纠缪补缺的《〈全宋诗〉补正》,作为北京大学中国古文献研究中心的重点项目正式上马。

本文拈出“欧阳修诗补正”作为我们此番订补工作的具体实例,希望就此倾听到方家的意见,以便从工作方法、体例内容、材料搜辑等方面改进我们的工作,使得编纂中的《〈全宋诗〉补正》更臻完善,将来能与《全宋诗》合为全璧,为广大宋诗爱好者、研究者提供更为准确全面的基础资料。

(原刊《北京大学中国古文献研究中心集刊》第七辑,北京大学出版社 2008 年版)

《平妖传》结构与人物性格分析

林　嵩

《平妖传》是一部流传久远的早期长篇白话小说。此书旧本原名《三遂平妖传》，凡二十回，署题罗贯中作。后冯梦龙又补写前十五回，并将原作之二十回增饰为二十五回，合成四十回，以《新平妖传》之名行世。《三遂平妖传》经冯梦龙增补之后，不仅故事脉络更为清晰，且在结构上有质的提高。对《平妖传》结构的探讨不仅可以为我们提供一个观察冯梦龙再创作过程的机会，同时也有助于我们更深刻理解作品结构与人物性格的关系。

一　冯梦龙对《平妖传》结构的提高

署题"楚黄张无咎"的《墨憨斋手授新平妖传叙》云：

> 余昔见武林旧刻本，止二十回。开卷即胡员外逢画，突如其来；圣姑姑不知何物，而张鸾、弹子和尚、胡永儿及任、吴、张等，后来全无施设。方诸《水浒》，未免强弩之末。兹刻回数倍前，盖吾友龙子犹所补也。始终结构有原有委，备人鬼之态，兼真幻之长。[①]

这段话一针见血地指出了旧刻二十回本《三遂平妖传》的主要缺点：首尾不明、结构松散、漏洞频出。《三遂平妖传》采用的是早期白话长篇小说中习见的"短篇联缀式"结构。所谓联缀式，"是指小说所叙述的一些故事仅仅由主要行动角色加以贯串，仅仅由某个题旨把它们统摄起来，故事自成单元，彼此之间并无因果关系，甚至把它们在时间和空间上的位置加以挪移，也无伤大局。"[②]我们从《醉翁谈录》中著录的《青面兽》、《花和尚》、《武行者》这些篇目可以看出，[③]《水浒传》最初在民间流传的时候，也是以讲述单个英雄好汉的事迹为主，以后才逐渐演成一部大书。在这一点上，《三遂平妖传》与《水浒》很相似，先以依次讲述单个人物的事迹为主，最末再来一个总的聚会；但是它的结构又比今本《水浒》来得更为松散。

---

① 《新平妖传》卷首，《冯梦龙全集》第二十九册（影日本内阁文库藏明"墨憨斋本"），上海古籍出版社 1993 版。按：本文凡引《新平妖传》皆据此本，引《三遂平妖传》则据张荣起整理本，北京大学出版社 1983 年版，下不另注。

② 石昌渝：《中国古代文体丛书·小说》，人民文学出版社 1994 年版，第 201 页。

③ 详罗烨：《新编醉翁谈录》甲集卷一"小说开辟"条，辽宁教育出版社 1998 年版，第 3—4 页。

《三遂平妖传》的情节全靠几个主要人物的依次出场加以带动,相应地,全书所讲述的整个"大故事",也由许多"小故事"缀合而成;这些缀合起来的小故事之间单摆浮搁,互无关联,就连故事的主要人物之间也缺乏必要的联系。《三遂平妖传》前五回的主要人物是胡永儿,由胡永儿私走郑州、路遇卜吉,又在第六回中引出卜吉、张鸾两人。第九回却又转而写左瘸诱引任、吴、张三人入伙。第十回描写众"妖人"在莫坡寺集会,套用《新平妖传》第二十八回的批语:"此回是众妖人大聚会。"弹僧在这一回中登场亮相,以后两回的主要人物便转为弹僧。弹僧后被王则封为国师,但二人如何结识、有何关系?书中却并未说明。王则直到第十三回方出现,余下的情节才过渡到官军"平妖"上来。在胡永儿、弹僧、王则这几个主要人物中,无法分辨出谁才是全书最核心的人物。

针对旧作的这些缺点,冯梦龙明确地把"始终结构有原有委"作为他增补此书所要达到的目标之一。为了交代人物的出身与故事来历,他在全书起首另增了十五回;旧作中叙述官军镇压起义的内容只有寥寥数回,与前半部的精彩描写相比,显得虎头蛇尾,因此又重点对全书的结尾部分进行了再加工。但对于旧著的主体部分,冯梦龙却本着尊重前人的精神,最大限度地保留了原作的固有内容,只是在细节与文字上略作修改。这就使我们在《新平妖传》中可以同时看到新、旧两种版本错综重叠的印记,同时也使得《新平妖传》在结构上独具特色。

二 《新平妖传》结构特色

四十回本的《新平妖传》不仅首尾完具,在谋篇布局方面更是匠心独运。冯梦龙在增补原著时并未进行伤筋动骨式的整饬,而是通过一系列"结构要件"的使用,达到重塑作品的目的:其手段是很高明的。他所采取的结构手法主要有以下四点。

第一,"楔子"与"书胆"的使用。

所谓"楔子",用金圣叹的话说,乃"以物出物之谓也",[①]也就是用一个与主题相关的故事来引起全书。《新平妖传》起首的两回便是全书的一个"楔子",讲的是春秋时期吴越争霸,九天玄女奉上帝旨意化为处女下山助越伐吴,在途中收白猿神为徒的一段故事,其情节取材于《吴越春秋》。[②]《平妖传》的主体故事发生在宋朝,但是开篇却从春秋时期的吴越争霸讲起,这不仅为小说凭添了几分历史感与神秘色彩,同时也极大地扩充了作品的时空容

① 金圣叹:《第五才子书施耐庵水浒传·楔子》回前总评,自陈曦钟、侯忠义、鲁玉川辑校《水浒传会评本》,北京大学出版社1987版,上册,第39页。

② 详《吴越春秋》卷五《勾践阴谋外传第九》,并见《太平广记》卷四四四"白猿"条。按:《太平广记》所引文字与《吴越春秋》有异,但与《平妖传》所敷演情节更为接近。

量，使得全书之境界格局更为宏阔。

更重要的是，这个“楔子”为读者交代了旧作中语焉不详的“九天玄女秘册”的由来。在《新平妖传》中，“九天玄女秘册”（即所谓“天书”）是与全书相始终的重要物事，它既与作品的题旨相关，同时又具有连贯情节的结构功能。

天书是古代小说中常见的意象，它的出现，“几乎总是关涉到主角人物的出身或命运的转折。而这些主角若不是叛乱者，便是鼎革之际的辅位军师，或能征惯战的将军，无一例外都是属于对世局深有影响的角色。”①如《水浒传》中的宋江、《女仙外史》中的唐赛儿、《归莲梦》中的白莲岸等。而在《新平妖传》中，天书更是点题之物。用书中李长庚的话说：

> 臣闻妖不自作，皆由人兴。只因赵宋真宗，听信奸臣王钦若引诱，三遍伪造天书，矫诬上天，欺诳百姓。以此民间兢尚妖诬，酿成妖衅。那时宫帏中便有野狐之异，必主妖狐作乱，天下不得太平。司天监失于推详，恰遇白云洞天书出现，妖法流传，延至今日，狐党猖獗，正应其祸。（第三十七回）

在全书的叙言与批语中，“妖由人兴”的主题更一再地被强调出来。叙言中说：“余尤爱其以伪天书之诬兆真天书之乱。妖繇人兴，此等语大有关系。”第十四回批云：“有承天门伪天书之妄，遂有白云洞真天书之衅。传云‘妖由人兴’，信然。”简而言之，传授秘法的天书总是应劫而现，是天下即将大乱的征兆。

《新平妖传》的故事，发端于袁公私传天书下界，由此引出蛋子和尚三次盗法。蛋僧盗得天书之后，因不识雷文云篆，遂四处访师，直到遇见了能释读天书之圣姑姑——这就把旧作中本不甚相干的弹僧（蛋僧）故事与圣姑姑故事巧妙系连起来。后王则等人倚仗天书秘法起事；袁公为戡平祸乱，请来玄女下界，传授正本天书，终以天罡正法克制地煞邪法。整个故事起于天书，终于天书，其间更依靠天书连接贯串，情节圆环兜转、流畅自然。天书在《新平妖传》中所发挥的结构功能是显而易见的。

就小说史上看，以“四大奇书”为代表的早期长篇白话小说中，都没有出现类似《新平妖传》中的“天书”这样具有结构功能的主题型意象；这可以说是冯氏此书的一大创获。其他文学样式中所谓的“诗眼”、“文眼”，有的具有意象作用，有的则只是警策之语，然均无结构功能。比冯梦龙稍晚的大戏剧家孔尚任在《桃花扇凡例》中说：“剧名《桃花扇》，则桃花扇譬则珠也，作《桃花扇》之笔譬则龙也。穿云入雾，或正或侧，而龙睛龙爪，总不离乎珠；观者当用巨眼。”②《新平妖传》中用以寄托“妖由人兴”思想的“天书”，在功能上实与抒写南明兴亡

---

① 胡万川：《平妖传研究》，台北华正书局 1984 年版，第 109—110 页。

② 孔尚任：《桃花扇》，人民文学出版社 1959 年版，第 11 页。按：有学者将孔氏此语提炼为“曲珠”二字。（孙敏强：《试论孔尚任“曲珠”说与〈桃花扇〉之中心意象结构法》，《文学遗产》2006 年第 5 期。）这里借鉴“曲珠”的提法，暂用“书胆”一词来概括古代小说中此类兼具结构功能之主题型意象。

的“桃花扇”相似，我们不妨称之为全书的“书胆”——它既是主题意象，又是结构要件。

第二，预叙与伏笔。

读者品读小说时往往急于了解情节的进展，并喜欢推测故事的结局，这实际上也是在与作者做情感的交流与智慧的较量。为了引起阅读的兴趣，冯梦龙在书中有意安排了一些“预叙”，以引导读者关注人物的命运与结局。例如第二回中袁公传法下界后，“心中懊悔无及”，于是在天书卷末写下“有缘得天书者需替天行道，保国佑民，倘生事害民，雷神殛之”等语。这就向读者暗示了天书可能会被不法之徒滥用，以后天书果然落入妖人之手。全书末回雷震妖狐，以全袁公之誓，千里伏线于斯方现。

对于书中三个比较重要的人物，即胡永儿、蛋僧与王则，在他们出场伊始，冯梦龙都对他们的命运结局有一定的暗示——或是安排一些细节，或是通过言语提点，用以影响读者的心理。第四回书中严太医为圣姑姑诊脉后云：“据你脉气，你女儿也有灾厄。”又说：“你女儿的灾厄，却有奇奇怪怪，连我也推详不出，也只在这一年半载上便见。”严太医号“半仙”，他的话自然句句灵验，这实际上预示了胡永儿的命运即将发生重大波折。蛋僧是从异蛋中生出的小孩，慈云长老本已将他遗弃，书中写道：“若是蛋中的小孩子死了，也到绝了个祸根。”(第七回)这分明是暗指蛋僧后来是个惹祸的根芽。类似的，王则幼时口对：“单枪独马领三军，成则为王，败则为贼。”其外祖惊云：“此儿虽然颖异，必非安稳保家之人。”(第三十一回)这也暗示了王则成王败寇的跌宕人生。

由此可见，冯梦龙在增补四十回本时，落笔之先已有全局在胸，人物的命运与故事的结局都已做了周密设计；这与经由“世代累积型集体创作”而成书的《三遂平妖传》有着明显的区别。

第三，梦兆与谶语。

梦兆是古代小说中习见的又一结构手法；尤其是《红楼梦》，在运用梦境结构作品方面，达到了出神入化的境界，不愧为惊天杰作。为了使全书的结构框架更为明晰，同时也为了使叙事更富条理性，冯梦龙在《新平妖传》开篇后不久，即精心安排了“女魔王梦会圣姑”的情节。在第六回中，圣姑姑梦见了武则天对自己说了这样一番话：

> 天后道：“凡人先发清净心，后获布施福。朕居心不净，修成魔道，当时享尽女福，单恨不得为男，佞佛祈求，无非为此。今因缘将到，已蒙上帝遣作男身矣。”婆子道：“娘娘此番托生，富贵还如旧否？”天后道：“既成魔道，必乘魔运而生，若无权势，魔力安施？朕前是女身，且为帝王，何况男乎？卿女媚儿，冥数合为朕妃，即今已托之冲霄处士，卿勿虑也。”婆子道：“娘娘既转男身，复得称孤道寡，岂少三宫六院，美丽妖娆，而择取异类之女乎？”天后道：“卿有所不知，媚儿前身乃张六郎，当时称他貌似莲花者。朕与六郎恩情不浅，曾设私誓云：‘生生世世愿为夫妇。’不幸事与心违，参商至此。今朕为君，彼复得为后，鸳鸯牒已注定，岂可变哉！朕之发迹当在河北，从今二十八年后与卿于贝州相见。

> 卿宜琢磨道术以佐朕命。”婆子道：“吾母子正为求道而来，不知道术在于何处？”天后道：“朕有十六个字，卿可记取，必有应验，道是：逢杨而止，遇蛋而明，人来寻你，你不寻人。”

武则天的话不仅交代了胡永儿与王则两人的前世今生，并且预告了全书的主要关目，以后的故事便据此而敷演。此梦实为全书情节之总纲，其中包含了叙述的主线与情节之转捩点。

在旧作中，弹子和尚和圣姑姑的关系并不密切，为了加强人物之间的联系，新本设计了他们共同钻研天书的情节。“然则茫茫大宋，斯人安在者乎”，[①]怎样才能让两个素不相识的人谋面？冯梦龙煞费苦心地借武则天之口道出四句谶语：“逢杨而止，遇蛋而明，人来寻你，你不寻人。”“杨”指杨巡检，“蛋”即蛋僧。圣姑姑遇到杨巡检后，便依照谶语的指示，在杨巡检家“守株待兔”，不久蛋僧果然主动访上门来。在这里，谶语又充当了联系两个重要人物的“禹王金锁”。[②]

第四，人物的“转世”。

佛教因果报应、转世轮回的观念不仅是中国民间信仰的重要内容，同时也对包括小说在内的中国通俗文学产生了深远的影响。这种影响不仅表现在它为古代小说提供了一个广泛而普遍的主题，同时也为古代小说找到了一种常见的结构模式。[③]《新平妖传》中胡永儿的“转世”便是如此。关于她的前世今生，前引武则天的话中，已经说得很明白。《新平妖传》的情节可以明显地分为三大板块：第一到第十五回，描写雁门山下狐精圣姑姑、左瘸和胡媚儿在严太医的指点下外出学道。由异蛋转生的蛋子和尚盗取“九天玄女秘法”，并与圣姑姑、左瘸等一同修炼，学得法术等事。第十六回至第三十回描写中途与圣姑姑、左瘸失散的胡媚儿为冲霄道士张鸾所收留，胡媚儿混入皇宫，被天神关帝斩杀，胡媚儿乃投生东京胡员外家，是为胡永儿。胡永儿后在圣姑姑帮助下习得法术。张鸾、左瘸等人又网罗了卜吉、任迁、吴三郎、张琪等人，为日后起事准备。全书的最后十回，描写因贝州知州张德克扣军饷，都排王则利用军士哗变之机在胡永儿、圣姑姑、左瘸等人的帮助下起事，最后被官军镇压。不难看出，胡永儿的“转世”是这三大板块的线索交汇点。胡永儿通过张鸾的仙画，托生到胡家，这是衔接“前世”与“今生”的枢纽；而胡永儿与王则结合，应证五百年前因缘，则又是全书的一个关键情节。

冯梦龙还有意识地将一些次要人物也纳入到“转世”模式中。《三遂平妖传》中的憨哥，是胡永儿的第一位丈夫，一个又痴又傻的汉子，“约有三十来岁，撮两个角儿，口边涎沥沥地，

---

① 用金圣叹语，《第五才子书施耐庵水浒传》第五回回前总评，《水浒传会评本》，上册，第142页。

② 同上书，第十六回回前总评，《水浒传会评本》，上册，第305页。

③ 参孙逊《释道“转世”“谪世”观念和古代小说结构》，收入黄子平主编《中国小说与宗教》，香港中华书局1998年版。

妳子替他着衣裳,三顿喂他茶饭,不十分晓人事。"(第五回)但在《新平妖传》中,憨哥并没有这样老,而是与胡永儿同庚,他和永儿成亲的时候,也是一十九岁。二者的区别在于,《新平妖传》中,憨哥是由贪花道士贾清风托生的,贾清风生前苦思胡媚儿不得,害相思病而死。而在同一年,胡媚儿被关帝斩杀。贾清风和胡媚儿后来分别托生为憨哥和永儿,并完结他们的两世因缘。贾清风是冯梦龙所新增的人物,旧本中原无。为了使新增前十五回中的情节、人物不至与旧作游离,冯梦龙便巧妙地利用人物的"转世",将憨哥与贾清风整合在一起。二十回本中的憨哥有三十多岁,那就显然不可能是贾清风托生的了,所以便将憨哥改为十九岁,连带着二十回本中形容憨哥丑态的赞词"拳须连鬓已三旬"(旧本第五回)一句,也改作"短毛连鬓有千根"(新本第二十二回)。① 在相当长的一段时间内,学界普遍认为冯梦龙增补的《新平妖传》"因果报应的污垢浓厚"。② "转世"的框架不可避免地会带有一些迷信色彩,但就《新平妖传》而言,其迷信成分已经弱化,更突出的是结构上功用。

三　故事结构与人物性格分析

在《平妖传》的结构问题上,最值得引起注意的是作品中几个主要人物的性格特征也和全书的结构密切相关,其中以胡永儿最为典型。在全书的叙事进程中,胡永儿的性格特征并非一成不变;她的一些特征只在书中的某一阶段出现,在另一阶段则可能消失或被另外的特征所取代。在前十六回中,胡永儿的名字叫做媚儿,是个聪明的小狐精,姿容秀丽,有时很能蛊惑人;她被关帝斩杀,托生到胡员外家以后,却成了一个叫人怜爱的,贤惠、孝顺的凡间女子;而在她"得道"之后,则俨然是淫荡的妖妇。又如左瘸,在四十回本伊始,是一个好吃懒做的人,类似于《西游记》中的猪八戒,而他居然肯花大力气来学法术,学了法术之后也变得机敏起来。一个人物的前后反差这样大,这从人物性格的发展逻辑来看,是不可思议的。冯梦龙实际上已经注意到了这个问题,他为此而设计了一些"补笔",如:

> 蛋子和尚到底聪明,看了一遍就会了。瘸子也时刻把手向空中描画。也是缘法已至,他从来偷懒的,到此也精勤起来。因他用心不过,毕竟也被他干上了。(第十三回)
>
> 永儿初时跟着圣姑姑行动,风云作伴,山水为家,半像个出家人样子,这个道儿是想不着的。如今住在曲房深院,锦衣玉食,合着了俗语"饱暖思淫欲"这句了。(第三十五回)

---

① 关于《平妖传》的版本问题,个别学者曾提出,署题冯梦龙的四十回本才是罗贯中的原作,而二十回本却是由四十回本删削改作而成的。(欧阳健:《〈三遂平妖传〉原本考辨》,《中华文史论丛》1985 年第三辑,上海古籍出版社,1985 版)我们认为,两种版本中的憨哥形象,可以从一个侧面有力证明二十回本《三遂平妖传》不可能是删削改作今本四十回而成。冯梦龙把"三十多岁"改成"十九岁"是为了照应贾清风托生为憨哥的事实,这是顺理成章的;而相反的情况,即把四十回本中的"十九岁"改成"三十多岁",却是无法解释的变动。

② 《中国大百科全书·中国文学卷 I》"冯梦龙"条陆树仑撰,中国大百科全书出版社 1992 年版,第 154 页。

这些“补笔”的运用，说明冯梦龙比较重视故事情节与人物性格发展的合理性；但是由于前后的反差实在太大，所以无论是“缘法已至”还是“饱暖思淫欲”的说辞，都很难弥合逻辑上的断裂与矛盾。

类似的情况还发生在书中另一主人公弹僧的身上。在《新平妖传》中，弹子和尚本名“蛋僧”，是由异蛋中转生的，在王则杀死知州以后他退居城外甘泉寺，最后幻化为诸葛遂智的形象，为“平妖”立功；其发展脉络为：“蛋僧——弹僧——诸葛遂智”，三个阶段各有不同的性格特征。早年的弹僧为了学法历尽艰辛，并且见义勇为，惩治了凶僧石头陀（这些情节是旧本中所无的）。但是，在第二十九、三十两回中，他却骗取王太尉的钱财，搅乱东京的秩序，并且残忍地摔死首告他的李二，俨然又是一个妖僧（这些情节则沿袭旧本内容而来）。在新本最后五回中，弹僧因不满王则倒行逆施，不辞而别，并幻化为诸葛遂智协助“平妖”；而在旧本的第十九回，李鱼羹向王则报告贝州城内的情况时却说：“又有一个国师，唤做弹子和尚，又有一个张鸾，一个卜吉。”同一回中还写道：“王则日间自思量道：‘我这里有左师、弹子和尚、张鸾、卜吉等一班人儿扶助着，文招讨虽有十万人马围在城外，看他怎地入得城来奈何得我。’”也就是说，旧本中弹僧是始终追随王则的。新本为了描写王则众叛亲离，还在第三十六回中增加了张鸾、卜吉离王则而去的情节，这也是旧本所无的。在旧本中，弹僧、张鸾、卜吉等，自始至终都是“妖”；而新本中的弹僧、张鸾、卜吉则不失为能知进退的有道高人。可见冯梦龙的创作思路是要把弹僧写成一个和圣姑姑、胡永儿、左瘸等相对照的人物——同样是学了法术，一种人是能替天行道的，如弹僧以及张鸾、卜吉等；一种人则要生事害民，如胡永儿等：两种人的结局也截然不同。为了这样的需要，在贝州起义发动以后，冯梦龙设计了起义队伍分裂的情节，弹僧等叛王则而去。弹僧的逆转推动了情节向主题所揭示的方向展开。

因此，从结构上说，胡永儿和弹僧是《新平妖传》中最重要的两个人物。作品正是以这两个人物的人生经历为主线，通过他们的身份变化来推动情节的展开。这两个人物的形象塑造，是服务于整部作品的叙述需要的，因此他们的性格特征也与叙述的结构无法剥离。有些学者在探讨《平妖传》人物形象时，往往忽视了在情节的不同阶段，人物性格特征也有所不同的事实，甚至把这种现象简单地斥为“败笔”。[①]这种观点，实际上是脱离了故事情节而空谈人物性格，故而失之偏颇。

一般的观点认为，刻画人物是小说的中心任务，而人物形象的核心又在于其性格特征，情节则是人物性格的发展史，也就是说，故事情节应当服务于人物性格的塑造。但《平妖传》却为我们提供了另一种情形：故事并不全是用来显示性格的，在很多场合，性格的发展却屈

---

① 如陈作林《略论〈平妖传〉的艺术得失》云：“由于阶级偏见，由于不忠实于现实生活，导致《平妖传》中除了几个次要人物（如贪官形象）写得比较精彩而外，对主要人物的描写，都是缺乏现实生活基础，且自相矛盾、性格模糊的败笔。”（《求是学刊》1986年第3期）

从于故事情节的需要。

实际上,不仅是《平妖传》,许多早期长篇白话小说都存在类似的现象。如《西游记》中的孙悟空,在大闹天宫时,曾是打遍天下无敌手的反叛者;到了取经途中却成了神佛的合作者。对此,通常的说法是:“孙悟空前后的命运是互相矛盾的,然而在性格上却自有一致之处。”[①]不过这种说法不能解释何以孙悟空在五行山下镇压了五百年之后,连手段本领也大不如前,在取经途中常常需要昔日他所藐视的神佛施以援手。[②]《三国演义》中的鲁肃,本是孙刘联盟的坚定支持者;但他为了催讨荆州,设计诓骗关羽过江赴会,并在酒席宴前施以要挟。如此卑鄙的行径也与这位忠厚长者的形象大相径庭。

我们认为,对于此类现象,首先应当结合作品的成书过程加以考察。早期长篇白话小说不是某一位天才作家的个人创作,而是经由世代累积成书。罗贯中、冯梦龙等在整理旧作时,并不是另起炉灶,而是在综合已有传说故事的基础上,进行再创作。其再创作的过程是把题材相同而来源、版本各异故事巧妙地缀合、叠加在一起。叠加的结果,不同版本的人物形象之间不可能完全重合,而是有分歧、有破绽。其次,从深层次上说,人物性格的不一或矛盾,之所以能被容忍,则是因为它在某种程度上符合叙事的要求。作者在创作的过程中总是要求故事与自己情感所预期的步骤和结果相吻合——例如胡永儿如果不变成淫荡的“妖妇”,便不足以显示官军镇压贝州起义的正义性——因此便出现人物性格迁就于情节发展的情况。而读者也总是希望人物的行动能够不断推动情节的发展。有时非常明显的断裂或矛盾出现在小说中,读者却不一定会特别在意,甚至浑然不觉。应该看到,“为什么具有叛逆精神的孙悟空甘愿头戴紧箍前去取经”这类的问题的提出,是以“情节是人物性格的发展史”为理论前提的;如果不过分强调人物性格的核心地位,不把性格与情节完全剥离,“性格前后不一致”这样的问题也就不再成为问题。

(原刊《北京大学中国古文献研究中心集刊》第七辑,北京大学出版社 2008 年版)

---

① 详游国恩等《中国文学史》,人民文学出版社 1964 年版,第四册,第 95 页。

② 清代张书绅在《新说西游记总批》中已经指出了这一矛盾之处,他对此的解释是:“或谓孙行者大闹天宫,普天神将尚且不能擒拿。西天路上,区区小妖,反又不能取胜。似此荒唐,何乃自相矛盾?初不知断章取义,其中原有至理,即如闹天宫,原是写小人。譬如有一小人,在此横行,即有许多君子,实在亦无法可制,此其一也。又如火云洞,原是讲借债,未借之先,就是铁罗汉,亦不能相强;既借之后,就是李老君,亦不能相抗。此原理之不胜,非力之不胜也。故交战处,原写本题之妙意,人情世事之至理。若真认作刀兵,则误矣。”(朱一玄、刘毓忱:《西游记资料汇编》,南开大学出版社 2002 年版,第 326 页。)张氏试图用“断章取义”的办法跳脱开矛盾;只是他对于《西游记》“本题妙意”诠解,实在无法令人满意。

《燕行录全集》考误

漆永祥

韩国东国大学林基中教授编纂之《燕行录全集》100册，收录朝鲜朝出使中国之使臣诗文凡300馀种，是迄今为止收集此类著作最为全面丰富的大型文史丛书。这些书籍中，有不少为作者手稿本、稿本、钞本等，为世藏孤本，人所罕见，弥足珍贵。正因为这些史料的公布，近些年来韩国学术界出现了《燕行录》研究的热潮，一门新兴的“燕行录学”正在形成，林教授可以说是居功至伟。但由于《全集》所收书籍众多，又编纂时日有限，不能一一细考，故《全集》中关于作者姓名、出使年代、原书书名等的考订以及燕行录的重收与误收等方面，都存在著不同程度的问题。在古籍整理实践中，这是很正常也是不可避免的。笔者在敬阅《燕行录全集》时，发现与考订出各类错讹不少，现将其中荦荦大者109条，按类举例，撰为此文，以就教于林基中教授与学界同仁们。

一　作者姓名误甲为乙例（22条）

《燕行录全集》收录300多种著述，皆为时代久远，无人董理之稿。编辑者以一己之力，沉潜多年，矻矻不休，日事搜辑，考校排比，故原书作者之题署，多准确无误，可堪敬佩。然智者千虑，终有一疏，《全集》中有部分作者之考订，因诸种因由，或张冠而李戴，或此甲而彼乙。现考误如下：

1. 洪贵达（原题成伣）《辛丑朝天录》（《燕行录全集》第1册）

案此卷实辑自洪贵达《虚白先生续集》卷四，而误为成伣之诗者也。贵达《虚白亭集》三卷《续集》六卷，《韩国文集丛刊》第14册据高丽大学中央图书馆晚松文库藏本影印，缺页则据国立中央图书馆藏本补之，与《燕行录全集》所收为同一版本。洪氏本集，版心作《虚白亭集》，而《续集》版心皆作《虚白先生续集》，故编辑者误以为成伣所著也，实则成氏诗作《虚白堂补集》，而不作《续集》也。成氏《文戴公虚白堂成先生文集》卷四有《虚白亭记》，正记其友贵达所构之亭也。成宗十二年（明成化十七年1481）四月，以洪贵达为千秋使，成伣为副使、申从濩为书状官赴燕，此《朝天录》即洪氏当时所记耳。

2. 黄是(原题黄士祐)《朝天录》(《燕行录全集》第 2 册)

案此《朝天录》,编辑者原题黄士祐著。士祐(1486—1536),字国宝,号慵轩,昌原人。官至弘文馆修撰、司谏院大司谏、承政院左承旨、弘文馆副提学、司宪府大司宪、吏曹判书等职。著有《桧山世稿》。事见《中宗实录》等。

然细考此书,乃光海君二年(明万历三十八年 1610)年所作,时黄士祐逝去已七十馀年矣。实则作者乃黄是,非士祐也。黄是,生卒籍贯未详。宣祖朝为兵曹正郎、持平、弘文馆应教、兵曹参议、承政院右副承旨等。光海君时,为护军、承旨等职。《光海君日记》载,光海君四年(1612)黄是为"前承旨"①,此后别无黄氏消息,盖已物故。此《朝天录》记出使者身份为千秋使,书状官为金终南。又考《光海君日记》是年十二月一日,司谏院新启:"江上搜检,国法极严,而今此圣节、千秋两行,不待搜检之命,径先还越江,其恣意蔑法之罪,不可不惩。请圣节使郑文孚、书状官金大德、千秋使黄是、书状官金终南,并命罢职。"②又《明神宗实录》亦载,万历三十八年八月乙亥,"朝鲜国王李珲遣陪臣工曹参判黄是等贡马及方物,庆贺皇太子千秋令节,赐宴、赏金织衣彩缎有差"。然则使臣乃千秋使黄是,断断焉明矣。

3. 俞体元等(原题李准)《燕槎赆诗》(《燕行录全集》第 5 册)

案是稿原为两册,封面左上皆题《燕槎赆诗》。编辑者分为两种著录,且皆归隶李准名下,又于《索引》中注为宣祖二十五年(万历二十年 1592)出使时所作。考李准(1545—1624),字平卿,号懒真子,为朝鲜王朝宗室。官至镜城判官、义州牧使、汉城府左尹、礼曹参判、兵曹参判、大司谏、右参赞等职。封全城君,谥肃宪。仁祖二年时,李氏已卒矣。然则是二册书,断非李准所作也。

考是稿为当时诸人手稿,赆行使燕者之诗,故每人之诗,皆书体不一,或草或楷,甚有狂草而不能识读者。前册共收俞体元、李时恒、安圣时、林命浩等 13 人五七言诗 23 首,洪君则《送李侍郎君集赴燕序》、无名氏(末段文字不清)《送谢恩副使宋公序》2 篇。后册收郑舜年、朴直卿等 21 人诗 36 首。两册总收 36 人诗 59 首、赠序文 2 篇。后册诸人诗首页右上,间有小字注作者姓名身份者,如"李尚书廷济"、"洪丹阳重圣"、"霍都正极岳"等,亦出一人手笔,盖当时所加,或收藏者所注,不能知耳。

再考诸家诗题曰《奉赆宋学士君集令公燕行》、《奉赆副使宋侍郎赴燕》、《奉赆宋吏部北价之行》、《谨别聘君饮冰之行》等,而文则有洪君则《送宋侍郎君集赴燕序》、无名氏《送谢恩副使宋公序》之篇名,则诸家所送者,乃宋氏而绝非李氏也。又诸人诗文中所称"君集"、"松石轩"者,盖即宋氏之字号矣。又考诸人诗文,或曰"宋学士"、或曰"宋参判"、或曰"宋侍

① 《光海君日记》卷五五,光海君四年(明万历四十年 1612)7 月 8 日庚子条,影印本第 27 册第 457 页。

② 《光海君日记》卷三六,光海君二年(明万历三十八年 1610)12 月 1 日壬申条,影印本第 27 册第 61 页

郎”,则宋氏其时所任职盖为某部参判也。至其出使身份,若洪氏文曰:“今君集以吏部侍郎充谢恩副价,膺睿简,奉王命,将涉鸭绿江以北”,则宋氏为吏参而任谢恩副使耳。又送诗中有“天官雅望艺林声,拭玉燕京自请行”之句[①],则又可知此次出使,乃宋氏自请出行也。至其出使时间,诸家诗末多题“岁在黄鸡仲秋”、“八月上浣”、“己酉中秋”等,而最早者为洪君则《序》末称“岁己酉闰七月”也。查有闰七月之己酉,为英祖二十二年(清雍正七年 1729)耳。是年以骊川君李增为谢恩正使、吏曹参判宋成明为副使,副校理朴师正为书状官赴燕,则年代、月时、姓名、职官及出使身份皆与宋成明完全相符,则知为贶宋氏燕行诗也。案成明(1674—?),字圣集,号松石,砺山人。官至吏曹佐郎、吏曹参判、都承旨、礼曹判书、知中枢府事等职。

又朝鲜使臣有所谓“饮冰之行”之说,乃谓入京进年贡于清帝也。如诸家诗称“年年东使汉衣裳,太极堂中拜可汗”[②],“胡笳晓咽难成梦,虏酒天寒不醉颜”等[③],皆以清王朝为虏廷,故诸诗辱之如此耳。若在明朝,断不可能有如此诗句,即此亦可知非宣祖朝所作矣。

4. 许筠(原题许篈)《乙丙朝天录》(《燕行录》第7册)

许篈(1551—1588),字美叔,号荷谷,阳川人。晔长子。官至咸镜道巡抚御史、昌原府使。素剧饮成疽,且过食酸冷,因得寒痰甚苦,卒年三十有八。有《荷谷先生集》传世。篈有《朝天记》三卷,乃于万历二年五月,以书状官随圣节使朴希立赴京。是年为“甲戌”而非“乙”、“丙”之年耳。

然此《乙丙朝天录》之作者,实为许篈弟许筠所作。许筠(1569—1618),字端甫,号蛟山、惺所,又号白月居士,阳川人。晔第三子。十二丧父,与其兄篈、筬、妹景樊,皆以诗文盛名一时。宣祖二十七年(1594)文科及第,三十年,文科重试状元。官兵曹佐郎、黄海都事、成均馆司艺、遂安郡守、三陟府使、公州牧使、刑曹判书等职。曾六度入中国,三度朝天。光海君二年(1610),遭迫害流放。后因参与推翻光海君,事泄被杀。著述传世有《惺所覆瓿稿》与小说《洪吉童传》等。

《乙丙朝天录》原本名《朝天录》,钞校本,藏韩国国立中央图书馆。案“乙丙”者,乃光海君七年“乙卯”(万历四十三年 1615)与八年“丙辰”耳。乙卯九月,光海君差闵馨男为冬至兼陈奏使,许筠为副使,出使明朝。是书现有韩国崔康贤教授整理译注本(国立中央图书馆出版社 2005 年版),以韩语翻译配以汉语原诗,后附原书缩印本,并有附录,极便读者,然错讹颇多,不可不知也。

---

① 朴弼琦:《奉寄宋侍郎之燕京》,见俞体元等(原题李准):《燕槎贶诗》,《燕行录全集》第 5 册第 590 页。

② 同上书,俞体元:《奉贶宋学士君集令公燕行》其四,《燕行录全集》第 5 册第 509—510 页。

③ 同上书,李温:《送宋参判赴燕》,《燕行录全集》第 5 册 541 页。

5. 李景严(原题李景稷)《赴沈日记》(《燕行录全集》第15册)

案编纂者以是书作者归诸李景稷(1577—1640),大误。景稷(1577—1640),字尚古,号石门,全州人。官至京畿监司、户曹判书等职。景稷于仁祖十八年七月十九日,卒于户曹判书任,恰为此次出使之前一年也。再考仁祖、孝宗《实录》,仁祖二十五年、孝宗元年皆有"延川君李景严",则此"景稷"必"景严"之误也。景严(1579—?),字子陵,号石门,延安人。好闵子。仁祖朝,官白川郡守、司饔院正等。孝宗即位,上疏请行大宣惠之法,为汉城府判尹。史称其"为人阘茸"[①]。事见李景严《辛巳赴沈录》、《仁祖实录》、《孝宗实录》等。

当时朝鲜尊侍明朝,崇祯帝尚在位,故不承认中国东北满州政权,虽在其胁迫下随年派出使臣,然深讳其事,皆不载于《实录》。据李景严书,此次出使身份为圣节使兼冬至使,出使成员为正使尹斗杓、副使李景严、书状官郭圣龟等。一行于仁祖十九年(清崇德六年)九月二十一日出发,至十一月初二日返京复命。古人以自署己名为讳为谦,故景严述己名时,依例只书"延川君李□□",空而不书,编纂者遂以为李景稷矣。盖因二人皆号"石门",故致误耳。

6. 李馨郁(原题李祚永 李馨郁)《燕行日记》(《燕行录全集》第20册)

案是书为稿本,与《燕行录全集》第5册之李馨郁《燕行日记》为一书。封面左上楷书题"燕行日记",右行"己丑九月日杨州遁溪忧庐眷书"一行,唯第5册之钞本"九月"二字模糊难辨耳。又第5册书前有李馨郁后裔名祚永者之题识,其他则全同耳。编纂者不考,殆以是之故,题作者为"李祚永 李馨郁?"耳,实则大误。馨郁为祚永之"先祖",而以其名置于馨郁前,尤为非是也。

7. 郑士信(原题郑○○)《庚戌朝天日录》(《燕行录全集》第20册)

案此当为作者稿本,封面中间楷书大字"朝天录上",右上有朱文大方印,惜印文模糊,难以识辨。首页大题作"庚戌朝天日录"。右下有白文小长方印,亦不能识读。每页下缺文甚多,则因全稿残之故也。全文多草书,又字迹漫漶,认读为难也。实即郑士信《梅窗先生朝天录》也,已收《燕行录全集》第9册中,亦见于郑氏《可畦先生文集》卷九。唯彼为刻本,而此为稿本是其异耳。自八月初三日至十月初十日为上卷,自十月十一日至翌年二月初六日为下卷,末附《路程记》与一行人员名单,刻本则名单在前,而《路程记》在后为小异。编纂者未加深考,遂据卷末所附一行人员中"副使郑○○",遂又以"郑○○"之名,编入《全集》第20册中者也。

---

① 《朝鲜王朝实录·孝宗实录》卷一,孝宗即位年(清顺治六年1649)7月20日丁丑条,影印本第35册第382页。

8. 孟胄瑞(原题许积)《燕行录》(《燕行录全集》第 21 册)

案此书又重收于《燕行录全集》第 23 册,而此处则署名"许积",彼处则冠以"南龙翼",实则皆大误也。盖编纂者见首页有"上使右议政许副使刑曹参判南"字,又"许"字旁注"积","南"字旁注"龙翼",故此处署许氏名,而彼处则书南氏名也。曾不考同页即有"上副使先发,余次第登途"之句[①],书中"上使"、"副使"类类称之,则可知作者既非许氏,亦不当为南氏耳。考此为显宗七年(康熙五年 1666)九月所遣之谢恩兼陈奏使行,正使右议政许积、副使刑曹参判南龙翼、书状官掌令孟胄瑞,则可知乃书状官孟胄瑞之所作也。胄瑞(1622—1699?),字休征,新昌人。官至正言、司艺、将领、忠清监司、安东府使等职。

9. 孟胄瑞(原题南龙翼)《曾祖考燕行录》(《燕行录全集》第 23 册)

案此书已见《燕行录全集》第 21 册,为孟胄瑞所作,而误提为许积者也。二书为同一版本,所不同者,第 21 册所收,文字复制时略有放大,故不见边框;此册文字较小,故见每页四周有粗黑框也。又 21 册封面前有一页,文字潦草,不堪识读,末行有"甲申春三月初三"等字样,而 23 册无此页,是其小异耳。

10. 李田秀(原题李宜万)《入沈记》(《燕行录全集》第 30 册)

案此书揖自《家山全书·农隐遗稿》卷十九《别集》。编辑者将作者隶之李宜晚("晚"当为"万"之误),年代归诸景宗三年(雍正元年 1723),实则作者及年代并误也。考李宜晚(1650—1736),字善应,号农隐,广州人。肃宗五年(清康熙十八年,1679)进士,十七年登第。曾历任承旨、忠清道观察使、汉城判尹、知中枢副使等。以清官著称。谥靖贞。

考是书作者,实为李田秀,时间为正祖七年(乾隆四十八年 1783),时清廷传乾隆帝将东巡沈阳,朝鲜派圣节及问安使行,以右议政李福源为正使、吏曹判书吴载纯为副使、司仆正尹为书状官赴沈阳。福源子晚秀,以及晚秀从弟田秀陪行,即田秀书中开卷称"上之八年四月,伯父承沈阳问安使之命,以六月十三日癸酉发程,吾与仲兄陪行"是也。[②] 仲兄即晚秀耳。使行名单中,晚秀为"进士",田秀为"伴倘闲良",盖以率带子弟故也。田秀生平行迹不可考知,然延安李氏,为朝鲜世家大族,田秀当与时秀、晚秀等同为"秀"字辈耳。

11. 闵镇远(原题赵荣福)《燕行录》(《燕行录全集》第 36 册)

编辑者以是书为赵荣福所作,案赵氏于肃宗四十五年以冬至副使身份赴燕,著有《燕行日录》、《燕行别章》,已收入《燕行录全集》第 36 册。然此《燕行录》非赵荣福作,乃闵镇远

---

① 孟胄瑞(原题许积):《燕行录》,《燕行录全集》第 21 册,第 115 页。

② 李田秀:《入沈记》卷上,《燕行录全集》第 30 册,第 71 页。

《燕行录》耳。肃宗三十八年闵镇远以谢恩副使出使中国。编辑者盖因是书前收录为赵氏《燕行日录》,故涉上而误,遂至张冠李戴矣。

12. 李坤(原题李在学)《燕行记事》(《燕行录全集》第58—59册)

案此书实为李坤正祖元年(乾隆四十二年1777),任进贺谢恩陈奏兼三节年贡行副使使燕时所著,已见《燕行录全集》第52—53册者也。书首称"丁酉七月十一日政,冬至兼谢恩副使首拟受点。七月二十六日与正使河恩君垙、书状官李在学行会同坐于惠民署。"①即此亦可知非李在学之书也。惟前所录,则虽皆以《燕行记事》为题,而以日记两卷为一书,又以《闻见杂记》另为一书;而此册则以元、亨、利、贞都为四卷而为一书,是其异也。且亨卷封面左楷题"燕行记事亨"一行,则知原书如此,则四卷当为一书,彼处分而为二者误也。此稿元卷前数页,凡朝鲜朝官员之姓名,姓字皆用圆圈涂抹,馀皆无所不同者矣。

13. 金勉柱(原题金兴庆)《燕行诗》(原题《燕行诗赆季君》)(《燕行录全集》第65册)

案此稿为作者原草本。书法行楷兼具,硬朗老练,颇具豪气。《燕行录全集》编辑者所题是稿之书名及作者等,皆与事实大乖也。今考而论之如下:

《全集》编辑者以此稿题为《燕行诗赠季君》,此则据开卷第一首诗《赠季君》而拟题也。实则为"季君"送作者赴燕,故作者赠季君离别之诗,故诗中有"同宿高阳馆","留别何如送别难,天长马首晓云看"等句耳。② 故此卷依例仍当题为"燕行录",而题"燕行诗赠季君",则为"季君"燕行而作者送行之诗,适为颠倒事实耳。

又关于是书作者,编辑者以为金兴庆作,实则亦非也。考金兴庆使燕,在英祖元年(雍正三年1725),时以吏曹判书金兴庆为冬至等三节年贡行正使、礼曹参判柳复明为副使、兼监察崔命相为书状官。然此诗卷中,有《次正使韵》、《次正使春雪韵》、《次书状韵》诸诗,则作者身份当为副使,或为他人,故绝非正使金兴庆之作,则断断然明矣。又编辑者以金兴庆之生卒年隶定为(1766—1750),故将其稿排置于早前一年出生之金祖淳(1765—1832)之后,然兴庆卒于英祖二十六年(1750),而生年反较此为晚十六年之多。实则兴庆生于肃宗三年(1677),盖编辑者手误1677年为1766年矣。

本卷诗中,虽皆无上、副使、书状官之姓名、字号以及出使之年等,然细绎其诗句,再证以他书,仍可证是稿作者为金勉柱,而非金兴庆矣。何则?稿中有《至日漫吟》、《除夕次昌黎韵》诸作,有冬至、除夕等节候,则当为冬至使行也。考正祖二十二年(嘉庆三年1798),以判中枢李祖源为冬至等三节年贡兼谢恩行正使、礼曹判书金勉柱为副使、兼掌令徐有源为书状

---

① 李坤(原题李在学):《燕行记事》,《燕行录全集》第58册,第256页。

② 金勉柱:《燕行诗·赠季君》其一、其二,《燕行录全集》第65册,第378页。

官使燕，则此稿为金勉柱之作，时日皆相合，此其证一也。如前所述，作者诗有《次正使韵》、《次书状韵》等诗，则其身份为副使，而金勉柱身份恰符之，且卷末有他人题“先王考亚使时诗联”，盖为其裔孙所书，益证其为副使，此其证二也。此卷有《送进香副使》诗一首，排置于《留栅》诗前，《安市城》、《出栅》诗后，则其遇进香使时，当为使行返回留栅之日，又为进香使入栅往北京之时也。考勉柱同行书状官徐有闻(1762—1822)《戊午燕录》记载，正祖二十三年三月初九日，一行回还到栅门。十三日，“栅门，留。申后，进香使一行入来。上使绫城尉具敏和、副使参判金履翼、书状校理曹锡中”①。冬至使与进香使两起人马相遇，正在栅门内也。且勉柱《送进香副使》有“远征须慎重，君我各衰年”之句②，金履翼之生年虽不可考，然其于正祖元年(1777)，为馆学儒生，曾有上疏，意出使之时亦当至少五十左右也，而勉柱时为五十岁，以当时之人亦可皆谓之“衰年”也，诗与时皆若合符契，此其证三也。此稿《次书状韵》中有“风棱真御史，霜发老书生”句③，考徐有闻使燕前，曾任京畿暗行御史、两南暗行御史等职，且年近五十，而居官低下，故金氏诗中谓其为“真御史”、“老书生”耳。又卷中《留栅》诗有“同时三使滞，无计一旬消”，“栅门如铁甕，何事滞吾行”等句④，考徐有闻《燕录》载，一行自三月初九日抵栅门，以卜驮不至等因，书状官滞留栅内，迟至十九日方出栅，亦与诗意相合。此亦知勉柱同行之书状官，即有闻甚明，此其证四也。又此稿有《凤凰城次李译光稷韻》、《曹[当为祖]家牌楼次李译光稷韻》等诗。考李光稷(1745—?)，字耕之，广州人。正祖朝为译官。曾于正祖二十三年岁末，任时宪书赍咨官至北京，因私访去年嘉庆帝差往朝鲜回还之勅使张承勋、恒杰等，事涉人臣私交，礼部下咨斥究。朝鲜左议政沈焕之以光稷“幺麿译舌，借名首译，私作书札，至登于礼部谘文”，力主“亟下攸司，姑为减死，施以杖流之律”。正祖从之。⑤ 据此可知，光稷必于前一年随勉柱等使燕，而回还后又以赍咨官赴燕，方私谒承勋等，实则仍为先年承勋等留置义州之礼物故也。此其证五也。有此五证，足证此稿为金勉柱之作，凿凿然甚明耳。

又，金勉柱(1740—?)，字汝中，庆州人。兴庆孙。正祖即位年(1776)，诏取翰林。后历官京畿暗行御史、奎章阁直阁、承旨等职。纯祖元年(1801)，为平安道观察使，后又任吏曹参判、司宪府大司宪、工曹判书、司宪府大司宪等。六年，因事见黜。其后之事，则不能得其详矣。事见《正祖实录》、《纯祖实录》等。

14. 李海应(原题徐长辅)《蓟山纪程》(《燕行录全集》第66册)

案此《蓟山纪程》五卷，编辑以为徐长辅作。长辅(1767—1830)，字公瑞，号长溪，大丘

---

① 徐有闻:《戊午燕录》,《燕行录全集》第62册,第240—241页。

② 金勉柱:《燕行诗·送进香副使》,《燕行录全集》第65册,第441—442页。

③ 金勉柱:《燕行诗·次书状韵》,《燕行录全集》第65册,第423页。

④ 金勉柱:《燕行诗·留栅》其一,《燕行录全集》第65册,第439—440页。

⑤ 《朝鲜王朝实录·正祖实录》卷五二,正祖二十三年(清嘉庆四年1799)12月24日丁未条,影印本第47册,第226页。

人。官至成均馆大司成、司谏院大司谏、京畿观察使等。纯祖三年(嘉庆八年 1803),以礼曹判书闵台爀为冬至等三节年贡行正使、吏曹参判权襈为副使、兼持平徐长辅为书状官赴燕。编辑者因此之故,以为此书为徐氏所作,然细绸其书,则非长辅所著也。考其书起卷于"离家"小题下即称"燕游,夙愿也。秋阳徐学士充岁币书状官,谋与余伴行。金厚根景博,亦以戎衣从事。是日同发"①。然则作者乃长辅之友,知其非长辅一也。又其书卷一《次秋阳坐车诗序》称"自渡湾后,书状例乘坐车,车制与双轿略同而差小,车重轮广,轧轧沙石之路,坐其中,不觉东西颠倒。余亦试乘之,按住不可得"②。此可知其人非长辅二也。又一行返国,至慕华馆。"自秋阳改公服也,余则径发还家"③。此则因长辅乃书状官,须先诣阙而后方能归家,而作者乃一般从事人员,不必诣阙,故迳自还家也,此可知作者非长辅者三也。是书卷五"行总"记一行人员,惜只记"军官"、"伴倘"、"干粮官"等职名,而不记姓名。惟在北京时,其与士人手谈,论及将来通札时,作者言其地址"故庄王城莲花洞,扁其室曰怀兰室"④。而他姓名行事,皆不能尽知耳。

又案:据金美京所撰硕士学位论文《东华李海应의〈蓟山纪程〉研究》一文,是书为李海应所撰。海应(1775—1825),字圣瑞,号东华,韩山人。曾随徐长辅出使中国。1825 年,生员合格,然是年即卒耳。著有《东华遗稿》三卷。事见《韩山李氏世谱》、金美京《东华李海应의〈蓟山纪程〉研究》等。⑤

15. 洪重畴等(原题金相国)《燕行赆行帖》(《燕行录全集》第 69 册)

案是稿为洪重畴等为使燕之金相国赆行之诗卷,或题于信笺,纹底有花草图案,或书于他纸,书墨烂然,皆为当时作者之手迹,诚可宝也。编辑者以是稿作者名为金相国,且隶于1783 年(乾隆四十八年)。案此稿中诸人诗末,或题"戊午首秋下浣",或题"戊午孟秋",或题"戊午七月十浣"等,则是年为"戊午"年,而乾隆四十八年乃"癸卯"非"戊午"也。又此所谓"金相国",赆行诸家诗题中则或称"清沙金相公",或称"贞谷相公以上价赴燕",或称"金相国台爷",或称"虚舟相国"等。考金在鲁(1682—1759),字仲礼,号清沙,清风人。其于英祖十四年戊午(乾隆三年 1738)以判中枢为进贺谢恩兼陈奏行正使、礼曹判书金始焕为副使、兼执义李亮臣为书状官赴燕,然则"戊午"年、"清沙"、"上价"等,皆与金在鲁相符,则为当时诸人为在鲁赆行之诗无疑也,盖"贞谷"、"虚舟"等,亦为其别号也。

---

① 李海应(原题徐长辅):《蓟山纪程》卷一《离家》,《燕行录全集》第 66 册,第 12 页。

② 同上书,卷一,《燕行录全集》第 66 册,第 87 页。

③ 同上书,卷四,《燕行录全集》第 66 册,第 473 页。

④ 同上书,卷三,《燕行录全集》第 66 册,第 379 页。

⑤ 金美京:《东华李海应의〈蓟山纪程〉研究》,高丽大学校大学院国语国文科硕士学位论文,2002 年。

16. 金相履等（原题鹤山）《燕行赆章》（《燕行录全集》第 98 册）

案是稿编辑者于书名左题“燕行赆章”，右题“鹤山赆行 附”，不知何意。考其原稿，为使者赴燕时，亲友赆行诗文之原稿耳，凡赠序文一篇、诗四十余首，作者近三十人。考诸家诗题多有“送金诚之陪相公赴燕”、“金君诚吾陪尊府相公赴燕赠以短律”、“送金诚吾陪大爷相国赴燕之行”、“送别金诚吾陪奉其春府相国赴燕”等，乃可知此为“金诚之”陪其父“金相国”赴燕而诸人赆行，即诗句所谓“尊府星轺动，贤郎彩服随”[①]，“大爷持使节，贤胤护片辕”者也[②]；又诸家署年月，则皆题“戊午七月下浣”、“戊午夏季”、“戊午初秋”、“戊午仲秋”等；又题“无名子”之《送金司檝燕行序》称“晴沙金相国之赴燕也，请于朝，而以其长胤司檝吏充幕府，以从将行”。[③] 考上条之《燕行赆行帖》，亦为诸家送别诗文，且皆为当时作者之手迹原稿，所赆之人，则为金在鲁；而诸家所题时间亦为“戊午孟秋”等，与此稿全同，在鲁于英祖十四年戊午（乾隆三年 1738）以判中枢为进贺谢恩兼陈奏行正使赴燕，时日与此相符，且赆诗之人，亦多同时期人也。则此稿必为诸家为在鲁子所赆行之诗文耳。考《正祖实录》，在鲁子致仁（1716—1790），字公恕，号古亭，官至领中枢府事，立朝四十馀年，秉轴过廿载，亦为一时名臣。卒谥肃宪。而在鲁出使之时，致仁年二十二岁，其中进士于英祖二十四年（1748），乃在鲁此次使燕十年之后，故当时仍无官职，赆行诗中若俞良甫诗题称“奉赆金典牲诚之白衣赴燕”，与致仁身份恰相符合矣。然此稿中“诚之”、“诚吾”，又与致仁别号不相合，不知是否其又一别号？当阙其疑而俟考耳。然无论其是否致仁，则稿当与赆在鲁之稿合为一册，方为妥恰，不知当时即为二书，抑或编辑者分而为二，不可知也。

17. 麟坪大君李㴭（原题李渲）《燕行诗》（《燕行录全集》第 21 册）

案编辑者以此书为李渲所作，实则为麟坪大君李㴭，盖以“㴭”、“渲”字形相似而误耳。李㴭（1622—1658），仁祖第三子，孝宗之弟，赐麟坪大君，谥忠敏。寻改以忠敬，以犯璿源宗系之讳故也。案朝鲜王朝数百年间，若论出使次数最多之使臣，则非麟坪大君莫属也。其出使之身份，则前为质子，后为使臣，入燕达十二次之多矣。

18. 李坤（原题李押）《燕行记事》（《燕行录全集》第 52 册）

案编辑者以是书作者为李押，实则为李坤，盖以“押”与“坤”字形相似而误耳。正祖元年（乾隆四十二年 1777）十月，以河恩君李垙为进贺谢恩陈奏兼三节年贡行正使、吏曹判书

---

① 无名氏《金君诚吾陪尊府相公赴燕赠以短律》，见金相履等（原题鹤山）《燕行赆章》，《燕行录全集》第 98 册，第 144 页。

② 同上书，赵秉陈《奉别金诚之尊兄赴燕》，《燕行录全集》第 98 册，第 179 页。

③ 同上书，无名子《送金司檝燕行序》，《燕行录全集》第 98 册，第 186 页。

李坤为副使、兼执义李在学为书状官赴燕。是书即李坤出使期间所作耳。李坤(1737—1795),正祖朝,初为司宪府大司宪。十六年,任刑曹判书、礼曹判书。十八年,为判义禁府事。事见《正祖实录》。

19. 李坤(原题李押)《燕行记事》二卷(《燕行录全集》第53册)

案本书亦为人名之误,同上条。

20. 金正中(原题金士龙)《燕行日记》(《燕行录全集》第74册)

案是稿作者,编辑者题以金士龙,然实当以金正中为确耳。士龙,正中之字也。考作者初出王京时,和松园韵中有"誓令上国诗书肆,知有三韩金正中"之句[①]。又其在北京时,与中国士人程嘉贤等笔谈,金氏自答:"仆姓某名某号自在庵居士"[②],而稿本作"姓金名士龙"[③]。又程嘉贤为金氏所作《一翁亭序文》称"辛亥之岁,东方节使来献方物,有金自在庵先生,名正中,字士龙者,与之偕"[④]。又作者全书末又题"幼学金正中作日记"[⑤]。然则当为名正中,字士龙也。金氏自称名士龙者,笔谈时以号代名也。金氏又自谓"家在殷太师井田之间,近买一书楼为晚年消送资,楼在大同江上。古诗云:'东方有一士,被服常不完。''又云我五十,羁游在京洛',二诗所云,非他人即我也。"[⑥]程氏《一翁亭序文》亦复称"且翁年五十"[⑦]。然则正中生于1842年,其生年可知如此耳。

正祖十五年(乾隆五十六年1791),以判中枢金履素为冬至等三节年贡兼谢恩行正使、礼曹判书李祖源为副使、兼掌令沈能翼为书状官赴燕,时履素弟履度(号松园)随其兄出使,金正中与履度皆为正使从官偕行也。

21. 金正中(原题金士龙)《燕行日记》(《燕行录全集》第74册)

案此为金正中《燕行日记》残稿本,误以字号为名,同上条。

22. 金正中(原题金士龙)《燕行日记》(《燕行录全集》第74册)

案此为金正中《燕行日记》别一钞本,误以字号为名,同上条。

---

① 金正中(原题金士龙):《燕行录》,《燕行录全集》第74册,第97页。

② 同上书,第74册,第187页。

③ 同上书,第74册,第43页。

④ 同上书,第74册,第247页。

⑤ 同上书,第74册,第353页。

⑥ 同上书,第74册,第187—188页。

⑦ 同上书,第74册,第250页。

二 作者姓名原题"未详"而实可考知例(10条)

《燕行录全集》编辑之例,若作者姓名无考,则以"未详"以代其姓名,约有40馀种。然笔者细考原书,或征诸《朝鲜王朝实录》、《同文汇编》、《明实录》、《清实录》及诸家文集,能考知作者姓名者,盖有十馀种。现择述之如下:

1. 安克孝(原题未详)《朝天日录》(《燕行录全集》第20册)

案编纂者以此书作者署"未详",实即安克孝所著也。克孝(1554—1611),字而达,号阳麓,广州人。宣祖朝,官正言、将领、礼曹参判、大丘府使、佥知中枢府事等。光海君朝,任持平、献纳、淮阳府史等职。考此《朝天日录》书中,若请历书等表文,皆有"差陪臣礼曹参判安□□赍领"字,安氏依例不自题名氏,然"一行题名"中,则圣节使为"折冲将军行龙骧卫护军安克孝",而前文称"礼曹参判"者,其实职也,然则是书作者为安克孝无疑矣。

2. 许遂(原题未详)《沈阳日记钞》(《燕行录全集》第27册)

案编辑者题是书作者为"未详",实作者为随征武士许遂,记述当时战事与后来在沈馆时之日记耳。许遂,生平籍贯不详。"丁丑虏乱"时,清兵围南汉山城,许氏以都督千总,随李时白(1581—1660)守汉南。后昭显世子入沈阳为质,仁祖特除许氏与李大树、朴炯为翊卫司司御,护卫世子行在,直至返国。许氏护驾,九年沙漠,尽心尽力,以忠以诚。英庙以"三学士后裔以良忠科擢用之意判下,别军职忠良科自此始焉"①。事见许氏《沈阳日记抄》、《仁祖实录》等。

3. 郑光忠(原题未详)《燕行日录》(《燕行录全集》第39册)

案编纂者以此书作者署"未详",细考之则为郑光忠也。光忠,生平籍贯未详。原名光震,英祖赐名光忠。英祖三十一年为大司谏,翌年任京畿观察使,三十四年起为大司宪,四十九年上疏乞休,不许。事见《英祖实录》。

因日记称"乙亥",编纂者将时间隶之肃宗二十一年之乙亥(1695),实则提前一甲子矣。当为英祖三十一年,清乾隆二十年之乙亥(1755)也。考《英祖实录》及《同文汇考补编》诸书,乾隆二十年十月十八日,英祖以海运君李梴为进贺兼谢恩正使、吏曹判书黄景源为副使、兼执义徐命膺为书状官使燕。十一月初七日,又以海蓬君李樠为冬至等三节年贡行正使、礼曹参判郑光忠为副使、兼执义李基敬为书状官,前往北京。本书自十一月二十九日自义州往

① 许遂(原题未详):《沈阳日记钞》,《燕行录全集》第27册,第72页。

九连城始记事,并称“饭后与上使、书状各分陪行骑马由南门出”等语①,则知其作者为副使、亦即郑光忠无疑也。腊月二十八日,一行抵燕京,在东岳庙改服,书中又称“而谢行三使臣俄而出来行中,亦为随到,久离京国之馀,相逢故人于異域之中,其喜固不可量,而况上使之于谢恩上使,即亲兄弟也”②。因谢恩行出发在前,故光忠等抵燕时,谢恩行三使李梿、黄景源、徐命膺前来迎接,郑氏所称“亲兄弟”,即李梿、李橉耳。

4. 孟万泽(原题未详)《闲闲堂燕行录》(《燕行录全集》第39册)

案编辑者以此书作者为“未详”,考肃宗二十七年八月十四日,王妃闵氏升暇,肃宗以礼曹参判宋廷奎为告讣正使、兵曹正郎孟万泽为书状官告讣于清廷。本稿即孟万泽燕行时之日记耳,其书封面大字题“闲闲堂燕行录”,别无他字,首页大题亦如之,盖为作者稿本耳。万泽(1660—1710),字施仲,新昌人。初官持平、正言。肃宗三十年,为江原道赈御史,后为黄海道观察使。三十四年,为忠清道观察使,翌年,为大司谏。事见《肃宗实录》。

5. 金始焕(原题未详)《燕行日录》(《燕行录全集》第39册)

此案为作者日记之钞本,书名为编纂者所加,所钞文字前后不一,或工整清晰,或潦草难辨,盖非同一人所钞故耳。日记载戊子十一月初一日辞朝,略记所到之地及相接之人,十九日至义州后至二十五日,所记极简,或无事可隶,然其时尚在龙湾,未渡江也。此后之日记,则付诸阙如。盖三使名单等页佚失,然则此稿为残稿而已。而作者身份为书状官,沿途所作诗近百首,多与上、副使相酬唱之作。考“戊子”当为英祖三十四年(康熙四十七年 1708),是年十一月,英祖以判敦宁府事闵镇厚为冬至等三节年贡行正使、礼曹参判金致龙为副使、掌令金始焕为书状官赴燕,然则此记为金始焕所作,殆无可疑焉。始焕(1661—?),字晦叔,号骆坡,江陵人。官至工曹判书、黄海监司、礼曹判书、刑曹判书、知中枢府事等。曾以冬至使书状官、陈慰副使等身份,两度出使清朝。事见《英祖实录》等。

6. 徐命臣(原题未详)《燕行日录》(《燕行录全集》第62册)

案是书编辑者题作者为“未详”,考此“庚辰”乃英祖三十六年(乾隆二十五年 1760)。《英祖实录》载,是年七月二十四日,“上御景贤堂,引见三使臣,书赐海运君梿曰:‘奏请谢恩,昆季后先,追忆卿祖,予心倍焉。’仍赐诸臣馔与药物。”③。《实录》省载副价、书状姓名,而《同文汇考补编》乾隆二十五年载是行三使为正使海运君李梿、副使礼曹判书徐命臣、书状

① 郑光忠:(原题未详)《燕行日录》,《燕行录全集》第39册,第12页。

② 同上书,第39册,第44页。

③ 《朝鲜王朝实录·英祖实录》卷九六,英祖三十六年(清乾隆二十五年 1760)7月24日丙寅条,影印本第44册,第41页。

官兼执义赵焘也。考此《庚辰燕行录》首页记，庚辰七月二十四日，"命与正使海运君涟，书状官赵焘同率诸译官同肃拜。……趋入景贤堂，正使问圣体若何，上书'奏请谢恩，昆季后先，追惟卿祖，予心倍焉'十六字给正使。上曰：'副使衰矣，向来俞奉朝贺入沈时，岂不有扶掖之事乎？似闻其喘而然矣，彼地则雨水如何？'臣起对曰：'臣得见出来赍咨官手本，则彼地连日注雨，川渠大涨，故处处留住，义州、鸭绿江涨溢，不得渡，故至今六日野处矣。今日雨意又如此，方物恐有沾湿之患，以是为虑矣。'"[①]日记所载英祖赐正使十六字，以"忆"误为"惟"，然所载事则全同，然则此记乃徐命臣所作无疑也。且徐氏生卒年虽不能考知，然据此可知其年已衰矣。又七月二十七日，记"吏曹启目：户曹参判兼同经筵徐命臣上疏，则以为昨已辞陛而出矣"[②]，使臣出使，往返少则半年，多有延至一年未归者，故皆与行前或出发后数日，上疏辞所任之职；又一行到北京后奏表咨文，礼部文中有"正使海运君梿、副使礼曹判书徐命臣等赍捧庆贺兼谢恩表文"语，故此益知此日记乃徐命臣所撰也。命臣，曾历任持平、大司成、大司宪、吏曹参判、刑曹判书等职也。

7. 金明远(原题未详)《燕行录》(《燕行录全集》第70册)

案此《燕行录》为作者之稿本，首页"露次"即已为一行抵九连城之日，而此前所记，则佚而无存也。有藏书印，然模糊不辨。因为稿本，又有残缺，故编辑者未能详考，故署作者为"未详"耳，实际本书作者可考而知也。本书多有无名氏之点评与批阅，多题写在抬头或原文行间里，字迹潦草，又小如米粒，加之《燕行录全集》复制效果不佳，故极难识辩，然本书作者考证永平府汉代飞将军李广当年射虎石之真实性时，曾在北平店与中国武举人许元龙有过笔谈，无名氏点评讥讽此二人曰："许元龙一武人，金明远一措大，相遇于北平店上。"[③]此无名氏在评论作者文字时，它处亦嘲其"措大"，如在作者论"辽东之为野，恐未有争其大者"时，即评"何等布置，何等心手，只是措大，强作大话"[④]。故此可知此评论中所指金明远，即本书之作者。又作者在谈到燕京民俗时，曾论"夫仕宦于京师者，预皆安排一条货路"，此条抬头无名氏亦批曰："东人无官易饿死，明远有官，亦将□贫，是谁□然也。"[⑤]由此可知，此书的作者是金明远，殆无疑问！

又作者在另一处提到与许元龙以诗赠别，许君买饼饵为其饯行，饼面印"壮元红"字，"许君方举武选，而闻余亦为应举秀才，乃以壮元饼饷之"[⑥]。从此话又可知金明远尚是朝鲜

① 徐命臣(原题未详)：《庚辰燕行录》，《燕行录全集》第62册，第12—13页。

② 同上书，第62册，第18页。

③ 金明远(原题未详)：《燕行录》"永平府"条点评语，《燕行录全集》第70册，第40页。

④ 同上书，"辽野"条点评语，《燕行录全集》第70册，第19页。

⑤ 同上书，"民俗杂记"条点评语，《燕行录全集》第70册，第104页。

⑥ 同上书，"食品·果品"条，《燕行录全集》第70册，第79页。

一秀才,功名并不显著,即使“有官”,想亦不过是微职而已。按朝鲜使臣撰《燕行录》者,多为书状官,故笔者曾疑本书作者为书状官,今既知其非书状官,则作者身份又成疑问。其书中记载,在沈阳时,遇“人日,行台买竹叶青一壶,邀余共醉,各得一诗而罢”①。既能受行台之邀而共醉,则又非使团中一般随行人员。又其叙述在北京逛街赏玩之留恋光景曰:“余以一书生,随使价游燕,关塞万里,策马哦诗,橐之草已成篇什,庶几遇燕地快士,一吐胸中奇崛,足了半生逋债。他那金银锦缎,握筹论星,一应料理之物,初不妨吾心眼,视象胥偏裨,真是闲汉,茶饭之馀,沿街散步,皇都壮丽,人物繁富,领略眉睫间,孤烟寒馆,卧念经历,森罗脑臆,如物照镜,如此真不枉走一遭燕蓟间耳。”②在使团中,绝不可能混入一位只是无事碌碌、留恋赏景的游客,作者能如此洒脱适闲而又胸襟磊落,则此“一书生”虽非书状官,亦绝非随从皂隶,大概是随使中一名地位较高的笔墨工作人员。作者在凤凰城时称“余亦初到者”③,则又可证他也是初次到中国。

关于金明远此次出使之年代,其在“栅门”条称“腊月既尽”④,则从汉城(今首尔)出发时间当在某年腊月,至边界时已到腊月将尽。书中又称“乙巳正月初九日,发沈阳”⑤,此“乙巳”当为朝鲜正祖九年(清乾隆五十年,1785)无疑。因为书中又称“现今奉天将军即皇侄永玮,镇宁古塔者皇子永瑢”⑥。考《清史稿》乾隆四十七年八月,“以宗室永玮为吉林将军”。九月调“盛京将军”⑦,五十二年死于任上。而此期间内镇宁古塔者,则为吉林将军都尔嘉,考永瑢并未担任过吉林将军,此则当为明远误记耳。考《正祖实录》、《同文汇考补编》诸书,正祖八年十二月十一日,以锦城尉朴明源为谢恩正使、吏曹判书尹承烈为副使、兼掌令李鼎运为书状官使并,谢册封世子等事,于翌年四月十三日返国复命。而金明远书中亦提及,上元夜曾在宁远卫之呕血台赏月,“陪副介尹公、行台李公散步店舍庭中”⑧,此恰与尹承烈、李鼎运之姓氏相合也,然则明远所随之使行,必为朴明源谢恩使行也。明远是书,文词之赡丽宏博,记事之详悉毕具,殆不亚于朴趾源《热河日记》,且有过之,在《燕行录全集》中,乃绝无仅有之妙文也。⑨

---

① 金明远(原题未详):《燕行录》“沈阳”条,《燕行录全集》第70册,第24页。

② 同上书,“玉河记梦”条,《燕行录全集》第70册,第73页。

③ 同上书,“凤凰城”条,《燕行录全集》第70册,第16页。

④ 同上书,“栅门”条,《燕行录全集》第70册,第15页。

⑤ 同上书,“沈阳”条,《燕行录全集》第70册,第24页。

⑥ 同上书,“沈阳”条,《燕行录全集》第70册,第23页。

⑦ 《清史稿》卷一三《高宗本纪五》,中华书局1977年版,第3册,第523页。

⑧ 金明远(原题未详):《燕行录》“宁远卫”条,《燕行录全集》第70册,第29页。

⑨ 参拙文《佚名〈燕行录〉作者及文学价值考述》一文,载韩国高丽大学校中国学研究所编《中国学论丛》第21辑,2007年3月版,第75—90页。

8. 尚□□(原题未详)《燕辕日录》(《燕行录全集》第95—96册)

案编辑者以作者署"未详"。考高宗二十五年(光绪十四年1888),以弘文馆提学(实职)李淳翼为冬至正使、吏曹参议(实职)金绮秀为副使、校理(实职)宋荣大为书状官赴清国,是书作者为随行赴燕之人。考是稿十二月初二日,一行在湾府将行之日,妓娥香等来送行,诸娥问候毕,皆曰:"明日即尚公渡湾之日也,故妾等欲拜饯而来也。"①然则知作者姓"尚"。又一行至枯树堡,称"此地若大有,则叶生云矣。今则无大小一株,故问诸土人,则死为几年矣。余叹曰:'自古盛称此树者久矣,今我重来而不可复见。噫!胡为乎物不如我乎!'因回首咨嗟而行"。② 此又可知作者乃第二次燕行,至于何时先来及生平事迹,惜皆不能详考耳。

9. 李容学(原题未详)《燕蓟纪略》(《燕行录全集》第98册)

案编辑者以是书作者为"未详",乃未考其文耳。是书首页即言"谢恩兼岁币使差出,正使沈承泽,书状官尹升求,余充副使"。③ 考《高宗实录》、《同文汇考补编》诸书,高宗十三年(光绪二年1876)十月,以判中枢事沈承泽为谢恩兼岁币行正使、礼曹判书李容学为副使、兼掌令尹升求为书状官赴燕,则可考作者为李容学也。容学(1818—?),广州人。故领相李浚庆裔孙。哲宗时,为杆城郡守。高宗初,官司谏院大司谏。四年,因罪配贬。六年,任成均馆大司成,官至吏曹参判。事见哲宗、高宗《实录》。

10. 朴齐寅(原题朴齐仁)《燕行日记》(《燕行录全集》第76册)

案编辑者以是书作者为朴齐仁,实为朴齐寅,盖以"寅"误为"仁"耳。考宣祖朝,有朴齐仁,字仲思,庆州人。(嘉靖丙申十二月二十九日生,戊午十一月初五日卒)官至刑曹正郎、军威县监,除济用监判官,不就。终老于家。有《篁嵒先生文集》三卷行世。其人无燕行记录。事见《篁嵒先生文集》卷三李屹《行状》、张显光《墓碣铭》等。然则齐仁所处时代,与此燕行时日,相差二百五十馀年也。考哲宗十一年闰三月,以判中枢任百经为圣节进贺兼谢恩行正使、礼曹判书朴齐寅为副使、兼掌令李后善为书状官赴燕,此日记即为齐寅此次出使所作耳。齐寅,生卒籍贯无考。哲宗朝,官至兵曹正郎、户曹参议、吏曹参判等。高宗时,为安岳郡守、宁边府使、礼曹判书、刑曹判书、庆尚道观察使、判义禁府事等。后谥靖翼。事见哲宗、高祖、纯宗《实录》。

---

① 尚□□(原题未详):《燕辕日录》卷一,《燕行录全集》第95册,第240页。

② 同上书,第95册,第281页。

③ 李容学(原题未详):《燕蓟纪略》,《燕行录全集》第98册,第13页。

三 原具作者姓名而实为“未详”例(3条)

《燕行录全集》中,亦有编辑者原署作者,有实姓实名,然细紬原书可知,其所署作者姓名,颇可商榷,实其书作者暂不能考知,故当按例署为“未详”为是。现述之如下:

1. 未详(原题郑元容)《燕行日录》(《燕行录全集》第69册)

案是书为作者《燕行日录》之稿本。纯祖三十一年(道光十一年1831),以判中枢郑元容(1783—1873),为冬至等三节兼谢恩使行正使、礼曹判书金宏根为副使、兼掌令李鼎在为书状官赴燕。编辑者以为郑元容所作,盖以其起首即有“辛卯冬,正使郑元容”诸字也。然细考其字迹,“元容”二字极细小,乃后来所添。而紧接此句下称“余与洪友敬渊、李主簿悌赫,陪上使作行,而郑上舍周溪,以子弟军官伴行”[①]。然则作者之身份,为上价郑元容之军官或伴倘,而非元容本人也。又作者称,十二月十八日,一行抵北京。“入馆少憩后,三使臣具公服往礼部呈咨文,余亦陪往”。亦可知其非三使臣之一耳。又曰“与明友同房留处,而一时修葺,四壁湫湿,转觉异域之客愁也”[②]。燕行三使臣,例有书者提前为之糊墙烧坑,清扫房间,而作者非使臣,故与友人同住,且须躬自修葺住屋耳。故是书作者,当题为“未详”方确焉。

2. 未详(原题郑元容)《燕行日录》(《燕行录全集》第69册)

案此为前述《燕行日录》之另一钞本。前本细字密书,是本则相对字大行疏;原稿无框格,而是稿则有边框,亦无界栏。至于其所记内容,则完全相同。原本起首句“正使郑元容”诸字,是本则元“元容”二字,益可知当时之本原元此二字,乃后人所添加者;又原稿有数处字迹漫漶不清处,是稿即小字旁注曰“缺”。此可知是钞本,即从原稿移录者也。

3. 未详(原题柳厚祚)《燕行日记》(《燕行录全集》第75册)

案此《燕行日记》,编辑者以其为柳厚祚所作,然细考则非也。首页大题下,记“大清同治五年丙寅四月初九日,以柳丞相厚祚为中宫殿嘉礼后册封王妃奏请正使,余以丞相府从事官陪行”[③]。如此,则知作者为上使柳厚祚之从事官,非柳氏本人也。高宗三年(同治五年1866),以右议政柳厚祚为进贺谢恩兼奏请行正使、礼曹判书徐堂辅为副使、兼执义沈淳学为书状官使燕,贺咸丰祔庙、谢诏书顺付、奏请册封王妃等事。一行到北京入馆后,“遂分坑而处,前堂之西炕,上房也。西廊之右坑,裨将各其居住也。以白纹绫花纸塗壁,明窗暖帐,亦

---

① 未详(原题郑元容):《燕行日录》,《燕行录全集》第69册,第342页。

② 同上书,第69册,第348页。

③ 同上书,第75册,第312页。

足以起居偃仰。顷之，三使臣诣礼部呈表谘文，则礼部尚书率侍郎官秖受云。因路惫未能从玩”。[①] 此亦可知作者非柳氏，而为柳氏之裨官耳。而其人姓名生平等，日记中既未表露，则不可考也。作者曾在琉璃厂，求购到《本草》等，然作者或为医官，或者通医术，或代人购买，亦皆不能知也。

四　原署书名有误当从其本来书名例(8条)

《燕行录全集》中诸家之书，有原书为单行本刊行或钞录流布者，有从诸家文集、笔记等书中辑录而出者，或原书本有书名，或实无其名，编辑者遂冠以《朝天录》、《朝天诗》、《燕行录》、《燕行诗》、《燕行日记》等通用名以名其书，然其名实可考知，故仍当从其原名为确耳。试述之如下：

1. 金中清《燕程感发》(原题《朝天诗》)(《燕行录全集》第11册)

案此卷辑自金中清《苟全先生文集》卷一，编纂者名为《朝天录》。据金氏诗末跋称，“斯作也，何以谓《燕程感发》也，余非从事吟咏者也。于诗自知非所长，而或遇事物之来，有所动于中，不能无蔼然之情，于是乎情以言形，而其言之工不工，有不暇焉者，余之习亦痼矣。今余往来燕都，远之为数千里，久之为夏秋冬，山川崖谷，州府亭院之形胜，鸟兽草木人物之奇怪，风雨霜露之变态，喜怒、窘穷、忧悲、愉佚、怨恨、思慕、芬华、酣醉、无聊、不平，婴乎外而动于内者，不知其几千万幻，而情之所感，言不得不发，随感随发，欲已而未已，不耻芜拙，成辄题之，凡若干篇。……是用誊诸册子，名以是名，以为私弆。噫！不曰‘稿’而曰‘感发’，其拙可知矣。”[②]此跋作于金氏在玉河馆时，且其诗《坡州道中口占》诗题注亦称“此下《燕程感发》”[③]，惜编纂者不察耳，故今仍当复其旧名，以还其实也。

2. 沈之源《燕行日乘》(原题《癸巳燕行录》)(《燕行录全集》第18册)

案是稿编纂者于本册目录谓“癸巳燕行日乘”，于第100册总目录中题“癸巳燕行录”，考本卷辑自沈之源《晚沙稿》卷五《燕行日乘》，故当以《燕行日乘》名其书，馀皆非也。沈氏此记极简，甚有无事可隶，只记阴晴者。末“二十三日”条，“朝饭金石山下，谢恩使右相具、副使”，下括注“以下缺”[④]，然则虽残，所阙殆不多也。

---

① 未详(原题柳厚祚)：《燕行日记》，《燕行录全集》第75册，第347页。

② 金中清：《朝天诗》，《燕行录全集》第11册，第384—385页。

③ 同上书，第11册，第325页。

④ 沈之源：《燕行日乘》(原题《癸巳燕行录》)，《燕行录全集》第18册，第116页。

3. 金南重《北行酬唱》(原题《野塘燕行录》)(《燕行录全集》第 18 册)

案是稿辑自金南重《野塘先生文集》卷三,编辑者题书名为《野塘燕行录》,然考第一首《碧蹄站示书状案下》诗题下,自注曰"以下《北行酬唱》"[①],然则书题当为《北行酬唱》为确耳。

4. 郑太和《饮冰录》(原题《阳坡朝天日录》)(《燕行录全集》第 19 册)

案此即郑太和《己丑饮冰录》与《壬寅饮冰录》,盖为其初钞本也。其所录与刻本《阳陂遗稿》卷十三、十四所载皆同,唯其卷首己丑、壬寅两行,皆无刻本前所列一行人员名单,是其异也。刻本题"饮冰录"是也,而此题"朝天日录"则大误也。盖入清之后,朝鲜使臣之燕行录,或书明崇祯年号,或仅用干支纪年,绝不用清帝年号,以示其忠明不忘耳。又于其书之名,或曰"燕行"、或曰"饮冰"、或曰"含忍"、或曰"西行"、或曰"西征"等,绝不更用"朝天"之词,故此稿若题"朝天日录",则显非作者原意耳。后人于前人之书,或轻改书名,或随手题写,皆不思其委曲隐深之意,则此不可不知耳。今当复其原名"饮冰录",适为得之矣。

5. 成后龙《赴燕日录》(原题《燕行日记》)(《燕行录全集》第 21 册)

案此稿为成后龙手稿本,编纂者题书名为《燕行日记》,而是书封面右行大字楷题"赴燕日录",则为作者原题书名,似不应更改,故仍当改为原题为妥耳。

6. 闵鼎重《燕行录》(原题《老峰燕行诗》)(《燕行录全集》第 22 册)

案此即前述闵鼎重《老峰燕行记并诗》中所隶诗也,所不同者前为钞本,此则揖自闵氏《老峰先生集》卷一耳。第一首《酒垆》诗题下注"此以下二十六首,出《燕行录》"[②]。然则书名当作《燕行录》为符作者原意耳。

7. 徐文重《燕行漫成》(原题《燕行杂录》)(《燕行录全集》第 24 册)

案此稿亦为作者手稿本,书名"燕行杂录",乃编纂者所拟。其首页唯左上题"漫成作"三字,而"成"字又为画圈删去,则当题"燕行漫成",方符作者原意耳。诗稿多有增涧删改处,甚有涂抹几尽,几于重写者。页眉偶有评论语,论其诗失韵,四声有误等,中和月沙李廷龟、息庵金锡胄诗,尤以和《息庵遗稿》中燕行诗为多,他则多为与副使、书状官相唱和之诗,全书多达二百三十馀首矣。

---

① 金南重:《北行酬唱》(原题《野塘燕行录》),《燕行录全集》第 18 册,第 171 页。

② 闵鼎重:《燕行录》(原题《老峰燕行诗》),《燕行录全集》第 22 册,第 300 页。

8. 姜浚钦《燕行录》(原题《辅轩录》)(《燕行录全集》第 67 册)

案是稿编辑者于书前目录作“辅轩录”,而正文则作“燕行录”。考此卷辑自姜浚钦《三溟诗集三编》卷三,原卷《目录》于《葱秀次正使吴令鼎源韵》前顶格提“燕行录”[①],正文亦如之,然则其书名当作《燕行录》,而不当作《辅轩录》可知,当改原题为是耳。

五　原书非燕行录而误收例(8 条)

《燕行录》,窃以为就广义而言,凡履迹及中国之朝鲜人所著书,皆可谓之“燕行录”也;若就狭义言之,则专以朝鲜国王遣往中国之使臣或随从所著之书,方可谓之“燕行录”耳。笔者以为,《燕行录全集》所收,当以狭义之“燕行录”为收录原则,即凡非燕行使团中诸人所作者,皆不可谓之“燕行录”。否则,若崔致远《桂苑笔耕集》等书中,凡涉中国之诗文,皆可谓之“燕行录”,则泛滥而无涯涘矣。若以此考论之,则下列诸书,皆不可谓之《燕行录》。

1. 权近《点马行录》(《燕行录全集》第 1 册)

案此为《点马行录》,辑自权近(1352—1409)《阳村先生文集》卷五,共录诗 35 首。权氏自王城至鸭江,述点马过程与夫路途闻见,点马毕即返回,实未曾跨江到中国,故严格而言,不可谓之燕行录矣。卷末有“戊辰年西都从军作”诸诗,则并与此行亦无关耳。

2. 崔溥《锦南漂海录》(《燕行录全集》第 1 册)

案是书为崔溥(1454—1504)所记日记。崔氏于成化二十三年九月十七日,奉王命为济州等处敬差官,十一月十二日渡海推刷人丁,事未竣。戊申正月三十日闻父丧。闰正月初三日,不候风便,颠倒过海,为风所逆,惊涛掀浪,同船四十三人,载沉载倾,十生九死。后漂至今中国浙江三门登陆,经沿途地方政府遣员护送至北京,再经辽东返国。按《燕行录》严格意义而言,若崔溥者,虽至中国,既非所愿,又非燕行使,故不当入《燕行录全集》矣。

3. 崔溥《漂海录》(《燕行录全集》第 2 册)

案是书为崔溥《漂海录》另一版本,其非燕行录,已如上述。

4. 李廷龟《东槎录》(《燕行录全集》第 11 册)

案此《东槎录》两卷,辑自李廷龟《月沙先生集》卷九至卷十。万历二十九年,明世宗册

---

① 姜浚钦:《燕行录》(原题《辅轩录》),《燕行录全集》第 67 册,第 16 页。

封皇太子,颁庆天下。遣翰林院侍讲顾天峻、行人司行人崔廷健,赍册封皇太子诏来。宣祖以大提学李廷龟为远接使,李好闵为义州迎慰使,往候于龙湾。自十一月十六日辞朝,至翌年壬寅二月得重病,连上三章,遂命李孝彦代,而以廷龟为平壤迎慰使,递留龙湾,其间凡五阅月。廷龟与诸公相与酬唱,杂以遣怀寓兴,谭嘲笑谑之作。诸人作计四百六十馀篇。李安讷宰锦山,写一通锓之梓,名之以《东槎集》,稍稍传于世。李氏编集,遂将己诗编入集中,计所作一百二十馀首,则其诗占诸家诗之四分之一也。其时廷龟候待江上,足履未践辽土,故此《东槎录者》,殆非燕行之诗也。

5. 洪景海《随槎日录》(《燕行录全集》第59册)

案此《随槎日录》者,乃英祖二十三年(乾隆十二年1747),洪景海随父出使日本时所记航海日记,非燕行日记,编辑者隶之燕行录中,大误。是书卷首称"上之即位二十三年丁卯二月,日本国对马州太守平义如送大差倭正官平如恒,以其国关伯源家重之受禅于其父吉宗,请依旧例修书契,送通信使,上许之。三月,家君以正使首拟受点,副使南辅德泰耆,从事官曹校理命采也。余以子弟军官随行。"[①]景海之父,则洪启禧(1703—1771,字纯甫,号淡窝,南阳人)也。一行于是年十一月二十八日离京,翌年闰七月三十日返京复命耳。

6. 李邦翼《漂海歌》(《燕行录全集》第61册)

案是书与崔溥《漂海录》同,皆为因风雨而船漂至中国,非燕行使所创作也。此《漂海歌》钞本,即为邦翼所作之歌,用谚文以纪实也。邦翼于正祖二十年九月,以忠壮将受田觐亲,与李有尔等船人驾渔艇往济州,忽遇大雨巨风,荡摇于惊涛骇浪之中,惊魂惨怛,飘泊至中国福建省澎湖府,本府移文台湾府,邦翼等乘轿,经福建厦门再历荆州,越洞庭湖,观岳阳楼,经苍梧山,至苏州,游虎丘,往扬州,再经山东抵燕京,憩朝鲜馆。然后自燕京历山海关、长城、沈阳、凤凰城,渡鸭绿江,于闰六月初四日至义州。正祖知其事,赐命召见,拜以全州中军。邦翼以为圣恩罔极,遂谢恩赴任矣。

7. 未详《西行录》(《燕行录全集》第77册)

案是书作者书后附他人和《原韵》诗题注"赠金君诚",则作者或为"金诚",或为"金君诚"也。又其日记中诗有"四十风霜一病躯,冲寒何事又西游"句(381),则可知作者生于英祖四十四年(乾隆三十三年1768)。其书首页"西行录"大题下,即记其行期曰"戊辰"十一月十九日,小寒节也。"戊辰"为纯祖八年(嘉庆十三年1808),日记末作者自跋称"自京抵安营凡七百二十里,并计往还则千有四百有四里也。发于十一月十九日,费二十三日,而还时

① 洪景海:《随槎日录》,《燕行录全集》第59册,第266页。

则十二月一日也。以我癃疾痞蛰之人,不惮乎大冬风雪之苦作此□役者,其谁招我而来之乎?摧我而送之乎?抑非孔方兄之招之来之乎?又非命穷鬼之送之推之乎?其又我自招之而我自送之乎?"[1]又日记后附诗称"奔走风霜五载兹,年年两度赴如期"等语[2],则抑或作者为商人而为"孔方兄"而奔波,因作者不言其西行目的,故其详不能明耳。然既"自京抵安营"往返,则未出国门未渡鸭江,故与燕行无关,则本书为编辑者误而羡入者无疑矣。

8. 安孝镇《华行日记》(《燕行录全集》99 册 刻本)

案是书为高丽朝儒学巨匠安裕之裔孙安孝镇,因深感西学浸淫,儒学衰微,故于 1917 年携《孔子编年》、《朱子年谱》、《安先生年谱》三书,与士人承一自王京前往中国山东曲阜,拜祭孔庙,谒见衍圣公孔令贻(燕庭)等,求其为所编诸书撰写序文等,以便归国后弘扬儒教也。其时朝鲜已在日本铁骑践踏之下,孝镇之行,既非国王所差,亦非日皇所遣,故非燕行录可知也。

六 非燕行诗文而羡入例(11 条)

《燕行录全集》编辑之例,取去綦严。故凡自诸家文集与他书辑出者,或删其首,或去其尾,仅摘出燕行之诗文,而无关诗文,概为删汰,而不论其是否为《文集》中完整之一卷也。然亦有遗漏而未删者,更有误以为燕行诗文而羡入者。现录四例如下:

1. 李好闵《燕行录》(《燕行录全集》第 8 册)

案李好闵诗,因以体裁编定,故燕行诸诗,散入各卷中。今编者所辑此卷内,皆七言律也,起首《题耆老宴轴》,即非燕行时诗也。下《九龙祖席录奉列位诸贤》诗题下注"此以下庚子赴京作",则此后之诗乃此次赴燕时所作,然其中亦混入《两宜堂次李子敏韵》诸诗,自注"丁亥年",则此前十三年也。而《竹溪馆呈权使君(守之)》诸诗,又"己酉奉审作",又有丙午年为馆伴时,与天使朱之蕃等唱和诗也。

2. 柳梦寅《朝天录》(《燕行录全集》第 9 册)

案此《朝天录》为两卷,前卷辑自柳氏《于于集》卷二,据本卷《目录》,所收凡《朝天录》、《南归录》、《头流录》与《拾遗录》,而编辑者误将《南归录》十馀首亦羡入,则为未注意《大归高兴承恩拜姑向带方感情作》诗下,即注曰"南归录 辛亥"字样也。[3]

---

① 未详:《西行录》,《燕行录全集》第 77 册,第 394—395 页。

② 同上书,第 77 册,第 396 页。

③ 柳梦寅:《朝天录》,《燕行录全集》第 9 册,第 426 页。

3. 李尚毅《丁酉朝天录》(《燕行录全集》第 9 册)

案此卷辑此李氏《可畦先生文集》卷一。前四十馀首,乃丁酉朝天沿途所作,而自《宣祖大王挽词》以下若《哭朴台贤》、《成川别舍弟》诸诗,皆非丁酉所作也。而《次刘天使鸭绿江韵》诸和诗,皆陪刘天使往王京途中所作,更非朝天诗也。

4. 吴䎘《燕行诗》(《燕行录全集》第 18 册)

案此书题为编纂者所加也。考吴氏此卷诗中,前二十馀首非燕行诗,后六十馀首诗亦非燕行诗也,唯中间八十馀首诗,乃赴燕时与副使、书状及在北京时与中国士大夫王桐、严玉林等唱和诗也。

5. 金南重《野墉燕行录》(《燕行录全集》第 18 册)

案是稿自卷二《奉寄李士谦务安之行》二首以下百馀首,非燕行诗也。卷三《癸未五月北行示书状》以下数首复为燕行诗,盖为第二次出使耳,而本卷前后亦非燕行诗也,唯卷末《松京道中呈上使麟坪大君韵》等三首,乃辑自李氏《松溪集》中者也。

6. 李一相《燕行诗》(《燕行录全集》第 21 册)

案此卷辑自《延安李氏联珠集》卷一《青湖稿》,乃李一相之诗稿耳。其中若《沈馆偶占示春坊诸益》数首,则在沈十年间所作也。而孝宗七年使燕时所作,自《碧蹄馆口号》至《还到平山客馆口占》亦仅十馀首耳,余皆非燕行之诗也。

7. 李宜显《庚子燕行诗》(《燕行录全集》第 35 册)

案此稿中,若《通津府次板上韵》等辛丑后作六十馀首,皆非燕行之诗也。

8. 李在学《癸丑燕行诗》(《燕行录全集》第 57 册)

案此卷韵自李在学《芝圃遗稿》卷二,即李氏于正祖十七年燕行时所作诗也,共计一百八十馀首,偶有前次丁酉燕行时所作诗间于其中,卷末《花山使君李台仲辉(集斗)饯席次诸友韻》(乙卯)以下三十馀首,乃后来所作,非燕行诗也。

9. 李肇源《黄粱吟》(《燕行录全集》第 61 册)

案此《黄粱吟》四卷,辑自李肇源《玉壶集》卷二至卷四。编辑者羡入卷五至卷六,乃李氏《紫芝吟》二卷,与燕行无涉;即《黄粱吟》卷上所隶之诗,亦非燕行诗也。

10. 金祖淳《燕行录》(《燕行录全集》第 65 册)

案此《燕行录》一卷,辑自金祖淳《枫皋集》卷一,书名为编辑者所加。是卷诗中,前三十余首为燕行时所作,后三十馀首则非燕行诗也。

11. 李凤秀《赴燕诗》(《燕行录全集》第 67 册)

案此卷辑自李凤秀《襟溪先生集》卷一,为纯祖五年(嘉庆十年 1805),凤秀随其父始源出使清朝时沿途所作之诗。编辑者误将其集卷二亦拉杂收入,则为与人书札论《易》、《礼》诸经也,然其所论说,较其诗作,反为有见耳。

七　原书前已收录而后又重收例(16 条)

《燕行录全集》编纂体例,凡一人一家之书,或仅录一种,或并收诸种,若手稿本、稿本、钞本、刻本等,皆蓄而存之,此例甚当,读者可诸本并读,以考论版本沿革,校勘文字异同,大有裨益也。然亦有同一版本,前已录之,而后又重收者;有不同版本,相隔数册或数十册又重收者;又有前收署有作者姓名,而后收又以“未详”之名收录者;又有同一版本,而前收为某一作者,而后收又别署另一作者者。现考述之如下:

1. 李恒福(原题未详)《朝天日乘》(《燕行录全集》第 19 册)

案此即李恒福《朝天日乘》也,已见《燕行录全集》第 8—9 册。是本为钞本,与前数本字体又不殊,而为李氏《日乘》与《朝天记闻》之合钞本耳。唯《日乘》中,不隶所作诗,为不同耳。

2. 李馨郁(原题李袆永 李馨郁)《燕行日记》(《燕行录全集》第 20 册)

案是书与《燕行录全集》第 5 册之李馨郁《燕行日记》为一书,且为同一版本,考已见前,此不再述。

3. 李忔(原题未详)《朝天日记》(《燕行录全集》第 23 册)

案是书作者,编纂者题曰“未详”,然细考之,实即李忔《雪汀先生朝天日记》也,刻本已收录于《燕行录全集》第 13 册中。刻本首页天头加小框题“本草则每日书初字,而今多删之”,然则此稿即所谓“本草”无疑矣。全书或墨汙尽黑,不见字形;多潦草勾乙,艰于辨认。首页左行依稀见“朝天日记己巳”字样,其他为记明朝袁崇焕等官职名,此页起则为记出使一行之员役,而首页佚失,不见上副使书状官等姓名耳。中间又有封面左行题“崇祯三年庚午正月朝天日记”(“记”字只存言旁之上点)一行,又有“第二”一行,则李氏原草分为二卷,以崇祯三年始为第二卷,或为第二册耳。前卷末有"水路后赴京使"名单,与刻本同。下列明辽东诸将领之官衔姓名,后列中朝吏、礼、户、刑、兵、工诸部尚书及侍郎等官衔姓名。下卷末列《皇明祖训》及一行送出人情银、所受赏银等数字,漫漶难识。而刻本有所之李长培《续录》,则此本所无也。

4. 孟胄瑞(原题南龙翼)《曾祖考燕行录》(《燕行录全集》第23册)

案此书已见《燕行录全集》第21册,为孟胄瑞所作,而误提为许积者也,考已见前。

5. 未详《沈阳日记》(《燕行录全集》第28册)

案此为《昭显世子沈阳日记》钞本,细字密书,自辛巳正月初八日始,至初九日止,已见第25册第449—454页等处。后又载八月西行时治行事件数则,又见同册第551—558页矣。则为编纂者误入所致也,然非同一版本则明矣。

6. 未详《沈阳日记》(《燕行录全集》第28册)

案此亦见于《昭显沈阳日记》中,为昭显世子自甲申正月二十日自汉城发程到沈阳,又八月十六日准备发向北京间日记耳,已见第26册第402—535页,此亦重出。观其字迹与体裁,与上本当同出一版本也。

7. 闵镇远《燕行日记》(《燕行录全集》第34册)

案此即第36册所编之闵镇远《燕行日记》也,唯此稿钞写字小密凑,彼本字大疏朗为异,可知非同一版本耳。

8. 郑光忠(原题未详)《燕行日录》(《燕行录全集》第61册)

案此即郑光忠《燕行日录》之稿本,全稿已收入《燕行录全集》第39册,此重出,其作者与《日录》之详,参上文可耳。唯是本有封面,左行首大字楷题"燕行日录",右行抬头小字题"乙亥节使",而第39册无之,盖为编辑者误落也。

9. 徐有闻(原题未详)《燕行录》(《燕行录全集》第62册)

案是书编辑者题作者为"未详",实则为徐有闻《戊午燕录》稿本耳,两本完全相同,唯前本复印字体稍大,而后本字体稍小为異耳。二稿同收录于一册之中,而编辑者竟一不能辩其重复,二不识为同一作者之书,是可叹矣!

10. 洪重畴等(原题金相国)《燕行赆行帖》(《燕行录全集》第69册)

案编辑者以是稿隶于正祖八年(乾隆四十八年1783),实为英祖十四年戊午(乾隆三年

1738)金在鲁以判中枢为进贺谢恩兼陈奏行正使、礼曹判书金始焕为副使、兼执义李亮臣为书状官赴燕,详见前述。

11. 金正中《燕行录》(《燕行录全集》第 75 册)

案此即第 74 册金正中《燕行日记》钞本耳,与其本同为一本,而彼本题"金士龙",则本题"金正中";彼则作《燕行日记》,此则作《燕行录》,不知因何故也。两本文字完全相同,乃从同一本中复印者。唯不同者,则为前书通本皆无边框,而是本则有边框,盖复印时消之耳。

12. 未详(原作郑元容)《燕行日录》(《燕行录全集》第 86 册)

案此即未详(原作郑元容)《燕行日录》,已收录《燕行录全集》第 69 册,此重收耳。二书为同一版本,唯是本复印字迹,较 69 册所为小,馀皆全同也。

13. 朴齐寅(原题未详)《燕行日记》(《燕行录全集》92 册 钞本)

案是稿即朴齐寅《燕行日记》二卷耳,已收录《燕行录全集》第七十六册,此为别一钞本而重收,编辑者又以"未详"署作者名,盖前后失检,以至有如此之误也。唯不同者,此稿无第三卷耳。

14. 朴思浩(原题未详)《燕纪程》(《燕行录全集》第 98—99 册)

案是书封面作"燕纪程",而首页大题作"燕蓟纪程",实即《燕行录全集》第 85—86 册所收朴思浩《燕蓟纪程》耳,彼为朴氏《心田稿》,此则为单书,编辑者重收,然为另一钞本,分天、地、仁三卷。有"外藩赓诗"等,则为原稿所无也。

15. 姜铣(原题未详)《燕行录》(《燕行录全集》99 册 钞本)

案此稿即《燕行录全集》第 28—29 册已收之姜铣《燕行录》也,此重收耳。

16. 洪昌汉(原题未详)《燕行日记》(《燕行录全集》99 册 钞本)

案此即《燕行录全集》第 39 册所收洪昌汉《燕行日记》耳,复为重收,为别一版本耳。

八　燕行使出使年代失考例(9 条)

《燕行录全集》编纂之体例,自第 1 册至第 100 册,皆以作者燕行之时代为次而排序,最早者为高丽朝李承休(1224—1300)所著《宾王录》,李氏于高丽国王元宗王禃十四年(元世祖忽必烈至元十年 1273),以书状官身份,随世子愖入觐元朝。而最晚者则为安孝镇《华行日记》,所记乃 1917 年安氏赴山东曲阜拜谒孔庙之事。读者研求诸家之书,可按时代检索,

最为便利。然亦有因误署作者、年代错讹等原因,而道致燕行时间失考者。现举数例如下:

1. 俞体元等(原题李准)《燕槎赆诗》(《燕行录全集》第 5 册)

案是稿编辑者于《索引》中注为宣祖二十五年(万历二十年 1592)出使时所作,实为英祖二十二年(清雍正七年 1729)耳,详见前考论。

2. 李田秀(原题李宜万)《入沈记》(《燕行录全集》第 30 册)

案此书作者为李田秀,已见前述。编辑者将其出使时间隶为景宗三年(雍正元年 1723)年,误。正祖七年(乾隆四十八年 1783),时清廷传乾隆帝将东巡沈阳,朝鲜派圣节及问安使行,以右议政李福源为正使、吏曹判书吴载纯为副使、司仆正尹?为书状官赴沈阳。田秀为率带弟子随行。书中有和珅、梁国治、董诰等人名,皆乾隆朝重臣耳。

3. 洪致中《燕行录》(《燕行录全集》第 34 册)

案编辑者隶洪氏出使时间为肃宗三十八年(康熙五十一年 1712),误。实则为英祖十二年(雍正五年 1727),双右议政洪致中为冬至正使,金东弼为副使、姜必庆为书状官赴燕。致中(1667—1732),字士能,号北谷,南阳人。官至礼曹判书、兵曹判书、刑曹判书、判中枢府事、左议政、右议政、领议政等。

4. 郑光忠(原题未详)《燕行日录》(《燕行录全集》第 39 册)

案编纂者以此日记称“乙亥”,遂将出使时间隶之肃宗二十一年之乙亥(康熙三十四年 1695),实则提前一甲子矣。当为英祖三十一年之乙亥(乾隆二十年 1755)也。考《英祖实录》及《同文汇考补编》诸书,乾隆二十年十月十八日,十一月初七日,以海蓬君李橉为冬至等三节年贡行正使、礼曹参判郑光忠为副使、兼执义李基敬为书状官,前往北京。考论详见前述。

5. 卢以渐《随槎录》(《燕行录全集》第 41 册)

案此为卢以渐《随槎录》之稿本。是书卷首称“庚子五月”,故编纂者隶之肃宗四十六年庚子(康熙五十九年),而实为后六十年之“庚子”,即正祖四年也。时为乾隆四十五年(1780),清高宗七十万寿圣节在即,正祖遣锦城尉朴明源为进贺兼谢恩正使、吏曹判书郑元始为副使、兼掌令赵鼎镇为书状官赴京进贺圣节,并谢前次诏书顺付等事。卢以渐(1720—1788)以正使记室之名,以六十三岁高龄入燕者也。

6. 李晚秀《輶车集》(《燕行录全集》第 60 册)

案此卷辑自李晚秀《履园遗稿》卷十二。晚秀曾两度到中国,正祖七年(乾隆四十八年

1783),以打角军官身份,与其从弟田秀陪其父问安使福源入沈阳,见李田秀《入沈记》。编辑者见晚秀本卷前序中有此言,即隶其时间为是年,实则所隶诗文偶有此年所作,而十之八九非此次入沈所作也。纯祖二年(嘉庆七年 1802)末,遣冬至兼陈奏使青城尉沈能建等入燕,请封王妃金氏。翌年闰二月,清廷以散秩大臣成德等赍勅至朝鲜册封王妃。七月十一日,纯祖差晚秀以坤殿册诰谢恩正使赴燕,同行者则为副使礼曹判书洪义浩、书状官兼执义洪奭周诸人,一行于十一月十五日返京复命。晚秀"取沈、燕路中诗文为《辅车集》"者,即此也。[①]计为诗、序、启、奏、咨、表、领教文诸种。前录初次沈行作三十馀首,亦多见田秀《入沈记》中。纯祖三年诗则多至过三百首也。

7. 金祖淳《燕行录》(《燕行录全集》第 65 册)

案编辑者隶金祖淳使燕为正祖十三年,实则误也。考《正祖实录》、《同文汇考补编》诸书,祖淳使燕在正祖十六年耳。是年正祖以判中枢朴宗岳为冬至等三节年贡兼谢恩行正使、礼曹判书徐龙辅为副使、兼持平金祖淳为书状官前往燕京,除冬至等三节常贡外,兼谢陪臣参宴、谢漂民出送等事也。

8. 姜浚钦《燕行录》(原题《辅轩录》)(《燕行录全集》第 67 册)

案此卷辑自姜浚钦《三溟诗集三编》卷三。编辑者以出使时间隶归哲宗元年(道光三十年 1850),误。实为纯祖五年(嘉庆十年 1805),大王大妃金氏升暇(贞纯),纯祖遣礼曹参判吴鼎源为告讣使、兼持平姜浚钦为书状官,赴燕以告讣,是稿即姜氏此次入燕时所作也。姜浚钦(1768—?),字百源,号三溟,晋州人。正祖末年,为正言。纯祖朝,官持平、教理、遂安郡守、司谏等。事见正祖、纯祖《实录》。

9. 李承辅《燕行诗》(《燕行录全集》第 78 册)

案编辑者以李承辅出使时间为高宗四年,考《高宗实录》,高宗四年六月,以李承辅为冬至正使。盖编辑者以是为据,故隶于是年耳。实则点选李氏为冬至使后,至九月,即以其在开城留守任时,为官狼借贪残,被施以远窜之典,未及使燕耳。承辅于五年十一月,复出任汉城府判尹。六年(同治八年 1869)十月,又以判宗正卿府事身份,任冬至等三节年贡兼谢恩行正使、礼曹判书赵宁夏为副使、兼掌令赵定熙为书状官赴燕,李氏诗当为此次出使所作也。承辅(1814—?)字稚刚、一作致刚,全州人。宪宗十一年(道光二十五 1845)登第。官至掌令。哲宗朝,为副修撰。高宗时,初为开城留守,因贪残落职发配。六年,为汉城府判尹。后官至工曹判书、礼曹判书、奎章阁提学、判义禁府事等。谥文宪。事见《哲宗实录》、《高宗实

---

① 李晚秀:《辅车集》,《燕行录全集》第 60 册,第 331 页。

录》等。

九 全书页码重复、错排、倒置与脱漏例(24条)

《燕行录全集》编辑之体例,非点校整理之本,乃影印、复制或复印原书,再排印装订成书,此例亦甚善,可保存原书之真,又可减少因点校等造成错讹。然影印本在排序或装订过程中,导致同页重出、隔页错排、文字倒置、页面空白与缺页脱漏者,在在而有,以至有全书误排,不能卒读者。现将笔者校读时,随手所记者,录之于下;而未曾记录者,尚所在而多有焉。

1. 权近《奉使录》(《燕行录全集》第1册)

第196—197当与198—199两页倒置,方合原书之次序。

2. 郑士信《梅窗先生朝天录》(《燕行录全集》第9册)

第269页错乱重出,当删。

3. 李景严(原题李景稷)《赴沈日记》(《燕行录全集》第15册)

第414—417页,与前数页重复,当删。

4. 仁兴君李瑛《燕山录》(《燕行录全集》第19册)

第535—536与前两页重复,当删。又而"十二月初三日"日记不全,当有缺漏。

5. 安克孝(原题未详)《朝天日录》(《燕行录全集》第20册)

第57—58页当与第59页互乙,方合原书次序。

6. 第23册目录页

第23册前书名目录页,为李廷龟至金中清等9种书,实乃第11册书名目录,皆与23册无涉,当删,又当补出23册目录也。

7. 朴世堂《西溪燕录》(《燕行录全集》第23册)

第351页与前第347页重出,当删。

8. 未详《昭显沈阳日记》(《燕行录全集》第24—25册)

第25册第551—552页重复,当删。

9. 尹攀《燕行日记》(《燕行录全集》第 27 册)

是书错排失次,几不可读。今据其现在之页码纠正之,先排月日,后述页码正确之次序:肃宗九年 11 月 1 日至 2 日,第 510 页;3 日至 8 日,第 567—570 页;9 至 17 日,第 563—566 页;18—24 日,第 559—562 页;25 日至十二月 2 日,第 555—558 页;3 日至 12 日,第 551—554 页;13 日至 20 日,第 547—550 页;21 日至肃宗十年正月 1 日,第 543—546 页;2 日至 13 日,第 539—542 页;14 日至 23 日,第 535—538 页;24 日至 2 月初 3 日,第 531—534 页;4 日至 11 日,第 527—530 页;12 日至 22 日,第 519—522 页;3 月初 1 日至 9 日,第 515—518 页;10 日至 13 日结束,第 511—512 页。如此,方可读耳。

10. 金海一《燕行日记》(《燕行录全集》第 28 册)

第 205—206 页与前 203—204 页重复,当删。

11. 未详《沈阳日记》(《燕行录全集》第 28 册)

第 258 页与第 259 页重复,当删。

12. 洪受畴《燕行录》(《燕行录全集》第 28 册)

第 288 页,当接排 282 页后;第 290 页,当排 289 页前。

13. 未详《沈阳日记》(《燕行录全集》第 28 册)

第 441 页错排于 442 页后,当乙正。

14. 俞得一《燕行日记钞》(《燕行录全集》第 30—31 册)

案是书今所排序,31 册首二页为一行人员名单等,当在最前,此下则当接排 30 册之次页,即正文日记,自八月二日始也。全文以日为纲,大字书之;而每日之事,则以小字附其后。不知是编纂者窜乱,抑或全稿原无次序,前后页码,或失次,或重复,甚或多页重复,几不可理。而全稿皆草书,且涂乙勾抹,不可卒读,而所记日期,亦至十月上旬而止,则为残稿本无疑也。而所记内容,则几不可识耳。

15. 闵镇远《燕行日记》(《燕行录全集》第 34 册)

第 304—305 页,当排在 302—303 之前。

16. 赵荣福《燕行日录》(《燕行录全集》第 36 册)

第 44 页当接排第 39 页之下,方合原书秩次。

17. 赵文命《燕行录》(《燕行录全集》第 37 册)

第 28 页重复当删,又第 88—89 页重出,亦当删。

18. 金舜协《燕行日录》(《燕行录全集》第 38 册)

第 280 页—第 352 页,当移置于第 529 页后,方为可读也。

19. 崔德中《燕行录》(《燕行录全集》第 39—40 册)

第 39 册 421 页、450 页空白,阙文当补。

20. 李基宪《燕行日记》(《燕行录全集》第 65 册)

第 63—70 页,页码倒装,页面倒置,当正之。

21. 李始源《赴燕诗》(《燕行录全集》第 68 册)

第 406—411 页失次,应置于第 424 页前,方为妥帖耳。

22. 金景善《出疆录》(《燕行录全集》第 72 册)

本书错乱最为严重,所有页码全部错乱,皆为前页排置后页之后,反复如此,当全数重排,方为可读之本也。

23. 金正中(原题金士龙)《燕行日记》(《燕行录全集》第 74 册)

第 265—266 页重复,当删。

24. 徐庆淳《梦经堂日史》(《燕行录全集》第 94 册)

第 287—294 页与前数页重复,当删。

十　其他失误例(5 条)

《燕行录全集》中,尚有原为一书而拆为二书者,有原置两处而当合为一书者。又有仅有目录而无正文者,不知原书即如此,抑或编辑者疏失而脱漏耶?如:

1. 俞体元等(原题李准)《燕槎赆诗》(《燕行录全集》第 5 册)

案是稿原为两册,编辑者分为两种著录,且皆归隶李准名下,然实为英祖二十二年(清雍正七年 1729)以骊川君李增为谢恩正使、吏曹参判宋成明为副使,副校理朴师正为书状官赴燕,乃诸家赆成明之诗文,盖当时装订为两册,而实为一事,不当分隶为二书也。

2. 姜铣《燕行录》(《燕行录全集》第28—29册)

案此稿盖为作者稿本,而编纂者分隶属第28、29两册,当合而为一可也。第29册封面左首题"燕行录"三字,首页起即为一行人员名单,然为陪随及通官辈姓名,则上副使名单当在前,此为缺失耳,且此数页当排在28册此稿最前为妥耳,或原稿为两册而致误耶? 不可知也。

3. 未详《燕中闻见》(《燕行录全集》第95册)

案是稿无序跋,似非完稿。前后共列二十六起使行,先书正、副使、书状官姓名,后半部尚有使行名称,摘录其日记、状启等,或数十条,或仅一条,编为一书,间有姓名与年代记述讹误者。

4. 未详《燕中闻见》(《燕行录全集》第96册)

案是稿当与上述之《燕中闻见》为一书,所记亦为先录使行名称及三使臣姓名,后摘录其日记,且钞手笔迹,亦与前本相同,盖编辑者误裂为二书。共计十三起使行也。

5. 李承辅《燕行诗》(《燕行录全集》第78册)

案此册仅有《石山遗稿》卷二李承辅《燕行诗》之《目录》,而无正文,盖编辑者偶漏,或原本即如此耶? 不可知也。

总前所述,笔者对《燕行录全集》编纂中出现的种种讹误,进行了考订、纠误与分类,相信对读者阅读该书会起到一定的参考作用。但要特别说明的是:笔者撰写此文的本意,并不是为了纠误而纠误,而是本著实事求是的态度和认真严谨的科学精神,本著对《燕行录全集》以及对林基中教授的尊礼来撰写本文。希望《全集》再版时,将这些讹误加以校正,使其错讹减到最低。而本文的纠误,肯定也会有误纠误校之处,尚请林教授与学术界同仁不吝指正!

(原刊《中国学论丛》第23辑,韩国高丽大学中国学研究所,2008年)

主要参考书目与论文:

1.《燕行录全集》100册,林基中教授主编서울:东国大学校出版部,2001。

2.《朝鲜王朝实录》,서울:国史编纂委员会,1968。

3.《朝鲜王朝实录》,서울:《朝鲜王朝实录》网页;http://sillok. history. go. kr/main/main. jsp

4.《同文汇考》,朝鲜承文院编,서울:国史编纂委员会,韩进印刷公社 1978。

5.《同文汇考补编》,朝鲜承文院编,서울:国史编纂委员会,韩进印刷公社 1978。

6.《明实录》,明实录馆编,台湾中研院史语所,1962。

7.《清实录》,清实录馆编 北京:中华书局影印本,1985—1987。

8.《清史稿》,赵尔巽等纂 北京:中华书局点校本,1977。

9.《东华李海应의〈蓟山纪程〉研究》,金美京撰,高丽大学校大学院国语国文科硕士学位论文,2002。

10.《佚名〈燕行录〉作者及文学价值考述》,漆永祥撰,韩国高丽大学校中国学研究所编《中国学论丛》第21辑,2007。

国学的当代形态与当代意义

袁行霈

一

我国古代所谓“国学”，是指国家设立的学校[①]。这与近代以来所谓“国学”的涵义不同。近代以来所谓“国学”一词，有学者认为源自日本，江户时代中期日本思想界一部分人，如荷田春满等提倡对日本的古代典籍进行研究，以探明本土固有的文化，遂有“国学”之称。“明治维新后，日本政府推行欧化政策，导致社会出现彻底洋化的偏激倾向。1888年，三宅雪岭、志贺重昂等人成立政教社，鼓吹国粹思想，以求扭转偏向。”[②]或许是受这种思潮的影响，1902年秋，梁启超曾与黄遵宪等人商议，拟在日本创办《国学报》。1904年，邓实发表《国学保存论》[③]，论述了保存“国学”的重要性。1905年，邓实、黄节等人在上海成立了国学保存会，以“研究国学，保存国粹”为宗旨[④]，出版《国粹学报》，撰稿人除了邓实、黄节，还有章炳麟、刘师培、陈去病、黄侃、马叙伦等[⑤]，他们或为中国同盟会会员，或倾向民主革命。提倡

---

① 《周礼·春官·乐师》：“乐师掌国学之政，以教国子小舞。”

② 参见桑兵《晚清民国时期的国学研究与西学》，《历史研究》1996年第5期。当时的代表人物荷田春满、贺茂真渊、本居宣长、平田笃胤等，有国学四大家之称。

③ 见《政艺通报》第3期。

④ 见《国学保存会简章》。

⑤ 邓实，字秋枚，广东顺德人，1877年生于上海。庚子后，痛感亡国无日，于1902年在上海创办《政艺通报》，1905年发起成立国学保存会，刊行《国粹学报》，宣传排满革命，是国粹理论的主要提倡者之一。黄节（1873—1935）原名晦闻，顺德人。清末参与创立国学保存会，创办《国粹学报》，提倡排满革命。民国成立后加入南社，反对袁世凯称帝。任北京大学文学院教授、清华大学研究院导师，对魏晋文学研究精深。章炳麟（1869—1936）原名学乘，后改名绛，字枚叔，号太炎，浙江余杭人。清末民初民主革命家、思想家、著名学者。曾参加维新运动，与蔡元培共同发起成立光复会。任同盟会机关报《民报》主编。后期政治态度保守。刘师培（1884—1919），江苏仪征人。1904年在上海与章炳麟交游，倾向革命，著有《中国民约精义》，抵制专制。后期思想趋向保守。陈去病（1874—1933），江苏吴江人。光绪二十四年（1898）在家乡组织雪耻学会，响应维新运动。后与柳亚子等创办南社。1913年，参加讨伐袁世凯的“二次革命”。1917年，随孙中山赴粤“护法”。1922年，孙中山督师北伐，陈去病任大本营前敌宣传主任。后曾任南京东南大学教授。黄侃（1886—1935），湖北蕲春人。著名语言文字学家。在日本师从章炳麟，加入同盟会。后曾任北京大学等校教授。马叙伦（1885—1970），浙江杭州人。辛亥革命前参加同盟会，民国后任清华大学、北京大学等校（转下页）

“国学”与他们从事的革命活动大方向是一致的,而“国学”的“国”字,则包含了爱国的情结。1906年,章炳麟在日本鼓吹反满革命,同时提倡研究国学。留日青年成立国学讲习会,请他讲授国学,鲁迅就是学生之一。*1922年4月至6月间,章炳麟在上海讲“国学大概”和“国学派别”。1934年,章炳麟在苏州创办章氏国学讲习会,对国学做了总结性的讲解。章炳麟上述几次演讲经过记录整理,出版了《国故论衡》、《国学概论》、《国学演讲录》等书,在二三十年代影响很大。《国学演讲录》分为“小学略说”、“经学略说”、“史学略说”、“诸子略说”、“文学略说”五部分,由此可以看出他对国学范围的界定。此外,胡适、顾颉刚、钱穆等人也有关于“国学”、“国故”、“国粹”的种种论述①。各家的说法颇有分歧,在这里无须详加辨析,若就其大致相同的方面而言,可以说“国学”即中国固有的学术,以及研究中国传统的典籍、学术与文化的学问。

清末民初国学的兴起,与当时的社会思潮有密切的关系。1840年鸦片战争以后,中国的一些有志之士努力向西方寻找救亡图存之道,西学东渐成为社会的潮流。在这过程中一部分学者担心自己国家固有的学术文化衰微,于是提倡国学。考察他们的初衷,明显地带有救亡图存的意思,以及弘扬中国传统文化的愿望。

国学的提出虽然与西学东渐的刺激有关,但是从国学研究的实绩看来,还是或多或少地吸取了西方的理念和方法。特别是二十世纪以来,中国学术界在吸收世界各国的思想、文化、科学、技术的同时,也以新的眼光审视自己国家数千年来固有的传统。胡适在《国学季刊》发刊词中明确地说:“我们现在治国学,必须要打破闭关孤立的态度”,要向欧美日本学者学习。此时的“国学”和以前的汉学、宋学、乾嘉考据学相比,论范围已经远远超出,论观念已经几度更新,论方法已经更加科学化、系统化。我们不妨以章炳麟所谓国学的五类略加说明。小学,本来是以通经为宗旨的学问,在接受了西方语言学的滋养后,已经发展为以描述语言文字发展规律为宗旨的汉语语言学和文字学。经学和诸子学,也有了很大的变化,中国原先虽有《宋元学案》、《明儒学案》之类讲述某一朝代儒学师承和派别的著作②,但没有以近代方法编写的中国哲学通史,胡适在北京大学的讲义《中国哲学史大纲》(上卷)是发轫之作。这种哲学通史已不再局限于经学,而是将儒家经典与诸子著作、佛學典籍进行综合的研究,描述了历代思想、哲学的变化发展,从而成为经学和诸子学未能包括的一门新的学科。在史学领域,用新的方法撰写的通史、断代史,以及政治制度史、文化史等侧重于某一方面的

---

*(接上页)教授。1946年在上海发起组织中国民主促进会,致力于民主爱国运动。新中国成立后,曾任政务院文化教育委员会副主任,教育部、高等教育部部长,全国人大常委会委员,全国政协副主席,中国民主促进会中央主席,中国民主同盟中央副主席。

① 以上关于“国学”的追溯,以及国学、国故、国粹等说法,参看罗志田《国家与学术:清季民初关于“国学”的思想论争》,三联书店2003年版。

② 《宋元学案》,清黄宗羲、黄百家、全祖望等人合著。《明儒学案》,黄宗羲著。

历史著作蔚为大观;中外交通史、中国科技史引起重视,并成为新的学科;传统的舆地学发展为历史地理学;金石学发展为现代考古学。古史辨派的代表人物顾颉刚关于"层累地造成"古史的学说,影响了一代史学研究;王国维提倡以"地下之新材料""补正纸上之材料"[①],这种"二重证据法"为史学打开了新的局面。考古学的新成果,如殷墟卜辞的发现、汉简的发现、敦煌莫高窟藏经洞的发现,引起史学、文学、文字学、语言学、宗教学等众多学科的巨大变化,敦煌学进入了"国学"的疆域。在文学方面,王国维《宋元戏曲史》的出版,将戏曲纳入文学史研究的范围;1920 年鲁迅应蔡元培校长之邀在北京大学讲授中国小说史,从此,被视为"小道"的小说登上了大雅之堂,他的讲义《中国小说史略》成为中国小说史的开山之作。于是,戏曲和小说的研究也进入国学的领域。凡此种种,都使国学出现了新的面貌。在继承传统的同时所发生的这些变化,足以使我们将二十世纪以来的"国学"和以往的学术区别开来。

二

今天我们又面临一个新的继往开来的时代,这是一个经济全球化和文化多元化的时代,是一个科学技术突飞猛进的时代。此时,我们所研究的"国学"也应当以一种新的、富有当代特色的形态出现。我之所以提出"国学的当代形态"这个命题,就是要强调:研究"国学"不是复古倒退,也不是抱残守缺,而是具有革新意义的、面向未来和世界的学术创造活动。这表现在以下几个方面:

1. 当代的国学应当立足现实,服务于振兴中华、增强民族凝聚力,实现现代化的伟大历史任务。

上面说过,国学是在清末救亡图存的呼声中提出来的。中国的近代史已经证明,真正挽救了中国并引导中国走向现代化的不是国学。但这并不是说国学无用,只要我们研究的态度正确,在中国走向现代化的进程中,国学可以起到促进作用。因为现代化不等于全盘西化,必须充分重视中国的国情,国情既包括中国的现状也包括中国的历史和文化传统。我在 1993 年发表的《国学研究发刊辞》中有这样一段话:"不管愿不愿承认,也不管是不是喜欢,我们每天都生活在自己国家的文化传统之中,并以自己的言谈行为显示着这个传统的或优或劣的特色。而国学作为固有文化传统深层的部分,已经渗进民众的心灵,直接间接地参与现代生活。"[②]我重申这段话是想进一步说明:应当自觉地把国学放到中国实现现代化的历史任务中,放到世界的大格局中加以研究,使之与当代社会相适应、与现代文明相协调,为中国的现代化和全人类文明的进步做出应有的贡献。现在越来越多的人已经认识到,在中国传统文化中有许多宝贵遗产,值得加以挖掘整理,使之转化为当代的资源。例如关于和谐的

---

① 见《古史新证——王国维最后的讲义》第 2 页,清华大学出版社 1994 年版。

② 见《国学研究》第一卷,北京大学出版社 1993 年版。

思想；关于天人合一的观念；关于忧国忧民的情操；关于尚善的态度和通过修身养性以达致高尚人格的追求；关于敬业乐群的意识，以及“先天下之忧而忧，后天下之乐而乐”的人生准则；关于整体思维的思想方法等等，都值得我们认真研究大力弘扬。此外，还有丰富的历史经验和教训，可以给我们深刻的启示；还有众多美不胜收的文学作品和艺术作品，可以陶冶我们的性情，美化我们的心灵。可见，国学研究天地广阔，只要以实事求是的态度踏实认真地去做，以学者的态度去做，是可以为提高全社会的人文素养，增强民族凝聚力，弘扬民族精神，构建和谐社会、和谐世界贡献一份力量的。

2. 当代的国学应当建立在对古典文献和出土文物认真整理的基础之上，并在此基础上建立具有中国特色的理论体系。

国学是一门博大精深的学问，详尽地占有原始资料，从资料出发，进行实事求是的整理分析，是国学研究的基础工作。随着国内外所藏古籍善本调查工作的进展，一些原来秘不示人的善本已经公开，各种善本可以更方便地被研究者所利用，古籍的整理工作可以做得比前人更加完善，从而使国学研究建立在更坚实的基础之上。二十世纪以来特别是近几十年来大量的出土文物，又为国学研究开拓新的局面提供了充分的条件。例如临沂银雀山汉墓出土的竹书，长沙马王堆汉墓出土的帛书，荆门郭店战国楚墓出土的竹简，上海博物馆藏战国楚竹书等，为国学提供了大批极为宝贵的新资料。由于这些新资料的出现，许多亡佚已久的先秦古籍重见天日，一些传世的先秦古籍有了更早的古本，古籍中的一些错误得以纠正，古籍中的一些难点得到解释，一些被疑为汉代以后伪作的古籍被证明不是伪作①。将传世古籍与出土文物结合起来进行研究，就有可能对中国古代史、古代思想史、古代文学史等许多学科得到新的认识。这是以前的学者无法想象的，是时代给与我们的眷顾。

然而我们不能满足于资料的整理，应当在此基础上建立理论的体系，从而对中国古代学术、文化的发展规律，以及中国文化的未来有一种理性的认识。这种理论自觉，不仅有助于当代中国的文化建设，也必将对世界文明的健康发展产生积极的影响。

3. 当代的国学应当注意普及，在广大人民群众中弘扬中华民族优秀的传统文化。

经过文化大革命的十年浩劫，中华民族优秀的传统文化面临断裂的危险，中国人的身份认同感以及民族自信心、自豪感都亟待加强。近年来人民群众对传统文化的热情持续升温，海外华人华侨寻根的愿望十分强烈。在这种形势之下，国学研究义不容辞地应当担当起普及优秀传统文化的任务。国学能不能走出象牙之塔，在广大人民群众中得到认可，是国学研究能否顺利开展的关键之一。当代的国学应当具有提高与普及相结合的品格，应当在群众中得到检验，找到知音。

弘扬传统文化，可以利用各种传媒手段，特别是群众喜闻乐见的形式，应当落实到提高

① 参看裘锡圭《中国出土古文献十讲》，复旦大学出版社2004年版。

人的素质上，让传统文化的营养像春雨一样沁入人的心田。这是一个相当长的过程，不可急功近利，尤其不可进行商业炒作。用商业的方式炒作国学，甚至用国学来牟利，从根本上违背了学术的宗旨。

4. 当代的国学应当吸取人类一切优秀的文化成果，同时要确立文化自主的意识与文化创新的精神。

人类文明的历史表明：一个民族的文化，如果不借鉴和吸收其它民族的文化，就很难得到发展，甚至还会逐渐萎缩，中华文明也是如此。中国与外部世界的交流开始得相当早，汉武帝时期，张骞出使西域，开通了著名的“丝绸之路”；汉和帝时期，另一位使者甘英的足迹，已经抵达波斯湾，与古罗马帝国（时称“大秦”）隔海相望。到了唐代，中外文化交流更加广泛，长安是当时最大的国际都会，在八世纪前半叶，人口已达百万之多，居住着许多外国的王侯、供职于唐朝的外国人，以及留学生、学问僧、求法僧、外国的音乐家、舞蹈家和商贾。大食、天竺、真腊、狮子国、新罗、日本等许多国家的使臣络绎不绝。到了明代，随着航海技术的进步，郑和率领庞大的船队七下西洋，途经东南亚、南亚、西亚各国，最远到达东非沿海。明末清初，以来华传教士为媒介，中国又与欧洲一些国家建立了文化交流关系。

中外文化的交流，不但使中华文明得以弘扬，也使中华文明得到滋养；这种弘扬与滋养，涵盖了物质文明、政治文明及精神文明各个方面。中国的造纸术和印刷术传入欧洲，对西方文明的伟大贡献已是公认的事实；中国的瓷器、丝绸、茶叶以及园林建筑，营造了十八世纪弥漫于欧洲的“中国情调”；而中国的孔孟儒学、科举制度、文官体系以及文学艺术，不仅在日本、韩国等亚洲近邻国家落地生根开花结果，还曾远渡重洋，成为十八世纪欧洲启蒙思想家的重要学术资源。与此同时，中华文化也从外来文化中吸取养分。明末以利玛窦为代表的西方传教士用科学作为传教工具，激起了中国一部分士大夫对西方科学的兴趣，包括古希腊数学、地理学、物理学、生物学、天文学、机械工程学，以及火器、水利等等；而在哥伦布发现新大陆之后，16 世纪至 19 世纪的三百年间，玉米、甘薯和马铃薯等美洲作物的传入和推广，对中国开发地广人稀的山区，满足人口大国的粮食需求，进而发展生产力，起到了关键的作用；中国人发明的印刷术与造纸术，西传欧洲，经过改造后又传回中国，再次促进了中国文化的发展与传播①。

回顾历史，中华文明曾居于世界领先的地位。令人痛惜的是，在 18 世纪末至 19 世纪初期，正当西方文明实现了向近代化的转型，中华文明急需吸取其营养奋起直追的历史关头，清朝统治者却采取闭关锁国的政策，故步自封，不图进取，丧失了历史机遇，中华文明遂被排斥到世界文明发展的主流之外，处于落后地位，而中国这样一个文明古国甚至沦落到任人宰割的地步，这是我们应当牢牢记住的惨痛历史教训！

---

① 参看袁行霈、严文明、张传玺、楼宇烈主编《中华文明史》，北京大学出版社 2006 年版。

现在,中国发生了翻天覆地的变化,在和平发展的道路上突飞猛进,经济总量已经跃居于世界前列。在这种情况下,如何更加自觉地发展与我国地位相称的、与时代发展相适应的先进文化,是一个带有战略意义的重大问题。如果没有文化自主的意识,如果没有文化创新的精神,我们就很难在这个竞争剧烈的世界中立足和生存。科技要自主创新,文化也要自主创新。一味地照搬古人和照搬外国,都是不足取的。继承传统文化,要有所取舍,不能复古倒退;吸取其他民族的文化成果,要取舍由我,不能不分优劣,全盘西化。复古倒退和全盘西化都丧失了文化自主创新的立场,都是没有前途的。自觉地创造我们自己的、具有时代性和前瞻性的新文化,乃是中华文明复兴的关键所在。

在这里,我想特别强调中国传统文化"走出去"的历史使命。阅读明清以降的中西文化交流史,常常给人留下这样的印象,即西方人眼中的中国形象,大多来自西方人自己的著作,如传教士的书信及报告、冒险家的游记等等,或褒或贬,都未能反映出一个全面的真实的中国。截止到目前,我们对世界的了解固然还很不够,但是世界对中国的了解则更少、更肤浅。这就迫切需要我们以主动的姿态,充分利用各种途径和方式,将中国传统文化的精华,真诚地介绍给世界各国人民。现在中外文化交流,呈现明显的入超状态,有人统计,文化的进出口比例为14:1,这未必是精确的统计,但值得我们注意。随着经济的全球化,特别是中国经济的日益繁荣,世界更迫切地需要了解中国。我们在广泛吸取世界上一切优秀文化成果的同时,有责任使优秀的中华文明走出去,让各国人民与我们共享。

总之,国学研究既要保持其传统性与本土性,同时也要彰显它的时代性与世界性。当代的国学已经具备了各方面的有利条件,足以使之成为不同于以往的新国学。换句话说,现在已经是重建国学的时候了。

三

国学的当代意义是与国学的当代形态联系在一起的,国学如果没有新的发展,其意义必然受到很大局限。国学的当代意义是围绕着弘扬中华民族优秀传统文化这个宏伟目标来实现的。我曾经说过:不要以实用主义的态度对待国学。如果仅仅从国学中寻找对工商管理、金融、经济、公关等等有用的技巧和方法,那就太简单化了。有人问我:国学究竟有甚么用?要说没用也真没用,既不能当饭吃,也不能教人如何投资赚钱。但其精华部分能丰富我们的精神世界,增强民族的凝聚力,协调人和自然的关系以及人和人的关系,能促使人把自己掌握的知识和技术用到造福于人类的正道上来,这是人文无用之大用,也是国学无用之大用。试想,如果我们的心灵中没有诗意,我们的记忆中没有历史,我们的思考中没有哲理,我们的生活将成为什么样子[①]？

国学的当代意义，在很大程度上取决于我们的研究态度。我们研究国学，应以承传中华民族优秀传统文化为己任。传统文化是一个民族的根，是一个民族的标志，也是一个民族的骄傲。传统文化关系到每个民族对自己身份的认同感、归属感，以及伴随这种认同感和归属感而来的文化尊严感。传统文化又是民族凝聚力的源泉，一个民族的疆土被人用武力占领了，还可以收复；一个民族的文化被人灭绝了，或者自己抛弃了，则万劫不复！国学作为传统文化中深层的、学术性的部分，与中华民族的复兴密切相关。在经济全球化的大趋势中，拥有几千年文化传统的中华民族，必须自觉地维护自己的根，这样才能自立于世界民族之林。

从上世纪九十年代以来，国学已经逐渐引起社会的重视，目前又一次出现了“国学热”。在这种情况下，我们必须更加清醒。我要强调的是：对待国学应当抱三种态度，即分析的态度、开放的态度、前瞻的态度。所谓分析的态度，就是要分清国学中的精华和糟粕，吸取其精华，剔除其糟粕。所谓开放的态度，就是要处理好中外的关系，不能把自己封闭起来。既要吸取世界上各民族优秀的文化成果，也要让自己民族的优秀文化走向世界。所谓前瞻的态度，就是要正确对待古今的关系，立足当前面向未来，建立具有当代形态和前瞻意义的新国学。我们也应清醒地看到，国学研究是严肃的学术工作，不可满足于泛泛的议论，而应沉潜下来，认真钻研，将切实的成果贡献给社会。

“中国悠久的文化传统不是一潭止水，它宛若滚滚不尽的江河，不断吸纳支流，或直或曲，或速或缓，或涨或落，变动不居。国学也是这样，汉有汉学，宋有宋学，今后则必有以今之时代命名的学派。历史悠久的国学只有不断以新的形态代替旧的形态，才能永葆青春。”这段话是我在 1993 年《国学研究发刊辞》中曾经说过的，我想以此做为这次发言的结尾。我还想强调一句：国学只有与现实生活密切结合，在人民群众中发挥积极的作用，才能充分实现其价值，并永远保持强大的生命力。

中央文史研究馆愿意跟各地的文史研究馆密切合作，跟中国大陆、港、澳、台的学者们一起，为国学研究的健康发展，为弘扬中华民族优秀传统文化，为振兴中华，贡献自己的力量！

---

① 参见拙文《国学与二十一世纪》，《光明日报》2006 年 1 月 10 日。

论《世经》帝德谱的形成过程及相关问题

——再析“五德终始说下的政治和历史”

陈泳超

一

刘歆所著《世经》，为中国历史描述了一个从上古太昊炮牺氏以来直至当时的五德帝王谱（见表一），顾颉刚认为：“这篇文字，是中国上古史材料中最重要的一件。二千年来的传统的上古史记载以及一班人的上古史观念，谁能不受它的支配！虽是从我们的眼光里看出来是七穿八洞的，但要是我们生早了若干年，我们便未必能看出；就使看出了也未必敢这样说。这便叫做权威，叫做偶像！”①这是从其社会影响上说的；而单纯从学术角度来看，该谱因为关涉到两汉之际的政治与文化，尤其是与今古文之争关系密切，所以从晚清以来，备受学者关注，崔述、康有为、崔适、顾颉刚、钱穆、杨向奎等都对之发表了很有影响的学术文字，此后研究断续进行，至今未有定论。最近，杨权出版的《新五德理论与两汉政治——“尧后火德”说考论》（下简称“杨著”）②，再次对这一问题进行了集中探究，并且提出了一些新的见解。

由于《世经》帝德谱牵涉到很多方面的问题，这些问题大多又是长期聚讼纷纭、莫衷一是的，要对这些大大小小的问题都表态，颇有治丝愈棼之慨。幸好“杨著”中对该问题的学术史已经做了非常详细的交代，这是“杨著”嘉惠学林的贡献。本文为了减省头绪、凸现主旨，将以顾颉刚的《五德终始说下的政治和历史》③为叙述核心，因为该文是这一研究里论述最集中也最具影响的，所有其他研究都与之相关。

顾颉刚在该文中认为，以五德终始说来排列古代帝王的学说起于驺衍，其原理是五行相胜，该学说在秦始皇时已经得到现实运用，并有广泛的影响。汉朝前期礼制未备，有水德与土德之争。到了董仲舒那里，又大力提倡另外一套世运理论，即三统说，其主要目的是要推行寅正历法；在五行方面，董仲舒同时宣扬相胜与相生两种理论。汉武帝太初改制，在历法

---

① 《古史辨》第五册，第595页，上海古籍出版社1982年版。

② 杨权：《新五德理论与两汉政治》，中华书局2006年版。

③ 该文原发表于1930年6月出版的《清华学报》第六卷第一期，后经作者修改，收入《古史辨》第五册，本文所引均据后者。

上接受三统说，改行寅正；而在五行上则依据相胜原理定据土德。但是随着汉武帝去世，国运日颓，社会上又冒出许多异说，其中值得关注的是所谓“汉为尧后”与“汉为火德”之说①，它们背后的理论体系已经由五行相胜转变为五行相生，并且都带有禅让或再受命的现实政治目的。“刘向父子”接受了五行相生理论，又配以《易·说卦》里“帝出乎震”的原理，编制了一套全新的帝德谱，即《世经》帝德谱，这是东汉班固以来的传统说法。由于这套帝德谱最显著的特点是将尧和汉都规定为火德，融合了前述“汉为尧后”与“汉为火德”两说，顾颉刚继承康有为以来的说法，认为这里面有一个极大的政治阴谋。因为王莽自撰家谱《自本》里说，他是黄帝和舜的后代，这两个帝王在《世经》帝德谱中皆据土德，根据五行相生原理，土德应继火德之后为帝王，而广泛传播的尧舜禅让，正是“土火相乘”②的上古实例，所以天命规定了汉朝应该禅位于新朝。顾颉刚认为，《自本》撰写在前，《世经》帝德谱是为王莽篡权制造舆论的。由于刘向毕生忠于汉朝反对王氏专权，而刘歆后来却效忠王莽并成为新朝的国师，所以顾颉刚认为《世经》帝德谱完全是刘歆的创作，只是托名刘向以自重罢了。为了让这个帝德谱同时满足“汉为尧后”与“汉为火德”两个条件，刘歆就将秦代设为闰统，并在黄帝之后插入了一个少昊。而这样的编制与传统观念又有很多冲突，于是刘歆利用自己领校秘书的身份，在传世典籍中作了很多伪窜手脚，其中最重要的有二：一是在《左传》里插入了几段刘姓出于尧的证据；二是伪造了一个月令方帝系统。顾颉刚在该文里根据《世经》的记载排列了一个帝德谱系，并把它称作“全史五德终始表”（为减省名词，后文都用“全史五德终始表”来指代《世经》帝德谱），本文将之改作成“表一”如下：

表一　全史五德终始表

	第一次终始	第二次终始	第三次终始
木	太昊炮牺氏	帝喾高辛氏	周
闰水	共工	帝挚	秦
火	炎帝神农氏	尧	汉
土	黄帝轩辕氏	舜	
金	少昊金天氏	禹	
水	颛顼高阳氏	汤	

刘歆遍伪群经是康有为最重大的学术发现，是此后疑古思潮的基本前提之一。顾颉刚这篇洋洋洒洒的长篇论文，其根基也建筑在这上面。但是钱穆在1930年撰写长篇论文《刘向歆父子年谱》③，通过年谱的排列，列举刘歆遍伪群经说不可通者凡二十八端，证明此命题

① “汉为尧后”、“汉为火德”的概称，也采自《五德终始说下的政治和历史》。

② 见《汉书·元后传》，中华书局1983年版，第4014页。

③ 该文原发表于1930年6月出版的《燕京学报》第七期，后经作者修改，收入《古史辨》第五册，本文所引均据后者。

实为虚说。具体到“全史五德终始表”,钱穆又撰《评顾颉刚〈五德终始说下的政治和历史〉》[①]一文,得出10条结论,其中重要的是认为:月令方帝系统在秦汉之际已经流传,五行相生原理就是从这个系统来的,而少昊在这个系统里面的位置与后来的“全史五德终始表”完全一致;董仲舒开始即杂以五行相生学说排列帝德谱;因此,“刘歆王莽一切说法皆有沿袭,并非无端伪造”、“只把当时已有的传说和意见加以写定(或可说加以利用)”[②]。钱穆的论证中心是揭示“全史五德终始表”的素材皆有来源,辟除一切由刘歆伪造的观念,但是他始终不愿意直接说明这个帝德谱到底是谁造的,是为了什么目的造的。这样,从他的文章里依然可以提出这样假设:这些素材固然都是早于刘歆、王莽而存在的,但真正把它们改造成这么个“全史五德终始表”,却是刘歆的创作,并且是为王莽篡权服务的。

本文就是要来直接回答这一问题:该谱的创作目的是什么,到底是“媚汉”还是“媚新”?或者转换成另外一个问题:它的作者到底是谁?是刘向父子的共同创建,还是刘歆的刻意改造?若是前者,则为“媚汉”;若是后者,则是“媚新”之作。

二

“全史五德终始表”的作者问题原本不成问题,东汉的记载都认为是“刘向父子”二人的共同创造。班固《汉书·郊祀志》:

> 赞曰:刘向父子以为帝出于“震”,故包羲氏始受木德,其后以母传子,终而复始,自神农、黄帝下历唐虞三代而汉得火焉。故高祖始起,神母夜号,著赤帝之符,旗章遂赤,自得天统矣。昔共工氏以水德间于木火,与秦同运,非其次序,故皆不永。由是言之,祖宗之制盖有自然之应,顺时宜矣。[③]

荀悦《汉纪·高祖纪》:

> 汉兴,继尧之胄,承周之运,接秦之弊。汉祖初定天下,则从火德,斩蛇著符,旗帜尚赤,自然之应,得天统矣。其后张苍谓汉为水德,而贾谊、公孙弘以为土德,及至刘向父子,乃推五行之运,以子承母,始自伏羲,以迄于汉,宜为火德,其序之也,以为《易》称“帝出乎震”……(以下接《世经》精简版——笔者注)[④]

显然,依据这样的说法,该谱很可能在刘向手里就已完成,它的目的是为了证明汉朝统治的合法性,东汉以来几无异说。

---

① 该文原载《大公报·文学副刊》第170期,1931年4月13日。后收入《古史辨》第五册,本文所引均据后者。

② 《古史辨》第五册,第630页。

③ 《汉书》,第1270—1271页。

④ 张烈点校:《两汉纪》(上册),中华书局2002年版,第1—2页。

但是到了晚清之时，这一传统说法遭到了康有为等疑古学者的质疑，顾颉刚在《五德终始说下的政治和历史》里就力辟此说：

> 刘向固然可以创立相生的五德终始说，但决不能创立《世经》的历史系统。因为《世经》的历史系统是从王莽的《自本》上出发的，其基础实建筑于王氏代刘氏上。①

顾颉刚的理由归纳起来似乎有两条：1.《世经》的历史系统晚于王莽的《自本》而出现；2. 该系统的基础是建筑于王氏代刘氏上的。果然如此吗？让我们来分别予以考察。

1.《自本》早于《世经》历史系统吗？

现在可以见到的王莽《自本》，载于《汉书·元后传》，从这段文字里判断，《自本》撰作时间的最上限当为哀帝元寿二年（公元前1）②。但这个记载大概只是一个节本，所以只记到王莽的姑姑元后而已，根本没有说到王莽本人，《自本》后面还有多少文字，不得而知，所以它的具体写作时间到底要退后多少，就很难说了。

而据《汉书·律历志》载："至孝成世，刘向总六历，列是非，作《五纪论》。向子歆究其微眇，作《三统历》及《谱》以说春秋，推法密要，故述焉。"钱穆《刘向歆父子年谱》考证，《三统历谱》大约作于平帝元始五年（5）。现存《世经》即为刘歆《三统历谱》中的一篇，如此，最多可以说明《世经》写作的时间下限为元始五年（5）。

这样，《自本》与《世经》两者的时间都不能确定，就不能证明《自本》一定早于《世经》。况且，就在《世经》写作下限的元始五年，王莽尚未居摄，他当时极力宣扬的是周公辅成王，是否即有篡位之心，以至要热烈宣扬尧舜禅让，尚未可必。

再仔细分析顾颉刚的上述两条理由，这第一条根本就是无法证明的，且不说考证不出二者的先后关系，即便《世经》的成书时代可以考证出来一定晚于《自本》，依然不能证明"《世经》的历史系统"必定晚于《自本》，它仍然可能是刘歆引用其父的创建，只是写定时间比较晚而已。事实上，顾颉刚也没有认真考证过《世经》与《自本》的先后关系。他只是先认定了第二条理由"《世经》的历史系统"建基于王氏代刘氏上，才推导出第一条理由来的。可见，关键就在这第二个问题，也就是本文所要回答的核心问题了。

2.《世经》帝王谱到底是媚汉还是媚新？

现存的《世经》帝王谱一直记到光武帝，显然，至少两汉之交的部分被班固改动过，它有

---

① 《古史辨》第五册，第595—596页。

② 因为里面有这么一段文字："昔春秋沙麓崩，晋史卜之，曰：'阴为阳雄，土火相乘，故有沙麓崩。后六百四十五年，宜有圣女兴。其齐田乎！'"春秋沙麓崩为僖公十四年，即公元前646年，按照"六百四十五年，宜有圣女兴"的说法，恰当哀帝元寿二年（前1），此年正好哀帝崩，太后临朝，委政王莽。

没有明确的写作动机,不敢据断。从现有的文字来看,《世经》帝王谱所依据的"汉为尧后"与"汉为火德"两个命题,既可以证明汉朝的合法性,也可以证明新朝代汉的合法性,这是由五行相生原理先天决定了的,因为五行相生是循环运转没有穷尽的,所以媚汉与媚新,理论上都有可能。既然文本不能自证写作目的,我们就只好从该命题的现实运用中寻求答案了。下面将考察这两个命题在王莽篡位前后的实际影响

(1)王莽篡位前

如前所说,"汉为尧后"与"汉为火德"这两个命题流传于世的时间远早于王莽篡汉,那么它们出现时候是怀着怎样的政治目的呢?

先看"汉为尧后"说。《汉书·眭两夏侯京翼李传》载:

> 眭弘,字孟,鲁国蕃人也。……孝昭元凤三年正月,泰山莱芜山南匈匈有数千人声,民视之,有大石自立,高丈五尺,大四十八围,入地深八尺,三石为足,石立后有白乌数千下集其旁。是时昌邑有枯社木卧复生,又上林苑中大柳树断枯卧地,亦自立生,有虫食树叶成文字,曰:"公孙病已立。"孟推《春秋》之意,以为"石柳皆阴类,下民之象,泰山者岱宗之岳,王者易姓告代之处。今大石自立,僵柳复起,非人力所为,此当有从匹夫为天子者。枯社木复生,故废之家公孙氏当复兴者也。"孟意亦不知其所在,即说曰:"先师董仲舒有言,虽有继体守文之君,不害圣人之受命。汉家尧后,有传国之运。汉帝宜谁差天下,求索贤人,禅以帝位,而退自封百里,如殷周二王后,以承顺天命。"孟使友人内官长赐上此书。时,昭帝幼,大将军霍光秉政,恶之,下其书廷尉。奏赐、孟妄设祆言惑众,大逆不道,皆伏诛。后五年,孝宣帝兴于民间,即位,征孟子为郎。①

由于这段文字可以有不同的断句法,所以"汉家尧后"命题到底是董仲舒、眭孟还是其他人提出的,可以有不同的理解②,但可以肯定,当初提出这个命题,是强调汉室应效仿尧舜禅让而传位于民间人士的,眭孟因此大逆不道而伏诛,时在昭帝元凤三年(前78)。但值得注意的是,昭帝之后继位的宣帝果然是"兴于民间",他感念这种命题的先兆,又立眭孟之子为郎。可见,禅位并不一定要让于异姓,同姓亦无不可。有人甚至认为宣帝本人已经宣称"汉家尧后"了,尚无可靠证据③。

再看"汉为火德"说。

关于汉初一段时间实行的"准火德制",可参见"杨著"相关部分,此不论。《汉书·谷永杜邺传》载:

---

① 《汉书》,第3153—3154页。

② 参见"杨著"第77页。

③ 徐兴无:《刘向评传》里认为,宣帝在地节元年(前69)诏书里所说:"盖闻尧亲九族,以和万国。朕蒙遗德,奉承圣业。"就是"汉家宣称为尧后的明证",未免武断,这里"遗德"者不能明确断定为尧,也可以解释为刘氏先帝,颜师古注文只说来源于《尚书》文字,并没有说是"汉为尧后"的意思。见《刘向评传》,第304页,南京大学出版社2005年版。

彗星,极异也,土精所生,流陨之应出于饥变之后,兵乱作矣……[①]

钱穆认为这里说彗星兆乱,必土德代汉之应。既然将代者为土德,汉自然是火德了。时在成帝元延元年(前12)。《汉书·眭两夏侯京翼李传》:

初,成帝时,齐人甘忠可诈造《天官历》、《包元太平经》十二卷,以言"汉家逢天地之大终,当更受命于天,天帝使真人赤精子,下教我此道。"忠可以教重平夏贺良、容丘丁广世、东郡郭昌等。中垒校尉刘向奏忠可假鬼神罔上惑众,下狱治服,未断病死。贺良等坐挟学忠可书以不敬论,后贺良等复私以相教。哀帝初立,司隶校尉解光亦以明经通灾异得幸,白贺良等所挟忠可书。事下奉车都尉刘歆,歆以为不合《五经》,不可施行。而李寻亦好之。光曰:"前歆父向奏忠可下狱,歆安肯通此道?"时郭昌为长安令,劝寻宜助贺良等。寻遂白贺良等皆待诏黄门,数召见,陈说"汉历中衰,当更受命……"[②]

对于夏贺良的具体主张,《汉书·哀帝纪》建平二年(前5)六月记载更详细:

……待诏夏贺良等言赤精子之谶,汉家历运中衰,当再受命,宜改元易号。诏曰:"汉兴二百载,历数开元。皇天降非材之佑,汉国再获受命之符,朕之不德,曷敢不通!夫基事之元命,必与天下自新,其大赦天下。以建平二年为太初元将元年。号曰陈圣刘太平皇帝。漏刻以百二十为度。"[③]

甘忠可和夏贺良师徒二人在成帝、哀帝两朝前赴后继宣扬的"更受命"或"再受命",都托名于"赤精子",表明火德之运,其内容不是德运转移、应让位于异姓,而是说汉家通过某种仪式重新受命,让旧政权获得新生命。

关于"陈圣刘太平皇帝"的古怪称号,韦昭注曰:"敷陈圣刘之德也。"如淳注曰:"陈,舜后。王莽,陈之后。谬语以明莽当篡立而不知。"[④]到底哪一种正确?笔者以为韦昭注可从,如淳注有事后诸葛之嫌,因为哀帝时王氏权力遭到最大抑止,王莽本人不得已离开中央退处封地,怎么可能有篡国之心?更怎么可能甘、夏二人来为王莽篡国立言?即便这里的"陈"不是敷陈之意而解作舜的后代,也是撺掇火德尧后的汉家暂时假冒土德舜后,而完成这个五行相生的"必然"过程,以此获得新生。钱穆先生说:"今自号'陈圣刘',所以为厌胜。此后王莽乃袭其说,自托舜后耳。"[⑤]是完全合乎情理的。

可见,"汉为尧后"与"汉为火德"这两种理论,其产生之初,都不必然不利于刘氏天下,

---

① 《汉书》,第3468页。

② 同上书,第3192页。

③ 同上书,第340页。

④ 同上书,第340页。

⑤ 《古史辨》第五册,第171页。

都可以被有意无意地用来媚汉。事实上，对汉室耿耿忠心的宗室刘向，对上述两个命题也都乐于接受，详后文。

(2)王莽篡权后

假如“汉为尧后”与“汉为火德”两个命题是专为媚新而存在的，那么照一般情理而言，王莽祸国殃民就在目前，后起的刘秀等人应该竭力消除该理论的影响才对，事实恰恰相反，这两个命题却成了刘氏复兴的重要理论依据。比如班彪为了劝说隗嚣放弃偷窥神器的野心，特撰《王命论》以论证刘家天下的“应天顺人”，他说：“刘氏承尧之祚，氏族之世，著于《春秋》。唐据火德，而汉绍之。始起沛泽，则神母夜号，以章赤帝之符。”[①]尤可注意的是，当年“与国师公(即刘歆——笔者注)从事出入，校定秘书”的苏竟，在劝降刘歆兄子刘龚的《与龚书》中也说：“夫孔丘秘经，为汉赤制，玄包幽室，文隐事明。且火德承尧，虽昧必亮，承积世之祚，握无穷之符，王氏虽乘间偷篡，而终婴大戮，支分体解，宗氏屠灭，非其效欤？皇天所以眷顾踟蹰，忧汉子孙者也。”[②]可见“火德承尧”，正是刘氏复兴的天命依据，与前面甘忠可、夏贺良宣扬的“更受命”思想相通，并不以被土德承舜之人(比如王莽)替代为必然指归。在时人看来，王莽只不过是偷篡汉祚、淆乱天命的偶然事件罢了。

正是基于以上原理，所以光武帝刘秀在光复前后也大肆利用这一学说，在图谶、符命等各方面都对“火德承尧”有所表示，并且在建武二年(26)“始正火德，色尚赤”[③]，从此“火德承尧”被正式列入王朝礼制，在封禅等祀典上多有表现，东汉后来的皇帝也都延续不辍。

从上述分析可以看出，作为《世经》历史系统构造原理的“汉为尧后”与“汉为火德”两个命题(也可以合并为“火德承尧”一词)，都并非以代汉媚新为指归，它本身更多是为媚汉服务的。只是由于五行相生天然规定每个德运迟早要被后一个德运所替代，所以它蕴含着代汉的合理性罢了，碰到王莽这样的野心家和嗜古癖，就很容易被利用了。顾颉刚只是拆解了《世经》帝王谱的素材来源及其编造的逻辑过程，就断定它为媚新之作，是没有说服力的。当然，顾颉刚这样推断的根基还是过分相信康有为以来所谓刘歆遍伪群经、以媚新换取古文经学合法地位的说法，事实上，上述观点已被多数学者证明是不正确的了。

综上，顾颉刚的理由既然不能成立，那么《世经》历史系统的创立权，还是应该回归到班固以来的说法，归还于“刘向父子”，而其创作动机是为了媚汉的。

三

对于班固以来合称的“刘向父子”，通常认为是刘向创立、刘歆继承并精密化，父子之间

---

① 萧统编、李善注:《文选》，上海古籍出版社 1994 年版，第 2263—2264 页。

② 《后汉书·苏竟杨厚列传》，中华书局 1982 年版，第 1041—1043 页。

③ 《后汉书·光武帝纪上》，第 27 页。

在这个问题上并没有原则分歧。但是很多人鉴于刘向父子政治态度上的巨大差异，总感觉在这个问题上也会体现出原则性的不同来，顾颉刚等因为有今古文之争的传统偏见，把“全史五德终始表”说成是刘歆创立而托名刘向的，上文已辩其非；但是“杨著”并没有今古文的偏见，却仍然坚持父子二人有绝大不同，为此还特意区分出所谓“刘向版”和“刘歆版”的帝德谱来，下文将予以集中辨析。

“杨著”的核心创见是说：刘向首创以五行相生原理来解说世运的所谓“新五德理论”，并以这一理论为指导编制了一个所谓“刘向版”的帝德谱（见表二），该谱符合“汉为火德”的命题，但还不能满足“汉为尧后”的命题。后来，刘歆在此基础上改进成为《世经》帝王谱，也即所谓“刘歆版”帝德谱（即表一的“全史五德终始表”），使之同时证明了上述两个命题，其改进方法就是利用（不是伪造）《左传》等资料加入闰统和少昊。至于刘向父子不同版本的创作目的，“杨著”认为，刘向版要“证明汉朝是正统王朝”①，是忠于汉室的；而刘歆版则是王莽为了篡汉的目的，“指使其心腹刘歆，通过编造《世经》，对刘向版帝德谱做了精心的改造”②。

表二　所谓刘向版帝德谱

	第一次终始	第二次终始	第三次终始
木	太昊炮牺氏	尧	秦
火	炎帝神农氏	舜	汉
土	黄帝轩辕氏	禹	
金	颛顼高阳氏	汤	
水	帝喾高辛氏	周	

为了行文方便，本文把它简化为两个关联问题分别予以解析。

1. “新五德理论”是刘向首创的吗？

“杨著”说，所谓“新五德理论”是借鉴了汪高鑫《论刘歆的新五德终始历史学说》的说法，不过汪文以为是刘歆创立，“杨著”认为是刘向创立罢了。为了减省头绪，本文主要针对“杨著”立言，希图梳理清楚该理论的具体形成过程，对于汪文的回应自在其中。

从现存典籍来看，最迟在秦汉之际，已经出现了月令方帝系统，这个系统以五行配五方，同时又配季节，包含了五行相生的运行原则，见《吕氏春秋·十二纪》、《礼记·月令》和《淮南子·时则训》等篇。但是该系统里的五方帝还在神人之间，没有明确落实到现实历史。当时真正对现实世运有影响的是驺衍的“五德终始说”，它是以五行相胜为原则的，相对而言就

① 《新五德理论与两汉政治》，第 145 页。

② 同上书，第 171 页。

是所谓的"旧五德理论"吧。

到了董仲舒那里,五行相胜和五行相生两种原则都大量涉及,但是有没有运用于历史和德运呢?

董仲舒的世运主张,主要集中在《春秋繁露·三代改制质文》篇里,他的理论比较复杂,简而言之,他把当运的一朝与前面两朝合在一起列为"三王",其运作规则是"逆数三而复";三王之前有"五帝",其运作规则是"迭首一色,顺数五帝相复";"五帝"之前又有所谓"九皇"、"六十四民"之类。这些阶段的位置是固定的,占据这些位置的帝王则要随着世运的推移而依次前行一格。他之所以要把连续的历史强行分出几个阶段,是因为杂糅了不同世运理论,其中"三王"阶段的理论依据是"三统说",而"五帝"阶段的理论依据就是五行。我们关注的是,他的五行是相胜还是相生的呢?这得先搞清楚他的帝王谱都是哪些人,该篇论及周代当运时说:

> 是故周人之王,尚推神农为九皇,而改号轩辕谓之黄帝,因存帝颛顼、帝喾、帝尧之帝号,绌虞而号舜曰帝舜,录五帝以小国,下存禹之后于杞,存汤之后于宋。

可见这些帝王依次是:

> ……神农、黄帝、颛顼、帝喾、帝尧、帝舜、夏、商、周……

这个谱系前后都不封闭。

然后我们可以考察它们的运作规则了,该篇说到商、周两朝当运时的帝王谱分别是:

> 亲夏故虞;绌唐谓之帝尧;以神农为赤帝。
> ……(绌虞)谓之帝舜;以轩辕曰皇(黄)帝;推神农以为九皇。①

神农为赤、黄帝为黄,依次轮转,显然是相生关系,由此我们模仿表二,将董仲舒的帝德谱排列为表三:

表三 董仲舒的帝德谱

木		尧
火	神农	舜
土	轩辕	禹
金	颛顼	商
水	喾	周

显然,这已经完全符合所谓的"新五德终始说"了,而且将表三续上后来的秦代和汉代,不就几乎和所谓的"刘向版"帝德谱一样了吗?事实上,这样的推演也已经面世了,前面引用

① 本段所引董仲舒《三代改制质文》篇的文字,均出《春秋繁露》,上海古籍出版社 1989 年版,第 41—43 页。

的谷永所谓"土精"预兆，就是土德将代汉室火德的意思。[①]

所以，钱穆在《评顾颉刚〈五德终始说下的政治和历史〉》一文中得出结论："五德转移改取相生说，不取相胜说，远在刘向前。"[②]本文的上述分析，其实钱穆在该文中就已说明白了，只是说得过于简单，笔者这里比较详细地给予说明，并以表格的形式再次演示一遍。"杨著"为了将发明权归于刘向，就认为董仲舒的理论没有被应用于政治历史领域，是不能成立的，"杨著"中所列举的证据，都是针对汪文将创立权归于刘歆而作的，事实上，刘向父子都不能拥有这一理论的发明权。

不过，我以为刘向父子对该理论除了宣扬、运用（比如编制"全史五德终始表"）之外，还是有一项重大贡献的。此前的董仲舒没有全力构建这套理论体系，他当时更热心的是"三统说"，按照他三王、五帝、九皇、六十四民这样由近及远的阶段顺序，历史是根本没有起点的。刘向父子则根据《易·说卦》里"帝出乎震"的原理，为这一理论设定了一个权威的开端，具体的帝王就是伏羲，这样一来就使古史的开头部分与月令系统的五方帝完全吻合了，从而使这一理论变得更加完善。

2. 真的存在"刘向版"帝德谱吗？

其实"杨著"所谓的"刘向版"（即表二），只是将"全史五德终始表"（即表一，亦即所谓"刘歆版"）去掉了闰统和少昊之后的一个推理版本而已，这个推理版本顾颉刚在《五德终始说下的政治和历史》里早已排好，但认为不可能实际存在过。"杨著"却将它归属于刘向，并且认为真的存在过，它的证据主要是说在谶纬里，有把颛顼称为"白帝"金德的说法，这只能出现于"刘向版"帝德谱，因为在"全史五德终始表"里，颛顼应该是黑帝水德。这样的证据一共只有两条，让我们来一一辨析：

资料一《易纬·是类谋》：

> 建世度者戏，重瞳之新定录图，有白颛顼帝，纪世谶、别五符，元元之威冥因灾。【注文】建世度，谓五世之法度。虑戏氏始作八卦以为后世；轩黄帝之表重瞳，定录图，黄帝始受河图而定录；白帝颛顼，有为世谶，别五帝之符，异精元冥，又因著众灾也。颛顼氏，水标德王天下，于五帝次冥，故言有由者矣。[③]

这里的原文与注文，是笔者直接从《纬书集成》里引来，其文字及断句与"杨著"颇有差别（下

---

① 参见《汉书》第3468页。另外，《春秋繁露·五行相生》篇里有说："南方者火，本朝也。"徐兴无认为这是"汉为火德"出现的最早迹象，见《刘向评传》第302页。但细审该篇，是讲五行与五方、五官的对应关系，文字也都是对应的。在其它四行的对应位置都安排的是司农、司寇之类的官名，唯独火德这里忽然冒出一个"本朝也"来，显得很不协调，不知是不是有传写讹误，不敢遽从。

② 《古史辨》第五册，第628页。

③ 《纬书集成》，上海古籍出版社1994年版，第81页。

条亦然)。谶纬之文,多杂乱难明,这里似乎交代了伏羲、黄帝和颛顼三个帝王,尽管确实直接称颛顼为白帝,但是黄帝之前也不是神农而是伏羲,与所谓"刘向版"不合。更重要的是,注文里明明说颛顼是水德,那就又是黑帝了,与白帝矛盾。"杨著"故意不录注文最后"颛顼氏"以下部分,而径称"以颛顼为金德"①,未免恣意剪裁,不足为训。

资料二《诗含神雾》:

> 瑶光如蜺,贯月正白,感女枢,生颛顼。②

但须注意,谶纬里的感生神话,未必感生物一定与帝德的颜色一致,这里出现的白,并不表示颛顼就是白帝。在《河图著命》里就说:"摇光之星如虹,贯月正白,感女枢于幽房之宫,生黑帝颛顼。"又曰:"扶都见白气贯月,意感生黑帝子汤。"③分明可证!

退一步讲,即便这些因素果然可以说明真实存在过这么一种体系,前面已经证明,这一体系早在董仲舒那里就已经存在了,何必一定要等到刘向呢?董仲舒的影响,绝对不会比刘向小,看那些早于刘向发出灾异怪论的眭孟等人,不就是董仲舒的传人吗?所以,"刘向版"只能看作是"杨著"标新立异之说,没有任何有说服力的证据。

既然不能证明"刘向版"的存在,那么又何以证明"全史五德终始表"是刘歆媚新所作呢?"杨著"自己也说:"从理论本身看来,刘歆版帝德谱的出现本应是对西汉统治很有利的。"可是它仍然说:"实际情况却不是这样。因为刘歆版帝德谱并不是为了维护西汉王朝的政治权威而炮制的,而是为了给王莽篡权提供理论支持而炮制的。"其理由是刘歆版帝德谱出炉的时候,已是王莽"虎视眈眈看着朝廷"想禅让了。"在这种形势下,有没有一个'完善'的帝德谱,对西汉统治者来说,又有什么意义?"④可是,"杨著"何以知道"全史五德终始表"是出于王莽篡权前夜的呢?依然没有提供任何证据。归根到底,"杨著"是先认定刘向父子政治立场的差异一定会体现在帝德谱上,于是强行虚拟出一个刘向版来,然后把"全史五德终始表"归为刘歆媚新之作,于是创作时间就在王莽篡汉前夜了;然后又倒过来说因为出笼于这个时间,"全史五德终始表"不可能是媚汉,只能是媚新之作,媚汉的是另外那个"刘向版"。可见,在这个关键问题上,"杨著"陷入了循环心证,无可跳脱。

要解除这样的循环心证,就必须证明刘向不可能作"全史五德终始表",那么按照"杨著"的逻辑,只有一种可能,就是刘向只接受"汉为火德"说而不接受"汉为尧后"说,因为所谓"刘向版"比"全史五德终始表"差的就是"汉为尧后"的依据。但实际情况果然如何呢?请看《汉书·高帝纪》里的一段重要文字:

---

① 《新五德理论与两汉政治》,第139页。

② 《纬书集成》,第863页。

③ 同上书,第1109页。

④ 《新五德理论与两汉政治》,第161页。

赞曰:《春秋》晋史蔡墨有言,陶唐氏既衰,其后有刘累,学扰龙,事孔甲,范氏其后也。而大夫范宣子亦曰:"祖自虞以上为陶唐氏,在夏为御龙氏,在商为豕韦氏,在周为唐杜氏,晋主夏盟为范氏。"范氏为晋士师,鲁文公世奔秦。后归于晋,其处者为刘氏。刘向云战国时刘氏自秦迁于魏。秦灭魏,迁大梁,都于丰,故周市说雍齿曰"丰,故梁徙也"。是以颂高祖云:"汉帝本系,出自唐帝。降及于周,在秦作刘。涉魏而东,遂为丰公。"丰公盖太上皇父。其迁日浅,坟墓在丰鲜焉。及高祖即位,置祠祀官,则有秦、晋、梁、荆之巫,世祠天地,缀之以祀,岂不信哉!由是推之,汉承尧运,德祚已盛,断蛇着符,旗帜上赤,协于火德,自然之应,得天统矣。[①]

值得注意的是,前文说到"汉为火德"的时候所引用的《汉书·郊祀志》和《汉纪·高祖纪》,都说是"刘向父子",而这里说到"汉为尧后"时,却单单说是"刘向云",并且后面还有刘向所作的高祖颂词,无疑刘向是完全接受这一说法的。

非但如此,我们知道,"汉为尧后"学说,在今文经里没有记载,主要保存于古文经的《左传》里,《后汉书·郑范陈贾张列传》里贾逵说:"又《五经》家皆无以证图谶明刘氏为尧后者,而《左氏》独有明文。"[②]而刘向是《穀梁传》大师,他曾经跟力主《左传》的刘歆辩难过[③]。不过,西汉时候今古文之争,并不像后人想象得那么壁垒森严,刘向在《洪范五行传》、《烈女传》、《新序》、《说苑》等书里多处发明《左传》[④],所以他引用《左传》的记载来说明"汉为尧后",毫不为奇。

这则记载还牵涉到一个非常重要的问题:既然"汉为尧后"早就载于《左传》,而《左传》又保存了比较真实的春秋史料并一直在流传,只是没有被列为学官而已。那么为什么汉武帝之前没有一个人这么说呢?像司马迁这么博览群书又欲"通古今之变"的人,在《史记·高祖本纪》里只字未提刘氏的高贵出身,却在《史记·秦汉之际月表序》里想不明白为什么以前各朝得天下者,都有祖上很长时间"积善累功"的荫德,而刘邦却完全"起于闾巷"呢?最后他只好感叹"岂非天哉!岂非天哉!非大圣孰能当此受命而帝者乎!"[⑤]对此,疑古学者都认为这是刘歆伪窜《左传》的铁证,而不疑古的学者又没有给予正面的回答。从上引《汉书·高帝纪》的记载可以看出,刘歆作伪的猜测肯定不对,否则刘向怎么可能引用呢?从这则记载中我们可以推测,刘氏为尧后尽管载于《左传》,理论上司马迁等很多人都看过,但是天下姓刘的不止刘邦一家,而刘邦"起于闾巷"人所共知,他父母的名字都无人知晓,又怎么可能有详细的家谱世系流传呢?那时候,秦汉之际生于楚地的刘邦,还没有办法与春秋时期

---

① 《汉书》,第81—82页。

② 《后汉书》,第1237页。

③ 《汉书·楚元王传》:"歆数以难向,向不能非间也,然犹自持其穀梁义",第1967页。

④ 《刘向评传》,第98页。

⑤ 《史记》,中华书局1982年版,第759页。

留在秦国、被认为是尧之后代的刘氏攀上瓜葛。况且汉武帝之前国势强盛,还不是非常迫切要拿祖先的高贵来加强政权的合法性。武帝之后,国势日颓,这种要求变得急迫了。原先难以说明的问题,正是在刘向那里获得了解决,上引"刘向云",不正是从战国说到秦代,编制了一张"秦—魏—丰"的刘氏迁徙线路图的吗?这样就把传世典籍记载的尧后谱系与汉室刘氏终于挂上了钩。我们不敢说在刘向之前那些宣扬"汉为尧后"的人就不可能编造类似的刘氏迁徙线路图,但是现存资料的最早记录确实首先出自刘向之口,那么猜测是刘向的创作也不为过,至少可以推测是由他而定论推广的。设想一下,刘向在当时领校秘书,可以接触天下所有书籍,是最有学问的人;同时又是汉家宗室,"奕世宗正"[①],是最熟悉皇室宗谱的人。由他发布这一线路图,应该是最合适也最权威的吧。由此看来,刘向非但完全可以接受"汉为尧后"说,而且很可能正是他将这一说法完善并固定下来的!这一点,向来没人说破[②]。《左传》文字与这张迁徙线路图的衔接,历来被人怀疑是包藏不同心思之人作伪的成果,但是从孔颖达以来都怀疑是《左传》文字有伪[③],康有为等人更将作伪者指定是刘歆,其实,为什么不去怀疑这张迁徙线路图是伪窜,作伪者却是刘向呢?

所以,所谓"刘向版"帝德谱是根本不存在的,在没有更直接的材料出现之前,我们还是得承认班固以来的说法,"全史五德终始表"是"刘向父子"合作创立的,其初创目的是为了增加汉代政权的合法性,父子二人在这个问题上没有原则差异。

这同时可以解释这样一个现象,前引《汉书·眭两夏侯京翼李传》里关于"再受命"的故事,成帝朝鼓吹者是甘忠可,反对者是刘向;哀帝朝鼓吹者是夏贺良,反对者是刘歆。师徒二人先后遭到父子二人的反对,不正体现了"刘向父子"在这个问题是的一致性吗?当时的大臣解光就说:"前歆父向奏忠可下狱,歆安肯通此道?"我们不能因为刘歆后来的变节,就抹煞他前面所有与乃父相通、为汉室效忠的地方。至于甘忠可师徒宣扬的"再受命"理论本身也是为了媚汉的,刘向父子为什么要反对呢?这里就有心态和技术问题了。刘向作为三朝老臣,可以非常沉重地警告成帝:"王者必通三统,明天命所授者博,非独一姓也。"但是他显然不愿意汉室祚运夭折,总希望尽忠臣劝谏之能,敦促帝王"弘汉家之德,崇刘氏之美,光昭五

---

① 《汉书·叙传》,第4247页。

② 班固在《汉书·高帝纪》里论证刘向这个线路图的可信说:"及高祖即位,置祠祀官,则有秦、晋、梁、荆之巫,世祠天地,缀之以祀,岂不信哉!"顾颉刚等人反驳说如果真的是这样设置祠祀官,说明高祖以来就明明白白知道这个迁徙线路,那么何以汉武帝之前谁都不提呢?本文认为这里"秦、晋、梁、荆之巫",原本没有与刘氏迁徙相联的背景,班固这里大概是勉强拉来作证的;如果一定要说有关联,我认为很可能倒是刘向从这个祠祀官中得到启发而编制了那张线路图的,班固这里是因果倒置了。

③ 《左传》文公十三年"其处者为刘氏",孔颖达正义曰:"深疑此句或非本旨。盖以为汉室初兴,捐弃古学,左氏不显于世,先儒无以自申。刘氏从秦徙魏,其源本出刘累,插注此辞,将以媚于世。"见《十三经注疏》,中华书局1991年版,第1852页。

帝、三王"①。所以他不能允许民间人士随意揣测天命,哪怕是媚汉的"再受命",也会带来不同程度的视听淆乱。《刘向评传》说:"尽管来自民间的自禅受命的思想也主张五德相生的次序,但由于假借鬼神,不合儒家的经典,缺乏经学的依据,加之易乱朝政,因而被他们视为邪门左道。因此,刘歆在此时毫不犹豫地与他的父亲,甚至与他在学术上不合的丞相、大臣们站到了一起。"②这是很正确的。

四

综合上述分析,本文认为,以五行相生来排列世德的所谓"新五德理论",至少在董仲舒的著作里已经确然存在,至于是否就是董仲舒创立的,难以明断。它的缺点是没有充分论述,尤其严重的是没有首尾完整的德运谱系。"刘向父子"在此基础上,借助《易·说卦》里"帝出乎震"的原理,将伏羲推为第一个帝王,为这一新理论设定了一个权威开端;而这一开端又正好可以移植月令系统的五方帝,于是巧妙创作了《世经》帝德谱,使之可以同时符合汉武帝以后逐渐在社会上流传的"汉为火德"和"汉为尧后"两个命题;刘向本人还利用其校书与宗正的特殊身份,为汉室皇族编制(或完善发布)了一套从春秋战国以来的家族迁徙路线图,为"汉为尧后"设定了更权威的氏族谱。这一张历代帝王谱、一张汉室氏族谱,都是刘向父子(刘向之功大概更大)托古建构的杰作,用以为日渐颓唐的汉室政权增加合法性依据。在这个问题上,"刘向父子"之间没有原则分歧,只是由于"新五德理论"先天具有的轮转特性,这些杰构后来被野心家王莽利用来作为篡汉的舆论工具了。

最后要说一句题外话:本文虽然自认为解决了《世经》帝德谱的来历这一长期争论不休的问题,但所依据的材料都是前人用过的,所以充其量只是提供了一个自认为比前人更加合理的解释罢了,至于历史真相到底如何,谁也无法确知。更进一步说,即便机缘凑泊,能发现更直接更有说服力的材料,我们能做的,大概也是继续编制合理主义的历史镜像吧。

(原刊《文史哲》2008 年第 1 期)

① 《汉书·楚元王传》,第 1950、1956 页。

② 《刘向评传》,第 353 页。

韩国阳明学者郑齐斗的经世思想

龚鹏程

一

对于韩国阳明学的发展，论者有一种说法，谓其偏于内圣一面，主知而不重行。其论述大要，略谓：

> 韩国朱子学的强大攻势，又使韩国阳明学继续保持朱子学注重理论研究的特色，而使韩国阳明学也向学问研究方向发展。结果，阳明学在韩国的主要成就不是在发挥力主行动的阳明学特性，而是在于作为"家学"专心研究理论上，也因此在理论上获得的重要成就。上海复旦大学吴震教授就曾说韩国阳明学的代表郑齐斗，"把阳明学当作是一种学问，或者说当作是一种与朱子学不同形态的，同时又是与儒学基本精神相吻合的一种学术体系来掌握和理解的。至于通过对阳明学的义理阐发和历史解释，霞谷是否意图向人们传达新的观念模式，以至于改变人们的行为方式，则并不十分明显。这与中国明代中晚期的大多数心学家在思想与行动互相结合的形态之下，积极参与社会活动，大肆宣扬心学理论的社会风潮有很大的不同"，他的这种见解是有道理的（韩国的阳明学与朱子学）。

吴震这篇论文，收入郑仁在、黄俊杰编的《韩国江华阳明学研究论集》，111 页，台湾大学出版中心 2005 年 9 月出版。他们这种看法，如今颇成典型，可是我并不同意。本文就是要说明郑齐斗的"霞谷学"根本不是如此，乃是十分注重经世实践的。

二

据上述论点，韩国阳明学之所以只能成为一种心学理论而不能发挥其行动力，关键原因在于朱子学势力太大，故阳明学也不能不变成一种"道问学"式的做学问型态。此说预设了朱子学比阳明学更无实践性，重知而不重行。此为我所不能同意，对朱子学的把握恐怕大有问题。

其次，韩国的朱子学固然势力甚大，阳明学者如郑齐斗等均不能正面撄其锋，往往要强调他与程朱有关系或彼此相合相近。可是郑氏拉上程朱渊源的方式却也并不是扭曲自身的。其门人沈錥所作《行状》,替老师辩护时说:“世人或窃疑先生为新建之学。而此于先生岂足为轻重哉?”颇足以代表。

这似乎是撇清郑齐斗的阳明学渊源,而向程朱学靠拢。但他谈郑氏与程朱关系时怎么说呢?曰:“居常诵味明道之言,为诵程门遗训,注解《定性书》。盖其慕悦也深,故言行之间,每多相契。……是以晚年气象和粹高明、表里洞然、坦荡明白,其得于明道,有如是者矣。”这段话,就放在“世人或窃疑先生为新建之学”那句话前面,其论述策略显然是跳开朱王之辨,把郑齐斗推崇为明道。明道不但是朱学的源头之一,其学亦与阳明较为接近。把郑氏推崇为明道,不仅保持了自身学术的本象,无委曲从人之弊,更可隐然压倒朱熹,占居更上流。由这样的论述策略,便可窥知当时阳明学者是如何维持本身之学术立场,谓其随俗习染于朱学,恐厚诬古人矣。

再者,专就郑氏学问本身看,它也不是不重经世面向的。《行状》说他:“皇王帝霸,得失之辨既已了然若指掌,而必折衷于诗书六艺。名物度数、百家众技之说,靡不洞究其精奥,而尤郑重于国朝典章。体用具备、品条详密,要可以发政施为,措诸事业”,即是特别针对它可以施于世用这方面说的。

这是就郑齐斗学问本身而说。这套学问后来并没有施用于实事,仅托诸空言而已。但这却也不是由于受朱子学影响或压抑使然,乃是:“逮乎末年,见党论溃裂,私意横流,则不复有所论说。每称如今时弊,虽有美法良制,将安所施措耶?但能自将格言至诚开陈于君父之前,纳约自牖于本源之地,此为第一义”。也就是说:其经世之法度措施,系因缺乏实施的时代条件,故郑齐斗才不得不仅从事培元返本的工作。

这是针对郑齐斗终于未能在经世实事上有所发挥的解释。此等解释,是否只是沈錥美化了它老师的饰词呢?

由《霞谷集》卷一一所载《玉堂请勘悖儒疏》来看,便可知当时朝中斗争确实非常激烈:“近来世道垂裂,党议横流,弦诵揖让之地,便作横拿閧斗之场,古今所无之变怪,层生叠出。神门揭书,已涉惊愕;朝绅墨名,充极骇悖。旧时名臣、先朝贤辅,亦多受污,甚至辱及山林”云云,指出当时几乎是像贴文革大字报般地攻击对手,郑齐斗就是被攻击的对象之一,此文则是主张恢复其名誉的。唯其名誉固可恢复,心情恐已大受影响。如此时局,虽有经世之学,终究难以实践,亦是不难理解的。

沈錥说郑氏认为此时虽良法美制亦无所用,只能培元固本,这也是有郑齐斗自己的言论为依据的。卷二丁亥《答崔汝和书》说:“重病之人,内外百体,无不见危,虽有神丹妙剂,难以遽投,譬如今日之时势也。唯可先固根本而已。上补君德以正化源,下聚群方以壮元气,而后医治之方可得而议也”。对此就讲得极为明白。

综合以上各点,可知郑齐斗之学本合体用,足以经世,其所以未能大用,乃时世使然。

三

可是这也不影响时人对他学问的认知。除了沈鐈明白揭言其学可以发政施为、措诸事业外,《霞谷集》卷一一《请设书院儒书》之再疏,亦备言时人推荐郑氏的理由,在于郑氏有"实学"。这实学一词,跟清朝以后人所说之实学不同。清人与近人所云实学,专指一种反对宋明理学的思路,谓宋明理学家都是空谈心性,其学无裨于实际,故倡实学以矫其弊。实对虚而说。可是宋明理学家本来就称自己的学问是实学,不认为其学只是玄谈,而是有体有用的。此处所云,即用此义,故曰:"穷至性、笃纯行,实学也;表惇德、树风声、实政也"。实学发用即为实政。实政,并不只是表惇德、树风声这种人格典型式的影响,乃是确能作用于政治社会的,因此以此标准而备受推崇的郑齐斗,乃被形容为是:"礼乐政刑……以至六典五礼、祖宗绳尺,亦皆研究泰和,会通折衷,可以精义致用。举而措之。先辈知德之论,咸以经世佐王之姿归之。"郑齐斗在时人眼中,正是这样一位王佐才。

若说这只是虚辞夸誉,则《记郑先生淮阳治事》记郑氏在淮阳时:"荐离水旱、流亡相随,属先生便宜振之。政无申令,棰不及人,不出而化教洽于境。治三月,扶携还业千余人,皆曰父子相保,妻孥不相离"。可见其学亦曾施诸实事,有具体政绩,情况类似王阳明。

四

郑齐斗之所以能经世,或其学具有经世之用,当然还应由其学问本身的性质看。

卷一所收《上宋尤斋问目》丙辰有一条,问:"程之谓人心不可二用。……事务既不可废,读书讲理亦未宜缓。而或专于此则不能专于彼,入于彼则不能入于此,纷纭作辍,非惟无以并专,将不无分精歧意,二用其心之患也。俱是工夫而相妨若此,则奈何?"这一问,是就程朱一派说做学问可由事上磨炼,也可由理上推求而发,两者皆是工夫,可是任事既多,往往就没空读书穷理;反之,花了许多时间气力在读书穷理上,也常成为不通世务、不能干济任事的书呆子。这是十分实际的问题,也是儒学自汉代以来就已出现的根本疑难之一。

先秦儒家讲学,旨在治国平天下。秦汉以后,儒学两歧,一种是经生,专力于读书;一种是文吏,以儒学教养去从事实际政事。经生看不起文吏,觉得文吏学术不深;文吏瞧不起经生,认为经生光晓得读书,不能办事。王充《论衡》对此现象颇有描述。宋代理学出现以后,儒者除了读书之外,还得穷理,但读书穷理之儒,仍不能免于无裨实用、不能任事之讥。这种儒学发展结构中的困局,一直到清朝也没解决,不断反复引起讨论。郑齐斗显然是想从理论上弥合此一困难的,所以才有此一问。

宋尤齐的回答是:"程子于九思,有各专其一之训。知此,则来谕所病,自知其药矣"。各专其一,是说读书讲理时就专一于读书讲理;做事时就专一于做事。或让人只专一于读书讲理,或专一于任事。如此固然不会“分精歧意,二用其心”。

但这么说其实并没有解决问题,郑齐斗当然不会满意,因此他另作按语道:“以事务为读书之用,读书为事务之源,互为之资,而亦随其缓紧进退饶减,则二者又可相益矣。如或不察乎是而背驰焉,则虽欲不相病,得乎?”这是以体用关系来处理读书与做事,希望二者能互为之资。此说即明确表现了郑氏的立场。专力读书,不能任事,自非他所愿。

在这里,就可以看出郑齐斗学问的特点了。另一个特点则是他特别重视礼。

理学家一般都强调仁心仁德,对于礼制之讨论较少。理学家又重天理性理,对于具体的人世之礼,关注亦不足。郑齐斗却说:“理者即礼也。礼即此心之本体莫不有条理者也。义即又此心本体之条理,于事无不得其宜者也”,把礼与理合在一起说。

礼,一般都认为是外在的。郑齐斗此说乃是将之内在化,谓礼即此心本体条理化地外在显现。这是礼理合一说,即心即礼。其说与晚明焦竑李卓吾等人相似,《焦氏秉乘》续集卷一,云:“礼者,心之体”“礼者,体也”,即是如此。李贽说得更明白:“今之言政刑德礼者,似未得礼意,依旧说在政教上去了,安能使民格心从化?”(李温陵集,卷一八,道古录)。礼刑等事,不能讲成是一套外在的规范科条,若如此,它就变成只是一种束缚人的规矩,“驱天下使从礼,人自苦难而弗从”。只有把礼内在化、本体化,人之行礼才有内在的依据。故李贽以良知童心来说明:“由中而出者,谓之礼。由外而入者,谓之非礼。……由不学不虑不思不勉不识不知而至者谓之礼,由耳目闻见心思测度前言往行,仿佛比拟而至者,谓之非礼”(四勿说略)。

郑齐斗并未见过焦竑李贽的论著,其立说之相似,正因彼此都是从阳明学发展出来的缘故。但他们也有些差异。

晚明王学将礼内在化本体化,重点在说明人只要本心发显就能克己复礼,而不必如过去程朱学派中强调的那样存天理去人欲。郑齐斗则是说:因为礼就是理,就是心之本体,所以“圣人之道无他,唯是彝伦名教礼法之事也。故学问之事无他,亦惟在于日用人情事物之间而已”(均见卷九“存言下”)。由礼就是理就是体,说到仁体即实践于礼法事物之中。其方向实与焦竑李卓吾等人相反,要更重视事、礼这一部分。焦李的工夫,着在使本心良知发显处,欲令其如太阳照耀而浮翳自清,自然便可克己复礼。郑齐斗的工夫则在事物礼法的实践上。故其重礼,实更甚于晚明王学。

五

严复在所译孟德斯鸠《法意》一书的第十九卷十七章中有段案语说:“往者,湘乡曾相国有言:古之学者,无所谓经世之术也,学礼焉而已。《周礼》一经,自体国经野,以至酒浆巫卜、虫鱼夭鸟,俱有专官,察其纤悉。杜氏《春秋释例》叹丘明之发凡,仲尼之权术万变,大率乘周旧典,故曰周礼尽在鲁矣。唐杜佑《通典》言礼居其大半,得先王经世遗意。宋张子、朱子益崇阐之。清代巨儒辈出,顾氏以扶持礼教为己任;江慎修纂《礼书纲目》,洪纤毕举;而秦氏修《五礼通考》,自天文、地理、军政、官制,都萃其中。……非广之于不可畔岸之域,先圣制礼之体,其无所不赅,固如是也。”此说甚要。点明了儒家所谓礼,并不只如今人所以为的是一种生活行为规范,而是大至体国经野,一切典章制度均包含在内。故治礼学,其旨皆在经世。礼学之实质,就是经世之学,而这套学问,主要即表现于《周礼》《春秋》中。

礼学当然还有小范围适用的,例如在个人修养、家居生活、宗族乡党方面,这主要见于《仪礼》《礼记》。郑齐斗《经仪小录》即衍此之绪,由经典中摘录跟这方面有关的文献,分成视、坐、立、步趋、拜揖、言语、衣服、饮食、授受、相见、升车、居处、少者仪,从仪、杂记、追辑诸目(卷一九)。有点像朱子编的《小学》《家礼》,而适用范围较广,跟《礼记》《仪礼》的呼应程度较高。大约涉及内则、士相见、少仪、乡饮酒礼各部分。

与此相关的是宗族之礼。卷二《答郑景由别纸》论先祖庙迁不迁、墓祭礼、宗族聚会之礼、诸子弟宗会礼、会后读约之礼等,所说均为此范畴。

以上这些,都与朱子颇有关系。如论坐,附了一条退溪语;论步趋,附朱子事、朱子语各一条;论拜揖,附朱子说一条;论相见,在礼见、燕见、往还、请召、进退、征远、拜揖道途各部分,都各附朱子事一条;论升车,附朱子事一条。

该书整体上也可能受朱子《家礼》之类著作之影响,论宗法等即沿续着张载朱熹的思路。《正蒙·经学理窟》云:“管摄天下人心,收宗族、厚风俗者,使之不忘本,须是明谱系、世族与宗子法”,《二程先生书》卷一说:“古人有花树韦家宗会法,可取也。然族人每有吉凶嫁娶之类,更须相与为礼”;或吕东莱的《宗法条目》都是郑齐斗的渊源。

吕氏宗会法,对祭祀、忌日、省坟、昏嫁、生子、租赋、家塾、合族、宾客、庆吊、送终、会计、规矩、学规等,均详细说明其行事规范仪节,与朱子《家礼》相发明。郑齐斗的论说虽不如此细致,但承此而做发挥,却极明显,谓:“自汉唐以下,大宗法不立,盖诸侯不立国,大夫不世爵,则其道无由也。其本如此,则在下者不得与论。今日所议者,就大宗而行小宗法而已,法服制则不敢创制也。……欲令诸宗赴会于长,存祖先之节,以示其属不绝之义。……礼之拘于王法者,虽不得擅立;义之申于敬宗者,自可以尽道。今此祭会之礼、尊宗之义,正可以表着”。皆是为民间制礼,以期整齐风俗、敦厚人伦。其规定十分详细,录一段,以见其定礼制之一斑:

> 今者叙拜一节:宗子当主阼阶之,位南面之寿,而诸祖之长则不得主南面之位也。拜叙今拟其仪:若曰主人于阼阶下揖,请诸祖父升。诸祖父由西阶升,共为一列。立于西序,东向北上。主人升阼阶西向。诸祖之次长者以下,转向就两楹之间。西向北上,再拜最长者一人。长者揖之。诸祖以下还就西序初位。主人遂西向再拜诸祖讫,诸祖遂权就北壁坐,南向东上。主人复降揖,请诸父升。诸父升北面再拜诸祖讫,退立于西序。主人西向再拜诸父,诸父皆坐。主人复降揖,升诸兄。诸兄升东上,北向再拜诸祖;

又西向再拜诸父讫。诸兄进立于两楹之间少西东向。主人再拜诸兄,诸兄揖之讫。诸兄趍就东序,立于主人之右少退北上。然后诸弟升,共为一列,拜诸祖拜诸父,又拜东序宗子位讫,退坐于东序诸兄之下,主人之左少退。诸子诸孙又以次升,拜如前讫。退立于南行西上北向。庶孽云云。于是诸祖先出,诸父次之,诸兄又次之。退避室中。遂行上寿礼。

诸子弟上寿。于是宗子就口东位南面,诸弟诸子上寿如仪。

复就坐,进食。主人还就阼阶上位,诸父诸祖复就西序位。诸祖少前,诸父少后,间位不属(如地狭则诸祖权就北壁坐)。诸兄弟复就东序位,坐定进食云云。

食毕行读约云云。如摄行礼则不用阼阶位,亦无上寿礼。叙拜时只于本行共列行礼,如诸兄弟又诸祖诸父,无退避一节,而仍就坐进食。

出约一节,不得以籍过至三。泛立科条,其告出告入,不宜如是烦核。必如上条大段悖行然后可乃议也。必也使人观感慕效,自然有鼓舞与起也。不得专以科条罚削,约束绳治,以起忿争,乃为善耳。

所谓读"约",是吕东莱、朱熹所提倡的乡约法,此法在有大宗族的乡间,就施用于宗族聚会时,在没有强宗巨族之地则行之于乡。乃是一种带有伦理意涵的自治法。梁漱溟曾说:"现在的地方自治,是很注意事情而不注意人。换言之,不注意人生向上。乡约这个东西,它充满了中国人精神:人生向上之意。所以开头就说'德业相劝''过失相规'",以人生向上提升的宗旨,先约向善。地方自治则只是就单从人的生活、事情、欲望、权力出发,而成为一个政治的组织"(乡村理论建设、乙部、第一章,第三节)。因此梁氏所构想的乡村自治法,即是对乡约之补充。郑齐斗的读约,似只用在宗族里,还没推拓于乡(详下文)。

在这些地方,郑氏与朱子学的关系都是很明显的,这岂不与一般视郑为阳明学者的印象不符了吗?

是又不然。阳明在这方面也是十分注重的,如推许《家礼》,主张依之施用;论祠堂位次祔祭之义;倡行乡约,均与朱子同声相应,详余《王学经世:兼论其与朱子学和现代社会之关系》一文(2007,国际阳明学研讨会,余姚)。阳明之不废礼,且以推行礼制来经世,恐怕也正是郑齐斗的态度。论者误以为韩国阳明学在朱子学势力笼罩下丧失了它的社会实践功能,透过以上的分析来看,也恰好相反。郑齐斗在家礼、宗族礼法上参据了朱子学,不唯可减轻来自朱学的压力,更由此彰显了它经世的态度和作用。

六

由家庭、宗族、乡党再进而至社会国家,郑齐斗的论述便跨过朱子,直接与严复曾国藩提到的《春秋》、《周礼》挂了钩。

卷三《与闵判书书》谓:“平壤井田遗址。千载之下,虞夏之制,遗法可见者,惟此耳。中国之所未传,先儒之所未见,而我国独能有其址。如有王者,必来取法者也”。此语不仅推崇了平壤的井田遗址,还表明了他“法先王”的立场,所以对井田法,主张“考诸遗文,访之旧老,而案其图籍。如有侵蚀耕罚者。果有其迹,则或立科条、或置守户,随其便宜而作禁护,永为后式”。古代典制,依他看,是该取来施用的。

本此心情去看《春秋》,重点自然就不在史事的考辨、书法的褒贬,而在其具体为后世制法的部分。故曰:“春秋本意,谓为王室之衰微者,非也,实为王之法变、王之道亡而发也,不独为周天子也。所以为万世作经者也”,又说:“春秋是正谊明道之书也。不是为记事,故事有首尾,不必相续;不主功利,故不必论成败;不但为褒善诛恶而已,故人之行事不必尽见。只以天道王法,揭其大法,明其大义,扶天理、叙民彝、明礼义、正人心而已”。这在春秋学的传统中,无疑偏于公羊一脉,具强烈经世意图。

而他所认为的大义大法又是什么呢? 卷一六《春秋札录拾遗》云:

> 孟氏曰:“春秋,其文则史,其义则夫子称窃取之。”其文则史者,曰编年也、曰正朔也、曰班爵也、曰名字氏族也、曰土田也、曰仪制也、曰锡命也、曰朝聘也、曰来如也、曰会盟也、曰用师也、曰征伐也、曰侵战也、曰交际也、曰归取也、曰出入也、曰田赋也、曰城郭也、曰搜狩也、曰祭祀也、曰嫁娶也、曰刑杀也、曰田赋也、曰丧纪也、曰国政也、曰灾祥也、曰继嗣也、曰崩卒也、曰薨葬也、曰弑君也、曰生子也、曰事实也。文之谓也。
>
> 其义之取之者,曰天道也、曰民彝也、曰大统也、曰君臣也、曰父子也、曰尊卑也、曰贵贱也、曰家国也、曰男女也、曰嫡庶也、曰中国也、曰夷狄也、曰经常也、曰制权也、曰王道也伯功也、曰仁义也智力也、曰礼法也僭乱也、曰内我也外志也。

依他之见,《春秋》就是要藉征战盟会诸事来彰明君臣尊卑王道礼法之义。说明此义时,他甚至认为历来传述诸儒都讲不透彻。因一般只说尊王,对齐桓晋文之尊王攘夷亦大抵均有好评,他则说齐桓代表时代之变:“春秋之世,人道虽大乱,犹不离于王者旧制之中。隐桓之时,诸侯不过私相侵伐、私相好会而已,未尝为公天下而合之。自齐桓以智力取胜而主天下之盟,功力遂为天下胜,先王之道,于是乎废矣!”这便是王道亡而王法变,郑齐斗即以此缅念古道而寄托其经世之怀焉!

七

讲《春秋》,是为了明大义;具体说到治法便须溯诸《周礼》。卷二《与崔汝和书》曾谈到:“蒙示《周官》书,正是旧本之有错无疑。冬官之复,诚不是小功,亦见用力之甚勤。深切仰叹。其大司空职,乃遂人之复小司空,真是断圭破璧之合,可喜一部冬官无以易之。其他可容量者，各以签标，略付请于卷端，惟在裁教"。可见他与崔氏曾共同钻研《周礼》。崔氏曾补冬官，郑齐斗也对《周礼》有许多意见。这些意见今虽不可毕见，但卷二二《札录》一文即可看出他与《周礼》的关系。

该文甚长，郑氏体国经野、设官分职之构想，悉见于此。略谓治国者应下诏集一国之群策，集四方之贤才，洞开言路；尽理众狱，伸平冤抑；罢出私人内侍，尽出内府私财，以付有司；尽录各司物役，会纳有司；官司屯田；焚军籍；平私债；简化朝仪；立甲长，五里各一；整户籍，以知人口；绝僧徒；绝罢私贱所生；定士民业；定农民作编伍；恤五穷、正量田，罢免税、限民田；正田赋税，收杂税；定山泽、移定贡物；正匠会官肆、禁屠宰、杜奢费；罢科举、长官可以辟僚佐、庶贱渐通用、奴婢清消；立官久任；合州郡；遣将备海防倭；乡里设塾；定士农工商、定杂业、分县社……等等。其中所定官制，最能显示他与《周礼》之渊源，例如：

天官：太师、左少卿（天时神祇医药）、右侍郎、太史（道术）

地官：大司空、左少卿（农田山泽）、右侍郎、度支（财赋囿用）

民官：大司徒、左少卿（四民牧养）、右侍郎、丁长（役御传联）

王官：都御史、左少卿（御史谏官）、右侍郎、侍从〈尚书讲官〉

宰部：冢宰、左少卿〈选举考课〉、右侍郎、统领〈差除爵赏〉

戎部：大元帅、左少卿〈城池士马〉、右侍郎、内卫

礼部：大宗卿、左少卿〈礼教造士〉、右侍郎、朝仪

刑部：大司寇、左少卿〈邦制刑狱〉、右侍郎、官刑……。

内三辅：三郡

外八道：三十州六十七郡……

从结构上看，它就很类似《周礼》。其内容当然并非因袭周制，而是自出机杼，别有创制的。故于此之外，另设太公府，置左右相公；设中府、铨府、礼府、法府；设五部尚书丞，置士部、民部、财部、兵部、工部；设胄院、宪院、侍院、词院；设西四班，置散、宗、敦、勋四馆，以及三十州、九按使等，规制因韩国具体情况而施，跟中国历代均不相同，可以看出郑齐斗在此有殚精竭虑的考量。而且这一部分重重复复，当是不同时期的札录，是反复斟酌的结果。

官制其实只是他整体构思中的一部分，对于田制、税制、兵制、学制等，他也均有规划，大抵皆以救弊除患为念，谓："田籍不均，等教无定，常贫而不赂者，薄田为上等，所出不偿其税。故贫益贫、富益富，是弊之大者也。今极正田籍无弊"。几乎对每一种制度，他都有类似的说明，足以征其用心。

八

在这些规划里面，很有些特点，具制度史上的意义。如规定人民三岁入丁籍，十五受丁

帖如度牒,二十五岁以前不纳税,廿五以后始纳丁布。女子则不入籍、不责役。丁分良贱,贱民另作丁籍,但丁入编伍就无良贱之分了。良民中,爵分五等:公卿、大夫、上士、中士、下士,这是民中的贵族,故曰:"大夫士为世族。世族立宗法。不入宗法,为乡生。世族用宗法教之治之,选升于学校为仕。乡士用里甲治之教之,选升于乡校为士。其教以五伦德性,不以文词"。

教育当然不限于士以上的阶层,他认为农民也要教育之,只是不升迁罢了。因此他构想中的社会应该是上下垂直流动少的,较稳定的阶层化结构。其主张罢科举,一方面是强调教育应以德性为主,不以文词为美,所以要罢科举以"消躁竞之风";另一方面便与他这种闭锁式社会的阶层结构(closed-class society)有关,故曰:

> 庶孽贱人不必拘科举,官久任而许自用,仕路狭而官久守。各官卿相以官为家,朝夕不离官。国学选士,其教塾之中皆学此学,无异学,禁其非。各牧守自辟门下士,如晋唐俗,以为幕客。可大用也,遂荐之朝,遂永为门士。三十州牧,终身专任,惟三事属上司(田案兵籍板籍山泽案、贡税米布、礼教),此外如教化词讼刑戮治民制作之事,皆自为之,如古诸侯。

基本上是以古代封建为典范而下采晋唐。君专于上,官皆世守,则仕路狭,又无迁移,中央便稳定,无朋党争权之事。下则州牧专任,类似诸侯,有点地方自治或仿佛联邦的意味。民则区分良贱,重农重教而抑商,杜禁游手,使人各归本业。这套构想,从政治学理论上看,当然问题多多。但其立说如此,恐怕跟他所身处的社会有关。因为当时朋党严重、科举噪竞之风亦烈,故如此说,不能纯从政治原理上论其是非。不过像"消奴婢"一类理想,仍是值得称道的。

而这亦可看到郑齐斗思想上的特点,是他一直把"经世"跟"王道"结合在一块说。

他在论治道时最主要的讨论对象,是崔汝和,两人函札来往,所论多涉经济。但崔氏与他就未必相同。郑氏丙戌《答崔汝和书》有一则,说:"正风俗,当以乡约为先云云。此事亦当从源头理会。盖朝廷正、纲纪立,然后民俗可正。不然乡约何能独行?若一朝先事乡约,恐徒起纷纭。如何?"(卷二)崔是主张推行乡约的,郑却认为应先从正朝纲做起。

同理,卷一《答朴南溪疏草问目》:"审王道云云。曰:王道则上下十二条,无不包括在中,当为一篇大纲,不独为目而已。若曰审道术而论辨王霸贵贱之义,要以定其取舍,明其准约,以为当世立极,而为第一义。如何?"二答均强调"皇极",以尊王、王道为纲,其余治术为目。这是两种不同的思路,崔汝和虽亦治《周礼》,但其正风俗,跟明代阳明学者类似,采取自民间道义相劝做起的办法,由下而上。郑齐斗则着眼于朝廷纲纪,故以王道经制为治世之第一义。这是他与阳明学颇不相同的地方。阳明及其后学罕治《春秋》《周礼》,或许这便是造成他们思路不尽相同的原因之一。

中韩阳明学者的经世思想,本来研究者就都很少;郑齐斗的经世思想,历来讨论者更少,甚且对他颇有误会，以为他缺乏这个面向。本文勾勒轮廓，粗发其凡，以待世参。其中值得深论之处甚多，希望未来有人能做更多的探究。

（原刊《中共宁波市委党校学报》2008 年第 3 期，收入浙江省儒学会主编《继往开来论儒学》，浙江古籍出版社 2008 年版）

梁启超代拟宪政折稿考

夏晓虹

考察宪政五大臣奏稿疑案

关于梁启超与清末立宪的关系,除了组织政闻社、发刊《政论》与《国风报》,以团体的声势与舆论的鼓吹推动政府加快步伐外,其中最令人感兴趣的情节,乃是梁氏的捉刀代笔,为出洋考察宪政的五大臣草拟报告,直接介入到清廷最高层的政治决策运作中。

而对于这样一桩关系重大的事件,虽在正传野史中不乏记录,研究者也多有立论阐发,但大体可谓众口一词,莫究其详。其间流播最广的是自署“旧闻记者”的陶菊隐在《六君子传》中绘声绘色的叙述:

> 这几位先生(按:指五大臣),叫他们考察目迷五色的海外繁华或有余,要叫他们考察宪政,则可谓“用非其才”。幸而前清有一风气,官越做得大,事体越清闲,自有手下人为之撑腰垫背。五大臣带了若干参赞、随员,其中最有力的一个就是后来大大有名的湖南凤凰人熊希龄。
>
> ……他(按:指熊希龄)想再找一个替他垫背的,想来想去,想到同乡人杨度的身上,乃向五大臣上了个条陈:“我们匆忙到外国,不久又匆忙回来,不易搜集材料。纵然搜集了材料,而各国国情不尽与我国相适合,不易整理就绪。依着希龄的见解,不如物色一个对宪政有深切研究的人物,叫他厘定方案,我们回国时即以之为蓝本,润色之而出奏。”
>
> 那几位大臣对此无成见,只要自己不动手,无论那一个做枪手都成。关于枪手的人选问题,熊以为我国精通宪政的有二人,一为梁启超,一为杨度。梁是朝廷的罪人,杨则无所谓,不如先找杨再说。他的上司说:“好,这件事就交给你办。你到东京辛苦一趟,先和杨度接洽。”
>
> 熊立刻趁船到东京,见了杨度说:“皙子,你的机会到了!我请你帮忙,同时我却替你帮了一次大忙。”杨向他投着一道惊疑的眼光,他却汩汩滔滔地说了一切经过,并且说:“五大臣做躯壳,你替他们装上一道灵魂。当他们在火轮上看海鸥,在外国看跑马、赛狗的时候,正是你闭户著作的时候。他们逛得厌了,你的大作也就完成了。”

杨想了一想，这正是“借尸还魂”的机会，便欣然应允了。等到熊由日本返国覆命的时候，杨又把枪手的责任分一半给梁任公，他自觉学问渊博不及梁，行文之流畅亦有所不及，便把难题目交给梁做，这个题目就是“世界各国宪政之比较”。他自己拣了两个比较轻松的题目，一为“宪政大纲应吸收各国之所长”，一为“实施宪政程序”。

……

且说五大臣倦游归国时，枪手的草稿未到，急得他们搔首顿脚。又是熊出主意，要他们以“考察东南民气，并征集名流意见”为由，在上海饮酒看花，一面派急足到东京催促枪手交卷。卷到了，五大臣打马进京，根据梁杨的蓝本奏请立宪。丙午年（光绪卅二年）七月，经过御前会议，清廷乃下“预备立宪”之诏。①

该书1946年由中华书局出版，1981年修订后，改名《筹安会“六君子”传》再版。而在1957年开始陆续刊行的陶菊隐新著《北洋军阀统治时期史话》中，这段极富戏剧性的描述又再度出现②；全书于2006年也有了海南出版社正题为《武夫当国》的重印本。如此影响叠加，使得陶氏的上述文字俨然成为众多史述与论说的源文本。

而如果细究其言，陶菊隐的“旧闻”中其实包含不少错误。一个最基本的史实是，由于吴樾炸弹的威力，五大臣既改为分两批先后出洋，在海外考察也有国别的分工，归来的时间自非一律。当戴鸿慈与端方1906年7月21日回到上海时，载泽与尚其亨（李盛铎已留任驻比利时出使大臣）已经北上，五大臣并无聚会上海、一同坐候考察报告从日本送来的机缘。

不过，陶菊隐的叙述仍有一定根据，起码可以与以资料翔实丰赡著称的《梁任公先生年谱长编初稿》有所印证。《初稿》于光绪三十一年（1905）项下有记：

日俄战役停止后，清宗室中的开明分子，因鉴日本以变法强国，多有维新的倾向，其中尤以端方主张最力，所以才有派遣五大臣出洋考察宪政的事。当日端方频以书札与先生往还，计秋冬间先生为若辈代草考察宪政，奏请立宪，并赦免党人，请定国是一类的奏折，逾二十余万言。③

可见梁启超参与草拟考察宪政奏折确有其事。

有趣的是，1983年，经过修订的《梁任公先生年谱长编初稿》出版，易名《梁启超年谱长编》，在光绪三十二年（1906）项下增加了一条：

六月，清政府派出考察政治的五大臣分两批回到北京。七月初九日（8月28日），

---

① 陶菊隐：《六君子传》，上海中华书局1946年版，第14—17页。

② 见陶菊隐《北洋军阀统治时期史话》，北京三联书店1957年版，第一册，第33—34页。只是此处梁启超与杨度所写三文之两篇题目小有改变，一为“东西各国宪政之比较”，一为“中国宪政大纲应吸收东西各国之所长”。

③ 丁文江、赵丰田编：《梁任公先生年谱长编初稿》，第341页，1936年油印本；影印本收《北京图书馆藏珍本年谱丛刊》，第193—196册，此处见第194册，第39页，北京图书馆出版社，1999年版。

清政府特召开御前会议,通过了实际上是由先生起草的《考察各国宪政报告》。[1]

后两句显然有取自陶菊隐《北洋军阀统治时期史话》的痕迹。《史话》称:

一九〇六年八月(七月),清政府举行御前会议,同意了事实上是由“大逆不道”的梁启超起草而仅仅由五大臣出面提出来的“考察宪政”的报告,颁布了“预备立宪”的诏旨。[2]

由此不但可以看出陶著深入史学界的情形,而且,经由《梁启超年谱长编》的传播,梁代替五大臣所作《考察各国宪政报告》曾经清御前会议通过一说,也自野史传言变为信史确论。

只是,迄今为止,无论从已经公布的宫中档案,还是由专家编辑的《杨度集》或《饮冰室合集》及其补编[3]中,并未见到陶菊隐言之凿凿的杨作《宪政大纲应吸收各国之所长》与《实施宪政程序》二文,至于梁著《世界各国宪政之比较》、或者《梁启超年谱长编》所称由梁氏起草的《考察各国宪政报告》,也同样不见只字。唯独李华兴与吴嘉勋合编的《梁启超选集》中有《代五大臣考察宪政报告》[4]一篇,但此题目显非原有,且揣摩其中以“职”自称,也更近于直接上书而非代笔口吻;即使认作代拟,所代之人也只可能是熊希龄一类下属官员,而决非钦派出洋的五大臣。当然可以有这样的解释:杨度与梁启超提供的只是草稿,由五大臣上呈时已改了名称。但究竟哪份奏折可以指认为杨、梁所拟,或与这些题目沾得上边,以已经公布的现有资料仍难以落实。同样也不能排除清宫档案有缺失的可能性,只是如此关键、重要的文件竟会全部遗失,从情理上亦无法让人相信。于是答案只可能是一个:代拟奏折另有其文。

因为根据目前所知,杨度拟写的部分尚缺乏有力的史料支持,故下文按下不表,而专一探究梁启超代笔的出洋考察宪政诸大臣奏稿之内情。

梁启超与戴鸿慈、端方之奏折

上文之所以肯定梁启超代拟考察宪政奏折确有其事,乃是由于《梁任公先生年谱长编初稿》中节录过梁氏当年写给徐佛苏的一封信。徐最初参加黄兴创办的华兴会,倾向革命;此时已改弦更张,服膺君主立宪,与梁启超交情深厚,为其所信用。

---

① 丁文江、赵丰田编《梁启超年谱长编》,上海人民出版社 1983 年版,第 364 页。

② 陶菊隐:《北洋军阀统治时期史话》第一册,第 34 页。

③ 刘晴波主编《杨度集》由湖南人民出版社 1986 年出版;林志钧主编的《饮冰室合集》与笔者所辑《〈饮冰室合集〉集外文》,分别由上海中华书局 1936 年、北京大学出版社 2005 年出版。

④ 《代五大臣考察宪政报告》,李华兴、吴嘉勋编《梁启超选集》,上海人民出版社 1984 年版,第 448 页。编者说明称:“本文系未刊稿,原件存北京图书馆。据抄本。”

在这封记为“光绪三十一年”(1905)写寄的信中,梁启超透露了一个绝大秘密:

> 尔来送生活于海上者二十余日,其间履陆地者,不过三十余小时。公闻当亦大讶其行踪之诡秘耶。……
>
> 近所代人作之文,凡二十万言内外,因钞誊不便,今仅抄得两篇,呈上一阅,阅后望即掷返。此事不知能小有影响否,望如云霓也。(诸文中除此两文外,尚有请定国是一折亦为最要者,现副本未抄成,迟日当以请教。)

信末又特别交代徐氏:“此文请万勿示一人,阅毕望即用书留寄返。”可见其机密程度之高。而信中所言之被确认为与考察宪政有关、且系于光绪三十一(乙巳)年,则是出自徐佛苏日后为编纂梁启超年谱提供资料时,在此函后所加之跋注:

> 此函系乙巳年发,所谓此文万勿示人者,系梁先生代清室某大臣所作之考查宪政之奏议也。①

尽管我们现在无法知道梁抄给徐看的两篇奏折的题目与内容,但其所拟奏稿中,本有《请定国是》一折,则是确定无疑。而徐佛苏所言“清室某大臣”,在《梁任公先生年谱长编初稿》中,倾向于指认为端方(文字见前引),也应该说是探出了底细。

假如从端方与戴鸿慈一路设想,戴与其时正流亡日本的梁启超有直接联络,在《梁任公先生年谱长编初稿》已留下记录。光绪三十三年二月三十日(1907 年 4 月 12 日),时任清廷法部尚书的戴鸿慈为法部与大理院权限事,曾致书请教梁启超。《初稿》抄录了此信全文,从戴函起首所云:“客腊抄[杪]手发一函,敬问起居,并道谢感德,想邀察鉴。本日托汇丰银行转致一电,请教司法省行政事宜,与大理院审判之权限,诚恐电文简略,两署所以轇轕不清之故,执事未洞悉内容,故谨为足下详陈之。”②可知戴鸿慈与梁启超的联系亦相当密切。而其所以“道谢感德”,也必然是因梁先已帮过大忙。这很容易使人联想到代拟考察宪政奏折一事,那确实该算是“大德”。

只是,戴鸿慈所谓“客腊杪”,指的是光绪三十二年(1906)岁末,本是确定无疑,因其信札标有明确的日期。而倘若将梁启超之代笔系于光绪三十一年,则事过一年有余方始申谢,未免拂逆人之常情。问题出在梁致徐佛苏函原未署年月,徐氏多年后追忆,很可能出错。

综合考察戴鸿慈与端方的出洋路径及归国上奏各情节,显然,将梁启超代拟奏稿隶于光

---

① 梁启超:《致徐佛苏先生书》(光绪三十一年)及徐氏跋注,《梁任公先生年谱长编初稿》,第 341—342 页;《北京图书馆藏珍本年谱丛刊》194 册,第 40—41 页。

② 戴鸿慈:《致任公先生书》(光绪三十三年二月卅日),《梁任公先生年谱长编初稿》,第 368 页;《北京图书馆藏珍本年谱丛刊》194 册,第 93 页。

绪三十二年,无疑更合适。戴氏的《出使九国日记》[①]对其行踪有逐日记录:光绪三十一年十一月十一日(1905 年 12 月 7 日)从北京起行,二十六日(12 月 22 日)晚到达日本神户,二十九日(12 月 25 日)至横滨,十二月初二(12 月 27 日)即开船向美国,再游历欧洲;归途经停锡兰、槟榔屿、新加坡、香港等处,于光绪三十二年六月初一(1906 年 7 月 21 日)返抵上海,逗留两周,十四日(8 月 3 日)方始北上,经天津停留四天;二十一日(8 月 10 日)回到北京,二十二、三日(8 月 11、12 日)接连朝见奏对。根据这张时间表,戴鸿慈与端方虽有机会在神户或横滨与梁启超见面,但耳目众多,恐授人以柄,未必敢即时托以大事。何况二人刚刚启行,归期尚遥,考察总结也不急在一时。而以梁致徐佛苏函中所形容,二十余日关闭船上写作,除高度保密的缘故外,显然也因时限紧迫,交稿在即。参以戴鸿慈所记在上海稽留日久,确实情有可疑。陶菊隐谓之等候交卷,故而不无道理。

前文虽以为《梁启超选集》所收之文题为"代五大臣考察宪政报告"名不副实,而更像是自陈己见或代熊希龄拟稿;不过,据其开篇,"窃职恭读上谕,有特派重臣游历各国考察政治之盛举。侧闻全国舆论,咸谓朝廷有意采用今世各文明国之立宪政体,更新百度,与民同治",可知此一以当道为对象的呈文,的确是因五大臣出洋考察宪政而起。其中陈述的五条建议——"上议院之组织宜参酌各国,务求完备也";"司法权宜独立,而最高之行政裁判当委诸议会也";"宜定责任内阁之制,以长保皇室之尊荣也";"地方自治范围宜加意扩充,务求完备";"将来改正宪法之规则,不可不早定也"[②]——思虑深远细密,还在其次;予人印象更深刻的,尤在梁启超引据各国法律条文所显示出的宪政知识之渊博。诚如戴鸿慈所谓"足下薄海闻人,必有以开其鄙塞"[③],这篇上书很可能起了抛砖引玉的效果,让戴鸿慈与端方在正式草拟宪政奏折时,想到其才堪大用。

除了可以确知的《请定国是》一折外,从《梁任公先生年谱长编初稿》还可以见到,梁启超在光绪三十二年致蒋智由信中尝提及,"第一月前曾为人捉刀作一文,言改革官制者"[④]。而以系年论,此篇也应归入梁之代拟奏议中。

无独有偶,在 1919 年刊行的端方遗著《端忠敏公奏稿》里,恰好有两篇题目类似之文:一为《请定国是以安大计折》,一为《请改定官制以为立宪预备折》[⑤]。而根据《清末筹备立宪档案史料》,后者即为该书所收录的《出使各国考察政治大臣戴鸿慈等奏请改定全国官制以为

---

① 戴鸿慈:《出使九国日记》,(北京)第一书局发行,光绪三十二年(1906 年)十二月印本;所据为湖南人民出版社 1982 年版。

② 《代五大臣考察宪政报告》,《梁启超选集》,第 439—448 页。

③ 戴鸿慈:《致任公先生书》(光绪三十三年二月卅日)),《梁任公先生年谱长编初稿》,第 369 页;《北京图书馆藏珍本年谱丛刊》194 册,第 96 页。

④ 梁启超:《致蒋观云先生书》(光绪三十二年),《梁任公先生年谱长编初稿》,第 352 页;《北京图书馆藏珍本年谱丛刊》194 册,第 61 页。

⑤ 二文见端方《端忠敏公奏稿》卷六,1919 年刊本。

立宪预备折》[1],因知其原系戴鸿慈与端方联衔上呈的奏稿。倘若将二文归于梁启超手笔,似乎太过大胆。故此,虽然如董方奎著《梁启超与立宪政治》、张海林著《端方与清末新政》,或者注意到梁启超曾有"请定国是"与"改革官制"两篇文稿,或者大力表彰端方的两篇奏折[2],却都不曾有此"非分之想"。但笔者下文将会证明,这两篇奏折的捉刀人正是梁启超。

新发现的梁启超稿本

激发笔者大胆推论的根由,乃是在北京大学图书馆发现了一册线装本梁启超手稿。此稿无题签及目录,原属燕京大学图书馆旧藏,编目时根据内文所用稿纸,拟名为《新民丛报底稿》。全册收文 6 篇。现著录其版式如下[3]:

第一篇,请定外交政策密折

黑色稿纸,上单鱼尾,下书口"新民丛报草稿用纸"。共八叶(原编页码),半叶 13 行,行 31 字,抬头 3 字(其中栏外抬头 1 字,稿纸 13 行,行 33 字)。

第二篇,无题目

黑色稿纸,上单鱼尾。共三叶(原编页码),半叶 13 行,行 33 字(稿纸 13 行,行 33 字)。

第三篇,请设财政调查局折

黑色稿纸,上单鱼尾。共三叶(原无页码),半叶 13 行,行 31 字,抬头 3 字(其中栏外抬头 1 字,稿纸 13 行,行 33 字)。

第四篇,请设立中央女学院折

黑色稿纸,上单鱼尾。共二叶(原无页码),半叶 13 行,行 31 字,抬头 3 字(其中栏外抬头 1 字,稿纸 13 行,行 33 字)。

第五篇,条陈邮传部应办事宜

红色稿纸,上单鱼尾,下书口"东亚编译局"。共六叶(原无页码),半叶 13 行,行 33 字(稿纸 13 行,行 33 字)。

第六篇,(呈为留学研究一得谨陈管见以备采择仰祈钧鉴事)

红色稿纸,上单鱼尾,下书口"新民丛报草稿用纸"。共四叶(原一、二叶无页码,三、四叶有),半叶 13 行,行 31 字,抬头 2 字(稿纸 13 行,行 33 字)。

---

① 见故宫博物院明清档案部编《清末筹备立宪档案史料》上册,367—383 页,(北京)中华书局,1979 年。

② 见董方奎《清末政体变革与国情之论争——梁启超与立宪政治》,第 164—171 页,(武汉)华中师范大学出版社 1991 年版;张海林著《端方与清末新政》,南京大学出版社 2007 年版,第 171—190 页。

③ 感谢汤燕代为记录版本情况。

从稿纸情况看,共分四种:第一篇黑格,加口题"新民丛报草稿用纸";第二至四篇黑格,无口题;第五篇红格,加口题"东亚编译局";第六篇红格,加口题"新民丛报草稿用纸"。使用不同的稿纸可能会对应着不同的写作时间。

再从各篇的内文情况看,第一篇显然为初稿,零星的圈改不计,单是其中一大段的删除,便占了半叶多。其他各文则无此现象。第二篇系一由梁启超具名的信札,这也是图书编目时判定作者为"梁启超[等]"的依据。最后一文原未单独标目,且未完稿。

现在的问题是,各篇的撰写时间如何确定,哪些文稿与梁启超代考察政治大臣草拟奏折有关。固然,就题目而言,第一、三、四篇分别题为"请定外交政策密折"、"请设财政调查局折"、"请设立中央女学院折",均为奏折形式,理应最切题。但其是否即为戴鸿慈与端方在上海急切等候者,从稿本内部,尚很难找到确切答案。

这里便用得上戴鸿慈的《出使九国日记》了。周秋光著《熊希龄传》曾经仔细钩稽了熊希龄随使出洋期间的行踪。按照戴鸿慈与端方的奏请,熊希龄本为二人出访各国的随员[①],但其仅仅随同到了日、美、英、法、德,此后便单独行动了。1906 年 4 月 13 日,熊从意大利海岸登舟启程,5 月 15 日回到上海。5 月 27 日发电给在俄国考察的戴、端后,"随即东渡日本"[②]。其赴日时间大抵在 6 月 2 日之后不久[③]。7 月 21 日,戴鸿慈与端方先行抵沪,而直到 25 日(六月初五),《出使九国日记》中才出现"熊希龄自奉天来"[④]的记述。而熊到日本,既有可以明白告人的"拟往北海道调查垦务,为奉天计也"[⑤],也有"使节谆嘱,未便明言"的隐情。以时间计算,中间约五十日,正好可以安排在日与梁启超晤面、请其写稿二十余日,并"绕道至辽"、见盛京将军赵尔巽"面陈"[⑥]的行程。

尤为重要的是,六月初五,熊希龄到沪;十四日(8 月 3 日),戴鸿慈与端方即从吴淞口启行。当日,戴在《出使九国日记》中有如下记述:

> 晚,天气稍凉,阅定各奏摺,计定国是、改官制、审外交、设财政调查局、立中央女学

---

① 戴鸿慈、端方《考查政治调员差委折》附清单中有"翰林院庶吉士熊希龄"之名,见《端忠敏公奏稿》卷六,第 2 页。

② 周秋光:《熊希龄传》,湖南师范大学出版社 1996 年版,第 221—223 页。熊希龄到达上海日期,周著误作 5 月 17 日(四月二十五日),已据熊《致沅州家中电》(光绪三十二年四月二十四日)"昨平安抵沪"(《熊希龄先生遗稿》第 1 册,第 17 页,上海书店出版社,1998 年)改正。

③ 熊希龄光绪三十二年闰四月五日(1906 年 5 月 27 日)《致长沙朱其懿太守电》,有"东渡在急"一语;又,闰四月十一日(6 月 2 日)在沪上作《致乔茂轩先生函》。分见《熊希龄先生遗稿》第 1 册,第 19 页;第 5 册,第 4010—4011 页。后信原署"又月十一日",编者误注为"四月十一日"。

④ 戴鸿慈:《出使九国日记》,第 269 页。

⑤ 熊希龄:《上瞿协揆书》(光绪三十二年),《熊希龄先生遗稿》第 5 册,第 4013 页。

⑥ 熊希龄:《致奉天叶揆初太守电》(光绪三十二年四月二十六日),《熊希龄先生遗稿》第 1 册,第 18 页。熊于 1906 年 7 月间所写《请作书介绍往见林权助致犬养毅函》亦云:"昨在东京匆匆奉候……刻因急于归国,于今日行抵门司,直往满洲。"(周秋光编:《熊希龄集》上册,湖南出版社 1996 年版,第 133 页)

院，凡五摺。[1]

虽只闲闲数笔，关系却是异常重大。其分明对应着戴鸿慈与端方奏稿中的《请定国是以安大计折》、《请改定官制以为立宪预备折》，以及梁启超稿本中的《请定外交政策密折》、《请设财政调查局折》与《请设立中央女学院折》，甚至连排列的次序都分毫不差。

如此，所谓“梁启超做五大臣枪手”一案，已可准确表述为：梁启超在1906年6、7月间，为清廷派遣的出使各国考察政治大臣戴鸿慈与端方代拟了五篇奏稿，即《请定国是以安大计折》、《请改定官制以为立宪预备折》、《请定外交政策密折》、《请设财政调查局折》与《请设立中央女学院折》。并且，此五文现均存世。自然，没有后三篇文稿的发现，笔者再大胆倡言，终究不过是假说；而有此三文重现于世，此论便足以成为定谳。

至于动议邀请梁启超捉刀代笔之人，虽极有可能为戊戌变法前与梁共同参与湖南新政的旧交熊希龄，但敢于作此决断者，仍非时任出洋考察政治大臣的满人端方莫属。在这批新发现的梁启超文稿中，第二篇无标题的信件所称“文帅大使阁下”，其人正是端方（端方字午桥，时称“午帅”）。而信中之言：

> 秉三（按：熊希龄字）东来，以尊命委嘱各件，谨已蒇事，想早达记室。末学菲材，率尔操觚，不识尚可采用否？伏希教之。[2]

已明白彰显熊希龄之东渡日本、请梁作文，本是端方的主意。因此，尽管笔者考证认为，《请定国是以安大计折》与《请改定官制以为立宪预备折》这两篇原先收入《端忠敏公奏稿》之文，其著作权应属梁启超，但梁也只是代替端方表达了其推动立宪的理念与决心，端方本人在此事件中的重要性并不会因此而降低。当然，要使其想法系统化并作到言辞动人，则是梁启超的拿手好戏。

而梁信所言也确凿地表明，熊希龄到日本并非去见杨度，而是直接与梁启超晤面，托以重任。并且，在熊氏目前存世的文稿中，至此时为止，亦无与杨度交通的一言半语。因此，由陶菊隐活灵活现描述的熊希龄找杨度、杨度再分摊给梁启超的层层“承包”故事，纯属虚构，尽管他还是猜中了一些事实。

五篇奏稿与清末新政

由梁启超代笔的五篇奏稿在清末政体改革中发生过怎样的作用，同样令人感兴趣。虽然目前由于档案资料的不足，无法作出完整、精确的描述，但即便如此，现有的线索已足以呈现其重要性。

---

① 戴鸿慈：《出使九国日记》，第270页。

② 梁启超：《上端方书》，题目为笔者所拟。下引凡出自此批新见文稿者，不再注。

五文中,奏陈情况最清楚的是《请改定官制以为立宪预备折》。此本录入《清末筹备立宪档案史料》时,署记时间为"光绪三十二年七月初六日",即1906年8月25日。而篇中讨论"中央各官宜酌量增置、裁撤、归并",强调"各国宫、府体制划然分明"时,也言及,"臣等前于请定国是一折业已详陈"①,由此可知,《请定国是以安大计折》在此前已经呈递。

覆按戴鸿慈的《出使九国日记》,全书本以记述连续两日的入朝召对结束。六月二十二日(1906年8月11日),戴与端方主要"奏言各国君臣交谊及接见华侨,语以朝廷德意,众皆爱戴等语";次日,则"接续详言立宪利国利民,可造国祚之灵长,无损君上之权柄,及立宪预备必以厘定官制为入手"②。也即是说,《请定国是以安大计折》与《请改定官制以为立宪预备折》的主要意思,在这两日的奏对中已经言明。

前折乃是接续载泽等在出洋考察之初,即于海外上报的《奏请以五年为期改行立宪政体折》③的立意,恺切剖析其间的利害。最精辟的论断为:

> 夫世固未有政治不修,而其国能富、其兵能强者,亦未有内政不修,而外交能制胜利者。欲判其内政之能修与不能修,此不必问其他,但问其政体之为何而可以判之矣。盖世界政体厥有二端:一曰专制,一曰立宪。专制之国,任人而不任法,故其国易危;立宪之国任法而不任人,故其国易安。

此论固然一针见血,但在这一大篇对于立宪政体的言说中,真正能够让满清最高统治者为之动心的,恐怕还是梁启超此前已一再宣说的立宪政体"君主无责任"的好处:

> 君主既无责任,则官吏对于人民即有不善之政,亦非君主之咎,故其君常安而不危。夫非谓此等政体之政府对于人民可不必负责任也,乃谓其责任不由君主负之,而由其大臣代君主负之。故君主立宪国之政府必有责任内阁之设。……君主不仅常安而不危,且"神圣不可侵犯之权"亦载入于宪法中。此无他,既无责任,则自不至有侵犯,此二者相因而并至者也。

君主既对于国政之良窳不负直接责任,又葆有"神圣不可侵犯之权",故奏折中恳请的"明降谕旨,宣示天下,以定国是,约于十五年至二十年颁布宪法,召议员,开国会,实行一切立宪制度"④,最终才可以获得朝廷的首肯。

---

① 《出使各国考察政治大臣戴鸿慈等奏请改定全国官制以为立宪预备折》,《清末筹备立宪档案史料》上册,第374—375页;此处题目及文字见《端忠敏公奏稿》卷六,第47、52页。

② 戴鸿慈:《出使九国日记》,第272页。

③ 见《清末筹备立宪档案史料》上册,第110—112页,时在光绪三十一年(1905年)。

④ 戴鸿慈、端方:《请定国是以安大计折》,《端忠敏公奏稿》卷六,第29、32、42页。梁启超1902年9月在《新民丛报》15号发表《政治学学理摭言》之《君主无责任义》;又,《梁启超选集》所收《代五大臣考察宪政报告》,其中"宜定责任内阁之制,以长保皇室之尊荣也"对此义也有专门论述。

光绪三十二年七月十三日(1906年9月1日),经过八、九两日(8月27、28日)御前会议传阅"考查政治大臣回京条陈各折件"以及一番争议,倾向宪政的意见终占上风①,清廷乃于是日发布了预备立宪的诏旨:

> 时处今日,惟有及时详晰甄核,仿行宪政,大权统于朝廷,庶政公诸舆论,以立国家万年有道之基。②

时人已经注意到,"计自四大臣归国以讫宣布立宪,才足一月"。虽然中间阻力甚大,但清政府能如此迅速作出决断,实因"考政大臣不惜以身府怨,排击俗论",立下了首功③。

而且,宣示预备立宪的诏书也显然接受了诸王公、大臣共同阅看的戴鸿慈与端方《请改定官制以为立宪预备折》的建议,明确强调"预备立宪基础","必从官制入手,亟应先将官制分别议定,次第更张"④。第二天(9月2日),清廷又接续颁发了"厘定官制"上谕,派定载泽、戴鸿慈等朝臣"公同编纂",加上同日已被任命为两江总督兼南洋大臣的端方等外臣选派的"司道大员来京随同参议",而由庆亲王奕劻等"总司核定"⑤。这一份两个月后(11月2日)由奕劻等三位宰辅大臣联名奏报的《厘定中央各衙门官制缮单进呈折》,虽然经过谕旨的裁定,有所调整,特别是原折中居于首位的内阁制并未实现,而改正为仍然保留军机处,但其官制改革的大体思路则与戴、端奏折中所拟"中央政府官制"⑥相近。嗣后的地方官制改革、地方自治的展开、各省谘议局的开设尽管相对迟缓,也有变形⑦,不过,清朝的政治体制确实是在朝着《请改定官制以为立宪预备折》规划的方向转变,应该说是有目共睹的事实。

由此可以断言,清廷从宣示立宪,到中央与地方的官制改革以及其他体制变更,在前台积极出演的固然是戴鸿慈、端方直至奕劻等大臣,而背后的设计者与总顾问实为梁启超。这就难怪对于朝廷的诸般举措,梁氏起初表现得更为乐观:

> 今夕见号外,知立宪明诏已领[颁],从此政治革命问题,可告一段落。此后所当研

---

① 引文见光绪三十二年七月初七日(1906年8月26日)上谕(《光绪朝东华录》第五册,第5561页,中华书局1958年版),事见《立宪纪闻》(《宪政初纲》,《东方杂志》临时增刊,立宪纪闻2—5页,光绪三十二年[1906年]十二月)。

② 《宣示预备立宪先行厘定官制谕》(光绪三十二年七月十三日),《清末筹备立宪档案史料》上册,第44页。

③ 《立宪纪闻》,《宪政初纲》,《东方杂志》临时增刊,立宪纪闻5页。

④ 《宣示预备立宪先行厘定官制谕》,《清末筹备立宪档案史料》上册,第44页。

⑤ 朱寿朋:《光绪朝东华录》第五册,第5564—5565页。

⑥ 见《庆亲王奕劻等奏厘定中央各衙门官制缮单进呈折》(光绪三十二年九月十六日)、《裁定奕劻等核拟中央各衙门官制谕》(光绪三十二年九月二十日),《清末筹备立宪档案史料》上册,第462—471、第471—472页;戴鸿慈、端方《请改定官制以为立宪预备折》,《端忠敏公奏稿》卷六62—67页。

⑦ 参见《著奕劻等续订各省官制并会商督抚筹议预备地方自治谕》(光绪三十二年九月二十日)、《总司核定官制大臣奕劻等奏续订各直省官制情形折》(光绪三十三年五月二十七日)、《著各省速设谘议局谕》(光绪三十三年九月十三日),《清末筹备立宪档案史料》上册,472—473、503—510页;下册,667页。

究者,即在此过渡时代之条理如何。[①]

而在徐佛苏来信对中央官制改革表示强烈不满:“政界事反动复反动,竭数月之改革,迄今仍是本来面目。”特别是叹息:“公一腔热血,空洒云天,诚伤心事也。”[②]梁启超的态度却如《梁任公先生年谱长编初稿》所云,“虽也表示不满,但是并未消极”。在1906年12月13日致蒋智由书中,梁的一番话与其说是责备,不如说是体谅:

> 此度改革,不餍吾济[侪]之望,固无待言;虽然,又当思此度之动机,果发自何所乎?不过一二人,偶以其游历所耳食者,归而姑尝试之耳。若国民则全未有厝意于此。以些少之劳而欲求丰多之获,昔贤犹以豚蹄篝车诮之,况些少之劳并未一效者耶?故望此次改革之有大效,实无有是处;而因此次改革之无效而失望,益无有是处也。[③]

所谓“些少之劳并未一效”,已明白指陈倡议厘定官制的出洋考政大臣,其所有的奏折均非亲自命笔。而因梁启超介入此事太深,既已对其影响“望如云霓”[④],故内阁制的遭否决尽管令其抱憾,但从情感上说,梁氏仍不愿如徐佛苏一般将官制改革归于完全失败,甚至曾公开表示,“此次之有改革,本出吾人意计外”[⑤]。不过,其此后的活动方针已更多转向以国民的力量自下而上,推动政府加快立宪进程。

至于梁启超代笔的其他三篇奏议,在历史上虽未留下如上述二折一般深刻的印记,也仍有值得一说之处。

其中《请设财政调查局折》亦应经过上奏。在戴鸿慈与端方《请定国是以安大计折》所请求的“不可不早定”的“六事”中,最后一项“公布国用及诸政务”便言及:“各立宪国之政府,其经营财政之方法所以必用预算决算之制,经议会之承诺审查者,亦欲其详知收入支出之当然,而赞成其收入也。”故“拟请归并财政处于户部,以稽岁出岁入之实数;拟请特立会计检察院,以图预算决算之即行”,并声明“皆另折奏陈”[⑥]。而前者所司职务,亦包含了梁启超拟稿中请求设立的财政调查局之作为。梁氏的设想是,“内而于户部设调查总局,外而于各省设调查分局”,将“中国现在每岁国用所有出入之数”,“编为详明之表;更附以理由,解释

---

① 梁启超:《致蒋观云先生书》(光绪三十二年),《梁任公先生年谱长编初稿》,第351页;《北京图书馆藏珍本年谱丛刊》194册,第60页。

② 徐佛苏:《致任公先生书》(光绪三十二年九月),《梁任公先生年谱长编初稿》,第354页;《北京图书馆藏珍本年谱丛刊》194册,第66页。

③ 梁启超:《致观云先生书》(光绪三十二年十月二十八日)及编者言,《梁任公先生年谱长编初稿》,第355页;《北京图书馆藏珍本年谱丛刊》194册,第67页。标点有改动。

④ 梁启超:《致徐佛苏先生书》(光绪三十一年),《梁任公先生年谱长编初稿》,第341页;《北京图书馆藏珍本年谱丛刊》194册,第40页。

⑤ 饮冰(梁启超):《杂答某报》,《新民丛报》85号,1906年8月。实际出刊时间在10月以后。

⑥ 戴鸿慈、端方:《请定国是以安大计折》,《端忠敏公奏稿》卷六,第41页。

以何理由而为收入,以何理由而为支出。刊泐成书,公布国中”。再根据此一调查结果,作出每年的预算表与决算表,“皆以公布于国中”。他认为,照此行事,“则不待议会之设立,而政府之信用已起,财政之机括已灵活而无阻滞,量出为入之策已可仿行,国富兵强之效渐可言矣”。

以梁启超研究财政学的深厚功力,其所指陈确为拨乱反正、正本清源之策。只是,以清末官制的混乱、尚未理顺,欲付诸实行也非易事。故延至光绪三十四年十二月二十日(1909年1月11日),度支部才奏请在部内设立清理财政处,各省设立清理财政局,规定其职责为:“清理财政,以截清旧案,编订新章,调查出入确数,为全国预算、决算之预备。”[①]俨然是两年半前梁氏构拟的“财政调查局”之建制。尽管对该机构的成效评价高低不一,但近年的研究已大多倾向于在总体上肯定其所起的作用,认为是“当时财政管理的一大进步”,“使之向着近代化、制度化的方向迈进”[②]。更有论者以为,此次的财政清理成绩显著,“调查结果显示财政收入近3亿两,较1903年统计数翻了一番以上。尽管由于地方各省仍有隐瞒少报现象,但毕竟在掌握全国财政情况方面取得了突破性的进展。可以说,晚清约70年时间内,只是到清政府垮台前夕,才对国家的财力有了一个大致的了解”[③]。

另一《请设立中央女学院折》则奏陈情况不明。因端方本以提倡女学著名一时,梁启超此作或有投其所好之意。还在出洋考察前,端方已经面奏慈禧太后与光绪皇帝,请求提倡女学,“当蒙两宫允即开办”。端方颇受鼓舞,认定:“此番出自宸断,当不虑为众论所摇夺也。”[④]故其到海外,也对女子教育情况格外留心。参观横滨大同学校时,“大雨弥日未止”,端方仍兴致勃勃。“女学校之女教习率女生入见”之际,端方即“勉以女学近方盛行,皇太后拟兴办女学堂于京师,诸生学成,必沐特殊之宠待”[⑤]。此言必定会传入其时同在横滨的梁启超耳中。

梁启超草拟的奏稿于阐论女子教育的重要性之外,中心话题乃在讨论“居今日而言女学,以何方法而可使普及,更以何方法而可使良善”。梁氏提出的普及与良善之道,即如题目所揭示。其言曰:

> 臣以为,皇太后、皇上之于教育,原无男女偏重之心。惟是京师首善之地,各省之所瞻仰,乃有男学而无女学,未见为宜。臣等拟请明降谕旨,于京师设立中央女学院,以开全国之风气,而为各省之模范。

这一以“中央女学院”的设立带动全国女子教育发展的构想,与其从官制改革入手,奠定立宪

---

① 《度支部奏妥酌清理财政章程缮单呈览折》(附清单),《清末筹备立宪档案史料》下册,第1028—1029页。

② 邓绍辉:《晚清财政与中国近代化》,四川人民出版社1998年版,第283—284页。

③ 周志初:《晚清财政经济研究》,齐鲁书社2002年版,第123页。

④ 清扬女士(吕清扬):《书端中丞奏兴女学事》,《大公报》1905年11月30日。

⑤ 戴鸿慈:《出使九国日记》,第59页。

制度根基的想法相同,都在着力推进自上而下的变革。

至端方考察归来,1906年8月21日,报纸上已有消息称:"考政大臣端午帅于前日面奏两宫,请饬学部速立女学堂章程规则,兴办女学,以开风气。闻已奉旨饬学部妥拟一切矣。"①而考其面奏之期,在戴鸿慈所记六月二十二、三日(8月11、12日)之后,至此则报导刊出之前,端方仅有六月二十四日即8月13日一次被召见机会②。很可能就是趁此次单独朝会时,端方作此请求。进一步推想,其是否也有可能借势将梁启超的拟本呈上?而无论如何,9月18日《大公报》刊出的《女学将兴》通讯似与梁之奏稿不无关系:"前本报纪端午帅奏请兴办女学一事,业与荣大军机(按:荣庆)商议一切规则,名为贵胄女学堂。"虽然"其学生以三品以上之大员幼女为合格"的条件未免不符普及之义,但期望以入学者的高贵身份,改变国人鄙视女学的观念,未尝不寓意其中。这与梁启超设想的中央女学院的表率功能倒正相合。

尤其值得注意的是,在提出贵胄女学堂动议的同时,端方也并未放弃在京城开设类似中央女学院式学校的念头。1906年9月30日,京师大学堂教习江绍铨(亢虎)所办外城女学传习所举行开学典礼,端方莅临演说,便特意讲到:"皇太后屡次询及女学,拟开办一高等之学堂。诸生在此毕业后,即可升入,为皇太后门生,何等体面!"③此一高等女学堂显然不论出身,并且,在端方的言词之间,也明确流露出慈禧太后对其已作出某种承诺的意思。这也令人想到梁启超代拟的《请设中央女学院折》。

尽管中央女学院或贵胄女学堂一类的筹议终竟未得实现④,光绪三十三年正月二十四日(1907年3月8日),端方一再催促的《女子师范学堂章程》与《女子小学堂章程》总算由学部公布了⑤。制度的确立当然比一所中央女学院的建设更能切实起到推广女子教育的作用,这又是身为朝廷重臣的端方比偏处日本的梁启超虑事高明的地方。

五折之中,情况最不明朗的是《请定外交政策密折》。该折的主旨在辨明"我今后外交方针之何去何从",梁启超认为其"可以一言决矣":

> 俄、德、法之利害与我相反者也,我宜远之;英、日、美之利害与我相同者也,我宜亲之。……故臣等以为,今日中国之外交政策,宜以联英日美、防俄法德为一成不变之方针。全国一致,以求进行,始终一贯,以免支节。

---

① 《奏兴女学确闻》,《大公报》,1906年8月21日。

② 见此期间之《京报》。

③ 《开学纪盛》,《大公报》,1906年10月10日。

④ 黄湘金撰有《贵胄女学堂考论》(《北京社会科学》2009年3期)一文,对此有详细考证。

⑤ 见《学部奏定女子小学堂章程》、《学部奏定女子师范学堂章程折》(附章程),舒新城编《中国近代教育史资料》,人民教育出版社1961年版,下册,第800—818页。

此一外交方针在1906年熊希龄上军机大臣瞿鸿禨书中也有提议[①]，当非梁启超一人之私见。只是，"弱国无外交"，且外交政策本就是因应时局、权衡国家利益而须随时调整、变化。以晚清朝廷的孱弱，即使有意实行梁启超理想中的纵横捭阖外交，怕也是心有余而力不足。这也应该是此折稿不见动静的原因吧。

化除满汉畛域的献策

上文已提及，在新见梁启超文稿中，有一封上端方书。就所用稿纸而言，其与《请设财政调查局折》与《请设立中央女学院折》相同，应为同一批写就的文件。

梁启超此函乃是专为弥平满汉畛域而发，故对其时在满臣中思想开明、勇于任事、声誉正隆的端方寄以厚望，称：

> 此业若就，则岂惟满族赖之，即全国四万万人，皆拜我公再造之赐也。此事非满人不能任，满人中非高才远识如我公者不能任，非位望服众如我公者不能任，非大公无私如我公者不能任。即以我公之地位，亦非乘此考察事竣，复命之余，则任之不能有力。

据此测知，此信之撰写确与两篇奏稿同时，均在熊希龄1906年6月来日本后，及戴鸿慈与端方8月3日自沪赴京之前。

其时，梁启超正在《新民丛报》就种族革命还是政治革命、亦即革命还是立宪的问题，与《民报》展开激烈论战。尽管其反对排满革命、主张满汉和融的立场甚为坚定，但心中亦很明白，以汉人而倡此论，其效应本来有限。致端方信中，梁氏即坦言："今日启超等所自认为不可辞之天职者，则在劝告汉人，使勿为排满之愚举，以召亡国也。然此种言论之能有效与否，全以满人是否有执排汉之政策。"因此，在梁启超看来，满族执政者的态度便成为解决矛盾的关键。

以端方之"宏谟硕虑"，梁启超认定，其人实属解此困厄的不二人选，故将"为中国存亡绝续所关，间不容发"的"满汉问题""一大事"郑重相托。其危言极论亦相当动人，而尤以挑明在满汉对抗中，满族实"立于不可败且不可胜之地位"一节缘由最称推心置腹：

> 汉人之排满，可胜而亦可败者也。人数之多寡，相去以百倍，举国财赋亦出于汉人者百之九十九。汉人一败再败，乃至数十次失败，而其卷土重来之冯籍，卒未尝去。中国而亡于外国则已，苟不亡，则最后之战胜，其仍在汉人也。满人之排汉，则可胜而不可败者也。一败之后，再举之基础全失矣。夫使此两族相仇而不解，则初期之争，其制胜者必在满人，无待言也。而无奈彼汉人者立于可以败之地位，虽一败再败数十败，而不

① 熊希龄：《上瞿协揆书》（光绪三十二年）中论及，"我国将来所可与战者，惟俄、法、德耳"；而"以目前大局论之，同盟之事舍日、英、美其谁属也"（《熊希龄先生遗稿》第5册，第4014—4015页）。

能以此永绝汉人之战斗力,其持蝥弧以登者,且陆续有人。而此数十度讧争之中,苟有一度焉,汉胜而满败者,则满人遂如法兰西大革命时代之贵族,永无能恢复其势力之期矣。

此言亦足令端方惊心骇目,而思有所作为。

只是,端方并未如梁启超所愿,“乘复命之暇,约邀在京旗籍之有势力者,上自王公,下及百执,开一大会议,痛陈此中利害”,“使凡满籍同胞,早定一永绝乱源之政策”。此中原因,以其考察各国政治大臣的身份而言,确立君主立宪政体,自应被认作是关系国家前途的根本大计。不过,梁氏“为今之计,立宪改官制,乃至各种改革,犹可缓图;惟消息内讧,为独一无二之急务”一番话,也让他深受触动。于是,端方到京后,一面旗帜鲜明地鼓动立宪,一面暗中请人缮写密折,专言化除满汉畛域问题。

此一“奏为统筹全局,永策治安,请降明诏,举行满汉一家之实,以定民志而固国本,密折沥陈”的文件,现题为《请平满汉畛域密折》,本作于光绪三十二年(1906 年)七月[①]。此文与收入《端忠敏公奏稿》卷八中的《均满汉以策治安折》有同有异,后文在《清末筹备立宪档案史料》亦已抄录,题为《两江总督端方奏均满汉以策治安拟办法四条折》,底本为光绪三十三年七月十六日(1907 年 8 月 24 日)军机处的录副奏折[②]。而在这两个文本之外,熊希龄遗稿中也有一篇《代拟化除满汉畛域折》,根据其中“奴才等前年车站炸弹遇险,本年安徽徐匪刺杀抚臣”之言,可断为代满臣所拟,且题为“光绪三十三年”不误。而其中文字,多近于密折,然亦有简省[③]。因知熊之拟稿原为代端方而作,即是前一年密折的修订本。

熊希龄既在端方与梁启超之间穿针引线,梁致端方函又由其代呈,其中内情尽知,故端方如找草拟密折的捉刀人,熊自是最佳人选。而在现存三本中,也以距离梁氏上书时间最近的端方密折,与梁函契合痕迹最深。即如上引梁启超极言满汉相仇之危险,密折虽不敢原话照搬,但稍加变通,以考察外洋之经历,援据英、法历史,却也十分巧妙而得体:

考各国贵族与平民相讧之陈迹,贵族恒始胜而终败,平民恒始败而终胜。贵族握固有之威权,故常制胜于先;平民握最大之多数,故终决胜于后。就英、法两国之已事言之:平民而不与贵族为难则已,既与为难,则为贵族者,包以大度,以平其气,而销其焰,转可以相安无事,乐利偕同,如英国是也;若贵族恃其威权,与之对抗,则激而横决,终必灭亡,如法国是也。

与梁启超忧虑满汉“内讧”的最大恶果还在“亡国”相同,密折也指认:“今者,列强环迫,伺隙

---

① 端方:《请平满汉畛域密折》原件为新会陈氏收藏的“光绪卅二年七月匋斋折稿”,见中国史学会主编《辛亥革命》(四),上海人民出版社 1957 年版,第 39—47 页。此处见 39 页,标点有改动,下同。

② 见《两江总督端方奏均满汉以策治安拟办法四条折》,《清末筹备立宪档案史料》下册,第 926—930 页。

③ 熊希龄《代拟化除满汉畛域折》,《明志阁遗著》,上海远东出版社 1995 年版,第 162—168 页。

相乘,不幸而四境之内,忽起乱端,则正予外国以绝大机会,有满汉两败俱伤、同归于尽已耳。斯非惟两族之不幸,抑亦国家之不幸也。”满汉冲突因此具有了“为中国新政莫大之障碍,为我朝前途莫大之危险”①的极端重要性。

密折中固然也筹及消弭梁启超等人所倡言的“政治革命”的办法,即“所谓于政治上导以新希望者,则奴才等前此所谓宣布国是、定十五年实行立宪是已”;但其阐论的重点,实在防止孙中山等革命党人“种族革命”的发生。而欲“于种族上杜其所藉口”,密折提出的办法有两条:“一曰改定官制,除满汉缺分名目也”;“二曰撤各省驻防也”②。此二事直指满清统治权的基础,欲加革除则与撼动根本无异,故其发言确要以“披肝沥胆”来形容方为适切。不过,按诸梁启超上端方书,其中原有“至裁满汉缺分名目及撤驻防,两者实为此著下手之方”,则密折仍不过是传达了梁启超的声音,只是在详细筹议两条办法的施行步骤与善后措施上下了功夫。

由于端方的密折所奏之事太过重大,清廷一时难于作出直接反应,也在情理中。因此,预备立宪仍然按部就班地从“改定官制”入手。有意味的是,其虽未明标“除满汉缺分名目”,但在裁定官制的上谕中,还是悄然出现了各部尚书、侍郎授职“不分满汉”③的指示。而梁启超的警告在端方心中也未曾放下。1907 年 7 月 6 日徐锡麟刺杀安徽巡抚恩铭的事件发生,恰为其旧话重提酿造了时机。7 月 31 日(光绪三十三年六月二十二日),端方代安徽旌德县廪贡生李鸿才上奏其化除满汉畛域办法的条陈④,并准备再次奏言,这才有了熊希龄修订代拟折稿一段情节。这一次朝廷的反应也相当迅速(相信徐案起了很大作用),8 月 10 日(七月初二)便有上谕传出:

> 际兹时事多艰,凡我臣民方宜各切忧危,同心挽救,岂可犹存成见,自相分扰,不思联为一气,共保安全。现在满汉畛域应如何全行化除,著内外各衙门各抒所见,将切实办法妥议具奏,即予施行。⑤

也就是说,朝廷最终还是采纳了端方或曰梁启超的献策。

而清廷的官制改革早在 1906 年 11 月已有初步结果,其“各部尚、侍”已“不分满汉”的指令,在熊希龄的《代拟化除满汉畛域折》与端方的《均满汉以策治安拟办法四条折》中均被提及⑥,故熊之改稿便专注于“撤各省驻防”一事。端方 1907 年 8 月 24 日(光绪三十三年七月

---

① 端方:《请平满汉畛域密折》,《辛亥革命》(四),第 43、39 页。

② 端方:《请平满汉畛域密折》,《辛亥革命》(四),第 44—45 页。

③ 《裁定奕劻等核拟中央各衙门官制谕》(光绪三十二年九月二十日),《清末筹备立宪档案史料》上册,第 471 页。

④ 见《两江总督方代奏李鸿才条陈化除满汉畛域方法八条折》(光绪三十三年六月二十二日,《清末筹备立宪档案史料》),下册,第 915—918 页。另,《端忠敏公遗稿》卷八另有《甄核条陈附奏片》(光绪三十三年六月)。

⑤ 《著内外各衙门妥议化除满汉畛域切实办法谕》(光绪三十三年七月初二日),《清末筹备立宪档案史料》下册,第 918 页。

⑥ 分见熊希龄《明志阁遗著》第 165 页、《清末筹备立宪档案史料》下册第 927 页。

十六日)最终呈上的奏折则“一气化三清”,将此折分为4条实施办法。而其早先的密折内容至此也终见天日,只是在公之于世的同时,那些不便为外人知晓的披肝沥胆之言也已尽数删落。

关于《条陈邮传部应办事宜》

在新发现的梁启超文稿中,有一篇以“东亚编译局”红格稿纸写作的《条陈邮传部应办事宜》。因其所用纸张与三篇代拟宪政奏折完全不同,故可假定为非同时写作。

而依据清廷改革官制的步骤,光绪三十二年九月十六日(1906年11月2日),奕劻等上奏《厘定中央各衙门官制缮单进呈折》,于附录的《阁部院官制节略清单》中,始出现“邮传部”之名。其设立的根据为:“轮电、交通,邮递络绎,非设专部则运转不灵,故变工部为邮传部,以次于农工商部。”①此议在四天后颁布的上谕改为:“轮船、铁路、电线、邮政应设专司,著名为邮传部”,而将“工部著并入商部,改为农工商部”②。也即是说,邮传部之正式设立,乃始于光绪三十二年九月二十日(1906年11月6日)。因此,梁启超所拟《条陈邮传部应办事宜》也应撰于此后。

就内容而言,《条陈邮传部应办事宜》开门见山,即列出应办条目,而逐一分说。所言共五事:

> 一曰宜扩充邮政局,使为公私交通之总机关,而渐裁驿务以节縻费也。
>
> 二曰宜加入万国邮便同盟,而要求各国裁撤其所设于内地之邮局也。
>
> 三曰电报局宜纯为官办,与邮局合为一体,而扩充子局,减收电费,以广利源也。
>
> 四曰宜大设邮电学堂,养成多数事务之人才,以备扩充而节縻费也。
>
> 五曰招商局宜拨还商办,且由政府补助奖励,以博人民之信用,而便于与外国竞争也。

以梁启超对于国情的关注与了解,并非不可能自出机杼,直接建言。但毕竟其为清廷通缉的身份并未解除,要直接上书邮传部尚多有不便。其文为何人所拟便值得考究。

而其时往来日本,与梁启超关系最密切的清朝官员,仍属熊希龄。随行各国考察政治的任务结束后,熊被盛京将军赵尔巽委派为奉天农工商局局长③。据其1907年(光绪三十三年)4月自上海致赵尔巽的呈文自述:

---

① 《庆亲王奕劻等奏厘定中央各衙门官制缮单进呈折》(附阁部院官制节略清单),《清末筹备立宪档案史料》上册,第470页。

② 《裁定奕劻等核拟中央各衙门官制谕》,《清末筹备立宪档案史料》上册,第471页。

③ 见叶景葵《凤凰熊君秉三家传》,熊希龄《明志阁遗著》,卷首6页。

窃职道去年十月奉宪札委，赴日本调查实业，并回上海调查开浚黄浦及商务情形。等因。奉此。当于十月初十日启程东渡，十一月二十五日到沪。

而因为考虑到“奉天出入商货皆以上海为转运枢纽”，故熊希龄归国后，并未即刻回辽，而是驻留沪上，调查贸易往来情况①。由此可知，熊于1906年11月25日东渡日本，次年1月9日返抵上海。直到当年4月盛京将军一职被朝廷裁撤，熊希龄仍逗留此间未去②。

有证据表明，熊希龄此次赴日，曾与梁启超见面。此时，梁已由横滨移居神户附近的须磨，故光绪三十二年(1906)十一月致康有为书中，梁启超告以其刚刚邀约熊希龄与杨度“同来神户，熟商三日夜”，而这封长函所报告各事，即“皆此三日夜所商者也”③。会面日期，当在1907年元旦前后④。此一时期，为组织新党，以便推动国内的立宪运动，梁启超与熊希龄联系频密，在《梁任公先生年谱长编初稿》中多有记录。光绪三十三年(1907)三月，熊希龄再度赴日，又至须磨与梁启超密谈。当月梁致徐佛苏函中即述及，“顷秉三来此会商数日，诸事眉目略定”⑤。

就在此往来上海与日本期间，光绪三十三年三月初三日(1907年4月15日)，熊希龄自上海专门写寄一函给赵尔巽，请其代奏一条陈：

职道现以调查所见，中国商务不振，大半由于交通机关未臻完全。去年曾拟有管见七条，方欲上之长沙尚书，以丞参风潮，恐人亦疑龄有所希冀，故搁置之。兹得暇加拟一折稿，欲仿端帅为吴荫培出洋条陈代奏之例，乞帅据情代奏，未知有无窒碍之处，乞帅审酌行之。

熊氏还请求，倘若赵尔巽以为有不合适处，也希望他能请幕僚“改正另誊”⑥。而这份条陈显然为熊希龄本人格外珍视，除呈请赵尔巽代奏外，熊也曾将其抄寄袁世凯。在《上袁宫保书》

---

① 熊希龄：《为奉天与上海之商务关系呈盛京将军文》(光绪三十三年)，《明志阁遗著》，第139页。署稿时间据周秋光考证(氏编《熊希龄集》上册，第173页)。

② 见熊希龄《上赵尚书书》(光绪三十三年)，《熊希龄先生遗稿》第5册，第4023页。

③ 梁启超：《与夫子大人书》(光绪三十二年十一月)，《梁任公先生年谱长编初稿》，第356页；《北京图书馆藏珍本年谱丛刊》194册，第70页。

④ 据梁启超《致蒋观云先生书》：“秉、晳(按：即秉三、晳子，为熊希龄与杨度字)两公日间颇有意枉过敝寓，若先生以年假之隙，能同来一游，即商定崖略，最幸。”此函《梁任公先生年谱长编初稿》(第363—364页)记为“光绪三十二年十二月廿日”作，与信中“年假”之说印证，其所署日期当为西历(《北京图书馆藏珍本年谱丛刊》194册，第84—85页)。

⑤ 梁启超：《与公勉我兄书》(光绪三十三年)，《梁任公先生年谱长编初稿》，第383页；《北京图书馆藏珍本年谱丛刊》194册，第123页。原稿误记作“光绪三十二年”，已改正。

⑥ 熊希龄：《为商务事致赵尔巽函》(1907年4月15日)，《熊希龄集》上册，第173页。所谓“丞参风潮”，乃指邮传部尚书张百熙与侍郎唐绍仪到任以来，在任用人选上“瞻徇情面”，意见相左。故于光绪三十二年十一月廿九日(1907年1月13日)遭上谕申斥，令“该部丞参及所调司员，著该尚书、侍郎等认真甄择，分别去留”(朱寿朋编《光绪朝东华录》第五册，第5612页)。

中,其文被径称为“条陈邮传部事宜”[①]。至于“长沙尚书”,乃是指首任邮传部尚书张百熙,其任职时间为光绪三十二年九月至光绪三十三年二月[②]。

之所以花费如此多笔墨,考证熊希龄的行踪,乃是由于在熊氏遗稿中,藏有一份《为交通机关宜筹便利完全以裕国课而兴民业呈请代奏文》。此文主体为“谨将邮传部应办事宜条陈管见敬呈钧核”的七条,因原文残阙,今所见仅至“六曰粤汉铁路宜求事权之统一,办法之尽善,无使股东失望以阻将来进步也”[③]之条说止。而此前五条,经仔细核对,实与梁启超所拟《条陈邮传部应办事宜》无大差别。尤其是各条大纲,一字未易,完全相同。因而,梁作此文乃是应熊希龄之托,已无疑义。只是,随着时事的发展,有必要增加新的内容,故“粤汉铁路”一条便与其他各条之总览全局的议论不同,而更近乎因事而设。

同样可以肯定的是,现存熊希龄文稿即为乞请赵尔巽代奏的底本。依据上引熊言,可知较之梁启超拟文多出的折稿部分,正是熊希龄 1907 年 4 月所添加。更为有趣的是,其条陈中凡作“□□”者,梁之拟稿均作“△△”,显然是有待于熊氏自填称呼,则这一部分的底本,或竟是直接得之于梁启超。而熊希龄自陈的最初成稿时间,也应与梁氏写作日期相距不远。熊信既指明其为“去年”即光绪三十二年所拟,又在张百熙任内;而熊希龄于此期间东渡,乃是以十月初十去,十一月二十五日归。如此排日算来,梁启超完成嘱托,显系在熊氏此次停留日本期内,而不可能迟至次年三月熊希龄的再度东行。

对一篇未完稿条陈的考证

本来燕京大学图书馆收藏的梁启超代拟文稿中,最难考知的便是“为留学研究一得谨陈管见以备采择”的呈文。其中不但没有出现请托人的名字、撰写日期,甚至连呈送何种地位的人——“中堂、王爷、大人”也在待定之天。不仅此也,该文根本就是一篇未完稿,所谓“谨条八事,略贡一得”,实际却连第二条也没能草成。如此漫无头绪,神龙见首不见尾,确实令人有无从下手之感。

笔者最初的想法是,就留学生对于公牍写作的生疏说几句闲话,权作尾声。因为翻阅熊希龄遗稿时,曾见其光绪三十四年(1908 年)的一份《自请处分禀稿》,乃是由留日学生杨廷栋办理公文出错而起。熊时任兼差中有一苏属咨议局筹办处会办职衔,杨则为该处文牍科科员。杨廷栋所拟《详报筹办谘议局办法情形》之文被江苏布政使瑞澂签驳,熊希龄因此引咎自责,理由为:“盖长官之于属吏,如教员之于学生,学生文字有不妥者,教员例得循循善诱,详加批改,固勿庸客气于其间也。”而此次“当杨生持稿呈阅时,职道昧于学识,疏于精核,

① 熊希龄:《上袁宫保书》(光绪三十三年),《熊希龄先生遗稿》第 5 册,第 4022 页。

② 钱实甫:《清代职官年表》,中华书局 1980 年版,第一册,第 325—326 页。

③ 熊希龄:《为交通机关宜筹便利完全以裕国课而兴民业呈请代奏文》,《明志阁遗著》,第 141—150 页。

未加细察,遽予画行",故应承担全部责任。其上报江苏巡抚陈启泰自拟的惩罚办法也相当严厉,"请将职道严加处分,并准开去筹办处会办差使";至于杨廷栋,则以其"系拟稿之员,例无执行之责",请求"垂念前劳,免其撤差"[①]。

其实,熊希龄对于毕业于日本早稻田大学的杨廷栋[②],无论专业水准还是人品方面均评价极高。考语为"娴习法政,心术公平",并称其"所著《调查须知》一书,解晰靡遗,全国通行,即前筹备处拟定选举表册等件,亦甚周妥"。以如此优秀的专门人材,写作公文亦会犯规,熊希龄给出的解释是:"惟一介书生,初办公事,文牍体裁未尽合适,诚不能为之曲讳。"[③]而不熟悉公牍程式的现象,在留学生中尤其普遍。这也就难怪远在海外的梁启超会不时被烦扰,要求有所贡献。

《梁启超知交手札》中有一侯延爽光绪三十三年(1907 年)致梁启超函,内中询问:"省议会说帖已脱稿否?可邮寄交次典转呈孙中堂也。"其起因正是"次典云谒孙中堂时,孙曾谕以陈述意见云云"[④]。其中的"孙中堂"即孙家鼐,时以大学士授任资政院总裁;"次典"则是杨兆麟之字,在《知交手札》中亦录其一书[⑤]。无独有偶,杨兆麟同样留学于日本早稻田大学。请梁启超代撰说帖固然是出于慎重,且格外看重,但也未始没有杨氏疏于公文写作的原因。

如此,便可以说到孔昭焱了。正是《梁启超知交手札》收录的七封孔致梁函,使笔者对此条陈残稿的考察得以从泛谈进入落实。只署"十二夕"的第一书,编者记为"年月不详";而从内容可以考知,该信应作于光绪三十三年三月[⑥]。写信之时,1907 年 4 月 24 日,孔正在上海,欲北上京城,"于软红人海试其立谈取相之具"。为实现此抱负,孔昭焱也想到了找梁启超帮忙。此前在广东,孔已先写信给梁。据其自述:

> ……前函所恳代拟条陈数件,本欲以为行卷之将,抑知公刀法如神,屡捉屡售。虽以割鸡而上烦大奏,未免屈辱,然至亲之谊,似无可辞,是以喁喁而祈向者两月。不料音问阒如,望亦将绝矣。

但其并不甘心,又因新的机缘出现,而再次致书"任兄",仍盼施以援手:"最近东三省督抚发表,而官制组织犹在拟议中,公对此究有何意见,请缀成一稿惠我最感,否则陈其大纲,亦足

---

① 熊希龄:《自请处分禀稿》,《明志阁遗著》,第 232—233 页。

② 见张朋园《立宪派与辛亥革命》(长春:吉林出版集团,2007 年)附录一《各省谘议局议员名录》之"江苏省"部分(213 页)。

③ 熊希龄:《自请处分禀稿》,《明志阁遗著》,第 232 页。

④ 《侯延爽致梁启超一》(光绪三十三年十二月二十三日),国立中央图书馆特藏组编《梁启超知交手札》,国立中央图书馆 1995 年版,第 174 页。

⑤ 见《杨兆麟致梁启超》,《梁启超知交手札》,第 517—519 页。

⑥ 《孔昭焱致梁启超一》中有"最近东三省督抚发表",此事见光绪三十三年三月初八(1907 年 4 月 20 日)上谕(《光绪朝东华录》第五册,第 5647 页)。

为研究之资料。此外时髦之论更有何物,并盼指示一二。”末后,虑及梁氏居东,书信往返费时,东三省之议也过于专门,又特意嘱咐:“再,对东政策,或恐有后时为明日黄花之叹,则移方针以向中央,计亦良得。”总之,是要梁“任便著意可矣,问题反所不论也”①。

就信中辞语,可知孔昭焱与梁启超关系深厚,非同一般。甚至梁为戴鸿慈、端方拟稿这类绝密消息,孔也若有知闻,“屡捉屡售”之戏言当因此而发。而其所以一再纠缠梁启超,要其代拟条陈,提供东三省官制组织的意见文稿,或直接就中央改制发论,以至不限题目,随便代言,说起来也是理直气壮:

> 虽然,重有可怜者,弟之不能文,公固知之。譬如同一茧丝,在公织之则为锦,在我织之仅为素。锦与素之价值相失远矣。世人尚文不尚质,此出之人类之普通性,无怪其然。故操觚之事,公若能兼为之,于事尤有补。②

也即是说,梁启超如果仅仅提供大纲,终不如其代笔直书更能感人,更多胜算。

而查看这位有“至亲之谊”的孔昭焱出身,其人原来与梁启超同为康有为万木草堂讲学时期的弟子。据陈汉才的《康门弟子述略》,孔氏在戊戌政变后,“东渡扶桑”,所留学之处正是日本法政大学速成科,于此“专攻法律专业”③。于是,梁启超未完条陈中那位“自光绪×年×月呈准本衙门游学日本,在法政大学听受讲义,本年×月毕业归国”的留学生,正应着落在孔昭焱身上。

梁启超撰写条陈的时间,从孔昭焱信中也可大致推出。其云,“开春后曾寄一书”,当年六月一日函中亦云,“半载起居多不悉谂”④,可知其在粤发信请梁代写条陈,应在光绪三十三年正月间。梁启超接信后,确也曾应嘱为其作文。只是,这段时间,梁氏正忙于联络海内外各方人士,组建新党,筹办新报,此即本年成立的政闻社以及创刊的《学报》、《政论》与未能出世的《大江日报》,实在是忙得不可开交。六月八日梁致康有为书,便告罪其“数月来奔走于上海、神户、东京之间,几于日无暇晷,固禀报殊疏”⑤,何况要拿出大块时间为同学代笔,而此同学究竟有何需求也尚意向不定。请托之事既未了局,便不管孔昭焱嘲讽其“疏懒之性,忽进步至此耶”,还是威胁“此函若再不覆,弟将视公为绝交矣”⑥,梁启超只好置之不理。

代孔昭焱所拟条陈尽管并未成篇,但从中仍可见出,梁启超在为戴鸿慈、端方等朝廷重臣草具有关立宪新政的各种折稿后,仍在努力完善自己的宪政知识。已经写就的第一条,论

---

① 《孔昭焱致梁启超一》,《梁启超知交手札》,第2—3页。其中辨识误字已径改,标点亦有更动,下同。

② 同上,第2页。

③ 陈汉才《康门弟子述略》,广东高等教育出版社1991年版,第140—141页。

④ 《孔昭焱致梁启超一》、《孔昭焱致梁启超二》,《梁启超知交手札》,第2、6页。

⑤ 梁启超《与南海夫子大人书》(光绪三十三年六月八日),《梁任公先生年谱长编初稿》,第403页;《北京图书馆藏珍本年谱丛刊》194册,第163页。

⑥ 《孔昭焱致梁启超一》、《孔昭焱致梁启超二》,《梁启超知交手札》,第2、7页。

述"编纂法典为今日第一急务,宜作速精审从事,而尤当注重民法也",强调"民法者,诸法中之根本法也",实际正是梁氏"数月以来,欲自研究民法"的心得。而条陈中关于日本民法修纂经验的概述,也与其《日本民法集注》的著述密不可分①。后作今既不得见,观此残篇,亦可以聊胜于无了。

综观在清末预备立宪的初始阶段,梁启超经由代拟折稿与直接上书的方式,以海外逋臣的身份,反得以强力介入朝廷最核心的体制改革,此即为北京大学图书馆所藏梁启超六篇文稿所揭示的事实。假如略去其间的贬斥意味,对清帝忠心耿耿的御史胡思敬所言倒还真算是明察秋毫。其宣统三年(1911 年)正月所上奏折,即将朝臣倡言立宪断为"使实行革命于政治之中",称:

> 故彼党谈新政者,皆言变法当从官制入手。盖官制既乱,倾去旧臣,援用私党,使布居要地,乃得尽逞其谋。戊戌康党之变,拟设十二制度局暗夺军机六部之权,即此术也。……陛下所恃以立国者曰民,所与治民者曰官。盖自新刑律成,而民乱于下;新官制成,而官乱于上。上下交乱,彼等狼狈为奸,引进海外党魁,以陛下为孤注之一掷。②

已敏锐地道出了大部分事实真相。1929 年 1 月梁启超去世后,熊希龄祭文中亦称许梁:"辛亥革命,清室以湮;公之力也,胜于万军。"③这虽是就其政论、启蒙文字而言,但移用此间,照样贴切。

2008 年 7 月 16 日于香港中文大学客舍

(原刊《现代中国》第十一辑,北京大学出版社 2008 年版)

---

① 梁启超:《致佛苏我兄书》(光绪三十三年),《梁任公先生年谱长编初稿》,第 378 页;《北京图书馆藏珍本年谱丛刊》194 册,第 113 页。

② 《御史胡思敬奏官制未可偏信一二留学生剿袭日本成法轻议更张折》(宣统三年正月十七日),《清末筹备立宪档案史料》上册,第 548—549 页。标点有改动。

③ 熊希龄:《祭梁任公先生文》(1929 年 2 月 8 日),《熊希龄先生遗稿》第 5 册,第 5155 页。

长向文人供炒栗

——作为文学、文化及政治的“饮食”

陈平原

在一个讲究“民以食为天”、“食色性也”的国度，饮食从来就不仅仅是营养或美味，而是包含太多太多的“言外之意”、“味外之旨”以及“韵外之致”了。那些飘荡在都市或乡村、刺激着你我好胃口的“各色美味”，古往今来，曾凝聚着无数文人学者惊羡抑或忧伤的目光。反过来，这些或迷茫、或笃定、或情色、或好奇的目光，附着在具体食物上，又使得其在“酸甜苦辣咸”（借用唐鲁孙的书名）外，平添了几分神秘与妩媚，大大扩展了其文化内涵。在众多“意蕴闳深”的食品中，我选择了飘香千年的“糖炒栗子”，来敷陈“作为文学、文化以及政治的‘饮食’”。

盛产于大江南北的栗子，作为一种营养丰富的食物，已经深深嵌入中国人的历史记忆。翻阅《诗经》、《论语》、《庄子》、《韩非子》、《吕氏春秋》、《山海经》等古书，你很容易发现其窈窕的身影。至于历代文人的“吟咏”与“引用”，借助各种电子数据库，更是不难觅得芳踪。可我讨论的不是“原料”，而是“美食”——从植物形态的栗子，到吾曹口中的美食，不只“主厨”在发挥作用，文人学者也都不甘示弱，纷纷以其擅长的“语言文字”来“添油加醋”，以至我们今天谈论诸如“糖炒栗子”这样的美食，必须兼及“古典”与“今典”（借用陈寅恪的概念），神游冥想，古今同席，于美味之外，更多地体会历史与人心①。

有日本学者称：“在中国文学中，详细地描述现实饮食生活的例子并不太多。”②之所以出现这种误解，那是因为古今“文学”概念的歧异。只在具有“文学性”的诗文、小说、戏曲里找，当然是吃力不讨好；若扩展视野，将“文学”还原为传统意义上的“文章博学”，则中国人谈论饮食的文字，实在是不胜枚举。记得汪曾祺曾为中外文化出版公司选编作家谈饮食文化的《知味集》，其“征稿小启”有曰：“浙中清馋，无过张岱，白下老饕，端让随园。中国是一个很讲究吃的国家，文人很多都爱吃，会吃，吃的很精；不但会吃，而且善

---

① 几年前，为推介焦桐主编的“饮食美文精选”，我曾为其大陆版《文学的餐桌》撰序，特别强调“中国谈论饮食的文章及书籍的共同特色：不满足于技术介绍，而是希望兼及社会、人生、文学、审美等”；因此，“不能说美味跟金钱毫无关系，但美味确实羼杂了很多人文因素——历史记忆、文学想象、人生况味、审美眼光等，都严重制约着你的味觉，更不要说关于美味的陈述与表彰”。参见拙文《纸上得来味更长》，《文学的餐桌》，广西师范大学出版社，2004 年。

② 内山道夫：《从文学看中国的饮食文化》，见中山时子主编、徐建新译《中国饮食文化》，中国社会科学出版社 1992 年版，第 56 页。

于谈吃。”[①]不仅仅是张岱、袁枚，中国文人中喜欢且擅长谈论美食的，可谓比比皆是。

借用《礼记·中庸》的说法：“人莫不饮食也，鲜能知味也。”[②]我所理解的“味”，兼及味蕾的感受、知识的积累、历史的氛围以及文人的想象。那么，就让我们在此“文学的餐桌”上，与宋代的苏辙和陆游、清代的赵翼和郝懿行，以及现代的周作人和顾随等，共同品鉴让他们一往情深的栗子——尤其是那早已“香飘四海”的糖炒栗子。

食疗与乡思

关于栗子的科属、别名、性味、营养成分等，此等植物学知识，不在我的视野之内。我关注的是“吃什么”以及“怎么吃”，即栗子如何成为美味。谈到栗子的吃法，大的分类，不外生食与熟食。恰好有两位宋代文人，为这两类吃法，留下了千古传扬的华章——生食的“代言人”是北宋散文家苏辙，熟食则有南宋诗人陆游作为“形象大使”。

与父亲苏洵、兄长苏轼合称“三苏”的著名文人苏辙（字子由，1039—1112），其《栾城集》中，多有涉及栗子处。如卷五《寄孙朴》之“相逢语笑夜踌躇，烹煮梨栗羞肴蔬”、卷七《寄孔武仲》之“煎茶食梨栗，看君诵书史”，还有卷十《次韵王适食茅栗》之“山栗满篮兼白黑，村醪入口半甜酸”等[③]。这满篮子的山栗，黑白相间，视觉效果甚好，极具观赏性；而且，将其与煎茶、村醪并置，说明确系诗人酷爱的美味。只是这栗子到底怎么吃，生食还是熟食，糖炒还是水煮，诗人没有明说。故我们只能推断，起码在诗人眼中，日后声名显赫的糖炒栗子，或尚未“闪亮登场”，或并非其“最爱”。

再看看以下这首流传久远、常被医家或提倡食疗者引述的《服栗》（《栾城三集》卷二），当能明白，苏辙确实倾向于生吃栗子：

> 老去日添腰脚病，山翁服栗旧传方。
> 经霜斧刃全金气，插手丹田借火光。
> 入口锵鸣初未熟，低头咀噍不容忙。
> 客来为说晨兴晚，三咽徐收白玉浆。[④]

作为食物的栗子，对人体有滋补甚至药用功效（比如养胃健脾、补肾强筋等），这点常被历代的文人或医家提及。若唐代的医药学家孙思邈即称，板栗是“肾之果也，肾病宜食之”[⑤]；其

① 汪曾祺：《〈知味集〉征稿小启》，初刊《中国烹饪》1990年8期，后收入《汪曾祺全集》，北京师范大学出版社1998年版，第四卷第464页。

② 阮元校刻：《十三经注疏》，中华书局1980年版，下册1625页。

③ 参见《苏辙集》，中华书局1990年版，第一册97页、135页、187页。

④ 苏辙：《服栗》，《苏辙集》第三册，中华书局1990年版，第1169页。

⑤ 此语为李时珍《本草纲目》卷二九“果部”所引，参见《本草纲目》，人民卫生出版社1957年版，上册1262页。

《千金方》卷二二“果实”更有曰：

> 栗子，味咸温，无毒。主益气，厚肠胃，补肾气，令人耐饥，生食之，甚治之腰脚不随。[1]

也就是说，治疗苏辙晚年所患“腰脚病”，不是一般的“吃栗子”，而是“生吃栗子”，而且必须早晚“低头咀嚼不容忙”、“三咽徐收白玉浆”。苏辙所说的“旧传方”，不知与唐人孙思邈有无关系；但其《服栗》诗，却明显影响了明人李时珍。李撰《本草纲目》卷二九“果部”，引录孙思邈等人诗文外，还专门摘引苏辙《服栗》诗的首尾四句，然后断曰：“此得食栗之诀也！”“栗生食，可治腰脚不遂”——这说的是疗效；至于吃法，则“细嚼，连液吞咽，则有益；若顿食至饱，反至伤脾”[2]。如此说来，苏、李二君对于“服栗”的理解，若合符节。

不过，明知生食栗子能健体治病，世人似乎还是更倾向于“熟吃”。这点，清代学者郝懿行已经注意到了：“栗生啖之益人，而新者微觉寡味，干取食之则味佳矣，苏子由服栗法亦是取其极干者耳。然市肆皆传炒栗法。”[3]不仅仅是“熟吃”，作者还排除了煎煮焖炖等各种制作方式，唯独推崇一“炒”字。如此选择，大有深意，而让“炒栗法”变得如此神妙的，正是南宋大诗人陆游。

陆游（字务观，号放翁，1125—1210）的《剑南诗稿》中，多次提及作为食品的栗子。像“豆枯狐兔肥，霜早柿栗熟”（《怀旧用昔人蜀道诗韵》）、“猬刺坼蓬新栗熟，鹅雏弄色冻醅浓”（《初冬》）、“丰岁鸡豚贱，霜天柿栗稠”（《随意》）、“开皱紫栗如拳大，带叶黄柑染袖香”（《病中遣怀》）等，都是只提作为食品或风景的栗子，并未细说制作方式。而卷四的《闻王嘉叟讣告有作》可就不一样了：“地炉燔栗美刍豢，石鼎烹茶当醪醴”——这确凿无疑的就是炒栗子了。至于卷一三的《昼寝，梦一客相过，若有旧者，夷粹可爱，既觉，作绝句记之》，更是趣味盎然，值得全诗引录：

> 梦中何许得嘉宾，对影胡床岸幅巾。
> 石鼎烹茶火煨栗，主人坦率客情真。[4]

“炒栗子”不仅香气四溢，且与特定的史事相勾连，那就更值得当事人或后人追忆品鉴了。我指的是《剑南诗稿》卷五的《夜食炒栗有感》：

> 齿根浮动叹吾衰，山栗炮燔疗夜饥。
> 唤起少年京辇梦，和宁门外早朝来。[5]

---

① 孙思邈：《孙真人千金方》，人民卫生出版社 1996 年版，第 325 页。

② 参见李时珍《本草纲目》卷二九“果部”，《本草纲目》上册 1262—1263 页。

③ 郝懿行：《炒栗》，《晒书堂笔录》卷四页六下，《晒书堂集》，东路厅署，光绪十年（1884）。

④ 《陆游集》，中华书局 1976 年版，第一册 382 页。

⑤ 《陆游集》第一册，第 155 页。

此诗题后有自注："漏舍待朝，朝士往往食此。"南宋都城临安的"漏舍"有两个，一在大内南门丽正门外，一在北门和宁门外。吴自牧《梦粱录》卷一三《天晓诸人出市》条，提及每日交四更，诸山寺观已鸣钟，"盖报令诸百官听公上番虞候上名衙兵等人，及诸司上番人知之，赶趁往诸处服役耳"。这个时候，"御街铺店，闻钟而起，卖早市点心"。陆游等"和宁门外早朝来"的百官，见到的是这么一幅情景："和宁门红杈子前买卖细色异品菜蔬，诸般嗄饭，及酒醋时新果子，进纳海鲜品件等物，填塞街市，吟叫百端，如汴京气象，殊可人意。"[①]这"如汴京气象"五个字实在太刺眼了，让人感慨万端。了解南宋历史以及陆游生平的，对其晚年因"夜食炒栗"而忆及年青时的"漏舍待朝"，当平添无限惆怅。

说到"汴京气象"，不能不提及《东京梦华录》。那位因战祸而"避地江左"的"幽兰居士孟元老"，晚年"暗想当年，节物风流，人情和美，但成怅恨"，撰成《东京梦华录》十卷。作者深情追忆并仔细描摹那已经永远失去的"东京"之城池河道、宫阙衙署、寺观桥巷、瓦舍勾栏以及朝廷典礼、岁时节令、风土习俗、物产时好等，希望后人"开卷得睹当时之盛"[②]。卷八涉及秋天的汴京风情，如"中元节"条谈盂兰盆会及"目连救母"杂剧；"中秋"条描述"贵家结饰台榭，民间争占酒楼翫月"；"重阳"则是摹写"酒家皆以菊花缚成洞户，都人多出郊外登高"。而最值得关注的是"立秋"一则：

> 立秋日，满街卖楸叶，妇女儿童辈，皆剪成花样戴之。是月，瓜果梨枣方盛，京师枣有数品：灵枣、牙枣、青州枣、亳州枣。鸡头上市，则梁门里李和家最盛。中贵戚里，取索供卖。内中泛索，金合络绎。士庶买之，一裹十文，用小新荷叶包，糁以麝香，红小索儿系之。卖者虽多，不及李和一色拣银皮子嫩者货之。[③]

这里的"鸡头"，当指鸡头米，即新鲜芡实。芡实是一种多年生的睡莲科水生植物，多生于池塘或湖泊沿岸的浅水中，夏季开花，初秋结实。从鲜鸡头中剥出的鸡头肉鲜嫩可口，可生食，也可煮食，有健脾益肾之功效。因果实呈圆球形，尖端突起，状如鸡头，故名。此果品在宋代声名显赫，吴自牧《梦粱录》卷十八"物产·果之品"有关于"鸡头"的介绍，苏辙《栾城集》卷五之《西湖二咏》，包括《观捕鱼》和《食鸡头》二则[④]；而欧阳修的《初食鸡头有感》和陆游的《建州绝无芡，意颇思之，戏作》，同样对此果品念念不忘[⑤]。如此说来，以卖鸡头出名的李和

---

① 参见吴自牧《梦粱录》，浙江人民出版社 1980 年版，第 118 页。另，卷八"大内"则云："和宁门外红杈子，早市买卖，市井最盛。盖禁中诸阁分等位，宫娥早晚令黄院子收买食品下饭于此。凡饮食珍味，时新下饭，奇细蔬菜，品件不缺。"见吴自牧《梦粱录》第 63 页。

② 孟元老：《〈东京梦华录〉序》，孟元老等著《东京梦华录（外四种）》，上海古典文学出版社 1956 年版，第 1 页。

③ 孟元老：《东京梦华录》，孟元老等著《东京梦华录（外四种）》第 50 页。

④ 参见吴自牧《梦粱录》第 164 页，以及《苏辙集》第一册，第 90—91 页。

⑤ 欧阳修《初食鸡头有感》："却思年少在江湖，野艇高歌菱荇里。香新味全手自摘，玉洁沙磨软还美。"陆游《建州绝无芡，意颇思之，戏作》："乡国鸡头卖早秋，绿荷红缕最风流。建安城里西风冷，白枣堆盘看却愁。"

家,“岂不也就是一爿鲜果铺么?”①

这位汴京城里卖鲜果的小老板,并无特殊功业,本该早被湮没在历史长河中;未曾想到,就因为陆游的一则小文,此君竟流芳千古。“生识前辈,年登耄期,所记所闻,殊可观也”的《老学庵笔记》②,其卷二有这么一则记载:

故都李和炒栗,名闻四方。他人百计效之,终不可及。绍兴中,陈福公及钱上阁恺出使虏庭,至燕山,忽有两人持炒栗各十裹来献,三节人亦人得一裹,自赞曰:“李和儿也。”挥涕而去。③

对于曾歌吟过“遗民泪尽胡尘里,南望王师又一年”(《秋夜将晓出篱门迎凉有感》)的诗人陆游来说,记录这则凄婉的故事,自然是寄托遥深。至于后世无数读书人,只要稍有正义感及历史常识,很少不为李和儿之递送南宋使臣炒栗子,以及“挥泪而去”的身影所震撼。至此,“炒栗子”已上升为一种文化符号,代表了某种不便言说或无须明言的“故国之思”。

考辨与文章

要说借吟咏食物来表达“故国之思”,最让我牵挂的,莫过于“清初三大家”——顾炎武、黄宗羲、王夫之。很可惜,在他们的集子中,我没发现糖炒栗子的“靓影”。反倒是乾嘉年间的赵翼和郝懿行,在各自的笔记中,均谈及那流寓燕京的李和以及糖炒栗子。当然,不用说,入口处都是陆游的《老学庵笔记》。

作为诗人,赵翼(字云崧,号瓯北,1727—1814)与袁枚、蒋士铨齐名,合称“乾隆三大家”。除了论诗重“性灵”(参见《瓯北诗话》),曾留下“江山代有才人出,各领风骚数百年”(《论诗》)这样的千古名句,赵翼还是一个重要的史学家,其《廿二史札记》至今仍常被学界引用。至于作者“日夕惟手一编,有所得,辄札记别纸,积久遂得四十余卷”的《陔余丛考》④,前十五卷纵论经义史籍,按传统的思路,应是“重中之重”;可我偏偏更喜欢三十至四十三卷的杂考,因其辨识名物制度、称谓礼俗、语言文字等,对于我们理解古代中国的社会生活及风尚,大有裨益。就以卷三十三的“京师炒栗”则为例:

今京师炒栗最佳,四方皆不能及。按宋人小说,汴京李和炒栗名闻四方,绍兴中陈长卿及钱恺使金,至燕山,忽有人持炒栗十枚来献,自白曰,汴京李和儿也,挥涕而去。盖金破汴后流转于燕,仍以炒栗世其业耳,然则今京师炒栗是其遗法耶?

---

① 周作人:《炒栗子》,《药味集》北京新民印书馆 1944 年版,第 171 页。

② 参见陈振孙《直斋书录解题》卷一一及《四库全书总目提要》卷一二一子部杂家类。

③ 陆游:《老学庵笔记》,中华书局 1979 年版,第 23 页。

④ 赵翼:《〈陔余丛考〉小引》,《陔余丛考》,河北人民出版社 1990 年版。

这里所说的“宋人小说”，毫无疑义，应该就是陆游的《老学庵笔记》。大概是“史家”而又兼“诗人”的缘故，赵翼的考证，小处不够谨慎，误“十裹”为“十枚”，未免贻笑大方[①]。除了考辨不精，还有过度阐释的嫌疑——想象今天北京的炒栗法就是宋人李和所传，实在太过大胆。因为，糖炒栗子的香味遍及大江南北，各地的制作方式大同小异，怎么能证明李氏炒栗法“千年一线”呢？在我看来，此等民间工艺，无论过去还是现在，都无法找到真正的原创者；即便那汴京城里“炒栗最佳”的李和，也没有“专利权”。

比起赵翼的挥洒才情、驰骋想象，我更喜欢郝懿行（字恂九，号兰皋，1757—1825）的笃实与诚挚。作为有清一代的著名学者，郝懿行著述甚丰，计有三十余种，均收在《郝氏遗书》中。除代表作《尔雅义疏》外，更有闲涉物情的《燕子春秋》、《蜂衙小记》、《记海错》、《宝训》等杂著。并非空谈性理，也不将眼光局限于书斋，郝兰皋学问驳杂，趣味广泛，这点很对周作人的口味——“清代北方学者我于傅青主外最佩服郝君，他的学术思想仿佛与颜之推、贾思勰有点近似，切实而宽博，这是我所喜欢的一个境界也。”[②]

正是这种打心眼里的喜欢，使得周作人在1935年，连续写了三篇谈论郝懿行的文章。先是1935年3月13日撰《〈食味杂咏〉注》，评论东墅老人嘉善谢墉的撰述：“东墅老人对于土物之知识丰富实在可佩服，可惜以诗为主，因诗写注，终有所限制，假如专作笔记，像郝兰皋的《记海错》那样，一定是很有可观的。”[③]后又有1935年11月21日所撰《郝氏说〈诗〉》，介绍郝懿行和夫人王照圆合撰《诗问》《诗说》，称赞其“体察物理人情”，“训诂名物亦多新意”[④]。同年12月24日，周作人又撰《〈记海错〉》一文，提及诸多记载地方物产的好书，特别强调：“至于个人撰述之作，我最喜欢郝懿行的《记海错》。”[⑤]与诸多乾嘉学者埋头考辨经史不同，郝懿行还旁及各种地方性知识以及人情物理。正是有感于孔门多识之学殆成绝响，郝懿行撰写了贴近日常生活、体现自家“游子思乡”情怀，而又可以“资考证”的《记海错》[⑥]；至于《蜂衙小记》的“小引”，挥洒自如，情趣盎然，更是值得专门引证：“昔人遇鸟啼花落，欣然有会于心。余萧斋岑寂，闲涉物情，偶然会意，率尔操觚，不堪持赠，聊以自娱，作《蜂衙小记》十五则。”[⑦]

有了这么多铺垫，回过头来看郝懿行《晒书堂笔录》卷四中的“炒栗”则，当不难明白其好处：

---

① 周作人已经指出这一点，参见《〈老学庵笔记〉》和《炒栗子》。另，《汉语大辞典》释“裹”字之“用作包裹之物的计量词”，举的例子正是陆游的《老学庵笔记》。

② 周作人：《记海错》，《风雨谈》，《苦茶随笔·苦竹杂记·风雨谈》，岳麓书社1987年版第24页。

③ 周作人：《〈食味杂咏〉注》，《苦茶随笔》，《苦茶随笔·苦竹杂记·风雨谈》第36页。

④ 周作人：《郝氏说〈诗〉》，《苦竹杂记》，《苦茶随笔·苦竹杂记·风雨谈》，第138—139页。

⑤ 周作人：《记海错》，《风雨谈》，《苦茶随笔·苦竹杂记·风雨谈》，第21页。

⑥ 参见郝懿行《记海错·小引》，《燕子春秋·蜂衙小记·记海错》，《郝氏遗书》五十六册，栖露郝氏刊本，同治四年至光绪十一年（1865—1885）。

⑦ 郝懿行：《蜂衙小记·小引》，《燕子春秋·蜂衙小记·记海错》，《郝氏遗书》五十六册。此《蜂衙小记》乃光绪五年（1879）东路厅署开雕。

栗生啖之益人,而新者微觉寡味,干取食之则味佳矣,苏子由服栗法亦是取其极干者耳。然市肆皆传炒栗法。余幼时自塾晚归,闻街头唤炒栗声,舌本流津,买之盈袖,恣意咀嚼。其栗殊小而壳薄,中实充满,炒用糖膏(俗名糖稀)则壳极柔脆,手微剥之,壳肉易离而皮膜不粘,意甚快也。及来京师,见市肆门外置柴锅,一人向火,一人坐高兀子,操长柄铁勺频搅之令匀遍。其栗稍大,而炒制之法,和以濡糖,藉以粗沙,亦如余幼时所见,而甜美过之。都市衔鬻,相染成风,盘饤间称佳味矣。偶读《老学庵笔记》二言,故都李和炒栗名闻天下,他人百计效之,终不可及。绍兴中,陈福公及钱上阁出使虏庭,至燕山,忽有两人持炒栗十裹来献,三节人亦人得一裹,自赞曰:"李和儿也。"挥涕而去。惜其法竟不传,放翁虽著记而不能究言其详也。①

与赵翼之断言京师里的炒栗就是李和遗法相反,对博物有浓烈兴趣的郝懿行,却在"惜其法竟不传"。正如前面谈及的,将李和视为"糖炒栗子"的祖师爷,相信其掌握某种秘诀,这思路在我看来大有问题。争论此"炒栗遗法"到底是湮没无闻了呢,还是已被发扬光大,其实没有多大意义。还是周作人的评述精彩:

郝君所说更有风致,叙述炒栗子处极细腻可喜,盖由于对名物自有兴味,非他人所可及,唯与放翁原来的感情却不相接触,无异于赵云松也。②

周君说得没错,"郝君的是有情趣的人,学者而兼有诗人的意味,故所记特别有意思,如写炒栗子之特色,炒时的情状,均简明可喜"③。而我更看好的是,一个严谨的学者,竟有如此情致,在考辨名物时,敢将笔墨荡开去,穿插自家的生活记忆——"余幼时自塾晚归,闻街头唤炒栗声"云云,实在妙不可言。

至于周作人所说的,赵、郝二君之谈论《老学庵笔记》,全然没有失去家国的悲愤与隐痛,故与陆游原话宗旨不合,这确实是个问题;可这更多地属于时代风气——并非每个读书人都能从"糖炒栗子"的遥远记忆中,体悟放翁那念兹在兹的"故国之思"。

伤心最是李和儿

真是"说到曹操,曹操就到",仅仅两年后,五四新文化运动的代表人物周作人(原名魁寿,号启明、知堂等,1885—1967)便面临如何"与放翁原来的感情相接触"的难题——那原本让人垂涎三尺的糖炒栗子,如今竟变得浑身是刺,搅得人辗转反侧,坐卧不宁。

1937 年 3 月 30 日,周作人撰《老学庵笔记》,开篇即语带调侃:"吾乡陆放翁近来似乎很

---

① 郝懿行:《炒栗》,《晒书堂笔录》卷四页六下、页七上,《晒书堂集》。

② 周作人:《〈老学庵笔记〉》,《秉烛谈》,《瓜豆集·秉烛谈》,长沙岳麓书社 1989 年版,第 83 页。

③ 周作人:《炒栗子》,《药味集》,第 170 页。

交时运，大有追赠国防诗人头衔的光荣。”具体论述时，启明先生承认“笔记中有最有意义也最为人所知的一则，即关于李和儿的炒栗子的事”，并引《放翁题跋》卷三《跋吕侍讲岁时杂记》，称：“读此可知在炒栗中自有故宫禾黍之思，后之读者安于北朝与安于江左相同，便自然不能觉得了。”①其实，没必要绕这么大的弯子，翻开《老学庵笔记》，此类黍离之思比比皆是。暂时置身度外的周作人，一针见血地指出，清儒的考辨虽精巧，但放过了作者压在纸背的心情，殊为可惜。体会陆游的心境不容易，追摹乃至实践，那就更难了。周作人没想到的是，这“知行合一”的考验，竟很快就落到了他的头上。

“七七事变”后，名教授周作人没有随北大南迁，而是选择了“苦住”北平，不能不让人捏一大把汗。此后，一直到 1938 年 2 月 9 日，周氏公开出席日本《大阪每日新闻》社召开的“更生中国文化建设座谈会”，标志着其正式附逆，这中间的半年多时间里，敌我双方都在努力争取他。而周作人的内心深处，更是翻江倒海。就在此天人交战之际，10 月 11 日，周作人写下这么一首打油诗：

燕山柳色太凄迷，话到家园一泪垂。
长向行人供炒栗，伤心最是李和儿。

诗后有同年 12 月 11 日的自注：“一月前食炒栗，忆《老学庵笔记》中李和儿事，偶作绝句，已忘之矣，今日忽记起，因即录出。”二十天后，周作人意犹未尽，重写一绝，目的是“怀吾乡放翁也”：

家祭年年总是虚，乃翁心愿竟何如。
故园未毁不归去，怕出偏门过鲁墟。

后面照样有注：“先祖妣孙太君家在偏门外，与快阁比邻，蒋太君家鲁墟，即放翁诗所云‘轻帆过鲁墟’者是也。”这里的怕过鲁墟，大概是怕见那位念念不忘光复的陆放翁吧②？

身为“标志性人物”，在炮火纷飞的年代，周作人其实没有多少回旋的余地；一旦失足落水，更是很难重新上岸。以启明先生之聪明才智，当然明白其“附逆”给抗战军民造成的打击与伤害。1939 年 4 月 28 日，借撰文纪念亡友钱玄同，周作人引余澹心编《东山谈苑》，称倪元镇为张士信所窘辱，绝口不谈，或问之，答曰：一说便俗——“这件事我向来很是佩服，下现今无论关于公私的事有所声说，都不免于俗。”③1940 年 5 月 29 日，周作人撰《辩解》一文，重引《东山谈苑》，还是那句“一说便俗”，称回想以前读过的古文，明白辩解未必有什么益处④。之所以再三声明“不辩解”，实则还是想辩解，只不过自觉理亏，担心辩解无效反落笑柄而已；尤其是刻意披露那两首包含内心隐痛的打油诗，更看得出是在努力洗刷自己。

---

① 周作人：《老学庵笔记》，《秉烛谈》，《瓜豆集 · 秉烛谈》，第 80—86 页。

② 上述两首打油诗，除下面提及的最初出处，目前容易见到的，尚有《知堂杂诗抄》岳麓书社 1987 年版，第 3—4 页，等。

③ 知堂：《最好的十七日——钱玄同先生纪念》，《宇宙风》（乙刊）8 期，1939 年 6 月；收入《药味集》时改题《玄同纪念》。

④ 知堂：《辩解》，《中国文艺》2 卷 5 期，1940 年 7 月。

1940年3月20日,周作人撰《炒栗子》,刊同年6月《中和月刊》1卷6号,后收入《药味集》中。此文在立意以及史料排比上,跟三年前所撰《老学庵笔记》互有同异——最大的区别在于,作者在文章末尾巧妙地引入上述那两首表现故国之思的打油诗。又过了四年,也就是1944年10月,在《杂志》14卷1期上,周作人发表《苦茶庵打油诗》,共收入其撰于1937年11月至1944年10月的打油诗二十四首,打头阵的,正是这"伤心最是李和儿"! 此类"述怀",私下吟咏是一回事,公开发表又是另一回事;不只刊于杂志,还收入《立春以前》[1],可见周作人确实希望此中心迹能"广为人知"。

《苦茶庵打油诗》后面,有作者撰于1944年9月10日的《附记》,其中有两段文字,值得认真玩味:"这些以诗论当然全不成,但里边的意思总是确实的,所以如只取其述怀,当文章看,亦未始不可,只是意少隐曲而已。"其实,不断辨析《老学庵笔记》中的糖炒栗子,说什么"伤心最是李和儿",意思一点也不隐曲——除非对中国文化十分隔膜。另一段则是:"从前读过《诗经》,大半都已忘记了,但是记起几篇来,觉得古时诗人何其那么哀伤,每读一过令人不欢。如《王风·黍离》云,'知我者谓我心忧,不知我者谓我何求,悠悠苍天,此何人哉。'其心理状态则云'中心摇摇',终乃如醉以至如噎。"[2]这同样是自我表白(或曰自我辩解),只不过没有彻底卸下盔甲、放下架子而已。

对于周作人抗战中借谈论李和儿献炒栗子,间接表白自家心迹,钱理群的《周作人传》第八章有详细的描述[3]。至于黄裳的《关于周作人》,更是直指那两首涉及《老学庵笔记》的打油诗:"看他反复抄引,多次谈及,可以看出这实在并非偶然的。这两首诗也实在含有非常刻露的禾黍之感,只差没有明说王师北定中原。以已经落水的汉奸而写出这样的凄哀欲绝的诗,表面看来正是一种绝大的矛盾,然而却是周作人祈求内心平衡而流露出来的心曲。"[4]钩稽这么些隐藏在"糖炒栗子"背后的故事,并非想洗刷周作人的汉奸罪名,而是希望理解"落水文人"内心的痛苦与挣扎。

有趣的是,周作人早年的学生、也被认作京派文人的顾随(字羡季,晚号驼庵,1897—1960),抗战中困守北平,也吃糖炒栗子,也读《老学庵笔记》,还写下了《书〈老学庵笔记〉李和儿事后》:

> 秋风瑟瑟拂高枝,白袷单寒又一时。
> 熿栗香中夕阳里,不知谁是李和儿。[5]

---

① 《立春以前》刊行于日本战败投降的1945年8月,可书稿寄往上海太平书局,却是在同年三月底。

② 周作人:《苦茶庵打油诗》,《立春以前》,河北教育出版社2002年版,第154—155页。

③ 钱理群:《周作人传》,十月文艺出版社1990年版,第427—438页。

④ 黄裳:《关于周作人》,《读书》1989年9期。另外,张丽华的《从"君子安雅"到"越人安越"——周作人的风物追忆与民俗关怀》(《鲁迅研究月刊》2006年3期),对此也有所辨析。

⑤ 顾随:《书〈老学庵笔记〉李和儿事后》,《顾随全集》第一卷,河北教育出版社2001年版,第384页。

顾随的弟子叶嘉莹对尊师在抗战中“曾写了不少以比兴为喻托而寄怀故国之思的作品”，极力表彰；另一位弟子周汝昌，更是直接引述这首有关李和儿的七绝（字句略有出入），然后追问：“一个炒栗子的怀念故国的典故，顾先生用了写成那样的诗句，你说这是爱国不爱国？”[①]其实，单说使用“怀念故国的典故”还不够（若讲用典，周作人的诗文更出色），还必须补充一句：北平沦陷八年，顾随先后在燕京大学、中法大学、辅仁大学、中国大学等校任教，从未与日伪政权合作，保持了传统士大夫的气节，无论讲诗论文，还是为人处世，均显示了鲜明的民族意识和爱国情怀。

1943 年元旦，顾随去沈兼士家拜年，不幸被日本军宪扣留了十多天[②]；同年，顾随吟成《书〈老学庵笔记〉李和儿事后》，两相对照，不难明白其中的忧生与感怀。1945 年秋，抗战胜利，顾随撰《病中口占四绝句》，其中有云：“吟诗廿载咽寒蛩，一事还堪傲放翁；病骨支床敌秋雨，先生亲见九州同。”[③]从《老学庵笔记》到《示儿》，从“炒栗”到“王师”，正是陆游的诗文，使得同为诗人的顾随身陷逆境而不甘沉沦。

有趣的是，周、顾师徒二人[④]，当他们需要表达“故国之思”时，不约而同地，都选择了李和儿以及糖炒栗子作为媒介。谈论秋冬弥漫在北平街头的炒栗香，一旦认准其蕴涵着“民族大义”，“美食”迅速转化成了“政治”。可也正因为过于看重自家心迹的披露，在周、顾诗文中，本该十分随和、家常的糖炒栗子，变得日渐高大、严肃起来，俨然成为一种政治/文化符号，而失去了其本味。

桂花栗子重糖炒

栗子是好东西，可以有各种各样的吃法；我要追问的是，即便同为熟吃，为何大家格外推崇“糖炒”而不是“水煮”？追问糖炒栗子为何“爆得大名”，除了李和儿的故事，应该还有别的因素。

清代有两种谈及栗子吃法的著名食谱，一是朱彝尊（字锡鬯，号竹垞，1629—1709）的《食宪鸿秘》，其下卷“果之属”有“栗子”则，几种吃法中，“熟栗入糟糟之下酒佳，风干生栗入糟

---

① 参见叶嘉莹《谈羡季先生对古典诗歌之教学与创作》和周汝昌《怀念先师顾随先生》，载张恩芑编《顾随先生百年诞辰纪念文集》，河北大学出版社 1999 年版，第 38 页、203 页。

② 参见闵军《顾随年谱》中华书局 2006 年版，第 142 页。另，顾随《1945 年元日以病不出门，试笔得小诗四章》之“此际年时曾一出，妻孥惊怪不归来”，即指此厄，见《顾随全集》第一卷，第 391 页。

③ 顾随：《病中口占四绝句》，见《顾随文集》，上海古籍出版社 1986 年版，第 573 页。

④ 顾随 1920 年毕业于北京大学，属于周作人广义上的“弟子”；日后，作为京派学人，顾随在文章趣味以及生活态度上，颇受周作人影响。同时，顾又很神往在上海的鲁迅。

糟之更佳”,让我辈大长见识[①]。至于诗人兼美食家袁枚(字子才,号简斋、随园老人,1716—1798),其《随园食单》记载了“栗子炒鸡”这道今人十分熟悉的荤菜,此外,“点心单”里还有两处提到栗子,一是作为“重阳小食”的“栗糕”——“煮栗极烂,以纯糯粉加糖为糕蒸之,上加瓜仁、松子”;一是“新出之栗烂煮之,有松子仁香”这样的小窍门——袁枚甚至抱怨“厨人不肯煨烂,故金陵人有终身不知其味者”[②]。有趣的是,这两种食谱都没提及大名鼎鼎的“糖炒栗子”。《随园食单》所著录,除作者常居的江浙之风味菜肴外,还旁及鲁、皖、粤等菜系;《食宪鸿秘》更是兼采南北,不分彼此。“糖炒栗子”之所以榜上无名,关键不在于地域,而在于此乃休闲性质的点心,根本上不了台面——时至今日,正式宴会上,绝少上“糖炒栗子”的。

进不了食谱,并不妨碍其进入千家万户,更不妨碍其被无数文人学者所记挂。原因是,这种食品与特定的岁时相联系,故显得“别具风情”。有两本记载北京岁时的好书,可作此“大胆假设”的注脚。清初潘荣陛撰《帝京岁时纪胜》,八月部分之“时品”则:

> 白露节蓟州生栗初来,用饧沙拌炒,乃都门美品。正阳门王皮胡同杨店者更佳。[③]

清末富察敦崇著《燕京岁时记》,十月之“栗子、白薯、中果、南糖、萨齐玛、芙蓉糕、冰糖壶卢、温朴”则,其中有云:

> 京师食品亦有关于时令。十月以后,则有栗子、白薯等物。栗子来时用黑砂炒熟,甘美异常。青灯诵读之余,剥而食之,颇有味外之味。白薯贫富皆嗜,不假扶持,用火煨熟,自然甘美,较之山药、芋头尤足济世,可方为朴实有用之材。[④]

如此“都门美品”,包含浓烈的岁时记忆,一闻炒栗香,便知已入秋冬。古代中国人对于“岁时”的品鉴,往往是和特定食品联系在一起的,不像今人之喜欢“反季节”蔬菜或果品。经由一代代读书人的“纪胜”与“杂咏”(若宋人蒲积中编《古今岁时杂咏》),“岁时感”已经深入人心;而能与特定岁时相联系的食品,便显得“很有文化”——糖炒栗子便是一例。

1970年代初崛起于台北文坛的“新进的老作家”唐鲁孙(1908—1985)[⑤],其撰文描述故乡北平的岁时风物、市井风情、饮食风尚,三十年前曾风靡台湾,如今则流行于大陆。虽然作者“自己规定一个原则,就是只谈饮食游乐,不及其它”[⑥],读者还是能从中读出某种“历史的

---

① 朱彝尊:《食宪鸿秘》,中国商业出版社1985年版,第96页。另,日本筱田统、田中静一编《中国食经丛书》,下卷收《食宪鸿秘》时,作者署王士祯。参见陶振纲等着《中国烹饪文献提要》中国商业出版社1987年版,第99页、155页。在我看来,二者可能均系伪托。

② 参见袁枚《随园食单》,中国商业出版社1984年版,第74页、131页、133页。

③ 潘荣陛:《帝京岁时纪胜》,《帝京岁时纪胜·燕京岁时记》,北京古籍出版社1981年版,第30页。

④ 富察敦崇:《燕京岁时记》,《帝京岁时纪胜·燕京岁时记》,第88页。

⑤ 参见逯耀东《馋人说馋》,此文作为“唐鲁孙系列”之“序一”,载《中国吃》等书,广西师范大学出版社2004年版。

⑥ 参见唐鲁孙《何以遣有生之涯》,此文见广西师范大学出版社版“唐鲁孙系列”各书卷首。

惆怅，京城的乡愁”[①]。像《吃在北平》《再谈吃在北平》《北平的甜食》《北平的独特食品》《二谈北平的独特食品》《故都的早点》等系列文章，确实是“馋人说馋”，别有洞天。糖炒栗子虽只是被偶尔提及，也都显得神采奕奕：

金风送爽，一立秋，大街上干果子铺的糖炒栗子就上市啦！卖糖炒栗子，得把临时炉灶、大铁锅、长烟筒，先搬到门口架上安好。等太阳一偏西，就把破芦席干劈柴点着，先在锅里炒黑铁砂子，等砂子炒热，放下栗子，用一种特制大平铲，翻来覆去地炒，不时还往锅里浇上几勺子蜜糖水，等栗子炒熟，便往大铁丝筛子里盛，把砂子抖搂回锅，热栗子可就拿到柜台上用簸箩盛着，盖上棉挖单，趁热卖了。热栗子又香又粉，愈吃愈想吃，时常吃得挡住晚饭。您如果把吃不了的糖炒栗子碾成粉，用鲜奶油拌着吃，那就是名贵西点，奶油栗子面啦。[②]

就像周作人欣赏郝懿行对于糖炒栗子的描写“简明可喜”；我之喜欢唐鲁孙这段文字，也是这个意思。作者另有一文，比较韩国、日本、杭州以及北平的炒栗子[③]，不及此文之笔墨细腻，情深意长。

糖炒栗子之诱人，不仅是味道，还有场景。换句话说，此举具有“表演性”，可品味，也可观赏。别的山珍海味，只能在厨房里制作，食客所见，已是色香味俱全的佳肴。即便有好奇的食客想溜进厨房去观赏，也很可能被拒之门外。糖炒栗子就不一样，为了趁热吃，把整个炉灶、铁锅等都搬到大街上，现炒现卖。1909 年刊行于上海的《图画日报》，曾长期连载《营业写真（俗名三百六十行）》，其中第七十一幅乃孙兰荪所绘《糖炒栗子》（图一），图中题诗曰：

桂花栗子重糖炒，魁栗不及良乡好。
长生桥堍绮园前，两个摊头名最噪。
此物最宜炒得松，第一要等火候到。
不可夹忙头里火忽停，致使冷镬子里热栗爆。[④]

清末民初，烟草公司为了商业竞争，曾随香烟赠送小画片，俗称“香烟牌子”或“烟画”。这些烟画的内容极为丰富，从植物到仕女到京剧脸谱等，无奇不有，甚至还专门描摹“三百六十行”。蓝翔、冯懿有著《中国・老 360 行》中，便收录了三幅介绍糖炒栗子的烟画[⑤]。画面上，

① 参见王德威《北京梦华录——北京人到台湾》，陈平原、王德威编《北京：都市想象与文化记忆》，北京大学出版社，2005 年版，第 360—370 页。

② 唐鲁孙：《北平的甜食》，《中国吃》广西师范大学出版社 2004 年，第 31 页。

③ 参见唐鲁孙：《桂子飘香・栗子甜》，《酸甜苦辣咸》，广西师范大学出版社 2005 年版，第 22—25 页。

④ 参见《营业写真（俗名三百六十行）・糖炒栗子》，《图画日报》36 号，1909 年，环球社编辑部。见上海古籍出版社 1999 年重印本第一册，第 428 页。

⑤ 参见蓝翔、冯懿有著《中国・老 360 行》彩色图版、文字部分，百花文艺出版社 2003 年版，第 75—76 页、第 339—341 页。

除了标明“天津”、“良乡”、“魁栗”等字样(图二)①,呈现令人习以为常的激烈的商业竞争,更让人欣喜不已的是,那炒栗子的器具以及架势(图三),与郝懿行、唐鲁孙所描摹的,以及我们今天所见识的,并无多大差异。

图一

图二

图三

图四

秋风乍起,落叶满地,都市里的大街小巷,开始弥漫着糖炒栗子特有的焦糊与甜腻。这时候,无论平民百姓还是王公贵族,都可能被这种历史悠久的“闲食”所吸引。是美食,但价格低廉,一般人都消费得起;更重要的是,此物“吃相”不难看,“气味”也挺优雅②。正因此,糖炒栗子的制作以及品味,可以入诗入画。即便是老饕,其品鉴美食,也都受时间地点的限制;不若糖炒栗子,可随意进食,不受周围环境影响,也不妨碍阅读、写作或神聊。大街漫步时可以吃,友朋聚会时可以吃,“青灯诵读之余”可以吃,甚至连“漏舍待朝”也都可以吃。这就难怪,无

① 天津乃北方板栗的集散及出口基地,因而“名扬海外”。至于“良乡栗子”,有说来自河北的迁西、遵化等地,有说出自京郊房山区,因其有“良乡镇”,且盛产栗子。

② 比起同样超越具体场景、升腾在都市上空的“烤羊肉串”或“臭豆腐”来,“糖炒栗子”无疑更有人缘。

数文人学者，喜欢像郝懿行那样，“买之盈袖，恣意咀嚼”。不仅吃相优雅，而且有助文章——想想诸多价格昂贵的大餐，其入诗入文入画的效果，哪有清幽脱俗的糖炒栗子好？

糖炒栗子背后，确实有动人的故事，值得你我仔细品鉴；可过分追究“美食”背后的“故事”，会落入另一个圈套，即“思想深刻”，但“品味低劣”。且不说故事有真有假，有雅有俗，有广告促销，也有文人幽思，即便“故事”与“美食”相得益彰，其阐释也都必须“适可而止”。记得袁枚撰《随园食单》，有“戒耳餐”一说：“何谓耳餐？耳餐者，务名之谓也。”[①]炫耀性消费固然是“耳餐”，过分夸大美味的“文化内涵”，以至于让大脑取代了舌头，精神压垮了味蕾，也是一种“耳餐”。逯耀东曾提及唐鲁孙的饮食文章，“最初其中还有载不动的乡愁，但这种乡愁经时间的冲刷，渐渐淡去”[②]。在我看来，这才是聪明的举措——有文化情怀，但不忘食品本味。

十几年前，客居日本东京，路过上野车站，大老远就闻到那熟悉的香味，又见“天津甘栗”招牌，顿时热泪盈眶；除夕傍晚，朋友风风火火闯进来，抖落肩上的雪花，掏出好几袋还冒着热气的糖炒栗子，开口就是“别废话，趁热吃”；友人归台北，走前一天，驱车几十公里，到城南天坛附近去买“王老头”[③]，理由是诸闺中密友正“嗷嗷待哺”。这些日常记忆，对我来说，同样十分重要。换句话说，今人之欣赏“糖炒栗子”，除了苏辙的旧时秘方，陆游的《老学庵笔记》，郝懿行的精彩考辨，周作人的苦涩文章，还有各自多姿多彩的口感与记忆。正是因为兼及琐事与典籍、日常与历史、个人趣味与集体记忆，使得“炒栗子”有血有肉，而不仅仅是一种文化符号。有人别具幽怀，有人考古成癖，有人讲营养，有人图便宜，有人什么都没想，“就好这一口”……所有这些，各得其所，合起来，方才构成了有品味且有市场、能风光且能持久的“糖炒栗子”。

套用七十年前周作人的诗句，秋冬北京的诱人之处，在于其“长向行人”——当然，也包括馋嘴而又喜欢舞文弄墨的“文人”——“供炒栗”。只是面对如此“日常”而又“丰富”的栗子，你我读出来的，会是同一篇文章吗？

2007 年 9 月 10—25 日初稿，10 月 21 日改定于京西圆明园花园

（原刊《学术研究》2008 年第 1 期，人大报刊复印资料《文化研究》2008 年第 5 期转载）

---

① 袁枚：《随园食单》，第 24 页。

② 逯耀东《馋人说馋》，广西师范大学出版社版“唐鲁孙系列”之“序一”。

③ 被誉为京城栗子王的“王老头”，祖上曾为宫里送炒货，1978 年注册了“王老头”商标，成为中国第一家有品牌的“糖炒栗子”。

现代文学的阐释链与“新传统”的生成

温儒敏

所谓“新传统”，是指新文学传统或者现代文学传统，五四以来近百年，它逐步积淀，成为有别于古代文学的那些常识、或普遍性的思维与审美方式。我在其他一些场合曾经用过“小传统”的概念，[①]以和古代文学与文化的“大传统”区别。“新传统”虽然形成时间较短，但和古代传统一样（许多情况下可能是古今并存或者古今融合一体的），已经作为民族语言想象“共同体”而存在，以其权威性能量不断入侵、影响后起的创作，甚至无孔不入，渗透到了社会生活的许多方面。人们对“新传统”总是习焉不察，身在庐山而不识庐山真面目，其实它作为当今社会结构的一个向度，发挥着规范性影响，只不过未能得到像对待古典传统那样的尊奉与重视。且看以白话文为基础的现代文学语言的确定，和古代文学的最明显区别，现今我们所享用的汉语文学语言变革的成果，其实就是“新传统”中稳定的核心部分。那些有影响的现代文学作品，它的文学形象、文化内涵、艺术形式，乃至风格、技巧，往往也都转化为当代普通社会生活的内容，承载着人们的思想情感，甚至成为某种“共名”。[②] 特别是现代文学所形成的新的观念与评判方式，包括对于文学现象的各种“命名”，如“现实主义”、“反映”、“主题”、“思想性”、“典型”、“教育意义”，等等，虽然有的由于频繁使用而变型僵硬，但也有的已经派生出新的含义而成为普适性的概念，至今被批评家乃至普通人所沿用。人们总是不太在意那些“常识性”的东西，无视其在身边所起的作用，人们在享用“新传统”的时候往往不能明确意识到它的存在。而这些年出现的那些颠覆“五四”新文学的思潮，更是全然否认“新传统”的，在他们看来，如果有新传统，无非就是“激进主义”的传统，是“反传统”的传统。这使得曾作为传统文化叛逆者的现代文学，遭受无端的贬责。尽管对传统的反叛有可能确立新的文学认识，但反叛又必然是在传统背景之下进行，并非任何反叛都有理由得到赞许。那种废弃和终止“新传统”的意图因为“误读”太甚必然徒劳无功，不过这也提醒我们需要重

---

① 可参考拙文《现代文学传统及其当代阐释》，载《中国现代文学研究丛刊》2007 年 2 期。

② 比如阿 Q、莎菲女士、方鸿渐、华威先生，等等，这些出色的人物形象都以其丰富的性格内涵而成为人所熟知的“共名”，被广泛用于指称某些类似的人物或者精神现象，甚至衍生出某些专有名词与熟语，如“阿 Q 主义”、“方鸿渐式的尴尬”、“华威先生作风”，等等。

新思考和彰显"新传统"的价值。

我们的研究就是想揭示"新传统"的存在及其形成过程。

要承认一个事实:现今对"新文学"或者"现代文学"的基本知识,以及相关的类似"共识"的观念,很大程度上得益于文学史家的梳理和探讨,也受制于他们的文学史观念。他们从不同的立场观点出发,去认知、处理与阐说新文学传统,其中某些结论以知识体系的方式进入学校教育,或者通过其他渠道传播,成为有关"新传统"的"常识",从而制造了社会对"新传统"的普遍想象。"新传统"的形成和一代代文学史家、批评家的工作是密切相关的,当然,参与其事的还有现代教育和学术生产体制。因此,我们谈论现代文学的传统,了解这一新的传统的形成过程及其变迁,必须考察过去不同时代人们对于新文学的想象与阐释,其中对文学史家与批评家"阐释链"的清理,就是一个切入点。本文把视野投放到上个世纪的20到40年代,也就是现代文学的垦拓和成熟的时期,看看当时的人们是如何评价新文学,又如何借此建构他们的文学史观的,而这些理论和观念又如何被逐步筛选和流传下来,影响并制约着后起的文学评价。这将提供某些关于现代文学认知历程的"切片",也就是"阐释变体链",从中可观察"新传统"的积淀与生成。

一　对二三十年代的回顾:在反对"旧传统"中建构"新传统"①

早在20年代初,现代文学诞生不久,就出现许多对新文学的评论与争议,焦点是关于新文学反传统的"合法性"问题。在众声喧哗中,哪种声音最响亮,更多的得到认可,并且流传久远?是"历史的文学观念论",以及与此相关的"文学进化论"。关于进化论作为新文学运动最重要的理论资源,学界已经有过大量论述,几乎没有人能够怀疑,文学进化论的确为现代文学的产生和立足,甚至为"新传统"的确立,都提供过足够的援助。而较早用文学进化论为新文学撑腰打气,寻求理论支援的,就是胡适。早在1922年,胡适写《五十年来中国之文学》,②就理直气壮地向所谓"旧文学"传统挑战,以进化论的眼光看待新文学的形成,以进化的系列去构设文学史,并从中寻找新文学的地位,证明新文学的"合理合法"。他最早出来勾勒"新传统"的初始样貌。二三十年代写作的诸多文学史,自觉不自觉都认同胡适这篇文章所描绘的新旧文学转型的图景,甚至试图从"新传统"形成的角度肯定现代文学的历史地位。诸如新旧交替的文学进化常识,以及对新文学肯定的流行观念,其源头就在这里。进化论的文学史观在初期的确为新文学提供了立足的基础,但是这种因果性的思维方式过于相信历史更迭的必然性,容易把历史进程看做是方向单一的,从而也容易简化了历史。当代出现某

---

① 本节部分内容采用和参照了拙文《文学史观的建构与对话:围绕初期新文学的评价》(《北大学报》2000年第4期)与《论〈中国新文学大系〉的科学史价值》(《文学评论》2001年第3期)。

② 收入1923年2月《申报》五十周年纪念刊《最近之五十年》,1924年申报出版此文之单行本。

些对“新传统”的“必然性”进行反思的研究，把新文学诞生的关键时期视为开放的、有多种选择可能性的，就是对历来影响巨大的进化论传统观的一种反拨。

不过，有意思的是，早在上个世纪二三十年代，对于新文学反传统的“合法性”的看法，也并不见得一致，甚至在新文学阵线内部，也并不是都赞同进化论的。周作人就不太赞同胡适用进化的观点解释新文学，这位新文学先驱似乎转一圈又回复到古典传统，虽然他不否认在外来影响之下涌现的新文学不无新的质素，但从大的方面看他宁可把五四的文学革新说成是一种历史的循环。在《中国新文学的源流》[①]中，周作人认为全部中国文学史的发展，不过是“言志”与“载道”两种文学潮流的交替起伏；而“新传统”也不见得是全新的，其源流可以追溯到明末的“公安派”。周作人秉持这种循环论的文学史观来看“新传统”，站到了胡适的另一端，诚然，他的针对性主要还是30年代初文坛上的“左”倾机械论和功利主义。

另一不同的声音来自梁实秋，当时他还是毫无名气的初生牛犊，对胡适用进化的观点看待文学，很不以为然，他朝五四新文学劈头盖脸抛出许多不满与批评。这位心仪西方古典主义的批评家有另一种“新传统”观。人们不是说新文学优势在“新”吗？梁实秋则宣称：“文学并无新旧可分，只有中外可辨。”他是不愿意使用“新文学”这个流行概念的，顶多承认有“现代文学”。这些观点集中体现在1926年写的长篇论文《现代中国文学之浪漫的趋势》[②]之中，这位年轻的批评家指责五四新文学的“浪漫”趋向，认为是“不合常态”的文学。梁实秋对五四新文学传统的态度是非常苛严的，的确也打中了新文学某些“要害”，大概因为发表的时机似乎晚了一点，人们对它似乎没有更多理睬。但是现今重新翻阅这篇论文，会发现还是独具眼光的，而且这种批评实际上也在参与“新传统”的打磨与建构。所以不会奇怪，在40年代的某些文学史家(比如战国策派)，以及80年代的许多评论家那里，我们再次听到类似梁实秋这样对于五四新文学运动的质疑与反思。

很有意思的是，如果把胡适、周作人与梁实秋三家不同的文学史观放到一起，发现他们涉及对新文学性质、源流、地位的不同的评价，彼此对立，其实又有互相补充、纠偏，构成微妙的对话关系。不难发现，三种看法背后各有自己的“传统观”。胡适的进化论用线性发展的观点处理传统，梁实秋的“无新旧”说注重传统稳定的“核心部分”，周作人则强调传统“循环往复”的规律。他们在新文学之初就有这样开放而独立的眼光，是很难得的。不过，影响最大的还是胡适的进化论观点，而且这观点本身就逐步成为“新传统”的内容：后来许多文学史，都是在进化论观念下编就的，“新”比“旧”好几乎成为一种不辨自明的通识，而“五四”文学也在“发展”、“进步”的框架中站稳了脚跟。甚至在今天，进化论的文学“常识”仍然渗透

---

① 1932年2月到4月，周作人在北平辅仁大学共做8次演讲，题目为《中国新文学的源流》，由辅仁大学学生邓恭三记录，后根据记录稿整理成书，同年9月北平人文书局出版。

② 《现代中国文学之浪漫的趋势》1926年2月写于纽约，发表于1926年《晨报副刊》，收入《浪漫的与古典的》，新月书店1927年版，又人民文学出版社1988年版。

到普通的文学生活中。

文学史观的形成促成了文学史写作，进而有利于对“新传统”的理解和确认。但真正把现代文学作为独立的文学史段落来处理，是从20年代末开始的。到30年代初，甚至还相继出现数种独立评说新文学的专门著述。这种“独立”处理，就是要摆脱“附骥”的地位，从古代文学“大传统”的叙述框架中挣脱出来，建立属于自己的新传统叙述体系。这跟当时许多大学的创办和教学的需求也有关，文学史越来越成为现代教育体制所规定的一种“知识体系”，成为满足学校教育需要的一种时兴的产物。这个体制性的变化，对于现代文学知识的生产、传播和积淀，也包括“新传统”的生成，起到非同小可的作用。如30年代出版的几种较大影响的文学史，包括陈炳堃(陈子展)的《最近三十年中国文学史》①、王哲甫的《中国新文学运动史》②、王丰园的《中国新文学运动述评》③与吴文祺的《新文学概要》④，等等，框架都是承袭历史的进化的文学观念，即注重以一代代“进步”作为描述文学史的基本模式，注重文坛趋向与变化，但和胡适当年的立场不同，在具体解释思潮变化原因与品评作家时，又都力图使用当时正流行的唯物史观，即非常看重从社会变迁的角度包括政治经济等角度解释“新传统”。这些文学史著作更多地带有当代批评的性质，还难于真正以历史的眼光去把握和解释复杂的文学现象，未能形成较高层次的研究品格，但作为文学史思维的框架与方式，在后来对现代文学历史的认识与解说，影响也是很大的。从胡适到陈子展等文学史家，可以见到在处理“新传统”时，某些“主流”文学史观念逐步积累变化的过程。

在做了以上简略的回顾之后，我们特别还要提到《中国新文学大系》⑤。这套“大书”表面上是做资料收集积累，实际上是一种经典化的过程，称得上新文学第一代名家对自身所参与过的文学历程的总检阅与总定位。《大系》为第一个十年的新文学留下了珍贵的文献资料，也留下了作为“过来人”的先驱者所带有的自我审视特点的评论。其各集的“导言”所具有的文学史研究眼光和方法，包括对“新传统”的想象，对后来的文学史写作有不可替代的巨大影响。甚至可以说，后来几十年关于新文学发生史与草创阶段历史的描述，包括对新文学垦拓范围与状态的想象，都离不开《大系》所划定的大概框架，而《大系》所提供的权威的评论，也被后来的许多文学史家看作研究的经典，文学史教学常把《大系》列为基本的参考书。所以，要了解现代文学的经典化以及“新传统”的生成，应当高度重视《大系》的作用、重要性及其突出的地位。

《大系》的产生距离新文学诞生不过二十多年，但时代风气已大变，那时已经是非常政治

---

① 1930年11月上海太平洋书店出版。

② 1933年北平杰成书局出版。

③ 1935年新新学社出版。

④ 1936年中国文化服务社出版。

⑤ 1935年秋上海良友图书印刷公司分册出版。

化的年代,新文学阵线早已经分化,作家理论家也已经被政治分野推置在不同的方位。令人称奇的是,当时居然还能够组织一批文坛上的压阵大将来共同编撰了这一套大书,这是很不容易的。其中重要的原因,就是顺应要为新文学的发生"做史"的需求,也满足了新文学第一代作家将自身在新文学草创期"打天下"的经历和业绩,进行"历史化处理"与"新传统"积淀的欲望。如同当时的一篇书评所说:"《新文学大系》固然一方面要选成一部最大的选集,但另一方面却有保存文献的用意。《新文学大系》虽是一种选集的形式,可是它的计划要每一册都有一篇长序(两万字左右的长序),那就兼有文学史的性质了。"①

《大系》几乎成为一个关于"新传统"的一个高等级的又能容纳众说的"论坛"。这部原意主要在于保存文献的书,因为聚集了新文学先驱者和一代名家,不同"角色"有匀称的搭配,他们选择作品的眼光和写作"导言"所体现的不尽相同的文学史观点,都在"论坛"集合。"选家"的工作在这里同时又是文学史家(带作家和历史参与者特殊身份)的历史叙述和发挥。《大系》是新文学的一种"现身说法"与"自我证明",一方面,它是对一个流动当中的文学工程,作相对定型的有序整理;另一方面,它也是"当事人"对这个文学过程发难期的荣誉权,进行再分配。② 历史的参与者如何又参与对历史的叙述?仍然在进行中的文学史现象如何在"过来人"的叙说中得以沉淀,并逐步经典化,进入"新传统"?这是一个生动的例证。《大系》保存了新文学初期丰富的史料,也最早从历史总结的层面汇集了当时对新文学各种代表性的评价,可以说是一次关于"新传统"评说的"总动员"。从此,"新传统"研究的意识及其地位在学术界得到空前的加强。考察现代文学的历史意识的加强以及对于"新传统"生成的体认,《中国新文学大系》是非常重要的一环。

二　40 年代文学史家眼中的"新传统"③

接下来我们要用更多的篇幅谈论 40 年代,看当时的文学史家是如何梳理和理解现代文学的历史及"新传统"的。如果我们要理解"新传统"如何逐步积淀并进入当代,这可能是必须经过的重要通道,五六十年代乃至整个当代的文学史思维及对现代文学传统的处理,都跟这一段的认知探索相关。

40 年代处在战争时期,缺少安定的研究环境,但由于与五四的历史距离拉得较远了,新文学初期要为之寻找"合法性"根据的写作冲动逐渐淡漠了,对于新文学"史"的观念以及认识总结"新传统"的愿望更加强烈了。这一时期还是出现一些致力于"新传统"的梳理塑造、

---

① 姚琪:《最近的两大工程》,《文学》1935 年 1 卷 5 号。

② 参见杨义的《新文学开创史的自我证明》,《文艺研究》1999 年第 5 期。

③ 这一节写作采用和参照了拙文《四十年代文学史家如何塑造"新文学传统"》(《中国现代文学研究丛刊》2003 年第 4 期)的部分内容。

较有影响的研究成果。

首先要说到的是蓝海(田仲济)的《中国抗战文艺史》,1947 年现代出版社出版,是第一部有关抗战时期文艺状况的专史。全书 8 万多字,分 8 个部分论述了战时新文艺发展的动态和路向,主要从文艺运动与战争时期社会变动的关系这个角度切入,记录抗战文艺这一特殊的文化现象,包括通俗文艺、报告文学、小说、戏剧诗歌以及文学论争的情况。因成书比较及时,保存了大量有关抗战时期文艺运动的史料,并对此时期文艺运动变迁的时代气氛多有真切的描述,是后人研究这一段文学运动重要的参考书。如抗战初起的“前线主义”和“投笔从戎”运动,皖南事变后普遍转向沉寂的创作心态,“讲演文学”的兴发、长篇竞写潮、后期色情文艺的流行,等等,甚至连当时一般文人的生活、报业出版业的状况,都有具体的材料与描述。有一些史实是后来的文学史容易忽略或者掌握不全面的,在这些方面,该书可能是一种补充。① 从“爱国”、“反帝”以及“现实主义”的角度观察抗战时期的文学潮流,并和五四新文学的传统贯通起来,是这本书的写作目标,作者显然希望把抗战这一特殊阶段的文学现象,纳入到新传统的框架中得到解释。该书比较粗糙,但价值在于“带露折花”,提供了许多“过来人”的观感、印象与材料,对研究者来说,有时这些未经过滤的材料可能是更有吸引力的。②

这一时期其他值得注意的著作还有任访秋的《中国现代文学史》,河南前锋报社 1944 年出版,只出了上卷,约 12 万字。这是最早使用“中国现代文学史”作为书名的。该书对“新传统”的梳理视野比较开阔,格外关注清末民初文化转型的现象,后来作者在近代文学研究方面也有大的建树,表现在这本文学史的写作上,对于近代文学与新文学衔接部分的观察就比较细致,目的在于说明新文学出现的历史缘由,探讨在反传统过程中是如何呈现一种构“新传统”的意向的。该书比较平实,和当时常见的那种径直用社会变迁原因解说文学变革的简单化做法有所距离,很看重文学形式自身衍变的轨迹,这也是文学传统变迁的一个重要方面。近年来不少学者关注“近代”与“现代”的联系,有的把“现代文学”的范围往上推,推到晚清甲午前后。其实任访秋写他的《中国现代文学史》时,就没有把“现代”与“近代”一刀切开,他注意到了作为过渡或转型的复杂性,又发挥了他对晚清文坛历史比较熟悉的优势,所以这本书的长处主要也在转型的考察上。如果说,在胡适、陈独秀时期,还较多强调反传统,

---

① 如关于梁实秋的“与抗战无关论”,一般文学史只是引用梁氏在《中央日报》的“平民”副刊上发表的《编者的话》中的观点,就给予批判。该书却提供了更多的背景材料,包括战时出现的“宣传第一,艺术第二”的口号,创作中“公式主义”的流行,以及关于这些问题的论争过程。如果将梁实秋的言论放到这些背景中来考察,就不一定认为梁氏的所谓“与抗战无关论”毫无根据,对那种简单的政治性的批判也会做些调整。

② 1984 年蓝海的《中国抗战文艺史》重新出版,基本框架没有变,但增加了 3 倍的篇幅,从 8 万子变为 32 万字。那种把抗战文学放置在整个新文学发展流程中考察、突出其与五四传统贯串性的意图更加明显,可以说内容丰富了,章节完整了,许多地方打磨过了,但可惜原来那种鲜活的感觉也没有了,学术价值反而比不上原版。

强调新旧文学的差异和对立,那么到了任访秋这里,对于新旧交替以及传统变迁的复杂性,就保持更多理性的分析了。如果要了解晚清文学与现代文学的过渡与关联,了解"新传统"到底如何冲破旧的传统,又彼此保留千丝万缕联系,这本著作是很有参考价值的。

李一鸣的《中国新文学史讲话》,也是在战时写成的著作,1943年世界书局出版,比较简要,特点是在力图对新文学创作进行划派与命名。例如把小说分为讽刺的写实、人生问题的探索、浪漫的抒情,以及反抗的新兴文学这四派;把戏剧分为文艺剧和通俗剧两派;把散文分为言志和载道两派,等等。这些划分的界限比较模糊,归类也难免勉强,显然是为了构筑文学历史叙述的框架,是现代文学研究中较早进行流派分析归纳的尝试。如果说此前讨论新文学传统,比较多的是注目于思潮观念,那么现在开始比较关注创作本身了。其实,"新传统"的形成和变迁,更本质的还是体现在创作上。类似李一鸣这样偏重探讨创作的流变及其历史联系的努力,在后起的许多文学史研究特别是"新传统"的线性清理中,得到更多的重视。

此外,始终以桀骜不驯的理论姿态不断引发文坛争议的胡风,在40年代也写下《论民族形式问题》和《论现实主义的路》这样一些影响甚大的论作,虽然并非专门的文学史研究,却也不无对"新传统"的深入的思考。胡风鲜明地论述了五四新文学传统,提出一个和当时主流批评家相左的观点,认为五四新文学是"世界进步文艺支流"。他说:

> 以市民为盟主的中国人民大众底五四文学革命运动,正是市民社会突起了以后的、累积了几百年的、世界进步文艺传统底一个新拓的支流。那不是笼统的西欧文艺,而是:在民主要求底观点上,和封建传统反抗的各种倾向的现实主义(以及浪漫主义)文艺;在民族解放底观点上,争取独立解放的弱小民族文艺;在肯定劳动人民底观点上,想挣脱工钱奴隶命运的、自然生长的新兴文艺。

这就牵涉到对五四与"新传统"的评价。胡风显然不同意当时居于主流位置的观点,就是笼统地以"新民主主义"涵盖整个五四传统,他认为30年代以来左翼文学运动的缺失之一,就是在文学的形式内容上盲目地迎合迁就"农民主义"或者"民粹主义",在强调民族形式内容、一味往传统的、民间的方向走的同时,陷入了狭义的思维体系。胡风认为这是从五四的开倒车。他认为五四新文学运动并非传统文学内部演变调整的结果,而是在社会变革的外部条件促使下,主动接受与传统文学异质的外国文学的影响,并对传统文学进行彻底变革的产物。重新强调五四新文学与世界文学的本质联系,突出五四新文学的"世界感"和"现代化"特质,其实是对"新传统"的一种深刻的理解。虽然胡风的理论遭到当时主流批评家的毁灭性打击,并铸成他日后的悲剧,但他的独立思考精神非常值得尊敬,他对"新传统"的理解与阐释,在80年代之后终于赢得了重视,有了众多的回声。回顾40年代对于"新传统"的梳理,胡风应当作为重要的一环。

40年代对于"新传统"的清理,做了大量工作。这方面主要的参与者,几乎都是主流的理论家、文学史家。胡风认为自己的理论也是出于马克思主义立场的，不过他是马克思主义批评家中的“独行者”，还有其他许多追随马克思主义的批评家和文学史家，都很热衷于新传统的塑造与阐释，而且他们逐渐变得更加成熟，有更强烈的历史意识。这里不打算全面介绍本时期所有现代文学史的评论与研究，还是抓重点，集中评述几种与新传统梳理有关的思潮史运动史著作，其中三种是属于当时作为主流派的马克思主义阵线的，毫无疑问，也是更能代表这一时期新文学研究动向的。这三种著述即李何林的《近二十年中国文艺思潮论》，周扬的《新文学运动史讲义提纲》和冯雪峰的《论民主革命的文艺运动》。在余下的篇幅，我们还将介绍一下“战国策派”的文论。这些论著对五四新文学历史的思考与描述，带有那个时代显著的特征，但又都在参与建构“新传统”时表现出各自不同的立场，以及不同的历史想象力与理解力。对上述数种思潮史运动史论著集中进行评析，可以大致了解这一阶段新文学史研究，特别是对“新传统”的阐释方面的一般状况。当然我们更为关心的，是这些论著所表现的文学史观和思维范式，及其对后起的文学史写作以及“新传统”的阐释所产生的不可忽视的影响。

三　从“资产阶级性质的启蒙运动”角度看“新传统”

现代文坛的论争特别多。这也是由于处在大的社会变革和文学观念的变革之中，各种文学思潮都要显露身手，彼此的较量竞存势不可免。考察“新传统”的源流变迁，是许多文学史家都很看重的研究，也是梳理“新传统”的常见方式。在思潮研究这个领域，不应当忘记李何林。这位参加过北伐和八一南昌起义的“老革命”，历来被尊为现代文学研究界的元老之一，这很大程度上也是因为他很早就特别关注新文学思潮的衍变，关注“新传统”，并致力于这方面材料的收集整理与评论。李何林的论著中被学界引用最多的就是《近二十年中国文艺思潮论》（标明上海生活书店1939年出版，实际出版时间为1940年春，因此可以归入40年代这一时段）[①]。这本书出版之前，李何林已经出过一本《鲁迅论》和一本《中国文艺论战》（两书均由上海北新书局1930年出版），都是有关论争的文章汇集。后一本书显然是受到1925年出版的《苏俄文艺论战》（任国桢译）的启发（连书名都在仿照），试图为新文学发生以来的历次论争保存一些资料，并使读者能借以对文坛的历史与动向有所了解。《近二十年中国文艺思潮论》比《中国文艺论战》规模更大，编法也有不同：不再采用论文选编归类的方法，而是采用“资料长编”法，即以原始资料为主，以潮流的本身表现为主，将近20年文艺思潮的变迁分为不同的几个阶段，给每一阶段作简扼的评述，然后分章节将各种文学派系、社团所体现的不同文学倾向以及彼此间发生的各种争论加以勾勒，并将各种不同观点的文论

---

① 据李何林后来回忆，该书除了上海版，还在香港、桂林、重庆、东北等地印售出版。见《李何林文论选》，人民文学出版社1986年版，第243页。

多多摘引。如编者所言,编这部书时他正流亡在四川江津的偏僻小镇,找参考书籍很困难,所以"取材不周,论述未免失当";[①]但这部书毕竟编得比较及时,加上采取的是"资料长编"的办法,大量引用文学争论中的原文,较好地保存了文坛纷争的本来面目和趋势。

从20年代开始,就不断有人在关心并收集各次文学论争的材料,有的还汇集出版。但多数都还只是应时收集文坛论争引起的"热点"的材料,可能还主要是谋求出版的效益。很少有人像李何林这样,明确地以"思潮史"为架构和"资料长编"的形式,系统地收集、整理屡次文学论争以及各种代表性创作观念等方面的材料,由此还原与返观历史。李何林这本资料性的书能够产生长久的大的影响,跟他采取的这种文学史叙写方式也是分不开的。

该书论评的范围自1917年至1937年。著者显然信服和运用"文学运动为政治和社会变革所决定"这一思维模式,因此很重视时代背景,以20年间3个较重大的历史事件作为划分文学思潮发展3个段落的标界,即五四(1919)、五卅(1925)和九·一八(1931),每一段起止时间约六七年,全书也就依3段分为3编。[②] 全书每一编开始都有"绪论"一章,讲述该时段文艺思潮发展的轮廓。这3编的"概论"可以看作是"文艺思潮略史",而更详细的评述则在各编下面的其他章节引用组织资料时穿插进行。编者革命的倾向性不言而喻,主要体现在概论的评说和材料的组织当中,摘引资料也力求完整体现其意愿,但同时也还力求展示文学史家的襟怀,尽可能将各种不同立场观点的文论都保留下来。今人重读此书,可能会格外关注其中各种不同声音的交响,这也是吸引人的地方,保持了历史语境中"对话"的状态。"资料长编"不失为一种有利于还原历史的有效的方法,也是这本书最重要的学术价值所在。

但李何林这部书更引人注目的,还是用阶级分析眼光考察文学历史现象、归纳分析"新传统"的写法。这种写法居然使得一本资料性的著作也显出特有的明快色调。著者将新文学发生以后近二十年纷繁的文学潮流,归结为两种不同阶级的思想支配物,简洁地认定1917年至1927年属于资产阶级文艺思想较多而无产阶级文艺思想还只是萌芽的时期,而1927年至1937年,则是无产阶级文艺思想发展的时期。著者认为五四新文化运动是资产阶级性质的文化运动。新文化运动的标志,如提倡民主、科学、怀疑精神、个人主义、废孔孟、铲伦常等等内容,它的社会意义,就是接受资产阶级文化,反对封建思想。这也是理解"新传统"的重要内涵。作为新文化运动组成部分的新文学运动,在文学思想方面,起主导作用的是进化论和人道主义,并以反对"文以载道"的封建文学观念为主要目标。书中认为,五四新文学受

---

① 见李何林《近20年中国文艺思潮论》序言。

② 第一编"五四前后的文学革命运动",从1917年胡适发表《文学改良刍议》起,到"文学研究会与创造社的对立"及"革命文学"思想的萌芽止(即"五卅"发生前);第二编"大革命时代前后的革命文学问题",由1926年郭沫若发表《革命与文学》一文提倡革命文学起,中经1928年对此问题的论争,到1930年"左联"成立止;第三编 "从九·一八到八·一三的文艺思潮",由1932年"文艺创作自由论辩"和"文艺大众化"问题的提出讨论起,中经1934年的语文改革运动,到1936年的"国防文学"和"民族革命战争的大众文学"的论争为止(即"八·一三"发生前)。

到外国文学思潮的影响，从而形成了分别以文学研究会和创造社为代表的“为人生”与“为艺术”的两派，展开了写实主义与浪漫主义的对立和辩论，但究其性质，两者均属于“中国贫弱的资本主义的资产阶级的创作方法论”。

值得注意的是，李何林对五四新文学运动性质的论断，以及对“新传统”的理解，在当时持马克思主义立场的论点当中是很有代表性的。1930 年前后，文化界讨论过“中国社会性质问题”，当时比较普遍的观点即认为五四新文化运动是资产阶级性质的启蒙运动，是资产阶级思想领导和以资产阶级思想为主的运动。新文学传统也离不开这一基本认识。这种几乎成为“共识”的观点，到 40 年代就受到质疑，并为另一种权威的观点所取替。1940 年 1 月毛泽东《新民主主义论》发表，论定五四新文化运动具有新民主主义的统一战线性质，肯定了无产阶级思想对这一运动的主导作用，并从这个角度给新文学传统性质定下调子，此后，许多论者才用这一观点说明五四新文学运动的性质，突出马克思主义所起过的思想领导作用。毛泽东的论断无疑是权威的，此后几乎覆盖了多数学者的理论视野，即使有不同的意见，也大都从毛泽东论述的原点生发出去。所以考察 40 年代以降的对于“新传统”的研究，不能不特别关注《新民主主义论》的决定性影响，以及这种影响之下的学术思想变迁。不过 1939 年李何林编写《近二十年中国文艺思潮论》时，毛泽东的《新民主主义论》尚未发表，李何林对五四新文学性质的理解以及对“新传统”的描述，还没有受到毛泽东权威论断的指导和影响。所以《思潮论》的基本立论，虽然是革命的，激进的，但又是不大符合后来革命阵营“正统”观点的。到了 50 年代，《思潮论》这本曾经被当年国民党当局列为禁书的著作，其中关于五四新文学运动性质的论断就显得不合时宜，就受到钱俊瑞、何干之、范文澜等学界名流的质疑和批评。这些批评与其说是学者个人的意见，不如说是都在用“权威的”论断去衡量一切。李何林受到学界的批评，也心悦诚服地做了一篇“自评”，[①]承认他那本书的缺点是把五四时代的领导思想说成是资产阶级思想，没看到本是马克思主义，这就把新旧民主主义的界线模糊了。

现代文学学科史上常有这种情况：研究者所处的时代在变化，学术思潮的流向也随之变化，对有些基本问题的“普遍看法”也在不断变化。有时这种变化简直是戏剧性的。到了改革开放启动的 70 年代末和 80 年代初，现代文学界重新讨论五四新文学运动性质问题，有些学者反过来认为李何林当初在《思潮论》中提出的有关见解“现在看来有道理”。然而，李何

---

① 1950 年 5 月李何林为其《近 20 年中国文艺思潮论》写了“自评”，提到他经过“在华北大学的熏陶和学习，以及同志们的帮助，尤其是和范文澜同志的商谈，才认识到他们的见解是正确的。所以在 1949 年 9 月，我就向华北大学国文系全体同学批评了《思潮论》的一些缺点，尤其是五四时代的领导问题。”在“自评”中，认为“《思潮论》对于抗战前二十年中国新文学的性质，没有明确的指出从开始到末了都是统一战线的反帝反封建的新民主主义的文学。对于五四时代的领导思想问题，又认为是资产阶级思想占优势，没有看见无产阶级思想从开始就在领导着了。”见《李何林文论选》，第 243—244 页和 251 页。

林已经不为所动,还是坚持当年他的“自评”中检讨的观点,认为原先自己对五四新文学性质的判断以及对新文学传统的理解是错的,是《思潮论》一大缺点。① 关于五四新文学运动以及“新传统”的性质问题,学术界至今仍有争议,当然还是需要深入讨论的课题。不过李何林《思潮论》中最初提出的观点、后来对这种观点的批判和“平反”,以及李何林反过来坚持接受批判,这过程本身应视为一种学术思潮变迁,背后蕴含有“文学史生产”以及对“新传统”阐释被时代制约的机制。文学史家“塑造”新文学的“传统”,不同时期可能表现出不同的历史想象力,他们对“新传统”的理解与描述可能受制于时代,观点上的调整与变化是常有的事。在这一点上,李何林及其《思潮论》所显现的“现象”有其代表性,值得从学科史的角度加于研究。②

四　延安政治文化背景下的“新传统”观

1939 到 1940 年,当李何林正在四川江津那个偏僻的小镇寂寞地编纂他的《思潮论》时,无独有偶,延安文化界的风云人物周扬也对现代文学思潮发生了大的兴趣,并亲自担纲,在著名的“鲁迅艺术学院”主讲一门关于新文学史的课,写下了《新文学运动史讲义提纲》。这也是四十年代出现的比较有特色的新文学运动史之一。因为是讲课用的提纲,未公开发表过,文化大革命中被“黑材料”存入周的档案中,一直到周扬文革中的冤案得到平反之后,这份文献才被“发掘”出来,发表于 1986 年第一期《文学评论》。由于周扬长期担负文化领导工作,经常要承担对党的文艺思想政策的阐释,他的论作往往影响很大。可以想见,他在延安鲁艺的这种授课,也是有示范性的,在相当程度上代表当时延安文艺界对新文学传统的正统的看法。不过应当充分注意到的是,这份讲稿和一般正式发表的文章毕竟有些不同,似乎更放得开,更有才气和理论个性。显然这个因素也应该加于考虑:1939 年周扬在鲁艺开始讲授这门课时,毛泽东《新民主主义论》还没有正式发表,③所以讲稿中论及五四新文学性质时,还来不及参考或照搬毛泽东的有关论断,也就敢于作较有弹性的理论发挥。顺便提到的是,如果将《新民主主义论》发表前后周扬所写的有关“新传统”研究的文章作些比较,同时又将他非正式发表的讲义《提纲》与同一时期正式发表的文章作些比较,总会发现某些观点

---

① 1979 年李何林为陕西人民出版社重印《近 20 年中国文艺思潮论》写了“重印说明”,其中谈到为何把 1950 年对《思潮论》的“自评”作为附录的考虑,并指出,“三十年前的自评,自然是很不够的,然亦可见当时思想水平的低下”。

② 李何林的《思潮论》不是完整的思潮史或运动史,却也大致勾勒出新文学诞生后 20 年间的思潮流变的线索与趋向,特别是由于史料相对丰富,很受读者和研究者欢迎。1949 年前后,该书曾多次再版,1981 年陕西人民出版社又重新出版此书。在五六十年代,文学史家似乎格外关注文学思潮与论争。如果细加分析,会发现这时期的多数现代文学史论著与教材,所勾勒的现代文学思潮发展与文学论争的历史框架,可能与李何林当年《思潮论》的框架相去不远。尽管那时李何林早已经被批判和“打倒”,他治史的流脉却没有断。

③ 毛泽东的《新民主主义论》1940 年 1 月发表于延安的《中国文化》创刊号。

差异，甚至有某些矛盾。① 这些由“时间差”所决定或制约的细微的情况，往往容易被后人忽视，但在细心的研究者那里，却有可能成为研究的切入点。

周扬的讲课《提纲》不是完整的运动史，带纲领性质，比较简扼，而且写成的部分只有引言、第一章、第二章、第三章的一部分。从引言看，该讲稿旨在全面评述新文学运动的历史过程，并以此概况“新传统”。他把五四以来的文学运动形成、内部分化与革命文学兴起、革命文学成为主流以及文学上新民主主义的提出分为四个时期，并从中国社会经济、政治的变动趋势去解释文学运动，着重考察新文学运动意识形态上反映民族斗争、社会斗争的特点。新文学运动是“在斗争中成长起来的”，考察运动史的重点当然也就放在不断的“斗争”包括文学论争上面。这是周扬阐释“新传统”包括五四传统的一个主要的角度。周扬这份讲稿虽然后来很长时间都没有正式发表（到 1986 年才“发掘”出来），但他当年在延安鲁艺讲坛上所提出的那些基本观点和观察问题的角度，在上个世纪五六十年代撰写的许多新文学史中都可以找到回音。

周扬讲稿的第一章讲“新文学运动之历史的准备”，讲“新传统”的渊源，其所采用的史料并没有超过前述胡适、陈子展的有关著作，但研究角度与结论都是新的。周扬很注重把文学运动放到社会的整体动态系统中加以考察，注重甲午战争以后中国政治形势变迁对思想界的刺激，以及对启蒙主义思潮的促进，最终落实到“思想革命”和“文体解放”的时代需求上，从而论证五四新文化运动的必然性，论论证新旧民主主义的区别与联系。周扬对于从政治经济到文学之间的“中介”，是比较关注的，这种眼光使他对文坛衍变的现象常有一些独到的评说。如文中对谴责小说产生和意义的评述，以及对这种小说艺术缺陷的分析，都简扼精到。同样，第二章“新文学运动的形成”，也从五四前后中国一般经济政治变革的趋向中，观察五四新文化运动，很赞赏这一“民族民主思想革命运动”所表现的战斗性与“暴躁凌厉”的气概。这些看法洋溢着政治热情，脱离了巧于斧斤的学究气息，显示出高屋建瓴的眼光，即使对于当今那些贬斥五四传统的狭隘论调，也还有某种锐利的针砭。

和后来新文学研究中某些僵化的庸俗的思维模式不同的是，周扬在阐释“新传统”时，还是力图在他的讲稿中保持一种历史的观点，如他把“人的文学”视作五四文学革命的“新精神新内容”，并高度评价这一“资产阶级性质”的口号的进步作用；肯定五四文学革命“新文学与大众结合”方面的成绩，指出“缺乏历史主义”的进化论为新文学的发生辩护方面却又是有积极意义的，等等，都比较符合实际。周扬的这篇讲稿显得有一种大气度，能纯熟地运用了社会学批评方法，从社会结构系统的复杂关系和变化中宏观而简洁地勾勒出五四前后文学运动的概况与发展线索，解释“新传统”的内涵特质，反映了当时马克思主义的文学研究

---

① 可以比较一下周扬同一时期写的《从民族解放运动中来看新文学的发展》（1939 年 3 月）、《对旧形式利用在文学上的一个看法》（1940 年 2 月），以及《关于五四文学革命的二三零感》（1940 年 5 月）等几篇文章，不难发现他对五四新文学传统的理解与阐释上的某些变化。上述文章均见《周扬文集》第一卷，人民文学出版社 1984 年版。

所能达到的思想水平,其思路之开阔和气魄之宏大,都是后来许多同样归趋社会学批评路数的研究所不及的。

在一般人的印象中,周扬对"新传统"的阐释,主要是代表"正统"的意识形态的权力话语,这当然是事实。但也不应当忘记,周扬同时又是一个有才气的评论家和文学史家,在某些时期或某些场合,他也发表对文学包括现代文学传统的独到的看法。例如《从民族解放运动中来看新文学的发展》(1939)、《一个伟大的民主主义现实主义者的路:纪念鲁迅逝世二周年》(1939)、《文学与生活漫谈》(1941)、《郭沫若和他的女神》(1941),等等,都对"新传统"有深入的探讨,也是在积极参与"新传统"的构建。现代文学学科史研究应该注意到这些论著的实际影响。至于周扬这篇《提纲》,因为只是讲课用的提纲,可能就更多保留周扬自己文学思考的原生态的成分。其中对于"新传统"特别是五四那一部分传统的想象、理解与描述,尤其值得注意。因为这是最能代表"正统"的理论家,在当时延安那样的政治文化背景下生发出来的对"新传统"的观点。

五 "新传统"的流变:对革命文艺运动负面影响的探讨

对40年代的文学史家来说,清理"新传统"不是一件轻松的工作,他们必须面对当时影响巨大的左翼文学,这也是新文学的一大支脉,但和作为"新传统"主体的五四传统的关系又比较复杂:左翼文学到底哪些方面对五四传统有所继承,哪些方面又有所背离或者超越?一时不容易看清楚。而且因为左翼文学和党派政治的关联密切,当时又处于主流的先锋的位置,几乎所有的文坛论争,都和左翼文学有些关系,所以要清醒地评价左翼文学的得失及其融入"新传统"的情况,确实需要深刻而超越的眼光。不过,当时关注讨论左翼文学与"新传统"关系问题的,大都是"过来人",他们往往带着切身的体验去总结历史经验得失,下过许多功夫,也引起诸多论争。其中最引人瞩目的是1945年前后,在重庆等地围绕"现实主义问题"的论争。有意思的是,论争大都在"革命文艺阵线"内部发生,而且参与者毫无例外都声称自己是持马克思主义观点的。实际上,许多人也真诚地力图以唯物史观来总结新文学的历史经验,可惜因时代条件的制约,这种论争过于政治化,终究未能产生比较系统而又有份量的成果。值得在此专门提出来探讨的,是冯雪峰的《论民主革命的文艺运动》①,该文既是对当时论争的思考,又超越了当时的论争,注重文学运动历史经验的重估,特别是对主流文艺运动包括左翼文学是有深入的批评。这些他的批评意见代表了当时一部分比较清醒的文学史家对于"新传统"与左翼文学关系的看法,特别是对左翼文学缺失和教训的总结,是比较客观的。这里作为重点述评,也可由此一窥"新传统"在三四十年代的承袭与变异。

---

① 发表于1946年《中原 文艺 希望 文哨联合特刊》1卷3期,1946年整理出版过单行本,又收入《冯雪峰论文集》,人民文学出版社1981年版。

冯雪峰对“新传统”的总结是很有现实针对性的。1945 年秋,重庆文艺界以“过去和现在的检讨及今后的工作”为题,组织了几次漫谈会,焦点还是当时正在文坛争论的有关现实主义问题,冯雪峰被邀参加,作过一次系统的发言。后来应《中原》等杂志之约,将发言录音稿整理发表,这就是《论民主革命的文艺运动》。该文约 7 万字,分“过去的经验”、“什么是主要错误”、“现在的基础、任务及运动的原则”、“现实主义在今天的问题”、“大众化的创作实践”、“批评及统一战线下的批评”以及“文艺团体”等 7 个部分,其中第一、二部分论及过去的经验与主要错误,份量最重,可以看作是“民主革命文艺运动”的史论,也就是对左翼文学得失及其与“新传统”关系的述说,其中贯彻了历史反思和批判的精神,许多观点都很坦率而尖锐。

这篇文章很长,涉及史事很复杂,也许只有置放到历史语境中去读,才不会那样不堪咀嚼。冯雪峰宣称要“循着主要的路线”来检查过去。这“主要的路线”,也就是“民主革命的文艺运动”的路线,左翼文学和革命文学的路线。值得注意的是他对五四以来新文学运动性质以及“新传统”的解释。与上述李何林的观点有所不同,冯雪峰基本上是循照毛泽东《新民主主义论》中有关对中国社会性质及五四新文化运动性质的论断。冯雪峰把“革命的新文艺”看作是五四以来新文学的主潮,其基本思想是“民主主义的革命思想”,或者说,这一传统的中心或主潮,是“通过了无产阶级的科学的历史观和社会革命论的民主主义的革命思想”。这种主潮思想“联合”和“领导”着所有一般的民主思想的文艺,造成了以革命现实主义为特征的五四革命文学传统。冯雪峰当然不否认五四新文学运动中有激进的或改良的资产阶级民主主义成分,但他用了所谓主流支流说,判定“革命的”民主主义一开始就是运动的“主潮”。这种看法在 40 年代很普遍,一直到 50 年代,几乎都成定论,而并非冯雪峰独创。这也可见《新民主主义论》在评判五四传统方面影响之大。不过,冯雪峰并非人云亦云,他还是有独特见地,有史识的。他在肯定“主潮”的同时,并非一味赞颂主潮,而是格外注意主潮本身的缺失,他这篇长文用了很多篇幅来总结这些错误的教训。冯雪峰的史识就在于敢于勾勒主潮发展过程某些负面的东西,包括某些倾向性的错误。他在梳理新传统时,灌注了一种非常可贵的批判意识和反思精神。这篇文章的历史价值及其理论生命力即在此,不幸的是,后来引起争论乃至遭受批判的原因也在此。

冯雪峰并非全面梳理“新传统”,他是通过“民主主义的文艺运动”经验的总结,来“回放”历史的迁移,重点则放在 1928 年无产阶级文学运动兴起之后。他的意图是实现“革命文学者的自我批判”。冯雪峰尖锐地指出,二三十年代,即“文学革命”倡导、论争到整个“左联”时期(大致 1928 至 1936 年间),新文学传统产生断裂,其中“左”倾机械论和主观教条主义的错误最为严重,明显背离了五四传统。冯雪峰列数机械论和教条主义错误主要表现,是使文艺变成政治原理的图解,创作简单地服从政治,结果公式化、口号化流行,取消了文艺的特殊的机能。1929 和 1930 年间的“新现实主义”,1931 年后提倡的“唯物辩证法创作方法”,都是文艺上机械论和公式主义的突出表现。其次,是对文艺上的“阶级分野”抱机械的理解,加上宗派主义和关门主义,排斥和打击革命文艺阵营之外的进步作家,这种倾向从1928年到1936年都有严重表现。他认真探讨分析这种错误的原因,认为这是因为对中国历史与社会的认识肤浅,对马克思主义原著与思想原则缺乏深切的研究与理解,而又接受了来自日本的福本主义、美国的辛克莱、特别是苏联"拉普"的驳杂的文艺理论的影响。冯雪峰大致理清了1928年以后作为"主潮"的文学运动的种种错误倾向之后,又进一步从理论上深挖错误根源。他还特别结合"创作和创作态度"来讨论问题,指出长期困扰文学界的有一种"革命宿命论"和"客观主义",即总是在创作中"将人民的斗争看成为直线的,没有险阻,没有曲折和矛盾的东西",或者总是以"预定的政治概念"去套社会现象,分析性格人物,冯雪峰指出"革命的宿命主义"以及概念化公式化的表现方法,不但是不利于创作的危险倾向,而且也反映了知识界的精神崩落。冯雪峰对五四是有高度评价的,他显然认为左翼文学的错误是对新文学传统的一种倒退。

和前述的许多新文学史研究成果不同,这篇有些琐屑的论说却不时透露出史家的胆识,冯雪峰没有停留于争论新文学运动的性质问题,而是更为深入地探讨新文学运动特别是左翼文学中存在的弊病和教训,探讨"新传统"的变异。作为一位有理论勇气又富于历史感的文学史家,冯雪峰带着严峻的批判眼光去回顾清理"民主革命的文学运动"主潮,解释"新传统"的变迁,许多观点犀利而深入。如果要了解"新传统"在二三十年代的命运,特别是左翼文学运动自身存在过的困扰、错误及历史教训,冯雪峰这篇史论性的总结长文,是非常重要的思想资料。就是今天读起来,仍可感受到他目光的尖锐。可惜因为文坛上存在的宗派主义以及五十年代之后仍挥之不去的"左"的缠绕,冯雪峰的政治命运坎坷,甚至被打成过右派,他的《论民主革命的文艺运动》及其对"新传统",特别是左翼文学思潮清醒的历史总结,未能得到文学界应有的重视。但无论如何,我们可以这样来理解,冯雪峰对"主流"文学的批评,已经从一个方面参与了对"新传统"的解释与建构,他的独具的作用不应该被忽视。

六 "异端"的声音:对五四与"新传统"的批判与反思

我们对那些肯定和张扬"新传统"的声音听得比较多也比较熟悉,而对批判质疑的声音可能比较不在意。其实角度和立场不同,对"新传统"的理解和阐说也就相异。批判质疑也可能有益于传统的建构。这诸多"不同"可能相生相克,构成某种塑造"新传统"的"合力"。前面我们回顾的大都是运用马克思主义观点来建构"新传统"的情况,这是当时的一种时髦潮流。其实在40年代,并不是舆论一律,不但"革命阵线"内部有观点的差异,其外部也还有不同的声音。例如这里要特别说到的"战国策派",其对五四新文化运动和新文学的批判性反思,就是另一种值得倾听的独特的声音。长期以来,"战国策派"是文学史批判的对象,被看作现代文坛的异类,其文学思想和文化观念被完全否定。这主要是政治层面的否定,也许不无历史的理由。"战国策派"作为一种带有强烈的政治色彩,而且也有党派偏狭的思潮,在民族存亡的时期以超然的姿态出现,的确显得迂阔、异端和不合时宜。但拉开历史距离之后,重新考察“战国策派”,会发现他们关于文化问题特别是五四以来“新传统”的思考,虽然有偏颇,却也不无独到眼光。打造“新传统”,是这一派的文化理想。其代表人物陈铨有过一本《文学批评的新动向》,收有多篇论文,关注点是如何在世界文化竞存的背景中摒除传统文化的积弊,焕发民族的生机,打造“新传统”。另一个“战国策派”的人物林同济也写过一些检讨新文学传统的论作。[①] 这一派的理论探求不止于文学批评,也带有史学革命的诉求,提倡所谓“文化形态历史”的研究。[②] 他们不满意五四和30年代以来的激进,试图超越五四以降各种思潮,对五四新文学传统作出新的解释,并重绘新文化的蓝图。

对五四和“新传统”的反思,是这一派的特色与贡献,虽然似乎有些拘执,往往暗于己见,但用心良苦,就是希望再造“新传统”。我们应当注意到陈铨,他的那篇专论《五四运动与狂飚运动》,[③]就提出一个令人不能不三思的观点。他认为五四运动虽然掀开一个新的时代,可是存在的问题很多,成绩和影响也不见得像一般想象的那样伟大,如果和欧洲的狂飚运动比较,更是看出不足。他认为狂飚运动“不仅是一个文学运动,同时也是德国思想解放的运动,和发展民族意识的运动”。而狂飚精神的代表就是浮士德精神,按陈铨的解析是包括:对世界永远不满足,不断努力奋斗,不顾一切地探索人生和宇宙的真理,感情激烈,以及无限追求的浪漫主义与理想主义。相比之下,传统思想哲学支配下的中华民族缺少进取的活力、健全的感情生活与理想追求,而如果不通过大的思想运动建立一种新的健全的人生观,如果不改变“从前满足、懒惰、懦弱、虚伪、安静的习惯,就把全盘的西洋物质建设、政治组织、军事训练搬过来,前途也属有限”。所以根本问题还是通过“异邦的借鉴”,来造成一种大的思想变革,改造和健全国民性,使中华民族多一点活力,多一点进取精神。通过比较,陈铨发现五四“破旧”方面的成就非凡,可是“更新”却不尽人意。五四其实未能和狂飚运动那样,真正造成民族精神根本性的变革并由此达致强盛。总之,他对五四和“新传统”是持较多批评和反思的。

陈铨确实看到五四的问题,如极端的个人主义造成文学上的一味伤感,标榜“个性自由”而缺少责任感,等等。陈铨认为新文学并没有做出多大的成绩,五四时期大多摹仿西洋,浪漫的感伤主义泛滥,表现的都是个人主义,以个人的立场衡量一切;而30年代则摹仿俄国,

---

① “战国策派”的代表性的文化论著可以参阅笔者与丁晓萍合编的论文集《时代之波:“战国策”文化论著辑要》,中国广播电视出版社1995年版。

② 关于“战国策派”的基本情况以及对这一文派的评价,可以参考丁晓萍与笔者的文章《“战国策派”的文化反思与重建构想》,曾作为《时代之波:战国策派文化论著辑要》的前言,又收入《20世纪中国思想史论》,许纪霖编,东方出版中心2000年版。

③ 原载《民族文学》1943年第1卷3期,笔者与丁晓萍编《时代之波:战国策派文化论著辑要》(中国广播电视出版社1995年版)收有该文。

以阶级斗争为中心,口号式写作,结论是两种文学潮流都是民族意识淡薄,“不能使中华民族走向光明之路”。所以他主张提倡浪漫、理想的民族精神,“从个人的狂飚达到民族的狂飚”,也就是类似德国狂飚运动所张扬的充满活力的民族精神。

这让我们前面所说的梁实秋,他也对五四文学有过类似尖锐的批评。不过陈铨和“战国策派”的批判更加开阔,他们所指出的问题是存在的,也是值得检讨的。诚然,五四毕竟又是一场曾经引发思想大解放的运动,是民族精神发生巨大变革的里程碑,这一点,必须放到中国历史的大背景中去考察的。而作为思想史学者的陈铨,可能是太专注于思想观念本身看问题了,未免脱离了中国的国情。对传统文明的批判,对“新传统”的探讨,是五四以后始终不断的思潮。“战国策派”对五四传统的反思,也是以文化重建的探讨为前提的,在偏至中也显出其理论个性。

以上我们追溯了上个世纪20到40年代的评论家和文学史家是如何叙写文学史,而“新传统”又是如何通过他们的描述、阐释,而逐步塑造成型的。所论及的“阐释链”主要是一些代表性论作,其实还有其他一些相关论著,包括大量作家作品评论,在不同程度上也都参与了塑造“新传统”,对后来文学史研究也有重要的影响与启示,限于篇幅,这里就未能展开论说。前所述及的论作虽然比较能代表所属历史段落研究水平,但往往带有“当代评论”的特点,论者当时还不可能拉开历史距离,对“新传统”的理解与阐释也难免有“唐人说唐诗”的味道,有的甚至过分受制于政治意识形态左右,流于柄凿之论。不过作为某种思想材料,用以返观前驱者文学史观之形成及其对“新传统”的体认过程,也许就增加了对现代文学优势和缺失的了解,再来打量那些习焉不察、而又总在身边起作用的“新传统”,也就可能有些新的认识了。

2007年底初稿,2008年8月修改

(原刊载《学术月刊》2008年第11期,《新华文摘》2009年第3期转载)

从会馆到公寓:空间转移中的文学认同

——沈从文早年经历的社会学再考察

姜　涛

1923 年,抱着一份对新文化的向往,沈从文告别湘西来到北京,在一个陌生的生活秩序、文化秩序中,苦苦寻求自己的一席之地。从传记的角度看,这一过程的确令人唏嘘,但相关的描述已有很多,似乎没有重新讨论的必要。然而,如果挣脱一般的传记视野,将沈从文的早年经历当作一份特殊的"社会史料",放在特定的社会结构中去考察,或许会发现在1920 年代的中国,他的选择并非孤立和偶然,而是凝聚了某种集体性的历史经验。自晚清以降,伴随着科举的废止、新式教育的兴起,中国社会流动的方式也处在剧烈的转变当中。传统的城乡互动关系被打破后,城市作为政治、经济、文化、教育的中心,也越来越多地垄断了个人社会攀升的可能,[①]像沈从文这样离开家乡,在城市里"寻找自己的圣杯"的侨寓青年又何止千万。城市对他们而言,不仅是实体性的存在,同时也是象征性的空间,不仅是生存的背景、经验的对象,同时也作为一种文化承诺,也代表了一种新的人际网络、一种新的身份意识。在这个意义上,沈从文对文学"志业"的追求中,其实暗含了一个人如何摆脱原来的社会网络,如何参与动荡的现代历史,如何在一种城市特定的空间关系中安置自我,获得一种新的身份认同的问题。从这一问题意识出发,重新讨论他早年的一系列经历,一方面可以在社会流动方式转变与城市文化空间重构的背景中,凸现出一代"边缘青年"的身份追寻;另一方面,1920 年代"文学"、"文学者"的历史位置,以及支撑"文学"的若干社会性前提,也有可能得到另一种揭示。

一

1923 年沈从文刚到北京时,前门外杨梅竹斜街的"酉西会馆"是他最初的落脚点。1924 年春,在表弟黄村生的建议和帮助下,他才移居沙滩附近银闸胡同的一个公寓,文学生涯也由此展开。一般的沈从文传记都会提及这个细节,但往往是一带而过,"迁居"背后特殊的意

---

① 有关近代中国社会城乡关系脱节的分析,见史靖《绅权的继替》,费孝通、吴晗等《皇权与绅权》,天津人民出版社 1988 年版,第 142—147 页。

味，很少被注意到。其实，在沈从文的早期经历中，住所的变更的确构成了某种转折（他自己在回顾早年北京生活的时候，也有意将"酉西会馆"几个月的学习与沙滩公寓中的几年，分成两个部分来谈），[①]与场景变化相伴随的，还有一整套社会网络和自我认识的转变（表弟的"用意是让我在新环境里多接近些文化和文化人"）。[②] 空间转移与身份想象之间的微妙关联，由此也成为本文讨论的潜在线索。

从"酉西会馆"到"窄而霉"的沙滩公寓，相距不过若干公里，而更大规模的空间转移，即从湘西到北京的千里之行，在此之前已经完成。促使他离开湘西的原因及过程，沈从文日后有过多次描述。仔细阅读这些文字，会发现在字里行间，总会流露出一种命运无常的慨叹，如《从文自传》中这样著名一段：

> 假若命运不给我一些折磨，允许我那么把岁月送走，我想象这时节我应当在那地方做了一个小绅士，我的太太一定是个略有财产商人的女儿，我一定做了两任知事，还一定做了四个以上孩子的父亲。照情形看来，我的生活是应当在那么一个公式里发展的。[③]

表面上看，沈从文思考的是人生偶然性的问题，对历史旋涡中个体命运的关注，也是他传记写作的一个模式。[④] 然而，在这段文字的背后，我们似乎还可以读出更多的东西：如果不是一些意外的事件，"我"可能会留在湘西，"在那么一个公式里发展"；那么，离开湘西走进一个"永远无从毕业的学校"，这种选择又会带来怎样"一个公式"呢？或者可以说，在实际的人生和假设的人生之间，其实暗含了两种不同的社会进阶途径（"公式"）。因而，沈从文的假设或许也可以当成一个问题来看待。

无疑，沈从文的出走与一连串的"偶发"事件有关，这包括1921年在芷江发生的"女难"，好友陆弢意外的淹死，以及他对新文化书报的阅读等。但更值得思考的，是这些"偶然"背后的必然，换言之，他个人的选择，实际上是呈现于从晚清到民国"社会流动"方式大变动的背景当中。所谓社会流动（Social Mobility），是指人们在社会结构体系中从一个地位向另一个地位的位移，包括了身份、职业、阶级、阶层关系的变动。在传统社会，进入上层精英阶层的制度化渠道，无疑是参加科举考试。当然，在这一"正途"之外，还存在着通过捐纳、军功、举荐等方式来获得官阶的"异途"。在历史的动荡和社会结构的转换中，"正途"与"异

① 沈从文：《二十年代的中国新文学》，《沈从文全集》，北岳文艺出版社2002年版，第12卷，第374页—375页。

② 沈从文：《忆翔鹤——二十年代前期同在北京我们一段生活的点点滴滴》，《沈从文全集》12卷，第252页。

③ 沈从文：《从文自传·女难》，《沈从文全集》13卷，第324页。

④ 譬如，在回忆学美术学校的田大哥时，沈从文就情不自禁地感慨："这人若当时机会许可他到任何大学去读书，一定也可做个出色的大学生……可是到后来机会委屈了他，环境限止了他，自己那点自足骄傲脾气也妨碍了他，十年后跑了半个中国，还是在一个少校闲曹的位置上打发日月。"（《从文自传·预备兵的技术班》，《沈从文全集》13卷，第289页）

途”的关系,也往往会发生变动,更多的社会参与可能展现出来。据张仲礼的统计,19 世纪末中国绅士的人数在 700 万以上,而上层绅士中有半数是出身于“异途”。这表明军人、商人、买办、乃至新式学生等群体的涌现,逐渐瓦解了中国社会原有的流动结构,[①]鲁迅当年“走异路,逃异地”的选择,无疑也是这一历史变动的缩影。[②] 在鲁迅的自述中,所谓“走异路”(放弃读书应试而学洋务),似乎是破落人家子弟走投无路的选择,但事实却证明,那些蹭蹬于“正途”的同代人,后来往往丧失了进入新的文化秩序的机遇。[③]

在诸多“异路”当中,值得注意的是,在大大小小的战乱之中,投身行伍构成了一条新的进身之阶,不断崛起的军人阶层,也成为左右近现代中国的一支重要力量,[④]在与太平天国战争中建立的湘军集团就是一个代表。通过军功来大量选拔人才,是当年曾国藩一条重要的用人策略,以此方式改变命运、获取官阶的人,在湘军历史上数量十分可观。[⑤] 沈从文一度显赫的家世也恰恰与此有关。他的祖父沈洪富,就是因参加与太平军的作战,从一个卖马草的小民被提拔为提督,使原本贫寒的沈家,得以进入当地的权势阶层。辛亥之后,在凤凰地方的权势转移中,沈家虽然败落了,[⑥]但往昔的名声犹在,再加上一些姻亲关系,在当地的社会网络中,沈家似乎仍占有某种优势。[⑦] 在周遭“尚武”的社会氛围中(“一切青年人的出路寄托在军官上”)[⑧],通过从军获得社会进阶,实现家族的“将军梦”,或者借助既有的社会网络,按部就班地“混”成一任官僚或乡绅,对于沈从文来说,非但不是一条“异途”,恰恰是他所谓的“那么一个公式”,一条理所当然的“正途”。然而,这条“正途”不仅一次次被意外事件所打断,军中生活的混乱以及不断循环的暴力,显然使沈从文对它失去了信任感。可以想象,在少年沈从文的眼里,维系个人前途的社会之“常”已岌岌可危了,一切都处在不确定的

---

① 张仲礼:《中国绅士》,第 138—139 页,李荣昌译,上海社会科学院出版社 1991 年。关于“正途”与“异途”的区分及解说,可参见该书,第 26—28 页。

② 鲁迅:《呐喊・自序》,《鲁迅全集》,人民文学出版社 1981 年,第 1 卷,第 415 页。

③ 据张能耿的考察,鲁迅当年三味书屋的同学,后来多数学生意、做幕友或商人,因为这是衰落读书人家子弟的出路。(张能耿:《鲁迅在南京求学点滴》,《鲁迅早期事迹别录》,河北人民出版社 1981 年版,第 62—64 页。

④ 对于近代社会“军人阶层”的崛起,相关的研究成果颇多,可参见熊志勇:《从边缘走向中心——晚清社会变迁中的军人集团》,天津人民出版社 1998 年。

⑤ 据罗尔纲的考察:初湘军定例,每次战功保案,百人中准保三人,保举的比例后来逐渐上升。湘军如此,他路军营也如此,“所以在同治年间,统计各省军营保至武职三品以上的将士不下数万人。”(罗尔纲:《湘军兵志》,中华书局 1984 年版,第 162 页。)

⑥ 沈从文的父亲沈宗嗣因暗中参加革命,成为凤凰的要人,但在随后的省议会代表选举中落选。一气之下,他跑到北京,准备刺杀袁世凯,事情败露后,又逃往关外。这一系列的变故导致沈家的败落,对此过程的描述与分析,可见凌宇:《沈从文传》,北京十月文艺出版社 2003 年第 2 版,第 49—57 页。

⑦ 沈家与凤凰地方田、熊等权势家族的复杂关系,可参见金介甫《凤凰之子:沈从文传》,符家钦译,中国友谊出版公司 2000 年版,第 56—58 页。

⑧ 沈从文:《一个传奇的本事》,《沈从文全集》12 卷,第 227 页。

“变”中,命运的“偶然”或许只是时代变局的一种个体折射。如果不尽早离开,他也会和那些少年时代的友人一样,“结果便终不免依然一例消耗结束于近乎周期性的悲剧夙命中”。[①]因而,摆脱“那么一个公式”,目的是要“摆脱可怕的环境”,从衰败的、封闭的社会循环中挣脱出来,同时也意味着选择“另一个公式”。他初到北京时,在一家小客店的登记薄上,是这样向新的世界介绍自己的:“沈从文年二十岁学生湖南凤凰县人。”[②]

从“小兵”到“学生”,显然是沈从文为自己设定的身份转换。有意味的是,这种个人设计也吻合于那个时代一般的社会看法。在五四运动之后,登上历史舞台的学生群体,日益显示出强大的历史推动力,“学生”的形象也与进步、活力、知识等一系列正面的现代价值相关。相比之下,武人的形象则每况愈下,20年代越来越多的人认为,中国社会动荡的根源在于武人的专政、乱政,“去兵”、“废兵”的呼声也曾一度甚嚣尘上。[③] 即便是在封闭的湘西社会,“尚武”的社会氛围,也同样受到了来自外部的冲击。出身于湘西的舒新城在一次返乡后,就有感于湘西的乱局,撰文批评当地社会对教育的轻视以及对军人的信仰。[④] 在《从文自传》中,沈从文也曾专门写到,在面对学生时,自己内心的艳羡和羞惭。脱去军装,去新世界里做一名学生,意味着去参与新兴的文化秩序,而这一努力所朝向的,不仅是一个明确的社会身份(“学生”),其实也包含某种更为抽象、朦胧的主体想象。

作为军中一位“小师爷”,沈从文在早年的军旅生涯中,有不少机会接触到一些书籍、报刊,从《秋水轩尺牍》、《西游记》、《聊斋志异》、《镜花缘》、《昭明文选》,到林译小说和《申报》等。与文字为舞的经验,为他带来了幻想的活力,也在他和军人生活之间制造了距离,这表现为他严重的“书呆子”气,即:向“迂”的一面的不断发展。他自己也意识到了“迂”(疏离感)中蕴涵的能量,“因为我在那些上司和同事间,虽同在一处,以显明是两种人,对于生存意义的追求全不相同,决裂是必然的”。[⑤] 这种心态印证了某种“阅读社会学”的假定:印刷文字能为个体创造一个独立冥想的空间,产生离心的力量,将其从身边的环境、人群之中分离

---

① 沈从文:《一个传奇的本事》,《沈从文全集》第12卷,第229—230页;在沈从文的自传中,常常会提到成长过程中的一些伙伴,讨论他们后来的命运,如《从文自传》中写到的满振先、陆弢、田杰、郑子参等。《沈从文全集》第13卷,第358页。

② 沈从文:《从文自传》,《沈从文全集》第13卷,第365页。

③ 参见《新青年》5卷6期上胡适《武力解决与解决武力》、王星拱《去兵》,《新潮》1卷1期上傅斯年《去兵》,《解放与改造》1卷6号上虞裳《废兵运动》等文。

④ 舒新城:《内乱与教育——湖南的往迹与江浙的来轸》,原载《教育与人生》53期,1924年11月;收入吕达、刘立德主编《舒新城教育论著选》,人民教育出版社2004年版,上册,第494—497页。

⑤ 沈从文:《我怎么就写起小说来》,《沈从文全集》第12卷,第412页。

出来。[1] 因而,读书对少年沈从文来说,不只是一种自学的方式,也是一种社会区分和自我意识建立的方式。但宽泛地说,他当时的阅读,还从属于某种陈旧的文化系统,并没有导向一种全新的身份想象,他的"迂"发展下去,其结果不过是脱离军队,成为一个地方知识分子或乡绅,真正撕裂了他和湘西关系的,还是他后来对《改造》《向导》《新青年》《新潮》《创造》《小说月报》《东方杂志》一系列新文化刊物的阅读。

上述阅读的起因以及影响,已经被讨论得很多,这里本无需赘言,但他的一段话颇值得玩味。他说那些刊物提出的抽象问题,"让我有机会用些新的尺寸来衡量客观环境的是非,也得到一种新的方法,新的认识,来重新考虑自己在环境中的位置。"与其受环境习惯支配,按部就班地升任科长、局长、县长,"还是自己来重新安排一下,到另外地方去,作一个正当公民?"[2]仔细品味这段文字,不难发现,对新潮书刊的阅读,不只是让沈从文开始为"如何做人"、"怎么爱国"这样一些问题而激动,更为重要的是,它们提供了一种崭新的时空关系,激励"我"在一种普遍的文化关联中,重新安排自己的"身份"。讨论印刷资本与现代公共领域的关系,已成为时下一种常见的思路,但需要提出的是,报刊、传媒在带来某种共同体想象的同时,一种将人与周遭环境相剥离的效果,也会随之产生。依照吉登斯的说法,这种效果恰恰是现代性认同产生的前提,即通过一种"内在性参照"机制,将个体从"当地性"中抽离出来,完成一种自我定位。换言之,客观环境的"衡量"是与自我的"重新安排"联系在一起。[3]所谓做一个"公民",而非在既定的轨道上,做一步步升迁,也意味着要超越血缘、地缘的限制,在新文化的印刷符号的召唤下,在另一个空间,将自我寄托于反思性的追寻中。在这个意义上,"北京"对于沈从文这样的外省青年来说,不只是一个远方的城市,甚至也不只是新文化的中心,它本身就是道德化的,对应着国家框架下一种普遍自我("公民")的想象。[4] 选择到北京求学,成为一名大学生,这或许是他的现实目的,但对某种超越性的普遍身份的向

---

① 正如罗贝尔·埃斯卡皮所言:"文学阅读行为既有利于和社会融为一体,又无法适应社会生活。它临时割断了读者个人与周围世界的联系,但又使读者与作品中的宇宙建立起新的关系。所以,阅读的动机不外乎是读者对社会环境的不满足,或是两者之间的不平衡。"(罗贝尔·埃斯卡皮:《文学社会学》,于沛选编,第 91 页,浙江人民出版社 1987 年版。)

② 沈从文:《我怎么就写起小说来》,《沈从文全集》第 12 卷,第 414 页。

③ 吉登斯曾谈到现代社会"日益增加的人口流动性",改变了自我对当地性的依赖,"因此,较之习惯上把地点看作是个体生活历程的一种外部参照这样的观点来看,现在地点已不再具有这样的意义。空间定位的活动变得越来越与自我的反思连结正在一起。"(安东尼·吉登斯:《现代性自我认同》,赵旭东、方文译,第 172 页,三联书店 1998 年版)

④ 在"女师大风潮"中,周作人在回应"某籍某系"的指摘时,就提出自己"最好改籍贯为京兆人,从公布日起实行,不复再受某籍之拘束"。"京兆"的提法,当然与他在北京长年的居住有关,但又似乎不简单是地理概念,而暗示了一种超越地缘、学统之上的普遍身份。(凯明:《京兆人》,《晨报副刊》1925 年 6 月 1 日)"京兆人"这个称谓,周作人后来多次使用,直至 1949 年,在《北平的事情》一文中,他仍称北平城内"十九住的是新市民,没有多少年前从全国各处迁移来的名义上是北平人,实际乃是东南西北之人"。《北平的事情》,钟书河编《周作人文类编·中国气味》,湖南文艺出版社 1998 年,第 849 页。

往,潜在地成为努力的前提,用他自己的话来说:先作一个"自由人"、一个"独立人","才能作第二步打算"。[①]

二

先作一个"独立人",在日后的回忆中,沈从文不只一次表述过当年的这种心态。他想摆脱什么呢,金介甫曾做出一连串的推测,其中自然包括湘西复杂的社会关系和权势网络。对此,沈从文的回答也相当坦率:"我早对于这种关系十分厌恶,所以一离开就不至于重新进入这个富贵囚笼。"[②]在他看来,挣脱过去的"富贵囚笼",意味着从充满限制的地方性网络中抽身而出,这似乎是获得一种普遍、自由身份的起点。然而,在社会流动方式的更替中,新、旧两种"公式"也并非泾渭分明,新型人际网络的形成,往往会依托于原来的社会结构,沈从文之所以能够离开湘西,除个人的决心之外,他的上司陈渠珍的支持就至关重要;当他独自一人,在北京苦苦挣扎时,实际上也没有完全脱离对湘西的依赖,过去的亲朋或同乡,如姐夫田真逸,舅舅黄镜明,表弟黄村生,以及农大与燕大的同乡们,都或多或少为他提供过帮助,而他最初选择的栖身之处——西西会馆,在某种意义上,也显示了他与原有社会网络的纠葛。

会馆,是中国传统社会人口流动的产物,旅居他乡的同籍人,自发组成社会团体,捐资在客地修建馆舍,借此形成一种乡土的纽带。作为旧日的帝都,北京一直以来吸引着来自各地求官、应试的士人,会馆的林立也是老北京一道重要的风景,如《清稗类抄》所记:"各省人士,侨寓京都,设馆舍以联络乡谊之地,谓之'会馆',或省设一所,或府设一所,或县设一所,大都视各地京官之多寡贫富而建设之,大小凡四百余所。"[③]清末科举废除之后,会馆接待应试举子的功能逐渐消失,[④]但仍为各地来京人员提供着住宿,近现代历史上许多著名的人物,如康有为、谭嗣同、梁启超、孙中山、毛泽东等,都有过寄居会馆的经历,鲁迅居住过的"S会馆"(绍兴会馆),则是新文学史上一个著名的场景。沈从文最初居住的西西会馆,位于前门外杨梅竹斜街三十号,它"成立于清同治十三年,经同乡京官捐资购置"。[⑤] 对于为何选择这里,他有这样的回顾:

---

① 沈从文:《回忆黄村生》,《沈从文全集》第27卷,第420页。

② 参见金介甫《沈从文论》,杨苡译,原载1980年《钟山》第4期;见刘洪涛、杨瑞仁编《沈从文研究资料》,天津人民出版社2006年版,上册,第416—417页。

③ 李家瑞编:《北京风俗类征》,商务印书馆1937年,第399页。

④ 在科举时代,北京各类会馆中以接待应试举子的"试馆"数量最多,有的会馆还对这种功能做出了严格限定,如《泾县会馆新议馆规》(1817年4月)就特别写道:"议会馆凡乡会试赴选及一切正务来京者,俱得居住,其遇乡会试年分,如本邑应试人多,凡住馆者即当搬让,以重考试,如有占住迟延不让者,公同辞出。"《北京会馆档案史料》,北京市档案馆编,北京出版社1997年,第281页。

⑤ 《1947年各省会馆总登记表·西西会馆总登记表》,《北京会馆档案史料》,第971—972页。

> 照当时习惯,初来北京升学或找出路,一般多暂住在会馆中,凡事有个照料。……我因和会馆管事有点远房表亲关系,所以不必费事,即迁入住下。乍一看本是件小事,对我说来,可就不小,因为不必花租金。①

无论是"凡事有个照料",还是租金的免除,都为沈从文提供了得以容身的基本条件,利用同乡体系帮助客居的少年人求学成功,这本来就是"会馆"的功能之一。沈从文的著名同乡熊希龄,初次来京会试,就短期住在这个小会馆里;而沈从文的父亲与同乡阙耀翔,1914年来北京谋划刺杀袁世凯,也是住在酉西会馆。② 父子两代相似的经历,暗示了社会流动方式的某种稳定性。关于酉西会馆的生活,沈从文后来并没有过多叙述,根据一些片段回忆,读者大致可以知道:由于求学无门,他只能开始孤独的自学,包括在京师图书馆分馆看书,以及在琉璃场、前门大街等文物、商业中心流连忘返等。不难看出,"会馆"提供了基本的生存条件,但似乎没有提供足够的社会参与可能。要成为一个普遍公民,从湘西到北京,似乎只是第一步,他还要在一个同样新旧交替的城市格局中,进一步选择自己的位置。

在20年代初,对于外来移民而言,"会馆"虽然仍发挥着特定的功能,但在客居生活中的重要性,已大大降低了。原因之一便是科举的废除以及新式学校的兴起,使得新一代知识分子有了新的聚合方式。当短期受试的试子,变为长期求学的学生,学校住宿制度和公寓的兴起,直接造成了会馆的衰落,也塑造出新的群体意识,正如一位研究者指出的:

> 这些学生避开宣武,前门等闹市区,寻求设在内城小胡同里的公寓留宿,与旅馆比起来,公寓收费相对低廉。关键的是,人与群分,物以类聚,许多大学生都愿住在公寓里,因年龄、性格、学时都比较接近,不似在会馆里,东家吵,西家闹,因此公寓的兴起,带走了会馆里的知识分子,带走了富有朝气的青年人。③

表面上看,"会馆"与"公寓"此消彼长,涉及到的只是外来人口聚集方式的改变,但北京城市格局及文化空间的重构,其实也发生在同一过程中,这也使得沈从文的迁居,有了更多的含义。

近年来,城市研究方兴未艾,继上海之后,北京也逐渐成为一个热点。作为一座文化古城,北京城的雍容、稳定以及传统的深厚,往往是相关讨论的重点,从而与摩登的上海区分开来。这种城市想象,似乎已根深蒂固。但实际上,在20世纪前30年,一系列公共工程的启动,如街道的铺设、沟渠的重建、电力的使用、自来水系统的引入、铁路和电车交通网的修建等,也使得北京的城市风貌和功能,有了越来越多的现代色彩。④ 随之而来的结果是,原来体

---

① 沈从文:《二十年代的中国新文学》,《沈从文全集》12卷,第375页。

② 沈从文:《无从毕业的学校》,《沈从文全集》27卷,第409页。

③ 胡春焕、白鹤群:《北京的会馆》,中国经济出版社1994年版,第25页。

④ 关于20世纪前30年北京城市建设的历史描述,参见史明正《近代化的北京城——城市建设与社会变革》,王业龙、周红卫译,北京大学出版社1995年版。

现皇权至上的城市结构，也发生了很大的改观。在讨论中华帝国晚期城市时，施坚雅曾提出清代北京的城市生态呈现为“双核”模式：一个是商业活动中心，一个是官僚士大夫活动中心。[①] 这种说法或许过于简单，并不一定完全准确，[②]但从区域社会性差异的角度，审视城市空间的思路，的确具有一定的启发性。由于清代实行满、汉分城而居的政策，以皇城、紫禁城为中心的内城，不仅禁止汉人的居住，也排斥了商业、生产等活动。相对于功能比较单一的内城，北京外城的社会功能则得到了发展，除了外来人口、下层民众聚集于外城，士大夫的群体也被迫在此居住。诚如有学者指出的，在地理位置上，外城并不是北京的中心，但在城市生态和功能上，却形成了城市商业与文化的中心。[③] 尤其是沈从文最初栖身的宣南地区，历史上是会馆最为集中的地带。[④] 大量的士人聚集于此，造成了人文荟萃的繁盛局面，近代史上诸多重大的事件，如1895年康有为等发起的“公车上书”等，都与宣南会馆有关。[⑤] 但民国以后，东西南北几条大道的贯通，首先打破了内城的封闭格局，瓦解了以皇权为中心的空间结构；[⑥]紫禁城、北海、社稷坛等一系列皇城禁苑，又相继对市民开放，形成新的公共空间；加之各类新式的中学、大学主要在内城出现，[⑦]以及王府井、西单等商业区的兴起，北京的文化、商业中心，都呈现出从外城向内城转移的趋势。[⑧]

西西会馆周边的城市空间，虽然工商业繁荣，但作为文化中心毕竟式微了。对于这一点，沈从文自己似乎也深有体会，虽然后来他不断强调琉璃厂一带，作为三千年的“文化博物馆”对他从事文物研究的影响，但也得出这样的结论：“总的印象是北京在变化中，正把附属

---

① 施坚雅：《导言：清代中国的城市结构》，叶光庭译，《中华帝国晚期的城市》，中华书局2000年版，第634—636页。

② 赵世瑜在《明清北京城市社会空间结构概说》中提出施坚雅的“两个中心”说并不准确，在明清时期的北京，衙署与商业中心都分散于各处，并不是集中于一处。赵世瑜：《大历史与小历史：区域社会史的理念、方法与实践》，三联书店2006年版，第176—177页。

③ 对此问题的分析，见赵世瑜《明清北京城市社会空间结构概说》，《大历史与小历史：区域社会史的理念、方法与实践》，第180—181页。

④ 光绪三十二年(1906)，北京外城巡警右厅对前门大街右侧以及西至宣武门、广安门一带的会馆进行调查，共254家，分布于宣南108条胡同、街道之中。《清末北京外城巡警右厅会馆调查表》，《北京会馆档案史料》，第798—818页。

⑤ 对宣南会馆的历史描述，可参见岳升阳《北京城市结构的演变与宣南士人文化》，北京大学城市建设与环境系博士论文。

⑥ 关于民国后北京城道路的打通，马芷庠著、张恨水审定的《北平旅行指南》中是这样描述的：“拆弃正阳门只瓮城，而于左右各辟二门洞，以利东西城之交通。民国十四年，段祺瑞复在正阳门与宣武门之间，辟和平门，以通南北新华街……于是街道通畅，行人称便。”《老北京旅行指南》(1935年北平经济新闻社《北平旅行指南》重排本)，第4页，北京燕山出版社1997年。

⑦ 当时中等以上学校中，有76所在内城，仅10所在外城，另有极少数位于西郊。参见章英华《二十世纪处北京的内部结构：社会区位的分析》，《新史学》1990年创刊号，第38—39页。

⑧ 参见吴建雍等著《北京城市生活史》，开明出版社1997年版，第298—301页。

于近八百年建都积累的一切,在加速处理过程中。”①相比之下,他迁居的沙滩地区,则位于内城的中心,不仅毗邻北京大学的红楼,而且与北海公园、故宫博物院、东安市场、中山公园等相距不远,代表的正是北京新型的文化空间。从宣南“会馆”迁入沙滩“公寓”,沈从文的选择恰好吻合于北京城市格局的转变,使他接近了正在生成之中的文化秩序。当时,在环绕北大的沙滩、北河沿一带,分布着大大小小许多公寓,栖身其中的当然有正式的学生,但更多的或许是像沈从文一样飘荡的青年,他们被北大开放的校风、自由旁听的制度,以及周边浓郁的文化氛围所吸引,游走于课堂、图书馆、街道和公寓之间,彼此联系,互通声息,构成了独特的文化生态,沙滩一带甚至有了北京“拉丁区”的美名。② 直至晚年,沈从文还不无深情地回忆:“以红楼为中心,几十个大小公寓,所形成的活泼文化学术空气,不仅国内少有,即在北京别的学校也希见。”③如果说宣南会馆所代表的文化空间处于衰落之中,沙滩公寓所代表的,或许正是沈从文所向往的另一种时空关系,自由、活泼的氛围也与超越既有社会网络之上的普遍性相关,后来他甚至认为:“北京虽算得是新文化策源地,名声竟像只于沙滩一带地区,其余还是在日益衰颓的一个老北京。”有意思的是,“酉西会馆”周边的琉璃厂、前门大街等,作为他最初的学校,曾激发了他对文物的兴趣,但在这里也被归入了“衰颓”的地带。④

这样一种空间想象、一种自我定位的“地图”,并非沈从文独有的,而是被当时许多的侨寓青年所分享,小说家许钦文就是一个例子。1920 年代初,许钦文在绍兴会馆里写下了他的一系列代表作,会馆附近宣武门外的菜市口,也让他不能忘怀,还曾撰文回忆。然而,在这篇题名为《菜市口》的文章中,他却劈头写到:“在故都,对于我的知识关系最大的虽然是沙滩的大楼。”⑤“菜市口”作为个人的生活空间,留给他很多回忆,但在“沙滩的大楼”鲁迅的课堂上,他不仅获取了“知识”,也曾因鲁迅的“钦点”,而获得了最初的关注。⑥ “知识”与“生活”的区分,显示了城市空间已被特定的社会关系所渗透。这种空间差异中的“区隔”感,在章衣萍的一篇文章中,得到更为强烈的表述。在 20 年代初北京文坛,章衣萍是个相当活跃的文学青年,但他身居羊市大街的一座古庙中,对于自己的住所似乎相当不满:

> 东城,梦里的东城,只有她是我生命的安慰者:北河沿的月夜,携手闲游;沙滩的公寓里,围炉闲话;大学夹道中的朋友,对坐谈鬼。那里,那里的朋友是学富才高,那里的

---

① 沈从文:《二十年代的中国新文学》,《沈从文全集》12 卷,第 377 页。

② 朱海涛:《北大与北大人·“拉丁区”与“偷听生”》,陈平原、夏晓虹编《北大旧事》,三联书店 1998 年版,第 362—364 页。

③ 沈从文:《忆翔鹤》,《沈从文全集》12 卷,第 255 页。

④ 沈从文:《回忆黄村生》,《沈从文全集》27 卷,第 422 页。

⑤ 许钦文:《菜市口》,姜德明选编《如梦令——名人笔下的旧京》,北京出版社 1997 年版,第 337 页。

⑥ 许钦文在《〈鲁迅日记〉中的我》中,曾提到 1924 年春他到沙滩旁听鲁迅的课,在教室里听到有人议论自己,诸如“许钦文大概已经长胡子”,“徐钦文的年纪总是不小的”,原因是鲁迅小说《幸福的家庭》的小标题“拟许钦文”,产生了不小的影响。见《鲁迅回忆录·专著》,北京出版社 1999 年版,第 1244 页。

朋友是年青貌美,那里的朋友是活泼聪明。冬夜是最恼人的!我有时从梦中醒来,残灯未灭,想到那如梦如烟的东城景象,心中只是凄然,怃然,十分难受!……我是一个爱美爱智的人,我咀[诅]咒而厌恶那丑陋和愚蠢。这羊市大街的左右,多的是污秽的商店和愚蠢的工人和车夫,我应该向谁谈话呢?[①]

"东城"的公寓、大学、朋友,对应着"美"与"智"的想象;身边的市民场景,则是滋生"丑陋"与"愚蠢"的所在。对于分享同一份认识"地图"的青年来说,选择在哪个空间里生活,也就意味着在选择何种文化秩序、何种社会网络里,安排下新的自我。

三

"窄而霉"的小公寓,构成了沈从文新的生存场景,虽然他没能如自己所愿,进入任何学校,但终于操持起了一份"新青年"的生活,甚至通过旁听的方式,还反讽式地满足了自己对学生身份的想象。[②] 在诸多变化中,最为重要的或许是,空间的转移不仅体现了某种社会关系,同时也能"生产"出了新的关系,让他进一步挣脱了对既有社会网络的依赖,在另外的世界里,寻找自己的身份认同。换言之,在都市文化空间中,当历史的、乡土的网络不足以支撑新的身份,一个渴望获得认同的人,必须寻找一种新的人际关系,参与一种新的社会网络。如果说"会馆"作为一条乡土之链,在某种意义上象征了那个他不得不依靠、但又时刻想远离的社会圈子,"公寓"则提供了乡土之链打破后的可能性。

在五四前后,新文化运动的勃兴也带动了新的群体经验,虽然在实际的群体聚集中,地缘、学缘等传统因素依然起到重要的凝聚作用,但要求打破地域、血缘的束缚,在纯粹知识和情感的基础上建立崭新的联系,已成为一代青年学生的自觉。傅斯年的一段话,可以说是这种构想的最佳阐发:"我们是由于觉悟而结合的……我以为最纯粹,最精密、最能长久的感情,是在知识上建设的感情,比着宗族或戚属的感情纯粹得多。"[③]1924 年 11 月的《学生杂志》上曾发表过一篇名为《告旅学的青年》的文章,此文开宗明义地提出:在四通八达的世界,"我们学生"已走出由延传独习的闭关时代,进而背乡离井、旅学各地了,而"我们至小无极的目标,也得要做个中国的人。以深染着部落式的陋习和土语的人,简直还没脱去乡老村妇的陋态,怎能彀登得上舞台去!"看到许多学校自修室和寝室里,大半是同乡同学联系在一起,作者也不禁讥讽道:

唉!这无异是向世人明白宣告:"我们除却同乡,别无感情可言。我们同乡间非特

---

① 章衣萍:《他们尽是可爱的!》,《古庙集》,河北教育出版社 1994 年版,第 42—45 页。

② 沈从文曾冒充学生参加了一场北大的考试,居然考及格了,还得了三角五分钱的奖金。

③ 傅斯年:《新潮社之回顾了前瞻》,《新潮》2 卷 1 期,1919 年 10 月。

脾胃相投,性格相似,而且习惯语言等,也都绝无抵触。我们不愿意去受那言语隔阂,习惯冲突的困难,也不愿意找那脾胃迥殊的异乡子硬相聚在一起讨论学术……"①

显然,相对于言语、情感、脾胃的相似,打破人际隔阂的学术讨论,是更令人向往的人际关联,因为它对应了现代民族国家框架下一个普遍主体的想象——"中国的人",沈从文所言的"公民"形象,与此大概也相差不远。

在知识青年之间,形成这种普遍联系的方式当然有很多,诸如阅读新书报、参与社会运动、结成知识社团等。值得提出的是,在某种代际共同体的形成过程中,集体住宿的形式其实也起到一定的作用。② 少年中国学会的会员恽代英,就曾抱怨会员之间联系太少、了解太少,他提出的解决方案就是:"学会不可不有会所","共同居住"能够解决会员之间缺少沟通的问题。③ 建立"会所"的可行性有待考虑,但学校宿舍以及周遍公寓,的确提供了共同居住的可能,也带来社会网络的重建。30年代一位研究会馆历史的燕大学生,在讨论会馆的衰落以及公寓的兴起时,就指出这一过程折射出中国社会组织的整体变迁。依照她的观点,"会馆"出现在社会分工尚不发达的工业化前期,是同乡关系构成的社会单位,但当所谓"欧西的经济势力侵入中国",摧毁了固有的经济组织,都市化的进程、交通的便利、人们交往的频繁等因素,带来了这样一种变化:

部分的群体合成了一个更大的群体,各小群的个性渐渐模糊,社会生活的种种蜂房,逐渐打破,狭窄的同乡观念也相对的减消,而同业团体乃代同乡团体也益加显明,如工商会法的指定、政党、学会的出现,皆以利益和兴趣的相同为基础而结成团体。④

这种分析虽略显简单,但无疑揭示出来"会馆"与"公寓"的转换所蕴涵的社会学含义,也说明既有的社会"蜂房"逐渐打破后,新的群体认同方式,如政党、学会、社团等,也相继产生出来。正如萧邦奇指出的:随着绅士阶层的没落,"通常被翻译成集团或团体的汉语新词汇'界',如'政界'、'商界'等等,不断出现在清末民初的报刊和其他事物性报道中",这表明了多中心的"亚文化圈"的广泛涌现以及身份认同方式的不断增加。⑤ 虽然乡土、血缘等传统因素,在现代认同及群体聚合中,依然具有不可或缺的影响(如鼓吹"在知识上建设感情"的新潮社,其骨干成员就多是山东籍的学生),但所谓以"利益和兴趣"为基础的结合,代表基于现代社会分化的认同方式,已获得了更具支配性的价值。

---

① 舟君:《告旅学的青年》,《学生杂志》11卷10号,第19页,1924年10月。

② 藤井省三曾在研究《故乡》阅读史时,就曾提到在20年代的北京知识阶层中存在着一种"四合院共同体",来自各地的学生"以房间为单位或者以院落为单位,轮流阅读一本杂志或者一份报纸,并且交流读后感"。藤井省三:《鲁迅〈故乡〉阅读史》,董炳月译,新世界出版社2002年版,第15页。

③ 恽代英:《少年中国学会的问题》,《少年中国》2卷7期,1921年1月15日。

④ 赵令瑜:《中国会馆之社会学的分析》,燕京大学法学院社会学系学士毕业论文1937年版,第77页。

⑤ 萧邦奇:《血路——革命中国中的沈定一(玄庐)传奇》,周武彪译,江苏人民出版社1999年版,第14页。

回到沈从文这里,从“会馆”到“公寓”的空间转移,也的确带来了新的人际网络。这一点可从他的交往圈子中见出。在《忆翔鹤》一文中,沈从文曾细致地追忆他到北京一年后结识的朋友们,并将他们分成农业大学、燕京大学和北京大学三部分:农大的朋友多属湖南同乡,是由表弟黄村生的缘故而相熟;燕大的部分由董景天开始(也是湖南人,由姐夫田真逸介绍),陆续认识了张采真、司徒乔、刘廷蔚、顾千里等人。在这两部分学生朋友那里,沈从文得到了最初的支持与认同,但稍加留意就可发现,上述两个交往圈子都是建立在某种同乡的关系之上。其中表弟黄村生,就是沈从文在北京的“第二根重要支柱”,但据沈从文的回忆,这位表弟当时对文学、政治都不大感兴趣,“但对于封建性的小集团,如同乡会、同学会等等,却相当热心”①。在农业大学的宿舍里,十二个湖南同乡同吃同住,气氛融洽,也接纳了沈从文的加入。这些朋友的帮助,更多表现在情感和生活的层面,但对他的人生起到更关键作用的,似乎还是后来结识的朋友,特别是“第三部分”朋友,“即迁居沙滩附近小公寓后不多久就相熟了许多搞文学的朋友”,包括胡也频、刘梦苇、冯至、黎锦明、王辛三、陈炜谟、赵其文、蹇先艾、陈翔鹤等人。这些搞文学的朋友早已溢出了同乡的范畴,他们同病相怜,但更重要的是志趣相投,一种群体的连带感、认同感也由此形成。在后来的回忆中,沈从文也写道:

> 当时这种年轻人在红楼附近地区住下,比住在东西二斋的正规学生大致还多数倍。有短短时期就失望离开的,也有一住三年五载的,有的对于文学社团发生兴趣,有的始终是单干户。共同影响到三十年代中国新文学,各有不同成就。②

从 1924 年到 1927 年,沈从文先后住过多家公寓,在诸多公寓当中,最为有名的应该是北河沿边的汉园公寓。该公寓的主人,当时在北洋政府交通部当差,为了教育十一个女儿,就在北京大学文学院旁边盖了一所楼房,开办汉园公寓,借此得些收入。③ 这个著名的公寓,俨然是 20 年代初北京文学青年的一个中心,“有一些在中国新文学发展史上应列上一个名字的,如张采真、焦菊隐、于赓虞、王鲁彦、顾千里、王三辛、蹇先艾、朱湘皆各在那个小小公寓里,占据过一间房子。早年夭死的诗人刘梦苇君,便是在那个地方害病,临危前数日才离开住处的”④。汉园公寓之所以能够引来这么多青年作家,与公寓主人对文学的热爱有关。对于这个有趣的主人,沈从文有过多次书写,他不只热衷谈论各种文学掌故,还在自己的柜房里还挂满了文人的照片,“这边是隐士装扮曳杖而行的陶渊明,那边是小生装扮负手觅句的李长吉,近窗边有个海盗神气的五彩摆仑照片,大炕头则牧师模样的人物除了但丁还有谁那么瘦?”生活在这样的空间中,一个人也难免不会产生浪漫的自我

① 沈从文:《回忆黄村生》,《沈从文全集》第 27 卷,第 426 页。

② 沈从文:《忆翔鹤——二十年代前期同在北京我们一段生活的点点滴滴》,《沈从文全集》第 12 卷,第 255 页。

③ 汉园公寓的情况,参见公寓主人的儿子黄伯飞的文章《确是有缘——和沈从文先生在美国相见》,原载《海内外》第 28 期,收入荒芜编《我所认识的沈从文》,岳麓书社 1986 年版,第 213 页。

④ 沈从文:《记胡也频》,《沈从文全集》第 13 卷,第 14—15 页。

想象,①在“公寓空间”与感伤的文学认同之间,某种逻辑关联已若隐若现了。

可以设想的是,如果离开了“搞文学的朋友们”,离开了“公寓”特定的文化空间,沈从文的人生,或许会呈现为另一种面貌。这种假设也曾被他自己提出过,在《记胡也频》中,当谈到两个海军学生(胡也频、项拙),初次到庆华公寓造访自己时,沈从文曾这样感慨:“若果当时到我住处的,不是这两个编辑,却是那个照相制版学校的校长,到现在我或者已经成了一个照相技师了。”②在这里,他似乎又在重申命运的无常之感,但也表明了选择文学的偶然性,因为在当时他还不甚明了“学照相”与“写文章”,到底哪个对自己更适宜一点。然而,他对文学“志业”的选择,果真是出于偶然吗?要回答这个问题,单从交往群体、社会网络的层面着眼,似乎还远远不够,对都市文化空间中“公寓”所体现的社会位置分析,有助于更深入地把握他执拗的文学认同的形成。

四

作为一种印刷的思想,“新文化”为沈从文这样的青年,提供了一整套安排自我的时空关系,正是在那些“美丽辞令”的召唤下,沈从文才告别湘西,一步步接近那个他渴望加入的精英群体和文化秩序。然而,来到北京并迁入沙滩公寓,摆脱了过去的社会网络,这并不等于说在“那么一个公式”之外,主体的可能性就能顺利展开。从某个角度看,现代社会“流动性”的增强,取决于既定障碍的不断拆除,如宗教、民族、地域等,但新的阻碍方式也会随之被生产出来,典型的表现就是现代的“文凭”制度,同样制造了新的等级分层,构成了社会流动的阻碍。③

上文已谈到,在北京学校周边的公寓里,栖居了众多受新文化感召的青年。他们或许都和沈从文一样被“大学的名号”吸引,但在激烈的竞争和高额的学费的压力下,通过升学来获得文化资本,对于其中的大多数来说,是不大可能的。据北京高等教育访问社的调查,1924年投考全国24所大学的学生一万六千余人,录取者不过三千三百人,仅占总数百分之二十;

---

① 沈从文好友胡也频的小说《北风里》,就是一个相当有趣的文本:它叙述一个青年著作家,住在北河沿边,因为生活困窘,不得不去出卖自己珍爱的雪莱的画像。在卖画的过程当中,他遭到当铺老板的奚落,一气之下,他回到公寓,“把雪莱的像放到桌上时,蓦然见到那蛋形的镜子里面,是现着一个年青的,但是忧郁,满着灰尘,象煤铺伙计的污浊的脸”。(胡也频:《北风里》,百花文艺出版社1985年版,第17页。)至此,小说戛然而止。一种自我辨认的镜像关系出现在这里:青年作家肮脏、忧郁的脸,是叠现于雪莱的形象之上的,公寓之中自我的镜像沉迷,变成了一种那喀索斯式的身份误认。这部小说具有很强的自传性,或许还是胡也频生活的真实记录。1926年,正是在沈从文的劝说下,胡也频、丁玲夫妇从北京西山移居到北河沿边的汉园公寓里。

② 沈从文:《记胡也频》,《沈从文全集》第13卷,第5页。

③ 对此问题的讨论,参见Robert Erikson and John H. Goldthorpe《阶级流动的趋势:战后欧洲的经验》,李国武译,戴维·格伦斯基编《社会分层》,华夏出版社2006年版,第301—302页。

北大 1923 年度投考 2488 名学生,仅录 163 人,不及百分之七。① 一位失败的考生就致信《学生杂志》,希望编者就此问题组织讨论,“因为像我这种人,北京不知有若干数。大家都是彷徨歧路,意气颓唐”。② 作为“落败者”中的一员,沈从文后来声称很早就放弃了升学的打算,原因之一就是北大“门户开放”,无需正式入学。③ 但事实上,他想进入大学的努力一直未曾断绝,甚至在他已获得文坛的认可之后,还在友人的鼓动下,参加过燕京大学二年制国文班的考试,在口试时“一问三不知”,最后当然是无果而终。可想而知,公寓空间的网络以及大学开放的课堂,为他提供了“入场”的可能,但这并不能提供一种稳定的、体制化的身份保障。与此相关的是,环绕大学的诸多“公寓”,虽然充满活力和可能,但作为一片“拉丁区”,代表的更多是新兴文化空间的边缘地带。在与“大学”的差别中,“公寓”甚至成为某种社会识别的符号。有位年轻作者就深知其中奥妙,他原来向《申报》投稿,通信处每每写为 T 公寓,文章的采用率相当低;后来他灵机一动改为 P 大学,果然奏效,十篇中能发表九篇。④

在大学周边的文化空间中,对边缘身份的敏感,也贯穿在沈从文早期的写作中。1925 年 5 月,在读到沈从文的散文《遥夜》(五)后,北京大学教授林宰平有感而发,在《晨报副刊》上以“唯刚”的笔名发表文章,还将沈从文误认为一名大学生。⑤ 受宠若惊的沈从文很快做出了回复,在诉说自己经历的同时,还在“我”和真正的大学生之间,建立了一种有意味的区分:什么改良社会,有所作为,那是“最高学府未来学者的应有事情”,对于“我”这样“于生活磨石齿轮下挣扎的人”,“从浪费中找出一点较好的事业来干吧!可惜想找的又都悬着‘此路不通’的牌子”。⑥ 在这段文字中,不难读出自我的揶揄,在“大学生”与“我”之间的,一系列社会差异也被传达出来:前者,作为未来的精英,参与社会的改良,呈现为一种真实的历史主体;后者,则挣扎于轮下,被拒绝在外(“此路不通”),只能在虚幻中获得安慰。这种被排斥感、无法参与感,有时也转化成一种特殊的空间体验。1924 年 11 月 16 日起写下的日记体散文《公寓中》,是迄今发现的沈从文最早的作品。在这篇文字中,公寓内的空间体验得到了如下呈现:“我正同陷进一个无底心的黑暗涧谷一样,只是往下堕,只是往下堕。”⑦“涧谷”的意象,或许与公寓的潮湿、逼仄有关,依照金介甫的推测,它可能还来自沈从文对《圣经》的阅读,⑧象征了一种沉沦的、待救的生命状态。有意味的是,在 20 年代其他文学青年的笔下,有关“公寓空间”的想象,或多或少都与幽闭之感相关,相对于“涧谷”的意象,将公寓比喻为坟

---

① 相关统计数字来自《中国青年学生升学的难关》(社评),《学生杂志》12 卷 6 号,1925 年 6 月。

② WK:《投考失败了该怎样》,《学生杂志》10 卷 12 号,1923 年 12 月。

③ 沈从文:《二十年代中国新文学》,《沈从文全集》12 卷,第 378 页。

④ 镜人:《一偏之见》,《京报·副刊》69 号,1925 年 2 月 23 日。

⑤ 唯刚:《大学与学生》,《晨报·副刊》1925 年 5 月 3 日。

⑥ 《致唯刚先生》发表于《晨报·副刊》1925 年 5 月 12 日,署名休芸芸;收入《沈从文全集》11 卷,引文出自第 40—41 页。

⑦ 《公寓中》发表于 1925 年 1 月 30—31 日《晨报·副刊》第 18—19 号;收入《沈从文全集》1 卷,引文出自第 351 页。

⑧ 金介甫:《凤凰之子:沈从文传》,第 142 页。

墓、棺材,或许更有惊悚的修辞效果。[①] 在与外部世界的对峙中,封闭、狭小的公寓,只能容下个人狂乱的梦境与呓语,对某种社会位置的隐喻,不言自明。

在沈从文的眼里,在"最高学府"与"未来学者"之外,不能参与精英秩序的"我",只能陷入幽闭的涧谷,主体形象呈现为一种空虚、"脱序"的状态。但事实上,即便是进入了大学、获得了社会进阶的资格,也难以避免类似的命运。初到北京,沈从文曾天真烂漫地表达自己的设想("我来寻找理想,读点书"),却遭到姐夫田真逸的反讥:"你可知道,北京城目下就有一万大学生,毕业后无事可做,愁眉苦脸不知何以为计。……大小书呆子不是读死书就是读书死。那有你在乡下作老总有出息!"[②]这段话出于激愤,但也道出了基本的历史事实,新式教育培养出一批又一批的知识青年,但实业的不发达、各种组织的落后,使得社会无法提供足够的位置,去容纳手握文凭的精英们。这导致结果是一种所谓"循环教育"的产生,除了少部分人能够继续升学以外,幸运者只能在教育界栖身,其他则难免无业流落的境遇。[③] 所谓"高等流氓"、"高级游民"等说法,在20年代已经成为社会上流行的习语,[④]有关青年失学、失业、苦学的讨论,在相关的报刊上也甚嚣尘上。

在1920年代的中国,政局混乱、民生凋敝,"公寓"中边缘青年的失学、失业,只是动荡社会图景中的一部分,而某种文学的、政治的群体潜能,其实也蕴涵在其中。在分析五四文学的社会功能时,有学者就注意到了"那些向往变成精英的城镇边缘知识青年",构成了新文学最积极的拥护者和追随者。这不仅是一个文化身份的问题,还关涉到了具体的人生出路,因为"从社会学的角度看,新报刊也就是就业机会,他们实际上是自己给自己创造出了'社会的需要'"。[⑤] 依照这种思路,20年代文学青年的大量涌现,便可得到另一种解释。一方面,新文学观念的传播、各类报刊雨后春笋般的出现、以及大大小小文学社团的形成,都在青年中创造了空前的文学氛围;另一方面,"文学"作为一种特殊的现代"志业",也为失学、失业的

---

① 翟永坤的小说《为甚么还不来信呢?》(《国民新报副刊》第70号,1926年2月23日),描写了一个青年在室内的狂想与梦境,当他醒来后,发现自己如在"荒凉古墓"中;他的另一篇作品《鬼的告诉》(《国民新报副刊》第128号,1926年4月13日)中,也有类似的比喻:"这座小小的坟墓,是我在外倦游归来的唯一棲所。"当时在北京西山中法大学就读的陈毅,在一篇文章中也自称为"冢中人",因为"一间四壁的小屋,不象一具棺材么"?(陈毅《西山埋葬》,原载1925年6月25日《晨报副刊》,见聂元素等编《陈毅早年的回忆和文稿》,四川人民出版社1981年版,第145页)。

② 沈从文:《从现实学习》,《沈从文全集》,第375页。

③ 渭川在《青年择业的根据》一文中提到,据中华教育改进社统计,中等学校升学比例在百分之十九上下,其余上焉者作了小学教师,下焉者多流为无业游民。"轮回教育"这个名词是由南开大学学生所创,"其所以'轮回'的原故,何尝不是'学非所用''学无所用'之所致呢!"(《学生杂志》12卷7号,1925年7月)

④ 陶孟和在1924年所言:"最可痛心的,就是现在各学校所造出的人才仍然不脱士的窠臼,而在外国受过好的专门教育的等到归国以后也竟加入了士的阶级。现在因为士的人数的加增,所以士的前途更形困难。这些失业的士构成了'高等流氓阶级'。"(陶孟和:《士的阶级的厄运》,《孟和文存》,亚东图书馆1925年版,第29—30页。)

⑤ 罗志田:《文学革命的社会功能与社会反响》,《权势转移:近代中国的思想、社会与学术》,湖北人民出版社1999年版,第300页。

边缘青年们,提供了人生的可能。早在1920年,瞿秋白在讨论文化运动的兴起时就指出:“然而从事实上,表面上看去,的的确确是从个人的毕业运动,饭碗运动里解放出来,发展到社会的某种运动。”[①]他的说法似乎有些极端,但也为许多例证所支持。投身社会运动的问题暂且不谈,投稿报刊以赚取一些微薄的稿酬,的确是当时许多边缘青年可能的选择之一。20年代著名的《学生杂志》曾一度展开“苦学”的讨论,在节俭、举债等方式之外,“卖文”就是相关论者为“苦学生”提供的建议。虽然,“不赞成中等程度的青年随意发表不成熟的文字”是一般的社会看法,“但如果是万难的苦学生,而自问他底文字还能勉强得过去,那也该以相当的同情。”[②]在事实上,由于生活的挤迫而走上文学道路,而最终获得成功的作家,也并非凤毛麟角。沈从文之所以开始文学写作,除个人志趣外,生计的考虑也是重要的原因之一,他就曾自嘲地说道:“无聊(实在找不出聊)与闲暇,才学到写文章。想从最低的行市(文章有市价,先生大概是知道)换两顿饭吃。萎萎蕤蕤活下去再看。”[③]

依照“普遍与真挚”的理念,新文学应该是一种超越职业之上、与人生深刻关联的严肃工作,而在20年代的一部分文学青年那里,它同时还意味着饭碗和出路。讨论这一事实,并不是为了消解新文学的整体诉求,而是更多地关注支撑这一诉求的社会结构。从某个角度说,现代文学以及文人集团的产生,在依托稿费、出版、教育等制度性前提之外,剩余知识人口的无法安置,其实也是一个普遍的动因。[④] 当然,在读者市场不发达的年代,“文学”虽然能带来一定的经济回报,但肯定是一种不可靠的、糟糕的选择。在北京最初的几年,沈从文为了生计,也不断在文学之外,尝试另外的职业,甚至在成为“天才”作家之后,放弃写作的念头,也经常萦绕于心。[⑤] 在具体人生的出路之外,新文学所提供的社会可能,更多还是表现在某种心理和价值层面。诚如上文所言,新文学乃至新文化的内在理念之一,便是超越地域、身份的限制,在某种普遍的框架下,为主体提供一种自由的展开空间。依据这种理念,个体的创造力和情感的真挚性,终会得到读者的认同,自我的价值也能随之实现。在20年代初,对于那些被权势网络拒绝的边缘青年们来说,上述志业想象无疑具有巨大的吸引力,在提供职业可能的同时,白话的新文学也的确构成了一种打破社会等级的进阶方式:不需要太多的文化积累,不需要掌握艰深的文字技巧,也不必进入高等学府,只要拥有足够的勇气和才华,通过阅读新潮的书报,就能参与到新文学的运动当中,获得必要的“象征资本”。沈从文“搞文

---

① 瞿秋白:《新文化 = 新社会》,《新社会》15号,1920年3月21日。

② 高尔松:《苦学生生活》,《学生杂志》10卷5号,1923年5月。

③ 沈从文:《致唯刚先生》,《沈从文全集》第11卷,第40页。

④ 玛里琳·巴特勒曾专门分析过18世纪德国人口剩余、大学生失业与笔墨生涯的关系,见玛里琳·巴特勒:《浪漫派、叛逆者及反动派》,黄梅、陆建德译,辽宁教育出版社、牛津大学出版社1998年版,第115页。

⑤ 在1931年2月6日给王际真的信中,沈从文就坦白在“上海做文章”的困境,提出“我若能改业,生活一定可以变好”。《沈从文全集》第18卷,第126页。

学的朋友"之一黎锦明，在投考北师大落榜后，焦灼万分，在报纸上公开自己的苦闷："现在我没有话说，除开痛苦以外，又何颜负这'徒空谈文学'的罪名呢？今年快二十岁了，还不进大学怎得了呢？"[①]进入大学是一条进阶的"正途"，而"旁听"及"空谈文学"只是退而求其次的一种无奈选择。他的文章发表后，有人劝慰他说：

> 挂上大学的名字，还不是庸庸碌碌；吃了大学的米饭，还不是糊糊涂涂；领到大学的毕业证书，得了大学的学士，还不是乱混饭吃。……况且你的前途又是非常的远大，引你到光明路上的明灯早就点在那里了，希望你努力你的作品，专攻你的文学，大学的学生又有几个能步你的后尘？[②]

在这位好心人看来，与虚妄的大学名号相比，致力于"文学"似乎具有更大的现实性，相比蹭蹬于体制化的道路，投身于方兴未艾的新文学，似乎构成了一条"捷径"。

对于这一点，沈从文似乎也深有体会。当年，也正是在新文化书报的召唤下，他才离开湘西来到北京，追求一个"独立人"的文化身份。但当空间转换并没有兑现最初的身份承诺，新文学也为他展现出了可能："我还不会标点符号！我承认应当从这个学起，且丝毫不觉得惭愧。因为我相信报纸上说的，一个人肯勤学，总有办法的。"[③]"因为我相信报纸上说的"，这句话暴露了沈从文的某种心理机制，在一整套印刷的"信仰和希望"的支配下，没有文凭也缺乏必要"文化资本"的他，也能通过学习、写作，进入那个想象的精英秩序当中。虽然公寓之中无休止的写作，最初也毫无前途可言，换来的仍是生命价值的匮乏："我的灵魂受了别的希望所哄骗，工作接到手后，又低头在一间又窄又霉的小房中做着了，完后再伸手出去，所得的还是工作。"[④]但在某种程度上，"写作"这一动作本身，也成为一种自我认定的方式："'替社会成就什么事业？'这些是有用人做的。我却只想到写自己生命过程所走过的痕迹到纸上。"[⑤]《致唯刚先生》结尾的话，可以看做是沈从文最早发出的有关写作的"志业"宣言。在与"有用人"的区分中，挣扎于轮下的自我，终于通过写作，找到了一种挣脱社会区隔、安置自我的方式。到了1930年代，在回忆与胡也频等共同奋斗的时光时，沈从文曾不无深情地写道，他愿意给"他们以一种'自信'的机会"，所谓"他们"，就是那些沉默努力的青年朋友们，也就是"每一个在井中向群星望着的人"。[⑥]"井"这个意象，很容易让人联想到"黑暗涧谷"的比喻，但与"涧谷"中不断的坠落不同，"井"至少提供了一种向上的视角，在"群星"中还有一种出路，一种建立自信的方式。这种向上的视角，对于沈从文而言，最终表现在文学的体

---

① 黎锦明：《感到痛苦而说的几句公开话》，《京报·副刊》285号，1925年9月30日。

② 浮生：《劝黎君》，《京报·副刊》291号，1925年10月8日。

③ 沈从文：《从现实学习》，《沈从文全集》第13卷，第375页。

④ 沈从文：《生之记录》（一），发表于1926年3月27日《晨报副刊》；《沈从文全集》第11卷，第149页。

⑤ 沈从文：《致唯刚先生》，《沈从文全集》第11卷，第44页。

⑥ 沈从文：《记胡也频》，《沈从文全集》第13卷，第18页。

认中,实际上他也是想代表众多“挣扎于井底”的青年,说出这样一种可能。

五

从某种社会学的视角看,现代知识分子虽然是一个自由流动的阶层,但他们的身份归属,仍发生在特定的空间关系中,正如有学者所概括的那样,这种空间关系可能包含三个层面:第一是以文凭为中心而形成的等级性身份关系,第二是抽象的书写符号所构成的意识形态空间网络,第三是不同的都市文化空间结构。① 沈从文的身份追寻,恰恰也发生在这几重关系的张力之中:在一整套印刷符号的召唤下,他离开“那么一个公式”,在新的都市文化空间中寻找自己的位置,当遭遇以“大学”为代表的精英体制的拒绝,“此路不通”的招牌四处悬挂之时,“文学”作为一种安排自我的方式,却提供了社会参与和身份认同的可能。当然,在1920年代不断激变的社会语境中,新文学在获得广泛接受的同时,对“文学”作为一种社会参与方式的批判与质疑,也从各个方向上展开。换言之,“文学”虽然提供了一种自我安排的方式,但这种方式本身也是危机重重的。在“井底向群星仰望”的身份想象,仍免除不了与外在历史脱节的空洞感、贫乏感,如何化解身份的危机,也构成了20年代大批“文学青年”向“政治青年”转变的内在动力。即便是沈从文,如果不是在北京文坛的变动中,幸运地获得了立足的机遇,②他或许也会像许多文学朋友那样,在1926年后南下寻找新的空间和身份。③在这个意义上,沈从文对于文学的志业选择,或许并不具有更大的普遍性。然而,从湘西到北京,从会馆到公寓,他在不同空间中的转移经历,仍显示了一代文学青年身份追寻的复杂背景:社会流动方式的转变、都市文化空间的重构、人际网络的更替、社会位置的暗中制约等因素,都相继作用其中。引入这些维度,或许不能改变传记视野中的沈从文形象,但寻找某种新的讨论方式,在社会、文化、历史的错综视野中,透视“新文学”的功能及位置,或许才是本文尝试的重点所在。

(原刊《中国现代文学研究丛刊》2008年第3期)

---

① 许纪霖:《都市空间视野中的知识分子研究》,许纪霖编《20世纪中国知识分子史论》,新星出版社2005年,第432—433页。

② 有关沈从文与20年代北京文坛的关系的考察,参见范家进:《边缘经验与多元化文学格局——论沈从文与20年代的北京文坛》,《浙江学刊》2001年第3期。

③ 在《记胡也频》中,沈从文写道:“十五年后,武汉因军事政治各方面的集中,许多在北方的朋友,都到那边作事去了”,“海军学生”和“我”的一些朋友,“总希望我们去玩玩,但当时我们都没有离开北京的意思。”(《沈从文全集》第13卷,第22页)。沈从文说到的朋友,应是他的少年好友印桂远,当时他已成为“毛泽东的小助手”,从武汉写信给沈从文:“不要再在北京写什么小说,世界上已没有人再想看你那种小说了。到武汉来找老朋友,看看老朋友怎么过日子吧?你放心,想唱戏,一来就有你戏唱。”沈从文:《一个爱惜鼻子的朋友》,《沈从文全集》第11卷,第311页。

湘西音乐美术与沈从文创作之关联

商金林

湘西有“歌乡”的美誉。沈从文在《湘西苗族的艺术》中说:在他的家乡“热情多表现于歌声中。任何一个山中地区,凡是有村落或开垦过的田土地方,有人居住或生产劳作的处所,不论早晚都可听到各种美妙有情的歌声。当地按照季节敬祖敬神必唱各种神歌,婚丧大事必唱庆贺悼慰的歌,生产劳作更分门别类,随时随事唱着各种悦耳开心的歌曲。至于青年男女恋爱,更有唱不完听不尽的万万千千好听山歌。即或是行路人,彼此漠不相识,有的问路攀谈,也是用唱歌方式进行的。许多山村农民和陌生人说话时,或由于羞涩,或由于窘迫,口中常疙疙瘩瘩,辞难达意。如果换个方法,用歌词来叙述,就即物起兴,出口成章,简直是个天生诗人。每个人似乎都有一种天赋,一开口就押韵合腔。刺绣挑花艺术限于女人,唱歌却不拘男女,本领都高明在行”①。

沈从文自幼生活在“歌乡”,耳濡目染,爱好音乐是很自然的事。沈从文的祖母张氏是苗族人,母亲黄素英为土家族,他的血脉中流淌着苗族和土家族的血液,有一份楚文化禀赋:重生命、重自然、重个性、重情感,对于神韵的形态、色彩、声音乃至气味都十分敏感。他在《关于西南漆器及其他一章自传——一点幻想的发展》中说:“我有一点习惯,从小时养成,即对音乐和美术的爱好,以及对于数学的崇拜。……对音乐和美术爱好,来得实源远流长。从四五岁起始,这两种东西和生命发展,即完全密切吻合。”②在回顾生命历程时,他认为做一个画家和音乐家他的成就会更大,他说:“如果当时能有机会受一点美术史训练,来写美术欣赏,或有基本作曲训练,来用音符表现生命情感起伏与连续,我相信,成就都必然比文学来得大,来得深,也来得容易。事实上由于种种限制,却被迫得用写作继续生存,用生僵呆定发霉发腐文字,来把脑子里与颜色声音分不开的一簇簇印象,转移重现到纸上。”③他在《致沈虎雏》中说“直到廿来岁时,还常常在夜梦里作个音乐家,唱得自己感动十分,醒后还异常惆怅难过。特别是理解音乐虽不深,一遇到好乐曲,永远是感动得要流泪。从小即如此。且似乎对于一个乐章过程有相当了解,因此大部分故事,总是当成一个曲子去写的,是从一个音乐

---

① 《沈从文全集》第31卷,北岳文艺出版社2002年版,第329页。

② 同上书,第27卷,第20—21页。

③ 同上,第24页。

的组成上,得到启示来完成的。有些故事写得还深刻感人,就因为我把它当成一个曲子去完成。"[①]。他还说过"音乐对我的说教,比任何经典教义更具效果。也许我所理解的并不是音乐,只是从乐曲节度中条理出'人的本性'。一切好音乐都能把我引带走向过去,走向未来,而认识当前,乐意于将全生命为当前平凡人生卑微哀乐服务"[②]。

沈从文从音乐和美术中得到哪些"启示",是哪些"乐曲"使他"感动得要流泪",他是怎样把小说当作"曲子"来写,用"和声作曲"的方法表现心目中"抽象美丽印象"的,所有这些我们可以从他的作品中来探寻。

一、纤夫、船工、打油工"神圣"的"歌声"

短篇《爹爹》(见《沈从文全集》第二卷)写于1928年。小说写在湖南保靖县城沿河下游三里路远近一个地方,河岸有座小小的坟。坟边立了一块碑牌,碑词是这样的——

> 朋友们,你们拉纤从这里经过,
> 不拘是薄暮,是清晨,请你们
> 把歌声放轻。
> 这土堆,下面有一个年青朋友
> 的长眠,他死的是不很心甘。

这是父亲为他淹死的儿子立的一块碑牌。希望打从这里经过的纤夫"把歌声放轻",不要惊扰他"长眠"的儿子。但,这办不到。"这地方,是正在那所谓拐角的洑流高岸旁,拉船人到此是有愿吃苦的一段努力。"为使载重的货船上前,拉船的人全是应在这个地方把身子趴伏下来,脚与手绷得撑撑的。口上喊着"摇老和里""咦老和里"才能使船前进的。在船夫们的吆喝中,船于是如一匹大象,慢慢的摇摆着它那庞大的身体,分开白的浪沫爬上急流。小说中写道:

> 谁能因这个木块上的半淹灭的文字把歌声稍稍放轻么?不,办不到。歌声早上有,晚上有,除了是河水过大,淹过了再下游数十里的纤路,船只无从行动,平常每一个日子里就都有这歌声!因了这歌声,住在上游一点的人才有各样精致的受用,才有一切的文明。这些唱歌的人用他的力量,把一切新时代的文明来输入到这半开化的城镇里,住在城中的绅士,以及绅士的太太小姐,能够常常用丝绸包裹身体,能够用香料敷到身上脸上,能够吃新鲜鲍鱼蜜柑的罐头,能够用精美的西式家具,便是这样无用的,无价值的,烂贱的,永远取用不竭的力量的供给拖拉来的。

---

① 《沈从文全集》第19卷,第305页。

② 同上书,第27卷,第21页。

> 这在河中有船行走时，大致也许就成了如此情形了吧，这歌声，只是一种用力过度的呻吟。是叹息。是哀鸣。然而成了一种顶熟习的声调，严冬与大热天全可以听到，太平常了。在众人中也不会为这歌声兴起一种哀感了，不会的。把呻吟，把叹息，把哀鸣，把疲乏与刀割样的痛苦融化到这最简单的反复的三数个字里，在别一方面，若说有意义，这意义总也不会超乎“渔歌欸乃胜过蛙鼓两行”的意义吧。但在自己这方面，似乎反而成了一种有用的节拍，唱着喊着，在这些虽有着人的身体的朋友躯干上就可以源源不绝的找出那牛马一样的力量，因此地方文化随到交通也一天一天的变好了。

在这里，沈从文对“摇老和里”“咦老和里”有十分精辟的解读：纤夫不畏严寒，不避暑夏，无论是“严冬”还是“大热天”，他们“把呻吟，把叹息，把哀鸣，把疲乏与刀割样的痛苦融化到这最简单的反复的三数个字里，用古朴粗犷的号子，形成一股強大的向心力，战胜险滩，穿越狭谷。“摇老和里”“咦老和里”是“叹息，哀鸣，疲乏与刀割样的痛苦”，也是统一节奏，整合意志，鼓舞情绪，“有愿吃苦的一段努力”；这古朴粗犷的号子让纤夫“源源不绝的找出那牛马一样的力量”，正是这“源源不绝”的“那牛马一样的力量”，使得“地方文化随到交通也一天一天的变好了”。很显然，沈从文所展示的并不是纤夫的屈辱的地位和沉重的苦难，而是他们“血液里的铁质”，他们如何用血汗谱写湘西的水上文明。因而这奋呼用力之声也就成了纤夫心灵的宣泄和情感的慰藉，他们在听到自己的歌声时也会有某种满足和愉悦，而不会“因这个木块上的半淹灭的文字把歌声稍稍放轻”。

我国现代文学史上写“纤夫”的诗很多，木叶愁的《纤夫的歌》①中写道：

> 黑茫茫的夜，黑茫茫的河，
> 沿河塍，我们哼一支沉郁的歌，
> 抵着腿子，弯弓着腰，
> 我们忍千忍万回倦累，拉着渡！
> 我们牵别人的船渡这条河，
> 一天重似一天的是这两把肩荷，
> …………

诗人李抟程的诗集《婴儿的诞生》②里有一首《纤夫》，被诗评家誉为写“纤夫”诗的杰作。全诗共有三节，第一节写得最好，援引于下：

> 绳索陷进肉里，
> 两肩压弯了腰身，

---

① 《申报·自由谈》1934年10月2日。

② 上海星群出版公司1947年版。

右手着地帮着右脚蹬，
要挣出鲜红的心。
唉啊——唉啊——唉啊——
痛苦牵成一条线，
象无尽的江水
流，流向天边。

纤夫赤裸着胸膛，可以看出他们的心猛烈地搏动——胸膛似乎就要被挣破了，就要跳出那颗“鲜红的心”。木叶愁和李抟程的这两首诗，与我国现代文学史上写劳苦大众苦难的诗篇相仿，都侧重“写实”，突出他们的屈辱和沉默，以及诗人对他们的同情。沈从文从“摇老和里”“咦老和里”感悟到更多的是纤夫作为“人”的“尊严”。如果说木叶愁和李抟程写的是纤夫的“日常生活”，而沈从文写的就是纤夫的“生命形式”，或者说是“生命史”。他们不肯“把歌声稍稍放轻”、不肯浪费“生命”，这种“做人”的“虔诚”，着实令人钦敬。

在湘西，号子也叫橹歌。号子又分为拉纤号子、摇橹号子、漂滩号子、荡桨号子、拦头号子等。船快到码头或离开码头时，由于水势平缓，船夫们划桨喊摇橹号子，喊法是一人领唱（喊）众人和，节奏铿锵有力，为避免号子的单调，在号子中夹进内容丰富的唱词：或两岸风光，或民情风俗，或历史传奇。在1934年写的《湘行散记——老伴》中，沈从文写到乘船抵达沪溪县城时的情景：“靠岸停泊时正当傍晚，紫绛山头为落日镀上一层金色，乳白薄雾在河面流动。船只拢岸时摇船人皆促橹长歌，那歌声揉合了庄严与瑰丽，在当前景色中，真是一曲不可形容的音乐。”[①]写他离开沪溪县城的时说：“我有点忧郁，有点寂寞。黑暗河面起了快乐的橹歌。……歌声在黑暗中流动，从歌声里我俨然彻悟了什么。”心情愉悦时，沈从文从“橹歌”中领略到的是“不可形容”的美；“忧郁”、“寂寞”时，又能从“流动”的歌声里“俨然彻悟了什么”，明白“在历史前面，谁人能够不感惆怅？”[②]在《湘行书简》中，沈从文反反复复写到“橹歌太好了”，“好到无法形容”。这“无法形容”的“好”，大概也就是上面写到的“不可形容”的美，或者说从“流动”的歌声里“俨然彻悟了什么”。

与“纤夫”、“船工”相仿，“打油工”的劳作也是很原始的。湘西出产桐油。“打油工”的歌原本也只是“号子”，但沈从文却从中品味出了“庄严”和“神圣”。且看短篇《油坊》中的一段文字：

> 若我们离开这油坊一里两里，我们所能知道这油坊是活的，是有着人一样的生命，而继续反复制作一种有用的事物的，将从什么地方来认识？……我们只有一个办法，说是听那打油人唱歌，以及跟了歌声起落仿佛作歌声的拍的宏壮的声音。从这歌声，与油

① 《沈从文全集》第11卷，第292页。

② 同上，第297页。

棰的打击的大声上，我们就俨然看出油坊中一切来了。这歌声与打油声，有时五里以外还可以听到，是山中庄严的音乐，庄严到比佛钟还使人感动，能给人气力，能给人静穆与和平，就是这声音。从这声音可以使人明白严冬的过去，一个新的年份的开始，因为打油是从二月开始。且可以知道这地方的平安无警，人人安居乐业，因为地方有了警戒是不能再打油的。①

在我国现代作家中，类似沈从文这样赞美"劳者之歌"的，似乎只有徐志摩写于1925年的《庐山石工歌》。庐山石工顶着"赛如火烧"的"太阳"，迎着"白云铺地"的"大风"上山采石。山上瞬息万变，没多久就"天昏地黑"，"电闪飞"、"大雨暴"，但"石工"依然喊着"浩唉！浩唉！浩唉"的号子"上山去"！在山上采石太辛苦也太危险。太阳一出来就酷热难当，遇到暴雨，山洪挟着石块四处飞溅，响雷就在头顶上轰炸，随时都有生命危险，但庐山石工依然喊着"唉浩，上山去，浩唉，上山去"的号子，从雾气沉沉的清晨一直劳作到天黑，日复一日。庐山石工这种"上山去"的精神深深地打动了徐志摩。《庐山石工歌》在1925年4月13日《晨报副刊》第82号刊出时，附有徐志摩3月16日写的《致刘勉己函》（刘是《晨报副刊》的编辑），徐志摩说他从"石工歌"那样"天然的音调"中，听到的是"自己灵魂的悲声"，是类似俄罗斯《伏尔加船夫曲》中那种"伟大沉默的悲哀"，并说"那浩唉的声调至今还在我灵府里动荡，我只盼望将来有音乐家能利用那样天然的音调，谱出我们汉族血赤的心声！"

徐志摩的这些感悟，全都可以援引过来解读沈从文。沈从文说他听到打油工的"歌声与打油声"，"是山中庄严的音乐，庄严到比佛钟还使人感动，能给人气力，能给人静穆与和平"，这种"庄严"，其实也就是徐志摩所说的民族的生命力。打油工的"歌声与打油声"、船工的橹歌，以及纤夫的"摇老和里""咦老和里"，不仅让沈从文认识了我们的民族，也认识了"自己的生命"。他在《〈生命之沫〉题记》中说："坐在房间里我的耳朵永远响的是拉船人声音、狗叫声、牛角声音"②，因而在任何情况下都不气馁，且自始至终把自己定位为"乡下人"，"对于农人与兵士，怀了不可言说的温爱"。③

二　"杂糅神性和魔性"的山歌

沈从文作品中写到的青年男女的山歌唱出了人性最真切的欲望。短篇《龙朱》中说："一个男子不能唱歌他是种羞辱，一个女人不能唱歌她不会得到好的丈夫。抓出自己的心，放在爱人的面前，方法不是钱，不是貌，不是门阀也不是假装的一切，只有真实热情的歌。所

---

① 《沈从文全集》第7卷，第235页。

② 同上书，第16卷，第306页。

③ 《〈边城〉题记》，《沈从文全集》第8卷，第57页。

唱的,不拘是健壮乐观,是忧郁,是怒,是恼,是眼泪,总之还是歌。一个多情的鸟绝不是哑鸟,一个在爱情上无力勇敢自白,那在一切事业上也是全无希望可言,这样的人决不是好人!"①短篇《媚金·豹子·与那羊》中的媚金是白脸苗中顶美的女人,豹子是凤凰族中相貌极美又顶有一切美德的男子。他们用山歌相约在夜间到山上的宝石洞中相会。媚金唱道:

我的风,我就照到你的意见行事。
我但愿你的心如太阳光明不欺,
我但愿你的热如太阳把我融化,
莫让人笑凤凰族美男子无信,
你要我做的事自己也莫忘记。②

豹子唱道:

放心,我心中的最大的神。
豹子的美丽你眼睛曾为证明。
豹子的信实有一切人作证。
纵天空中到时落的雨是刀,
我也将不避一切来到你身边与你亲嘴。③

短篇《凤子》中写到黄昏中男女分手时节对唱的山歌,堪称清丽隽逸的民间抒情诗:

我不问乌巢河有多少长。
我不问萤火虫能放多少光:
你要去你莫骑流星去,
你有热你永远是太阳。
你莫问我将向那儿飞,
天上的岩鹰鸦雀都各有巢归。
既是太阳时候也应回山后,
你只问月亮"明夜里你来不来?"④

前四句是女子唱的,她爱慕男子,"你有热你永远是太阳",用试探的口吻问他会不会还来;后四句是男子的对答:明夜只要有"月亮"就一定来,绝不会像"流星"似的一去不返。再看《凤子》中"井边女子"为奚落"城里客人"随口唱的山歌:

---

① 《沈从文全集》第5卷,第327页。
② 同上,第354页。
③ 同上,第355页。
④ 同上书,第7卷,第149页。

笼中畜养的鸟它飞不远，
家中生长的人可不容易寻见。
我若是有爱情交把女子的人，
纵半夜三更也得敲她的门。[①]

虽说带有即兴性，但构思精巧，语言拙朴，感情奔放。湘西青年男女对于爱是这样热烈、粗犷，通体透明。《月下小景》里女子唱道："身体要用极强健的臂膀搂抱，灵魂要用极温柔的歌声搂抱。"[②]常言道："山歌无假戏无真。"山歌表现的是真情实感。鲁迅在《门外文谈》中说"山歌"是"不识字的诗人的作品"[③]，是人类物质文化、精神文化与制度文化的凝聚体，是民间文化的百科全书。沈从文的抒情气质、沈从文的"单纯"以及他善于写"人"的"精神生活"的本领，都得益于"山歌"的滋润。

短篇《月下小景》中寨主的独生子傩佑是"唱歌圣手"，他深深爱着的那位"天真如春风，快乐如小猫"、"异常活泼"的女子也有一副柔美的歌喉。傩佑为了得到他喜欢的女子，"不要牛，不要马，不要果园，不要田土，不要狐皮褂子同虎皮坐褥"。在一个月光皎洁之夜纵情享受了"爱"的幸福之后，为了反叛"女人同第一个男子恋爱，却只许同第二个男子结婚"、"第一个男子可以得到女人的贞洁，但因此就不能得到她的爱情"的野蛮习俗，为了能够得到对方的贞洁和爱情，双双"服毒"，在"死亡"里追求"真的永生"；

中篇《边城》里翠翠的父亲是当地唱歌的好手，他与翠翠的母亲，是"唱歌相熟"，"发生了暧昧关系"的。秀拔出群、为人聪明且富于情感的傩送二老也是唱歌的好手。睡梦中翠翠的灵魂为一种美妙的歌声浮起来了，唱歌人就是要走"马路"（用唱歌的方式求婚）的二老。乡绅王团总想把女儿许配给二老，并用一座"崭新的碾坊"作陪嫁，二老不为心动，他爱翠翠，一心想接撑老水手的渡船。小说结尾写到二老出门寻找"落水"的哥哥，翠翠则是虔诚地等待："这个人也许永远不回来了，也许'明天'回来！"不可知的结局以及忧伤和凄婉的抒情，加重了悲剧的氛围。

短篇《渔》写湘西华山寨的风俗，女人遗花被陌生男子拾起，这男子即可进一步与女人要好唱歌，把女人的心得到。吴姓弟弟从和尚口中隐隐约约的知道他捡到的这束野菊花很可能是甘姓女子留下的，这甘姓女子正是他父亲"落气"时叮嘱必杀的仇人。尽管这样，这位秀美浪漫富有诗人气质的吴姓弟弟仍沉浸在爱的遐想中唱道：

你脸白心好的女人，
在梦中也莫忘记带一把花，

---

① 《沈从文全集》，第156页。

② 同上书，第9卷，第221—222页。

③ 《鲁迅全集》第六卷，人民文学出版社2005年版，第97页。

因为这世界,也有做梦的男子。
无端梦在一处时你可以把花给他。

柔软的风摩我的脸,
我象是站在天堂的门边——这时,
我等候你来开门,
不拘那一天我不嫌迟。①

把美好的爱情喻为“天堂”,说得够形象的。苗族婚俗最大的特点是自由开放。《永绥厅志·卷之六·苗峒》(宣统版):“(苗人)其处女与人通者,父母知而不禁,反以为人爱其美。”在他们恋爱自由的传统中涵含了极其丰富的内容。沈从文描写的美丽而微带忧郁的爱情,故事本身就是湘西大地上“古艳动人”的歌谣。

散记《沅陵的人》中写到一位貌美的寡妇,带个年幼的儿子住在柳林岔镇上。河对面的高山上有个庙,庙中住一个青年和尚。寡妇因爱慕和尚,每天必借烧香为名去看看和尚,二十年如一日。和尚诚心苦修,不作理会,也同样二十年如一日。儿子长大后,慢慢的知道了这件事。他不敢规劝母亲,也不能责怪和尚,唯恐母亲年老眼花,一不小心就会堕入深水中淹死。又见庙宇在一个圆形峰顶,攀援实在不易,就特意雇石工在临河悬岩上开辟一条小路,找铁工制就一条粗而长的铁链索,固定在上面,作为援手工具。又在两山间造一拱石头桥,上山顶庙省了一大半路。这些工程完成以后,这儿子就出门远走,一去再也不回来了。沈从文就这个故事发了一段感慨:“故事虽还有另一种说法,以为一切都是寡妇所修的,为的是这寡妇……总之,这是一个平常人为满足他的某种愿心而完成的伟大工程”,“美丽而微带忧郁”。虽说是“人的事情。与人生活不可分,却又杂糅神性和魔性”②。

短篇《巧秀和冬生》写巧秀和她妈妈二代人的爱情故事。巧秀家住在溪口,她妈23岁就守寡,那时巧秀还不到两岁。后来巧秀妈跟黄罗寨的打虎匠相爱,族里人发现后觉得受到了侮辱,要惩罚打虎匠。所谓惩罚,原本是雷声大雨点小,打一打就算了,但是族长不同意,非得严惩。巧秀妈未出嫁时,族长想要她做儿媳,巧秀妈不同意,因为族长的儿子是跛子。后来族长又想调戏她,被巧秀妈骂了一顿。为了这点私愤,族长让人当着巧秀妈的面,把打虎匠的双脚捶断。打虎匠被抬回黄罗寨时,巧秀妈跟着要去黄罗寨伺候他,族长大为震怒。为了维护本族的名誉,决定把巧秀妈“沉潭”,免得招惹黄罗寨人笑话。他们把巧秀妈的衣服脱光,绑起来,脖子上挂上个石磨,推到船上。船向长潭划去,巧秀妈一声不吭。船划到了最深的地方,一位年长的族人问她:“有什么话嘱咐?”巧秀妈想了想,低声说:“三表哥,做点好事,不要把我的女儿掐死喔,那是人家的香火!长大了,不要报仇,就够了!”话刚说完,冷不

① 《沈从文全集》第5卷,第277页。

② 同上书,第11卷,第360页。

防一下子就被掀下了水。小说的结尾写道：

……一切东西都不怎么坚牢，只有一样东西能真实的永远存在，即从那小寡妇一双明亮，温柔，饶恕了一切带走了一切的眼睛中看出去，所看到的那一片温柔沉静的黄昏暮色，以及两个船桨搅碎水中的云影星光。巧秀已经逃走半个月，巧秀的妈在溪口长潭中已十六年。

一切事情还没有完结，只是一个起始。①

十六年前巧秀妈被沉潭；十六年后年仅十七岁的巧秀选择了与她喜欢的人一同“逃走”。湘西女子对爱情就是这么的“坦白与诚实”，既“圣洁”又“奔放”，既“矜持”又“疯狂”，她们朴质和平，但对人性和生命的理解是这么通达。《月下小景》中寨主的独生子傩佑说：“美的都用不着家：流星，落花，萤火，最会鸣叫的蓝头红嘴绿翅膀的王母鸟，也都没有家的。谁见过人蓄养凤凰呢？谁能束缚着月光呢？”“人”不同意的东西，常常在“神”那里是同意的。“没有航舶不能过河，没有爱情如何过这一生？”“我们来活活泼泼做人，这才有意思！”②《水云》中写到“成功与幸福，不是伟人的目的，就是俗人的期望，这与我不相干。值得歌颂的是青春，以及象征青春的狂热，寄托狂热的脆弱中见神性的笑语与沉思”。③ 这浪漫的抒情浸润着“青年人”的“血”或“梦”④，杂糅了“神性和魔性”。

三 “认识其它生命，实由美术而起”

楚人爱美，湘西苗族土家族是个爱“美”的民族。如果说他们的热情表现在歌上，他们的爱美则主要表现在“服饰习俗”上。苗家姑娘戴的头帕绚丽多姿，佩戴的银饰令人眼花瞭乱，衣裤上绣有龙、凤、蝶、鱼虾、花草等图案，真的是“花姑娘”。工艺品如苗族花带、苗家花鞋、苗族挑纱、织锦、刺绣、印染、纺织、剪纸、银饰，历史悠久，技艺精湛。沈从文在《湖南的人民艺术》中说：“‘湘西土家族苗族联合自治州地区’的编织物和棉布刺绣，特别精彩照人。编织物色彩鲜艳，构图华美，刺绣也风格独具，图案秀美活泼，即以‘穿花凤’主题绣而言，好花样就不下百十种，真可说美不胜收”、“编织艺术更是当行出众，每一幅都具有丰富想象和热烈感情，又一望而知是从一个悠久传统民族文化中孕育而出的”；“凤凰苗族善于编织腰带，制作精美，花样繁多，仿佛随手作来，无不得心应手”；“精于刺绣，配色设计，各有不同艺术风格。……用色多极热烈，用蓝地比较普遍。挑花绣则淡雅有韵，特别善于变化写生图案，布

---

① 《沈从文全集》第 10 卷，第 431—432 页。

② 同上书，第 9 卷，第 225、223、224 页。

③ 同上书，第 12 卷，第 127 页。

④ 《〈长河〉题记》，《沈从文全集》第 10 卷，第 5 页。

置疏密得体,艺术成就和第一等白描画相近。既好好保存了本民族古典艺术的和色技巧,又能不断吸收汉文化的写生花鸟处理技法。这些创作多属于生活日用品范围,并非商品,创造欲望和爱情友谊发生密切联系","一针一缕,交织着青春爱美的情感,以及个人对于明日美好生活的希望"①。因为爱好美术,沈从文十四五岁时"常常偷取大伯用的画具,照木版小说和画谱上稿子作画,又格外对文学中的自然景物有情感,到部队中生活极困苦,却大半从自然景物中取得一点快乐。"②1923年春夏间,在湘西巡防军统领陈渠珍身边作书记的半年里,沈从文从陈渠珍收藏的旧画和古董中受到较系统的美术教育。陈渠珍会议室四五个大楠木橱柜里陈放百来轴自宋及明清的旧画,几十件铜器及古瓷,还有一大批碑帖,以及十来箱书籍。沈从文在整理登记时,"学会了许多知识"。闲暇时便把那些旧画挂到壁间独自鉴赏,"我从这方面对于这个民族在一段长长的年份中,用一片颜色,一把线,一块青铜或一堆泥土,以及一组文字,加上自己生命作成的种种艺术,皆得了一个初步普遍的认识。由于这点初步认识,使一个人以鉴赏人类生活与自然现象为生的乡下人,进而对人类智慧光辉的领会,也发生了极宽泛深切的兴味。"③因而多次谈到:美在生命,自称是一个对一切都无信仰的人,却只"信仰生命"。他在《关于西南漆器及其他》中说:

> 认识我自己生命,是从音乐而来;认识其它生命,实由美术而起。就记忆所及,最先启发、教育我的,是黄蜂和螃子在门户墙壁间的结窠。工作辛勤结构完整处,使我体会到微小生命的忠诚和巧智。其次看到鸟雀的作窠伏雏,花草在风雨阳光中的长成和新陈代谢,也美丽也庄严的生和死。……再其次看到小银匠捶制银锁银魚,……看到小木匠和小媳妇作手艺,……明白一件艺术品的制作,除劳动外还有更多方面的相互依存关系。而尤其重要的是,这些小市民层生产并供给一个较大市民层的工艺美术,色泽与形体,原料及目的,作用和音乐一样,是一种逐渐浸入寂寞生命中,娱乐我并教育我,和我生命发展严密契合分不开的。"④

无论是"黄蜂和螃子",还是"小木匠和小媳妇",他们的"微小生命"中总有一种"忠诚和巧智","庄严的生和死"都是为了"美"。沈从文用泛神的感情去接近"美术",与他与对"音乐"的理解是完全一致的,从中认识到生命的最高意义。虽说作为"乡下人"的沈从文不光是欣赏民间艺术(鲁迅称为"生产者"的艺术),也欣赏文人雅士的艺术(如上面谈到的陈渠珍的收藏);不光是喜欢湘西山歌,也喜欢西洋古典音乐,在文章中多次谈到巴赫、勃拉姆斯、莫扎特和萧邦,因而成就了他的大气。但他更喜欢的可能还是湘西的音乐美术。沈从文爱

---

① 《沈从文全集》第31卷,第333—334页。

② 《沈从文全集》第19卷,第304页。

③ 《从文自传》,《沈从文全集》第13卷,第356页。

④ 《沈从文全集》第27卷,第22—23页。

好音乐，与他懂音乐有关。他小时候学过吹号和击打锣鼓，后来学会吹箫、弹琵琶、唱昆曲，是音乐的行家。沈从文爱美术，也与他懂美术有关。他善长书法，尤其是草书，清新秀丽、遒劲潇洒，有“兰亭醉墨”的美誉。他的画被称为“是一种极有韵致的妙物”。（可参阅沈从文《中国古代服饰研究》，《沈从文全集》第三二卷）也正是因为他懂得音乐美术，对湘西的“农人与兵士”，以及湘西的工艺美术才会有全新的认知和独到的感悟。他在《湘西 · 凤凰》中说“湘西的神秘，只有这一个区域不易了解，值得了解”[①]。在《关于西南漆器及其他》中说：

> 工艺美术却扩大了我的眼界，而且爱好与认识，均奠基于综合比较。不仅对制作过程充满兴味，对制作者一颗心，如何融会于作品中，他的勤劳、愿望、热情，以及一点切于实际的打算，全收入我的心胸。一切美术品都含了那个作者生活挣扎形式，以及心智的尺衡，我理解的也就细而深。[②]

沈从文的作品从谋篇布局到审美追求都直接或间接地受到音乐美术的影响。沈从文在创作过程中表现“美”；凸显“神韵”（他笔下的人物有的非但没有“形象”，甚至连正经的名字都没有，如《丈夫》中的丈夫、《巧秀和冬生》里巧秀的妈妈等）；化“粗俗”为“妩媚”。他在谈到小说创作时说首先要“安排得法”；“一切作品皆应植根在‘人事’上面”，“贴近血肉人生”；要驾驭好文字，“使其具有光辉”。他的小说注重间接“呈现”，不用直截的“诉说”；以“丰富的想象”见长，不取呆板的写实。在谈到《一个传奇的本事》的创作方法时说：这个小文“以本地历史变化为经，永玉父母个人一生及一家灾难情形为纬，交织而成一个篇章。用的彩线不过三五种，由于反复错综联续，却形成土家族方格锦纹的效果。整幅看来，不免有点令人眼目迷乱，不易明确把握它的主题寓意何在。但是一个不为‘概念’‘公式’所限制的读者，把视界放宽些，或许将依然可以看出一点个人对于家乡‘黍离之思’。”[③]正如新加坡学者王润华所说，《边城》有“山水画的素质”，《边城》的叙事方式体现了“中国山水画的结构”。[④]

沈从文用写“曲子”的方法来写小说，“表现一抽象美丽印象”，“把脑子里与颜色声音分不开的一簇簇印象，转移重现到纸上”，以“情”感人，反复渲染；淡化情节，突出人物的生活印象和矛盾纠结的心理意识。这种浪漫而带有些神奇色彩的写作姿态也形象化地道出了沈从文创作的特色。如果说音乐侧重表达人类的精神活动，那么美术表达的就是人类的科学条理和智慧光辉。沈从文的作品风格新奇优美，被称作“传奇”、“田园诗”、“牧歌体”、“抒情诗小说”、“散文化抒情诗小说”、“叙事的诗化”、“抒情的故事化”、“情绪的散步”，指的也是作品有音乐美术的成分。在我国现代文学史上把人的容貌、个性、心灵、品格写得最完美的

---

① 《沈从文全集》第11卷，第394页。

② 同上书，第27卷，第23页。

③ 《〈一个传奇的本事〉附记》，《沈从文全集》第12卷，第234页。

④ 王润华《论沈从文〈边城〉的结构、象征及对比手法》，《沈从文小说理论与作品新论——沈从文小说理论、批评代表作的新解读》，台北文史哲出版社1998年版，第109页。

是沈从文;把人的“生命形式”写得最健全的是沈从文;把人的情感燃烧得最炽热也是沈从文。沈从文笔下的人物无论是俊的俏的文的野的贵的贱的年长的年幼的都有信仰,有智慧,有憧憬,生命之火煜煜照人。流光溢彩的文字写就了今日之楚骚,回荡着动人的旋律。

(原刊《北京大学学报》2008年第2期)

贮满记忆的空间形式:“阳台”与张爱玲小说的意义生产

吴晓东

一

在近些年来的上海研究热中,都市空间成为一个日渐凸显的论题。但在相关研究中有一种把上海都市空间同质化的迹向,即充分强调摩登上海的城市消费空间,强调声光化电的都市“现代性”以及光怪陆离的商业景观,而都市空间的分割性、异质性和复杂性则有可能被忽略甚至漠视。上述迹象也表现在张爱玲研究中,即把张爱玲也汇入到消费主义的上海都市空间中,强调她身上与摩登上海相吻合的属性,甚或把张爱玲塑造成摩登都市感性的象征。

然而,恰恰是张爱玲对家庭居室的内部空间的描述,提供了上海的日常性。① 张爱玲笔下家居的日常生活空间是消费主义图景所无法涵盖的。“家”在张爱玲小说中是人物活动的更核心的场所,那些试图把她与摩登上海无中介地联系在一起的研究多少有些忽视了张爱玲以上海为背景的小说中其实绝少描写消费化的上海都市空间,街景也不是霞飞路、淮海路之类,而更多状写普通的街巷和里弄。她的绝大部分小说场景,是以家庭内部空间为主。张爱玲的小说中的家居空间反映的是一种都市普通生活的日常政治学。而这个日常的家居图景与摩登上海似乎是两个没有直接和必然联系的世界。以往的一些研究都试图把张爱玲小说中的日常空间与现代都市空间建立直接对等的关系,但往往有牵强的感觉。事实上,张爱玲笔下对上海普通而日常的居室空间的生产,表现了上海都市空间的异质性;与摩登上海并存的,还有一个家庭和居室空间中的日常的上海,一个与摩登上海构成参照的堪称是古旧的上海,甚至是彳亍在过去的记忆中的有历史性的上海。如果说,30 年代新感觉派作家更多的是提供消费主义的摩登上海的外在景观,并以作家与小说人物的漫游性验证着从波德莱尔到本雅明的“漫游”概念在上海摩登空间的有效性的话,那么,张爱玲则以其更日常性的上海,以其小说中对居室内部空间的意义生产,在“漫游”概念之外,提供着观照上海空间的另

① 在关注过张爱玲笔下这种日常性和居住空间的研究中,最精彩的论文当是孟悦的《中国文学“现代性”与张爱玲》(载《批评空间的开创》,上海:东方出版中心,1998)。只是孟悦的文章侧重从张爱玲文本中“意象性空间”的角度切入。本文则试图进一步展开关于“家居空间”问题的具体论述。

一种形式。

“居室空间”在张爱玲小说中占据着结构性的核心地位,这意味着“家居”是同样值得我们予以关注的空间范畴。“居室空间”也构成了张爱玲与新感觉派的区别性特征之所在,对于上海这样的繁华都市同样具有一种有效性,从而在“摩登上海”的单一视景之外展示着上海空间的丰富性与多元性。

在列斐伏尔(Henri Lefebvre)那里,空间是物质性和社会性相重叠的存在,而社会性维度的引入,更是空间生产理论中的决定性因素。空间形象背后隐含着不同的意义的生产方式和意识形态图景,从而印证了列斐伏尔的理论,即存在一种“空间的意识形态”:“空间,看起来好似均质的,看起来其纯粹形式好似完全客观的,然而一旦我们探知它,它其实是一个社会产物。”“有一种空间政治学存在,因为空间是政治的。”[①]“空间从来就不是空洞的:它往往蕴涵着某种意义。”[②]当研究者强调摩登的一面时,便给我们呈示了消费化景观和意义,如李欧梵的《上海摩登》所大量涉及到的“物”:外滩建筑、百货大楼、咖啡馆、舞厅、公园和跑马场、亭子间、杂志和《良友》画报、商业广告、月份牌、电影院和电影……大都市的外部空间需要大量商品化形象来填充,这些由五光十色、琳琅满目甚至光怪陆离的摩登表象组成的消费符码构成了物质主义的表征,并最终把都市型塑为一个张看者和漫游者眼光之所及的消费主义和物质主义的意义空间。

而“居室空间”的范畴试图强调的是城市居民生存的日常性,使我们的目光有可能从消费主义都市的外在商业景观,回到居室的内部,并从中发现原来居室空间是张爱玲处理钩心斗角的家庭政治的场所,而这种微观化的家庭政治学堪称是张爱玲最得心应手的部分。空间意义的生产于是构成了人与其生存空间互动的结果,只有借助“人”才能揭示文本中的空间性。居室生存空间的建构使张爱玲及其笔下人物都获得了生存的切身感。在40年代张爱玲以及苏青等作家这里,家庭的居室内部空间的呈现取代了30年代的都市外部空间的炫奇性展览而更占据文本中的空间生产的主导形态,性别政治的纠葛也表现为居室内部空间的占有和展开。我个人认为,这种居室内部空间的主导地位,与外部的沦陷空间和历史情境密切相关,对居室内部空间的呈现,有可能是张爱玲无意识处理沦陷空间和沦陷历史记忆的方式。张爱玲笔下的居室空间即使不是与沦陷的上海时空的有意识地对峙,也是在大的沦陷时空背景下向居室内部的逃逸,就像张爱玲称公寓是最理想的逃世的地方一样。

家庭和家居的空间在张爱玲这里具有本体性,是我们考察具体空间意义生产的不可多得的范例,张爱玲也以此与新感觉派的摩登上海的均质化外在消费空间构成了区别。如果说本雅明的漫游理论有普适性的话,那么,张爱玲的漫游却主要在居室中发生。她在自己的小说中开辟了微观化的地理漫游,空间由此具有了一种拟人性,被张爱玲赋予了各种各样的

---

① 列斐伏尔:《空间政治学的反思》,载包亚明主编《现代性与空间的生产》,上海教育出版社2003年版,第62、67页。

② 包亚明主编:《现代性与空间的生产》,上海教育出版社2003年版,第83页。

含义,而不再是无差别的同质化的物理形态,它们是张爱玲的“这一个”。我们以往通常认为时间和记忆往往更是个体性的,打着个人的烙印。但是,张爱玲的小说空间却向我们展示了文本内的空间也是可以被个性化地建构以及是如何被个性化地建构的。

“家”作为中外文学的核心意象和母题,在已有的研究中曾经获得过充分的重视。但是“家”通常都被看成是一个与外部(社会)相对立的整一性意象:或者如五四时期的文学以及巴金的《家》所表现的那样,是传统的需要反叛的压抑的空间;或者如美国学者麦克·克朗(Mike Crang)在文学空间中所建构的一种有普适意味的“家园感”(sense of home)①,从而都具有一种内在的同一性。而张爱玲的“家”的概念却无法用“家园感”之类的只具有单一价值向度的语汇来概括和描述。只有进入她所呈现的家庭空间的内部,张爱玲的“家”才能获得更为具体而真切的理解。

张爱玲笔下的居室空间场景令人着迷的地方正在于其内在的异质性,在于其可以进一步分割的复杂性特征:客厅、卧室、浴室、阳台……都是张爱玲在文本中进行空间意义再生产的差异性领域,它们所指涉的空间意义是不一样的,因此,也就构成了小说人物修辞的空间性符码。比如《桂花蒸 阿小悲秋》中给上海洋人当佣人的阿小的活动空间基本上限于厨房和后阳台。其中厨房的空间显然更属于保姆与仆人,因此,当《花凋》中那个庶出的孩子在吃饭时被大太太撵到厨房去,老爷郑先生就向大太太大发雷霆。在《红玫瑰与白玫瑰》中,振保和两朵玫瑰的关系,都可以用空间符码来标记:振保和红玫瑰调情阶段,空间场景主要是客厅和阳台,而一旦两个人心心相印,“阳台”就再也没有出现,居室空间场景就改为卧室。而白玫瑰烟鹂则一度属于浴室:

> 每天在浴室里一坐坐上几个钟头——只有那个时候是可以名正言顺地不做事,不说话,不思想;其余的时候她也不说话,不思想,但是心里总有点不安,到处走走,没着落的,只有在白色的浴室里她是定了心,生了根。

白玫瑰只有在浴室中才真正找到了安定和归宿感。而当《琉璃瓦》中的心心一个人躲在浴室里面哭泣的时候,浴室同样提供了与《红玫瑰与白玫瑰》中相似的转喻性空间修辞。张爱玲正是无意识地借助于不同居室空间所暗含的转喻性修辞功能来承载空间的微观政治学问题。

在居室空间的可细部分割的内部格局中,我选择了“阳台”作为考察张爱玲文本中空间意义生产的具体切入形式。

在我看来,张爱玲的散文《我看苏青》的结尾一段对于理解张爱玲的创作具有提纲挈领的意味:

> 我一个人在黄昏的阳台上,骤然看到远处的一个高楼,边缘上附着一大块胭脂红,

---

① Crang, Mike. *Cultural Geography*. London: Routledge, 1998.

还当是玻璃窗上落日的反光,再一看,却是元宵的月亮,红红地升起来了。我想:这是乱世。晚烟里,上海的边疆微微起伏,虽没有山也像层峦叠嶂。我想到很多人的命运,连我在内的,有一种郁郁苍苍的身世之感。

这一感喟既触及了沦陷都市的乱世浮华,又混杂了一种人类文明的末世体验。触发张爱玲这一"乱世"体悟以及"郁郁苍苍的身世之感"的时间是1945年元宵节的黄昏,空间则是张爱玲自己的居室——常德公寓顶层65室的阳台。张爱玲的传记形象,就定格在黄昏阳台上独自张看沦陷区上海月亮的一个乱世女子的姿态上。而这一姿态恐怕也是张爱玲试图自我塑造的典型形象。也许,凭借阳台上的张看,张爱玲寻找到了与这个"乱世"的最佳联系方式。正是身处阳台,使张爱玲得以自如地俯瞰都市,又与其保持观照距离。张爱玲称"公寓是最合理想的逃世的地方"①,其理想的意义的一部分恐怕正凝结在阳台空间中。如果说公寓中的居室是个体对"乱世"的一个现实中可能性的逃避,那么,阳台则是这避世的空间与世界保持联系的重要方式所在,正像胡兰成当年描述过的那样:"阳台外是全上海在天际云影日色里,底下电车当当的来去。"②没有这一空间,公寓就是彻底封闭的,无法成为张爱玲理想的处所。而阳台毕竟又是张爱玲身后的居室空间的延伸,居室又使阳台获得了进退裕如的安全感。

张爱玲的论者往往有两类倾向:一是强调上海性,商业景观,都市现代性;一是强调小说的通俗性,传统的传奇笔法,强调室内空间与老房子内部的故事。那么能不能找到统一两种视野的结构或者形式呢?我以为"阳台"即可能是其中的连通中介。当我们追问张爱玲的都市究竟是如何建构在小说文本内部空间之中的时候,阳台或许是有效的方式之一,因此是小说中具有结构性意义的空间形式,可以帮助我们超越关于张爱玲的传统与都市现代性的二元论叙述。

有研究者曾经比较了本雅明所区分的"喜好人群的人"与"楼窗边的人"③。两种人分别代表了对待都市空间的不同态度。借助于这一分类来看张爱玲,张爱玲小说中的"阳台"空间显示出一种区别性意义:张爱玲似乎与上面两种态度都有所不同,她既不是"喜好人群的人",也非"楼窗边的人",既不同于消费空间中的漫游,也区别于在楼窗边的眺望。她更感兴趣的确乎是从阳台看市井。她的阳台保持了对都市空间的有限的介入和同样有限的距离。张爱玲把居室空间与外部都市空间结合在一起,借助的就是阳台的意象。阳台给了她俯仰自如的空间。

从这个意义上看,阳台构成着张爱玲小说中的典型空间场景,对阳台的考察,可以使我

---

① 张爱玲:《公寓生活记趣》。

② 胡兰成:《今生今世》,远流出版公司1990年版,第276页。

③ 张英进:《批评的漫游性:上海现代派的空间实践与视觉追寻》,《中国比较文学》2005年第1期。

们把张爱玲的空间感受和意义生产更微观化和具体化。

由此便有可能理解为什么“阳台”的意象在张爱玲创作中频频出现。作为居室空间单元之一的“阳台”在张爱玲小说中的意义,逐渐凸显在我的视野里。本文即以《传奇》时期的张爱玲小说文本为核心对象,以“阳台”的空间形式为入手点,从中探讨张爱玲小说中的居室空间形式,探讨虚构文学文本中空间意义生产问题,并试图进一步引发诸如时空体验、沦陷背景、历史记忆等相关问题。

二

与都市社会空间作为列斐伏尔意义上的“表征空间”(representational space)相似,家居空间也同样是一种表征性的空间。它的意义生成同样与人物活动、性别政治等联系在一起,与伦理、日常性、家族和个人记忆都有密切关系,是权力话语争夺的场合,是符码与象征所得以生成的场所,同时也是记忆附着之处,是蕴涵着时间的空间,从而使空间内涵着历史性,成为一种巴赫金所谓的“时空体”。因此,居室空间已经不再是单纯居住的地方,而是文化、政治、象征的意义空间。它并非一个静态的“处所”,而是一个动态的意义流动和建构的场域,也是一个意义的生产与消费的文化积聚地。本文首先关注的正是作为一种表征、心理以及意义空间的阳台。

同时本文所探讨的“阳台”,也是一个文本中的空间形式,是张爱玲所“生产”出的小说中的空间,而且具有张爱玲“这一个”的独特性,它是作为社会和心理双重作用之产物,在文本中由作者文学性地再生产出来的空间,也由此充满了象征化的符码和意义形态。我所侧重探讨的,正是“阳台”作为一个小说中的想像空间。与都市现实中的社会空间相比,小说中的空间想像或许还遵循着特有的文学的逻辑。小说中的空间意义并不是孤立的,而是同时存在于文本内部的时间和叙事中,存在于人物个体的记忆中,存在于作家甚至读者的心灵生活中。其中关涉了象征、幻想、历史和记忆。所以小说中空间意义的生产最终是作家叙事意义生产的一部分。在文本中,空间是作家生产经验和意义的场所,是叙事得以展开的场合,也是政治、社会和历史因素得以凝聚在文本中的内在形式。[①]

对阳台的抽样分析并不是说在张爱玲小说的居室空间中,阳台的重要性超过了其他空间部分。我对阳台的选择,更想强调的是阳台与其他居室空间的区别性。虽然阳台在张爱玲的小说中是个非常醒目的空间意象,是作者频频指涉的场所,同时阳台也是一个具有相对独立性的空间形态,在分析过程中也许更有简明的可操作性。但真正吸引我的,是张爱玲赋予阳台的空间意义可能比其他居室空间譬如客厅、卧室等更为丰富和复杂。阳台作为居室

① 同时文本中作家对空间意义的生产似乎也更潜在和更无意识,因此也可能更复杂。

的一部分,看上去似乎与家居空间中其他部分没有本质性区别。但是阳台作为居室空间有一种特殊性,它既是居室内部空间的延伸,又是外部城市空间的一部分。“阳台”的空间意义正生成在由此可能产生的诸种关系中,譬如阳台与居室内部以及与都市外部到底生成的是怎样的关系?又如谁占有阳台,何时占有,如何占有?阳台中谁在看与被看,进而呈现怎样的边缘与中心的互动?等等,都是空间再生产的内容,都参与了意义的生成。在上海这样的都市中,阳台作为空间意义的集聚地,比其他场所更有可分析性。具体说,阳台把外在都市空间作为背景和前景引入到文本空间中。这种居室的内景和都市的外景的交错性将会给阳台带来别有意味的空间特征。“阳台”由此表现出空间的边缘性,这种边缘性是张爱玲在传统空间和现代空间之间的边缘性和混杂性的象征。它既不是十足传统的,也不是完全现代的。这种边缘性和混杂性在空间生产的意义上可以得到更充分的说明。

“阳台”作为建筑空间的边缘性特征在小说叙事结构内部首先构成了小说中人物关系的修辞。人物关系常常会在空间形态上表现出来,空间关系因此也就是人的关系。张爱玲笔下的不少边缘性的人物,正是被作者放在空间关系上去表现的。如《倾城之恋》一开头写的是四爷在旧阳台上拉胡琴,表现的正是他在家庭政治中的边缘性:“……这里只有白四爷单身坐在黑沉沉的破洋台上,拉着胡琴。”小说的视角就聚焦在四爷所在的阳台上:“四爷在洋台上,暗处看亮处,分外眼明。”屋子里面发生的事情就从阳台着眼予以叙述:先是有人通报流苏的前夫去世的消息,后是家庭会议商量给宝络相亲,四爷都在阳台上,看个真切。但是四爷之所以“一个人躲在那里拉胡琴,却是因为他自己知道楼下的家庭会议中没有他置喙的余地”。阳台由此成为四爷逃避家庭政治风暴的一个避风港,一个边缘化角色的空间修辞,四爷在家庭政治中的真实地位由此可见。《心经》中小寒的母亲——一个生存在自己的丈夫和女儿的暧昧父女关系的夹缝中的形象——出现的少有的场合中,有两次都在阳台上:

> 洋台上还晒着半边太阳,她母亲还蹲在凉棚底下修剪盆景。小寒三脚两步奔到洋台上,嗯朗一声,把那绿瓷花盆踢到水沟里去。

母亲在阳台上拾掇花草的情景,其实也正是她在自己家中位置的反映——同样边缘化的位置。这种边缘的身份感和位置感在以香港为背景的《连环套》中也清晰地得以表达:

> 霓喜抱了他(最小的孩子——引按)走到后洋台上。这一早上发生了太多的事。洋台上往下看,药材店的后门,螺旋形的石阶通下去,高下不齐立着窦家一门老小,……方才那是一帮打劫的土匪,现在则是原始性的宗族,霓喜突然有一阵凄凉的“外头人”的感觉。她在人堆里打了个滚,可是一点人气也没沾。

作者在这里借助了后阳台居高临下的距离感来传达霓喜这种“外头人”的体验。“她在人堆里打了个滚,可是一点人气也没沾”,描摹的并非是霓喜的“高处不胜寒”,而恰恰是她想沾一点人气而不得。她不过是这个“原始性的宗族”的“外头人”。

《桂花蒸 阿小悲秋》刻画的是保姆阿小这一大都市中的外来小人物。在张爱玲所擅长的诸种修辞技巧中,对阳台场景的多次运用也构成了这部小说中重要的空间修辞形式。小说中几次写阿小到阳台“晾衣服”,阳台以及厨房构成了阿小的领地。而她也的确在自己的领地中获得了一种自足感。如作者对阿小在自己洋主人家的阳台上俯瞰楼下人家的阳台的描写:

> 乘凉仿佛是隔年的事了。那把棕漆椅子,没放平,吱格吱格在风中摇,就像有个标准中国人坐在上头。地下一地的菱角花生壳,柿子核与皮。一张小报,风卷到阴沟边,在水门汀栏杆上吸得牢牢地。阿小向楼下只一瞥,漠然想道:天下就有这么些人会作脏!好在不是在她的范围内。

这一段状写了阿小从阳台这一角空间中所体验到的满足心理甚至责任意识。这是属于她的“职权”范围内的世界,以致于她甚至无法忍受楼下阳台的脏乱。尤其是后阳台,更是独属于阿小以及丈夫和孩子百顺这一三口之家的空间。当阿小的丈夫偶尔来找她团聚,一家人的主要活动区域就是厨房,而当洋主人一开门回家,阿小的丈夫马上就溜到后阳台去躲起来。后阳台与主人的空间构成了明显的区隔。

在《心经》中,阳台与客厅之间的那扇玻璃门也构成了“区隔”的符码,而阳台则是小寒与父亲注定难以终局之无奈关系的表征。小说中写超常的父女之爱的复杂感情,总是借助于阳台空间。其中一个场景写父女二人一个在里一个在外,二人既能彼此相看与交流,却又被阻隔在透明的玻璃两边。阳台的玻璃门成了咫尺天涯的象征。小说这时写到阳台上种的青藤:

> 篱上的藤努力往上爬,满心只想越过篱笆去,那边还有一个新的宽敞的世界。谁想到这不是寻常的院落,这是八层楼上的洋台。过了篱笆,什么也没有,空荡荡的,空得令人眩晕。

父女间这份感情的无着、空虚与绝望,正像努力爬过阳台篱笆的藤,触须所及,是一片空荡。

在《桂花蒸 阿小悲秋》中,阳台空间的边缘感还体现在它提供了观照上海的另一种视角:

> 丁阿小手牵着儿子百顺,一层一层楼爬上来。高楼的后洋台上望出去,城市成了旷野,苍苍的无数的红的灰的屋脊,都是些后院子,后窗,后衖堂,连天也背过脸去了,无面目的阴阴的一片,过了八月节还这么热,也不知它是什么心思。下面浮起许多声音,各样的车,拍拍打地毯,学校噹噹摇铃,工匠捶着锯着,马达嗡嗡响,但都恍惚得很,似乎都不在上帝心上,只是耳旁风。

这是底层人眼中观照的上海。张爱玲借助保姆阿小身处后阳台的视角,呈现了上海的另一个面相,传达了张爱玲别样的上海体验。这是一个异质性的上海,是从公寓后阳台望出去的上海,更属于保姆阿小和"公寓中对门邻居"那个"带着孩子们在后洋台上吃粥"的阿妈的上海。这是一个"后"的世界:"都是些后院子,后窗,后衖堂,连天也背过脸去了,无面目的阴阴的一片。"这"后"的世界是与"前"的世界完全不同的上海,"连天也背过脸去"。阿小的保姆身份和生存的边缘感呼之欲出。阿小所真正维系的,正是这个以"后阳台"为表征的一个边缘化的都市空间。

前引这一段文字中尤为值得留意的是"高楼的后洋台上望出去,城市成了旷野"一句。"旷野"构成了描述都市时空的一个醒目的喻体,传达着张爱玲独特的都市体验。《桂花蒸阿小悲秋》中有两处重复使用这个"旷野"的意象:

> 阿小把衣服绞干了,拿到前面洋台上去晒,百顺放学回来,不敢揿铃,在后门口大喊:"姆妈!姆妈!"拍着木栅栏久久叫唤,高楼外,正午的太阳下,苍淡的大城市更其像旷野了。

类似的体验还可以在张爱玲的另一篇小说《等》中获得印证:"里间壁上的挂钟滴嗒滴嗒,一分一秒,心细如发,将文明人的时间划成小方格;远远却又听到正午的鸡啼,微微的一两声,仿佛有几千里地没有人烟。"这一段文字的精妙处在于把时空体验整合在一起。所谓挂钟"将文明人的时间划成小方格",让人联想到本雅明对机械时间的描绘,而"仿佛有几千里地没有人烟"则是特定的瞬间中的空间感受——同样是一种"旷野"感。作者把都市空间体验为一种"旷野",实际上反映的是张爱玲对都市的一种虚空的体认。如《倾城之恋》,流苏在刚刚粉刷的空荡荡的新房子中感到的正是空虚:"空房,一间又一间——清空的世界。她觉得她可以飞到天花板上去。她在空荡荡的地板上行走,就像是在洁无纤尘的天花板上。房间太空了,她不能不用灯光来装满它。""一间又一间,呼喊着的空虚。"张爱玲对空间形式中所蕴涵的意义有多大程度的自觉,或许是很难确定的。而实际上,空间往往是张爱玲产生不安定感的根源。空间通常指涉着无助、荒凉与空虚。唯此之际,该如何从空间形式中唤出意义?这是讨论张爱玲小说中的空间形式所暗含的更有意味的问题。

三

用物和细节填满所谓的"空虚",是张爱玲获得安定感的方式之一,因此,张爱玲小说中有时不免一种细节的肥大症,甚至可以说充满着一种"物恋"。

李欧梵独具眼光地关注到了张爱玲作品中"物"的意义,只是他认为"物"展示了张爱玲与现代性的关系,或者说与大都市的物质主义的关系:"这大量的新旧并置的物件展示了张爱玲和现代性的一种深层暧昧关系……无论在小说还是现实生活里,张爱玲对摩登生活的恋慕一样可以从上海物质文化的方方面面里追溯出来。”①应该说这是非常精彩的推论。有西方研究者曾指出:“本雅明关心的问题之一是,现在如何残留着过去的痕迹;‘物’本身如何记录了历史性变化,而民众的感情又如何寄托在这些‘物’中。”“本雅明通过对‘物’的阅读,为空间和文化提供了另一种历史。由此产生了《拱顶长廊》。”②但是,无论是李欧梵把“物件”视为文学文本中的物质“能指”,还是本雅明在巴黎和柏林的日常生活中捕捉“物”所残留着的过去的痕迹,他们的“物”都以一种历史以及意义的碎片形态,或者说是一些“能指的碎片”的方式存在并介入到当下。“能指”的碎片性固然吻合了一个中心离散的只剩下了商品之物的消费时代,却无法建构一个支撑张爱玲小说空间的“整体”图式。张爱玲小说中的叙事所建构的一个内在视景(如果存在的话)是无法仅仅凭借细节和物就能建立起来的。我认为,引入“时空体”的范畴对描述张爱玲小说中内在的整体视景或许有结构性与建设性的意义。

从某种意义上说,在沦陷历史时空中,真正构成了张爱玲心理支撑的,是时间、情感与记忆因素对空间性的介入。在张爱玲的小说中,填满荒凉与“虚空化”的空间的重要方式就是记忆。耐人寻味的是,在张爱玲这里,荒野体验也是时间性的。所谓“原始的荒凉”,正把张爱玲的空间体验与历史时空连接了起来,从而具有了一种神话中的洪荒意味,或者用《倾城之恋》中的话说,是一种“地老天荒”。蛮荒也就化成一种亘古的体验,是一种“时间的无涯的荒野”③。《沉香屑 第二炉香》这样写主人公罗杰的体验:“他关上灯,黑暗,从小屋暗起,一直暗到宇宙的尽头,太古的洪荒——人的幻想,神的影子也没有留过踪迹的地方,浩浩荡荡的和平和寂灭。”这种太古洪荒的背后,其实是作者对战争年代人类文明行将荒芜的感受,类似T.S.艾略特的长诗《荒原》所反映的一战之后西方一代人的文明幻灭感④。这种荒野的体验就与张爱玲对都市的虚空感联系在一起。

由此,张爱玲每每在空间中引入时间和记忆维度,这是对空间性带来的焦虑的较为有效的缓解。其结果是小说中的空间场景每每与情感性、时间性、记忆性的因素相涉,生成了一种“时空体”。如《留情》写敦凤回望中的特定时刻的阳台:

> 敦凤站在那里,呆住了。回眼看到洋台上,看到米先生的背影,半秃的后脑勺与胖大的颈项连成一片;隔着个米先生,淡蓝的天上现出一段残虹,短而直,红,黄,紫,橙红。太阳照着洋台;水泥栏杆上的日色,迟重的金色,又是一刹那,又是迟迟的。

时间完美地定格在一刹那的瞬间中,而承载这个瞬间的是阳台的空间形式。应该说,张爱玲

---

① 李欧梵:《上海摩登》,北京大学出版社2001年版,第291页。

② 默克罗比(Angela McRobbie):《后现代主义与大众文化》,中央编译出版社2001年版,第147、150页。

③ 张爱玲:《爱》。

④ 丹尼尔·贝尔在《资本主义文化矛盾》一书中则认为《荒原》反映的已不是西方文明的衰落,而是一切文明的终结,即一种末日与末世的体验,是启示录。

在这里更自觉表达的是时间感,但是时间的稍纵即逝的刹那性又使它需要在空间中定格,从而获得形式,于是就有了张爱玲所捕捉到的如下细节:“太阳照着洋台;水泥栏杆上的日色,迟重的金色,又是一刹那,又是迟迟的。”其中生成的是一种堪称巴赫金意义上的“时空体”,从而使阳台不再是一种单纯的空间形式,而是一个贮存着时间性的特定空间。

这种时间性在空间形态中的介入,还可以证诸于张爱玲散文中的一个细节。下段文字中涉及的“黄昏的阳台”也是与张爱玲在特定的时刻所产生的思绪无法剥离的空间场合:

> 生命本身不也使一切人都平等么?人之一生,所经过的事真正使他们惊心动魄的,不都是差不多的几件事么?为什么偏要那样的重视死亡呢?难道就因为死亡比较具有传奇性——而生活却显得琐碎,平凡?
>
> 我这样想着,仿佛忽然有了什么重大的发现似的,于高兴之外又有种凄然的感觉,当时也就知道,一离开那黄昏的阳台我就再也说不明白的。阳台上撑出的半截绿竹帘子,一夏天晒下来,已经和秋草一样的黄了。我在阳台上篦头,也像落叶似的掉头发,一阵阵掉下来,在手臂上披披拂拂,如同夜雨。①

我们可以由此联想到前引张爱玲的《我看苏青》,其中触发作者关于“这是乱世”的感触的,也是“黄昏的阳台”。同样的“黄昏的阳台”标识了一个同样与特定的时间性相关的空间形式。而所谓“当时也就知道,一离开那黄昏的阳台我就再也说不明白的”,正昭示了作者的特定思绪与特定时刻、特定空间紧密相连的一体性。

巴赫金在《小说的时间形式和时空体形式——历史诗学概述》中这样概述所谓的“时空体”概念:“文学中已经艺术地把握了的时间关系和空间关系相互间的重要联系,我们将称之为时空体。”“在文学中的艺术时空体里,空间和时间标志融合在一个被认识了的具体的整体中。时间在这里浓缩、凝聚,变成艺术上可见的东西;空间则趋向紧张,被卷入时间、情节、历史的运动之中。时间的标志要展现在空间里,而空间则要通过时间来理解和衡量。”②

巴赫金建构的是时空不可分割的一体性。这个理论对于考察现代小说的时空结构具有重要的意义。不过,我们在这里不是完全照搬巴赫金的理论和范畴,而是需要针对张爱玲作为“这一个”的特殊性。比如,张爱玲每每借助空间状写笔下叙事者以及人物在特定时刻的心理与思绪,如《桂花蒸 阿小悲秋》:

> 楼下的洋台伸出一角来像轮船头上。楼下的一个少爷坐在外面乘凉,一只脚蹬着栏干,椅子向后斜,一晃一晃,而不跌倒,手里捏一份小报,虽然早已看不见了。天黑了下来,地下吃了一地的柿子菱角。阿小恨不得替他扫扫掉——上上下下都是清森的夜

---

① 张爱玲:《〈太太万岁〉题记》,原载 1947 年 12 月 3 日上海《大公报·戏剧与电影》第 59 期,收于陈子善主编《沉香》,天津人民出版社 2005 年版。

② 巴赫金:《小说理论》,河北教育出版社 1998 年版,第 274—275 页。

晚,如同深海底。黑暗的洋台便是载着微明的百宝箱的沉船。阿小心里很静也很快乐。

载着百宝箱,但是深海底的“沉船”,这种别致的比喻赋予了阳台以丰富的内涵,同时构成了那一瞬间人物阿小心理世界的隐喻。又如《红玫瑰与白玫瑰》中写振保凭着阳台的感慨:

> 振保抱着胳膊伏在栏杆上,楼下一辆煌煌点着灯的电车停在门首,许多人上去下来,一车的灯,又开走了。街上静荡荡只剩下公寓下层牛肉庄的灯光。风吹着的两片落叶踏啦踏啦仿佛没人穿的破鞋,自己走上一程子。……这世界上有那么许多人,可是他们不能陪着你回家。到了夜深人静,还有无论何时,只要是生死关头,深的暗的所在,那时候只能有一个真心爱的妻,或者就是寂寞的。振保并没有分明地这样想着,只觉得一阵凄惶。

上两段细节中,小说的焦点都从人物凭倚阳台的栏杆引出空间场景的描写,最后不期然地进入情感意绪,是把空间语言和心理语言相结合的范例。

而作为张爱玲的“这一个”,更为独特的是她对于空间与“记忆”关系的处理。在张爱玲所更为自觉和敏感的时间性因素中,“记忆”往往占据着重要的一部分。

不妨看看《心经》中的一段:

> 啊,七八年前……那是最可留恋的时候,父女之爱的黄金时期,没有猜忌,没有试探,没有嫌疑……小寒叉着两手搁在胸口,缓缓走到洋台边上。沿着铁栏杆,编着一带短短的竹篱笆,木槽里种了青藤,爬在篱笆上,开着淡白的小花。夏季的黄昏,充满了回忆。

张爱玲捕捉的,是黄昏这一容易触发感慨和回忆的时刻。而作为时空体的空间因素,仍是一角阳台。无论张爱玲是否自觉到了自己笔下的阳台所涵容的作为空间形式的意义,但起码可以说,阳台是令张爱玲笔下人物感慨丛生的地方:

> 云泽早远远地走开了,背着手站在洋台上,撮尖了嘴逗芙蓉鸟。姜家住的虽然是早期的最新式洋房,堆花红砖大柱支着巍峨的拱门,楼上洋台却是木板铺的地。黄杨木阑干里面,放着一溜大篾篓子,晾着笋干。敞旧的太阳弥漫在空气里像金的灰尘,微微呛人的金灰,揉进眼睛里去,昏昏的。街上小贩遥遥摇着拨浪鼓,那瞢腾的“不楞登……不楞登”里面有着无数老去的孩子们的回忆。(《金锁记》)

这一段中的“回忆”,是由街上小贩摇着的拨浪鼓所触发的。而“无数老去的孩子们”这一全称判断,则使“回忆”从小说中的具体人物云泽身上泛化为一种具有大众性的普泛记忆。有研究者指出:“从童年的玩具和老式的衣服里,我们可以找出打开‘大众记忆’的钥匙。”[①]也

---

① 默克罗比:《后现代主义与大众文化》,中央编译出版社 2001 年版,146 页。

正是在这个意义上,本雅明在《1900年前后柏林的童年》一书中去追溯童年的物质记忆史。如他对童年的“内阳台”的记忆:“没有什么比那对屋后庭院的一瞥更能深刻地加强我对童年的回忆了。夏天庭院里众多幽暗的内阳台中,总被遮蓬挡住的那一个,对于我就像一个摇篮。”“柏林人安适的小窝往往至阳台而止。柏林——那城隍爷本人——的领地从这里开始。”①内阳台的追溯在本雅明这里意味着重建描述都市经验的一种方式,就像波德莱尔对巴黎街道的发现。人类对田园图景积淀了更为长久的表达方式,而在波德莱尔之前,状写大都市的经验还很匮乏。即使是波德莱尔,对物和空间的描写,也往往要与时间体验以及往昔岁月建立联系,如本雅明所引用的波德莱尔《出神》一诗:“……看那离去的岁月,穿着/过时的衣服,偎依在天空的露台上。”②这里也涉及了“物”——过时的衣服,但却同样是与记忆和“离去的岁月”联系在一起的。

张爱玲似乎想启示读者,只有借助时间与记忆,确乎才能对空间有着更好的理解。居室空间和都市景观在张爱玲这里即每每与时间、感触和记忆纠缠。与空间相比,时间和记忆的书写在她这里可能更为自觉。而“阳台”在张爱玲小说中,则是一种贮满记忆的空间形式,是一种所谓的时空体,使空间与时间和记忆因素紧密地纠缠在一起。

在张爱玲小说中,空间与时间因素的纠葛,可以从“时间的空间化”以及“空间的时间化”两个面向具体展开论述。其中“时间的空间化”意味着时间以及历史的纵深感的丧失,时间只剩为空间性的“现时”。这就涉及到了张爱玲创作的沦陷区历史时空的总体背景。沦陷区的空间是隔断了与历史和未来联系的孤零零的存在。“高楼的后洋台上望出去,城市成了旷野。”张爱玲所体验和传达的“荒野”之感即与此有关。而《封锁》呈示的正是一个封闭的空间,“切断了时间与空间”,也丧失了历史性,由此才像一个“不近情理的梦”。封锁时期的时间就像被吸进了一个无时间性的黑洞,那辆停在街心的电车从而成为沦陷时空的表征。在《瓦尔特·本雅明:或走向革命批评》中,伊格尔顿这样论述本雅明关于悲苦剧的观点:“‘悲苦剧’的时间无精打采地向‘现时’这一总体化和理想化的时刻敞开,但是‘现时’永远不会到来。由于化石般的舞台道具受到仪式的差遣,时间就几乎被折回到空间里去了,缩小成一种折磨人的空洞的重复,只有某种救世顿悟才可能抓着它的边缘。时间静止在‘现时’这个启示点上,接收迄今为止的大量支离破碎的意义。”③张爱玲的《传奇》中也匮乏一种时间的未来性。沦陷区的时间向度也只剩下空洞的“现时”,恰像《心经》中那“八层楼上的洋台。过了篱笆,什么也没有,空荡荡的,空得令人眩晕”。张爱玲的小说《等》中表现的就是一个“现时”的时间荒野。而小说标题所谓的“等”正凝滞在“现时”这一静止点上,而“现时”却“永远不会到来”。时间被“现时”的空间剥蚀,这种丧失了未来矢线的时间正是一种时间

---

① 本雅明:《驼背小人》,上海文艺出版社2003年版,第5—11页。

② 本雅明:《发达资本主义时代的抒情诗人》,江苏人民出版社2005年版,第147页。

③ 特里·伊格尔顿:《历史中的政治、哲学、爱欲》,中国社会科学出版社1999年版,第42页。

的空间化,或者说是“时间的空洞化”。

而“空间的时间化”则表现为张爱玲试图赋予空间以一种回溯性的时间景深,并从中寻求意义感的努力。譬如张爱玲习用一些体现时空一体美学风格的传统字眼:断瓦颓垣,时间荒野,地老天荒,宇宙洪荒等等。在这些字眼中张爱玲把空间与时间性结合起来,在空间中填满意义碎片,而这些碎片大都关涉着历史性。如《倾城之恋》中“一堵灰砖砌成的墙壁”:

> 柳原靠在墙上,流苏也就靠在墙上,一眼看上去,那堵墙极高极高,望不见边。墙是冷而粗糙,死的颜色。她的脸,托在墙上,反衬着,也变了样——红嘴唇,水眼睛,有血,有肉,有思想的一张脸。柳原看着她道:“这堵墙,不知为什么使我想起地老天荒那一类的话。……有一天,我们的文明整个的毁掉了,什么都完了——烧完了,炸完了,坍完了,也许还剩下这堵墙。”

范柳原推溯的是人类的末日,这一末世论的时间点正聚焦在这堵墙上,“墙”作为空间性的物质形式上凝聚的是地老天荒的时间感受和传统审美形式。而张爱玲之所以在《金锁记》中强调姜家“楼上洋台却是木板铺的地”,“敝旧的太阳弥漫在空气里像金的灰尘”,也正是凸现阳台经年之后的敝旧感,连带着使太阳都显得“敝旧”。空间依然被赋予了历史感。换句话说,空间的时间化,也就是历史化。因此,空间意义生产不是完全自足的,而是与时间历史记忆结合在一起的。这也意味着空间意义无法与时间剥离。列斐伏尔的“空间的意识形态”正是强调了空间因素与时间观念和历史记忆的结合,才更具有理论上的有效性。空间不是割裂于历史之外的,都市空间因此不是纯粹的空间,而是与时间性关联在一起的。

四

在张爱玲这里,时空体验有时还关涉着家居生活的日常性所无法企及的堪称“宏大”的意义,如张爱玲的散文《中国的日夜》:

> 我想起在一个唱本上看到的开篇:“谯楼初鼓定天下……隐隐谯楼二鼓敲……谯楼三鼓更凄凉……”第一句口气很大,我非常喜欢那壮丽的景象,汉唐一路传下来的中国,万家灯火,在更鼓声中渐渐静了下来。

“谯楼初鼓定天下”,也是把时间与空间很大气地结合在一起,一口气追溯到汉唐的帝国记忆,“景象”之所以“壮丽”,因为它是从中国的鼎盛历史时代传下来的,饱蘸着在张爱玲眼里堪称壮丽的历史记忆,正如有研究者所说:“张爱玲终其一生都在内心给那‘巍峨的过去’(《谈画》)圈下了地盘。”[①]“巍峨的过去”所牵引着的,正是一种民族的大历史。而与“巍峨

① 倪文尖:《梦里看张之一 怀旧与张爱玲》,《书城》2003 年第 4 期。

的过去"形成对照的,则是作者对现代时空的体悟。同样在《中国的日夜》中还有另外一段:

> 有个道士沿街化缘……他斜斜握着一个竹筒,"托——托——"敲着,也是一种钟摆,可是计算的是另一种时间,仿佛荒山古庙里的一寸寸斜阳。时间与空间一样,也有它的值钱地段,也有大片的荒芜。不要说"寸金难买"了,多少人想为一口苦饭卖掉一生的光阴还没人要。(连来生也肯卖——那是子孙后裔的前途。)这道士现在带着他们一钱不值的过剩的时间,来到这高速度的大城市里。周围许多缤纷的广告牌,店铺,汽车喇叭嘟嘟响;他是古时候传奇故事里那个做黄粱梦的人,不过他单只睡了一觉起来了,并没有做那么个梦——更有一种惘然。

这段文字传达的是现代都市中时间与空间的分裂感。那"另一种时间"——古旧的,一钱不值的过剩的时间,仿佛荒山古庙里的一寸寸斜阳,进入了现代的都市空间便失却了依据,成为"大片的荒芜",有一种进错了时间隧道的感觉。这是现代空间对传统时间的销蚀。张爱玲捕捉的是时间和空间胶着错位的现代感受。巴赫金称"歌德具有空间中看出时间的非凡能力"[①],而张爱玲或许是无意识的禀赋了这种能力,它来自于作者对现代都市中的传统性的体认,来自于作者从都市空间中洞见古旧时间的一种审美感受力,来自于对都市时空的混杂性的错综体验。

正如张爱玲在"阳台"的空间中钩沉小说人物的个体记忆一样,借助于自己的创作,张爱玲堪称在为"古中国"的时间性招魂,尽管她招来的只能是一些古旧的记忆"碎片"。本雅明曾经引用卢卡奇《小说理论》中的一段话:"只有当主体从过去的生活之流中看到他的统一的整个生活的时候,内心和外部世界的二重性才能得到消除。"[②]这可以部分解释张爱玲对时间与记忆因素的探询,正像蔡翔所说:"离开'记忆'的支持,也就失去了与历史的联系。"[③]因为张爱玲在现在时的沦陷空间中无法看到生活的统一性图式。在她的感受中,现时的时空"已经在破坏中,还有更大的破坏要来"[④]。正像倪文尖所表述的那样:"如果说张爱玲之所以在她的时代那么坚执于'我们的文明',还是因为'这时代却在影子似地沉没下去'。"[⑤]而从张爱玲充满创伤性的个人身世背景来看,统一性显然也无法在自己的过去的生活之流中寻求。由此,她所寻求的记忆,是一种类似于叶芝(W. B. Yeats)从古老的爱尔兰神话中所搜寻的"大记忆",这种向过往时光中的回眸是寻求"现时"的生存统一性的几乎唯一可行的途径。用张爱玲的说法:"人觉得自己是被抛弃了。为要证实自己的存在,抓住一点真实的,

---

① 巴赫金:《小说理论》,河北教育出版社 1998 年版,第 241 页。

② 陈永国、马海良编:《本雅明文选》,中国社会科学出版社 1999 年版,第 306 页。

③ 蔡翔:《城市书写以及书写的"禁言之物"——关于〈城市地图〉的文本分析和社会批评》,载《何谓文学本身》,春风文艺出版社 2006 年版。

④ 张爱玲:《〈传奇〉再版的话》。

⑤ 倪文尖:《梦里看张之一 怀旧与张爱玲》,《书城》,2003 年 4 期。

最基本的东西,不能不求助于古老的记忆,人类在一切时代之中生活过的记忆,这比了望将来要更明晰、亲切。"①

对"古老的记忆"的寻求在张爱玲这里还具有另外一种意义。本雅明说:"幻想出史前史的却恰恰总是现代人。"②作为"现代人"的张爱玲追溯大记忆的潜在动机,自然同样决定于现时间的生存处境——沦陷的历史时空。可以说,在张爱玲以及沦陷时代的上海研究所内含的诸多问题中,较为棘手的国族问题或许由此可以部分转化为记忆问题。"古老的记忆"的寻求背后,或许关涉着张爱玲的国族意识。

张爱玲面临的一个难题是:她所身处的沦陷区的空间是隔断了与历史和未来联系的存在。如果说,"阳台"的意象实现的是张爱玲及其笔下人物个体性生存空间的表达,那么,在《封锁》中所描述的那辆"电车",则隐喻着沦陷时代上海的整体生存情境。在一如封锁期的"电车"这般"时间空洞化"的空间境遇中,沦陷区的时间性或者说历史性从哪里获得?张爱玲找到的是古中国,是古老的记忆。能否把这对古老的记忆的寻求看作是沦陷背景中的一种变相的以及比较有安全感的国族叙事?进而,我们或许可以追问,张爱玲的小说叙事中有没有一个潜在的沦陷空间问题?空间的荒凉感与沦陷历史空间的体认之间有没有关系?时间叙述背后有没有国族记忆的认同问题?张爱玲通过什么把沦陷空间转换成了历史叙事?倘若讨论《传奇》时期的摩登上海忽略了沦陷历史时间与空间,就有可能把30年代与40年代的上海等同看待。当然,张爱玲绝少直接在文本中处理家国主题,我们仅在《桂花蒸 阿小悲秋》中一个看似不经意的细节中捕捉到家国意识的曲折表现:

> 百顺走了她叹了口气,想着孩子的学校真是难伺候。学费加得不得了,此外这样那样许多花头,单只做手工,红绿纸金纸买起来就吓人。窗台上,酱油瓶底下压着他做的一个小国旗,细竹签上挑出了青天白日满地红。阿小侧着头看了一眼,心中只是凄凄惨惨不舒服。

无论这一"青天白日满地红"的小国旗指喻的是汪伪政权还是国民政府,都是家国政治符码的凸现。它触动了阿小的神经:"凄凄惨惨不舒服",字里行间可谓意味深长。当然,我们无法对这一细节做更多的阐释,但这一细节仿佛一道微光在沦陷上海的暗夜里闪了一下,使我们意识到原来张爱玲生存在一个沦陷的具体时空中,促使我们去留意张爱玲的沦陷体验和国族意识,从而或许能够纠正张爱玲研究中的去历史化倾向所带来的问题。张爱玲对时间维度的处理,对"古老的记忆"的寻求,以及文本中隐含着的家国主题,都标志着她并没有彻底与大叙事诀别。家国、战争都是她的小说舞台上若隐若现的背景甚至前景。战乱年代的荒芜体验,也不能说与大叙事毫无关涉。时间和记忆因素也在一定意义上构成着与沦陷空

---

① 张爱玲:《自己的文章》。

② 本雅明:《发达资本主义时代的抒情诗人》,北京三联书店1989年版,第190页。

间的荒凉进行对峙的方式。而在战争这个总体背景中,张爱玲发掘的个体记忆以及所谓的"大记忆"最终则把我们引向沦陷空间中的国族问题以及历史记忆问题。

从时空体的整一视野出发,单纯强调时间意识、历史的宏大叙述与单纯强调空间性、去历史化,都是有问题的。就像巴赫金所说的那样:"空间就应融入人类的历史之中;离开这一历史,它是僵死的,不可理解的,也就不屑一顾了。但是,从另一方面来说,历史事件,抽象的历史记忆,倘若不把它置于地球的空间里,不明白(不理解)它发生在一定时间和一定地点中的必然性的话,也是不值得刮目相看的。"①摒除那种时间空间二元论,在时间中引入空间,同时也把历史因素注入空间中,是我们力图纠偏的重要途径。而以空间因素消解张爱玲小说中的时间感和历史意识,是近来张爱玲研究中的问题所在。摩登上海中不止是光怪陆离的空间图景,也有记忆、历史、时间。同时时间意识的背后还牵涉着文化历史传统与民族国家理念。正因如此,才有研究者开始强调"张爱玲是一个具有历史视野的作家",并企图"把张爱玲纳回人文传统、回归历史大叙述","企图把张爱玲从'没有光的所在'救赎出来,回到历史的光环之中"②。

而用巴赫金的时空体理论解释张爱玲并不是说张爱玲小说中对时空体的营造很有自觉性。我们更难以判断的是作者对空间性因素的自觉程度。从某种意义上说,张爱玲更自觉的恐怕还是时间意识,也更惯于诉诸时间性语言。在张爱玲这里,空间意义的生产最终无法自足,而需要在时间和记忆中寻求自足性和历史依据。因此,张爱玲借助空间倾情讲述的仍然是关于时间的故事。譬如《倾城之恋》在引入四爷在阳台上拉胡琴的空间场景之前,是以时间维度开头的:

> 上海为了"节省天光",将所有的时钟都拨快了一个小时,然而白公馆里说:"我们用的是老钟。"他们的十点钟是人家的十一点。他们唱歌唱走了板,跟不上生命的胡琴。

这种时间的错位与钱锺书《围城》结尾那座慢了五小时的家传的老钟一样,传达的是时间之于现代人的错位性甚至荒谬性,也意味着张爱玲的对时间意识的独特的敏感。

巴赫金倾向于认为"在文学中,时空体里的主导因素是时间"③。这多少削弱了他的"时空体"理论中时间与空间因素的均衡性,而反映了现代主义更看重时间语言的特征,就像詹姆逊(F. Jameson)所说:"时间体验(存在论的时间,以及深度记忆)更容易被看作是高级的现代性的主导因素。"④这里有现代主义对时间优越性的偏执。但是,巴赫金与詹姆逊的这

---

① 巴赫金:《小说理论》,河北教育出版社 1998 年版,第 251 页。

② 参见李小良:《历史的消退:〈十八春〉与〈半生缘〉的小说和电影》,刘绍铭、梁秉钧、许子东编:《再读张爱玲》,山东画报出版社 2004 年版,第 251 页。

③ 巴赫金:《小说理论》,河北教育出版社 1998 年版,第 275 页。

④ 转引自迈克·迪尔:《后现代血统:从列斐伏尔到詹姆逊》,载包亚明主编:《现代性与空间的生产》,上海教育出版社 2003 年版,第 99 页。

种判断放在张爱玲身上却似乎更为适合。张爱玲笔下型塑的空间形式与时间与记忆的关联性,是作者在都市情境中向传统和时间意识寻求归依的体现。空间使她感到无所依傍,而时间和记忆则给她以安宁。张爱玲最终思考的是失去了时间、历史与记忆的都市人面对的困局。当现代人丧失了时间纵深和历史记忆,也就失却了心理皈依。因此,占据张爱玲小说语言核心位置的仍是一种时间语言。这种时间语言是在战争空间中寻找心理归宿和记忆拯救的表现。时间语言甚至是一种症候,其潜文本则是以记忆和历史为支撑的心理和情感结构(structure of feeling)。由此,张爱玲把都市外在表象内在化——心理化与记忆化,化为具有心理深度的情感空间,并客观上建构了一种整合沦陷区都市图景的“时空体”文学语言形态。

这种时间语言同时也构成了张爱玲小说中主导性的叙事动力,也使故事成为可能。由此,我们就理解了张爱玲讲述“传奇”的惯常的方式。她喜欢营造一种悠长的,有时空跨度和距离的,回溯性和循环式的故事空间和叙述框架。譬如《倾城之恋》的开头和结尾的重复:

> 胡琴咿咿哑哑拉着,在万盏灯的夜晚,拉过来又拉过去,说不尽的苍凉的故事——不问也罢!

《倾城之恋》中所讲的故事只不过是说不尽的苍凉的故事中的一个而已,拉过来又拉过去的胡琴声就有了一种街头巷尾以卖唱为生的盲艺人歌唱久远故事的感觉。《金锁记》既从“三十年前的上海,一个有月亮的晚上”讲起,结尾则就有了如下的呼应:“三十年前的月亮早已沉了下去,三十年前的人也死了,然而三十年前的故事还没完——完不了。”这种完不了的故事随着时间跨度在读者阅读行为中的延伸,而愈发氤氲着回荡于历史深处的一抹荒凉。而当张爱玲赋予笔下的阳台以时间性和记忆性特征的同时,也就同样赋予了阳台上发生的传奇以一种久远的历史感,正如她从“流苏与流苏的家”中看到“古中国的碎片”①一样。

这种时间性和记忆性特征的介入,使张爱玲在阳台这一家居空间中维系着时间因素的统摄性,并维系着具有传统魅力的“传奇”的故事性。阳台作为小说故事发生的核心场所,也就构成生产文本意义的叙事性空间。在《红玫瑰与白玫瑰》中,阳台就是浪漫恋情的发生地,是叙事的核心空间场景,振保与红玫瑰娇蕊的最初的故事几乎都发生在公寓的阳台上。以香港为背景的《沉香屑 第一炉香》,写女主人公葛薇龙在黎明的微光中,看见男朋友与睨儿在楼下相拥的情景,人物的视角也是在阳台上。在《倾城之恋》中,阳台作为叙事性的空间更其重要,小说开头流苏的故事以及流苏与范柳原在舞场发生的故事,都是从阳台的视角叙述出来的。阳台作为叙事空间场景是张爱玲比较自觉的部分。它既是一个文本中的叙事场所,同时也是见证着一个个普通人的传奇故事的表征性空间。它既见证了白流苏寄人篱下的命运,也见证了曹七巧压抑扭曲的一生;既见证了阿小含辛茹苦的生计,也见证了振保始乱终弃的爱恋。张爱玲小说之中描述“阳台”这一特定空间的具体细节和情境,最终都指向

① 张爱玲:《罗兰观感》,载《立报》,1944年12月8日、9日。

着时间性和叙事性因素的生成。

我们对阳台的考察最终强调的也并非阳台空间的孤立性,而正是它被建构在时间叙事框架之中的整体性。本文最终的兴趣焦点正在于考察张爱玲如何从空间中建构出时间叙事。而我们最后所感受到的张爱玲的形象,则依旧是黄昏“在阳台上篦头”的乱世女子的形象,“落叶似的掉头发,一阵阵掉下来,在手臂上披披拂拂,如同夜雨”①。这纷披凋零的头发,纠缠着时间、岁月、历史、记忆,最终了无痕迹地消失在沦陷区上海的暗夜里。

2005 年 6 月—9 月初稿于神户六甲山麓

2006 年 12 月 28 日二稿

2007 年 1 月 15 日定稿于京北育新花园②

(原刊《墨痕深处——文学 · 历史 · 记忆论文集》,香港牛津大学出版社 2008 年版)

---

① 张爱玲:《〈太太万岁〉题记》,载上海《大公报 · 戏剧与电影》1947 年 12 月 3 日,第 59 期。

② 本文第二稿乃提交给香港中文大学 2007 年 1 月 4 日至 6 日召开的题为“历史与记忆:中国现代文学国际研讨会”的会议论文。与会期间,本文得到了李欧梵、陈平原、许子东、林岗、唐小兵等先生的批评和建议。同时,倪文尖先生对第二稿也提出了许多中肯的批评。本文的定稿正是在采纳上述诸位先生宝贵意见的基础上修改而成,特致以衷心的谢忱。

阿垅对现实主义理论的坚守与探索

——对1950年那场理论批判的回顾和再探讨

王丽丽

作为七月派重要的诗人和报告文学作家，阿垅的文论并不多，但他在1950年发表的、分别从倾向性和人物塑造方面对现实主义创作方法进行探讨的两篇论作，却在一面世就遭到了《人民日报》组织撰写的两篇重头理论文章的猛烈批判。这实际上成了建国以后对胡风文艺思想批判和整肃的开端。在政治批判的狂风骤雨中，虽然没有发表的可能，但阿垅仍然认真严肃地准备了两篇反批评文章。1953年，阿垅又出版了一本外国作家作品评论集《作家的性格和人物的创造》①。借助这些长期以来不容易见到的重要资料②，我们得以重新探讨阿垅在极端困难和压抑的处境下，对现实主义理论所作的坚守和可贵的探索。

一

阿垅不是纯粹的文艺理论家，他之所以关注理论问题，是受到当时创作实践问题的激发。《论倾向性》一文显然是他有感于文学作品在表现政治性主题方面的公式化，而受到外界特定事件（苏联作家西蒙诺夫答中国同行关于文学与政治关系的提问）的触发而动笔的。

尽管这篇文章在今天读来确实不那么圆融，但在涉及"文学与政治的关系"这一高度敏感问题的时候，阿垅还是力求做到立论的辩证和稳妥。因此，在总共九段的文章中，作者首先用了两三段的篇幅论证了任何文学作品总是有倾向性的。即便是"为艺术而艺术"，也是资产阶级意识形态的反映，只不过被资产阶级作家"给予了一种为全人类所追求的，等于永恒真理的"形式。相对于没落阶级的这种自欺欺人，"上升的"无产阶级及其"革命的"政党和"进步的"作家，"总是正面地、'公开地'提出倾向性来的"③。这是前提。

正因为对于文学来说，"政治是一定的"，"倾向性是必然的"④，所以从终极本质意义上讲，艺术和政治是一元的。在西蒙诺夫的回答中，阿垅为自己的艺术政治一元论找到了关键

---

① 参见耿庸、罗洛编写，绿原、陈沛修订《阿垅年表简编》，见阿垅：《阿垅诗文集》附录，人民文学出版社2007年3月，第575页。

② 它们由阿垅生前的好友罗飞编缉出版，见阿垅：《后虬江路文辑》，宁夏人民出版社，2007年1月。

③ 阿垅：《论倾向性》，见阿垅：《后虬江路文辑》，第161—164页。该文最初载《文艺学习》第1卷第1期，1950—2—1。

④ 阿垅：《后虬江路文辑》，宁夏人民出版社2007年版，第164页。

的理论确证:西蒙诺夫认为,文学和政治并不是两种不同元素的结合,而是本来就是同一的东西。打个比方,文学这一个蛋里包含着政治的蛋黄。阿垅由此推出:“不是艺术加政治,而是艺术即政治。”①

阿垅对西蒙诺夫的比喻如此敏感,是因为他深感,公式主义和教条主义的作品之所以空洞乏味,症结正在于本质上的二元论,即“机械地对立了艺术和政治”②,将两者处理成艺术的技巧和政治的概念相“结合”。阿垅认为,由于这种作品缺少能够“渗透”和“征服”人们灵魂、“感染”和“组织”人们感情的“美”的“艺术效果和艺术力量”,客观上也就没能取得“一定的政治效果和政治力量”③。从这个意义上说:“在艺术问题上,如果没有艺术,也就谈不到政治。”④

那么,怎样才能艺术地表现政治内容和倾向性呢?首先,存在着一个“战斗要求”和“思想性的问题”,即作家对于政治要有一种“强力的要求和深入的追求”,并在“个人的要求”和“历史和人民底深广的要求之间”,建立起“强有力的脉络”,使前者“完全溶解在”后者里面而“达到饱和的状态”⑤。其次,“一部作品所有的思想性”绝不能表现为概念形态的“赤裸裸的倾向性”,而是必须通过作家的形象思维,从作品形象中“生发”和“反映”⑥出来。

阿垅指出:“倾向或者思想要怎样表现出来”,这本来“是一个早已解决的问题”。在致哈克耐斯的信中,恩格斯说:“我心目中的现实主义,甚至不依赖作者的观点,就能够把它自己显示出来。”在给闵娜·考茨基的信中,恩格斯又说:“我以为倾向不可以特别地明指出来,而必须从状态和行动中流露出来。”⑦

《略论正面人物与反面人物》篇幅不长,但写法却有点曲折,主题也有些游离。实际上,这篇文章至少包含了两个相互联系的问题。

第一个问题是:“为工、农、兵的文艺,是不是仅仅以工、农、兵为艺术人物,而不必以至不应该描写其他的阶级?”阿垅的回答是否定的。理由很简单:“为了描写和组织阶级斗争”,“就必须有正面人物和反面人物”“以及中间分子”,否则就不可能写出“阶级”和“斗争”⑧。

对于当时的“工、农、兵主角”说,阿垅以高尔基和阿尔志拔绥夫作为正反两个例证,说明了文学作品表现对象问题的关键,在于作家的“立场和态度”:高尔基的《阿尔达诺夫家事》是以没落的阶级为主角的,但却是社会主义和现实主义的作品;而阿尔志拔绥夫虽然写了以

---

① 阿垅:《后虬江路文辑》,宁夏人民出版社 2007 年版,第 159 页。

② 同上书,第 171 页。

③ 同上书,第 170 页。

④ 同上书,第 169 页。

⑤ 同上书,第 172 页。

⑥ 同上书,第 174 页。

⑦ 同上书,第 175—176 页。

⑧ 同上书,第 1950—1953。

工人为主角的《工人绥惠略夫》,但思想和立场都是非无产阶级的。可见,只要站在无产阶级的立场,“把握了历史唯物论、新民主主义和现实主义”,我们的作品就既可以“以工、农、兵”为主角,“也可以以其他阶级”[①]的人物为主角。

为此,阿垅着意区分了“政治”和“文艺”两个层次:在政治上,“工、农、兵是历史上的主角”,而没落阶级的反动人物“不应该再作为”主角了;但在文艺上,因为在新民主主义阶段,还存在着各种阶级,这些阶级不仅在社会政治生活中同时登场,而且难解难分。所以,就他们代表了各自阶级的政治立场而言,他们都有“作为一定的主角的资格”[②]。

第二个问题则是:怎样才能写好正面人物和反面人物?尽管两者都“可以而且必须”[③]写,但阿垅痛感:长久以来,正面人物和反面人物都没有写好。

对此,阿垅有自己较为深入的观察和成熟的思考:“正面人物写不好,是由于把他们神化了之故,使他们丧失了血肉的现实生活和人格也就同时使他们丧失了在艺术中的真实性。”而反面人物没写好,则是作家“集中一切罪恶于坏角的一身”,“违反了现实主义的创作方法”[④]。

阿垅的批评沉痛而恳切:“正面人物并不是不应该万智万能,全善全美”,但应该是“如实地”而不是“架空地”。“由于作家存有着一种不敢亵渎的心情”,“认为一写出了他们底人间的血肉,给他穿了‘普通的服装’,就是一件大不敬的事情”。结果就“只有弄得他们俨然高于一切的人,而成为一种实际上不可能存在的以至实际上反而毫无光彩和力量的人物。”

“同样,反面人物也不是不应该十恶不赦,大逆不道”,但也应该是“现实地”而不是“概念地”。“由于作家存着一种十分紧张的反感”,“认为一写到他们底笑容,他们底柔情,就是一件太不合理的事情”。“结果就使他们生了嬉皮笑脸的丑相,成为青面獠牙的定型”,而实际上却“掩饰了真正的丑恶”,使人仅仅获得一种便宜的快感而消解了宝贵的战斗意识。

“把正面人物写得空洞如神,把反面人物又写作简单的丑角”,既“不是艺术的夸张”,“也不是创造艺术底典型”[⑤]。

在论述两个问题的时候,阿垅两次提到了恩格斯所论述的巴尔扎克的“现实主义底伟大胜利”。阿垅标举巴尔扎克,其中的逻辑脉络需要细心体会。大概在他看来,“除了工农兵以外不能写”,是公式主义思维方式在创作对象问题上的理解;而人物塑造方面的绝对化处理,则是公式主义在创作中的直观表现。因此,巴尔扎克那种“完全忠于现实”的“艺术态度”,可以在两方面都给予当代作家以教益。同时,阿垅在阐发“现实主义的伟大胜利”时,所取的

---

① 阿垅:《略论正面人物与反面人物》,见阿垅:《后虬江路文辑》,第184页。该文最初载《起点》第2期,第184—188页。

② 同上书,第187—188页。

③ 同上书,第184页。

④ 同上书,第188—190页。

⑤ 同上书,第190—192页。

角度和强调的重点也有点特别。他努力表明:提倡巴尔扎克并不意味着阶级立场不重要,阶级立场和现实主义都是我们的武器。但问题是,我们今天有了无产阶级的世界观和立场,而且还到了新现实主义阶段,但“居然忘记了或者放弃了现实主义的武器”①。重提巴尔扎克,是提醒我们别忘了把阶级立场和现实主义这两种武器同时掌握起来。

在努力不触碰权威理论对世界观的强调的同时,阿垅提倡现实主义的创作态度和方法,在客观上就不得不增加了逻辑和行文的“迂远和晦涩”②。为了增加整篇文章的论证力度,阿垅在开头引用了马克思在《新莱茵评论》中的两段话,用来反对对正面人物的神化。从论文的写作上说,这两段引文也有些“迂远”。因为阿垅直接从中引出了“我们应该怎样来写正面人物?”③这一问题,从整篇论文来看,它从属于第二个问题,而且还仅仅涉及人物塑造问题的正面人物方面。但恰恰是这一段引文,后被批判者冠以“歪曲和伪造马列主义”的严重罪名。

二

阿垅没有料到,他这两篇针对创作实践中普遍存在的苦闷而写的论作,会得到如此高规格的“礼遇”:《人民日报》副刊“人民文艺”连续两期发表了陈涌和史笃的署名文章④,分别针对他的这两篇论作进行了点名批评。

陈涌的《论文艺与政治的关系——评阿垅的〈论倾向性〉》主要涉及四个理论问题。陈涌首先指责阿垅的文艺政治一元论“鲁莽的歪曲”了《讲话》的原意,认为《讲话》论述的是文艺作品中政治性和艺术性的辩证关系:两者在“不能绝对分开来看”的同时,也经常“表现得不平衡、不一致”。“无论什么样的阶级社会”与个别阶级,总是以政治标准第一,艺术标准第二。因此,“艺术即政治”不但是“纯粹唯心论”⑤的,而且实际效果等于以艺术取消了政治。

阿垅反对政治概念在作品中“露出”的一段话遭到了特别的批判:

> 一种概念,包括政治概念,和活生生的现实,以及活生生的人,又是有着一种一定的距离。概念,如果那不是和现实互相排斥的,不是对于人完全虚伪的,到底,从艺术到政治,那也是毫无力量的,没有效果的。艺术,首要的条件是真;这个概念,却不是真,既不

① 阿垅:《略论正面人物与反面人物》,见阿垅:《后虬江路文辑》,第184页。该文最初载《起点》第2期,第185—187页。

② 阿垅对自己论文风格的自我评价,转引自罗飞《〈后虬江路文辑〉校读后记》,同上书,第257页。

③ 阿垅:《略论正面人物与反面人物》,见阿垅《后虬江路文辑》,第183页。

④ 应该指出,那个时期在《人民日报》上发表的许多署名文章,并不仅仅或者主要代表作者的个人观点。

⑤ 陈涌:《论文艺与政治的关系——评阿垅的〈论倾向性〉》,《人民日报》1950年3月12日第五版。本文所引的陈文,均同此。

是思想的真,就没有艺术的真,也不是政治的真。①

就论述的严密和清晰而言,阿垅是有缺欠的。这里的"一种概念"出现得有点突兀。从整体上,读者可以大概把握阿垅的意思,但严格地从字面上考辨,这种概念的所指不清。阿垅倒是在下文中提到了,有些作家为了"迁就一种预先拟就的观念",而不惜"构造人物",歪曲现实。并由此推论:"'赤裸裸的倾向性',原来,在一般的场合,总是那种'歪曲'、虚伪或者空洞而已"②。照此来看,这"一种概念"好像就是指的作家构造人物以适应之的"预先拟就的观念"。但无论如何,阿垅的论述是有漏洞的。

但陈涌为了由此得出阿垅"在反对公式主义的旗帜下,反对一切概念,包括一切进步的概念"的论断,其中的逻辑跨越却大大地超过了阿垅的逻辑漏洞;他指斥阿垅"认为一切概念都是'和现实互相排斥的'、'完全虚伪'",则是明显的断章取义。此外,他引用列宁的语录"从具体的东西上升到抽象的东西,思维不是离开——如果它是正确的……——真理,而是接近真理",所用以论证的"概念",也已经属于哲学认识论的范围,和阿垅所说的文学作品中的概念早已不是同一的层次。

今天,指出这些支离断裂之处是比较容易的,因为其间逻辑的断裂如此明显。需要弄明白的倒是,当年的批评者为什么会留下如此明显的逻辑裂痕?从陈文的脉络看,作者之所以必须强行跨越其间的理论沟壑,是为了给下文更本质的要求铺垫。

基于文学常识,对于阿垅提出的救治创作概念化的对策——形象思维,陈涌也不反对。但他紧接着反问:这"难道和一个作者自觉的接受一定的政治指导是矛盾不相容的么?"陈涌指出,"抛开前人的一切经验"和"正确的思想指导",作家是不可能空手"到生活中去认识生活","找寻'活于血肉'的'思想'的"。何况"在现在说来,无论如何一个创作者个人的经验总是有限制的,而集中地代表全体人民利益的共产党和人民政府,却经常总结着巨大的政治经验,这是任何即使是伟大的天才都不可以和它相比拟的,而这些经验便体现在共产党和人民政府的政策里面"。

在此,陈涌将"创作者个人的经验"和"全体人民"及其代表所总结的"巨大的政治经验"做了一个对比。通过这一力量极不平衡的对比,他便将阿垅经由形象思维取得美学力量的主张完全包容在一个十分宏大的政治原则里面,从而在一种毋庸置辩的氛围中,超脱开了具体的"概念"之争,而宣示了文学为政治服务的"正确"之路:必须自觉地接受一定政策和政治原则的指导。

这一逻辑在第三个问题中体现得更明显。因为阿垅将恩格斯的两封信看做表现倾向性问题的答案,陈涌便提出了新旧文学的发展问题。他说,在马、恩的时代,因为"还没有真正

① 阿垅:《论倾向性》,见阿垅《后虬江路文辑》,第 174 页。

② 同上书,第 174 页。

无产阶级的作家出现"，"无产阶级革命在当时还没有成为现实，文艺还没有成为广大工农群众的直接的财产"，"文艺作品的主要的读者还是资产阶级里面的人"，所以，恩格斯"考虑到在文学这部门里对资产阶级进行思想斗争的策略"，"首先强调现实主义的原则"，而对于问题的'明确的解决'，作家的明显的阶级立场等等，则暂时放在一个次要的位置上"。但到了列宁和斯大林时代，情形完全改变了，因此，"在作品里故意隐瞒""或者不强调作者的思想观点的旧原则，显然是不应该坚持了"。列宁适时地"发展了文学的党性的原则"。这一原则代表了无产阶级文艺思想在新时代的发展："现实主义的描写和教育性"，被同时"提到文学作品的面前来。"

显然，《人民日报》"高规格"的批评不是仅针对阿垅个人的，而是借阿垅为突破口，对胡风文艺思想展开批判。最终的目的则是宣示和推行新时代文学的系统要求。从这个角度，我们也就更容易理解陈涌涉及的第四个问题。

这也是陈涌唯一紧扣"艺术即政治"而展开批判的问题："我们说，一切艺术都包含着一定的政治倾向，一定的阶级内容"，"但这并不等于说，属于某一阶级的作者和作品便都是该阶级的政治要求的最好的代表"。下面的话尤其关键：

> 在整风以前和文艺座谈会以前，无产阶级阵营内，小资产阶级出身的许多文艺家，不论在作品上和在实际行动上，党性不纯或党性不强的地方便很多，就是到了现在也不能说每一个人都已经经过了彻底的改造，而特别是目前许多未经改造或未经根本改造的文艺工作者，他们的问题恰好不是政治太多，而是政治太少。

因此，作家首先要使自己站在马列主义、毛泽东、共产党与人民政府的政策思想水平上。

某种程度上，陈涌也是承认"艺术即政治"的，但显然，其中的"政治"有"未经改造"、"未经根本改造"和"经过了彻底的改造"等不同等级，而理所当然地认为自己文章谈论的是无产阶级政治的阿垅，在陈涌看来，充其量只能算是一个"也要求某种程度即使是颇为朦胧灰色的战斗"的、"多少有点革命要求的作家"。在此，陈涌明确传达了《讲话》中小资产阶级作家必须首先进行"思想改造"的要求。

与陈文相比，史笃的《反对歪曲和伪造马列主义》政治批判的火力更加猛烈，对阿垅论点的批评更加概括和笼统，对新时代文学的系统要求宣示得也更加直接干脆。

因为阿垅在引用马克思的两段评论时，根据的不是很完善的译本，而且在事先笔记摘抄的时候就没有注意到，因此在撰文征引的时候也自然没能同时摘录马克思在这两段评论以外披露所评论的两部作品作者身份的两句话，史笃就大肆指责阿垅"冒充"、"污辱"和"玷污"马列主义，甚至断言阿垅故意"隐瞒"那两句话，目的是为了"盗用马列主义词句"，然后"做出马克思把特务的著作推荐给我们作'范例'和'方向'的罪恶推论"[①]。

---

① 史笃：《反对歪曲和伪造马列主义》，《人民日报》1950年3月19日第五版。本文所引的史文，均同此。

大概是出于对“盗用马列主义词句”者的义愤和理论的不屑，史笃对阿垅的观点都是采用概述中心思想和理论逻辑的办法。今天读来，会发现史笃在简单斩截的转述中，随意根据自己的理解扭曲阿垅的原意，并增加了很多带有感情色彩的理论发挥：

他的中心思想是：阶级立场、或世界观、或政治，虽然不是不关重要的，算是武器之一吧，可是现实主义却是极关重要的，不仅同样是武器之一，而且会做出对世界观的伟大的胜利来的！

他的中心思想是：工农兵既然当了权，没有办法，就算它“在历史的意味上”是个主角吧，但是如果把问题单纯地即机械地向文艺提出，却是颇欠妥当的。

阿垅的理论逻辑则是：

工农兵和其他阶级吗？——在于立场和态度；正面人物和反面人物吗？——在于立场和态度。立场和态度吗？——在于现实主义。现实主义吗？——请看巴尔扎克！

通过这样的概述，史笃判定阿垅四条罪状：“歪曲和伪造”马列主义、提倡“深入私生活的创作方向”、“对工农兵和其他阶级无分轩轾”、用“现实主义征服世界观和阶级立场”。

对此，除了“坚决揭露一切马列主义伪装”以外，史笃简捷明快地作了正确理论的宣示：

马克思是教导作家们掌握真正的、具有深广的政治内容和思想内容的现实主义，而在反对非现实的神化的描写的同时，反对了“深入私生活的”把革命领袖人物的尊严卑俗化了的描写。

必须号召和动员广大文艺工作者们面向新的人民，面向正面人物。说正面人物和反面人物无分彼此，同等重要，那就恰恰等于放弃了对正面人物的深入，也就恰恰违背了历史所交给文艺的主要任务：表现新中国的新的人物。

马列主义的文艺理论的最基本的原则，就是文艺服从于政治，创作方法服从于世界观。

把现实主义描写成一种可以离开世界观而独来独往的超时代超阶级的法宝，把世界观的重要性降低到可有可无的地位，实际是否定了阶级立场和世界观的重大作用，也就是取消了作为马列主义文艺理论灵魂的文艺的党性的原则。

三

从正常渠道看，1950 年的这场理论批判以《人民日报》在 3 月 26 日的一篇《阿垅先生的自我批评》告一段落。但实际上，阿垅在当年的 4 到 8 月，就写作了两篇反批评长文，希望也在《人民日报》上发表，以便展开平等讨论。相对于那两篇不经意引起批判的短文而言，反批判文章要写得清晰严密得多。但在批判组织者当时的认识中，党报不是“没有党性的资产阶级自由主义的商店","并无平等对待任何意见任何文章的义务"①。因此,这两篇文章一直未能面世。这真是历史的遗憾!

在《关于〈论倾向性〉》中,阿垅采取的主要策略就是将陈涌扩大了开去、提高了上去的问题重新收缩,回到原初问题。

阿垅首先指出:"《论倾向性》一文,不过以现实主义的创作方法作为中心问题,就倾向性这一点,来看艺术对于政治的关系",其实也即"形式对于内容的关系。"②。

阿垅将被陈涌断章抽取出来的"艺术即政治"还原为提出之初的基本命题:"艺术对于政治的矛盾的统一,即'一元论'"。③ 阿垅认为,当中国作家向苏联代表团提出"文学和政治、或者思想、生活、技巧如何结合?"的时候,其提问的方式就是二元论或者多元论的,它反映了机械的"结合"论在创作中必然产生的苦闷。而法捷耶夫的回答则是"一元论"的,《讲话》在论及政治和艺术关系的时候,所说的也是"统一",而非"结合"。

"艺术即政治"正是"作为那种'艺术加政治'的'结合'论的反命题"而提出的。它包含着两方面的内涵:一方面,艺术的本质即政治;另一方面,它同时也是黑格尔意义上的"内容和形式互相转化的问题"——"形式,是向形式转化的内容,内容是向内容转化的形式。"根据这一相互转化的关系,阿垅又提出了他的正面命题:"艺术,那是'作为政治形式之一的艺术'";而"'在艺术的场合,那里面的政治',是'表现为一定艺术形式的'政治"。

综合起来,艺术对于政治的关系问题,就是前者如何通过现实生活内容把后者本质地反映出来,"来完成为政治服务这一任务"④。

阿垅还再次说明了"艺术即政治"一语的前提条件、讨论范围和对象,以及概念的特定内涵,用来洗刷"以艺术取消政治"的罪名:

这一提法的要点就是"一元论",它强调艺术和政治的关系"不是两个单元的关系,而是内在的矛盾和统一"。这就从根本上保证了它不会"以艺术取消政治",因为政治已经像蛋黄一样包含在艺术里面了,"艺术还能够不从属于政治"吗?其次,这里谈论的艺术,是特指"革命文学"中"进步作家"的艺术,这又决定了它不可能"是任何'纯艺术',而是特殊的政治武器";再次,这"是在艺术问题这个特殊的领域中来谈论政治"。在此领域中,"如果政治方向首先已经确定","那么,要求'搞好'艺术也就不是一件不必要和不应当的事"。同时,为了"更本质地深入于政治"⑤,也就应该反对公式主义。

这些本都是不言而喻的,而批判者对此却无视,非要将"艺术即政治"抽离出来,加以孤

---

① 时任《人民日报》文艺组领导的袁水拍语,转引自林希《白色花劫》,长江文艺出版社 1999 年版,第 90—91 页。

② 阿垅:《关于〈论倾向性〉》,见阿垅《后虬江路文辑》,第 194 页。

③ 同上书,第 194 页。

④ 同上书,第 196—199 页。

⑤ 同上书,第 194 页,第 201—204 页。

立和绝对化,并判定为"唯心主义"。照此推论,批判者的反命题"就不得不是'艺术非政治'。这正是'结合'论底一个新形式"。因为无论是"艺术加政治"还是"艺术非政治",都是把艺术和政治"看作了两个单元的关系"。在此,阿垅实际上转向了理论反击:"艺术非政治"和"艺术加政治"在实质上"全然相等":在本质上,都是二元论,在方法上,都是机械论,在艺术对于政治的关系上,"都是形式主义或公式主义"①。

如果说《关于〈论倾向性〉》一文主要确证了"艺术即政治"命题的正确无误,那么,《关于〈略论正面人物和反面人物〉》则主要是对"深入私生活"这一命题进行了比较全面的探索。

本来,仅仅是因为所引材料中出现了"私生活"的字眼,阿垅才顺势提及,"主要是从把握人物应有的现实生活内容"这一角度着眼,并没有停留于这一说法,更没有强调专写'私生活'"②。但由于史笃将这一问题专门提出,阿垅也就不避挑战,要对此作一个比较深入的考察。

阿垅发现,即便完全按照史笃的译文来考察,也不能如史笃那样,推出"马克思根本反对描写'私生活'的结论"③。有一点双方没有疑义:马克思对那种离开了现实生活内容而"失掉了全部的绘画的真实性"的神化描写是向来不满意的,因此才提出要"用强烈的冷布兰德式的色彩"(现译为伦勃朗)描绘出人物的"一切生动品质"④。

通过对"冷布兰德式的色彩"这一关键语的周密考察,阿垅提出:体会马克思的语意,"冷布兰德式的色彩"应该就是指如何本质、特征地把握和描写现实生活内容(当然也包括"私生活")的真实性。具体对人物描写而言,也就是"人物底政治风貌和生活风貌的"⑤有机表现。

阿垅不同于史笃,后者不从事创作,尽管理论可以说得非常堂皇,逻辑推导也可以干脆利落,但事实证明,那种堂皇的理论却可能对文艺实践造成损伤;而阿垅是一位作家,不但有直接的创作体验、对那种理论在实践中造成的苦闷感同身受,而且较后者具有更加宽阔的世界文学视野,所以对那种干净利落的逻辑推导背后的理论断层更有自觉的警惕和排拒。阿垅对"私生活"问题的思考就直接立基于他这种来自创作和广泛阅读中的直觉。

阿垅认为,能否描写"私生活",关键在于能不能深入写出"生活内容底本质之点"。如果不能,即使是一般生活也不必写;反之,"就是所谓'私生活',也不一定写不得。"如果在"饮食男女,声音笑貌"等所谓"私生活"方面完全"不着一字",文学作品势必只剩下毫无"内容"的"开会、讲话、生产、作战"了。而苏联文学的事实已经证明这种理论的荒谬!——"如

① 阿垅:《关于〈论倾向性〉》,见阿垅《后虬江路文辑》,第207—208页。

② 同上书,第227页。

③ 同上书,第220页。

④ 史笃:《反对歪曲和伪造马列主义》,载《人民日报》1950年3月19日第五版。

⑤ 阿垅:《关于〈略论正面人物和反面人物〉》,见阿垅《后虬江路文辑》,第225—226页。

果认为写工人只应该写车间,那就请看看《时间,前进呀》;如果认为写农民只应该写农事,那就请看看《被开垦的处女地》;如果认为写兵士只应该写战场,那就请看看《毁灭》。"①

这就说到了"私生活"是否"卑俗化"问题。阿垅认为,"私生活"并不全部"卑俗化",革命人物的"私生活"更不应该只有"卑俗化"的东西。如果把马克思的正面主张和"冷布兰德本人底特色、方法、主题和题材"联系起来,"反而可以说马克思正是赞成写生活(也就包括所谓'私生活')的了"。因为"如果真要去寻求'描绘的真实性'",那么,脱离或阉割掉人物现实生活内容的任何部分都不行。只要这个现实生活内容"被马列主义所照明",作家"武装了历史唯物论和现实主义",那么,"虽然生活现象异常复杂,错综,甚至异常平凡,细小",但从中写出的生活内容,就一定是本质特征的东西;而且愈是向生活现象突进或"深入"②,也就愈有可能把本质特征的东西发掘出来。

阿垅还证明,"私生活"可以成为社会的"晴雨表":"像保尔的恋爱"、"奥勃洛莫夫的懒惰",那固然属于他们的"私生活",但通过这些,分别在本质上表现了新人物的生活和旧世界的衰亡。在这个意义上,"私生活"也就完全成了社会的东西。通过"私生活"表现出"社会的关联",正是所谓"深入私生活"中"深入"③的内含。

阿垅建议,为了避免"语言底片面性","私生活"应该当作人物的"日常风貌"解。而日常风貌对革命者而言,"不但和他底斗争行动不可分",而且正足以构成他的"生动的品质",借助这"一切"的生动品质,他就可以"从'神化'当中摆脱出来"④。

最后归结到一点:对于"生活",也应该作"一元论"的理解:既应该包括"政治生活"、社会生活,也应该包括日常生活风貌或曰"私生活"⑤。

在自己的理论思路充分展开的同时,批判者的理论逻辑也随之显影和清晰。史笃认为"深入私生活"就会使"革命领袖人物的尊严卑俗化",这在阿垅看来,首先是"侮辱了一切革命人物"⑥,仿佛"革命人物的'私生活'一定是'卑俗化'的,不但拿不出来以见天日","而且只能是一种和'尊严'两立的东西"⑦。

从理论上说,"干脆简单地否定了生活一般中的'私生活'",也就意味着"相对地抽象了生活一般","使生活成为一种观念的东西",暴露了"观念论的倾向";此外,"把'私生活'或日常生活风貌和生活一般无条件地对立起来",这又是"生活二元论、或多元论、机械论"。

---

① 阿垅:《关于〈略论正面人物和反面人物〉》,见阿垅《后虬江路文辑》,第226—227页。

② 同上书,第228页。

③ 同上书,第230页。

④ 同上书,第231页。

⑤ 同上书,第233页。

⑥ 同上书,第234页。

⑦ 同上书,第230页。

如果用这种理论指导创作,那塑造出来的正面人物,就不能不是那种“神化”的、“丧失了现实生活内容的”“公式的形态”[①]。

这也是阿垅最勇敢和富有洞见的地方:正是在批判者的逻辑中,他找到了公式主义蔓延的理论根源。阿垅对“现实主义征服世界观和阶级立场”罪名的反驳比较简略,但不意味着不精辟:史笃同志“以为我平等地看阶级立场和现实主义,而且,以为我高抬物价地看现实主义”,是因为他没有理解创作方法的本质,将之完全“当做了一个庸俗的技术问题”,不知道无产阶级的“世界观和现实主义,原来是一而二、二而一的东西”[②]。

在《关于〈论倾向性〉》中,阿垅这样总结两位批判者的理论:

> 陈涌同志,以及史笃同志,所以把政治和艺术对立起来,所以把阶级立场和现实主义的创作方法对立起来,不但是为公式主义辩护的,而且根本就站在公式主义的立场。而今天公式主义的问题,主要也正是在这种公式主义的理论问题上。[③]

四

受到批判和反批评文章的发表受阻,并没能阻止阿垅“用历史唯物论的武器”“继续学习和探索”[④]。在《作家的性格和人物的创造》一书中,虽然阿垅评论的都是外国的作家和作品,但字里行间仍然未能忘情于现实的文艺理论问题,并在多处地方,对三年前受到严厉批判的观点进行了坚持和维护。

在捷克斯洛伐克作家伏契克和智利诗人聂鲁达的身上,阿垅都看到了“政治和诗的统一”:“伏契克底气质”就是“诗和政治的气质”[⑤],而聂鲁达则说过:“一个置身于政治之外的作家是一个荒唐的神话,那是资本主义所伪造和支持的。”[⑥]

聂鲁达的著名长诗《伐木者,醒来吧》则是从细小的日常生活通向宏大的时代主题的有力例证。这一篇“发于人类底心之深处的和平宣言”,却从一些诸如面包、衬衫、邮件等“微末而又细琐的”“小物件”和“小东西”起笔。这些日常生活意象,虽则“微细”、“点滴”,但却和任何人的日常活动和哀乐相连。诗人正是通过深切地关切到了每一个人生活“底一点一滴”、“一呼一吸”,而“明了了一部历史底意义”[⑦]。

---

① 阿垅:《关于〈略论正面人物和反面人物〉》,见阿垅《后虬江路文辑》,第234页。

② 同上书,第239页。

③ 阿垅:《关于〈论倾向性〉》,见阿垅《后虬江路文辑》,第198页。

④ 阿垅:《关于〈略论正面人物和反面人物〉》,同上书,第240页。

⑤ 阿垅:《绞索套着脖子时的报告》,见《作家的性格和人物的创造》,阿垅《后虬江路文辑》,第5页。

⑥ 阿垅:《伐木者,醒来吧》,同上书,第22页。

⑦ 阿垅:《绞索套着脖子时的报告》,见《作家的性格和人物的创造》,阿垅《后虬江路文辑》,第23—28页。

阿垅一如既往地关心人物塑造的问题,并且对冈察洛夫的《奥勃洛莫夫》情有独钟。在反驳"私生活""卑俗化"理论时,阿垅就提到过"奥勃洛莫夫的懒惰",用以证明"私生活"与社会的关联。在《作家底性格与人物的创造》中,阿垅又指出,斯妥尔兹这个人物是作为奥勃洛莫夫的批判者出现的,但却不如后者"具有血肉的现实的内容"。这是作家在他身上寄予了自己对于"未来的俄罗斯"的美好理想之故,以"理想的"、"概念的东西",代替了"社会的"、"历史的东西"①。

与斯妥尔兹的概念化相比,奥勃洛莫夫却堪称"典型的极致"。因为作家在他身上表现了"聪明、善良、温柔"等似乎"是没落阶级的人物身上所不能"或"不应有的"品质。阿垅认为,如果历史仅仅否定"愚蠢"、"残暴"和"恶劣",那还不是最残酷无情的;只有像奥勃洛莫夫一样,那些似乎"好的"品质最终都无可避免地成为历史全面否定没落阶级的"殉葬物",那样的否定才算达到了"否定的高度"。奥氏身上那种"梦想和行动自相残杀"、"自我斲丧的现象"充分表明,人物的品质是一个矛盾的整体,任何"取来一半抛去一半"的处理,实际上都是"全面地从矛盾退却而已"②。

奥勃洛莫夫可谓如何写好反面人物的"范例"。通过他和斯妥尔兹的对比,阿垅有力地声援了《略论正面人物和反面人物》对公式主义的抨击:既不敢写出正面人物"人间的血肉",也不敢写到反面人物的"笑容"和"柔情"。

《作家的性格和人物的创造》可以看做是阿垅在转换方式之后,对自己观点的韧性坚持、对批判者论点的无声反驳。在当时,批判者的系列主张不容置疑地将要演变成一个时代的权威理论。在这些主张愈演愈烈、不可遏止的氛围中,阿垅对批判者理论的每一点反驳,客观上都成了对现实主义理论的坚守;他为了维护自己的主张所作的每一点理论思考,也成了在舆论一致的时代中对现实主义理论可贵而又有益的探索。

但坚守和探索都需要超凡的勇气和识见。阿垅的勇气和识见正是来自于他对马列主义真诚的学习和深入的探究。在《作家的性格和人物的创造》一书其他的篇什中,阿垅始终严格地贯彻着阶级分析的观点,有些观点在今天看来甚至不无当时"左"的烙印,但也正惟此,我们才可以从中看出阿垅努力跟上时代的真诚。更难能的是,在另一些地方,阿垅通过对马列主义严肃而不教条的探究,获得了一些领先于时代的洞见。

阿垅从两个角度分析了莎士比亚的《威尼斯商人》。从马克思的社会发展理论来看,该剧讲述的是,少年资本主义碰到并踢开了高利贷这一封建剥削绊脚石的故事。就此意义上说,夏洛克即便放弃债款也要割取一磅人肉的行为,一方面当然象征着封建力量对资本主义的极端憎恨,另一方面也意味着这种剥削关系已经发展到了"最野蛮""但也是最后的形态了"。与其说这一行为是现实的贪欲,不如说是一种"保持""精神统治"的要求。在此,夏洛

① 阿垅:《冈察洛夫和斯妥尔兹》,同上书,第136—137页。

② 阿垅:《奥勃洛莫夫》,同上书,第143—147页。

克的“国籍,人种,姓名”[①]没有实质的意义。

但换一角度,国籍、人种和姓名也可以意味深长。因为是犹太人,所以夏洛克固然是“人格化了”的“货币”,同时也是一个“沉重地透露出”“弱小民族”惨痛命运的“号泣着的灵魂”。全剧中“没有一个人物不追逐金钱”,因此人们原本没有理由反对夏洛克的贪财食利,即使这个犹太人是一个弄钱的天才。但问题就在于此。因为天才,所以让人感到威胁,而且这种威胁还来自于“漂泊无定”、“卑微之至的犹太人”。这就让人绝对不能容忍:世界和秩序“被颠倒了”,被剥削和压迫者居然以剥削者和压迫者的傲慢姿态,“狂妄”然而“幸福地”“篡夺了荣华的筵席”。于是,“作为弱小的犹太民族的象征”,同时也作为货币世界“高利贷阶层的典型”,夏洛克就和整个世界“尖锐而紧张地对立了起来”。在对立中,全世界仿佛“只有这个犹太人是唯一的罪人”,而其他人都比他高贵光明。可以说,《威尼斯商人》是“颠倒地把不义的反犹太主义作为正义的对于金钱权力的谴责行为”,在此当中,资产阶级社会把自己的面貌给了夏洛克,把自身的罪恶给了犹太人,而“净化”乃至“美化”[②]了自己。

在表面的“谴责贪婪”中读出了资本主义欧洲对犹太人的仇恨这一深层的意味,阿垅的目光可谓独到和老辣。这种对文本解构式的阅读直到20世纪90年代,人们才在西方后殖民理论家的著述中看到类似的方法,恰如美国的斯皮瓦克在《简·爱》这一女性主义的经典文本中,读出了罗切斯特厌恶疯女人而追求简·爱,是嫌弃殖民地克里奥土著白人,而爱慕大英帝国本土血统纯正的白种女人。阿垅和后殖民理论,似乎风马牛不相及,但追根溯源,后殖民理论的很多理论灵感和研究方法,恰恰来自于马克思的社会批判和阶级分析。

其实,早在《论倾向性》中,当阿垅指出,即便“为艺术而艺术”,也是资产阶级意识形态的反映,只不过被给予了一种貌似永恒普遍真理的形式的时候,他就已经学到了马克思那种后来被杰姆逊称之为意识形态还原的方法:即将以纯粹的学术面目出现的思想,还原成一定社会中特定阶级利益的产物。这种意识形态还原的力量也是阿垅在本质和内容形式相互转换两重意义上坚持“艺术即政治”的勇气来源。同样,也是因为阿垅不仅在词句上,而且在思想方法上学习马列主义,他才能不惧史笃的挑战,对“深入私生活”进行了深入的探索。

毋庸讳言,阿垅的文论也是有缺欠的。即如遭到批判的两篇文章,虽然观点基本不错,但多用引语,论证破碎而不严密,组织行文也有一些杂乱;在反驳批判者论点的时候,阿垅也显然沾染了当时的通病,热衷于贴上一些令人眼花缭乱的政治标签;在写作家作品论时,因

---

① 阿垅:《夏洛克》,见《作家的性格和人物的创造》,阿垅《后虬江路文辑》,第123—126页。

② 阿垅:《威尼斯商人》,同上书,第114—120页。

为感情炙热、联想丰富而大量地运用排比和着重号①,语言因此显得不加节制而缺少余韵。当然,如果考虑到阿垅正当人生和思想开始结果的时期就陡遭政治狂风暴雨的摧折,我们也就不会在他的文论作品中苛求"成熟"。相反,他能在教条主义横行的年代,以自己的勇气和真诚对现实主义理论进行坚守和探索,使他的文论秉有了他自己非常推崇的"战斗"的品格,而成为了一只在天空中伴着狂风骤雨飞翔的鹰②。

(原刊《学术月刊》2008 年第 2 期,人大报刊复印资料《文艺理论》2008 年第 6 期转载)

① 本文在征引阿垅文论原文的时候,着重号因为实在太多,只得一概略去。

② 阿垅在诗论里说过,诗人应该"是天空上和狂风、骤雨同飞翔的老鹰"。阿垅:《箭头指向——》,见阿垅《阿垅诗文集》,第 345—346 页。

1980年代"文化热"的知识谱系与意识形态

贺桂梅

在一种回望的历史视野中，1980年代往往被概括为一个"文化"的时代，其突出的标志则是80年代中期的"文化热"。当时的人文知识界围绕着中西方文化的比较、文化与现代化的关系以及传统和现代的冲突等核心问题，展开了热烈讨论。在同一时间，不同的专业/学科领域，也形成了突破此前格局、并具有冲击性的文化革新力量。比如在文学领域，是"反思文学"的深化、"现代派小说"和以"现代主义诗群大展"为主要标志的现代诗歌，尤其是"寻根小说"的出现；在美术领域，出现的是"85美术新潮"；而在电影领域，则是陈凯歌、张艺谋等"第五代导演"进驻历史舞台的中心位置。与此相参照的是，"文化热"主要集中于哲学、史学领域，并以"文化"作为一个统摄性的核心范畴，参与到关于"现代化"的建构和想象当中。如果说80年代前期在某种程度上可以被概括为一个话语转换的"过渡"时期的话，那么"文化热"则构成了标识80年代历史特殊性的新话语形态的主要内容。

尽管从90年代迄今的历史往后看去，80—90年代的历史转变似乎正印证了"文化热"潜在的文化/政治的二元对立逻辑，并将"文化热"续写为一个"未完成的故事"。不过，相比于那种以同样的二元对立框架来划分"80年代"和"90年代"的做法①，更值得研究者做的或许并不在接过"文化热"的历史意识和话语逻辑来批判历史，而应当是在更为开阔的历史视野中定位并重新思考"文化热"。值得追问的是，为什么是"文化"而不是别的什么成为80年代借以表述自身的语汇，它的特定内涵是什么？进一步地，如果我们承认环绕着"文化"的一系列表述构成了80年代定位自身的历史叙事，那么决定着这种叙事得以产生和成型的历史机制是什么？福柯有关疯狂、惩罚以及人文学科的历史研究，曾向人们展示了知识考古学和知识谱系学方法的批判力。他所谓"考古学"指的是"区分不同的话语秩序，这些话语秩序为思想观念的表达制定各种条件，并提出一些命题和陈述以便人们理解他们所处的历史

---

① 在《八十年代文化意识》一书的"再版前言"中，甘阳称"与九十年代的'经济人时代'相比，八十年代堪称是最后的'文化人时代'，其中的主体是知青一代中的文化人"（甘阳编：《八十年代文化意识》，第4页，上海：世纪出版集团、上海人民出版社，2006年）。另一本引起极大反响的《八十年代：访谈录》（查建英主编，北京：三联书店，2006年），则在书的封底列出了一系列标识"八十年代"与"九十年代"差别的"常见词"，如和80年代有关的常见词是"激情、贫乏、热忱、反叛、浪漫、理想主义……"，而90年代相应地是"现实、利益、金钱、市场、信息、世故、时尚……"。

时期”;而“谱系学”则“和权力的非话语机制关系更大,这些非话语机制决定了人们理解世界和在世上行动的方式”①。或许可以说,对80年代的“文化热”展开历史研究正为知识考古学和知识谱系学的操演提供了颇为恰当的“场地”。一方面,需要对“文化热”中共享的一些“命题”和“陈述”及其“话语秩序”展开知识考古;而另一方面,则需要对那些制约着这种话语秩序的存在方式但却以“非话语”形态存在的权力机制,进行一种谱系学的显影和重构。如果说前者可以通过对历史文献的整理、挖掘和剖析得以浮现的话,那么后者实则是更为复杂也更为艰难的一步。作为一个从“革命”向“后革命”转换的变革时期,80年代的一个突出特征或许是“能指的剩余”般的话语涌流。在这个时期,充塞着种种惊世骇俗或标新立异的奇谈怪说、奇思妙想,表明着这个时期的历史开敞性和包容力。在很大程度上,这也正是90年代初期“学术史”和“学术规范”的倡导者对80年代进行批语的主要内容②。不过,这种关于80年代“开放性”的理解同样可以被看做一种“80年代的”文化意识,因为它并不关心在这种意识表象的“背后”提供着这一骚动的话语场地的历史结构的存在。而这正是知识谱系学关心的核心问题。只有将有关80年代“文化热”的讨论推进到这一层次,才可能真正“走出”80年代文化意识而对其展开历史研究,否则我们关于80年代历史的讨论,便仍将停滞于一种文化怀旧式的感喟或叹息。

三个知识群体和三种思想动向

要宏观地勾勒出“文化热”的整体历史图景,显然需要做极为繁杂的历史档案整理工作。这些可能的工作应当包括对文化论争的历史线索的描述、重要文化事件及其发生的形态的分析、核心话题及其代表性文本的收集、代表性的参与者及其观点与思路的形成过程的剖析等。这就对史料的收集与整理提出了极高的要求。不过,真正的难度并不在史料本身,而在如何通过这些史料形成有效的历史叙事。或许正因为80年代尚如此切近地在当下的社会生活中发挥着影响,因此即便不借用后现代主义或新历史主义理论,人们也能领会不存在“客观”的历史而只存在关于历史的“叙述”这样的理念。也就是说,如何勾勒或描述“文化热”的整体轮廓,事实上并非一件“客观”的纯学术工作,而与描述者自身的立场、对80年代历史的理解和文化态度有直接关联。从这个角度来看,难度并不在于有关“文化热”的史料整理,而在所建立的有关“文化热”的历史叙事有效与否。

1987年,作为“文化热”参与者之一的陈来,在一家台湾文化杂志上发表了一篇关于“文

---

① [澳]J.丹纳赫、T.斯奇拉托、J.韦伯:《理解福柯》,刘谨译,百花文艺出版社2002年版,第113页。

② “学术史”的倡导有“对80年代中国学术‘失范’纠偏的意图”,而其主要表现则在“束书不观,游谈无根”、“浮躁”和“空疏”(参见陈平原《学术史研究随想》,《学人》第一辑,南京:江苏文艺出版社,1992年)。

化热”的综合评述文章《思想出路的三动向》[①]。文章剖析了几个“文化典型”,并认为这些“文化典型”事实上是“文化热”中最有代表性的三种“思想出路”。陈来所谓的“文化典型”,指的是“文化热”中最活跃的三个知识群体及其文化活动,包括以金观涛为代表的“走向未来”丛书编委会、以甘阳为代表的“文化:中国与世界”编委会和以汤一介、李泽厚、庞朴为代表的“中国文化书院”。他们以编译书籍、举办文化活动的方式形成特定的知识群体,并且有着各自的研究思路和知识取向:“走向未来”丛书的科学主义、“文化:中国与世界”的人文关怀和“中国文化书院”对传统文化的认同。陈来这种从参与者的活动方式和代表思路出发的概括方式,看来至少得到了“文化:中国与世界”编委会的发起者和组织者甘阳的认可,他将这篇文章收入汇集编委会成员在“文化热”中的论文选本当中,并写道:“这本文集并不是一部‘客观的’资料汇编,而是多多少少贯穿着我的某种‘主观’思路的。陈来的文章相当客观、平实地介绍并分析了近年来文化反思的几个主要侧面,聊可补充本文集的片面性。”[②]另一位“文化热”的亲历者苏炜,也提出了相似的描述方法:“八五年前后的‘文化热’中产生了三个大的民间文化机构:先后以金观涛、包遵信为主编的‘走向未来’丛书编委会;以汤一介、乐黛云、庞朴、李泽厚等为主力的‘中国文化书院’编委会;以甘阳、王焱、苏国勋、赵越胜、周国平等为主力的‘文化:中国与世界’丛书编委会”,并认为这三大编委会“在五、六年间,……实际上成了引领中国大陆人文科学各种思想风潮的主要‘思想库’。”[③]其关于这三个编委会成员的思想取向的基本判断,亦与陈来的描述相似。一位历史研究者在90年代初期的有关80年代的评述文章中,则从政治倾向角度对知识群体进行了相对多样的描述,这三个知识群体相应地被称为“青年体改委派”、“文化丛书派”和“文化书院派”[④]。

从上述的相关描述来看,从参与者及其文化活动的角度进行的概括方式,至少可以成为亲历者与研究者共同认可的一种历史叙述。而这种叙述方式本身亦可透露出“文化热”的一种突出的历史特征,即所谓“文化热”并不仅仅表现为一种观念上的论争,更重要的是,它同时表现为知识群体的社会实践。这一点事实上是这次“文化热”不同于90年代知识界或文化界历次论争的地方。这些编委会被它们的组织者称为“民间学术团体”[⑤],意在强调它们的非体制特性。不过三个编委会的成员各有特点。一般而言,“走向未来”丛书编委会以“文革”前后毕业的中青年学者为主,其成员构成较为庞杂,政治倾向较为明显;而“文化:中国与世界”编委会以80年代中期北大和社会科学院毕业的年轻研究生为主,并把学术独立

---

① 陈来:《思想出路的三动向》,文章写于1987年11月,刊载于《当代》杂志(台北)第21期(1988年1月)。

② 甘阳主编:《八十年代文化意识》,“初版前言”,世纪出版集团、上海人民出版社2006年版,第10页。

③ 苏炜:《八十年代北京知识界的文化圈子》,《中国之春》1992年1月号。

④ 仲维光:《北京文化丛书派的工作及思想——80年代大陆知识分子研究之一》,《当代》杂志(台北)第73期(1992年5月)。

⑤ 甘阳:《再版前言》,《八十年代文化意识》,上海世纪出版集团、上海人民出版社2006年版,第3页。

和“非政治化”作为明确的口号;“中国文化书院”则以50—60年代即已进入学术界的中年或老年知识分子为主要构成。前两者主要以丛书编委会的形式活动,而“中国文化书院”则主要采取“函授与假期讲习班”的形式,“想承接宋、明以来朱熹等先人创办的‘书院’、‘学舍’的方式”①。三个知识群体大致以思想取向和私人关系作为主要的联结方式②,带有较为松散的“同人”结社性质。但尽管如此,也并不表明这些知识群体就如其自身所声明的那样,形成了国家体制之外(甚或与之对抗)的空间。甘阳在2000年的一篇回顾之作中,强调的正是这样的观点。他依据法国理论家布迪厄的“场域”理论提出,在讨论改革时代中国知识分子的活动方式时,应当强调“中国知识文化场域的相对自主性”,而反对“从强烈的改革意识形态出发,把是否有利或促进改革作为衡量知识文化场域的先决条件”③。不过,布迪厄在提出“场域”这一范畴时,强调的是不同场域(政治、经济、文化)之间的同构性前提,以及保障场域自主性的社会学依据④。具体到编委会的社会效应而言,重要的并不在于编委会对“非政治性”和学术独立性的强调,因为“非政治”在当时的历史语境中就是“最大的政治”⑤,强调知识场域的“自主性”正是整个新启蒙主义现代性方案的重要构成部分。编委会对“自主性”的强调,并不意味着它们脱离了当时由国家主导的“现代化”意识形态,毋宁说,正是这些倡导“自主性”的知识群体在为“现代化”提供着合法化的意识形态表述。正如汪晖在谈及这一问题时所说到的:“‘新启蒙知识分子’与正统派的对抗不能简单地解释为民间知识分子与国家的对抗,恰恰相反,从总的方面看,他们的思想努力与国家目标大体一致。80年代中国思想界和文化界的活跃知识分子,大多是深受重用的国家研究机构或大学的领导者,其中的一部分在90年代成为中国国家立法机构的重要的高级官员。问题的复杂性更在于,变革的过程不仅改造了社会,也改造了国家,并在国家内部形成了结构性的裂痕。”⑥如果说“文化热”中的三个编委会确实在很大程度上形成了某种具有非国家体制特性的文化空间,但就其人员的构成、其发挥社会影响的方式,以及其利用文化媒介(例如“走向未来”丛书与四川人民出版社,“现代西方学术文库”与三联书店)的方式,尤其是其基本思想取向与国家主导的改革意识形态之间的关系而言,却仍然与国家体制有着千丝万缕的关联。从这样的角度来看,“文化热”不只是文化理念上的争论或发布,更为新的意识形态提供了合法性依据;这些知识群体组成编委会、编译丛书、组织函授和暑期讲习

---

① 苏炜:《八十年代北京知识界的文化圈子》。

② “文化:中国与世界”编委会的组织过程,参见《八十年代:访谈录》,第207—221页。

③ 甘阳:《十年来的中国知识场域——为〈二十一世纪〉创刊十周年而作》,收入《将错就错》,三联书店2002年版,第226—231页。

④ 参见[美]戴维·斯沃茨:《文化与权力:布尔迪厄的社会学》,第六章“权力斗争的场域”,陶东风译,世纪出版集团、上海译文出版社2006年版。

⑤ 参见查建英主编:《八十年代:访谈录》,第224页。

⑥ 汪晖:《当代中国的思想状况与现代性问题》,《天涯》(海口)1997年第5期。

班等，亦不简单是知识分子的“文化活动”，而更是为实践其文化理念而进行社会实践的方式。

大致可以说，正由于“文化热”中的三种思想动向并不仅仅是学术观念上的冲突，而同时构成了划分或组织三个重要的知识群体的依据，并且与现代化改革进程关系密切，因此，他们提出的文化观念在某种意义上就成为了“意识形态”。杰姆逊在讨论“文化”与“意识形态”的关系以及如何对之展开叙事分析时，曾这样说道：“意识形态虽然是一些观念、思维方法、思想、甚至包括错误的认识，但又是处处体现在行为实践上的，这也是叙事分析的基础。文化从来就不是哲学性的，文化其实是讲故事。观念性的东西能取得的效果是很弱的，而文化中的叙事却具有很重要的作用和影响。”①也就是说，使得一些“文化”表述演变为“意识形态”的关键在于其是否构成了社会实践，而那些能够成为“意识形态”的“文化”往往包含着一个有效的“故事”，这个“故事”在实践它的人们看来是“自然”的和“天经地义的”。具体到“文化热”的三个编委会来说，正因为他们对于文化的讨论，一方面在为现代化改革提供着合法性表述，另一方面又以集体活动的方式发挥着他们作为知识分子的社会影响，因此，他们的文化表述事实上正是通过社会实践而成为了一种新意识形态。并且，正如前面分析到的，正由于改革的现代化意识形态与知识群体之间，并不存在着直接的“对抗”关系，相反，它们在共同的目标上是一致的，因此，“文化热”中所潜含的文化/政治的对抗模式，事实上正是两种意识形态的冲突，而不是非政治的“文化”与政治的“意识形态”之间的冲突。而这三个编委会之所以能够成为有影响的社会力量，关键的原因在于他们“创造”出了有效的“叙事”，这些叙事以不同的方式把当时的社会变革和现代化进程叙述为“历史的必然”。

三个文本与三个“故事”

三个编委会各自的代表性思想取向，也形成了代表性的核心文本。这种情况之所以成为可能，正因为编委会是以成员之间的思想取向和私人关系联结而成，并且往往以最为活跃的发起者或组织者为中心集结为知识群落。与那种机构化或有严密组织的集结方式不同，这种同道式的组合需要某种宣言式的核心文本，以表达参与者相近的理念，并作为他们的代表形象而产生社会影响。某种程度上也可以说，这些代表性文本所构造的叙事，也正是代表三个编委会的思想取向的三种“讲故事”的方法。

大致来说，可以代表“走向未来丛书”编委会的科学主义思想取向的文本，是由“走向未来丛书”的灵魂人物金观涛、刘青峰提出的中国封建社会“超稳定结构论”。这一核心论述

① ［美］杰姆逊：《后现代主义与文化理论》（精校本），唐小兵译，北京大学出版社 1997 年版，第 66 页。

演化为不同形态的“异文”①。就其产生的社会影响来说,作为首批“走向未来丛书”之一的《在历史的表象背后》,或许是其中最值得分析的版本。它甚至被流行文化杂志列入20世纪最后20年“最有影响的20本书”:

> 在人们可以选择的书籍还不算太丰富的1984年,四川人民出版社推出的一套旨在推广新知识、推动科学研究发展的丛书《走向未来》引发了新时期以来第一个大规模的读书热潮。其中的《在历史的表象背后》备受读者青睐。这本探讨中国封建社会长期延续原因的专业书籍,在年轻大学生中几乎人手一册。②

因此,可以把《在历史的表象背后》作为“超稳定结构论”的分析文本。

“超稳定结构论”在当时突出的影响之一在其方法论。它“把二次大战后发展起来的系统论(及控制论、信息论)方法大胆地应用于中国史领域,把中国历史当作自然科学处理的超稳定系统,以研究其长期稳定停滞的结构及机制,……开辟了如何转化自然科学方法为社会科学方法的广阔领域”③。这一论述的示范意义和“走向未来丛书”对强调定量分析、数学模型的新兴边缘学科的倡导,在很大程度上造就了80年代中期文艺研究的“方法论”热潮,即所谓“老三论”(系统论、控制论、信息论)和“新三论”(协同论、耗散结构论、突变论)。当时的文艺研究者纷纷热衷于用这些从自然科学中发展起来的新方法,探讨人物性格、作家风格以及一个时期的文学主题等,形成了一时的风尚。④ 一种理想的研究境界被设想为“诗与数学的统一”⑤。这种科学哲学的热潮显然源自于对“科学”的一种极为意识形态化的理解,即相信“纯粹”的科学具有远离政治的客观色彩,这使它即使在较为严酷的政治和学术条件下也有滋生的可能。从这样的理解来看,“科学”成为了超越一切“政治”局限的标志,同时也成为当时的人们反抗以“文革”作为极端形态的“封建法西斯”、“封建迷信”的批判武器。这也正是所谓“科学主义”在80年代的意识形态内涵。相比于方法论上的示范意义,“超稳定结构论”影响更大的是它采用“三论”形成的有关中国封建历史的叙事。被设定的基本问题

① 最早是金观涛、刘青峰将主要观点联名发表于《贵阳师范学院学报》1979年第1—2期上的《中国封建社会的结构:一个超稳定系统》。1984年,出版单行本《兴盛与危机——中国封建社会的超稳定结构》(湖南人民出版社)和简写本《在历史的表象背后——对中国封建社会超稳定结构的探索》(四川人民出版社)。

② 《新周刊》编辑部:《20年中国备忘录·20年来最有影响的20本书》,《新周刊》,1998年第22期,第54页。

③ 陈来:《思想出路的三动向》。

④ 1985年甚而被称为“方法论年”,这一年分别在厦门、扬州和武汉召开了有关方法论问题的研讨会,而北京、上海的社科院则成立了新方法的专门研究室(参见屈雅君主编的《新时期文学批评模式研究》第三章“科学主义批评”,西安:陕西人民出版社,1997年)。当时最有影响的成果包括林兴宅的《论阿Q的性格系统》(《鲁迅研究》1984年第1期)、许钢的《风格是系统稳定之标志》(《学术月刊》1984年第4期)、季红真的《文明与愚昧的冲突——论新时期小说的基本主题》(《中国社会科学》1985年第3、4期)等,刘再复的《人物性格的二重组合原理》(《文学评论》1984年第4期)等中也可看见“三论”的影响。

⑤ 林兴宅:《文明的极地——诗与数学的统一》,《文学评论》1985年第4期。

是:“为什么中国封建社会长期延续达两千年之久?”借用控制论理论,中国封建社会的长期“停滞”被解释为“它的结构有着巨大的稳定性”,从而演绎出了一个有关中国封建历史的极为精彩的“故事”——中国封建社会被区分为政治(官僚体制)、经济(地主经济)和文化(儒家正统)这三个子系统,三者构成了“大一统”的宗法一体化结构。由于这种结构具有“脆性”(子系统间不易协调而容易崩溃)和“强控制”(有效遏制新生事物的萌芽)的特点,它无法抑制内部的“无组织力量”的增长,即官僚政治中的皇权膨胀与地主经济中的土地兼并的汇流,由此导致了周期性社会大动乱的出现。不过,这种以农民起义作为主要形态的大动乱同时也扫荡了无组织力量,而宗法一体化结构自身又具有自我修复功能,能够再次恢复到崩溃之前的结构状态。于是,整个中国封建社会的历史就在这种周期性动荡和停滞当中延续,因此而成为一个“看来没有毛病但不能改进自己、不能进化”[①]的“超稳定结构”。

从今天的眼光看来,暴露这一叙事的意识形态特性的,正是它所提出的问题本身。《在历史的表象背后》开篇的历史描述即是:“一股深刻的历史反省的潮流,正席卷着我们的时代”,而其中最引人注目的问题是:“为什么中国封建社会长期延续达两千年之久?”并且,“每当历史转折关头到来时,人们总是企图用新的目光审视这一问题,以求得对本民族的历史、现状和发展的更深刻的理解”。显然,这一问题的提出是有着充分的现实针对性的,其中隐含着在当时的历史语境中的人们看来是不言自明的历史隐喻,即“文革”与“封建复辟”之间的对应关系。“封建”一词在“超稳定结构论”中是一个价值判断色彩极浓的负面语汇,但如何理解“封建”的内涵在现代中国不同历史时期一直存有争议,因此用它作为价值判断的依据来阐释历史是成问题的。正如日本学者沟口雄三和美国学者杜赞奇对“封建”范畴从晚清到民国时期内涵的变迁的考据所显示的,“封建”成为一个负面语汇,其文化上的内涵开始于五四新文化运动,其政治上的内涵开始于北伐时期中央集权的现代民族国家构想。[②] 另一方面,有关封建历史的“长”/“短”的比较,也正表明这一问题潜在的参照对象正是以西方为标准。在 1988 年的回顾文章中,金观涛本人即对这一问题本身进行了反省:“表面上看,我们要回答的问题是中国封建社会长期延续的原因,而这个问题本身却是经不起推敲的。首先,把从秦汉到清末这一段中国社会称为封建社会就会引起很大的争论。因为封建社会原是西欧中世纪社会的概括。而且,所谓封建社会的长短必定要有一个参照系,为何我们可以断定中国封建社会较长呢?这里潜含着以西方封建社会的历史发展为标准模式的思想。那么为什么我们不反过来问为何西方封建社会较短呢?实际上这个问题本身仍然是西方中心

① 金观涛:《在历史的表象背后》,四川人民出版社 1984 年版,第 45 页。

② 参见[日]沟口雄三:《日本人视野中的中国学》,李甦平等译,中国人民大学出版社 1996 年版;[美]杜赞奇(Prasenjit Duara):《从民族国家拯救历史:民族主义话语与中国现代史研究》第二编第三章“‘封建’的谱系:对市民社会与国家的叙述”,王宪明等译,社会科学文献出版社 2003 年版。

论式的。"[①]不过,金观涛并不否认这一问题在当时提出的意义:"这个不准确的问题的真实意义在于它是一个吸引中心,它无疑代表了一种对中国历史的新反省。在这种精神下面隐含的是一系列中西文化和社会深层结构的比较研究……它只是一棵长在肥沃文化土壤之上的时代反思之树。"[②]也就是说,金观涛一方面承认"超稳定结构论"所要解答的并非"纯学术"的问题,同时又认为这一问题在当时的历史语境中具有极大的批判能量。之所以如此,正因为"超稳定结构论"所提出的问题正源自当时人们反思"文革"时的一个政治判断,即认为造成近代中国"落后"尤其是"文革"发生的历史原因,在于"封建思想复辟"。在这里,"封建"并非一个历史学范畴,而是一个政治范畴,它成为一切恶性民族品性的符号性指称。正如日本学者沟口雄三在评述相关的问题写到的:"将中国社会看做是停滞的社会,这是经历了'文革期间毫无结果的政治斗争及学术上的窒息'之后,中国知识分子对中国革命不管不顾的内部揭发,但无论如何这个揭发还是政治、社会领域的事,绝不是对于我们来说的历史学。"[③]

与"超稳定结构论"发表同时,出版了一本名为《中国封建社会长期延续问题论战的由来与发展》[④]的资料选集,摘选了从1920—1930年代之交"中国社会史论战"中出现的"中国社会的长期停滞"说,抗战时期日本学界所谓"中国社会之亚细亚停滞论",直到1950—1960年代依据毛泽东思想对中国封建社会"停滞"原因的阐释。这本书很大程度上恰好展示出了中国封建社会"停滞论"论述在现代中国的理论谱系及其意识形态特性。一方面,这一判断最为权威的论断源自马克思主义理论,而马克思的"西方中心"色彩也正表现在其有关"亚细亚"历史的判断上[⑤],因而可以说无论就这一问题的提出还是解答来说,都是深刻地内在于20世纪中国现代主流历史中的,而"超稳定结构"说则不过借用新的科学哲学的方法对这一"老"问题给出了新的阐释。从另一方面来看,将古代中国社会看做是"停滞"的、丧失自我更生能力的这一历史判断,事实上可以成为无论是左的还是右的、无论是民族主义的还是反民族主义的变革中国社会思潮的基本前提。或许比《中国封建社会长期延续问题论战的由来与发展》中种种史学论述的社会影响广泛得多的,更应该是五四新文化运动主将鲁迅在他的《呐喊》"自序"中提出的"铁屋子"寓言。很大程度上,"超稳定结构论"被当时的许多人看做是鲁迅的"铁屋子"寓言的学术版。"假如一间铁屋子,是绝无窗户而万难破毁的……",也就是说,从中国社会的内部绝对不可能有"新生"的可能性;金观涛则用系统论

① 金观涛:《我的哲学探索》,上海人民出版社1988年版,第30页。

② 同上书,第31页。

③ [日]沟口雄三:《日本人视野中的中国学》,第55页。

④ 白钢编著:《中国封建社会长期延续问题论战的由来与发展》,中国社会科学出版社1984年版,第30页。

⑤ [英]佩里·安德森:《绝对主义国家的系谱》,刘北成、龚晓庄译,上海人民出版社2001年版。

对这一点进行了说明:"在这种社会系统中,新结构是不可能从封建母体中脱胎出来的。"[①]因此,要变革中国社会,唯有唤醒屋内的人们摧毁这一"铁屋子",或"只要不打破中国社会的超稳定结构,也就必然会推行闭关政策"[②]。相当有意味的是,无论是"铁屋子"的寓言还是"超稳定结构"论,其前提在于严格地区分了中国的"内部"与"外部",并且把变革社会的希望全部地寄托于"外部"。从这个角度来看,"超稳定结构论"不仅是一种充满意识形态色彩的史学阐释,同时也是为当代中国社会变革提供合法性依据的政治寓言。

代表"文化:中国与世界"编委会的基本思想取向的核心文本,大约应数得着由甘阳执笔的《八十年代文化讨论的几个问题》[③]。这篇文章是编委会筹办的《文化:中国与世界》集刊的发刊词,"实际上参加了当时的'文化热'的讨论……当时是被看成全盘西化",并且"不止你这一篇文章被看成全盘西化,当时你们编委会、整个丛书都是这样一个形象"[④]。文章不甚熟练地借用了德国阐释学大师伽达默尔的理论来解释"传统"这一范畴的内涵,提出"继承发扬'传统'的最强劲手段恰恰就是'反传统'"。这正是编委会被称为"全盘西化"的主要依据。解读者亦由此认为,不同于"走向未来"编委会的科学主义,"文化:中国与世界"编委会发展的是现代西方的"人文主义"传统:"以解释学出身的甘阳为主编的'文化:中国与世界'系列丛书编委会,正是在自觉的文化关切支配下,一个与科学主义相对立的文化派别。"[⑤]不过,在当时,伽达默尔、利科等的阐释学理论尚未翻译成中文,正如"文化:中国与世界"编委会在当时是"精英中的精英"而"曲高和寡"一样,对于为何"反传统"成为了"继承传统"的"最强劲手段",一般人事实上是不甚了了的。这与"走向未来"丛书编委会造就的科学主义热潮,恰成明显对比。真正造就甘阳这篇文章广泛的社会影响,甚而塑造了作为学术"新生代"的"文化:中国与世界"编委会集体社会形象的,不在其以"专业"姿态进行的学理论证,而恰在它提出的"传统文化"与"现代文化"冲突的历史叙事。

与其标榜的"非政治"和"专业主义"姿态不同,《八十年代文化讨论的几个问题》是以极为自觉的政治姿态介入文化讨论当中的。文章一开始就将"文化"问题称为"百年大课题",提出"着眼于中国文化与中国现代化的现实关系问题,当是我们今日讨论中国文化的基本出发点"。基于对百年历史中现代化发展的不同"步骤"的归纳和设计,"文化"被置于现代化发展的最核心位置——"现代化,归根结底是'文化的现代化'。中国的现代化只有最终落脚在一种新的现代中国文化形态上,才算有了真正的根基和巩固的基础"。文章认为,近代

---

① 金观涛:《在历史的表象背后》,第123页。

② 同上书,第185页。

③ 全文刊载于《文化:中国与世界》,北京三联书店1987年版,第1辑。其中"说传统"部分以《传统、时间、未来?》为名发表于《读书》杂志,1986年第2期;"中西之争还是古今之争"则发表于《青年论坛》1986年第2期。

④ 参见查建英对甘阳的访谈,《八十年代:访谈录》甘阳部分,第210—211页。

⑤ 陈来:《思想出路的三动向》。

以来有关中国文化的讨论,一直存在着一种"相当普遍"而实则是错误的态度和倾向,即"中国文化与西方文化之间的地域文化差异常常被无限突出,从而掩盖了中国文化本身必须从传统文化形态走向现代文化形态这一更为实质、更为根本的古今文化差异问题"。也就是说,关键的问题不在于中国文化与西方文化孰优孰劣,而在于中国文化是"传统形态的文化",而西方文化则是"现代形态的文化"。于是,中国/西方之间有关地域/地缘差异的讨论,被转换为传统/现代这种进化时间轴上的"先进"与"落后"之间的价值判断。中国文化成了"中国人近代大大落伍在文化上的根本病症",而西方文化则是"西方人近代强盛在文化上的基础所在"。

为了进一步完满这一叙事,甘阳在文章中相当有症候性地将近代中国与近代日本比较,认为正由于"积极、主动、争着、跑着、唯恐落后般地全力吸收西方文化",日本才成功地完成了现代化并"称霸东方";相反的是,中国则"首先百般抵制、全力拒斥,而后才被拖着、打着、无可奈何地一步一步被迫接受西方文化",因而造成了它在近代的落后。有意味的是,一位日本研究者面对那些秉持着与甘阳同样观点去到日本"学习日本近代化成功的秘诀"的研究者和留学生,发出这样的感慨:"他们对日本近代的研究是彻头彻尾主观性的,是以自我为中心的,从这个意义上来说,可以说具有主体性。"因为对于如何看待中国与日本的近代,50—60年代的一些日本学者得出的恰恰是相反的结论,即"中国将其缺少欧洲式近代的劣势转为前提或说条件,结果完成了日本未能实现的、自下而上的彻底的社会革命"[①]。由此看来,真正的问题并不在于中国与日本的现代化谁更成功,而在于如何理解"现代化"的标准和内涵。并且,正如沟口雄三精辟地指出的那样,无论是将中国看做现代化成功的典范还是相反,其内在思维方式在于那种"以欧洲为中心看待世界史的欧洲一元化"的观念所造就的"先进—后进的结构"[②]。从根本上来说,甘阳将中国/西方这一文化讨论的座标轴,转换为"传统"/"现代"这一时间轴上的"落后"/"先进"的判断,正是这种以西方(欧洲)为中心和现代化标准的思维结构的具体呈现。

在这个"故事"中,由于必须以"挣脱其传统形态"为前提才能"大踏步走向现代形态",因此如同其先驱五四新文化运动的倡导者一样,这种现代文化的"中国性"就成为了传统/现代文化论者必须解答的问题。正因为此,甘阳才借用了伽达默尔的阐释学理论改写人们对于"传统"的惯常理解,提出"传统乃是'尚未被规定的东西',它永远在制作之中,创造之中"。于是,"继承发扬'传统'的最强劲手段并不在于死死抱住'过去已经存在的东西'不放,而恰恰要不断地与'过去'相抗争",进而提出"继承发扬'传统'的最强劲手段恰恰就是'反传统'"。也就是说,为了创造现代中国文化传统,就必须以"现代的"文化系统来消化、

① 参见[日]沟口雄三:《日本人视野中的中国学》,第20、14页。同时可参见[日]竹内好:《何谓近代——以日本与中国为例》,收入《近代的超克》,孙歌编,李冬木等译,北京三联书店2005年版。

② [日]沟口雄三:《日本人视野中的中国学》,第16—17页。

吸收和重新整理"传统的"文化系统。这里的关键问题在以何种文化为基点。因此甘阳更为关键的论点是:"新的'现代的'成分和核心要素不能也不应是儒学这种过去已有的'现成在手的'东西,而是某种现在'有待上手的'东西"。不过,正如陈来提出异议,认为甘阳过分降低了"伽达默尔本来强调的传统的连续性意义"[①],这也成为"文化:中国与世界"编委会与"中国文化书院"基本思想取向上的分歧。

选定李泽厚1986年发表于《走向未来》创刊号上的《启蒙与救亡的双重变奏》[②]作为"中国文化书院"群体的代表文本,或许是有些勉强的。这本是一篇五四新文化运动的纪念文章,其产生广泛社会影响的观点,是有关五四运动以及现代中国历史的重新阐释,即"救亡压倒启蒙论"。不过,文章的第三部分却是对前一论述的现实延伸,认为新的文化启蒙不应当重复五四那种"激烈的批判和全盘西化",而应对"传统"进行"转换性的创造"。这种对待传统文化的态度与"中国文化书院"的基本思想取向大致相同。因此,有论者提出:"如果把书院邀请来主讲的学者,作为一个文化学术群体来看待,那么代表书院文化观念的不是几位老先生,毋宁是汤一介、李泽厚、庞扑等资深教授的某些观念比较地影响书院的文化追求。……对中国传统文化无论从其本身的文化价值,还是对现代生活的社会价值,都给与了充分的肯定"[③]。苏炜则在文中列举出林毓生的"传统的创造性转化"论和杜维明的"儒学的第三期发展"论,认为这些观点"都曾引发了范围广泛的讨论而一度被认为是'中国文化书院'的'招牌主张'"[④]。大致可以说,尽管李泽厚这篇《启蒙与救亡的双重变奏》并非"中国文化书院"的"招牌"文章,却与书院的基本文化追求一致。作为曾经深刻地影响80年代思想运动的领军人物(许多文章直接称其为"思想领袖"、新启蒙运动的"思想导师"),李泽厚发展了他在曾风靡一时的《美的历程》、《中国古代思想史论》等中提出的"积淀说"、"文化—心理结构"说,来重新阐释"传统",因此至少可以他的这种论述作为"文化热"中极具代表性的文本。有意味的,或许倒不在于这一文本中的观点是否由李泽厚提出,其代表性恰恰表现在李泽厚的论述在很大程度上是当时的极具冲击力的一些观点的"混杂"和再阐释。即使是"救亡压倒启蒙论"也是如此。李泽厚本人曾回忆说:"这篇文章能够起这么大的作用是出乎我的意料的。"[⑤]尽管对于"救亡压倒启蒙"这一历史论断的原出处一直存有

① 陈来:《思想出路的三动向》。

② 文章收入李泽厚论文集《中国现代思想史论》,东方出版社1987年版。安徽文艺出版社1994年版。

③ 陈来:《思想出路的三动向》。

④ 苏炜:《八十年代北京知识界的文化圈子》。

⑤ 《浮生论学:李泽厚、陈明对谈录》,华夏出版社2002年版,第126页。

异议[①],但其在80年代产生了极大的社会影响却是一种历史事实,甚至被研究者称为80年代人文知识界的一种“元叙事”[②]。也就是说,如果我们并不那么在意“救亡压倒启蒙”论的“始作俑者”到底是何人,而瞩目于《启蒙与救亡的双重变奏》中在当时产生广泛影响的历史叙事,这篇原创性颇受质疑的文章倒正好可以成为最能呈现“文化热”中种种意义网络和历史语境的典范“文本”。

《启蒙与救亡的双重变奏》将叙述的起点放置在五四运动,这本身即是80年代将自身视为“第二个五四时代”、“新启蒙时代”的“新时期”历史意识的呈现。他在另外一篇文章中则说“一切都得从‘五四’讲起。中国现代史好些基本问题都得追溯到‘五四’,在思想文化、意识形态领域内,尤其如此”[③]。这种将“新时期”与五四对接的历史叙述法,构成了整个80年代文化变革的支撑点。而李泽厚的这篇文章既是这种历史意识的呈现,也是建构出这种历史叙述的核心文本之一。李泽厚首先将五四运动书写为被两种力量内在撕扯的历史,即“‘五四’运动包含两个性质不同的运动,一个是新文化运动,一个是学生爱国反帝运动”。文化启蒙和政治救亡之间的冲突构成了五四运动内部的二元对抗矛盾和张力,并且也成为构架现代中国历史的叙述座标。五四运动的历史意义在于,它达成了两种冲突之间的平衡,而这种平衡在五四之前和之后都未能实现,于是,这使它成为了现代史上辉煌而短暂的高起点——“在一个短暂时期内,启蒙借救亡运动而声势大张,不胫而走。……启蒙又反过来给救亡提供了思想、人才和队伍。……终于造成了对整个中国知识界和知识分子的大震撼。”不过,这种短暂的平衡很快被打破——“救亡的局势、国家的利益、人民的饥饿痛苦,压倒了一切,压倒了知识者或知识群体对自由平等民主民权和各种美妙理想的追求和需要,压倒了对个体尊严、个人权利的注视和尊重”。此后,现代中国经历着持续的“下行”的历史路径。在这个过程中,“封建主义”宛若一个鬼魅般的幽灵占领了中国历史:从“改头换面地悄悄地开始渗入”到“假借着社会主义的名义来反对资本主义”,最后“把中国意识推到封建传统全面复活的绝境”。

显然,在今天的眼光看来,这种关于历史的描述是高度“叙事”性的。它首先预设了一个论述的二元框架,即文化启蒙与政治救亡之间的对抗,而历史的发展过程被化约为两种无法

---

① 关于谁是“启蒙/救亡论”最早的提出者,存有争议。舒衡哲(Vera Schwarcz)的《中国启蒙运动:知识分子与五四遗产》,1986年出版的英文著作,是五四运动史研究中产生较大影响的代表性著作。尽管其中译本直到1989年才由山西人民出版社出版(有删节,李国英等译,作者姓名被译为薇拉·施瓦支),但其所讨论的知识分子的“启蒙”与“革命”之间的矛盾,与80年代中期李泽厚提出的“启蒙与救亡的双重变奏”论颇为相似,并有“互相影响”的说法(参见顾昕:《中国启蒙运动的历史图景》第一章,和孙隆基:《历史学家的经脉:编织中国现代思想史的一些问题》,《二十一世纪》第二期,1990年12月)。

② 李杨:《“救亡压倒启蒙”:对八十年代一种历史“元叙事”的解构分析》,《书屋》2002年第5期。

③ 李泽厚:《记中国现代三次学术论战》,《走向未来》1986年第2期。收入《中国现代思想史论》,东方出版社1987年版。

兼容的力量之间的消长，并最终以其中一个被另一个全面“压倒”告终。正如不同的研究者已经指出的，把五四新文化运动描述为被“救亡”中断的“启蒙”史，这种论述历史的方式一方面忽略了五四新文化内部的悖论和矛盾，而仅用外部因素解释五四的困境①；另一方面，一些源自西方启蒙运动历史的范畴，如个人主义、理性、民主等，被作为了价值判断的终极范畴，如刘禾分析的那样，这事实上是“把欧洲启蒙运动的大叙事当作一个固定的、毋庸置疑的意义所在，一个可以用来衡量中国启蒙的程度及成败的根据，而不是把中国启蒙当作一个可以产生它自身意义及解释术语的历史过程去研究”②。更为有趣的是，在探究造就这种历史局面的根源时，这一史学论文采取了高度修辞化的文学手法，将“敌人”指认为一个“会化妆的魔鬼”，即“封建主义”。它“渗透进”农民政党及其马克思主义思想中，不但“挤走”了“原来那一点可怜的民主启蒙观念”，并且使得中国历史完全“倒”回了封建时代。这种叙述历史的方法自身的叙事特征，使得李泽厚有意无意地不断使用“悲哀滑稽的历史恶作剧”、“现代中国的历史讽刺剧”来描述这段历史。或许这也正是一种“黑格尔幽灵”般的本质主义历史观于不自觉间的症候式呈现。

同样富于症候性的是，李泽厚有关“转换性的创造”传统的论述，正是建立在对使得“救亡”压倒了“启蒙”的“封建主义”的重述基础上。几乎没有任何过渡地，有关传统文化的讨论，从充满了负面价值判断色彩的“封建主义”，转变为颇为中性的“传统”。与甘阳等强调“传统”的可塑性不同，李泽厚突出的是“传统”的客观性，即“真正的传统是已经积淀在人们的行为模式、思想方法、情感态度上的文化心理结构”，“它便不是你想扔掉就能扔掉、想保存就能保存的身外之物”，因此，超越于五四的新的文化启蒙运动“只有从传统中去发现自己、认识自己从而改变自己”。从“救亡压倒启蒙论”到“传统的转换性创造论”，这其间的问题是，如果说传统中国文化真是“救亡压倒启蒙论”中那个“十恶不赦”而威力无穷的“魔鬼”，那么它何以又成为了“集优劣一身合强弱为一体的传统本身”呢？“封建主义”如果真的致使“救亡”压倒了“启蒙”，那么足以说明它几乎全盘是“劣”性的，也就无法达成所谓“有意识的自觉地进行转换性的创造”，进而达到“西体中用”。从这样的角度来看这篇文章，是存在着漏洞和矛盾的。这种表现为从“封建”范畴转换到“传统”范畴的语义矛盾，事实上也正是“文化热”中建立在文化与现代化之关系论述基础上的话语秩序内在裂隙的呈现。

“文化”的位置

认为这三个核心文本提供了三种叙事，并不是要强调彼此之间的差异有多大，相反，这

① 汪晖：《“历史同一性”及其形成与解体——关于思想史理论与方法的札记》，收入《无地彷徨：“五四”及其回声》，浙江文艺出版社 1994 年版。

② 刘禾：《跨语际实践——文学、民族文化与被译介的现代性（中国，1900—1937）》，北京三联书店 2002 年版，第 120 页。

些叙事之所以能够成立并以“文化热”的形式产生广泛的社会影响,正因为它们分享着统一的话语逻辑和历史想象,其核心在“文化”与“现代化”及其相互关系的理解。在很长的时间当中,人们对这两个80年代的关键词一直保持着与历史当事人同样的理解方式,将它们视为其内涵不言自明的给定语汇。不过,有意味的历史研究恰恰在于去追问这些“被”给定的历史意涵的具体构成,尤其是追问“给出”这些意涵的历史话语机制及其“如何”给出。

正如前面已经分析过的,中国封建社会“超稳定结构”论在当时造成的冲击力主要是两方面,一是它用“超稳定结构”的周期性崩溃和自我修复来阐释中国封建社会长期“停滞”问题,正为封建主义为何在“文革”时期复辟这一政治论述提供着有效的解答;而另一则是它采用的系统论、控制论、信息论的方法本身,对马克思主义史学的挑战。这种理论挑战最关键的地方在于,“我们把社会结构看作政治、经济、文化三个子系统,而经济决定论把社会结构分为经济基础和上层建筑两部分”[①]。也就是说,正统马克思主义史学强调经济基础和上层建筑这一二分结构,并且突出前者决定后者;而金观涛、刘青峰的“社会结构调节理论”则将社会理解为三分结构,并强调三者具有结构性的彼此制衡作用。而有意味的是,对于社会结构为何由“经济、政治、文化三个子系统”构成这一关键论述,金观涛却并没有进行论证,而仅仅借用了朱光潜的观点[②]。朱光潜首先在《西方美学史》序言中提出有关意识形态与上层建筑的关系问题,进而认为应将社会存在分为“三个部分”,即“经济基础,在这基础上竖立着上层建筑,而上层建筑一方面是法律的政治结构,另方面是意识形态”[③]。这一观点在马克思主义理论内部的争议性集中表现为如何看待意识形态,尤其是其以怎样的方式与经济基础发生作用。如果把这一争议纳入金观涛的“超稳定结构论”中来看,其最为独特的地方在于“文化”或“意识形态”[④]构成了一个独立的社会子系统。在有关中国封建社会的论述中,儒家正统的文化结构的重要作用在于调节宗法一体化结构,它既是一种观念,更是一种组织力量。而这事实上也是中国封建社会形成“大一统”中央集权结构的核心因素。如果说中国封建社会与西欧封建社会最大的差别在于前者的“大一统”与后者的“分散性”的话,那么造就这一差别的关键在于中国独有的文化结构。而当无组织力量造成社会结构崩溃之后,其

① 金观涛、刘青峰:《论历史研究中的整体方法》,收入《金观涛、刘青峰集——反思·探索·创造》,黑龙江教育出版社1988年版,第28页。

② 参见《在历史的表象背后》,第25—26页。

③ 朱光潜:《还应深入地展开上层建筑与意识形态问题的讨论》,《马克思主义文艺理论研究》第一卷,文化艺术出版社1982年版。

④ 金观涛一般把“文化”和“意识形态”看做两个可以互换的范畴,在《论历史研究中的整体方法》中做了说明,即“我们有时将文化结构称为‘意识形态’。‘意识形态’意义比较明确,它是指一个社会占主导地位的甚至是官方的形式化社会化的观念形态。‘文化’的概念太含糊、太广泛。但我们如果对‘文化结构’加以限定,把它定义成一个社会占主导地位的社会化观点总和,那么用文化结构比用意识形态结构更好一些”(《金观涛、刘青峰集——反思·探索·创造》,第64页)。

“自我修复”机能主要依靠两种模版,一是“宗法同构体”,另一是“儒家国家学说及一体化”。这也就是说,在自我修复机制中发挥主要作用的正是文化结构——“从旧封建社会形态保持说来,我们可以看到,宗法一体化结构具有巨大的内稳定力量。对于新社会结构在旧社会结构内的成熟和诞生说来,……这就是中国封建社会为什么发展不到资本主义形态中去的问题”①。如果说“超稳定结构论”构造出了一种新的历史叙事的话,那么应该说,其所以“新”的关键在于“文化”被置于前所未有的重要位置。

在金观涛的“超稳定结构论”中,“文化”的重要性主要表现为它被作为社会结构的三个子系统之一,并格外强调文化与其他两个子系统之间的适应性。不过,关键的突破在于“文化”被提升为社会基本构成的三板块之一,并且具有了与经济、政治同等的重要性。在很大程度上可以说,这种对于“文化”地位的提升是“文化热”中三个核心文本的共同特征。甘阳的《八十年代文化讨论的几个问题》在论述“文化”的重要性时,采取的是相似的做法,不过他将金观涛的系统/结构论置于进化论的时间图景中,提出了所谓“三步说”。他认为从“文革”结束到“文化讨论”,这个历史过程是走了“三步”:首先是“引进发达国家的先进技术”,其次是“加强民主与法制”和“经济体制改革”,最后是文化问题,因为“政治制度的完善、经济体制的改革,都直接触及了整个社会的一般文化传统和文化背景、文化心理和文化机制”。而这样“走向文化”的三步,实际上也是 19、20 世纪之交的中国走了“半个世纪之久的路程”,即“始于言技”(洋务运动)、“继之以言政”(戊戌变法)、“益之以言教”(五四运动)。——可以看出,在甘阳这里,社会同样被区分了政治、经济、文化三种结构,这三种结构不仅处于“整体系统”之中,而且按照其变革的难易被置于进化过程中,“文化”由此而成为关键之关键,“中国走向现代世界的进程必然会在这个最后阵地和最后防线上遭到最顽强、最持久、最全面的抵抗”。也因此,“现代化,归根结底是‘文化的现代化’”。

甘阳将“文化”提升到“现代化”的关键指标,是通过叙述现代历史发展的阶段来完成的,不过,最有意味的地方恰恰在于这种关于历史的“阶段论”描述。事实上,把近现代中国历史描述为洋务运动—戊戌变法(辛亥革命)—五四文化运动这样的历史发展阶段,一直是现代中国意识形态变革的前提。不过,由于这样的论述已经构成了体制化的“知识”,它本身的意识形态特性反而被人们遗忘。这种意识形态特性表现在,它构造出一个进步的、发展的历史阶段序列,而这一历史想象无疑是以已经完成现代化的西方作为模型的,并且中国之所以能够被纳入这个模型的前提,在于承认中国的“落后”。按照沟口雄三的说法,这种“阶段说”不仅隐含着“结构上的欧洲模型”,而且是一个“‘落后’的结构”②。强烈的“落后”焦虑,把“现代化”视为“外”在于中国的历史,并且将变革开始之前的中国视为应当全盘改变的对象,这些都构成以“古今之争”取代“中/西之争”的基本前提。而“阶段说”更为突出的意识

① 金观涛:《在历史的表象背后》,第 123 页。

② [日]沟口雄三:《日本人视野中的中国学》,第 29 页。

形态性更表现在,这些“阶段”的划定并非确定的,而是依据论述者的政治立场与现实诉求,不同政治力量的相关论述所“截取”的历史阶段也相应地不同。比如毛泽东关于近、现代中国历史的叙述,将最后的阶段落在“革命”上;有意味的是,甘阳关于文化现代化的论述中则略去了辛亥革命,而李泽厚则通过对近代历史的重述,提出了“告别革命”的论断①。因此,历史发展的“阶段”区分不过是一种意识形态假说,是不同的现代性工程/方案在历史叙述上的投影。在很大程度上,这也正是顾昕所谓的“历史学的意识形态化”②。将现代中国历史变革最后落脚于五四新文化运动,也正是为80年代的文化变革张目。事实上,在80年代与五四历史形象之间,存在着一个彼此建构的过程,即一方面借助对五四的叙述突出文化运动的重要性,另一方面五四新文化运动正成为80年代社会变革的依据。因此,毛泽东时代标志着“无产阶级登上历史舞台”的五四运动,越来越被描述与构建为一场文化运动;而这文化运动的意义在于,它成为了一种比政治行动更为有效的现代性解决方案。

李泽厚正是以对五四历史的重述为起点,将这种论述的冲突建构为“启蒙”与“救亡”的对立,并因之重构“文化”的内涵。如果说金观涛和甘阳的相关论述中,“文化”不仅表现为与政治、经济相匹配的结构特征,而且一定程度上呈现为文化优先论,那么李泽厚的论述则建立在文化/政治的二元框架上。“启蒙”与“救亡”的对立,可被替换为一系列同构的对立项,包括个人(主义)/集体(主义)、民主主义/民族主义、知识分子/农民、资本主义/社会主义等,而最为关键的对立项则是文化启蒙(文化心理结构)与政治救亡(政治经济结构)。现代中国由于仅仅改变了政治经济结构,而文化心理结构仍停留于“封建主义”阶段,因此导致了现代历史的“中断”。于是,现代中国历史可以被视为由于“忽略”了文化启蒙而造成灾难性后果的例证。在这种论述中,一方面,文化启蒙与政治革命是彼此对立的,也可以说,“政治”成为了压制“文化”的外部力量。同时,文化启蒙被置于远远高于政治革命的重要位置。从表面上看,这似乎是马克思主义理论有关经济基础/上层建筑之间“不平衡”关系论述的应用,但其最大的改写在于,作为社会存在的政治革命与作为意识形态的文化启蒙之间的关系完全被颠倒了,与其说这是在论证经济基础与上层建筑之间的不平衡关系,不如说它在“反证”意识形态如何改变社会形态。换种说法,这与其说在印证马克思的唯物主义理论,不如说是韦伯的文化主义理论的翻版。

从上述层面来看,“救亡压倒启蒙论”无疑是在强调“文化启蒙”优于“政治革命”。不过,如若深究李泽厚所谓“文化”的内涵,则可以看出,这里的“文化”并不是“政治”的对立面,而同样是充满意识形态色彩的。一方面,区分文化/政治的依据,仅在于所采取的社会行为方式(政治行动/思想传播、政党革命/学理研究、农民革命/知识分子启蒙),或变革社会的方式(改良与革命);另一方面,用来启蒙的这种“文化”被直接地表述为“资本主义文化”,即

---

① 李泽厚、刘再复:《告别革命》,香港天地图书有限公司1995年版。

② 顾昕:《中国启蒙的历史图景:五四的反思与当代中国的意识形态之争》,牛津大学出版社1992年版,第6页。

封建主义在中国挥之不去的重要原因在于“长久封建社会产生的社会结构和心理结构并未遭受资本社会的民主主义和个人主义的冲毁”。也正因为此，李泽厚认为“文化热”的实质在于“借文化谈政治”[①]或“文化热其实是没办法的事，现实问题不好谈，只好借文化来谈”[②]。由于这里的“启蒙”具有如此特定的内涵，因此，真正关键的并不在于“文化”/“政治”的抽象对立，而在于如何看待社会主义革命史。在《启蒙与救亡的双重变奏》中，颇为明晰地，“下行”历史的开端被设定为以列宁主义组建中国共产党，而这历史的终点则被规定为“文革”的结束。这段历史的意义仅在拯救民族/国家的危亡局势，并因此造成对个体权利与知识群体思想自由的压制。这种把社会主义革命替换为民族主义革命，并将其排除出现代化历史之外的做法本身，事实上牵扯出了现代中国乃至第三世界革命的众多问题系。这也正是这一叙事迄今仍在很多地方发挥影响的原因。首要的问题在于，李泽厚将资本社会的民主主义和个人主义文化作为“现代”社会的基本指标，并将其置于中国民族主义话语的对立面，事实上忽略了一种基本的历史情境，即作为“第三世界”、后发现代化国家的中国，与现代化原发地的西方国家，其展开现代化进程的方式是有着极大不同的。这也正是李陀所指出的：“简单地肯定启蒙主义的研究者，往往不顾一个事实：启蒙主义思想的扩散与资本主义、特别是帝国主义的扩张是同步的；以‘现代性’做轴心的世界范围的‘现代化’过程也是与西方资产阶级在世界范围内建立其文化霸权的进程同步的。这使所有‘落后国家’/‘东方国家’/‘第三世界国家’处于一种非常复杂的历史境遇之中：他们不得不在反帝国主义、反西方文化霸权的前提下让自己的国家加入现代化的潮流。”这种既要进入现代世界体系又必须反抗帝国主义的现代性张力，被李泽厚简单地表述为“启蒙”与“救亡”之间的二元对立，而忽视其中既对抗又交融的紧张关系。显然，这其中的西方中心主义是极为明显的。事实上可以说，无论是本章所讨论的三个核心文本还是整个“文化热”中存在的“中/西比较风”，以西方现代化道路和现代性文化作为衡量中国历史与文化的普泛性标准是当时普遍的历史意识。而有意味的正在于，社会主义革命中“反帝反封建”的双重现代性，如何在 80 年代的“现代化”想象中成了单一现代性，并且，前者被后者宣判为“封建主义”即前现代的，这一话语转换的论述过程是如何发生的？

从这个角度来说，“救亡压倒启蒙论”提供了极具症候性的历史文本。它首先设定了一个普泛性的进化历史路线图，即马克思主义理论按照生产方式列出的从封建社会、资本主义社会到社会主义社会的路径，并假定所有的国家都依照这一路径发展。在描述现代中国历史时，他并不去追问造就现代中国“危亡局势”的西方与作为现代启蒙文化发源地的西方之间有何关系，而假定今日之中国所处的正是昨日之西方国家走过的历史阶段，因此民族主义的反抗就被视为“额外”的干扰；在这一反抗过程中形成的现代文化因为并不符合西方历史

---

① 李泽厚：《关于“文化”问题的问答》，《电影艺术》1987 年第 1 期。

② 李泽厚：《“五四”的是是非非》。

的标准,因此被看做是“非现代”的。不过更值得分析的,是使得这种“非现代”的文化被判定为“前现代的”或“传统中国”的话语依据。现代历史的起点被设定为反抗封建社会尤其是反抗封建文化的五四运动,由于外部的民族危亡压力,文化启蒙运动被中断,只剩下单纯的民族救亡的政治运动,于是封建主义并未彻底消灭并乘机“复活”——在这种论述中,不仅区分了文化启蒙与政治救亡,更关键的在于区分了“中国”的内部与外部。中国的内部是封建主义,并且只有依靠从外部输入现代文化(启蒙),才能实现现代化;而民族主义主要是抵抗外部,为内部的启蒙提供条件(“目前已经基本赢得较长期的和平环境,国家的富强(现代化)虽然仍是中国人的首要课题,但启蒙与救亡的关系毕竟不同于军事形式下和革命时期中……”)。由于从中国内部不可能产生现代因素,并且由于外部的压力强化了民族主义,而这种民族主义却正是依靠封建主义文化被组织起来的,因此,中国文化仍旧被封建主义占领。这里有一系列的同构项:启蒙(内部、民主主义、西方、现代)/救亡(外部、民族主义、中国、传统),同时还被替换为启蒙(个人权利、知识分子主体)/救亡(集体行动、农民主体)。而关键之处,一是“中国/西方”与“传统/现代”的同构,即中国是封建主义的,只有接受西方的“启蒙”文化才能成为“现代”的;另一则是现代革命被替换为民族主义抗争,而民族主义被理解为外部的非现代的政治行为,于是,现代中国不仅游离于“现代”历史之外,并且因为内部文化压力的巨大而最终回复到“封建主义”阶段中。

显然,“救亡压倒启蒙论”正如同甘阳的“传统/现代文化论”,其共享的潜在话语框架是中国/西方、传统/现代之间的同构和转换关系;并且认为中国要转变到现代,只有通过“文化启蒙”或“文化现代化”的方式。同时,它也与中国封建社会“超稳定结构论”分享共同的历史想象:中国封建历史的社会结构尤其是其文化结构是超历史的,并且具有强大的“复活”能力。而“文革”无疑正成为当代中国人认可这一历史叙述的活生生的例证。在“文化热”的讨论中,如果说“文化”的位置被提升到前所未有的重要地位,那么这里的“文化”具体指涉的对象则是中国“传统文化”(或称中国传统文化、封建主义中国文化);而使得中国“传统文化”被作为现实的批判对象和重要话题的,无疑因为“文革”历史,以及关于这一历史的一种隐喻式叙述。以这种历史的隐喻式想象为起点,80 年代被理解为“现代化”历史重新开始的“新时期”。由此看来,无论是中国封建社会“超稳定结构论”、传统文化与现代文化冲突论,还是“救亡压倒启蒙论”,这些文本的叙事在于建构一种充满意识形态色彩的历史想象,而为 80 年代的社会变革提供合法性依据。正是在这些叙述当中,“文化”不仅成为与政治、经济结构三足鼎立的社会结构之一,而且具有着毋庸置疑的优先权;同时,探讨并批判传统中国文化成为介入并批判社会现实的重要方式。

如果说所有的叙述都是被建构出来的,那么值得进一步追问的问题就在于这些叙述是被怎样的历史机制构造出来的。这不仅在于去追问“文革”如何作为一种隐喻式的话语存在构成了“新时期”想象的支点,更重要的是有关“文革”的定型化叙述如何产生以及叙述的话语来自何处。

“文化热”的知识谱系：“现代化理论”与五四传统

追问“文化热”的话语机制及其如何产生，在很大程度上意味着追问80年代借以批判或反思社会主义革命的话语资源到底是什么。尽管80年代始终以“历史反思”或“反思的时代”自我命名，不过在很大程度上这种“反思”却是在拒绝真正的历史反思的前提下进行的。也就是说，80年代的社会/文化变革并不是在对50—70年代的社会主义历史进行了深刻反省之后进行的，毋宁说所谓的反思仅仅是一种“拒绝”的姿态。而使得这一切成为可能的历史原因，则是“文革”所标志的、另类的社会主义现代化道路遭遇到的深刻困境。应该说，80年代的“新时期”意识得以产生并成型，其前提正在于“文革”的存在（在很大程度上，“文革”指称着的不仅是1966—1976年的十年时间，同时也指代整个社会主义实践的困境）。不过尽管如此，却并不一定意味着将“文革”定性为“封建主义复辟”这样的叙述产生。也就是说，“文革”固然指称着“民族浩劫”和“社会主义实践的困境”，但更关键的是如何叙述造成这一困境的原因。从这样的层面来看，追问“文革”作为“封建主义复辟”这样的叙述如何产生才是问题的症结。事实上，如何定性“文革”中的失误一直处在变化当中（笔者有另文详细论述这一问题）。大致可以说，将“文革”定性为“封建主义”，与提出“新时期”的主题为“现代化”这两者应当是同时的。如果可以做一个较为大胆的结论，那么应当说有关“封建主义”的“文革”定性，以及由此延伸出来的关于封建社会、传统文化的批判，是与“现代化”话语直接联系在一起的。

“现代化”作为80年代的关键范畴，无疑是一种影响极其强大的新主流意识形态。其之所以“新”，显然是参照50—70年代的论述方法而言；而其作为意识形态，则在于它被视为一种理所当然的理想社会的乌托邦，乃至成为一切价值判断的依据：所有与“现代化”相关的即是好的，与“现代化”相悖的则是恶的。这也正是“意识形态”的突出特征——“把显而易见的事情当做显而易见的事情强加于人（而又不动声色，因为这些都是‘显而易见的事情’），恰恰是意识形态的一种特性”，“意识形态的后果之一，就是在实践上运用意识形态对意识形态的意识形态特性加以否认。意识形态从不会说：‘我是意识形态’”①。从这个意义上来说，“现代化”或许是80年代最为成功的意识形态，它不但整合起了从政府政策文件到普通百姓的日常生活意识，同时也成为知识分子的主要话语构成。关于意识形态，阿尔都塞提出的更有启发性的论述是：“必须走出意识形态，进入科学知识，才有可能说：我就在意识形态内部；或者说：我曾经在意识形态内部。”对于“现代化”的意识形态性，只有到90年代的历史语境当中才逐渐被人们认知到，这集中地表现为1993—1995年间大陆知识界的“人文精神”

① ［法］路易·阿尔都塞：《意识形态与意识形态国家机器》，收入《哲学与政治：阿尔都塞读本》，陈越编，吉林人民出版社2003年版，第362、365页。

论争中对“现代化”的批判[1]。而这种批判正是以80年代构造的现代化想象被现代化发展的历史现实所打碎为历史前提的。不过,迄今为止,对于80年代的“现代化”意识形态如何构造自身的叙述,却缺乏有效的历史清理。本文追溯“文化热”的话语机制正尝试展开类似的历史清理工作。鉴于有关“现代化”的论述在80年代具有高度的统合性,因此分析的对象仅集中于知识界的表述,并具体落实为对三个核心文本的讨论。

关于“现代化”表述的文化资源,一直存在着一个影响广泛的看法,即认为80年代有关“现代化”论述的资源全部来自五四新文化运动。事实上,这也是80年代当事人的历史意识,他们将“新时期”比拟为“第二个五四时期”,比拟为“新的文艺复兴时代”,80年代的文化运动因此而被命名为“新启蒙运动”。从《80年代文化讨论的几个问题》和《启蒙与救亡的双重变奏》来看,五四既是其历史镜像,也是提供批判语言的武器库。但是,这种看待问题的方式无疑仅停留于历史当事人的意识层面,而未曾深入到规约着这种运用五四传统的方式的背后的历史机制。作为一个不断地被阐释、被重构的现代传统,五四确实在20世纪现代中国一些重要转折关头被重新启用,并且构成了一个强大的话语场。不过,借用甘阳曾提到的阐释学理论:所有的“传统”都不是定型的武器库以供人挑拣,任何启用传统的过程,实际上是一个重构传统的过程;而决定着这种重构方式的,不仅在武器库本身,更在启用者自身所处的历史时期决定的话语结构。也就是说,我们不仅需要看到80年代启用了五四传统,而且应该看到它是如何启用的;更重要的是,还需要看到是怎样的历史机制“激活”了五四传统而使其成为“有用”的。如果把80年代的“文化热”与五四传统关系的讨论推进到这样的层次,那么关键问题又回到如何叙述“文革”。由于“文革”被定性为“封建主义复辟”,因此,“文革”时期(乃至50—70年代)的社会主义中国与五四新文化运动之前的传统中华帝国,这两者之间构成了历史的对应。于是,在克服另类社会主义革命实践的困境基础上展开的“现代化”进程,被对应于五四时期为挣脱传统而进入现代历史的进程(同时也对应于西方摆脱政教合一的中世纪神权而开启的“世俗化”进程)。亦即,在“新时期”的文化变革与五四新文化运动之间,存在着一种历史结构上的“对应”关系。不过,正如前面指出的,这并非一种“历史事实”而是一种“历史叙述”。在很大程度上可以说,正因为这种历史叙述是如此的深入人心,以至身在其时的人们完全意识不到这是一种“叙述”。

指认出造就这一话语表述的历史机制的关键,或许还在于“现代化”这一范畴本身。由于被作为一个不言自明的乌托邦,80年代的人们几乎从未想过追溯“现代化”作为一个历史范畴何时、因何产生。事实上,这也是80年代文化意识最大也最有意味的“盲视”。正如有关“现代化理论”的研究指出的那样,“现代化”最早从一个历史概念转变为一个被认为“放之四海皆准”的普遍概念的时间与地点,是20世纪60年代的美国,并同时形成了英语中的

---

① 参见王晓明编:《人文精神寻思录》,上海文汇出版社1996年版。

特定范畴“现代化理论”(Modernization Theory)——“‘现代化理论’的课题在于阐明非西方发展中国家得以实现工业化和现代化的条件,并就由此产生的社会变动的性质作出提示”,而此前,这一概念一直被作为“固定于欧洲的历史概念”①。一本探究“现代化理论”如何被1960年代的美国社会科学界生产出来的书籍,详细地勾勒了推动“现代化理论”产生的“冷战”背景,以社会学、经济学和政治学为代表的美国社会科学界如何制造出“现代化”的宏大理论,以及这种理论支撑下美国对第三世界政策的实践。这本书进而认为,“现代化理论不仅仅是一种社会科学上的学说”,更重要的是,“现代化也是一种意识形态,一个概念框架,这个框架中融汇了美国人对美国社会的性质以及对美国改变世界的特定部分——即那些在物质和文化上都被认为有缺陷的地区(也即刚刚获得民族国家独立的第三世界国家或落后地区——笔者注)——的能力的一组共同的假设”②。事实上,这种“现代化理论”不仅统摄了美国社会科学界,且由于美国的中心位置使得这种理论很快成为全球性的话语范式;尤其对于那些非西方国家而言,“现代化理论”正是“社会科学知识在中心(西方国家)生产,在边缘(第三世界)消费”③的典型例证之一。

试图建立起80年代中国历史语境中作为一种意识形态的“现代化”与作为一种意识形态化社会理论的“现代化理论”之间的关联,或许是相当冒险的举措。而对后者如何施加影响或渗透到前者所需要做的历史梳理,更是极为艰巨的工作。不过,这种构想也并不算是天马行空。首先,必须考虑到“现代化理论”在“二战”后(尤其是第三世界国家纷纷独立的60年代)获得的广泛影响,它既是一种社会理论,也是一种意识形态。而且由于它主要对象是后发展的第三世界国家,因此成为将资本市场体系之外的“落后”国家或地区纳入以美国为中心的世界市场的最强有力的意识形态和政策语言。与此相反的是,50—60年代的社会主义中国,既是相对于苏联、美国两大阵营之外的“另类现代性”的代表,同时也为批判“现代化理论”的依附理论与世界体系理论的思想者提供思想源泉。但是,从1970年代初期开始,中美关系正常化、中国加入联合国等事件标志着中国已经打破了“冷战”的封锁。尤其在“文革”后期,经济上的“洋跃进”表明中国的问题不在于是否要加入世界资本体系,而在如何加入④。在这样的历史情境下,中国与世界资本市场之间的关系正如其他第三世界“落后国家”,它不再是“另类”,而成为“现代化理论”收编整合的对象;或换种说法,“现代化理论”提供的语言正可表述当时中国在世界资本市场体系中的处境。不过,这种语言主要并不是

---

① [日]富永健一:《“现代化理论”今日之课题——关于非西方后发展社会发展理论的探讨》,收入《现代化:理论与历史经验的再探讨》,罗荣渠主编,上海译文出版社1993年版,第111页。

② [美]雷迅马:《作为意识形态的现代化——社会科学与美国对第三世界政策》,牛可译,中央编译出版社2003年版,第8—9页。

③ 罗荣渠在“编者的话”中引述一位非洲学者的话,《现代化理论与历史经验的再探讨》,第3页。

④ 温铁军:《新中国三次对外开放的“收益与成本”》,《99独白》第3卷,上海远东出版社2000年版。

以学理的知识输入的方式,而更作为一种不言自明的意识形态,构成中国打破"冷战"封锁、进军"世界"市场的合法性依据。这种话语的接受可以从两方面来解释:一是从中国内部,"文革"所标志的社会主义现代性实践的困境本身,为新意识形态话语的进入提供了条件。将"文革"阐释为"封建主义全面复辟",阐释为"传统中国文化"的恶性发作,正是这种话语实践的结果,而不是原因。另一则是从中国外部,美国针对第三世界国家推广的"现代化理论",在某种程度上正为社会主义中国内部困境提供了可能性替代方案(某种意义上也是"唯一"可替代的方案)。事实上这也可以看做是被"全球资本主义体系强大的扩张力和毁灭性诱惑"①所挤压的某种必然结果。

自然,给出这种解释并非将70—80年代中国语境中的"现代化"意识形态直接指认为"现代化理论"在中国的翻版,而是试图指出,从后"冷战"的历史结构和话语机制的角度来看,无论从现代性话语自身的扩散还是中国接受这种话语的条件,都具备这样的历史可能性。在很大程度上,这也是在分析福柯所谓的"权力的非话语机制"。曾有论者将福柯的知识考古学和知识谱系学形象地解释为:"构成学校课程(数学、科学或者文学课程)的各种话语是考古学方面所研究的对象,而教室应该如何布置才能使老师能够四处移动并监视每个学生的行动这一问题则与谱系学方法更有关系"②,如果说考证"文化热"中三个核心文本展示的话语形态是知识考古学的内容,那么从全球关系体系的角度分析70年代中国的处境与"现代化理论"及其扩散方式,则属于谱系学的范围,它相当于展示给我们"文化热"所得以展开的"教室"的历史空间境况。

但是,强调70—80年代中国的"现代化"想象受到"现代化理论"的影响的可能性,还只是研究的一个步骤。更值得分析的是这种可能性与"文化热"的具体表述间的关联形态。由于作为一种成功的意识形态,"现代化理论"并不表现为一种学术语言,更主要是一种弥散性话语,因此这里仅考虑其作为话语形态的关联性。"现代化理论"曾被研究者概括为四个相关的基本假设:"(1)'传统'社会和'现代'社会互不相关,截然对立;(2)经济、政治和社会诸方面的变化是互相结合、相互依存的;(3)发展的趋势是沿着共同的、直线式的道路向建立现代国家的方向演进;(4)发展中社会的进步能够通过与发达社会的交往而显著地加速。"③也就是说,没有被纳入全球资本市场的国家被称为"传统"社会的国家,它可以接受西方发达国家(以美国为最高典范)的现代化经验,并通过接受发达国家的援助,而按照现代化理论规定的时间表逐步"起飞"。这其中西方中心的现代想象、进化论的线性发展逻辑,以及通过否弃自身的传统特性而进入现代社会的逻辑,与"文化热"尤其是三个核心文本的基本现代化

---

① 美国教授 Arif Dirlik 语,引自张旭东:《"朦胧诗"到"新小说"——新时期文学的阶段论与意识形态》,《批评的踪迹:文化理论与文化批评:1985—2002》,北京三联书店2003年版,第243—244页。

② [澳]J. 丹纳赫、T. 斯奇拉托、J. 韦伯:《理解福柯》,刘谨译,第113页。

③ [美]雷迅马:《作为意识形态的现代化——社会科学与美国对第三世界政策》,牛可译,第6页。

想象是颇为一致的。“现代化理论”还有一个突出特征，即对“文化条件”或“价值体系”的重视。也就是说，在“现代化理论”中，“文化”往往被置于相当重要而显著的位置。而“文化”所获得的这种优先权也是有其隐在的意识形态诉求的，即“他们用导致‘传统’世界落后停滞的弊端来对照出西方的优点，由此他们最终要阐明的无非是，西方的优势不在于自然资源或军事征服，也不在于帝国主义侵略和资本主义剥削。决定性的因素深深根植于西方传统中固有的价值”[①]。与此相应，“落后”国家之所以落后，也可以解释为他们自身的原因，即根源于其固有的文化传统。——由此看来，“现代化理论”这种“对社会结构和文化条件最感兴趣”[②]的趋向，也正表现在中国“文化热”的三个核心文本有关政治、经济、文化的三结构/系统说，表现在有关“文化”地位的提升和强调上。事实上，不仅基本论述和话语构成上的相似，三个核心文本所连带的周边语境亦透露出这种关联性的“蛛丝马迹”。“超稳定结构论”有关社会结构的基本论述，与美国学者帕森斯，这位为“现代化理论”奠定理论基石的社会学家的结构—功能分析如此相似，以至金观涛、刘青峰需要在文章中专门说明其所提出的“社会结构调节原理”与帕森斯的结构—功能分析究竟有什么不同。他们将之解释为“不约而同”——“这种探索处于学术封闭的环境中。这样使得我们在研究中不得不更多地依靠自己在黑暗中摸索，而对韦伯、帕森斯、结构主义这些和我们有共同点的研究成果所知甚少。”[③]这里显然不是要追究学术观点的原创性问题，让人感兴趣的，是据此透露出来的冷战阵营内外的知识关联方式。或许李泽厚的《启蒙与救亡的双重变奏》与美国中国学（包括新儒学）“互相印证”的纠葛关系，则更为症候性地呈现中国语境中新的学术范式与海外研究的互动关系。

显然，探讨一些具体的论说如何印证“现代化理论”并不是本研究的目的，这里试图揭示的是一种新的话语形态在怎样的历史语境中被生产与复制再生产。而在70—80年代的中国语境中，关于“现代化”的具体论述显然并不直接依据西方的“现代化理论”，两者的关联仅在于话语秩序的类同。有关“文化”与“现代化”关系的更为直接的论述，源自五四新文化运动，正如《80年代文化讨论的几个问题》与《启蒙与救亡的双重变奏》显示的那样。不过，如前面已经提到的，这种对五四资源的启用并不是原封不动照搬五四，而是经过了“现代化理论”的话语机制的筛选和重新激活。也就是说，80年代对五四传统的“复归”之所以成为可能，正因为经过了“现代化理论”及其意识形态话语机制的“转译”和“转换”。这倒不是认为五四新文化运动没有形成自足的文化论述，而是因为有关“五四传统”的论述始终是20世纪现代中国不同政治力量争夺的焦点，因此对于作为“传统”的五四，更关键的在于它被怎样

① [美]雷迅马：《作为意识形态的现代化——社会科学与美国对第三世界政策》，牛可译，第101页。

② [日]富永健一：《“现代化理论”今日之课题——关于非西方后发展社会发展理论的探讨》，收入《现代化：理论与历史经验的再探讨》，罗荣渠主编，第115页。

③ 金观涛、刘青峰：《论历史研究中的整体方法》，收入《金观涛、刘青峰集——反思·探索·创造》，第26—31页。

的意识形态所讲述。不过有趣的是,相比于蒋介石或文化保守主义所论述的“爱国但破坏了民族文化传统”的五四、共产党或新民主主义所论述的“无产阶级登上历史舞台”的五四、80年代“文化热”中有关五四的论述或许最为“贴近”于五四启蒙知识分子的文化表达①。但这种“贴近”并不由于两者历史结构(开启现代)或推进运动的历史主体(知识分子)的类同(毋宁说这种看法本身正是一种话语建构的结果),而在于“现代化理论”与作为启蒙现代性工程之一部分的中国五四新文化运动有着相似的知识渊源。有论者曾指出“现代化理论”的知识渊源——“虽然近代化理论产生的近因是二战后世界的某些情况,但是它对非西方文化以及这些‘宁静地区’的变化性质所持的最根本假设,则大量吸取了19世纪西方知识分子中广泛流行的一套思想。关于这段19世纪的渊源,只是在泛论近代化理论时才有人偶尔提及”②。更有论者指出这种知识渊源的殖民主义/帝国主义倾向——“现代化理论”与“启蒙运动和进化论的社会变迁模式背后的逻辑极为相似”,因为他们提出并试图解答的是这样的问题,即“为什么西方进步而非西方世界则停滞不前”,而这正是一个“深深植根于帝国历史”的问题③。也就是说,“现代化理论”与西方现代启蒙文化有着直接的知识渊源关系,不过将其改造成为更“现代”和更“科学”的形态而已。而某种程度上应该说,五四新文化运动正是深深地依赖于这种西方启蒙文化,并内化其启蒙主义思路的。这种共同的知识渊源,显然才是“现代化理论”与五四新文化传统看起来如此“相似”的原因。但是,正如“现代化理论”固然是经过改造的启蒙主义知识,但更是“冷战”时期极具影响力的意识形态,80年代“文化热”中的“新启蒙”表述事实上也必然绝非“重复”五四新文化论述,而是“现代化”意识形态的构成部分。而这或许也正是“文化热”大量借用五四的叙述,但却始终将重心放置于“文化”与“现代化”之关系的内在原因。

将“文化热”的知识谱系追溯至“现代化理论”及决定这一话语机制发生作用的“冷战”/后“冷战”历史语境,最终的目的还是在于探问决定80年代文化意识的话语秩序与权力机制。因为唯有将问题的探讨推进到这一层次,我们才真正跳出了80年代自身文化意识的限定而将其“还原”到特定的历史情境之中。这无疑是为告别那些仍在今天发挥影响的80年代意识形态而必须做的历史工作之一。不过,正如“知识”这一范畴本身所携带的“冷冰冰”的理性意味一样,这种立足于文本的话语清理工作,无法同时包容曾经在历史现场发挥巨大能量的情感与情绪内涵。这些今天被作为“历史档案”的文本,曾经召唤起强大的情感和力量,那种认同感的建立、它们与之呼应的更为细腻和微妙的语境,以及人们投射于文本的“过度诠释”,这些很难被知识考古学或谱系学纳入。而从某种程度上说,这绝不仅是一个方法

① 有关“五四”阐释的不同面向,参见汪晖的《中国的“五四观”——兼论中国现代文学史和思想史研究的历史前提》,收入《无地彷徨——“五四”及其回声》,第177—229页。

② [美]柯文:《在中国发现历史——中国中心观在美国的兴起》(增订本),林同奇译,中华书局2002年版,第55页。

③ [美]雷迅马:《作为意识形态的现代化——社会科学与美国对第三世界政策》,第97页。

论问题,同时还包括如何理解80年代历史的“主体性”以及80年代文化的“主体性”问题,并且可以渗透到对于研究对象的处理中。比如有关“文化热”,事实上还应该探询其“西学”的知识谱系如何构造出更为复杂的中国主体性,还应该追问在历史现场中所展现的多种历史可能性,以及那些被主流话语机制所排斥的文本与命题等。但这些只能留待笔者以后的工作或者其他有心者的推进了。

2006年11月初稿,2007年9月改定

(原刊《励耘学刊》(文学卷)2008年第1、2辑,学苑出版社)

荒诞还是荒唐，渎圣还是亵渎？

——由阎连科《风雅颂》批评某种不良的写作倾向

邵燕君

阎连科的长篇小说《风雅颂》在《西部·华语文学》2008年第2期发表后，立即引起北京大学一些学者和学生的激烈批评①。除了文学因素以外，引发批评的一个特别原因是，《风雅颂》明显以北京大学为主要写作背景（不但将主人公任职的大学命名为“清燕大学”，还特意标明“清燕大学坐落在京皇城圆明园南边，院里绿树参天，古楼林立”，并且有一个与北大的未名湖名字相近的无名湖②），却对大学文化精神和高校运作机制缺乏基本了解，不但细节破绽百出，主体情节更荒诞不经，加之主人公杨科灵魂卑微、行为龌龊，其精神品格既与大学文化无关，却时时处处以“清燕大学古典文学教授”身份自居，对大学教授群体和大学文化构成侮辱和伤害。

对此批评，阎连科以多种方式做出回应。一方面，他承认自己对大学生活确实不熟悉，《风雅颂》无意影射任何知识分子，其实是他的精神自传③；一方面又称，小说是象征性的作品，故事总有其环境和背景，读者“犯不上对这件事多么认真”。在他看来，北大的教授、博士不能从小说的荒诞性出发而“对号入座”，是比小说更荒谬，并且是缺乏文学胸怀的可笑幼稚之举④。阎连科有关象征性文学作品的象征情境不必与现实情境对应的说法，得到了厚爱他的批评家和出版者的支持。与此同时，“单刀直入揭示当下知识分子的精神困境”、“勇敢面对转型时期的大学面对的各种复杂问题”，又成为他们称道这部作品的最重要的意义和价值。⑤

---

① 笔者和由笔者主持的“北京大学当代最新作品点评论坛”在例行点评中做出批评（见 http://www.pkupk.com，点评者谢琼），李云雷博士（毕业于北京大学，现供职于《文艺理论与批评》杂志）也在自己博客中发表批评文字。我们的文字和言论经《文学报》记者采访、整理，收入《诋毁“风雅颂”，妖魔“高知”群?》（《文学报》2008年6月19日）的报道中。

② 杂志版第11页，图书出版时，这段话删去了，“无名湖”改为“荷湖”，但全书中仍有不少“标识性”描述，让读者很自然地将“清燕大学”指认为北京大学。以下，凡引自杂志版的特别注明，未注明的为图书版。

③ 阎连科：《我确实不熟悉大学，但我无意影射》，《文学报》2008年6月19日，第3版。

④ 阎连科、吴怀尧：《风雅颂并未妖魔化北大，教授博士应有文学胸怀》（专访），《中国社会新闻》杂志2008年第7期。

⑤ 见《诋毁“风雅颂”，妖魔“高知”群?》（《文学报》2008年6月19日）的报道中，苏州大学王尧教授和《西部·华语文学》执行主编林建法先生的有关评述。

本文暂且不讨论将一部"精神自传性"的作品寄身于一个与作者素无瓜葛又毫不熟悉的文化群体是否构成了名誉侵犯,而是仅从文学的角度探讨几个专业性的问题。首先,贯穿整部《风雅颂》的精神逻辑和大学文化的精神逻辑到底有什么本质性差异?这差异是可以被随意忽略的吗?在对大学文化精神完全隔膜的情况下进行夸张、变形、狂想式地写作,在对高校知识分子造成诋毁伤害的同时,对该作品的文学价值造成怎样的影响?第二,作品的象征情境和现实情境真的是可以脱离的吗?阎连科号称的"荒诞性"写作与其效仿的西方现代派文学中荒诞派文学是一回事吗?在精神立场和写作技巧上存在着怎样的落差?第三,为什么一部作家的精神自传偏偏要落户于自己并不了解的大学、覆以并无深研的《诗经》?"清燕大学"和《诗经》的功用何在?所谓"渎圣"的精神实质是什么?其中蕴含着怎样不良的创作心态?这样的倾向蔓延下去对读者和文学本身会造成什么样的伤害?

以"乡村逻辑"+"奴才逻辑"演绎大学精神

或许是出于自我辩解,阎连科在小说发表几个月后出版的《风雅颂》(江苏人民出版社2008年6月)一书的后记中写道:"我不熟悉大学,如同大学的人也未必知道什么是大学一样。我在《风雅颂》中写的是'我的大学','我的乡村',不是大家说的底层叙事中的乡村;这个乡村,也连接着大学背后的伟大传统。我在这个传统或者承载了传统的典籍中想象着大学。我的'乡村'和'大学',由此不伦不类。"

阎连科在这里建立了几个概念也混淆了几个概念。按照阎连科的逻辑,小说中的乡村和大学的合法性都不是建立在现实的基础上而是在自我想象的基础上,因而可以"不伦不类"。那么想象的依据是什么呢?就是一个"伟大的传统",这个传统连接着"我的乡村"和"我的大学",所以,他可以基由"我的乡村"和"承载了传统的典籍"(大概这里指《诗经》)来想象"我的大学"。

老实说,在拜读了《风雅颂》之后,笔者实在看不出阎连科所说的那个"伟大传统"是什么,也姑且不论这种想象的推理逻辑是否成立,这里首先需要辨明的是,即使我们承认有一个连通各种文化形态的"母传统",下面的各个子传统之间也是有着本质差异性的,尤其是形成于中国从传统社会向现代社会转型期的大学文化,其文化的核心精神——科学和民主、学术的独立和自由,恰恰是最不能从乡村文化和传统典籍中推演而出的。正是由于对大学文化中的现代文明精神内核缺乏理解,造成了阎连科对大学文化的本质隔膜,使小说的逻辑在根本处走偏,情节越离奇,小说也就越离谱。

《风雅颂》的中心情节是,清燕大学副教授杨科抱着自己五年的研究成果《风雅之颂》回到家时,出乎意料地将妻子赵茹萍和副校长李广智捉奸在床。杨科不但毫不敢怒,甚至感到"不安和愧疚",连说"对不起"后退(第3页)。随后,杨科接二连三地向妻子和副校长下跪,乞求原谅并讨价还价。这种屈辱行为背后的逻辑是,作为一个副校长,李广智对副教授杨科有着绝对而直接的控制权。他既能批给杨科经费,资助其出版专著,评上正高、全国模范教师;也可以剥夺其教职,将之逐出校园,甚至经过一番权力运作后将其关进精神病院。在阎连科笔下,副校长像一个为所欲为的村长,他大笔一挥,可以将只有函授学历、只对“大明星的生活细节”有研究的赵茹萍聘为教师,很快升为博导(而且她讲课居然大受学生追捧并被列为校级观摩课),可以下文件通知将杨科不受欢迎的系选修课《诗经解读》改为理科生也必修的全校必选课。杨科在讨价还价中甚至请求副校长直接下令中文系:古典文学教研室可以没有,先秦文学这门课可以不讲,但《诗经解读》这门课不能没有①。面对副校长的欺辱欺压,杨科完全像个逆来顺受的农民,不但毫不反抗,而且认为这一切天经地义。在他的世界里,人本来就是不平等的,人的价值等级完全取决于官职的等级,也演化为职称的等级。所以,正教授是“大写的人”,副教授不是,讲师更不是②。教授给副校长下跪是没有心理障碍的,去拜见校长更像是觐见皇上(第67页)。

小说中最极端的一个情节是,当杨科被逐出校园回到家乡后,看到初恋情人的女儿(在他的想象中女儿完全是母亲的替身,应该委身自己)嫁人,竟怒不可遏冲进洞房,活活把新郎掐死,边掐边喊:“我让你在洞房快活,你个不识几个大字的乡巴佬!”“你个耙耧深处的乡下人,竟敢比我一个教授活得还自在。”同时的心理独白是:“感到了我一生憋在身上的怨恨都在一瞬间被我甩掉了。”③此前即使在精神病院“发疯”时,杨科也是一见到院长立刻下跪(第88页),而此刻竟然敢真正地“发疯”,将对霸占自己老婆的李副校长长期积累的屈辱仇恨完全发泄在一个无辜的合法丈夫身上,没有别的原因,只因为,一个是副校长,一个是乡巴佬(而且胆敢也姓李)。在卑躬屈膝和丧心病狂之间,杨科卑贱而暴虐的灵魂暴露无遗。

透过这样“荒诞”的情节我们可以看到,统摄杨科和整部《风雅颂》的精神逻辑是一种彻底的极权社会的官本位逻辑:权力就是一切,官大一级压死人,人与人之间没有平等的关系,只有主宰和被主宰、奴役和被奴役。因为没有自尊的条件,久之也没有了自尊的概念,只有傲慢和卑贱。

中国是一个有着数千年封建专制传统的国家,“官本位”的意识渗透到每一个社会单元和每一个人的内心深处,应该说,大学也不例外。然而,我们必须看到,虽然同在一种文化传统之下,不同的社会单元之间仍有很大差异。阎连科自幼生长的乡村和长期供职的军队,与现代大学可以说正处于整个系统的“两极”。现代大学建立的一个重要意义就在于对中国传统“官本位”的专制文化的突破,这突破不仅在于“兼容并包、思想自由”等理念的提出,更是

---

① 见杂志版第21页,这一段话在出书时删去了。小说出书时有关大学的部分压缩了不少,删去了一些明显谬误的细节,然而,主导精神却完全没有变化。从杂志版的这些“硬伤”中,我们可以更真实地看到阎连科对大学生活“不熟悉”的程度,及其相关的价值观。

② 杂志版第40页。

③ 杂志版第123—124页。小说版中,“乡巴佬”改为“土木匠”,见第264页。

落实到一套可操作性的制度上。所谓“教授的人格尊严”不是光靠人格力量支持的，背后有制度性保护。而在一个有延续性的制度保障下，又可培养出人格精神和文化氛围，逐渐形成一种独特的文化传统和生活方式，这就是所谓的高校“校园文化”。这种象牙塔式的文化有其内在的封闭性和脆弱性，时时要受到外界力量的侵犯和挤压，但对于整个国家而言，有着特别珍贵的意义。因为，它以建立“小传统”的方式把古老中国向来稀缺的平等、自由等现代文明精神制度化、生活化了。也正是从这一点说，对校园精神的把握需要生活体验，或许如阎连科所说，一些大学内部的人也“未必知道什么是大学”，但这个“不知道”和外部人的“不知道”是不一样的。

比如，《风雅颂》涉及的校园政治、现代大学的权力结构和运作方式就自有其特点。当初，蔡元培在改革北京大学时，就通过设立大学评议会和教授会，将北京大学从“被少数官僚支配的官吏养习所”转变为“由学术群体控制的高深学术研究机构”。此后，清华大学在1926年颁布了《清华学校组织大纲》，也采取了教授会和评议会制度，使得几乎全部校政都由教授主持。此制度在抗日战争爆发后的西南联大期间仍发挥着根本作用。“新中国”成立以后，在“前苏联”大学模式的指导下，“学术权力”在党政权力的控制下萎缩，而1978年以后又在相当程度上逐渐得到恢复。90年代“市场化”转型后，学术权力又面临新的挑战，在权钱结合的双重压迫下再度陷入弱势。尽管如此，在一些传统深厚的大学里，由于资深学者多，学术权力较为强大，学术自由的概念深入人心，面对行政权力的压迫，教师仍有抗争的实力和空间。如果考察一下2003—2004年北大人事制度改革风潮（当时，发表反对文章的就有不少中文系教授）和2007—2008年发生在北大光华管理学院等地的所谓“学术行政化风波”，就可以看到校园内部的抗争和制衡力量①。而对“学术自由”的维护力量，其实更在这些热闹事件下无数教师的默默坚守之中。所谓“十年树木，百年树人”，在各种严峻的社会环境中，抵抗外力，保存火种——这正是一个百年老校的树大根深之处，是骄傲的传统，同时也是沉重的责任。事实上，这也是整个社会对著名大学的期许和要求。

这些年来，无论是关于北大的“神话”还是各种诟病指责，都是基于将北大视为一个精神象征——作为一个有着独特传统的高等学府，能否坚守中国稀有的“学术独立”的尊严和品格。从这个意义上说，考察当下高校知识分子的精神困境，以北大为背景是有典型性的，不要说“影射”，就是指名道姓也无不可。但前提是，必须深入其传统的核心，了解其内部肌理。特别是要批判其堕落，更要知道原本的高度在哪里，否则，堕落从何谈起？

阎连科的问题在于，他在想象中搭建“我的乡村”和“我的大学”，却完全把“乡村逻辑”和“大学逻辑”混为一谈。他投射在杨科身上的灵魂来自古老的乡村，其实又滤去了农民文化中所有光明的部分，只剩下一副奴颜媚骨——这是一个性格被严重扭曲的奴才的灵魂。

---

① 参阅甘阳、李猛编：《中国大学改革之道》，世纪出版集团、上海人民出版社2004年1月。任远：《“学术行政化“风波”》，杨早、萨支山主编：《话题2007》，三联书店，2008年2月。

这样的人物在大学教授中不是没有,但不具有典型性。即便如此,如果阎连科能将一个带有严重“精神奴役创伤”的“农民教授”置身于在代表现代文明精神的大学校园,呈现中国校园文化内在的病源以及在社会转型期的堕落,也是一个相当独特的切入角度,能够写出非常深刻的作品。但是,这对作家的思想和艺术功力都有很高的要求。最起码的,作家在精神境界上不能等同于他笔下的人物,必须对其劣根性有清醒的认识和反省,必须对其置身的大学文化的基本定位有明确把握。如果完全以等同于主人公的“农民 + 奴才”的逻辑演绎大学精神,结构大学文化,就是将具有异质性的颠覆对象同质化了,这就从本质上取消了颠覆的可能性。

当然,阎连科还会说,我并不想颠覆什么,我只是想写我自己,写精神自传。但是,由于小说人物的精神内核与他置身的校园文化完全不搭界,使人物的精神自剖也无法完成。阎连科只向杨科这个人物身上投射了一副卑琐的性格和一个回家的意念,却没有给他选好投胎之所。杨科这个人物既不是典型人物,也不是象征人物,甚至不是概念化人物,只是一个在作家想象的“我的乡村”和“我的大学”中游走的符号。所以他必须时时标榜自己是清燕大学教授,甚至在色情场所里也要一次一次地向妓女掏出工作证证明,因为除了工作证上白纸黑字的文字符号,没有任何形象特征显示这个人的社会身份。这个人物无论是写实意义上还是象征意义上都是彻底失败的,从而也使整部作品在文学上陷入失败。

以荒诞的名义逃离现实

从《风雅颂》现有内涵来看,如果为这部小说寻找文学立足点,恐怕就应立在精神自传上。阎连科自己也曾明确表示:“从精神方面来讲,我的人生情境大致与杨科相仿,面对世界、面对社会、面对乡村、面对爱情,杨科的一切,都处于妥协和懦弱的人生状态,他是一种战战兢兢的人生态度和处世之法。”①

既然如此,阎连科为什么不老老实实地写精神自传,或者将主人公放置在自己生活的社会环境和文化环境中(比如阎连科以前供职的军队或现在供职的作协系统),而要把他放在自己完全不熟悉的大学,又与此前自己并无深研的《诗经》联系在一起呢?除了某些“现实考虑”之外,还必须从阎连科的创作追求和一向的包装策略寻找原因。

关于《风雅颂》的构思和写作过程,阎连科是这样叙述的——

> “回家”这个意蕴之念,我一直想写,但苦于没有什么东西能把整部小说贯穿起来。在构思小说期间,有一次与朋友闲聊,他突然把话题转到了《诗经》上,一下子使我想到《诗经》不仅是文学上游的不竭之源,而且是中国人文化灵魂的归宿,是中国人用诗歌的

① 阎连科、吴怀尧:《风雅颂并未妖魔化北大,教授博士应有文学胸怀》(专访),《中国社会新闻》杂志 2008 年第 7 期。

> 形式书写的中国人的《圣经》。这一瞬间,我茅塞顿开,如醍醐灌顶,忽然意识到,完全可以用《诗经》来结构这部小说,完全可以让主人公成为一个高校教《诗经》的教授或专家。当《诗经》成为了小说的一个线索后,还可以与小说本身的故事形成互文效果。最重要的是,我的家乡河南中原那个地方,曾经和《诗经》有那么亲密的联系。这时候,小说还没有开头和故事的发展,故事的结尾就天窗大开般来到了我的头脑之中。我隐隐看见,故事结尾中的那个"诗经古城",已经无比辉煌地在向我的故事招手,要我的故事朝那里走去。离开朋友后的第二天,我跑到中关村和西单图书大厦,买了很多关于《诗经》研究的书,回去学习、琢磨了一段时间,就很快动笔写作了。大约用了大半年时间,小说写完了。①

阎连科是一个写实出身但一直不甘于写实的作家,自长篇小说《日光流年》(1998 年)的"寓言化"特征被肯定后,创作不断向"超现实"的方向发展。这一发展受到一些"纯文学"批评家特别的肯定和推崇,2004 年出版的《受活》被称为中国"超现实主义写作的重要尝试"②、"中国当代文学'狂想现实主义的奠基之作'"(《受活》封底介绍),阎连科作为一个"纯文学"前卫作家的地位由此确立。《风雅颂》的腰封上则赫然印着"中国荒诞现实主义大师"。对于"大师"阎连科来讲,以传统的方式扎扎实实地写一个人物、一个故事、一种心灵感受是不够的,而必须要有一个宏大的主题、一种新鲜的文体形式,"无论再好的故事,没有一个相对合适的结构,没有一个自己认为新鲜的文体,我可能就无法写作"③。为了找到一个可贯穿小说的结构和主题,一种有新鲜感的文本形式,他选择了《诗经》;为了讲《诗经》,他让主人公做了大学教授;至于对大学教授生活的大学文化的不了解,他认为并不重要。

阎连科的文学观念和思维方式与上世纪 80 年代"先锋文学"运动的文学口号一脉相承——重要的不是"写什么"而是"怎么写"——但是,当年"先锋小说"这一口号的提出有着特定的语境,其权宜性、策略性以及负面性后果,自 2001 年"纯文学"反思以来已经被多方而深入地讨论,这里不再多说。从作家的角度来说,在"先锋运动"兴起的 20 余年后,仍在此路径上行进的作家,真正要做的是,一方面继承先锋的"遗产",继续语言和形式的探索试验,一方面,补上先锋派的"先天不足",把他们当年生吞活剥来的西方现代派文学技巧背后的精神吃透,并将其本土化和现实化——这方面的工作其实一直有人在做,并且开始结出果实,但大都为年轻的不太有名气的作家④。而在阎连科这样八九十年代成名的"纯文学"作家的口

---

① 阎连科、吴怀尧:《风雅颂并未妖魔化北大,教授博士应有文学胸怀》(专访),《中国社会新闻》杂志 2008 年第 7 期。

② 李陀、阎连科:《〈受活〉:超现实写作的重要尝试——李陀与阎连科对话录》,《读书》2004 年第 3 期。

③ 阎连科、吴怀尧:《风雅颂并未妖魔化北大,教授博士应有文学胸怀》(专访),《中国社会新闻》杂志 2008 年第 7 期。

④ 笔者主持的"北京大学当代最新作品点评论坛"在 2007 年的点评工作中就集中推介了这样一些作品,主要作者有王威廉、李浩、艾伟、张静、黄咏梅等。他们的作品收入当年年选《2007 年中国小说》(曹文轩、邵燕君主编,北京大学出版社 2008 年 1 月)中。

上笔下,形式和内容仍然是二分的,形式仍然是本,内容仍然是末。

"荒诞"是阎连科特别爱用的一个词,到底什么是"荒诞"?在阎连科和支持他的评论家那里,"荒诞"不但是一面旗帜,更是一种文学特权,在这个特权的庇护下,作家可以名正言顺地逃离现实,不但可以忽略细节真实,也不必受生活逻辑的约束,而是任凭内心驱使,建构"我的"一切。他们所说的"荒诞"与西方现代派文学中的"荒诞"到底有多少本质联系?在西方荒诞派文学那里,作品的寓意象征性和社会现实之间又是怎样一种关系?

在整个西方现代派文学运动中,荒诞派是哲学背景最强、关注现实程度最深的文学派别。"荒诞"一词最初来自拉丁语 Surdus,后引申为人与人之间的不能沟通或人与环境之间的根本失调①。在西方文学的脉络里,"荒诞"是一种古已有之的文学手段。不过,在形成于20世纪40年代二次世界大战的劫难后的西方荒诞派文学运动中,"荒诞"有着其特定内涵。按照存在主义的观点,"荒诞"是上帝"死"后现代人的基本处境。在萨特那里,表现为人的生存的无意义;在加缪那里,表现在西绪福斯式的悲剧;在卡夫卡那里,表现为异化、孤独、徒劳和负罪。在关注和反映现实这一点上,荒诞文学运动是浪漫主义的死敌(不再提供令人心旷神怡的麻醉剂,而是令人痛定思痛的苦酒),却是现实主义的承继者和突破者。它关注的问题是一切现实中最现实的:人生和人所生存的世界。相对于现实主义,包括荒诞派在内的现代派文学的突破在于,对于人类社会的关注和表达更具有普遍性、整体性、精神性和前瞻性。为了全方位地表达人生与世事的荒诞,文学的手段也是荒诞的——但这并不妨碍其主题的严肃和清醒。②

"荒诞"作为艺术手段最突出的特点是:整体荒诞而细节真实。艺术手段上的夸张变形是极端化主题的需要,通过"陌生化"的手段抵达更本质的真实。正因为要描神画骨,更要求筋络分明,否则夸张变形之后谁还能认识?——这正是那个经典的"毕加索画牛"故事的核心要义。那些堪称中国当代作家现代主义启蒙老师的荒诞派大师无一不是写实的高手:卡夫卡将一只甲虫的处境写得让遥远陌生的中国学徒感同身受;加缪虚构的那场鼠疫,其细节、情境的真实感远远超过了阎连科的写实性作品《丁庄梦》(《丁庄梦》曾号称与《鼠疫》媲美,见扉页介绍)。正因为作品整体情节是荒诞的,细节真实才更要步步为营,每个人物都必须严守与自己在现实身份相符的生活逻辑,只有这样才能揭示出生活本质的悖论情境。否则,疯了的只是个人,与整个世界何干?

所以,在一部荒诞性作品中,象征情境与故事情境必须是严格对应的,绝对不能为象征主人公随便安排一个背景环境。这一点,其实我们不必寻访西方祖师,只要想想中国现代文

① 转引自叶廷芳:《卡夫卡与荒诞》,《二十世纪文学中的荒诞》,柳鸣九主编,"西方文艺思潮论丛",湖南教育出版社,1993年12月。

② 参阅钟良明:《绝望的勇气——评20世纪西方荒诞文学一般的主题》,《二十世纪文学中的荒诞》,柳鸣九主编,"西方文艺思潮论丛",湖南教育出版社,1993年12月。

学开山者鲁迅的两部著名的象征性作品《狂人日记》和《阿Q正传》就会很清楚。试想一下,如果狂人和阿Q这两个象征人物对调一下背景环境,会是什么效果?阿Q一旦脱离了未庄的现实生活环境,进入狂人的世界,那么在他的狂想里,一定不会有“救救孩子”,一定是吴妈和秀才娘子的宁式床大行其道,一定是对比自己更低贱的小D的欺辱凌虐。整部《风雅颂》其实就像阿Q在土谷祠那个梦境的无限放大,杨科就是一个顶着大学教授衣冠的阿Q——而这只能证明鲁迅当年象征的精准和阎连科今日“荒诞”的错乱。

在对荒诞派文学的理解上,有一点是容易被人忽视的(尤其容易被中国作家忽视),就是在其令人战栗的绝望背后的价值关怀。荒诞文学运动是一场抗议运动,一场不合作运动,而其运动宗旨却如加缪所说:“荒诞运动,反叛运动,凡此种种……其目的是同情……即是说,归根到底,是爱。”①所以,我们在荒诞作品一团漆黑的世界背后,总能看到一个反抗绝望的英雄,或者一个痛苦挣扎的灵魂。“荒诞的图景愈是荒诞绝伦愈是蕴含着一种理想主义的痛心疾首,一种天真而锐利的失望。”②

参照这些标准,我们来看看《风雅颂》。在这部作品里,有对人类深层的悖论情境的揭示吗?没有,这里只有对最主流、最显在的权力秩序的演示;有反抗绝望的英雄吗?没有,只有对权力顶礼膜拜的势利小人;有绝望者的疯狂吗?没有,只有希望落空者的丧心病狂;这里的黑暗背后有对光明的渴望吗?没有,这里的黑暗背后还是黑暗,而且作品内部的黑暗大于世界本身的黑暗,因为作家在通过一个黑暗的灵魂来构建世界,这心灵不但黑暗,而且腐臭。

这样的作品能被称为“荒诞”吗?恐怕只能称之为荒唐。其实,在汉语语义里,荒诞一词本就和荒唐、荒谬相近,没有什么哲学内涵,就是荒诞不经,就是极不真实,极不合情理,因错得离谱让人难以置信。而荒唐一词中的放纵、放荡之意,用在形容《风雅颂》的色情想象上,也恰如其分。

《诗经》:“互文”还是外衣?

《诗经》是阎连科用以结构小说、提升主题、形成“互文”的经典文本。

阎连科是一个爱用“大词”的作家,比起“荒诞”,“互文”是一个更时髦的理论术语。“互文”指的是不同“文本”间显性和隐性的密切联系,“互文性”理论③产生于结构主义、后结构主义思潮中,可用这一理论解读的现代主义文本大都晦涩难懂,基本上是罗兰·巴特所说的

---

① 转引自叶廷芳:《卡夫卡与荒诞》,《二十世界文学中的荒诞》,柳鸣九主编,“西方文艺思潮论丛”,湖南教育出版社,1993年12月。

② 柳鸣九:《二十世界文学中的荒诞·前言》,柳鸣九主编,“西方文艺思潮论丛”,湖南教育出版社,1993年12月。

③ 关于“互文性”理论,可参阅王瑾《互文性》(广西师范大学出版社2005年9月)一书,该书为国内第一部正式出版的研究“互文性”的理论专著。

“可写的文本”,是专门供人重读、供教授博士写论文用的。

《风雅颂》的创作显然不属于此列。阎连科所说的“互文”大概是指将一个当代的故事置于一部古代经典的结构框架之中——这会自然地让人联想起乔伊斯的《尤利西斯》。《尤利西斯》将都柏林人布卢姆平庸的一天与古希腊英雄奥德赛的历险历程对应,也围绕漂泊和回家的主题。当然,如果我们用《尤利西斯》的标准来比照《风雅颂》,显然是过于苛求。但有一点还是可以强调,乔伊斯在将自己的小说与荷马史诗《奥德赛》建立平行关系时相当精心,其对应性既在主题结构的设置上,也在情节和场景的遵循上,甚至落实到具体的器物、典故和特别用语上。特别有意思的是,乔伊斯原来设计的全书十八章都有题目,题目都取自《奥德赛》,待到正式出版时,或许觉得这样的设计太过直露,把这些题目都删掉了,只剩下书名《尤利西斯》①。后世学者对其与《奥德赛》互文性的研究全靠文本细读。

阎连科做的恰好相反,在从表面形式来看,小说做得煞有介事。不但以“风雅颂”为总题,以“风”、“雅”、“颂”的各种排列组合为各卷分题,每一小节的小标题前都冠以一首《诗经》的篇目,并在注解中写明这首诗的简介。然而,深入到作品内部,却看到小说与《诗经》的对应关系相当的浮泛、粗略和随意,完全没有建立起一套与《诗经》有整体和细部对应性的象征秩序。比如,小说中杨科讲《诗经》时曾两次(一次是在清燕大学给学生讲,一次是在耙耧家乡给妓女讲)讲到,《诗经》中隐含着谜一样的精神归家的意象和途径,305首诗歌是祖先留给我们的305个路牌,指示我们在迷失后寻找回家的路(第47页、194页)。这似乎在暗示着小说存在一个隐蔽的结构。而寻找下去,却发现完全是徒劳。原来,这不过是“讲讲”而已。原来,所谓的“互文效果”,不过就是叙述一个故事,然后根据故事的有关情节从《诗经》中挑选有某种联系的篇目,将之与小说的章节题目并置在一起。对于《诗经》有关篇目原意的运用,有时是正用,有时是反用,有时是含混笼统一用。反正《诗经》是一部包罗万象的诗歌总集,挑出一首来与某个章节对应总是不难。按照这样“互文”的方式,可以将《诗经》比附在任何小说上,而将其换成《孙子兵法》或《世说新语》也完全没有问题。也就是说,对于小说《风雅颂》来说,《诗经》只是一件风雅的外衣,可以轻易脱掉、换置。

小说在情节设置上与《诗经》最主要的关联是对于“诗经古城”的寻找和发现——杨科在被逐出清燕大学又逃离精神病院之后,在家乡耙耧山脉的深处发现了一座被遮蔽千年的“诗经古城”,里面的石头上铭刻着当年被孔子删掉的200多首古诗。于是,杨科在这里建立了一个世外桃源式的乌托邦世界,一些“不被世间所容”的男男女女从四面八方汇集于此,他们“平等”地交往,“自由”地性爱,过着“《诗经》中爱情诗样的新生活”。小说有关现代人寻找失落了的精神家园的主题就落实在这样一个“大胆”而“诗意”的想象情节上。

“《诗经》古城”的发现营造构成了全书的高潮,猛眼看去,那真是一个回到初民状态的

① 金隄译《尤利西斯》译者前言,人民文学出版社1994年9月。

乌托邦,男男女女自由混居,每天靠"抓阄"赢得性爱挑选权,"既公平合理,又体现了真理和爱情"(第324页)。但且慢,在这些"自由"汇集的男男女女中,30个男人全部是来自高等学府的教授学者,27个女人全部是操持贱业的年轻妓女——阎连科的男权意识和等级意识在这里暴露无疑。

这样的意识贯穿了整部《风雅颂》,特别是在杨科回到耙耧山脉的情节中。被现代大学逐出的教授在家乡情人和下层妓女中重新获得尊荣,这里不但有母女相继倾心,更有"十二金钗共事一夫"——十二个妓女陪杨教授过年,她们自称为本科生、硕士生、博士生,虔诚地听杨教授讲课,让他在她们的胸脯、乳沟上签下《诗经》名句,任由他挑选几人侍夜。在这些极度自恋的情节和相关描写中充满了淫邪和乱伦的气息(如这样的话:"我们大家师生一场,夫妻一场,父女一场。"第198页),性观念和性想象都与明清艳情小说如出一辙,甚至缺乏其中坦荡率真之作的元气淋漓,更不用说任何现代意义上"性解放"、"性革命"的挑战性。

这些淫邪想象本是内生于儒家文化之中的,不常见是因为它们即使在封建文化内也是糟粕,历来被正统礼法纲常秩序所禁止。也就是说,"诗经古城"的发现非但没有突破儒家文化的压抑性,反而验证了孔子删诗的正当性:如果孔子当年不把这些淫邪部分删去,怎可保障《诗经》作为中国文化源头的健康纯正性?小说对现代人精神家园的找寻,非但没有任何现代意义上的突进,反而把作家心底最腐朽的封建意识充分地暴露出来。于是《诗经》在作为形式外衣的同时又成为放纵色情想象的幕帐。

"清燕大学"的功用

在《风雅颂》因影射北京大学引起争议后,有人说,如果阎连科不用"清燕大学"的称谓,是不是北大读者就不会愤怒了?事实上,问题恰恰是,阎连科为什么一定要用这种容易让人"对号入座"的称谓呢?在此之前并不是没有作家以北大为背景写作过,其中最有名的作品是张者的《桃李》和《桃花》,这两部长篇不但明显以北大法律系为背景,甚至直接以之为题材基地,作品中对大学精神的堕落也多有暴露。然而,对这两部长篇的评论一直在文学范畴内进行,批评者只关注它们对大学生活的反映是否真实深入,却没有人从名誉权的角度指责其影射诋毁。既然在《风雅颂》里,大学只是一个背景,阎连科为什么不像张者那样,虚设一个"B大",而是偏要称"清燕大学",并且还不厌其烦地附以各种标识性的介绍文字,让人想不对号入座都不可能呢?"清燕大学"到底有什么功用?

在回应北大学者批评时,阎连科谈到:"如果硬说是我写了北京大学,北京大学有什么不可以让人写呢?又不是什么'重大题材',又不是北京的'红墙',你们何苦呢?"①

① 阎连科、吴怀尧:《风雅颂并未妖魔化北大,教授博士应有文学胸怀》(专访),《中国社会新闻》杂志2008年第7期。

这几句话颇值得玩味。阎连科的言下之意是,北大向以老大自居,说不得碰不得。其实,众所周知,北大不是“碰不得”,而是很可以“碰”。这些年“碰”北大的人很多,无论是否有理,都可以吸引眼球。从这个角度说,北大虽不是“重大题材”,却是“热门题材”。果然《风雅颂》出版前后,北大的批评者被不断采访,多日之前发表的批评文字被集中汇集,多处转载。一些激愤之语(如有网友称:“我烧了阎连科的《风雅颂》。”①)成为了最有力的促销号召,《风雅颂》图书的腰封上也特意写着:“尚未出版,就引发全面争议!”似乎,“北大人的愤怒”本身早已是一种被预估的商业价值,正如有报道所称:“国内原创文学常常因为有博人眼球的新闻,而从乏人问津变为洛阳纸贵。新书《风雅颂》因为对北大‘大不敬’,跌进了舆论的漩涡,同时跃上畅销榜。”②与此同时,阎连科被指认为一个“勇于冒犯的‘渎圣者’”,有评论家称:“虽然知识界的堕落早已是一个不争的事实,但在绝大多数人仍然选择沉默,甚至是涂饰知识界太平盛世的时代,《风雅颂》注定是一部‘渎圣’的冒犯书。”③

自创作《坚硬如水》(2001 年)、《为人民服务》(《花城》2005 年第 1 期)以来,“渎圣”成为了阎连科一种特定的创作方式。和所谓“互文”一样,这种“渎圣”的方式也很简单,就是选择一个具有“神圣性”的场景,然后,从性的角度切入,进行狂欢性的书写。“性狂欢”是不变的主旋,变化的是“神圣场景”。“性狂欢”和“渎圣”对象之间的“主题”联系,就靠选择特定场景的连接来完成。如《坚硬如水》和《为人民服务》分别选择的是代表“文革”的地道和代表“革命”的兵营,《风雅颂》选择的是代表“学术”的大学。而以“性狂欢”为主旋的故事与“神圣场景”及其负载的神圣价值之间并没有有机的颠覆关系,如果说在《坚硬如水》中,以性对革命的颠覆还主要通过性话语与革命话语的缝合,在《为人民服务》中,“渎圣”的意图基本就落在了一个可有可无的道具上——如果师长太太与勤务兵的通奸约会不是通过餐桌上的“为人民服务”牌子来完成,而是随便换成一盆花什么的,小说就完全是一个情欲的故事。正因为联系如此的松散,“场景”及服装、道具的选择就必须特别具有标识性,就像杨科越不像一个大学教授,就越必须给他配发一个清燕大学工作证,否则“象征性”就无以附丽。按照阎连科所说的故事可以和发生背景脱离的理论,这些场景、服装、道具都是可以更换的——比如“清燕大学”可以更换为美国哈佛大学或瑞典皇家文学院,反正谁也不敢说那里没有如杨科一般龌龊卑微的人物。而杨科在妓女的裸体上书写的也可以不是《诗经》的名句,而是《圣经》的箴言——然而,选择什么就意味要冒犯什么,这则是需要考量的。

另外,由于长期囿于僵化的“冷战”逻辑和内在的东方主义视域,西方文学界对于中国当代文学的关注往往集中于“性”和“政治”两大卖点。当年,卫慧的《上海宝贝》因“有不太健康的淫秽内容”被禁时,《纽约时报》的有关报道竟牵强附会地将之与焚书坑儒和戴厚英 80

---

① 贴于 2008 年 6 月 18 日“西祠胡同”,http://www.xici.net/b6775/d72444621.1.htm? sort = all

② 《〈风雅颂〉冒犯了》,《北京晚报》2008 年 7 月 7 日。

③ 同上。

年代的《人啊人》的被禁相提并论①。卫慧“因禁得福”,不但作品进入中国作家一向难以进入的西方商业渠道,还进入了不少大学东亚系的教材,成为张爱玲、沈从文之后代表中国当代文学的少数作家之一,德国的顾彬教授对中国当代文学全是垃圾的说法以《上海宝贝》为言说对象不是没有缘由的。“境内禁境外红”这种把戏已经上演了20余年,以致于中国一些向往国际大奖的作家中怀有“求禁心态”。

由于阎连科创作的一再“犯禁”,他被称为中国最勇于揭示现实黑暗的、最具争议性作家的作家,《风雅颂》也号称“佛头作粪”的作品(见图书腰封)。以北大在中国政治文化语境中的独特地位,写一个明显以北大为背景的故事,虚构一场符合国际环保主题的“大学生抗击沙尘暴”的游行,料想可以吸引额外的国际关注目光②。如果说,《诗经》是一件风雅的外衣,“清燕大学”就是一个T型台,在这个T型台上,阎连科作为勇敢的“渎圣者”形象被再次树立起来——这就是“清燕大学”的特殊功用。

《风雅颂》中体现的不良创作倾向

如果单从文学价值的角度讲,《风雅颂》不是一部重要的作品,但是它的讨论价值远远大于它的文学价值。因为,在这部作品的创作中蕴含某种不良的创作倾向。这倾向不仅存在于阎连科个人身上,而且带有一定的普遍性,其影响也不仅在当下,更在未来,值得警惕。

首先,对他人和自我缺乏尊重和自尊,对文明传统缺乏敬畏之心,缺乏道德底线。

无论是在《风雅颂》小说内部,还是在围绕此书的相关争议中,阎连科都表现出一种对自我尊严和他人尊严缺乏基本尊重的轻率态度,有些逻辑简直匪夷所思,并且非常市侩③。不

---

① 《评卫慧小说:性、欲、毒品》,《纽约时报》,资料来源 新浪网 2000/05/16 网友迟雨提供。http://www.sina.com.cn/critique/2000-05-16/2891.shtml

② 在《风雅颂》出版前后,网上一直有关于阎连科有可能获2008年诺贝尔文学奖的传闻。传闻称,现居海外的批评论家刘再复先生曾专程拜访马悦然先生力荐阎连科(见《阎连科:2008年诺贝尔文学奖得主?》http://club.learning.sohu.com/r-143513987-71710-0-0-0.html)。阎连科曾否认自己创作与诺贝尔文学奖有关系(《阎连科:“我的作品和诺贝尔奖没有关系”》人民网2008年7月2日引自《解放日报》,http://culture.people.com.cn/GB/22219/7455617.html)。不过,在《风雅颂》一书勒口的宣传文字中,刘再复的高度评价是唯一被引用的批评家文字。传闻是否空穴来风不得而知,但说阎连科作品颇受西方目光青睐应不为过。

③ 比如,按照阎连科的说法,曾经想把主人公叫阎连科,“那样大家就不会有争议了。后来觉得这样做是犯傻,人家会以为我的生活就这么乱来,所以改名为‘杨科’”。而如果让主人公的身份是他比较熟悉的大学中的教现当代文学的教授或说理论家,又担心会失去从事现当代文学研究的朋友们。“思前想后,就让他以大学教授和《诗经》研究专家的面目出现了。”当北大的读者感到整体名誉被侵害表示抗议时,阎连科的说法却又是“何必那么认真?”“教授、博士应该具有文学胸怀”。见《〈风雅颂〉受争议 阎连科:这是我的精神自传》,北京文网,http://www.beijingww.com/2008-07-04 17:38:03 来源:《北京日报》。阎连科、吴怀尧:《风雅颂并未妖魔化北大,教授博士应有文学胸怀》(专访),《中国社会新闻》杂志2008年第7期。

过,更值得注意的是,小说显示出一种倾向,就是对构成人类文明基础的精神传统缺乏一种根本上的敬畏之心。

阎连科以"渎圣"著称,什么是"圣"? 凡在人类文明历史上能称为"圣"的东西都深植于人类的文化精神并在现实生活中发生过深刻的影响,不管是一种宗教信仰、一种伦理体系,还是一种文化传统,都是人类赖以生活的文明基石。即使是一场被证明失败了的革命,都是人类伟大的精神遗产,反思也好,批判也好,要有基本的尊重和理解之同情。"圣"另一重含义是牺牲,每一种"神圣"的背后都有无数真诚的殉道者。"革命"的旗帜上面有从黄花岗到渣滓洞无数英烈赤诚的鲜血,"为人民服务"的口号背后,有从白求恩到焦裕禄平凡而超凡的献身,这些真实的生命应该沉重地压在作家的心上——并不是说作家只能用恭敬的态度和严正的形式去处理相关题材,而是说在神圣面前,要有一种本质上的敬畏之心,它与信仰无关,与主义无关,却关乎人类本性的尊严。"渎圣"是一种特殊的叛逆形式,是用世俗化、滑稽丑化的方式突破神圣律条的束缚,使人类精神获得解放。这样的"颠覆"是有建构意图的。否则,如果只是无目的地拆毁,肆意地宣泄,就只能叫亵渎。亵渎只能发生在圣像已倒的时代,因为真正的"佛头作粪"会有代价。渎圣者需要无畏,而亵渎者只有无耻。

《风雅颂》的主题是"回家",因为在作者的内心世界里,现代文明的家园已失。而这样亵渎性的写作不可能帮人找回家园,只能继续摧毁别人尚用心灵护守的家园,乃至糟蹋人类文明的地基,其代价要由整个民族和子孙来偿付。小说在肆意宣泄中,一些描写已经超过了道德底线,这不仅表现在色情想象上,也表现在一些"喷薄而出"的极具阎连科个性风格的话语中,随手挑出一段——"向天发誓我(杨科——笔者注)没见着那裤头(副校长与杨科妻子通奸时落下的证物——笔者注),向我已埋在耙耧山脉地下的父母发誓我没见到那裤头。我敢跪在屋中央、跪在学校里、跪在天安门广场上发誓说,我要把李广智的裤头藏起来了,我让天打五雷轰,让雷击把我父母的坟墓劈开来。"(第56页)老实说,看到这些轻易出口的诳语恶咒,简直让人无话可说,唯一的庆幸是"纯文学"的读者已经很少。阎连科说,小说转了五六家出版社才得以出版,希望拒绝出版的编辑不是都像阎连科暗示的那样"害怕出事"[①],而是有人出于对人类尊严和文化传统的护守之心。

其次,写作资源和写作动力双重匮乏,在写作能力持续下降的同时,又在"持续写作"的职业压力下高速度写作,急功近利,哗众取宠。

在《风雅颂》引起争议之后于复旦大学进行的讲演[②]中,阎连科重申"我的现实"和"我的主义"。他谈到,《风雅颂》的资料来源和处理方式基于他目前面临的写作常态和基本困境:像他这样中年以上的成名作家,在第一手"天然"的生活素材用完以后,能否持续写作,就取决于能否将第二手、第三手"道听途说"来的材料转化成写作材料,转化方式是通过"我的主

① 阎连科、吴怀尧:《风雅颂并未妖魔化北大,教授博士应有文学胸怀》(专访),《中国社会新闻》杂志2008年第7期。

② 阎连科:《我的现实 我的主义》,《花城》2008年第3期。

义”(个人认识世界的方法和方式),而构建“我的现实”。这个现实在别人看起来可能是荒诞的,在作家这里却是真实的。

阎连科在这里确实道出了中国当代不少著名作家的写作常态和困境,而这个作为创作方法建立“前提”的“常态和困境”恰恰是有问题的。为什么一个作家成名以后就不能继续从生活中获得鲜活的素材了?世界上无数伟大的作家都是一辈子“在路上”的。每个作家都会面临创作资源枯竭的时候,如果实在对世界没有足够新的体验和感受,没有足够强烈的创作冲动,就应该停笔一段或彻底封笔了。如果在职业的压力下继续写作,那就是商业性写作,读者就是上帝,作家无权一味强调“我的”。中国著名作家的“常态”是和他们的“专业作家”身份直接相关的,“专业作家”本是社会主义文学生产体制的产物,这套体制如果彻底贯彻,作家也必须不断地“下生活”,反映社会重大现实问题,不允许在书斋里进行“个人化写作”。所以,这个所谓的“常态”暴露的是中国当下文学创作的一个特殊状态:著名作家们寄身于社会主义“专业作家”的延续性体制内,却在社会全面“市场化”转型后,以“职业作家”的方式持续写作,这种写作又不直接面向市场,而是经由文学批评建立“象征资本”,“象征资本”可以转化为“体制资本”,也可以同时转化为“市场资本”——这是一种非常具有中国特色的“纯文学”生产方式。

目前,在进行“纯文学”生产的作家中,像阎连科这样的出生于50年代、成长于农村和军队的作家不在少数。对他们来讲,最宝贵的文学资源就是其深厚的生活基础和生机勃勃的创作动力。凭借生活经验,他们在80年代现实主义占主导地位时走上文坛,凭借强劲的创作动力,他们在“八五新潮”后很快学会了当时最引领风潮的西方现代文学技巧,跻身“纯文学”作家行列。但囿于生活经验和美学经验的双重隔膜,对西方现代主义的学习一直未能深得技巧背后的精神精髓。而当成名成家、经验资源和写作动力双重匮乏之后,“纯文学”大厦建立在哪里呢?除了继续操练现代主义技巧外,就是要构建“我的主义”,从而构建“我的现实”——这恰恰暴露了其劣势——这里需要的哲学思考能力、理论转化能力、典籍研读能力以及与现代都市生活紧密相连的个人主义生活方式,都是他们匮乏的,远远不及他们的后辈作家以及大部分前辈作家。当然,这劣势不是不能转化,但遗憾的是,我们在他们“加速度”[①]的写作中看到了太明显的急功近利的心态。如果阎连科肯多花一些时间研读《诗经》,更认真地建立《诗经》与小说的对应结构,肯多一点耐心深入大学生活,而不是仅凭酒桌上的

---

① 在《日光流年》(花城出版社,1998)的自序里,阎连科说这部小说写了3年多,写完有一种“完全被掏空”的感觉。到了《坚硬如水》(长江文艺出版社,2001)已是来不及修改就交给了催稿的编辑(见后记)。《受活》(春风文艺出版社,2004年)的写作更是潇洒,“只写了一年,这一年期间,还经历了非典、分房装修、搬家和孩子考大学”,但这些都没有影响作家写作的情绪和进度(咸江南:《阎连科:我的自由之梦在〈受活〉里》,《中华读书报》2004年2月11日)。而《风雅颂》,从买《诗经》研究著作起也就不到半年。当然,阎连科还不算最快的,40多天写40多万字的著名作家也大有人在。

道听途说,《风雅颂》的样子可能与今天不同。当然,更重要的,是要完成价值观念的现代转型。不然,一旦小说脱离21世纪中国的现实,在“纯文学”特权的保护下进入“我的现实”,主宰其间的“我的主义”就很可能是封建主义。一旦想追求市场效应或西方大奖,就必然要剑走偏锋,哗众取宠。

在作家不良创作倾向的背后当然还有文学批评的“引导”之功。阎连科等作家这些年来创作的“转型”、“发展”与一些“纯文学”批评家的倡导、鞭策有着直接关系。文学批评本身就是“纯文学”生产的重要一环,在学院体制日益走强的格局下,“纯文学”作家与“纯文学”批评家的相互依赖关系会越来越紧密。虽然,这样生产出来的“纯文学”只能存在于他们彼此的自说自唱之间,与中国的现实无关,与文学真正的创新发展无关, 然而,却与中国的文学生态乃至文明生态深层相关——《风雅颂》一书的讨论意义即在于此。

最后,我想说几句“专业以外”的话。阅读《风雅颂》和写这篇批评长文对我来说是一场非常痛苦的精神折磨。我承认,我确实不是一个纯粹客观的批评者,而是一个“当事人”。我就是那些愤怒的北大人中的一个。我愤怒,不是因为北大被批评了,而是因为我曾度过青春岁月的母校、我今天和未来安身立命的家园被人不负责任地亵渎了。如果说《风雅颂》给了我什么,它就给了我作为一名普通读者的被伤害感。这种感觉在多年的职业批评生涯中已经远离了,此刻,它又重新回来,让我与其他被伤害者联通。这样的写作还很多,受伤害的人还会很多,我希望尽绵薄之力来抵制。我们的文学已经远离读者了,不要再伤害读者了。在这个百无禁忌的时代,如果我们的作家和批评家还愿意守一点什么,这是最基本的写作伦理。

(原刊《文艺争鸣》2008年第10期,人大报刊复印资料《中国现代当代文学研究》2009年第1期转载,收入《2007—2008中国文学评论双年选》,花城出版社2009年版)

友爱、敌意与他者的单一性

——论德里达的“幻影朋友之回归”

陈晓明

一

80年代末期，德里达在巴黎高等社会科学研究院研究班开讲《友爱的政治学》，1994年结集成法文出版，1997年出版英文版。此书出版像德里达所有的著作一样，迅速引起国际学界浓厚的兴趣。这部书在德里达后期著作中可能是分量最重的，与《马克思的幽灵》（1990）、《宗教行动》（2002）比肩而成为德里达对当代政治思想发言的重头论著。德里达自己说，《友爱的政治学》（*Politics of Friendship*）[①]像是他某一天要写的一本书的长篇导言。作为一篇导言，如此博大精深，令人叹为观止。“导言”既是实情，也是隐喻。前者确实表明德里达试图全面阐释哲学、政治学与伦理学；隐喻之意即是说，德里达在这部书中试图全面处理他个人以及哲学、政治学迄今为止遗留的最关键的问题和难度最大的问题。因而，这部书无论从哪方面来看，都可以说德里达最杰出的著作，无疑也是这个时代最丰富和最渊博的著作。它是德里达思想的集大成，也是他面向现实和未来的思想的全面发挥。这部书保持了德里达惯常的解构策略，那就是从文学修辞和词源学入手，从这里引向哲学、政治学和伦理学。德里达就蒙田引述的亚里士多德的那句话：“哦，我的朋友们，根本就没有什么朋友”（O philoi, oudeis philos），展开分析，他追踪蒙田的意思，从蒙田的意思引向亚里士多德的原意，从而分析这句话在古希腊语言和城邦政治关系中的意义。这句话被德里达纳入到西方的形而上学的思想史和政治史中加以理解，把古希腊的悲剧与尼采的友爱观联系起来，随后才进入正题，那就是分析和批驳施米特的敌友论的政治哲学。整本书花费了四章（第四、五、六及第九章）论述施米特，德里达显然是针对90年代以来施米特在国际政治哲学界的重新热门颇有看法，要把施米特的根基拔掉。《马克思的幽灵》是对福山的新右派思想的抨击，而《友

---

① 法文版：*Politiques de l'amitié*, Paris, Galilée, 1994. 英文版：*Politics of Friendship*, trans. George Collins, London and New York: Verso Books, 1997. 本文主要参照英文版，有关译文参照夏可君编，胡继华译的《友爱的政治学》，吉林人民出版社，2006年版。

爱的政治学》则是对施米特这种老牌左派的死灰复燃泼上冷水[①]。

《友爱的政治学》是一部极其丰富渊博的著作,要对它进行全面的阐述是不可能的,在这里,本文主要就德里达对施米特的"敌意"问题的批判展开论述,来看德里达是如何在新国际政治语境中思考后"冷战"秩序中的"敌意"与"友爱"的问题。

当然,《友爱的政治学》其根本主题当然是关于友爱的哲学性问题,也就是如德里达所说,友爱是一个哲学问题。从更高的广义的层面来说,这部书的主题是关于友爱的哲学思考。在更直接的主题意义上,我们也可以认为,其中心议题集中在对施米特的批判上,这是德里达在回答后"冷战"时期的国际政治战略的核心议题,那就是敌友重新划分的问题。"冷战"结束后,"冷战"的思维还在延续,敌友问题依然是后"冷战"时期政治选择的首要问题。德里达抓住施米特作为靶子,确实是抓住问题要害。果不其然,施米特搭上了列奥—斯特劳斯的思想快车,在列奥—斯特劳斯的弟子们的推波助澜下,施米特迅速成为后"冷战"时期的显学。大右派斯特劳斯的思想,何以会助老左派施米特热销,这是另一个颇为复杂的话题,这里不加深究。但德里达对施米特的关注正好与他对友爱问题的哲学思考结合起来,这就显示出德里达的先见之明。施米特思考的是民族—国家的现实使命;而德里达要思考的则是政治对他人所负有的道义和责任。我们看到德里达打开的是完全不同的思想侧面,这是在西方的思想史的源远流长的语境中,来思考当今西方政治敌友选择定位的"宏大"思想。可以说,德里达的哲学追问,既具有现实的紧迫性,又具有历史的深刻依据,它如同是后"冷战"时期的圣经。这部可能是德里达所有的著作中最具有整体性的著作,仅仅仔细阅读这篇长长的导言,我们就会发现,德里达要处理的显然是更为丰富和深远的主题。因而他把对友爱的哲学思考与对施米特的思想批判结合在一起,也就是把两个最极端的主题交叉重叠在了一起。

施米特在国际学界的走红,当然有着非常复杂的国际政治和当代思潮的背景。但与德国人海茵里·迈尔 1988 年出版的著作《施米特、斯特劳斯与〈政治的概念〉》有直接关系。迈尔这部书的出版,引发了关于施米特的国际性论争,也引起了政治神学研究的热情。近几年来,施米特在中国成为热闹人物,这可能是伴随着人们对列奥—斯特劳斯的热情而焕发出来的副产品。施米特的越来越有吸引力,也许应对了中国当下的国际语境。列奥—斯特劳斯毕竟是右派,而施米特这种老牌的"左"派在中国学界更有广泛的基础,特别契合年轻一代的新左。在当今国际政治语境中,或者是在国内的思想冲突中,施米特都表达出了具有实践

---

① 施米特主要被当做激进的左派这是没有问题的,但有时又与右派相混淆。与右派混淆主要是因为他也谈论神学,这个左右分野并不是现代的政治理念的分野,而是从黑格尔的理论渊源而言。黑格尔思想中的神学及其传人都具有右的思想;而他的无神论和辩证法的就是左派,即青年黑格尔派。施米特情况较诡异,他不仅属于黑格尔法学传统,而且并非新教徒(黑格尔是路德宗的),而竟然是个顽固的天主教徒。这又使他具有右的一面。但通常施米特还是被看做"左"派的宗师。

性或可操作性的范例。施米特的观点，明确而有决断，这是在当今中国容易获得认同的一种风格。因此，读读德里达，特别是他的《友爱的政治学》无疑是极有益的一种补充。德里达在批判完福山的《历史的终结》之后，那本《马克思的幽灵》似乎已经明确了德里达的左派身份，但对施米特的批判又清楚表明，德里达的左倾没有那么激进，在大多数情形下，他只能算是一个温和的左派。甚至在某种意义上来说，他还不是左派右派这种划分可以归纳得了的人物。因为他的立论从来就不是基于左或右的意识形态立场，他的出发点永远是玄奥的哲思。

施米特何许人也？这位1985年以97岁高龄去世的人，何以遭受德里达如此重视？实际上，自从1945年德国战败后，这个人一直就声名狼藉。他曾经是希特勒第三帝国的首席法哲学家，战后就只是个有历史污点的再也没有出头之日的老朽了。但这只是表面现象，看看他隐居后的几十年里只写了几篇东西，却引起当代政治哲学界的持续而强烈的关注就可看出他的重要性。1967年，据说那时红透巴黎的法国高官科耶夫，取道北京到柏林，他在德国唯一拜访的学者人物，只有施米特。科耶夫作为戴高乐的高参，他更有名望的身份则是法国的黑格尔专家，他在30年代关于黑格尔《精神现象学》的传奇讲座曾激发了整整一代法国学者和知识分子的灵感。[①] 但在科耶夫看来，“在德国还值得去哪里？施米特才是唯一值得拜访聊聊的人”。[②] 既然在施米特已经退出历史舞台的时代，科耶夫还如此看重他，足见其分量。[③] 而德里达在施米特去世数年后还不放过他，且在10年后结集出版《友爱的政治学》，可见施米特的阴魂不散。

施米特影响最深广的著作当推《政治的概念》，这本书也是德里达在《友爱的政治学》中着力批判的对象。《政治的概念》首次出版于1927年，后来多次再版，并做过修改。施米特本人认同1932年的版本。[④] 这本书其实只是一篇60页的长篇论文，其影响则超过鸿篇巨

---

① 战后科耶夫作为法国关贸总协定谈判的全权代表，法国人不无骄傲地说，别的国家需要各种专家参与，法国有一个科耶夫就足够了，他是所有领域的专家。这话有点夸张，但科耶夫涉及的领域之广，学问功力之深，在那个时代少有人能与之比肩。

② 参见：迈尔（Heinrich Meier）：《隐匿的对话——施米特与施特劳斯》，林国基等译，华夏出版社，2002年版，第1页。引文为刘小枫为该书写的序言。

③ 影响卓著的施米特研究者迈尔在《以哲学家为敌》一文中不禁发问：“如何解释人们对施米特如此强烈的兴趣？什么东西使得陶伯斯产生‘敬畏’之感，尽管他有理由不应对施米特深刻的敌视犹太人的态度抱什么幻想？什么推动科耶夫这个本世纪最重要的哲学家之一和第五共和国最有影响的政治学之一（如果我们相信阿隆［Raymond Aron］）与普莱滕伯格保持联系？”参见迈尔：《隐藏的对话》，第3页。注：陶伯斯是德国柏林自由大学的教授，对施米特怀有敬畏之感，普莱滕伯格则是施米特晚年隐居地。

④ 在胡继华译《友爱的政治学及其他》中，关于《政治的概念》的注释，是这样解释的：《政治的概念》初版于1923年，再版于1963年。参见夏可君编、胡健华译《〈友爱的政治学〉及其他》，第152页。此说可能欠妥。原文作为论文首发于1927年，单行成书出版应为1932年。而此一版本是施米特认可以及学界后来使用的版本。对胡译本此一细节的注意，最早得益于我的博士生许维贤，在我们一起讨论这本书时，他发现了这一注释有误。后来我又再次查对迈尔的说法，首发应为1927年。有关《政治的概念》的版本考证，可参见迈尔《隐匿的对话》，第13—14页。

制。列奥—斯特劳斯在1932年为《政治的概念》写过一篇评注,成为评论《政治的概念》的经典。列奥—斯特劳斯认为,施米特的《政治的概念》探讨的是"人类事物的秩序"问题,也就是国家问题。认识国家需要一个根本的基础,也就是政治的基础,施米特要对政治的基础做出简明而基本的说明。在他看来,国家的概念以政治的概念为前提。施米特认为,自由主义的盛行导致政治中立化或消失。然而,自由主义否定了政治却并不能把政治从地球上清除,自由主义以一种非政治的言说方式参与政治,其实质就是降低了人们对政治的认知以及掩盖了政治的真相。在施米特看来,这就是自由主义的失败,它不能真正面对政治的现实。施米特试图在自由主义失败的历史关口来批判自由主义,来探讨政治学的新的根基。列奥—斯特劳斯指出,如果霍布斯是在一个非自由主义的世界上完成了自由主义的确立,那么施米特则是在一个自由主义的世界上担当了对自由主义的批判。①

《政治的概念》最为惊人的观点,在于施米特明确地提出:"所有政治活动和政治动机所能归结成的具体政治性划分便是朋友与敌人的划分"②,这里的"敌人"与"朋友"永远只能被理解为公敌(友),即"只有当一个斗争群体遇到另一个类似群体时,才有敌人存在"③。施米特把敌人置于优先地位,敌人是至关重要的,只有明确敌人,才能确定朋友,言下之意也表明,朋友容易找到,但朋友并不具有真实性或本质性,只有敌人是货真价实的,敌人具有危险性,不认清敌人则面临政治险境。现实领域存在的潜在战斗属于敌人的概念,人的生命从潜在战争中,可怕的紧急状态以及最极端的可能性中,获得"特有的政治张力"。

施米特的观点显然受到霍布斯的影响。在霍布斯看来,自然状态是个人间的战争状态,在自然状态中,每个人都是其他人的敌人。④ 剥夺生命的死亡无疑是最大的恶,而保护生命免遭灾难,这就是人类构成一个社会整体的目的和意义,因此,霍布斯否定自然状态,他认为,自然状态向文明状态的转化才能有效保护人的生命权利。列奥—斯特劳斯指出:"霍布斯所奠定的单纯保全生命的自然权利要求为自由主义的整个人权体系开辟了道路,即使这一基础事实上并没有必然产生这种进程。"⑤然而,施米特把霍布斯的观点发挥后推向另一

① 列奥—斯特劳斯《〈政治的概念〉评注》,参见迈尔:《隐藏的对话》,第199页。

② 施米特:《政治的概念》,刘宗坤译,参见《施米特:政治的剩余价值》,上海人民出版社2002年版,第164页。此书中译全文参见卡尔·施米特:《政治的概念》,刘宗坤等译,上海人民出版社2004年版,第106页。这种对立在文章的开篇就被他严厉的定义给决定了,他宣示"国家的概念以政治的概念为前提"之后就用各种"状态"、"特殊状态"等有关的定义把人与人之间的可能性严严实实地封闭了起来,例如"国家是在封闭的疆域内,一个有组织的人群拥有的政治状态","国家均是由一个民族构成的特殊状态","与其他任何可以相见的个人和集体状态相比,国家在关键情况下是最终状态"……

③ 《施米特:政治的剩余价值》,第166页;《政治的概念》,第109—110页。

④ 即大家常谈到的所谓"一切人反对一切人的战争"。

⑤ 参见迈尔:《隐藏的对话》,第168页。

面。施米特把自然状态看成是群体之间的战争状态,他肯定这种自然状态。[①] 所有的政治活动都定位于朋友和敌人的划分,施米特认为,政治群体的本质就在于它可以要求自己国家的成员随时准备牺牲。[②] 施米特指出,政治性属于人类生活的基本特性;在这个意义上,政治是一种命运,因此,人无法逃避政治。对于施米特来说,正义的准则的争论是没有意义的,如果人们要达成一致的话,只有彻底放弃正义问题,转而只关心手段。但是,施米特似乎自相矛盾地指出,人类划分成朋友和敌人的阵营的合法性基础却应归因于何为正义。[③] 不过在施米特的整个论述中,他还是在肯定政治而否定道德以及使政治优先于道德。他的立场确立于肯定政治本身也就是肯定战斗本身,而完全与为何而战无关。施米特也试图表明,他的论断并不是把对自由主义的批判作为他的最终论题,他的最终论题更准确的意思是"人类的事物的秩序"。但事实上,他的实际论述还是把对自由主义的批驳作为他的最终论题。[④]

二

在《友爱的政治学》前三章中,德里达虽也偶尔提及施米特,但真正展开对施米特的批判,还是从第四章《幻影朋友之回归》开始。德里达通过对尼采的"没有朋友"的呼语,切入到施米特。德里达反讽式地说道:据说在这个世纪,我们已经失去了朋友。现在则有另一个声音在这个同样暗淡的世纪说道,我们已经失去了敌人。显然,这是指施米特的声音。按照施米特的观点,再也没有什么比敌人的存在对于政治更重要的,失去了敌人就意味着失去了政治本身。这显然是德里达重点批驳的观点。德里达看到施米特重新受到重视的学术语境,这就是在近年来的国际政治学领域中多个左派与右派的(或者叫做马克思主义、后马克思主义及新马克思主义)流派所起的作用。德里达当然不能轻易放过。在 1993 年发表《马克思的幽灵》之后,他对国际政治学如何回应后冷战格局中的政治现实保持着高度的关注。

施米特是比福山要老辣得多的政治学家,德里达对付他的策略也算下足了功夫,经过对古希腊语言学(词源学)和政治学(柏拉图、亚里士多德、西塞罗等等)以及尼采的阐述后,德里达一直要在学理上把施米特搞倒。那就是紧扣住当代国际政治背景,并不断地回到柏拉图和亚里士多德,回到古希腊的政治语境来讨论敌友问题。

---

① 根据施特劳斯学派中人的看,法霍布斯的政治哲学有两个目的:"1. 第一次把道德及政治哲学置于科学之上;2. 致力于公民之间的和平、和睦、友爱的建立,并促成人类完成公民责任。"(里奥·施特劳斯、约瑟夫·克罗波西主编:《政治哲学史》上册,河北人民出版社,1998 年版,第 451 页。)而施米特显然没有这种"奢望"和"理想",他更愿意用"人对人是狼"和"人对人是上帝"的思想恐吓,来让人们不得不勉强接受"人对人是一个人"这个一切"问题的起点"。参看《关于权力的对话——对卡尔·施米特的一个访谈》吴增定译,《施米特:政治的剩余价值》,第 207—224 页。

② 《施米特:政治的剩余价值》,第 184 页;《政治的概念》,第 111—112 页。

③ 参见列奥—斯特劳斯《评注》,《隐藏的对话》,第 207 页。

④ 有关这一论述,参见《隐藏的对话》,第 209 页。

德里达关于友爱问题最初的观点发表于柏林墙倒塌之际,《幻影朋友之回归》显然与那个时期的国际政治氛围扣得很紧。柏林墙倒塌之后,西方自由主义的学人们如福山宣称“历史终结”,这也是共产主义终结的另一种说法,自由主义认为西方历史就可以高枕无忧地进入自由民主、市场、技术和资本统治的时代。西方资本主义世界的议会民主制发现它们自己没有一个根本的敌人了,德里达不无讥讽地说:我们可能生活在一个既没有朋友也没有敌人的时代。这种恐慌感袭击着左右翼阵营的西方知识分子,施米特就在这样的语境中被翻出来,成为人们热衷争执的对象。德里达看出其问题的严重可能是无法估量的,他指出:我们正在讨论的问题之中“主体”,将要寻找新的敌人,重新构造出自己的敌人;它还可能扩散民族国家之间的“小规模战争”;可能不惜代价支持种族斗争或种族屠杀等等,但谁是对手呢?德里达不无疑虑地反问说,是伊斯兰还是中国?① 德里达显然不会赞成这种认定。没有敌人就会失去政治的存在吗?在德里达看来,施米特的论调可能是纯粹且简单的去政治化。这就是德里达要讨论的主题,德里达的批判重点就在于此:如果政治就是如此明确地认出敌人,就是为了寻找敌人进而采取战争行动,那样的政治是过于简单了,它实质上是去政治化思想。也就是说,政治要远为复杂得多,德里达立足于“也许”来讨论问题,恰恰就是引入更为复杂和充满多种(以至于无限)的可能性,应该在一种“也许”的语境中来重新政治化,重新思考当下这个特殊年代的政治。

绝对不要把德里达对施米特的批判看成是简单的否定和拒绝,如果施米特如此容易地被否定和拒绝,那德里达就省事了。施米特的公理就是认定政治本身,政治性的政治存在起因于敌人的出现。这就是说,敌人的消失也就意味着给政治敲响丧钟。尽管德里达也承认,如此来定义施米特的公理似乎也不公正,但其本质要义就在于此。

在施米特给定的语境中,德里达顺着其公理而后再加以颠倒。

在当今时代失去敌人的恐惧中,国家政治都在急于找出敌人,找不出国际化的明确的敌人,就在国内的政治中寻找。显然,德里达对非民主的政治迫害持有激烈的批判态度。二次大战之后,或者说冷战时期,在各个国家内以及国际间发生的暗杀、拷打和恐怖主义并不少见,这些政治犯罪只能在特定的“政治秩序”中来定义犯罪。在这样的境况中,失落敌人就不一定是一种进步,可能情况更加糟糕。德里达指出:“一种前所未见的暴力,一种既没有尺度也没有范围的敌意邪恶,以前所未有的怪异形式不可约束地释放开来。”②施米特认为,如果没有敌人,如果没有一种现实战争的确定可能性,就绝对不存在本质的政治性。德里达则针锋相对地认为,这种状况——国内国际间隐形的政治暴力——不多不少,这就是本质的政

① 参见《友爱的政治学》英文版,第76—77页。中文翻译把文中提到“中国,或伊斯兰”删去,这其实没有必要,德里达对此显然是有意反问的,他当然不会赞成西方资本主义世界中的某些人把中国和伊斯兰视为敌人,由此使国际间的宗教、种族和地缘政治冲突趋于激烈。参见中文版,第112页。

② 参见《友爱的政治学》英文版,第83页;中文版,第120页。

治。今天,主要的敌人似乎是不可辨认的,因而在紧迫和苦恼之处造就敌人,这种造就将知心朋友完成再次政治化,终结非政治化。德里达写道:"这时,在任何地方都找不到主要敌人,找不到'结构性'的敌人,敌人不可辨认也不稳定,也就是说,同一种恐怖症就投射出众多流动的敌人,他们是潜在的、可以互换的、转喻的敌人,彼此之间结成了秘密同盟,即一种秘密的盟誓/魔咒。"①找不到国际间明确的敌人,那就找出隐形的可以通过迫害、暴力和恐怖手段处置的敌人。德里达显然对战后的世界各国国内国际政治带有强烈的批判意图,言下之意即是说,当今时代并不是政治丧失的时代,而是政治泛滥的时代。一方面,当代政治一直在积极寻找敌人,在确立敌手;另一方面,正是这种把找出敌人作为本质化政治的行为,造成当今政治的局面。在德里达看来,这就是"去政治化"(depoliticize)的开始,对政治进行简单化的处理,在这个意义上,政治迎来了它的末世学。在政治期待的边界,就像基督教的活着的傻瓜所说的那样:"没有敌人"——这就是政治的末日。德里达强烈地嘲讽了施米特敌人至上主义的观点,"没有敌人"的末日般的焦虑袭击了各国的政治,以至于"没有敌人"本身造就了政治。因而可以说"没有敌人"就没有政治根本站不住脚,"敌人"就在政治自己内心,就在政治的本质中。与其说政治由敌人决定,不如说敌人由政治决定——这是本质化的政治制造出来的幻影。这是德里达对施米特最基本的也是根本的质疑。

德里达认为,敌人和朋友的区别,并不是一种差异的区别,而是一种对立的确认,这是反对自身的那种对立,这种对立将抹去自身。这就是说,敌人与朋友誓不两立,认定敌人也意味着把自己置于敌人的地位。这样的政治制度称之为"政治"的东西必然失去它的边界。德里达指出,施米特从它确定的那条公理中引伸出各种结果,这些定义明显地是"去政治"的。按照施米特的观点,忽略敌人将给现代人类社会带来实质性的风险。施米特这样的警告对于我们是太明智还是太愚蠢?施米特声称他唤醒了一个已经麻木的传统,德里达说,不管我们是否能证实它们,他的评述在这里应该引起我们的注意。德里达表示他要从两个方面强调它们。他认为,施米特处理这个问题一方面是以公与私二个对立面,另一个方面则是从道德规范的角度加以论述。德里达先从第一个方面入手加以分析。

施米特认为私人的敌人是没有意义的,他总是从"公开的"敌人来阐明他的敌人的政治学。德里达指出,施米特把认定敌人作为优先项,这就好比战争尚未发生,战争开始的可能性确定为战争已经开始(这就没有任何回旋余地)。这实际就把人类共同体当做一个战争的共同体,时刻在寻找敌人,而敌人总是事先存在。在施米特的公共与私人的对立中,私人性实际是不存在的,他只关注公共性。只有公共政治,没有私人性,也没有其他经济、美学、道德、军事,甚至宗教知识也不存在。虽然神学的政治传统存在于施米特的政治论述中,但他

① 参见《友爱的政治学》英文版,第83页;中文版,第121页。

更关注的却是世俗的政治思想。①

德里达认为,问题依然是,而且总是以“正义的名义”,友爱以正义的名义来确定,相反的,敌人也是以“正义的名义”来确定的。施米特否弃私人的情感,把敌人看成公共的。在施米特看来,在政治领域中,友爱的对立面不是憎恨(enmity),而是敌意(hotility)。施米特是试图去除“敌人”带有的私人性感情色彩,把它看成是一个纯粹的政治问题,这就是把敌人政治学放置在纯粹的政治领域来设想。纯粹的政治,也是概念的纯粹性的算计,这里没有任何感情因素,甚至可以对朋友发动战争——一种没有仇恨的战争。

按照这样的逻辑推导下去,德里达说,可以发生语义学的位移和颠倒。那就可能把朋友看成敌人,也可以在私底下爱敌人,而在公共的意义上把对方看成是敌人。当然,更为根本的问题在于,施米特的观点把生存世界的威胁推到广泛的地步,到处都是对敌人的恐惧感,对认不出敌人的恐惧感,敌人的潜在威胁无处不在。一个人只要不失去敌人,他就能知道他是谁。

施米特试图从柏拉图那里获得思想资源,他引述柏拉图的观点说,柏拉图反对希腊的内战,但希腊人与野蛮人的战争还是一种敌对的战争。德里达并不认为施米特对柏拉图的理解是正确的,柏拉图要指出的是希腊自己不能接受的内部混乱秩序。德里达强调说,野蛮人也构成了希腊人的一部分,如果说野蛮人是自然的敌人,那么希腊人就在自然之外,这是说不通的。与野蛮人的战争其本质上与希腊人自己内部的战争没有区别。从今天的观点来看更是如此,当年的野蛮人已经完全融入到希腊中。德里达试图表明的观点就在于,并没有与敌人的战争,真正的敌人并不存在,战争本质上都是与自己的战争。德里达试图从根本上抽去施米特的基础,以敌人为前提的政治的概念是不可靠的,“敌人”是一个不确定的概念,敌人没有本质,敌人是延异。德里达认为这种内乱有如一种疾病,这种疾病严重地摧毁了希腊,疾病是自然的现象,甚至疾病就附着于希腊身上,疾病之作为敌人正是希腊人自己的一部分。

德里达分析了《美涅克瑟诺》(*Menexunus*),这是一篇葬礼上的悼词,这里没有谴责敌人,没有仇恨,也没有敌意。德里达说,没有其他原因能像血亲(kinship)一样可以达成和解,它产生坚固的友爱建立在同种的基础上。德里达认为,从《美涅克瑟诺》的分析中,可以看出德里达分析的重点在于:血亲关系建构社会共同体。德里达认为,每件事情似乎被决定在决定还没有发生的地方,例如出生,在出生之前,出生的高贵或优生都已经被决定了。按照自然的法律律令,出生平等建立在合法的平等必要性上。这个必要性的基础是否正是它的基础,

① 参见 *Politics of Friendship*, trans. George Collins, London and New York: Verso Books, 1997, pp. 86-87。关于“神学的政治学”,这里德里达暗含讥讽,著名的施米特研究者德国人迈尔,就认为施米特的政治学是一种“神学的政治学”,必须从神学信仰的角度去理解施米特,否则就不能正确理解它的政治学思想。德里达显然不同意这种说法。迈尔的有关论述参见《隐藏的对话》一书。

正好按照自然或按照法律，这是很难确定的。对这样的基础是否存在正当的理由，法律的理由严格地说建立在自然的基础上，通过出生加以显示。这是德里达对施米特解构的关键所在。对此，德里达写道：

> 这种平等就是与出生平等一致的、在法律面前的平等。我们说，自然决定了法律，出生平等必然是法律平等的基础……。就是在这个程度上严格意义的正当化或者说法律上的正当化就牢固地建立在自然存在的自然本体论基础上，同时也自我显现在出生的真理之中……。在这里，一切被称为“民主”、或者被称为“贤人民主”的东西，就奠定了共同体、平等、兄弟友爱、作为博爱的认同等等诸如此类的社会约束，并在同名异源的纽带关系中确立了法律和自然约束，政治的和地域血统关系的约束。[①]

在古希腊，所谓的社会共同体，民族、国家的基础都是建立在血亲的关系上，同样的情况，一切被称之为民主的事情建立在社会的结合上，团体、平等、兄弟友爱，身份等，不管是政治权利平等，或是政治与本族的联系方式，都依靠血亲建立的社会联系。出生的纽带联系责任，这就是我们所说的自然，这是强制性的自然法，它嵌入在生与死的归属的必要性中。这就是最早的社会共同体关于平等、朋友的观念。这就是说，自然关系构成社会律法的基础，血亲关系才使社会共同体确立其所承接的责任。在现代国家中，这是公民社会的基础。社会共同体存在的必要性前提就在于它的血亲，它的出生生命的平等，这是一种自然法则，也是社会共同体相互依存的条件。施米特说敌友的区分是公与私的区分，只有公共的敌人。德里达则从古希腊血亲构成社会共同体来看，这样的共同体就像是一个血亲的共同体，进一步说，就是种族的共同体。德里达这里要揭示的是：自然作为律法的基础，意味着种族的利益决定了国家的利益，决定了政治，这就是德里达揭示自然兄弟作为政治团体结盟的根本保证之基础，这就是种族主义的神秘根源所在。如此，区分“敌人”所建立起来的政治本质也就具有种族主义的性质。基督教的“兄弟”概念很容易演化为对异教徒的排斥，只有同一种宗教才是兄弟，而异教徒则是敌人。自然的纽带在这里演化为宗教的纽带，归根结蒂，都是有一种共同体来区分盟约之内的人友爱，从而建构起对盟约之外的人的敌意。

当然，德里达阐述的血亲关系构成的社会共同体，还可以有另一方面的解释，或者说是相反的解释，那是在友爱的意义上。也就是说，血亲关系建构起来的人类社会的共同体，其政治本质更有可能是友爱而不是敌意。如果把敌意作为政治本质，那就是去政治化了。

从友爱的角度来看，友爱而不是敌意维系社会共同体的平衡。针对施米特区分敌意与仇恨来规定敌人的论述，德里达在《美涅克瑟诺》中读出了希腊的亲缘关系建立起的友爱。维系社会更重要的纽带在于他们对亲人的记忆，而不是对敌人的仇恨。德里达写道：“和解之中的安宁的惟一根源在于实际的亲属关系，是它产生了一种稳固坚定的友爱，这种友爱的

---

① 参见：《〈友爱的政治学〉及其他》中文版，第141页。

基础是同质性,是同胞之爱,是来源于出生、来源于天然共同体的稳固亲近性。”[①]在希腊人发动的对野蛮人的战争中,保留有对死者的纪念,保留有对死去的父亲的纪念,这就告诉他们真实,作为政治真理的真实。这个纪念的责任的必要性形成他们政治自由的条件,这就是他们自由的因素,作为他们的自由的真理构成了他们对世界的感觉。真理、自由以及平等,共同发生在兄弟情谊的政治中。对“也许”的遗忘(也是对敌意的遗忘),没有决定的决定健忘症,隐藏在古希腊的记忆行为中,古希腊的儿子或兄弟在为自由的战争中唤起遗忘或记忆。他们的战斗同时向着希腊人和野蛮人,这不仅是为代表自由的古希腊人而向古希腊人开战,也为古希腊人的共同利益向野蛮人开战。换句话说,即使有战争,有敌意产生,对整个社会共同体的维护并不是出自对敌人的仇恨,而是对父辈的记忆,对兄弟同胞的友爱。

三

如此看来,德里达在本书的第四章中写下的这个令人费解的标题“幻影朋友之回归”(The phantom friend returning),由此也就可以理解。这里的“幻影朋友”内涵就是德里达的断语:我们可能生活在一个既没有朋友也没有敌人的时代。因而它具有双重性:一方面,这个幻影朋友是敌人的幻影,也就是说敌人就是朋友,这就是在回应尼采“没有敌人”的感叹,现在,正在寻找敌人,怎么能说没有敌人?确认敌人就是找寻朋友,敌人就是幻影之朋友。另一方面,朋友之回归也是古典时代的幽灵之回归。也像呼唤幽灵一样,德里达要从古代的记忆中找出朋友,回应那句开场白“哦,朋友们,世界上根本就没有朋友!”——看看隐藏在希腊记忆中的兄弟友爱如何构成他们的共同体,而友爱又如何被限制在政治共同体的范围内。同时,德里达也要回应施米特把“确认敌人”作为政治的本质的观念。德里达试图阐明,在古希腊,并不是敌人,而是血亲同胞的友爱维护了共同体的存在和凝聚力。这就是说,“朋友”(友爱)存在于古典时代,只是以这样的方式存在,这就是“幻影的朋友”,也是幽灵般的朋友,它在古典时代维系着最初的政治秩序。很显然,这一章的副题是“以民主的名义”,也就是说,这个幻影的朋友是以“民主的名义”回归的,当然也是以解构民主的名义回归的。

从古希腊到今天,历史似乎以另一种形式展开。德里达把冷战后的国际政治视为既没有朋友,也没有敌人的一种现实。德里达解构了施米特的敌人,但他也不相信有一种国际间共同体互惠的友爱存在。但这并不等于德里达主张放弃对友爱的追求。从德里达后期一系列思想来看,他显然还是要追求一种不可能的可能性。共同体的友爱是不可能,国际间的政治是不可能的,这是在哲学的最极端意义上,德里达做出的断言,但正是清醒地认识到这点,这就让我们有可能现实地去追求那种共同体的友爱,去分享我们可能有的信任、互惠和共同

① 《友爱的政治学》中文版,第132页。

利益。

在德里达的思想中,互惠、共同利益、可计算性都被视为可质疑的项目。德里达本人虽然反对和颠倒等级,他对普遍性和共同体的质疑,对这些社会化的可公度价值的怀疑表明,他把个体单一性置于社会可公度性价值之上。在德里达看来,"我们"是不确定、难以理解和难以捉摸的的主体。我们已经被卷入了一种社会空间的不对称和他律的扭曲之中,卷入了同先于任何有组织的"会员"、先于任何被决定了的"政府"、先于任何"法律"的"他者"的关系之中。有批评者如弗雷德·达尔马就认为,德里达把原初的社会性描述为一种"他律的和不对称的扭曲",那就是说,描述成了一种混淆和瓦解人的自主性与社会交互性的关系。而且德里达把这种扭曲与"暴力"或破坏性的力量联系起来,并且表明正在发生的事情也许正是悄悄地展开了那种奇特的暴力,那种暴力从那以后已经永远地使自己潜入了友谊或正义的最为单纯的经验之中。[①] 德里达显然是在列维纳斯的他者的单一性的意义上来看友爱与自我和他者的关系,任何外部社会化的普遍经验都是对他者单一性结构侵犯,普遍性总是包含着一种强制,分享实际上的限定。不管怎么说,德里达的观念中,他者被封闭了,他者不是在横向性的结构中与普遍性或他者的他者交流,而只是面向未来的允诺。这依然是在保持他者单一性的意义上做出的。在其他的社会学家来看,他者的单一性并不是与普遍性截然对立,普遍性或许也有可能打开他者的未来。托马斯·麦卡锡认为:"不仅是在友谊之中,而且也在一般的社会相互作用之中,'他者的单一性'是内在地与'法律的普遍性'(在这里,是各种规范化的期待)相互联系的。虽然个体与'普遍化了的'、始终都是'先在的''他者'有着'不对称的'联系,但后者所包含的在社会方面的普遍化了的行为模式,本身就很典型地被建构成与'个体的''他者'互惠的关系。"[②]麦卡锡的观点显然是承继了康德以来的理性主义的传统。在康德式的传统中,对个体诚实的尊重是以人们的平等自由或"自主性"为基础的,而社会的(以及普遍化的)道德则同"法律的公正性"相联系,这种公正性可以为所有的参与者自由地接受。康德式的调和论,在哈贝马斯那里得到进一步阐发,并注入了交往理论的新内容。在哈贝马斯看来,各种规范的合法化只可能通过所有个体都要服从其规则的、被告知的、非强制的、理性化的协议的中介,康德式的平等尊重原则反映在要求个体的人自由参与的"以理性为动机的协议"之中,而对社会规范的关注,则被"普遍的和互惠的获得看法"的要求所控制,每个人在其中都重视"他人的处境",并赋予它们以"同等的重要性"。[③] 麦卡锡依然信奉康德传统直至哈贝马斯对理性原则的发挥,在理想性的意义上,理性有可能达到其

① 达尔玛:《德里达与友谊》,中译文载《生产》,第二卷,广西师大出版社,2005 年,第 74 页。德里达的观点,可参见《友爱的政治》最早 1988 年发表的讲稿,载《哲学杂志》第 85 卷,第 633—634 页。

② T. 麦卡锡:《在政治的边缘》,载《哲学杂志》,85 卷,第 645 页。中文转引自《生产》第二卷,第 81 页。

③ 这是麦卡锡在《在政治的边缘》中对德里达所作的回应,弗雷德·达尔马在《德里达与友谊》一文中分析了麦卡锡的观点。参见达尔马《德里达与友谊》,阎嘉译,载《生产》第二卷,广西师大出版社,2006 年,第 81—82 页。

完满的境地，但理性并不一定是按照如此"理性"的路线达到自己的目的，德里达怀疑的就是理性在其历史实践中，并不是如此按照理想的方案运作，而是理性自身成为一种强制性的力量。理性的力量在"共同体"、"联盟"、民族/国家那里达到最强大的程度，而在这些共同体中，个体的单一性总是被侵犯，总是以各种方式，被动和主动的，被感化地和下意识地被控制。个体的单一性总是被以"友爱"之名处置为共同性，在某些情况下，又以"敌意"之名被孤立和驱除。德里达同样也是从康德那里获取资源，那就是对个体的尊重，对个体的尊重是公正和平等的无条件的前提，在德里达这里，被描述为一种"间距"。个体不能被共同体同化，个体永远具有相异性。达尔玛批评说："德里达通过不单纯地谈论非共同体却谈论一种'没有共同体的共同体'或一种'没有友谊的友谊'而试图缓和或调解这样的担心。然而，由于全面强调疏远和分离，这样一些说法看上去更像是掩盖了一个基本的非共同体的俏皮话。"①

实际上，关于个体与共同体的关系，德里达的朋友和学生让—吕克·南希表达得更加透彻和明白。南希著有《解构的共同体》一书，南希这部论文集汇集了他论述共同体与个体差异性的关系问题的重要论文。南希从讨论巴塔耶的观点出发，极为深入而有见地地阐发了个体相异性的不可公度和通约。他说道："这些独一的存在者本身就是由分享构成的，分享安置他们、为他们安排位置，或者更准确地说是把他们间隔起来，这种分享使他们成为他者：彼此相依，而且与他者们相依的他者，对其融合主体来说是无限他异的他者，而这种主体则沉没在分享之中，沉没在分享的绽出之中：不通过'共契'而'沟通'。这些'沟通的场所'不再是融合的场所，即便人们在那里从一个通向另一个；这些场所被其错—位(/失位)所界定和外展。于是分享的沟通将会成为这种错—位(/失位)本身。"如此看来，个体的单一性，相异性，永远也不会真正在共同体中达成一个整体，或融入其中。分享也就意味着错位/失位，这就是很极端和绝对的观点，或许哲学就是一种极端，解构就是一种极端哲学。②

这就是发生在"个体单一性"论者与"共同体"论者之间的分歧。不管是麦卡锡还是达尔玛都认为，共同体确认的普遍性的价值准则，无疑也具有给予个体的互惠性和打开个体的未来面向的可能。但德里达和南希的观点，同样也是一种警觉，在共同体中如何给予个体单一性以切实的尊重和自由，这始终是一种存疑的问题。"友爱"与"敌意"，说到底都是一种共同体的概念，个体的单一性带入这些概念中，被卷入各种与己无关的社会化的事件或国际政治，共同体真的能给予个体提供一种和谐安全的处境吗？个体永远只是个体，它只具有单一性，正如中国的庄子所说，子非鱼，安知鱼之乐？共同体如何能理解个体所有的愿望和苦衷呢？但失去了共同体的个体如何生存呢？在现代性的历史中，它无疑是一种更加可疑的

---

① 参见达尔马《德里达与友谊》，《生产》第二卷，第93页。

② 南希《解构的共同体》，1999 by Christian Bourgois Editeur. 2007年经夏可君编校出中文版，上海世纪出版集团出版。引文参见中文版，第46页。

选择。同样在现代性的历史中，以共同体之名发生的事件难道还不足够恐怖吗？德里达如此绝然地强调个体的单一性，与其说他要给出一种选择，给出一种更加理想的人类的境遇，不如说，他在告诫一种不可能性，共同体之不可能，也就是决定了友爱和朋友之不可能，也就使"友爱"与"敌意"之不可能一样，因为本来就没有什么友爱，也没有敌意，似乎只有个体的单一性具有坚实性，那个永远孤零零的个体，只是张望着未来，期盼"幻影朋友"之回归。这是否真的就是一种面向未来的态度？它是积极的吗？那个到来的事件又如何呢？那是个体得救的时刻，还是结成新的共同体的时刻？这一切都是未知的。

这就是德里达所说的，我们始终是行进在"也许"所虚拟的时空中，也可能正行进在"消耗我们欲望的力量、事件的血肉和我们生活之中最内在和最深刻的生命过程中"[①]。

2007 年 7 月 15 日改定

（原刊《上海社会科学》2008 年第 1 期）

① 南希《解构的共同体》，同上书，第 110 页。

比较诗学的学科价值理念与方法意识

陈跃红

一

比较诗学(Comparative Poetics),如果不考虑其复杂的学科历史叙述,而只是从当下的研究重心去加以简略表述,其实也就是从跨文化和国际性的学术视野去展开的,有关文艺理论问题的专门性比较研究。它既研究具有历史事实联系的,国际间的文学理论关系史,也研究并未有事实联系,但基于人类文学共生关系基础上的多元文化间文学理论的问题。他与一般意义上文艺研究的核心差别,主要就在于其特有的“跨文化”立场和从事比较研究者的“多语种”和“跨学科”的知识背景。

一个理想的比较诗学研究者,尽管有着命运赋予他的特定文化血统和知识背景,但是在研究的立场和视野上,却始终应该是尽量超越其上的。它需要从多边文化、多种理论和多重参照的立场去审视和判断有关的文学理论问题。他虽然难以真正做到所谓的价值中立,但是,却应该能够做到时时的反省自身和倾听他人。这种学科理念在当代中国文艺研究领域的出现和发展,已经在一定程度上显示出中国文艺研究的现代性超越和世界性融入的趋势。

比较诗学学科概念的形成,主要源自于现代西方比较文学学科研究的深化,也来自于某些不带偏见和有着了解非西方文艺理论思想欲望的学者。譬如前哈佛大学比较文学系系主任克劳德·纪延(Claudio Guillen),前些年才去世的法国比较文学元老艾田伯(René Etiemble),前国际比较文学学会主席孟尔康(Earl Miner)等。但是,对于整个西方文艺研究界和比较文学界而言,这种跨文化的文艺研究却构不成热点和潮流。正因为如此,如果仔细去检索英文或者其他语种国外图书馆的著述目录,其中真正跨越西方文化所展开的比较诗学理论研究其实并不多见,也缺少应有深度。于是,当我们试图像学习其他西方理论一样,把深度借鉴的目光投注于西方比较诗学研究的时候,最后带回的只是一个空瘪的行囊。

细想一下,其原因也可以大致明了。20世纪以来,西方理论攻城略地,话语霸权的趋势越演越烈。走到哪里的学术讨论,大致都离不开这种那种的西方或者西方化的主义和理论,话语和符号范畴,离不开自亚里士多德以来或者自黑格尔、康德以来的开场白。处于这种意得志满的话语境地,很难想象,现代性理论大权在握的西方学者们能够真正弯下腰来,真正自觉平等开展跨越性的理论研究、对话和著述。对他们来说,为什么要进行文艺理论的比较？比较什么？中国、印度、阿拉伯的文论？对方不是都在上赶着学习西方理论吗？有什么理由和紧迫感不得不去比较呢？

于是，回归本土文化，反观自身，便可以慢慢意识到，一种学科意识和方法体系的建立、借鉴和发展等等，其实是和学科理念和价值目标的追求紧紧扣在一起的，只有具备了明确的学科理念和价值目标，有了理论运用的所谓“实际”需求，这种学科和理论，不管他是自创的还是舶来的，才可能真正成为现实学界情不自禁的选择和追求。

而在当下的中国，文艺问题之所以需要从跨文化的视野去比较和研究，至少是基于这样一些理由：首先是中西文论之间存在的，由历史造成的现代性落差；其次是自先秦孔孟和老庄以来，我们所拥有的具有原创性的中国诗学和文论传统资源丰富；再就是现代中国文艺研究追求自我突破和现代性发展的愿望和策略。存在落差，拥有资源，具有追赶和超越的强烈愿望，前面又有所谓“西方”这样一个已经实现了现代性的参照系，于是，就不得不借鉴，不得不参考，不得不比较，不得不游走于中西古今之间，以图通过参照和比较性的对话，去发现自身，更新自身，试图实现中国文艺研究在21世纪的现代突围。于是，比较诗学的研究，也就是文艺的跨文化研究，不管你同意不同意，也不管是不是有一套“导论”或者“体系”式的理论先介绍进来，比较诗学研究就成了20世纪中国比较文学和文艺研究的某种潮流和焦点之一。

正应为如此。早在上世纪初，也就是学科化的比较文学理论尚未引入中国以前，中国的学者们已经在自如地运用比较诗学的方法来研究文学理论的问题了。譬如王国维1904年发表的《红楼梦评论》，1908年发表的《人间词话》；鲁迅1908年发表的《摩罗诗力说》等等。据对1949年以前近三百余种国内比较文学论著和论文的统计，其中可以列入比较诗学研究范畴的就在四分之一左右[①]。而且，当时一些最优秀的文学研究成果，都是以比较诗学为代表的。譬如朱光潜的《诗论》(1942)，钱锺书的《谈艺录》(1948)等。由王国维开始所建立起来的关于文学、文化和思想史研究的方法原则，所谓“取地下之实物与纸上之遗文互相释证；取异族之故书与吾国之旧籍互相补正；取外来之观念与固有之材料互相参证”(见陈寅格《静安遗书序》)。以及钱锺书所谓“取资异国”，“颇采‘二西’之书”，通过互参互照，“以供三隅之反”的研究理论和方法，从一开始就有着自觉的学科价值理念，他们试图融古今中外为一炉，坚定的相信这样的学术价值信念，那就是“东海西海，心理攸同；南学北学，道术未裂”[②]。而无论是东方西方，也都具有共同的“诗心”和“文心”，正所谓“心之同然，本乎理之当然，而理之当然，本乎物之必然”[③]。也就是说，在深层的人性和艺术的本性方面，无论中外都具有许多共同的东西可以加以对话和沟通，而中国特有的传统文论思想资源，不仅可以

① 参见《中国比较文学研究资料：1919—1949》，北京大学比较文学研究所编，北京大学出版社出版1989年版。

② 钱锺书《谈艺录·序》，中华书局，1984年版。

③ 钱锺书《管锥编》，中华书局1979年版，第一册，第50页。

成为现代中国文论建设的基础和生长因子,而且于世界的文论发展也可以大有补益。正是他们的学术理念和方法原则,确立了现代意义上中国文艺研究最有突破价值和高屋建瓴的研究思想理路。如果我们此后半个多世纪的文艺研究能够遵循这些思想和方法理念去实践,则中国的文艺研究局面会大有不同,至少绝非如今日之尴尬。

在当下,在比较诗学的学科化建设在学院内得到确立和推进的今天,则更需要进一步明确自身学科的价值目标与其以跨文化比较为方法根基之间的互动和张力关系。更需要明确我们为何而比较?我们比较什么?我们比较的价值目标建立在什么样的基础之上。

二

无论是在认识论还是在方法学的意义上,都尤其不能简单地以为,只要具备相应的语言(主要是外语)工具和一定的中外理论修养,只要研究对象涉及两种或两种以上民族、语言、文化和学科的文学现象比较,不管基于何种价值立场和主体局限,都可以视作为比较诗学。

事实上,任何所谓的研究,都离不开价值理念的支撑。而比较诗学学科特定的价值追求,问题意识和学术目标等等,也都将会直接影响到学科方法和研究范式的有效性。也即是说,在学科价值理念与研究范式、方法之间,存在着某种内在的因果逻辑关系。特别是在当下所谓现代性和多元文化的语境中,"比较"如果不能建立在拆解文化中心主义,肯定多元文化共生权利,坚持价值倾向和发展担当互补共存的意识基础之上,如果没有这些价值理念的导引,那么,不管是一般意义上的比较方法,还是跨越文化、语言、民族的比较研究,同样都不能保证推导出真正期待的,贴近真相的学术性结论。

因此,建立在此种理念基础上的比较,不是以自己作为参照系的自我觉醒,也不是一般认识论意义上的类的区分,更不是形式外壳的差异。

比较作为人类思维的基本方式,可以说是无论中外都是古已有之。这种比较的起点和参照首先是人自身。古希腊哲人普罗泰戈拉就说过"人是万物的尺度",而《易传·系辞上》中也说要"近取诸身,远取诸物,而后触类引申",最初的人类基本上就是通过自己作为参照系去感知和区分世界万物的。随着认识的深化,这种感知和判断的过程与人类在世的经验积累相关联,经验或者说知识逐渐成为比较的又一种重要的价值参照系。《老子》第二章中就说:"天下皆知美之为美,斯恶也;天下皆知善之为善,斯不善也。故有无相生,难易相成,长短相形,高下相倾,音声相和,前后相随。"西方比较论的言说者亚里士多德也认为,"若想编出好的隐喻,就必先看出事物间可资隐喻的相似之处",而要看出相似之处就必须加以比较或者说"类比"。很显然,这里所谓比较,几乎可以说就是人类认识全部事物的方法和经验知识延伸的前提,其中甚至包括经由这样的比较去认识人自身。

不过,这种一般认识论意义上的比较,主要还是人类为了解决事物的外在普遍性类同以及类的差异问题。是关于区别人的一般性存在特征的方法学基础。是所谓人与非人,人与外部物质世界，人与自身群体关系的基本意识。所谓通过类比而明确男女老幼、大小多少、高低长短，美丑好坏等……他一般不涉猎种族、信仰、语言、文化传统和终极价值等核心文化立场问题。

显然，这样的比较与现代性视域下的比较诗学的问题意识关系不大，它可以作为一般人类认识论的基础，作为走出混沌未开状态，进入具有历史和文化的“人”的方法前提，但还构不成今日所谓现代条件下比较诗学学科进行比较的核心问题意识和比较的价值立场。

同时，这种现代性的诗学比较也与古典时代和文化中心主义时代的比较明显不同，在所谓的古典时代，所形成的任何一种孤立发展的文化体系，都十分坚定和固执地认为，只有自己才是世界和真理的代表，譬如：柏拉图的“理念”、基督教的“上帝”和“三位一体”；黑格尔的“绝对精神”；伊斯兰教的“真主”即真理；中国思想诸家的“道”即是真理的最高体现等等。在这样系统且封闭的思想系统和价值立场指导下，所谓学术追问的终极与某种被悬搁起来，神圣化的、不言自明的、永恒的价值，亦即真理是等值的。在这里的所谓比较，价值判断已经被先行的确定。那就是，上帝伟大，真主即真理，道之永恒不可改变，所谓天不变道亦不变，一切只是理念的模仿之模仿，如此等等。在这样的价值理念支配下，比较的结果也早已经不言而喻，就算你的比较是跨语言，跨文化的比较又怎么样，结论并不会有什么真正的改变。多数也只能是以证明对方的局限和自身的完美告终。不管你愿不愿意，信仰所在，往往就难以客观，这也是从事跨文化的文学比较时需要时时加以提防的立场和倾向。

而对于现代西方比较文学的学术研究而言，其不可避免的文化中心主义立场，同样严重阻碍了真正意义上比较理念的实现。这种思想的一个明显特征就是，假定西方的一切都是先进的，而非西方社会的一切都是落后的，因此必须加以启蒙和教诲。其研究结果自然是想要泯灭掉非西方文化的本性和特点，抽空非西方的文化精髓，然后将一切都纳入西方文化的价值体系去。直至今天，在中国比较文学这一移植来的学科的理论预设、研究范式和方法论原则中，多少仍旧都可以找到它的痕迹。除了少数特例，如伏尔泰，歌德之外，多数的西方学人都不能摆脱这种文化中心主义思想的影响。而在早期比较文学领域，一些人甚至自觉的去履行这一中心主义的文化准则。在他们心目中，以西方文化来替代世界各民族文化似乎已经是顺理成章的事情。法国著名的比较文学家洛里哀就曾经说过：“至于近世，西方在智识上，道德上及实业上的势力业已遍及全世界。东部亚细亚除极少数偏僻的区域外业已无不开放。即使那极端守旧的地方也已渐渐容纳欧洲的风气。如是，欧亚两洲文化渐趋一致已属意中之事了。”“而民族间的差别将渐被铲除；文化将继续它的进程，而地方的特色将渐渐消灭。各种特殊的模型，各种特殊的气质，必将随文化的进步而终至于绝迹。到处的居民将不复有特异于人类之处；游历家将不复有殊风异俗可访寻。一切文学上之民族特质也都将成为历史上的东西了。”如此的“比较”，无疑与今日多元文化时代比较文学和比较诗学的价值理念大相径庭。在这样一种学术氛围下，不可能期望西方公平地对待非西方的文学及其理论；而建立在此一基础上的比较，其精神实质多数也只能是文化上的中心主义和扩张主义,它与我们今日所理解的现代意义上的比较精神仍然相去甚远。

三

我们必须要意识到,无论是今日之比较文学还是比较诗学,均完全是作为现代学术特征的所谓跨文化比较潮流的学科表现或者研究范畴之一,它其实不是比较文学或者比较诗学孤立的一门学科存在,而是全球进入国际化和多元化时代的一种普遍性的学科方法论潮流。

于是,除了比较文学之外,今天我们普遍都必须同时面对着大量以"比较"命名的学科现象,譬如,比较文艺学、比较史学、比较哲学、比较心理学、比较人类学、比较教育学、比较经济学、比较法学等等。很显然,这里的所谓的比较,决不是简单地和随便地把任何两个东西放到一起来比较就行,而是一种代表着现代学术精神的学科研究范式和方法取向。

那么,什么才是现代意义上的"比较"研究呢?支撑现代比较文学之"比较"方法的文化立场和价值理念应该如何?我们究竟又该怎样去展开所谓代表现代人类精神的文学比较?

首先,至少在中国这样一个正在追求文化现代性的后发国家里,所谓现代比较文学的"比较",如前面一开头所说,他只能建立在坚定不移地拆解文化中心主义,肯定多元文化共生的学术价值立场,强调相对的历史文化价值和共同发展担当的观念基础上。

其次,这样的比较,必定自觉承认事物本身内在的多样性,这也就意味着承认他们的相对性。于是,在研究他们之间的相互关系之时,各种外来的参照系也就变得不可或缺。因为没有参照就谈不上关系,而有了参照,比较也就不可避免。也正因为如此,作为现代精神的比较学科不仅属于比较文学,在今日现代性视域下,它同时也是更多学科的选择。因为,依据现代的知识理念,任何一种所谓的学科研究,其实都有点盲人摸象的味道。从每一个局部看去也许有道理,但从整体上却未必能够把握真相。这一方面是学科的局限性,同时也实在是人的局限性,是人的思想宿命。

最后,由于我们恰好是处于这样一个多元参照和学科整合的时代,学术的历史告诉我们,无论学科研究有多精深,它也只能透视事物的某些方面,而事物本身却具有多方面的性质和意义。引入一个新的参照系,就意味着有新的性质显现出来,参照无限则性质无限。因此,只有对同样的对象事实加以多学科、多文化的所谓参照性"比较研究",才有可能接近所谓的"真相"。这里所谓现代意义上的"比较",其实是对人的认识有限性和认识发展历史性的一种认可。是一种平等的、理性的、在外来参照系映照下的、不断有各种性质显现出来的学科认识论。进而言之,这是具有平等参照系的比较研究,是对所谓绝对真理、对所谓理论的普遍有效性,对终极价值的强烈质疑和拆解。而真正要展开这样的比较,一定而且必须建立在一个重要的前提之下,那就是有各种可以把握和具有比较价值的参照系的引入以及和它们之间互为参照的比较性对话。

基于这样的学科理念和价值意识,我们今天所谓现代意义上的比较诗学不仅仅要跨越地域、文化、语言和学科的疆域,也注定离不开各种“非我”文化参照系统的比照。而参与比较的任何一方,无论是作为比较的主体还是对象性的“他者”,都必须承认自己的“非中心性”和“不完美性”,承认自己的“真理有限性”,这也就意味着不同文化和理论之间是平等的、互相提问、互为参照的对话关系。由这种比较并结合其他方法范式的研究所做出的判断,也都是有限的和受到时空所局限的相对“真理”,其性质的显现由于人类历史和认识的发展演进,总是在不断的演绎发展下去,比较的学术研究也将不断前行。这也许就是所谓现代意义上“比较”研究方法的新学理内涵和价值意识罢。

文艺研究的跨文化向度和国际化特征,无疑是21世纪文艺研究的重要路径和必然选择,而比较诗学的内在理论逻辑正是要求超越单一民族文化的视野去看待和处理文艺命题,因此,它与文艺研究的未来发展趋势是相吻合的。任何一种地区和国家民族的文学理论,即使是盛极一时的现代西方理论,在今天这个文化多元化的时代,在文学生产、传播、消费和评价普遍国际化的语境中,都将会遭遇到由于历史和文化差异导致的理论失效和通约性困扰,都将面临对话沟通的迫切需求。而未来的中国文论现代性命题和中国现代文艺学的建设目标,也都将依靠在古今中外文化间不断的比较、对话和沟通过程中去逐步推进。因此,尽管人们对比较诗学作为学科研究的理解不同,命名不同,说法不同,进入和研讨批判的方向也不尽相同,然而,大家的目标都是试图从跨文化的路径去深入文艺问题的内层,从不同角度去逼近问题的实质。就此而言,作为比较文学学科重要分支的比较诗学,此前曾经为推进中国的文艺研究现代进程有过自己的贡献,而在未来的岁月中,它仍将注定会继续扮演至关重要的角色。

(原刊《人文杂志》2008年第1期)

Metaphor as a Political Rhetoric: Chunqiu Rhetoric in a Straussian Light

Zhang Pei

Who on the child its true name dares bestow?
The few who somewhat of these things have known,
Who their full hearts unguardedly reveal'd,
Nor thoughts, nor feelings, from the mob conceal'd,
Have died on crosses, or in flames been thrown.
——Goethe: Faust, Part I, "Night"

It is generally believed that literary works are a metaphor of the author and his world, which establishes a virtual "heterocosm" via secondary reference① (Ricoeur 308-309). Therefore, as Umberto Eco says, since metaphor is "literally false", if the writer stresses that his narrative or dramatic creation is not true, the reader will regard it as a kind of "semantic waste" and feel uneasy at this meta-textual action (Eco 139). According to his theory, no writer worth his salt would be so foolish as to profess the falsehood of his fiction, while the reader will, no less knowingly, as if by instinct, go on with the reading game. However, we could find without much effort in the Chinese literary tradition many a counter-argument. For instance, at the very beginning of *The Story of the Stone* (also known as *A Dream of Red Mansions*), we find the reputed author's claim:

> Having gone through a life of dream, I concealed the truth and, having resort to the Amulet, wrote the following *Story of the Stone*, with a character named Zhen Shiyin (allegorically "truth hidden")…Words such as "dream" and "illusion" in this very book are used to re-

---

① Also see Paul Ricoeur, "The Metaphoric Process as Cognition, Imagination, and Feeling" in Sheldon Sacks (ed.), *On Metaphor* (London: The University of Chicago Press, 1980). Qian Zhongshu, *Guanzhuibian* (Beijing: Zhonghua Press, 1979), vol. 4, p. 1302: "All literary creations are a metaphor".

mind the reader of the fictitiousness of my narrative, which is the present writer's intention.①

Some modern scholars, like Dr. Hu Shi, influenced by Western philosophy, tend to think this passage embodies the author's nihilistic *Weltanschauung*. Yet a sociological analysis will tell us more about the speaker's realistic *arrière pensée*. The fact that contemporary intellectuals, under the successive reign of three Manchu monarchs, namely, Emperor *Kangxi*, Emperor *Yongzheng* and Emperor *Qianlong*, were suffering the most hideous politico-cultural persecution or "wen zi yu" (literally "literary prison") speaks volumes for our author's committing this "semantic waste". This also helps to explain why the author soon after makes a statement that his book "is not a satire upon our times"; on the contrary, it "sings praises of His Majesty" and "has nothing to do with current affairs"②. Obviously, this "semantic waste" serves as a kind of politico-rhetorical device.

Usually such a politico-rhetorical device (of course, its application is not limited to literary works only) helps to express the writer's socio-political stance, ideal or proposition in a metaphorical way, which he himself dare not articulate to the public. Through the metaphors, not only could the writer protect himself and secure lebensraum for himself, but also highlight his true ideas for the benefit of the sympathetic readers by hiding them from dangerous censorship, official or otherwise.

This kind of metaphor is not a pure rhetorical device and we can well call it a political rhetoric. It has some affinity with the famous Socratic irony, because it also involves the dual structure of meaning and the tendency of self-negation③. This apparent affinity aside, it involves another crucial determinant from outside: the political persecution.

As for the relationship between political persecution and writing, Leo Strauss has contributed a lot of enlightening ideas. Strauss observes that ancient philosophers adopted two manners of

---

① 《红楼梦》第一回:"因曾历过一番梦幻之后,故将真事隐去,而借"通灵"之说,撰此《石头记》一书也。故曰"甄士隐"云云。……此回中凡用"梦"用"幻"等字,是提醒阅者眼目,亦是此书立意本旨。"The English translation is mine.

② The translation is mine. The original is:"非伤时骂世之旨;……皆是称功颂德,……因毫不干涉时事,方从头至尾抄录回来,问世传奇". David Hawkes's version is: "He could see that … it was entirely free from any tendency to deprave and corrupt." Again, we've come to the above "backgrounding". Translators' interpretation as a special reader as such is noteworthy.

③ This technique is most affected by the Chinese historians have followed in their writings. As Zhao Yi (1727-1814) pointed out in his masterpiece *Notes on the Twenty-two Histories* (1795), sometimes the official history writers intentionally keep self-contradictory facts so as to insinuate the truth of history stifled by the imperial ideology (Volume 6, Chapter 3).

teaching: *an exoteric manner and an esoteric manner* (*Pangle* 63-64)①. Philosophers are fully aware that ideal or theoretical life is always superior to reality or current politics, and even the best government is by definition imperfect in some ways. Therefore, their philosophy will appear to be a negative and subversive force for the world they are living in, and philosophers themselves will consequently encounter persecution from the government or, ironically, the public who, out of an instinct of getting reconciled with the status quo, will feel upset at his philosophy. So home truth must be packaged in some politically correct discourse so that it could be accepted or at least pass for harmless. In brief, philosophers make use of such "exoteric presentation of the truth" for reasons of prudence or expediency (*Pangle 66*)②.

From Strauss's analysis we may form the impression that there are two kinds of writing: the exoteric teaching and the esoteric teaching, which could be used separately. In fact, the exoteric teaching and the esoteric teaching are not two separate teachings, but two inseparable facets or two complementary components of one expression: truth needs to be expressed in an exoteric way, while on the other hand, there must be some esoteric content under the exoteric garment. Therefore, we may as well regard them as two different names of one single political rhetoric. In the following part I'll use the term "esotericism" to signify such a political rhetoric.

Now let us return to the examination of such rhetoric as metaphor. Contemporary research tend to define metaphor as across-domain mapping of ideas (Ortony 203; Goodman 73)③. Linguistically speaking, it is an reciprocal process between literal meaning and metaphoric meaning. The semantic conflict challenges the sovereignty of legitimate/norm by metaphor which suggests deviation/revolution/sedition, and further disseminates this tension to the ideological level (Ryan 4).

This granted, Leo Strauss is right in asserting that "this expression is clearly metaphoric" (Strauss 24); for esotericism tends to express the truth (literal meaning) in terms of another discourse (metaphoric meaning). Obviously, esotericism involves the function of metaphor as political rhetoric. Compared with irony, this kind of rhetoric must be sufficiently esoteric in the prag-

---

① Leo Strauss, *Esoteric Teaching* in Thomas L. Pangle (ed.), *The Rebirth of Classical Political Rationalism*: *Essays and Lectures by Leo Strauss* (Chicago: The University of Chicago Press, 1989), pp. 63-64.

② According to Strauss, this is a kind of exotericism. However, the exoteric teaching and the esoteric teaching are not two separate teachings at all, but two inseparable facets or effects of one expression: truth needs to be expressed in an exoteric way, while on the other hand, there must be esotericism under the exoteric package. Therefore we may as well regard them as two different names of one single socio-political rhetoric. In the following part of my article, I'll use the term "esotericism" to signify such a political rhetoric.

③ George Lakoff, "The contemporary theory of metaphor" in Andrew Ortony (ed.), Metaphor and Thought (Cambridge University Press, 1993), p. 203. Nelson Goodman, *Language of Art* (Indianapolis: Hackett Publishing Company, Inc., 1976), p. 73.

matic sense: if the writer is so prudent that the hidden thoughts in his works will not be revealed, an exoteric expression will also lead to political persecution of the writer and suppression of his thoughts. So the writer has to find a subtle point to poise between complete exotericism and esotericism, and his readers, in turn, should read between the lines. We could regard this process as the sending and acceptance of the writer's "invitation" (Sacks 6&8). This situation is described by Leo Strauss in his famous *Persecution and the Art of Writing*:

> If an able writer who has a clear mind and a perfect knowledge of the orthodox view and all its ramifications, contradicts surreptitiously and as it were in passing one of its necessary presuppositions or consequences which he explicitly recognizes and maintains everywhere else, we can reasonably assume that he was opposed to the orthodox system as such and—we must study his whole book all over again, with much greater care and much less naivety than ever before. (Strauss 32)

Of course, the conscious hunting for the hidden meaning entails the reader's sympathy with the metaphor-writer; or as Wayne C. Booth's says, "to understand a metaphor is by its very nature to decide whether to join the metaphorist or reject him, and that is simultaneously to decide either to be shaped in the shape his metaphor requires or to resist" (Sacks 63).

Now arises the question: what do those people write in metaphor for? According to Leo Strauss, the answer is *love*:

> All books of that kind owe their existence to the love of the mature philosopher for the puppies of his race, by whom he wants to be loved in turn: all exoteric books are "written speeches caused by love". (Strauss 36)

What he says touches upon the fundamental moral concern shared by thinkers of all times and races. We can also find the same interest in Chinese classics. As Confucius once professed to his disciples, after hearing them report a Taoist recluse's critique of his indefatigable preaching, "Birds and beasts don't live together; apart from my people, with whom shall I live?"① Master Zisi (483-402 B.C.), founder of the Si-Meng School of early Confucianism, is said to tell the Prince of Lu that "it is a loyal vassal who keeps criticizing the vices of the ruler".② True, philosophers criticize their country and people just because they have a deep concern for them; but the tragedy is that, since their love is almost sure to defy the legitimacy of status quo and tamper with

---

① 《论语·微子》:"鸟兽不同群,吾非斯人与之徒而谁与?"

② 《郭店楚简·鲁穆公问子思》:"恒称其君之恶者,可谓忠臣矣。"

the conventionalized life, philosophers tend to be regarded by those whom they love as strangers, or even worse, as the malicious "Others". In view of this dangerous dilemma, philosophers have found it necessary to use exotericism ("lying nobly") on the one hand to appease the majority ("the vulgar"), and on the other hand, to enlighten the "potential philosophers" ("the wise") in a secret way (Strauss 34). Thus philosophers may be able to accomplish unawares, though negatively, a revolution in the long run. Philosophy seen in this way must be political or revolutionary: as a theory, it is pregnant with enormous perlocutionary effect that, by the intimacy-achieving effect characteristic of metaphors, it will transform the momentum of thoughts into dynamic actions.

Writers adopt metaphorical esotericism for the sake of their freedom and safety, and this writing flourishes under a regime where the liberty of speech is endangered. As history tells us, such a phenomenon appears almost inevitably during a period of social transition ("comparatively liberal periods") (Strauss 33) when the monologue is deconstructed by (to use Bakhtin's term) polyglossia. History of human civilization has demonstrated this rule time and again: in the Athens of the fifth and fourth centuries B. C., in seventeenth-century Holland, and in eighteenth-century France —and in China, from the time of Confucius up to the present day, the political metaphor as mediator between free writing and political persecution has never ceased to be.

So we might safely draw the conclusion that what Leo Strauss describes is a universal phenomenon. The presence of esotericism is as persistent as that of persecution of independent thinking; as long as there exists political persecution, there will concur the above-mentioned esotericism both as a safeguard and as a revolt. Hegel once said, when he dealt with Aristotle, that there existed only one single philosophy, which could not possibly be pocketed from his reader (*Vorlesungen ueber die Geschichte der Philosophie*, Chapter 3). However, he soon confessed that philosophy would appear esoteric to the stupid people. It is very typical of him to assert the oneness of philosophy; but the oneness of the writing of philosophy is another question. So far as truth is concerned, the presence of alternative writing is a necessary link which paves the way for the advent of truth.

Now we may be interested to know whether there is such a writing in Chinese intellectual tradition. The answer is absolutely definite as long as we admit the fact that there also exists political persecution of free thinking. For instance, in the *Book of Songs*, one of the earliest books in Chinese literature, we find such precepts as "Be philosophical to keep you safe"①. This statement actually reveals the ineradicable tension between philosophers and politics, which is Fate (moira)

---

① 《大雅·烝民》:"既明且哲,以保其身。"

in modern time. Confucius, who advocated "educating people regardless of their classes", did not forget to remind his students not to abuse the truth by revealing it to the unworthy ones①. This may be the reason why, as we see in the Analects, he offered different answers to the same question or similar questions. Buddha is also a master in teaching to the occasion. In his view, there are two kinds of men: the wise and the stupid; therefore the Buddhist philosopher should teach two different "virtues" to the stupid people, though there is but one, and truth as such could only be revealed to the wise. ②

The Chinese intellectuals have long developed a marvelous political rhetoric of their own. *Chunqiu* used to be the annals of the Kingdom of Lu; after Confucius compiled it in a tendentious way, this book became one of the *Five Canons*, which had held sway over the Chinese mind for more than twenty centuries. In fact, "Chunqiu" had long been the byword of "history" and enjoys even today a high reputation for its unique writing manner, to wit, the so-called "Chunqiu Rhetoric".

According to Dong Zhongshu, a Confucian master who wrote an theologico-ethical code for the Han Dynasty, *Chunqiu* features "the ample application of metaphors"③. We can even go on to say that Chunqiu rhetoric is metaphor-based. Compared with Western esotericism, Chunqiu rhetoric is used more consciously as a political metaphor. Zuo Qiuming, the reputed author of *Zuozhuan* (literally "Zuo's History"), one of the three early and authoritative hermeneutic texts of *Chunqiu*, summed up five basic attributes of *Chunqiu*, which distinguish it from other "shufa" (literally "writing methods") in Chinese literature: "subtle yet manifest, tendentious yet understated, circumlocutory and fine-drawn, unreserved and not far-fetched", and last of all, it's author "condemns the evil and encourages the good" (*Zuozhuan*, Vol. 9, Chapter 14). ④

We could easily infer from the last attribute that Chunqiu rhetoric is politico-ethically orientated. Indeed, the event of writing *Chunqiu* itself was a symbol of the then Chinese intellectuals' engagement in contemporaneous politics. Mencius, for example, said that "Confucius created *Chunqiu* and the treacherous vassals felt fear". ⑤ Indeed, Chunqiu rhetoric often suggests a dominating power or authority. As the author of *Wenxindiaolong* Liu Xie (466? -538?) describes, "a positive

① 《论语·卫灵公》:"子曰:可与言,而不与之言,失人;不可与言,而与之言,失言。"

② 《佛说未曾有因缘经》卷下:"人有二器:一者利根,一者钝根。为钝根人说两种善,利根之人说不二也。……钝根之人,诸根暗塞,是故为说分别法耳。"

③ 董仲舒:《春秋繁露·楚庄王》:"春秋之辞,多所况。"

④ 《左传·成公十四年》:"微而显,志而晦,婉而成章,尽而不污,惩恶而劝善。"

⑤ 《孟子·离娄下》:"孔子作《春秋》而乱臣贼子惧。"

remark is more desirable than any regalia, and a negative comment brings even more shame than a capital punishment ".[①]

We could spot examples of such political rhetoric everywhere in the text of *Gongyanzhuan* (some Mr. Gongyang's commentaries on *Chunqiu*), which seems to regard the original canon as a series of metaphors to be deciphered. *Gongyanzhuan* is at once a commentary and a catechism; the second part is Mr. Gongyang's interpretation of the first part, namely, the original text of *Chunqiu*. Please look at some representative examples in the first four chapters:

1. Chapter 1: Spring, the first month according to the King's Calendar.

——Why is this entry written? To stress the universal legitimacy of the King of Zhou.

2. Chapter 2: Spring, the prince (Prince Huan of Lu) hunted in Lung.

——Common events are not recoded. Why this entry? To criticize.

3. Chapter 3: The troops of the Princedom of Qi moved to Ji.

——Military failures are not recorded. Why this entry? To stress it.

4. Chapter 4: Prince Min of Lu died in August.

——Why not mention the place? To understate the murder.[②]

The author of *Chunqiu* is believed to adopt metaphoric statements to express his own attitude toward contemporary political events. That is why Chunqiu rhetoric has always been regarded by ancient Chinese intellectuals as the byword for political rhetoric.

Now we would like to ask: Why did he, and his countless followers, have resort to such a narrative technique? The answer, as we have seen in Strauss's observation, is fear. In fact, ancient Chinese scholars (in China, the "philosophers" in the Straussian sense are basically "scholar-bureaucrats"; that is to say, their writing career is predicated at large upon the current politics) have made conscious attempts to understand this predicament of theirs.

In the Nine Songs by Qu Yuan (340? -278? B.C.), for instance, we hear the heart-stricken poet bemoan all by himself:

---

① 刘勰:"褒见一字,贵逾轩冕;贬在片言,诛深斧钺。"(《文心雕龙·史传》)

② The original text of these four passages runs as follows:"隐公元年"经曰"春,王正月",《公羊》传曰:"何言乎王正月?大一统也";"桓公四年"经曰"春正月,公狩于郎",《公羊》传曰:"常事不书,此何以书?讥";"庄公元年"经曰"齐师迁纪",《公羊》传曰:"外取邑不书,此何以书?大之也";"闵公二年"经曰"秋八月辛丑,公薨",《公羊》传曰:"公薨何以不地?隐之也。何隐尔?弑也。"

> I miss my lord but oh! I dare not speak out. ①

This might be the first manifesto of the "no-easy-thing-to-say" ("tan he rong yi") tradition, which has long been a cliché in the Chinese language. Iits original signification however was totally different from what we understand today: it means that the scholar-bureaucrats, as their writings are prone to cause political disasters, should be so prudent as not to air their views straightforwardly. ② Such cautions are passed on and repeated by generations of Chinese intellectuals, so that the liberty of expression has become a taboo in the sense that writing, like playing with fire, is easily connected with political persecution. Ban Gu (32-92), the leading historian in his time, also contended in his monograph *Yiwenzhi* (literally "on arts and literature"):

> The lieges and vassals criticized in *Chunqiu* were the writer's coevals who commanded great power, so the writer concealed the bare truth in the text as to avoid persecution. ③

Two centuries later, his opinion was echoed by a Zuozhuan expert Du Yu (222-284), who repeated Ban Gu's claim in a somewhat modified manner:

> Confucius was wise enough to protect himself and it is hard to believe that he should have hidden his ideas by esotericism after finishing it. ④

Nevertheless he also admitted that ancient historians had to use esotericism to avoid otherwise ineluctable political troubles.

Indeed, for those ancient Chinese intellectuals who lived under high pressure of absolutist monarchy, it was "no easy thing" to speak out as they wished. In fact, the Chunqiu rhetoric, incessantly followed by Confucian writers in the following ten centuries, from Jia Yi (200-168 B. C.), Dong Zhongshu (179-104 B. C.), Zheng Xuan (127-200) all the way down to Liu Zhiji (661-721), had gradually been reformed into a sort of verbal strategy, no longer featuring a dominating perspective, but rather involving a resisting stance against contemporary persecution from above. The Chinese intellectuals have an ample repertoire of such techniques, such as "bi-hui" and "qu-bi" (politico-literary taboos and euphemisms). Occasionally, political rhetoric as such

---

① 《九歌·湘夫人》:"思公子兮未敢言。"

② Professor Qian Zhongshu made a most elaborate research on this subject (c. f. *Guanzhuibian*, vol. 2, Beijing: Zhonghua Press, 1979, pp576-577). I've borrowed here many of relevant stuffs he had collected.

③ 《汉书·艺文志》:"《春秋》所贬损大人当世君臣,有权威势力,其事实皆形于《传》,是以隐其书而不宣,所以免时难也。"

④ 杜预:《左传序》:"言《公羊》者,亦示黜周而王鲁,危计言孙,以避当世之害,故微其文隐其义。……圣人包周身之防,既作之后,方复隐讳以避患,非所闻也。"

would even turn into mere poetic rhetoric. Thus, the so-called "*wei-yan da-yi*" (subtle but significant statements), primarily an enforced political rhetoric left to the Chinese intellectuals, now became a matter of self-referential wordplay; even worse, in the extreme cases, is the fact that men of letters should come to be too ready to indulge themselves in puns, humorous and witty remarks, forgetting their *raisons d'étre* and (in Lu Xun's term) "shrugging off the brutality of killer-rulers with a smile". The revolting political rhetoric, having gone to its opposite, is now dead.

Here we can trace out the basic law for esotericism: the degree of esotericism is decided by contemporary political atmosphere; political rhetoric thrives most in a period when the liberty of expression is least guaranteed or tolerated; as the political persecution becomes greater, literary writings will appear more metaphorical. In brief, the forms of esoteric writing just vary with the ups and downs of current politics.

The writing career of Spinoza (1632-1677) and Paul-Henri Holbach (1723-1789), say, speak volumes. Both wrote against the obscurantism of the Church, but their writings, one in seventeenth-century Holland, the other in eighteenth-century France, show different features. Spinoza advocates rather bravely that the true aim of politics is freedom in his *Tractatus Theologico-Politicus*, which was published in 1670 anonymously, but its author, knowing "how deeply rooted in the mind are the prejudices embraced under the guise of piety" and that "the masses can no more be freed from their superstition than from their fears", thinks it necessary to maintain in the preface:

> I have written nothing that I would not willingly submit to the scrutiny and judgment of my country's government. If anything of what I say is deemed by them to contravene the laws of our country or to be injurious to the common good, I am ready to withdraw it. I realize that I am human and may have erred (Spinoza 1989: 56&57).

In fact, when his *Renati Des Cartes Principia Philosophiae* was published in 1663, also on the condition of anonymity, Spinoza asked his friends in the press circles to inform the reader in his stead that all the ideas in the book were not his, and some of them even conflicted with his own beliefs. In a letter to Henry Oldenburg, he confesses candidly that if some of those "who hold the foremost positions in his country" would take care that he is enabled to publish them "without any danger of infringing the laws of the land", then:

> I shall doubtless publish at once; if things fall out otherwise, I would rather be silent than obtrude my opinions on men, in defiance of my country, and thus render them hostile to me. (Spinoza 1955: 289)

Seen this way, what he says in the preface is obviously a prophylactic camouflage. Spinoza might well have given up his philosophy because of practical dangers, but as a real philosopher he could not possibly become reconciled with the then prevailing absurdities as regards God and church. So he employed very subtle esotericism, as we can find in his statements about the prophets in the Christian *Bible*, arguing in the first place with an absurd yet politically correct contention, then by way of purposeful contradictory statements negating the previous statement by the same writer, and in this way his true thought surfaced in broad daylight at last.

As for Paul-Henri Holbach, now that he lived in a comparatively liberal society when France was on the eve of Revolution, he astutely chose a more lively and exoteric discourse. Under the pseudonym of M. l'abbé Bernier, which, judging by our writing history, we could have good reason to regard as a conventional metaphor of the true author, he had his *Théologie Portative* published in London in 1767, where the atheist made faces at the Church in a much more audacious way. Compared with Spinoza's *Tractatus Theologico-Politicus*, his book features less esotericism, and the more his book develops, the more exoteric it becomes. For instance, "M. l'abbé Bernier" professes to the public, or rather the censors, his staunch belief in Christianity in the preface, while under the entry of "idiot", the author flatly suggestes that the reader refer to such entries as "Christian" and "ignorance"! There the writer's real intention is utterly exposed to the reader, the tension between esotericism and exotericism drops to the lowest degree, and esotericism as a political metaphor simply dissolves into literal expression.

On the other hand, when political pressure becomes extremely hostile, and as a result, the liberty of expression is stifled by the fear of any persecution, exotericism as a means of metaphorical rhetoric may come to an end, and its absence, as we have repeatedly observed in the history of human civilization, indicates the collective aphasia of genuine thinkers.

However, it is impossible to deprive the people of their natural right of free expression, just as Spinoza declares in his *Trctatus*, or as Leo Strauss's says, "persecution cannot prevent independent thinking" (Strauss 23).

Here we have discovered a new interpretation of the tradition of Chinese poetry. Confucius once exhorted his students to study the *Book of Songs*, since (in his words) "poetry can be used to inspire one's spirits, observe the society, achieve intimacy and express one's resentment"①. From this tenet, later Confucian scholars came to the dogma that poetry should serve the government as a means of education ("shi jiao"). In fact, like the fortunes of Chunqiu rhetoric, this functional proposition was later transformed from a dominating means of humanization into a doub-

① 《论语·阳货》:"诗可以兴,可以观,可以群,可以怨。"

le-edged socio-political rhetoric.

"Complaint" has diffused through the whole Chinese literary tradition. In China, it is a commonplace to use one's works, say a novel, as a personal metaphor to criticize the *status quo* without being found guilty for "taking umbrage at His Majesty". As we know, Chinese fiction works sometimes play a role similar to that of historical classics, such as *Chunqiu and Shiji* (known as *History by Sima Qian*), in the sense that both are intended as an innuendo of the present by alluding to the past in a metaphorical way.

In fact, esotericism constructs a distinctive aspect of Chinese novels from the pre-modern time on①. *Shui Hu Zhuan* (also known as "*Outlaws of the Marsh*") is a case in point. Li Zhi (1527-1602), one of the most outstanding free thinkers in Chinese history, is said to write a famous foreword to this novel, the theme and plots of which he interprets as a metaphor of the authors' lamentation for the Song Dynasty, the latest Han regime which was conquered by the Mongols:

> *Shui Hu Zhuan* was written to give free vent to the writers' grievances…. Mr. Shi and Mr. Luo, living under the Mongolian regime, bemoaned the fall of the Song Dynasty, whose emperors had been taken prisoners and their successors had to flee to the South contented with a fragile truce. So they wrote in their book the heroes' defeating northern Liao troops, and their conquest of Fang La and his fellow rebels in Southern districts. ②

Seen from the synchronic perspective, esoteric writing can appear as different "voices" in a literary work, such as chorus, persona and other kinds of surrogates. (Pseudonym and anonymity are the extreme forms of the "invisibility" of the author.) Apart from aesthetic considerations, those "invisible authors" usually express metaphorically the author's "subjective intentions" which he could not but suggest via the above-mentioned political rhetoric to elude persecution from the powers that be. Indeed, the writer tends to speak behind non-hero or anti-hero characters, with whom he identifies himself, but common readers will laugh at and even neglect at all. That is why, as Leo Strauss says, we will find "in the greatest literature of the past so many interesting devils, madmen, beggars, sophists, drunkards, epicureans and buffoons" (Strauss 36). In Shakespeare's plays it is usually the fool who declares the home truth, too. This significant conventionalized technique cannot be fully appreciated but as a metaphor in the politico-rhetoric sense.

---

① We could happily find affinity with as well as support from what Bahtin called "small narrative". C. f. M. E. Bakhtin, *The Dialogic Imagination* (University of Texas Press, 1985), pp. 271-272 & 367.

② 李贽《忠义水浒传序》:"《水浒传》者,发愤之作也。……施、罗二公身在元,心在宋,虽生元日,心愤宋事。是故愤二帝之北狩,则称大破辽以泻其愤;愤南渡之苟安,则称灭方腊以泻其愤。"

"Though this be madness, yet there is method in it" (*Hamlet*, II, ii, 222-223). It's only too true. This sophistication rings a bell for Chinese readers of what Zhuang Zi (369? -286 B.C.), a Taoist philosopher skilled in witty antitheses, declared in the epilogue to his book two thousand years ago:

> I cannot speak seriously to a fallen and corrupted world, so I have recourse to the old sayings, ironies and allegories to express my thoughts. I come and go with the genius of heaven and earth, without violating anything, nor judging good or bad; in this way I could manage to string along with the vulgar mass. ①

The very hub and nub of metaphor as a socio-political rhetoric is perfectly contained in those remarks. And the presence of such a rhetoric in writing, whether traditional or alternative (say BBS, Blog in cyberspace), is practically the phylactery of the presence of an intolerable and illiberal regime.

(*Fudan Journal of the Humanities and Social Sciences*, 2008, No. 1, pp. 59-72).

References

1. Bakhtin, M. E. 1985. *The Dialogic Imagination*. Austin: University of Texas Press.

2. Eco, Umberto. 1994. *The Limits of Interpretation*. Bloomington: Indiana University Press.

3. Goodman, Nelson. 1976. *Language of Art*. Indianapolis: Hackett Publishing Company, Inc.

4. Ortony, Andrew, ed. 1993. *Metaphor and Thought*. Cambridge University Press.

5. Pangle, Thomas L, ed. 1989. *The Rebirth of Classical Political Rationalism: Essays and Lectures by Leo Strauss*. Chicago: The University of Chicago Press.

6. Qian, Zhongshu. 1979. *Guanzhuibian*. VOl. 2 & 4. Beijing: Zhonghua Press. 5 vols.

7. Ricoeur, Paul. 1975. *La métaphore vive*. Paris: Edition du Seuil.

8. Ryan, Michael. 1984. *Marxism and Deconstruction*. Baltimore: The Johns Hopkins University Press.

9. Sacks, Sheldon, ed. 1980. *On Metaphor*. London: The University of Chicago Press.

10. Spinoza, Baruch. 1989. *Tractatus Theologico-Politicus*. Leiden: E. J. Brill.

① 《庄子·天下》:"以天下为沉浊,不可与庄语,以卮言为曼衍,以重言为真,以寓言为广。独与天地精神往来而不敖倪于万物,不谴是非,以与世俗处。"

11. ——. 1955. *On the Improvement of the Understanding*, *The Ethics*, *Correspondence*. New York: Dover Publications, Inc.

12. Strauss, Leo. 1980. *Persecution and the Art of Writing*. Chicago: The University of Chicago Press.

汉语负面排他标记的来源及其发展*

胡敕瑞

一　两类排他标记与两种观察方式

1.1 有关焦点的界定,有各种各样的说法。① 或认为焦点就是话语中表达的新信息,或认为焦点就是没有语义前项而正在讨论的片语,或认为焦点就是在强调项和其他一系列选项之间所构建的一种对比关系。König(1991)、Bos(1999)等基本上采纳后一种界定,他们根据是否具有"包含"和"排除"选项的特性,把焦点标记分为"包含(inclusive)"和"排他(exclusive)"两种。② 前者如英语的 also、too、even(相当于汉语的"也、连"),这些标记暗示话外有话,包含他项;后者如英语的 only、merely、just(相当于汉语的"只、仅"),这些标记表示仅有此选,排除他项。以 also 和 only 为例说明如下:

(1) It's <u>also</u> available on Monday.

(2) It's <u>only</u> available on Monday.

例(1) also 所在的句义为"星期一也可以",但预设还有其他日期可以;例(2) only 所在的句义为"只有星期一可以",排除其他日期的可能性。③ 我们注意到,以连词 also 为代表的"包含"性标记所表达的语义大致对应 besides 类介词所表达的语义,而以连词 only 为代表的"排他"性标记所表达的语义大致对应 except 类介词所表达的语义,所以上面例(1)(2)分别和下面例(3)(4)基本等值:

---

* 本文是教育部人文社科重点研究基地北京大学汉语语言学研究中心 2005 年度项目"语言接触与汉译佛典语法比较研究——以梵汉对勘为基础"的一部分。

① Jeanette. K. (1999) 把焦点分为心理焦点(psychological focus)、语义焦点(semantic focus)、对比焦点(contrastive focus)三种,这是从焦点的广义理解而作出的划分,本文所讨论的焦点仅限于狭义的理解。严格来说,狭义的焦点和强调也有区别,但本文对两者不作严格区分。

② "包含(inclusive)"或曰"追加(additive)","排他(exclusive)"或曰"限定(restrictive)",异名同实。

③ Bos(1999) 认为,also 等包含性标记重在确定话语的预设(determines the *presuppositions* of the utterance),而 *only* 等排他性标记在于确定话语的真义(determines the *meaning* of an utterance),两种焦点标记的功能泾渭分明。

(3) It's available besides on Monday.

(4) It's not available except on Monday.

besides 所在的例(3)是“除星期一,其他日期也可以”,与例(1)等值,同是强调“包含”;except 所在的例(4)是“除星期一,其他日期不可以”,与例(2)等值,同是强调“排他”。

例(4)与例(2)都是强调“排他”,但是两句稍有差异,例(4)比例(2)多了一个否定词 not。这是因为例(2)用 only 是从肯定角度作正面的排他强调,而例(4)用 except 是从否定角度作负面的排他强调。

1.2 正负两类排他标记的不同,反映事物观察方式的不同。“同一个事物或情景,由于我们观察的视角或注意的方式不同,就会由于凸现的差别而在我们头脑中形成不同的心理图示或意象。”(沈家煊、王冬梅 2000)譬如对图 1,就可以通过图 2 和图 3 两种不同的方式来观察:

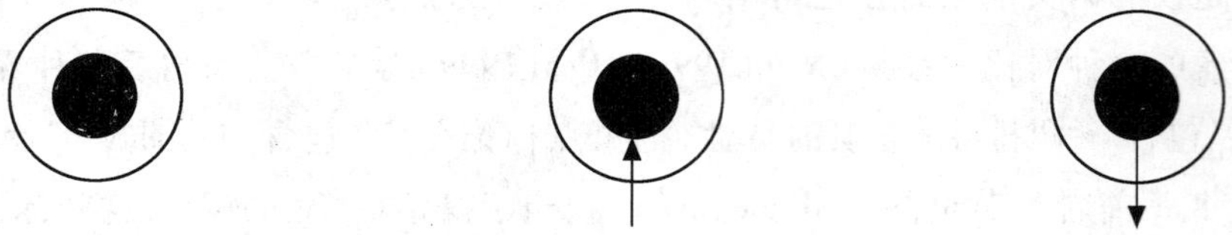

图 1　　　　图 2　　　　图 3

图 2 的视角是由外向内,这种观察方式好比照相时把镜头由远推近,在人们头脑中形成的图像是先出现四周的白色背景(ground or shading),然后凸显中间的黑色前景(figure or profiling);图 3 的视角则是由内向外,这种观察方式好比照相时把镜头由近拉远,在人们头脑中形成的图像是先凸显中间的黑色前景,然后出现四周的白色背景。由于背景和前景显现方式的不同,逻辑上就有两种不同的排他方式,语言上也有两种不同的表达方法:

(5) 四周都是白的,只有中间是黑的。

(6) 除了中间是黑的,四周都是白的。

例(5)描写的顺序由四周的白到中间的黑,是图 2 的写照;例(6)描写的顺序由中间的黑到四周的白,是图 3 的写照。例(5)把“中间是黑的”当作新信息来报道,采用“只有(only)”来聚焦,这是一种正面的肯定标记,语言中常用具有“唯独”语义特征的词语来标记;例(6)把“中间是黑的”当作旧信息来处理,采用“除了(except)”来聚焦,这是一种负面的否定强调,语言中常用具有“除舍”语义特征的词语来标记。

上古汉语不见“除舍”类负面排他标记,只见“唯独”类正面排他标记;现代汉语“除舍”类标记不限于表示“排除(except)”,还可以用来表示“追加(besides)”。古今汉语这两种情况牵涉到负面排他标记“除舍”的来源和发展,即“除”的 except 排除用法是如何来的,“除”又如何发展而有类似 besides 的追加用法,围绕这两个问题下面分别讨论。

二 负面排他标记的来源

2.1 现代汉语既有正面的排他标记(如“只(有)”),也有负面的排他标记(如“除(了)”),然而上古汉语只有正面的排他标记,常用的词语主要有“唯、独、繄、但”等,[①]如:

(7)用之则行,舍之则藏,唯我与尔有是夫。(《论语·述而》)

(8)诸君子皆与驩言,孟子独不与驩言,是简驩也。(《孟子·离娄下》)

(9)尔有母遗,繄我独无。(《左传·隐公元年》)

(10)匈奴匿其壮士肥牛马,但见老弱及羸畜。(《史记·刘敬叔孙通列传》)

上古罕见负面的排他标记,“除”“舍”等上古都用作动词,并不是负面排他标记,例如:

(11)抚民以宽,除其邪虐。(《尚书·微子之命》)

(12)除病瘦死丧忧患,其中开口而笑者,一月之中不过四五日而已矣。(《庄子·盗跖》)

(13)女无亦谓我老耄而舍我。(《国语·楚语上》)

(14)如欲平治天下,当今之世,舍我其谁也。(《孟子·公孙丑下》)

例(12)至(14)中的“除”“舍”很像负面排他标记,而且也有学者就是这么看的。[②] 但是我们认为,例(12)至(14)中的“除”“舍”仍是义为“除去”“舍弃”的动词,[③]上古“除”“舍”没有相当于 except 的排他用法。

“除”的排他用法,或以为始见于《齐民要术·杂说》“一切但依此法,除虫灾外,小小旱不全至损。”(向熹 1993:288,冯春田 2000:419)或以为始见于《三国志·张严程阚薛传》“自臣昔客始至之时,珠崖除州县嫁娶,皆须八月引户,人民集会之时,男女自相可适,乃为夫妻,父母不能止。”(王鸿滨 2003)然而,《齐民要术·杂说》已被学者(如柳士镇 1989、汪维辉 2006)证明不是北魏贾思勰所作,而是唐人的伪作。《三国志》所见一例大概没有问题,不过“除”的排他用法有比此例更早的例子。在东汉译经中已见“除”“舍”等排他标记,仅以东汉

---

① 甲骨文及金文已见“隹”“叀”,这是“唯”的早期写法,上古“唯”也作“惟”“维”,如“余虽与晋出入,余惟利是视”(《左传·成公十三年》);“将恐将惧,维予与女”(《诗经·小雅·谷风》)。“唯、独、繄、但”等正面排他标记意义相通,如“繄伯舅是赖”(《左传·襄公十四年》)=“唯无咎与偃是从”(《左传·襄公二十七年》)这是“繄”和“唯”相通;又如“如是若入此室,但闻佛功德之香”(后秦·鸠摩罗什《维摩诘所说经》卷2)=“如是若有止此室者,惟乐大乘功德之香”(唐·玄奘《说无垢称经》卷4)这是“但”与“惟”相通。

② 如杨树达(1984:296)认为《孟子·公孙丑下》“舍我其谁”的“舍”就是表排除的介词,此外他还把《汉书》“夫不能行圣人之术,则舍为天下役何事哉?”中的“舍”认为是介词,但司马贞《索隐》谓“舍,犹废也,止也。言为人主不能行圣人之术,则已废止,何为勤身苦心为天下所役,是何哉?”当从司马贞说。

③ 且例(12)出现在《庄子》杂篇中,古今学者都认为杂篇是后人的伪作。

支谶所译《道行般若经》为例:

(15)除其宿罪不请,余不能动。(东汉·支谶《道行般若经》卷2)

(16)除是阎浮利地上满其中怛萨阿竭舍利,正使天中天三千大国土满其中舍利为一分,般若波罗蜜经为二分,我从二分中取般若波罗蜜。(东汉·支谶《道行般若经》卷2)

(17)舍诸佛,是菩萨摩诃萨无有与等者。(东汉·支谶《道行般若经》卷7)

(18)舍置佛道地,众罗汉、辟支佛道地不及是菩萨道地。(东汉·支谶《道行般若经》卷8)

例中"除、舍"都是排他标记,相当于英语中的except(下文将通过与梵文原典的对照得到证明)。支谶所译的《道行般若经》后世多有异译,在这些同经异译中还可以看到"除、舍"之间的换用,例如:

(19)除诸佛,无有与摩诃萨等者。(前秦·昙摩蜱等《摩诃般若钞经》卷5)

(20)除如来住,于余菩萨及诸声闻独觉等住为最为胜为尊为高。(唐·玄奘《大般若波罗蜜多经》卷565)

例(19)、(20)分别是例(17)、(18)的异译,"除"和"舍"、"舍置"相互换用。[①] 负面排他标记"除、舍、置"之间的换用相通,一如正面排他标记"维、繄、但"之间的换用相通(详参p. 473注解①)。

有关"除舍"类排他标记是如何产生的,这方面的研究目前还不多见。王鸿滨(2003)考察了"除"的来源,她认为在《左传》、《国语》中"'除'字常处于复合双音动词的后位","在句法结构中往往处于动补结构的补语位置,以表示动作的结果或趋向",由此意义开始泛化并虚化;她还认为由于"人们对世界认识的日益扩大和深化,需要有一种语言形式能够对事物间减除的结果做出详细具体的描写,于是促成了除动句结构的扩展,导致了'除'字句的诞生。"

根据我们的考察,先秦文献中既有"除"处于后位的"粪除、扫除、祓除"等复合双音动词,同时也有"除"处于前位的"除去、除翦、除立"等复合双音动词,仅凭那些处于复合双音动词后位的"除"(而忽视那些处于复合双音动词前位的"除")来推论"除"的虚化,恐怕不太妥当;即便承认"除"字常处于复合双音动词的后位且往往充当动补结构的补语成分,恐怕也不能解释介词"除"由此虚化而来,因为介词"除"始终都出现在小句或短语的首位,从来不

---

① "舍、置"表示排除的意义,辞书多失收。"舍、置"与"除"对译中多见换用,他如:"除彼比丘及比丘尼,颇有一优婆塞,度疑彼岸以不"(失译人名《别译杂阿含经》卷10)="置比丘尼,有一优婆塞修诸梵行,于此法律度狐疑不"(失译人名《杂阿含经》卷34);"阿难!我为汝所说经,舍置般若波罗蜜"(东汉·支谶《道行般若经》卷9)="阿难!我所说法,唯除般若波罗蜜"(后秦·鸠摩罗什《小品般若波罗蜜经》卷9)。

出现在双音动词后或动补结构的补语位置。[①] 至于把介词“除”的产生归结为“人们对世界认识的日益扩大和深化”的结果，也没有触及到“除”字句产生的具体原因，无益于解释介词“除”为什么在中古而不在上古产生。此外，仅仅从“除”字句出发，孤立考察“除”字句的来源，忽略历史上并存的“舍”字句及其他相关句式，也很难彻底弄清负面排他标记的本末源流。

2.2 我们推测，“除舍”类负面排他标记的产生当是源自佛典翻译中梵文语法的外借。任何语法化都有其致使的动因，只有捕捉到语法化的动因，才能准确地解释语法化的全过程。“传统的语法化研究大都是在假定的同质演变的状态下进行的，这种研究很大程度上是建立在语言演变的一元发生(monogenetic)模式这样的假设之上的。事实上，正如 Hopper & Traugott(1993)所强调的，‘严格的语法化一元发生观是不恰当的’，因为这种研究模式忽略了大量的由语言接触引发的语言演变现象。”(吴福祥 2006)语言接触中的外借是一个不可忽略的语法化动因，汉语“除舍”负面排他标记的产生，就是在翻译佛经过程中，经由语言接触而诱发外借的结果。通过梵汉对勘研究，可以证实“除、舍”等正是梵文 sthāpayitvā 和 muktvā 等排他标记的直译，譬如例(17)、(19)两例同经异译的梵文原典是：[②]

(21) tat kasya hetoḥ tathā hi Subhūte nāsti tad anyesrṣāṃ sattvānāṃ tādṛśaṃ maitrīsahagatam cittaṃ yathā tasya bodhisattvasya mahāsattvasya <u>sthāpayitvā</u> buddhān bhagavataḥ (AAA，第 793 页)[③]

何以故？其余人无有是慈，除诸佛无有与摩诃萨等者。(前秦·昙摩蜱等《摩诃般若钞经》卷 5)

何以故？其余人无有能及是慈者，舍诸佛是菩萨摩诃萨无有与等者。(东汉·支谶《道行般若经》卷 7)

例(21)梵文 *sthāpayitvā* 被翻译为“除”“舍”。梵文 *muktvā* 也有翻译为“除”“舍”的：

(22) <u>muktvā</u> bhikṣavas tathāgataṃ nānyaḥ śaktaḥ purṇaṃ maitrāyaṇīputram arthato vā vyañjanato vā paryādātuṃ(Kern-Nanjio 校订本，第 206 页)

自舍如来，无能尽其言论之辩。(后秦·鸠摩罗什《妙法莲华经》卷 4)

舍除如来菩萨大士辩才质疑，未曾有如满愿子者。(西晋·竺法护《正法华经》卷 5)

《妙法莲华经》和《正法华经》也是同经异译，两经分别用“自舍”和“舍除”来翻译梵文的

---

① 还有一个对其解释不利的事实，那就是介词“除”并不一定晚于动补结构而出现。一般认为动结式产生于魏晋南北朝，而介词“除”在东汉就可见其例。

② 早期佛经原典不一定都是梵文，但主要是以梵文为主或与梵文同一语系的其他语种。

③ *AAA* = *Abhisamayālaṃkārākokā*, *Prajñāpāramitāvyākhyā*, the work of Haribhadra, together with the text commented on, ed. U. Wogihara, Tokyo1932, The Toyo Bunko; Reprinted Tokyo1973, Sankibo Buddhist Store Ltd.

muktvā。例(22)的梵文在喀什葛尔和田出土本中作:

(23)sthāpayitvā ca bhikṣavas tathāgato na kenacic chakyaṃ pūrṇaṃ maitrāyaṇīputraṃ paryādapayitum(O. Kashagar)

例(22)和例(23)是同经不同版本的梵文。不同的是,例(22)用 muktvā,而例(23)用 sthāpayitvā。相同的是,在汉译过程中 *sthāpayitvā* 和 *muktvā* 都选用了相同的词语"除""舍"来翻译。梵文中 *sthāpayitvā* 和 *muktvā* 两个词是意义相同的词,它们都兼有动词(putting aside、remove)和介词(except)两种用法。① 东汉译经时期汉语已有相当于梵文 *sthāpayitvā* 和 *muktvā* 动词用法的词语"除""舍"等,《梵和大辞典》(荻原云来 1940)第 1515 页标明 *sthāpayitvā* 的词根√*sthā* 可以汉译为"除"、"置"等动词,第 1047 页标明 *muktvā* 的词根√*muc* 可以汉译为"舍"、"除"、"舍除"等动词。但是汉译时期汉语中没有相当于梵文 *sthāpayitvā* 和 *muktvā* 介词用法的词语,早期译人在翻译例(22)和(23)中 *sthāpayitvā* 和 *muktvā* 的介词用法时,由于面临没有现成相同用法的汉语词语可资对译,最有可能的选择就是利用和 sthāpayitvā、muktvā 动词用法相同的"除""舍"等词语来对译。这种移花接木式的翻译借用,使得汉语无形中产生了一套表排除用法的介词。② 这种翻译借用算是一种"接触诱发的语法化"(Contact-induced grammaticalization, Heine & Kuteva 2005)。"接触诱发的语法化"包括一般语法化(ordinary grammaticalization)和复制语法化(replica grammaticalization)。一般语法化,指语言接触使目的语借用了一个和源头语相似的成分,但是目的语中这个新成分创制的方法并不受源头语的影响;复制语法化,指语言接触不但使目的语借用了一个和源头语相似的成分,而且目的语中这个新成分创制的方法也受源头语的影响。汉语"除舍"排他标记的产生很像是复制语法化,因为汉语不但借用了梵文中的排他标记,而且汉语所选用的排他标记也是受梵文影响而如法炮制的。译经者注意到梵文 sthāpayitvā 和 muktvā 的动词和介词用法是同形词,既然可以用"除"、"舍"来对译其动词用法,不妨也用"除"、"舍"来复制其介词用法,这种接触诱发的复制类似词义变化中的相因生义,只不过这里的相因生义是由不同语言之间的接触而产生。③ 应该说明的是,西方学者讨论的复制语法化一般发生于口语之间的语言接触,而汉语"除舍"排他标记的产生是书面语翻译过程中借用的产物。

"除、舍"等排他标记始见于汉译佛典,其基本词义正好和梵文 sthāpayitvā、muktvā 等词

---

① Monier Williams 编著的 *Sanskrit-English Dictionary* 分别注明了 *sthāpayitvā*、*muktvā* 的这两种用法(详参 Williams 1951:821,1263)。

② 我们承认汉语"除舍"类动词自身也有可能发展出表排除意义的介词用法,但是在汉译佛经之前毕竟还没有看到这一发展的事实,事实是汉译佛经过程中的语言接触促发了"除舍"类介词用法的产生。

③ 相因生义是由蒋绍愚(1989)提出的,指的是甲词有 a、b 两个义位,乙词原来只有一个乙 a 义位,但因为乙 a 和甲 a 同义,逐渐地乙词也产生一个和甲 b 同义的乙 b 义位。

相当;[①]其次,"除、舍"等排他标记与 sthāpayitvā、muktvā 的排他功能完全一致,主要用于排除体词性成分,所关涉的句子大多是否定句;再是,一如梵文同经异本中 muktvā 和 sthāpayitvā(如例(22)(23))可以换用互通一样,汉译同经异译中"舍"和"除"(如例(17)(19))也可以换用互通。大量巧合的现象,不得不让人相信这样一个事实,"除、舍"等排他标记的产生应当是受了佛经翻译的影响,否则无法解释"除、舍"等排他标记为何突然在汉译佛典中迅猛出现。

汉译佛典中除常用"除、舍"等排他标记外,还用"置、舍置、舍除、除却"等排他标记,示例如下:

(24)置是所供养者,此不足言耳。(东汉·支谶《般舟三昧经》卷下)

(25)舍置佛道地,众罗汉、辟支佛道地不及是菩萨道地。(东汉·支谶《道行般若经》卷8)

(26)舍除如来菩萨大士辩才质疑,未曾有如满愿子者。(西晋·竺法护《正法华经》卷5)

(27)此无作中,除却心俱道共无作,余者皆名无作业矣。(隋·慧远《大乘义章》卷7)

这些排他标记形式虽然各异,但都是含"除舍"语义特征的词语。中古的"除、舍、置"等单音排他标记经过历时筛选,近代主要用"除";中古的"舍置、舍除、除却"等复音排他标记经过历时筛选,后来主要用"除却",再后"除却"又逐渐被"除了"代替。[②] 这样便形成了现代汉语负面排他标记主要用"除"和"除了"的格局。

三　负面排他标记的发展

3.1 相当于英语 except 的"除"不是汉语原生的,相当于英语 besides 的"除"更是后代发展的。前一节讨论了"除"如何在中古产生了 except 的用法,这一节将讨论"除"如何在近代发展有 besides 的用法。

强调排除的"除"相当于减法,强调追加的"除"相当于加法,"除"的这两种用法描写的是不同的事件,可以借用图4和图5两个不同的图形来说明:

① 东汉同期中土文献罕见"除""舍"作介词的用例,六朝以后中土文献才逐渐多见,这是因为语言接触的影响需要一个接收内化的过程。

② 例如:"除了身只是理,便说合天人"(《河南程氏遗书》卷2);"除了这个马,别个的都不好"(《老乞大》);"你们东府里,除了那两个石头狮子干净,只怕连猫儿狗儿都不干净"(《红楼梦》第66回)。

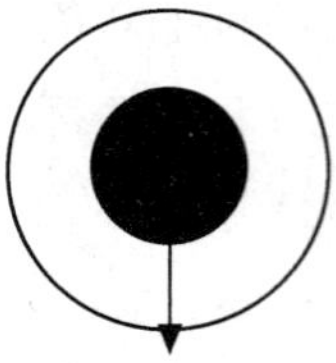

图 4

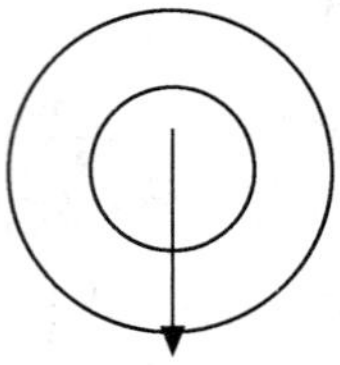

图 5

图 4 是排除式的写照。图像“中间”和“四周”底色不同,黑白是非存在差异,所以当两个对象性质不一致时,就形成排除关系。用语言来描述这个图像的话,肯定一部分就要否定另一部分,否定一部分就要肯定另一部分,汉语常常搭配副词“都”等来强调:①

(28a)除了中间是黑的,四周都不是黑的。(原式)

(28b)除了中间不是白的,四周都是白的。(变式)

排除式建立在差异对比的关系上,一者和另一者不同,两者便形成补集。用“+”代表肯定、“-”代表否定、“C”代表补集,排除式就可以用下表概括:

排除部分	非排除部分	整体部分
{+}	{-}	C<+,->
{-}	{+}	C<-,+>

图 5 是追加式的写照。图像“中间”和“四周”底色相同,不存在黑白是非差异,所以当两个对象性质一致时,就形成加合关系。用语言来描述这个图像的话,肯定一部分就要肯定另一部分,否定一部分就要否定另一部分,汉语常常搭配副词“也”等来强调:

(29a)除了中间是白的,四周也是白的。(原式)

(29b)除了中间不是黑的,四周也不是黑的。(变式)

追加式建立在共性同一的关系上,一者和另一者相同,两者便形成并集。用“+”代表肯定、“-”代表否定、用“∪”代表并集,追加式就可以用下表概括:

排除部分	非排除部分	整体部分
{+}	{+}	∪<+,+>
{-}	{-}	∪<-,->

3.2 了解了排除和追加的不同,现在要回答的问题是,“除”为什么会兼有这两种用法?

① “都”与排除语义密切相关,不仅反映在与负面排他标记“除舍”等的搭配使用上,还表现在与正面排他标记“唯独”等的语义相通上,例如:“其堕地狱三恶道者,皆不和故耳”(失译人名《般泥洹经》卷上)=“天下人趣地狱禽兽饿鬼道者,但坐相与不和故”(西晋·白法祖《佛般泥洹经》卷上);“都有三病:老、病、大小便”(失译人名《佛说古来世时经》)=“唯有如是病:谓寒热、大小便、欲饮食、老”(东晋·僧伽提婆《中阿含经》卷13)。

中古“除”只有排除的用法，没有见到追加的用法。“除”的追加用法是由排除的用法发展而来呢，还是另有源头？

如上所说，负面排他标记经过历时筛选，到近代主要用“除”“除却”。“除”“除却”追加用法出现的时代，蒋骥骋、吴福祥（1997：501）认为在宋代，冯春田（2000：420）认为在五代，马贝加（2002：328）则认为在唐代，同时她还注意到这种用法首先出现在疑问句中，例如：①

（30）除却麻姑，更有谁？（唐·刘禹锡《麻姑山》）

（31）除却苏州，更是谁？（唐·白居易《寄刘苏州》）

（32）除却刘与吴，谁人来问我？（唐·白居易《懒放二首呈刘梦得吴方之》）

以上三例是否表示追加，还可商榷。因为“除却”所在的句子虽然都有一个疑问词，但表达的其实都不是真问而是反问；反问本质上是一种无疑而问，是借问句形式对某一论断进行强调，所以上面三句中的“除却”仍然可以看作是表示排除，即：

（33）除却麻姑，再没有别人。

（34）除却苏州，再没有别人。

（35）除却刘与吴，没有别人来问我。

不过，我们认为例（30）至（32）这类疑问句具有分析为真问句的可能，而“除却”的追加用法正是由这类疑问句重新分析而来。

首先，因为例（30）至（32）这类疑问句都包含了一个任指疑问词，这为这类句子的重新分析提供了语义条件。这个任指疑问词“谁”既可以认为和同一句中前面的NP不同类，也可以认为和同一句中前面的NP同类。如果“谁”和其前的NP不同类，排除部分和非排除部分就形成补集，句子就应当分析为反问句，“除却”表达的就是排除关系；如果“谁”和其前的NP同类，排除部分和非排除部分就形成并集，句子就应当分析为真问句，“除却”表达的就是追加关系，即：

（36）除却麻姑，另外还有谁？

（37）除却苏州，另外是谁？

（38）除却刘与吴，还有谁来问我？

而且例（30）至（32）这类疑问句常有一个副词“更”与“除却”搭配使用，副词“更”在类似例（30）至（32）这类疑问句中，往往含有累加的语义特征，这也为这类句子的重新分析提供了

---

① 例（30）至（32）“除却”三例节引自马贝加（2002：328—329）。这里我们再举一些“除”的例句，如：

“除我，更谁？”（唐·义净《苾刍尼毘奈耶》卷17）

“除所依根，更有何法？”（唐·玄奘《阿毘达磨顺正理论》卷6）

“除此二外，更有何心？”（唐·法宝《俱舍论疏》卷1）

语义条件。

其次,因为例(30)至(32)这类疑问句在近代并非零星个例而是大量存在的,这为这类句子的重新分析提供了频度条件。因为低频率的语言现象不足以形成重新分析的范式,重新分析一般发生在高频率的语言现象中。例(30)至(32)这类疑问句在近代经常可以看到,有时在一部书中就可见到不少这类例子,以《古尊宿语录》为例:①

(39)除却荒凉,更何守?(宋·頣藏主《古尊宿语录》卷14)

(40)除却着衣、吃饭、屙屎、送尿,更有什么事?(宋·頣藏主《古尊宿语录》卷15)

(41)不知除却王维手,更有何人画得成?(宋·頣藏主《古尊宿语录》卷47)

这些例句与上面例句一样,也可以作重新分析,一旦反问句被分析为真问句,表排除的"除却"就变为表追加的"除却"。

疑问词提供了重新分析的语义条件,高频率保障了重新分析的频度条件。通过重新分析原本的反问句被分析为真问句,因此"除却""除"等从排除用法发展而有追加用法。唐宋以来由于大量类似的疑问句被重新分析,因此近代随之出现了"除却""除"等表追加的新用法,例如:

(42)除却扬眉动目一切之事之外,直将心来。(南唐·静、筠《祖堂集》卷5)

(43)除却这个色,还更有色也无?(南唐·静、筠《祖堂集》卷18)

(44)不知除此外,南朝皇帝更有何意旨?(《近代汉语语法资料汇编·宋代卷》)

(45)除此之外,也少一拳不得。(宋·才良《法演禅师语录》卷1)

四 两类排他标记及其相互联通

4.1"除舍"和"唯独"两类排他标记分别从负面和正面两个角度进行强调。"除舍"类从负面的角度,通过否定来达到排他;"唯独"类从正面的角度,通过肯定来达到排他。"唯独"和肯定自然关联,"除舍"和否定自然关联,这在语料中可以发现例证,试比较下面两组例句:

(46a)为断老病死苦,是菩萨菩提。(后秦·鸠摩罗什《维摩诘所说经》卷中)

(46b)唯菩萨菩提,能断一切老病死苦。(唐·玄奘《说无垢称经》卷3)②

(47a)自非佛智,余岂能知。(唐·昙旷《大乘起信论略述》卷2)

---

① 《古尊宿语录》为宋代頣藏主所编,内容却多是唐代的。

② "王室之不坏,繄伯舅是赖。"(《左传·襄公十四年》)="尔有母遗,繄我独无。"(《左传·隐公元年》)"是"与"独"关联,犹如"是"与"唯"关联。

(47b)除佛智慧,无能知者。(陈·慧思《南岳思大禅师立誓愿文》卷1)

例(46a)与(46b)是同经异译,"是"与"唯"通用;例(47a)与(47b)是同经异译,"非"与"除"通用。"除舍"和否定关联、"唯独"和肯定关联,在汉语词汇化中也有体现,"但是""除非"的词汇化就是例证,因为"除舍"类似否定、"唯独"类似肯定,所以"除"与"非"并列成词、"但"与"是"并列成词。① 相反,"除是""但非"就不容易词汇化,因为"除舍"与肯定、"唯独"与否定不是自然关联。②

4.2"除舍"与"唯独"两类排他标记虽然强调角度不同,但是异曲同工,两者互相联通。在同经异译的佛典语料中,可以看到不少"除""唯"相通的例子,例如:

(48a)除一比丘谓尊者阿难,世尊记说彼,现法当得无知证。(刘宋·求那跋陀罗《杂阿含经》卷45)

(48b)唯一苾刍现居学位,世尊已为授记,见法得法当证满果。(宋·法贤《解夏经》卷1)

(49a)魔及魔天、释梵、四天王、沙门、婆罗门,人及非人能解此深义者,除如来等正觉及如来圣众受吾教者。(东晋·僧伽提婆《增壹阿含经》卷12)

(49b)天及魔、梵、沙门、梵志、一切余众,能知此义而发遣者,唯有如来、如来弟子或从此闻。(东晋·僧伽提婆《中阿含经》卷25)

例(48a)(49a)中的"除"在(48b)(49b)中对译为"唯",相同的意思采用不同的标记,足见两类排他标记相互联通。

"除舍"与"唯独"两类标记的相互联通也体现在"除唯""唯除"等结构形式上。"除唯""唯除"等分别由正负排他标记"唯""除"组合而成,屡见于汉译佛典中,例如:

(50)彼不成及阿罗汉后心亦不成,除唯次第缘事可成。(后魏·世佛陀扇多《摄大乘论》卷上)

(51)除唯不善恶作睡眠,余皆具有。(唐·玄奘《阿毘达磨顺正理论》卷11)

(52)除唯意所行色,一切色聚有色诸根所摄者。(唐·玄奘《瑜伽师地论》卷3)

以上是"除唯"例,以下是"唯除"例:

---

① "除舍"和否定的关联,还可以得到跨语言的证明,譬如西部佛兰德语和标准荷兰语的"除非",其词源都是由否定而来(转引自 Croft 2000:137):

tenwoare 'unless' 〈 t-en-woare [it-NEG-be.3SG. PST. SUBJ]

tenzij 'unless' 〈 t-en-zij [it-NEG-be.3SG. PRES. SUBJ]

② 近代汉语出现了"除是",如"除是马秀才来,我就好了。"(元曲《东墙记》)"除是得这般军器和我一个哥哥,可以破得连环甲马。"(《水浒全传》第55回)但这些句中的"除是"不在同一句法层级,"是"与后面的表语为同一层级,大概在"除非"的类推下后来才形成"除是"一词。

(53)举国人民悉不杀生、不饮酒、不食葱蒜,唯除旃荼罗。(东晋·法显《高僧法显传》)

(54)唯除瞿昙颜貌端正,其余无及此摩纳者。(后秦·佛陀耶舍等《长阿含经》卷1)

(55)此正等觉如来佛陀三句妙义,无能究竟宣扬决择,唯除诸佛。(唐·玄奘《说无垢称经》卷5)

如果不了解"唯除"是由正负排他标记组合构成的词语,就很可能会把"唯除"中的"唯"误认为类似发语词成分。事实上"唯除"与"除唯"结构顺序虽异,实际意思相同,都是排他标记。"唯除"与"唯""除"等也别无二致,①在同经异译中可以看到"唯""除"与"唯除"整齐对译的例子,例如:

(56a)唯一苾刍现居学位,世尊已为授记,见法得法当证满果。(宋·法贤《解夏经》卷1)

(56b)除一比丘,谓尊者阿难,我记说彼于现法中得无知证。(刘宋·求那跋陀罗《杂阿含经》卷45)

(56c)唯除一比丘,我亦本已记于现法中得究竟智。(东晋·僧伽提婆《中阿含经》卷29)

(57a)所有龙宫,恶风暴起,吹其宫内,失宝饰衣,龙身自现以为苦恼,唯阿耨达龙王无如是患。(后秦·佛陀耶舍等《长阿含经》卷18)

(57b)除阿耨达多龙王,其余诸龙,游戏乐时,有热风来,吹其身体,即失天形,现蛇形相,有如是苦。(隋·阇那崛多等《起世经》卷1)

(57c)唯除阿耨达多龙王,其余诸龙,游戏乐时,有热风来,吹彼等身,即失天色,现蛇形色,有如是苦。(隋·达摩笈多《起世因本经》卷1)

例(56)、(57)两组例句分别用"唯"、"除"、"唯除"三个词语对译,这一方面说明"唯除"与"唯"、"除"的确无别,"唯除"是由"唯"、"除"组合而成,另一方面也进一步说明"唯独"和"除舍"两类正负排他标记功能相关、互相联通。

---

① "唯除"与"唯、独"通用的例子,如:"唯除阿耨达多龙王,无如此事"(隋·阇那崛多等《起世经》卷1)="唯阿耨达龙,无有此患"(后秦·佛陀耶舍共竺佛念《长阿含经》);"如是变化,唯除见者乃能信之"(隋达摩笈多《起世因本经》卷9)="谁当信世间有七日出时,独有见者信之耳"(西晋·法立等《大楼炭经》卷5)。

"唯除"与"除、舍"通用的例子,如:"我不见诸天、魔、梵、沙门、婆罗门及世人食此残石蜜而能消化,唯除如来一人"(姚秦·佛陀耶舍等《四分律》卷10)="我终不见沙门、婆罗门、天及人民能消此饼,除如来至真等正觉"(东晋·僧伽提婆《增壹阿含经》卷20);"自舍如来,未有声闻及菩萨能制其乐说之"(姚秦·鸠摩罗什《维摩诘所说经》卷1)="唯除如来,未有声闻及余菩萨而能制此大士慧辩"(唐·玄奘《说无垢称经》卷2)。

五　余论:类型学和语法化

5.1 类型学上存在这样一种蕴含共性,某个语言如果具备某种违实和否定的标记,就一定具备某种叙实和肯定的标记,反之则不然。(Talmy 2000)譬如某个语言如果有类似 before 的标记,就一定有类似 after 的标记;但有 after 标记,不一定就有 before 标记。同样,某个语言如果有类似 except 的标记,就一定有类似 only 的标记;但有 only 标记,不一定就有 except 标记。这是因为 before、except 是违实和否定标记,而 after、only 是叙实和肯定标记。肯定和叙实多是原生的、第一性的,而否定和违实多是派生的、第二性的。现代汉语既有“只(有)”等“唯独”类正面排他标记,也有“除(了)”等“除舍”类负面排他标记。如果仅仅拿现代汉语来和英语等印欧语作一比较,很可能会认为汉语的排他标记与印欧语相同,因而把汉语排他标记也纳入印欧语类型。然而,通过对汉语排他标记的历史考察,我们发现上古只有“唯独”类排他标记,“除舍”类排他标记是中古才产生的,现代汉语两类排他标记并非自古就有。由此看来,类型学研究离不开历史研究,如果不明某种语言的历史源流,类型学研究就很容易简单比附。

5.2 语法化是语法研究的一种重要理论,其诱发机制不止一种,类推扩展、重新分析、接触外借是目前普遍认可的三种机制。把一切演变都视为由类推扩展而来,是对语法化理论的粗糙运用。汉语“除舍”类排他标记的产生和发展乃是两种语法化机制造成的结果。“除舍”类排他标记在中古突然出现,显然是受了佛典翻译的影响,汉语通过对译而外借了梵文的 sthāpayitvā 和 muktvā 等排他标记。这种通过书面语翻译的间接外借,不同于通过口语传播的直接外借。间接外借是一种远距离的外借,源头语和目的语可以相隔遥远;直接外借是一种近距离的外借,源头语和目的语一般彼此相邻。间接外借是语言接触中的一种特殊现象,然而是值得关注的一种语言接触。还应该注意的是,语言接触中的外借成分在借入目的语后并非一成不变,汉语“除舍”类排他标记在中古外借进来以后,到近代其功能又有了新的发展,在一种特别的疑问句中,“除舍”类排他标记经由重新分析又发展出“追加”的用法。汉语“除舍”类排他标记从中古产生到近代发展,分别经历了接触外借和重新分析,这是语法化的一个典型案例。

(原刊《语言科学》2008 年第 6 期,人大报刊复印资料《语言文字学》2009 年第 3 期转载)

参考文献:

蔡维天 2004 谈“只”与“连”的形式语义,《中国语文》第 2 期。
荻原云来主编 1940《梵和大辞典》,东京:梵和大辞典编纂刊行会。
董秀芳 2003 无标记焦点和有标记焦点的确定原则,《汉语学习》第 1 期。

方　梅 1995 汉语对比焦点的句法表现手段,《中国语文》第 4 期。
冯春田 2000《近代汉语语法研究》,山东教育出版社。
高永奇 1994 “除”字句动态浅析,《濮阳教育学院学报》第 2 期。
洪　波 2008 上古汉语的焦点表达,未刊。
蒋冀骋、吴福祥 1997《近代汉语纲要》,湖南教育出版社。
蒋忠新 1988《梵文〈妙法莲华经〉写本》,中国社会科学出版社。
蒋绍愚 1989《古汉语词汇纲要》,北京大学出版社。
李　明 2008 说“即心即佛”,《历史语言学研究》第一辑。
李宗江 2003 句法成分的功能悬空与语法化,载《语法化与语法研究(一)》(吴福祥、洪波主编),商务印书馆。
刘丹青、徐烈炯 1998 焦点与背景、话题及汉语“连”字句,《中国语文》第 4 期。
柳士镇 1989 从语言角度看《齐民要术》卷前《杂说》非贾氏所作,《中国语文》第 2 期。
卢付林 1999 和“除非”相关的几个句式的研究,《邵阳师范高等专科学校学报》第 4 期。
马贝加 2002《近代汉语介词》,中华书局。
马　真 2004《现代汉语虚词研究方法论》,商务印书馆。
沈家煊、王冬梅 2000 “N 的 V”和“参照体——目标”构式,《世界汉语教学》第 4 期。
孙汝建 2004 肯定与肯定焦点,《南京师大文学院学报》第 3 期。
王鸿滨 2003 “除”字句溯源,《语言研究》第 1 期。
王胜文 2002 表示排除的“除”及其隐括用法,《许昌师专学报》第 6 期。
汪维辉 2006《齐民要术》卷前“杂说”非贾氏所作补证,《古汉语研究》第 6 期。
魏培泉 1999 论先秦汉语运符的位置,载 Alain Peyraube and Chaofen Sun (eds.), *In Honor of Mei Tsu-lin: Studies on Chinese Historical Syntax and Morphology*, P259-297. Paris: CRLAO.
吴福祥 1996《敦煌变文语法研究》,岳麓书社。
吴福祥 2006 近年来语法化研究的进展,载《语法化与汉语历史语法研究》,安徽教育出版社。
吴福祥 2007 关于语言接触引发的演变,《民族语文》第 2 期。
向　熹 1993《简明汉语史》(下),高等教育出版社。
肖奚强 2004 “除了”句式句法语义分析,《汉语学习》第 2 期。
辛嶋静志 1998《正法华经词典》,Tokyo: The International Research Institute For Advanced . Buddhology Soka University。
辛嶋静志 2001《妙法莲华经经词典》,Tokyo: The International Research Institute For Advanced . Buddhology Soka University。
徐烈炯 2001 焦点的不同概念及其在汉语中的表现形式,《现代中国语研究》第 3 期。
玄　玥 2002 焦点问题研究综述,《汉语学习》第 4 期。
杨树达 1930《高等国文法》,商务印书馆,1984。

殷志平 1999 “除了……以外”的语义辨析，《汉语学习》第 2 期。

张 觉 1989《孟子》中的强调表达法，《古汉语研究》第 4 期。

Bos, Johan 1999. The treatment of focusing particles in underspecified discourse representations, *In Focus: Linguistic, Cognitive, and Computational Perspectives*, edited by Peter Bosch and Rob van der Sandt, Cambridge University Press.

Cheng, Robert L. (郑良伟) 1983. Focus devices in Mandarin Chinese. 收入汤廷池、郑良伟、李英哲编《汉语句法、语义学论集》，台北：学生书局。

Croft, W. 2000. *Explaining Language Change: an evolutionary approach*. Singapore: Addision Wesley Longman Singapore (Pte) Ltd.

Edgerton, F. 1998. *Buddihist Hybrid Sanskrit Grammar and Dictionary*, Delhi: Motilal Banarsidass Publishers Private Limited.

Heine, B. & Kuteva, T. 2005. *Language contact and grammatical change.* Cambridge: Cambridge University Press.

Jeanette, K. 1999. On different kinds of focus, In *Focus: Linguistic, Cognitive, and Computational Perspectives*, edited by Peter Bosch and Rob van der Sandt, Cambridge University Press.

Kiss, Katalin. 1998. Identificational focus versus informational focus. *Language* 74.2.

König. E. 1981. Scalar particles in German and their English equivalents. In *Contrastive Aspect of English and German*, Heidelberg: Julius Groos.

König. E. 1991. *The Meaning of Focus Particles*. London: Routledge.

Quirk, R. Etal. 1985. *A Comprehensive Grammar of the English Language*, New York: Longman.

Talmy, L. 2000. *Toward a Cognitive Semantics*, 2 vols, Cambridge, Massachusetts: The MIT Press.

Williams, M. 1988 *Sanskrit-English Dictionary*, Oxford University Press.

述补结构与处置式发展关系初探*

刘子瑜

述补结构是汉语中的一种重要语法结构,在汉语言系统中具有重要地位,它的产生发展对汉语语法系统产生了深远影响,波及构词法、形态和句法结构等多个方面,汉语史中很多旧有表达格式的消亡以及新兴语法格式的产生发展,诸如使动用法的衰亡,补充式复合词的产生,动态助词系统的形成,处置式、被动式的发展,等等,都与它有密切联系。对述补结构与相关语法形式之间的互动发展关系加以研究,能帮助我们弄清汉语言系统语法格局的形成过程,了解述补结构在汉语语法系统中的真正位置。但迄今为止学术界在这方面的研究成果不多,有所涉及的有李讷、石毓智(1997)、曹广顺(2000)、石毓智、李讷(2001)、石毓智(2003),主要探讨了动态助词的形成过程以及述补结构与部分相关句式的发展演变关系。不过,由于立足于历时专书基础上的研究工作没有人做过,所以述补结构与相关语法形式之间的互动发展关系及其演变发展的机制细节等都还有待进一步研究。

本文主要从历时发展的角度来探讨述补结构与处置式的发展关系。

在现代汉语中,带补语或动态助词是处置式合法化的必要条件之一,如以下各例(*表示该句不合法):*弟弟把人打。/弟弟把人打了。/弟弟把人打伤了。

从上述用例我们看到:现代汉语中,带上动态助词或补语,处置式就能合法化,反之则不合法。为什么?换言之,补语的进入对处置式的语法化进程到底有什么影响?这是本文要探讨的一个问题。第二,从汉语发展史看,上述原则(即必带补语或动态助词,处置式才能成为合法句式)何时发展成为处置式合法化的前提规律,演变细节和机制怎样?以上问题,学术界因研究不够而缺乏相应解释。本文试图立足于历史文献的调查,通过定性定量地考察描写六朝至清代数部代表性文献中述补结构与处置式的结合情况和特点,对历时过程中两种句式的发展关系作初步探讨,以解释述补结构对处置式产生发展的影响及其原因。

据现有研究,处置式萌芽于六朝,唐代以后进入发展期。就目前调查看,六朝时期处置

---

* 感谢两位匿名评审人及 *CAHIERS de LINGUISTIQUE ASIE ORIENTALE* 编辑部对初稿提出的宝贵修改意见,本人已吸取部分意见并作了相应修改。文中存留的错误由本人负责。本文为教育部人文社科项目“汉语述补结构的历史发展及其与相关语法形式发展关系研究”(项目号05JA740002)的阶段性成果。为叙述方便,采取以下标示符号:V—动词性成分,Vt—及物动词,Vi—不及物动词, A—形容词性成分,O—宾语,C—补语。

式与述补结构相结合的情况极其罕见，所以，本文把考察历史语料的起点放在唐代。

一　本文对处置式和述补结构的分类

（一）处置式的分类

根据现有研究成果，一般把处置式分成三大类：

1. 广义处置式，包括处置（到）、处置（给）、处置（作），如：把书放在书架上/把书给他/把坏人当作好人。

2. 狭义处置式，如：把衣服洗干净。

3. 致使义处置式，如：把孩子病了。

以上处置式在唐五代均已出现。本文对处置式的分类采取以上意见。

（二）述补结构的分类

1. 由谓词性成分充任补语的述补结构

1）动结式述补结构

动结式是由补语直接附在述语后面而形成的谓词性粘合式述补结构，补语说明述语所表示的动作行为使受事、施事（包括“当事”）、动作行为以及与动作相关的名词性成分得到补语动词或形容词所表示的结果，或呈现某种状态，或达到某种程度。补语语义指向受事、施事、动作行为本身或与动作相关的名词性成分。根据动结式的形式特征，并结合补语的语法意义、语义指向以及动结式的来源发展途径，本文对近代汉语时期的动结式作出如下分类：

A、结成述补结构。补语表示动作实施给受事、施事或与动作相关的名词性成分所带来的结果，补语语义指向受事、施事及与动作相关的名词性成分。例如：

（1）一志修行绝四流，网罗割断抛三界。（变·维摩诘经讲经文）①

（2）大凡人只合讲明道理而谨守之，以无愧于天之所与者。（朱·卷8）

（3）到后来谈议厌了，达磨便入来只静坐，于中有稍受用处，人又都向此。（朱·卷126）

（4）才学着办事，倒先学会了这把戏。（红·16回）

（5）那驴养下来的，只躲着我走，讨了半年不肯还我，把我的两对新靴都走破了。（元明卷·朴通事）

---

① 本文主要引用文献：《敦煌变文集》，王重民等编，人民文学出版社1957年版；《祖堂集》，上海古籍出版社1994年版；《朱子语类》，中华书局1986年版；《近代汉语语法资料汇编》（宋代卷），刘坚、蒋绍愚主编，商务印书馆1992年版；《近代汉语语法资料汇编》（元明卷），刘坚、蒋绍愚主编，商务印书馆1995年版；《全本金瓶梅词话》，香港太平书局1982年版；《红楼梦》（前40回），人民文学出版社1990年版。引例体例是选取文献名称中一、二字，再加注卷数或篇名。

(6)仔细站脏了我这地(红·9回)

B.结态述补结构。动结式中较为虚化的一类,补语由介于虚实之间的"完成"义动词(成、就、却、取、了、完)和"涉及"义动词(着、到、至、及、见、住)充当,表抽象结果义,说明述语所造成的完成性状态情貌。补语语义指向动作本身。例如:

(7)老去和头全换却,少年眼也拟椀(捥)将。(变·地狱变文)

(8)至于吃了有寒证,有热证,便是情。(朱·卷5)

(9)非是别有一个道,被我忽然看见,攫拏得来,方是见道。(朱·卷13)

(10)因说至"伯夷圣之清,伊尹圣之任,柳下惠圣之和",都是个有病痛底圣人。(朱·卷135)

C.结度述补结构。补语由形容词充当,带有评价性语义特征,说明述语动词的程度,包括动作行为的量、速度的快慢、发生时间的早晚、持续时间的长短及动作行为造成的状态等所达到的维度。补语语义指向动作本身。例如:

(11)此水得与摩流急。(祖·卷12)

(12)每一次看透一件,便觉意思长进。(朱·卷104)

(13)咱妇人家也听的这众人之言,心里疼杀,更是男子汉家怕甚麽?(元明卷·朴通事)

2)动趋式述补结构

由动词或形容词带上趋向动词及复合趋向词语作补语而构成的述补结构。分成三类:

A.趋方述补结构。表人或事物的运动方向。由普通动作行为动词或趋向动词带上趋向动词或复合趋向词语作补语构成。补语语义指向动作施事或受事。例如:

(14)大臣走出,申奏王知。(变·八相变)

(15)语讫,遂飞上天。(变·搜神记)

(16)皇帝又夜梦见一神人,送龙肝来。(变·叶净能诗)

(17)小儿选(旋)即下来,天下所有问者,皆得知之,三才俱晓。(变·搜神记)

(18)寺中有甚钱帛衣物,速须搬运出来!(变·庐山远公话)

(19)眼前事,才拈一件起来勘当着所在,便不成模样!(朱·卷87)

(20)若不问来由,一向直走过均亭去,迤逦前去,更无到建阳时节。(朱·卷120)

B.趋成述补结构。由方向义引申发展而来,表示动作行为的实现和获得结果。由动词带上趋向动词或复合趋向词语构成。补语语义指向受事或动作本身。例如:

(21)孩童才始睡着,未得觉来,伏乞尊仙,莫生疲圈(倦)。(变·太子成道变文)

(22)绣成盘凤,对芙蓉而争不懒羞;刺出鸳鸯,并芍药而岂无惭耻。(变·维摩诘

经讲经文)

(23)说一段过又一段,何补!(朱·卷119)

(24)天下道理,各见得恁地,剖析开去,多少快活!(朱·卷103)

(25)当时若写此文字出去,谁人敢争!(朱·卷107)

(26)濂溪著《太极图》,某若不分别出许多节次来,如何看得?(朱·卷94)

C. 趋态述补结构。表动态义的动趋式。由结果义进一步虚化发展而来。动态意义有两类:一是表示新动作或新状态的开始,二是表示已有动作行为或状态的持续。例如:

(27)耶娘年老惛迷去,寄他夫子两车草。(变·孔子项讬相问书)

(28)如两军厮杀,两边擂起鼓了,只得拌命进前。(朱·卷116)

(29)此后愈挨下去,方合大吕诸声。(朱·卷92)

3)"V得(O)"述补结构。根据"得"所表达的语法意义,分为两类:

A. 结果述补结构。表示通过某种动作获得某种结果,述语由取义动词充当,动词"得"表示"获得"性"涉及"义,跟在取义动词后面作结果补语,有"到"义。例如:

(30)李问陈几叟借得文定《传》本,用薄纸真谨写一部。(朱·卷103)

B. 动态述补结构。表示动作行为的完成实现,述语由非取义动词充当,"得"进一步虚化,有"成、完、到、住"等意义,成为半虚化的完成动词,充当完成补语。例如:

(31)唐官看他《六典》,将前代许多官一齐尽置得偏官,如何不冗?(朱·卷123)

(32)若如此看得三五项了,自然便熟。(朱·卷118)

(33)今有一般人,看文字却只摸得些渣滓,到有深意好处,却全不识!(朱·卷104)

(34)学者只守得某言语,已自不易,少间又自转移了。(朱·卷101)

4)"V得C"述补结构。根据"V得"后补语的性质,分两类:

A. 结果述补结构。对动作行为或状态变化的结果进行陈述说明,补语由动词、谓词性指代词以及动词性词组充当。例如:

(35)和靖在程门直是十分钝底,被他只就一个"敬"字上做工夫,终被他做得成。(朱·卷115)

(36)也是他见得个道理如此。(朱·卷103)

(37)向时得《徽宗实录》,连夜看,看得眼睛都疼。(朱·卷104)

B. 程度述补结构。对述语动作造成的结果状态所达到的程度或事物的性质情状所达到的程度进行评价或说明。述语由动词、动词性词组和少数形容词充当,补语为形容词性成分。例如:

(38)若病得狼狈时,也只得去。(朱·卷107)

(39)不是少,只是看得草草。(朱·卷14)

(40)古人问筹者,要说得这事分明,历历落落。(朱·卷138)

5)带"得"的能性述补结构,包括"V得(O)"能性述补结构和"V得C"能性述补结构两类。"V得(O)"能性述补结构是动态述补结构的语境变体,一般用于未然(表推测、假设,或表疑问)语境中。"V得C"能性述补结构是结果、程度述补结构在特定语境(表假设、推测、疑问等未然语境)中的语境变体。能性述补结构表示的语法意义有二:一是主观可能性,即主观能力做得到做不到;二是客观可能性,包括客观条件是否允许,事物实现的客观可能性等。例如:

(41)一个自方,一个自圆,如何总合得?(朱·卷139)

(42)又如脾胃伤弱,不能饮食之人,却硬要将饭将肉塞入他口,不问他吃得与吃不得。(朱·卷124)

(43)人如何测得如此?恐无此理。(朱·卷86)

(44)若不理会得是非分明,便不成人。(朱·卷130)

2. 由介词结构充任补语的述补结构,例如:

(45)把舜子头发,悬在中庭树地。(变·舜子变)

(46)我今将此法眼付嘱于汝,汝可流布,无令断绝。(祖·卷1)

3. 由数量词充任补语的述补结构,例如:

(47)将今法制,重新洗换一番方好。(朱·卷110)

(48)外头的高几恐不够使,不如开了楼把那收着的拿下来使一天罢。(红·40回)

二 唐宋元明清时期述补结构与处置式的结合情况和特点

(一)唐五代时期述补结构与处置式的结合情况和特点

我们对《敦煌变文集》《祖堂集》中处置式与述补结构的结合情况进行了调查,共有处置式142例,与述补结构(含动态助词)结合的有30例,[①]占21%,其中"将"字句100例,与述

① 处置式与述补结构或动态助词结合的情况有三:一是只与述补结构结合,二是只带动态助词,三是在与述补结构结合的同时还带有动态助词(此类情况统计时不重复计数)。各时期文献情况不一,唐五代只有第一、二种情况,宋以后,三种情况并存。补语与动态助词不是一个层面上的语法成分,结态补语中有一部分补语后项到后代进一步语法化为动态助词,具体情况可参见Liu Ziyu刘子瑜(2004)。不过,现代汉语中,带补语或动态助词是处置式合法成句的前提之一,就这一功能而言,补语与动态助词有相似性,所以,我们在作定量统计时不再分开统计。

补结构结合的22例,"把"字句34例,有8例与述补结构结合,"捉"字句8例,未与述补结构结合。例如:

(49)我(把)些子兵士,似一斤之肉,入在虎齗(牙),不螻咬嚼,博唼之间,并乃倾尽。(变・韩擒虎话本)

(50)我今将此法眼付嘱于汝,汝可流布,无令断绝。(祖・卷1)

(51)相公是日只于福光寺内,具将此事,写表奏上晋文皇帝。(变・庐山远公话)

(52)数数频将业剪除,时时好把心调伏。(变・无常经讲经文)

(53)若不要贱〔奴〕之时,但将贱奴诸处卖却,……(变・庐山远公话)

(54)将儿赤血[江瓦]盛着,擎向家中七日强。(变・孔子项托相问书)

唐五代述补结构与处置式结合时显示出以下特点:

1. 两句式的结合处于初期阶段,结合情况不普遍,30例中有13例"将"字句均为介词"于"引出的对象补语,且是同一句话的复现(例(50)),补语类型不丰富,限于述补结构的早期形式,包括处所补语、对象补语、趋方补语、补语指向受事或当事的结成补语、结态补语,见上例(49)—(53),与动态助词结合少见,仅1例,见例(54)。

2.《祖堂集》中"将"字句与处置式的结合带有古语特征(均为介词"于"引出的对象补语),而"把"字句与处置式的结合则显示出其发展超越"将"字句的情况,概与佛经文献口语性强有关。

3. 就处置式两大类别来看,述补结构进入的基本是狭义处置式,广义处置式中,只有"处置(到)"可以与处所补语结合,"处置(给)"、"处置(作)"因受限于宾语,不与述补结构结合。受语义限制,致使类处置式不与补语语义指向受事的动结式套合,与补语指向施事(含当事)的动结式结合没有限制,唐五代已出现与补语指向当事的动结式以及处所补语结合的用例。

4. 与处置式结合的述补结构都是早期补语类型,显示出与其自身发展的同步性特征;处置式在与述补结构套合时也显示出与其自身发展的同步性特征,即表处置意义时,交代结果的情况不普遍,式中动词多为光杆动词,这是初期发展特征。

(二)南宋时期述补结构与处置式的结合情况和特点

南宋《朱子语类》中处置式与述补结构的结合情况是:"将"字句643例,与述补结构和动态助词结合的有237例,占37%,"把"字句240例,与述补结构和助词结合的63例,占26%,"捉"字句1例,与处所补语套合。例如:

(55)只把自家心下先顿放在这里,却捉圣贤说话压在里面。(朱・卷120)

(56)圣人将许多铺摊在七十岁内,看来合下已自耳顺,不踰矩了。(朱・卷23)

(57)将今法制,重新洗换一番方好。(朱・卷110)

(58)若卒乍未有进,即且把见成在底道理将去看认。(朱·卷9)

(59)把这般文字将出来做甚么!(朱·卷10)

(60)要制事,须是将心入那事里面去,顺他道理方能制事,方能行权。(朱·卷76)

(61)及看不得,便将自己身上一般意思说出,把做圣人意思。(朱·卷11)

(62)孟子怕人将不好底做出去,故说此。(朱·卷57)

(63)《大学》只将两句平头说去,说得尤力。(朱·卷36)

(64)他说到那险处时,又却不说破,却又将那虚处说起来。(朱·卷41)

(65)后来把程先生说自看来看去,乃大分明。(朱·卷27)

(66)公且试将所说行将去,看何如。(朱·卷121)

(67)被那虚底在里夹杂,便将实底一齐打坏了。(朱·卷13)

(68)又说"义袭"二字全不是如此,都把文义说错了。(朱·卷59)

(69)今看来,反把许多元气都耗却。(朱·卷109)

(70)毕竟先讨见天理,立定在那里,则心意便都在上面行,易得将下面许多工夫放缓了。(朱·卷117)

(71)所谓格物,便是要就这形而下之器,穷得那形而上之道理而已,如何便将形而下之器作形而上之道理得!(朱·卷62)

(72)唐官看他《六典》,将前代许多官一齐尽置得偏官,如何不冗?(朱·卷123)

(73)若引《易》中来说,恐将《论语》所说搅得没理会了。(朱·卷27)

(74)然也不须得将戒慎恐惧说得太重,也不是恁地惊恐。(朱·卷117)

(75)告子将心硬制得不动,陆遇事未必皆能不动。(朱·卷124)

(76)看他意思,便把个仕都轻看了。(朱·卷28)

(77)如今看一件书,须是着力至诚去看一番,将圣贤说底一句一字都理会过。(朱·卷117)

南宋时期述补结构与处置式结合时表现出以下特点:

1、比例高,类型全,套合形式复杂。述补结构进入处置式的比例比之唐五代有较大提升,进入的补语类型有:处所、范围补语,动量补语,动趋式(趋方、趋成、趋态),V将去,V来V去,动结式(结成<补语语义指向受事和施事>、结态、结度),"V得(O)"(动态、能性),"V得C"(结果、程度、能性),几乎所有补语类型都能与处置式结合,补语类型的丰富性和完备性大大超过唐五代,而且,是各类补语中的多种形式进入处置式,如动趋式中,既有简单补语,也有复合补语,既有"VCO"式,也有"VOC"式,"得"字补语既有"V得O",也有"VO得",等等。相关用例见上例(55)—(75)。处置式与动态助词结合也相当普遍(例(76)(77)),往往在与述补结构套合的同时带上助词(如例(67)(68)(70))。还出现了多类补语同时与处置式套合的用例,诸如动趋式与处所补语,动结式与处所补语,动结式与对象补语,动结式与动趋式等等。略举数例如下：

(78)闻之陈先生说，唐初好处，也是将三省推出在外。(朱·卷123)

(79)若把这些子道理只管守定在这里，则相似山林苦行一般，……(朱·卷117)

(80)后人须要把乾坤说大于他卦。(朱·卷66)

(81)圣人既具此理，又将此理复就蓍龟上发明出来，使民亦得前知而用之也。(朱·卷75)

述补结构前后还常常出现其他谓词性成分，使得处置式呈现出复杂谓语形式，例如：

(82)而今且将诸说录出来看，看这一边了，又去看那一边，便自见得不相碍。(朱·卷64)

(83)今不将他做处去切己理会，体认分明着。(朱·卷29)

2、出现了"被"字句、处置式、述补结构(含助词，有时是多类补语)同时套合的情况，如：

(84)然人莫不有此心，多是但知有利欲，被利欲将这个心包了。(朱·卷18)

(85)后来多被学者将元说折开分布在他处，故意散乱不全，难看。(朱·卷27)

有的"被"字句不表被动意义，也可以与处置式、动态助词等结合，如：

(86)上甚有爱人之心，不合被近日诸公爱把恢复来说了。(朱·卷23)

3、狭义处置式在表处置意义时多要求交代出处置结果，因此与述补结构结合比较普遍；如果不带补语或助词，动词前面往往有状语，或后面带有其它动词性结构，若以上形式都没有，就用"之"回指并凑足音节，总之，以光杆动词充当谓语的用例比前代大大减少。例如：

(87)道无古今，且只将克己事时时就身己检察，……(朱·卷30)

(88)学者须是将许多名义如忠恕、仁义、孝弟之类，各分析区处，如经纬相似，使一一有个着落。(朱·卷27)

(89)如事亲孝，自家既知所以孝，便将此孝心依古礼而行之。(朱·卷15)

(90)若当时稍加信重，把二先生义理继之，则可以一变，而乃为王氏所坏！(朱·卷129)

后二例用"之"回指的例子在处置式产生初期已经出现，《朱子》中，不仅"将"字句多有这类用例，还推及至"把"字句，这是前代没有的。

致使类处置式还出现了形容词作述语的用例，也与动态助词结合，显示出告知结果的特征，如：

(91)若事事贪，要这个，又要那个，未必便说到邪僻不好底物事，只是眼前底事，才多欲，便将本心都纷杂了。(朱·卷61)

以上表明,南宋时期,处置式摆脱了初期不带或少带补语的特点,与述补结构的结合渐趋多见,逐渐发展成为句法和语义表达日益完善的句法格式。

(三)元明时期述补结构与处置式的结合情况和特点

此期我们考察的文献是《近代汉语语法资料汇编》(元明卷),共有处置式527例,与述补结构和动态助词结合的有302例,占57.3%,其中"将"字句191例,"把"字句111例。与前代相比,元明时期述补结构与处置式结合时表现出以下特点:

1、述补结构或动态助词进入处置式的比例大幅上升,处置式在表处置意义时交代出处置结果已是较为普遍的现象,如果不带补语或助词,谓语也多为其它结构形式,如状中、连谓、并列、述宾等,带补语或助词以及谓语为其他结构的用例共有450例,所占比例达到85.4%,光杆动词作谓语的形式已较为少见(47例,8.9%),且多出现在韵文曲词中。处置式谓语为多种结构套合而成的复杂结构形式是这一时期处置式所呈现出来的最大特点之一。略举数例如下:

(92)郭威就厅下接了酒并豚蹄,向厅前跪谢,将到廊下,把大大碗倾酒,满满泛了三五碗,抽腰间所佩的刀将豚蹄割取大脔啖了。(元明卷·新编五代史平话)

(93)就将两马拿来拴住,至自己房内杀了一个羔儿……(元明卷·元朝秘史)

(94)伯颜帖木儿,你就把皇帝领了去养活他有。(元明卷·正统临戎录)

(95)将我每各使臣脚带木枷,每人着四个达子看守,夜晚绑缚有。(元明卷·正统临戎录)

(96)将十三岁女丑哥踏住脖项,扯出舌头,并沿身用火烧铁鞋锥烙讫七十二下……(元明卷·元典章)

(97)大都某村住人钱小马,今将亲生孩儿小名唤神奴,年五岁无病,少人钱债,阙口少粮,不能养活,身为未便,随问到本都在城某坊住某官人处卖与……(元明卷·朴通事)

例(92)是结态述补结构与连谓结构及动态助词的套合,例(93)是趋方述补结构与结态述补结构的套合,例(94)是趋方述补、连谓、结成述补、述宾结构及动态助词的套合,例(95)是主谓、连谓结构等的套合,例(96)是结态、趋成、状中、动量补语结构等的套合,例(97)不仅谓语复杂,介词"将"的宾语也相当复杂,是糅合了主谓、并列、述宾、状中、连谓、述补等多种结构的套合式。后三例这类处置式谓语为多种结构套合而成的复杂结构形式前代罕见,后代也极少见,多出现在翻译文书、会话书等文献中,有一定的时代文献特征。

2、与处置式结合的述补结构的类型也比前代丰富,新出现了时量补语,往往还与其它补语形式套合使用(下例(98)),动量补语出现了"V 一 V"式(例(99)),还出现了补语语义指向相关名词性成分的结成述补结构,如下例(100)补语语义指向动作工具,例(101)补语语义指向与当事有领属关系的名词性成分,动趋式中简单补语、复合补语的形式类别更为丰富，如新出现了 VCOC 等复合趋方补语式，往往还同时与其它结构相套合（例（102）），表结果的“V 得 C”形式也更加复杂，“得”后补语多为复杂形式（例（103）（104）），不过，“得”字补语式与处置式相结合的频率偏低，用例仍不多见。举例如下：

（98）把我家小厮拿将去监了二日。（元明卷·朴通事）

（99）见孩儿啼哭时，把摇车摇一摇便住了。（元明卷·朴通事）

（100）那驴养下来的，只躲着我走，讨了半年不肯还我，把我的两对新靴都走破了。（元明卷·朴通事）

（101）不知怎生滚在底下，吃了一跌，把鼻子跌破了。（元明卷·朴通事）

（102）那贼便将一个弓手放箭射下马来，那贼往西走马去了。（元明卷·老乞大）

（103）把头在赵宣子家里槐树上撞得头破脑裂死了。（元明卷·皇明诏令）

（104）其中那一伙儿强的，把别的打的四分五落里，东走西散。（元明卷·朴通事）

补语指向相关名词性成分的结成动结式是元明动结式发展的一个很大特点，此类用例唐五代始见，宋代不多，元明时期发展很快，如前例（5）（6），又如：

（105）父母初闻说，悲啼哭断肠，只缘薄福德，不久见身亡。（变·欢喜国王缘）

（106）一团儿颤，愁损艳态，蹙破宫眉。（宋代卷·刘知远诸宫调）

（107）那讲主见那达达跌破鼻子，叫将根前来说道：……（元明卷 328）

（108）那日把席上椅子坐折了两张。（金·12 回）

唐五代，这类用例多半用于夸张的修辞表达（例（105））；宋以后则带有“指实”性特征，而不一定用于夸张（例（106））；元明时期，形式更为丰富，除前代已有的“ViViO”式外，又新出现了“ViVi、ViAO、VtAO”式，语义指向也更加多样，补语可以指向动作工具（前例（5））、处所（前例（6））、与当事有领属关系的名词性成分（例（107）），还可指向对工具宾语进行修饰限定的成分（例（108））等，而且开始与处置式结合。

3、“被”字句、处置式、述补式（有时是多类补语）同时套合的情况较常见，比前代更为复杂的是，有时还同时套合有其它结构如连谓、状中等，除“被”字句外，还有“为”“教”字句。如：

（109）店家不肯当与，被郭威抽所执佩刀将酒保及店主两人杀死了。（元明卷·新编五代史平话）

（110）常氏将饭食送往田间，在中路忽被大风将常氏吹过隔岸龙归村，为一巨蛇将常氏缠住。（元明卷·新编五代史平话）

（111）不可惹斗的人惹斗他，可惜将儿子腮上教钉钉了。（元明卷·元朝秘史）

这类谓动词前施事和受事同时被标记的例子始见于宋代（前例（84）—（86）），是述补结构进入被动式与处置式后的特殊产物，反映了述补结构与被动式及处置式套合发展的过渡时期尚未定型的句法特征，但南宋时期同时套合有多种类述补结构及其它结构的用例还不多见,元明时期进一步发展,形式更为复杂,用例也有所增加。

4、元明时期不仅狭义处置式与述补结构结合已经非常普遍,而且广义处置式的谓语部分也呈现出复杂形式,有与述补结构套合的用例,且“将”“把”的宾语也往往呈现出复杂形式。例如:

(112)将我的铺盖靴子与哈铭拏去家里,与子孙作古。(元明卷·正统临戎录)

(113)辽东城里住人王某,今为要钱使用,遂将自己元买到赤色骟马一疋,年五岁,左腿上有印记,凭京城牙家羊市角头街北住坐张三作中人,卖与山东济南府客人李五永远为主。(元明卷·老乞大)

(四)清代述补结构与处置式的结合情况和特点

我们考察的文献是《红楼梦》(前40回),共有处置式518例,与述补结构和动态助词结合的394例,占76.1%,其中“将”字句181例,“把”字句213例。特点如下:

1、带补语或动态助词的处置式已达76.1%,若不带补语,谓语基本也是其它结构形式如连谓、状中、述宾等,以光杆动词收尾的形式极少见,仅4例(2例见于韵文),占0.77%。可见,就告知处置结果,必须带补语或动态助词而言,清代处置式已经与现代汉语没有什么区别了。

2、从各类述补结构看,清代是“V 的/得 C”述补结构进一步繁荣发展的重要时期,与处置式的结合也比前代更为普遍,“V 的/得 C”的补语套合有动结式、动趋式、处所补语等其它补语形式的用例已不少见,还出现了述语补语之间用“个”组合的“V 个 C”述补结构,例如:

(114)金氏听了这半日话,把方才在他嫂子家的那一团要向秦氏理论的盛气,早吓的都丢在爪洼国去了。(红·10回)

(115)将一个磁砚水壶打了个粉碎,溅了一书黑水。(红·9回)

(116)你不用怕他,等我性子上来,把这醋罐打个稀烂,他才认得我呢!(红·21回)

动结式中,补语指向施事(当事)的结成述补式在清代进入繁荣发展期,用例数量急遽上升,结构形式繁复多样,种类齐全,远远超过前代,(参见刘子瑜2004)在与处置式套合时用例也明显多于前代,例如:

(117)谁知后来一年一月的竟常常的如此,把这个样儿看惯,也都不理论了。(红·27回)

还出现了补语语义指向动作工具或施事(当事)的“ViA”结成述补结构与处置式套合的情况,如:

(118)紫鹃忙上来用手帕子接住,登时一口一口的把一块手帕子吐湿。(红·29回)

(119)宝玉林黛玉二人心里有病,听了这话早把脸羞红了。(红·30回)

结度述补结构与处置式套合也有发展。结度述补结构出现于唐五代,南宋逐渐发展起来,清代与处置式套合的用例明显增多,还新出现了形容词作述语的程度补语式与处置式套合使用的用例,如:

(120)不用这方儿还好,若用了这方儿,真真把人琐碎死。(红·7回)

动量补语结构出现了很多动词重叠式作谓语的用例,这种动词重叠式是"V一V"式的简省形式,与处置式套合时,往往还与其它结构如述补、连谓、状中等套合,呈现出复杂谓语形式,如:

(121)好姐姐,你把那汤拿了来我尝尝。(红·35回)

(122)明儿我倒把这话告诉别人去评评。(红·30回)

(123)你也该将一应的后事用的东西给他料理料理,冲一冲也好。(红·11回)

述宾结构作处置式谓语时,出现了数量宾语,表示介词"将/把"宾语的数量,往往还套合有述补、连谓等结构形式,也呈现出复杂谓语形式,例如:

(124)把才拿来的那果子拿一半送与林姑娘去。(红·35回)

(125)贾珍先将上等可吃的东西,稀奇些的果品,装了十六大捧盒,着贾蓉带领家下人等与贾敬送去。(红·11回)

广义处置式处置"给/作"与述补结构套合的用例趋多,趋方述补式出现复合补语形式,复合趋成述补式也有用例出现,往往同时还套合有其它结构如连谓、状中等,也呈现出复杂谓语形式,如:

(126)贾母见他如此有趣,吃的又香甜,把自己的也端过来与他吃。(红·40回)

(127)或者太太看见我勤谨,一个月也把太太的公费里分出二两银子来给我,也定不得。(红·37回)

3、"将"、"把"字句出现分化,"把"字句用例数量以及与述补结构相结合的数量都超过了"将"字句,带有强烈的口语化特征,"将"字句则明显地带有更多的文言及书面语特征,如残留有文言对象补语的用例,"将"的宾语及其谓语部分句子形式十分复杂,语言表述文白夹杂等,略举几例:

(128)再将吾妹一人,乳名兼美字可卿者,许配于汝。(红·5回)

(129)则自欲将已往所赖天恩祖德,锦衣纨袴之时,饫甘餍肥之日,背父兄教育之恩,负师友规谈之德,以至今日一技无成,半生潦倒之罪,编述一集,以告天下人。(红·1回)

(130)便命将那日所有的题咏,命探春依次抄录妥协,自己编次,叙其优劣。(红·23回)

“把”字句新出现了几种情况:一是谓词性指代词作谓语,二是谓语为形容词性“的”字结构,三是谓语省略,这些用例都带有极强的口语色彩,如:

(131)我的娘,不凭他去,难道谁还敢把他怎么样呢?(红·25回)

(132)猴儿,把你乖的!拿着官中的钱你做人。(红·35回)

(133)我把你这嚼舌根的小蹄子!(红·38回)

4、被动式、处置式及述补结构同时套合的情况极少见,仅2例,例如:

(134)那日谁知我失了脚掉下去,几乎没淹死,好容易救了上来,到底被那木钉把头碰破了。(红·38回)

这类同时标记谓动词前施事受事的例子反映了述补结构与被动式及处置式套合发展的过渡时期尚未定型的句法特征,现代汉语中消失,而单用被字句或把字句表述。《红楼梦》时代在表达此类语义时基本已与现代汉语一样,这表明此期句法结构表达语义时已渐趋向分工明确的方向发展。

三　述补结构对处置式发展的影响

(一)补语的进入推动了处置式的语法化进程,促使处置式定型化,使它成为完全语法化的句法格式。

曹广顺、遇笑容(2000)调查了东汉至隋代14部中古译经,认为当时已经出现“取”字处置式,包括广义和狭义处置式两类,狭义处置式又以光杆动词收尾的形式居多,带补语的少见,如:

(135)吾今行忍辱不舍斯须,正使王今取我身体碎如芥子,终不退转。(《出曜经》十)

不过,从二先生所举用例看,补语类型都是“比拟式”补语,带有译经文献的特点。

刘子瑜(2002)曾对处置式的来源作过考察,结果发现:中土文献中最早出现的处置式类别是“将+宾+动+处所语/处所介词组”,例如:

(136)灵家在城中,瓒将灵母弟置城上,诱呼灵。(三国志·裴注530)

以中土文献情况看,述补结构与处置式的结合基本与其自身发展同步,最早进入处置式的是处所补语,六朝已有少数用例。不过,历时事实表明,虽然最早出现的处置式类别是带处所补语的形式,但六朝至唐五代,在处置式的发展初期,多数处置式是以光杆动词收尾,并不需要带补语就能成为合法句式,这一情况与译经文献相同。先看几个例子:

(137)时远方民,将一大牛,肥盛有力,卖与此城中人。(生经·卷4)

(138)我今乃可将臭肉身于此泥上作大桥梁。(佛本行集经·卷3)

(139)莫愁寒族无人荐,但愿春官把卷看。(杜荀鹤《入关因别舍弟》)

(140)向吾宅里坐,却捉主人欺。(变·燕子赋)

(141)把舜子头发,悬在中庭树地。(变·舜子变)

(142)唯将天女一万二千奉上师兄,可酬说法。(变·维摩诘经讲经文)

(143)数数频将业剪除,时时好把心调伏。(变·无常经讲经文)

前三例是处于重新分析中的处置式,前二例是"处置(给)、处置(作)",例(139)以光杆动词收尾,三例中的"将/把"有动词嫌疑,所在句式不能排除连谓结构的可能;(140)例虽以光杆动词收尾,却是确定无疑的处置式,后三例分别带有处所、方向、结果补语,也是确定无疑的处置式。

以上表明,例(139)类用例的重新分析是导致处置式语法化的根本原因,在发展之初,补语的进入并不是触发处置式语法化的必要条件,处置式的语法化最初是发生在不带补语的格式中,其条件是:其一,"将/把"的宾语发生变化(变为非移动对象);其二,动词2发生变化,带有"非移动+处置"义。满足此条件就有可能导致处置式语法化(如例(140)),反之,处置式便处于从连谓结构到处置式的重新分析中,是一种不足语法化的句法格式(如例(139))。

那么,述补结构的进入对处置式有何影响呢?我们认为,补语的进入推动了处置式的语法化进程,促使处置式定型化,使它成为完全语法化的句法格式。为什么述补结构的进入能促使处置式定型化,推动其语法化过程的完成?我们认为有以下原因:

其一,从处置式的句法语义特征看,处置式表示主语所代表的人或事物通过动作对介词"将/把"的受介成分所代表的人或事物施加作用和影响,使受介成分发生某种变化,产生某种结果,因此,处置式完型成句的组织原则是:主语+介词(将/把)+受介成分+谓语动词+结果特征,这种组织原则也可视作一种句法临摹现象,施事作用于受事,使受事发生某种变化,产生某种结果,其结构核心"动作+结果"的线性排列顺序与它们发生的时间顺序及人们的认知习惯是一致的,因此,这种句法临摹现象是语言系统内部调整的结果。

其二,述补结构的进入给处置式带来三方面的重要变化:一是在结构和语义表达上使谓语动词有界化,给动词所表示的动作提供了终结点,即"动词+补语=动作+终结点",为处置式成为完型结构提供了可能;二是处置式要求谓语结构形式必须复杂化,补语的进入使得宾语(特别是宾语为复杂形式时)一般不能回移至动词后(如上例(141)),赋予并巩固了"将/把"的提宾功能;三是"将/把"提宾功能确立后,介词的提宾功能使得谓语动词前名词的语义角色被标记,明确了施受关系。当处置式在句法形式上实现完型化和合法化,语义表述上达到完整、清晰化,即可完成语法化过程,成为完全语法化的句法格式。

我们对各时期述补结构与处置式的结合情况进行了统计,如下:

	每1万字述补式数量	处置式数量	每1万字处置式数量	与述补式结合的处置式数量	述补谓语百分比
唐五代	14	142	2.8	30	21.1
南宋	22	84	4.4	301	34.1
元明	38	527	26.3	302	57.3
清代	42	518	18.5	394	76.1

数据显示,从唐五代至清代,述补结构的用例数量及出现频率呈递增趋势,处置式的用例数量及出现频率基本也呈递增趋势(清代略低于前代,原因待考,也许与语料限制有关),与述补结构结合的处置式数量也呈递增趋势,述补结构大量进入处置式是在元明时期,清代,两句式的结合比例几近80%,这说明此期处置式带补语交代出处置结果已是普遍现象,而以光杆动词收尾的形式极少见,一般出现在韵文中。由此我们大致可以认定,从汉语发展史看,处置式必带补语或动态助词才能成为合法句式这一定律在清代已经成立。根据述补结构与处置式的结合情况以及光杆动词居句末的处置式比例,可以认为,处置式的语法化开始于六朝,历经唐宋时期的发展,元明时期已经定型,清代彻底完成。

(二)述补结构的全面进入进一步推动了处置式的繁荣发展。

从前文调查看,述补结构与处置式的结合在不同时期也呈现出不同特点。

唐五代,主要是处所补语、对象补语、趋方补语、补语指向受事或当事的结成补语及结态补语开始与处置式结合,能进入的补语类型大致与其产生发展同步。各类补语与狭义处置式的结合没有限制,广义处置式因受宾语限制一般不带补语,只有处所、对象补语可以进入,致使类处置式也因语义限制,不与补语语义指向受事的结成述补结构套合,补语指向施事(当事)的结成述补结构可以进入,但因尚处于发展初期,只见到补语指向当事的用例。

宋代是述补结构的丰富发展期,各类补语相继出现,除前代已有形式外,范围补语,动量补语,趋成、趋态补语,补语语义指向施事的结成补语,结度补语,"V得(O)"和"V得C"的各类补语等都开始与处置式结合,补语类型渐趋丰富完备,而且,随着动态助词的发展,各类动态助词如"了""过"等也进入处置式,"了"与处置式的结合已较普遍。南宋时期,两句式已步入全面结合的发展期。不过,除少数处所补语和动态助词"了"可以进入广义处置式外,述补结构基本上都是与狭义处置式结合。

元明时期,述补结构或动态助词进入处置式的比例大幅上升,谓语为多种结构套合而成的复杂结构形式是这一时期处置式所呈现出来的最大特点之一。与处置式结合的述补结构的类型比前代丰富,新出现了时量补语以及补语语义指向相关名词性成分的结成述补结构,动趋式补语的形式类别更为丰富,"V 得 C"述补结构的形式也更加复杂,但它与处置式相结合的频率仍偏低。广义处置式谓语部分也呈现出复杂形式,有少数与述补结构套合的用例,"将""把"的宾语也呈现出复杂形式。

清代,处置式带补语或动态助词的用例接近 80%,若不带补语,谓语基本是其它结构形式,光杆动词收尾的形式极罕见,所占比例不足 1%。就告知处置结果,必须带补语或动态助词而言,清代处置式已经与现代汉语没有什么区别,述补结构与处置式已经进入全面结合、繁荣发展的时期,述补结构的所有类别和形式都可以进入处置式。从各类述补结构看,"V 的/得 C"述补结构进一步繁荣发展,与处置式的结合比前代更为普遍,还出现了"V 个 C"述补结构。动结式中,补语语义指向施事(当事)的结成述补式及指向动作的结度述补式与处置式的套合用例明显增多,都有新形式出现。这两类动结式萌芽于唐五代,南宋用例趋多,但直到清代才逐步使用开来,它们的进入推动了处置式的繁荣发展。刘子瑜(2005)曾对动结式带宾语的功能作过考察,发现:补语语义指向施事的结成述补结构和指向动作的结度述补结构一般不带宾语,原因是前者补语主要说明施事自身的变化结果,后者补语说明动作行为本身的情况。这些动结式如果要引进动作受事,只能通过处置式,把受事宾语安排在谓语动词的前面,如:

(144)宝玉自知又把话说造次了,……(红·30 回)

(145)凤姐儿故意的把脚步放迟了些儿,……(红·11 回)

因此,可以说,与处置式的结合也推动了这两类动结式的发展。这是由于处置式中介词"将/把"具有提前受事宾语,标记谓动词前名词的语义角色(施事主语),使施受关系明确化的功能,从而使得一些本来不能带受事宾语的述补结构在与处置式套合后也能通过介词引出动作受事,表达出更为复杂丰富的语义。清代各类型述补结构与处置式的全面结合,比例的大幅上升,与这些原本不能带受事宾语的述补结构进入处置式有很大关系。

此外,清代广义处置式与述补结构套合趋多,复合补语也可进入。值得注意的是,清代"将"、"把"字句出现了分化,"把"字句用例数量及其与述补结构相结合的用例数量都超过了"将"字句,"把"字句带有强烈的口语化特征,出现了口语色彩浓厚的新形式,"将"字句则明显地带有文言及书面语特征,这使得它最终在现代汉语中萎缩消失。

(原刊 *Cahiers de Linguistique Asie Orientale*【《东亚语言学报》,法国】2007 VOL. 36 no2,2008 年 4 月)

主要参考文献:

曹广顺 2000 试论汉语动态助词的形成过程,《汉语史研究辑刊》,第 2 辑,74—89 页。

曹广顺、遇笑容 2000 中古译经中的处置式,《中国语文》第 6 期,555—563 页。

李 讷、石毓智 1997 论汉语体标记诞生的机制,《中国语文》第 2 期,82—96 页。

刘子瑜 2002 再谈唐宋处置式的来源,《语言学论丛》第 25 辑,206—231 页。

2004 汉语动结式述补结构的历史发展,《语言学论丛》第 30 辑,188—264 页。

2005 动结式述补结构带宾语功能的历时考察,《长江学术》第 8 期,120—133 页。

石毓智、李 讷 2001《汉语语法化的历程》,北京大学出版社,2001 年。

石毓智 2003《现代汉语语法系统的建立》,北京语言大学出版社,2003 年。

论“名而动”结构的来源及其语法性质

杨荣祥

一　引　言

“名而动”结构是指“子产而死(,谁其嗣之)”、“(相鼠有齿,)人而无止”这样的句法结构。“名”代表体词性成分,“动”代表谓词性成分。

如何认识这一结构的语法性质,关键是对“而”的语法功能如何解释。要正确认识“名而动”中“而”的语法功能,就必须对在上古汉语中使用频率非常高的连词“而”作全面的调查分析。为此,笔者撰写了《上古汉语连词“而”研究》,本文只是这篇文章中的一个部分。

我们认为连词“而”的基本语法功能是标记“两度陈述”,即“而”连接的一定是两个具有述谓功能的成分,包括动词性成分、形容词性成分、充当判断语的名词性成分、主谓结构、分句等。在“名而动”结构中,“名”原本是一个判断句的谓语部分,它和“而”后的“动”通过“而”连接构成一个复杂谓语形式,共同对句子的主语加以陈述。因为整个句子的主语省略(往往是承前省),所以该结构看上去就成了名词性成分直接通过“而”与谓词性成分连接,实际上“而”连接的仍然是两个陈述。我们把省略的主语叫做“话题性主语”。

清代的训诂学家多把“名而动”中的“而”看作“若、如”的通假字,《马氏文通》对此进行了辩驳。《马氏文通》以后的许多语法论著以及绝大多数《古代汉语》教材,普遍认为连词“而”具有多种语法功能。其中“名而动”中的“而”被认为是假设连词。但是,在“(相鼠有齿,)人而无止”(诗经)、“十人而从一人者,宁力不胜,智不若耶?”(战国策)这样的句子中,“而”显然不能说是“假设连词”。而且,我们很难解释这样的“而”和“学而时习之”、“美而艳”中的“而”到底是同一个语法形式还是不同的语法形式。

我们认为,“名而动”结构根本不是一个简单句,“而”连接的是两个陈述,是两个“谓语”,“而”前的“名”的体词性质是他的词类属性,从句法属性看,它是述谓性成分。

二　”名而动”结构的来源

在分析“名而动”的语法性质之前,先要弄清楚这一句式的来源。

近年来,连词“而”的语法功能颇受学界重视,发表了一些重要论文。其实,《马氏文通》

早就对连词“而”有很精辟的论述。《马氏文通》指出:“‘而’字之为连字,不惟用以承接,而用为推转者亦习见焉。然此皆上下文义为之。不知‘而’字不变之例,惟用以为动静诸字之过递耳,是犹‘与’‘及’等字之用以联名代诸字也。”可是对“名而动”中的“而”,虽然马氏批评了清代学者以“通假”释之的做法,但他自己的解释却也不是很明确,有时候甚至已经不是“语法”的解释。他说:“若‘而’字之前若后惟有名字者,则其名必假为动静字矣。不然,则含有动静之字者也。不然,则用若状字者也。”(288 页)又举《孟子·公孙丑上》“人役而耻为役,由弓人而耻为弓,矢人而耻为矢也”为例说:“‘人役’‘弓人’‘矢人’,三名也,而自为上截者,盖上截当重读,犹云‘既为人役而耻为人役’云云,故‘人役’‘弓人’‘矢人’虽自为上截,而其意含有动字者也。”(289 页)那么。“人役”这个“名字”到底是假借为动静字了呢?还是“含有动静之字”呢?还是“用若状字”呢?此外,“含有”到底是指句法上的省略还是语义上的隐含,也不清楚。不过,马氏强调“而”前的名字具有陈述性,这是很高明的。《文通》还特别举了两个典型的例子来强调“而”不应解作“若(如)”。特抄录如下:

> “有谓《左襄二十九》:‘且先君而有知也,毋宁夫人,而焉用老臣。’又《昭二十六》:‘后世若少惰,陈氏而不亡,则国其国也已。’‘先君’与‘陈氏’,皆自为上截所接,‘而’字当作‘若’字解,且以本文相比,则《襄公二十九年》一节,其前文有‘先君若有知也’一句,《昭公二十六年》一节上文‘后世若少惰’,接云‘陈氏而不亡’,是‘而’‘若’两字互用之明证。夫‘而’字解如‘若’字之义亦通,然将两上截重读,接以‘而’字,其虚神仍在。如云‘且先君虽死而或有知也’,又如云‘陈氏之为陈氏,至后日而仍未亡也’,是将余味曲包之字补出,则‘而’字仍不失为动静诸字之过递也。而况若而句者,经史往往而有。如执以‘而’‘若’两字互用为解,遇有‘而’字而无‘若’字处者,又将何以自解也。《论语·述而》云:‘富而可求也’句,必将‘富’字重顿,而云‘富之为富而可求也’,则下句‘虽’字已跃然矣。《左传·宣公十二年》云:‘且君而逃臣,若社稷何。’犹云‘且为一国之君而逃臣’云,如是上截顿足,则下截跌进更有力。若惟云‘君若逃臣’云云者,则无余音矣。《孟子·万章上》云:‘匹夫而有天下者,德必若舜禹,而又有天子荐之者。’此句重在匹夫,故当重顿,犹云‘以匹夫之绝无凭藉而能有天下者,则其德必若舜禹’云云。”(289—290 页)

今按,马氏强调这种“而”仍属于“用以过递动静诸字者”是对的,但其论证完全从修辞的角度出发,通过体味文意来说明“而”前名字相当于动静字或“含有动静之字”,缺乏说服力。

薛凤生(1991)对”名而动”结构有一段很好的分析,他认为“人而无仪”、“人而无信”、“士而怀居”、“管氏而知礼”、“子产而死”、“十人而从一人”中,“而”前的名词是充当主语省略了的判断句的谓语,代表一个没有主语的子句。但他随后分析这些句子时却说:“它们的意思分别是:‘作为一个人’,‘作为一个士’,‘说到管氏那样的人’,‘有个子产这样的官’,‘(他们)有十个人’。”这就与马氏那种“体味文意”的做法没有什么不同了,具有太强的主观性。与薛凤生不同，裘燮君(2005)则认为“而”前名词代表一个省略了谓语的句子，在“子产而死”中，“‘子产’是个省略句，它含有‘子产不应死、不可死’这样一种否定性谓词短语的意思”，裘的这种说法并没有超出《文通》，而且根本无法证明为什么是这样子的省略。

我们很赞成薛凤生所持的“而”前名词是充当主语省略了的判断句的谓语的观点。“而”前名词实际上是一个小句的谓语，这个小句是一个判断句，其主语没有出现。一个名词性成分如果充当判断谓语，是可以用连词“而”来连接的，如[①]：

知罃之父，成公之嬖也，而中行伯之季弟也。(成2)

“成公之嬖”和“中行伯之季弟”，从词类属性说都是名词性成分，从句法上说，它们都是充当谓语，都具有陈述性质，它们都是对主语“知罃之父”加以陈述(判断)，所以能够用“而”连接。

在“名而动”结构中，“而”前名词性成分同样是充当判断句的谓语，所以也可以用“而”连接，不同的只是“而”后的成分不是名词性的，也不是判断句的谓语，而是陈述句的谓语。“而”后的陈述性成分所陈述的对象从语义上看好像就是“而”前的名词性成分，但实际上，“而”后陈述性成分的句法上的主语是另一个全句省略了的主语，我们姑且称之为“话题性主语”。这个“话题性主语”既是由“而”前名词性成分充当判断谓语的小句的主语，也是“而”后谓词性成分充当的陈述句谓语的主语。如：

子产曰：“兄弟而及此，吾从天所与。”(襄30)

这个句子中，“而”连接的是两个只有谓语而主语没有出现的小句，两个小句的主语是同一个“话题性主语”，如果要勉强说出来的话，可以用“彼”来指代。这个句子要说全了，就是“彼，兄弟也，而及此……”。“兄弟”是一个判断句的谓语，“及此”是一个陈述句的谓语，所以都是陈述性成分，所以能够用“而”连接。因为“彼”和“兄弟”之间是一种判断关系，语义上“彼”就是“兄弟”，“兄弟”就是“彼”，所以在“话题性主语”“彼”没有出现的情况下，“兄弟”看上去就像是“而”后陈述性成分的主语了，而实际上这个句子中“及此”的主语无论是句法的还是语义的都应该是“彼”。上古汉语中可以看到许多类似的句子，仅《左传》中就能找出近20例。如：

(1) 今晋，甸侯也，而建国，本既弱矣，其能久乎？(桓2)

(2) 对曰：“吾一妇人，而事二夫，纵弗能死，其又奚言？”(庄14)

例(1)“而”连接的“建国”本是承“晋”而言的，前面的“甸侯也”是“晋”的判断谓语，如果“甸侯”之后没有“也”，今人的标点也许会是“今晋，甸侯而建国……”，这样，就形成了所谓的“名而动”结构。可见，所谓的“名而动”，“而”前的“名”事实上应分析为充当谓语的陈述性

① 本文凡引《左传》例，只注明某公某年，如下例“成2”表示《左传·成公二年》。

成分;"而"后的谓词性成分本不是对"而"前名词性成分的陈述,而是对"话题性主语"的陈述,如此例中的"话题性主语"就是"晋"。例(2)的"话题性主语"是"吾","一妇人"和"事二夫"都是对它的陈述,只不过前者是判断性的,后者是叙述性的。再如:

(3) 对曰:子,晋太子,而辱于秦。(僖22)

(4) 祀,国之大事也,而逆之,可谓礼乎?(文2)

(5) 鲁,周公之后也,而睦于晋。(襄29)

(6) 谓汶阳之田,敝邑之旧也,而用师于齐,使归诸敝邑。(成8)

(7) 善人,天地之纪也,而骤绝之,不亡何待?(成15)

(8) 郑伯,男也,而使从公侯之贡,惧弗给也,敢以为请。(昭13)

(9) 夫太子,君之贰也,而帅下军,无乃不可乎?(国语·晋语一)

(10) 狐偃其舅也,而惠以有谋。(国语·晋语四)

(11) 今夫齐王,长主也,而自用也。(战国策·燕一)

(12)野马四,百璧一,此小国之礼也,而大国致之,君其图之。(战国策·宋卫)

(13) 乐者,圣人之所乐也,而可以善民心。(荀子·乐论)

(14) 梁,我母家也,而秦灭之。(史记·秦本纪)

(15) 宛小国而不能下,则大夏之属轻汉……(史记·大宛列传)

例(15)从上下文看,叙述的话题就是"宛","而"连接的是"小国"和"不能下",都是对"宛"的陈述,"小国"是判断性的,"不能下"是叙述性的,所以能用"而"连接。如果单看"小国而不能下",就成了所谓的"名而动"结构。

据此,我们认为,"名而动"结构来源于"话题性主语 + 名而动"句式的"话题性主语"不出现。所谓"名"、"动",是就词类属性说的,从句法属性说,在该结构中,"名"和"动"都是充当小句的谓语,都是陈述性成分。所以我们认为在"名而动"中,"而"同样是一个"两度陈述"标记。

孙洪伟(2005)调查了《论语》、《左传》、《国语》、《墨子》、《孟子》、《庄子》、《荀子》、《韩非子》、《吕氏春秋》、《战国策》、《史记》11种文献中的"名而动"式用例,共列出约110例,而何乐士(1999)说《左传》中的"名(主语)·而·动"就有99例(孙洪伟只列出了《左传》中的28例"名而动"①)。这些"名而动"基本上都可以看作是"话题性主语"不出现形成的。如:

(1) 伯牛有疾,子问之,自牖执其手,曰:"亡之,命矣夫!斯人也而有斯疾也!斯人也而有斯疾也!"(论语·雍也)——(伯牛)斯人也而有斯疾也

(2) 邦君树塞门,管氏亦树塞门;邦君为两君之好,有反坫,管氏亦有反坫。管氏而

① 当然,何乐士(1999)所列的99例"名(主语)·而·动",有些在我们看来并不属于"名+而+动",如"殿而在列"、"今我,夫人而及于乱"之类。

知礼,孰不知礼?(论语·八佾)——彼管氏也而知礼

(3) 陷君于败,败而不死,又使失刑,非人臣也。臣而不臣,行将焉入?(僖15)——我臣也而不臣

(4) 平公见之,曰:“司武而梏于朝,难以胜矣。”(襄6)——彼司武也而梏于朝

(5) 且先君而有知也,毋宁夫人,而焉用老臣?”(襄29)——且彼先君也而有知

(6) 亡人而国荐之,非敌而君设之,非天,谁启之心!(国语·晋语四)——公子亡人而国荐之。公子非敌也而君设之。“亡人”是肯定性判断谓语,“非敌”是否定性判断谓语。

(7) 且一人之身,而百工之所为备。(孟子·滕文公上)——彼一人之身,而百工之所为备

(8) 其子而食之,且谁不食?(韩非子·说林上)——彼其子也而食之

(9) 骊姬泣曰:“太子何忍也!其父而欲弑代之,况他人乎?”(史记·晋世家)——君其父也而欲弑代之

三 “名而动”的语法性质及“名”的语义特征

上文讨论“名而动”的来源后,已经可以很清楚地看出“名而动”的语法性质了:“名而动”不是一个简单谓语句(分句),而是一个复杂谓语句,“而”连接的是两个陈述形式,“名而动”是一个复谓结构。“而”连接的两个成分虽然有“名”和“动”的不同,但在句法结构中都是陈述性成分。

上古汉语中名词性成分是比较容易充当陈述性成分的,因为可以直接充当判断性谓语①。一个名词性成分在句法结构中只要是语义上对某一事物所作的判断,它就可以通过“而”与另外一陈述性成分连接。另外一个成分可以是动词性的,也可以是名词性的。如:

(1) 夫君,神之主而民之望也。(襄14;或本“而”作“也”)

(2) 白狄及君同州,君之仇雠,而我之婚姻也。(成13;或本无后一“之”)

(3) 此君之宪令,而小国之望也。(襄28)

(4) 因天下之力,伐雠国之齐,报惠王之耻,成昭王之功,除万世之害,此燕之长利而君之大名也。(战国策·秦三)

(5) 今夫蜀,西辟之国,而戎狄之长也。(战国策·秦三)

(6) 夫齐,甥舅之国也,而大师之后也,宁不亦淫从其欲以怒叔父,抑岂不可谏诲?(成3)

---

① 汉语的判断句中的系词虽然战国末期已经产生,但上古汉语的判断谓语一般是没有系词的。

以上各例,“而”连接的前后两项,从词类属性看,都是名词性的,但它们在句子中都是充当判断性谓语,是陈述性成分,所以能够用“而”连接。据此,我们可以说《马氏文通》的“而”“惟用以为动静诸字之过递耳”的论断并不周密。“而”连接的两项,与词类属性其实没有关系,只要在句法结构中具有陈述性,就可以用“而”连接。

“而”连接的两项可以都是名词性成分充当的判断性谓语,当然也可以只有其中的一项是名词性成分充当的判断性谓语。当前项是名词性成分充当的判断性谓语,后项是谓词性成分充当的叙述性谓语时,就出现了“名而动”结构。“名”“动”是就词类属性来说的,就语法性质而言,它们都是充当述语(谓语),都是陈述性成分。所以,“名而动”的语法性质绝对不是简单的“主谓句”,而是复谓结构,是另外的一个“话题性主语”的复杂谓语。

为什么不少人会将“名而动”看作一个简单的主谓句呢?这是因为“名”是对“话题性主语”的判断,“动”是对“话题性主语”的叙述,在语义上“动”也可以看作是对“名”加以叙述,于是就使人们觉得这种句式可以分析为“主·而·谓”。又因为“名而动”经常用在假设复句的前一部分,所以使人觉得“而”像一个假设连词。“名而动”句式经常作为复句中表假设的部分,并不是“而”的功能决定的,而是“名而动”句式与后续分句之间的语义关系决定的,所以也有不少“名而动”句式并不表示假设,如上文举出的“斯人也而有斯疾也”、“司武而梏于朝”、“亡人而国荐之,非敌而君设之”、“且一人之身,而百工之所为备”诸例,“名而动”都不是表示假设。

“名而动”结构在先秦汉语中相当常见,《文通》就列举了不少例子,孙洪伟(2005)在11种文献中就找出了近110个例句,而我们调查《诗经》,46例连词“而”就有13例用于这种句式。是不是所有这些“名而动”都可以分析为“话题性主语+名而动”呢?

其实,这样的分析,只是从来源上对这种句式进行解释。我们知道,一种句式,在其产生之后,往往在用法上会有扩展,而扩展的形式不一定都能还原为原始形式。但是,即使不能还原为“X(话题性主语)+名而动”的句法形式,也不能否认“名”的陈述性质。就像孙洪伟(2005)所分析的,绝大多数“名”都具有“类意义”,或者是本身就具有类意义,或者是上下文赋予其类意义。所谓“类意义”,实际上是名词性成分所具有的性质意义(参见谭景春1998),性质意义强的名词性成分,都是陈平(1987)所说的“通指(generic)”类名词性成分。为什么这种句式中的“名”总是具有“类意义”呢?我们认为,这是因为这些“名”原本是来自判断句的判断性谓语。“判断”本是一个逻辑学术语,是思维的基本形式之一。逻辑学上,对事物的属性、属类有所断定的思维形式叫判断。判断句就是对事物的属性或属类作出判断的句子。当我们说“A是B”这个判断句时,B的性质意义(或类意义)一定比A强;说“B是C”时,C的性质意义一定又比B强。如:

张三是学生。学生是在学校读书的人。

这两个判断句中出现的三个名词性成分的性质意义强弱级差是:

在学校读书的人 > 学生 > 张三

为什么是这样？因为判断谓语是说明主语的属性或属类的，所以谓语部分的名词性成分的属性、属类意义必须强于被判断的名词性成分。“名而动”句式中的“名”本是来自于判断句的谓语，所以必然具有较强的性质意义（或类意义），即便是一些专有名词，也会在具体的语言环境中获得较强的性质意义（或类意义）。

就句子的表层结构的合法性来说，不少“名而动”的“名”前固然不能补出一个“话题性主语”，但我们认为，在深层的语义结构中，这个“话题性主语”是存在的。首先，所有“名而动”句式都出现在对话或评述性语言中，没有出现在客观叙述性语言中的，这说明这种句式具有很强的主观性。其次，在上下文中，通常有一个显性的或暗含的与“名”对比的成分，说话人是把“名”作为一个对比焦点提出来的。《文通》多次提到“名”当“重读”“重顿”，实际上就是认为“名”是个对比焦点。现代汉语中的对比焦点是携带重音的，古人说话时是否“重读”“重顿”，今天不得而知，但任何语言中，对比焦点一定会通过某种手段得到凸显。“而”前“名”既然是对比焦点，对比就是强调它是什么，是说话人主观上对其作出判断，因此我们认为在这种句式中，说话人是将“名”作为一个判断提出来的。如：

(1) 相鼠有皮，人而无仪。人而无仪，不死何为？（诗经·鄘风·相鼠）

(2) 我有子弟，子产诲之；我有田畴，子产殖之。子产而死，谁其嗣之？（襄 30）

(3) 叶公曰：“王子而相国，过将何为！”（哀 17）

例(1)“人”与“鼠”对比，相对“鼠”，说话人要说的“是人”；例(2)“子产”与别的人对比，是一个令人爱戴的人（从上文可以看出），说话人要说的“是这样的一个子产”；例(3)“王子”与别的身份对比，说话人要说的“是王子”。正因为“而”前“名”在说话人那里是当作一个判断提出来的，所以它具有陈述性，所以能够用“而”和另一个陈述性成分“动”连接。

有一类“名而动”，其前有假设连词“若”“使”等，“名”多是专有名词或人称代词，其本身的性质意义很弱，上下文中也没有明确的与之对比的成分，似乎很难看出“名”具有判断谓语的性质。如：

(1) 物莫不若是。且予求无所可用久矣，几死，乃今得之，为予大用。使予也而有用，且得有此大也邪？（庄子·人世间）

(2) 今宋国之深，非直九重之渊也；宋王之猛，非直骊龙也；子能得车者，必遭其睡也。使宋王而寤，子为齑粉夫！（庄子·列御寇）

(3) 吾尝居山穴之中矣。当是时也，田禾一覩我，而齐国之众三贺之。我必先之，彼故知之；我必卖之，彼故鬻之。若我而不有之，彼恶得而知之？若我而不卖之，彼恶得而鬻之？（庄子·徐无鬼）

(4) 造父方耨，时有子父乘车过者，马惊而不行，其子下车牵马，父子推车，请造父助我推车。造父因收器,辍而寄载之,援其子之乘,乃始检辔持策,未之用也,而马咸骛矣。使造父而不能御,虽尽力劳身助之推车,马犹不肯行也。(韩非子·外储说右下)

(5) 方晏子伏庄公尸哭之,成礼然后去,岂所谓"见义不为无勇"者邪?至其谏说,犯君之颜,此所谓"进思尽忠,退思补过"者哉!假令晏子而在,余虽为之执鞭,所忻慕焉。(史记·管晏列传)

首先要强调的是,这类用例说明"而"没有表示假设的作用,因为句首已经有假设连词,汉语从古至今没有在一个句子的主语前后都出现假设连词的用法,所以那种认为"而"用如"若"的解释是不可信的。这类句子中的"而"前"名"虽然本身性质意义很弱,但上下文赋予了其性质意义。例(1)"予"是"求无所可用久矣,几死,乃今得之"的"予",这就有了说话人主观上形成的对比——是这样的"予",不是世人所认为的那样普通的"予",所以"予"仍然是一个对比焦点。例(2)"宋王"是"非直骊龙之猛"的"宋王",这就有了说话人主观上形成的对比——是此"宋王"(有"非直骊龙之猛"的性质意义),不是一般所说的"宋王",所以"宋王"仍然是一个对比焦点。例(3)的"我"是"先(有)之"、"先卖之"的"我",例(4)"造父"是不使用辔策就使马驯服的"造父",例(5)的"晏子"是见义勇为、"进思尽忠,退思补过"的"晏子",同样都是说话人强调的对比焦点。据此我们认为,这些句子中的"而"前"名",在说话人那里也是当作一个判断提出来的,都具有陈述性质,所以能够用"而"连接,"名而动"仍然应该看作一个复谓结构。

朱德熙(1988)曾根据赵元任(1968)"一个整句(full sentence)是由两个零句(minor sentence)组成的复句(complex sentence)"的观点,指出:"名词主语之有陈述性(或者说是'谓语性'(predicativety))是句法位置赋予它的";"名词性成分只有在主语位置上表现出陈述性,在宾语和修饰语位置上没有这种性质。名词的陈述性是主语这个句法位置赋予它的。"朱文也讲到了"名而动"这种句式,认为"名"是主语,因为主语位置赋予了它陈述性,所以可以用"而"和充当谓语的"动"连接。孙洪伟(2005)也认为"名而动"是一个主谓结构,但他"认为不是主语这个句法位置赋予 NP 陈述性,而是因为 NP 本身固有或上下文赋予的类意义在句中得到了突显,因此具有陈述性。"我们认为,主语位置上的名词性成分,无论何种原因使得其具有陈述性,其本质总归是一个指称性成分,我们不能说它既是指称性成分,又说它具有陈述性。"名而动"中的"名"不仅仅是具有陈述性的问题,从表述功能来说,它在该句式中就是用作陈述,它是作为判断句的谓语来使用的。上古汉语判断句可以不用系词,名词性成分可以直接充当判断谓语,才会产生这类"而"前"名"。由此我们认为,"名而动"根本不是主谓结构,不是什么"主·而·谓",而是一个连谓结构,"而"连接的是两个陈述。这样,我们就可以将"名而动"中的"而"与其他连接前后两项都是谓词性成分的"而"统一起来作出解释了。

四 关于“时间名词+而+动”

前面讨论的“名而动”中的“名”不包括表示时间意义的名词性成分。上古汉语中还有大量的“时间名词+而+动”的用例，何乐士（1999）统计《左传》的这类用例就有71例。如：

（1）公父定叔出奔卫。三年而复之，曰：“不可使共叔无后于郑。”（庄16）

（2）晋人获秦谍，杀诸绛市，六日而苏。（宣8）

（3）矫曰：“不杀二子，忧必及君。”公曰：“一朝而尸三卿，余不忍益也。”（成17）

（4）文公伐原，令以三日之粮。三日而原不降，公令疏军而去之。（国语·晋语四）

（5）李兑用赵，减食主父，百日而饿死。（战国策·秦策）

（6）子之持戟之士，一日而三失伍，则去之否乎？（孟子·公孙丑下）

（7）凡马，日中而出，日中而入。（庄29）

（8）四月，陈无宇献莱宗器于襄宫。晏弱围棠，十一月丙辰而灭之。（襄7）

（9）宋有富人，天雨墙坏。其子曰：“不筑，必将有盗。”其邻人之父亦云。暮而果大亡其财。（韩非子·说难）

前6例时间名词表示时段，后3例时间名词表示时点。我们认为这些时间名词在该句式中都具有陈述功能，都代表一个陈述。马庆株（1991）指出，现代汉语中具有顺序义的体词具有陈述功能，可以作谓语，有顺序义的名词主要是时间词、衔位名词以及绝对处所词。上举各例中的时间名词都具有顺序义，它们同样具有陈述功能。但古今时间名词的陈述功能表现并不完全相同。现代汉语中具有顺序义的时间名词可以前加时间副词、后加“了”作谓语（也可以同时前加时间副词后加“了”），这种时间名词所充当的谓语表示变化意义[①]。上古汉语含顺序义的时间名词也可以充当谓语，但不是表示变化，而是表示经历某个时段（时段名词）或到达某个时点（时点名词）。如：

子仪在位，十四年矣。（庄14）

鲁人惧，听命。甲戌，同盟于平丘，齐服也。令诸侯日中造于除。癸酉，退朝。（昭13）

“十四年”即经历了十四年；“甲戌”“癸酉”即到甲戌这一天、到癸酉这一天[②]。经历时段和到达时点都是陈述，所以可以通过“而”与另一个陈述性成分连接。为什么时间名词会有这种

---

① 另有含顺序义的时间名词直接作谓语的，如“今天星期三”，“明天大年三十”，这可以看作特殊的判断句。

② 句法上，“甲戌”“癸酉”固然也可以分析为时间性状语或话题性主语，但它们都可以通过“而”和后面的陈述性成分连接（如上举例（8）），它们本身具有陈述性，所以在上古汉语这中也许分析为一个小句更为有道理，今人在给古书标点时，这样的时间词之后往往点断，大概也是因为觉得它们表示了一个相对独立的陈述。

陈述性质呢？这是因为时间是自然地延续的，任何一个时间段都有延续的过程，任何一个时间点都是从它之前的时间点延续来的，所以时间词能很自然地包含谓词性成分才有的“过程意义”。可以说，时间词的词义构成中本来就包括[经历/到达]这样的义素，因此时间词具有较强的陈述性，这也是无论古今汉语，时间名词的语法功能都与普通名词有显著差异的根本原因。

说明了时间名词的陈述性特点，也就可以解释为什么时间名词可以通过“而”与“动”连接了，在“时间名词+而+动”中，“而”的功能仍然是标记“两度陈述”。下面我们再分析几个例句来说明时间名词的陈述性质。

(1)今是长乱之道也，祸未歇也，必三年而后能纾。(襄29)

(2) 言之，之莫而卒。(成18)

(3) (赵婴)祭之，之明日而亡。(成5)

(4) 且夫韩、魏之所以畏秦者，以与秦接界也。兵出而相当，不至十日而战胜存亡之机决矣。(战国策·齐一)

(5) 处三日而民歌之曰：“公胡不复遗冠乎！”(韩非子·难二)

例(1)“三年”前有副词“必”修饰，足以证明“三年”是一个陈述性成分①。例(2)、(3)的时间名词前有表示“经历”意义的动词“之”，这是将时间名词本身包含的“过程意义”用显性的形式表现出来，有动词“之”，“之暮”、“之明日”就从意义到形式都是陈述性成分，用“而”与“动”连接，就是很正常的；但是，即使没有动词“之”，用“而”连接在上古汉语中也是正常的，而且更为常见。例(4)的时间名词“十日”前有动词“至”，“至十日”是述宾结构，当然可以用“而”与“动”连接，但不用“至”，同样合上古汉语的语法，“十日”同样表示到达某个时间点。例(5)“处三日”就是经历三日，“经历”的意义由动词“处”表示，但如果不用“处”，“三日”同样能够表示经历三日。调查上古汉语文献可以看到，时间名词直接表示经历时段或到达时点比起时间名词前用动词表示经历时段或到达时点占有绝对优势，用动词的是非常少见的。

因此，我们认为，“时间名词+而+动”也要分析为连谓结构，“而”同样是“两度陈述”标记。

(原刊《中国语文》2008年3期)

参考文献：

陈　平 1987 释汉语中与名词性成分相关的四组概念，《中国语文》第2期。
何乐士 1999《左传》的连词“而”，载伍云姬编《汉语方言共时与历时语法研讨论文集》，暨南

① 这个句子当然也可以将“必”分析为整个“三年而后能纾”的修饰语，但当以将“必”分析为“三年”的修饰语为优。

大学出版社，1999 年；又见何乐士《〈左传〉虚词研究》，商务印书馆，2004 年。
何乐士等 1985《古汉语虚词通释》，北京出版社。
吕叔湘 1942—1944《中国文法要略》，商务印书馆，1982 年。
马建忠 1898《马氏文通》，商务印书馆，1983 年。
马庆株 1991 顺序义对体词语法功能的影响，《中国语言学报》第 4 期。
裘燮君 2005 连词“而”语法功能试析，《广西师范学院学报》第 3 期。
孙洪伟 2005 上古“NP + 而 + VP”结构性质之分析，未刊。
谭景春 1998 名形词类转变的语义基础及相关问题，《中国语文》第 5 期。
薛凤生 1991 试论连词“而”的语意与语法功能，《语言研究》第 1 期。
杨伯峻、何乐士 1992《古汉语语法及其发展》，语文出版社。
赵元任 1968《汉语口语语法》，吕叔湘译，商务印书馆，1979 年。
朱德熙 1988 关于先秦汉语里名词的动词性问题，《中国语文》第 2 期。

汉藏诸语言词汇比较中的词义对应问题

孙玉文

一

白保罗的《汉藏语言概论》主张在寻找语言的亲属关系时不能过分倚重类型学的标准，这是有可取之处的。但是他说，确定语言的亲属关系，"一般来说，词汇是主要的，形态和句法是次要的"，(2页)这却难以令人苟同。而且他在词义的对当上常常任意牵合。张琨1973年对此提出批评。白保罗1976年发表《再论汉—藏语系》，为自己辩解："张琨发现《概论》中的词义的对当在某种程度上是'牵强附会的'，但是他的例子未能说明问题：藏—缅语的'词、话'和汉语的'歌'对当，但张琨忽略了重要的拉祜语词'唱'(《概论》：脚注487)的例证；藏—缅语'热'和汉语'疾'(译文误作'病')对当，但他忽略了大批藏缅语的例证，例如藏文tsha'热；病'(《概论》27页)；藏—缅语言'鼻子'和汉语'自己'相当，但他忽略了'鼻子'>'自己'(《概论》：脚注417)中汉语dz'i'自'的词义转换的明显证据。"(424页)

白保罗的办法是：

1. 如果甲语言某词A的词义为a，乙语言的某词B的词义为b，并且这两个词A和B的读音相近，虽然词义a、b相差甚远，也可以用词义引申来解释；可以假定这两个词是同源词。

2. 丙语言中有一个词X，这个X也有a、b两个意思，于是就确证了：(一)a、b词义可以属于引申关系，(二)这两个词是同源词，(三)甲乙两语言同源。

例如，白保罗说，汉语的"疾"*dz'i̯ət/dz'i̯ĕt是"疾病"的意思，卢舍依语śa～śat是"热"的意思，意义似乎相差甚远；但是藏语tsha有"热，生病"，米基尔语so有"热，过度的，生病，痛心的"的意思，(由于藏语的tsha和米基尔语的so是对应词，所以只能算一个例子)。于是"热"和"病"这两个意思有引申关系。所以，汉语的"疾"跟藏缅语的*tsa"热；病"对应(286页)。并且由此推论汉语和藏语同源。

又如汉语的"自"*dz'i跟藏缅语的*s-na对应，理由是：汉语的"自"是"自己"的意思，藏语sna、怒语śəna，卡杜语səna，缅语hna是"鼻子"的意思，但是汉语"自"有"鼻子"和"自己"的意思，于是"鼻子"和"自己"之间有引申关系。

上述方法，有人叫做"比较词义"。底下就用"比较词义"的术语来概括白保罗的这种论证办法。毫无疑问，对不同语言的词义引申规律进行比较，这是一项有价值的研究，对解释不同语言词义引申的一般规律和特殊规律很有益处；但是如果用来替白保罗及其追随者寻找同源关系的做法辩解，目前看来还难以服人。如果只是一味地坚持而不做科学的深入研究和详细论证，则既害了自己，也贻误了读者，正所谓辩之愈巧，迷之愈甚。因此有必要对这个方法作些剖析。

二

白保罗把很多词义相差甚远的词拉在一起，认为是不同语言间的同源词，举出的“歌、疾、自”三例是他认为可以替自己这种做法辩解的例子。在《汉藏语言概论》中，这样的例子还有。但是，大量的例子他无法根据上面引文中提出的办法辩解。对此，我们应该有清醒的认识。郭锡良先生《音韵问题答梅祖麟》一文把这些年来某些研究汉藏语同源的文章中存在的三种可议之处归纳为“三隔”，其中一种是“义隔”，指“意义上有隔阂，比较的两个词意义上有差别，不易相通，拐弯抹角，勉强凑合上”，并把这种做法称为“拉郎配”。（483—485页）这是很中肯的批评，但是并未引起某些人的反思，这对学术发展是很不利的。

白保罗等人的那些无法根据“比较词义”的方法辩解的汉藏同源词，有的词义刚好吻合，有的词义颇有距离。这些颇有距离的“同源词”，有人企图替它们找个借口。他们看到王力等先生在分析汉语同族词（也称为同源词）的意义联系时归纳出各种条例，有些先生也列出词义引申在意义上的各种联系方式；于是对这种“同源词”意义上的“拉郎配”找到了托词：这些同源词是汉藏诸语言词义引申发展的结果，也可以归纳出名动相转、名形相转、大小称相转、通名与代表种相转、物相似相变转、近部位相变转等等类型（见郑张尚芳《汉语与亲属语同根词及附缀成分比较上的择对问题》，载《汉语的祖先》，442—462 页），不一而足。其目的是要证明那些“拉郎配”的“关系词”符合词义引申发展的规律，进而证明它们是“同源词”。

一个是通过对汉语同族词、词义引申关系的具体研究得出意义上的各种联系，一个是对白保罗等人汉藏“同源词”研究在意义上的“拉郎配”作辩解。两种做法正好反映出治学态度、治学方法和学风上的根本分歧。前者本着求真务实的精神，深入汉语的事实，确证了一组一组的同族词和一组一组的词义引申的实例，然后上升到理论，概括出各种词义联系的类别。这是以已知求未知，是从事实出发得出结论。后者则颠倒程序，不是在已经确证的汉藏诸语言的某些“同源词”的基础上归纳意义联系的条例，而是为了维护“拉郎配”的汉藏语“同源词”，生硬地从主观上找理由。人们通过汉语自身同族词和词义引申的具体实例归纳出意义联系的若干条例，这若干条例有其具体的适用范围，是对已经确定的具体的同族词和词义引申的意义联系的一种解释；这种解释不能预测未来某一个词一定会发展出何种新义，一定会派生出何种新词；也不适用于确认不同语言之间尚未定为同源词的、意义相差甚远的词是否属于原始语在不同语言中词义引申变转的结果。

我们知道，不同的词义之间即使不是词义引申或同源词，也可以找出他们所具有的各种意义联系方式;所以这些词意义上即使有各种联系,也不能推出它们是引申关系或同源关系,因此替“拉郎配”找托词的做法仍然是以未知求未知。词义往往反映事物,而世界上的事物往往有各种各样的联系。国外语言学有一个术语,叫“联想词场”(associative field),指人们可以通过形式或内容的联想建立一个词的关系网络。一种语言中,词与词反映事物,有的有相似之处,有的有相关或相因之处,这也是一种联想词场。联想词场是一个开放性的词场。假定有两个词,词义分别是a和b,它们反映的事物相似、相关或相因,从是否属于词义引申的角度来说,有两种情况:(一)其中一个词的a词义一开始就和另一个词的b词义没有引申关系,例如“江”和“水”,“兽”和“虎”,“下”和“低”,“织”和“布”,“视”和“见”,等等。语言中绝大多数的词,都处在联想词场之中,都可以根据所反映的事物相似、相关或相因而找出意义上的联系。(二)其中一个词的a词义是由另一个词的b词义引申来的,例如由“受”的“接受”义发展出“授”的“授予”义,由“黄”的“黄色”义发展出“潢”的“把纸染成黄色”义,“长”由“两端之间距离大”发展出“多余的”义,等等。一种语言中不少词义引申都可以根据所反映事物的特点归纳出相似、相关或相因的引申关系。但是由于“(一)”的普遍存在,因此在语言的系属未定的情况下,不宜选择不同语言间意义相差甚远的词来做同源词比较,这是很危险的。又由于很多用来对比的词在语音上并不严格对应,或者并不是真正相近,所以连碰巧成为“关系词”的可能性也非常小;我们丝毫不怀疑偶尔有个别词有可能是关系词,但是那不是通过这种论证方法得出来的。

有人辩解说:一个语言内部,如古今汉语,核心词也会发生变化,核心概念会被替换,核心概念的词义会发生转移;汉语和民族语如果同源,分化的时间会更早,各语言的词义会变得更远,因此词义相远的词可以形成同源词。比较词义相同的词,其结论反而值得怀疑,更应该拿词义相远的词来做汉藏比较。(见黄树先《比较词义的几个问题》,载《汉藏语学报》,132页)这个说法似是而非,是不科学的,恐怕是颠倒了是非。词义相远的词,有些可能是同一母语的后代语言逐步变远形成的,也有可能是本来就不构成同源关系。你怎么知道某词是词义逐步变远形成的同源词而不是本来就不构成同源关系的词呢?恰恰相反,由于亲属语言对比同一种语言的不同阶段来说,分化的时间更长,再加上文献不足,许多语言词形很短,又缺乏印欧语的那种词形变化,所以词义的分合关系更难于把握,因此寻找同源词时在词义上更应该严格。

通过词义相差甚远的关系词来寻找汉藏诸语言的同源词,其结论缺乏可信度。不同语言之间读音相近的词本来就不少,又在意义上随意辗转牵合,势必会给随心所欲留下极大的空间,这种方法没有科学性可言。例如,谁都承认,尼日利亚的约鲁巴语跟汉语没有同源关系,下面我从霍凯特《现代语言学教程》(索振羽、叶蜚声译,北京大学出版社,2003年,134页)中随手撷取约鲁巴语的几个例子,按照某些人确定同源词词义对应的办法,看能否跟汉语的某些词扯上所谓同源关系:[bá]的意思是“追赶上,超过”,刚好汉语的“逋”有“逃跑”的意思,如果我说这两个词同源,在语义上可以处理作因果联系(《同源字典》就列有这一类),因为逃跑,所以要追赶,或者因为逃跑,所以就超过了;[[bà]]的意思是"隐藏",刚好汉语的"捕"有"捕捉,捉拿"的意思,因为要逃避捕捉,所以躲藏起来,或者因为隐藏起来,所以要捉拿出来;[bà]的意思是"栖息,停歇",刚好汉语"哺"有"口中所含食物"的意思,人工作停下来了,就要吃饭;[fɔ́]是"打破,击碎"的意思,刚好汉语"破"有"打破,击碎"的意思;[kɔ́]的意思是"书写,写作",刚好汉语"歌"有"歌唱"的意思,在语义上可以处理为"相似义变转";[gùn]的意思是"攀登,攀爬",刚好汉语"棍"有"棍棒"的意思,攀登时常常用到棍棒;[wá]的意思是"来",刚好汉语"于"有"去到"的意思,二者相反相成;[sùn]的意思是"睡眠",刚好汉语"睡"有"睡觉"的意思;等等。这显然是荒谬的比附,可是按照某些人的做法不也行得通嘛。

关于语言比较中用来比较以确定同源的词义对当问题,中外学术界已经有过很好的论述。陈保亚先生 1999 年发表的《汉台关系词声母有序对应规则表》中批评了把意义很远的词也看作同源词的做法,提出:"凡是用于比较的关系词必须有文献或考古证据证明它们相等,而不能仅仅根据语义上有这样那样的聚合关系就归入关系词,以避免漫无边际的把不同的词归入关系词。"(载《语言学论丛》第 22 辑,商务印书馆,200 页)陈保亚、汪锋二位先生 2006 年发表的《论核心语素表的确定》一文,进一步重申了这一观点。(载《语言学论丛》第 33 辑,商务印书馆,183—222 页)

词义相远的词,并不是不能拿来比较,但是有一个程序问题。在汉藏诸语言同源还处于假说的情况下,这些意义相远的词暂时是不能加以利用的。梅耶在《历史语言学中的比较方法》中说:"我们特别要仔细考察怎样才能证明词汇上的相符……意义方面的相符也应当和语音方面的相符(根据语音对应规律)一样正确,一样精密。这并不是说意义相符的程度应当比语音相符的程度大;而只是说如果有意义上的分歧就不应该只用一些含糊的、一般的'可能性'来加以解释,而必须用特殊的情况来诠释……事实上,确立词的来源大部分都不是比较方法所能为力的;我们要依靠各种证据来建立它的历史。假如没有证据,而我们又不能用肯定的、精密的材料去追寻出一个词所发生的变化,那么,试图为它定出真正的词源往往是徒劳无功的。"(载《国外语言学论文选译》,岑麒祥译,语文出版社,1992 年,1—85 页)在西方语言学著作中,有时提到不同语言间的词义有别的同源词,这常常是在确证印欧语的基础上利用比较科学的方法得出的同源词,跟汉藏诸语言比较中某些人的"拉郎配"的做法有着本质的区别。即便如此,严谨的印欧语言学家还常常指出寻找词义有别的同源词的这种方式"充满了危险",这种治学态度是正确的、科学的。

三

在一个语言的不同时代,表示同一概念的一些词,甲时代可以引申出 a 词义,乙时代则没有引申出 a 词义。也就是说,具体词的词义的引申规律也会随着时代的不同而有所不同。

例如,在上古汉语,“辛劳,勤劳”一义和“慰劳”一义可以有引申关系。

(一)“劳”有“辛劳,勤劳”和“慰劳”的意思。《诗·周南·卷耳》笺:“臣出使,功成而反,君且当设飨燕之礼,与之饮酒以劳之。”音义:“以劳,力到反。”按,“劳”由“勤劳,辛劳”义发展出“慰劳”义是可以理解的,一方为另一方付出了劳动,在路上很劳顿,则另一方为此加以慰问。这是因果引申,此种引申同上古汉语的意动用法也有关联。

(二)“勤”有“辛劳,勤劳”和“慰劳”的意思。《书·康诰》:“侯甸男邦采卫,百工播民和,见士于周,周公咸勤。”传:“周公皆劳勉五服之人。”音义:“皆劳,力报反。”

(三)“劬”有“辛劳,勤劳”和“慰劳”的意思。《礼记·内则》:“食子者,三年而出,见于公宫则劬。”注:“劬,劳也。士妻、大夫之妾食国君之子三年,出归其家,君有以劳赐之。”音义:“劳赐,力报反。”

(四)“劳苦”有“辛劳,勤劳”和“慰劳”的意思。《汉书·萧何传》:“上数使使劳苦丞相。”注:“劳音来到反。”

(五)“劳倦”有“辛劳,勤劳”和“慰劳”的意思。《诗·小雅·大田》笺:“成王出观农事,馈食耕者以劝之也。司啬至则又如之,以酒食劳倦之尔。”音义:“劳倦,力报反。”

(六)“苦倦”有“辛劳,勤劳”和“慰劳”的意思。《周礼·秋官·大行人》:“出入五积,三问三劳。”注:“问,问不恙也。劳谓苦倦之也。皆有礼,以币致之。”音义:“三劳,老报反。”

(七)“病”有“疾病、劳累”和“慰劳”的意思。《公羊传·庄公八年》:“何善尔?病之也。”注:“慰劳其罢病。”

(八)“槁”有“枯槁(包括人的憔悴)”的意思,“犒”有“慰劳”的意思。汉唐时代的学者,早已认识到“犒”来自“槁”。《淮南子·氾论训》:“犒以十二牛。”高诱注:“酒肉曰飨。牛羊曰犒,共其枯槁也。”《左传·僖公二十六年》:“公使展喜犒师。”疏:“犒者,以酒食饷馈军师之名也。服虔云:‘以师枯槁,故馈之饮食。劳苦谓之劳也。’”

(九)“罢”(pí)有“疲劳”和“慰劳”的意思。扬雄《法言·修身》:“如刲羊刺豕,罢宾犒师。”李轨注:“罢宾,音疲,劳也。”汪荣宝义疏:“‘罢’‘犒’同意,罢者劳其疲劳,犒者劳其枯槁,皆慰恤之称。”

可是在现代汉语中,表示“辛劳,勤劳”的意义及相似意义的词及语素很不少,例如单音节语素“惫(极端疲乏)、疲(疲乏,劳累)、困(疲乏想睡)、乏(疲倦)、倦(疲乏)、累(疲劳)”都没有“慰劳”的意思;“劳”有“劳苦,疲劳”和“慰劳”的意思,“慰劳”的意思只是沿用先秦已经产生的古义。双音节的词“疲劳、疲惫、疲敝、疲顿、疲乏、疲竭、疲倦、疲软、疲沓、劳瘁、劳顿、劳乏、劳苦、劳累、劳碌、辛苦、辛劳、辛勤、勤劳”等,都没有发展出“慰劳”的意思;“劳苦”古代有“慰劳”的意思,今天反而消失了。这说明,表示“辛劳,勤劳”的意义,古代汉语可以跟“慰劳”的意义联系起来,表示“慰劳”的意义,可以是“辛劳,勤劳”的意义的引申义。而在现代汉语中,这两类词义之间已经不需要引申来关联了。这有多方面的原因。例如社会生活变化的影响。上古时代,人们的物质生活还比较匮乏,慰劳别人不能仅仅用言辞,还要馈赠物品;后来人们用言辞安慰别人也可以叫"慰问""慰劳""安慰"了。词汇的丰富和词的用法的相对稳定也是一个不能忽视的因素。还可以有语法上的解释,即意动用法缩小范围,进而近于消失。这样的例子还可以举出很多。现代汉语中可说"您辛苦了""有劳您了""您受累了""连累您了",这都是向人表达谢意的话,这些话含有对别人表示慰劳的意思,但是其中的"辛苦""劳""受累""连累"并没有发展出"慰劳"的意思。

这样的例子告诉我们,词义和词义之间有没有引申关系,决不能凭研究者个人的猜测,必须深入语言事实和语法系统、从历史的角度加以论证。在一个语言内部,词义和词义有没有引申关系以及怎么引申,不同的时代会有不同的表现,因此不能以甲时代的词义引申去套用到乙时代,或者以乙时代的词义引申去套用到甲时代。进一步的推理是,在甲乙两种语言的每一个语言内部,词义和词义有没有引申关系以及怎样引申,会有不同的表现,因此不能以甲语言的词义引申去套乙语言,或者以乙语言的词义引申去套甲语言。陆宗达、王宁先生的《训诂方法论》(载《训诂与训诂学》)中谈到"词义的民族性"在词义引申方面的表现:"不同民族间概括词义互相对当的两个词,它所概括进去的具体内容往往因民族而异,因而在运动规律上也绝不相同。例如前面所说的'齐',就'整齐'义来说,各民族都可以找出与之对当的词,但它有'调配'义,还能派生出'药剂'的'剂'来,这却是其他民族所不具备的。"(107—108 页)至于两个以上的不同语言之间,词义的联系更难把握,更应该谨慎从事。白保罗的汉藏比较,不同语言之间所谓的"同源词",词义相差甚远,如何断定它们是原始语的一词之分化,而不是本来就没有引申发展关系的词呢?他的做法是靠不住的。

四

"比较词义"法的基本结论是:如果甲乙两种语言中的一种具有词形 X,并且 X 同时具有 a、b 两个意义,那么甲语言的 a 词义和乙语言的 b 词义之间就具有引申发展关系。此结论能不能成立呢?白保罗似乎没有找出这一结论理论依据。其实,学术界早已经研究过了,同一个词形 X,当它有多种词义时,这些词义之间的关系有两种:一是有引申关系,二是没有引申关系。中国古代的学者早已分出"字义引申"和"字的假借"。所以,在一个语言当中,只有一个词形 X,即使它有 a、b 两个字义,也不能证明 a、b 二义之间有引申关系。这些常识性的东西必须引起重视。否则,就会得出荒谬的结论。

必须指出,白保罗及其追随者都有牵强附会理解词义或使用词义引申的毛病。有时候,为了编造跟 X 符号 a、b 二义相关的词义,往往忽视了一个语言的词的内部发展关系,不惜把甲语言的某词的 a 词义改造成跟 X 词形的 a 词义意思相同或相近,或者把乙语言的某词的 b 词义解释得跟 X 词形的 b 词义意思相同或相近,以便于跟 X 词形的 a、b 二义挂钩。例如白保罗在《汉藏语言概论》的第 457 条注释中为了把汉语的"宿"跟他构拟的作"日(二十四小时)"讲的藏缅语的 *s-ryak 串成同源词,而对"宿"词义的曲解。包拟古为了说明汉语的"绥"

跟藏文作“放下,使睡”讲的 snyol-ba 同源,不惜给“绥”安排一个“使舒适,使安睡”的意思。(29 页)其实,汉语的“绥”从古到今都没有“使舒适,使安睡”的意思。“绥”的本义是上车时所执持的绳,引申为“安抚,安定”和“退军”等意思。包拟古的这种失误一望可知。

白保罗的说法,我们可以多费点笔墨做一个剖析。首先,他根据藏语 źag(拉祜语 gyag),曼查替语 hrag-rag,列普查语’ayak,克钦语 ya,缅语 rak 是“一天(二十四小时)”的意思,拉祜语的 há 既有“晚”的意思,也有“过夜”的意思,卢舍依语是 riak“过夜”的意思,就断定它们是藏缅语同源词,并构拟藏缅语 *s-ryak 或 źryak。(46—47 页,218 页注释 154)然而,这些词为什么是藏缅语同源词,白保罗并没有做出科学的论证。难怪张琨先生指出:“究竟有没有藏缅语族?这在我心目里头还是一个大问题。”(见徐通锵先生整理的《美国语言学家谈历史语言学》三《张琨教授谈汉藏系语言和汉语史的研究》,234 页)其次,白保罗又根据他构拟的藏缅语 *s-ryak,把汉语的“宿”跟这些词串成汉藏同源词。(299 页注释 457)说拉祜语 há 的“晚”和“过夜”之间词义有联系,这是不错的,但是拉祜语的 há 的“过夜”一义显然是该语言中 há 的“晚”的词义发展出来的。可见藏缅语的这些词都跟表示时间有关:或表示“一天”的意思,或表示“晚”的意思。它们跟“宿”的上古音和中古音都相差甚远,可以排除借词的可能性;如果是同源词,那必须有大量严格系统对应的实例才能说明问题。可是“宿”和白保罗构拟的 *s-ryak 语音上有没有系统对应,词义上更是远隔,又怎么要把它们跟“宿”拽到一起呢?“宿”已见于甲骨文,它的本义是“止宿”,《说文》宀部:“宿,止也。”根据《甲骨文字典》,“宿”列有“止息”义,文献中“宿”还有“住所”、“星宿”、“停留”、“平素,一向”等意思,都是从“止宿”义发展出来的;因为人止宿一般是在晚上,所以可以发展出“夜晚”、“隔夜”的意思。从文献来看,“宿”的“夜晚”义《汉语大字典》举的最早书证是《左传·僖公二十四年》“命女三宿,女中宿至”;“隔夜”义《王力古汉语字典》举的最早例证是《论语·颜渊》“子路无宿诺”,都不早于春秋时代,而且跟“宿”的“止宿”义一脉相承,是汉语内部从“止宿”义发展出来的。把“宿”拉进来跟上述藏缅语的一些表示“一天”或“晚”的词扯上同源关系,最没有道理。

有人据拉祜语 há 的“晚”和“过夜”两个意思,把汉语的“夜”跟“舍”“宿”串成同源词。汉语的“夜”只能跟拉祜语表示“晚”的 há 意义相当,它没有“过夜”的意思,汉语的哪一个既跟“夜”读音相近、又有“过夜”的意思的词跟拉祜语表示“过夜”的 há 相当呢?于是想到了“舍、宿”二字,也就给“舍”定一个“过夜”的意思。(见黄树先《比较词义的几个问题》,载《汉藏语学报》,129 页)“宿”在上古属心母觉部;“夜”在上古属余母铎部,“舍”在上古属书母鱼部,二者跟“宿”上古音远隔。是的,“舍”可以指“军队住宿一夜”,“宿”有“住宿”和“隔夜”的意思,但是“舍”和“宿”的核心义素并不是“夜”的意思。正如古代的笔是竹管制的,但是“笔”不含“竹管”的核心义素;“书”指在简牍或纸帛等上书写,但是“书”不含“简牍或纸帛等”的核心义素;“江”是长的,但是“江”并不含“长”的核心义素;树叶是绿的,但是“绿”不含“叶”的核心义素,“叶”也不含“绿”的核心义素。

“舍”不见于甲骨文，最早见于金文。容庚先生编著《金文编》列有15种字形。有人说，上面是个“余”字，应该是声符，下面是个“口”字。《说文》亼部：“市居曰舍。从亼中口，中象屋也，口象築也。”《说文》是根据讹变以后的小篆字形对“舍”进行分析的。陈初生先生《金文常用字典》“舍”列了“施发”、“施舍，给予”、“通‘余’，第一人称代词”三个义项。《王力古汉语字典》“舍”的shè（来自《广韵》始夜切）读音下面列了六个义项：①客舍，②（外出）留宿，③保留，④止息，⑤古时军队住宿一夜，⑥古时军行三十里为一舍。shě（来自《广韵》书冶切）读音下面列了三个义项：①放弃，放出。②离开，③赐予。其中，“舍”的shě一读跟“夜”的意思毫无关系，shè一读的核心义素是止宿，“夜”不是其核心义素。人们止宿一般是在晚上，古人从来没有专指白天止宿的词语和晚上止宿的词语，所以在词汇系统中表示止宿义的词语根本不拥有“夜晚”的核心义素。由此看来，“舍”的词义发展线索跟“夜”没有源流关系。根据拉祜语的há既有“晚”的意思，也有“过夜”的意思，就把汉语的“夜”和“舍”生硬地拽在一起，这是缺乏科学根据的。《左传·庄公三年》：“凡师，一宿为舍，再宿为信，过信为次。”这个“舍”指“军队住宿一夜”，但它不是“夜”的滋生词，更不会是“夜”的原始词，而是舍止的“舍”发展出来的，跟“夜”没有关系。

藏缅语中，切邦语的ya，怒语的ya，米里语的yo，米基尔语的dźo，卢舍依语的za·n，塔多语的yan，这些词，白保罗都看作藏缅语同源词。（104页，249页，319——323页）持“夜”、“宿”、“舍”同源的学者还把上述藏缅语表示“夜”的词，加上拉祜语的há，曼查替语的hrog，跟汉语的“夜”、“宿”、“舍”拉上同源关系，更不具说服力。从语音上看，切邦语的ya，怒语的ya，米里语的yo，跟汉语“夜”的中古音相近，可能是中古从汉语的“夜”借过去的。

上文论证，某一个词或某一些词是词义引申还是非引申，以及怎样引申，不同的民族语言有不同民族的习惯。这是一方面。另一方面，不同的民族也可能面对同样的事物，对事物可能采取相同的反映形式，又同样地运用音义结合的有声语言，所以又可能有相同的词义引申。这有两种情况：（一）不同的语言不约而同地采取相同的词义引申途径。例如汉语的“脚”和英语的“foot”都有“人或动物的腿的下端”和“东西的最下部”的意思；汉语的“腿”和英语的“leg”都有“任何动物的腿”和“器物下部像腿一样起支撑作用的部分”的意思；汉语的“扇”和英语的“fan”都有“扇子”和“摇动扇子或其它薄片，加速空气流动”的意思；古汉语的“模”和英语的“model”都有“模子，模型”和“仿效，模仿”的意思；古汉语的“火”和英语的“fire”都有“火”和“燃烧”的意思；汉语的“梦”和英语的“dream”都有“梦”和“做梦”的意思；汉语的“锁”和英语的“lock”都有“门锁”和“锁门”的意思；古汉语的“市”和英语的“market”都有“集市”和“买东西”的意思；汉语的“昭”是“明亮”的意思，“照”是“照耀”的意思，英语“light”是“明亮”和“照耀”的意思，等等。（二）一种语言在另一种语言的影响下采取相同的词义引申途径。例如汉语的“牺牲”，《现代汉语词典》列有两个义项：①古代为祭祀宰杀的牲畜。②为了正义的目的舍弃自己的生命，泛指放弃或损害一方的利益。英语的sacrifice也有“供奉，祭品，祭祀”和“牺牲自己利益，献身”的意思。不过这一例中，汉语“牺牲”的第二个意思可能受了英语的影响。根据《汉语大词典》,“牺牲”作“舍弃”讲最早的用例是《孽海花》,作“为了正义的事业舍弃生命”讲最早的用例是柔石《二月》,郭沫若《洪波曲》,都是很晚的用例。大概人们想到汉语的“牺牲“跟英语的 sacrifice 都指祭品,而英语 sacrifice 有“牺牲自己的利益,献身”的意思,于是让汉语的“牺牲”也发展出“为了正义的目的舍弃自己的生命,泛指放弃或损害一方的利益”之类的意思来。汉语的“骄傲”,《现代汉语词典》列有三个义项,前两个是:①自以为了不起,看不起别人。②自豪。英语的 pride 也有“自以为了不起,看不起别人”和“自豪”的意思。“自豪”的意思可能是受了英语的影响。根据《汉语大词典》,“骄傲”作“自豪”讲最早的用例是魏巍《谁是最可爱的人》,艾青《普希金广场》,都是很晚的用例。汉语的“骄傲”有“自以为了不起,看不起别人”的意思,英语的 pride 有“自以为了不起,看不起别人”和“自豪”的意思,于是让汉语的“骄傲”也发展出“自豪”的意思。

但是世界上巧合的东西也很多,所谓“无巧不成书”。有时候,甲语言和乙语言有两个“音同”或“音近”的词,甲语言的 A、B 两词词义为 a、b,乙语言的 A、B 两词词义也为 a、b。a、b 词义相差甚远,完全不能够用词义引申来解释。这只能是偶合。这里头有两类:(一)有音同的用例,例如现代汉语的“燕”意思是燕子,“咽”意思是吞咽;英语的“swallow”正好也有“燕子”和“吞咽”这两个意思。(二)有音近的用例,例如英语的“let”有“出租”的意思,又有“阻碍”的意思;汉语“租”有“出租”的意思,“阻”有“阻碍”的意思。英语的“litter”有“轿,舆”的意思,又有“杂乱,零乱”的意思;古汉语“銮”有“国君车驾”的意思,“乱”有“杂乱,混乱”的意思。英语的“loch”有“长窄的水湾”的意思,“lock”有“卷发”的意思,又有“关闭”的意思;汉语“湾”有“河水弯曲处”的意思,“鬈”有“头发弯曲”的意思,“关”有“关闭”的意思。后一义跟前面二义词义无关是很显然的。英语的“nag”有“小马”的意思,又有“不断地挑剔;以责骂来恼人”的意思,汉语的“马”是“马匹”的意思,“骂”是“骂人”的意思。德语的“Arm”是“胳膊”的意思,“arm”是“贫穷”的意思,汉语的“肱”是“胳膊上从肩到肘的部分”的意思,“穷”有“贫穷”的意思。这样的事实同样不胜枚举,可见这种偶合的几概很高。

因此,仅仅从某一个语言中找到一个词形为 X 的符号,这个 X 有 a、b 两个意思,不能必然推出该语言 a、b 二义之间有引申关系,更不能推出甲语言的 A 词的 a 词义,乙语言的 B 词 b 词义之间有引申关系。白保罗试图通过藏语 tsha 有“热”和“生病”的意思,推定“热”和“病”这两个意思有引申关系;汉语的“自”*dz‘i 有“鼻子”和“自己”的意思,推定“鼻子”和“自己”之间有引申关系,这在逻辑上不能成立。事实上,汉语研究者很少有人认可“自”的“鼻子”义和“自己”义之间有引申关系。

五

单就白保罗推定 a、b 二义之间有引申关系这一点说,他的失误在于不能排除偶合的情况。但是我们注意到,他这里也有严格的地方:他举的藏语作“热”和“生病”讲的词形都是

tsha,举的汉语作“鼻子”和“自己”讲的词形都是*dz‘i,汉字写作“自”。

在一个语言内部,要证明同一个词形的a、b两义之间是引申关系,排除非引申关系,最严格的办法,就是要找到更多的同一个词形(最好是字形也相同)都有a、b两义的平行性的例证X1,X2,X3……。这个X可以是同一语言的,也可以是不同语言的;相应的a、b的词义a1,a2,a3……,b1,b2,b3必须严格对当,最好是词的理性义相同或极近,或者正好是严格意义上的反义词。上文举的例子中,表达“燕子”和“吞咽”的意思,汉语用“燕”和“咽”,读音相同,可以构成X1;英语用“swallow”,词形也相同,可以构成X2。但是一般人都认为a、b二义之间没有引申关系。可见只有两例X1,X2仍然不能排除偶合,至少需要三例(可能还会有偶合),而且例证越多越好。我们可以下表来作说明:

词形	词义	例证
X1	a1:b1:c1……z1	罢　停止　:　罢　疲劳
X2	a2:b2:c2……z2	解　停止　:　解　解倦
X3	a3:b3:c3……z3	顿　停顿　:　顿　困顿,疲惫
……	……	困　止息,睡觉　:　困　劳倦
……	……	极　穷尽,竭尽　:　极　疲困
……	……	悴(萃)停止　:　萃　劳苦,困病
……	……	沮　停止　:　沮　颓丧
……	……	废　废除,停止　:　废　疲乏走不动
……	……	老　终老　:　老　疲惫
……	……	兴　起,起来　:　兴　兴旺,兴盛
……	……	奋　鸟类振羽展翅,奋起　:　奋　振作
Xn	an:bn:cn……zn	……　:　……

这个表中,词形栏下面的X1到Xn,拥有a1、b1、c1到z1词义的X1可以是同一个词形,甚至是同一个字形;也可以是读音相近的两个或两个以上的词形;以此类推,拥有an、bn、cn到zn词义的Xn可以是同一个词形,甚至同一个字形;也可以是读音相近的两个或两个以上的词形。词义栏下a1、a2、a3到an,以至于z1、z2、z3到zn,每一竖行的a1、a2、a3到an,最好是同义,也可以是近义,也可以是反义。如果(一)词形X1到Xn限制得越严,而且词义a1、a2、a3到an,……z1、z2、z3到zn的词义对当限制得越严;(二)用来比较的词形越多,同一个X拥有的具有平行关系的词义越多,那么寻找的词的范围就缩小很多,越容易排除偶合,证明的效力就越高,证明a、b、c……等词义之间可以有引申关系的可靠性就越强。上面的例子中,X限制得非常严格:都是同一字形具有a、b两个词义;由于是同一字形,因此字音的相

同、相近就容易得到说明;字义的控制也很严,“罢”至“老”中不同字形的 a、b 两个字义都是同义或近义的关系,“兴”至“奋”的 a、b 两义都分别跟前面的 a、b 两义相反相成,因而“停止”义和“疲劳”义的引申关系就得到了有力的证明。

古汉语词的音节短,如果在词形和词义上都放宽尺度,那么寻找符合自己主观条件的词的范围就很大,因而偶合的可能性就增大了。在词形上放宽尺度,X1,X2,X3……各自内部读音上差得远,也就是 a1 义的 X1,b1 义的 X1 中两个 X1 读音相差甚远;又在词义上放宽尺度,a1,a2,a3……,b1,b2,b3……各自内部在词义上差得远,也就是 a1,a2,a3……词义相差很远,那么寻找的词的范围就太多了,不同的 X 拥有 a、b 的偶合的可能性越大,证明的效力就越低。例如,要证明大小的“大”跟“达”的“通达”义、“汰”的“淘洗”义之间有引申关系,如果音和义都放得很宽,那是很容易证明的。由于语音和字形、词义上都放得较宽,可供选择的音义结合体的范围增大了,偶合的可能性也增大了,因此所谓的证据就越多。可是这样一来,任何词义都可以辗转联系起来,这实在难以令人信从。如果坚持严格的标准,不同的词形都有那种对当,就很难用偶合来解释;如果对当不严格,人们就很难相信那不是偶合而是必然。

白保罗试图用“比较词义”的办法证明甲语言某词的 a 词义和乙语言某词的 b 词义之间属于同一词义的引申发展的结果。上文已经论证了,通过一个例子,即使想证明一个语言中 X 的 a、b 二义有引申,也是没有证明力度的,更何况是甲乙两种语言的 a 词义和 b 词义。如果像 X 这样的一个词形同时具有 a、b 两个意思的例子达到三例以上,能否证明属于甲语言某词的 a 词义和属于乙语言某词的 b 词义之间属于同一词义的引申发展的结果呢?对一群系属不明的语言来说,这仍然是没有论证力度的。因为世界上的语言五六千种,可供寻找满足该条件的词的范围很广,偶合的可能性非常大。例如,“风”义跟“吹拂”义有引申关系,汉语“风”指风,英语 fan 有“吹拂”的意思,我们不能说汉语的“风”跟英语的 fan 是一个词变来的。再如秦汉汉语“疲劳”义和“停止,止息”义有引申关系。武鸣壮语“疲劳”的意思说[pak8],汉语的“泊”有“停船靠岸”和“停留,停止”的意思,英语的 park 有“在停车场停车”的意思。但是恐怕没有人会赞成壮语的[pak8]跟汉语的“泊”、英语的 park 是一个词变来的。如果在词形和词义上都作严格限制,缩小范围,在语音上不追求音近,而是追求严整而系统的对应关系;而且已经确证了这些语言的系属,再来严格运用这个原理寻找同源词,这才有一定的可靠性。

六

现在,我们假设 a、b 两意思之间存在引申关系,那么是否可以据此论证甲乙两种语言的这两个词之间属于同源词的关系呢?事实证明,这样的材料几乎没有论证效力。甲乙两种语言之间的这两个词之间仍然可能存在三种不同的关系:

（一）偶合关系

因为不同语言没有关系的词之间可以有相同的词义引申，二者没有关系的词可以碰巧读音相近。例如，古汉语的“模”和英语的“model”都有“模子，模型”和“仿效，模仿”的意思；“模”和英语的“model”读音相近。古汉语的“去”和英语的“go”都有“离开”、“前往”和“除掉”的意思，“去”和“go”读音相近。

（二）借词的关系

因为不同语言之间的借用，一个语言可以借另一个语言的一个词义，也可以借一个以上的词义。例如，“磨子”壮语读 mu^{6}，布衣语读 mu^{2}，西双版纳傣语读 mɔ^{5}，德宏傣语读 mo^{5}，侗语读 mo^{6}，通什黎语读 mo^{6}，黔东苗语读 mu^{6}，勉瑶语读 mɔ^{6}，标敏瑶语读 mia^{4}；“磨（米）”壮语读 mu^{6}，布衣语读 mu^{2}，西版纳傣语读 mɔ^{5}，德宏傣语读 mo^{5}，侗语读 mo^{6}，通什黎语读 mo^{6}，黔东苗语读 mu^{6}，勉瑶语读 mɔ^{6}，标敏瑶语读 mia^{4}。这都是借自汉语。汉语的“磨”本来是摩擦，动词，莫婆切，平声。变成去声，义为石磨，名词，摸卧切。由名词的“磨子”一义引申为动词“用磨子磨”的意思。《汉语大词典》举的最早的例子是明张岱《陶庵梦忆·天童寺僧》“余遍观寺中僧匠千五百人，俱舂者、碓者、磨者”。再如古汉语的“年”可以指年月，也可以指年龄。侗语“年月”的“年”读 njen^{2}，年龄的“年”读 ȵin^{2}，当借自汉语。又如湘西苗语“买东西”读 me^{6}，标敏瑶语“卖东西”读 ma^{4}。从汉语的角度说，“卖”是“买”引申出来的。“买东西”黔东苗语读 mɛ^{4}，川黔滇苗语读 muɑ^{4}，勉瑶语读 maːi^{4}；“卖东西”黔东苗语读 mɛ^{4}，川黔滇苗语读 muɑ^{6}，勉瑶语 maːi^{6}。这都是借自汉语。按照白保罗的逻辑，这些都可以证明是不同语言间的同源词。这显然是荒谬的。

（三）同源词的关系

例如梅耶的《历史语言学中的比较方法》三《所用的证据》，当中举出了这样的例子：“法语的 ouaille 是由拉丁语的 ouicula（羊）变来的；ouaille 这个词在现代法语里仅指礼拜堂里教士的忠实信徒。这个词源决不会因此而变得可疑。我们知道，一所基督教礼拜堂的忠实信徒是常被人比作这所礼拜堂的牧师所豢养的羊群的。由于这个原因，这个意义上的比较便得到说明了。此外，ouaille 这个词在法国的某些土语里也还有作‘羊羔’解的，这一点更可以证明这个词源的正确性了。”（29—30 页）布龙菲尔德《语言论》第二十四章《语义变化》中举出了不少印欧语的词义变化的例子，原始语的某一词在不同的后代语言中词义不同。这里仅举一例：“比较一下互有联系的语言会揭示某些形式具有不同的意义，我们认为有充足的理由把这些形式当作同源词看待。比如，英语的 chin（下巴）在意义上同德语的 Kinn 和荷兰语 kin 相同，可是哥特语 kinnus 和斯干的那维亚语形式，从古北欧语的 kinn 直到现代，却指的是‘面颊’。在旁的印欧语言里，我们发现希腊语 ·[ˈgenus]（下巴）同西日耳曼语一致，但是拉丁语 gena(面颊)却与哥特语和斯干的那维亚语相符,同时梵语[ˈhanuh]‘颚,牙床’显示了第三种意义。我们得出结论说,古老的意义不管是什幺,在这些语言中的某几种语言或其全部发生了变化。”(525 页)又说:“我们疑心 chin 这个词原来是当‘颚’讲的,后来才改变为‘面颊’和‘下巴’的意思。在这一个例子上,我们从古高德语的几处译注得到证明,古高德语把拉丁语 molae 和 maillae(‘颚’或‘上下颚’的复数形式)译为复数的 kinne。”(528 页)上述的两个例子,法语 ouaille 有两个意思:①羔羊;②礼拜堂里教士的忠实信徒。拉丁语的 ouicula 是“羊”的意思,跟法语的 ouaille 同源。英语的 chin 在历史上曾有这样两个意思:①颚;②下巴。梵语的[ˈhanuh]是“颚,牙床”的意思,跟英语的 chin 同源。

现在我们把白保罗等人的论点、论据、结论以及本文的研究做一个小结。从上面引用的白保罗等人的论证过程中,可以归纳出他们的论述逻辑:

1. 前提一:如果某个语言中有一个词形 X 有 a、b 两个词义。

2. 前提二:如果在任何一个语言中某一个词形 Y 也有 a、b 这样的两个词义。

3. 前提三:如果汉藏同源。

4. 根据前提一和二,推出结论一:那么,在任何一个语言中,凡一个词形拥有 a、b 两个词义者,这同一词形的 a、b 两个词义之间就具有引申关系。

5. 根据前提三和结论一,推出结论二:那么,如果汉藏语系的甲乙两种语言之间,甲语言的一个词形具有 a 词义,乙语言跟甲语言的那一词形有语音“对应”关系的某词形具有 b 词义,这两个语言的两个有“对应”关系的词形的 a、b 二义就是原始汉藏语的某一词形在不同语言中分化的结果。换句话说,甲乙两种语言的两个词形是汉藏同源词。

6. 根据结论二:那么,即使是意义相差甚远的两个“对应”的词形,也能证明甲乙两种语言有同源关系,是同源语言。

由此看来,某一个语言某一词有 a、b 两个意思,又有一个语言某词有 a 意思,而任一语言跟这个词音近或有对应关系的某词有 b 意思,并不能证明 a、b 这两个意思之间有引申关系;即使是有引申关系,也不能证明这两个语言的这两个词是同源词,它们之间的关系仍然有三种可能性,不能排除偶合和借词。因此,白保罗运用这种比较词义的论证方法证明汉藏同源,这种论证方法是无效的,正如李方桂先生所言,这种把一些词汇抽出来排在一起、然后根据这些词的相似形式构拟出原始形式的做法“纯属胡闹”。(见《李方桂先生口述史》,李方桂著,王启龙等译,清华大学出版社,2003 年,95 页)

附记:本文初稿蒙郭锡良、宋绍年、陈保亚、杨逢彬、张猛、邵永海、汪锋、宋亚云、孙洪伟等先生提出宝贵修改意见,谨致谢忱。

(原刊《中国语言学》第一辑,山东教育出版社 2008 年版)

参考文献

[美]白保罗(Paul K. Benedict,译作 P. K. 本尼迪克特)1972《汉藏语言概论》(Sino-Tibetan: A Conspectus),乐赛月、罗美珍译,中国社会科学院民族研究所语言室。

[美]包拟古(Nicholas C. Bodman)1995《原始汉藏语与汉藏语》,潘悟云、冯　蒸译,中华书局。

[美]布龙菲尔德 1933《语言论》,袁家骅、赵世开、甘世福译,商务印书馆,1985 年。

陈保亚 1999 汉台关系词声母有序对应规则表,载《语言学论丛》第 22 辑,商务印书馆。

陈保亚、汪　锋 2006 论核心语素表的确定,载《语言学论丛》第 33 辑,商务印书馆。

陈初生 2004《金文常用字典》(修订再版本),陕西人民出版社。

郭锡良 2003 音韵问题答梅祖麟,载《汉语史论集》(增补本),商务印书馆,2005 年。

黄树先 2007 比较词义的几个问题,载《汉藏语学报》第 1 期。

[美]霍凯特 1958《现代语言学教程》,索振羽、叶蜚声译,1986/2003,北京大学出版社。

[美]李方桂 2003《李方桂先生口述史》,王启龙译,清华大学出版社。

陆宗达、王　宁 1983《训诂与训诂学》,山西教育出版社,1994 年。

[法]梅耶 1924 历史语言学中的比较方法,载《国外语言学论文选译》,岑麒祥译,语文出版社,1992。

容　庚 1985《金文编》,中华书局。

王　均等 1984《壮侗语组语言简志》,民族出版社。

徐通锵整理 1984 美国语言学家谈历史语言学,载《语言学论丛》第十三辑,商务印书馆。

郑张尚芳 2005 汉语与亲属语同源根词及附缀成分比较上的择对问题,载《汉语的祖先》,中华书局。

中央民族学院苗瑶语研究室 1987《苗瑶语方言词汇集》,中央民族学院出版社。

论反切起源问题

张渭毅

一　问题的提出

反切的起源问题，是一个古老话题，也是中国音韵学史上的一桩公案，涉及到三个问题：

第一，反切产生于何时？

第二，反切的发明者是谁？

第三，反切是怎样产生的？

从北朝颜之推在他的《颜氏家训》里明确提出这个问题至今，聚讼纷纭，莫衷一是。大致有两派意见：一派主张反切创自中国本土，为华夏所固有，可以称作“本土派”。另一派主张反切传自西域，是在梵文拼音文字的启发下由中国学者创造出来的，可以叫作“外来派”。两派内部也有分歧，罗列如下。

第一派在反切的发明者和产生的时间上有分歧，有四种看法：

1. 反切创始于曹魏的孙炎。唐陆德明《经典释文序录·条例》：“古人音书止为譬况之说，孙炎始为反语，魏朝以降渐繁。”[1](P2)此后，张守节、王应麟、江永、戴震、钱大昕、段玉裁、何焯、邵晋涵、洪亮吉、陈澧、黄季刚先生等，都遵从此说。

2. 反切并非孙炎首创，而是由早于孙炎的汉末人服虔、应劭等人所创。日僧安然《悉昙藏》引唐武元之《韵铨·反音例》说：“服虔始作反音。”[2]唐景审《一切经音义序》也说：“古来音反，多以旁纽而为双声，始自服虔，元无定旨。”[3](P4)章太炎先生发现应劭注《汉书》已用反切，孙炎的反切承袭前人旧切而来。[4]

3. 反切既非孙炎首创，又不始于汉末，而是由东汉初年的汉儒所创。刘盼遂《反切不始于孙叔然辨》说：“反切之兴也，上不出于丰、镐之间，下不迟于典午之世，而在光武、明、章之际。”[5](P40)马宗霍、吴承仕也持此说。

4. 反切远在周秦时代即已有之，先秦典籍中的合音字就是反切的雏形。清顾炎武在《音论·反切之始》中说：“按：反切之语，自汉以上即已有之。宋沈括谓古语已有二声合为一字者，……以此推之，反语不始于汉末矣。”[6](P49)清俞正燮甚至说：“古人用文字中自有反切，两合自反，则古人制文字中亦自有反切。”[7](P233)

第二派意见内部较为一致。南宋郑樵《通志·七音略》说：“梵人别音，在音不在字；华人别字，在字不在音。故梵书甚简，只是数个屈曲耳，差别不多，亦不成文理，而有无穷音焉。华人苦不别音，如切韵之学，自汉以前，人皆不识，实自西域流入中土。”[8](P511)沈括、张淏、陈振孙、姚鼐、吴稚晖、赵荫棠、张世禄、王力先生等，都赞同此说。

以上诸家，持论各异。争论的焦点集中于三个问题：

1. 两汉以前就已存在的“自反”读音和合音字是不是反切？

2. 作为注音法的反切是否产生于东汉末年？是谁发明了反切？怎样看待经传注音所引的汉末以前的反切？

3. 佛教的传入，译经事业的兴盛，跟反切有无必然的联系？梵文拼音字母原理与反切法有没有相通之处？

我第一次听说反切起源问题，是在 1986 年春天，当时我是北京大学中文系汉语专业二年级的一名本科生，听唐师作藩先生讲汉语音韵学课程，他讲，我们记，唐先生讲课，不急不徐，发音准确，抑扬顿挫，流畅自然，生动清楚，极具感染力，很好记笔记，他讲到了反切起源问题。1987 年夏天，唐先生的讲义《音韵学教程》正式出版，仅用两个自然段、600 余字的篇幅就讲清楚了复杂的反切起源问题[9](P21-22)，可归纳为三个要点，实际上可以看作三个命题，如下：

1. 东汉后期（约 2 世纪）创立了反切注音法，反切并非孙炎首创，早于孙炎的汉末人应劭等就用了反切，可能不止某一个人。

2. 东汉初佛教传入中国，为了学习佛经，中国的沙门和学者要懂得梵文，在梵文拼音方法的启发和影响下，创造了反切法。

3. 合音完全出于自然，而反切是自觉运用拼音原理，建立在对汉字读音科学分析的基础之上。

近二十多年，学界展开了反切起源问题的热烈讨论，根据我们的统计，1980 年至今二十八年以来，国内外学者发表了近 30 篇论文和一部专著，针对以上三个命题，“外来派”和“本土派”各抒己见。[10](P284-285)多年来，我一直在思考这三个命题的合理性，觉得有必要加以论证和阐发，现在发表出来，就作为学习《音韵学教程》后的一些粗浅体会，求教于诸位同行。2007 年 5 月 11 日是唐作藩师八十周岁生日，他的《音韵学教程》自 1987 年由北京大学出版社出版以来，两次修订再版，国内外很多高等院校都用作音韵学教材或教学参考书。谨以此文祝贺唐先生八十华诞，并纪念《音韵学教程》出版二十周年。

二　论反切产生于东汉末年

反切产生于东汉末年，有两条较为坚实的内部证据：

第一，在此以前，通行的注音法不是反切；

第二,传世文献记录的最早反切材料正值汉末。

最早谈到反切起源的著作是颜之推的《颜氏家训·音辞篇》,后人关于反切问题的讨论,都以此为立足点。《颜氏家训·音辞篇》:"孙叔然创《尔雅音义》,是汉末人独知反语。"[11](P529)前人据此多认为孙炎创造了反切。其实,这段话说了两层意思:孙叔然首次用反切为《尔雅》注音,由此可知汉末人创立了反切。

需要指出的是,反切是在汉末随着佛教传入中国的,由胡僧、汉僧和佛教徒发明,而其后掌握反切法、最先把反切运用于文献注音并加以提倡和推广的,是汉末的一批学者,孙炎只是其中的一位代表人物。

《颜氏家训·书证篇》:"且郑玄以前,全不解反语。"[12](P481)根据现存的注音材料,在郑玄以前,确实还没有出现反切。

怎么解释字书、音义书和韵书中所引用的汉末以前汉儒的反切?能否据此说汉末以前就已经产生了反切?

三十多年前,台湾著名音韵学家高明先生著有《反切起源论》,对这个问题已经有很详密的论证,他明确指出,《玉篇》、《经典释文》和《广韵》等字书、音义书和韵书引用、汇集了汉末以前一些汉儒的反切,尤其是《经典释文》,其中经笺传注所收孔安国、毛亨、马融、郑众、许慎、郑玄等汉儒的反切,其实都是后代经师依据这些汉儒所训释的意义或音训"翻出来的反切"。这些汉儒的音训,当时是用譬况法、读若法或直音法记录和传授的,后代经师用反切注音法对这些字音加以折合,即"根据音训翻出来反切"。因此,这些反切虽然出现在毛亨、郑玄等汉儒的训释中,却是后代经师们作的,都不能作为毛亨、郑玄等汉儒用反切注音的证据。[13](P214-229)

应该特别指出的是,《说文》没有反切。《玉篇》、《经典释文》、《广韵》、李善《文选注》等书中都曾引用《说文》反切,但这不能证明许慎撰《说文》时已有反切,正如何九盈先生所论,如果许慎时已有反切,为何舍弃便捷的反切注音法,还要用读若这种笨拙的办法注音呢?[35](P94)更重要的是,徐锴《说文解字系传·通释》卷一"一"字下注云:"当许慎时未有反切,故言读若。此反切皆后人之所加,甚为疏朴,又多脱误,今皆新易之。"[14](P1)徐锴是《说文》大家,他的话很有说服力。如果《说文》有反切,徐锴不会看不到。

《释名》也没有反切。《释名·释长幼篇》有一条:"长,苌也,言体苌也,长,音丁丈反。"[15]此例为孤证。《释名》是汉代集大成的声训专著,如果刘熙作反切,断不至于只用一例。因此,黄季刚先生明确指出,此切"为后人随文作之。"[16](P128)

《颜氏家训·音辞篇》:"逮郑玄注六经,高诱解《吕览》、《淮南》,许慎造《说文》,刘熹制《释名》,始有譬况、假借,以证音字耳。"[11](P529)郑玄、高诱、许慎、刘熙等不作反切,应该成为定论。

反切法的兴起是在汉灵帝、献帝年间,较早掌握和使用反切的大多是生活在汝河、颍河之间的一班汉儒。

唐人认为反切创自服虔。服虔，字子慎，初名重，又名祇，后改为虔，河南荥阳人，生年不可考，与郑玄同辈，卒于建安中。著有《春秋左氏音》、《通俗文》和《汉书音训》等书，前两部已亡佚，后一部音注内容在颜师古《汉书音义》、裴骃《史记集解》和司马贞《史记索隐》中保留了一部分。

《汉书·项籍传》："诸侯军人人惴恐。"服虔注："惴，音章瑞反。"裴骃《史记集解》征引了这条反切。

《史记·张耳传》司马贞索隐引服虔音："孱，鉏闲反。"

应劭，字仲远，汝南南顿人，生年不可考，据《后汉书·郑玄传》："（应劭）因自赞曰：'故太山太守应仲远，北面称弟子，何如？'"[17](P1554) 可知应劭的辈分比郑玄小，其卒年或在郑玄、服虔之后。应劭著有《汉书集解音义》。

《汉书·刘向传》："三君更立。"应劭注："更，音工衡反。"

《汉书·地理志》"广汉郡梓潼"下应劭注："潼水所出，南入垫江。垫，音徒浃反。"

《汉书·地理志》"辽东郡沓氏"下应劭注："沓，水也，音长答反。"

服虔、应劭的注音，直音多，反切很少，说明反切兴起时，还不如直音法那样流行。稍后的汉儒，邓展（南阳人）、文颖（南阳人）、苏林（陈留外黄人）等都使用了反切，如：

《汉书·薛宣传》："故使掾平镌令。"萧该《汉书音义》引邓展注："镌，音子缘反。"

《汉书·黥布传》："果如薛公揣之。"文颖注："揣，度也，音初委反。"

《汉书·江都易王传》："荼恬上书。"苏林注："荼，音食邪反。"

黄季刚先生认为，今本《汉书》注解中的服虔和应劭的反切是后人依义翻出的，经过晋灼、臣瓒和蔡谟的编排整理，"属辑乖舛，错乱实多"，"穿凿妄起"，"注中之音颠倒窜移"。[16](P128) 对此我们有不同看法。

首先，《汉书》经晋灼、臣瓒、蔡谟层累地注音释义，固然有杂厕已见，"属辑乖舛"的情况，但颜师古引证各家音义歧说时，条分缕析，前代注家主名明确，注释层次清楚，至啧不乱，可知颜氏总集众家音义时，下了很大功夫进行纠正旧注错乱和还原旧注本来面目的工作。

其次，今本《汉书注》引用服、应的注音，既有读若、直音，又有反切，直音多于反切。晋、臣、蔡三家所处的时代，反切已经大行。假如三家刻意按照服、应笺注翻出反切来，为什么保留了大量的读若、直音？

再次，服、应的同一个反切，刘宋的裴骃、唐代的颜师古、司马贞、李善等引录的相同。

《史记·陈涉世家》："夥颐，涉之为王沈沈者。"裴骃集解："应劭曰：沈沈，宫室深邃之貌也。沈，音长含反。"司马贞索隐："应劭以为沈沈，宫室深邃貌，故音长含反。"

有的服、应反切，其音义结合关系颜师古有不同看法，颜氏先引服、应反切，然后修改反切的读音。

《汉书·张良传》："鲰生。"服虔曰："鲰，七垢反。鲰生，小人也。"师古注："服说是也，音才垢反。"颜氏同意服虔的释义，改服虔音。这更加说明这些服、应的反切并非后人所作。

反切法经汉灵帝、献帝间汝河、颍河一带学者的使用和提倡,到了三国,进入蓬勃发展的时期。从曹魏的建立到孙吴的灭亡,短短六十年间,反切通行到黄河上下、大江南北。《颜氏家训·音辞篇》所说"至于魏世,此事大行",是符合历史情况的。曹魏的孙炎,是反切发展中的关键人物。

孙炎,字叔然,生卒年无考,曹魏乐安(今山东省高苑县西北)人,跟王肃同时。王肃的传见《三国志·魏志》卷十三"王朗"条下,其中有一段文字:"时乐安孙叔然,授学郑玄之门人,称东州大儒。征为秘书监,不就。"[18](P1925)《隋书·经籍志》载孙炎有《尔雅注》七卷,《尔雅音》两卷,今已亡佚,根据臧镛堂《尔雅汉注》和陆德明《经典释文》保存的孙炎释义和注音,对两部书的内容可窥知一二。

孙炎在中国语言学史上有两大功绩:一是采用行之有效的训诂方式对《尔雅》进行注释,二是第一次系统地运用反切为《尔雅》注音。前人把孙炎奉为创立反切的鼻祖的说法不尽确当,但是,孙炎第一次大量搜集和整理前人的反切,第一次大规模用反切注音,则是可信的。

我们对《经典释文·尔雅音义》所引孙炎的音义进行了统计,得孙注 89 条,其中反切 60 条,直音 29 条。王力先生按照宋人 36 字母排列孙炎反切,使之系统化,如牙喉音反切,引例如下[19](P58-59):

见母:桄,古黄反。絢,九遇反。莙,居筠反。攈,君郡反。罽,居卫反。

溪母:湀,苦穴反。藈,苦圭反。騆,犬县反。菌,去贫反。

疑母:頠,五果反。迕,吾补反。寓,五胡反,又鱼句反。凝,牛烝反。

影母:陓,於于反。萎,於为反。

晓母:汽,虚乞反。虚贵反。许器反。许废反。

匣母:很,户垦反。户各反。

喻母:台,羊而反。

反切上下字不统一,是这些反切的特点。就反切上字而论,见母用古、九、居、君四字,溪母用苦、犬、去三字,疑母用五、吾、鱼、牛四字,晓母用虚、许两字等,说明这些反切出自数家之手,孙炎沿袭并类聚旧切。

另一方面,有些反切用字,如古、九、居、苦、去、五、牛、吾、於、许、虚、户、羊、都、他、徒、直、方、芳、蒲、亡、子、七、慈、之、昌、力、如等反切上字,遇、郡、县、忽、答、卫、穴、圭、果、胡、器、废、结、才、南、略、耕、尾、粉、由、郎、代、路、交、于、为、贵、各、而、朱、均、垂等反切下字,都是后代常用的,说明这些反切用字有其合理性,孙炎对旧切的规范之功不可没。

三国时代有影响的反切注音家,跟孙炎同时的有如淳、孟康、薛综、王肃,孙炎以后的有李登、韦昭等。

如淳,魏冯翊人,著有《汉书注》。孟康,字公休,魏安平广宗人,著有《汉书音》。颜师古《汉书注》引录了两书的不少反切。

原文:"与偕攻析郦。"郦字如淳注:"音持益反。"

原文:“流民欲入函谷天井壶口五阮关者。”如淳注:“阮音近捲反。”颜注:“阮音其远反。”

原文:“母媪”。孟康注:“媪。母别名,音乌老反。”

薛综,字敬文,沛郡竹邑人,吴赤乌六年(243 年)卒,《旧唐志》载著有《张衡二京赋音》二卷,师事刘熙。陈澧说:“叔然授学郑康成之门人,称东州大儒,薛综从刘熙学,刘熙盖亦郑康成门人,综与叔然,师友渊源同出一家,故综得传叔然之学也。”[20](P4)

王肃,字子邕,东海郡人,生于兴平二年(195 年),卒于甘露元年(256 年)。著有《易音》、《毛诗音》和《三礼音》等,《经典释文》对其音注多加采录,如:

《周易音义》:“大车以载”。车字注:“王肃刚除反。”

《毛诗音义·鱼藻之什·角弓》:“式居娄骄。”娄字注:“王力住反,数也。”

据《三国志·魏志》卷十三“王朗”条,王肃与孙炎不和,王肃集《圣证论》以讥短郑玄,孙炎“驳而释之。”[18](P1925)章太炎先生认为,如果反切是由孙炎创立的,那么,王肃“岂肯承用其术乎?”说明当时反切已经相当流行,不同的学派都用来注音。[4]

韦昭,字弘嗣,吴郡云阳人,吴凤凰二年(273 年)卒,年七十余。著有《辨释名》一卷,《汉书音义》七卷等。韦昭与薛综之子薛莹同撰《吴书》,所以陈澧认为他是薛综反切之学的传人。颜师古《汉书注》、裴骃《史记集解》、司马贞《史记索隐》和《经典释文》对韦昭反切多所征引。

《汉书》原文:“遣弟谷蠡王入侍。”服虔注:“谷音鹿。”韦昭注:“蠡,音如丽反。”颜师古注:“谷,服音是也。蠡,音落奚反。”

《史记》原文:“敬侯彭祖元年。”司马贞索隐:“《汉表》:彭祖姓秘,音辔。韦昭音符蔑反,非也。”

搞清反切产生的年代,还应该从反切以前的注音法谈起。两汉时期,经学大盛。由于朝廷的大力提倡和文人读经的需要,汉字注音法得到了很大发展,主要有譬况、读若和直音三种。

所谓譬况,就是采用打比方的形式,用音近或同音的字注音的方法。譬况法往往比况描写被注字音的发音部位和发音方法。

例一:《淮南子·地形训》:“其地宜黍,多旄犀”。高诱注:“旄读绸缪之缪,急气言乃得之。”

例二:《淮南子·原道训》:“蛟读人情性交易之交,缓气言乃得耳。”

例三:《公羊传·宣公八年》“曷为或言而,或言乃?”何休注:“言乃者内而深,言而者外而浅。”

例四:《公羊传·庄公二十八年》:“伐人者为客,读伐长言之,齐人语也。见伐者为主,读法短言之,齐人语也。”

例五:刘熙《释名·释天》:“天,豫、司、兖、冀以舌腹言之,天,显也,在上高显也。青、徐以舌头言之,天,坦也,坦然高而远也。"

前三例描写被注字韵母的发音状况。第四例描写被注字声调的发音状况。第五例描写被注字声母的发音状况。

譬况法有两个明显的缺点:

1. 比况描写发音状况的语言很不科学,术语模糊,难以搞清。

2. 注音字一般取读音近似的字。例如除了上述第二例读音相同外,其他各例的注音字跟被注字的读音都有距离。

读若又叫作"读如"或借读法,是用读音相同或近似的字打比方注音的方法。可以采取一个字注音,也可以用一个词组或一句话注音。如:

例一:《说文》:"珣,读若宣。"

例二:《淮南子・说林》高诱注:"辚,读似鄰,急气言乃得之也。"

例三:《吕氏春秋・大乐》高诱注:"沌,读近屯。"

例四:《说文》:"玤,读若《诗》曰:"瓜瓞菶菶"。

例五:《淮南子・本经》高诱注:"露,读南阳人言道路之路。"

例六:《周礼・夏官・大司马》郑玄注:"坛,读从'惮之以威'之惮。"

例七:《周易・解卦》郑玄注:"解,读如人倦之解。"

例八:《礼记・儒行》:"起居竞信其志。"郑玄注:"信,读如屈伸之伸,假借字也。"

读若法有五个缺点:

1. 跟譬况法一样,注音字跟被注字往往是近似的而不是同音的关系,如上述第二、第三例。

2. 读若法常常用异读字作注音字,如第七例,注音字与被注字不能一一对应。

3. 必须熟悉经籍传注和方言俗语,否则难以明白注音者的意图。如第四、五、六例,如果不熟悉《诗经》和经籍传注,不会说南阳话,就很难读出"玤""露""惮"的音。

4. 即使熟悉经籍传注和方言俗语,碰到有异读的注音字或被注字,还是难以准确读出字音。

5. 读若法往往担负注明假借的任务,采用的注音字不一定是易识字,有时达不到注音的目的。

直音法,就是用同音字标注读音的方法。如:

例一:《汉书・武帝纪》应劭注:"貤,音移。"

例二:《汉书・地理志》服虔注:"犷,音巩。"

例三:《汉书・地理志》孟康注:"沮,音组。"

跟譬况法和读若法相比,直音法有两大优点:

1. 注音字跟被注字完全同音,是纯粹的注音法。

2. 用单字注音,简洁明了。

直音法简明准确，直到今天，某些词典和古书注本还用这个方法注音，但直音法有两个自身难以克服的缺点：

1. 碰到没有同音字的被注字，难于注音。如现代汉语普通话能、拍、胖、瘸、死等字就没有同音字。

2. 即使有同音字，碰到难写难认的同音字，难于注音。如现代汉语普通话车字有三个同音字唓、伡、砗，砗有一个同音字硨，这些同音字都是难字。

正因为譬况法、读若法和直音法有自身难以克服的局限，才有了发明一种科学的注音法的必要，反切正是适应了这种注音的需要而在汉末产生的，符合注音法的演进历程。

三　论“自反”和合音字不是反切

成书于汉和帝永元十二年（100）的《说文解字》是中国最早的字典，收字 9353 个，其中形声字占收字总数的 80% 以上，按照声符跟形声字读音的关系，可以分成三种类型。

1. 声符跟形声字的读音相同。如祉从止声、球从求声、珑从龙声、愉从俞声等，声符的声母、韵母和声调都相同，这类字只占少数。

2. 声符跟形声字的读音相近，这类字占绝大多数。清段玉裁提出“同谐声者必同部”的谐声原则，即声符相同的形声字韵部相同。细分两小类：

①韵部相同，声母发音部位相同。如“根”、“豤”、“痕”、“银”等字，从艮得声，上古都属于文部，只有“根”和“艮”的声母相同，属于见母。“豤”读溪母，“痕”读匣母，“银”读疑母，发音部位属于牙喉音（舌根后音）。

②韵部相同，声母发音部位不同，有的学者认为这是复辅音声母的体现。如“庞”、“龚”、“宠”等字从龙得声，上古都属于东部。造字之初，“龙”的声母读[l]，“庞”的声母读[bl]，“龚”的声母读[kl]，“宠”的声母读[tʻl]，后三字后来脱落了[l]。又如“廉”、“镰”、“簾”等字，从兼得声，上古都属于谈部，造字之初，“兼”的声母读[kl]，“廉”、“镰”、“簾”的声母读[gl]，后来“兼”脱落了[l]，保留了[k]；“廉”、“镰”、“簾”等字脱落了[g]，保留了[l]。[21]

3. 某些形声字，意符能够起到类似反切上字的作用，声符能够起到类似反切下字的作用，如果按照反切原理，就能够拼切出形声字的读音来，古人称之为“自反”。《说文解字》的自反形声字有 282 个，[22]约占《说文解字》总字数的 3%，包括两类：

①意符的声母、声符的韵母和声调跟形声字的完全相同，有 55 个。如：

钦，上古读溪母侵部开口三等平声，从欠金声。意符“欠”的声母，上古属溪母；声符“金”的韵母上古属侵部开口三等，声调为平声，“欠”、“金”相拼即是钦字的读音。

神，上古读船母真部开口三等平声，从示申声。意符“示”的声母，上古属船母；声符“申”的韵母，上古属真部开口三等，声调为平声。

②意符的声母、声符的韵母和声调跟形声字的不完全相同，有 227 个，细分六小类：

A. 声调不同,声母、韵母相同。如舒,上古读书母鱼部开口三等平声,从舍予声。意符“舍”的声母,上古读书母;声符“予”的韵母,上古读鱼部开口三等,声调为上声。

B. 声母不同,声调、韵母相同。如虹,上古读匣母东部合口一等平声。从虫工声,“虫”的声母,上古读晓母;“工”的韵母,上古读东部合口一等,声调为平声。

C. 韵母不同,声调、声母相同。如蔡,上古读清母月部开口一等入声。从艸祭声,“艸”的声母,上古读清母;“祭”的韵母,上古读月部开口一等,声调为入声。

D. 声母相同,韵母和声调不同。如项,上古读匣母东部开口二等上声。从页工声,“页”的声母,上古读匣母,“工”的韵母,上古读东部合口一等,声调为平声。

E. 韵母相同,声母和声调不同。如迪,上古读定母觉部开口四等入声。从辵由声,“辵”的声母,上古读透母,“由”的韵母,上古读幽部开口三等,声调为平声。

F. 声调相同,声母和韵母不同。如黠,上古读匣母质部开口二等入声。从黑吉声,“黑”的声母,上古读晓母,“吉”的韵母,上古读见母质部开口三等,声调为入声。

以上第三类,尤其是其中的第一小类①,符合反切原理,前人据此提出华夏先民在造字之初就已经掌握了反切法。对于这个问题,我们认为应该从三个方面来看。

第一,绝大多数形声字(包括亦声字)的表音功能一般体现在声符上,显示造字之初声符与形声字之间的同音或音近关系,是声符跟形声字的音节关系,而不是声母、韵母或声调的单一关系。不必对音节进行切分,就可以掌握语音关系,这是谐声造字法的本质。自反字仍然可以归结为谐声法造字,第三类可以归在第二类。

第二,反切用字的排列是固定、有序的,反切上字、下字的次序不能随意更换。自反字偏旁的排列是不固定的、无序的。形声字偏旁位置有内外、左右、上下三种,选择不同的排列次序,就会得到不同的拼切组合,得出不同的字音来。因此,对识字者来说,自反带有盲目性。

第三,反切要求被切字跟反切上下字严格的双声叠韵关系。自反字仅占形声字中极少一部分,符合反切原理的更少,《说文解字》有 55 个,仅占总字数的 0.6% 弱。多数自反读音只显示跟形声字的音近关系。所谓“自反”,不过是一种偶合现象,并不说明造字先民已经掌握了反切法。事实上,人们真正意识到自反,是在反切通行以后。据《北齐书·帝纪第五》,废帝高殷年幼时生性敏慧,初学反语,就发现“跡”字是自反字,他说:“跡字足傍亦为跡,岂非自反耶?”因为,“足”“亦”两个偏旁即可切“跡”,而侍者却不明其故。[23](P2518) 可见,自反需要运用反切的智慧才能发现,倘若高殷不懂反切法,同样也就发现不了自反现象。

先秦时期,文献中有不少合音字。所谓合音字,又叫作二合音,指两字合成一音的语音现象,有两类:

1. 合音字之义等于两个分音字之义的加和,属于合成词。如不 + 可 = 叵,之 + 乎 = 诸,何 + 不 = 盍,而 + 已 = 耳等。

2. 两个分音字不可拆开,合音字之义等于两个分音字组合的整体意义,属于单纯词。如蒺藜 = 茨,不律 = 笔,令丁 = 铃,邾娄 = 邹,终葵 = 椎等。

合音字在形式和构造上很象反切，尤其是第二类，单个的分音字跟合音字只有语音联系。跟自反相比，合音字是一大进步，但还不是真正意义的反切。

首先，反切是注音法，字义不同的同音字可以共用一个反切。合音字不是单纯的注音法，记录的是语言中的一个词。

其次，反切上下字的组合跟被切字之间只是单纯的注音关系，在语言运用中两者不能替换。而合音字和两个分音字的组合既然记录的是语言中的同一个词，当然可以互相替换。如：《春秋·桓十二年》："秋，七月，丁亥，公合宋公、燕人，盟于穀丘。"《左传·桓十二年》："秋，公及宋公盟于句渎之丘。"杜预注："句渎之丘即穀丘也。"[24](P1756)句渎的合音即是穀，音义俱同，故可替换。

再次，反切是人们自觉分析字音的结果，无论从造反切的一方说，还是从学习反切的一方说，都有一套拼切规则。合音字则出于天籁，是人们自发拼读的结果，不必学习自然就可以掌握。

划清合音字和反切的界限，对于认识反切的起源问题至关紧要。在反切法发明以前，汉人已经能够初步运用双声叠韵关系自发地分析字音，但是还不能把这个成果自觉地运用到注音中去。由自发到自觉，需要外力的推动，经历了一个漫长的过程。

四　论佛教的传入对反切发明的影响

讨论反切的发明，不能不回顾佛教传入和佛经翻译的历史。

佛教创立于公元前六至七世纪的古印度，大约在公元一世纪两汉交替时，从印度经过西域传入中国。据《三国志·魏志·东夷传》裴松之注记载，汉哀帝元寿元年(前2)，博士弟子景卢受大月氏王使伊存口授《浮屠经》。[18]汉明帝年间(58—75)，佛教开始流行于中国的王室皇族和贵族地主等上层社会。当时已有少数居士、沙门传教，并有人信佛，明帝的异母弟楚王刘英晚年喜黄老，学佛屠，招聚方士沙门，祭神求佛。永平八年(65)，明帝下诏褒奖楚王，赞扬他"诵黄老之微言，尚浮屠之仁祠"。[25]

据梁慧皎《高僧传》记载，永平八年(65)，汉明帝遣郎中蔡愔、博士弟子秦景等往天竺寻访佛法。中天竺僧人摄摩腾"不惮疲苦，冒涉流沙，至乎洛邑。明帝甚加赏接，于城西门外立精舍以处之。汉地有沙门之始也。……后少时卒于洛阳。有记云，腾译《四十二章经》一卷，初缄在兰台石室第十四间中。"[26](P1)跟摄摩腾同来洛阳的还有中天竺僧人竺法兰，《高僧传》说他"少时便善汉言"，翻译了《四十二章》等五部经。[26]

有的学者认为《高僧传》关于摄摩腾和竺法兰的记载不足为信。[27](P94-105)但是，汉明帝时佛经传入中国的说法基本上还是真实可信的。据可靠材料，佛教最初不是直接由印度传入中国的，而是经过西域各国间接传入的，中国的佛经翻译，始于东汉末年桓、灵帝之时，西域僧人扮演了很重要的角色。他们和少数古印度僧人来到汉地，以洛阳为中心，和汉人一道，把大量的佛经译为汉语。

安清,字世高,西域安息人,原是安息国太子,博学多识,“外国典籍,莫不该贯”,[28]笃信佛教。父王死后,不嗣王位,出家修道,游历各国传教。桓帝建和元年(147)到达洛阳,很快学会汉语。从此时到灵帝建宁五年(172)二十余年间,译出小乘佛经35部41卷,现存22部26卷。安世高是中国佛教史上公认的第一位翻译佛经的僧人,采取口授直译,由于他精通汉语,能够准确地传达佛经本意,梁慧皎《高僧传》赞扬他的译本“义理明晰,文字允正,辩而不华,质而不野”。[26]

支娄迦谶,简名支谶,西域月氏人,通晓汉语,桓帝末年(167)来到洛阳,在光和、中平年间(178—189年),译出大乘佛经14部27卷,译文晓畅。[26]

安玄,安息人,汉灵帝广和四年(181)来到洛阳经商,因有功被称为“骑都尉”。学会汉语,跟汉族沙门严佛调合译大乘佛经《法镜经》一卷,安玄口译,佛调笔受,他的译文“理得音正,尽经微旨,郢匠之美,见述后代”。[26](P6)

严佛调,临淮(今安徽凤阳东部)人,中国最早的出家僧人,又是第一位佛教学者兼佛典翻译家,著有第一部汉僧佛教著作《沙弥十慧章句》,译经五部。他与安玄合作译经,质量很高,“世称安侯(安清)、都尉(安玄)、佛调三人传译,号为难继。”[26](P6)孙吴僧人康僧会《法镜经序》说:“都尉口陈,严调笔受,言既稽古,义又微妙。”[29]东晋僧人道安也说“佛调出经,省而不烦,全体巧妙。”[26](P6)

汉灵帝、献帝年间(168—220),在洛阳译经者还有康居僧人康巨、康孟详和月氏僧人支曜等,他们都精通汉语,译作受到好评。

这个时期的佛经翻译,有以下三个特点,为反切的发明创造了条件。

1. 天竺、西域僧人和汉僧、汉族佛教徒合作译经,译经的方式全凭外僧口授,再由汉僧或汉教徒笔受。口译佛经的外僧叫做传言者或度语者,多是西域僧人,个别是天竺僧,要兼通梵语和汉语。译经的过程是,外僧背诵佛经,传言者口译成汉语,再由汉人揣摩传言者的意图,笔录成汉文,并进行修饰。[30]如《般若道行品经》和《般舟三昧经》就是在光和二年(179),由天竺僧竺朔佛口授(宣读梵文),支娄迦谶传言(转译成汉语),再由洛阳汉人孟福(字元士)、南阳汉人张莲(字少安)笔受(笔录译文并整理)的。译经水平,取决于传言者的梵语和汉语水平。安清、支娄迦谶、安玄等都精通梵语和汉语,译经的质量就高。

这个特点决定了反切的发明,不是个人的行为,是高水平的译经僧人和汉人共同学习交流的成果。

2. 最早的译经惟恐违背经旨,一般采用直译法,为了保全佛经原貌,多用音译。僧侣采用直译法、音译法,就能够直接感受到拼音文字跟汉字的差异。

3. 最早的佛经汉译,不是从梵文或巴利文经典直接译成汉语的,译经根据的多是“胡本”,即用西域文字转译梵文原本佛经的西域文本。所谓译梵为汉,实际就是译胡为汉,南北朝人称作“译胡为秦。”也就是说,佛经汉译的中介语言是西域语言,如焉耆语、龟兹语、安息语、于阗语等属于印欧语系东伊朗语支的古代语言;中介文字是西域文字,19 世纪末 20 世纪初在吐鲁番、焉耆、库车、和田和敦煌等地发现的二、三世纪古代西域译经写本残卷,就是由佉卢文、焉耆—龟兹文、于阗文、粟特文等拼音文字写成。[31](P50-65)根据季羡林先生的研究,东汉至南北朝译经的原本,不是纯粹的梵文写成的,而是俗语或西域古代文字的转译本,当时的汉译佛经对译的字音跟梵文有出入,如所有梵文的顶音 ṭ、ḍ[下面加圆点]都用来母字来对音。[32](P12-53)又如支谶译经多用音译,晋支愍度《合首楞严经记》说他"辞质多胡音"。因此,认为反切是直接受梵文拼音启发而产生的看法是不准确的。

但是,无论怎样,转译梵文的西域语言属于印欧语,使用的文字都是拼音文字,根据现代学者考古发现的材料,古代西域文字大多是从印度传来的文字或者就此略加改变的几种变体[33],跟梵文音理相通。外僧,尤其是西域僧,和少数汉僧、汉教徒在翻译佛经时,互相切磋,从胡文转译的梵文拼音跟汉字读音的对比中,通悟了拼音原理,并用双声叠韵法来分析汉字字音的声母和韵(包括韵母和声调),进而发明了用两个汉字表示声母和韵的反切注音法。

总之,反切的发明,外僧和汉僧起了关键的作用,其他汉族文人通过学习,逐渐把反切推广开来。可以说,这些外僧和汉僧发明反切后,一批汉儒,如前文所论及的服虔、应劭等汝河、颖河一带的学者,首先把反切法用在文献注音中,并加以提倡和推广,后来越来越多的汉儒掌握了反切法,"至于魏世,此事大行。"[11](P529)

译经僧人怎样通过胡文转译的梵文感悟了反切原理,史载语焉不详。《隋书·经籍志》:"自后汉佛法行于中国,又得西域胡书,能以十四字贯一切音,文省而义广,谓之《婆罗门书》,与八体、六文之义殊别。"[34](P3367)《婆罗门书》指西域字书,何九盈先生指出,"汉末人既已懂得胡书'能以十四字贯一切音',就不难悟出反切的道理来。"[35](P87)这个看法是对的,下面对此加以论证。

我们认为,"十四字贯一切音"的核心内容是悉昙,反切是受悉昙的直接影响而产生的。早期的僧人翻译由混合梵语(即梵语和俗语杂糅的语言)讽诵而成的佛经,必须掌握悉昙。在传授和学习梵文悉昙的过程中,外僧、汉僧和汉教徒不难感悟和发现分析汉字的双声叠韵法。

悉昙,是梵文 Siddham 的对音,又译作"肆昙","悉谈",原义为"成就",是梵语辅音与元音的配合表,用来帮助儿童学习拼音识字,是一门学习梵文拼音的入门学问。悉昙是随着佛教传入中国的。齐梁时僧祐的《出三藏记》卷三《新集安公失译经录》内就有《悉昙慕》,注云:"先在安公注经录,或是晚集所得。"安公,即东晋僧人道安(314—385),首次整理和编纂汉译佛教经录《综理众经目录》,此书早已亡佚,收录在僧祐的《出三藏记》里。《悉昙慕》是最早被著录的悉昙学著作,在此以前,悉昙早已传入中国。[36](P143-152)《鸠摩罗什法师通韵》是现存最早反映悉昙跟双声叠韵关系的汉语文献,虽然比反切的产生时代晚一个多世纪,但是早期佛经汉译很讲究师承,有很强的继承性,据此可以推断汉末在华僧人领悟双声叠韵法的一些情况。

鸠摩罗什,略称罗什或什,生于344年,卒于413年,一说生于350年,卒于409年。东晋时期著名的佛学家,中国古代四大佛经翻译家之一,生于西域龟兹国(今新疆库车)。鸠摩罗什的父亲鸠摩炎本是印度人,母亲是龟兹人,先后出家事佛。罗什七岁随母出家,通晓梵语、龟兹语和汉语,精通佛学和汉学。后秦弘始三年(401)来到长安,开始译经,至弘始十五年(413)去世,译出佛经35部294卷,据传弟子三五千,著名者数十人。他译经审慎精到,译经方式如晋僧睿《大品经序》所言:"法师手执胡本,口宣秦言,两释异音,交辨文旨。"[37]用梵本校正胡本的错误,第一次把印度佛学按照本来面目介绍过来,译经的质量达到了前所未有的水平。《鸠摩罗什法师通韵》,是敦煌写卷的一个残卷,现存伦敦大英博物院,标号为S1344。20世纪80年代以来,饶宗颐先生发表了一系列论文,探讨了《鸠摩罗什法师通韵》(简称《通韵》,下同)的内容。[38][39][40]据此,我们对于《通韵》的音韵学史价值,才有了新的认识,可以概括为以下四方面内容。

第一,《通韵》是一篇说明悉昙拼音原理的文字,提到了梵语语音分析的几个重要术语,描写了元音和辅音结合的情况,据此可以了解当时在华僧人的审音水平。

1. 关于十四音

《通韵》说:"十四音者,七字声短,七字声长。短者吸气而不高,长者平呼而不远。"[38](P141)十四音指梵语十四个元音,有七个短音,七个长音。关于十四音,众说不一,一般认为有十六个,如下:

短声:嗄 a　亿 i　郁 u　e　乌 o　庵 am　鲁ṛ　卢ḷ

长声:阿 ā　伊 ī　优 ū　野 ai 奥 au　ah　流ṝ　楼ḹ

南朝刘宋诗人谢灵运(385—433)笃好佛理,从鸠摩罗什的弟子、"什门四圣"之一慧睿学习梵音,著有《十四音训叙》,可以算作鸠摩罗什的再传弟子。他对十四音的解说应该最符合《通韵》的原意。《悉昙藏》卷二引谢灵运的话说:"以后鲁、卢、流、楼四字足之,若尔则成十六。何谓十四?解云:前庵、痾二字非是正音,止是音之余势,故所不取。若尔,前止有十,足后四,为十四也。"[2]庵、痾不列入十四音。

2. 关于五音和超声

《通韵》说:"本为五十二字,实生得一百八十二文。就里十四之声。复有五音和合,数满四千八百,唯佛能知。"[38](P141)

所谓"五十二字",指梵文五十二个字母。"十四之声"即"十四音"。"五音",即五毗声,又叫"开口各处声",毗声指辅音,五毗声指按照五个发音部位分出的五类二十五个梵语辅音。毗声中的不少辅音,是当时的汉语所具有的。根据饶宗颐的研究,列举如下:

喉间:k(迦) k'(佉) g(誐) g'(迦) ń(仰)

腭下:ts(左) ts'(车) dz(惹) dz'(酇) n̄(嬢)

舌頭:ṭ(吒) ṭ‘(咃) ḍ(拏) ḍ‘(荼) ṇ(囊)

断根:t(多) t‘(他) d(娜) d‘(驮) n(那)

唇中:p(跛) p‘(颇) b(么) b‘(婆) m(莽)

《通韵》说:“大秦、小秦,胡梵汉而超间。”“超声不能收他,唯当他自收。”[38](P141) 所谓“超声”,又叫“张口遍满声”,指二十五个毗声以外的九个梵语辅音,为汉语少见或所无,如下:

喉间:h(贺) 腭下:s(娑) 舌头:s(洒) 断根:s(舍)

唇中:v(嚩) 喉腭间:ks(乞叉) 腭舌间:l(攞)

舌断间:r(罗) 断唇间:y(野)

3. 关于悉昙、罗文、正纽和旁纽

《通韵》说:“又复《悉昙章》:初二字与一切音声作本。复能生声,亦能收他一切音声。六道殊胜,语言悉摄在中。於中廿五字,正能出生长短。”[38]

《悉昙章》的构成,以元音(包括长元音、短元音)为经,辅音为纬,以元音配辅音。以十四个元音为经,以二十五个辅音为纬,则可以生成以下音节组合:

	k	k‘	g	g‘	ń	ts	ts‘	dz	……	m
a	ka	k‘a	ga	g‘a	ńa	tsa	ts‘a	dza	……	ma
ā	kā	k‘ā	gā	g‘ā	ńā	tsā	ts‘ā	dzā	……	mā
i	ki	k‘i	gi	g‘i	ńi	tsi	ts‘i	dzi	……	mi
ī	kī	k‘ī	gī	g‘ī	ńī	tsī	ts‘ī	dzī	……	mī
u	ku	k‘u	gu	g‘u	ńu	tsu	ts‘u	dzu	……	mu
ū	kū	k‘ū	gū	g‘ū	ńū	tsū	ts‘ū	dzū	……	mū
e	ke	k‘e	ge	g‘e	ńe	tse	ts‘e	dze	……	me
ai	kai	k‘ai	gai	g‘ai	ńai	tsai	ts‘ai	dzai	……	mai
o	ko	k‘o	go	g‘o	ńo	tso	ts‘o	dzo	……	mo
au	kau	k‘au	gau	g‘au	ńau	tsau	ts‘au	dzau	……	mau
ṛ	kṛ	k‘ṛ	gṛ	g‘ṛ	ńṛ	tsṛ	ts‘ṛ	dzṛ	……	mṛ
ṝ	kṝ	k‘ṝ	gṝ	g‘ṝ	ńṝ	tsṝ	ts‘ṝ	dzṝ	……	mṝ
ḷ	kḷ	k‘ḷ	gḷ	g‘ḷ	ńḷ	tsḷ	ts‘ḷ	dzḷ	……	mḷ
ḹ	kḹ	k‘ḹ	gḹ	g‘ḹ	ńḹ	tsḹ	ts‘ḹ	dzḹ	……	mḹ

《通韵》说:“罗文上下,一不生音。逆、顺、傍、横,无一字而不著,中边左右,取(耶,即邪)正交加。”[38](P142)

元音和辅音纵横交错、变换方式相拼,交织而成各种音节,就叫罗文。七个长元音与七个短元音,按照语音远近关系两两形成正纽、旁纽,短元音跟相应的长元音构成正纽,彼此读音最近;短元音跟邻近的长元音构成旁纽,彼此读音较远。

第二,《通韵》从悉昙中体会到双声叠韵的道理,明确指出双声叠韵的含义。

《通韵》说:“竖则双声,横则牒韵,双声则无一字而不双,牒韵则无一字而不韵。初则以头就尾,后则以尾就头。或时头尾俱头,或尾头俱尾。”[38](P142)

“牒”,与“叠”同音,“牒韵”假借为叠韵。所谓“竖则双声”,指十四个元音跟同一个辅音轮流相拼而成一个纵行,形成双声关系。比如十四音跟 k 相拼,形成 ka, kā, ki, kī, ku, kū, ke, kai, ko, kau, kṛ, kṝ, kḷ, kḹ竖行,声母相同。

所谓“横则牒韵”,指二十五个辅音轮流跟同一个元音相拼而成一个横行,构成叠韵关系。比如二十五个辅音跟元音 a 相拼,形成 ka, k‘a, ga, g‘a, ńa, tsa, ts’a, dza, ……ma 横行,韵母相同。

值得注意的是,《通韵》讨论的拼音现象,只论“通韵”,不论“落韵”。所谓通韵,是指十四个元音轮流与 k——m 二十五个单辅音相拼而形成的“横呼单合”的音节格局。所谓落韵,指十四个元音轮流与复辅音 ks 相拼而形成的音节格局。“通韵”是汉语所具有的音节组合,“落韵”则是汉语没有的音节组合。

第三,难能可贵的是,《通韵》明确指出,悉昙双声叠韵的原理“兼胡兼汉”,不仅可以为胡僧唱经所用,而且适合于汉人唱经,梵汉音理相通。

《通韵》说:“胡音汉音,取舍任意。横超竖超,或逆或顺,或纵或横,半阴半阳,乍合乍离,兼胡兼汉。乃是如来金口所宣,宫商角徵,并皆罗什八处轮转。”[38](P142)

鸠摩罗什的很多弟子来自吴地。《通韵》说:“双声牒(叠)韵,巧妙多端。牒(叠)即无一字而不重,双则无一声而不韵。或有单行独只,擿掇相连。或作吴地而唱经,复似婆罗门而诵咒。”[38](P142)

第四,《通韵》虽然只字未谈反切,但是提炼和总结的双声叠韵法已经达到非常成熟的地步。人们对双声叠韵法的认识,决非一朝一夕之功,鸠摩罗什以前的胡僧、汉僧和佛教徒能够在对译、转读佛经的过程中掌握双声叠韵的原理,进而用于分析汉语的音节结构,发明反切,是不难肯定的。

末了,我要引用二十多年前何九盈师在他为北京大学中文系开设“中国古代语言学史”课程时所讲的几段话,来结束对反切起源问题的论证:

“考察反切的产生,要从内因和外因两个方面来进行分析。笼统地争论反切是出自西域还是中国的‘土特产’,无助于问题的彻底解决。反切法的本质是双声叠韵,这是汉语所固有的特点,也是反切法产生的内因。从这个意义上说,反切出自西域的说法就带有片面性。不过,话又得说回来,内因是事物起变化的根据,没有一定的外因作为条件,事物还是不会起质的变化的。中国为什么在佛教传入之前没有产生反切呢?……道理很简单,在此之前古人还不懂得分析汉语的音节结构,而不能自觉地分析出汉语的声母和韵母来,就难以产生反切法。……汉末人在梵文(渭毅谨按,当是西域译经文字)的拼音字母直接启发下创造了反切,佛教徒们译经时所传进的拼音法是反切法得以产生的具有决定意义的外因条件。汉末人运用梵文(渭毅谨按,应是西域译经文字)拼音法的知识来分析汉字的音节结构,这是'洋为中用'的范例。"[41](P79-80)

附记:此文曾以《反切起源问题三论——为唐作藩先生八十华诞而作》为题,于2007年12月26日在北京大学召开的"北京大学——韩国外国语大学首届中文论坛"上宣读,得到崔宰荣助教授的讲评和指教,谨此致谢。此次发表,做了改订。

(原刊《菏泽学院学报》2008年1期,人大报刊复印资料《语言文字学》2008年6期转载)

参考文献:

[1]陆德明.经典释文序录[C]// 经典释文[M].影印本.北京:中华书局,1983.
[2]安　然.悉昙藏[C]//大正新修大藏经:第八十四卷.台北:新文丰出版公司,1972.
[3]景　审.一切经音义序[C] //慧琳.一切经音义[M]. 影印本.上海古籍出版社,1986.
[4]章炳麟. 国故论衡音理论[C]//章氏丛书 [M].江苏广陵古籍刻印社,1981.
[5]刘盼遂.反切不始于孙叔然辨[J].实学,1926(6).北京:清华大学研究院实学社,1926
[6]顾炎武.音论[C]//音学五书[M].影印本.北京:中华书局,1982.
[7]俞正燮.反切证义[C]//癸巳类稿[M]:卷七.沈阳:辽宁教育出版社,2001.
[8]郑　樵.七音略[C]//通志[M].上海:商务印书馆万有文库本,1937.
[9]唐作藩.音韵学教程[M].北京:北京大学出版社,1987.
[10]张渭毅.1950年—2004年国内中古音研究综述[C]// 张渭毅著.中古音论.开封:河南大学出版社,2006.
[11]颜之推.音辞篇[C]//颜氏家训集解[M].王利器撰. 北京:中华书局,1996.
[12]颜之推.书证篇[C]//颜氏家训集解[M].王利器撰. 北京:中华书局,1996.
[13]高　明.反切起源论[C]//高明小学论丛[M].台北:台湾黎明文化事业股份有限公司,1978.
[14]徐　锴.说文解字系传[M].北京:中华书局,1998.
[15]刘　熙.释名[M].四部丛刊影印明刻本
[16]黄　侃.声韵略说[C]//黄侃论学杂著[M].上海:上海古籍出版社,1980.
[17]范　晔.后汉书[M]//前四史[M].天津:天津市古籍书店,1991.
[18]陈　寿.三国志[M]//前四史[M].天津:天津市古籍书店,1991.

[19]王　力. 中国语言学史[M]. 太原:山西人民出版社,1981.
[20]陈　澧. 切韵考[C]. 影印本. 北京:中国书店,1984.
[21]丁邦新. 论上古音中带 l 的复声母[C]//竺家宁、赵秉璇编. 古汉语复声母论文集. 北京:北京语言文化大学出版社,1998.
[22]李国华. 汉语自反读音[C]//语言研究,1993(1). 武汉:华中理工大学,1993.
[23]李百药. 北齐书[M]//二十五史[M]. 影印本. 上海:上海古籍出版社,1986
[24]十三经注疏[M]. 影印本. 北京:中华书局,1991.
[25]范　晔. 楚王英传[M]//后汉书[M]:卷七十二, 天津:天津市古籍书店,1991.
[26]慧　皎. 高僧传:卷一[M]. 上海:上海古籍出版社,1991.
[27]任继愈. 中国佛教史[M]. 北京:中国社会科学出版社,1981.
[28]僧　祐. 安世高传[M]//出三藏记集[M]:卷十三,北京:中华书局,2003.
[29]僧　祐. 出三藏记集序[M]:卷六//出三藏记集[M], 北京:中华书局,2003.
[30]马祖毅. 中国翻译简史[M]. 北京:中国对外翻译出版公司,1984.
[31]热扎克·买提尼牙孜. 西域翻译史[M]. 乌鲁木齐:新疆大学出版社,1994.
[32]季羡林. 论梵文 t、d[下有小圆点]的音译[C]//季羡林文集第四卷. 南昌:江西教育出版社,1996.
[33]王邦维. 谢灵运《十四音训叙》辑考[C]//国学研究:第三卷. 北京:北京大学出版社,1995.
[34]魏　征. 隋书 [M]//二十五史[M]. 影印本. 上海:上海古籍出版社,1986
[35]何九盈. 中国古代语言学史[M]. 广州:广东教育出版社,1995.
[36]饶宗颐. 论悉昙异译作"肆昙"及其入华之年代[M]//梵学集. 上海:上海古籍出版社,1993.
[37]僧　祐. 出三藏记集[M]:卷八,北京:中华书局,2003.
[38]饶宗颐. 鸠摩罗什通韵笺[M]//梵学集. 上海:上海古籍出版社,1993.
[39]饶宗颐.《文心雕龙》声律篇与鸠摩罗什《通韵》[M]//梵学集. 上海:上海古籍出版社,1993.
[40]饶宗颐. 唐以前十四音遗说考[M]//梵学集. 上海:上海古籍出版社,1993.
[41]何九盈. 中国古代语言学史[M]. 郑州:河南人民出版社,1985.

关于“每”和“都”的语义配合和制约关系*

袁毓林

一 “每…都…”配对在依存关系上的不对称性

从 Huang (1995)以来,大家普遍注意到:“每”和“都”经常以前后呼应、互相配对的形式出现;并且,这种配合关系是不对称的,表现为:“每 NP”作主语时,通常要求其谓语是“都 VP”形式;但是,“都 VP”作谓语时,并不一定要求其主语是“每 NP”形式。① 例如:

(1)a. 这些衣服每一件都很值钱。

b. *这些衣服每一件[ ]很值钱。

c. 这些衣服[ ]都很值钱。

为什么“每…都…”配对会有这种在配合或依存关系上的不对称性呢? 由于在“每…都…”配对中,似乎是“都”更占主导的地位;因而,从“都”的语义功能的角度入手,来寻找问题的答案,可能会更简单和有效一些。下面,我们按照这种思路来进行探讨。

二 “每”的语义功能的直观性理解

不管 Lee (1986)关于“都”是分配性全称量词的假设能否成立,“都”具有造成分配性全称量化的语义功能,这一点是明确的。② 例如:

(2)a. 这些衣服[ ][ ]值 1000 块钱。

b. 这些衣服[ ]都值 1000 块钱。

c. 这些衣服每一件都值 1000 块钱。

d. 这些衣服每一套都值 1000 块钱。

---

* 鸣谢:本课题的研究得到教育部人文社会科学重大研究项目(批准号:05JJD740176)和国家社会科学基金项目(批准号:07AYY004)的资助,谨此一并致以谢意。

① 详见袁毓林(2005) §3.1 对此的介绍和评论。

② 详见袁毓林(2005) §2.1 对此的介绍和评论。

(3) a. 这些皮鞋[　　　][　]卖1000块钱。
b. 这些皮鞋[　　　]都卖1000块钱。
c. 这些皮鞋每一双都卖1000块钱。
d. 这些皮鞋每一只都卖1000块钱。

例(2a)没有范围副词“都”,句子可以有两种解读:(i)这些衣服加起来值1000块钱,这就是所谓的集体性解读(collective reading,一译:统指解);(ii)这些衣服分别(论件或套)值1000块钱,这就是所谓的分配性解读(distributive reading,一译:逐指解)。当然,这两种解读是不对等的:(i)是无标记的解读方式,具有优先性和默认性的特点(即除非作出特别的声明或有特殊的语境限制条件,一般总是可以这样理解);(ii)是有标记的解读方式,具有语境依赖性的特点(即只有在作出特别的声明的前提下或在特殊的语境条件下,一般不能这样理解)。例(2b)加上范围副词“都”以后,句子只能有分配性解读;但是,这种分配性解读是有歧义的:“这些衣服”跟“值1000块钱”之间的述谓关系的计量单位是不明确的,既可以论件、也可以论套、甚至论包、论箱等。只有像例(2c, 2d)那样,用“每”引入计量单位,才能消除歧义。这一点,在例(3)中表现得更为突出:尽管皮鞋通常论双卖,但是,在事先声明的前提下,论只卖也应该是可以的。

这也就是说,从直观上看,在“每…都…”配对句中,“每”有引入计量单位的语义功能。至于怎样从理论上说明这一点,则需要先从理论上说明“都”的语义功能。为此,下面先对“都”的有关理论进行回顾和简评。

三　“都”的语义功能的理论假设

从量化理论上看例(2b),可以说分配性全称量词“都”使其定义域(domain)‘这些衣服’中的每一个个体(一件/套衣服),分别都具有‘值1000块钱’这种属性。① 可以分别用多项合取式、简化合取式和全称量化式表示如下:

(4) a. ϕx_1 & ϕx_2 & ϕx_3……& ϕx_n　　　(n 为个体 x_i 的总数)
b. $\wedge \phi(x_i)$　　　(∧是多个 & 的简化式)
c. $\forall x\ \phi_x$

(4a)表示各个个体 $x_1 \cdots x_n$ 分别跟谓词 ø 逐个发生述谓关系(predication),所以说“都”是分配算子(distributive operator)是有道理的;正是“都”把其所修饰的VP所指谓的属性,分配给

① 按照语义学的惯例,语言表达式(expressions in natural language)可以置于双引号中,语言表达式的意义或所指(denotation)应该置于单引号中。但是,为了叙述的方便,我们有时并不严格作出这种区分,而是径直用语言表达式代表其意义或所指。

了其定义域中的各个个体。(4b)用 x_i 代表(4a)中的各个个体 $x_1 \cdots x_n$,用∧代表(4a)中的多个 &,从而得到简化合取式;所以把“都”看作是加合算子(sum operator)也是有道理的,“都”加合操作的对象是 $\phi x_1, \phi x_2, \phi x_3 \cdots \phi x_n$ 一组述谓结构。反过来说,也可以把(4a)中的多项合取式封闭起来(close-up),从而形成全称量化式(4c);正因为“都”可以造成全称封闭(universal closure),所以说它是全称量词也是没有问题的。

当然,全称量词涉及其定义域中的每个个体的方式,除了像(4a)那样让 x_i 分别跟谓词 ø 逐个发生述谓关系,从而造成全称量化名词的分配解之外;还可以让其定义域中的所有个体融为一体,作为一个复数性的个体来使用。例如:

(5)a. 我们八个人合租一间房子。~ *我们八个人都合租一间房子。

b. 六根胡萝卜擦了一盆丝儿。~ *六根胡萝卜都擦了一盆丝儿。

这就造成了全称量化名词的集体解,可以用公式表示如下:①

(6) $\phi(x_1 \& x_2 \& x_3 \cdots \& x_n)$

由于作集体解的句子排斥范围副词“都”,因而说“都”是一种分配性全称量词,这是比较全面和周到的。

需要交代一下的是,Huang (1996)假设“都”跟分配性全称量词“每”关系紧密,但“都”本身不是分配性全称量词,而是一个副词。“都”是一个加合算子(sum operator),它以事件变量作为其论元。作为一个针对事件的加合算子,“都”使得它所修饰的谓词陈述众多的最小量的事件(a plurality of minimum events)。……并且,针对事件的加合操作(sum operation)导致产生了“都 VP”把它当作论元的最大的复数性事件(pp. 9—11)。这种复数性事件可以定义为∪ e_{PRED1}, e_{PRED2}, e_{PREDn},即∪ E_{PRED}(pp. 78—9)。简单地说,她引入了谓词所支配的事件论元,“都”加合操作的是其所修饰的谓词所指谓的一组最小量的事件,从而形成复数性事件∪E_{PRED}。显然,上面两种关于“都”是加合算子的理论是大异其趣的。

四 “每”的语义功能的理论解释

现在我们回过头来,在“都”是分配性全称量词的理论视野中,重新审视“每”在“都”字句中的语义功能。先看下面的例子:

(7)a. 这些杂志[ ][ ]很值钱。

b. 这些杂志[ ]都很值钱。

① 关于全称量化式跟多项合取式的转换关系及其形式表示、全称量化名词的两种解读及其形式表示,参考蒋严、潘海华(1998)§6.4,第172—174页;关于“都”的全称量词、分配算子和加合算子的有关理论和评述,详见袁毓林(2005)§2。

c. 这些杂志每一本都很值钱。

d. 这些杂志每一套都很值钱。

e. 这些杂志每一捆都很值钱。

(8) a. 我们连队[　　] [　] 发了一挺机枪。

b. ? 我们连队[　　] 都发了一挺机枪。

c. 我们连队每一个人都发了一挺机枪。

d. 我们连队每一个班都发了一挺机枪。

e. 我们连队每一个排都发了一挺机枪。

在例(7)中,"这些杂志"是分配性全称量词"都"所约束的变量的定义域,"都"分配操作或加合操作的个体均取自于此,所以又可以说"这些杂志"为"都"分配操作或加合操作提供了个体域;"每一本/套/捆"为"都"的分配操作或加合操作确定了变量,即从个体域中取多少原子个体(atomic individual)来作为一个约束变量(bounded variable),或者说是规定了变量的规模(size)。用下面的逻辑形式刻画一下,可能会看得更清楚:

(7') a. $\forall x(Magazine(x) \rightarrow Precious(x))$

b. $\forall x \quad Precious(x)$

$x \in Magazine$

上面的(7'a)是对(7b)的常规的逻辑刻画,(7'b)是用限制的量化(restricted quantification,在量词下面指出量化的值域)这种非标准的方法对(7b)进行直观的逻辑刻画。[①] 从中可以看出,"都"的确有从个体域中提取变量的要求和能力;但是,它本身缺少明确地规定变量规模的能力。因此,"每 NP"就有了存在的合法性。如果说逻辑式(7')中的"$Magazine(x)$"或"$x \in Magazine$"大致对应于表示个体域的名词短语"这些杂志"的话,那么全称量词前束式(universal quantifier prefix)大致对应于表示变量的名词短语"每一本/套/捆"。按照一阶谓词逻辑的规定,量词前束式约束作为论元的变量;而量词前束式里的变量不是论元,可以称之为指导变量( )或作用变量( )。[②] 因此,名词短语"每一本/套/捆(NP)"的逻辑性质必定是比较特别的。

当然,当"都 VP"本身能暗示变量的规模时,"每 NP"反而成为冗余成分。例如:

(9) a. ? 来这儿跳舞的人[　　] [　] 是大学生。

b. 来这儿跳舞的人[　　] 都是大学生。

---

① 关于限制的量化,详见 Allwood, et al. (1977), p. 67,中译本第 78 页。

② 关于量词前束式里的变量的性质,详见蒋严、潘海华(1998) §6.1,第 149—50 页。

c. 来这儿跳舞的人每一个都是大学生。

d. ? 来这儿跳舞的人每一对都是大学生。

e. ? 来这儿跳舞的人每一伙都是大学生。

(10) a. ? 来这儿跳舞的人 [ ] [ ] 是夫妻。

b. 来这儿跳舞的人 [ ] 都是夫妻。

c. * 来这儿跳舞的人每一个都是夫妻。

d. 来这儿跳舞的人每一对都是夫妻。

e. ? 来这儿跳舞的人每一伙都是夫妻。

(11) a. ? 来这儿跳舞的人 [ ] [ ] 是同学。

b. 来这儿跳舞的人 [ ] 都是同学。

c. * 来这儿跳舞的人每一个都是同学。

d. 来这儿跳舞的人每一对都是同学。

e. 来这儿跳舞的人每一伙都是同学。

在例(9)中,作为分配性谓词(distributive predicate),“是大学生”所指谓的属性,通过分配性算子“都”的作用,可以分配给个体域“来这儿跳舞的人”中的“每一个”单数性个体(singular individuals)。当然,也可以分配给由特定的两个原子个体构成的“每一对”复数性个体(plural individuals)、甚至由特定的多个原子个体构成的“每一伙”复数性个体;但是,这种解释往往有特别的语境限制,比如,情侣舞厅、自带舞伴的舞会;否则用“每一对”、“每一伙”对个体域中的所有的原子个体作出这类语用分组(pragmatic grouping)是多余的。在例(10)中,由于集体性谓词(collective predicate)“是夫妻”中包含“夫妻”这种特定的两个个体之间的对称性关系,它所指谓的属性通过分配性算子“都”的作用,只能分配给个体域“来这儿跳舞的人”中由特定的两个原子个体构成的“每一对”复数性个体、不能分配给其中的“每一个”原子个体、或由特定的多个原子个体构成的“每一伙”复数性个体。在例(11)中,由于集体性谓词“是同学”中包含“同学”这种特定的两个或多个个体之间的对称性关系,它所指谓的属性通过分配性算子“都”的作用,只能分配给个体域“来这儿跳舞的人”中由特定的两个或多个原子个体构成的“每一对”或“每一伙”复数性个体,不能分配给其中的“每一个”原子个体。

可见,“每”具有显性的语用分组功能,把个体域中的所有原子个体分割成一个个单元(cells),即具有一定规模的个体集合;每一个单元包含一个或几个个体,包括一个个体的独元集(singleton,即单数性个体)和多个个体的集合(即复数性个体)。在“都”字句中,“每”的语义功能主要是:显性地从个体域中,为分配性短语“*dou* - VP”(都 + 分配性谓词/集体性谓词)提供在规模上合适的变量,既可以是原子个体、也可以是复数性个体。并且,正是“每一对、每一双、每一套、每一捆”等表达形式,为语义上是复数性的名词性成分的中间性解读(intermediate reading,如例2d、3c、7d、7e、8d、8e、10d、11d、11e),提供了显性的形式手段。这种中间性解读介于“每一个”原子个体这种彻底的分配性解读(fully distributive reading,如例1a、2c、3d、7-8-9c)和“所有的、全部”个体组成的集体这种彻底的集体性解读(fully collective reading,如例5)之间,如果没有“每……”一类形式,其语用分组的规模只能依靠上下文或语境来确定(如例1c,2-3a、b,7-8-9-10-11a、b)。[①]

五 “每”对“都”的‘覆盖’的均分性限制

上文说,“每”为“都”的分配(或加合)操作提供在规模上合适的单元性变量;那么,当“都”字句中不出现“每…”一类形式时,“都”分配(或加合)操作所需要的单元性变量从何而来呢?这就要从广义分配算子(generalized distributive operator)理论说起。

根据传统的分配性算子理论,分配算子的功能是:把谓词所指谓的属性分配到复数性论元所指谓的个体域中的每一个元素;当碰到例(1c)、(2-3a)、(7-8a)一类有集体性和分配性两种解读的句子时,就设立一个可以自由地黏附于谓词的抽象的分配性算子(abstract distributivity operator,记作:^{D}),从而得到且只得到句子的分配性解读。例如:

(12)a. The first-year students ^{D}[took an exam].

b. John ^{D}[summarized] the articles.

(12 a)在抽象性分配算子的作用下,只有分配性解读(一年级的每一个学生都各自参加了一场考试),压制了集体性解读(一年级的全部学生联合参加了一场考试);(12b)在抽象性分配算子的作用下,只有分配性解读(约翰为每一篇文章各自都做了一个摘要),压制了集体性解读(约翰为那些文章合做了一个摘要)。这种抽象性分配算子可以定义如下:

(13)对于任何一个(一元)谓词 P 和个体的总和 x,^{D}P 对于 x 总是成立的,当且仅当 P 对于 x 的每一个个体部分是成立的。(Lasersohn 1998, §1, p. 83)

按照 Link (1987),这种贴附了分配算子的谓词^{D}P(或记作:D_{VP})可以翻译如下:

(14)$D_{VP} \Rightarrow \lambda X \forall y[y \in X \rightarrow VP(y)]$

其中,X 是以复数性个体为值域的变量,y 是以单数性原子个体为值域的变量。据此,Lin (1998: 205) 把向主语分配 VP 所指谓的属性的副词“都”,初步翻译成:

(15)$dou \Rightarrow \lambda P \lambda X \forall y[y \in X \rightarrow P(y)]$, where $P \in D_{<e,t>}$

① 关于语用分组和中间性解读等概念,详见 Lasersohn (1998) §2.2, p. 88-90.

显然，这种传统的分配性算子理论，不能处理汉语中像例1c、2-3a，b、7-8-9-10-11a，b等具有中间性解读的句子。当然，也不能处理英语中具有中间性解读的句子。例如：

(16) a. The shoes cost $50. (这些鞋子值50美元)

b. The vegetables are too heavy for the grey scale and too light for the black scale. (这些蔬菜对于灰秤来说太重而对于黑秤来说又太轻)

对于(16a)来说，除了严格的分配解(每一只鞋子值50美元)和严格的集体解(这些鞋子总共值50美元)之间，还有中间解(每一双鞋子值50美元)。对于(16b)来说，严格的分配解对于前半句来说是假的(每一棵蔬菜都重得没法用灰色的秤来称)，但对于后半句是真的(每一棵蔬菜都轻得没法用黑色的秤来称)；严格的集体解对于前半句来说是真的(所有的蔬菜合在一起重得没法用灰色的秤来称)，但对于后半句是假的(所有的蔬菜合在一起轻得没法用黑色的秤来称)；只有中间解可以使句子前后两个部分都是真的：每一筐蔬菜都重得没法用[称鸡毛的]灰秤来称，同时又轻得没法用[称铝锭的]黑秤来称。

根据Schwarzschild (1992)，像例(16)这种句子，其分配性意义对于特定的语用分组是敏感的：语用因素决定了怎样把论域划分为几个小组(比如，把鞋子分成一双一双，把蔬菜分成一筐一筐)，只有当谓词对于每一个这种语用小组是成立时，句子才能为真。于是，在翻译这种句子的意义的逻辑表达式中，就需要一个以论域的各种可能的“覆盖”(cover，记作Cov)为值域的自由变量，这个变量充当一个贴附于VP的二元算子的论元，而那个VP自身则充当这个二元算子的另外一个论元。这种算子就是所谓的“广义分配算子”(记作D)或称为“划分算子”(记作Part)，其语义可以定义如下：(Schwarzschild 1996, pp. 70-71)

(17) $X \in \| D\ (Cov)\ (\alpha) \|$ iff $\forall y\ [\ (y \in \| Cov \|\ \&\ y \subseteq X) \rightarrow y \in \| \alpha \|\ ]$

这样，广义分配算子就把量化限制到量化域中由语境指定的“划分”(partition)，而不是量化域本身；从而，巧妙而有效地把中间性解读简化为分配性解读。

这种“划分”就是上文说的“覆盖”，是对复数性NP的所指的一种划分，即把量化域划分为不同的小组(或单元)；它允许不同的小组(或单元)在成员上可以部分地重叠，这一点跟数学上的划分不同。因为这种“覆盖”中可以有多个单元，所以称为“复数性覆盖”。Schwarzschild (1996: 69) 还给Gillon (1987) 提出的复数性覆盖下了这样的形式定义：

(18) a. C是A的一个复数性覆盖，当且仅当C盖住了A，并且没有一个C的真子集盖住了A。

b. C盖住了A，如果：

(i) C是A的子集的集合，

(ii) 每一个A的成员属于C中的某个集合，

(iii) C中不包括空集。

从集合论的观点看,“覆盖”中的元素都是 A 的幂集(power set,即所有 A 的子集的集合)中的成员。有了“覆盖”这种基于语用分组的新的量化域,就可以方便地给出涉及中间性解读的句子的真值条件。比如,Gillon (1987)指出:

(19)句子“NP_{plural} + VP”是真的,当且仅当有一个由 NP 所指谓的复数性的 P 的一个覆盖 C,使得 VP 对于 C 中的每一个元素都是真的。

在这样的理论背景上,Lin (1998: 227)把汉语“都”看作是广义分配算子的显性实现。以便解释下列句子的中间性解读:

(20)a. 那些人都是夫妻。

b. 他们三个都是同学。

在(20a)中,广义分配算子“都”把“是夫妻”这种属性分配给“那些人”的覆盖中的每一个单元——一对一对的夫妻。至于(20b)“他们三个”的覆盖中的单元,有多种可能:{{张三,李四},{李四,王五},{张三,王五},{张三,李四,王五}}等,比如,张三和李四是小学同学,李四和王五是初中同学,张三和王五是高中同学,张三、李四和王五是大学同学。

因此,我们把“每…”看作是一种语用分组的语法化手段,它表达了覆盖中的一个单元及其规模。如果这种认识是正确的,那么我们就应该考查一下这种手段对“都”的广义分配产生什么样的影响:(i)是不是所有的“都”字句都可以加入“每……”?(ii)加入“每……”以后,句子的意义有没有显著的变化?经过初步的考察,我们发现:从表面上看,似乎所有的“都”字句中都可以加入“每……”;但是,有些句子加入“每……”以后,语义解释受到了明显的限制。例如:①

(21)a. 她们的老公[　　][　]来接她们了。

b. ? 她们的老公[　　]都来接她们了。

c. *她们的老公每一个都来接她们了。

(22)a. 小芳过生日,小明、小红、小刚和小琴都送了蛋糕。

b. 小芳过生日,小明、小红、小刚和小琴每一 个 都送了蛋糕。

c. 小芳过生日,小明、小红、小刚和小琴每一 对 都送了蛋糕。

(23)a. 来这儿跳舞的人 [　　]都是同学。

b. 来这儿跳舞的人每一 对 都是同学。

c. 来这儿跳舞的人每一 伙 都是同学。

像(21b)这类句子,还可以让人接受;但是,加入“每……”以后,就彻底不可接受了。在

① 例(21b)是课堂讨论时,由一个研究生提供的;她说这是她亲耳听到的句子。

(22a)中,“都”的量化域中的四个元素{小明,小红,小刚,小琴}至少可以构成下列几种复数性覆盖:

(22’)a. {{小明},{小红},{小刚},{小琴}}

b. {{小明,小红},{小刚,小琴}}

c. {{小明},{小红},{小刚,小琴}}

d. {{小明},{小红,小刚,小琴}}

e. {{小明},{小红},{小明,小红,小刚,小琴}}

按照(22’a),那么是四个人分别各自单独送了(至少一个)蛋糕,蛋糕的总数至少有四个,如(22b)所陈述的;按照(22’b),那么是两对人分别合送了(至少一个)蛋糕,蛋糕的总数至少有两个,如(22c)所陈述的;按照(22’c),那么是三组人分别各送了(至少一个)蛋糕,其中有两人单送、两人合送,蛋糕的总数至少有三个;按照(22’d),那么是两组人分别各送了(至少一个)蛋糕,其中有一人单送、三人合送,蛋糕的总数至少有两个;按照(22’e),那么是三组人分别各送了(至少一个)蛋糕,其中有两人单送又加上全部四个人合送,蛋糕的总数至少有三个。显然,对于(22’c-d)这三种情况,就无法用“每…”来进行语法分组。原因可能是,其中有两种“每…”所排斥的情形:(i)不同单元中成员数目多寡不等,和(ii)不同的单元部分重叠(量化域的某些元素同时充当不同单元的成员)。

换句话说,“每……”对“都”的覆盖中的单元有均分性限制(equal partition constrain),它要求“都”的量化域中的个体被平均、无交叉地分入其覆盖中的各个单元;或者说,“每……”把“都”的量化域中的所有个体,平均、无重叠地划分成覆盖中的几个单元。

六 “都”对“每”的‘计数’的归一性限制

Lin (1998)注意到“每+(一+量词+名词)”短语在“数”上的一个颇为吊诡的语义特点:一方面,因为其中的数词是“一”,所以这里的名词必定是单数性的,不可能是复数性的;另一方面,受“每”修饰的 NP 又必须指谓复数性的个体,以便“都-VP”陈述它(p. 236)。于是,“每”不能处理为是内在地具有分配性(p. 237)。他假设“每”指谓一个函数(function),它以 $<e, t>$ 这种类型的谓词为其论元,[①]然后返回由这个谓词指谓的个体组成的最大的集体。即“每”的语义类型是 $<<e, t>, e>$,其语义可以刻画如下:

(24) $\| mei \| =$ that function f such that for all $P \in D_{<e,t>}$, $f(P) = \cup \| P \|$

① 注意,逻辑学上通常把专有名词翻译为个体词项(individual terms),而把普通名词跟形容词和动词合在一起翻译为谓词(predicates)。详见 Allwood, et al. (1977) §5.1 和 §10.4, p. 59-60, 169,中译本第69-70、198页。

因为"一 + 量词 + 名词"可以看作是 < e, t > 类型的谓词,它们可以跟"每"组合,得到一个普通名词外延中的所有个体的并(union)(p. 238)。

我们则直接把"每"看作是一个一元性的划分算子(partition operator),其论元是一个语义上是复数性的谓词;结果"每"把这个谓词所指谓的个体集合划分为一个个规模相似的单元,这种单元的集合就是一种对于某个个体域的均分性的覆盖。也就是说,需要对(24)作出一些必要的限制(不同单元的成员在规模上相似或数量上大致相等),以便更贴切地反映人们对"每"的语义功能的直观性理解:"指全体中的任何个体,用来代表全体。强调个体的共同点"(吕叔湘,2001:384)。例如:

(25) a. 我们班每一个同学用一张桌子。

b. 我们班每两个同学用一张桌子。

c. 我们班每三个同学用两张桌子。

(26) a. 我们厂每一对夫妻分一间厨房。

b. 我们厂每两对夫妻分一间厨房。

c. 我们厂每三对夫妻分两间厨房。

在例(25)中,"每"把个体域"我们班[的同学]"分别划分成由一个、两个和三个单数性个体组成的单元的集合,即对于个体域的一种均分性覆盖。在例(26)中,"每"把个体域"我们厂[的夫妻]"分别划分成由一对、两对和三对复数性个体组成的单元的集合,也是对于个体域的一种均分性覆盖。

在上一节中,我们讨论了"每"对"都"所要求的"覆盖"的均分性限制;现在,我们来看一下"都"对"每"的"划分"有什么限制。例如:

(25') a. 我们班每一个同学都用一张桌子。

b. *我们班每两个同学都用一张桌子。

c. *我们班每三个同学都用两张桌子。

(26') a. 我们厂每一对夫妻都分一间厨房。

b. *我们厂每两对夫妻都分一间厨房。

c. *我们厂每三对夫妻都分两间厨房。

从上例可以看出,在"都"字句中,作为量化前束式的"每 + 数词 + 量词 + 名词",其中的数词只能是"一"(如 25'a、26'a),而不能是大于"一"的数词(如 25'b、c,26'b、c)。也就是说,"都"要求"每"所划分出来的覆盖中的单元,只能以"一"来计数;让这种单元从形式上真正成为一个单位(unite),哪怕像 26'a 那样把若干个体归并成一种单位也行,以便"都"把谓词所表示的属性逐一地分配到这些单元上。为了方便,我们把"都"对"每"的"划分"的这种限制称为"归一性"(normalization)。

如果上面关于"都"对"每"的"划分"的"归一性"限制这种假设是合理的,那么我们可以进一步设想:这种限制只在"都"的量化域及其派生的覆盖中起作用,超出"都"的量化域及其派生的覆盖之外,就不起作用了。也就是说,这种"归一性"限制具有局域性(locality)。那么,这种"归一性"限制的局域性假设有没有道理呢?请看下面的语言事实:

(25'')a. 我们班都是每一个同学用一张桌子。

b. 我们班都是每两个同学用一张桌子。

c. 我们班都是每三个同学用两张桌子。

(26'')a. 我们厂都是每一对夫妻分一间厨房。

b. 我们厂都是每两对夫妻分一间厨房。

c. 我们厂都是每三对夫妻分两间厨房。

从上例可以看出,原来不合格的如25'-26'b, c,通过前移"都"和加入高层谓词"是",从而把"每+数词+量词+名词"变成"都"所贴附的复合谓词的一部分以后,都被救活了。也就是说,当"每+数词+量词+名词"跳出"都"的量化域之外后,"归一性"限制就失效了。

七 "每…都…"配对依存关系不对称性的解释

在§1中,我们已经简略地提到"每…都…"配对在依存关系上的不对称性。现在,我们打算对这种依存关系进行具体的描写和解释。为了方便,下面从一个由六组相关的句子组成的句式系列上,展开我们的考察和讨论:

(27)a. 我们班[ ]有电脑。

b. 我们班都有电脑。

(28)a. 我们班一个人[ ]有电脑。

b. *我们班一个人都有电脑。

(29)a. *我们班每一个人[ ]有电脑。

b. 我们班每一个人都有电脑。

(30)a. 我们班[ ]有一台电脑。

b. ?我们班都有一台电脑。

(31)a. 我们班一个人[ ]有一台电脑。

b. *我们班一个人都有一台电脑。

(32)a. 我们班每一个人[ ]有一台电脑。

b. 我们班每一个人都有一台电脑。

这些句子都以复数性名词短语“我们班[的学生]”为个体域,(27a)(30a)中的“有[一台]电脑”不是分配性谓词,所以句子只能有集体解(我们班的全体学生共同拥有一台/若干台电脑);(27b)(30b)中的“都有[一台]电脑”是有标记的显性的分配性谓词,所以句子只能有分配解(我们班的每一个/组学生各自拥有一台/若干台电脑)。(28a)中的“一个人”指定了个体域“我们班[的学生]”中的某一个不确定的个体(相当于经过了存在量化),它具有“有电脑”这种属性;这种单数性的个体名词,自然无法成为显性的分配性谓词“都有电脑”的论元(如28b所示)。(29a)中的“每一个人”把个体域“我们班[的学生]”划分为由一组独元集组成的均分性的“覆盖”,为分配性谓词的属性分配准备好了一个个离散的单位;但是,谓词“有电脑”不具有分配性功能,句子只能不合格;相反,(29b)中的“都有电脑”是显性的分配性谓词,所以句子完全合格。(31a)中的“一个人有一台电脑”是“数量名1+动词+数量名2”结构的实例,是一种专门表达比例性分配关系的结构格式(proportional distributive construction);它表示每一个单元(由“数量名1”所表达的一定数量的个体),将分配到一定数量的属性(由“动词+数量名2”所表达的)。这种依靠数量词在主语和宾语位置上前后呼应造成的比例性分配关系,是弱式的语用分组,排斥强式的分配算子“都”(如31b所示)。这种单元是从个体域中平均地划分出来的,可以用“每”作出显式的表示(如32a所示);有了“每……”这种显式的(因而是强势的)语用分组,自然可以跟强式的分配性谓词“都VP”相容(如32b所示)。

上述关于“数量名1+动词+数量名2”是表达比例性分配关系的格式的假设,可以通过把表示个体域的NP和表示变量的NP合并成一个偏正式NP来检验。例如:

(28’)a. 我们班的一个人[ ]有电脑。

b. *我们班的一个人都有电脑。

(29’)a. *我们班的每一个人[ ]有电脑。

b. 我们班的每一个人都有电脑。

(31’)a. 我们班的一个人[ ]有一台电脑。

b. *我们班的一个人都有一台电脑。

(32’)a. 我们班的每一个人[ ]有一台电脑。

b. 我们班的每一个人都有一台电脑。

上文说,(31 a)中的“一个人有一台电脑”,是一种专门表达比例性分配关系的结构格式;其中的“一个人”作任指解(arbitrary reading),指量化域中的任意一个个体。但是,(31’ a)中的“我们班的一个人”是一种不定指解(nonidentifiable reading),即说话人把这个NP所指的对象当作一个陌生的实体介绍给听话人;[①]从而破坏了比例性分配格式的结构和语义限制,使得句子无法前后呼应来表示比例性分配关系,更不能插入强式的分配算子“都”(如31’b所示)。而(32’a)通过在“一个人”之前插入显性的均分性划分算子“每”,来强调个体域中的任意一个个体都足以代表其他个体[②],保证并突出了“一个人”的任指解,从而使得句子可以前后呼应来表示比例性分配关系;最终,“每一个人”所造成的强式的覆盖,还为强式的分配算子“都”的出场奠定了基础(如32’b所示)。

综上所述,“都”是显式的分配性算子,它贴附在一个谓词性成分之前,构成dou-VP短语。它要求前面有一个语义上是复数性的成分(记作NPplural)作为其量化域,并把VP所指谓的属性分配到其量化域中的每一个单元,这种单元由量化域中的一定数量的个体组成。但是,“都”并不指定这种单元的规模的大小,只是要求量化域中的每一个个体都分到一个或几个单元之中。作为一种缺省的情况,这种单元通常只有一个个体;于是,“都”的语义功能便是把VP所指谓的属性分配到其量化域中的每一个个体。只有在后面VP的语义不允许作出这种解读时,才需要根据语境和VP的语义特性来设定这种单元的规模;可见,这种单元在本质上是一种语用分组。因此,“都”可以不依赖于“每”而独立使用。但是,“每”却对“都”有相当的依赖性。因为“每”是一种划分算子,它把个体域中的个体划分成一个个规模相同的单元,这种单元把一定数量的原子个体捆成一个单元性个体;但是,它本身并不表示分配关系或加合关系。不过,由于它是对于个体域中的个体的一种均分性划分,其中的任意一个都足以代表全体;因此,它具有隐性的全称量化的功能,即谓词所表示的属性将遍及所有的单元。这种周遍性意义,对于宾语位置上的“每+数量名”结构也是适用的。例如:

(33)a. 你去通知每一个系领导,马上到大礼堂开会。
　　b. 我们把教学改革的精神传达到了每一个学院。

“每”作为划分算子的假设,对于“每+VP1, VP2”或“每+Clause1, Clause 2”格式,尤其适用。例如:

(34)a. 早晨6点到晚上10点,每隔15分钟发一趟客车。
　　b. 今年以来,她们每值两个夜班,就休息一个白天。
(35)a. 开春以后,每下一场小雨,小草就噌地长一截儿。
　　b. 这些年来,每当我碰到困难的时候,他总是帮我。

在(34a)中,“每”把论域中的时间划分成一个个以15分钟为长度的单元,在(34b)中,“每”把论域中的值夜班事件划分成一个个以2个夜班为单位的单元;在(35a)中,“每”把论域中

① 关于名词性成分的定指与不定指的界定,详见陈平(1991)第121—126页。

② 吕叔湘主编(2001)正确地描述了“每”的语义功能:“指全体中的任何个体,用来代表全体。强调个体的共同点”(第384页)。

的时间划分成一个个以下一场小雨为单位的单元,在(35b)中,“每”把论域中的时间划分成一个个以碰到困难为单位的单元。正是通过“每”对有关时间或事件的均匀的语用分组,来表示同一动作或事件的有规律的反复出现。[①]

八 “每……都……”配对依存关系的另一种解释

在“每”和“都”的依存关系上,Huang (1996, 2005)跟我们的观点几乎相反。Huang (1996)假设:汉语的“每”跟英语的‘every’一样,是分配性全称量词(记作 EVERY),它们的形式翻译(formal translation)可以通过借助一个 skolem 函数来联系它的两个论元 A 和 B 这种方式来扩充。skolem 函数是这样来连结两个变量(variable)的,它使得一个变量的值选择取决于另一个变量的值选择。这种定义不仅可以帮助我们解释‘every’、“每”的分布,还可以帮助我们解释“每”和副词“都”的共现类型(p. 2)。Huang (2005)明确地指出,为了抓住包含分配性全称量词的句子中的配对性解读(for every x there is a y),必须把 skolem 函数纳入 EVERY 的形式定义之中(p. 1)。skolem 函数 $f(x)$ 需要在全称量词的辖域中有一个变量 y,以便用 skolem 函数 $f(x)$ 替换这个变量(即 $y = f(x)$,袁案);这样,使得 y 的值依存于 x 的值,这是造成配对性解读所必需的。这种变量有两种来源:(i)通过无定性成分引入的[个体]变量,(ii)事件变量。英语可以通过事态来允准事件变量,汉语没有时态,加合算子“都”把事件变量作为论元,从而允准这个事件变量的 skolem 化(p. 5)。例如:

(36)a. 每一个厨师做一个菜。
　　b. 每一个学生*(都)毕业了。

(36a)中的无定 NP“一个菜”提供了“每”内含(build-in)的 skolem 化所需要的个体变量。(36b)没有这种个体变量,只得仰仗于“都”对由语境限定的一个个“毕业”事件进行加合操作,得到一个复数性的事件变量;从而使得“学生”集合中的每一个成员 x,都有“毕业”事件集合中的一个最小的“毕业”事件 $y = f(x)$ 来跟它对应。[②]

如果她的上述理论是正确的,那么可以预测“每 + 数量名”结构一般不能出现在宾语位置上,除非其后面还有无定 NP 可以提供变量。Huang (2005)正是这样推论的。例如:

(37)a. ?? 李四喜欢每一个老师。
　　b. 每一个老师李四都喜欢。

(38)a. 我们经理给了每一个代表一个礼物。

---

① 参考吕叔湘主编(2001),第 384 页。

② 以上内容和举例,详见 Huang (1996),pp. 2-3;Huang (2005),pp. 4-5, 12, 21-25;其中,也加入了我的个人理解;如有差错,责任在我。

b. *我们经理给了每一个礼物一个代表。

她认为(37a)之所以不好,是因为事件变量不在全称量化 NP 的成分统制域(c-command domain)中;在这种情况下,即使加上"都"也无法把这个句子救活(pp. 40-43)。我们认为,(37a)是合格的,只是可接受性差了一点儿。原因在于"每"是划分算子,对个体域有相当的依赖性。如果给出明确的量化域,那么"每+数量名"结构就可以出现在宾语位置。例如:

(39)a. ? 在幼儿园里,小芳喜欢每一个老师。

b. 小芳喜欢幼儿园里的每一个老师。

(40)a. 我爱每一片绿叶。

b. 裁判员善意地提醒了每一位参赛者。

可见,表示或提示量化域的词语跟"每+数量名"短语挨得越近,句子越自然。即使句子中没有任何表示或提示量化域的词语,只要句子本身能够明确地暗示量化域的,照样可以接受。

九　回答针对"归一性"提出的两个问题

上文(§6)强调"都"对"每"的"划分"在计数上有"归一性"限制,即"每…都…"结构中的数词通常只能是"一"、而不能是二或二以上的数词。但是,有的学者对这一假设提出了质疑,并举了下面这类例子:①

(41)a. ? 我们厂每两对夫妻都可以分一间厨房。

b. ? 我们厂每三对夫妻都可以分两间厨房。

(42)a. 裁判员善意地提醒了每一位参赛者。

b. *裁判员善意地提醒了每三位参赛者。

上面的(41a, 41b)是在上文不合格的(26b, 26c)中加入"可以"而造成的,加入助动词"可以"后句子的合格性提高了。上面的(42a)就是上文的(40b),但是把数词"一"换成二或二以上的数词后就不合格;这些句子中没有"都",可见归一性不一定是由"都"造成的。

关于第一个问题,我们的回答是:助动词表示可能、允许、必要等模态意义,可以减弱句子在句法或语义方面的不合格性或不可接受性。例如:

(43)a. *偷钱儿吃。→ b. 偷钱儿可以吃。

(44)a. *知了药用。→b. 知了可以药用。

---

① 这是"两岸三地现代汉语句法语义小型研讨会"(2007 年 8 月 18—20 日,于香港城市大学)上,石定栩和潘海华先生分别提出的。谨此向他们致谢。

本来不合格的(43a,44a)加入助动词"可以"后,都变成合格的结构了。再说,违反归一性限制的"每…都…"结构,加入"可以"等助动词后,合格性仍是十分可疑的。例如:

(45)a. 我们学校每四家分一个厨房。

b. *我们学校每四家都分一个厨房。

c. ? 我们学校每四家都可以分一个厨房。

(46)a. 我们学校每两家分一个儿童房间。

b. *我们学校每两家都分一个儿童房间。

c. ? 我们学校每两家都可以分一个儿童房间。

在我们的调查中,大部分人对(41)、(45c,46c)这种句子的可接受性是非常犹豫的。

关于第二个问题,我们的回答是:说"都"对"每"的"划分"在计数上有"归一性"限制,这并不蕴涵在没有"都"的结构中"每+数量名"短语中的数词不能是"一"。也就是说,发现在某些没有"都"的结构中"每"的"划分"在计数上也有"归一性"限制,并不能证伪我们提出的"都"对"每"的"划分"在计数上有"归一性"限制的假设。不过,为什么宾语位置上"每+数量名"短语中的数词只能是"一"? 或者说,为什么在宾语位置上"每"的"划分"也有"归一性"限制? 这倒是一个值得考虑的问题。经过初步的考察,我们提出下列这种直观性的解释:划分算子"每"把个体域中的个体划分成一个个规模相同的单元,跟相关的谓词建立述谓关系;当强调这种述谓关系是一种比例关系时,允许这种划分在计数上自由,根据覆盖中原子个体的数目有一说一、有二说二;当强调这种述谓关系是一种遍历关系时,强制这种划分在计数上归一,以示谓词所表示的属性分配给覆盖中的一个个单元,而不是单元中的若干个原子个体,从而达到全称量化。"都"作为全称量词,自然要求其量化域中的划分必须归一;宾语位置上"每+数量名"短语没有后续的"数量名"短语时,不能表示比例关系,只能表示周遍意义,自然也要求其量化域中的划分必须归一。也就是说,在全称量化的情况下,"每"的"划分"在计数上都有"归一性"限制。

(原刊《汉藏语学报》第2期,商务印书馆2008年版)

参考文献

Allwood, Andersson & Dahl. 1977. *Logic in Linguistics*, Cambridge: Cambridge University Press. 中译本《语言学中的逻辑》,王维贤、李先焜、蔡希杰译,河北人民出版社,1984年。

Gillon, Brendan S. 1987. The Readings of Plural Noun Phrase in English, *Linguistics and Philosophy* 10: 199-219.

Huang, Shi-Zhe (黄师哲). 1995. *Dou* as an Existential Quantifier. In Jose Camacho, Lina Choueiri, eds., NACCL-6 V. I., GSIL at USC. Pp. 85-99. (Paper presented at Six North America Conference on Chinese Linguistics, USC, Los Angeles, 1994)

Huang, Shi-Zhe (黄师哲). 1996. *Quantification and predication in Mandarin Chinese: A case study of Dou*. PhD Diss., University of Pennsylvania, Philadelphia.

Huang, Shi-Zhe (黄师哲). 2005. *Universal Quantification with Skolemization as Evidence in Chinese and English*. New York: The Edwin Mellen Press.

Lasersohn, Peter. 1998. Generalized Distributivity Operators, *Linguistics and Philosophy* 21: 83-93.

Lee, Thomas, Hun-tak (李行德). 1986. *Studies on quantification in Chinese*. PhD Diss., University of California, Los Angeles.

Lewis, David. 1975. Adverbs of Quantificaton. In E. Keenan, ed., *Formal Semantics of Natural Language*. Cambridge: Cambridge University Press. Pp. 3-15.

Lin, Jo-wang (林若望). 1998. Distributivity in Chinese and its Implication. *Natural Language Semantics* 6: 201-43.

Link, Godehard. 1987. Generalized Quantifiers and Plurals, in P. Gärdenfors (ed.), *Generalized Quantifiers: Linguistic and Logical Approaches*, Reidel, Dordrecht, pp. 151-180.

Pan Haihua. (潘海华). 2001. Implicit Argument, Collective Predicates, and *Dou* Quantification in Chinese, Tsinghua University, 6 June 2001.

Schwarzschild, Roger. 1991. *On the Meaning of Definite Plural Noun Phrases*, PhD diss., University of Massachusetts, Amherst.

Schwarzschild, Roger. 1992. Types of Plural Individuals, *Linguistics and Philosophy* 15: 641-675.

Schwarzschild, Roger. 1996. *Pluralities*, *Kluwer*, *Dordrecht*.

陈　平 1987 释汉语中与名词性成分相关的四组概念,《中国语文》第 2 期。收入陈平 1991《现代语言学研究》,第 119—141 页,重庆:重庆出版社;本文据此。

蒋　严、潘海华 1998《形式语义学导论》,北京:中国社会科学出版社。

吕叔湘主编 2001〔1980〕《现代汉语八百词》(增订本),北京:商务印书馆。

潘海华 2006 说“每”和“都”,演讲提要,2006 年 10 月 8 日于北京大学中文系。

袁毓林 2005 “都”的加合性语义功能及其分配性效应,《当代语言学》第 4 期。

试论普通话疑问语气的声学关联物*

王韫佳

一 引 言

语调无疑是表达句子语气最重要的语音手段。在语调研究领域,最有影响力的理论流派是是英国学派的曲拱分析法(contour analysis)和美国学派的层级分析法(levels analysis)(Cruttenden,2002)。汉语语调研究的开创者赵元任在构建汉语语调理论时主要受到了英国学派的影响(Chao,1932;1933)。曲拱分析法以重读音节的出现为基础,将语调分成若干调群(tone group),然后将每个调群又分为调冠(prehead)、调头(head)、调核(nucleus)和调尾(tail)四个组成部分。其中调核是一个调群中最重要的音节,也是一个调群唯一必不可少的成分。

赵元任虽然在汉语的语调研究中引入了曲拱分析法的一些元素,但他并没有将这一派的理论直接套用在汉语上,赵最大的贡献在于他看到了汉语语调在本质上与非声调语言语调的不一致性——在汉语中,语调并不等同于句子的基频变化。赵元任(Chao,1932)指出,汉语语句中一个音节的调子实际上是单字调(original word-tone)和句子语调(sentence intonation)两种因素的"代数和"(algebraic sum)或者"合成物"(resultant)。也就是说,声调和语调是共时叠加的。如此,要研究汉语的语调,就必须找到一个有效的手段将声调和语调剥离开来,这个手段就是声调的"声调音域"(range of pitch)。调域的种种变化,例如调域的整体提高或降低,调域的扩大或缩小,正是语调作用的结果。国内大部分学者对汉语语调的研究都不同程度地受到了赵元任声调音域理论的启发或者直接影响。

尽管赵元任对于声调和语调关系的解析得到了国内多数研究者的认同,但是,人们对于汉语语调的表达方式和内在结构依然有不同的看法。从表达方式来说,主要有调域上下限同步变化的"单线模型"和调域上下限各自独立变化的"双线模型"。例如,吴宗济(1996)和曹剑芬(2002)认为,声调和语调的"代数和"是指音阶之和,而音阶改变就是调域整体的提高、下降、扩大或缩小,这就意味着只通过一个变量就可以表示调域的全部变化,因此可以把

* 国家对外汉语教学领导小组办公室十五规划课题"面向教学的汉语韵律研究",项目批准号 HBK01-05/13。

这种理论称为单线模型。沈炯(1985,1992,1994a,1994b)认为调域的高音线和低音线是两个独立的变量,高音线的调节变化和语义的加强有关,低音线的调节变化和节奏结构的完整性相关,简言之,必须通过两个独立的变量才能表现出调域的具体变化,因此可称为双线模型。从内在结构上来说,有"整体语调观"和"句尾语调观"的分歧。胡明扬(1987)、劲松(1992)和瞿霭堂、劲松(1994)、林茂灿(2004,2005)等都认为表达句子语气依靠的是句末重读音节的音高特征,沈炯(1992)和曹剑芬(2002)则认为句子的语调特征分布在全句的音高变化过程中。

不同类型的疑问句可能会使用不同的语调。在这个问题上,多数学者认为疑问结构的有无至关重要,但具体观点并不完全相同。例如,胡明扬(1987)和劲松(1992)认为,不带疑问结构的是非问句在句尾使用高语调,其他类型的疑问句既可以使用高语调,也可以使用低语调;吴宗济(1982)则认为有疑问结构的疑问句的语调与陈述句的语调形式相同。除了在具体观点上存在分歧,学界在疑问句语调的研究中还忽视了一个问题——普通话的疑问句所携带的疑问语气的强弱并不相同,疑问语气的差别是否会通过语调进行表达?

如果把区别于陈述句语调的疑问句的语调称为"疑问语调"的话,学术界关于汉语疑问语调的看法概括起来主要有三种:(1)句尾使用高语调(胡明扬,1987;劲松,1992)或句末音节音高曲线的斜率区别于陈述句(林茂灿,2004,2005,2006);(2)疑问语调总的调阶走势是上升的(曹剑芬,2002);(3)疑问句语调与陈述句语调的区别在于,前者在调核之后高音线渐落、低音线上敛,后者在调核之后高音线骤落、低音线下延(沈炯,1985,1992;陆亚民等,1995;高美淑,1999;王安红,2003)。

对普通话疑问语调的争论,其本质是对汉语语调内在结构的争论,即,语调特征是由句末音节携带的还是由全句携带的?最为重要的是,如果陈述语调和疑问语调的差异并不仅仅存在于句末音节,那么,对辨认语调起决定性作用的声学信息是什么?第二个问题的解决只能依赖对疑问语调的知觉研究。林茂灿对此进行了一些感知实验(2004,2005,2006),他的实验结果是,仅仅改变边界调(即句子最后一个正常重音音节的声调)的斜率就可以使听音人改变对句子的疑问或者陈述语气的判断;如果仅仅改变边界调的高音点而不改变斜率,听音人则听不出句子语气的变化。除了上面所提到疑问语调研究中的不足和观点的分歧之外,还有一个与疑问句语调相关的问题长期以来一直被忽视,这就是,疑问句除了语调(如果语调仅指句子层面的音高变化的话)之外,在其他声学特征,包括音长、音质甚至音强上,与陈述句是否有显著差异?最近有两个研究报告(伍艳红等,2006;林茂灿,2006)对疑问句的时长特征进行了观察,但他们的结果并不一致,伍艳红等认为无疑问句法标记的疑问句中最后三个音节的时长短于相应的陈述句,林茂灿则发现疑问句的边界调时长(在他的实验中就是句末最后一个重读音节)比陈述句的长。

本文拟从以下三个方面对普通话疑问句的语调和其他声学特征进行研究:(1)疑问句的类型与语调的关系,这项研究旨在探讨疑问句法标记的有无以及疑问标记的类型对语调的影响。(2)疑问语气的感知问题。这项研究的方法与林茂灿(2004,2005,2006)的方法在语料设计和被试作业方面都有所不同。(3)疑问句中音节的长度关系和句末音节的音质特征。

本研究所使用的语调理论框架为赵元任先生所引入的英国派的曲拱分析法,同时也借鉴了沈炯提出的汉语语调的双线模型。

二　疑问句语调的声学分析

2.1　材料与方法

本文所要考察的疑问句的类型如表 1 所列:

表 1　疑问句语调研究中的疑问句类型

疑问句句型			例句
无句法标记的疑问句			张峰光修收音机?
带句法标记的疑问句	带疑问语气词①的是非问句		张峰光修收音机吗? 张峰光修收音机吧?
	特指问句	无疑问语气词	张峰修哪台收音机? 张峰修几台收音机?
		带疑问语气词	张峰修哪台收音机呢? 张峰修哪台收音机呀?

实验语句由一位职业播音员用新闻播音风格念出。发音时没有使用引导句,所有实验语句随机排序。调核位置由三位语言学专业的学生通过听感确定(要求他们判断焦点重音的位置),至少两人判定结果相同的句子方能进入实验测量和结果统计。

主要从四个角度对句子的语调特点进行观察:(1)调核前的音高变化,即句首(调头所在位置)到调核的音高变化幅度。(2)调核后的音高变化,即调核与其后第一个音节之间的音高落差。(3)句末音高变化,即句子最后一个音节与其前接音节之间的音高落差,如果句末有疑问语气词,则语气词与其前接音节(准句末音节)之间的音高落差、准句末音节与其前接音节的音高落差都将纳入测量和分析。(4)句末音节的调域,如果句子有语气词的话,则语气词和准句末音节的调域都被纳入测量和分析。

在统计分析中只对除语气和疑问结构以外没有其他差别的句子进行对比,例如,“张峰**光**修收音机”只与“张峰**光**修收音机?”、“张峰**光**修收音机吗”、“张峰**光**修收音机吧”进行相

① 对于现代汉语中疑问语气词的界定,语法学界存在不同的看法,这里暂且把实验语句中疑问句句末的语气词统称为疑问语气词。

比(宽黑体字表示调核所在之处),所有进行对比的句子调核位置都是一致的。

由于借鉴了沈炯提出的双线模型,因此在观察音高变化时需要测量声调高音点和低音点的参数。高音点指阴平、阳平的终点音高和去声的起点音高,这里的低音点除了去声的终点外,还包括阳平的起点,因为阳平的起点是与调域下限同步变化的,我们可以把阳平起点的变化作为推测调域下限变化规律的证据之一。把阳平的起点当作低音点在本研究中也不会产生统计上的问题,因为本文所使用的统计方法均为配对样本的比较,某个阳平音节只与不同句型中的相应阳平音节进行对比。阴平没有曲拱特征,因此不参加低音点和音高范围的对比。

通过测量和计算所得到的每个实验语句的具体参数有:(1)句首音节与调核音节之间的高音点差值、低音点差值;(2)调核音节与其后音节之间的高音点差值、低音点差值;(3)句末音节(在有疑问语气词时为准句末音节)与其前接音节之间的高音点差值、低音点差值;(4)疑问语气词与准句末音节之间的高音点差值、低音点差值;(5)句末音节和准句末音节的音高范围(高音点与低音点的音高之差)。以上所有两个音节的差值都是用前面音节之值减去后面音节之值得到的。使用半音作为音高标度,参考频率为100Hz。

2.2 陈述句与各类疑问句的对比

表2列出了对三种是非疑问句与陈述句的各类音高参数的关系进行方差分析的结果,表中的“+”表示与陈述句有显著差异,“-”表示无显著差异,“+ ”和“-”后面括号中的“S”或“L”分别表示在某对比项上某类疑问句的数值小于或者大于陈述句。特指疑问句因为句中出现了疑问词,因此不适合与陈述句进行比较。统计中的显著性水平为0.05。为使行文简洁,若非特殊需要,统计结果中的具体数据均略去,下文同。

表2 各类疑问句与陈述句的差别

对比项目 \ 对比句型		无标记是非问句	带“吧”的是非问句	带“吗”的是非问句
句首音节与调核音节之差	高音点	—	—	—
	低音点	—	—	—
调核音节与调核后音节之差	高音点	+(S)	+(S)	+(S)
	低音点	+(S)	—	—
(准)句末前音节与(准)句末音节之差	高音点	—	—	—
	低音点	+(S)	+(S)	+(S)
(准)句末音节音高范围		+(S)	+(S)	+(S)

统计结果表明,在句首和调核之间,陈述句的音高变化幅度与各类是非问句均无显著差异。在调核之后,陈述句的高音点音高落差大于三种是非问句,但低音点落差只与无标记是非问句存在显著差异,陈述句的落差大于无标记是非问句。在句尾的最后两个音节(不包括疑问语气词)之间,陈述句的高音点落差与三种是非问句均无显著差异,但低音点的落差显著大于三种是非问句。陈述句句末音节的音高范围也显著大于三种是非问句中的句末音节或者准句末音节的音高范围。这里存在一个难以克服的技术上的问题,即,表 2 的最后三个对比项中,陈述句和带语气词疑问句的具体对比项目并没有处在完全相同的语音环境下,与陈述句的句末音节对应的是带语气词疑问句的准句末音节(语气词之前的音节)。尽管我们可以认为疑问语气词(轻声音节)的音高特征在一定程度上是依附于前面的准句末音节的,但准句末位置和句末位置的可对比性还是稍差了一些。不过,这个问题应该不会影响到总的结果。

从以上结果可以看出,陈述句与是非问句语调的差别在调核之后就已经体现出来,但此时最主要的差别是声调高音点的差别,陈述句高音点的落差大于疑问句。而在句尾部分,陈述句高音点的落差与疑问句没有显著差别,低音点的落差却显著大于疑问句。这些结果说明,在句子不同部分,语调对于句中音节调域的调节方式是不同的。本文得到的疑问句与陈述句的这些差别,在很大程度上与沈炯提出的"疑问句在调核之后高音线渐落,在句尾低音线上敛"的假设是相吻和的。

从表 2 的数据还可以看出,带疑问语气词的疑问句和陈述句的差别基本上与无标记的疑问句与陈述句的差别相同。这个结果说明,在有疑问句法标记(如疑问语气词)的情况下,疑问句同样可以使用音高手段,即语调,来表达疑问语气。

根据以上结果,我们可以认为,调核之后音高落差的大小、句末音节与前接音节之间音高落差的大小、句末音节调域的宽窄是观察疑问语调和陈述语调的重要参数,音高落差越小、调域越窄,句子疑问语调的特征越强。下文讨论各类疑问句疑问语调特征的强弱时,依据的就是这些音高参数。

2.3 不同类型疑问句之间的对比

首先对三种不同类型的是非问句进行了对比,统计结果见表 3,其中的 YU、YB、YM 分别代表无疑问标记的是非问句、带"吧"的是非问句和带"吗"的是非问句,"-"表示差异不显著,差异显著的用不等式表示,灰色单元格表示样本量太小(<7)或者无法对比(下文各表同)。

表 3　三种是非疑问句之间的对比

对比句型 / 对比项目		YU 与 YB	YU 与 YM	YB 与 YM
句首音节与调核音节之差	高音点	—	—	—
	低音点	—	—	—
调核音节与调核后音节之差	高音点	—	—	—
	低音点	—	—	—
（准）句末前音节与（准）句末音节之差	高音点	—	—	—
	低音点	—	—	—
（准）句末音节音高范围		—	YU > YM	YB > YM
语气词音高范围				YB > YM
准句末音节与语气词之差	高音点			YB > YM
	低音点			YB > YM

首先看 YU 与 YB 和 YM 之间的差别。YU 只在（准）句末音高范围这一个对比项中表现出了与 YM 的差异，在所有对比项中与 YB 均无显著差异。这表明 YU 的疑问语调特征并不强于 YB 和 YM。YU 的句末音节音高范围大于 YM，可能是因为 YM 句用来对比的是准句末音节而不是真正的句末音节，因此这个结果不能说明 YU 句的疑问语调特征比 YM 弱。再来看 YB 与 YM 之间的异同。两种句型的语调只在句子末尾部分出现了显著差异，YB 的准句末音节和语气词的音高范围都大于 YM，YB 准句末音节与语气词之间的音高落差，无论是高音点还是低音点，都大于 YM，这些结果都说明“吗”句的疑问语调特征比“吧”句强。

从语义上来说，“吧”问句和“吗”问句表达的疑问语气有相当大的差别。语气词“吗”表达的是一般性的疑问。“吧”用于疑问时表达的是揣测和估计的语气，吕叔湘（1955:99）认为带“吧”的疑问句表达的语气是在疑信之间，只不过疑多于信。陆俭明（1984）认为，带“吧”的疑问句实际上“是一种处于‘中间状态’的句子，它介乎于疑问句和非疑问句之间”。显然，吕和陆都认为“吧”句的表达的并不是纯粹的疑问语气。我们的结果恰好是“吧”问句的疑问语调特征弱于“吗”问句，不过，语调上的差别只体现在准句末音节和疑问语气词的音高特征上。“吗”问句和“吧”问句在语调上的不同也可以解释何以无标记问句的句末音节的音高范围大于“吗”问句的准句末音节而与“吧”问句的准句末音节没有显著差异——“吧”问句的疑问语调特征较弱，因此准句末音节作为句子最后一个重读音节，调域自然会宽于“吗”句的准句末音节。

在前人的语调研究中，谈到句末的语调特征，研究者们往往把注意力放在句末的重读音节上（例如胡明扬，1987；林茂灿，2004，2005），这是因为，普通话的轻声音节在音高上依赖于其前面的非轻声音节。我们不否认轻声音节不具有独立的音高特征这个一般性的规律,但是,从本文的结果看,作为轻声音节的句末疑问语气词在音高特征上有其相对的独立性,这种独立性使得语气词同样参与了对疑问语气的表达。语气词的音高与疑问语气的关系体现在两个方面:其一,疑问语气词调域的宽窄变化与疑问语气的强弱密切相关;其二,疑问语气词与其前接音节的音高落差的变化也与疑问语气的强弱密切相关。

图1为三种是非疑问句与陈述句语调对比的示意图,每个音节只给出了高音点和低音点的音高半音值,下文同。

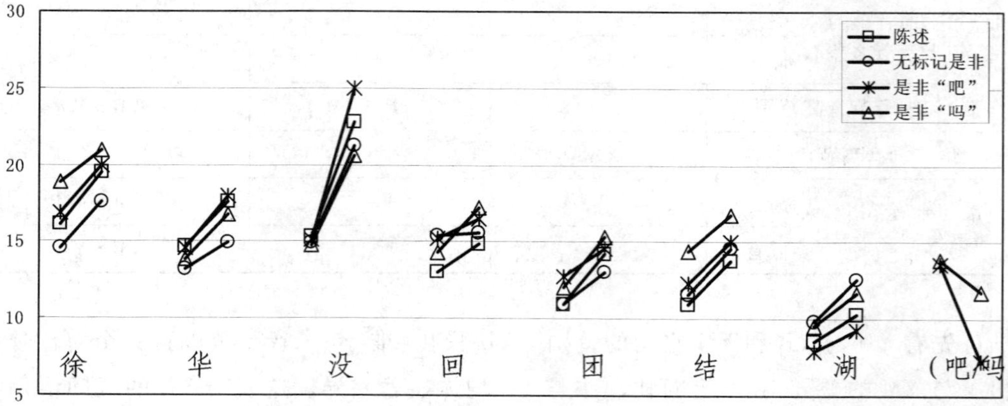

图1　三种是非疑问句与陈述句的语调对比

最后,我们通过表4中的数据来看三种不同类型的特指问句之间的对比结果,表中的WU、WN、WA分别代表无疑问语气词的特指问句、带"呢"的特指问句和带"啊"的特指问句。WU与WN和WA在所有对比项目上都没有显著差异。WN和WA只在准句末音节与疑问语气词的音高落差上出现了显著差异,前者高音点和低音点的音高落差小于后者,这说明带"呢"的特指问句的疑问语调特征比带"啊"的特指问句强。这个差异同样是由不同语气词的语义差别造成的。"啊"是否算作疑问语气词,句法学界存在不同意见。胡明扬(1981)和陆俭明(1984)都认为"啊"不是疑问语气词,陆还认为"啊"本身并不负载疑问信息,这也就是说,"啊"本身不会增强句子的疑问语气。"呢"的情况则不一样,多数句法学家认为它是一个疑问语气词(见陆俭明,1984),张志公(1957)认为,"呢"使句子增加了疑惑、猜想或焦虑的意思,陆俭明(1984)也认同这样的观点。按照上述句法学的观点,"呢"问句的疑问语气比"啊"问句强,而我们的结果恰好就是"呢"问句的疑问语调特征强于"啊"问句。这里的结果再次说明,即便有语气词的相互区别,疑问句仍然可以使用不同的语调特征来表达不同的疑问语气。图2为三种特指疑问句语调对比的示意图。

表 4　三种特指疑问句之间的对比

对比项目 \ 对比句型		WU 与 WN	WU 与 WA	WN 与 WA
句首音节与调核音节之差	高音点			–
	低音点			–
调核音节与调核后音节之差	高音点	—	—	—
	低音点			
(准)句末前音节与(准)句末音节之差	高音点	—	—	—
	低音点		—	
(准)句末音节音高范围			—	—
语气词音高范围				—
准句末音节与语气词之差	高音点			WN < WA
	低音点			WN < WA

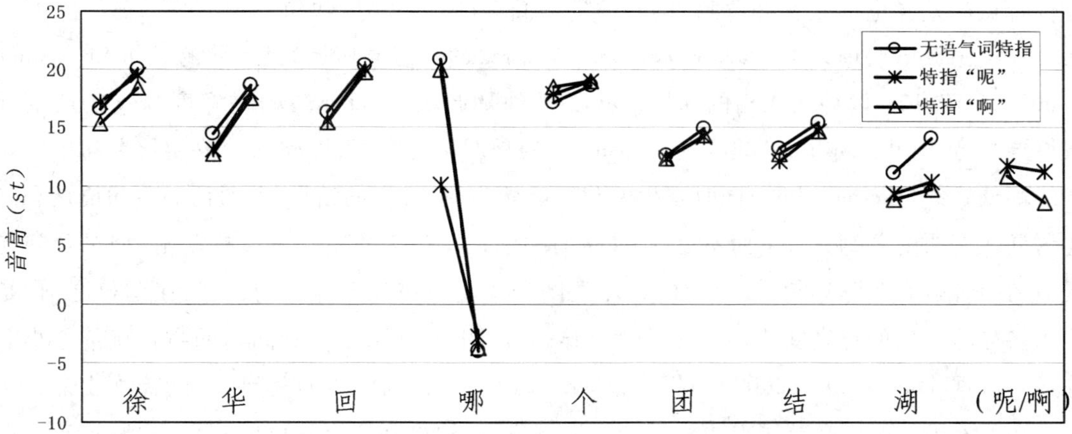

图 2　三种特指疑问句语调的对比

上面的结果还表明，两种带语气词的是非问句之间的语调差别大于两种带语气词的特指问句之间的语调差别：两种是非问句在准句末音节调域、语气词调域和语气词与前接音节之间的音高落差上均有显著差异，而两种特指问句仅在语气词与前接音节之间的音高落差上有显著差异。这种差别或许是由“吧”句与“吗”句的语气差别大于“啊”句与“呢”句的差别造成的。两种特指问句表达的都是疑问语气，只不过“呢”使疑问语气进一步增强而已；而根据吕叔湘(1981)和陆俭明(1984)的看法，“吧”句的语气并不是纯粹的疑问语气，它介于疑问和陈述语气中间，“吗”句表达的则是真正的疑问语气。

2.4 疑问句的基调

关于疑问语调与陈述语调的区别,曹剑芬(2002)认为区别之一在于疑问句的平均音高高于陈述句,她没有给出具体的计算方法和统计结果,从她的图示看,应该是指疑问句从句首开始,调域就高于相应的陈述句。在本文的2.2节中,我们逐段比较了陈述句和疑问句从调头到调尾的音高落差,统计结果表明,疑问语调在调核之后的高音点落差小于陈述语调,因此,即便两种句型的调头音高没有差别,调核之后音高落差的差别也可能会导致两种语调条件下句子平均音高的不同。鉴于此,本节只比较不同语调条件下句首第一个音节,即调头的音高。根据表2的结果,我们是可以从调头有无差别推断出全句的音高有无差别的。

对陈述句和3种是非问句句首音节的高音点和低音点分别进行了对比。统计检验的结果表明,陈述句的句首音节的高音点与"吧"问句的差异为边缘显著($p=0.055$),与其余两种疑问句的差异都是显著的,陈述句的句首音高低于疑问句。陈述句句首音节的低音点与3种类型的疑问句差异均不显著。对3种是非问句的句首音高也进行了对比。统计结果表明,任意两种疑问句的句首高音点差异均不显著;无标记是非问句与带语气词的问句之间句首低音点的差异也不显著,但"吗"问句的句首低音点高于"吧"问句。

在英国派语调理论中,语调的key(基调)和register(音高区域)是不同的。如Cruttenden(2002:46-17,123-124)所指出的那样,key关涉的是调域(pitch range)的宽度,key的改变导致调群高音线(the top line)的改变;register指的是调域的高度,因此它的改变导致句子的高音线和低音线(the base line)同时发生变化。显然,根据我们的结果,普通话的疑问语调和陈述语调在调头的差别是key而不是register的差别。从表2的结果可以推断出,如果疑问句调头的高音点高于陈述句,疑问句的整体的高音线就应该高于陈述句,因为在调核之前,是非问句与陈述句的音高变化幅度无显著差异;而在调核之后,是非疑问句的高音点落差小于陈述句。据Yuan et al.(2002)的报道,Shen X.(1989)认为汉语的疑问语调在起始处的register高于陈述语调。在英国派语调理论的框架下,一种得到广泛认可的观点是,调头有建立全句基调(key)的作用(Couper-Kuhlen,1986:81-82;Cruttenden,2002:123),我们的实验结果与Shen X.的不同,但与英国派语调理论的相关看法是契合的。

三 疑问语调的感知

3.1 方法与材料

二择一的强迫性选择和里克特等级评判是语音听辨实验中经常使用的方法。本文采取后一种方法,这是考虑到陈述和疑问两种语气在标记性上的强弱不同可能给被试心理带来的影响。从标记理论的角度看,陈述语气是无标记的语气,而疑问语气是有标记的,所以,当听到既不像自然的陈述语气,也不像自然的疑问语气的合成刺激时,如果采用二择一强迫性选择,被试有可能把这类句子归到疑问句中。

在实验之前,我们无法确定调核位置的不同是否会影响实验结果,因此,在本文的心理—声学实验中,实验语句既有调核在句中的,也有调核在句末的;实验中被试的任务是对陈述或者疑问语气进行等级打分。原始实验语句为以下6句话,宽黑体表示调核所在的位置:

1a)张峰**光**修收音机。

1b)张峰**光**修收音机?

2a)徐华**没**回团结湖。

2b)徐华**没**回团结湖?

3a)赵庆要去售票**处**。

3b)赵庆要去售票**处**?

以上面6个句子为基础,人工改变句子有关音节的音高参数,得到实验用的刺激语句。音高参数主要的改变方法是,抬高陈述句中某些音节调域的高音点或者低音点,使之与调核的差别(当调核在句末时,以调头为参照改变调核的音高参数)变得与相应的疑问句一致,疑问句的改变方式与陈述句基本上是对称的,即,降低句中某音节或者某些音节调域的高音点或者低音点,使之与调核或者调头的差别变得与陈述句一致。为了观察句子最末音节的音质对语气的表达是否起作用,还制作了将原始语句句末的音节替换为相应的陈述/疑问句最末音节的刺激句以及切去原始疑问句最末音节最后片段的刺激句。被试的具体实验任务是,判断所听到的句子属于下面5种之中的哪一类:A)较自然的陈述句;B)不太自然的陈述句;C)较自然的疑问句;D)不太自然的疑问句;E)以上4种哪一类都不像。运用公式(1)和(2),对每个实验刺激句分别计算出陈述语气得分和疑问语气得分。

陈述语气得分=(选择A的人数+选择B的人数×0.75)/被试总人数(1)

疑问语气得分=(选择C的人数+选择D的人数×0.75)/被试总人数(2)

陈述/疑问语气的满分为1(被所有听音人判断为较自然的陈述/者疑问语气),最低得分为0(无听音人判断为任意类型的陈述/疑问语气)。我们需要观察的重点是,基于陈述句的刺激句的疑问语气得分和基于疑问句的刺激句的陈述语气得分。

3.2 结果与讨论

表5列出了基于陈述句的刺激句所得的最高和最低疑问语气得分、基于疑问句的刺激句所得的最高和最低陈述语气得分以及这些得分出现的音高条件(当不同的音高条件出现相同得分时,表中列出所有音高条件)。

表 5　两类刺激句的陈述或疑问语气得分

刺激句类型		最高疑问/陈述得分及音高条件		最低疑问/陈述得分及音高条件	
		得分	条件	得分	条件
基于陈述句的刺激句	1a)	0.59	将句末音节替换为疑问句的句末音节	0.00	条件①提高句末音节的高音点(阴平音节,无低音点);条件②:自调核之后提高各音节的高音点。
	2a)	0.58	将句末音节替换为疑问句的句末音节	0.02	提高句末音节的调域
	3a)	0.38	提高调核音步(即句子最后一个音步)调域(高音点和低音点都被抬高)	0.00	条件①:提高句末音节的高音点;条件②:提高句末音节的低音点。
基于疑问句的刺激句	1b)	0.77	将整句话的基频换为陈述句的基频,同时切去句末音节末尾片段。	0.10	自调核起降低各音节的高音点
	2b)	0.94	将句末音节替换为陈述句的句末音节	0.18	降低句末音节的低音点
	3b)	0.70	降低句末音节调域并使其宽窄与陈述句相同(高音点和低音点都被降低)	0.04	自调核起降低各音节的高音点

首先来看基于陈述句所得到的刺激句的疑问语气得分情况。基于 1a) 和 2a) 的刺激句所得到的最高疑问语气得分条件都是将句末的最后一个音节替换成原始疑问句中的句末音节,这说明,对于不带疑问结构的疑问句来说,句末音节携带了重要的疑问语气信息。基于 3a) 的刺激句中没有句末音节换成陈述句句末音节的情况,这些刺激句中的最高疑问语气得分出现在句末音步(同时也是调核所在音步)所有音节调域都被提高的条件下,但最高疑问语气的得分(只有 0.38)低于句末音节替换类刺激句,这个结果也从另外一个角度说明句末音节在疑问语气表达中的重要性。需要注意的是,疑问语气的携带者未必仅仅是句末音节的音高特征。证据之一是,在基于 1a)(所有音节的声调都是阴平)的所有刺激句中,当仅仅提高原始陈述句句末音节的音高,使之与调核之间的音高关系变得与原始疑问句相同时,刺激句的疑问语气得分为 0。证据之二是,在基于 2a) 的刺激句中,当仅仅提高原始陈述句的句末音节调域,使之与调核调域之间的关系变得与原始疑问句相同时,疑问语气得分也是所有刺激句中的最低分;当仅仅提高原始陈述句的句末音节高音点时,疑问语气得分虽然有较大幅度的提高(0.46),但距最高得分(0.58)仍有一定差距;而当仅仅提高原始陈述句句末

音节低音点时,疑问语气得分仅为0.03。证据之三是,在基于3a)的所有刺激句中,如果仅仅提高句末音节的高音点或者低音点,疑问语气的最高得分都为0。

再来看基于疑问句所得到的刺激句的情况。可以说,这些刺激句的结果与上面的结果有着相当好的对应性——句末音节是句子语气的重要载体,但音高不是唯一的载体。基于1b)的刺激句(全部是阴平音节)中虽然没有句末音节替换型的样本,但是有句末音节片段切除型样本,最高陈述语气得分(0.71)就出现在降低句末音高并且切去句末音节末尾的条件下。如果不切除句末音节末尾而只降低句末音高,陈述语气的得分只有0.21;而如果只切除句末音节末尾,陈述语气的得分达到了0.56。基于2b)的刺激句所得到的最高陈述语气得分是在句末音节替换成陈述句句末音节的条件下,此时最高陈述语气得分高达0.94,而如果只改变句末音节的音高参数,最高陈述语气得分只有0.57。基于2a)和2b)的刺激句的感知结果都说明了句末音节的末尾片段对于疑问语气的表达有着重要的作用。基于3b)的刺激句中既没有句末音节替换型样本,也没有句末音节片段切除型样本,最高陈述语气得分出现在降低句末音节(调核)调域并使调域的宽窄与相应的陈述句相同的条件下,虽然疑问语气得分较高,但值得注意的是此时的调核处于句末。

通过以上分析可以看到,句末音节的确是句子语气的重要携带者,但该音节的音高特征并非语气的唯一载体,由此可以推断,句末音节的音质和音长特征很可能也参与了语气的表达。此外,表5中的数据还表明,即便把一个实验语句的句末音节替换为它所对应的陈述或疑问句的句末音节,在被试的听感中,其语气也没有得到百分之百的改变(尤其需要注意的是,把陈述句的句末音节替换为疑问句中的相应音节后,最高疑问语气得分只达到0.59),这说明,语气的传达并非完全依赖句末音节。即便非句末音节的音高变化不能区分语气而只是对句子语气的自然度有所贡献,这种贡献也是不应被忽视的。在所有的语音特征中,区别性/音系性特征和羡余性/语音性特征分属不同的层面,前者起着区分音系范畴的作用,后者对于语音的自然度起着重要作用,语音学的研究不应对其中的任何一方有所偏废,这正如在音系学的研究中,我们既需要找到底层的音系表达,也需要描写从底层音系表达向表层语音表达的转换过程一样。综合本文声学分析和感知实验的结果,我们认为,句末音节在语气表达中的作用可能比非句末音节重要,但句子语气的完美表达是所有音节共同参与的结果。

四　疑问句的音质和音长特征

4.1　句末音节的音质特征

3.2节的结果提醒我们,疑问句中句末音节的音质、音长甚至音强特征都有可能对语气表达起着一定的作用,由于篇幅的限制,本节只对音质和音长特征进行观察。下面是第3节的原始实验语句1a)、1b)、2a)和2b)中最末一个音节的宽带语图。

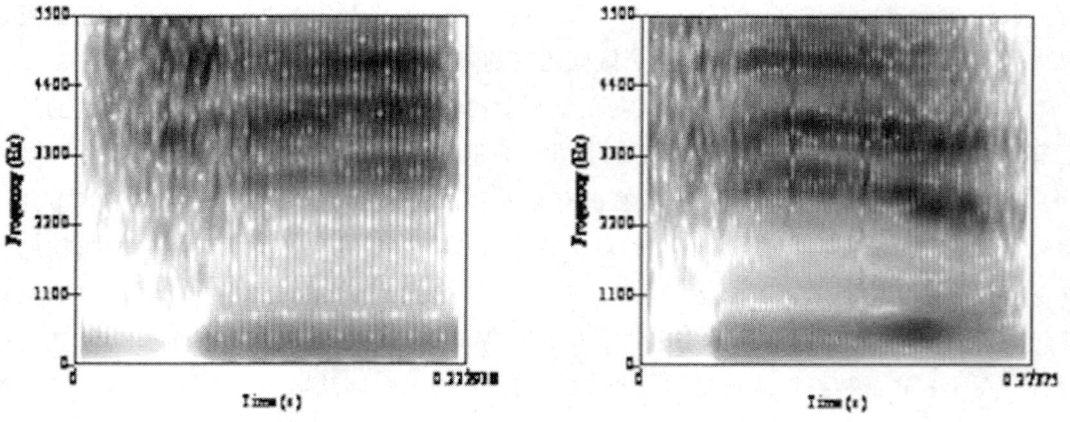

A）刺激句 1a)和 1b)的句末音节的“机”(左图来自陈述句,右图来自疑问句,下同)

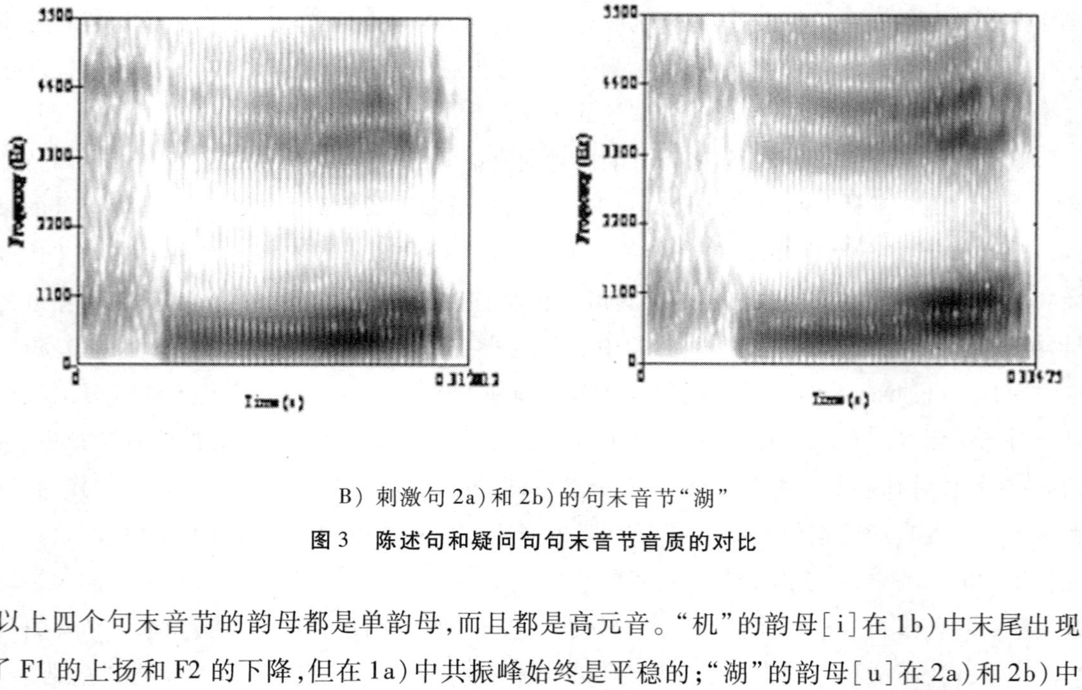

B）刺激句 2a)和 2b)的句末音节“湖”

图 3　陈述句和疑问句句末音节音质的对比

以上四个句末音节的韵母都是单韵母,而且都是高元音。“机”的韵母[i]在 1b)中末尾出现了 F1 的上扬和 F2 的下降,但在 1a)中共振峰始终是平稳的;“湖”的韵母[u]在 2a)和 2b)中末尾处 F1 和 F2 都出现了上扬,但在 2b)中的上扬幅度比在 2a)中大。这些现象表明,在疑问句句末音节的末尾处,元音存在显著的央化趋势。通过 3.2 节对听辨实验结果的分析,我们有理由相信,疑问句句末音节末尾的元音央化片断携带着重要的疑问信息。

赵元任(1932)认为,有两种句末音节附加音高成分(successive addition)——升尾和降尾(rising ending and the following ending)参与了对语调表达,例如,句末的阴平加上升尾后调值就变为 56,去声加上升尾调值就变为 513,阴平加上降尾后调值变为 551 ,去声加上降尾后调值变为 5121。但是,他后来又改变了对句末这些附加成分性质的看法,他说(1980:95-96),“……我以前认为是语调的,后来我改了看法。我认为是一种助词,就像‘么、乐、吗、呐’那一种性质，只是它不一定有声母、韵母。”实际上，我们在某些实验句中也观察到了句末音高的降尾和升尾现象，但比较而言，疑问句的升尾更加突出一些。图4显示的是一对实验刺激句的音高曲线，陈述句句末并未出现降尾（末尾音高曲线的略微下降是阴平调本身的特点，与语调无关），但疑问句末尾出现了明显的升尾。综合音质和音高的变化，我们认为，赵元任所说的句末附加成分与我们所观察到的句末音节末尾的音质变化部分可能是同一类性质的成分，赵先生认为这种附加成分不一定有音质表现，我们在疑问句中观察到了这种附加成分的音质表现。至于这种成分是语调的一个组成部分还是语气助词的一种变体，我们暂时不予讨论，可以肯定的是，这种成分对于疑问语气的表达起着一定的作用。

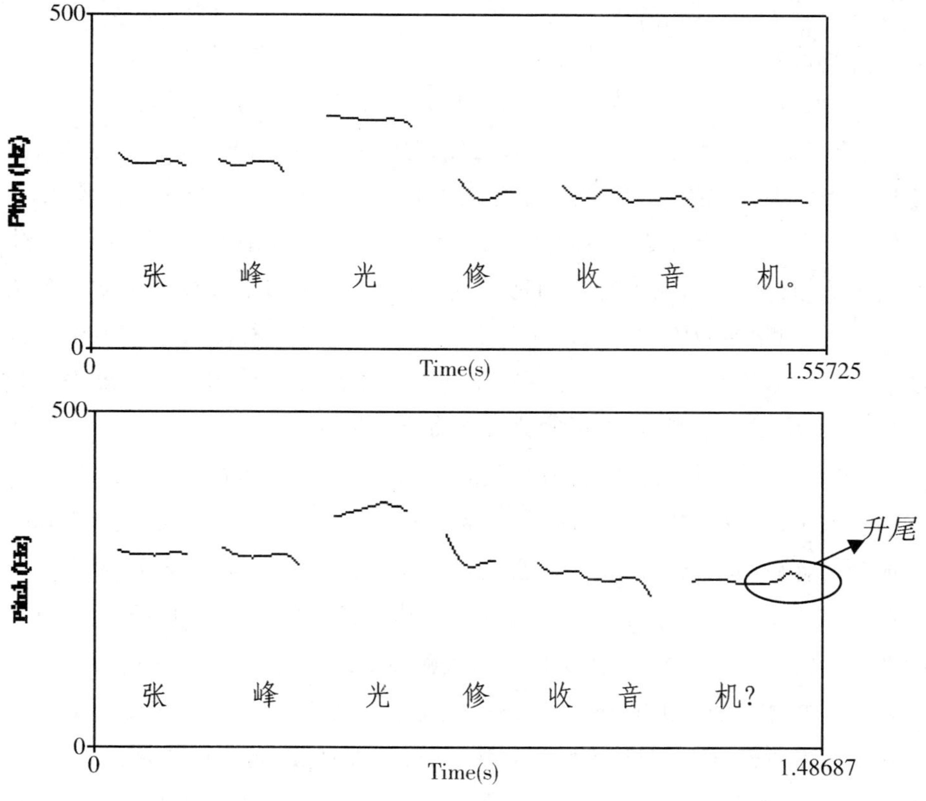

图4　一对陈述句（上图）和疑问句（下图）的音高曲线

4.2　疑问句中的音节长度

从图3中可以直观地看到，两个疑问句句末音节都比各自相应的陈述句句末音节长，因此，我们又对陈述句和无疑问句法标记的疑问句中句末音节的长度和非句末音节的长度分别进行了对比分析。表6列出了用四种长度参数进行方差分析的结果。

表 6　陈述句与疑问句的长度对比

长度参数	统计检验结果
全句所有音节平均长度	差异不显著
除去句末音节的平均长度	差异边缘显著($p = 0.065$),陈述 > 疑问
句末音节长度	差异显著,陈述 < 疑问
除去句末音节的平均长度 ÷ 句末音节长度	差异显著,陈述 > 疑问

陈述句和疑问句全句各音节的平均时长没有显著差异,这似乎说明两种句型的语速没有显著差异。但是,当除去句末音节之后,两种句型音节平均时长的差异为边缘显著,陈述句的音节平均时长大于疑问句;两种句型的句末时长差异显著,陈述句句末音节的长度小于疑问句,这个结果暗示着两种句型的句末音节与其他音节的时长之比可能有所不同,而统计结果也表明,非句末音节和句末音节的时长之比在两种句型中的确存在显著差异,陈述句的比率大于疑问句。如果把陈述句中各音节之间的长度关系看作常态的话,那么,以上统计结果表明,疑问句中非句末音节的长度被压缩,句末音节的长度被延长。但这两种变化的地位很可能并不平等,我们认为,句末音节的延长或许是因,而非句末音节的压缩是其结果。这是因为,本文所使用的实验语句的长度都没有超过 10 个音节,每个句子在韵律上自成一个内部比较紧密的节奏单元,因此无论是用哪种语气读出来的,这些节奏单元的整体长度都是趋同的,要延长其中的某个音节,很可能就会压缩其他音节的长度。

疑问句句末音节的延长,使我们倾向于相信句末音节末尾的音质变化部分是赵元任先生所提出的类似于语气助词的成分,即,句末音节的加长和音质的变化是本音节和一个类疑问语气词成分融合后的结果。但我们的看法与赵先生仍然有所不同,赵认为陈述句和疑问句的句末都存在这种附加成分,而综合音高、音质和音长三方面的变化,我们认为这种附加成分仅存在于疑问句之中。当然,本文讨论的是无标记的陈述句,一些表达特殊口气的陈述句句末是否存在这样的附加成分,我们目前还无法下结论。

至此我们可以看到,陈述句和无疑问句法标记的疑问句的句末音节在音高、音质和音长上都有所差别,其中对句子语气的感知有所作用的不仅仅是音高,至于音质和音长是否都有作用,还有待进行其他实验研究来进行讨论。

五　结　论

通过对普通话陈述句和疑问句语调的对比以及对不同类型疑问句语调的对比,我们得到以下结果:(1)疑问语调调头的基调高于陈述语调;(2)疑问语调的调核与调核后、句末前与句末音节之间的音高落差均小于陈述语调,语调对句子不同位置上音节的高音点和低音点具有不同的调节方式;(3)在有疑问句法标记的情况下,疑问句同样可以使用语调来表达疑问语气;(4)句子疑问语气的不同也可以通过语调特征加以区别,疑问语气词本身的音高特征也参与了对语气的表达。这些结果中有些属于对前人假设的证明,有些则是本文的新发现。

通过感知实验和进一步的声学分析,我们初步讨论了各种不同声学参数在疑问语气感知中所起的作用以及疑问句在音质和音长上的一些特点。句末音节在全句语气的感知中承担着重要任务,但这个任务是由该音节的音质、音高和音长共同完成的。在音质方面,无句法标记的疑问句句末最后一个音节的韵母在音质上常常会发生变化,以高元音韵母为例,韵母的后半程会出现元音的央化趋势。在音高方面,除了调域比在相应的陈述句中有所上升并且有所收窄以外,疑问句句末音节的末尾处还会出现独立于本调调型的音高上扬。在时长方面,句末音节的长度在疑问句中有一定程度的延长,与之相应的是非句末音节时长上的压缩。这些声学特征使我们相信,无标记疑问句句末音节末尾的音质变化部分很可能是赵元任所主张的一种类似于语气助词的附加成分。此外,感知实验的结果还表明,语句中其他音节的声学特征在语气的感知中并非毫无作用。

由于篇幅的限制,本文未对可能与疑问语气相关的其他声学参量,例如音强、频谱倾斜等①进行讨论,笔者当在后续研究中进行专门的考察。

(原刊《语言学论丛》第 37 辑,商务印书馆 2008 年版)

参考文献

Chao, Y. 1932. Tone and intonation in Chinese(中国字调跟语调).《国立中央研究院历史语言研究所集刊》4 本 2 分,北京,121—134。

Chao, Y. 1933. A preliminary study of English intonation (with its American variants) and its Chinese equivalent.《国立中央研究员历史语言研究所集刊外编第一种——庆祝蔡元培先生 65 岁论文集》,北京,105—156。

Couper-Kuhlen, E. 1986. An Introduction to English Prosody. Edward Arnold, London.

Cruttenden, A. 2002. Intonation. Beijing: Peking University Press.

Yuan, J., Shih, J. and Kochanski, G. P. 2002. Comparison of declarative and interrogative intonation in Chinese. In the Proceedings of Speech Prosody Conference 2002.

曹剑芬 2002 汉语声调与语调的关系,《中国语文》第 3 期,北京,195—202。

高美淑 1999《汉语祈使句语调的实验研究》,北京大学博士研究生学位论文。

胡明扬 1981 北京话的语气助词和叹词(下),《中国语文》第 6 期,北京,416—423。

① 这两个问题分别是曹剑芬老师和沈炯老师在本文写作过程中向笔者指出的。

胡明扬 1987 关于北京话的语调问题,《北京话初探》,商务印书馆,北京,146—164。

劲　松 1992 北京话的语气和语调,《中国语文》第 2 期,北京,113—123。

瞿蔼堂,劲　松 1994《北京话的语调》,余志鸿主编《现代语言学(第三届全国现代语言学会议论文集)》,语文出版社,北京,291—301。

林茂灿 2004, 汉语语调与声调,《语言文字应用》第 3 期,北京,57—67。

林茂灿 2005,语调理论与汉语语调——兼谈汉英语调对比,《声学技术》24 卷 3 期,北京,147—150。

林茂灿 2006,疑问和陈述语气与边界调,《中国语文》第 4 期,北京,364—376。

陆俭明 1984 关于现代汉语里的疑问语气词,《中国语文》5 期,北京,330—336。

陆亚明,吕士楠,初　敏,贺　琳,周同春(1995)疑问句语调模型的研究,《第七届全国语音图像通讯信号处理学术会议论文集》,西安,154—157。

吕叔湘 1955《语法学习》,中国青年出版社,北京,99 页。

吕叔湘(主编)《现代汉语八百词》2003 增订版,商务印书馆,北京,46。

沈　炯 1985 北京话声调的音域和语调,林焘、王理嘉等《北京语音实验录》,北京大学出版社,北京,73—125。

沈　炯 1992 汉语语调模型刍议,《语文研究》第 4 期,太原,16—24。

沈　炯 1994a 汉语语调构造和语调类型,《方言》第 4 期,北京,221—229。

沈　炯 1994b 汉语语势重音的音理,《语文研究》第 3 期,太原,10—15。

王安红 2003《普通话语调音高降势现象研究》,北京大学博士研究生学位论文。

吴宗济 1982 普通话语句中的声调变化,《中国语文》第 6 期,北京,439—449。

吴宗济 1996 为改进合普通话口语自然度所需韵律特征规则的设计,《计算机时代的汉语和汉字研究》,清华大学出版社,北京,355—365。

伍艳红,陶建华,路继伦 2006 汉语疑问语调的韵律分析,第七届中国语音学学术会议论文,北京。

张志公 1956《汉语语法常识》,新知识出版社,上海,271。

赵元任 1980《语言问题》,商务印书馆,北京,95—96。

语义结构和汉语虚词语义分析*

郭　锐

一　引　言

虚词在语言表达中的重要性学界早有认识，然而目前的汉语虚词语义分析仍较为粗疏。一方面，不少应该分立的义项被合在一起，比如《现代汉语八百词》对“只”的解释：表示除此之外没有别的。

(1) a. 我只到过天津。
　　b. 他只会讲汉语。

但是，下面的例子却不能用上述释义来概括：

(2) a. 我只有十块钱。（不排除有九块钱）
　　b. 我只能吃三个苹果。（不排除能吃两个）

另一方面，一些用法不能由已有的义项区分所概括。如“还”的用法：

(3) a. 我不希望你生病还来上班。
　　b. 那这专家座谈会还搞不搞了？
　　c. 还有不如你的哪，你好歹还娶上媳妇儿了。
　　d. 我还以为你不识字呢。

例(3)中“还”的用法是《现代汉语八百词》、《现代汉语虚词例释》以及《现代汉语虚词词典》（张斌主编）、《现代汉语虚词词典》（侯学超编）中“还”的释义所无法概括的。

第三方面，有些被分立的义项实际上只是同一义项的不同表现形式，可以合为同一义项。如：

(4) a. 虽然交了秋，天气还不肯凉下来。
　　b. 你还看？

* 本项研究得到教育部人文社会科学重点研究基地重大项目（项目批准号 05JJD740002）和教育部新世纪优秀人才支持计划（批准号：NCET-04-0007）的资助。本文曾提交第四届现代汉语语法国际研讨会（2007.7，青海西宁），此次发表有所修改。

《现代汉语虚词例释》把例(4)a 中的“还”归为第一个义项,“表示行为、动作或某种情况维持不变”,把 b 归为第九个义项,“用在反诘疑问句中,全句表示说话人对甲之所作所为不满”。但实际上,b 可以看作第一个义项(延续义)的一种用法,“表示不满”的意思并不是“还”表示的,而是反问带来的语用意义。

由于汉语虚词语义描写存在的问题,有必要对汉语虚词的语义描写作出改进。

汉语虚词语义分析之所以有这样一些问题,其中一个原因是虚词语义的特点造成的。名词的语义基本是自足的,可以通过直接描写名词所指称的事物来描写。动词、形容词的语义是半自足的,可以通过对事件结构的分析来描写。而虚词语义是不自足的,虚词的语义依赖与之共现的其他实词性成分,因而给虚词语义描写带来困难。

此外,由于虚词语义本身仍处在再虚化过程中,新的意义不断产生,也造成虚词语义描写的困难。

为清楚地描写虚词语义,本文提出虚词语义分析的语义结构分析法。我们把虚词的语义看作一个由语义要素和要素间关系构成的语义结构,通过描写虚词的语义结构来描写虚词语义,可以使虚词语义描写更清楚、更系统。

二　虚词的语义结构分析法和“框架主义”思潮

2.1　虚词的语义结构和语义结构分析法

虚词如何表达语义的呢?虚词的语义有以下两方面作用:

1、虚词引出与事件有关的实体、状况、时间、处所等,或引出其他事件,我们把虚词引出的这些实体、状况等叫语义要素(semantic element)。如:

(5)他只会讲汉语。

只:引出一个选项集合:{英语,法语,汉语(x),日语……}

(6)小王会说英语,小李也会说英语。

也:引出对比选项集合:{小王(y),小李(x)}

2、虚词把这些要素组织起来,赋予语义要素一定的关系(relation)。

(5')他只会讲汉语。

关系:选择 x,排除非 x(x 为“只”约束的成分)。

(6')小王会说英语,小李也会说英语。

关系:x 的状况与 y 的状况相同。

可见虚词虽然不表达实在意义,但提供了一个表义的框架,把表达实在意义的成分组织起来,整体表达一个新的意义。也就是说,虚词的意义实际是一个语义结构(semantic structure),这个语义结构由语义要素和要素间关系构成,换句话说,语义结构是一个以带有一定关系的语义要素为成员的集合(set)。

因此,尽管虚词语义一般是不自足的,但由于虚词往往引出一些语义要素,虚词语义表达了语义要素间的关系,因而可以通过分析虚词的语义结构来描写虚词的语义。

我们把通过语义结构来描写虚词语义的方法叫语义结构分析法。语义结构分析法的具体做法是,找出虚词所引出的语义要素,并描写要素间的关系(如例(5')、(6'))。

2.2 "框架主义"思潮

本文提出的语义结构,实际是在三十年来的"框架主义"思潮影响下产生的。所谓"框架主义",就是把语义看作一个包含元素和元素间关系的框架(frame)的处理模式,包括框架语义学和心理空间理论。

框架语义学是七十年代酝酿,由 Fillmore(1982)正式提出的。框架语义学提供了观察词语的意义的一种特别的方式。每个框架都由一组框架元素(frame elements)组成,框架元素是呈现情景的概念角色。Fillmore 以此方法分析了商业交易事件、判决事件等。

心理空间(mental space)理论是由 Fauconnier(1985/1994)提出,并在 Fauconnier(1997)中发展为合成空间理论(blended space theory)。心理空间是关于指称结构(referential structure)的理论,所谓指称结构指语言所描述的情境与语言结构之间的概念组织(Coulson 2001)。心理空间是一个集合,这个集合由元素(elements)(a、b、c…)及元素间的关系(relation)(R1ab、R2a、R3cbf…)构成,新元素可以加入这个集合并且形成元素间新的关系。比如例(7)的心理空间可以分析如下(见 Coulson 2001):

(7) Paul is Jaimie's husband.

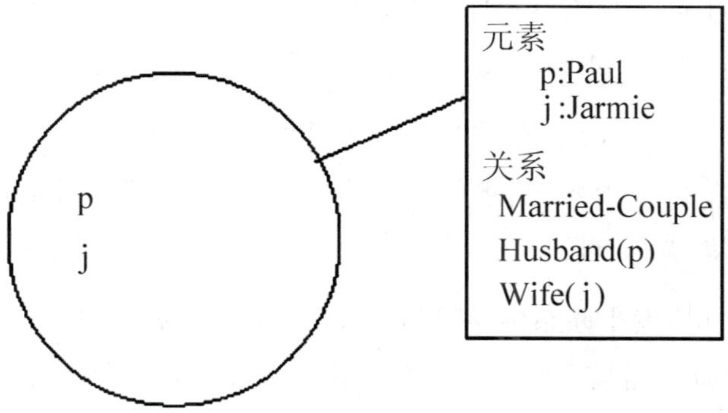

图 1 心理空间(圆圈是例(7)的心理空间,方框是该心理空间表达的概念结构)

关于实词和虚词"框架"中的作用,Fillmore(1982)认为"词汇框架提供了'内容',而语法结构则在内容之上来完成'配置'功能。以这种方式考虑问题,我们可以看到,任何语法范畴或模式,都以自己的'框架'强加在它构造起来的材料上"。Fauconnier(1985)指出,介词短语、副词和连词都是框架的建构者(Space Builders)。Talmy(2000)则认为,语法确定概念结构(conceptual structure),词汇(实词)提供概念内容(conceptual content)。封闭类词作为语法的一部分,是表达概念结构的。本文把虚词的语义看作语义结构,与"框架主义"对语法与实词在表义中的作用的看法是一致的。

三　语义结构分析和虚词义项分合

虚词义项的分合,一直没有明确的标准。我们认为可以根据虚词的语义结构来确定虚词的义项。总的原则是:语义结构不变则义项不变,语义结构变则义项变。而无论是语义要素还是要素间关系任何一方的改变,都会改变语义结构。

3.1　语义要素改变造成的语义结构改变

(8)你去北京参观访问,我们也去北京参观访问。

(9)有人看着认真干,没人看着也认真干。

以上两例在《现代汉语八百词》中都归为第一义项,"表示两事相同"。

根据语义结构分析法,例(8)的语义结构为:

语义要素:{{事物 y,事物 x},{状况 P}}

其中,x 是"也"约束的焦点,如例(8)中的"我们",y 是上文中或隐含的与之对比的成分,如例(8)中的"你"。

关系:y 具有状况 P,x 具有状况 P(x 具有与 y 相同的状况)。

这种用法表示,不同事物具有相同状况,就是过去研究中所说的"类同"义。

例(9)的语义结构分析如下:

语义要素:{{条件 y,条件 x},{状况 P}}

关系:条件 y 有 P 的状况,条件 x 有 P 的状况(在条件 x 下出现的状况与条件 y 下出现的状况相同)。

在例(9)中,与"也"发生联系的不是某个事物,而是某种条件,表示在"没人看着"的条件下出现的状况与"有人看着"条件下出现的状况是相同的。即表示不同条件具有相同状况,可以叫"条件"义。

例(8)和例(9)虽然"关系"一样,但"语义要素"不同,应分为两个义项。实际上,《现代汉语八百词》是把"条件"义与"类同"义分立义项的,其第二义项是"表示无论假设成立与否,后果都成立",如:

(10) a. 虽然已经下起大雨来了,我们也要按时到达目的地。

b. 你不说我也知道。

其实例(10)就是"条件"义,只是《现代汉语八百词》把"条件"限制得过窄,实际上不限于"假设"条件,也可以是例(9)这样的一般条件。

3.2 关系改变造成的语义结构改变

(11) 他只会讲汉语。

(12) 教室里只有三四个人。

以上两例中的"只"在《现代汉语八百词》中归为同一义项,"表示除此以外没有别的"。下面分析其语义结构。

例(11)中"只"的语义结构为:

语义要素:{{a,x,b…… },{状况 P}}

其中,x 是"只"约束的焦点成分,如"汉语",a、b 等是与 x 形成对比的其他对象或行为,如"英语、日语"。

关系:选择 x,排除非 x(x 具有状况 P,非 x 不具有状况 P)

这个义项可以叫"完全排除其他"。

例(12)的语义结构为:

语义要素:{a,x,b,……}

其中,x 是"只"约束的焦点成分,如"三四个",a、b 等是与 x 形成对比的其他对象或行为,如"一个、两个、五个、六个";选项集合的成员有量级上的区别。

关系:选择 x,排除高于 x 的成员(单调向上排除)。

例(12)中的"只"只排除了高于 x 的成分,如"五个、六个",但并不排除低于 x 的成分,如"一个、两个",因此不能归为"完全排除其他"义项。这个义项可以叫"未达到更高量级"(参看殷何辉 2007)。

3.3 要素和关系都改变

《现代汉语八百词》把例(13)中的"也"归为第一义项,"表示两事相同"。

(13) 我们中间有南方人,也有北方人。

但例(13)则不能用例(8)的语义结构来分析,而应分析为:

语义要素:{事物 y},{状况 P,状况 Q}

其中,Q是"也"约束的焦点,或Q内包含"也"约束的焦点;Q与P形成对比;P和Q不属于同类。

关系:事物y具有状况P,事物y具有状况Q。

这种用法显然不表示x的状况与y的状况相同,而应表述为:y除了有状况P外,还有状况Q,即"补充"义。

四 语义结构分析和汉语虚词语义分析

我们认为,由于语义结构分析法为虚词语义提供了一个模式化的分析方式,明确提出了分析虚词语义的两个方面指标,使得虚词语义分析有法可依,而不是凭感觉行事。因此,语义结构分析法可以较为有效地发现虚词的一些新意义,并较为有效地描写虚词的基本语义。下面以副词"还"和助词"了"部分用法为例,检验语义结构分析法的效力。

4.1 副词"还"的部分义项分析

副词"还"的部分用法的语义结构分析如下:

(一)恢复

(14)a. 人死了还会活过来吗?

b. 认识从实践开始,经过实践得到了理论的认识,还须再回到实践去。

语义要素:{{时间点a,时间点b,时间点c},{状况Ea,状况Eb,状况Ec}}

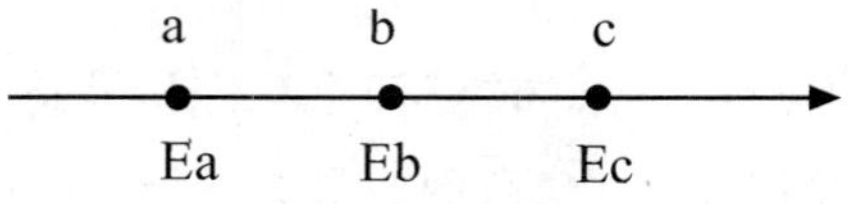

关系:a早于c;Ec与Ea相同;Ec和Ea之间隔有其他状况Eb。

"恢复"义表示后来的状况是对以前状况的恢复,这也许是副词"还"最早的用法,这种用法现在已不多见。

(二)重复

(15)a. 这个电影我还要看一遍。

b. 我还想去吃一个。

语义要素:{{时间点a,时间点b},{状况Ea,状况Eb}}

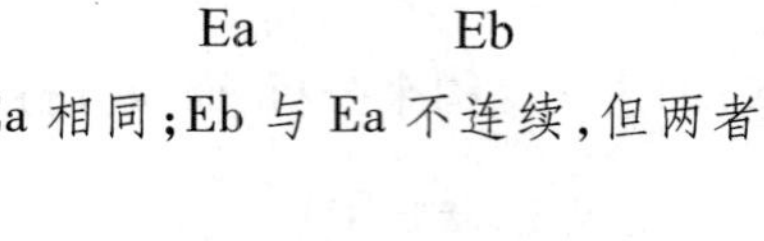

关系:a早于b;Eb与Ea相同;Eb与Ea不连续,但两者之间没有或不关注有无其他状况。

(三)延续

(16)a. 他还在图书馆看书。

b. 最可悲的,都死到临头了,还蒙在鼓里呢。

c. 眼瞧着冬天就要到了,乡亲们还穿着单衣单裤。

语义要素:{{时间点 a,时间点 b},{状况 Ea,状况 Eb}}

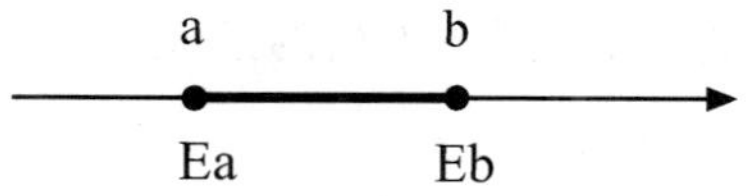

关系:a 早于 b; Eb 与 Ea 相同,Ea 和 Eb 连续(a 点的状态延续到 b 点)。

(四)减量

(17)a. 枪响后,树上还有一只鸟。

b. 还有十里地呢。

语义要素:{{时间点 a,时间点 b},{时间点 a 的数量 Qa,时间点 b 的数量 Qb},
{时间点 a 的存在状态,时间点 b 的存在状态}}

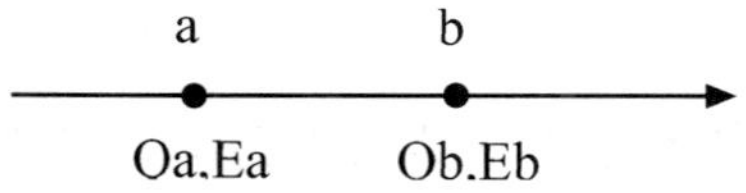

关系:a 早于 b;b 点的数量少于 a 点的数量;a 点的存在状态(Ea)延续到 b 点。

"减量"义指,随着时间变化,某个事物的数量发生了减少的变化,但其仍与以前一样是存在的。例(17)a 过去认为表示"数量少",其实"数量少"的意思不是"还"表示的,而是其语用意义,因而语境改变,不但没有了"数量少"的意思,反而有了"数量多"的意思,如例(17)b。

(五)计划不变

(18)a. 四川地震了,明天还去成都吗?

b. 这专家座谈会还搞不搞了?

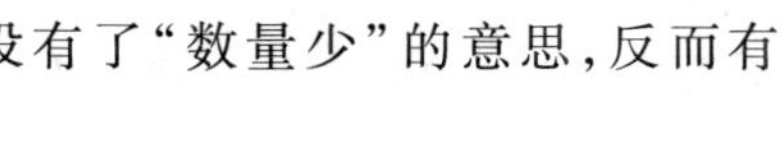

语义要素:{{时间点 a,时间点 b},{计划 Pa,计划 Pb}}

关系:a 早于 b;Pb 与 Pa 相同。

"计划不变"表示某种计划从以前的时间点 a 保持到后来的时间点 b。与"延续"义有密切的联系,但语义要素不是状况本身,而是某种计划。

(六)条件

(19)a. 我不希望你生病还来上班。

b. 哼,也就是他,丢了稿子还能睡那么香。

c. 真要是碰上个脾气不好的,人家还能饶他?

语义要素:{{条件 a,条件 b},{状况 Ea,状况 Eb}}

关系:Eb 与 Ea 相同。

前面五个义项都是时间意义的,但“条件”义已脱离时间范畴,不是以时间点为语义要素,而是以条件为语义要素。比如在例(19)a 中,条件 a 指“不生病”,条件 b 指“生病”,“还”的意思表示在生病的条件下,仍同不生病的条件下一样上班。

“条件”义也用于任意条件,如:

(20)a. 总得再结个婚,不管和谁,日子还得过下去。

b. 床不管怎么烂,也还是自己的,不用窜来窜去找刷夜的地方。

(七)保持底限

(21)a. 还有不如你的哪。你好歹还娶上媳妇儿了。

b. 我是有错,可我还是你爹吧。

c. 王喜与金枝之间的感情不成熟、不牢靠,但他俩毕竟还是有过一段儿恩爱吧?

语义要素:{a 方面状况,其他方面的状况 x}(a 指“还”字句所表达的状况)

关系:尽管其他方面状况 x 有瑕疵,但 a 方面的状况达到最低限度。

(八)基本满意

(22)a. 一路上还顺利。

b. 一个人过着单身生活,那日子什么滋味是可以想见的,不过也还潇洒。

语义要素:{状况 a,其他方面状况 x}(a 指“还”字句所表达的状况)

关系:其他方面的状况 x 有不足,但 a 方面的状况基本令人满意。

(九)不合理/不寻常

(23)a. 河南 6 名少女被骗做洗头女,获救后还为骗子说情。

b. 你还说不会下雨呢,马路都成河了。

c. 废物利用嘛。哎,我看当文件柜还真合适。我给你还留个格儿呢。

d. 我们还一起照过相呢。

语义要素:{状况 E}

关系:状况 E 是不合理的或不寻常的。

“不合理/不寻常”义是“条件”义的主观化,推导过程如下:条件变了,按理状况应发生变化,而事实是状况没有发生变化,因而是不合理或不寻常的。在例(23)a、b 中,仍带有条件的影子,但在 c、d 中,“条件”义已完全消除。

（十）意外

（24）a. 诶，你别说啊。这设计师想得还真周到。

b. 原先我看人家下得挺好，可我这跟他们一下，还就赢了。

c. 金枝根本不怕父亲："瞧，又冲我来啦！我气您，您就不会不生气呀？""我还就是学会了不生气……"

d. 我这人呢，还真不爱听人恭维，特别是过去的事儿。

语义要素：{状况 E}

关系：状况 E 对说话人或听话人来说是意外的事情。

"意外"义可看作"不合理/不寻常"义的进一步主观化，由于某种状况是不寻常的，因而可能是意外的。

（十一）原状态中止

（25）a. 我还以为你不识字呢。

b. 呕，眼皮子红。我还当你又熬夜了。

c. 我本来还想撮和你们夫妻俩，现在我才明白了，那等于是把我们张老师往火坑里推.

语义要素：{时间点 t（说话时），状况 E}

关系：语句表达的状况 E 到说话时已经中止。

以上我们用语义结构分析法描写了副词"还"一些用法，限于篇幅，未对其语义作更详细的描写，"还"的其他一些义项，如"补充"、"尚且"、"待执行"、"未达更高量级"、"更甚"等义也未作分析。

4.2 助词"了"部分义项分析

语义结构分析法不仅适用于副词语义的分析，对于助词这样意义更虚的词的语义，也同样适用。下面用语义结构分析法对助词"了"的部分语义进行分析。

（一）实现/变化

（26）a. 吃了饭就去。

b. 小王养了一只猫。

c. 小王去图书馆了。

d. 衣服干净了。

语义要素：{{时间点 a，时间点 b}，{事件 E}}

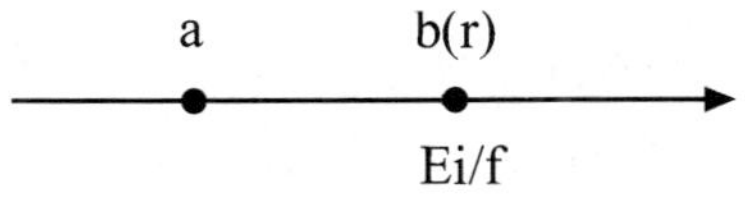

关系:a早于b;从b点观察(b就是参照时间r),E已经开始或结束(达到起点Ei或终点Ef)。

为何要设置时间点a?表面上看,时间点a没有意义,但其实时间点a起到了与时间点b对比的作用。带“了”的句子表示的状况,就是要跟时间点a的状况进行对比,表明在此之前不是这种状况。假如时间点a的状况与时间点b的状况相同,那么句子不成立,如:

(27)有了剩余产品,于是产生了交换的需要。(之前没有剩余产品)

(28)衣服干净了。(衣服以前不干净)

(29) a. 人老了。

b. *人小了。

学界一般把动词后的“了$_1$”和句尾的“了$_2$”分开处理,认为“了$_1$”表示实现或完成,“了$_2$”表示变化或出现新事态。但我们看到例(26)中,两者实际上有相同的语义结构,可以看作一个成分。

那么,“变化、出现新事态”的意义从哪里来?石定栩、胡建华(2006)认为:“了$_2$”是附着在小句上的成分。而“了$_1$”是附着在体短语(AspP)上的成分。王伟(2006)认为:“了”作用于谓词,表示谓词实现,“了$_2$”作用于命题,表示命题实现。本文同意“了”的不同作用范围的区分,但主张“了$_1$”和“了$_2$”的意义是相同的,不同的只在于作用范围不同。“变化、出现新事态”的意义其实是“实现”义作用于命题(句子)时产生的附带效应。

过去试图区分“了$_1$”和“了$_2$”,但一直不成功,原因就在于两者实际上是同一种意义,差别仅句法位置不同。同一成分的句法位置不同可以造成结构整体意义的不同,但并不意味着两者的意义不同。

(二)计划改变

(30)a. 下午不去爬山了。

b. 我永远也不结婚了。

语义要素:{{时间点a,时间点b},{计划或预期行为P}}

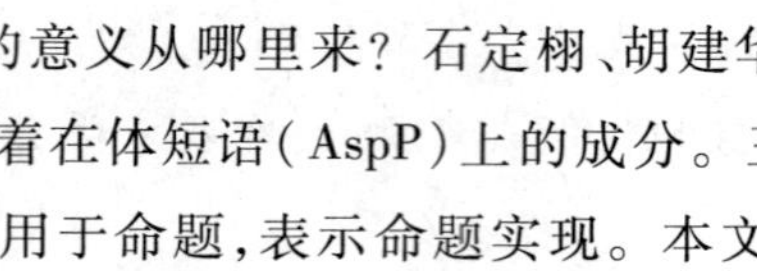

关系:a早于b;从b点观察(b就是参照时间r),a点存在的计划或预期行为(P)取消。

(三)条件变化

(31)a. 你要以为不笑才漂亮那就错了。

b. 别把头睡扁了,那就不帅了。

c. “液晶电视机能不能挂在非承重墙上?”“那要看多大尺寸了。”

语义要素：{条件 a，条件 b}，{条件 a 下的状况，条件 b 下的状况}

关系：条件 b 下的状况与条件 a 下的状况是不同的。

"了"的"实现/变化"义和"计划改变"义都是时间意义的，但"条件变化"义已不是时间意义了。"条件变化"义表示，条件改变了，状况也发生改变。此时，关注的不是时间的先后变化，而是关注不同条件下情况的不同。

（四）相异

（32）a. 老刘很忙，而余德利就很清闲了。

b. 夏：这太阳比地球大，您知道吧？

李：知道。

夏：可是满天的小星星哪个也比太阳大，这您就不知道了？

语义要素：{{事物 a，事物 b}，{事物 a 的状况 Ea，事物 b 的状况 Eb}}

关系：状况 Eb 与状况 Ea 相异。

"相异"义可看作"条件变化"义的推论，即变化的结果就是状况相异，由此引申出"相异"义，此时语义要素"条件"已淡化或消失。

（五）偏离

（33）a. 菜炒咸了。

b. 衣服大了一点儿。

c. 颜色太浅了。

语义要素：{预期标准 A，实际状况 B}

关系：实际状况 B 偏离预期标准 A。

"偏离"义也不是时间意义的，可看作"相异"义的进一步引申：相异于某种标准，就是偏离。

"偏离"义的"了"有时用于形容词后，有的用于句尾，显然不适合用"$了_1$"、"$了_2$"来区分。可见根据"了"的意义来区分不同的"了"，而不是根据"了"的位置来区分不同的"了"是有道理的。

（六）认识变化

（34）a. 几个姐妹比着，数他混得最惨了。（杉村博文（2006）例）

b. "不行不行，我的英语也欠流利，总是不由自主地带出法国口音。"

"我听着已经很好了。"

c. 我们应该说还有一点友谊，或者说我们也算是朋友了，是吗？

语义要素：{{时间点 a，时间点 b}，{说话人的认识 a，说话人的认识 b}}

关系：a 早于 b，说话人在时间点 b 的认识超越了在时间点 a 的认识。

"认识变化"义虽然算得上是时间意义的，但变化的内容不是语句表示的状况本身，而是说话人头脑中的认识。如(34)b不是表示"说英语很好"这个状况本身的变化，而是说得到"你说英语很好"这个结论经历了一个认识的变化过程，在此之前说话人还没有得到这样的认识。杉村博文(2006)把(34)a这样的用法叫"筛选出结论"，是十分准确的。

上面我们分析了"了"的部分用法的语义结构，目的是为了说明语义结构分析法同样适用于助词。限于篇幅，没有详细描写"了"的全部用法的语义。

五 结 语

虚词的语义是不自足的，但是由于虚词语义提供了一个表义框架，因此可以通过描写虚词的语义结构来描写虚词语义。语义结构由语义要素及要素间的关系构成，语义结构分析法就是通过描写虚词引出的语义要素以及要素间的关系来描写虚词语义。语义结构分析法为虚词语义分析提供了一个模式化的方式，使虚词语义描写有法可依。

本文尝试用语义结构分析法分析了"还"和"了"的部分意义，从目前的分析结构看，这种分析可以帮助发现虚词的新用法，也便于寻找虚词语义的中的各种有用信息。

本文对"还"和"了"的分析只是初步的，虽然给"还"和"了"分立了不少义项，但关于义项间的关联以及演变机制并没有深入讨论。我们认为，要清楚地描写虚词语义，更深地理解不同义项间的联系，还需要分析义项间的关联和引申机制，这方面的研究需另文讨论。

（原刊《世界汉语教学》2008年4期）

主要参考文献

北京大学中文系1955、1957级语言班编 1982《现代汉语虚词例释》，北京：商务印书馆。
侯学超 1998《现代汉语虚词词典》，北京：北京大学出版社。
吕叔湘（主编）1980《现代汉语八百词》，北京：商务印书馆。
杉村博文 2006 句尾助词"了"的语义扩张及其使用条件，《汉语教学学刊》第2期。
石定栩、胡建华 2006 "了$_2$"的句法语义地位，《语法研究和探索》第13辑。
王　伟 2006 现代汉语"了"的句法定位，中国社会科学院语言研究所博士学位论文。
殷何辉 2007 焦点敏感算子"只"的语义分析，北京大学博士学位论文。
张　斌（主编）2004《现代汉语虚词词典》，北京：商务印书馆。
Coulson, Seana. 2001. *Semantic leaps: Frame-shifting and conceptual blending in meaning construction*. Cambridge, England: Cambridge University Press.
Fauconnier, G. 1985/1994. *Mental Spaces: Aspects of Meaning Construction in Natural Language*. Cambridge: Cambridge University Press.

Fauconnier, G. 1997. *Mappings in Thought and Language.* Cambridge: Cambridge University Press.

Fillmore, C. J. 1982. Frame semantics. In *Linguistics in the Morning Calm.* Seoul: Hanshin. Pp. 111 -37.（中译文见詹卫东译《框架语义学》,载《语言学论丛》第 27 辑）

Talmy, L. 2000. *Toward a Cognitive Semantics*, 2 vols, Cambridge, Massachusetts: The MIT Press.

语义所指理论与汉语句法成分的语义指向研究①

沈　阳

一　引　言

“语义指向”是指结构中某个句法成分与另外若干个句法成份之间存在语义联系的可能,而事实上又只存在其中某一种语义联系的语言现象。比如以下各组例句结构形式看上去差不多,但实际上却又有所不同。原因就在于成分之间(例子中都是动词与名词之间)存在不同类型的语义指向现象。例如:

(1)a. 我告诉他如何编程序(*我编程序/他编程序)

b. 我请教他如何编程序(我编程序/*他编程序)

(2)a. 他哭肿了眼睛(眼睛肿/*他肿)

b. 他打碎了杯子(杯子碎/*他碎)

c. 他听腻了说教(*说教腻/他腻)

d. 他骑累了骆驼(骆驼累/他累)

(3)a. 他最喜欢这盆花(他最喜欢这盆/*他最喜欢花)

b. 他换了汽车轮胎(*他换了汽车/他换了轮胎)

(4)a. 老王答应我再写一篇(谁再写一篇)

b. 这孩子追得我直喘气(谁追谁,谁喘气)

广义的“语义指向”,既包括国外语义研究中所重视的“语义所指(Co-reference)”问题,也包括汉语语法学研究提出的“语义指向(Orientation)”问题。两种研究有所不同,前者更偏重于解释哪两个成分“相同”,后者则更偏重于解释哪两个成分“相关”。但是一方面,本来两种分析的结果就有相通之处:有些语义指称问题,如空主语、空宾语的所指,原本就既可从

---

① 本文的研究是本人主持的国家社会科学基金项目“现代汉语语义指向研究”(批准号:99BYY005),国家社会科学基金项目“现代汉语焦点敏感算子研究”(批准号:05BYY046),教育部人文社会科学重点研究基地重大项目“现代汉语语义指向研究”(批准号:01JAZJD740002)和香港政府 RGC 项目“现代汉语话题和焦点结构研究”的组成部分。对以上经费资助和课题组成员的共同工作一并致谢。

空语类与先行词所指是否相同来研究,也可从空主语或空宾语与结构中哪个动词相互联系来研究。另一方面,目前二者研究范围都有所扩展:目前国外的语义所指研究也开始重视

结构中省略成分的确认和恢复问题(如 NP 省略、VP 省略、IP 省略),也更重视动词与名词的联系问题(如动结式中补语动词的语义指向);而汉语学界也开始重视人称代词和反身代词等的所指研究,也开始从焦点敏感算子和逻辑语义分析的角度来研究副词的语义指向等。

所以最宽定义的"语义指向",既包括两个成分之间的相关关系,也包括与另一成分具有同一种相关关系的两个成分之间的相同关系。因此"语义指向"大致可分成四大类:一是"动—名成分支配指向"(典型的如动补结构中述语动词、补语动词与名词的语义指向);二是"名—名成分同指指向"(典型的如反身代词、人称代词、空主语等成分与名词的语义指向);三是"饰—中成分指派指向"(典型的如状语副词、定语形容词与中心语名词的语义指向);四是"缺省成分找回指向"(典型的如省略主语和省略宾语与上下文中名词的语义指向)。

对以上四类语义指向现象,可以用不同的理论原则来分别解释,换句话说就是用某个具体的理论解释某个或某些语义指向现象。如此次报告会上崔希亮教授用物象背衬理论解释名词和方位词组的语义指向;李艳惠教授运用空语类理论解释空语类与显性成分语义指称;程工教授运用约束理论解释反身代词"自己"与先行词的语义所指;潘海华教授运用焦点量化理论解释副词"都"、"每"的修饰性语义所指,就是这一类专题研究。

对以上四类语义指向现象,也可以在不同的分析层次上来进行解释,也就是用某种特定方法解释某个或某些语义指向现象。大致包括四个层次:一是通过词汇语义(语感判断)来分析和解释语义指向现象;二是通过成分移位(结构变换)来分析和解释语义指向现象;三是通过句法生成来分析和解释语义指向现象;四是通过逻辑语义来分析和解释语义指向现象。

下面只是就我们在"现代汉语语义指向研究"这个课题研究中涉及到的问题挑出几个例子来说明。不过无论就现象分类而言,还是就解释理论和解释方法而言,说得好听一点可以叫做"窥斑见豹",更准确地说更有点像是"盲人摸象"。

二　语义指向现象的词汇语义(语感判断)分析

"语义指向"分析其实首先是根据语感来判断的,因为语义指向现象最早引起大家注意就是对某些歧义结构的分析。比如前面举过的例子"这孩子追得我直喘气"有语义指向问题,其实主要因为这个句子听上去就有歧义。其实大量同类句子,虽然不一定有明显的歧义,其实也同样存在语义指向现象。比较:

(5)a. 这孩子气得我直喘气。

b. 这孩子追得我直喘气。(有歧义)

(6)a. 老王有个女儿很满足。

b. 老王有个女儿很漂亮。

c. 老王有个女儿很骄傲。(有歧义)

(7)a. 老王在飞机上看到了大海。

b. 老王在抽屉里抓住了蟑螂。

c. 老王在房顶上发现了敌人。(有歧义)

上面(5—7)各自都一模一样。而且表面上看各自的前面两句,即(5a)、(6a/b)和(7a/b)都并没有歧义。但后一句即(5b)、(6c)、(7c)中句法成分的语义指向就不清楚。理论上说,(5)中2个名词对应2个动词,应该有4种语义指向可能;(6)中2个名词对应1个形容词,应该有3种语义指向可能;而(7)中因为2个名词都有可能各自或同时“在”或“不在”某个地方,应该有6种语义指向的可能。这样回过头来再看每组的前两句,实际上(5—7)所有例句都应该是有句法成分的语义指向现象的。

进一步说即使很多句子感觉不到有歧义,仍然有可能存在语义指向现象。比如陆俭明先生提出的下面(8)的例子:虽然在某个具体结构里的状语只能与其中特定成分发生语义联系,但毕竟相同结构中的状态词状语确实是可以分别指向施事、受事和动词的。例如:

(8)a. 老王喜滋滋地炸了盘花生。(喜滋滋→老王)

b. 老王脆脆地炸了盘花生。(脆脆→花生)

c. 老王早早地炸了盘花生。(早早→炸)

把对上面这些语义指向现象的解释归入“词汇语义(语感判断)分析”,当然不是说这些语义指向现象不能用其他办法解释。比如这次报告会上崔希亮教授就提出用认知语法的“物象背衬理论”来解释(7)中的语义指向差异。但目前的解释更多还是一种百科知识的解释,是一种依赖词语意义的分析,也没有离开人的语感分析。

我们最近专门做过“形容词(状态词)定语的指向”和“形容词(状态词)状语的语义指向”的研究,结果也证明,有些语义指向现象至少在目前还找不到特别有效的方法来解释,只能在词汇语义层面,或者说充其量是语感判断层面,来分析。

“形容词(状态词)状语的指向”问题指下面例子所反映的现象,即前面(8)的更多的实例。例如:

(9)a. 他傲慢地环视了一下会场。(傲慢→他)

b. 房东酽酽地沏了一壶好茶。(酽酽→好茶)

c. 他非常放肆地顶撞了客人。(放肆→顶撞/(他))

d. 领导逼他老老实实在家写材料。(老老实实→他/(写))

e. 落花红红绿绿地铺成了一大片地毯。(红红绿绿→?落花/?铺/?地毯)

f. 小张漂漂亮亮地穿了一套时新西装。(漂漂亮亮→?小张/?西装/?穿)

这项研究(艾彦 2005)得到的结论是:形容词(状态词)作状语的语义指向不但跟而且仅仅跟形容词(状态词)的词汇语义属性有关。即指向动词、指向表人名词和指向表物名词的形容词状语,无非是与形容词分别具有的“[+运动]、[+人物]、[+事物]”的语义特征一一对应。当出现多种可能或词汇语义相容时,邻近原则和动词与形容词状语之间的致使关系才会对多种选择下形容词状语的语义指向有一些影响。

所谓“形容词(状态词)定语的指向”问题过去认为比较简单,即“定语总是修饰后面的中心语”(詹人凤 2000)。其实定语的语义指向问题比状语要复杂得多。例如:

(10)a. 绰约的云影投在蔷薇花上。(绰约→云影)

b. 新教师的宿舍就建在学校的西门。(新→教师)

c. 她流连的目光比往常更加炽热。(流连→她)

(11)a. 我大吃一惊,用惶惑的眼睛看看馍馍,又看看她。(惶惑→我)

b. 他们在明亮的月光下跳起了舞。(明亮→月光)

c. 他把新自行车的链条弄坏了两根。(新→自行车)

d. 我被她冷静的算盘弄得晕晕乎乎的。(冷静→他)

(12)a. 叶兰不禁流露出失望和委屈的神色。(失望、委屈→叶兰)

b. 老人家的脸上呈现出痛苦的神色。(痛苦→老人家)

c. 我从男女农工的吼叫声中听出了悲愤的意味。(悲愤→男女农工)

d. 我不该喝了那三杯猛酒。(猛→喝)

e. 马千乘有一张漂亮的面孔。(漂亮→面孔)

f. 他撕下了那本旧杂志的封面。(旧→杂志)

g. 我……,但也感受到了海喜喜的无私的友情。(无私→海喜喜)

h.《新闻今日谈》每天都谈论一些敏感的话题。(敏感→话题;敏感→空成分)

从上面例子可以发现,形容词定语有的向后指,也有的向前指;有的单指,也有的多指;有的指向的位置少,也有的位置多。其中也可以找到几个倾向性规律(蒋静忠,2004):其一,从不同位置上形容词定语能够指向成分的数量看,不同位置形容词作定语所能指向成分数量的规律:“主语位置 < 介词宾语位置 < 宾语位置”。其二,形容词定语在向后指向和向前指向时受制约的情况看,形容词作定语语义指向约束规则:“向后指向时,形容词定语的指向范围为它所在的 NP;向前指向时,形容词定语的指向范围为整个 SP”。上面只是一种客观的观察,如果进一步问,为什么定语的语义指向会有如此复杂情况,怎么判断定语多种向前指向的可能,那就又要回到词汇语义或者说是语感判断上。比如具有“[+指人]、[+内在]”语义特征的形容词定语才可以向前指向,即形容词定语指向什么成分,可能主要是依赖“语

义选择搭配”。

三 语义指向现象的成分移位分析

上面是静态地观察句法成分有不同语义指向的几种结构,其实除了某些特定的结构外,不少结构中存在的句法成分语义指向现象都可以通过动态的成分移位,或者叫结构变换手段,来加以分析。这里说的“成分移位分析”,不一定有严格的移位图形,只是指结构中成分的位置发生了变化。

比如朱德熙(1990)对包含方位处所词结构的分析,也可以说是运用成分移位来分析结构中的语义指向的例子。比较:

(13)a1.(在)汽车上看书　　a2. *书看(在)汽车上
b1. *(在)靶子上射箭　　b2. 箭射(在)靶子上
c1.(在)黑板上写字　　c2. 字写(在)黑板上

(13)与前面(7)的语义指向现象不同((7)只相当于(13a))。这三组例句都有一个动词(看/射/写),还有两个名词,一个是表示客体的名词(书/箭/字),另一个是表示处所的名词(汽车上/靶子上/黑板上)。但是为什么有的结构形式却不成立?原因就在于三种结构各自动名语义指向关系的次范畴类型有区别:有些表示“事件发生处所”(13a1),有些表示“运动趋向处所(13b2),还有些表示“事物存在处所”(13c)。由于不同动词要求联系不同位置和不同语义特征的处所名词,结构变换就可以揭示(13)三种结构的区别。

其实前面说过一些语义指向现象的例子,如“这孩子追得我直喘气”,通过成分移位的变换而形成另一种结构,就至少可以区别其中动名之间的一种语义指向。例如:

(14)a. 这孩子追得我直喘气。
b. 这孩子把我追的直喘气。(我喘气)
c. 这孩子追我追得直喘气。(孩子追我)
d. 这孩子追我把我追得直喘气。(孩子追我,我喘气)

根据这个方法,汉语“VV动补结构”中动词和名词的语义指向关系就可以通过成分移位或结构变换形式得到解释。有学者(李小荣2000)曾提出观察“宾语有无”:当补语动词是不及物动词时,如果“VV动补”后面不能带宾语,那么补语动词指向述语动词的施事主语名词的可能性就比较大,如(15)。如果“VV动补”能自由带宾语,那么补语动词指向述语动词的客体宾语名词的可能性就比较大,如(16)。比较:

(15)a. 她终于唱红了。(她红)
b. 我都走热了。(我热)

c. 孩子学乖了。(孩子乖)
d. 妈妈累病了。(妈妈病)

(16) a. 你小心喊哑了嗓子。(嗓子哑)
b. 弟弟跑丢了一双鞋。(鞋丢)
c. 姑娘哭湿了枕头。(枕头湿)
d. 他一连撬折了两根木棍。(木棍折)

但有的"VV 动补结构"并不能自由带宾语,补语动词却并不指向主语名词,而是指向述语动词,如(17);还有的"VV 动补结构"可以带上宾语,但补语动词并不指向宾语名词,而指向主语名词,如(18)。例如:

(17) a. 我们抓晚了。(*我们晚/抓得晚)
b. 爸爸打重了。(*爸爸重/打得重)
c. 学生走早了。(*学生早/走得早)
d. 客人住久了。(*客人久/住得久)

(18) a. 老王吃饱了饭了。(*饭饱了/老王饱了)
b. 老王喝醉了酒了。(*酒醉了/老王醉了)
c. 孩子听烦了说教。(*说教烦/孩子烦)

通过变换就可以发现,(15)和(17)虽然都不能带宾语,但是补语动词指向施事主语的(15)的主语前面都可以直接加上"把"而构成把字句;而(17)就都不能。比较:

(19) a. 她可唱红了。→把他唱红了。
b. 我都走热了。→把我走热了。
c. 孩子学乖了。→把孩子学乖了。
d. 妈妈累病了。→把妈妈累病了。

(20) a. 我们抓晚了。→*把我们抓晚了。
b. 爸爸打重了。→*把爸爸打重了。
c. 学生走早了。→*把学生走早了。
d. 客人住久了。→*把客人住久了。

同理虽然(16)和(18)都可以带宾语,但(16)中补语动词是指向宾语名词的,就可以让宾语名词移到"把"后构成把字句,而(18)补语动词都不是指向宾语名词的,就都不能让宾语名词跑到"把"后构成把字句。比较:

(21) a. 你小心喊哑了嗓子。→把嗓子喊哑了。
b. 弟弟跑丢了一双鞋。→把鞋子跑丢了。

c. 姑娘哭湿了枕头。→ 把枕头哭湿了。

d. 他撬折了两根木棍。→ 把木棍撬折了。

(22) a. 老王吃饱饭了。→ *把饭吃饱了。

b. 老王喝醉了酒了。→ *把酒喝醉了。

c. 孩子听烦了说教。→ *把说教听烦了。

用"把字句"的变换对应形式也就可以确定"VV 动补结构"中动词和名词的语义指向。或者说可以得到一个基本结论:凡是能够变换成把字句的"把"后名词(不管原来是"VV 动补结构"中的主语还是宾语),都不但一定与补语动词有动词和名词的语义指向关系(即主谓关系),而且也就一定可以进入"把"后构成把字句。例如:

(23) a1. 老王喝光了酒。a2. 老王把酒喝光了。　a3. *这瓶酒就把老王喝光了。

b1. 老王喝醉了酒。b2. *老王把酒喝醉了。　b3. 这点酒就把老王喝醉了。

c1. 小姑娘唱红了。c2. 这首歌唱红了小姑娘。c3. 这首歌把小姑娘唱红了。

d1. 这首歌唱红了。d2. 小姑娘唱红了这首歌。d3. 小姑娘把这首歌唱红了。

这种方法也可以用来区别"V 得 V 动补结构"的动名语义指向关系:凡是补语动词指向前面名词(不管是述语动词的主语还是宾语),则这个名词就可以跑到"得"后补语动词的前面,而且这个名词也就可以再移到"把"后构成把字句;反之如果其中某个名词既不能移到"得"后也不能进入"把"后,该名词就跟补语动词没有语义关系(补语动词就指向述语动词)。前面(14)"喘气"例说的也是这种情况。比较:

(24) a1. 孩子累得走不动了。

a2. 累得孩子走不动了。　a3. 把孩子累得走不动了。

b1. 孩子骂得抬不起头。

b2. 骂得孩子抬不起头。　b3. 把孩子骂得抬不起头。

c1. 孩子哭得不是时候。

c2. *哭得孩子不是时候。　c3. *把孩子哭得不是时候。

再看另一类动名语义指向分析的例子。一般说"动词+名词"在特定搭配时语义类型关系总是单一的,比如"动作和客体"、"动作和工具"等。但是如果动词支配的是由两个名词组成的名词词组,动词就既可能只支配名词词组中某一个名词,也可能分别支配名词词组中两个不同的名词。比较:

(25) a. 找二楼老王。(=找老王,*找二楼)

b. 贪污了厂里一笔巨款。(=贪污巨款,*贪污厂里)

(26) a. 编柳条筐(=编柳条+编筐)→ 把柳条编了筐

b. 切萝卜丝（=切萝卜+切丝）→ 把萝卜切了丝

一般的语法分析可能都笼统地说（25）和（26）中动词支配的就是整个名词词组。但如果把原来当宾语的名词词组拆开来分析就可以发现，其实（25）中的动词只是支配名词词组中的后项名词，而并不支配名词词组中的前项名词。（26）中的动词却既可以支配名词词组中的前项名词，又可以支配后项名词，也就是有两个指向的焦点。这一点从（26）名词词组的前项名词能够前移到“把”后（即两个成分分开出现），而整个结构仍保持原有的动名语义关系基本不变也可以证明。

进一步观察，如果动词支配的名词词组是由两个相同语义类的名词组成的，动词就不但有指向的焦点，而且一定有唯一的指向焦点。比较（据陆俭明例）：

（27）a.（东西没吃什么，）只吃了一个面包。（=吃了面包，≠吃了一个）
b.（面包吃得不多，）只吃了一个面包。（=吃了一个，≠吃了面包）

上面（27）中动词“吃”的后面都是相同的名词词组“一个面包”。但实际上（27a）中动词“吃”支配的语义焦点却是其中的中心语名词“面包”，而（27b）中动词“吃”支配的语义焦点则只能是其中的数量词“一个”。这就说明动词在支配由两个同语义类名词组成的词组时，动名语义的指向焦点要有一个条件：即当动词前面（包括上文中）出现了与宾语名词词组中相同语义类的名词（“东西/面包/一个”都可以是“吃”的受事成分）时，动词支配的宾语中的语义焦点就只能是比动词前已出现过的同类名词语义范围小的成分，而不会再支配相同语义所指范围的成分。这也就是为什么（27a）“吃”可以支配“面包”，而（27b）“吃”不可能再支配“面包”的原因。

即使不考虑句子结构以外是否出现同语义类名词而影响到结构内动词对名词词组的焦点指向关系，就算某个由两个同语义类名词组成的名词词组拆开出现在一个结构的不同位置上，事实上动词也有指向焦点。例如：

（28）a. 礼物我收到了不少。/ 香烟我只抽万宝路。
b. 自行车我换了链条。/ 这本书我撕了封面。
c. 电器我只买进口的。/ 穿的我最在意衬衣。
d. 大城市我喜欢上海。/ 歌星我最迷谢霆锋。

（28）都没有歧义，也不会有理解上的问题。但仔细观察，（28）各例中动词的两边都有一个可以受动词支配的名词。而这两个名词实际都是一个名词词组分裂成同样是名词性成分的一半，只是分裂后哪一半在前，哪一半在后却不一定：（28a）是中心语在前，修饰语在后；（28b）是修饰语在前，中心语在后；（28c）是“的字词组”和中心语都既可以在前也可在后；（28d）是同位成分一半在前一半在后。这里的原因就在于分裂出现在动词两边的名词在语义角色上都是动词的“受事（客体）”，而这种情况下动词就一定要指向语义所指范围小的那一半:比如(28a)是"数量和性质+整体"名词词组分裂,语义所指范围小的是修饰语,所以动词指向修饰语;(28b)是"整体+部分"名词词组分裂,语义所指范围小的是中心语,所以动词指向中心语。也可以换一个角度看,如果两个语义角色相同的名词分别出现在动词的两边,就只能是语义所指范围小的一半在动词后边,语义所指范围大的一半跑到动词前边,这样当然动词就永远只能指向动词后边的那一半成分。这就不但同样能解释(28a/b)的情况,也能解释(28c/d)的情况了。

这种动名的焦点语义指向也存在于各种结构中,比如用这种办法同样能解释下面这种同类名词分别出现在动词前后或都出现在动词前的结构的动名语义指向关系。例如:

(29)a. 三个犯人跑了两个。

(=跑了两个/两个跑了,≠三个犯人跑了)

b. 这月工资,300元捐了灾区。

(=300元捐了灾区/捐了灾区300元,≠这月工资捐了灾区)

再看一组"V着A结构"中句法成分的指向现象。"V(动词)+着(助词)+A(形容词)"结构词组本身看起来并不复杂,但结构和意义却很不一样。比较:

(30)a. 坐着就挺好,不必站起来。

b. 走路去肯定来不及,怎么着也是跑着更快。

c. 老这么躺着可不行,得经常起来活动活动。(《报刊资料/1998合集》)

(31)a. 他自己决不去参加婚礼——看着伤心。(老舍《离婚》)

b. 孙小姐心软了,低头不看,可是又觉得坐着不安。(钱锺书《围城》)

c. 我也不念了,下面那词儿我看着都害臊。(王朔《千万别把我当人》)

(32)a. 雪白发光,看着便可爱。(老舍《青蓉略记》)

c. 搁上一把草,撒上一层料,有菜有饭的,吃着真香。(汪曾祺《王全》)

d. 可你穿着不合适,袖子也短。(王朔《顽主》)

(33)a. 看着挺着急的(看着着急)

b. 听着怪别扭的(听着别扭)

上面这些结构,看上去似乎完全一样。不过不但各自结构关系不同,比如(30)是主谓结构,(31)是状中结构,(32)是连谓结构,(33)则有两种可能;而且说到底决定"V着A"到底属于哪种结构的真正条件,只是在于其中的V和A可能跟哪个句法位置上的成分(不管实际这个成分是否出现)发生显性或隐性的语义指向联系。比如(30)中A指向动词V,(31)中A指向V的施事主语,(32)中A指向V的受事宾语,(33)中A的指向有两种可能。这些语义指向的差别同样可以通过成分移位,包括成分添加和结构变换,加以分化。

四　语义指向现象的句法生成分析

如果说成分移位或结构变换可以分析或分化不同的句法成分的语义指向现象，那么再进一步说，这种成分移位或结构变换，很可能也反映出这些结构在句法构造上的差异。所以句法生成分析是对句法成分语义指向现象的更进一步分析解释的方法。

比如我们对"VP 的"转指结构句法条件的分析（沈阳 2005），就是运用题元结构理论对包含动名语义指向现象的结构进行句法生成分析的例子。这种分析要解释为什么不但存在主宾空位的"的"字结构能转指被"提取"的主宾语，而且主宾语齐全的"的"字结构，甚至转指非动词论元的"的"字结构，有时也可能转指。例如：

(34) a. 很喜欢妈妈买的（衣服）。
　　b. 不欢迎送礼物的（客人）。

(35) a. 你先搬他捆了绳子的（箱子）。
　　b. 我没浇过水的（花）都死了。
　　c. 你还是开我刚换了新轮胎的（车）吧。
　　d. 妈妈把我挂墙上的（画）都给撕掉了。
　　e. 孩子考上大学的（家长们）留下。
　　f. 自己开伙做饭的（年轻人）挺多。

(36) a. 上课的时间早过了，可是下课的（时间）还没到。
　　b. 我在部队里学了好几门技术，还就数开车的（技术）最有用。
　　c. 公园里有几块活动场地，孩子们开车的（场地）有围墙围着。

在这个问题上我们还是坚持朱德熙（1978，1983）"主宾提取"的说法，只是改为"论元提取"，并证明采用这一原则，可以根据是不是论元提取建立"可转指 VP 的"，根据直接指派论元提取建立"独立转指 VP 的"，根据间接指派论元提取建立"非独立转指 VP 的"。最后一条包括"复杂结构限制的非独立转指 VP 的"和"特定结构拉动的非独立转指 VP 的"。

最近我们还研究了动补结构中有不同语义指向现象的结构的句法生成形式。如下面(37)的一组例子看起来结构形式完全相同，但是述语动词和名词的指向却又不同。比较：

(37) a. 这个讲座听得我直打瞌睡。（我听/*别人听）
　　b. 这句话夸得我浑身不自在。（*我夸/别人夸）
　　c. 这首歌曲唱得我泪流满面。（我唱/别人唱）

我们研究发现（蒋鲤 2006），其中的原因就在于各自底层结构生成形式不一样。其中有歧义的(37c)的一种结构与(37a)相同，另一种结构与(37b)相同，两种不同的底层结构在转

换为含有致使义的(37)“得”字句式时才有了相同的表层形式。比较:

(38)

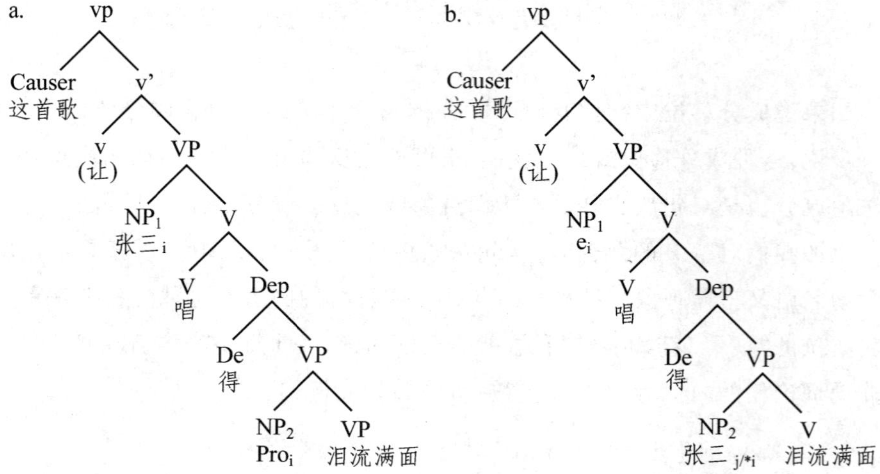

(39)

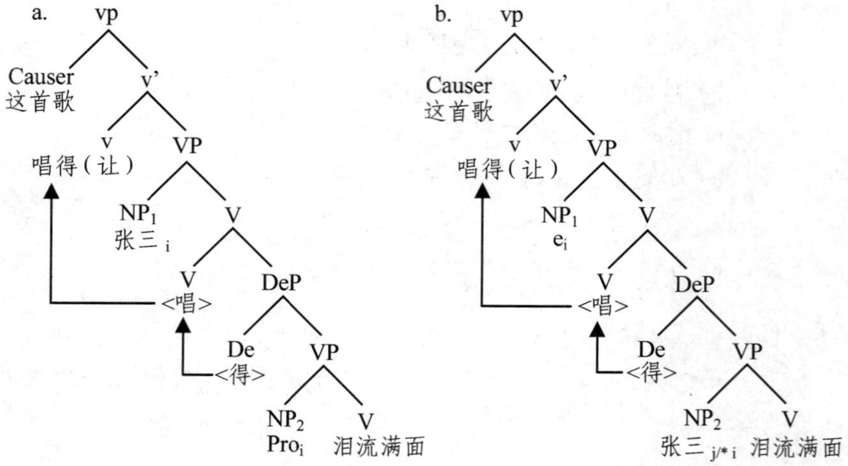

下面(40)的一组例子看起来结构形式也完全相同,甚至补语动词都指向主语名词。但是进一步观察可以发现,它们对于另两种结构形式存在着变换上的不对应现象。比较:

(40) a1. 张三唱哭了。a2. *张三唱哭了这首歌。a3. 这首歌唱哭了张三

b1. 张三听懂了。b2. 张三听懂了这节课。 b3. *这节课听懂了张三。

c1. 张三吃腻了。c2. 张三吃腻了这道菜。 c3. 这道菜吃腻了张三。

我们曾证明(Sybesma 1999,Syb/沈阳 2006),像(38)结构中的主语都一定是从补语动词的主语位置(小句主语)前移来的,而并不是述语动词的主语。而进一步的研究还发现(梁雨 2006),这类句式复杂句法表现的根源在于 V_2 的不同特征:动结式能否带宾语取决于 V_2,V_2 是二元动词则动结式可以带宾语,V_2 是一元动词则动结式不能带宾语;致使者可以与 V_1 相关,但不能和 V_2 相关;由于“腻”类动词的特殊性,即有两种语序,这使得“吃腻”有复杂的

句法表现，既有及物结构，又有致使结构。(40)的句法形式分别是(41—43)：

(41)[$_{VP}$ [$_{V'}$ 唱 [$_{AspP}$ 了 [$_{XP}$ 张三 哭]]]]

(42)[$_{VP}$ [$_{V'}$ 听 [$_{AsP}$ 了 [$_{XP}$ 张三 [$_{X'}$ 懂 这节课]]]]

(43)[$_{VP}$ [$_{V'}$吃 [$_{AsP}$ 了 [$_{XP}$ 张三 [$_{X'}$ 腻 这道菜]]]]]

[$_{V'}$ 吃 [$_{AsP}$ 了 [$_{XP}$ 这道菜 [$_{X'}$ 腻 张三]]]]]

上面说的差不多都是动词和名词的语义指向问题。下面再看看结构内第三人称代词的所指问题。这也是语义指向研究的重点问题之一。我们知道采用“约束原则(Binding)”确实可以说明句子中人称代词语义所指的一些规律，但汉语中人称代词语义所指的情况也会有一些复杂的情况。我们(沈阳、董红源 2004)注意到下面的例子：

(44) a. 老师$_i$ 帮助了他$_{*i/j}$

b. 老师$_i$ 帮助了他$_{i/j}$的学生

c. 小王$_i$ 的老师$_j$ 帮助了他$_{*i/j/k}$的学生

d. 小王$_i$ 感谢他$_{*i/j}$提供了帮助

e. 小王$_i$ 感谢他$_{i/*j}$的老师提供了帮助

f. 小王$_i$ 知道他$_{i/j}$提供了帮助

g. 小王$_i$ 知道老师$_j$ 帮助了他$_{i/*j/k}$

采用约束 B 原则可以解释为什么(44a/g)中充当宾语的“他”都不能跟最小动词结构的主语“老师”同指。但其他的例子就有一些问题了：比如(44b)同样处在最小动词结构内只不过充当宾语的定语的“他”，却既可能跟主语“老师”同指，也可能不同指；(44c)同样充当最小动词结构宾语的定语的“他”，不能跟主语的定语“小王”同指，却反能跟主语中心语“老师”同指；(44d)直接充当宾语从句主语的“他”不能跟主句主语“小王”同指；而(44e)同样出现在宾语从句只不过充当了从句主语的定语的“他”就可以跟主句主语“小王”同指；进一步(44f)宾语从句的主语“他”，无法确定是否跟主句大主语“小王”同指；(44g)虽然充当从句结构宾语的“他”不能跟从句的主语“老师”同指,但是却无法确定是否能跟主句主语“小王”同指。

先观察简单动词结构(44a—c)。不难发现(a)中动词的主语和宾语都是单个名词或人称代词,所以其中“他”的所指关系符合约束 B 原则。而(b/c)虽然同样是简单动词结构,但由于主语或宾语是定中偏正词组,人称代词“他”和同指先行名词都可能出现在修饰语位置上,因此“他”的所指关系才会出现约束 B 原则失效的情况。根据先行名词和人称代词在简单动词结构内 NP 位置上所有可能的相互搭配选择和各种所指关系,一共可以有四种情况。如(45)所示(N 表示名词或代词做中心语,M 表示名词或代词做定语):

(45) a. 小王$_i$ 喜欢他$_{*i/j}$ N1—N2

b. 小王$_i$ 喜欢他$_{i/j}$的老师 N1—M2

c. 小王$_i$的老师$_j$ 喜欢他$_{i/*j/k}$ M1—N2

d. 小王$_i$ 的老师$_j$ 喜欢他$_{*i/j/k}$的学生 M1—M2

从(45)反映的情况就可以发现,简单动词结构内人称代词的所指跟人称代词和先行名词在结构 NP 中的出现位置(即占据主宾语 NP 的中心语位置还是修饰语位置)直接相关。这样除了考虑成分之间的结构关系即“统制关系(C-command)”外,还要加上这一中心语参数,即需要考虑名词和代词是否为结构中统制节点位置和被统制节点位置 NP 的中心语。上述变通的约束和统制关系可称作“中心语统制”。这种情况可表示为下面的图形(46):

(46)

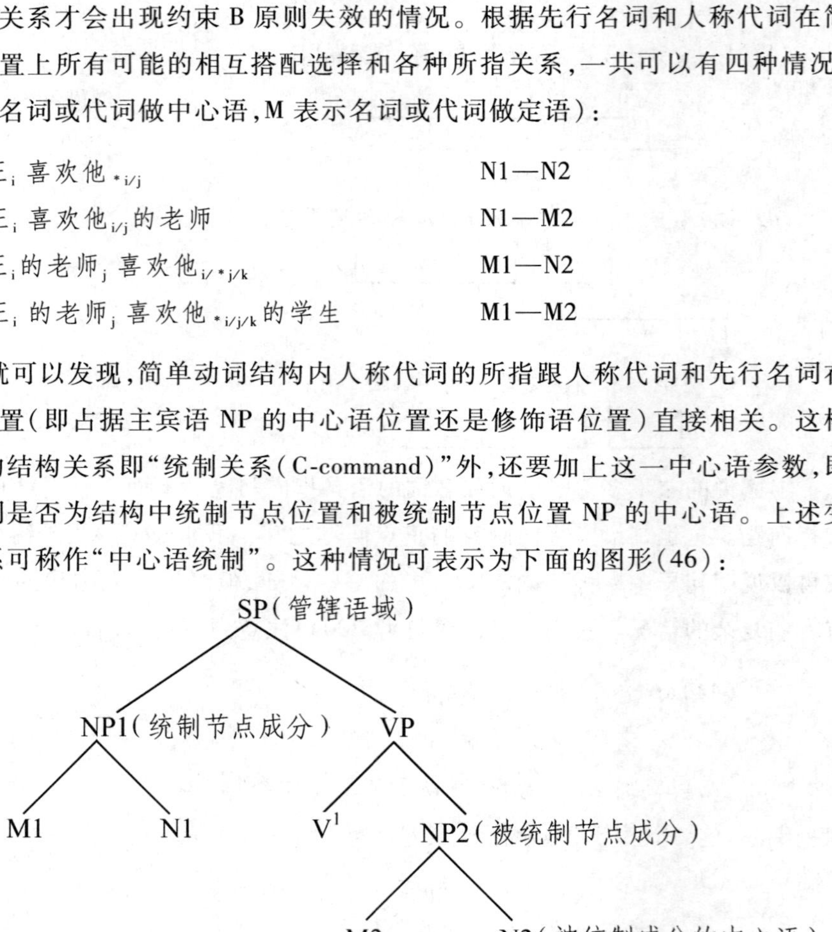

根据图(46)就可以建立“人称代词中心语统制性质同指规则”:在句子 SP 内,当 NP1 统制 NP2,若 NP2 中的代词是 N2,则 NP1 中的 N1 不能与之同指;若 NP2 中的代词是 M2,则 NP1 中的 M1 不能与之同指。用这个规则解释(45):(a)“小王(NP1)”统制“他(NP2)”,但因同为中心语(N1 和 N2),因此二者不能同指;(b)“小王(NP1)”统制“他的老师(NP2)”,“小王”是中心语(N1),“他”是修饰语(M1),所以二者可同指;(c)“小王的老师(NP1)”统制“他(NP2)”,“小王”是修饰语(M1),“他”是中心语(N2),所以二者可同指,但“老师”也是中心语(N1),所以不能跟“他(N2)”同指;(d)“小王的老师(NP1)”统制“他的学生(NP2)”,所以同为修饰语的“小王(M1)”和“他(M2)”不能同指,而“他(M2)”则可以和

NP1 的中心语“老师(N1)”同指。

再观察带宾语从句的复合动词结构(44d-g)。根据约束 B 原则,宾语从句中的人称代词不能跟从句内任何名词同指,但跟域外(即主句中)的先行名词则可以同指。其实这一解释仍是不严格的。除了前述作为宾语从句的简单动词结构中出现的人称代词并不是不能跟结构里的名词同指,而且即使只考虑宾语从句中人称代词跟域外(主句)名词的所指关系,也并不是都既可能同指也可能不同指。像(44d/e)中“骂、嘲笑、批评、感谢”这类动词结构的宾语从句中主语人称代词就一定不跟主句主语同指。这是因为“感谢”类动词有一个重要特点,即动作行为在语义上一定是指向某人的,比如“感谢”就必须具体“感谢什么人”。与此相反“知道、认为、希望、说”这类动词的动作行为就是联系整个从句的,比如“认为”就不能说“*认为什么人”。可见由“感谢”类动词作为主句动词构成的带宾语从句的复合动词结构中人称代词“他”的所指关系也就一定不同于“知道”类动词构成的复合动词结构。“感谢”类复合动词结构的形式可以表示为下面的图形(N 和 M 的意思同前):

(47)

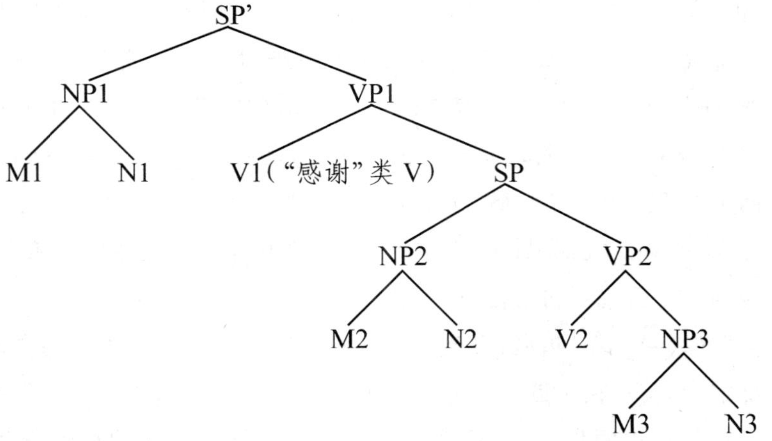

根据图(47),先行名词和人称代词各个位置所有可能的相互搭配选择以及所指关系一共有十二种情况。除去宾语从句(即简单动词结构)内部的四种情况不发生变化,剩下宾语从句中各种位置的人称代词和主句中各种位置先行名词之间就还有八种情况。比较:

(48) a. *小王$_i$感谢他$_i$做得对　　N1—N2

b. *小王$_i$的父亲感谢李阿姨帮助了他$_i$　　M1—N3

c. *小王$_i$的父亲感谢他$_i$的同学找到了车子　　M1—M2

d. *小王$_i$的父亲感谢李阿姨找到了他$_i$的车子　　M1—M3

(48) a. 小王$_i$感谢李阿姨帮助了他$_i$　　N1—N3

b. 小王$_i$感谢他$_i$的父亲来开家长会　　N1—M2

c. 小王$_i$感谢李阿姨帮助了他$_i$的弟弟　　N1—M3

d. 小王$_i$的父亲感谢他$_i$帮助了小李　　M1—N2

上面的例子表明:这种复合动词结构中人称代词和先行名词所指关系的互补性跟前面讨论的简单动词结构几乎完全相同,即一般说主句主语的中心语如可与从句中的代词同指,其修饰语就不能,主句主语的中心语如不能与从句中的代词同指,其修饰语就可以。不过其中也有一些跟简单动词结构不完全相同的现象:比如(49a)是两个 N 点却可同指,(48b)是 M 点和 N 点却不能同指。不难看出这跟两个成分是处于"隔层位置"有关(从数字 1 和 3 就可看出来)。那么怎么说明人称代词的这种所指关系呢?需要特别注意(47)中 NP1、NP2 和 NP3 这三个节点之间的统制关系和名词与代词的同指关系:其中 NP1 既统制 NP2,也统制 NP3,但是 NP1 中心语名词(N1)却只是不能跟 NP2 位置的中心语代词(N2)同指,而仍可跟 NP3 位置的中心语代词(N3)同指。据此就要定义一种新的结构关系"直接统制":"如果结构中存在 n 个依次'统制'的 NP 节点:NP1→NP2→NP3→……→NPn,则 NPn 要受到 $NP_{(n-1)}$ 的直接统制"。因此在"[$_{SP'}$ NP1 $V_{(\text{“感谢”动词})}$ [$_{SP}$ NP2 V NP3]]"结构中,NP1 虽然既统制 NP2 也统制 NP3,但是却直接统制 NP2。这一点是解释这类结构中人称代词所指的关键。有了直接统制的概念,再加上前述的中心语参数,就可以建立"人称代词直接统制性质同指规则":在句子 SP'内,若主句主语 NPa 直接统制 NPb,且 NPb 中包含人称代词,则 NPa 的中心语(N)不能与 NPb 的代词中心语(N)同指,NPa 的修饰语(M)不能与 NPb 的修饰语代词(M)以及其他所有非 NPb 节点的代词同指。用这个规则就可以正确解释(48—49)中"他"的所指规律了。上面两个规则其实完全一致,因为假设一个结构只有两个 NP 节点,那么一个 NP 统制另一个 NP,也就一定直接统制这个 NP。而且因为两个规则适用的语域都是最大结构(主句),因此前规则只是后规则的简化版本。

最后如(44f/g)"知道、希望、说"这一类动词结构中宾语从句主语人称代词的所指看起来不确定,其实只在一点上发生了变化,即动词两边 NP1 中的 N1 和 NP2 中的 N2 由"不能同指"变成了"可以同指"。可见造成"知道"类结构中人称代词所指差异的关键还是 NP1 和 NP2 的关系,也就是"知道"类结构中 NP1 和 NP2 很可能不具有前面规则要求的直接统制关系。这一点不难证明:因为虽然前面说"感谢"类动词跟"知道"类动词的结构形式很相像,或者不严格地都可看作是带宾语从句的结构,但二者的结构形式毕竟又有明显区别,表现在"知道"类动词在句法和语义上都不能单独作用于宾语从句的主语名词。这一点换一种说法就是:"感谢"类结构的主句动词 V1 可以直接管辖 NP2(即 NP2 实际是 V1 的宾语,从句中另有同标的空主语),而"知道"类结构的主句动词 V1 不直接管辖 NP2(NP2 只是从句主语)。由于有这种区别,也就可以认为"感谢"类结构中的 NP1 才直接统制 NP2,而 NP2 实际上是通过从句中跟 NP2 同标的 PRO(PRO = NP2)才又直接统制 NP3;而"知道"类结构中只有 NP2 直接统制 NP3,而 NP1 却并不直接统制 NP2。这两种结构可以重新不严格图示如下:

(50)a."感谢/命令"类动词结构:

[$_{SP'}$ NP1 V1 NP2 [$_{SP}$ PRO(= NP2) V2 NP3]]

b.“知道”类动词结构：

[$_{SP'}$ NP1 V1 [$_{SP}$ NP2 V2 NP3]]

这样当然就可以得出结论：正是因为“知道”类动词不直接管辖 NP2，或者说主句动词后面有从句标记位置（即 COMP 位置）阻断了结构中 NP1 和 NP2 之间的直接统制关系，这也就使得这类结构中 NP1 和 NP2 隔开一个句标而处于另一种隔层位置（即隔开一个句标而造成的隔层位置），所以根据前面说的规则，不具有严格直接统制关系即处于隔层位置的两个 N 点当然也就可以同指了。至于为什么“知道”类结构的宾语从句中其他位置的人称代词差不多都“可以”跟主句主语同指，而且都“不能”跟主句主语的定语名词同指，这当然也就不难解释，因为这些成分的同指关系本来就不违反前面说的规则。

上面讨论了带宾语从句的复合动词结构，而其他从句结构（如定语从句、补语从句、双宾语从句）中人称代词的所指关系也都可以从前面的规则推导出来。举几个例子来看：

(51) a1. 小王$_i$ 喜欢[他$_{i/j}$刚买的]衣服

a2. 小王$_i$的爸爸$_j$热爱[他$_{*i/j}$从事的]工作

b1. 小王$_i$ 气得[他$_{*i/j}$说不出话来]

b2. 小王$_i$ 惹得[他$_{i/j}$的爸爸生了场大病]

c1. 医生$_i$ 告诉小李$_j$[他$_{i/j}$没有病]

c2. 医生$_i$ 告诉小李$_j$[他$_{i/j}$的爸爸没有病]

大致上可以这样概括：上面(51a)是简单动词结构的宾语 NP 带定语从句，定语从句中人称代词相当于简单动词结构 NP2 的 M2（反过来说即一般 M2 就相当于隐含谓词的定语从句中的代词），所以人称代词所指关系也就相当于简单动词结构中 M2。(51b)是动词带补语从句，事实上任何动词（包括不及物动词和形容词）带上补语从句其动作行为就作用于补语从句中的主语，因此补语从句中做主语或主语的定语的人称代词的所指关系也就相当于“感谢”类复合结构中的 N2 或 M2。(51c)是动词带远宾语从句，虽然“告诉”看上去也直接作用于名词（告诉某人），但其实只是该动词的近宾语才受 NP1 直接统制，因此近宾语是人称代词时才不能与主句主语 NP1 中的 N1 同指（可与 M1 同指）；而远宾语从句则相当于“知道”类复合结构中的宾语从句，因此远宾语从句中人称代词的所指关系跟“知道”类动词的宾语从句结构中人称代词的所指关系也就没有什么区别。

五　语义指向现象的逻辑语义分析

做到句法生成分析这一步已经是一种很复杂的解释了，更进一步的工作就是对语义指向现象进行逻辑语义解释。或者说当前面介绍的三种语义指向分析方法——词汇语义（语感判断)分析、成分移位分析、句法生成分析——都无能为力的时候,就需要借助更抽象的逻辑手段来帮助解决问题,这方面的研究也有一些有意思的发现。

先看反映"才"字句和"就"字句不同语义指向现象的例子(据蒋静忠,2007):

(52)a. 他吃了'三碗饭才饱。

b. 他才吃了'三碗饭。(王还(1956)例)

c. 他们'三个人才喝了'一斤酒(,我一个人就喝了两斤)。

(53)a. 他吃了'三碗饭就饱了。

b. 他就吃了'三碗饭。

c. 他'一个人就喝了'两斤酒(,我们三个人才喝了一斤)。

"才、就"指向的是句子中重音所在的成分(例中加重音符号处)。具体来说,(52a)"才"向前指向"三碗饭",(52b)向后指向"三碗饭",(52c)向前指向"三个人",同时向后指向"一斤酒";(53a)"就"向前指向"三碗饭",(53b)向后指向"三碗饭",(53c)向前指向"一个人",同时向后指向"两斤酒"。据此似乎可以把"才"、"就"的指向规律归纳如下:"才"、"就"都是双指副词,既可以前指,也可以后指,也可以同时向前向后指。它们指向的对象为句子重音所在。

但如果继续深入观察,就会发现这种分析存在着严重问题。如"才"字句。当"才"指向前面的数量成分时,它表示说话人认为这个数量大或者多,如(52a)中"才"指向的数量"三碗饭"在说话人看来是个主观大量;当"才"指向后面的数量成分时,它表示说话人认为这个数量小或者少,如(52b)中"才"指向的数量"三碗饭"在说话人看来是个主观小量。而"就"字句则不同,当"就"指向前面的数量成分时,它表示说话人认为这个数量小或者少,如(53a)中"就"指向的数量"三碗饭"在说话人看来是个主观小量;当"就"指向后面的数量成分时,它仍然表示说话人认为这个数量小或者少,如(53b)中"就"指向的数量"三碗饭"在说话人看来是个主观小量。归纳起来,"才"指前表主观大量,指后表主观小量;而"就"指前指后都表主观小量。也就是说,"才"指向的方向改变了,人们对它所指向的数量的主观评价也改变了。而"就"指向的方向改变了,人们对它所指向的数量的主观评价并没有改变。这样看来,"才"似乎存在着两种完全相反的意义。于是张谊生(2000)干脆把"才"分为两个:才$_A$和才$_B$。"才$_A$"总是指向位于前面的成分,表示该成分是主观大量,其语义为增值强调;"才$_B$"总是指向位于后面的成分,表示该成分是主观小量,其语义为减值强调。可是人们语感上却并不认为(51a)和(51b)中的"才"是两个"才"。于是有些学者(邵敬敏 1997;张宝胜 2003)还试图通过其他办法来解决"才"的语义指向问题。

因为"才"不能移位,"才"字句在句法生成上也只有一种底层结构,所以成分移位分析和句法生成分析都无能为力,这时候就需要采用逻辑分析方法了。逻辑分析方法并不是一种统一的理论,而是在进行语义分析的时候借助了某些逻辑手段。因此大家在进行逻辑语义分析的时候,使用的方法也不尽相同。比如有的偏重于采用数理逻辑,国外的形式语义学就是如此;有的偏重于采用传统逻辑进行分析,国内的学者多采用这种手段。前者的好处在于刻划准确、精细,后者的优点在于易于理解和接受。前者追求的目标是语义表达的形式化,后者追求的目标是把抽象的语义形象化。

如果采用后一种处理办法,就可以把"才"字句的语义框架抽象为:"(参数)+才+事件"。这里的参数表示后面事件发生的环境,包括时间、地点、条件等。事件表示在某种环境下发生的事情,出现的结果等。而"才"是连接参数和事件的关联成分。(52a)中的参数是"他吃了三碗饭",事件是"他饱了"。"才"起到把参数和事件在语义上关联起来的作用。(52b)中的参项没有出现,为当前语境中默认的条件,事件为"他吃了三碗饭","才"的作用是把默认条件和事件关联起来。在这种语义框架之下,就可以给副词"才"一个全新的语义解释,即"才"是一个二元函数,或者说是二价副词,它总是与前后两个成分相关联。"才"所表示的函数大致相当于一个比例函数,用符号C表示;两个函项(论元)分别是参数和事件,分别用P和E表示。这样,"才"字句的语义就可以表示为:C(P,E)。意思是在P这样的条件下,才出现E这样的结果。这里"才"除了把两者关联起来之外,还表示对两者比值(得到的结果与付出的条件的比值)的评价。这个比值可以表示为V,即"C(P,E)=V","才"的评价语义为V"较低"。

上面说的这一点可以用生活中比较常见的性价比来打一个比方。"才"关联的两个成分就好比是价格和性能,参数相当于价格,事件相当于性能,性能和价格的比值称为"性价比"。当价格低而性能好的时候,性价比就高;反之,当价格高性能差的时候,性价比就低。而"才"总是用来表示性价比较低的情况。同类商品竞争,往往是价格相同,比拼性能;或者性能差不多,比拼价格。"才"字句也是如此,当参数为默认值或缺省值的时候,它对事件的评价就低,如(52b);当事件为固定值或缺省值的时候,它对参数的评价就高,如(52a)。当参数和事件都出现的时候,它对参数的评价值高而对事件的评价值低,如(52c)。概言之,"才"的评价值与参数成反比,与事件成正比。

同样的道理,"就"也可以看做一个二元函数,表示为J。它关联两个函项:参数P和事件E。并且有一个值V。"J(P,E)=V"。"就"对V的评价为V较高。如果用性价比来打比方的话,"就"总是用来表示性价比较高的情况。当参数为默认值或缺省值的时候,它对事件的评价就高,例如下面的(54):

(54)不知不觉他就吃了'三碗饭。

而当事件为固定值或缺省值的时候,它对参数的评价就低,如(53a)。当参数和事件都出现的时候,它对参数的评价值低而对事件的评价值高,如(53c)。概言之,"就"的评价值与参数成正比,与事件成反比。

按照这种处理,(53b)似乎是一个例外。可以把"就"在(53b)中的用法单独列为一个义项,它的语义与"只"相近,表示限制范围。其理由是:它与表二元函数的"就"不同,它不一定要限制一个数量,它也可以限制名词、限制动词、限制动词短语等。据此可以把二元函数的"就"称之为"就$_1$",把表限制范围的"就"称之为"就$_2$"。例如:

(55) a. 他就买了面包(,没买别的)。

b. 他就买了面包(,没烤面包)。

c. 他就买了面包(,没做别的)。

最后再看用数理逻辑的办法处理副词"都"语义指向的例子(据罗琼鹏 2006)。最早研究"都"的学者注意到它和典型的分配算子(如英语中的"each")和全称量词之间(如英文中的"all")的相似之处:

(56) a. 他们三个人都买了保时捷。

b. They each bought a Porsche.

(57) a. 同学们都参加了这次活动。

b. The students all participated in this activity.

从真值条件上来看,如果有三个人一起买了一辆保时捷,则(56)中的例句为假;如果有同学没有参加活动,则(57)句中的例句为假。这些例句似乎说明"都"既可以担当分配算子,也可以担当全称算子。如果借用 Dowty & Brodie(1984)关于分配算子的语义翻译的话,似乎可以认为"都"具有下面(58)的语义:

(58) $\|都\| = \lambda X \lambda P \forall x[x \in X \rightarrow P(x)]$

(类型:$<<e,t><<e,t>,t>>>$)

(就集合 X 而言,其中的每个成员 x 都具有 P 的属性)

但撇开分配算子和全称量词之间的区别不谈(因为一般来说,分配算子和全称算子之间具有非对称的蕴含关系。参见 Gil(1995)中的普遍原则一:如果一个量词是分配的,它一定是全称的),这种分析也遇到了别的问题。国内学者很早就注意到"都"有不同的分布/用法。《现代汉语八百词》总结"都"的用法为三类:一是表示"总括";二是表示"甚至";三是表示"已经"。(56)和(57)是表示总括的例子,后面两类的相关的例子分别如下:

(59) a. 连他的敌人都佩服他。(甚至)

b. 都团长了。(已经)

很显然,上面(58)关于"都"作为分配算子的语义不能直接地应用到例句(59a/b):(58)的语义要求"都"要有一个类型为$<e,t>$的集合作为其量化对象,而在(59a/b)中,却找不到这样的一个量化域。与此同时,随着研究的深入,大家也注意到"都"和典型的分配算子"each"也有不同的地方。下面(60)说明,典型的分配算子只能作用于集合中的原子成员

（所以，“each”不能与集合谓词共现）；（61）的可接受性却说明“都”没有这样的限制。例如：

（60）* The men each met at noon.

（61）那些人都中午见面。

上面提到涉及到“都”逻辑语义的三个重要问题：一是怎么解释“都”和典型的分配算子之间的区别（如（60）和（61）的对立）？二是一个统一的“都”的分析是否可行，即（56）、（57）和（59）中的“都”具有同样的语义内核还是涉及到不同的“都”？三是理论上允许提供什么样的关于“都”的分析？

从技术上说，解决（60—61）的问题并不困难。因为任何一个复数名词短语的指称都是某个集合的覆盖子集（集合 D 的覆盖子集 Cov（D） = *power*（D）-Ø）。如果“都”只是作用一个复数指称对象的话，“都”也可以作用到该集合的覆盖子集。郭锐，罗琼鹏（2006）观察到下面（62）的现象。而根据覆盖子集定义，“[张三，李四和王五]”（张三：a；李四：b；王五：c）的指称如（63）所示（$2^3-1=7$）：

（62）[张三，李四和王五]NP 都合写了论文。

（63）$Cov(\{a,b,c\}) = \{\{a\},\{b\},\{c\},\{a,b\},\{a,c\},\{b,c\},\{a,b,c\}\}$

常规分配解读：$\{\{a\},\{b\},\{c\}\}$

常规集合解读：$\{a,b,c\}$

常规中间解读：$\{\{a,b\},\{a,c\},\{b,c\}\}$

从真值条件上说，如果张三和李四合写了论文，李四和王五合写了论文，同时张三和王五也合写了论文，在此情景下，（62）仍然为真。这说明“都”是可以作用到所约束的复数名词短语所指称的覆盖子集的。但是需要注意的是，“都”可以作用到覆盖子集并不是“都”本身的语义，而是复数名词短语所提供的量化域。与此同时，“都”量化似乎对量化域的结构不敏感：只要约束对象是复数性质的，都可以构成“都”的量化域。这个思路稍微扩展一下，即建立广义的“分配算子”的概念，就可以处理（59）中的问题了。

前面提到，“都”跟典型的分配算子“each”不同，“都”可以是广义分配算子，同时“都”对其所量化的对象的具体结构不敏感：任何复数性的成分都可以成为“都”在逻辑语义上的约束对象。就（59）中的问题来说，可以认为“都”所约束的对象并非由表层句法结构的信息提供，而是由语用信息提供。跟一般的语用信息不同的是，这里“都”所作用的对象有两个内在的要求：一是它必须是复数性质的集合；二是这个复数性质的集合通过层级推理标记（如“连”）引出或者别的语用/语境提供。以（57a）而言，“都”本身并没有“甚至”的意思，“甚至”的意思是层级推理标记“连”的意思。“连 NP”在这里的作用是引出相对于 NP 的一个有层级蕴含的选项集合。形式一点说，“连 NP”的语义贡献是：

（64）‖连 NP‖ = $\lambda D.[[NP]\in D \wedge \forall d'[d'\in D \wedge d'\neq [NP] \wedge$ LIKELIHOOD

$([NP]) > LIKELI-HOOD(d')]]$(类型:<<e,t>,t>)

(64)构成了“都”的逻辑作用对象。如果我们把(64)的“NP”换成(59a)中的“他的敌人”,我们就能很容易得到(59a)的正确解读:“他的敌人”通过层级推理,引出了一个由所有可能佩服他的人的选项集合。“都”作用于这个选项集合,得到全称解读。

关于(59b)也可以有同样的处理。(59b)和(59a)唯一不同在于(59b)中的复数集合完全由语用/语境决定。根据上面的思路,很容易得到(59b)中的复数集合:

(65) $\lambda D.[[tuanzhang'] \in D \wedge \forall d'[d' \in D \wedge d' \neq [tuanzhang'] \wedge P([tuanzhang']) \geqslant p(d')]]$

把(65)代入(59b)的逻辑运算,不需要概念“都”的分配性语义,就可以直接地得到(59b)的逻辑语义:存在一个相对于团长的有关职衔的层结集合,其中团长是相对最极端的;“都”作用于这个关于职衔的选项集合的所有成员,得到全称解读。

上面的思路都不认为“都”本身是有歧义的,相关的句子之所以解读不同,全因为“都”所作用的对象的不同。传统语义理论关注的是(量化)副词在句法表层结构和什么样的成分有语义关系(和什么成分相关联),既不关心这种思路在逻辑层次上的可操作性,也不关心相关的手段是否是系统性的,是否可以一致地预测相关的语义解释和句法属性。从逻辑语义——副词量化的角度来看“都”的语义指向现象,不仅可以加深对相关现象的认识,还可以解决一些别的途径不能很好地处理的问题。

六 结 语

本文只是走马观花、蜻蜓点水地举了些例子来看怎么从不同的分析层次来解释现代汉语中的各种语义指向现象。所谓词汇语义(语感判断)分析、成分移位(结构变换)分析、句法生成分析和逻辑语义分析,看起来前面的方法比较“传统”,而后面的方面则比较“当代”。但其实即使这么说也并没有任何褒贬之意。从一个方面说,我们一直主张,八仙过海,各显神通,抓住老鼠就是好猫;从另一方面说,虽然可能最理想的方法应该是能从越高的层次来解释才越好,但如果暂时做不到,或者只是为了杀鸡而用不着牛刀,那么能做到其中任何一步,只要有所发现,也是应该肯定的。这才是我们在“语言学理论怎么才能与汉语研究相结合”,“科学的方法怎么才能解决汉语的实际问题”这样的问题上想说的最主要的意思。

(原刊《当代语言学理论和汉语研究》,商务印书馆 2008 年版)

参考文献:

艾 彦 2005 形容词语状语语义指向研究,北京大学硕士学位论文。

陈小荷 1994 主观量问题初探——兼谈副词"就"、"才"、"都",《世界汉语教学》第 1 期。
顾 阳、沈 阳 2001 汉语合成复合词的构造过程,《中国语文》第 2 期。
郭 锐、罗琼鹏 2006 复数名词短语的指称和'都'量化,未发表手稿。
蒋 鲤 2006a "NP1 + VP1 + 得 + NP2 + VP2"句式的语义和句法分析,《华中科技大学学报(哲社版)》第 4 期。
蒋 鲤 2006b 动补结构重动句与动补结构话题句的句法构造和相互关系研究,北京大学硕士学位论文。
蒋静忠 2003 形容词作定语语义指向研究,北京大学硕士学位论文。
蒋静忠 2007a 形容词定语在句子中的语义指向及其判定方法,《汉语学报》,待刊。
蒋静忠 2007b "都"指向单数"一量名"的制约规则及相关解释,《语言科学》,待刊。
蒋静忠 2008 现代汉语"才"和"就"的语义分析,北京大学博士学位论文(初稿)。
李宇明 2000《汉语量范畴研究》,华中师范大学出版社。
陆俭明、沈 阳 2003《汉语和汉语研究十五讲》,北京大学出版社。
罗琼鹏 2006 "都"量化与"(连)XP 都"结构,《语言学论丛》第 34 辑,商务印书馆。
梁 雨 2006a 几类补语指向主语动结式的句法形式,《华中科技大学学报(哲社版)》第 4 期。
梁 雨 2006b 动结式形成的被字句和带保留宾语的被字句的句法语义研究,北京大学硕士学位论文。
彭国珍 2006a 偏离类动结式的句法特性,《华中科技大学学报(哲社版)》第 4 期。
彭国珍 2006b 现代汉语动结式的句法语义研究,北京大学博士学位论文。
邵敬敏 1997 从"才"看语义与句法的相互制约关系,《汉语学习》第 3 期。
沈 阳 1994a《现代汉语空语类研究》,山东教育出版社。
沈 阳 1994b 动词的句位和句位变体结构中的空语类,《中国语文》第 6 期。
沈 阳 1994c 句法结构中隐含成分的语义所指关系,《语言研究》第 2 期。
沈 阳 1995 领属范畴及领属性名词短语的句法作用,《北京大学学报(哲社版)》第 5 期。
沈 阳 1996 现代汉语句法结构中名词短语部分成分移位现象初探,《语言教学与研究》第 1 期。
沈 阳 1997 名词短语的多重移位形式及把字句的构造过程与语义解释,《中国语文》第 6 期。
沈 阳 1998 带方位处所宾语的动词及相关句式,《语言学论丛》第 20 辑,商务印书馆。
沈 阳 2000 汉语动名语义关系分析的不同层次,《面临新世纪挑战的现代汉语语法研究》(陆俭明主编),山东教育出版社。
沈 阳 2001 名词短语分裂移位和非直接论元的论元性话题结构,《语言研究》第 2 期。
沈 阳 2003a 再议汉语句法结构中名词短语的分裂移位形式,《语法研究和探索(11)》,商务印书馆。
沈　阳 2003b 述补式把字结构中补语动词的虚化和弱化形式,《纪念王力先生诞辰100周年学术论文集》(郭锡良等主编),商务印书馆。
沈　阳 2003c "V着A"结构分化的语法条件,《语法研究和探索(12)》,商务印书馆。
沈　阳 2004a 题元指派与"VP的"转指的句法条件,《庆祝〈中国语文〉创刊50周年纪念论文集》,商务印书馆。
沈　阳 2004b 语义指向现象和语义指向研究,《21世纪的的语言学研究》,商务印书馆。
沈　阳 2005 "管辖与约束理论"和汉语语法研究,《语言学前沿与汉语研究》(刘丹青主编),上海教育出版社。
沈　阳、董红源 2004 "直接统治"与"他"的句内所指规则,《中国语文》第1期。
沈　阳、何元建、顾　阳 2000《生成语法理论与汉语语法研究》,黑龙江教育出版社。
Sybesma、沈阳 2006 结果补语小句分析和小句的内部结构,《华中科技大学学报(哲社版)》第4期。
唐琪佳 2006 "谁……谁"类代词回指结构的句法语义考察,北京大学硕士学位论文。
王　还 1956 "就"与"才",《语文学习》第12期。又见王还编《门外偶得集》(增订本),北京语言学院出版社,1994年。
玄　月 2006 "V成"述补结构的句法形式,《华中科技大学学报(哲社版)》第4期。
曾汀燕 2004 "不+复杂谓词性结构"中"不"的语义指向研究,北京大学硕士学位论文。
张宝胜 2003 副词"才"的主观性,《语法研究和探索》第12辑,商务印书馆。
张谊生 2000《现代汉语副词研究》,学林出版社。

闽南方言连读变调新探

陈宝贤　李小凡

汉语方言连读变调研究可分为连调规则和连调域划分两个方面。连调域(sandhi domain)是连调规则实施的辖域。连调规则的研究是连调域研究的前提。

闽南方言是连调现象最为复杂的汉语方言之一,一直倍受学界关注。其中许多单点方言的连调规则已得到或详或略的描写分析。虽然这些对连调规则的描写分析都是在连调单位内进行的,但学界对闽南方言连调单位的分析和命名并不一致。本文将检视以往的分析模式,结合新发现的闽南方言语料,提出一个新的分析模式,以便更能反映闽南方言连调特点,并具有更广的适用面。

一　以往的分析模式

国内学者一般用"字组"表示连调单位,从字组出发描写连调规则。以往描述"两字组"连调时常常根据字组内两个字的相对位置,用"前字/后字"(如张振兴 1983)或者"上字/下字"(如袁家骅 2001:264)等分别称述,描述"三字组"连调时则常根据各字从前往后的线性排列次序,用"第一字/第二字/第三字"等分别称述(如张振兴 1983)。三字以上的字组也依此类推。随着字组字数的增多,这种称述方式会越来越显得繁琐。不过以往的学者们在描述闽南方言多字组连调时,通常并不采用这种方式,这与闽南方言连调特点有关。根据以往的描写,闽南方言多字组连调除末字外,其他字通常全都按同样的连调规则进行变调,因此不需要对前面各字作区分。末字之前的各字通常都统称为"前字""变调音节"等等。也有的学者以两字组连调为基础来描述多字组连调,如林伦伦等对汕头话的描述:"汕头话多字组连读变调的基本规律与两字组相同……其前面各字均要变调,变调调值与前述两字组变调相同"。(林伦伦等 1996:20)又如袁家骅对潮州话三个音节以上的变调规律的描述:"先以第一第二两音节为一个单位,再以第二第三两音节,第三第四两音节为一个单位,等等,然后第一个单位都按照上述两字连读变调规律处理。"(袁家骅 2001:265)潮州话有的单字调根据后字的不同而发生变调分化,左边的字先变还是右边的字先变将影响连调,因此需要对变调方向加以说明,其两字连调规则是从左往右顺向实施的。总之,从字组出发求取、描述、分析闽南方言连调规则是以往最常用的方式。字组末字通常是不变调的,前字则都发生变调,且变调规则相同。

但是,只求出上述字组连调规则还不足以描述闽南方言语流中所有字的声调变化。在语流中,字组末字后还有一些发生声调变化的音节,其声调变化性质与字组前字变调有别,学者们通常称之为"轻声"(neutral tone)。有少数学者将此类声调变化称为"弱读式""弱读调""弱读声调变化",如葛德纯(1957)、杨秀芳(1991)对厦门话、台北话的描写。这类称呼与"轻声"类似,都不把这类声调变化视为连读变调。另有少数学者(张盛裕 1979、1980,杨必胜等 1981)则将此视为连读变调。是否把这类声调变化纳入连调单位内学者们的观点不同,因此造成了连调单位分析模式上的分歧。

一种观点是将此类声调变化视为"轻声",而连调单位(字组)内通常不包括"轻声字",如张振兴(1983)对漳平(永福)方言连读变调的讨论"限于不包括轻声字的两字组、三字组和四字组"。排除了"轻声字"的字组,字组内各字连调的差别主要体现在字组末字和其他字的差别上,描写字组连调通常只需要用"前字""末字"之类的称呼就够了。国外生成音系学者(Matthew Y. Chen 2001、Zhang Hongming 1992 等)通常也把"轻声"(neutral tone)排除在连调单位(tone group)之外,如张洪明将厦门话变调规则(Tone Sandhi Rule)描述为 T→T'/__T]α,其中 α 表示连调域,T 表示单字调,T' 表示变调。至于"轻声"(neutral tone),Zhang 在功能词(Function Words)声调变化里另外研究。(Zhang Hongming 1992)

另一种观点是将此类声调变化纳入连调单位之内。这其中既有把此类声调变化视为连调的,也有不视为连调的。张盛裕(1979、1980),杨必胜等(1981)分别把潮阳、海丰此类声调变化称为"后变调",并把读后变调的"后字""后变调字"纳入连调单位,如(1a)、(1b)所示。而葛德纯(1957)、李如龙(1962)则把厦门话此类声调变化分别称为"弱读式"和"轻声",又把弱读音节、轻声音节与前面的变调音节并列于同一个连调单位里,如(2a)(2b)所示。林连通等(1989),林连通(1995)也把永春、泉州方言"轻声"纳入连调域,采用与李如龙(1962)一致的分析模式。

(1)a. 连调组:(前字 +)本调字(+后字)①

例如:十一月[tsap$^{55}_{\underline{11}}$ik^{11}gueʔ$^{55}_{\underline{11}}$]

b. 声调段落:(前变调字 +)本调字(+后变调字)

例如:企**起**来 [k^{h}ia$^{24}_{22}$k^{h}i$^{\cdot 51}$lai$^{\cdot 55}_{21}$](站起来)

(2)a. 意义单位:(先行音节 +)原调音节(+轻调音节/弱读音节)

例如:伊常常来**找**我[i$^{\cdot 44}_{22}$siɔŋ$^{24}_{22}$ siɔŋ$^{24}_{22}$lai$^{\cdot 24}_{22}$ts^{h}e^{22}gua$^{53}_{21}$]②

---

① 这里连调基本单位的构成式中,括号表示其内成分可有可无。葛德纯(1957),李如龙(1962),张盛裕(1979、1980),杨必胜、陈建民(1981)等都认为单字也能构成连调单位。

② 原文只用数字表明单字调的调类和所变同的单字调调类,此处据文中声调系统转写为调值。此处将原文 ng 转写为国际音标[ŋ]。原文文字有的非本字,此处依原文。下文源于该文的例子同此。

b. 声调单位：(变调音节 +)本调音节/不变音节(+轻声音节)

例如：做**木**兮$_{木匠}$[$tsue^{21}_{53}$ bak^{4} e^{24}_{1}]

(1)和(2)的连调单位都不称为“字组”，而是采用了“连调组”等其他名称。连调单位内都有一个不变调的音节，称之为“本调字”或“不变音节”(例子中的黑体字)，这其实相当于通常所说的“字组”末字，但该字不一定处于连调单位末位，它后面还可能有其他字且数目不定。这就突破了用字组来分析连调规则的框架，但尚未给这个字一个明确的定位和称呼。

二　以基字为核心的分析模式

2.1　基字

以往的分析模式中，“前字”“末字”之类的称呼虽然在汉语方言连调研究中普遍使用，却不足以反映闽南方言的连调特点。而“本调字”之类的称呼虽然反映了闽南方言连调的实际，却只描述了该字的连调表现，并不反映该字在连调域中的地位。袁家骅着眼于该字在连调域中的地位，把它称为“调组的核心”，作出了准确的定性。(袁家骅 2001:247)本文进一步将该字命名为“基字”，进而在此基础上建立新的闽南话连调分析模式。基字在连调域中的作用表现在诸多方面。

首先，基字在连调单位中起坐标作用。虽然学界对基字之后的声调变化是否属连读变调尚有争议，但都认为基字前、后的声调变化因关涉不同的语言层面而有不同的性质，因此用“连读变调/轻声”或“前变调/后变调”加以区分。此外，现已发现有些闽南方言基前字的连调规则会因为它们距基字的远近不同而不同，这是基字坐标作用的另一个表现。漳平方言便存在此类现象，具体分析详见下文2.2。

其次，基字对连调单位其他字的连读变调起制约作用。在许多闽南方言中，基字的声调区别会造成前字的不同变调，如潮州(林伦伦 1995)、揭阳(林伦伦等 1996)、澄海(林伦伦 1996)、大田(陈章太 1991)、文昌(黄谷甘等 1993)、漳平(永福)(张振兴 1983)，以及漳平(溪南)等方言都存在此类现象。据林伦伦(1995)，潮州话有8个单字调，阴去213作为两字组前字时，若后字(即基字)为阴平33、阳上35、阴去213、阳去11、阴入$\underline{21}$，则变调为42，如：报**关**[po^{213}_{42} $kue\eta^{33}$]①；若后字为阳平55、阴上53、阳入$\underline{44}$，则变调为53，例如：报**头**[po^{213}_{53} t^hau^{55}]。“前字的变调往往受后字调值的起点所影响：后字调值为中、低调者，变调调值也低；后字调值为高调者，变调调值也高。”(林伦伦 1995)基字对前字变调的影响通常限于紧邻前字，但据笔者调查，漳平(新桥)方言中，基字不仅影响紧邻前字的变调，而且影响它前面

① 这里用黑体字表示基字，下同。

第二个字的变调,这表明基字对前字也可以隔位发生影响。新桥方言有 7 个单字调:阴平 33、阳平 24、上声 31、阴去 21、阳去 51、阴入$\underline{21}$、阳入$\underline{55}$,其中每个阴调在基字前都依基字调类的阴阳而各有两种不同的变调。例如上声 31 在阴调前变为 24,在阳调前变为 21:买**菜**[bei$^{31}_{24}$ts^{h}iɛ^{21}]、买**物**[bei$^{31}_{21}$mĩ^{51}]。基字前的第二个字为阴调时,仍各有两个变调,且也与基字调类的阴阳有关。如上声 31,在紧邻后字为阳调时,若基字为阴调,则上声变为 24,若基字为阳调,则上声变为 21:九十**七**[kɔ$^{31}_{24}$ tsiaʔ$^{\underline{55}}_{\underline{31}}$ ts^{h}eʔ$^{\underline{21}}$]、九十**六**[kɔ$^{31}_{21}$ tsiaʔ$^{\underline{55}}_{\underline{31}}$ laʔ$^{\underline{55}}$]。

第三,从基字本身的特点看,基字一般不发生调位中和,这是基字连调反映出来的音系特征。不变调只是这个深层音系特征的表层语音反映。连调单位内其他字的连读变调则或多或少都发生调位中和。如漳平(永福)话(张振兴 1983)有 8 个单字调:阴平 24、阳平 11、阴上 31、阴去 21、阳去 53、阴入文读$\underline{55}$、阴入白读 55、阳入$\underline{53}$,作为两字组后字(即基字)时不变调,作两字组前字时,阴平、阳平、阴去、阴入白读中和,在阴上、阴去前都读 55,在其他声调前都读 33;阴上、阳去中和,都读 21。即便在以“钟式变调”著称的厦门话(李如龙 1962)中,基字前字的变调也存在调位中和现象,如阴平 44、阳平 24 变调都读 22,阴平、阳平两个调位发生中和。基字的这一特性使不同调类的基字不致发生混淆,因而对连调域的划分具有坐标作用。

闽南方言除了被一部分学者视为“轻声”的变调发生在连调单位末字外,非“轻声”的变调一般不发生在末字,但也发现个别情况下非“轻声”的末字也变调。据林伦伦等(1996:95),“潮州、澄海和揭阳的阴上字,在阴上、阴去、阴入之后变 21 调”,例如:水**鬼**[$^{\subset}$tsui$^{53}_{35}$ $^{\subset}$kui$^{53}_{21}$]、要**点**[iou$^{\subset}{}^{213}_{53}$ $^{\subset}$tiam$^{53}_{21}$]、脱**产**[t^{h}uk$_{\supset}{}^{2}_{5}$ $^{\subset}$sũã$^{53}_{21}$]。以往用“本调字”命名的分析模式恐怕只能将此类现象视为例外,而“基字”则可以容纳此类现象。因为基字的本质并不在于是否变调,而在于是否在连调单位中起关键作用。以上例子里的阴上字在连调域中起坐标作用,对前字变调也起制约作用①,当视为基字。

综上所述,“基字”比“本调字”概括更为全面,表述更为恰当。

2.2 基前字

以往描述闽南话连调规则时通常把“基字”前面的字统称为“前字”,这与汉语方言连调研究习惯上将字组首字称为“前字”并不相同。值得注意的是,这不仅意味着所指称的字数量不一定相等,更意味着闽南话的“前字”是相对于基字而言,通常所说的“前字”则是相对于字组而言。为避免引起误解,也为了便于称述每一个前字,本文采用“基前字”这一术语,并以基字为出发点,对“基前字”顺次编号。

以往描写闽南方言基前字连调时,一般不必分别称述每一个基前字,但当基字前各字连

① 前文分析基字对前字连调的制约作用时举了潮州话的例子,可参照。

调规则不同时则需要分别称述。例如，许多闽南方言都存在因三叠式引起的特殊连调，其末字为基字，不变调，前两字都变调，但连调规则不同，例如厦门方言：乌乌**乌**[ɔ$^{44}_{24}$ ɔ$^{44}_{24}$ ɔ^{44}]非常黑。除了三叠式外，还存在其他基前各字连调规则有所不同的情形，据张振兴（1983），漳平（永福）方言“三字组”前两字的连调规则就不同。在这种情况下，以往是从首字开始，往后顺次称述各字。若连调单位很长，称述会很繁琐，而闽南方言连调单位内，基前字数目并不限于一两个，三四个字是很常见的，多的甚至可达十个，例如厦门话：伊不知影你是一个好学**生**[i$^{44}_{22}$ m̩$^{22}_{21}$ tsai$^{44}_{22}$ ĩã$^{53}_{44}$ li$^{53}_{44}$ si$^{22}_{21}$ tsit$^{44}_{\underline{21}}$ le$^{24}_{22}$ ho$^{53}_{44}$ hak$^{44}_{\underline{21}}$ sieŋ^{44}]（他不知道你是一个好学生）。（葛德纯1957）

以往闽南方言连调的描写以“两字组”为多，许多方言的连调报告都未描写多个基前字的连调规则，其中很可能藏有未被发现的连调规则。据笔者调查，福建漳平市不仅永福话存在基前字连调规则不同的现象，溪南、新桥方言也存在类似现象，而且比永福话更为复杂。溪南方言有7个单字调：阴平33、阳平24、上声52、阴去21、阳去55、阴入$\underline{21}$、阳入$\underline{55}$。下面先按以往以字组为框架，从首字开始顺次分析的模式来描写溪南方言的连调：

1. 末字规则：所有字组末字都不变调。

2. 首字规则：(1)两字组的首字，每个单字调以后字声调为条件各有两种变调，以阴去、阳去为例：a. 阴去21在阳去、阳入（高平调）前变为33，在其他调（非高平调）前变为55。例如：四**十**[sɿ$^{21}_{33}$ tsaʔ$^{\underline{55}}$]、四**个**[sɿ$^{21}_{55}$ kɛ^{21}]。b. 阳去55在阴平、阴去、阴入（非高调）前变为52，在阳调、上声（高调）前变为21。例如：电**话**[tiɛn$^{55}_{52}$ gua^{33}]；电**视**[tiɛn$^{55}_{21}$sɿ^{55}]。(2)三字组的首字，阴去、阴入以第二字的变调为条件而各有两种变调，其他单字调都各只有一种变调，仍以阴去、阳去为例：a. 阴去21在后字变调为高降调时变为55，在后字变调为非高降调时变为33。例如：四十**七**[sɿ$^{21}_{55}$ tsaʔ$^{55}_{\underline{52}}$ ts^{h}iɛʔ$^{\underline{21}}$]、四十**五**[sɿ$^{21}_{33}$ tsaʔ$^{55}_{\underline{21}}$ gu^{55}]。b. 阳去55都变为21。例如：电话**线**[tiɛn$^{55}_{21}$ gua$^{33}_{24}$ suã^{21}]、电视**橱**[tiɛn$^{55}_{21}$ sɿ$^{55}_{21}$ti^{24}]。(3)四字组的首字，所有单字调都各只有一种变调，以阴去为例：阴去21都变为33。例如：四十七**个**[sɿ$^{21}_{33}$ tsaʔ$^{55}_{\underline{21}}$ ts^{h}iɛʔ$^{21}_{\underline{55}}$kɛ^{21}]。

3、非首末字规则：(1)三字组的第二字，按两字组首字连调规则变调；(2)四字组的第三字也按两字组首字连调规则变调，四字组的第二字则按三字组首字连调规则变调。

显而易见，随着字组字数的增多，这种描述方式会显得十分繁琐，而且不能反映溪南方言连调的特点。两字组的首字、三字组的第二字、四字组的第三字都按同一种连调规则变调，但称述却不同。如：电**话**[tiɛn$^{55}_{52}$ gua^{33}]、拍打电**话**[p^{h}aʔ$^{21}_{\underline{55}}$ tiɛn$^{55}_{52}$ gua^{33}]、去拍电**话**[k^{h}i$^{21}_{33}$ p^{h}aʔ$^{21}_{\underline{55}}$ tiɛn$^{55}_{52}$gua^{33}]。而如果以基字为坐标，“电”与基字的相对位置在以上各个字组里是相同的。基前字的连调规则并不因为前面有其他基前字及基前字数目的增加而改变，但会因为它们相对于基字的位置改变而改变。在溪南方言中，从基字往前的第一字、第二字、第三字，连调规则各不相同。基前字越邻近基字，受基字影响就越大，离基字越远，受基字影响就越小。

下面再用以基字为核心的新的分析模式来描写溪南方言的连调。先从基字出发,往前依次给基前字编号,若用 q 表示基前字,J 表示基字,则从 J 往前依次有:q_1、q_2……q_n(n 为正整数且 n≥1)。在具体方言的描写中,q_n 的赋值需视具体情况而定。就溪南方言而言,qn 赋值为 n≥3,因为从 q_3 往再往前,基前字的连调规则就都相同了。具体规则如下:

1. 基字规则:基字一般不变调。

2. q_1 字规则:每个单字调以基字声调为条件各有两种变调,以阴去、阳去为例:a. 阴去 21 在阳去、阳入(高平调)基字前变为 33,在其他调(非高平调)的基字前变为 55。b. 阳去 55 在阴平、阴去、阴入(非高调)基字前变为 52,在阳调、上声(高调)基字前变为 21。

3. q_2 字规则:阴去、阴入以 q_1 字的变调为条件而各有两种变调,其他单字调都各只有一种变调,仍以阴去、阳去为例:a. 阴去 21 在后字变调为高降调时变为 55,在后字变调不为高降调时变为 33。b. 阳去 55 都变为 21。

4. q_3 字规则:所有单字调都各只有一种变调,以阴去为例:阴去 21 都变为 33。

以基字为核心的连调分析模式,抓住了闽南方言基前字连调的特点,因此可以给求取、描写连调规则带来便利。求取闽南方言连调规则,关键在于找到语流中的基字,从基前字相对于基字的位置入手求其连调规则,而不必拘泥于字组的总字数。如求取 q_1 连调规则,只要是含有 q_1 的字组,如 q_1J、q_2q_1J、$q_3q_2q_1J$、$q_4q_3q_2q_1J$ 等都可作为考察对象,因为前面有多少基前字并不影响连调规则。描写连调规则时,也不需要对各种字数的字组作重复描述,而是将不同字数字组中的同一基前字归总成一类。

2.3 基后字

闽南方言语流中,除了基前字发生连读变调外,还有一些分布于基字后面的字也发生声调变化。此类声调变化的性质,学界有不同观点,有的称为"轻声",有的称为"后变调"。因此这类字常根据对其性质的认定而称为"轻声音节""轻调音节""后变调字"等等。也有的学者根据这类字的位置特点称为"后字"。"后"其实是相对基字而言的,前文已经将基字前面的字称为"基前字",相应地也把基字后面的字称为"基后字"。

学界对基后字声调变化的归类分歧何在?这既与归类标准有关,也与闽南方言基后字声调变化的特点有关。以往,人们多用北京话的轻声来认同方言的轻声。北京话轻声与连读变调语音表现截然不同。闽南方言基后字的声调变化与北京话轻声的语音表现差别较大,而与本方言基前字的连读变调相似,以至于常常难以区分。闽南方言基后字在声调变化的同时一般不伴随音素的变化,但是否轻短,从以往的描写来看,不同的方言表现不同。有的方言描写为轻、弱、短、低的声调,并视为"轻声",如厦门话(李如龙 1962)、永春话(林连通等 1989)等。但有的方言并不轻短,因此被视为"后变调"(基前字的变调则相应称为"前变调"),如张盛裕(1979)认为潮阳方言有后变调,并举例说明"潮阳方言的后变调不是轻音":

“**面**爿$_{正面}$”[miŋ$^{⊇11}$ ⊆pãi$^{55}_{11}$] = “民**办**”[⊆miŋ$^{55}_{11}$ pãi$^{⊇11}$]，读后变调的“爿”与不变调的“办”读音完全相同。后变调也常常与前变调完全相同，如海丰方言（杨必胜等 1981）8 个单字调中，共有 6 个单字调的后变调与各自的前变调完全相同，只有两个单字调的前变调、后变调有差异。而在漳平（溪南）方言中，基后字的声调变化与处于某些位置的基前字则可以达到完全相同的程度。如该方言基后字与基前字 q_n（$n \geqslant 3$）的声调变化完全相同，阴平 33、阴去 21 都变为 33，阴入$\underline{21}$ 变为$\underline{33}$，阳平 24、上声 52、阳去 55 都变为 21，阳入$\underline{55}$ 变为$\underline{21}$。以 q_3 字和基后字对比：

三个学**生**[sã^{33}kɛ$^{21}_{55}$ haʔ$^{\underline{55}}_{\underline{52}}$ sin^{33}]　　**买**三个[bi^{52}sã^{33}kɛ$^{21}_{33}$]，“三”同音；

三个研究**生**[sã^{33}kɛ$^{21}_{33}$giɛn$^{24}_{21}$kiu$^{21}_{55}$sin^{33}]　　**买**三个[bi^{52}sã^{33}kɛ$^{21}_{33}$]，“个”同音；

出去做**事**[tsʰiɛʔ$^{\underline{21}}_{\underline{33}}gi^{21}_{33}$(−kʰi)tsɯ$^{21}_{33}$ su^{55}]　　**走**$_{跑}$出去[tsɔ^{52}tsʰiɛʔ$^{\underline{21}}_{\underline{33}}gi^{21}_{33}$(−kʰi)]，“出”同音；

来去上**课**[lɛ$^{24}_{21}$ kʰi$^{21}_{55}$ tsiŋ$^{55}_{52}$ kʰɯ^{21}]　　**抢**来[tsʰiŋ^{52} lɛ$^{24}_{21}$]，“来”同音；

几粒苹**果**[kui$^{52}_{21}$ liɛʔ$^{\underline{55}}_{\underline{21}}$ pʰin$^{24}_{21}$ kɯ^{52}]　　**买**几粒[bi^{52} kui$^{52}_{21}$ liɛʔ$^{\underline{55}}_{\underline{21}}$]，“几”同音；

两碗鸭**汤**[nŋ̍$^{55}_{21}$uã$^{52}_{21}$ a$^{21}_{55}$ tʰŋ̍^{33}]　　**煮**两碗[tsɿ^{52}nŋ̍$^{55}_{21}$ uã$^{52}_{21}$]，“两”同音；

十个面**盆**$_{脸盆}$[tsaʔ$^{\underline{55}}_{\underline{21}}$kɛ$^{21}_{33}bin^{21}_{55}$pʰun^{24}]　　**买**十个[bi^{52}tsaʔ$^{\underline{55}}_{\underline{21}}$kɛ$^{21}_{33}$]，“十”同音。

从语音层面看，确实很难把潮阳等方言基后字的声调变化视为“轻声”，否则会造成“轻声不轻”的现象。但从语义层面看，这些方言此类声调变化和厦门等其他闽南方言的“轻声”一样都有一定的词汇、句法分布，一般分布于句末的助词、三称代词宾语、趋向补语、数量宾语等特定的词类和句法成分，也分布于某些复音节词语的后一音节，且在哪些词里出现难以预测。这与北京话轻声相似，而又与本方言基前字的连调有别。

实际上，不仅是闽南方言，汉语许多方言都存在轻声和连读变调难以区分的现象。所以，许多学者由此重新审视轻声和连读变调的异同，并提出了各种不同的解决方案。有的将轻声进一步分类，如魏刚强（2000）将“轻声”分为调值的轻声和调类的轻声。李树俨（2005）对魏的观点提出商榷，认为是否轻声不能拿北京话轻声的声学表现作简单的比附。李从音系特征和语义特征上来看待轻声的性质，认为“轻声是在字组中只有前字调类控制整个调式而后字失去了原调，其调类在连调中被中和的现象。同时，轻声不是纯语音化的音变，而是受语义条件控制的变音。”按该观点，轻声不一定要伴随音色的变化，也不一定短。有的学者从轻声和连读变调的共性入手调整理论框架，如李小凡（2004、2006）将汉语方言的连读变调分为语音变调和音义变调，并主张将轻声视为一种音义变调。这样既可以避免“轻声不轻”这一名实相悖的问题，也不至于抹杀轻声与“语音变调”在语义层面的性质差异。

就闽南方言基后字的声调变化而言，各方言虽然语音特征存在差别，但语义特征具有共性，而语义特征“应该比表层语音特征更深刻也更具普遍性”（李小凡 2006）。着眼于语义特征上的共性，我们倾向于把不同闽南方言基后字的声调变化视为同类音变现象，采纳李小凡（2006）的方案，都归入“音义变调”。

闽南方言基后字的变调,调值一般与前字无关,变调后也不一定都失去原调类,即不一定都发生调位中和。有的方言如厦门话(李如龙 1962)中和为一个调,但许多方言则没有完全中和,如汕头话(林伦伦等 1996)阴平 33、阳平 55、阳去 11 变 11 调;阴上 53 变 213 调;阳上 35、阴去 213 变 21 调;阴入 2、阳入 5 变作 2。总的来看,基后字变调调值通常只与自身单字调调类相关。但台北闽南话(杨秀芳 1991)比较特殊。该方言基后字声调变化(文中称为"弱读形式")存在调型随基字变化的现象,句法词及非焦点词组成分都会在句中以弱读形式出现,"句法词调型随前字(即本文的基字)变化,前字若为平调,句法词亦为同高度的平调"。例如:**输我**[$_{\subset}$su^{44} $^{\subset}$ɡua$^{53}_{44}$]、**输侬**[$_{\subset}$su^{44} $_{\subseteq}$laŋ$^{13\text{-}44}$]。(杨秀芳 1991:145)这与北京话轻声和吴语首字扩展型连读变调类似,而与多数闽南方言有别。这或许预示了闽南方言基后字今后的演变方向。

语流中可以有连续出现的整串基后字,但从目前的语料看,其连调规则一般不因为距基字的远近不同而不同,因而其连调规则也不必区分不同的基后字。但为了方便语料的处理,也可将基后字编号,若用 h 表示基后字,从基字往后依次有:h_1、h_2……h_n(n 为正整数且 n≥1)。

2.4 余论

本文在分析闽南方言连调特点的基础上提出一个以基字为核心的分析模式。闽南方言的语流可根据连调划分为一个个以基字为核心的单位,每个单位内有且只有一个基字,对整个单位的连调起关键作用。基字前面可有"基前字",后面可有"基后字",二者都发生连读变调,在语音层面上表现相似,但在语义层面上性质不同,后者是一类跨层面的的"音义变调"。

闽南方言的句子几乎每个字都参与连读变调,都可归入基字、基前字或基后字。在线性排列次序上,基前字都位于与之同属一个连调单位的基字之前;而基后字都位于基字之后。但基前字、基后字都不是必有成分。例如厦门话"船$_J$ 过$_J$ 水$_J$ 毛$_q$ 痕$_J$[tsun^{24} ke^{21} tsui^{53} bo$^{24}_{22}$ hun^{24}]"(毛痕:不留痕迹。喻事过境迁),(李如龙 1962)海丰话"正$_q$ 猛$_J$ 食$_q$ 落$_J$ 去$_h$"[tsĩã$^{213}_{5s*}$ mẽ^{51} tsiaʔ$^{42}_{\underline{22}}$loʔ$^{\underline{42}}$ k^{h}i$^{213}_{22}$](赶快吃下去),(杨必胜等 1981)潮阳话"飞$_J$ 起$_h$ 去$_h$"[pue^{33} k^{h}i$^{53}_{31}$ k^{h}u$^{31}_{11}$](飞上去)。(张盛裕 1980)每个基字及其前面的基前字、后面的基后字都构成一个单位,可用如下公式表示:

$$(q_n\cdots\cdots q_2 q_1)J(h_1\cdots\cdots h_n) \qquad (n\text{ 为正整数}, n\geqslant 1)$$

这些单位的共同点是有且只有一个基字,基前字、基后字可有可无(公式中用括号表示)。该公式可以使连调描写更加简明,可以用来标注连调语料,求取连调规则、观察语流中连调规则的实施范围等等。但是否把这样的一个连调单位等同于连调域,还有待进一步讨论。

前文第一部分提到,闽南话连调单位的构成,以往有两种分析模式。从基字出发可以概括如下①：

模式 A：（基前字 +）基字

模式 B：（基前字 +）基字（ +基后字）

求取连调规则只是连调研究的第一步，要深入研究连调，还必须研究语流中连调规则的实施范围（即连调域），也就是如何在语流中划分连调域。因此，连调单位的分析模式不仅与连调规则有关，还影响到连调域划分。以往的连调域划分也因为连调单位的不同而不同。

以往闽南方言连调研究以连调规则的研究为多，连调域划分的研究目前还较为薄弱。国内比较明确地给连调单位下定义并以此为基础进一步研究连调域划分的文章不多，主要有葛德纯（1957），李如龙（1962），张盛裕（1979、1980），杨必胜等（1981），林连通等（1989）等。而且这类研究一般都采用模式 B。国外生成音系学者对闽南话连调域划分的研究较为深入，一般采用模式 A。模式 B 是大于一个连调域的连调单位，采用模式 B 的学者较为注重基字对基前字和基后字的变调同样具有关键性作用，但似乎缺乏根据连调规则的作用范围划分连调域的明确意识。模式 A 等于一个连调域，采用模式 A 的学者似乎将一个连调域跟一个基字相对应，因此不容许只有一个基字的连调单位包含两个连调域。模式 B 在连调规则研究方面似乎具有一致性和便捷性等优点，模式 A 在连调域研究方面似乎具有明确性的优点。这些问题需要对连调规则和连调域划分加以综合考虑。

参考文献：

[1]陈宝贤．闽南漳平方言的“仔”化变调[C]//语言学论丛（第 28 辑）．北京：商务印书馆，2003。

[2]陈章太．大田县内的方言[C]//陈章太，李如龙．闽语研究．北京：语文出版社，1991。

[3]葛德纯．厦门声调与句子结构及英语教学的关系[J]．厦门大学学报（哲社版），1957，（2）。

[4]黄谷甘，冯成豹．文昌方言两字组的连读变调[J]．海南大学学报，1993，（1）。

[5]李如龙．厦门话的变调和轻声[J]．厦门大学学报（哲社版），1962，（3）。

[6]李树俨．汉语方言的轻声[J]．语文研究，2005，（3）。

[7]李小凡．汉语方言连读变调的层级和类型[J]．方言，2004，（1）。

[8]李小凡．汉语方言的轻声变调[J]．中国方言学报，2006，（1）。

[9]林连通，陈章太．永春方言志[M]．北京：语文出版社，1989。

[10]林连通．泉州方言变调、异读、音变述要[C]//．吕叔湘先生九十华诞纪念文集．北京：商

① 以往的“字组”及生成音系学者的连调单位都属于模式 A（参见前文第一部分），但以往一般着眼于两字以上的连调单位。实际上单字也可构成连调单位，因为这类连调单位的右界与其他有基前字的连调单位一样都受同样的句法、语用、节律因素制约。因此这里把“基前字”也加了括号。

务印书馆,1995。
[11]林伦伦.潮汕方言声调研究[J].语文研究,1995,(1)。
[12]林伦伦.澄海方言研究[M].汕头:汕头大学出版社,1996。
[13]林伦伦,陈小枫.广东闽方言语音研究[M].汕头:汕头大学出版社,1996。
[14]魏刚强.调值的轻声和调类的轻声[J].方言,2000,(1)。
[15]汪化云.自主的轻声和非自主的轻声[J].语文研究,2003,(1)。
[16]张盛裕.潮阳方言的连读变调(一)[J].方言,1979,(2)。
[17]张盛裕.潮阳方言的连读变调(二)[J].方言,1980,(2)。
[18]张振兴.漳平(永福)方言的连读变调[J].方言,1983,(3)。
[19]张振兴.漳平方言研究[M].北京:社会科学出版社,1992。
[20]陈忠敏.汉语方言连读变调研究综述[J].语文研究,1993,(2)。
[21]陈忠敏.汉语方言连读变调研究综述(续)[J].语文研究,1993,(3)。
[22]杨必胜,陈建民.海丰话语句中的声调问题[C]//语言学论丛(第7辑).北京:商务印书馆,1981。
[23]杨秀芳.台湾闽南语语法稿[M].台湾:大安出版社,1991。
[24]袁家骅等.汉语方言概要(第二版).北京:语文出版社,2001。
[25]Matthew Y. Chen(陈渊泉). Tone Sandhi: Patterns across Chinese Dialects(《汉语方言的连读变调模式》)[M].北京:外语教学与研究出版社,2001。
[26]Zhang Hongming (张洪明). Topics in Chinese Phrasal Tonology [D]. PhD dissertation, University of California, San Diego, 1992.

汉语动转名的无标记性与汉语语法化模式的关联*

董秀芳

一 引 论

汉语作为一个典型的孤立语,其重要的特点是在词法上缺少形态变化。其中一个突出表现就是动词向相应名词的转化可以没有任何外部标记,也就是说,汉语的动转名经常采用的是转类(conversion)或说零派生(zero derivation)的方式。汉语中也存在一些动转名的标记,如古代汉语的"者"、现代汉语的"的"等,但是这些成分的出现并不是强制性的。动词的名词化包括自指与转指两种情况(朱德熙 1983),我们这里主要谈自指的一类。汉语词法的这一特点深刻地影响了汉语的句法,造成了汉语的词类与句子成分的不对应,从表面上看,汉语的动词成分不需要作任何形式的改变就可以出现在主宾语的位置上,也可以出现在定语的位置上,这在现代汉语共时平面是属于众所周知的事实。实际上,汉语从古到今在这一点上是基本一致的。本文将证明,汉语动转名的无标记性在汉语的历时发展中也是一个非常重要的因素,正是这一因素决定了汉语中某些较为独特的语法化模式。

二 从及物动词到连词的一种语法化模式①

汉语中有不少连词来源于动词。存在这样一类由动词到连词的语法化途径:某个词最初是一个及物动词,其后最初只能带名词性宾语,后来其后也可带动词性宾语,又进而可以带小句,这样原来的及物动词就语法化为连接小句的句间连词。不难看出,这一语法化模式与汉语动转名的无标记性有关。

以表示追加的并列连词"加上"为例。请看以下例句(本文中现代汉语的例子全部采自北京大学汉语语言学研究中心现代汉语语料库,例证出处从略):

---

* 感谢杨永龙先生对本文初稿提出的宝贵意见。

① 严格来讲,发生语法化的不仅是动词,有时还同时包括了动词的修饰语。但动词所支配成分的变化是关键。这里小标题的说法一方面是为了简便,另外也是为了彰显动词这一起变的主要因素。下一节的小标题,情况与此相同。

(1)各类学校12.8万所,教职工100多万人,摊子大,校点分散,加上历史欠帐太多,校舍和住房困难的矛盾一直突出。

(2)金华县境内溪流纵横,水库、湖塘密布,加上全年雨量适中,气候温和,适宜养殖高档优质珍珠。

以上例中"加上"的用法已被《现代汉语词典》所收录,注为连词,释为"承接上句,有进一步的意思,下文多表示结果"。

"加上"的连词用法是从其动词用法语法化而来的。这一语法化过程是很晚才发生的,在《红楼梦》中还找不到"加上"作为连词的用例,但在比《红楼梦》大约晚一个世纪的晚清小说《儿女英雄传》(以下引例中简称"儿")中就可找到这样的用例了,如:

(3)何况如今事静身安,心怡气畅,再加上"人逢喜事精神爽",怎教他不露些女儿娇痴情态?(儿,第二十七回)

"加上"作为动词,义为"添加"①。"加上"语法化后,其动词用法并未消失,直到当代汉语仍是如此。由于动词和连词两种用法的并存,即使仅从一个文本中也能看出变化的轨迹,以下我们主要根据《儿女英雄传》中的不同用例来说明"加上"的语法化路径。

"加上"作动词,最初其后要接名词性宾语,如:

(4)安老爷说:"我三场都没存稿子,这些事情也实在作腻了。便有人要看,也不过加上几个密圈,写上几句通套批语,赞扬一番说:'这次必要高中了!'……"(儿,第一回)

此例中的"加上"在句中充当主要动词,不能去掉。在《儿女英雄传》之前的文献中,"加上"只能带名词性宾语,这就证明带名词性宾语的用法是最早的。

(5)独有安公子看著,心里反倒加上一层为难了。(儿,第四回)

(6)及至太太又加上一番相劝,不觉得鼓起高兴来,说道:……(儿,第一回)

以上两例中,"加上"后的宾语是一个名词化的动词性成分,其名词化的身份很容易识别,因为宾语前分别带有数量词"一层"和"一番"作为修饰语。

(7)得了百姓的心,又不能合上司的式,动辄不是给他加上个"难膺民社",就是给他加上个"不甚相宜",轻轻的就端掉了,依然有始无终,求荣反辱。(儿,第一回)

---

① 在古代汉语中还有另外两个同形的"加上",一是表示"加在其上",如:

(1)初,汉节纯赤,以太子持赤节,故更为黄旄加上以相别。(汉书,公孙贺传)

另外有一个"加上"表示的是"增加(尊号,爵位)等",如:

(2)十二月甲戌,群臣奉表加上尊号曰法天崇道上圣至仁皇帝。(宋史,太宗本纪)

这两种"加上"与连词"加上"之间沒有语源关系。

此例中“加上”后的宾语也是一个名词化了的动词性成分，其前有量词“个”。注意，由于没有数词，此例中宾语的名词性不像例(5)和例(6)那样明显。

(8)场里虽说有三天的限，其实除了进场出场，再除去吃睡，不过一天半的功夫。这其间三篇文章一首诗，再加上补录草稿，斟酌一番，笔下慢些，便不得从容。(儿，第三十四回)

此例中，“加上”后的宾语是一个动词性短语，其中没有任何可以表明其名词化性质的成分，因此，这个宾语既可以分析为具有自指性的以无标记的方式名词化了的动词短语，也有可能分析为真正的动词性短语，在这种环境中“加上”有了重新分析为连词的可能。

(9)你们想，老爷这番光景，太太不知急的怎么样儿，再加上惦记着我，二位老人家心里更不知怎样难过。(儿，第三回)

此例中，“加上”后的成分必须分析为一个地道的动词性短语，因为其中的动词后带有体标记“着”。这里的“加上”应该分析为追加连词。

(10)安老爷本是位不佞佛的，再加上他此刻正有一肚子话要合安公子说，被大家这一路虔诚，虔诚的他搭不上话，便说道：……(儿，第四十回)

此例中“加上”后面是一个主谓俱全的小句，“加上”可以看作句间连词。小句从根本上讲也是动词性的，由动词性成分再发展为小句，是很自然的扩展。

由以上分析可以看出，“加上”后支配的成分逐渐从名词性成分扩大到动词性成分和小句，随着其后成分性质的变化，“加上”发生了语法化，由原来的带名宾的及物动词变成了可以引进小句的连词。显然，这一演变与汉语中动词性成分可以无标记地转变为名词性成分这一特性是直接相关的。

具有类似发展模式的还有“X是”形式的连词(董秀芳2004)。以“若是”的形成为例，“若是”最初是连词“若”与判断动词“是”的组合，不是一个词，“是”后要接名词性宾语。例如：

(11)汝若是神，速听明教，若是鬼魅，何敢相干？(唐戴孚：广异记，狄仁杰)

(12)若是猫儿，即是儿猫。若不是儿猫，即不是猫儿。(唐郑綮：开天传信记，卷一)

(13)因相谓曰：“若是古人，吾曹不知者；若是今人，岂有不知之理！”(五代王定保：唐摭言，卷十)

(14)若是宇文错之地，请神点头。如是士元之地，请神开口。(后蜀何光远：鉴诫录，卷六)

以上例中，“是”前有一个主语，这个主语或者与“若是”在同一个小句中，或者在前文中已出现，因而在该小句中以零形式出现。“是”后都是名词性成分充当的宾语。

(15)若是三日而不活,则诚死矣。(宋曾敏行:独醒杂志,卷七)

(16)若是旷于举职,致刑狱有所枉滥,别因事彰露,其所委官,必当重行朝典。(宋陆游:家世旧闻,卷上)

(17)若是再取如此人口,亦仰所司疾速发遣。(金佚名:大金吊伐录,卷一)

以上例中,"是"后引进的是动词性成分或小句,"若是"已变为一个单位,作句间连词。"是"已变为词内的一部分。由于"若是"变为一个句间连词,其前不一定再有主语了。

"若是"可以说同时经历了词汇化和语法化①,"是"后所支配的成分从名词性成分扩展到动词性成分和小句,从而引起了"若是"的重新分析,这一变化的内部机制显然也与汉语动转名的无标记性有关。

另外,由"否定词+动词"构成的连词也往往经历了类似的语法化过程,如"不论"、"不拘"、"无论"等(董秀芳 2002)。以"无论"为例,这原是一个否定性动词结构,其中的"论"是一个及物动词,其后只能跟名词性成分,如:

(18)愿王慕其大勇,无论匹夫之小勇。(孟子,梁惠王下,东汉赵岐注)

(19)问今是何世,乃不知有汉,无论魏晋。(晋陶潜:桃花源记)

以上例中,"无论"中的"论"是一个及物动词,"无论"义为不要说,不要考虑。

(20)游人杜陵北,送客汉川东。无论去与住,俱是一飘蓬。(隋尹式:《别宋常侍》诗)

(21)无论天语大小,皆录之,以备他日照验。(明沈德符:万历野获编,卷八)

以上例中,"无论"后引进动词性成分或小句,"无论"变成了一个连词。"无论"从引进名词性成分到引进动词性成分或小句也是以动转名的无标记性为桥梁的。

三 从及物动词到副词的一种语法化模式

一些副词的语法化模式与上一小节所描述的连词的语法化模式相似,也是包含及物动词由带名词性宾语到带动词性宾语的变化。比如,"已经"的形成就是一个合适的例子(杨永龙 2002;董秀芳 2002)。

"已经"最初出现在"已+经+NP"结构中。"经"是一个动词,义为"经过,经历"。"经"

① "若是"的形成可以看作是一个词汇化的过程,但从广义的角度也可看作语法化。研究表明,词汇化与语法化的关系十分密切,二者往往有着相同的内部机制,因此有时二者很难区分。不过,在这里不管到底应该怎么定性,都不会影响我们所讨论的问题的实质。比如,如果认为是词汇化,那就说明动转名的无标记性不仅影响了语法化的模式,也影响了词汇化的模式。以下讨论的几个例子"无论""已经"等也是如此。

与其后名词性成分构成一个动宾短语。“已”是一个时间副词,意义相当于现代汉语中的“已经”,修饰“经 NP”这个动词短语。如:

(22)薄冷,足下沈痼,已经岁月,岂宜触此寒耶?(晋王献之杂帖,全晋文,卷二十七)

(23)上手诏譬之曰:“尚书左仆射,卿已经此任,东宫詹事,用人虽美,职次正可比中书令耳。……”(宋书,王景文传)

(24)前已经至难,而谓今不能济其易,又所疑也。(晋书,蔡谟传)

杨永龙(2002)详细分析了“已经”的成词过程,指出“已经”成词初见于宋,至明代已相当常见。“已经”成词的例子如下(例子转引自杨永龙 2002):

(25)要之,当时史官收诗时,已各有编次,但到孔子时已经散失,故孔子重新整理一番,未见得删与不删。(朱子语类,856 页)

(26)已经轻瘦谁为共,魂绕徐熙□(梦)。(吕本中:《宣州竹》,全宋词 939 页)

(27)至元三十年,本道肃政廉访分司副使李朝列巡按到浦城县,已经具呈前事。(元典章,刑部)

(28)哥啊,为人为彻,已经调动我这馋虫,再去弄个儿来,老猪细细的吃吃。(西游记,24 回)

根据杨永龙(2002)的研究,“经”后所带成分的变化可以分为三个阶段:第一阶段,“经”与“时间/处所名词”组合。第二阶段,“经”后成分进一步扩大到表示各种事情的名词。第三阶段,“经”后的组合成分再进一步扩大到表示事件的谓词性成分。到了第三阶段,由于“经”不再被看作句子的主要动词,“已 +(经 + V)”就被重新分析为“(已 + 经) + V”。再加上,“已经”所在的句子中的其他成分也发生了语义变化,也就是,句首作主语的名词从受事扩展到施事,“已经”后的动词从延续情状扩展到终结情状,这样,“已经”就最终成为典型的副词,表示事情完成或时间过去。

从以上分析可以看出,在“已经”的词汇化和语法化过程中,“经”后所带宾语从名词性成分扩展到动词性成分是至关重要的,而这种扩展由于动转名的无标记性是能够比较自然地实现的。同样的例子还有“曾经”等。

邢志群(2003)认为动词的语法化必须以连动结构为中介,然而以上两小节的分析表明,动词性成分作宾语的动宾结构也可以成为动词语法化的合适语境。据此,我们可以做出这样的概括:动词的语法化必须经历一个句子中同时出现两个动词的阶段(这两个动词之间的关系可以是连动,也可以是动宾等关系)。

四　从话题结构到复句的语法化模式

话题结构在汉语中非常普遍,现代汉语如此,古代汉语也是如此。最初典型的话题是由名词性成分充当的,但是由于动转名可以以无标记的方式进行,动词性形式也可以充当话题。这在先秦汉语中十分常见,甚至可以说成为了先秦论说文体的一个重要特点。在先秦的论说文以及在叙事文的论说部分,经常出现层层推进的话题结构,即下一话题结构的话题与前一话题结构的述题相同,有直线推进式,如例(27)、(28),也有双起分承推进式,如例(29):

(29)无威则骄,骄则乱生,乱生必灭。(左传,襄公二十七年)

(30)鬼不祟人则魂魄不去,魂魄不去则精神不乱,精神不乱之谓有德。(韩非子,解老)

(31)先义而后利者荣,先利而后义者辱;荣者常通,辱者常穷;通者常制人,穷者常制于人:是荣辱之大分也。(荀子,荣辱)

当话题由动词性成分充当时,话题结构在形式上就成为:VP_1,VP_2,这与复句的形式相同。因此,话题结构就可能重新被分析为复句。话题结构的话题与述题之间的关系非常松散,由松散的话题结构变为有连词标明内部逻辑关系的复句结构是语法化的一个表现。

由话题结构重新分析后所形成的复句,可以没有连接性成分,也可以将原来标志话题或述题的成分重新分析为复句的连词。比如"则",原来是话题结构中引出述题的一个标记,刘丹青(2005)将"则"看作话题敏感算子(关于话题敏感算子,参看刘丹青、唐正大2001),要求其前一定要有个具有话题性的成分,在句子中的作用与话题标记很相近(徐烈炯、刘丹青1998;刘丹青2004)。当话题结构被重新分析为复句之后,"则"也就被重新分析成了复句中引进第二个分句的连词,可以表达多种逻辑关系。下面我们分析一下"则"的演变过程。

"则"最初用于话题结构中的述题前,其所在的话题结构中的话题为名词性成分,如:

(32)群公先正,则不我闻。(诗经,大雅,云汉)

(33)俎豆之事,则尝闻之矣。(论语,卫灵公)

(34)我则异于是,无可无不可。(论语,微子)

(35)滕君则诚贤君也,虽然,未闻道也。(孟子,滕文公上)

(36)子女玉帛,则君有之;羽毛齿革,则君地生焉。(左传,僖公二十三年)

(37)山川之神,则水旱疠疫之灾于是乎禜之;日月星辰之神,则雪霜风雨之不时,于是乎禜之。(左传,昭西元年)

(38)劳苦之事则争先,饶乐之事则能让。(荀子,修身)

(39)泠风则小和,飘风则大和。(庄子,齐物论)

这里举的例子比较多,是因为"则"在话题结构中的使用还未被充分认识,所以有必要多看一些例子。出现于话题结构中的"则"只表达一种语气上的承接,因为话题和述题之间可以有停顿,所以就有可能在语气上需要衔接。话题结构中的"则"并不表示前后两部分语段之间的任何逻辑关系。

在先秦，"则"前的话题也可以是名词化了的动词性成分，如：

(40) 子夏曰："仕而优则学，学而优则仕"。(论语，子张)

(41) 思则得之，不思则不得也。(孟子，告子上)

(42) 患则救之，失则革之。(左传，襄公十四年)

注意，单从文献用例上看，出现"则"的话题结构中，话题为名词性成分的与话题为动词性成分的，在出现的时代上看不出明显的先后，在同一个文本中可以同时有话题为名词性成分和话题为动词性成分的例子。这说明话题从很早的时期就可以允许动词性成分进入。不过，从逻辑上看，话题作为谈论的对象，其原型应该由名词性成分充当，动词性成分进入话题位置应该是扩展的结果，这种扩展与汉语动转名的无标记性直接相关。由于这种扩展发生的时期比较早，在先秦的文献中就已很普遍，所以我们无法从文献上看出先后，只能依靠推测来断定源流关系。

动词性成分充当话题的话题结构由于与复句在形式上相同，因此为将话题结构重新分析为复句提供了合适的环境。话题作为谈论的对象，既可以是现实的事物，也可以是非现实的假设的事物，话题和述题之间所具有的评论关系中往往蕴含某种逻辑关系，如条件、因果、让步等，从话题结构脱胎而来的复句，相应地也就可以表达各种逻辑关系。比如，"则"所在的话题结构被重新分析为复句之后，"则"就相应地被重新分析为连词，引进第二分句，最常见的是表达条件关系（包括假设关系，假设关系实际表达的是一种假设的条件）①，既可以单用，也可以与其他连词如"若"等配合使用。如：

(43) 若隐其无罪而就死地，则牛羊何择焉？(孟子，梁惠王上)

(44) 今以法割削之，则逆节萌起，前日朝错是也。(史记，主父偃列传；今，假若)

(45) 诚如是，则霸业可成，汉室可兴矣。(三国志，蜀志，诸葛亮传)

此外，"则"也可以表达承接（例44、45）、因果（例46、47）等关系：

(46) 项羽闻龙且军破，则恐。(史记，项羽本纪)

(47) 如姬必许诺，则得虎符，夺晋鄙军，北救赵而西却秦，此五霸之伐也。(史记，信陵君列传)

(48) 水懦弱，民狎而玩之，则多死焉。(左传，昭公二十年)

(49) 先君孔子与君先人李老君同德比义，而相师友，则融与君累世通家。(后汉书，孔融传)

现有的辞书以及关于古代汉语虚词的一些研究著作中，对"则"在话题结构中的用法和

---

① 从话题结构到条件复句是语法化演变中一个比较常见的模式(Hopper & Traugott 1993)。

在复句中的用法往往不加区分,放在一起归纳“则”的义项,因而使“则”的义项杂乱,源流不清。比如,《汉语大词典》在“则”的连词用法下归纳了8个小的义项:表承接、表转折、表平列、表递进、表假设、表因果、表选择、表让步。在每个义项下的举例中,有的例子实际是话题结构而不是复句。之所以“则”会被归纳出这么多的连词用法,就是因为“则”最初的用法是连接话题与述题,话题与述题之间所蕴含的逻辑关系可以是包罗万象的,因此,当一些包含“则”的话题结构被重新分析为复句之后,这些逻辑关系也就都被看作连词“则”的功能。汉语中的其他一些连词也有类似的情况。

五　以往研究中提到的其他一些与动转名的无标记性有关的语法化过程

(一)“被”字句的产生

王力(1958)、太田辰夫(1958)等都研究了“被”字句的产生过程。“被”的本义是“被子”,《说文》:“被,寝衣也。”引申作动词表覆盖。如:

(50)泽被生民。(荀子,臣道)

“被”作动词表“覆盖”可以是被动义的,从而引申为表示“承受、蒙受、遭受”,如:

(51)寡人不祥,被于宗庙之祟。(战国策,齐策)

(52)万民被其利。(墨子,尚贤)

(53)身被数十创。(史记,魏其武安侯列传)

“被”作为实义动词,它后面的宾语最初都是名词性成分。由于汉语中动转名的无标记性,“被”后也可以出现一些名词化了的动词性成分,如:

(54)国一日被攻,虽欲事秦,不可得也。(战国策,齐策)

(55)今兄弟被侵,必攻者,廉也;知友被辱,随仇者,贞也。(韩非子,五蠹)

正是在这样的一些表层结构中,重新分析发生了,“被”后的名词化了的动词被重新分析为真正的动词,表达被动义,“被”相应地就被重新分析成了被动标记。

(二)“非X不可”格式中X的谓词化

洪波、董正存(2004)论述了“非X不可”格式的语法化过程,指出这一格式在先秦时期,X多由名词性成分充当。如:

(56)析薪如之何?匪斧不克;取妻如之何?匪媒不得。(诗经,齐风,南山)

(57)五十非帛不暖,七十非肉不饱。(孟子,尽心上)

唐宋时期，X 由谓词性成分或小句充当的例子大幅度上升。到了现代北京话里，X 由体词性成分充当已是文言的滞留，该格式中的 X 的谓词化已经基本完成。

“非 X 不可”中可以出现在 X 上的成分从名词性成分扩展到动词性成分，也是与动转名的无标记性相关的。当 X 的谓词化完成以后，“非 X 不可”的构式化也就完成了[①]。

（三）话题标记 + 语气词 > 复合语气词

刘丹青（2005）指出，在苏州方言中，基本话题标记“末”通过述题中实词成分的脱落而发生重新分析，与述题后的语气词“哉”（相当于“了$_2$”）结合起来，成为一个复合语气词“末哉”。“末哉”的语义功能是表示祈使和意愿，有打消别人顾虑、鼓励对方的含义。刘丹青分析了这个复合语气词的形成过程，指出其形成经历了三个阶段：

I. [小句式话题 + 末][是 + 哉] > II. [小句][末][是 + 哉] > III. [小句][末 + 哉]

在早期的苏州话文献中，语气词“末哉”的前身是“末是哉”、“末好哉”、“末罢哉”之类跨层次组合。“末”本为话题标记，“是哉”（对了）“好哉”“罢哉”等为述题。当谓词“是”等脱落后，“末哉”就合成为一个语气词。

不难看出，小句充当的话题是“末哉”语法化演变中的一个重要结构条件。因为语气词必须出现在句子形式之后，“末”原来是话题标记，只有小句充当的话题才能提供演变的可能。我们前文已经指出，小句式话题的存在与动转名的无标记性是联系在一起的。

六　结　语

汉语动转名的无标记性是汉语在词法方面的一个突出特点，这一特点影响了汉语语法化的一些模式。王冬梅（2001）指出，现代汉语中存在动转名和名转动的不对称性，动转名比名转动更普遍更自然。这种不对称在历时领域也有表现。在历时语法化中，原来必须出现名词的句法位置后来也可以出现动词的变化比较常见，而原来只能出现动词的句法位置后来也可以容纳名词的变化则比较少。历时语法化的这一特征也显示了句法和词法的关联。由此可以看出，一个语言的词法特性与其句法表现是紧密相关的。这种相关性不仅表现在共时方面，也表现在历时方面，即句法的演变会受到词法特点的影响和制约。

吴福祥（2005a，2005b）指出了汉语语法化研究的方向，提出要重视汉语的语法化类型和模式的研究，这是非常重要的，如果我们不能结合汉语的类型特征来研究语法化，那么我们对于语法化的研究就只能是为国外的理论补充汉语的例证。要想加深对于汉语语言规律的认识，并对语言学理论的建设做出贡献，就必须立足于汉语的类型特点来研究汉语语法化的

---

① 刘丹青（2005）将构式化看作是广义语法化的一个领域。

特定表现。本文就是受这一思路的启发而做的一个小小的探索。

(原刊《历史语言学研究》第一辑,商务印书馆 2008 年版)

参考文献:

董秀芳 2002《词汇化:汉语双音词的衍生和发展》,四川民族出版社。

董秀芳 2004a "是"的进一步语法化:由虚词到词内成分,《当代语言学》第 1 期:35—44。

董秀芳 2004b 从话题结构到复句结构:以"者"和"所"的功能演变为例,Takashima, K. & Jiang Shaoyu (eds.). *Meaning and Form: Essays in Pre-Modern Chinese Grammar*(《意义与形式——古代汉语语法论文集》). 291-304. Muenchen: Lincom Europa.

洪 波、董正存 2004 "非 X 不可"格式的历史演化和语法化,《中国语文》第 3 期:253—261。

刘丹青 2004 话题标记从何而来?——语法化中的共性与个性,《乐在其中——王士元教授 70 华诞庆祝文集》:6—15,南开大学出版社。

刘丹青 2005 话题标记走向何处?——兼谈广义语法化的三个领域,第三届汉语语法化问题国际学术讨论会,洛阳。

刘丹青、唐正大 2001 话题焦点敏感算子"可"的研究,《世界汉语教学》第 3 期:25—33。

太田辰夫 1958《中国语历史文法》,蒋绍愚、徐昌华译,北京大学出版社,1987。

王冬梅 2001 动名互转的认知研究,中国社会科学院博士论文。

王 力 1958《汉语史稿》,科学出版社。

吴福祥 2005a 汉语语法化演变的几个类型学特征,《中国语文》第 6 期:483—494。

吴福祥 2005b 汉语语法化研究的当前课题,《语言科学》第 2 期:20—32。

邢志群 2003 汉语动词语法化的机制,《语言学论丛》第 28 辑:93—113,商务印书馆。

徐烈炯、刘丹青 1998《话题的结构与功能》,上海教育出版社。

杨永龙 2002 "已经"的初见时代及成词过程,《中国语文》第 1 期:41—49。

朱德熙 1983 自指和转指,《方言》第 1 期。

Hopper, P. & E. C. Traugott 1993. *Grammaticalization*. Cambridge: Cambridge University Press.

语义范畴组配的基本层次和汉语单字的语义功能*

叶文曦

一 引 言

单双音节问题及相关的构词问题是汉语语言学研究中的两个经典问题,也是两个复杂难解的问题。众所周知,在汉语发展史上存在着强烈的词的双音化倾向,双字词在现代汉语的词的格局中数量上占主流,在语篇中出现的比例远高于单字词;而且在配合中单音节成分要比双音节成分受到更多的限制。于是这种表面的现象左右了人们对单双音节问题和构词性质的探讨。在近五十年的汉语研究中,并没有很好地把汉语的单字词和双字词区分开来研究,在句法和语义研究上没有对单双字词语义功能差异的性质做出深入的探讨,对单字语义功能的独立研究有所忽略,这是以往研究的误区,影响了对汉语基本结构单位和语义结构的认识。我们认为,在现代汉语词的格局中,单字词仍然是核心,单字词和双字词无论在语义上还是句法上都分属不同的层次,应该区别开来加以研究。字的观念共时和历时;方法论参照历时的,共时层面的探讨;汉语社团关于字的观念的两个极端(赵元任)字的观念和基本级语义范畴及组配基本层次,汉人如何获得字的观念,字组和字的观念之间的关系。本文的目的是想从"字本位"的角度说明汉语单字的语义功能,并对相关的语义组配规律做出初步的探索。

在1999年(叶文曦2004)的研究中,我们借鉴当代认知语言学理论,从语义角度研究了汉语的并列式和偏正式两种构词方式,强调了语义构词的系统性,配合汉语基本结构单位"字"的功能特性,提出了汉语语义范畴的层级结构模式,把汉语的语义范畴分为"基本级"、"抽象级"和"具体级"等三个级别,并在此基础上讨论了确定并列式的标准及其内部的语义组配条件。在这项研究中,我们把语义特征和语义范畴区别开来,认为汉语的一个单字具有以下几种基本语义功能:(一)单字词,表示语义范畴;(二)做偏正式复合词的后字,表示语义范畴;(三)做偏正式复合词的前字,不表语义范畴,只表语义特征;(四)参与并列式复合构词,和其他字一起表示一个抽象级语义范畴;(五)其他。可以用方括号[ ]表示这种理论

* 本文曾在首届汉语字本位理论专题研讨会(中国海洋大学,青岛,2004年12月)上宣读过,汪锋和宋春阳两位先生提出了很好的意见,在此谨致谢意。

上的语义范畴或语义单位,例如[马]、[白马]和[牛马]等。基本级(basic level),也可称原级,语形上由单字来表达,是汉语语义层级结构中的最重要的一级。这一级的识别问题我们可以根据单字及相关双字组等语形来加以判别,一般说来,在现代汉语中常常单用,并且能参与构成多个偏正式和并列式双字组的单字表示的就是一个典型的基本级语义范畴,也是汉语语义结构中一个重要义类,例如[马]、[山]、[走]、[笑]、[新]、[美]等。其实由于同字关联及不同语义级别的关联,在讨论单字词时,也不可避免地要涉及双字词。因此,在进一步的研究中,不但需要仔细探讨表示基本级语义范畴的单字词,还需要研究单字词和双字词的区别和关联。

光在构词平面研究汉语单字的语义功能是远远不够的,需要深入到词组和句子层面。为了理论表述的方便,我们区分语言系统和语言运用,把字和字组看作是汉语系统的组成部分,而把在语段中对字和字组的使用看作是汉语的运用问题,表示如下:

(1)	汉语系统	实现	汉语运用
	字	→	单字词
	黏着字组	→	双字词
	自由字组	→	词组

这里的"字"应理解为是一个理论上的单位,允许在具体使用时产生各种可能的变体,字的形音义三个方面中的任何一个方面都可能在汉语运用和汉语演变中发生变化,变化有两种结果,一种是变化没有超出了一个字的范围,这种情况不需要另立新字;另一种情况是变化超出了一个字的范围,产生了分化,需要另立新字。因此有必要引入字位这个概念,我们用/ /来表示这种理论上的单位。从字位的角度看,像"买鱼"和"吃鱼"中的两个"鱼"属于同一个字位/鱼/,是它的两个变体;同理,像"白纸"和"白卷"中的两个"白"也可以属于一个字位/白 1/,而"白吃饭"中的"白"则属于另一个字位/白 2/。在后面的讨论中,如果不涉及字位问题,一般仍称"字"。

二　基本级语义范畴和语义组配的基本层次

不同字位在语段中参与各种各样的组配,组配成立需要符合句法、语义和音韵等几个方面的规则,本文讨论的范围主要限于语义,如有必要也会涉及句法和音韵。参照汉语语义范畴层级框架,我们从基本级语义范畴出发讨论。从语义范畴的角度看,字位是表层的东西,而基本级语义范畴是深层的东西,深层可以转换为表层,也决定着表层。如果不考虑复杂的多义情况,为了简化分析,可以把一个单字的最基本的语义功能确定为表示一个语义范畴,本文加[ ]给以表示。常用的基本级语义范畴可以分为以下 A、B、C 三大类:

(2)	A 动作	B 名物	C 性状
	[吃]	[饭]	[好]
	[喝]	[茶]	[浓]
	[看]	[书]	[大]
	[玩]	[球]	[小]
	[跑]	[狗]	[白]
	[养]	[花]	[红]
	……	……	……

基本级语义范畴是语言语义结构中最重要的东西,它在性质上跟抽象级、具体级都有大的差别。上面的范畴实例虽然分属不同的语义类型,但在语义层级上“同级”。“同级”意味着,这些范畴对上和对下具有大致相同的级别关系,例如[吃]—[大吃][吃喝]、[饭]—[米饭][饭菜]等;这些范畴之间的语义关联也同样是语义结构中最基本、最重要的关联,它们在一定程度上蕴涵或决定着其他语义关联,例如[喝]—[茶]和[喝]—[花茶]、[绿茶]、[红茶]等。动作、名物、性状三类基本级语义范畴之间的同级组配往往反映日常的、简单的、重复的、一般的现实现象和人类活动,在语义上可以说是无标记的语义组配。这样的组配在语言运用中常常实现为词组,例如“吃饭”“喝茶”“玩球”“好书”等等,在语段中大量反复出现的这样的词组为我们研究语言中不同基本语义范畴之间的关联提供了必要的信息。

语义范畴来源于人类对现实现象的认知和概括,在概括这种语义编码机制的作用下,在现实现象的切分和分类过程中,人们所着眼的是一类事物内部所具有的带有普遍性和一般性的特征,而把具体的一个一个的事物所具有的特殊性和个性忽略掉了。比方说,现实世界里的马没有两只是完全一样的,它们可能在种类、颜色、形状、大小、习性、野生还是家养等方面存在差别,而汉语统统用[马]这个基本级语义范畴来概括表示。其他动作和性状类型语义范畴的编码也同此道理,例如[骑]、[放]、[养]、[黑]、[白]等等。只有一般性、概括性特点的语义范畴一进入语义组配,就得和具体的、特殊的现象相联系,又从一般回到个别。这时,在概括过程中曾经被舍弃的一些特征就有可能重新出现,扮演重要的角色。例如名物又显示出在概括中被略去的性状特征以及相适应的动作;动作会选择相适应的名物;性状则会重新依附它所适应的名物或动作。从微观上看,语义组配是具体的不同语义范畴之间发生关联;而从宏观上看则是具体语义范畴所属的大的语义领域之间发生关联。

以两两组配为例,在组配中基本级语义范畴的命运会出现以下三种不同的情况:(一)有时两个范畴直接组配后关系变得很紧密,但仍保持独立,没有融合成一个新的语义范畴,这叫做语义配合,它是语义组配最基本的一种情况,例如“喜欢看书”中[看]和[书]组配为[看书],又例如“缩小了距离”中[缩]和[小]组配为[缩小];(二)各自保持独立,两个范畴之间的界限清晰,互相之间依赖不是唯一的,各自都可以另行自由和其他范畴组配,我们把这种组配叫做语义组合,例如“喝了茶”中[喝]和[茶]之间的组配;(三)在组配后两个范畴不再保持独立,而是合成为一个新的语义范畴,这就是语义融合,例如"喝了一杯沱茶"中,[沱]和[茶]的组配为[沱茶],又例如"漫长的道路"中[道]和[路]组配为[道路]。

可以看出,在汉语的语义组配中存在两个极端,一个是自由的力量或松的力量在起作用,这种作用凸显语义范畴的独立性;一种是融合的力量或紧的力量在起作用,这种作用强调的是相关语义范畴之间的可融合性,语句的语义结构就是这两种力量平衡的结果。这种情况可以表示如下:

(3)汉语语义组配层次和语形实现

语义组合 ←------------	语义配合	------------→ 语义融合
↓	↓	↓
复杂自由字组	自由双字组	黏着字组
↓	↓	↓
组合式	配合式	融合式

←------自由的力量 --------------融合的力量------→

跟以往研究方法的不同在于,(3)把跟词法相关的语义和跟句法相关的语义放在一个完整的语义连续统里面加以探讨,用这个连续统也比较容易解释汉语词法和句法部分重叠这样的事实。在三个语义层次中,语义配合是语义组配的基本层次或核心层次。以往研究的问题在于,没有充分考虑汉语词法和句法的密切关联,也没有考虑语义范畴的层级问题,从本文的角度看,汉语词法和句法在语义上是一套,有内在的关联。

那么怎样鉴别上述三种语义组配方式呢?标准可以沿用以往的老办法(参见陆志韦1956,1957),即使用替换、扩展等手段。为了简化分析,可以先鉴别语义配合(参见王洪君1994)。以往的研究对语义配合所反映的句法语义现象在汉语系统里的重要性认识不足,总把这种现象看作是汉语词和词组区分的难点,其实在性质上却是不同基本级语义范畴直接相配的一种典型表现,在汉语语义结构中占有最重要的地位。两个基本级语义范畴直接相邻组配的结果有两种,一种为语义配合,一种为语义融合,而不是语义组合,原因是直接相邻在语义组配上是非常敏感的,即只有关系紧密才能结伴,于是直接相邻的两个语义范畴容易发生配合或融合。例如[喝]—[酒]和[烧]—[酒],前者是配合式,后者是融合式。配合和融合的区别在于,配合内部的语义关系是可以类推的,是不同范畴域之间的无标记关联,而融合内部的语义关系不能类推或者较少能够类推。能够类推的语义关系是常见的,无标记的,词典不必收录相关字组,而不能够类推的语义关系是少见的,是有标记的,词典应该收录相关字组(参见陈保亚1999)。例如可以找出跟[喝]—[酒]、[小]—[球]、[茶]—[壶]平行的许多类推实例:

(4)[喝]—[酒]　　[喝]—[酒]
[喝]—[茶]　　[卖]—[酒]
[喝]—[水]　　[买]—[酒]
[喝]—[汤]　　[倒]—[酒]
[喝]—[粥]　　[存]—[酒]
……　　……

(5)[小]—[球]　　[小]—[球]
[小]—[书]　　[大]—[球]
[小]—[房]　　[白]—[球]
[小]—[树]　　[黑]—[球]
[小]—[国]　　[红]—[球]
……　　……

(6)[茶]—[壶]　　[茶]—[壶]
[茶]—[碗]　　[水]—[壶]
[茶]—[杯]　　[酒]—[壶]
[茶]—[缸]　　[汤]—[壶]
……　　……

跟语义的自由组合相比较,这种在基本级语义范畴内组配还是有限的,语义聚合内常见的成员也是有限的,这为语义的后续组配提供的重要的索引和信息,换言之,基本级语义范畴之间的这种组配是决定性的。上述语义编码方式可以用下列语义公式表示:

(7)语义组配的基本层次的语义组配公式

语义范畴[A] ×语义范畴[B]

上面(4)(5)(6)三例是范畴和范畴相遇而各自保持独立的典型例子。以一个范畴如"茶"为中心,它跟其他许多范畴相配有三种典型层次(以后字为中心):

(8)倒茶　喝茶　买茶/热茶　凉茶1　浓茶

(9)泡茶　烹茶　沏茶　斟茶/酽茶/清茶 红茶 绿茶/花茶　面茶　油茶　奶茶/早茶

(10)沱茶　砖茶　芽茶　凉茶2

(8)属于自由字组,替换率高;(9)处于半自由状态,聚合成员较少;(10)不自由,没有或极少聚合成员。

汉语为什么如此编码?许多经常结伴同行的两个范畴为什么不能融合为一个新的语义范畴?这是由基本级语义范畴的特性决定的,这种以概括对概括,以基本对基本的一多语义组配方式能最大限度地提高语义编码的效率。试对比[[酿]—[酒]和[酗]—[酒]两例,[酿]和[酗]都只能和[酒]一个语义范畴相配,都不是基本级语义范畴。

确定了语义配合这个语义组配基本层次,其他两个层次就容易区分了。语义组合可看作是语义配合的扩展或变换,而不能扩展和没有或较少平行类推实例的就是语义融合。因此我们说语义配合是汉语中最重要的语义组配关系,是汉语语义结构的核心。

三 语义范畴的重要性等级和语义范畴的组配

语义组配基本层次的存在有其深刻的语义基础。跟任何井然有序的其他系统一样,语义系统的组织也是条理分明的。像[吃]—[饭]、[喝]—[水]、[穿]—[衣]、[走]—[路]、[看]—[书]、[写]—[信]等都是再平常不过的配合,但就是在这样简单的事实中隐含着语义组配的一条原理,这就是基本级语义范畴组配的同级原则。这条原则可以表述为,语义范畴之间最自然最重要的自由配合都是同级组配。我们可以从同一语义聚合中范畴的重要性等级差异入手来探讨这个问题。

前面我们曾提到语义范畴可以分为三个大的层级,即基本级、具体级和抽象级,在这个层级框架中,基本级对构建具体级和抽象级起着重要的作用。重要的是在基本级内部也是不平衡的,可以进一步分为若干小的层级,它们对范畴之间的组配有重要影响。由于基本级范畴都是由一个单字表示的,所以可以根据一个单字做单字词以及参与构词的情况来判断不同范畴的大小、宽窄和强弱。所谓"基本",也是相对的,也有程度之分,有的范畴相对更基本更重要。这种不平衡有其明确的语义基础,在现实和交际中重要的常见的的语义范畴或义类,人们就会经常使用,并且在语言运用中对它做较为细致的再切分,认知上相对容易,相反,不那么重要的语义范畴,人们会较少使用,再切分也比较粗略,认知上也相对困难一些。这就造成了不同基本级范畴的重要性等级不同。具体说来,动作、名物、性状的情况各有不同,对比着举例一个表示动作的语义范畴的再分类有三种典型情况,以"看"为例,一是着眼于动作的不同方式,例如"近看"、"远看"和"偷看",相应单字做字组的后字,二是着眼于动作所能涉及的对象,例如"看书"、"看报"、"看图"等,相应单字做字组的前字,三是着眼于动作造成的效果,例如"看穿"、"看破"、"看透"等,相应单字做字组的前字。一个名物范畴的活力可从两个方面观察,以"书"为例,一是看它的再分类情况,例如"新书"、"旧书"、"大书"、"厚书"等,相应单字做字组的前字,二是看它用于修饰限制其他名物范畴的能力,例如"书包"、"书店"、"书房"等,相应单字做字组的后字。一个性状范畴的强弱可以看它所依附的名物或性状的数量的多少,相应单字做前字的情况比较典型。上述名物、动作、性状内部都有同类范畴的组配情况,例如"新旧"、"书包"、"看见"等。当然,范畴的重要与否,自由程度大小与否都是相对的,那么如何确认不同范畴的相对重要性呢?从大的倾向看,表示范畴的单字构词能力大体可以反映出不同范畴的重要性的差异,而构词能力大小可以从单字的构词频率(参见王还等 1985)上观察。例如以下字的功能强弱等级反映了相应语义范畴重要性的四个等级:

(11)

序号	汉字	前字(词首)	后字(词末)	总计
4	心	88	143	231
17	手	52	99	151
23	动	31	102	134
57	开	87	13	100
76	好	49	33	82
87	热	53	31	84
981	苗	4	11	15
1016	鸟	2	15	17
1021	抢	14	3	17
1062	挂	11	3	14
965	健	11	7	18
1020	稳	11	4	15
1853	伞	5	2	7
1890	棋	3	3	6
1905	遣	2	4	6
1929	捐	4	1	5
1988	骄	6	0	6
2002	矮	4	2	6
3133	蔬	1	1	2
3201	桦	1	1	2
3298	睬	0	1	1
3325	烹	2	0	2
3625	恢	1	0	1
4169	犷	0	1	1

不过我们需要再深究一步，不但常用语义范畴系统内部不平衡，更重要的是具体语义场内部也是不平衡的，那就是属于同一语义场或同一语义聚合内部不同语义范畴也存在重要性等级。这里以“动物”和“植物”两个语义场内部的层级（参见王洪君2003）为例加以说明，确定层级的标准是综合了构词条数、做字组后字的条数以及单用情况：

(12)汉语“动物”义场语义范畴的重要性等级

Ⅰ[鸟 兽 虫 鱼 畜]

Ⅱ[马 牛 龙 猪 鸡 狗 羊 鼠 虎 狼 雀 熊 鹰 猴 蛇 鸭 猫 鹅 猿 鲸 蝶 禽/燕 鸦 虾 蚁 豺 兔 蝗 驴 蛙 蝇 蚊 蛾 龟 驹/骡 犀 雁 鹿 狐 豹 鹤 狮 犬 鲫 雏 莺/鹊 猬 鳄 鸥 鸽 犊 羔 蟹]

Ⅲ[蛐蛐[1]虱 鬣 獭 蝼蛄/蚌 鸿 貂 雉 螯 鳖 鹞 枭/蟋蟀 鹌鹑 蜻蜓 蚯蚓 蝙蝠 蝌蚪 鸳鸯 蚱蜢 鹦鹉 麒麟 螟蛉 鹧鸪/鲤 鸠 鳅 猹 鲑 鸹 鳗 蚤 羚 鲇 鳟 蠹 獾 獐 鲈 鲢]

(13)汉语“植物”义场语义范畴的重要性等级

Ⅰ[花 草 树 木 果 菜 瓜 苗 叶]

Ⅱ[桃 稻 葱 莲 兰 麦 梅 芽 栗 梨 杨 柳 橘 桑 杏 薯/藤 葵 枣 蕉 蒲 枫 柿 椿 桂/李 柏 樟 禾 槐 茄 蒜 椒 杉]

Ⅲ[蔗 菊 蘑菇 菠 榆 藕 柠檬/桦 豌 棠 卉 莴苣 桉 椰 橄榄 芋 榛/榕 稞 茉莉 苜蓿 楂 枇杷 荸荠 槟榔 稗 棕榈 芫荽 芙蓉 茯苓]

其他语义领域的情况也一样。性状域中不同性状的显著程度也有大小之分,性状越显著,等级越高,例如[大]和[小]就是最重要的两个性状范畴,在颜色范畴领域中[白 黑 红 黄 蓝 青 绿 灰 紫]的等级高于[赤 粉 棕 褐 赭]。

动作也可以分重要性等级,例如上肢动作、下肢动作和头部动作在动作域中等级较高,而在头部动作中,显然[吃]比[咽 嚼 吮 叼 舔 咬 叮]更重要,[喝]比[饮 呷 啜 抿]更概括,[看]比[瞧 瞅 视] 更基本。

在每个语义领域中高级和中级都是最常用的级别,但性质有差别。高级比较概括,反映的是语言中最重要的事物大类,例如[鸟 兽 虫 鱼 畜] 和[花 草 树 果 菜 瓜 苗 叶],本身既可以单独参与认知中的互动,跟动作类语义范畴直接相配,也可以进一步分类,构成相当多的具体级语义范畴,又可以参与其他语义范畴的进一步分类。而语义领域里最重要的语义范畴是中级,例如[马 牛 猪 鸡 狗 猫 羊 鼠 虎 狼 雀 熊 鹰 猴 蛇 鸭 鹅]和[桃 稻 葱 莲 兰 麦 梅 梨 杨 柳 橘 桑 杏]等,在认知语义上这一类既概括,又比较具体,意象明确,识别方便,和动作、性状类语义范畴的组配最为典型和活跃,因此是基本级语义范畴里最重要的一类。从有无标记的角度看,等级越高,越倾向于无标记,相反,等级越低,越倾向于有标记。

明确了语义范畴的重要性等级这样的观念,就比较容易说明语义范畴组配的基本层次了。我们把基本层次上发生的组配叫做无标记组配。例如汉语“颜色”义场语义范畴的重要性等级大致可以分为高级[白 黑 红 黄 蓝 青 绿 灰 紫 赤 粉 棕 褐 赭]和低级[皓 银 雪/乌 皂 黔 缁 墨 玄/ 朱 丹 彤 火/ 苍/ 碧 翠/金]两级,颜色义场和动物义场有正常的语义关联,在级别较高的层次上发生的组配是常见的,无标记的,易于认知理解的,而在级别较低的层次上发生的组配则是少见的,有标记的,不易认知理解的,需要特别凸显的。例如:

(14)颜色语义场和动物语义场的关联等级

Ⅰ[白鸟 黑鸟 黄鸟 红鸟 蓝鸟 绿鸟/白熊 黑熊 灰熊 棕熊/白猫 黑猫/黄牛/黑鼠 白鼠 黄鼠 /黑鱼 黄鱼/白蛇 黑蛇 青蛇/白狐 红狐 赤狐]

---

① 这里连绵或重言形式表义功能上等同于一个单字。

Ⅱ[青蛙/黑貂 紫貂/白鹿/玄鸟/白鹤/朱雀/白鲢/ 白蚁/苍蝇/粉蝶/红蜘蛛/金鱼/乌龟]

Ⅲ[银鼠/玄狐 银狐/苍鸟 苍鹰 /白鳗/乌鱼 墨鱼 银鱼 /金龟/白蛉/火蜘蛛]

(14)中有许多细节值得讨论,这里暂不展开。同一个范畴在使用颜色分类时会有重要性等级之分,例如“狐”系列[白狐 红狐]>[赤狐 银狐 玄狐]。有的范畴容易和颜色发生关联,组配倾向于无标记,例如鸟类和熊类;而有的范畴不易和颜色发生关联,如果发生组配,则倾向于有标记,例如蚁类和蜘蛛类。等级比较高的范畴容易和颜色场发生关联,而等级比较低的范畴如[蛐蛐 虱 鬣 獭 蝼蛄/蚌 鸿 貂 雉 螯 鳖 鹞 枭 /蟋蟀 鹌鹑 蚯蚓 蝙蝠 蝌蚪 鸳鸯 蚱蜢 鹦鹉 麒麟 螟蛉 鹧鸪 / 鸠 鳅 猹 鲑 鸹 鳗 蚤 羚 鲇 鳟 蠹 獾 獐 鲈]较少和颜色场发生关联。

语义的有标记组配反映的是两个语义范畴或两个类之间特别的依赖的关系。例如[墨鱼]得名的理据只依赖墨色,所以[墨]和[鱼]的组配是有标记组配。再例如[酸 甜 甘 苦 辣]等味道类范畴和植物类范畴相配时,[酸 甜]和相应的范畴组配倾向于无标记,而[甘 苦 辣]和相应的范畴组配时则倾向于有标记,只有[甘草][甘薯][甘蔗] [苦瓜][苦菜][辣椒]等少数组配实例。

又例如[放][牧]都可以和家畜发生关联,[放]比[牧]重要,可以和[马 牛 猪 羊]组配,因此倾向于无标记,而[牧]只和[羊 马]发生关联,有特别的依赖,因此倾向于有标记。又例如[捕 捉 钓 打]都可以和[鱼]组配,但[捕]、[捉]、[钓]也可以和许多其他动物类范畴相配,因此和[鱼]的相配是无标记的,而[打]除了适用于[鸟]以外,只适用于[鱼],它们之间的组配也是有标记的。

上面都是非并列组配的实例,那么两个语义范畴的并列组配又该如何解释呢?它们是同一个语义域内部的关联。叶文曦(2004)的研究曾指出汉语并列式字组内部组配成立的条件是“同级”,并列的两个范畴结合在一起构成抽象级语义范畴。这里“同级”可以说得更明确一些了,即如果两个语义范畴在重要性等级上同级,那么它们之间容易构成并列关系,并列关系也较为显豁,例如[牛羊 花草 猫狗 大小 高低 黑白 爱恨 推拉 坐立]。从名物域的情况看,等级越高,越容易并列,相反,等级越低,越不容易并列。需要关注的是组配后两个语义范畴的界限是否清晰,区分以下一些情况:(一)两个等级高的相配,配合后两个语义范畴界限依然清晰,例如[饭菜][厚薄][来去];(二)两个等级高的相配,配合后两个语义范畴界限变得模糊,意义区别不明显,例如[道路][痛苦][打击];(三)两个等级高的相配,组配后,两个语义范畴一个意义保持实在,另一个意义变虚,只起陪衬作用,例如[动静][窗户][书信];(四)两个等级高的相配,组配后两个语义范畴合成一个整体,但意义发生转移,例如[东西][手脚][江湖];(五)一个等级高的配一个等级低的,组配后两个语义范畴界限模糊,合成为一个整体,[人民][饥饿][修长];(六)两个等级低的相配,组配后两个语义范畴界限模糊,合成为一个整体,例如[痊愈][巢穴][迅捷]。从(一)到(六)也显示出抽象级语义范畴内部也有等级之分,(一)代表的层次是典型的语义组配的基本层次。

从上述考察中,可以看出语义范畴两两相配后的两种趋向,一是两个范畴保持一定的独立性,相应的字组中间容易插入其他成分进行扩展,例如“白猫”扩展为“白的猫”,“饭菜”扩展为“饭和菜”,“放羊”扩展为“放了一群羊”,这种情况叫做配合式,性质上是语义的无标记组配,它维持语义范畴个体的自由存在;二是两个范畴趋向于融合为一个不可分割的整体,相应的字组中间不能插入其他成分进行扩展,例如“人民”不能扩展为“人”和“民”,“苍鹰”不能扩展为“苍的鹰”,“牧羊”不能扩展为“牧一次羊”,这种情况叫做融合式,性质上是语义的有标记组配,它强调的是两个范畴可以化合为一个整体,反映的是范畴个体之间的紧密依赖关系。

虽然在形式上可以使用两条比较严格的标准把语义配合式和融合式完全区别开来,即看是否能够扩展和是否存在一个可供替换的语义聚合,但是仍然不能否认两种语义组配方式之间存在过渡,同属于一个连续统。根据以上的研究,可以确立以下两条原则:

(15)语义组配原则一:语义范畴重要性等级越高,组配就越自由,越倾向于无标记,也容易单用,相关字组容易扩展变换,容易形成配合式;相反,语义范畴重要性等级越低,组配就越不自由,越倾向于有标记,不易单用,相关字组也越不容易扩展变换,容易形成融合式。

(16)语义组配原则二:两个语义域之间如果存在正常关联,那么来自两个语义域的相关范畴的组配倾向于无标记,相关字组容易扩展和替换,从而容易形成配合式;反之,如果两个语义域之间的关联是非正常关联或偶然关联,那么来自两个语义域的相关范畴的组配倾向于有标记,相关字组不容易扩展替换,从而容易形成融合式。

按照上述两条原则来检讨,原来属于复合词的很多实例包括可以有限扩展的都应该归入配合式这个语义组配的基本层次,陆志韦(1957)举的绝大部分完全不能扩展的复合词的例子其实才是典型的“词”,我们归入融合式。

四　相关问题的进一步讨论

在更复杂的语义组配中,我们同样会看到基本级语义范畴和语义组配的基本层次所起的关键作用。从语义配合式中表现出的语义组配的实质是两个基本级语义范畴之间的清晰的一一组配,其中蕴涵着语义组配的一条基本限制,那就是,一个范畴不能同时和两个或两个以上的其他范畴直接相配。这条限制的存在有两个方面的理由,一是在语义认知上方便加工处理;二是在语形结构上容易安排。简单的语义组配如[喝]—[茶]遵守上述限制,复杂的语义组配如[喝]—[红茶]也同样要遵守这条限制。组配对象的范畴层级是可以改变的,但一一组配的原则是不变的。就“喝红茶”这个例子来说,其中反映的语义范畴的组配模式不是[喝]—[红]—[茶]三个语义范畴的直接相配,而是一个基本级语义范畴[喝]和一个具体级语义范畴[红茶]之间的直接相配。又例如“小红球”是[小]和[红球]之间的直接相配。

在复杂字组的语义组配中，有两股相反的力量起作用，一股是融合的力量，它顺应语义上关联密切的两范畴之间的化合为一体的倾向，例如[红]和[茶]之间融合倾向，这股力量会把两个独立的范畴融合成一个范畴；另一股力量是自由的和抗拒融合的力量，它顺应汉语一个字表示一个语义范畴这样的语形和语义的基本关联趋向，维持不同语义范畴之间的界限和各自的独立性，例如“红球”和“红的球”之间的区别，插入“的”后，更强调“红”和“球”表示的是两个独立的范畴。这两股力量的实现都需要利用一定的语形手段，汉语主要利用位置、次序、虚字、音变和加词缀等语形手段。

有的语义范畴在某个组配位置上对语义融合是相当敏感的，例如在现代汉语形容词研究（朱德熙 1956；吕叔湘 1964）中著名的“单音节形容词做定语不自由”说。在一个名物语义范畴前面的位置上，名物类、动作类和性状类等三类语义范畴都可以出现，表现却是不平衡的，动作类不容易参与融合，名物类次之，而性状类的大部分范畴都容易和后面的范畴紧密结合。同样是等级高的性状范畴容易保持自由抗拒融合，如[大][小][新][旧][好][坏][真][假]等。

语义范畴不但有静态的一面，也有动态的一面，在具体的组配中时常会发生一个范畴在融合中和它的意义常态发生偏离，有时这种偏离还会带来语形的改变。例如下列组配中后一个字在北京话中读轻声（见陆志韦 1957）

(17) 福气　柴火　里头　良心　火烧　先生　破费　寻思　顾虑　得罪
　　性命　情景　尺寸　奸细　贤惠　利落　别扭　拘泥　势利　招呼

语义融合有不同的深度，有的整体范畴是清楚的明显的，有的是不清楚的不明显的，或者发生转类的情况，例如“月亮”、“丁香”、“无赖”等里面的范畴不清楚 只能作为整体考虑。还有过度融合的情况，即合二为一，例如“甭”。

语义融合对后续的语义组配有重要影响，因为语义范畴的一一组配原则要求，不管语形上表现为一个字还是两个字，进入组配环境都要求是一个而不是两个范畴参加组配。这个要求对具体级语义范畴来说相对简单，而对抽象级语义范畴来说，情况则比较复杂。虽然单字只要字形不同，表示的意义一般就有差别，然而不同的并列二字组两个字的意义上融合程度不同。这影响后续组配，例如：

(18) 模样俊美　道路平坦　烟雾渺茫　修改规则
　　构思灵巧　态度谦和　国家强盛　歌声美妙
　　官兵关系　彼此爱护　风雨交加　强弱对比

从合的方面看，[AB]作为一个整体的抽象级语义范畴侧重整体和相关语义范畴的适合，而忽略个体范畴的不适合。下列三种情况值得注意：

(一)适合整体，和两个个体都不适合。例如：

(19) 心情愉快　*心情愉　*心情快
　　生活宽裕　*生活宽　*生活裕

(二)适合整体,但和一个个体也适合,和另一个个体不适合。例如

(20)灯光微弱　*灯光微　灯光弱

道理高深　*道理高　道理深

(三)适合整体,和两个个体也都适合。例如:

(21)大小事情　大事情　小事情

买卖粮食　买粮食　卖粮食

上述性质对汉语的语义组配有重大影响。吕叔湘(1964)和冯胜利(1997)都研究了下列现代汉语的一件著名事实:

(22)a. 打扫街道　扫街　扫街道　*打扫街

b. 保护森林　护林　保森林　*保护林

c. 编写剧本　编剧　编剧本　*编写剧

对上述事实,以往的研究多从音节的单双角度解释,而对其中的语义问题多有忽视。其实单音节词和双音节词不能组配也有强烈的语义上的原因(参看王灿龙 2001),王灿龙的解释是,"动宾结构对音节的要求首先是单音节动词与单音节名词、双音节动词和双音节名词的组合,这是由相邻原则和相似原则以及单双音节的认知语义共同决定的,这两种结构类型是无标记形式,也是动宾结构的基本形式。与这两种类型相对的是单音节动词与双音节名词、双音节动词与单音节名词的组合,它们是标记形式。"我们认为,一是从配合和融合的角度看,两个语义范畴没有在一个基本级语义范畴的前后融合为一个范畴,不符合一一相配限制原则,因此需要分别表达;二是从基本级语义范畴的角度看,它不能和两个语义范畴同时相配,原因是指称不清楚,语义不够清晰,不是好的语义组配。王灿龙观察到的第三种重要情况"洗衣服"和"观察猫"是典型的融合式抽象级语义范畴的组配实例,即只有完全融合为一个语义范畴才具有和一个基本级语义范畴组配的条件。因此这里问题的实质恐怕不是音节的单双问题,而是需要符合更深层的语义限制条件,即一一组配原则。

和融合的力量背道而驰,在语句的语义结构中还存在着自由的独立的力量,这种力量强大到甚至可以把已经融合在一起的两个范畴利用一定的语形手段让它们重新获得独立,以往受到很大关注的所谓"离合词"现象就属于这种情况(参看赵淑华、张宝林 1996/1997)。例如:

(23)毕业　劳驾　示威　值勤

(24)酗酒　录音　发言　游泳

(25)签名　滑冰　开会　请假

上述(23)和(24)都属于融合式,而(25)则属于配合式,(23)和(24)的扩展更典型一些,例如"酗酒"扩展为"酗了一次酒","酗"好象成了一个独立的动作语义范畴,这虽然属于语言运用中临时的一种安排,但反映的是汉语一个字表示一个清晰的语义范畴这样的潜在要求。

语义范畴特别是基本级语义范畴在语句中的独立自由表现需要依靠位置、次序、虚字以及扩展、变换这些语形手段。相对于组合式而言,前面我们对语义组配基本层次的描述其实暗含着把配合式看作是基式,而把组合式看作是派生式,或者把配合式看作是语义的一种静态存在,而把组合式看作是语义的一种动态存在。例如:配合式"看书"可以变换为组合式"看了书"、"书看了"等,从一个语义范畴的角度看,上述三例中配合式中的[书]是语义范畴的静态或常态,而后两例组合式中的[书]是语义范畴的动态,静态和动态之间的关系很复杂。有的语义范畴组配的情况只能表现为组合式,反映的不同范畴之间临时的而非恒定的关联,例如"＊脏糖 ＊厚雪 是不能成立的配合式或融合式,但这并不意味着两个范畴没有组合式这种组配方式(参见朱德熙 1978;张敏 1998),例如可以说"脏的糖"、"厚的雪"。这需要另外研究。

汉语有一些字以特殊的方式保持自由,它们不能或极少和其他字构成融合式(参见王还等 1985),只能参与配合式或组合式,不过这样的字数量很少。

(26)很　呸　呗

(27)您　俩　仨　廿　卅

(28)掀　盯　踩　趴　拴　揍　捂　掐　攥　拄　抡　撵　踮　蹿　煨　剜　抟　谙

(29)氦　钚　盅　钼　铋　笙　氚　钍　锗　镭

(26)是虚词,一般单用,在语义上不容易和其他字融合。(27)本来就是融合式,而且是合二为一,所以就不再参与融合,(29)语义上表示特殊的化学元素,不像"金银铜铁"等是一般交际常涉及的,所以在日常语言中没有进一步和其他的字融合。(28)虽然多表日常动作,但在语义上没有进一步分类或和其他范畴并列的必要,不过这一类字还需要特别研究。

五　结　语

以上我们从基本级语义范畴和语义组配的基本层次这样的角度考察了汉语单字的语义功能以及相关的语义组配问题。语义组配可以区分为三个层次,即配合式、融合式和组合式,我们认为配合式是汉语语义组配的一个核心层次,在这个层次上,由单字表达的基本级语义范畴起着决定性的作用,它和融合式的区别在于语义基础的不同,不同的语义范畴,重要性等级也不同,等级的高低在一定程度上决定着语义组配的方式,等级越高,越容易参与配合式,越容易出现在语义组配的基本层次上。不同语义域之间的关联方式也对语义组配有重要影响,正常的无标记的关联倾向于造成配合式,而偶然的有标记的关联倾向于造成融合式。语义组配的基本层次的语义组配公式可以写作:语义范畴[A]×语义范畴[B],其基本精神是语义范畴的一一组配,这是一条原则,也是一条重要限制,它对复杂字组内的语义组配同样有重要的限制作用,可以用于解释汉语中所谓单双音节词之间组配的一些重要事实。

本文从单字的语义功能的角度出发对汉语语义组配的描述是尝试性的,这种方法和以往以词和语素为出发点的方法有原则性的差别,在"字本位"的理论中,一个单字表示一个语义范畴,它是汉语结构内部语义和语形的一种最基本的关联,字和字的组配也就反映着不同语义范畴之间的组配,而由此双字字组内部的语义组配就成为透视汉语语义结构全局的一个重要窗口,或者说它对决定着汉语其他层次的语义组配方式。不过要完整透彻地说明这一机制,还需要更深入的研究。

(原刊《字本位理论与应用研究》,山东教育出版社 2008 年版)

参考文献:

陈保亚 1999《20 世纪中国语言学方法论》,山东教育出版社。

董秀芳 2002《词汇化:汉语双音词的衍生及发展》,四川民族出版社。

冯胜利 1997《汉语的韵律、词法与句法》,北京大学出版社。

洪堡特[德] 1826/2001 论汉语的语法结构,《洪堡特语言哲学论文集》,姚小平译,湖南教育出版社。

洪堡特[德] 1826/2001 论语法形式的通性以及汉语的特性,《洪堡特语言哲学论文集》,姚小平译,湖南教育出版社。

季羡林 1997《中国现代语言学丛书》序,《中国现代语言学丛书》,东北师范大学出版社。

陆志韦 1957/1990 汉语的构词法,见《陆志韦语言学著作集》,中华书局。

陆志韦 1956/1990) 北京话单音词词汇,见《陆志韦语言学著作集》,中华书局。

吕叔湘 1962 说"自由"和"粘着",见《中国语文》第 1 期。

吕叔湘 1964《现代汉语单双音节问题初探》,见《中国语文》第 1 期。

吕叔湘 1982《单音节形容词用法研究》,见《中国语文》第 2 期。

萨丕尔[美] 1921/1985《语言论》,陆卓元译,商务印书馆。

王灿龙 2001 句法配合中单双音节选择的认知解释,《语法研究与探索》(十一),中国语文杂志社 编,商务印书馆。

王　还等 1985《现代汉语频率词典》,北京语言学院出版社。

王洪君 1994 从字和字组看词和短语,《中国语文》第 2 期。

王洪君 2001 音节单双、音域展敛(重音)与语法结构类型和成分次序,《当代语言学》第 4 期。

王洪君 2005 动物、身体两义场单字及两字组转义模式比较,《语文研究》第 1 期。

王　力 1944—1945/1984《中国语法理论》,见《王力文集》第一卷,山东教育出版社。

徐通锵 1997《语言论》,东北师范大学出版社。

徐通锵 2004 思维方式与语法研究的方法论,载《北京大学学报》(哲学社会科学版)第 41 卷第 1 期。
叶文曦 2004 汉语语义范畴的层级结构和构词的语义问题,《语言学论丛》第二十九辑,商务印书馆。
张国宪 1989 “动 + 名”结构中单双音节动作动词功能差异初探,《中国语文》第 3 期。
张国宪 1996 单双音节形容词的选择性差异,《汉语学习》第 3 期。
张　敏 1998《认知语言学与汉语名词短语》,中国社会科学出版社。
张寿康、林杏光主编 1996《现代汉语实词搭配词典》,商务印书馆。
赵元任 1968/1996《中国话的文法》,《中国现代学术经典——赵元任卷》,河北教育出版社。
赵淑华、张宝林 1996/1997 离合词的鉴定标准和性质,《词汇、文字研究与对外汉语教学》,崔永华主编,北京语言文化大学出版社。
朱德熙 1956 现代汉语形容词研究,《现代汉语语法研究》,商务印书馆,1985。
朱德熙 1978《语法讲义》,商务印书馆,1985。
Lakoff, George 1987. *Women, fire, and Dangerous things: What Categories Reveal about the Mind*. Chicago and London: The University of Chicago Press.
Lyons, John 1977. *Semantics*, Vols. I and II, Cambridge : Cambridge University Pre.

中文办公软件界面用语标准化问题刍议

詹卫东

一　引言:为什么要探讨中文办公软件界面用语的标准化问题

请允许我们假定:正在阅读这篇文章的您,肯定懂中文,并且肯定使用过至少一种中文办公软件①。因此,本文就不必再对"中文办公软件"这个名称作过多的解释了。这里只简单说明一下"界面用语"的含义。用通俗的话说,软件的界面就是一个软件的外观,是用户和计算机系统沟通的桥梁,主要包括一个软件上的菜单文字和图标两部分内容。用户通过界面来操作软件,实现软件的功能。本文打算讨论的问题是中文办公软件界面中菜单文字及图标附带的说明文字(也即本文所说的"界面用语")的标准化问题。基本不涉及界面中图标本身的问题。

无论是中文办公软件的使用者,还是开发者,也可能很多人并不觉得软件的界面用语中存在问题。或者即便存在问题,也不是什么大问题。本文的目的则是指出目前中文办公软件的界面用语确实存在不少问题,而且这些问题应该引起大家特别是国产中文软件开发者和政府相关管理部门的重视。而本文之所以持这样的看法,主要是基于以下两个方面的理由。

(一)尽管国产的中文办公软件厂商付出了相当大的努力,但目前国内软件市场仍主要由国外的办公软件产品占据主导地位。整个计算机文化都是从西方引进的"舶来品",国产办公软件也基本没有摆脱模仿的路子,可以说,在本该是国人强项的"中文阵地"上,并没有真正体现,更别说发扬中文的特色了。这其中,计算机技术方面"先天不足"的原因当然是首当其冲,也是最主要的,但是,随着国内软件开发技术水平的不断提高,以及全球范围内开放

---

① 天极网天极数据调查中心(http://data.chinabyte.com)的数据表明,在目前国内办公软件市场,主要的产品包括微软公司的MS Office,红旗贰仟公司的RedOffice,美国Sun公司的开放源代码软件Open Office中文版,以及国内的金山公司的WPS Office软件,永中公司的永中Office,等等,其中微软公司的办公软件在2005年,2006年连续两年都是占有中文办公软件市场超过70%的份额。

源代码的共享软件资源越来越普及，软件技术上的差距其实已经不再是主要的问题①，相比之下，一些非技术的因素，比如像办公软件界面用语这样特别具有语言文化个性色彩的问题，很有可能从原本的细枝末节，变为今后影响办公软件产品市场占有率的重要筹码。值得注意的是，近年来，在技术层面，办公软件文件格式之争已经从原来国外势力的一方独大，演变为现在国内国外分庭抗礼的局面②。国内办公软件开发商以及政府相关部门都已经意识到，要让中国的民族软件产业，特别是其中最具有中国特色的中文办公软件产品的主导权掌握在中国人自己手里，必须加强相关软件产品的标准的研制工作。只有确定了我们自己的技术标准，才有可能在激烈的软件行业竞争中占得先机。不过，相对文件格式这样的"硬"技术标准，办公软件界面用语的标准问题，属于语言文字层面的"软"标准，这方面目前还没有引起足够的重视。也正因为如此，本文才把这个问题提出来，希望引起注意。

（二）信息化社会的发展使得软件产品在人们生活工作中的作用和地位日益突出。而相对于飞速发展的信息社会来说，我国现有的语言文字规范的发展应该说是相对滞后的。尽管政府相应的管理部门，以及相关行业协会组织中也已经有专家指出应加强信息化社会中的语言文字规范问题（当然也应该包括软件界面用语的标准和规范问题）③，但目前这方面的实际研究成果和关注程度还是远远不够，这跟汉语和中文在当今世界日益提高的地位也是很不相称的。而现状之所以如此，大致上有两个原因：一是办公软件的界面用语不是纯粹的计算机科学术语，因而在计算机科学术语学界没有从学术角度给予相应的关注。在学术研究领域，甚至可以说基本处于空白的状态；二是国产中文办公软件开发商出于吸引用户的

① 国家科技部（863 计划）在 2004 年举行的"国产办公软件评测"结果指出"被测国产办公软件总体上已具备良好的可用性与实用性，在功能上和当前国际上主流办公软件相当，并在应用方面有所创新"。（见科技部高技术研究发展中心简报 2004 年第 7 期"国家 863 计划国产办公软件 2004 年度测评圆满结束"一文；另可参见 2005 年 1 月 4 日光明日报 http://www.gmw.cn/01gmrb/2005—01/04/content_158993.htm）。

② 目前中文办公软件文档格式相关标准主要有国际标准化组织的 ODF 标准，微软的 OpenXML 标准，以及中国的 UOF 标准，详情可参见 CSDN 网等多家网站的报道（http://news.csdn.net/n/20070711/106283.html）。

③ 这里不妨举两个比较有代表性的例证。一是 2002 年 8 月 20 日，在由中国中文信息学会主办、北京大学计算语言学研究所承办的"第一届学生计算语言学研讨会"（SWCL—2002）上，语言学家、教育部语言信息管理司司长李宇明教授作为会议指导委员会主任发表了题为"信息时代的语言问题"的主题演讲（全文收录于 2005 年出版的《中国语言规划论》中），其中在论述"汉语的发展对策—— 加强汉语汉字规范化建设"部分，他指出，"成熟的优秀的有影响的语言，必须在语言结构、文字系统和语言文字的社会应用等方面，建立一系列科学、管用的规范和标准，以便于语言的教学与使用，便于语言文字的信息处理，并有利于语言声望的提高。""除了考虑语言文字的基本规范标准（如规范字表等）之外，应特别注意制定社会语言生活中的各种应用性的规范标准。"第二个例证是 2006 年 8 月 18 日，由中文办公软件基础标准工作组和长风开放标准平台软件联盟共同主办、红旗中文 2000 公司承办的"开放文档格式标准研讨会"在北京召开（详情请参见 http://www4.it168.com/ztsys/zhuanti/683/default.shtml）。中国电子技术标准化研究所信息技术研究中心副主任吴志刚先生在此次研讨会上发表了主题演讲"中文办公软件基础标准与办公软件互操作性"，明确指出中文软件基础标准包括（1）中文办公软件界面规范、（2）文档格式规范，以及（3）二次开发接口规范。

目的,基本不敢轻易在界面用语上“独树异帜”,而是遵循“从众”的原则,对于国外开发的中文办公软件的界面设计,从布局到用词,基本都照单全收。造成微软公司主导的中文办公软件的界面长期以来成了事实上的标准,同时也造成许多用户即便对办公软件界面用语的“第一印象”不佳,但在“工作需要”之下,通常会努力去适应软件,而不是让软件来迎合用户①。这种情况任其自由发展下去,将使国产中文软件始终处于随波逐流的被动局面。有鉴于此,我们更应该在调查研究的基础上,提出办公软件界面用语标准化的体系,一方面可以在一定程度上有助于改变国产中文办公软件的弱势现状,另一方面,也是更重要的是,可以促进中文办公软件整体水平的提高,这对普通中文办公软件用户来说,无疑是件好事。

需要说明的是,虽然目前市场上流行的中文办公软件并不算多,界面总体上是大同小异,但是从历史发展来说,具体的软件还有许多不同的版本②,因此要做全面的比较分析,工作量还是相当大的。本文意在抛砖引玉,引起用户和业界对这方面问题的关注。限于水平和篇幅,对于办公软件界面用语目前只是做了初步的调查,没有做比较全面的量化的统计。下文主要以文字处理软件为考察对象(不过本文所讨论的问题在其他办公软件如电子表格、演示文稿、数据库等中也同样存在)。此外,本文旨在说明办公软件界面用语共同存在的一些问题,因此下文在描述时不提具体的软件名称,只笼统地以软件甲、软件乙等来指称和区别。

二　中文办公软件界面用语现存问题概述

概括地说,办公软件界面用语涉及到两方面的问题:一是界面上各个软件功能所对应的名称是否合适(命名问题);一是各名称在界面上所处的位置是否合适(布局问题)。这两方面的问题既有相对独立性,同时在许多具体问题上也存在密切联系。其中后一个方面的问题还需考虑到用户工作习惯、一项软件功能的使用频率等因素,这些因素属于软件工程学用户界面设计的范畴,本文不涉及这方面的因素。下文仅从语言和逻辑的角度来考察办公软件界面用语在命名和布局这两方面存在的问题。

为描述方便,我们不妨分为两个层面来看。第一个层面是仅独立地考察个别的具体的软件界面用语,就能发现的问题,这个层面上只涉及到命名问题;第二个层面是只有在考察多个界面用语的时候才能发现的问题,即从界面用语整体的体系性和多个界面用语之间的相关性角度来考察时能够发现的问题,这个层面上既涉及命名问题,也涉及布局问题。以下

① 2002年国内一些中文办公软件厂商联合发起“中文办公软件标准联盟”时,微软的办公软件占有95%以上的市场份额。而当时的一个调查也表明,85%的受访者支持办公软件界面的标准化工作。参见赛迪网《中国计算机用户》“产业透视”栏目(2002年6月4日)的文章“OA标准联盟能走多远?”http://software.ccidnet.com/art/329/20020604/15554_1.html

② 可参看“MS Office界面发展历程”一文 http://blog.excelhome.net/user1/fanjy/archives/2007/807.html。

分别举例说明(附录1给出了一个抽样调查的结果)①。

2.1 观察单个软件界面用语就能察觉的问题

这个层面的问题具体可以归纳为以下四类情况:

(一)名称不够准确

好的名称应该准确地反映它所对应的实质内容。对于办公软件界面用语来说,就是准确反映软件的一项功能。但有的界面用语或者没有完全反映其所对应的功能,或者名称所代表的功能超出实际情况,或者所指的功能模糊,让人难以顾"名"思"义"。下面是一些实际例子。

1)名称没有完全反映其所对应功能的实际情况

例(1)"新建窗口"的字面意思是"新建一个窗口"。但实际功能至少包括两个内容:(1)新建一个窗口;(2)将当前窗口的内容复制一份,并在新建的窗口中显示。

例(2)"大纲送至演示文稿"的字面意思是"将当前的大纲内容送到演示文稿程序"。但实际功能是:(1)将当前的大纲内容复制(拷贝)一份;(2)将复制的大纲内容送至演示文稿程序,原大纲内容并不转移。

2)名称所对应的操作涉及的对象范围不明确,或操作方式不明确

例(3)"字符背景"的字面意义是"设置字符的背景"。但实际功能只是设置"字符底色",并不涉及其他的背景(比如图形背景,背景大小等等)。

例(4)"自动拼写检查"的字面意义是"自动对当前文字内容检查是否存在拼写错误"。但实际功能是在用户输入文件内容的过程中"实时地进行拼写检查"。事实上,该办公软件也提供了"拼写检查"这个菜单项。"拼写检查"的功能是对整个文件进行全面的拼写检查,即用户输入完文字内容之后,点击"拼写检查"来执行全面的检查操作;与之相对,"自动拼写检查"是随写随查,即用户输入文字的同时,就执行拼写检查。无论是哪种方式,实际上"拼写检查"都是"自动的",因此,"自动拼写检查"这个名称没有准确反映出它的功能实质。

3)名称所指模糊

例(5)"管理对话框"这个名称字面上有两种理解,一是按照语法上述宾结构关系的方式理解"管理"和"对话框"之间的关系,即管理的对象是对话框,用户点击该菜单后,操作是对该软件涉及到的对话框进行管理;另一种理解是按照语法上定中结构关系的方式来理解,即操作是弹出一个对话框,该对话框的作用是对当前软件的某些参数进行管理设定。

---

① 文中的例子都取自P650脚注①中提到的那些中文办公软件,但并不注明具体来自哪个软件的哪个版本。

例(6)“快速打印”这个名称没有交待如何使得打印速度变快,以及是否产生其他代价。

(二)名称内部词序不当

有的界面用语名称是由多个词语组成的词组形式,但内部词语顺序不符合汉语词组结构规律,或者与功能实际情况有出入。比如:

例(7)“附件以 Microsoft 格式发送邮件”的对应功能是将当前文件存成 Microsoft 文件格式(doc 文件)并作为电子邮件的附件发送出去。

例(8)“生成自动摘要”的对应功能是将当前文件内容进行归纳,由程序自动生成一个摘要,而不是生成一个“自动摘要”。

(三) 名称不够简洁

例(9)“字号大小”这一名称中“字号”本身就包含了“大小”的意义。

例(10)“重命名”不符合汉语词组一般的韵律要求,或者应说成“重新命名”,或者简化为二音节的构造“更名”。

例(11)“电子表格”中“电子”纯属多余。所有计算机中的文件和内容都是电子的,直接说“表格”即可。

(四) 名称有中英文混杂现象

例(12)“Web 版式”中的 Web 完全可以改为“网页版式”。

例(13)“逻辑的除外的 Or”中的 Or 是原来英文菜单名称的遗留(同时这个菜单名中的中文部分也不符合中文表达习惯)。

2.2 针对多个软件界面用语进行整体考察时能察觉的问题

2.2.1 如果把不同的办公软件放在一起对比,可以发现有的相同的功能,在不同软件中使用了不同的名称;也有的相同的名称(功能),在不同软件中的布局方式(位置)不同。比如:

1) 同一功能,名称不同

例(14)各办公软件都有在打印之前预览当前文稿打印效果的功能。这个功能在软件甲中的名称是“打印预览”,在软件乙中则是“页面视图”。

例(15)软件甲的“视图”菜单下的“任务窗格”,在软件乙中则对应“窗口”菜单下的“任务面板”。

例(16)软件甲的“插入”菜单下的“域”,在软件乙中对应“插入”菜单下的“字段指令”。

2)同一名称,位置不同

例(17)软件甲的“自动图文集”“修订”①这两个菜单项在“编辑”菜单下。而软件乙中“自动图文集”设在“插入”菜单下,“修订”设在“工具”菜单下。

2.2.2 不同软件因属不同公司开发,存在名称和布局上不一致的问题也属于意料之中,但同一软件内部,在对比相关的界面用语时,也不难发现存在不少一致性方面的问题。这就需要引起我们的重视了。这方面的问题大致又可以分为两大类和多个不同小类。以下分别列举。

2.2.2.1 跟布局有关的名称问题②

(一) 同一功能,多处出现

A. 以同名形式在多处出现

例(18)“数字签名”这个名称,同时出现在“文件”菜单下,以及“工具”菜单的次级菜单“宏”菜单之下。

B. 以不同名称在多处出现

例(19)“视图”菜单的次级菜单“工具栏”菜单下有“表格和边框”,而“表格”菜单下的“绘制表格”功能与“表格和边框”功能相同,但二者名称不同,且分处在不同位置。

例(20)“视图”菜单的次级菜单“工具栏”菜单下有“审阅”,而“工具”菜单下的“修订”功能跟“审阅”功能相同,但二者名称不同,且分处不同位置。

(二) 功能相近,多处出现

所谓“物以类聚”,用户一般都倾向于在一个地方寻找同类的功能。因此,从方便用户找到某项功能所在位置的角度考虑,同类的功能,在软件界面上最好安排在相近位置。不过,有的办公软件界面用语对应的功能属于同一范畴,但却分散在界面上不同的菜单下。比如:

例(21)“字体”、“段落”在 “格式”菜单下,“页面设置”在“文件”菜单下。实际上,“页面设置”是设置整个文件的格式,跟“字体”“段落”应同属格式设置的范畴,只不过跟“字体”、“段落”比起来,“页面”的范围更大罢了。

上面都是从功能角度去看界面用语的名称问题,即需要先了解名称所对应的功能情况,才能评判两个名称之间是否相关,位置的设置是否合理。下面则是从纯粹的逻辑角度考察,就能发现名称及其布局存在问题的情况。

(三) 仅从逻辑角度就可以看出名称或其布局存在问题

---

① “修订”这个名称还存在上文 2.1 中提到的“名称所指模糊”的问题。它的实际功能是将编辑过程中的增删等修改操作记录下来,以便用户了解编辑的历史过程。用户点击“修订”菜单项后,实际上并没有做一个具体的“修订”操作,而是让程序处于一种能够记录修订情况的状态(因此点击“修订”后,会在菜单中增加显示一个工具条,跟用户点击“视图”菜单下“工具栏”菜单下的“审阅”菜单项的效果是一样的),但仅从“修订”这个名称上,一般用户并不能了解到“修订”的这些实际功能。

② 有些是纯粹的布局问题,比如“表格”菜单项下设有“排序”和“公式”菜单项。这两个下级菜单项的功能并不在上级菜单项的范围内。这类问题跟名称本身无关。

1)同一层级的同类功能,命名方式不一致

例(22)“视图”之下有“普通”、“Web 版式”、“页面”、“阅读版式”、“大纲”①,等等。这些都是针对同样的文件内容的不同的显示模式,但名称上却不一致。有的以“版式”作为词组的中心成分,有的则没有这个中心成分。

2)同一层级的名称之间有包含关系

例(23)“插入”菜单下有“符号”和“特殊符号”两个并列的菜单项,“符号”显然包括了“特殊符号”。

3)上下层级的名称中存在部分重复的问题

例(24)“窗口”菜单下有“新建窗口”和“全部重排”,其中“新建窗口”跟它的上级菜单“窗口”重复(照这个命名方式,“文件”菜单下的“新建”就应该是“新建文件”)。同时,“全部重排”后面又没有“窗口”,跟“新建窗口”的命名方式也不一致。

4)上下层级名称完全相同。

例(25)“插入”菜单下有“自动图文集”,其下级菜单中又有一个“自动图文集”。

例(26)“信封”菜单下有“信封”“邮件合并向导”两个菜单项,其中“信封”跟上级菜单的“信封”重复;

5)名称跨层跨类的交叉重复。

例(27)“表格”菜单下次级菜单“插入”、“删除”、“选择”等的下级菜单又包含“表格”②。

例(28)“插入”菜单下有“文本框”,“格式”菜单下又有“插入文本框”。

例(29)“格式”菜单下有“自动套用格式”,“表格”菜单下又有“表格自动套用格式”。

例(30)下图显示了跨层重复的一个比较典型的例子。最上级的菜单项是“显示”,其下级菜单“辅助线”又设置了一个下级菜单“显示辅助线”,它是它的上两级菜单的名称的一个组合。

显示		
	标尺(R)	
	缩略图(B)	
	网格(I)	
		显示/隐藏辅助线(D)
		和网格对齐(A)
		前置网格(F)
	辅助线(G)	
		显示辅助线(D)
		和辅助线对齐(S)
		前置辅助线(F)

① 不同中文办公软件的“视图”中版式的名称也不同,比如软件甲的“页面”在软件乙中为“印刷版式”。

② 实际上,这两个“表格”的所指不同,最上级的“表格”是总称,指涉及到跟表格相关的操作的集合;下级菜单中的“表格”则是作为一个具体的表格对象实体来理解。详见下文第三节有关软件界面用语结构的分析。

2.2.2.2 跟布局无关的名称问题

办公软件界面用语中有少量的同义(近义)词,这些词语在不同软件甚至在同一软件中使用时未作区别和规范,容易引起不必要的混淆。比如:

例(31)"文件"与"文档",二者是什么关系?"文件"菜单下有"最近的文档","新建"图标的文字说明是"新建空白文档"。有可能让用户以为"文件"跟"文档"不是同一个东西,但从办公软件的使用过程来看,"文件"和"文档"实际上又没有明确的区别。

例(32)"邮件"与"信函",二者是什么关系?"工具"菜单下有"信函与邮件①"菜单,其下又有"邮件合并"菜单,这些菜单项均未提示"邮件"和"信函"的所指有什么不同。

类似的例子还有"窗口"与"视窗";"所有"和"全部"②,等等。这些相近的名称在界面用语中出现显得比较随意,缺乏规范。

三　中文办公软件界面用语的结构分析

现有的中文办公软件界面用语之所以存在上面这些问题,原因是多方面的。比如中文办公软件界面用语绝大多数是从英文办公软件界面用语译过来的,在翻译过程中就会出现表达不符合中文习惯,或者难以找到对译词,或者遗留部分英文未译出的情况。不过,从上文对界面用语现存问题的归纳不难看出,大部分问题都是第二个层面上的问题,也就是涉及到用语之间相关性的问题(特别是跟布局相关连的命名问题)。这方面的问题不仅仅是翻译带来的,更多的还是对中文表达方式本身的规律认识不够系统造成的。因此,这里有必要分析一下中文办公软件界面用语的组成情况,以便为拟定一个系统的更为科学的中文办公软件界面用语体系提供参考依据。

从软件实现的功能角度来看,办公软件的界面用语一般可以分为两类:一是用户点击某个界面用语名称后,程序返回一个信息,报告某种状况(比如当前软件的版本信息,或者某种设置信息、文件的字数信息等);这一类界面用语的情况比较单纯,同时也占少数。二是用户点击某个界面用语名称后,程序执行一个操作,或者返回一个对话框继续跟用户进行交互,操作的结果是使得软件内容(或格式)的当前状态发生改变。这一类界面用语占大多数。而这一类界面用语的意义(即所对应的功能)如果要完整的呈现出来,一般都要涉及到三个要素(以下总称为"软件功能三要素"):(1)操作对象;(2)操作(及其伴随方式);(3)对象的结果状态。从形式上说,一个界面用语要表达清楚它所对应的功能含义,那么,或者其自身就应完整地包含上述三个要素,或者要通过它所在的菜单上下层级之间的关联以及整个程序

---

① 有的办公软件用的名称是"信件与邮件"。

② "所有"和"全部"出现在不同的界面用语中,比如"所有轴""全部轴网格线"等。

当前的大环境来包含上述三要素。因为软件界面用语通常都强调简洁,因此基本都是以后一种方式来表达这三个要素,比如:“插入”菜单项下有“文本框”菜单,其下又有“横排”“竖排”两个菜单项。其中,“文本框”就是操作对象,“插入”是一个具体的操作,“横排”“竖排”则可以看作是“文本框”插入后的结果状态。显然,在这个例子中,操作(要素2)、操作对象(要素1),结果状态(要素3)分在上中下三个层级的菜单中关联起来,共同来表达一项完整的编辑功能。三要素中“操作对象”一般由实体类词语表达,“操作”一般由动作类词语表达,“操作的伴随方式、操作的结果状态”等则由性状类词语表达。

如果办公软件界面中菜单的上下层级都是按照这三要素的模式组织起来,则界面用语相互之间的一致性会更容易得到保证,但目前中文办公软件界面用语的上下层级之间的关系并非都是如此。而是存在以下三种基本的类型①:

第一类:上下层级菜单项分别对应着软件功能三要素中的不同要素。上一层级和下一层级的菜单名按照一定顺序连接起来就可以形成一个完整的意思,代表一项完整的软件功能。这类似于语言中的成分组合关系。比如“文件”和其下的“新建”、“打开”、“关闭”、“保存”等;“插入”和其下的“分隔符”、“页码”、“符号”、“图片”等。这种方式可以看作是将一条完整的软件界面用语拆开成若干部分,分列在菜单的不同层级中,这样就达到了共享软件界面用语中相同部分,从而简化界面的效果。

第二类:上一层级菜单是对下一层级菜单项目的归纳概括。下一层级各个菜单项之间有一定的共性,类似于语言中的成分聚合关系,而上一层级菜单项则体现了这个共性。比如“编辑”菜单项下的“剪切”、“复制”、“粘贴”、“替换”等,都是在编辑过程中最常用到的功能(操作),“编辑”是对这些功能的一个总称。同样的例子还有“工具”及其下级菜单项“拼写和语法”“自动编写摘要”等。

第三类:上一层级的菜单跟下一层级的菜单项之间有整体—部分关系。下一层级的菜单项是上一层级菜单项所对应实体的一个组件或者某个属性特征。比如“文件”菜单下有“权限”“版本”“属性”等菜单项。这些都是“文件”的属性特征。它们也可能作为操作对象,因而点击这些菜单项后,还需要进一步明确要对这些属性特征类的对象执行何种操作。

在经过上述分析之后,我们再来审视中文办公软件的界面,就不难发现,现有中文办公软件界面的菜单在进行层级排列时,往往都是同时包含了上述三种基本关系,因而也使得菜单的上下级关系看上去比较杂乱。比如“表格”下有“插入”“删除”等次级菜单,这是按照软件功能三要素拆分组合成分形成的上下层级菜单;同时还有“合并单元格”“拆分单元格”“拆分表格”等次级菜单,这属于上面归纳的第二类关系和第三类关系,其中“拆分”“合并”等跟“表格”之间形成“操作—操作对象”的关系;“单元格”则跟“表格”形成“部分—整体”

① 第二种关系类型和第三种关系类型也可以统称为“整体—部分”关系,但因为第二种关系类型通常是对应操作类的词语;第三种关系类型通常是对应实体(及其构件、特征)类的词语,因而这里分列两类。

的关系。

此外,即便是按照第一类关系来组织上下级菜单,还有两种不同的具体放置方式:第一种方式是上层菜单为操作对象,下层菜单为具体操作。比如"文件"跟它的下级菜单"新建""打开""关闭"等之间的关系就是如此;第二种方式则相反,上层菜单为操作,下层菜单为操作对象。比如"插入"跟它的下级菜单"分隔符""页码""日期和时间"等之间的关系就是如此。

在现行的中文办公软件界面中,上下级菜单之间同时存在上述三种基本的关系类型,第一种关系类型还有两种不同的放置方式,整体上缺乏一个统一的布局原则来指导具体菜单项的排列。因而很容易给普通用户造成办公软件界面整体无序的感觉。

值得一提的是,中文跟英语相比还存在一个很大差异,就是词汇上缺乏形态变化。从词汇形式上看不出该词语的语法范畴是名词还是动词,对于普通用户来说,更多的是从意义上来对认知词语的类别。这就使得同一级菜单中词语实质上分属不同范畴的情况更为突出。这种情况也容易给办公软件用户在理解一些界面用语的准确含义时造成障碍。比如"插入"是一个操作,是属于动作范畴的词语,它的下级菜单大多数是操作对象,即实体范畴的词语(如"页码""分隔符""符号"等等),但其中也有非实体类的词,比如"引用",这是一个动作范畴的词语,在"插入"的下级菜单中,就很难让普通用户能够做到"望文生义",明白它到底指什么。而"引用"的下级菜单,既有实体类词语和词组,比如"脚注和尾注""题注""索引和目录",又有动作范畴的词组,比如"交叉引用",这三个层级的菜单项连放在一起,对普通用户理解和认知这些菜单项所对应的功能,显然是有很多困难的。

四 结 语

冯志伟先生在论述术语的选择应遵守的原则时,归纳了8个标准:(1)准确性;(2)单义性;(3)系统性;(4)正确性;(5)简明性;(6)理据性;(7)稳定性;(8)能产性。其中前6个标准是对术语本身的要求,后面(7)(8)两个标准实际上是对术语在使用中的效果提出的一个更高的要求。针对中文办公软件界面用语的标准化问题,这里我们不妨把前6个标准作进一步的概括,对中文办公软件界面用语的标准化提出三个层次的要求:

1. 清晰、准确:这是基本要求,即要求软件界面用语的"名"与其所对应的功能"实"相符。这是对单个名称本身的客观要求。

2. 简洁、一致:这是中级要求,即要求名称恰当,并且合乎逻辑地组织在一个系统中。这是对术语体系宏观上的整体要求。

3. 通俗、易懂:这是高级要求,即要求软件界面用语能达到"雅俗共赏"的境界,不仅仅是专业技术人员能懂得一个名称所对应的功能含义,而是对一个普通的非技术人员来说,也能从名称或者一个名称所处的界面位置上,了解到该名称所对应功能的大致情况。

为了达到上述三个层次的要求,也即实现中文办公软件界面用语标准化的目标,本文提出下面两个措施,供中文办公软件开发者参考。

(一)对于中文办公软件界面的总体布局,应充分考虑本文第三节中归纳的三类基本关系。明确区分"操作对象"—"操作(及其伴随方式)"—"对象结果状态"三个要素,从而在安排办公软件界面用语的不同层级时,尽量保证同功能、同范畴的界面用语在同一个层级。在总体布局合理的基础上,辅之以基本功能和高级功能的划分,常用功能和不常用功能的划分,可以简化(或动态定制)软件界面上的名称数量,使普通用户能更快更准确地定位到需要使用的功能位置,同时也照顾到不同用户的个性使用习惯。

(二)对于在界面上可以隐现的图标的说明文字,可以通过更多的规范的详细的中文描述(而不是菜单中简单的"文字提示")来帮助用户了解一个菜单项或图标所对应的功能。比如下图中对 A ▾ 图标的文字说明,左边的描述就要比右边的清晰。对用户的帮助也就更大,同时因为是可隐现的文字,也并不会造成界面混乱。

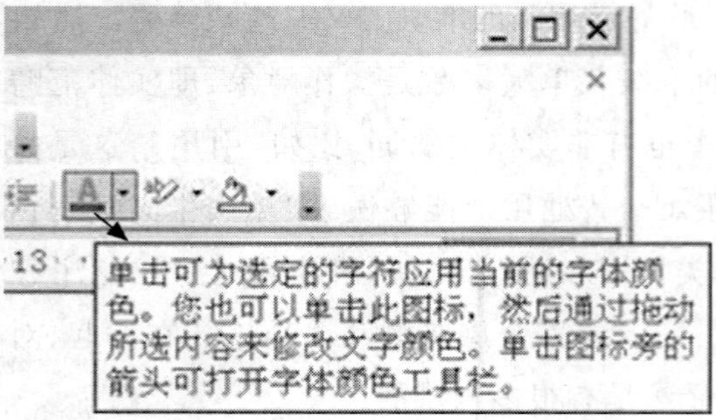

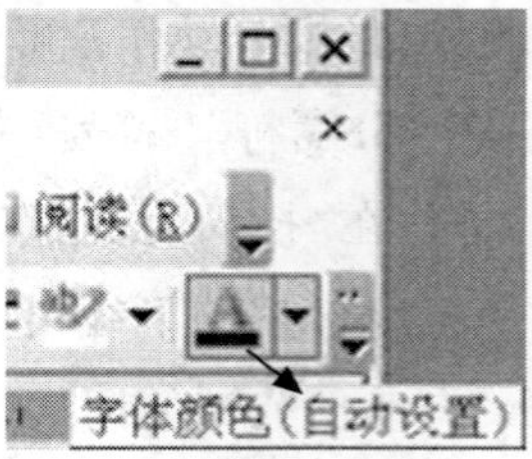

中文办公软件界面用语的标准化问题既涉及到软件用户界面设计的复杂技术问题,还涉及到中文的语言表达规律和习惯,用户的心理等多方面的因素。本文只是初步提出这方面的问题。要真正解决问题,拿出一个标准体系的方案来,还需要各方面力量的共同努力。特别是汉语语言学工作者在信息时代应更多地关注汉语和中文的应用研究。其中跟中文信息处理相关的语言文字标准的研制,就是很值得耕耘的一个领域。

(原刊《中文自学指导》2008 年第 1 期)

参考文献

陈章太等编 1999《世纪之交的中国应用语言学研究》,华语教学出版社。

冯志伟 1997《现代术语学引论》,语文出版社。

李宇明 2005《中国语言规划论》,东北师范大学出版社。

杉村博文 2005 给现象取名字,"动词与宾语问题"国际学术研讨会,华中师范大学。

沈家煊 2006 汉语里的名词和动词,发表于"东亚语言比较国际研讨会",上海师范大学,2006.12。

史有为 2000《汉语外来词》,商务印书馆。
邢　欣主编 2002《都市语言研究新视角》,北京广播学院出版社。

致谢:本文工作得到了北京红旗贰仟公司的帮助,参与中文办公软件界面用语情况调查的还有北大中文系的6名同学(董理、赵明月、欧阳森、张雪、张帅、王靖楠)以及软件与微电子学院的俞敬松老师和4名同学(谭大伟、郭稷、李吉、邓结慧)。在此向他们一并表示感谢。

附录1:

我们抽取了一个中文办公软件系统中的217个界面用语,在其所处的菜单层级体系中,按照本文第二节对目前中文办公软件存在问题的类型的划分,逐项标记每个界面用语是否存在问题以及属于何种类型。以下是统计结果(跟正文中的具体问题类型相比有所简化):

<table>
<tr><th>类型</th><th>条数</th><th colspan="3">百分比</th></tr>
<tr><td>可以接受</td><td>129</td><td colspan="3">59.447%</td></tr>
<tr><td>名称不够准确</td><td>33</td><td>15.207%</td><td rowspan="3">24.424%</td><td rowspan="5">40.553%</td></tr>
<tr><td>名称不够简洁</td><td>14</td><td>6.452%</td></tr>
<tr><td>名称内部词序不当</td><td>6</td><td>2.765%</td></tr>
<tr><td>跟布局有关的名称问题
(由功能方知名称有问题)</td><td>25</td><td>11.521%</td><td rowspan="2">16.129%</td></tr>
<tr><td>跟布局有关的名称问题
(仅由逻辑即可知名称有问题)</td><td>10</td><td>4.608%</td></tr>
<tr><td>合计</td><td>217</td><td colspan="3">100%</td></tr>
</table>

附录 2:

中文办公软件界面用语举例

单词(共 200 个)	
实体类 (共 115 个)	表,行,列,轴,域,宏, 模板,封面,风格,页面,表格,图形,媒体,图表,标题,目录,笔记,数据,动画,窗体,报表,算术,关系,集合,函数,高级,说明,窗口,序列,括号,符号,纸张,纵向,横向,背景,分栏,页眉,页脚,页码,行号,颜色,图片,位置,平面,表头,方向,公式,列宽,行高,乘幂,函数,正弦,余弦,正切,线条,形状,线形,粗细,箭头,填充,位图,接点,网格,三维,表面,深度,照明,水印,间距,属性,段落,灰度,阴影,图例,标志,比例,格式,条目,批注,速度,声音,效果,选项,模式,文字,行距,其它, 橡皮擦,可见性,阴影线,透明度,网格线,有效性,排版框,数据库,幻灯片,页边距,分页符,分栏符,换行符,平方根,运算符,平均值,最大值,最小值,工作表,上下标,反正弦,反余弦,反正切,粘结点,艺术字,单元格,分隔符,百分比
动作类 (共 58 个)	查询,管理,保存,编辑,平铺,拆分,合并,删除,对齐,选择,调整,求和,取消,确定,排序,环绕,贯穿,排列,居中,翻转,锁定,透视,组合,旋转,设置,添加,更新,打开,插入,筛选,裁剪,播放,暂停,停止,重复,静音,缩放,统计,修订,定义,新增,隐藏,清除,更改,开始,修改,分开,分布,连接,融合,分离,剪切,等于,大于,小于, 格式化,自定义,不等于
性状类 (共 27 个)	更多,标准,渐变,最佳,无穷,平行,明亮,普通,阴暗,等高,紧密,正常,宽松,黑白,水平,垂直,高级,所有,全部,透明,自动,向上,向下,向左,向右,升序,降序
词组(共 200 个)	
操作 + 实体 (共 71 个)	还原风格,选择图片,编辑页眉,删除页眉,编辑页脚,删除页脚, 添加类别,添加媒体,插入目录,编辑目录,删除目录,更新目录, 插入批注,显示修订,冻结窗格,修改效果,添加效果,新建页面, 删除页面,复制页面,插入表格,取消组合,取消编辑,取消隐藏, 取消合并,上移一层,下移一层,置于顶层,置于底层,当作字符, 变成三维,变成曲线,变成位图,编辑组合, 变成多边形,变成轮廓线,变成原文件,变成螺旋体,删除分页符, 转换为文本,链接到文件,设置为圆形,转换成整数,插入分页符, 模拟运算表,新建幻灯片,复制幻灯片,删除幻灯片,重复行标题, 展开幻灯片,摘要幻灯片,自定义动画,插入排版框, 应用于当前页,应用于所有页,允许跨页断行,自定义页边距, 设置线条格式,显示明细数据,设置填充格式,应用其他样式, 保护修订记录,隐藏明细数据,删除其他内容,隐藏自动筛选, 取消分级显示,修改切换效果, 设为三维螺旋体, 显示或隐藏网格, 应用于当前幻灯片,插入其他格式页码

续 表

修饰语 + 对象实体（共 56 个）	最佳行，最佳列，主标题，分标题，行数据，列数据，数据表， 源数据，所有轴，图表区， 纸张方向，文字方向，页面顶端，页面底端，最佳列宽，最佳行高， 统计功能，数字格式，背景颜色，边框类型，边框颜色，透明框架， 亚光效果，塑料效果，金属效果，手写批注，播放进度，播放比例， 全部标题，图表基底，3 维效果，3 维视图，文档说明，打印顺序， 居中方式，打印区域，电子表格，数据工具，演示文稿，换片方式， 绘图工具，其他设置， 公式编辑器，更多的分栏，单元格大小，单元格内容，其他分隔符， 其他行编号，列表分隔符，图表背景墙， 文献目录条目，更多页眉设置，更多页脚设置，全部轴网格线， 其他页面大小， 艺术字对齐方式
实体 + 操作（共 10 个）	文字处理，文字横向，文字纵向，文字环绕，字词调整，延伸调整， 音量控制， 幻灯片切换，单变量求解，媒体来自文件
方式 + 操作（共 40 个）	下俯，上翘，左偏，右偏， 左对齐，右对齐，无环绕，左环绕，右环绕，重命名， 水平居中，垂直居中，前景显示，背景显示，顶端对齐，底端对齐， 垂直翻转，水平翻转，重新计算，自动计算，自动输入，分级显示， 分类汇总，循环播放，自由切换，重新排列，扭曲变形，合并计算， 上方插入行，下方插入行，左侧插入行，右侧插入行，和网格对齐， 平均分布各行，开始修订记录，鼠标单击切换， 平均的分布各列，自动建立分级显示，自动缩进字符对， 在移动时显示辅助线
程度 + 性状（共 2 个）	非常紧密，非常宽松 并列结构 （共 13 个） 从左到右，从上到下，先列后行，先行后列，从右到左 线条与填充，位置和大小，日期和时间，页眉和页脚， 声音或影视工具栏， 大于或等于，小于或等于，接受或拒绝
介词结构（共 4 个）	在页面上，在段落上，在字符上，至同组工作表
中英混合（共 4 个）	逻辑的 or，逻辑的 and，逻辑的 not，逻辑的除外的 or

北大中文系同仁2008年刊行著作目录

专著及论文集

常森:《先秦诸子研究》,人民教育出版社,532页。

陈连山:《话说端午》,上海古籍出版社,116页。

陈平原:《北京记忆与记忆北京》,北京三联书店,264页。

《千年文脉的接续与转化》,香港三联书店,265页。

《左图右史与西学东渐——晚清画报研究》,香港三联书店,327页。

陈晓兰:《南宋四明地区教育和学术研究》,凤凰出版社,278页。

陈晓明:《现代性的幻象》,福建教育出版社,354页。

陈跃红:《中国傩文化》(修订图文版),中央编译出版社,140页。

龚鹏程:《中国诗歌史论》,北京大学出版社,359页。

《中国文学批评史论》,北京大学出版社,497页。

《中国小说史论》,北京大学出版社,360页。

《六经皆文》,台湾学生书局,355页。

《侠的精神文化史论》,山东画报出版社,344页。

《汉代思潮》(增订本),商务印书馆,569页。

《晚明思潮》(增订本),商务印书馆,529页。

贺桂梅:《历史与现实之间》,山东文艺出版社,304页。

金永兵等:《中国当代文学理论1978—2008》(第一作者董学文),北京大学出版社,406页。

李零:《放虎归山》(增订本),山西人民出版社,238页。

《简帛古书与学术源流》(修订本),北京三联书店,498页。

《去圣乃得真孔子——〈论语〉纵横读》,北京三联书店,302页;香港三联书店,355页。

《人往低处走——〈老子〉天下第一》,北京三联书店,275页;香港三联书店,333页。

刘玉才:《清代书院与学术变迁研究》,北京大学出版社,283页。

刘子瑜:《〈朱子语类〉述补结构研究》,商务印书馆,401页。

王洪君:《汉语非线性音系学》(增订本),北京大学出版社,351页。

吴晓东:《漫读经典》,北京三联书店,233页。

夏晓虹:《旧年人物》(增订本),上海文汇出版社,215页。